トーマス・マン 日記

トーマス・マン 日記

1937–1939

トーマス・マン

森川 俊夫訳

紀伊國屋書店

Thomas Mann

TAGEBÜCHER 1937-1939

Herausgegeben von Peter de Mendelssohn

目次

編者序文

本書で公表される一九三七年から三八年までのトーマス・マンの日記は、すでに刊行されている一九三三年から三六年にいたる日記に直接つながるものであるが、それにもかかわらず、トーマス・マンの生涯と創作におけるまったく新しい一章の始まりを表すものになっている。スイスで過ごしたヨーロッパにおける亡命生活は終わりを迎える。すなわち、ヨーロッパでドイツ軍のオーストリア進駐、ミュンヒェン会談、チェコスロヴァキアの粉砕、第二次世界大戦の勃発という形で以前から予想され、危惧されていた激動と変動が現実となっていく間に、合衆国で新しい生活が始められ、プリンストンで新しい生活形式が見出されるのである。

一九三七年一月のプラハ、ヴィーン、ブダペストへの旅行は、ヨーロッパのこの地域へのトーマス・マンの最後の旅行であるが、ただヴィーンにはその後、なお一度だけ訪れている。一九三七年四月の三度目のアメリカ旅行は合衆国における個人的な接触、職業上の接触を深めるにいたり、それによってアメリカ移住の気持ちが動き、準備が進められることになる。一九三八年二月から三月にかけての四度目のアメリカ旅行で特筆すべきことは、最初の北アメリカ大講演旅行ばかりではなく、イェール大学トーマス・マン資料室の開設、プリンストン大学講師職の申し出などがあって、やがて公式の移住となる。一九三八年の夏はチューリヒ近郊キュスナハトのシートハルデン通りの家で過ごす最後の夏となり、非常に去りがたい思いを抱く。秋にはプリンストンの新居に入り、講義と演習による教職活動が始まる。一九三九年三月から四月にかけてアメリカ全土にわたる二度目の講演旅行が行われ、そのクライマックスが、プリンストン大学名誉博士号の授与である。この一九三九年には下の三人の子、モーニカ、エリーザベト、ミヒァエルが結婚し、トーマス・マンはこの夏なお長期にわたるヨーロッパ旅行に出るが、これを最後としてその後長年ヨーロッパ旅行はない。戦争が勃発してトーマス・マンは苦心惨憺プリンストンに戻ってきたが、アメリカがこれ以後いつとも知れぬ未来にまで少なくとも自分の住む世界になると心得ているのである。

一九三七年から三九年までのこの三年は、内的にも外的にも深刻な変動と転換が見られたにもかかわらず、文学、批評、政治論などの活動が活発化した時期である。一九三六年十一月キュスナハトで稿を起こした長篇小説『ヴァイマルのロッテ』は、一九三九年十月プリンストンで擱筆、そのクリスマス前には早くもベルマン＝フィッシャー書店から刊行されるが、ベルマン＝フィッシャー書店は一九三八年春のオーストリアの破局を逃れて、ストックホルムで復活していたのである。この三年の間に、講演『リヒァルト・ヴァーグナーとニーベルングの指輪』、『ショーペンハウアー』随想、『アンナ・カレーニナ』序文、『魔の山』入門、『ファウスト』と『ヴェールター』についてのプリンストンにおける講義が発表され、時代の政治的要求に答える形で『来るべきデモクラシーの勝利について』と『自由の問題』という二つの大きな講演が行われ、『この平和』、『ヨーロッパに告ぐ』、その他比較的短い論文、講演、挨拶などが刊行される。六十五歳のトーマス・マンに対するアメリカの人々の要求は過大ともいうべきで、手紙の洪水は溢れかえって目を通すのも難しいほどになる。トーマス・マンは、この新しい馴染みのない生活形式をも制御して仕事を継続することになるが、この仕事の一つに、とくにトーマス・マンが一九三七年にチューリヒで創刊、非常に慎重に刊行してきた隔月刊誌「尺度と価値」がある。ヨーロッパから遠く離れ、戦争に脅かされて、この雑誌の維持に難渋はするものの、トーマス・マンは決してこれを犠牲にしようとはしない。

本巻は、先行の諸巻と同じ編集上の原則に従って構成されている。日記帳の原文は全体として、抹消なしに起こしてある。刊行者はただ二、三の、ごく僅かな箇所で、きわめてプライベートな配慮から僅かな文章、あるいはまた僅か数語を取り除いて、そこに〔……〕を置いた。読者はその中身を是非知りたいと考えるかもしれないが、この抹消部分には何程の内容もない。これらを別とすれば、この記録を、先行諸巻の記録と同じように、短縮することも編集上の手を加えることもせずに公表するのは、刊行者にとって自明のことであった。

トーマス・マンの筆跡は、この巻に対応する日記帳の場合も、読みやすい場合と判読しがたい場合とが、交錯している。二、三の僅かな箇所では、単語ないし固有名詞を判読することが出来ず、その場合は注記しておいた。トーマス・マン我流の、時としては一時的な正字法は、この巻でも手を付けなかった。トーマス・マンは、固有名詞を表記する場合に、耳で聞いた通りに書くことがおおく、その書き方はドイツ語圏においても時としておかしいことがあったが、英語の場合は、最初の数年は充分にマスターしていなかったし、一度も本気でマスターする気になったことがないくらいだったから、英語の固有名詞の表記にはしばしば混乱が見られ、それから生じた謎はかならずしも解けたわけではない。この種の誤りは、可能な限り、注の中で訂正しておいた。いくつかのアメリカの人名、地名は、大いに苦心したが、確認できないままにしておくほかなかった。

原文に見られる明白な誤記は訂正したが、それに反して誤った構文は、トーマス・マンが書いた通りにしておくか、あるいはせいぜい〔 〕にくくった語を添えて誤りを直しておいた。トーマス・マンが下線を施した語ないし文は斜字体で示した（〔訳注〕本訳書では、これまでの巻と同じく、原文の斜字体は、傍点を付すことで処理した）。句読点法、とくにトーマス・マン独特の省略付号の使い方は手稿原文に従っている。

原文で挙げられているトーマス・マンの作品は、一九七四年のドイツ語十三巻全集に基づいて注記してある。これまで知られておらず、したがって『全集』に収められていなかったが、日記の記述に示唆されて捜し当てたり、同定したりすることの出来たかなりの数のトーマス・マンの文章は、補遺に収めてある。トーマス・マンが書いたり受け取ったりした手紙については、公刊されているものであれば、当該出版物を指示しておいた。内容はわかっているが、公刊されていないものについては、『書簡目録』の記述をその通し番号で指摘してある。

編者の用意した注の部分は、ヨーロッパおよび合衆国在住協力者の豊富な知識とたゆまぬ努力がなければまとめられなかったろう。チューリヒのフロイライン・イヴォンヌ・シュミートリーンはこの巻でも、誤りのない転写原稿の作成、判読しにくい筆跡の解読、チューリヒのトーマス・マン文書館における情報の入手など貴重な仕事をして下さった。エリーザベト・マン・ボルジェーゼ夫人、グレート・マン夫人、ゴーロ・マン教授、クラウス・H・プリングスハイム教授には、その家族や友人知己についての情報を必要が生じるたびに教えていただいた。日記のアメリカにかかわる部分は広範囲にわたる調査、まったく予想もしていなかったくらい困難な調査を必要とした。こうした調査をどうにか仕上げることが出来たについては、編者はとくに友人かつ同僚であるプリンストンのヴィクトル・ランゲ教授、ロサンゼルスのエーリヒ・A・フライ教授、エヴァンストンのエーリヒ・ヘラー教授、およびニューヨークのアルフレド・A・クノップ社の社長ウィリアム・A・コシュランドに謝意を表するものである。同じくドイツでは、貴重な『一九三三年―四五年ドイツ亡命新聞ハンドブック』の改訂にあたったフラウ・リーゼロッテ・マース博士がフランクフルトのドイツ図書館で数知れぬ情報を集めて下さったこと、ドルトムント市新聞研究所のハンス・ボーアマン博士が国民社会主義系新聞からの裏付け資料の収集にあたってしかるべき協力をして下さったことに編者は感謝しなければならない。「自作を語る」シリーズ中、マリアネ・フィッシャーの協力を受けてハンス・ヴィスリングが編集した『トーマス・マン』篇第二部（一九一八年から三四年まで）からはその優れた注記により多大の貴重な示唆を与えられた。ここに名前を挙げた人々ばかりでなく、個々人、著作、相互関連等の調査を助けて下さったすべての友人、同僚、文書館、図書館、研究所に対して、編者は衷心から謝意を表するものである。

ミュンヒェン、一九八〇年六月

ペーター・ド・メンデルスゾーン

一九三七年

三七年一月一日　金曜日

きのうの就寝時刻は遅かったのに、八時起床。暗く、霧が立ちこめて寒い朝。一人で朝食、後から来たK[1]と挨拶を交わし、このクリスマスと大晦日がここ数年のうちでもっとも楽しいものだったと確認する。実際に私は気分が高揚している。かつて私は「国籍剝奪[2]」を恐れていたが、今国籍を剝奪されたために書き得た今回の新年のメセージ[3]は、私には嬉しい、重要な一歩であり、私が非常に深い内的作用を期待している一記録なのだ。——きのう新しいカレンダーを掛けたが、同じようにある種の喜びを覚え、好奇心溢れる期待を抱いた。——ベルリンの出版社主クライン[4]が、チューリヒのさる役所を通じて、ミケランジェロの美しい複製画を収めた新しい銀細工装丁の本を送って寄越した。——ロシアの出版関係者[5]が、クリスマスの出費に見合う印税一、一〇〇スイスフランを送金してきた。きょう、朝食の際にモスクワからアネンコフ署名の荘重な祝賀電報[6]。——短篇[7]を少し書き進める。——正午ハンハルト博士[8]の年賀訪問。ついでリオン[9]。リオン、K、ライジガー[10]と一緒に霧が濃くたちこめる中を散歩。食事にリオン。お茶にレーオンハルト・フランク[11]が女友達[12]とともに。訪客は上階の部屋で。客人たちが辞去した後、簡単な通信を処理する。——ニューヨークのニュー・スクール[13]から、五〇〇ドルで五回の講演をという招待があり、レーヴェンシュタイン[14]がこれを、アカデミーのこともあって強く支持しているが、この問題が私たちの話題の中心になる。——郵便物の洪水。晩、ラジオ音楽。その後、諸雑誌を読む。

(1)　Kは、トーマス・マンが夫人カトヤ、旧姓プリングスハイム(一八八三・七・二四—一九八〇・四・二五)の名前の略記に日記中一貫して使った。夫人自身はKatiaと書いているのに、トーマス・マンは生涯Katjaという書き方を変えなかった。〔訳注〕Katia, Katjaの発音表記については「カーチャ」ではないかとの疑問がしばしば提出されるが、最初のaは長音ではない。またKa-tia、Ka-tjaではなく、Kat-ia、Kat-jaと分節される語であるところから、「チャ」という音表記はここでは適当ではない。なおこの原注に、トーマス・マンがKという略記を「日記中一貫して使った」とあるが、時にKatjaと記していることも、まれには見られる。

(2) トーマス・マンは、一九三六年十二月二日「国籍を剝奪」された。すなわち、三三年七月十四日施行の「ドイツ国籍否認に関する（国民社会主義）法」に基づいて、ドイツ国籍喪失の宣告を受けたのである。夫人と下の四人の子供は一括して処理された。トーマス・マンはこれより二週間前にチェコスロヴァキア国籍を取得し、ドイツのきずなからすでに離れていたから、そのかぎりでは国籍剝奪は法的意味を欠いていたことになる。

(3) トーマス・マンの国籍剝奪の帰結として名誉博士号の剝奪を通告してきたボン大学哲学部学部長宛てのトーマス・マンの回答。トーマス・マンは〔訳注〕一九三三年以来）長い間ためらった末にこの学部長宛ての手紙の中でヒトラー・ドイツときっぱり関係を絶つことを表明したことになるが、この手紙は一九三六年十二月二十七日から三十日にかけて執筆され、三六年十二月三十一日チューリヒの出版社主エーミール・オープレヒトの家で初めて朗読された。これは、『ある往復書簡』の表題で『新チューリヒ新聞』一九三七年一月二十四日号に掲載、同時に仮綴本として同じ表題でチューリヒのオープレヒト書店から刊行された。『全集』第十二巻七八五―七九二ページ、および『書簡集II』九―一五ページ。

(4) ベルリンの美術出版社社主ヴォルデマル・クライン（一八九二―一九六二）。

(5) 一九三四年から三八年にかけてトーマス・マンの六巻本『全集』を刊行したレニングラードのゴスポリティツダト社。この時点で出ていた最新のものは、三四年から三五年にかけての二巻本『魔の山』である。三八年には随想集一巻が刊行された。

(6) この電報はモスクワの「ドイチェ・ツェントラル＝ツァイトゥング」から寄せられたもので、文面はドイツ語、署名は「アネンコーヴァ」とあった。〔訳注〕日記本文では、アネンコーヴァ Annenkowa ではなくて、アネンコフ Annenkow となっているが、この点について原注には説明がない。

(7) もともとは短篇小説として計画された長篇小説『ヴァイマルのロッテ』のことで、トーマス・マンはこれを一九三六年十一月十一日に起稿した。日記の中ではおおむね「短篇小説」と記されている。

(8) チューリヒの医師エルンスト・ハンハルト博士（一八九一―一九七三）は、遺伝病の専門家、チューリヒ大学教授で、トーマス・マンとは一九二一年以来親交がありしばしば医学上の問題、とくに『魔の山』のためトーマス・マンに助言していた。

(9) トーマス・マンのミュンヒェン以来の長い知己で、アルザス出身、ドイツ語で執筆する文芸、文化批評家、エッセイストのフェルディナント・リオン（一八八三―一九六五）。一九三三年スイスに亡命、三七年から三八年まで、トーマス・マンとコンラート・ファルケがチューリヒのオープレヒト書店から刊行した隔月刊誌「尺度と価値」の編集にあたった。リオンは著書に『ドイツの運命としてのロマン主義』、『十九世紀のフランス小説』、『生物学的に見た歴史』、さらにトーマス・マン研究二冊『時代の中のトーマス・マン』（一九三五年）と『トーマス・マン、生活と作品』（一九四七年、増補版一九五五年）がある。

(10) 一九一三年以来のトーマス・マンの知己で小説家、翻訳家のハンス・ライジガー(一八八四―一九六八)。トーマス・マンのもっとも親密で愛する友人の一人であり、家族全員とも親しかった。ティロール地方ゼーフェルトの旅館でごく慎ましくひっそりと暮らしていたが、以前はミュンヒェン、この頃はチューリヒのマン家をしばしば訪れてはかなり長く滞在した。ライジガーは、S・フィッシャー書店のために英語からの翻訳をしており、トーマス・マンがウォルト・ホイットマンを知ったのは、ライジガーがホイットマンを翻訳、刊行していたおかげだった。ライジガーは当時メアリ・スチュアート小説『一人の子供が女王を救う』を執筆中で、この作品は一九三九年に刊行された。『ハンス・ライジガー』『全集』第十巻五三九―五四三ページ、『ハンス・ライジガーのホイットマン集』『全集』第十巻六二六―六二七ページ、『ハンス・ライジガーに寄す』『全集』第十三巻二一九―二二三ページ、参照。

(11) 作家レーオンハルト・フランク(一八八二―一九六一)は『盗賊団』、『カールとアナ』、『オクセンフルトの男声四重唱団』などの物語によって知られ、一九三三年チューリヒに亡命、三七年パリに移り、フランスで数回抑留された後、四〇年に合衆国に行き着き、五〇年にはドイツに戻った。亡命中の長篇小説『夢の伴侶たち』についてのトーマス・マンの文章は、『全集』第十三巻四二八―四三〇ページ、所収。

(12) ミュンヒェン出身のエスター・フォン・ピードル男爵夫人。夫人はレーオンハルト・フランクの長年にわたる愛人であった。ピードル家はプリングスハイム家と親交があり、トーマス・マンも以前からよく知っていた。

(13) 「ニュー・スクール・フォア・ソーシャル・リサーチ」は一九一八年の創立で、三七年当時の校長はアメリカの教育者で評論家のアーヴィン・ジョンスン(一八七三―一九七一)、亡命ドイツ知識人のため精力的に尽力した。

(14) 亡命したドイツの政治評論家フーベルトゥス・ツー・レーヴェンシュタイン公爵(一九〇六年生まれ)は、一九三五年合衆国でアメリカ文化界の有力人士多数――その中にニューヨークの「ニュー・スクール・フォア・ソーシャル・リサーチ」学長エルヴィン・ジョンスンも入る――の援助を得て「ドイツの文化的自由のためのアメリカの会」を誕生させた。亡命ドイツ知識人のためのこの救援組織は三六年春、自由の身で生活しているドイツ知識人に呼び掛けて、ドイツの文化財の再建と防衛のための最高の権威として活動すること、「ドイツの文化的自由のためのアメリカの会」によって集められた資産を管理してもっとも実りある形で利用することを任務とする「ニューヨーク・ドイツ・アカデミー」への結集を訴えた。トーマス・マン、ハインリヒ・マン、ブルーノ・フランク、アルフレート・ノイマン、リーオン・フォイヒトヴァンガー、ルネ・シケレ、その他多数からアカデミーへの協力を取り付けるのに成功した。トーマス・マンは、このアカデミーおよび「アメリカの会」の幹部会に所属した。レーヴェンシュタイン公爵は、「ニュー・スクール・フォア・ソーシャル・リサーチ」におけるトーマス・マンの講演からアカデミーに対する積極的な効果を期待していた。トーマス・マンの文章『「ドイツの文化的自由のためのアメリカの会」

と「ドイツ・アカデミー」設立のために』『全集』第十一巻九四一—九四五ページ、参照。

三七年一月二日　土曜日

雨。ヴィーンのリーバーマン展のカタログへの序文[1]。市内のバハマン[2]で散髪。従業員が新年の挨拶。私を担当したのは、魅力的なブリュネットの青年。——このところ毎日のように大量の郵便物。マルク教授[3]とボルン博士[4]の『ヨゼフ』[5]についての感激的な手紙。——ニューヨークへ延期要請の電報。午後さまざまな通信を処理する。ライジガー[6]と少しばかり散歩。ブダペストのエイジェントから電話、エイジェント側が一〇パーセント差し引くつもりだというのに怒りを爆発させると、すぐに撤回したので、結局十三日到着に同意する。ライジガーと広間で過ごす。シューベルト音楽。頭の中は旅行計画で溢れかえる。仕事休みがふいになりはしないか心配。——ウンルー[7]がバーゼルでのヨーロッパ講演を送って寄越したので、礼状を出す。ノヴァー

リスとロマン主義に対する『魔の山』の関係についての手紙。

(1)　『マクス・リーバーマンを偲んで』は、ヴィーンの画廊オト・カリアにおけるリーバーマン展カタログの序文として書かれたもので、ドイツ・オーストリア間の緊張が高まって来たために、当時は公表されなかった。原文は、一九二七年の『マクス・リーバーマンの八十歳の誕生日に寄せる』(『全集』第十巻四四二—四四四ページ)を基に改稿したもので。結局、英文では『In Memory of Max Liebermann』として、四四年六月にオト・カリアによりニューヨークの画廊セント・エチエンヌで開かれたリーバーマン追悼展のカタログに、独文では「アウフバウ」誌、ニューヨーク、四四年六月九日号に公表された。

(2)　チューリヒ、ポスト通りの理容師。

(3)　ジークフリート・マルク(一八八九—一九五七)、ブレスラウ大学哲学教授、一九三三年亡命、ディジョン大学で教鞭を取る。三九年合衆国へ移る。その著作のうちに『われわれの時代の偉大な人間たち』(一九五四年)があり、その中に「トーマス・マンの全作品にうつし出されたドイツとヨーロッパの危機」。

(4)　画家、版画家のヴォルフガング・ボルン(一八九四—一九四九)は、一九二一年『ヴェニスに死す』に寄せて九葉の多色刷石版画を創作した。ケース入りの本の形で出版されたこの版画に対してトーマス・マンは、二一年三月十八日付書簡の形で序文を書いた(『あるケース入り版画への

序文』『全集』第十一巻五八二―五八四ページ)。ボルンはヴィーン大学の芸術および芸術史の教授で、雑誌「ヴィーン・クンストヴァンデラー」を刊行していたが、後に合衆国に亡命した。

(5) 四部作『ヨゼフとその兄弟たち』の第三部『エジプトのヨゼフ』のことで、これは一九三六年十月ヴィーンのベルマン=フィッシャー書店から発刊されたところだった。

(6) ブダペストでの朗読会の主催は雑誌「セプ・ソ(美しい言葉)」であった。運営と宣伝は、ここでエイジェントとされているコンサート事務所ロージョヴェルギイが担当した。

(7) 平和主義の劇作家フリッツ・フォン・ウンルー(一八八五―一九七〇)は、プロイセンの由緒ある貴族、軍人家系の出身で、その表現主義的ドラマ『ある一門』と『広場』、そして『プロイセン王子ルーイ・フェルディナント』によって有名だったが、一九三二年フランスに亡命、おおむねニースで生活していたが、頻繁にスイスを訪れ、四〇年に合衆国に移り、五二年には一時的、六二年には最終的にドイツに戻った。ウンルーは、三六年五月十七日、バーゼルにおけるヨーロッパ連盟の集会で『目覚めよ、ヨーロッパ!』と題して講演を行った。ヨーロッパ連盟本部会長はバーゼル在住のハンス・バウアー博士で、博士は、三五年にバーゼルの連盟におけるトーマス・マンの講演も実現させている。

三七年一月三日　日曜日

八時前起床。暗く、町はまだ明かりが灯っており、フェーンが吹いている。短篇小説の執筆。K、ライジガーともどもヨハニスブルクの先まで散歩。食事に、パリから来たまったく愚にもつかないブライトバハ[1]。フォン・マイリシュ[2]夫人の多額の寄付の件、月刊誌を、おそらくはリオンを編集者として創刊する件について話し合い。シュランベルジェ[3]の来訪が約束される。――ライジガーが別れを告げ、ゼーフェルトに戻って行った。憂鬱な気分、ライジガーは、私にことによるともっとも好影響を及ぼす人間なのだ。――お茶の後、大量の手紙を口述。それからなお少し散歩。夕食にハルガルテン[4]夫人と子息。『ヴァルキューレ』を少し聴く。非常に疲れる。

(1) ドイツ系フランス人の作家で劇作家ヨーゼフ・ブライトバハ(一九〇三―一九八〇)は、一九二九年以来パリに住み、エーリカ、クラウス・マンと親交があった。その作品には、短篇集『赤対赤』、『烏合戦、その他』、長篇小説

『ズザネ・ダセルドルフの変貌』、『ブルーノについての報告』、『青いビデ』、ならびに随想集『文芸欄記事』、舞台作品『祝賀の主役』、『舞台裏、あるいは同志ヴェゴン』、『教会のためのレクイエム』などがある。

（2）アリーヌ・マイリシュ・サンテュベールは、ルクセンブルクの鉄鋼王エミル・マイリシュの未亡人であり、フランスの外交官で作家のピエル・ヴィエノの義母、自分の名前が表に出ないよう密かにアネッテ・コルプを初めとする亡命ドイツ人著作家多数を援助し、一九三七年以降はトーマス・マンの雑誌「尺度と価値」の資金面を大きく支えた。

（3）フランスの著述家、評論家ジャン・シュランベルジェ（一八七七―一九六八）は、アルザスの実業家の家庭の出身、一九〇九年アンドレ・ジッド、ジャック・リヴィエールとともに「ヌヴェル・ルヴュ・フランセーズ」を創刊、一三年以降ヴュ・コロンビエ座を主宰、三八年以降は「フィガロ」紙の政治問題についての定期寄稿者だった。ヨーゼフ・ブライトバハとは縁戚である。

（4）コンスタンツェ・ハルガルテン（一八八一―一九六九）は、ミュンヒェンの在野の学者ロベルト・ハルガルテン（一八七〇―一九二四）の未亡人。ハルガルテン家はミュンヒェン、ヘルツォークパルク区でトーマス・マンのごく近隣に住み、両家は大分前から親交があった。とくに、通称をリキという下の息子リヒァルト・ハルガルテンは、エーリカおよびクラウス・マンとごく親しかったが、一九三二年、二十七歳で自ら命を絶った。ハルガルテン夫人とその長男で政治学者ヴォルフガング（のちにジョージ・W）・ハルガルテン（一九〇一―一九七五）は、三三年フランスへ、後にスイスに数回一時滞在した末、合衆国に亡命した。ジョージ・W・ハルガルテンの回想記『陰がさしてきた時』ならびにクラウス・マン『転回点』二八五ページ以下、参照。

三七年一月四日　月曜日

八時には青い空に下弦の月が見えていたが、やがて霧がたれこめ、終日晴れなかった。――短篇の執筆。――ライジガーがいないために、やや孤独感を覚える。霧の中を一人ヨハニスブルクの先まで散歩。――手紙の中に、例のばからしい剽窃事件(1)なるものについてルーマニアの新聞がいろいろ取沙汰しているというシュトラウスマンの手紙があった。こういう悪の世界がいまやのさばりかけていることに私は戦慄を禁じ得ない。こんなならず者共が私を恰好の獲物と見ていいと信じている、そういう話には感情を害さずにはいられない。――ドイツ＝スペイオプレスク(2)に手紙を書くつもり。――午後、自筆の手紙。夕食前に散歩。食後、ピエル・ベルトーの『ヘルダーリーン』を読む。国民社会主義の現実によるドイツ的内実の空洞化の新しい体験、例えば、「時代の断固たる転換」と「祖国復帰」。――ゴーロと別れの挨拶、数日の予定でゼーフェルトへ出掛けることになるのだが、プラハで私たちと再会する。

(1)一九三六年五月、ルーマニアの鉤十字団機関誌「ポロウンカ・ヴレミイ」の中でシエトゥク・ペトルという人物が、トーマス・マンは剽窃をしていると非難した。その主張によると、長篇小説『ヨゼフとその兄弟たち』は、アウレリアーン・パクラリウという名のルーマニア作家による『ヴィズル・ファラオニトル』(ファラオの夢)という表題で刊行された三十幕の韻文劇の剽窃であるという。パクラリウはかつてブダペストの「ペスティ・ヒルラプ」紙の編集者デジデーリウス・リパイという人物にこの本の独訳を依頼したが、この「イーダン」(ユダヤ人)はパクラリウの傑作をシュトラウスマンという仲介人を介して「イーダン」であり「盗賊」であるトーマス・マンに売り渡し、トーマス・マンはこれを改作、新しい表題で刊行したのだという。トーマス・マンはすでに三六年七月十三日付で「アデヴェルル」紙に手紙を書き、これを「ペスター・ロイド」紙が三六年八月九日号で独訳再録したが、その手紙によると、全体はグロテスクな話で、『ファラオの夢』という作品は読んだことがないし、パクラリウやシュトラウスマンなどという名前など聞いたことがない、その上、『ヨゼフ』小説のエジプトを舞台とする部分は刊行されていない、という。ベルンの「デア・ブント」紙は一九三六年八月二十二日号に「トーマス・マンをめぐってグロテスクな論争」という表題で短い報道を載せた。この不条理な錯雑さをみせるエピソードの真相は、一九七五年の八月から十月にかけて、ブラショヴ(クローンシュタット)で刊行されているドイツ語の「カルパーテン・ルントシャウ」誌に六回にわたって詳細に描かれた(ヤーノシュ・セーケルニエース「被告トーマス・マン。比較的古い裁判例のドキュメンタリ報告「カルパーテン・ルントシャウ」ブラジョヴ、第八巻三一号―四〇号〔三四号はなし〕一九七五年八月一日―一九七五年十月三日、所収、写真、書簡を収録)。この記事に名前の挙がっている人物はすべて実在の人物だった。ルーマニア人だが、ハンガリー語で執筆している「詩人」アウレリアーン・パクラリウは、一九一九年以前はハンガリーに帰属していたルーマニア、バナト地方の小都市リパの商科大学の教師だった。「神々と人間との戦い」を副題とするパクラリウの作品『ファラオの夢』はハンガリー語で書かれ、一一五二印刷ページにおよび、一九二九年から三〇年にかけてリパのミクローシュ・ベール未亡人の印刷所で印刷された。仲介人とされたシュトラウスマンとは一八八五年生まれのデジェー(デジデーリウス)・シュトラウスマンのことで、リパのラビ、ヤーコプ・シュトラウスマンの息子だった。デジェー・シュトラウスマンは、その姓をマジャール語化して、リパイ(すなわち、リパの人、の意)と名乗り、ジャーナリストとしてオロド、のちにブダペストで働き、日刊紙「ブダペスティ・ヒルラプ」の社主になった。トーマス・マンが三七年八月八日付の日記に剽窃問題とのかかわりでチューリヒに訪ねてきたと記録しているルーマニア、ティミショアラ（テメシュヴェール）在住のハンガリーの作家ヨージェフ・メーリウスは、その回想記の中で、自分が最初にこの剽窃問題についてトーマス・マンに注意を喚起し、弁護士を推薦したと断言している。その弁護士とは、やはりティミショアラ在住の反ファシズム弁護士ヨージェフ・ケンデ博士で、トーマス・マンは三七年五月二十日の日記にその名前を書き入れている。パクラリウはトーマス・マンとその関係者に対する訴状を三六年十二月二十一日ティミショアラの裁判所に提出、審理は三七年五月十九日に開始された。パクラリウは三千八百万レウ（約八〇〇、〇〇〇スイス・フラン）の損害賠償を請求したが、そのうち二千万レウは、トーマス・マン個人に対する請求だった。その後の審理は再三延期され、裁判手続は結局停止された。一九三七年八月八日付日記の注（1）参照。この複雑な調査に対しては、ブダペストの編集発行者パウル・シュヴァイツァー博士に特段の謝意を表する。

（2）　ルーマニアの美術史家、ルーマニア、クルジュ（クラウゼンベルク）大学教授ジョルジェス・オプレスク、トーマス・マンとは一九三四年の精神的協力のための国際連盟委員会の会議以来の知己だった。

（3）　フランスのゲルマニスト、ピエル・ベルトー（一九〇七—一九八六）、トーマスとハインリヒ・マンの友人で翻訳者フェリクス・ベルトー（一八八一—一九四八）の息子、ゴーロ・マンと親交があり、ヘルダーリーン研究家、著述家、政治家。第二次世界大戦の間、南フランスに抵抗グループを組織、戦後は一時リヨンでローヌ県知事、「国民警察」長官（警察大臣）、その後フランス領スーダン選出上院議員、一九五八年リルでドイツ文学教授、六四年以降ソルボンヌ大学教授。ヘルダーリーンについては数冊の著書があるが、ここでは、三七年パリのアシェット書店から刊行された最初の『ヘルダーリーン。内的伝記の試み』が言及されている。

（4）　トーマス・マンの次男アンゲルス・ゴットフリート・トーマス、通称ゴーロ（一九〇九年三月二十七日生まれ）は、哲学と歴史を学び、一九三二年ハイデルベルクのカール・ヤスパースのもとで学位を取得した。三三年初夏ドイツを離れ、サン・クルやレヌで教職につき、続いてチューリヒで雑誌「尺度と価値」の共同編集にあたった。四〇年五月、スイスから志願兵としてフランスに赴き、フランス軍に抑留されたが、四〇年晩秋、合衆国へ逃れることが出来た。アメリカでは、ミシガン州オリヴェト、カリフォルニア州クレアモントのカレッジの教授を勤めた。五八年から五九年ミュンスター大学の客員教授、六〇年から六四年シュトゥトガルト工科大学の政治学教授、その後チューリヒ近郊キルヒベルクに住み、著述家として生活している。著作には、『フリードリヒ・フォン・ゲンツ。あるヨーロッパ政治家の物語』（一九四七年）、『アメリカの精神について——二十世紀におけるアメリカ的思考および行動への入門』（一九五四年）、『十九・二十世紀ドイツ史』（一九五八年）、随想集『歴史と物語』（一九六一年）、『十二の試み』

（一九七三年）、『時代と人物』（一九七九年）、伝記『ヴァレンシュタイン』（一九七一年）がある。そして新しい『プロピュレーエン世界史』の編纂者であり、六三年から七九年までは「ノイエ・ルントシャウ」誌の共同編纂者であった。〔訳注〕一九九四年四月七日ケルンで死去。

三七年一月五日　火曜日

八時起床。Kはゴーロを駅まで送る。ビービ[1]はきのうパリへ発った。メーディ[2]も遠出をしているので、Kと二人だけ。——短篇の仕事。正午Kと市内へ出掛け、ブライトバハの招待を受けてユグナン[3]の二階で非常に優雅に昼食をとる。その後シュテーエリ書店[4]に立ち寄り、ブライトバハへの寄贈本にサインをする。ディーデリクス版のトルストイ全集を注文するが、この入手は重要なことだ。この後キュスナハトで靴職人の店に立ち寄る。店の息子と歓談するが、私に対する共感の表明としてバータ[5]についての本を送ってくれていたのだ。やや一方的な党派的見解を聞かされる。——疲労、休息をとる。お茶の後、ブカレストのオプレスク宛て[6]の手紙も含めて、大量の手紙を口述。「国際文学」[7]誌に掲載されたハインリヒ[8]のドイツ労働者についての長文の論文。興味深い仕事だ。Kと二人だけで夕食。——Kは『ロッテ』[9]の第一章をタイプで浄書している。——オープレヒトは、『往復書簡』[10]を十五日には早くも配送する予定だと知らせてくる。その影響や如何と、強い緊張を覚える。私たちがヴィーンから戻る頃、この本は刊行されていることになろう。

（1）　ミヒァエル・トーマス・マン（一九一九・四・二十一—一九七七・一・一）はトーマス・マンの三男で末子、家庭ではビービと呼ばれ、チューリヒで学校に通うかたわら音楽学校でヴィレム・デ・ブールの弟子としてヴァイオリンを学び、ついでパリで大学に、一九三八年以降はニューヨークでジャン・ガラミアン教授につきヴァイオリン奏者、ヴィオラ奏者となって、現代音楽を専門とする。アメリカ、極東、ヨーロッパを演奏旅行したが、音楽家としての道を捨てて、ドイツ文学を専攻し、六一年ハーヴァド大学でハインリヒ・ハイネの音楽批評に関する論文で学位を取得した。六二年以降カリフォルニア大学バークリ校でドイツ文学教授。七五年のトーマス・マン生誕百年記念にあたっては、リューベクで祝典講演を行った。

（2）　エリーザベト・ヴェローニカ・マン・ボルジェーゼ（一九一八年四月二十四日生まれ）、通称メーディ、トーマス・マンの三女で末娘。英語で著述。短篇集『かかわりのある人に』（ニューヨーク、一九六〇年）（独訳『二時間。時代の周辺の物語』、一九六五年）、『女性の台頭』（ニューヨーク、一九六三年）（独訳、同名、一九六五年）、『海洋のドラマ』（一九七七年）、『海の農場』（一九八〇年）の著者。イタリア系アメリカ人の歴史家、文芸学者でシカゴ大学教授ジュゼッペ・アントニオ・ボルジェーゼ（一八八二―一九五二）と結婚、一九五〇年夫とともにイタリアに戻る。二女の母親で、現在はカナダに定住。

(3) Hueguenin と表記されているが、正確には Huguenin。チューリヒ、バーンホーフ通りの喫茶店兼レストラン。

(4) チューリヒ、バーンホーフ通りの、クルト・シュテーエリ書店。

(5) チェコの製靴業者トーマス・バータ（一八七六―一九三二）は、ささやかな靴職人の仕事場を、全世界に跨がる靴製造販売の大コンツェルンに仕立てあげた人物。

(6) ジョルジェス・オプレスク宛て、一九三七年一月七日付、『書簡目録II』三七／一二。この中でトーマス・マンはオプレスクに、この剽窃事件をどの程度真剣に捉えるべきか、ルーマニアではこれがどう考えられているのか、意見を求めている。

(7) モスクワで刊行されていた「革命的作家国際連盟機関誌」で、ドイツ語版の他、ロシア語版、英語版、フランス語版、スペイン語版、中国語版があり、それぞれ内容に異同があった。ドイツ語版編集部には、期間は異なるが、ヨハネス・R・ベッヒャー、ハンス・ギュンター、カール・シュミュクレ、フーゴ・フペルト、ヴィリ・ブレーデル、ゲーオルク・ルカーチ、エルンスト・オトヴァルト、テーオドール・プリヴィエ、エーリヒ・ヴァイネルト、フリードリヒ・ヴォルフが所属した。

(8) トーマス・マンの兄ハインリヒ・マン（一八七一―一九五〇）は二十世紀前半の最も重要なドイツの作家、エッセイストの一人。長篇小説『女神たち』、『小都市』、『ウンラート教授』、『臣下』によって有名である。プロイセン芸術アカデミー文学部門の会長職から強制辞職させられてから数日後の、一九三三年二月二十一日にドイツを去り、以降ニースに隠棲、そこで晩年の大作『アンリ四世』小説を執筆、その第一巻『アンリ四世の青春』は三五年、第二巻『アンリ四世の完成』は三八年アムステルダムのクウェーリードー書店から刊行された。ハインリヒ・マンは弟とは違って、亡命生活の当初から自身に政治的抑制を課することをせず、国民社会主義の不倶戴天の敵として、ただちにたゆみない、広範囲におよぶ文筆活動を展開した。その政治的論説、エッセイはドイツ亡命者のあらゆる重要な機関誌や、フランスの新聞、雑誌に発表された。四〇年秋、フランスから冒険的な逃避行に出て、スペイン、ポルトガルを経由、合衆国に辿りつき、死ぬまでロサンゼルスの弟の近辺で暮らした。トーマス・マンの論文やエッセイ、『現代におけるドイツ作家の使命について。兄への挨拶』（一九三一年）『全集』第十巻三〇六―三一五ページ、『ハインリヒ・マンの七十歳の誕生日に』（一九四一年）『全集』第十三巻八五二―八五七ページ、『兄を語る』（一九四六年）『全集』第十一巻四七六―四八〇ページ、『兄ハインリヒの死去についての書簡』（一九五〇年）『全集』第十巻五二一

—五二三ページ、参照。この日の日記に言及されているのは、ハインリヒ・マン『ドイツ労働者の道』、「国際文学《インターナツイオナーレ・リテラトウーア》」、モスクワ、第六巻（一九三六年）十一号、所収。

（9）チューリヒの社会民主党系の書店主、出版社主エーミール・オープレヒト博士（一八九五—一九五二）は、トーマス・マンと親交があった。その妻エミー・オープレヒトとともに献身的に亡命ドイツ作家、演劇人の面倒をみた。チューリヒ、レーミ通り五番のオープレヒトの書店は亡命ドイツ知識人の集合点、センターであり、オープレヒトが設立、主宰した「ドクター・オープレヒト・ウント・ヘルブリング」と「ヨーロッパ書店」の両出版社は、スイスの指導的な反ファシズム出版社だった。『エーミール・オープレヒトとの別離』（一九五二年）『全集』第十巻五二六—五二八ページ、参照。

（10）一九三七年一月一日付日記の注（3）参照。

三七年一月六日　水曜日

八時起床。フェーンが吹いているのに寒い。短篇の仕事、第二章を完了、前章の手直し。正午、Kと市内へ行き、オープレヒトを訪問。それからペディキュア。鋭い、向かい風に難渋しながらチューリヒホルンまで徒歩。食後、非常に疲れる。少し睡眠。お茶の後『往復書簡』の校正刷を見る。その後いろいろの通信。晩にゲーテの『年鑑』[1]。K、遠出から戻って来る子供たちを駅に迎えにいく。ビービはパリへの途上。メーディが戻ってきて、今家には娘が二人になる。——お茶にアメリカ・アカデミーの件で作家のエルンスト・グレーザー[2]。

（1）ゲーテの『年鑑』（一八三〇年）。

（2）作家エルンスト・グレーザー（一九〇二—一九六三）は一九二八年に刊行された戦争小説『一九〇二年生まれ』によって有名になった。三三年、はっきり亡命を宣言せずにスイスに亡命、三五年、チューリヒのフマーニタス書店から、諸国語に翻訳されることになる小説『最後の民間人』を刊行したが、三九年、国民社会主義政権と和解し、ドイツに戻って、戦時中は国防軍新聞「アードラー・イム・ジューデン」編集責任者だった。

三七年一月七日　木曜日

八時前に起床。フェーンの空の暗い光り、後に雨と強風。短篇の第二章[1]を書き上げる。悪天候のため散歩を早々と切り上げる。『年鑑』に目を通してだいぶ線を引く。お茶の後さまざまな手紙、礼状を書いて、もう散歩には出なかった。娘たちはオペラに出掛けているので、Kと二人だけで夕食。――差し迫っている旅行[2]の日程が固まる。ベネシュ[3]大統領の茶会への招待、ウラーニア講演。プラハ（プロセチュ[4]）から夜行列車でブダペスト、ホトヴォニイ[5]邸に宿泊、ハンガリー劇場での歓迎夜会。ヴィーンからホルンシュタイナー[6]教授の手紙。私がチェコ国籍を取得したことで、気分を害してはいない。ナチ・ドイツとの合意について懐疑的な意見。――家財引き渡し[7]の可能性を示唆するコザク[8]（プラハ）の手紙。『往復書簡』が刊行されれば、この可能性はおそらく無に帰するだろう。この公刊に私は心のうちで喜びを覚えるかと思えば、意気消沈したりする。のびやかで快活であることこそ人間の性に合っていて、意気消沈は性に合ってはいない。しかし意気消沈することになっても、この刊行が不可欠で人間の尊厳を保つ所以であることは、ヤーコプ・グリムのパンフレット[9]と同様で、私はグリムのこのパンフレットを出版形式として模範としたのだ。――それが誤りではないとしてである。しかし〔誤りなどとは〕おそらく考えられないだろう。――この問題、近々の旅行、アメリカ計画、政治的緊張と不安定、スペインの争乱と恐怖、こういった一切が寄り集まって内心の大きな不安を生み出す。すなわち、フランコ[10]が決定的勝利を占める、というのは、ドイツ軍とイタリア軍が勝利を占めるということで、そういうことになれば、ヒトラーはそのかつての「建設的」諸提案を土台に新たな「講和申し入れ」をしてくる、と危惧されるのだ。ヨーロッパはこの軽蔑すべき男の手に委ねられることになるのだろうか？　――ゲーテの詩集。――

（1）『ヴァイマルのロッテ』の第二章。この章に、ロッテとミス・カズルの対話。

（2）一九三七年一月九日から十五日にかけての、プラハ、ヴィーン、ブダペスト講演旅行。

（3）チェコスロヴァキアの政治家エードゥアルト・ベネシュ（一八八四―一九四八）はチェコスロヴァキア共和国建設にあたって、T・G・マサリクのもっとも緊密な協力者で、一九一八年から三五年までチェコスロヴァキア共和国外務大臣、二一年から二二年までは首相を兼務、三五年のマサリク退陣後は大統領になった。ミュンヒェン協定の締結とズデーテン地方割譲の後、三八年十月五日、大統領を辞任、四〇年から四五年までロンドンのチェコスロヴァキア亡命政権の大統領だった。四五年五月十六日プラハに帰還、あらためて大統領になったが、四八年二月の共産党クーデターの後辞職した。

（4）　中部ボヘミア、ポリチュカ県の小さな労働者の町プロセチュ・ウ・スクトチェは、ここの実業家で町長のルードルフ・フライシュマンの根回しでトーマス・マンとその家族に一九三六年八月十八日居住権を認めた。これによって三六年十一月の帰化の前提が出来たのである。

（5）　ドイツ語とハンガリー語で書く著作家ロヨシュ（ルートヴィヒ）・フォン・ホトヴォニ（一八八〇―一九六一）とその三番目の妻ヨラン（ロリ）は年来カトヤ、トーマス・マンと親交があった。ホトヴォニは第一次世界大戦後ハンガリー急進党で指導的役割を演じ、ホルティのファシスト政権誕生を前に亡命したが、ホームシックに罹って帰国、投獄された。（トーマス・マン『L・ホトヴォニの弁護士に宛てた書簡』一九二八年、『全集』第十一巻七七三―七七五ページ参照）。釈放後は目立たぬままヒトラーから改めて逃れ、イギリスに亡命して戦争の年月を過ごした。第二次世界大戦後ブダペストに戻った。〔訳注〕トーマス・マンは、ホトヴォニイ Hatvanyi と表記しているが、原注では、ホトヴォニ Hatvany と改められている。

（6）　ヴィーン大学教会法教授ヨハネス・ホルンシュタイナー（一八九五年生まれ）は、オーストリア連邦首相シュシュニクの友人で宗教顧問、一九三六年トーマス・マンにヴィーン移住を決意させようと努力、トーマス・マンに迅速な帰化許可が出るようシュシュニクに働きかけた。

（7）　ミュンヒェンでナチ政権によって差し押さえられ、ついで没収されたトーマス・マンの財産（家屋、家具、図書、自動車）のこと。これらの財産は、チェコスロヴァキア政府の介入によって返還の可能性がともかくも出てきたと一時期考えられた。

（8）　ヤン・B・コザク（一八八八年生まれ）、プラハのカール大学哲学教授、窮乏するドイツの著作家の救援組織として一九三六年設立された、プラハ・トーマス・マン協会の会長。コザクは、トーマス・マン家族の帰化にあたって尽力していたのである。

（9）　ヤーコプ・グリム（一七八五―一八六三）が「ゲティンゲン七教授」のプロテストに続けて一八三八年にバーゼルで刊行した『私の解任について』と題する文書のこと。七人のゲティンゲンの教授アルブレヒト、ダールマン、エーヴァルト、ゲルヴィーヌス、ヤーコプとヴィルヘルム・グリム、W・ヴェーバーは、ハノーファー憲法の破棄に抗議し、そのため一八三七年国王によって講座から追われていた。

（10）　スペインの将軍フランシスコ・フランコ（一八九二―一九七五）は、一九三六年七月十七日スペイン内戦を引き起こし、スペイン共和国に対するその反乱を武器、兵力によって支援するヒトラーとムッソリーニによってすでに三六年十一月十八日に承認された。内戦は三九年三月二十八日のマドリド陥落でようやく終結した。

三七年一月八日　金曜日

旅行に出る日。八時頃起床。朝食後、第一章の浄書を入念に訂正。その間にオープレヒトと本の帯[1]の件で電話。「この時代のドキュメント」。――大量の郵便物、ライジガーとブルーノ・フランク[2]（ロンドン）からの手紙、後者には、『ヨゼフ』第三部[3]について極めて暖かい言葉。――荷物をつくり、ひげを剃る。

（1）出版業界でよく用いられ、「腹帯」との呼ばれる帯封のことで、新刊の際宣伝効果のある文句を印刷して、本のカヴァーの周りに巻き付けられる。

（2）小説家、劇作家ブルーノ・フランク（一八八七―一九四五）は一九一一年以来トーマス・マンの近しい友人で、三三年まではミュンヒェン、ヘルツォークパルク区で近隣同士だった。フランクと、その妻で、オペレッタの花形フリッツィ・マサーリの娘リーゼル（一九〇三―一九七九）は、国会議事堂炎上（一九三三年三月二十七日）の翌日ドイツを去り、この頃はザルツブルク近郊アイゲンとロンドンで交互に暮らしていた。三七年フランク夫妻はハリウッドに移り住んだ。『政治小説』『全集』第十巻六八五―七〇〇ページ、『ブルーノ・フランクの「レクイエム」』『全集』第十巻五六六―五六七ページ、『ブルーノ・フランクの「セルバンテス」への序文』『全集』第十三巻四四四―四四九ページ、『ブルーノ・フランクを偲んで』『全集』第十巻四九七―五〇〇ページ、参照。

（3）四部作『ヨゼフとその兄弟たち』の第三部『エジプトのヨゼフ』。

三七年[1]一月九日　土曜日。ヴィーンからプラハへ向かう車中で。

きのう三時四十五分シートハルデン通りを出発。犬の寂しげな様子。非常に丁寧な車掌が担当する寝台車室。この車掌は私たちのことを知っていた。五時、食堂車でお茶、そこで残念なことにイーストを混ぜて焼いたナップクーヘンを一つ食べてしまい、おかげでその後ほとんど夕食の頃まで苦痛と興奮を覚える。「ターゲ＝ブーフ[2]」を読み、休息する。七時半赤ワインを少し飲みながら夕食。胃の具合は依然よくなかった。

ベッドが用意されている間私たちは空いている車室でくつろぎ、私は葉巻を吸った。早めに就寝。真夜中頃ファノドルムの残り半分を服用。それからはかなりよく眠ったが、胃は朝になってもまだ収まっていなかった。フォーアルルベルク高地では吹雪が荒れていたが、今朝は晴れ渡った。七時四十五分起床。よく知れわたった窮屈化粧室。その後、食堂車に出掛けて朝食。お茶は飲めたものではないので引き取らせ、ミルク・コーヒーを取ったが、これは悪くはなかった。ヴィーンに九時到着。晴天、激しい風。タクシーで大都市の長い家並を抜けて東駅へ向かうが、この市の人々はシュヴィーツ(3)の人々より断然興味を惹くし、魅力にも富んでいる。東駅ではたっぷり時間があった。二種類の紙巻たばこ。ドイツ仕立てのプラハ行き車両。穏やかな年配の紳士と同じ車室。陽光。

(1) 〔この日以降一月十三日まで、トーマス・マンは三七年とすべきところを、三六年と誤記している。この誤記は編者が訂正しておいた。〕

(2) シュテファン・グロスマンが一九二一年ベルリンで創刊し、後にレーオポルト・シュヴァルツシルトが編集にあたった政治・文化週刊誌「ダス・ターゲ＝ブーフ」は三三年以来シュヴァルツシルトによりパリで「ダス・ノイエ・ターゲ＝ブーフ」の名で続刊され、情報が的確で、もっとも重要なドイツ亡命雑誌だった。〔訳注〕グロースマン Großmann の名をトーマス・マンはこれまで一九三三年の日記に一度だけ、それもグロスマン Grossmann と表記している。原注では両方の表記が混用され、原索引では Großmann となっている。本訳書では、グロースマンと表記することにした。

(3) 〔訳注〕シュヴィーツ Schwyz は、スイス建国の三州の一つで、ドイツ語圏の文化的中心チューリヒの南の田園地帯に位置しており、州都もシュヴィーツという。ただヴィーンとの対比に、なぜ、たとえばチューリヒではなくてシュヴィーツが引き合いに出されたのか、よく分からない。

プラハ、三七年一月十日　日曜日。
ホテル・エスプラナーデ。

旅行はこれまでのところ、同室の旅客の顔触れに変化はあったものの、変わったことはなかった。食堂車(1)で昼食。休息、その後、携行したフランケンベルガー(2)の『ファウスト第一部』に関する本を読む。到着前に(3)お茶。五時、プラハ着。駅（改札口）にゴーロとゴシだけ（勘違い）。タクシーでホテルへ。泊まったことのある部屋。数多くの手紙と訪問の申し出、これは調整しなければならなかった。電話が何本もかかってくる。荷物を開け、ひげを剃る。ゴーロを同道、ミーミ・マン(4)を訪れ、そこで、くたびれてはいたものの、家族水入らずで晩を過ごす。早めに宿に戻る。W・M・L(5)を読む。

きょうは八時半起床、入浴。霧がかかり、寒い。残念ながら早くも風邪を引く。コザクと電話。各所の訪問はあすに。ドイツ劇場はたいへん丁重に今夜の仕切り席。――ナートネク(6)（インタヴュー、「プラハ日刊紙」(7)の事件）と元検事で亡命者救援会のゴルトシュミット博士の来訪。講演、ドキュメント、寄付。――ブルーノ・フランク宛てに手紙。――ゴーロと一緒に徒歩でウラーニアに出向き、そこのフランケル夫妻(8)の部屋で昼食。コーヒーを飲みながら、「モンターク」(9)の割合ましな記者のインタヴュー。――宿で少し休息。それからタクシーでミーミが主人役の多人数の茶会。コザク夫妻、チェコ大学の長身の学長（医学者）、大臣、ブジスラフスキ(10)、チャペク(11)、このチャペクはまたまたラジオ管理局を話題にする。七時ホテルに戻る。それからすぐドイツ劇場へ、ゆったりした仕切り席。『薔薇の騎士』の見事な［上演］。オーケストラにうかがわれるこの音楽の洗練と感性に迫る文学性に感動、かなりの疲労も忘れるほどだった。ミーミ・マンと子供、ゴーロ、ミルカ・プリングスハイム(12)が加わる。終演後カフェ・エレクトラで過ごすが、疲労が甚だしい。

（1） ユーリウス・フランケンベルガー『ヴァルプルギス。ゲーテのファウストの芸術形態に寄せて』「国家と精神」叢書第二巻、ヴィーガント書店、一九二六年。トーマス・マンの所蔵本は保存されている。

（2） すでにチェコ国籍を得ていたゴーロ・マンは、一九三六年秋プラハに出向いた。プラハでは教師になれると期待してのことで、そのためには、プラハ大学でなおいくつかのコースを取らなければならなかった。この目論見はしかし不発に終わり、三七年夏またプラハを去ることになった。

（3） ヘンリエッテ・マリーア・レオニー・マン、通称ゴシ（一九一六年生まれ）、ハインリヒ・マンの最初の結婚で生まれた娘で、唯一の子供、プラハの母マリーア（ミーミ）・カノーヴァの家で暮らしていた。

（4） マリーア（ミーミ）・マン。旧姓カノーヴァ（一八八六―一九四六）、ハインリヒ・マンの最初の夫人で、生粋のプラハ女性、元女優、一九一四年から三〇年までハインリヒ・マンと結婚生活を送ったが、離婚後プラハに戻り、ハインリヒ・マンの亡命後にチェコ政府の援助を受けて、ドイツに残されていたハインリヒ・マンの原稿、書簡、蔵書を救出した。娘レオニー（ゴシ）とプラハで非常につつましい暮らしだったが、ナチ支配の間テレージエンシュタット強制収容所で五年を過ごした。〔訳注〕テレージエン強制収容所の閉鎖後まもなく四六年、マリーア・マンは死去した。

(5) ゲーテの『ヴィルヘルム・マイスターの修行時代』。

(6) 著作家ハンス・ナートネク(一八九二—一九六三)、一九三三年まで「新ライプツィヒ新聞」文芸欄編集者、三三年プラハへ、後パリ経由で合衆国へ亡命した。プラハのドイツ語系諸新聞、「新チューリヒ新聞」、バーゼルの「ナツィオナール=ツァイトゥング」ならびに重要なドイツ系亡命諸雑誌の定期寄稿者だった。

(7) 法学博士ジークフリート・ゴルトシュミット(一八九〇年生まれ)、ブレスラウ検事局顧問、社会民主党員、一九三三年プラハに亡命して、同地でユダヤ人亡命者援護会の会長を勤めたが、三八年以降合衆国に居住。

(8) オスカル・ベンヤミーン・フランケル、プラハの成人大学「ウラーニア」の校長で以前数度のプラハ講演旅行以来トーマス・マンとは旧知の間だった。フランケルは三八年パリ経由合衆国へ亡命した。

(9) 〔訳注〕正式名称は「プラーガー・モンタークスブラット」。「月曜新聞」というところからすると、週刊新聞であろうか。

(10) 評論家ヘルマン・ブジスラフスキ(一九〇一—一九七八)はもともと社会民主党員だったが、のち共産党に入党、一九三三年スイス、三四年チェコスロヴァキア、三八年パリ、四一年合衆国に亡命した。三四年から四〇年までプラハとパリで「ノイエ・ヴェルトビューネ」を刊行、これを人民戦線運動に則した方向へ進めた。四八年にはドイツに戻り、ライプツィヒ大学の新聞学教授になった。

(11) チェコの劇作家、小説家カレル・チャペク(一八九〇—一九三八)は、ドラマ『RUR』の中で「ロボット」という新造語をつくって流行させたことや、『白い病気』、『昆虫たちの生活から』等の劇作品や、長篇小説『クラカティト』で有名であるが、トーマス・G・マサリク大統領の親しい友人だった、チャペクの『マサリクとの対話』三巻、参照。トーマス・マンとカレル・チャペクとは、両者の属していた精神的協力のための国際連盟委員会の大会、会議で知り合った。

(12) エミーリエ(ミルカ)・プリングスハイム(一九一二—一九七六)はカトヤ・マン夫人の姪で、カトヤ夫人の双生児の兄弟クラウス・プリングスハイムとクラーラ(ララ)・プリングスハイム、旧姓コスラー、の娘、プラハ生まれ、一九一四年両親とともにドイツに移り、ベルリンでラインハルト学校に通い、三一年から三二年シュレースヴィヒ国立劇場の女優、三三年プラハに亡命、四六年までプラハにとどまり、その後ミュンヒェンで暮らした。ハンス・E・ロイターと結婚。

プラハ、三七年一月十一日　月曜日

午前、来客に会う。それからコザク邸[1]を訪問、コザクの案内で外務省に行き、病気のクロフタの代理で領事の肩書の人物に応対を受ける。そこから内務省、チェルニー[2]不在、待機、門衛による確認。――ゴーロとグラーベンで昼食。その後ホテルで休息。四時タクシーで城へ、共和国大統領[3]との茶会、二人だけで二時間半、政治。――ホテルに戻ってタキシードに着替え、ウラーニアに行き、事務室で控える。ついで講演に出ていくとホールは満員、大歓迎、挨拶、『ロッテ』第一章、少憩後「女たちの集い[4]」。はれがましい経過。気のいいゴーロは満足の態。会場にはハルト[5]、ドイツ人大臣[6]、その他。フランケルの住居でレセプション。ケステンベルク[7]、フランティシェク・ランガー[8]、チェヒ[9]、若い人たち。大成功の夕べ。

（1）　カミル・クロフタ博士（一八七六―一九四五）は、チェコ歴史学者の重鎮、プラハ大学歴史学教授、一九三六年から三八年にかけてチェコスロヴァキア共和国外相。

（2）　ヨゼフ・チェルニー（一八八五―一九七一）、マリーペテル内閣（一九三二―一九三五）、ホッジャ内閣（一九三五―一九三八）、シロヴィ内閣（一九三八）の内相。

（3）　エードゥアルト・ベネシュ博士。一九三七年一月七日付日記の注（3）参照。

（4）　『エジプトのヨゼフ』第七章第五話「女たちの集い」。

（5）　ドイツの朗読家ルートヴィヒ・ハルト（一八八六―一九四七）、一九二〇年ミュンヒェンで知り合って以来のトーマス・マンの知己で、トーマス・マンに最初にフランツ・カフカに対する関心を起こさせた人物。『ある朗読芸術家について』『全集』第十巻八六四―八六六ページ、参照。ハルトはプラハで窮乏の亡命生活を送っており、トーマス・マンはハルトの救援を試みた。ハルトは三八年合衆国へ亡命、そこでトーマス・マンに再会した。

（6）　ズデーテンドイツ社会民主党員ルートヴィヒ・チェヒ博士（一八七〇―一九四三）は、一九二〇年以来チェコスロヴァキア・ドイツ社会民主労働者党委員長、二九年から三八年にかけて福祉、労働、厚生の各大臣を歴任する。テレージエンシュタット強制収容所で死亡。

（7）　レーオ・ケステンベルク（一八八二―一九六二）、元来はピアニスト、一九一八年から三二年までプロイセン文部省音楽担当官、二一年からはベルリン音楽大学教授だった。三三年プラハへ、三八年パレスティーナへ亡命、テル・アヴィーヴのパレスティーナ交響楽団事務局長になった。

（8）　チェコの医師、小説家、劇作家フランティシェク・ランガー（一八八八―一九六五）は、カレルとヨゼフ・チャペク兄弟と親交があり、喜劇『周辺』と『らくだが針の穴を通り抜ける』によって有名になった。一九三九年ポーランド経由でフランスへ、さらにイギリスに亡命、そこで軍医になっていたが、四五年プラハに戻る。
（9） 前の注（6）参照。

三七年一月十二日　火曜日。プラハ

午前、来客、ブルシェル。(1) ブルシェルと同道バハー(2)博士邸へ、裕福さの窺われる住居、トーマス・マン基金委員会の会議。――十二時半、外務省さしまわしの車でホテルを出発、プロセチュへ向かう。フライシュマン、ゴーロ、映画撮影技師二人。約三時間の走行、はじめ気分が悪かったが、軽食を取った後、よくなる。郵便局長宅でコーヒー。ついで町議会が開かれ、町長と郵便局長の演説。謝辞。市民証。町役場前に住民。フライシュマン邸前(3)で共産党員たちによる三ヶ国語の挨拶。フライシュマン邸で延々と本の献呈。水を添えてたっぷりした夕食。コーヒーになってまた客が何人か加わる。老工場主が、私とゴーロにパイプを持ってくる。Kには刺繍したナプキンのプレゼント。八時半頃、車で駅へ出発、神経質な運転手、エンジンとライトの故障。それでも駅では時間がたっぷり余った。ゴーロと別れる。レストランでお茶。寝台車。

（1） 著作家フリードリヒ・ブルシェル（一八八九―一九七〇）は、一九三三年フランスそしてスペインへと亡命、三四年から三八年までプラハで過ごし、三六年のトーマス・マン協会の設立にあたっては主導的に関与して、その初代書記になった。三九年イギリスに移り、五四年ドイツに戻ったが、その優れたシラー伝は六八年に刊行された。
（2） フランツ・バハー博士は、ドイツ語日刊紙「ボヘーミア」の編集者、三五年までプラハ議会の民主党代議士だった。
（3） プロセチュ在住の実業家ルードルフ・フライシュマン（一九〇四―一九六六）の発議によりマン一家に対して、帰化の前提であるプロセチュ居住権が与えられたのである。フライシュマンは、三八年イギリスに逃れることに成功し、死去するまでマンチェスター近郊のプレストンで暮らした。

ブダペスト、三七年一月十三日　水曜日。
ホトヴォニイ館

短い睡眠、追加支払いのごたごたのせいだ。八時頃到着。ホトヴォニイがペーター[1]を従えて列車脇に。車で居館へ。ジャーナリスト、画家、写真家を待たせておいて、空腹の私たちは朝食を取る。インタヴューは長引く。トカイ酒。ひげ剃り。これらのメモを整理。——食事前にホトヴォニイ夫妻と散歩。ホトヴォニイの画家の弟[2]を訪問、贅を凝らした屋敷、高価な絵画。フランスの画家。食事にクリスタ・ホトヴォニイ[3]、ヒトラー・ミュンヒェンからの話題。四時から五時まで休息。お茶に加わったある画家[4]は私のデッサンをし、さらに自分の脳腫瘍手術についての長篇小説を書いているハンガリーの小説家[5]とツアーレク[6]がお茶に現れた。——タキシードに着替える。ハンガリー劇場へ。劇場前にはサイン蒐集狂たち、あるファシスト新聞に掲載された悪意にみちた記事[7]のため投入された警官たち。管理事務所。イグノトゥス[8]と、私への頌歌を検閲当局によって禁止されたオッティロ[9]。イグノトゥスの講演の間、支配人と衣裳部屋で待つ。大劇場が満席、一、三〇〇人。良好な音響効果。歓迎の拍手が長く続いた後、『ロッテ』の章に陽気な関心。最後に何度も感謝の挨拶をしなければならなかった。サイン攻め。ローダ＝ローダ[10]。ツアーレク。——ホトヴォニイ夫妻と、ドーナウ河畔の庭園のある優雅なレストランでの晩餐へ。フォアグラのハンガリーふうパプリカ料理と子牛のステーキ、新酒の赤ワイン、ジェルボ[11]＝プチ＝フール。訪問記念署名簿。十一時宿に戻る。お茶。ヴィーンへは自動車で移動することに決定。

（1）ペーター・フランコ、ホトヴォニのお抱え運転手。
（2）画家で美術品蒐集家フェレンツ（フランツ）・ホトヴォニ（一八八一—一九五八）は、ロヨシュ・ホトヴォニの弟。その屋敷は、兄の屋敷と同じくブダのブルク街区にあり、アングル、クルベ、マネ、セザンヌの作品を含む貴重な絵画蒐集を収蔵していた。
（3）女流作家クリスタ・ホトヴォニ＝ヴィンスローエは、ロヨシュ・ホトヴォニの最初の妻で、大成功を収めた舞台脚本で映画化された『制服の処女』の作者。
（4）トーマス・マンの肖像デッサン数点を描いた画家は、リポート（レオポルト）・ヘルマン（一八八四—一九七二）で、これらのデッサンはハンガリーの諸新聞に掲載された。
（5）フリジェシュ（フリードリヒ）・コリンティ（一八八七—一九三八）、自身の脳腫瘍手術についての本は、『私の頭蓋骨を巡る旅』という表題で一九三九年ドイツ語で刊行された。

(6) 作家オト・ツァーレク（一八九八―一九五七）は、ミュンヒェンのカマーシュピーレで文芸部員であったが、そのミュンヒェンで一九一九年以来トーマス・マンと面識があった。三三年ハンガリーに、三八年イギリスに亡命、五四年ドイツに帰国した。はじめはドラマや小説を書いていたが、後には主として伝記作品を刊行した。ツァーレクによるハンガリー解放の英雄コシュートの伝記は、三五年チューリヒで刊行された。

(7) 当該記事はこの日（一九三七年一月十三日）、ファシスト、イシュトヴァーン・ミロトイを編集長とする極右紙「ウーイ・モジョルシャーク」に掲載された。その末尾に曰く、「この亡命者たちの教皇である、新入りのチェコスロヴァキア人のためにある種のグループが国民的祝典を催し、この人物を文化ヨーロッパの良心として讃えることに対して、あまりにもしばしば挑発され、あまりにもしばしば辱められたこのキリスト教国民的社会としては、何としても抗議の声を上げぬわけにはいかない。つい最近ファドゥツが闇商人どもの巣窟であったように、ハンガリーを左翼亡命者の巣窟にするなどということは、何としても我慢ならないのである。」〔訳注〕ファドゥツあるいはヴァドゥーツは、スイスとオーストリアに挟まれた小国リヒテンシュタインの首府。

(8) エッセイストで批評家のポル（パウル）・イグノトゥス（一九〇一―一九七八）がトーマス・マンの朗読に先だって開会の講演を行った。

(9) 重要なハンガリーの叙情詩人オッティロ・ヨーゼフ（一九〇五―一九三七）。この催しの際にヨーゼフは頌歌『トーマス・マンへの挨拶』を壇上で朗読しようとしたが、頌歌が要請通りに非政治的でないという理由で、警察によって朗読を禁止された。ヨーゼフは同じ年の一九三七年自らの命を絶った。『オッティロ・ヨーゼフを偲んで』（一九五五年）『全集』第十三巻八七一―八七二ページ、参照。

(10) ユーモア作家、喜劇作者、逸話作家アレクサンダー・ローダ＝ローダ（元はシャンドール・フリードリヒ・ローゼンフェルト）（一八七二―一九四五）は、とくに喜劇『将軍の丘』によって有名だったが、一九三三年オーストリア、ハンガリーに、三八年スイスに、四〇年合衆国に亡命した。

(11) ブダペストの有名な菓子店、五十年代初めの国有化後「ヴェレスマルティ」と改称。一九九〇年以降再びジェルボと旧名に戻る。

ヴィーン、三七年一月十五日　金曜日。ホテル・インペリアル

きのうの朝ブダペストでなお訪問客、クロプシュトク博士(1)とモーア(2)。アローザに来るつもりだというホトヴォニイ夫妻に別れを告げた後、十時半頃ペーター運転の車で出発。――晴れて青空の寒い天候。快適な走

行、途中で軽食、国境まで小一時間のところでとくに旨くはない昼食、国境はたいした面倒もなく通過。四時ヴィーン到着、ほどなくホテル・インペリアル。好感のもてるペーターと別れる。上階の美しい部屋、花、ボンボン入れ、その他あらゆる付属物。すぐに電話がかかる。トランクを開け、お茶、数分の休息、着替え。ブリュル[3]、ボルン、オペンハイマー[4]が迎えに。コンツェルトハウスへ。クーゲル[5]。いつもながらの運営。開始は七時四十五分。大勢の聴衆、大歓迎、『ロッテ』の後、とくに再登壇の折りの大歓迎、ついで最後に鳴り止まぬ拍手。二番目の作品としては「女たちの集い」。活発な笑い声。楽屋は大混雑。五〇〇シリング。ヴァルター[6]夫人、ベネディクト[7]その他。レストラン・ハルトマン[8]で、ベルマン夫妻[9]、オペンハイマー、ブリュル、ボルン、アマン博士[10]、マイアー＝グレーフェ夫人[11]と夕食。空腹と渇き。パラチンケ。ピルゼン・ビール。コーヒー。真夜中を過ぎて別れる。

　ファノドルム半錠をのんで熟睡。きょうは八時半頃に起床。朝食後、ベーア＝ホーフマン[12]、ムージル[13]と電話。その他多くの電話。

　ブリュルの招待[15]でホテルで昼食。トレービチュ[14]邸でアウアンハイマー[16]、シェーンヘル[17]、マーラー夫人、ベルマン夫妻、その他をまじえて茶会。

　ベルマン邸[18]で、ヴァルター夫人、マーラー夫人、ツカーカンデル夫妻、ホルンシュタイナー教授と夕食。午前中に数部届いた『往復書簡』を朗読して、深い感銘を与える。

（1）　ブダペストの医師、研究者、文士ロベルト・クロプシュトク博士（一八九九—一九七二）は、フランツ・カフカの最後のもっとも親しい友人の一人で、後にマン家と親交をもった。合衆国に亡命、ニューヨークで死去。

（2）　ヨーハン・B・K・モーア。ドイツ系ユダヤ人亡命者。その手になる手紙二通がトーマス・マン文書館に保存されている。

（3）　ポーランド、ビーリツ出身の繊維工業家オスヴァルト・ブリュルは、ほとんどヴィーンで暮らし、長年にわたるトーマス・マン崇拝者だった。書いたものには、トーマス・マンについての多数の個別研究の他、『トーマス・マン。一主題の変奏』一九二三年刊、がある。

（4）　画家、デッサン画家マクス・オペンハイマー、通称モップ（一八八五—一九五四）は、一九三三年以後オーストリアとスイスで暮らし、後に合衆国に移住した。二六年にカンバスに描かれたオペンハイマーの優れた油絵『肖像トーマス・マン』は、ヴィーンのヴィーン市立美術館にある。その『コンツェルト』と題された絵についてのトーマス・マンの『シンフォニー』という表題のエッセイ、『全集』第十巻八七七—八七九ページ、参照。

(5) 商務顧問ゲーオルク・クーゲル、ヴィーンの音楽事務所の所長、興行師で巡回旅行の主宰者。
(6) エルザ・ヴァルター、旧姓ヴィルトシャフト、通称コルネク(一八七一—一九四五)、指揮者ブルーノ・ヴァルターの夫人。マン家は、ヴァルター夫妻、その娘たちロッテとグレーテと、ブルーノ・ヴァルターのミュンヒェン時代以来親交が厚かった。
(7) エルンスト・ベネディクト博士(一八八二—一九七三)は、ヴィーンの「ノイエ・フライエ・プレセ」の発行人、編集長として、父親モーリッツ・ベネディクトの後継者、多作なエッセイスト、劇作家、伝記記者で、一九三八年スウェーデンに亡命した。
(8) ケルントナー・リングに面した、当時有名な豪華レストラン。一九三七年閉店された。
(9) ゴットフリート・ベルマン博士(一八九七年生まれ)は元来外科医、一九二六年、トーマス・マン作品の出版者S・フィッシャーの上の娘ブリギッテ・フィッシャー通称トゥティと結婚、出版業に鞍替えして、S・フィッシャー書店に入社した。二八年書店の経営責任者になり、岳父の希望に応えて「フィッシャー」の名を自身の姓に加えた。三四年十月十五日、S・フィッシャーが死去すると、経営責任を一人で担うことになった。三五年春ベルマン・フィッシャーは国民社会主義宣伝省と取り決めを結ぶことに成功したが、この取り決めによると、ドイツにおいて望ましからざる、あるいは禁止されている、フィッシャー書店専属の作家とその在庫書籍、および多少の貴重品の国外持ち出しが認められ、その条件として書店の残部を売却して「信頼に足る」手に移すことになった。三二年来S・フィッシャー書店で働いていたペーター・ズーアカンプは資金力ある人々を集めて書店の残部を買い取り、経営を続行した。ベルマン・フィッシャーは新しい亡命出版社をスイスで開業しようとしたが、スイスの出版人たちの異議が障害となって当局の許可が得られず、その結果、ヴィーンに新しいベルマン=フィッシャー書店(有限会社)を設立、以後トーマス・マンの作品はここから刊行された。書店がヴィーンで業務を開始したのは、三六年春だった。トーマス・マン『出版社主ゴットフリート・ベルマン・フィッシャーとの往復書簡。一九三二年—一九五五年』ペーター・ド・メンデルスゾーン編、一九七三年刊、参照。
(10) オーストリアの文献学者、文化史家パウル・アマン(一八八四—一九五八)、積極的な平和主義者で、ロマン・ロランの崇拝者。トーマス・マンは、一九一五年から一八年にかけて『非政治的人間の考察』を執筆中、このアマンと、直接面識のないままに詳細で、アマンにとって刺激になる書簡を交わしていた。この書簡の往復は、アマンがミュンヒェンの雑誌に『考察』について鋭く拒否的な論文(「文芸と版画のためのミュンヒェン誌」一九一九年二月、三月号に発表された「トーマス・マンの『非政治的人間の考察』における政治と倫理」)を発表したことで中断、三五年二月になってやっとアマンの方から再開された。二人は、この三七年一月に初めてヴィーンで個人的に面識を得たのである。アマンは後に合衆国に亡命し、ここでいま一度トーマス・マンに再会する。トーマス・マン宛てアマンの手紙は散逸したが、アマン宛てトーマス・マンの手紙は、

『パウル・アマン宛ての手紙』ヘルベルト・ヴェーゲナー編、一九六〇年刊、に収録されている。ペーター・ド・メンデルスゾーン『魔法使』第一部、一〇一九―一〇二〇ページ、参照。

(11) アネマリー・マイアー＝グレーフェ、旧姓エプシュタイン、通称「ブッシュ」、トーマス・マンがよく知っていて一九三五年死去した美術史家ユーリウス・マイアー＝グレーフェの未亡人。夫人は、四九年作家ヘルマン・ブロッホと結婚した。

(12) オーストリアの叙情詩人、小説家、劇作家リヒアルト・ベーア＝ホーフマン（一八六六―一九四五）、物語『ゲーオルクの死』、ドラマ『シャロレ伯爵』、『ヤーコプの夢』、『ミリヤムのための子守歌』で知られ、アルトゥル・シュニツラー、フーゴ・フォン・ホーフマンスタールの親しい交友圏に属していた。トーマス・マンがベーア＝ホーフマンと知り合ったのは、一九一九年のヴィーン訪問の折りのことだった。ベーア＝ホーフマンは三八年合衆国に亡命した。

(13) オーストリアの小説家、エッセイスト、ロベルト・ムージル（一八八〇―一九四二）は、長篇小説『特性のない男』によって世界的に有名であるが、ヴィーンでひどく窮迫した境遇の中で暮らしていた。トーマス・マンは一九一九年以来ムージルと面識があった。ムージルは三八年スイスに亡命した。『ロベルト・ムージル「特性のない男」』『全集』第十一巻七八二―七八五ページ、参照。

(14) ヴィーンの作家ジークフリート・トレービチュ（一八六九―一九五六）は主としてジョージ・バーナド・ショウの作品の最初のドイツ語訳者として有名で、ドイツでのショウの名声を高めるのに貢献した。トレービチュは一九三八年までヴィーンで、その後はチューリヒで暮らした。トーマス・マンは一九年以来トレービチュと面識があった。『ジークフリート・トレービチュの誕生日に寄せる』『全集』第十巻五四三―五四五ページ、参照。

(15) ヴィーンの小説家、劇作家、文芸欄寄稿者ラウール・アウアンハイマー（一八七六―一九四八）、トーマス・マンは一九一九年ヴィーンでアウアンハイマーと知り合った。アウアンハイマーは、三八年逮捕、ダハウ強制収容所に収容されたが、ついには合衆国に亡命した。

(16) オーストリアの劇作家、小説家カール・シェーンヘル（一八六七―一九四三）は上演回数の多いドラマ『信仰と故郷』（一九一一年）、『女悪魔』（一九一四年）によって有名。

(17) アルマ・マーラー＝ヴェルフェル（一八七七―一九六四）、旧姓シンドラー、最初グスタフ・マーラーと結婚、ついで建築家ヴァルター・グローピウスと再婚、三度目に叙情詩人、小説家、劇作家フランツ・ヴェルフェル（一八九〇―一九四五）と結婚した。ヴェルフェル夫妻は当時ヴィーンで暮らしていたが、三八年フランスに亡命、四〇年ポルトガルを経由して合衆国にたどりついた。カリフォルニアでヴェルフェル夫妻はトーマス・マンの近しい知友であった。

(18) ヴィクトア・ツカーカンデル博士（一八九六―一九六五）は指揮者、音楽批評家で哲学者であったが、当時はヴィーンのベルマン＝フィッシャー書店の原稿審査顧問を勤めていた。一九三八年スイスに、そこからストックホルムにたどりつき、ここでまたベルマン=フィッシャー書店のために働いたが、後に合衆国に渡って、アナポリスのセント・ジョンズ・カレッジで音楽学教授になった。

ヴィーン、三七年一月十六日　土曜日

八時起床。曇天、寒く、風が強い。二、三の来客。荷造りとひげ剃り。十一時、ベルマンを訪れて、契約関係の話し合い。前渡し金(1)の延長、『魔の山』(2)の新スタート、契約の延長。――ベネディクト博士邸でブロッホ(3)、アウアンハイマーその他、少人数の昼食。そこからコンツェルトハウスでのヴァルター(4)指揮による交響曲演奏会のゲネプロへ。演奏会は満席。ヴァルター一家と仕切り席。モーツァルトとマーラーの第五、すごくて夢中。あとでヴァルター夫妻が私たちのところにやってきて、お茶。ヴァルターのために『往復書簡』をもう一度朗読。感動。――

（1）トーマス・マンは、S・フィッシャー書店から、後にはベルマン=フィッシャー書店から毎月前渡し金を受けており、この金額は印税に算入されていた。トーマス・マンの出版契約は最初は五年期限で、後には六年期限で締結され、期限毎にそれぞれ五年、ないしは六年と延長され、条件変更もあり得た。この時がちょうど契約延長の時期にあたっていたのである。

（2）この『魔の山』は、ベルマン=フィッシャー書店の新しい版で刊行されることになっていた。

（3）オーストリアの小説家、エッセイスト、ヘルマン・ブロッホ（一八八六―一九五一）は、長篇三部作『夢遊病者たち』、長篇小説『ヴェルギリウスの死』の作者で、哲学的著作の筆者。一九三八年イギリス、そしてそこから合衆国へ逃れた。『ヘルマン・ブロッホの「夢遊病者たち」について』『全集』第十三巻四四九ページ、参照。

（4）指揮者ブルーノ・ヴァルター（一八七六―一九六二）はトーマス・マンとほぼ同年で最も近しく親密な友人の一人だった。二人は、ヴァルターが一九一三年ミュンヒェンの音楽総監督になった時に知り合い、その友情は生涯続いた。ヴァルターはそのミュンヒェン時代（一九一三―一九二二）、ミュンヒェン、ヘルツォークパルク区でトーマス・マンのすぐ近隣に住んでいた。ヴァルターは三三年オーストリアに亡命、三六年から三八年ヴィーン国立歌劇場の指揮者を勤め、四〇年合衆国に渡って、またトーマス・マンの家から程遠からぬビヴァリ・ヒルズに住んだ。トーマス・マンはたびたびヴァルターについて書いている。『ミュンヒェンの音楽』『全集』第十一巻三三九―三五〇ペー

ジ、『ブルーノ・ヴァルターのために』（その六十歳の誕生日に寄せて）『全集』第十巻四七九―四八三ページ、『ブルーノ・ヴァルターの七十歳の誕生日に寄せて』『全集』第十巻五〇七―五一二ページ、『音楽の使命。ブルーノ・ヴァルター指揮生活五十年記念にあたって』『全集』第十三巻八五九―八六三ページ。

キュスナハト、三七年一月十七日　日曜日

きのうヴィーンでヴァルター夫妻としばらく語らったあと荷造りをし、まだ残った時間を書き物で過ごし、それから出発。西駅に行き、寝台車。八時半に発車してから食堂車で夕食。そのあとまもなく就寝。――けさ八時半頃、狭い化粧室。青空、陽光、ほどほどの寒さといった天候。食堂車でミルク・コーヒーと卵の朝食。遅れてK。旅券検査は好意的。ブクスで車両交換。『ヴィルヘルム・マイスター』を読み進める。昼一時頃チューリヒに到着。メーディが車で出迎え。家に戻り、末の二人の娘と昼食。コーヒーとリキュール。食後、さらにお茶のあと、トランクを開け、持ち帰った手紙、原稿、書籍、書類の山と、留守中に届いていた郵便物をひとあたり整理。――安く入手した十三巻本トルストイ全集、嬉しい新財産。――ボネ(1)の手紙によると、ルーマニアの裁判所がフランス外務省に私のアドレスを問い合わせてきたという。となると、訴状が送りつけられることになるようだ。――晩、諸雑誌。

（1）　ジュル・ボネ、国際連盟事務局に勤め、トーマス・マンが所属していた「文学芸術常置委員会」の大会運営責任者だった。

三七年一月十八日　月曜日

八時起床、入浴、朝食の後、手紙類に目を通し、ベルマンに手紙を書き、何人かにパンフレット(1)を発送する。――穏やかな天候、霧がかかり、湿度が高い。脚部リューマチ痛がひどくなる。いろいろと身繕い。食事前トービ(2)とヨハニスブルクの先まで散歩。食後、原稿に手を入れる。――Kがオープレヒト夫人と電話、

パンフレットはきのうから販売されており、新聞数百社に送られたという。——午後、昼寝。お茶のあと、若いヴィーンの詩人グループ[3]宛てに手紙。バーゼルのヴィルヘルム・ヘルツォークと、ノーベル賞へのハインリヒの熱望について電話、ヘルツォークはハインリヒのためプラハに出向いて、マサリク[4]の支持を取り付けるという。見込みはない。——晩、Kとコルソ[5]へ、仕切り席。抜群のプログラム。優れたヴィーンの女性コメディアンたち、絢爛たるアクロバット芸人たち、美しい肉体をもつ体操競技者、人形を抱えたスペインの腹話術師、非常に滑稽。家に戻って夕食。アメリカから戻ったクラウス[6]がパリから電話。エーリカ[7]は、大富豪のアメリカ・ユダヤ人[8]との結婚に半ば傾いている。パリでのパンフレット、「日刊新聞」[9]に掲載された勝ち誇らんばかりの抜粋。

（1）〔訳注〕トーマス・マンは、ボン大学哲学部学部長からの名誉博士号剝奪通告に対して、一九三六年十二月末に抗議の公開書簡を送った。これをチューリヒのオープレヒト書店が『往復書簡』と題して刊行、後には『ボン大学との往復書簡』と呼ばれることになったが、日記の中でトーマス・マンは、『往復書簡』とする他、「パンフレット」、「仮綴本」あるいは「小冊子」などと記している。

（2）トーマス・マンの飼い犬。テリア種。

（3）作家、評論家ヴィルヘルム・ヘルツォーク（一八八四―一九六〇）はハインリヒ・マンの近しい友人で、第一次世界大戦の折りトーマス・マンが排他的愛国主義的立場を取ったため、主宰する平和主義的雑誌「ダス・フォールム」でトーマス・マンを痛烈に攻撃したこともあって、長くミュンヒェン時代からヘルツォークを知っていたトーマス・マンは、当時ヘルツォークを憎悪したものだった。のちにトーマス・マンが政治的変身を遂げると、二人は親しい関係をもつに到った。ヘルツォークは一九三三年以来バーゼルで暮らし、結局合衆国に移ったが、五二年ドイツに戻った。ヘルツォークの人物評伝集『私の出会った人々』には、ハインリヒとトーマス・マンへの興味ある回想が盛られている。

（4）トーマス・ガリグ・マサリク（一八五〇―一九三七）、一八八二年以来プラハのチェコ大学哲学教授、一九一四年からチェコスロヴァキアに独立の権利があることを唱え始め、一八年チェコスロヴァキア共和国の創設者となり、一八年から三五年までその初代大統領だった。引退後の三七年九月十四日死去。『トーマス・マサリク』『全集』第十二巻八二〇―八二四ページ、参照。

（5）チューリヒのヴァリエテ劇場。

（6）クラウス・ハインリヒ・トーマス・マン（一九〇六・一一・一八―一九四九・五・二一）はトーマス・マンの長男、十八歳の時すでに最初の文学的、批評的作品を複数発表、二十年代終わりから三十年代始めにかけてたちまちのうちおびただしい数にのぼる本やエッセイ——舞台脚本『アニャとエスター』、『四人のレヴュー』、短篇小説集『人生を前に』、『冒険』、長篇小説『敬虔な踊り』、『アレクサンダー』、『無限なものの中の集合地点』、随想集『今日と明日』、『一つの道を求めて』、自伝『時代の子』――によって頭角をあらわし、ドイツ倒壊の時点で二十六歳、すでに知名の作家として政治的右翼からの激しい攻撃に曝されていた。クラウス・マンは広い国際的知的交友圏をもち、際立った政治的明敏さと現実感覚をそなえていた。三三年三月姉のエーリカとともにドイツを離れ、まずパリ、ついでアムステルダムに移って、三三年秋から亡命月刊誌『集合《ディーザムルング》』を刊行、これは三五年末まで続いた。ついでクラウス・マンは、パリ、アムステルダム、チューリヒ、プラハ、ヴィーン、ニューヨーク間をひっきりなしに動き回った。やがて、家族の他の全員と同じように合衆国に移住し、ニューヨークで第二次世界大戦中に、短命に終わりはしたものの英文雑誌『決定《デシジョン》』を刊行、自伝『転回点』を書き、最後は戦争の最終局面でアメリカ軍兵士になった。戦後の知識人の置かれた状況に展望がないと見て絶望したクラウス・マンは、ずっととりつかれていた深刻な死への憧憬から、四九年カンヌで自ら命を絶った。日記本文に関しては、クラウス・マンは、三六年九月中旬、姉エーリカの主宰するカバレット「胡椒挽き」の客演に同行してニューヨークに出掛け、三七年一月中旬ヨーロッパに戻った。一九三七年一月十八日付日記の注(7)、(8)参照。書簡選集(『書簡と回答』)は、マルティーン・グレーゴル=デリンの編により七五年刊行された。『クラウス・マン追想集への序文』(一九五〇年)『全集』第十一巻五一〇―五一四ページ、『小説「火山」についてクラウス・マンに寄す』(一九三五年)『全集』第十巻七六六―七六九ページ、参照。

(7) エーリカ・ユーリア・ヘートヴィヒ・マン=オーデン(一九〇五・一一・九―一九六九・八・二七)は、トーマス・マンの長女、はじめは女優、のちに新聞記者、文化政治評論家、著述家、一九二五年から二八年まで演出家で俳優のグスタフ・グリュントゲンスと、三五年以降はイギリスの詩人ウィスタン・オーデンと結婚していた。エーリカ・マンの仕事として七冊の子供向きの本、カバレット「胡椒挽き」のための台本、『野蛮人のための学校』(ヒトラー治下の青少年の教育)(ニューヨーク、一九三八年)、『光が消えてゆく』(第三帝国から伝えられてきた真実の話)(ニューヨーク、一九四〇年)、『最後の一年。父についての報告』(フランクフルト、一九五六年)が挙げられる。弟クラウスとの共著で、『ぐるりと回って、陽気な旅行記』(ベルリン、一九二九年)、『人生への逃避』(ボストン、一九三九年)、『もう一つのドイツ』(ニューヨーク、一九四〇年)がある。父親の晩年最後の十年間、エーリカは終始、父親の講演旅行に付き添い、父親の執筆にあたってもっとも信頼される助手だった。六一年から六五年にかけてエーリカは三巻のトーマス・マン書簡選集を刊行、遺稿の管理にあたっていた。

(8) ニューヨークの銀行家モリス・ヴェルトハイム。エーリカ・マンは一九三六年秋主宰するカバレット「胡椒挽き」を率いてニューヨークで客演したが、ヨーロッパの場合と違って失敗し多額の赤字を出してしまった。ニューヨーク演劇界に関心を抱いていた銀行家ヴェルトハイムは、カバレットの負債を肩代わりしてエーリカを窮境から救い、それからまもなくエーリカに求婚したが、エーリカは断った。「胡椒挽き」劇団はニューヨークの失敗後解散、エーリカ・マンはアメリカに残り、講演や新聞記者としての活動で成功を重ねた。

(9)　一九三六年から三九年までパリで刊行されていたドイツ語亡命新聞「パリ日刊新聞（パリーザー・ターゲスツァイトゥング）」のこと。本紙は、三三年から三六年まで存在した「パリ日報（パリーザー・ターゲスブラット）」の後継紙。両紙とも主幹はベルリンの「フォス新聞」の元編集長ゲーオルク・ベルンハルトだった。

三七年一月十九日　火曜日

八時半起床。ひどい湿度、空は暗く、雨。――調査研究。それから短篇小説の仕事。第二章は満足出来ず、改稿を予定する。――一人でヨハニスブルクの先まで雨中を散歩。昼食にヴィーンのトレービチュとその夫人。トレービチュの女性関係についての嘆きと調停の要請。――『往復書簡』(1)がきっかけの来信が始まる。オルテンの『ダス・フォルク』が感動溢れる記事を掲載。イタリア語訳『ヨゼフ』にかかわるサチェルドーテ(2)の質問に対する回答を口述。――夕食の際モーニ(3)を相手に、モーニの将来について話し合い、ヴィーン行きは反対、音楽の先生ランゲンハーン(4)に就くのは賛成ということで、結論は出なかった。――エルンスト・エルスター(5)のゲーテと恋愛についてのかなりばかげた研究を読む。スイスの雑誌「ディ・ツァイト」(6)。――文学雑誌創刊のためのフォン・マイリシュ夫人の寄金の件でブライトバハとシュランベルジェの手紙。問題点が多い。年一〇、〇〇〇フランずつ三回の金でどれだけのことが出来るのか。シュランベルジェ来訪の予告。

(1)　「トーマス・マンの信条吐露。暴力に反対する精神のドキュメント」。「ダス・フォルク」オルテン、一九三七年一月十八日号所収、無署名記事。

(2)　グスターヴォ・サチェルドーテは、『ヨゼフ』小説のイタリア語訳者。第一巻、一九三三年、第二巻、三五年、第三巻、三七年、第四巻、四九年、いずれもミラーノのモンダドーリ書店から刊行。

(3)　モーニカ・マン、通称モーニ、あるいはメンヒェンは、トーマス・マンの、一九一〇年六月七日生まれの次女、フィレンツェで暮らし、音楽を学んでいた。三九年ハンガリーの美術史家でドナテルロ研究家のイェネー・ラニイ（一九〇二年生まれ）と結婚、四〇年夫妻はイギリスから合衆国に渡ろうとした。二人の乗船した「シティ・オヴ・ビナーリズ」はドイツ軍の魚雷攻撃を受け、ラニイは妻の眼前で溺死、モーニカ自身は二十四時間後に水中から救出され、まもなく、合衆国の両親、兄弟姉妹のもとに辿り着いた。今日ではカプリで暮らしており、数冊の著書があるが、その中に、父親の回想を織り込んだ『過去と現在と』がある。

（4）スイスの女流ピアニストでピアノ教育家アナ・ヒルツェル＝ランゲンハーン（一八七四―一九五一）、演奏会活動で成功を収めた後、一九二六年以来ベルク城（トゥーアガウ）でピアノを教えていた。モーニカ・マンはしかしランゲンハーンに就こうとはせず、ヴィーンに出掛けた。

（5）エルンスト・エルスター『ゲーテと恋愛』。一九三二年二月二日マールブルクにおけるゲーテ記念祭講演。「マールブルク大学講演」シリーズ五三号、マールブルク一九三二年。エルスター（一八六〇年生まれ）は、一九〇一年以来マールブルク大学ドイツ文学語学教授だった。

（6）「ディ・ツァイト」は、R・J・フムの協力を得てアルビーン・ツォリンガーが一九三三年以来刊行したスイスの文化雑誌で、三七年一月号で終わった。

アローザ、三七年一月二十日　水曜日。ヴァルトホテル

けさ、キュスナハトで八時前に起床。フェーン、きりっとせず、雨、時に青空。まだ仕事をし、第二章前半の改稿に取り掛かった。それから荷造りをし、身繕いをする。きっかり十二時半に食事を始め、コーヒーを飲む。近々ヴィーンに行くモーニと別れの挨拶。ベルンのある女性から、蜂蜜入りケーキに添えて、『ヨゼフ』第三巻についての手紙がおくられてくる。パリからパンフレット関連の手紙。――メーディが私たちを駅まで送ってくれた。クールに汽車でやってきて、さらにいつもの[1]通り山岳軽便鉄道で雪の中へと進んで行く。ここアローザ到着は五時半。馴染みの顔、顔。橇にドイツ人女性と同乗、ホテルに向かう。リヒター[2]博士が出迎える。いつもの部屋々々、奇妙な感じ。亡命はここで始まった……四年……多くがなされ、多くが起こった。――トーストでお茶、そしてトランクを開ける。私は本を含めて整理を済ませ、あしたは仕事を始められる。七時四十五分、旺盛な食欲を発揮してディナー。デザートになってリオンが加わり、そのリオンと私たちは食後奥のサロンに腰を据える。雑誌の

意義と精神、内的規模、リオンとブレンターノ[3]とが加わり得るような運営組織といった雑誌の計画について、興味ある談話。表題はことによると「価値」。菩提樹花茶。十時、上にあがる。

（1） トーマス・マンとカトヤ夫人は、毎年アローザの新ヴァルトホテルで冬の数週を過ごすことにしていた。二人の亡命は、一九三三年三月ここで始まったのである。

（2） アローザの新ヴァルトホテルの所有者兼支配人。

（3） 作家ベルナルト・フォン・ブレンターノ（一九〇一―一九六四）は一九二五年から三〇年まで「フランクフルト新聞」の編集部に所属し、三三年スイスに亡命、四九年ドイツに戻った。亡命中に発表した多数の長篇小説は、チューリヒの諸出版社やアムステルダムの亡命出版社クウェーリードー書店から刊行され、後には数点の伝記も書かれた。

アローザ、三七年一月二十一日　木曜日

かなり良く眠る。七時半起床。空は青く、寒い。美しい連山。身繕いを済ませ、コーヒーの朝食。短篇第二章を十一時まで執筆。買い物のため町へ。散髪。何人かに仮綴本を送る。ランチのあとロジア[1]に落ち着いて、ゲーテのヴァルプルギスについて読む。四時お茶を飲みにKとオールド・インディア[2]へ。その後、買い物。いささか疲労、高山病。シュランベルジェ、ブライトバハ、マイリシュ女史、その他宛ての手紙を口述。自分で数通を書く。――夥しい郵便物、その中にハインリヒの手紙[3]（パンフレットと『ヨゼフ』について）と、小冊子についてのライジガーの手紙（腹立たしい誤植、あるいは誤植以前の書き間違いの確認）。「ダーゲンス・ニューへーテル[4]」に『往復書簡』が掲載されたのを契機にした、スウェーデンからの複数の手紙[5]。オト・シュトラサーの手紙。無報酬で私の弁護を引き受けるという、テメシュヴァールの弁護士[6]の申し出。ルーマニアの裁判官はどんなことでもやりかねない、というのである。――ディナーののち、リオンと一緒に小サロンに落ち着く。引き続き、計画中の雑誌を話題にする。

（1） 〔訳注〕建物の壁面から突き出していない、したがって天井があるかたちのバルコニー。もちろん吹き曝しである。

（2） アローザの喫茶店。

（3）一九三七年一月十九日付ニースからトーマス・マン宛ての手紙。『往復書簡集』には収められていないが、チューリヒのトーマス・マン文書館に現存する。その中の文章、「『往復書簡』を読んで大いに満足を覚えた。君はすべてをいちどきに語って最大の効果を上げる……君は前からほんとうに何一つなおざりにしていない、今君が口にしているのは、最終的な言葉なのだ。」

（4）新聞出版コンツェルン、アルベルト・ボニエルに属するスウェーデンの日刊紙で、同紙は、一九三七年ボニエル書店から刊行された『往復書簡』のスウェーデン語版をまえもって印刷、掲載した。

（5）ナチ党の政治家オト・シュトラサー（一八九七―一九七四）は、一九三四年六月三十日ヒトラーによって殺害されたグレーゴル・シュトラサーの弟、党内左翼に位置し、三〇年ヒトラーと決裂した後、革命的国民社会主義者「黒色戦線」を創設。三三年、ヒトラーが政権につくと、オト・シュトラサーはヴィーンに、やがてプラハに、ついでカナダに亡命した。ドイツには五五年に戻った。

（6）テメシュヴァールの弁護士ヨージェフ・ケンデ。一九三七年一月四日付日記の注（1）参照。トーマス・マンは、三七年一月二十二日アローザからケンデに手紙を書いて、法廷で代理人を務める権限を委託した。『書簡目録II』三七／二〇、参照。ケンデ（一九一〇年生まれ）は後にイスラエルに移住し、今日もそこで健在である。

アローザ、三七年一月二十二日　金曜日

七時半起床。入浴。第二章の手直しと切り詰めの仕事。正午スキー場に出掛け、Kと合流してマラン方向へ向かって散歩。フェーンのため暖か。大量の郵便。大多数は『往復書簡』がらみ。アカデミーと「胡椒挽き」に反対のドイツ系ユダヤ人がニューヨークから寄越した悪質な手紙。食後ロジアに腰を据え、フランケンベルガーの『ヴァルプルギス』。四時、お茶を飲みにKと町へ。そのあとは、ほとんどディナーの時間になるまで、手紙を口述。『往復書簡』のチェコ語版の件で、オープレヒト夫人と電話。『往復書簡』はヴィーンで売れ行きがいい。二、五〇〇部増刷。誤植の訂正。――ディナーのあと、小さいサロン。雑誌と、精神的に雑誌と関わる問題について、リオンと論じ合う。――「ターゲ＝ブーフ」誌に『往復書簡』についての記事。[1] その他『往復書簡』について各紙の反響。――ホテルで二人の人物に心を惹かれる。一人は、非常に上品な若いスウェーデン女性、[2] 母親であり、ボニエルの義妹にあたる。もう一人は若い第一ヴァイオリンで、

何年も前から知っており、いつも好感のもてる人物、ディナーから戻る時いつも小サロンで練習しているのにでくわす。

(1) エーリヒ・アンダーマン「トーマス・マンは語る……」「ダス・ノイエ・ターゲ=ブーフ」パリ、一九三七年一月二十三日号、所収。
(2) ササ・ヴェターリンド夫人、旧姓マクドナルド=ヘルベルク（一九〇六年生まれ）のこと、スウェーデンの出版社主カーイ・ボニエルの義妹で、アルフ・ヴェターリンドと結婚した。

三七年一月二十三日　土曜日。アローザ

八時起床。青空で穏やかな天候。極めて美しい風景。朝食後、改めて第二章を書き上げる。大した変更はなかった。——スキー場に出掛けたところリヒター博士に出会う。故国訪問から戻ったロシア人たちとの明日の集いに、博士に招待される。Kとマランに向かい、そこで日向の席に座ってヴェルモットを飲む。ランチのあと、雑誌類を抱えてロジアに座る。暖か過ぎる。午後気分が悪くなり、神経が苛立つ。一日中『往復書簡』関連の手紙や「ナツィオナールツァイトゥング」[1]と「ブント」[2]の書評など、大量の郵便物。オールド・インディアでお茶。宿でさまざまな自筆の通信。ディナーの際美しい小柄なスウェーデン女性が、スウェーデン語訳『往復書簡』掲載のダーゲンス・ニューヘーテルを示し、冒頭の紹介をフランス語に訳してくれた。——リオンと小さいサロンに落ち着く。『ロッテ』第一章をリオンに読むようにと渡す。「ベルリーナー・ターゲブラット」[3]の古い号、完全にナチ化して、水準は最低。ブルムとヒトラーの演説に向けて、ノイラート[4]とフランソワ=ポンセ[5]の予備交渉、議題はドイツに対する包括的な経済援助で、条件は示されなかったという、気掛かりな報道。

(1) 「トーマス・マンの公開書簡」署名「K1。」（オト・クライバー）、バーゼル、「ナツィオナール=ツァイトゥング」一九三七年一月二十四日号、所収。〔訳注〕日記本文では、「ナツィオナール=ツァイトゥング」が、ハイフンなしに、Nationalzeitung と表記されている。
(2) フーゴ・マルティ「ある往復書簡。時代の一ドキュメント」、ベルン、「デア・ブント」一九三七年一月二十一日号、所収。

(3) フランス社会党の指導者レオン・ブルム（一八七二―一九五〇）。一九三六年五月三日の選挙に勝利を占めて、社会党、急進社会党によって構成され、共産党の支持を受けた第一次人民戦線（フロン・ポピュレール）内閣を組織した。ブルム政府は三七年六月十日まで続き、カミユ・ショータンを首班とする新しい人民戦線連合にとって代わられた。

(4) コンスタンティーン・フォン・ノイラート男爵（一八七三―一九五六）は一九三二年から三八年までパーペン、シュライヒャー、ヒトラー各政府の外相、三九年三月十八日ベーメンおよびメーレン〔ボヘミア、モラヴィア〕の司政官になり、四六年ニュルンベルク戦犯裁判で十五年の禁固刑を宣告されたが、五四年釈放された。

(5) アンドレ・フランソワ＝ポンセ（一八八七―一九七七）は一九三一年から三八年までベルリン駐在フランス大使、四三年から四五年までドイツ軍に抑留され、四九年ドイツ駐在フランス高等弁務官、五三年から五五年まで連邦共和国駐在フランス大使を勤めた。

三七年一月二十四日　日曜日。アローザ

青空、穏やかな天候。第三章を書き始める。正午、Kと日光を浴びながら座ったり、散歩したりする。食後ロジアでトルストイの『ある地主の朝』[1]を読む。日曜日の賑わいを見せる町ではお茶を飲める店が見つからず、ホテルのホールで例の魅力的で小柄なスウェーデン女性、南米に定住している夫婦、ユダヤ系ハンブルク女性とヴィーン女性と一緒にお茶を飲む。そのあと、疲労と戦いながら手紙の口述。ディナー（タキシード）のあと、感じの良いロシア人夫妻とともにリヒター博士のところに招かれる。夫妻は、極めて興味深く積極的な意味でソヴィエト国家の発展について語った。――シュランベルジェとブライトバハから二人の来訪に関して手紙。ハンガリーにおけるパンフレットの効果について、ホトヴォニイの手紙。「新チューリヒ新聞」に書評[2]、平和概念に内在する社会主義への共感と、それが反ロシアにならないという腹立ちから、感動を装った陰険な底意。

(1) レフ・N・トルストイの短篇小説（一八五六年）、ロシ

アの地主について、計画されはしたものの書かれなかった長篇小説のための素材から生まれた作品。ネフリュードフ侯爵像がここに初めて現れる。

（2）「トーマス・マンの回答」『ある往復書簡』に寄せて。筆者名なく「新チューリヒ新聞」一九三七年一月二十四日号、所収。

三七年一月二十五日　月曜日。アローザ

雪、太陽、雪、零度以上。遅く起床。第三章を書き進める。正午、Kとマランへ。食後ロジアで新聞各紙とゲーテ。上の牧人小屋の先まで散歩。オールド・インディアでお茶。宿で自筆の通信。ハインリヒ宛てに手紙(1)。暑くて疲労を覚える。ブルムの演説についての報道、胸をなでおろす。イギリスで喝采、ドイツの新聞では悪口雑言。ディナーのあとリオンと小サロンに腰を据える。第二章を朗読、とくにその前半は感銘を与える。カズル(2)女史は不評を買う。私はさしあたり月並みなヴァリエーションに固執する。——旅券が没収された、とミュンヒェンの老人たち(3)から知らせてくる、

おそらく小冊子に対する報復行為だろう。嫌悪と消沈、——Kの深い悲しみが分かるからだ。——レオン・ブルム宛てに小冊子。

（1）この手紙は残されていない。

（2）『ヴァイマルのロッテ』第二章に登場するイギリスの女流肖像画家ミス・ローズ・カズル。

（3）ミュンヒェンで生活していたトーマス・マンの岳父アルフレート・プリングスハイム教授（一八五〇—一九四一）とその夫人ヘートヴィヒ、旧姓ドーム（一八五五—一九四二）。

アローザ、三七年一月二十六日　火曜日

トルストイに読み耽ってようやく十二時半に明かりを消したのだが、七時四十五分に起床。降雪のため暗い。入浴の日なのに、その気にならない。寝台車でやるような手抜きの身支度を思いつきでやってみる。——「ウーヴル」(1)紙に「トーマス・マン対第三帝国」と題する記事。「政治的散文の傑作」。——単語の抜粋。

第三章の執筆。正午、Kと一時間散歩。太陽。食後、ロジアで（陽光）、ついでベッドでの休息。――シュランベルジェは旅行を延期せざるを得ない。――午後、青空と寒気。湖岸沿いの道でお茶。宿に戻って、自筆の通信と口述。熱っぽく、疲労。ディナーの後、一人、寒い小サロンで『ヴァルプルギス』を読む。鼻風邪。自分の部屋でロッテ・ノートを吟味する。早くに寝る。

（1）「ルーヴル L'Œuvre」、フランス社会党の機関誌であるパリの日刊新聞。〔訳注〕日記本文では冠詞抜きで Œuvre と表記されている。

アローザ、三七年一月二十七日　水曜日

八時前起床。曇り、零度前後。入浴。第三章の執筆。一人でスキーに出ていたKと連れだってマラン方面へ散歩。『往復書簡』についてあるルーマニアのユダヤ人女性の胸打つ手紙。誤植を訂正して刷り直した新版数部が届く。八千部まで刷られることになるが、それでも数日中には売り切れるらしい。フィードラー[1]とエルンスト・ヴァイス[2]にそれぞれ一冊発送する。ヴァイスからその困窮状況について訴える手紙。ヴァイスに百スイス・フランを送ること。――「ナツィオナールツァイトゥング」[3]紙に『往復書簡』について感銘深い社説。――町へお茶を飲みに出、森の道を通って戻る。絵のように美しい夕べの光。エルンスト・ヴァイス宛てに手紙を書いたり、その他のこと。多数の手紙を仕上げる。プラハのヴォルフェンシュタイン[4]からの手紙、どうしても創刊しなければならない雑誌の計画が述べられているが、それはこちらの計画と驚くほどの一致をみせている。この手紙をディナーのあと小サロンでリオンに朗読して聞かせる。リオンとともに計画をさらに検討。デーブリーン[5]が手紙を寄越して、この件について一般的な意見。

（1）クーノ・フィードラー博士（一八九五―一九七三）、新教牧師、トーマス・マンとは一九一五年来手紙を交換、トーマス・マンの末娘エリーザベトに洗礼を授けた。フィードラーはその論争書『ルター主義あるいはキリスト教』のために新教教会の勤めを外され、チューリンゲンの中等学校の教職についたが、その神学的論文や哲学的論文によってナチ政権にうとまれ、再度職を追われた。マイン河畔デ

ティンゲンに隠棲したフィードラーは三六年九月二日ゲスターポによって逮捕された。ヴュルツブルクの刑務所を脱走（クーノ・フィードラー『壁を越えて、ある逃走の物語』ヘルベルト・ポスト・プレセ、ミュンヒェン、一九七三年）してスイスに逃れたフィードラーは、五五年の終わりまでグラウビュンデンのザンクト・アンテニエン教会の牧師を勤めた。トーマス・マンと交わした夥しい手紙は部分的にしか残っていない。その中からさらに選ばれた手紙が、ハンス・ヴィスリング編「チューリヒ・トーマス・マン協会報」十一号、一九七一年、十二号、一九七二年に発表された。『クーノ・フィードラー「共観福音史家たちのイエスに基づく信仰、恩寵、救済」』（一九四〇年）『全集』第十巻七六九—七七一ページ、参照。

（2）医師で作家のエルンスト・ヴァイス（一八八二—一九四〇）は、一九三三年ベルリンからプラハへ、三八年プラハからパリへ亡命したが、四〇年六月ドイツ軍のパリ入城の際わが命を絶った。亡命中ヴァイスは赤貧の生活を送っていた。

（3）バーゼルの「ナツィオナール＝ツァイトゥング」紙、一九三七年一月二十六日号所収の無署名論説「決断は近い」。この中で、平和の展望とヒトラー・ドイツに対する諸民族の平和意志が論じられ、トーマス・マンの『ある往復書簡』から「戦争はもはや許されてはいない」という文章が引用されている。

（4）叙情詩人、エッセイスト、アンソロジー編者アルフレート・ヴォルフェンシュタイン（一八八三—一九四五）は、一九一九年S・フィッシャー書店から表現主義アンソロジー『高揚』を、のちにヘルマン・ケステンとともに新しいフランス作家のアンソロジーをベルリンの出版社キーペンホイヤー書店から刊行した。三三年プラハに、三八年フランスに亡命、第二次世界大戦中南フランスに隠れ住んでいたが、四五年パリで命を絶った。ヴォルフェンシュタインは三八年アムステルダムの亡命出版社クウェーリードー書店からアンソロジー『諸民族の声。あらゆる時代あらゆる民族のもっとも美しい詩』を刊行した。

（5）ベルリンの医師で作家のアルフレート・デーブリーン（一八七八—一九五七）はその主要作『ベルリン・アレクサンダー広場』で有名だが、一九三三年スイス経由でフランスに、四〇年ポルトガル経由で合衆国に亡命、四五年フランスに戻り、四六年以降はフランス軍文化担当将校としてバーデン＝バーデンで活動した。亡命時代デーブリーンの本はアムステルダムのクウェーリードー書店から刊行された。デーブリーンは作家としてのトーマス・マンを評価せず、すでに三三年以前何度も扱き下ろしたことがあるし、四五年以後にはドイツで一度鋭い論難を繰り浴びせた。亡命中、両者の折り合いは悪くはなかった。

アローザ、三七年一月二十八日　木曜日

胃の過重負担で睡眠不足だったが、午前中、仕事。

午後雪が降ったりフェーンの強風が吹く中、毛皮に身を包んでロジアで過ごす。身体に良くない。ぐったりし、神経は苛立つ。Kと駅に出向いたが、ホトヴォニイ夫妻とは行き違う（すでに正午には着いていたのだ）。満員で暑い喫茶店。一人で宿に戻ったが、気分が悪く、吐き気と疲労を覚えてベッドに横になる。盲腸だと確信。医者。神経的過労以外の原因は、醱酵ガスに過ぎなかった。活性炭。私がベッドに横になっている間、遅れてKが下でホトヴォニイ夫妻とカーラー(1)の相手をする。スープとトーストをとる。あとでカミツレ茶とファノドルム。——一部は美しい、共感と畏敬を表明する多数の手紙。

（1）　歴史家、社会学者、文化哲学者エーリヒ・フォン・カーラー（一八八五—一九七〇）はトーマス・マンとは一九一九年ミュンヒェン時代以来の知己だったが、亡命中に初めて、とくにプリンストンでともに過ごしたアメリカ時代に親交が深まった。カーラーは三三年スイス、三八年合衆国に亡命した。トーマス・マンについて多数書いている中に『悪魔の世俗化』（一九四八年）、『トーマス・マンの軌跡』（一九六九年）がある。『エーリヒ・フォン・カーラー』『全集』第十巻五〇二—五〇六ページ、『特　別《アン・イクセプショナル・》な友　情《フレンドシップ》。トーマス・マンとエーリヒ・カーラーの往復書簡』英訳で一九七五年、ドイツ語原文は一部が「トーマス・マン協会報」第十号、チューリヒ、一九七〇年、参照。

アローザ、三七年一月二十九日　金曜日

熟睡。まだ身体はぐったりしており、神経の状態は不安定。依然として同じフェーンの天候。入浴、ベッドで朝食。手紙を仕上げる。——元気がなく、ほとんど何も出来ない。ひげ剃り。スキー場へ出掛け、カーラーとフォン・ホトヴォニイ夫人に挨拶。一人でマランへ。ランチの前に男爵に挨拶。カーラーを加えて食事。その後シュトリヒ(1)が送って寄越した『ゲーテとその家族』(2)を読む。それからベッドへ。そこでお茶。その後ベッドから手紙の口述、とくに『往復書簡』に関連して。——再度活性炭を摂る。——小冊子についてフランクの手紙、小冊子(3)をイギリスに持ち込むのに懸命だという。レッサーから同じく小冊子(4)について手紙。きのうヴィーンのシュヴァルツヴァルト夫人から非常に嬉しい手紙。レッサーはそこから同じもの(5)について書いて寄越す。上海からマクス・モーアの興味ある手紙。ヴィーンの写真家が、イムペリアルのサロンで談笑する私たちの面白い写真を送って寄越す。『往復書簡』への「回答」なるものを掲載しているライン地方のナチ新聞の欄外に赤インキで書かれた、粗暴な罵倒の文章。[6] 読まずにこれをKに渡す。——ディナーに出るためにベッドから起きる。ホトヴォニイ夫妻、カーラーと五人で食事。そのあと小サロンでこの人達にリオンを加えて談話。

（1） 文学史家フリッツ・シュトリヒ（一八八二—一九六三）は一九一五年ミュンヒェン大学助教授となり、トーマス・マンとはミュンヒェン時代以来親交があった。二九年から五三年までシュトリヒはベルン大学の正教授だった。その著書『芸術と生活』にはトーマス・マンについての三篇の論文も収録されている。

（2） ルートヴィヒ・ガイガー『ゲーテとその家族。資料に基づくゲーテ家についての記述』、ライプツィヒ、一九〇八年。トーマス・マンの所蔵本は現存している。

（3） オーストリアの文献学者で著作家ヨーナス・レッサー（一八九六—一九六八）は、一九三八年ロンドンに亡命、五二年その主著『完成期におけるトーマス・マン』を刊行、『ヨゼフ』小説を詳細に論じたものである。

（4） オイゲーニエ・シュヴァルツヴァルト博士（一八七二—一九四〇）はオーストリアの女権論者、社会改革運動家、教育家で、創立したヴィーンの女子学校からは、後に有名になった多数の女性たち（ヘレーネ・ヴァイゲル、アリーセ・ヘルダン＝ツックマイアー、ヒルデ・シュピール）が輩出した。シュヴァルツヴァルト博士はエーリカ、クラウス・マンと親しく、一九三八年スイスに亡命、そこで死去した。その設立した学校や幼稚園、その他の教育施設、社会施設はナチ政権によって閉鎖された。

（5） マクス・モーア（一八九一—一九四四）、本業は医師、二十年代に小説家、劇作家として成功、『六月の即興曲』と『魚たちの中のヴィーナス』の作者、一九三四年中国に亡命した。

（6） 一九三七年二月三日付日記の注（1）参照。

アローザ、三七年一月三十日　土曜日

七時四十五分起床。神経の状態は好転。朝食後、第三章の執筆、しかしその対話の構成はまだ全然見えてこない。——大雪、正午に太陽、青空、壮大な形の雲。深い新雪。マランへの途中でカーラーと一緒のKと出会う。Kと少し散歩。五人でランチ。そのあとメーディ到着。メーディが最後にここに来たのは四年前のことで、私たちは、ここからミュンヒェンに出掛けるメ

ーディをクールで見送ったものだった。メーディはロジアで私に挨拶、私は読んだり休息したりしながら四時までロジアにいた。それからKとメーディを連れ、湖をぐるりと回って町にお茶を飲みに行った。買い物。書店で、ちょうどドイツから来たばかりの小柄なユダヤ人男性に頼まれて、その男が買った『往復書簡』にサインさせられた。――小冊子の国外販売についてオープレヒトと電話。――手紙に対して絵葉書で謝意。メーディを加え、六人でディナー。ホトヴォニイ夫妻はメーディがすっかり気に入る。そのあとサロンでカーラーが、その著書[1]からプロイセン軍の歴史を朗読する。ビール数本を飲みながら歓談。いつもより遅くなる。

(1) エーリヒ・フォン・カーラーの浩瀚な著作『ヨーロッパの歴史におけるドイツ的性格』のことで、一九三七年チューリヒのオープレヒト書店から刊行された。一九八〇年、ヒルデスハイム、ゲルステンベルク書店の「亡命文学」シリーズで新版。

アローザ、三七年一月三十一日　日曜日

八時起床。好天、やがて太陽がかげり、フェーンに移行。第三章の執筆、一時的にロジアで。Kとマランでヴェルモット。メーディはカーラーとスキーで遠出。ホトヴォニイ夫妻とランチ。ロジアで『ゲーテとその家族たち』。そこで休息。喫茶店でメーディとカーラーと落ち合う。宿に戻ってからは、ホトヴォン館の訪客簿に記入したほか、何もしなかった。――オランダ・ペン＝クラブの女性秘書デ・メイアー[1]から『往復書簡』に触発されての美しいフランス語の手紙、「この返書に私の心は摑まれ、いまだに深い感動を覚えています」。注目すべきくだり、「――ゲーテに匹敵する傑作の作家――（私はゲーテの忠実で熱心な弟子ですが、そのゲーテの大天才をいつも私に思い出させるものが、あなたの文体にはうかがわれます。）」――チューリヒで初めて読んで圧倒されたのが『往復書簡』だったという、あるドイツ女性の心打つ手紙。――六人でディナー。そのあとしばらくホールで音楽を聴き、非常にきれいにボッカリーニ[2]とクライスラー[3]を演奏した若いヴァイオリニストに拍手を送る。

ついで小サロンに腰を据える。カーラーとリオンを相手に雑誌について。リオンは五号までの計画を提示する。出版社としてはオープレヒト以外は問題にならないだろう。――リオンが、きのう聞いたヒトラーの演説[4]について。下らなさ、絶望的。――滞在を数日延期する交渉は、部屋が足らないので失敗に終わる。

（1）フェナ・デ・メイアーは一九三四年から三九年までオランダ・ペン＝クラブの事務局長。

（2）日記にはボッカリーニ Boccarini とあるが、イタリアの作曲家ルイージ・ボッケリーニ Boccherini（一七四三―一八〇五）のことである。

（3）ヴァイオリンの名手で作曲家であるフリッツ・クライスラー（一八七五―一九六二）は、一九一五年以来アメリカ人の妻ハリエットと、主として合衆国に住んでいたが、全世界で演奏会を開いた。

（4）ヒトラーは一九三七年一月三十日国会演説を行い、ヴェルサイユ条約へのドイツの署名を「撤回し」、「いわゆる予期せぬ出来事」の時代の終わりを告知し、ドイツ系少数グループの「正当な国民的名誉感情」を強調した。

アローザ、三七年二月一日　月曜日

フェーンのせいで穏やかな天候。雨や雪になりやすい。朝食のあと、ドイツに対するノーベル賞授与の禁止措置について「ダーゲンス・ニューヘーテル」宛ての手紙[1]。Kとメーディはスキーで遠出。リヒター博士が、三階に、最初の部屋に見合う新しい部屋数室を振り当ててくれる。町で細々した買い物。ついでアイヒヘルンリ道の散歩。ホトヴォニイ夫妻に出会う、夫妻はマランに部屋を借りていたが、ここで同じようにリヒターから部屋をあてがわれたのだ。――ランチのあとヒトラーの演説について新聞各紙を読む。前の部屋とまるで二つの卵のように似ている新しい部屋[2]への引っ越し完了、一切合切を前と同じ場所に。オレリでメーディとお茶。そのあと手紙を口述。大量の夕方便、さまざまな要請、敬意の表明、ロンドン・ペン＝クラブへの招待状。六人でディナー。メーディも滞在を数日延長。晩、小サロンでストックホルムへの手紙と、チューリヒに来たドイツ人の手紙の内容を紹介。このドイツ人の訪問を受けるかどうかが問題だ。『ロッテ』第二章を朗読、大いに満足。――部屋では夕方の郵便物を読んだり、仕分けたりする。

（1）この手紙の中に、ノーベル賞は全世界におよぶ制度であって、「ドイツが一時的に協調能力を欠いてはいても」この精神的団体は存続するだろう、とある。『書簡目録Ⅱ』三七／二八

（2）オレリハウスという、アローザの有名な喫茶店兼（アルコール飲料を提供しない）レストラン。

アローザ、三七年二月二日　火曜日

八時起床。雪、すべてが霧の雲に包まれ、それなりに美しい。——コーヒーの朝食。——「リーマーとの対話」[1]を書き進める。正午、カーラーと内容豊かな話を交わしながら霧の中をマランに行き、そこの酒房でヴェルモットを飲む。ホーフマンスタール[2]について。パロディー的なものについて。——ランチのあと雲に包まれたロジアでゲーテの環境について読む。新聞各紙は避ける。午後、湖岸を周回してオレリに行き、私たちはそこでメーディと出会う。宿で自筆の通信。またも大量の郵便、重荷であり、名誉である。スウェーデン語訳の小冊子は、これを小柄なヴェターリンド[3]夫人にプレゼントする。ディナーのあと、ホトヴォニイ夫妻、カーラー、リオンと小サロンで寛ぐ。『ウルファウスト』。各方面から雑誌について問い合わせがあることについて、またその誌名について。私が提案した「尺度と価値[4]」は大歓迎だった。ベルリンからのシュタイナー夫人は、邪魔になるばかり。——[5]「ヴァイセン・ブレター」を復刊しようというシケレの手紙、面倒なことになる、諸計画の統合が必要。

（1）『ヴァイマルのロッテ』第三章のロッテと、ゲーテの秘書リーマーとの長い対話。

（2）トーマス・マンはフーゴ・フォン・ホーフマンスタール（一八七四―一九二九）を一九〇八年以来直接によく知っており、ホーフマンスタールの死去まで定期的に交渉をもっていた。トーマス・マンはホーフマンスタールの人間にずっと魅了されていたが、一九一八年から二一年の日記から分かるように、ホーフマンスタールの作品に対してはある種の留保をしていた。トーマス・マンはまた、ホーフマンスタールが「保守的革命」の概念を利用したことに納得出来なかった。しかしトーマス・マンはホーフマンスタールの早い死を重大な損失と感じた。『フーゴ・フォン・ホーフマンスタールの五十歳の誕生日に寄せて』（一九二四

年）『全集』第十三巻八二二ページ、『フーゴ・フォン・ホーフマンスタールを偲んで』（一九二九年）『全集』第十巻四五三—四五八ページ、参照。

（3）一九三七年一月二十二日付日記の注（2）参照。

（4）詳細不詳。

（5）アルザス出身の作家ルネ・シケレ（一八八三—一九四〇）は、アネッテ・コルプの親しい友人で、一九三二年以来南フランス、サナリで暮らし、トーマス・マンは三三年夏ここでシケレとほとんど毎日顔を合わせていた。シケレは一五年から一九年まで平和主義の雑誌「ディ・ヴァイセン・ブレター」を刊行、警察と検閲に追われて、雑誌ともどもスイスに亡命せざるを得なかったが、これは当時もっとも優れた文学・政治雑誌の一つだった。とくにこの雑誌の一九一五年十一月号にはハインリヒ・マンの有名なエッセイ『ゾラ』が初めて発表された。シケレは第一次世界大戦中トーマス・マンを「ヴァイセン・ブレター」で痛烈に攻撃（例えば第二巻第七冊、一九一五年七月、所収の論説「トーマス・マン」、「政治教育」において）したが、その後親友の一人になった。「ヴェイセン・ブレター」復刊は実現をみなかった。『ルネ・シケレの「ボスカ未亡人」のフランス語版に寄せて』『全集』第十巻七六一—七六六ページ、シケレへのトーマス・マンの弔辞『ルネ・シケレ』『全集』第十三巻八四九—八五一ページ、参照。

アローザ、三七年二月三日　水曜日

穏やかな晴天。リーマーとの対話を書き進める。頭痛。転倒して膝を痛めたKと上の林道を散歩。ホトヴォニイ夫妻とランチ。そのあと、ロジアで過ごすうちに、「ナツィオナールツァイトゥング」が教えてくれた、私に対するライン地方のあるナチ新聞[1]の無礼な言辞に嫌悪を覚える。スイスのスペイン関係出版物[2]のための資料を検討。問い合わせ。——Kとエクセルシオール＝ホテルでの茶会に出向いたが、茶会は、裕福なブリュセルの銀行家で蒐集家ハイネマン[3]とその家族の部屋で行われ、ベルリンからのシュタイナー夫妻も同席した。ジョゼフィーヌに宛てたナポレオンのエロティックな手紙、ゲーテとハイネの詩、モパサンの『脂肪の塊』、モーツァルトの総譜などハイネマンの筆跡蒐集について。——宿で、オープレヒトを介して届いたシカゴのあるブックストアの長文の電報、『往復書簡』を引き受け、広範囲に頒布するという。クノップ[4]宛てに電報。オープレヒトは八千から一万の二千部を出す。「マンチェスター・ガーディアン」[5]紙が『往復書簡』を載せるとフランクが電報で知らせてくる。パリでは「マリアンヌ」誌。[6]――クノップ宛ての手紙を口述。――ディナーのあと、ホトヴォニイ夫妻、カーラー、リオン、K、メーディ[7]と小サロンで。シケレの手紙について。ヘルツ女史の嘆きの手紙。スペイン関係資料から報告。

（1）バーゼルの「ナツィオナール=ツァイトゥング」一九三七年二月三日号は、無署名の（エードゥアルト・ベーレンスの手になる）社説「何故ドイツは好かれていたか」の中で、三七年一月三十日のヒトラー演説を解説した。その解説の末尾にいう、「――ドイツの指導的国営新聞の一つデュセルドルフの「ライニシェ・ランデスツァイトゥング」〔三六年十二月六日付〕の「編集者」は、腰をおろして次のように書くことを許されている、すなわち『下劣な殺人犯の処刑であれ、売国奴ないしは性犯罪者の断罪であれ、それに対する抗議署名が行われるとなると、トーマス・マンはしゃしゃり出てきたものだ。プラハ、アムステルダム、チューリヒは、自分を育ててくれた母国に対するトーマス・マンの勝利を望めぬ挑戦の宿駅であり、トーマス・マンはその一族もろとも母国によって国民の生活から消し去られてしまったのだ。トーマス・マンは若い頃『ブデンブローク家の人々』で価値ある文学的業績を達成したかもしれないが、その作品も、作者が祖国をもたぬルンペン――となり果てた今、われわれにとってはゼロであり、無に等しい。』このような文章が通用しなくなった暁に初めて、ヨーロッパ、すなわちその名に値するヨーロッパとドイツとが相互に接近するチャンスが生じ得よう。」

（2）『スペイン。苦しめる人々』、チューリヒ、スイス労働者子弟救援会編。トーマス・マンはこの刊行物のために『あとがき』を書き、それは英訳でもニューヨークの「ザ・ネイション」とロンドンの「ライフ・アンド・レターズ・トゥデイ」に掲載された。『全集』第十二巻七九三―七九八ページ。

（3）ダニー・N・ハイネマン（一八七二―一九六二）はブリュセルに定住したアメリカの技術家、実業家、銀行家、世界に展開するベルギーのコンツェルン「ソフィーナ」社の総帥で、このコンツェルンを一代で築き上げた。名高い博愛家で、学術研究に多額の寄付を寄せ、ドイツ人亡命者には気前のいい援助者であり、ゲーテの手紙十三通、ナポレオンの手紙二十通を含む驚くべき手稿の蒐集家であった。

（4）アルフレド・A・クノップ（一八九二―一九八四）は、一九二四年からトーマス・マンの作品をアメリカで出版していた出版社主。並外れた行動力を具えたブランシュ・クノップ夫人（一八九四―一九六六）とともにその出版社を経営、トーマス・マンとカトヤ夫人は、クノップ夫妻とは以前から親交があった。三四年五月、六月のトーマス・マンの第一回アメリカ旅行は、クノップの招待によるものだった。

（5）『往復書簡』はH・ロウ=ポーターの英訳、『イクスチェンジ・オヴ・レターズ』の書名、J・B・プリーストリの序文を添えて、一九三七年ロンドンで「ヨーロッパの友」叢書の小冊子として、また三八年エッセイ『来るべきデモクラシーの勝利』（アグニス・E・マイアーの英訳）と合わせてロンドンのセッカー・アンド・ウォーバーク書店から刊行された。リベラルな日刊紙「マンチェスター・ガーディアン」への掲載は確認出来ない。

（6）　パリのグラフ週刊誌。

（7）　イーダ・ヘルツ（一八九四―一九八四）はニュルンベルクの書店主で、早くからトーマス・マンに傾倒、一九二五年面識を得、トーマス・マンからそのミュンヒェンの蔵書の整理を委託された。以来ヘルツはマン家と定期的に交渉をもち、トーマス・マンとしばしば手紙を往復した。ヘルツは、トーマス・マンにかかわるありとあらゆる資料、珍品の良心的で情熱的な蒐集家で、トーマス・マン自身ヘルツの蒐集に長い年月にわたって多数の切抜き、出典雑誌、原稿写しなどを寄せた。ヘルツのところならもっとも安全に保管されると心得ていたからである。イーダ・ヘルツは三六年スイスに亡命、そこからロンドンに移り、今もそこで暮らしている（〔訳注〕原注は一九八〇年時点のものである。）ヘルツは貴重な蒐集をロンドンに運びこむことに成功、これを後に、大量の、大部分はまだ公開されていなかったトーマス・マンとの往復書簡ともどもチューリヒのトーマス・マン文書館に譲渡した。

アローザ、三七年二月四日　木曜日

八時起床。晴天コーヒーの朝食。「リーマーとの対話」の執筆。一人で散歩。戻ってみると、カーラー、メーディとスキーツアーに出掛けていたKが、転倒して足に怪我したためベッドに寝ていた。ランチの後、ドクター。レントゲン撮影で、骨に軽いひびが入っただけとわかる。差し当たり湿布とベッドでの安静。大事には到らなかった。——ロジアで四時まで過ごす。新聞を読み、『往復書簡』について活字になったものを読む。この本について連日手紙、その中にきょうは教育学者パウル・ゲヘープ[1]の手紙。——メーディ、ホトヴォニイ夫妻と連れだって澄み切った空の下、湖畔をめぐって町へお茶を飲みに行く。Kのためにライラック。ベッド脇で手紙の口述。雑誌の件でシケレ[2]宛て。春の旅行の件でロンドンとデン・ハーグへ。——五人でディナー。その後、ホールでの舞踏会に顔を出す。それからリオン、カーラーと小サロンで。きょうハイネマンの指示で大至急ブリュッセルから届けられた手稿ファクシミリの大きな包み。カーラーを相手にその著書について。リオンと「尺度と価値」について。Kの部屋でカーラーと別れの挨拶、あす早朝カーラーは不幸があってヴィーンに旅立たねばならないからだ。──プラハのためにサインしなければならない『トーニオ・クレーガー』に目を通す。感動的で好感の持てる印象。

（1）　教育学者パウル・ゲヘープ（一八七〇―一九六一）は生徒や友人たちから「パウルス（〔訳注〕おそらく使徒パウロになぞらえてのことであろう）」と呼ばれ、ドイツの田園教育学校運動の指導的人物の一人だった。ゲヘープは一九〇二年から〇六年までヘルマン・リーツとハウビンダで共同研究にあたり、ついでグスタフ・ヴィネケンと共同で自由学校共同体を創設し、一〇年ベルク街道沿いのヘペンハイム近郊にオーデンヴァルト学校を設立した。三四年ごく緊密な協力者とともにドイツを去り、ベルン高地地方のゴルデルンに友愛学校を設立した。クラウス・マンは二二年の一年間オーデンヴァルト学校でゲヘープの生徒であった、そしてトーマス・マンはこの時代からゲヘープを個人的に知っていた。

（2）　ルネ・シケレ宛て、アローザから、一九三七年二月五日付、『書簡目録II』三七／三二。

アローザ、三七年二月五日　金曜日

八時起床。フェーン、雪解け陽気、降雪。Kは寝苦しい夜を過ごす。コーヒーを飲んだ後、対話を書き進める。それからイナー＝アローザへ向かう下の遊歩道を歩いて、クルム・ホテル脇のスキー・ゲレンデに行く。ホトヴォニイ夫妻、メーディとランチ。それから吹雪の舞う中ロジアで快適に過ごし、イェーガー[1]の『パイデイア』を読んだり、休息したりした。四時半ホトヴォニイ、メーディと散歩に出、湖を望む上の牧人小屋《シャレ》を通り過ぎる。メーディと二人だけでお茶。──Kのところに医師。それからホトヴォニイ。ブルーノ・フランクからの手紙、『往復書簡』についての「マンチェスター・ガーディアン」紙の物足りない報道記事を送って寄越す。ヘルツ女史のこともあって、フランクに手紙。五人でディナー。それからホールで音楽、その後小サロンで男爵夫人[2]、メーディを相手にカジノ[3]をする。これに加わったリオンが、あるフランスの批評家[4]の本を持ってきたが、そこでは、プルストの時間概念と『魔の山』の時間概念が見事に対比されている。──なおヘルツ女史宛てに手紙[5]。──スペイン関係刊行物の意図について。――パンフレットにかかわるブロネのヘメリヒ[6]なる人物の奇妙な手紙。

(1) 古典文献学者ヴェルナー・イェーガー(一八八八―一九六一)は一九二一年ベルリン大学、三六年シカゴ大学、三九年ハーヴァド大学のそれぞれ教授になった。ギリシア精神史についての多数の基礎的著作の著者で、その研究『パイデイア、ギリシア的人間の形成』(一九三四―一九四七)は広く世界に影響を及ぼした。
(2) ヨラン(ロリ)・ホトヴォニのこと。
(3) 運と腕前が半々にものをいう、古風な、さして難しくはないカード遊び。これは、トーマス・マンに出来た唯一のカード遊びだった。
(4) 明確な調査結果は出なかった。R・ボダール「マルセル・プルストとトーマス・マンと時の観念」という研究があるが、一九三九年になってようやくマルセイユの「カイエ・デュ・シュド」に掲載されたこの論文は、トーマス・マンが言及しているものと関係があるかもしれない。
(5) イーダ・ヘルツ宛て、〔アローザから〕一九三七年二月四日付、『書簡目録II』三七/二九。
(6) K・G・ヘメリヒ。詳細不明。

アローザ、三七年二月六日　土曜日

八時半起床、入浴。吹雪。コーヒーの朝食、そのせいで興奮。「リーマーとの対話」を二ページ。正午、一人で視界の利かぬ吹雪の中、イナー＝アローザへ向かって森の遊歩道を歩き、町を抜けて書店で買い物。ホトヴォニイ夫妻、メーディとランチ。Kの足は快方に向かい、夜は眠れ、痛みはない。吹雪の中をロジアで。新聞各紙と諸雑誌。ホトヴォニ、メーディとお茶に。そのあと自筆の通信。ディナーのあと少し音楽を聴く。ついでリオンとサロンで。ナポレオンの手紙や音楽家の楽譜のファクシミリを検分。小冊子が端緒となって毎日届く注目すべき二、三通の手紙を読み上げる。――『往復書簡』が「ネイション」[1]に掲載され、小冊子の形で刊行される[2]というクノップの電報。ワーナーズ・ブックストアとの共同事業。――毎晩の恒例で『ヴィルヘルム・マイスター』を読む。

(1) 影響力の大きいリベラルなニューヨークの週刊誌「ザ・ネイション」、編集責任者はフリーダ・カーチウェイ。
(2) シカゴの書店兼出版社。

アローザ、三七年二月七日　日曜日

午前中スペインの本のための執筆を試みる。マランでヴェルモットを飲む。太陽と厳しい寒さ。あとになって霧。スキー・ツアーから戻ってきたメーディにホトヴォニイ夫妻をまじえてお茶。そのあと非常に疲れていたが、ベッドに横になってビューロとリストについてのバイドラー[1]の原稿を読む。Kがランチとディナーにまた加わる。ディナーのあとベルンの魔術師の出し物。ついでリヒター博士の部屋でペルーのギルド[2]代表者、ホトヴォニイ夫妻、ライ[3]をまじえてパーティ。スペインについて混乱した意見。不快。疲労。

(1)　フランツ・W・バイドラー（一九〇一―一九八一）は、リヒアルト・ヴァーグナーの孫（ヴァーグナーの娘イゾルデが指揮者フランツ・バイドラーとの結婚で儲けた息子）で、チューリヒ在住の著作家、主としてヴァーグナーを扱う。ビューロとリストについての仕事というのは、これまでまだ未刊の『コージマ・ヴァーグナー―ヴァーグナー神話への道』の中の一章である。

(2)　特定出来なかった。

(3)　フェルディナント・リオンの一友人。それ以上は不詳。

アローザ、三七年二月八日　月曜日

きらきら輝く天候。コーヒーを飲んだあと、スペイン問題の文章を、気の進まぬまま精力的に書き進める。正午、町へ散髪に行く。これが最後となるロジアで、ホーフマンスタールの遺稿断片集[1]一巻を読む。――小冊子に対するフォン・シュシュニク[2]首相からの謝辞。同じ理由からギルバート・マリ[3]の祝辞。――メーディ、ホトヴォニイと同道、上の牧人小屋《シャレ》を経由してお茶を飲みに。そのあとKの部屋で過ごす。リオンが来訪、雑誌に関する新しい計画をいくつも披露する。ディナーのあとスペインふう仮装舞踏会。メーディと男爵夫人が仮装。別れのシャンパン。――ノーベル賞ボイコットについての手紙[4]が、ヴェターリンド夫人によると「ダーゲンス・ニューヘーテル」紙に掲載されたという。

(1) フーゴ・フォン・ホーフマンスタール『ドラマ草案遺稿』、一九三五年。

(2) クルト・フォン・シュシュニク（一八九七―一九七七）は一九三二年から三四年までオーストリアの法務、教育相、エンゲルベルト・ドルフース暗殺後の三四年七月三十日オーストリア連邦首相になった。ドイツの圧力に動きが取れぬまま三八年三月十二日のドイツ軍進駐前日に退陣、戦争終結まで拘禁され、四五年合衆国に渡り六七年オーストリアに戻った。

(3) ギルバート・マリ（一八八六―一九五七）はイギリスの古典文献学者、ギリシア古典の翻訳者、オクスフォド大学教授、一九二三年から三八年まで国際協調の熱心な推進者として国際連盟ユニオン総裁を勤めた。マリは、トーマス・マンも所属していた文学と芸術のための国際連盟委員会の委員で、ドイツ亡命知識人に実効ある援助の手を差しのべた。

(4) この手紙は「ダーゲンス・ニューヘーテル」紙、一九三七年二月四日号に掲載された。

キュスナハト、三七年二月九日　火曜日

けさアローザで八時起床。吹雪。正午までスペイン論説を書き続ける。ついで荷造り。メーディに、なお数日ホトヴォニイ夫妻とアローザにとどまることを許可。一時ランチ。それからヴェターリント夫人、リヒター博士、ホテル従業員、若いヴァイオリニストと別れの挨拶。ホトヴォニイ夫妻に送られて橇で駅まで。荷物を始末したあと、近くでコーヒーを飲む。リオンが到着。二時過ぎ発車。雪の少ない、フェーンで輝きのない下界へ降りる。クールからは車室に私たちだけ[1]。バレンシアで行われ、パリから届いたアサニア大統領[2]の優れた演説を読む。六時過ぎチューリヒ到着。ドルが自分の車で。家では女中たちと行儀の悪い犬。マリーア[3]の報告によると、Kの母親は、娘にはもう会えないと嘆いているという。マリーアはミュンヒェンで「びくびくする」ばかりだった。二人の女中[4]がまだ長くこの家にとどまっていられようとは考えられない。――大量の郵便。ニューヨークからのエーリカの手紙とブリュッセルからのケーテ・ローゼンベルク[5]の手紙。こちらは、ドイツに送るために小冊子を数部欲しいと

言い、『ヨゼフ』について嬉しそうに書いている。夕食の前後の時間を荷ほどきと整理で過ごす。Kの足は歩いたり立っていたりし過ぎたためにひどく腫れ上がる。家は快適だ。——車中で、ベルトラム[6]の新しい著作『言葉の自由について』に対する「フランクフルト新聞」の書評を読んだ。陰気で暗く、悲劇的で痛烈。拒否と受け取れる紹介。

(1) マヌエル・アサニア・イ・ディエス(一八八〇—一九四〇)は、一九三六年五月十日から三九年二月五日までスペイン共和国大統領。

(2) ヨーゼフ・ドル、キュスナハトのタクシー所有者、マン家の運転手。

(3) マリーア・フェルバー、のち結婚してフレーリヒ、マン家の居間係の女中、マン一家がアローザに滞在中休暇をとってミュンヒェンに戻っていた。

(4) マリーア・フェルバーとマリー・トレフラーはマン家の女中で、ミュンヒェンからスイスに同行してきていた。

(5) ケーテ・ローゼンベルク(一八八三—一九六〇)は、カトヤ・マン夫人の従姉妹(ヘートヴィヒ・プリングスハイムの姉妹エルゼ・ローゼンベルクの娘)、フランス語、英語、ロシア語からの著名な翻訳者。マン一家をたびたびスイスに訪れ、最後には姉のイルゼ・デルンブルクとともにロンドンに亡命した。

(6) エルンスト・ベルトラム(一八八四—一九五七)は、独文学者、叙情詩人、エッセイスト、ケルン大学教授、トーマス・マンが非常に評価したニーチェ論の著者で、一九一〇年以来トーマス・マンの極めて近しい友人であり、『非政治的人間の考察』執筆のマンに助言を与えた。二人はヴァイマル共和国末期すでに気持ちが大きく掛け離れていたところに、ベルトラムが国民社会主義の無道ぶりを見抜かず、これに公然と共感を示したため、両者の関係は急激に冷却化し、ついには決裂するにいたった。二人は戦後の五四年にようやくケルンで再会し、和解が行われたが、表面的なものだった。『エルンスト・ベルトラムに寄す。一九一〇年から一九五五年にいたるトーマス・マンの手紙』インゲ・イェンス編、一九六〇年、参照。トーマス・マン宛てのベルトラムの手紙は散逸した。ベルトラムの著書『言葉の自由について』は一九三六年に刊行され、「フランクフルト新聞」一九三七年二月七日号文芸欄の書評「二者択一のはざまで」はとくにベノ・ライフェンベルクの署名入りであり、「ベルトラムは、あれかこれかに迫られないよう、隙間に入り込もうとしている」と、明らかに懐疑的な論旨だった。

三七年二月十日　水曜日

八時起床。フェーンの強風。のち雨。ふたたびフレークとお茶の朝食をとる。スペインの『あとがき』を書き終え、内容に疑問を覚えたものの、Kが良いと言ったので、私はこれをチューリヒに送った。——またトービとヨハニスブルクの先まで散歩。Kと二人だけで食事。オープレヒトと電話。『往復書簡』一万部に続く千部が配本されるが、月末までには一万五千部、さらには二万部にまでに達すると期待されている。これは大成功だ。オランダ語訳(1)、チェコ語訳(2)はすでに出版されている。アメリカからドイツ語版の注文。——お茶のあと自筆の通信。——エジプトの老ヒチェンズ(3)から『三十年間の小説』(4)についての手紙、この作品集の中で『詐欺師』に一番感銘を受けたらしい。——アローザのメーディと電話。幾分常軌を逸した滞在を一種取り憑かれたように楽しんでいる。——エーロエサー(5)の文学史の中のゲーテの項を読む。

（1）　オランダ語訳『ある往復書簡 Een Briefwisseling』はJ・ドュトリクのオランダ語訳で、一九三七年アルンヘムのヴァン・ロフム・スラーテルス書店から刊行された。

（2）　チェコ語訳は、オトカル・フィッシャー訳『返書 Odpoved』の表題で、プラハのメラントリヒ書店から一九三七年に刊行された。文芸学者オトカル・フィッシャー（一八八三―一九三八）はプラハのチェコ大学教授。

（3）　イギリスの小説家ロバート・ヒチェンズ（一八六四―一九五〇）は通俗的な『アラーの庭』の作者で、エジプトに住んでいた。トーマス・マンは一九三四年ヨーン・クニッテルを介してヒチェンズを知った。

（4）　トーマス・マンの短篇集のアメリカ・イギリス版で、これはH・ロウ・ポーターの訳で一九三六年ニューヨークのクノップ社、ロンドンのセッカー・アンド・ウォーバーグ書店から刊行された。当時まだ完結していなかった『詐欺師』断片は、『フェーリクス・クルル』の表題でこの巻に収められていた。

（5）　ベルリンの文学史家アルトゥル・エーロエサー博士（一八七〇―一九三八）は「フォス新聞」の批評家で、「ノイエ・ルントシャウ」の寄稿家、トーマス・マンとは年来の知己だった。一九二五年トーマス・マンの五十歳の誕生日にあたっては『トーマス・マン。その生涯と作品』と題する研究書をS・フィッシャー書店から刊行した。エーロエサーの二巻本文学史『バロックからゲーテの死に到るまでのドイツ文学』と『ロマン派から現代に到るまでのドイツ文学』は、一九二九年に刊行された。トーマス・マンはその第一巻を「ノイエ・ルントシャウ」一九二九年十二月号で、第二巻を同じく三三年一月号で書評した。『全集』第十巻七二七―七三四ページ、『アルトゥル・エーロエサーの六十歳の誕生日』（一九三〇年）『全集』第十巻四六四―四六五ページ、参照。

三七年二月十一日　木曜日

私たちの結婚記念日であり。四年前、ミュンヒェンを発って出国した日。

冷たい強風、雨。ふたたび『ゲーテ』小説の執筆にかかる。正午Kと市内に行き、便箋を注文し、紙巻煙草を買う。ベッティーニ[1]でヴェルモット。――オープレヒト夫人の報告では、きのうストラスブール放送から『往復書簡』が朗読されたという。――「プラハ新聞」に、顔面丹毒にかかっていた間に鉛筆で書いたプシュキン[2]についての文章が掲載される。これが出たことに私は非常に満足を覚える。――チリの雑誌「エクセルシオール」[3]は『魔の山』をスペイン語で省略なしに掲載している。――お茶のあと数多の手紙を口述。――弟[4]が逮捕されたフィードラーの件でフォン・フィッシャー博士来訪。シュトゥトガルトのある弁護士の手紙が渡されるが、この手紙は、ドイツ国内で私と私の業績と態度に対して感謝と尊敬と連帯感が息づき、成長していると断言している。「ボンの学部長に宛てたあなたの手紙は多くのサークルや家庭の夕べの祈りの言葉になりました。あなたの読者の発展は、あなたがあの手紙に書いておられるご自身の発展と見事に正確な符合を示しています。」――スイスとその中立性の堕落について、いくつもの問題点。スイスの左翼は、とにもかくにも元気はいい。スペインの内乱の形の侵略戦争はなお長引くだろうし、共和派予備軍はまだまだ行動に出る可能性があるという左翼の意見。――一日中、疲労と苛立ち、おそらく天候の影響だろう。

（1）　チューリヒ、ゼーフェルト湖岸通りにあったアントーニオ・ベッティーニ経営の飲食店。この店は現在はもう存在しない。

（2）　日記原本には、Puschkin ではなく、Puskin とある。これは『プシュキンについて』（プシュキン全集チェコ語版記念出版に寄せる手紙）のことで、一九三七年二月十日付「プラハ新聞」に掲載された。『全集』第十三巻八三九―八四〇ページ。

（3）　マリオ・ベルダゲルによる『魔の山』のスペイン語訳『La Montaña Mágica』は、一九三四年バルセロナのエディトリアル・アポロ書店から二巻本で刊行された。同じ訳が四一年ブエノス・アイレスのアナコンダ社から出た。

（4） 特定出来なかった。

三七年二月十二日　金曜日

吹雪、寒い。「リーマーの対話」の執筆。「ペスター・ロイド」(1)に、『書簡』についてのハンガリーのある印象的な論説からの抜粋。「精神が権力の目をこれ以上しっかと見据えたことはなかった。精神は、言わねばならぬことを、これ以上に明確に纏めたことはなかった……高揚しながら胸締め付けられる思いでわれわれはこの戦闘的な対話をかりそめの安全ならぬ塹壕から見守っている。」――小冊子の九版から十五版の数部が届き、うち一冊を、届くかどうか分からないが、ベルトラム宛てに送る。――正午、Kと市内へ行き、ボル・オ・ラクでフォン・マイリシュ夫人、シュランベルジェ、ブライトバハと朝食を共にする。コーヒーを飲みながら雑誌の計画を検討。オープレヒトに意見を求めることに決定、あす私たちの家での昼食を取り決め。――お茶のあとヴォルフ博士(2)来訪、自身のマヤ文化研究について縷々説明、どこかで講演する機会を仲介して欲しいという。原稿。――そのあとフィードラー宛てに手紙(3)。夕食後フランスのサキソフォン室内楽を聴く。――メーディ、アローザから帰宅。「ヴェルトビューネ」(4)で、かなりおかしなヒトラー演説についてのハインリヒの論評(5)を読む。ジッド(6)の『紀行』に編集者が異論を唱えているについては一理あるが、クラウス(7)がその『紀行』を弁護している。――マヤ原稿と取り組む。

（1） 声価の高いブダペストの月刊誌「ニュガト」（西）の一九三七年二月号は、編集長ミハーイ・ボビチュの論説「トーマス・マンの手紙」を掲載した。「ペスター・ロイド」（〔訳注〕ブダペストのドイツ語日刊紙）は三七年二月七日号にこの論説のドイツ語部分訳を掲載、トーマス・マンの引用した文はその中のものである。トーマス・マンは、二二年一月十三日ブダペストを訪れた際ボビチュに会っている。

（2） 考古学者ヴェルナー・ヴォルフ博士。その講演『古アメリカ文化の解明』（マヤ文字の解読）。

（3） クーノ・フィードラー宛て、キュスナハトから、一九三七年二月十二日付、『書簡目録II』三七／三四。

（4） 「ディ・ヴェルトビューネ」は、左翼的な文化・政治週刊誌。一九〇五年ジークフリート・ヤーコプゾーンの創刊、二七年からカール・フォン・オシエツキが編集、発禁後はプラハで「ノイエ・ヴェルトビューネ」として続刊された。その編集長はヘルマン・ブジスラフスキだった。

(5) ハインリヒ・マン『演説』、「ノイエ・ヴェルトビューネ」、一九三七年二月四日号、所収。

(6) アンドレ・ジッド(一八六九―一九五一)は、トーマス・マンが終生高く評価し、一九三一年パリで初めて出会って以来直接に面識のあったフランスの作家。『一粒の麦もし死なずば』(一九二九年)『全集』第十巻七一一―七二一ページ、『アンドレ・ジッドの死去にあたって』(一九五一年)『全集』第十巻五二三ページ、参照。ジッドはもともと、自分が憎悪している西欧植民地帝国主義にかわるものとしてソヴィエト共産主義に共感を寄せていたが、ロシア旅行で幻滅を覚え、実見によって思い込みを正して帰国した。この旅行の成果が『ソヴィエト紀行』(一九三六年)で、三七年にドイツ語訳が刊行され、同年『ソヴィエト紀行修正』が続いた。この二冊は刊行されて大きなセンセイションを巻き起こし、ジッドはそのため激しい攻撃を受けた。

(7) クラウス・マン『アンドレ・ジッドをめぐる論争』、「ノイエ・ヴェルトビューネ」、プラハ、一九三七年二月十一日号、所収。同じく『吟味。文学論集』マルティーン・グレーゴル・デリン編、一九六八年、一〇九ページ、所収。

三七年二月十三日　土曜日

湿った雪。かなり勢いよく楽しく書き進めたが、あと非常にくたびれる。吹雪の中、森を抜けて散歩。食事にマイリシュ夫人、シュランベルジェ氏、ブライトバハ氏、オープレヒト博士とその夫人。コーヒーになってから、主に財政面について雑誌計画を詳細に検討する。あすリオンを呼ぶことに決める。――お茶のあと自筆の通信。夕食に、ニューヨークから戻ったギーゼ(1)女史。女史とアメリカについて。それから新聞各紙と「ノイエ・ターゲ＝ブーフ」を読む。

(1) ミュンヒェンの女優テレーゼ・ギーゼ(一八九八―一九七五)はエーリカ・マンの親友で、カバレット「胡椒挽き」の共同設立者、主要共演者。一九三三年三月ナチスの迫害をかわしてティロールに逃れ、亡命中「胡椒挽き」に引き続き協力、ついで五三年までチューリヒ・シャウシュピールハウスに所属、ドイツ帰国後はミュンヒェン・カマーシュピーレで活躍した。「胡椒挽き」のニューヨーク公演旅行に同行、一座の解散後スイスに戻った。

三七年二月十四日　日曜日

雪が深く、きらきら輝く晴天。頭が疲れたままリーマーの場面の執筆。正午、雑誌と女性金主の件でブライトバハが短時間来訪。強い日差しを浴びながら少し散歩。食事にリオン。コーヒーが出てから「尺度と価値」のプログラムについて。四時十五分、K、リオンを同道、オープレヒト邸へ。オープレヒト夫妻、マイリシュ夫人、リオン、シュランベルジェ、ブライトバハとお茶。経済関係、文学関係の問題について討議。隔月刊誌か月刊誌か。大勢は月刊誌に傾く。私とならんで予定される編集発行人は、ムシュク教授[1]、シュトリヒ、カール・バルト[2]、オーストリア人のオトカル・フィッシャー[3]。――澄み切った寒気の中を帰途の一部を徒歩で。――夕食後ヴァインガルトナー[4]指揮による、ヴィーンからのきれいなヨーハン[5]演奏会を聴く。――『往復書簡』をカール・バルト宛てに。

（1）　スイスの文学史家、叙情詩人、劇作家ヴァルター・ムシュク（一八九八―一九六五）は、一九三六年以来バーゼルの教授、第二次世界大戦後は論議をよんだその著書『ドイツ文学の破壊』によって非常に有名になった。

（2）　スイスのプロテスタント神学者カール・バルト（一八八六―一九六八）は、「弁証法神学」の主唱者、一九三〇年ボンの教授、三五年ナチ政権によって解任され、六二年までバーゼルの教授として活動する。トーマス・マンはバルトの著書『今日の神学的実存』（一九三三）によって強い感銘を受けていた。

（3）　一九三七年二月十日付日記の注（2）参照。

（4）　指揮者フェーリクス・フォン・ヴァインガルトナー（一八六三―一九四二）はすでに一九〇八年から一一年までグスタフ・マーラーのあとを襲ってヴィーン宮廷歌劇場総監督だった。二七年以来バーゼル音楽学校校長兼一般音楽協会会長、三五年から三六年にはまたヴィーン国立歌劇場総監督を勤めた。

（5）　トーマス・マンの誤記、おそらく、ヨーハン・シュトラウス演奏会であろう。

三七年二月十五日　月曜日

きのうよりも曇っている。張り切っての執筆、アローザ三週間の休養効果がどうやらある種の生きる喜びや活発さに感じ取れるように思う。――大量の、部分的には興味ある郵便。なお依然として『往復書簡』に対する感動の表明。「アーリア人」(1)ながら、ドイツでの生活に耐えられなくなったドイツ人医師がコペンハーゲンから手紙を寄越し、スペインの反ファシズム戦線に参加しようとしているという。――スペイン関係出版物の「あとがき」を送付したのに対して社会民主主義スイス婦人団の謝辞。――――正午、一時間散歩。食後、新聞各紙。「カマン・センス」誌に、父親の政治活動についてクラウスの感じのよいエッセイ(2)。――七月パリで催される国際連盟委員会(3)の会議への招待。――午睡。お茶のあと口述と自筆の通信。――夕べの散歩。夕食にギーゼ女史。若い知識人を摑んでいるスペイン戦線への参加衝動について。ウィスタン・オーデン(4)もスペインにいる。精神的流行としてのファシズムは、すでに破産していなかったか。ファシズムが青春と未来を誇っていたのは、私にはずっと分かっていたように、愚かなことではなかったか。ましな、本物の青年はみなファシズムとは反対の側についている。――スペイン論稿の校正刷を見る。ベッテリーニ(5)の原稿「宇宙とわれわれ」を読み、関心と感動を覚えた。

(1)〔訳注〕印欧語族のうちアーリア人は、ナチの人種理論からすると優秀な人種であり、その系譜をひくゲルマン人は優秀であるのに対し、ユダヤ人は劣悪、有害な人種とされていた。

(2) クラウス・マン『トーマス・マンの亡命。父の政治的発展』「カマン・センス」ニューヨーク、一九三七年、二月号、所収。

(3) 国際連盟の「文学芸術常置委員会」。これは国際連盟の「精神的協力のための国際委員会」の下部委員会。

(4) イギリスの叙情詩人でエッセイストのウィスタン・ヒュー・オーデン(一九〇七―一九七三)は一九三五年以来エーリカ・マンと結婚していた。この結婚はもともとナチ政権によって国籍を剝奪されたエーリカ・マンに新しい国籍と有効な旅券を手に入れさせるためで、まったく形式だけのものと見られていたが、やがてオーデンとマン家の間には非常に親密な関係が発展した。エーリカ・マン＝オーデンは生涯を終えるまでイギリス国籍を放棄しなかった。

(5) オノラート・ベッテリーニ(一八九五―一九六一)はロカルノの建築士で建築事業家、土地の文学・文化の会を主宰しており、トーマス・マンは一九三四年四月この会で一度話をしている。〔訳注〕一九三四年当時の日記ではこの姓が Bettelini、Bettellini と二通りに表記されている。後者が正しければ、ベッテルリーニとすべきところである。

三七年二月十六日　火曜日

朝、寒かったが、その寒い中で鳥たちの囀り。正午頃は非常に春めいた。――「リーマーの対話」を書き進める。郵便で『往復書簡』への意見表明が続々と届けられる。チェコ語版が数部。「労働者新聞」にヘルツォークの二本目(1)の論評。――Kとゆっくりイチュナーハの先まで散歩。Kとメーディと一緒に昼食。午後一眠り。お茶のあと自筆の通信。ベッテリーニの件でフライ教授(2)と、ヴォルフ博士の件でライフ夫人(3)と電話。晩、長い間ゲーテの対話のある箇所を捜したが、徒労だった。(ストロガノフ(4))。

(1)　調査が届かなかった。
(2)　獣医学者ヴァルター・フライ(一八八二―一九七二)は、チューリヒ大学教授。
(3)　リリ・ライフ＝ゼルトーリウス(一八六六―一九五八)はリストの弟子であるピアニスト、夫であるチューリヒの絹織物工業家、芸術愛好家、芸術保護者のヘルマン・ライフ(一八五六―一九三八)は、トーマス・マンの義理の両親であるミュンヒェンのプリングスハイム夫妻の旧友で、チューリヒの屋敷は、客を歓迎し、とくに音楽に開かれていて、演奏会や朗読会がしばしば催されていた。トーマス・マンはライフの「サロン」を『ファウストゥス博士』三十九章、『全集』第六巻、で描写している。
(4)　アレクサンダー・ストロガノフ(一七九五―一八九一)はゲーテに一八二三年夏マリーエンバートで会った。前年二月その父親である外交官グリゴリィ・ストロガノフ(一七七〇―一八五七)はゲーテにヴァイマルで病気のため引見されなかった。アクサンダー・ストロガノフとゲーテとの対話は『ゲーテの対話』第四巻(フロアドアール・フォン・ビーダーマン編)一九〇九―一九一一年、四〇三―四一二ページに見出される。

三七年二月十七日　水曜日

フェーン。遅く起床。「リーマーの対話」の執筆。風の中を一人で少し散歩。食事にブライトバハ。雑誌について、またブライトバハが実務上協議している相手のオープレヒトについて。――ゲーテアーナを読む。――Kはライフ邸での音楽茶会へ。――スペイン論説の刷上がりを数人の人物宛てに。短篇小説のための抜粋。図書の並べ替え。トルストイ全集を並べる。夕食にバイドラー夫妻。——ロウ＝ポーター[1]女史は『往復書簡』について「タイムズ」宛てに手紙[2]を書いたが、この手紙を同封した女史の手紙がきょう届く。ファシズムとフランコに対するイギリスの政策について悲観的な説明。自分たちの支持する党派の優位を確信しているらしいイタリアとドイツを援助することになる非介入決議、酷い悪事だ。最終期限[3]（今月二十日）を前に、なお多くのフランスの志願兵たちが国境を越えている。—不思議なことに『往復書簡』がイギリス[4]で完全な形で刊行された。『往復書簡』が近々「マリアヌ」に掲載される、とオープレヒトが伝えてくる。——きょうも『往復書簡』に触発された複数の手紙。

（1） ヘリン・ロウ＝ポーター（一八七七—一九六三）は、トーマス・マンの、イギリスで暮らしていたアメリカ人翻訳者、ちなみに女史は一九二四年から五一年までの間にトーマス・マンの全作品を英語に翻訳した。ジョン・C・サールウォール『他の言語の中で。トーマス・マンとヘリン・ロウ＝ポーターの三十年にわたる関係の記録』、一九六六年、参照。本書には、トーマス・マンとのおびただしい女史の往復書簡の中から多数、抜粋して収められている。

（2） ヘリン・ロウ＝ポーター『トーマス・マンとボン大学』、「タイムズ」、ロンドン一九三七年二月八日号、掲載。

（3） 一九三七年二月二十日は、ロンドンの非介入委員会が決定した施行日で、この日スペイン内乱への一切の外国の介入は終結しなければならなかった。

（4） 一九三七年二月三日付日記の注（5）参照。

三七年二月十八日　木曜日

八時前に起床。暗く、寒く、風がある。「リーマーの章」を書き進めるが、すでに三十枚にまで膨れ上がっている。——オスロの出版社ピオス・オグ・イエスペルセンが『ヨゼフ』第三部を出版しようとしないというベルマンの手紙[1]、私はこの出版社の良心に訴えてみるつもりだ。格式ばった「ヴィーン新聞」にエルンスト・クルシェネク[2]の優れた『エジプトのヨゼフ』評、読んで非常に嬉しい。『往復書簡』に引き続き手紙が寄せられてくる。——K、リオンと連れだってイチュナーハの先まで散歩。食事にリオン。コーヒーを飲みながら雑誌について。内容にわたる諸構想。アポリネール[3]の詩数篇を読む。——私のクリスマス戸棚の上に鏡照明を取り付ける、一進歩。Kを相手に手紙の口述。共同編集の件でカール・バルト宛ての書簡[4]。自筆の通信も。夕食にカーラー。バルトは立場上気後れするのではないかと、バルト起用案の再検討。時代の苦悩について論議を重ねる。雑誌のために不可欠な綱領的な序文を私が書くことになる。

（1）　トーマス・マンに宛てたゴットフリート・ベルマン・フィッシャーのこの手紙は残っていない。トーマス・マンが挙げている出版社は、正しくはイェスペルセン・オグ・ピオといってコペンハーゲンにあり、オスロに支店があった。『ヨゼフ』小説の第一部と第二部はカール・V・エスタゴールのデンマーク語訳で一九三三年と三五年にこの書店から刊行された。第三部は三八年、第四部は四八年に刊行された。

（2）　オーストリアの作曲家、著作家エルンスト・クルシェネク（一九〇〇—一九九一）はジャズ・オペラ『ジョニの演奏』で有名、当時ヴィーンに住んでいたが、一九三八年合衆国に亡命、ロサンゼルスで教えていた。クルシェネクは、三三年十一月二十六日ベルリンの「フォス新聞」で『ヤコブ物語』を論評した（「文明化された魔術。トーマス・マンの旧約聖書小説に寄せて」）。『エジプトのヨゼフ』についてのクルシェネクの論評「試練の長篇小説」は「ヴィーン新聞」一九三七年二月十五日号に掲載。

（3）　フランスの叙情詩人、小説家、エッセイスト、ギヨーム・アポリネール（一八八〇—一九一八）は、シュールリアリズムの先駆者。

（4）　カール・バルト宛て、キュスナハトから、一九三七年二月二十二日付、『書簡目録』三七／三八。

三七年二月十九日　金曜日

暗く、降雪、湿っぽい。八時に起床、早めに仕事にかかる。運を天にまかせて一歩を進める。正午、ルーマニアの弁護士の代理権を認証してもらうため、Kと町役場に行く。そのあと、Kとヨハニスブルクの先まで散歩。Kと二人だけで昼食。そのあと、クラウス・プリングスハイム[1]の日本オペラ[2]についての原稿に目を通す。モリース・デノフのフランス語の試論『文学的平面』を読むが、この中に『魔の山』についての注釈。さらに「ヴェルトビューネ」。——お茶のあとゲーテにかかわるメモ。晩、しのつく雨の中をKとシャウシュピールハウスへ。ジロドゥ[3]の『トロヤ戦争』、これは才気喚発、熟達した脚本であって、その平和主義が物足らないものに堕することのないよう悲観主義によって防ごうとしている。美しいヘーレナ、善良なパリス（脚は美しいが顔は愚鈍）、非常に優れたオデセウス（カルザー）。幕間にコーヒーとサンドウィチ。帰途に豪雨。スペイン論説についてバーズラー(4)の手紙。「ターゲ＝ブーフ」を読む。

（1）　音楽家クラウス・プリングスハイム（一八八三―一九七二）はカトヤ・マン夫人の双生児の兄弟で、グスタフ・マーラーの弟子、もとベルリン・ラインハルト舞台《ビューネ》の音楽監督、一九三一年以来は東京の帝室音楽学校（〔訳注〕現在の東京芸術大学音楽学部の前身である、いわゆる上野の音楽学校のこと。なおクラウス・プリングスハイムは戦後、武蔵野音楽大学教授として晩年を終えている。）で指揮者、教師として活動した。三六年十二月に書かれた論文『歌舞伎オペラ』はタイプ原稿のみ残り、公刊は確認されていない。

（2）　一九三七年十月十二日付日記の注（2）参照。その論文『Les plans littéraires』は確認されていない。

（3）　フランスの小説家、劇作家ジャン・ジロドゥ（一八八二―一九四四）。一九一〇年外交官勤務につき、外交官としての資格でパリの外務省（ケ・ドルセ）の広報室長を勤め、三九年から四〇年はフランス宣伝相だった。三五年に書かれた『トロヤ戦争は起こらない』は、三七年にはアネッテ・コルプのドイツ語訳、『トロヤに戦争なし』の表題で刊行されていた（ベルマン＝フィッシャー書店、ヴィーン、一九三六年）。この脚本はドイツではようやく第二次世界大戦後上演された。チューリヒ上演ではアネッテ・コルプの訳が使われ、演出はレーオポルト・リントベルク、舞台装置はテーオ・オト、出演はクルト・ホルヴィッツ、エルヴィーン・カルザー、レオナルト・シュテケル、エルンスト・ギンスベルク、マリーア・シャンダ、ロッテ・コホだった。

（4）　オト・バーズラー（一九〇二―一九八四）は教師、エッセイストでアールガウ州ブルクに住み、トーマス・マンとは一九三〇年から親交があった。バーズラーはそれ以降の四分の一世紀にマンから約一五〇通の手紙を受け取り、六五年その一部を選んで「トーマス・マン協会報」第五号に公開した。『あるスイス人への手紙』、『古きと新しきと』一九五三年、所収、も参照。

三七年二月二十日　土曜日

豪雨、悪天候。きのうはやすむのが非常に遅くなり、遅く起きて入浴。「リーマーの対話」の執筆。マッツケッティ(1)女史からの手紙に、トスカニーニ(2)のための『往復書簡』の翻訳と、謝辞として「見事――感動――深遠――人間的」と記されているトスカニーニの写真が添えてある。正午三十分だけ散歩。食後ハリ・ケスラー伯爵(3)が来訪。ホーフマンスタール、スペイン、伯爵の回想録、『ヨゼフ』、『往復書簡』、『ゲーテ』短篇、近々行われるヴォルフの講演などについて。――Kはメーディのコンサート試験、首尾は上々。――お茶のあとライジガーとマツケッティ女史に手紙(4)。一時間ほどトービと市内方向へ散歩。Kと二人だけで夕食。ブレンターノと電話、招待。ビーダーマンの『対話』(5)を読む。

（1）ラヴィーニア・マツケッティ（一八八九―一九六三）はイタリアの女流ドイツ文学者、エッセイスト、批評家で、第一次世界大戦終了後から多くの優れたトーマス・マン論を発表、第二次世界大戦後にはまた『ヴァイマルのロッテ』、『巨匠の苦悩と偉大』、『精神の高貴』、『詐欺師フェーリクス・クルルの告白』といったトーマス・マンのかなり長大な作品を翻訳した。トーマス・マンは一九一八年マツケッティと直接知り合い、後年親交を深めていった。三七年から四五年までイタリアではトーマス・マンの作品は刊行出来なかった。ラヴィーニア・マツケッティは『往復書簡』を、アルトゥーロ・トスカニーニが読めるよう私的に翻訳したのである。『往復書簡』のイタリア語訳は、ようやく四七年クリスティーナ・バゼッジョの訳によりトーマス・マンの政治論集中の一巻『ドイツ共和国について』に収められてミラーノのモンダドーリ書店から刊行された。

（2）アルトゥーロ・トスカニーニ（一八六七―一九五七）は当時最も有名な指揮者で、一切の政治的暴力支配に対する断固たる敵対者として、ファシズムのイタリアでの活動を拒否し、ヒトラーの権力掌握後はバイロイト音楽祭への協力をもやめた。トスカニーニは一九三一年から三七年までザルツブルク音楽祭を指揮し、三五年の音楽祭の折りにトーマス・マンはマツケッティ夫人と同行のトスカニーニと会った。オーストリアの暴力的併合後トスカニーニはオーストリアにも背をむけ、三七年から五四年までアメリカのラジオ放送会社NBCで活動した。イタリアに戻ったのは四六年である。

（3）ハリ・ケスラー伯爵（一八六八―一九三七）は、著作家、愛書家、外交官、ドイツ平和協会会長、一九一八年から二一年までワルシャワ駐在ドイツ公使、「クラーナハ・プレセ」の創刊者、最初のラーテナウ伝の著者であり、フーゴ・フォン・ホーフマンスタールと共同でリヒアルト・シュトラウスのために『ヨゼフ伝説』を書いた。三五年までベルリンのS・フィッシャー書店から刊行された回想録『人々と時代』、死後刊行された『日記　一九一八―一九三七』（一九六一年）は時代史として重要な意義をもっている。三三年三月にはパリに滞在、ドイツには戻らず、三七年十二月四日フランスで死去した。その三七年二月二十日の日記（『日記　一九一八―一九三七』）にはトーマス・マン訪問の一部始終が詳細に報告されている。

（4）ラヴィーニア・マッケッティ宛て、キュスナハトから、一九三七年二月二十日付（一部削除）、『書簡集II』一五ページ。
（5）ゲーテの『対話』フロドアール・フォン・ビーダーマン男爵編、五巻、一九〇九―一九一一年、これは『ヴァイマルのロッテ』の資料の一つである。

三七年二月二十一日　日曜日

八時起床。強風、雨、悪天候。天候の影響に抗して「リーマーの対話」の執筆。強風の中をK、メーディとイチュナーハの先まで散歩。食事にマルタ・ヴァッサーマン夫人[1]、リヒテンシュタイン氏[2]、リオン。リオンと二人だけで雑誌についていくつかの問題を討議する。隔月刊誌に立ち戻る。編集責任者一人制。私の最初の寄稿と『ゲーテ』短篇の問題。「ゲーテとその祖国」といった論文の資料に関する報告。――「新スイス・ルントシャウ」のニーチェに関するアルミーン・ケッサー[3]の論文を読む。――お茶のあと、注目すべき緊張力で多くの手紙を、エクスのサガーヴ[4]やある日本の教授宛てのように精神的性質のものも含めて、口述する。ついでバルト宛ての手紙[5]を、単に協力を求めるというだけの意味に書き変える。夕食後、私人やプロセチュの図書館のために私の本のチェコ語版に献辞やサイン。

（1）マルタ・ヴァッサーマン、旧姓カールヴァイス（一八八九―一九六五）は俳優オスカル・カールヴァイスの姉、ヤーコプ・ヴァッサーマンの二度目の妻。旧姓の二十年代すでに有名な女流作家であり、三五年秋にはアムステルダムのクウェーリードーから評伝『ヤーコプ・ヴァッサーマン。形姿、闘争、作品』を出版、トーマス・マンはこれに序文を寄せた。『全集』第十三巻八三四―八三八ページ。
（2）不詳。おそらくはリヒテンシュタイン博士と同一人物であろう。一九三七年十月十日付日記の注（1）参照。
（3）ジャーナリスト、アルミーン・ケッサー（一九〇六年生まれ）は、一九三三年スイスに亡命した小説家で劇作家のヘルマン・ケッサー（一八八〇―一九五二）の息子であり、クラウス・マンのオーデンヴァルト学校での友人だった。その論文『ニーチェ評価のための諸要因』は、「新スイス・ルントシャウ」新シリーズ、四巻、一九三七年一月号に掲載。
（4）ピエル・ポール・サガーヴ（一九一三年生まれ）は、エクサン・プロヴァンス大学ドイツ文学教授で、トーマス・マンについての多数の論稿を発表、その中に博士論文『今日化した文学的問題。トーマス・マンの「魔の山」におけるナフタとセテンブリーニの論戦』、『トーマス・マンの小説における社会的現実と宗教的イデオロギー』がある。サガーヴ宛ての手紙は、一九三七年二月二十三日付、『書簡目録II』三七／四三。

(5)　『書簡目録II』三七／三八。

三七年二月二十二日　月曜日

八時前起床。昼夜を分かたず雨と強風、がたがた音を立てる窓、水が溢れる窓ガラス。「リーマー」の章の執筆。悪天候を衝いてKとヨハニスブルクの先まで散歩。Kと二人だけで食事。手紙の口述と自筆の通信。ビーダーマンの『対話』を読む。フォンターネの『シュテヒリーン』[1]。――引き続き『往復書簡』関連の手紙が届く。『往復書簡』、『ヨーロッパに告ぐ』、『スペイン』論を纏めてガリマール書店から政治論小冊子を出す件でロートバルト女史[2]に手紙。

(1)　『デア・シュテヒリーン』は、一八九五年から九七年にかけて書かれたテーオドーア・フォンターネの最後の長篇小説、トーマス・マンの愛読書の一つで、マンに強い影響を及ぼした。

(2)　パリの国際連盟「精神的協力国際委員会」のマルガレーテ・ロートバルトはかなり前からトーマス・マンと連絡があった。ここで触れられている政治論小冊子は、ライナー・ビーメルの訳、アンドレ・ジッドの序文を添えて『ヨーロッパに告ぐ Avertissement à l'Europe』の表題で、一九三七年パリのガリマール書店から出版された。

三七年二月二十三日　火曜日

寒さが増し、暗く、霰まじりの雪、風。「リーマーの対話」を書き進める、おかしな具合。一人でトービを連れて森を抜ける。食事にフォン・ブレンターノと夫人。ヴィルヘルム・ジュースキント[1]の愚かな手紙を読み上げて検討する。ここ数年を「体験」として積極的に評価している。戦争からの転用。下らないお喋り。――雑誌〔計画〕について。――あとで新聞各紙。スペイン事情についてのバレンシアからの新聞記事を読んで、私は「あとがき」が間違っていなかったと安心する。――プシュキンについての私の発言に絡んで、ジュネーヴの戦線派(2)女子学生が途轍もなく不敵な誹謗の手紙。まったく、だれかれになく読み書きを教えるのは考えものだ。――お茶のあと雑誌がらみでシュトリヒに手紙を書き、雑誌のことを伝えるヘッセ(3)宛ての手紙を口述した。――ヴァッサーマン夫人の手紙、はじめは『往復書簡』だが、やがて現在の境遇について書かれており、それを読むと三〇〇フランを貸さないわけにはいかない。メーニウス(4)博士（ヴィーン）が印刷したカール・クラウス追悼講演を送って寄越す。――Kと二人だけで夕食。そのあとバーゼルからのドヴォルザークの快い音楽を聴く。――昨夜遅くまで『シュテヒリーン』を読む。不滅の作品。

（1）　ミュンヒェンの著作家ヴィルヘルム・エマーヌエル・ジュースキント（一九〇一―一九七〇）は、一九三三年までエーリカ、クラウス・マンと親交があった。三三年ジュースキントは、クラウス・マンに働きかけて、ドイツに帰らせようとした（クラウス・マン『書簡と回答』第二巻四六〇―四六一ページ、参照）。三三年から四二年まで雑誌「文学《ディ・リテラトゥーア》」の編集者、第二次世界大戦後はミュンヒェンの「南ドイツ新聞」の編集者だった。

（2）　〔『トーマス・マン日記　一九三五―一九三六』から〕戦線派とは、「国民戦線」「郷土防衛隊」、「新スイス」といったスイスの民族主義的団体のメンバーを一括しての呼び名。これら諸団体は反ユダヤ主義的で亡命者に敵対的性格をもち、国民社会主義ドイツを自分たちの模範と見ていた。

（3）　トーマス・マンとヘルマン・ヘッセ（一八七七―一九六二）は、ともにS・フィッシャー書店の著者、一九〇四年以来知り合って相互に連絡をとっていた。ヘッセは一九二三年からスイス国籍を有し、テシーン州のモンタニョーラで暮らしていた。三三年春、トーマス・マンがルガーノに滞在してヘッセをたびたび訪れて以来、両者の間に緊密な友情と活発な意見の交換が行われ、これがトーマス・マンの死去まで続いた。両者の『往復書簡集』増補版アニ・カールソン、フォルカー・ミヒェルス編、フランクフルト、一九六八年、参照。ここで触れられている手紙、ヘルマン・ヘッセ宛て、キュスナハトから、一九三七年二月二十三日付、『書簡集II』一六―一七ページ、および『往復書簡集』一一三―一一四ページ、所収。

（4）　カトリックの評論家ゲーオルク・メーニウス（一八九〇―一九五三）は、一九二九年以来ミュンヒェンの週刊誌「アルゲマイネ・ルントシャウ」の刊行人。その追悼講演『カール・クラウス、時代の闘士』は、三七年ヴィーンのラニイ書店から刊行された。クラウスの死去は三六年六月十二日だった。メーニウスは合衆国に亡命、第二次世界大戦後ドイツに戻った。

三七年二月二十四日　水曜日

昨夜〔……〕ファノドルム。なかなか寝つけなかった。――きょうはきのうより晴れて穏やかな天候。朝食のあと、正常に仕事。正午、Kとリオンと一緒に散歩。雑誌の諸問題について種々話し合い。大気と風景に喜び。食事にリオン。コーヒーを飲みながら討議の継続。文学的関心をもつ元大臣ハイマン(1)がお茶に。そのあとホトヴォニイ(2)とハインリヒ(3)宛てに手紙を書く。ガリマールのための資料。ロートバルト女史宛てに小冊子。――ヤーコプ・ヘヒト(4)とある実業家との間で交わされた、私の「共産主義」についての驚くほど愚かしい往復書簡のことを、テネンバウム(5)が伝えてくれた。――古い手紙を纏めた大きな小包がいくつも、チェコ領事館を経由して届いた。同じくノーベル賞証書。

（1）　おそらく元ヴュルテムベルク文相ベルトルト・ハイマン（一八七〇―一九三九）のことで、ハイマンはすでに一九三六年四月十六日トーマス・マンを訪問している。

（2）　ルートヴィヒ・ホトヴォニ男爵宛て、キュスナハトから、一九三七年二月二十四日付、『書簡目録II』三七／四五。

（3）　この手紙は残っていない。

（4）　おそらくヤーコプ・ヘヒト社長のことで、あるバーゼルの海運会社の所有者、トーマス・マンは一九三三年バーゼルで知り合っている。

（5）　チューリヒの実務家リヒァルト・テネンバウムは、フリッツィ・マサーリの資産管理人で、一九三三年マサーリとブルーノ・フランクがこのテネンバウムをトーマス・マンに推薦したのである。テネンバウムは、財政問題や、ミュンヒェンの資産の一部返還請求にあたってしばしばトーマス・マンを助けた。

三七年二月二十五日　木曜日

朝方、目を覚ましながら、かなり長く横になっていた。疲れていた。「リーマー」シーンを執筆、ついでKと市内へペディキュアに出掛けた。雨空。クラウスがアムステルダムから到着、遅い昼食に加わる。お茶にレーオンハルト・フランク。――〔イギリス〕上院で労働党議員たちが、ドイツに好意的な、お粗末きわまりない演説。――晩の外出の身繕い、メーディとライフ邸の夕食会に出向き、それから美術工芸館に赴いた。大勢の知人の顔が見える中でヴォルフ博士がマヤ文化とマヤ文字について長々と講演した。終わって駅隣のオールド・インディアでパーティ。疲れる。

三七年二月二十六日　金曜日

春風。「リーマーの対話」の執筆。Kと森を抜けての散歩。饒舌なクラウスと昼食。終日大量の郵便。『往復書簡』がらみの手紙が新たに数通、その中にロンドンからチャールズ・トレヴェリアン(1)の手紙。四〇、〇〇〇部発行の「社会主義行動」(2)の薄葉紙印刷新聞に転載された。――クノップ夫人の手紙、シカゴのワーナー書店での小冊子に関して。同じ件でガリマールから手紙。――お茶のあとKとウルバン映画館へ、出来のよいアメリカ映画(3)『ディーズ氏、町へ行く』。家でポートワインを飲み、ベルマン(4)とアイスナー(5)宛てに自筆の手紙。晩、諸雑誌。――――ここ数日来、上のブリッジに緩み、なかなか修理の見込みが立たない。

---

(1)　サー・チャールズ・トレヴェリアンは、イギリスの政治家で、歴史家ジョージ・マコーリ・トレヴェリアンの息子。一八九九年から自由党の下院議員、二二年労働党に入党、たびたびイギリスの教育相を勤めた。

(2)　ドイツ社会民主党機関紙、ドイツ国内非合法配布のためカールスバートとブリュンで薄葉紙に印刷され、一九三三年から三八年まで、最初週刊で、やがて隔週刊で発行された。トーマス・マンの寄稿は三七年二月と六月の号に確認されている。

(3)　ゲリ・クーパー主演『ディーズ氏、町へ行く』。〔訳注〕邦訳題名は『オペラ・ハット』。

(4)　この手紙は残っていない。

(5)　二ヶ国語を操るドイツ系チェコ人のジャーナリストで批評家パヴェル（パウル）・アイスナー（一八八九―一九五八）は、トーマス・マンについての多数の論文を発表、チェコ語版トーマス・マン全集の編集者で、一九三六年以後数点のトーマス・マンの作品を翻訳したが、とくに『ブデンブローク家の人々』、『巨匠の苦悩と偉大』、『ヴァイマルのロッテ』、『ファウストゥス博士』など。

三七年二月二十七日　土曜日

フェーンの吹く春、彩り鮮やか、よく日が差し、時に曇り。幾分眠い。「リーマーの対話」の執筆。一人でトービを連れて下の森の道を散歩。お茶に長男同道のフォン・ブレンターノ夫人(1)。チョコレート。あとで手紙の口述。晩、Kと弁護士レーヴェンフェルト(2)邸の夕食に出向き、オープレヒト夫人、カーラーと同席。犯罪学と政治。

（1）マルゴ・フォン・ブレンターノ、旧姓ゲルラハ、は作家ベルナルト・フォン・ブレンターノの妻。一九三七年一月二十日付日記の注（3）参照。長男ミヒァエル・フォン・ブレンターノは、一九三三年チューリヒで生まれる。トーマス・マンはミヒァエルに、チョコレートを詰めた兎の縫いぐるみをプレゼントした。

（2）フィーリプ・レーヴェンフェルト（一八八七―一九六三）はミュンヒェンの刑事訴訟関係の弁護士だったが、一九三三年チューリヒに亡命、三八年ニューヨークに定住した。

三七年二月二十八日　日曜日

湿った雪が強い風に舞う。いきいきと執筆。半時間だけKと散歩。ヘッセの手紙(1)、雑誌に対して留保的。食事にギーゼ女史とリオンと、『ロッテ』の一部掲載その他、雑誌の計画について。「ユーディシェ・ルントシャウ(2)」の編集発行人とその夫人がインタヴュー訪問、夫人は私をスケッチする。お茶のあと著作家フェーリクス・シュテシンガー(3)が来訪、自著『世界政策の革命』について興味深い報告をしてくれる。ついでシカゴのウォーナーズ・ブックストアとヴィーンのホルンシュタイナー教授宛ての手紙を口述。クラウスとメーディが映画を観に行ったので、Kと二人だけで夕食。そのあと、きのう届いたブレンターノの長篇小説(4)『判事なしの審理』を読み終える。才能があり、魅力的で、倫理的にも、私が予想していた以上にぞっとするものに満ちている。

（1）トーマス・マン宛て、一九三七年二月二十五日付、『往復書簡集』一一五―一一六ページ。

（2）「スイスのためのイスラエル週刊誌」のことで、編集発行人はエーリヒ・マルクス・ヴァインバウム博士、夫人はデッサン画家マグダ・マルクス。インタヴューと肖像スケッチは一九三七年三月十二日付本誌十一号に掲載された。

（3）著作家フェーリクス・シュテシンガー（一八八九―一九五四）は三三年プラハに、三八年ニースに、四二年スイスに亡命した。著書『世界政策の革命』は三八年パリで刊行された。四九年にはチューリヒのマネセ書店から随想集一巻を刊行した。

（4）ベルナルト・フォン・ブレンターノの長篇小説『判事なしの審理』は一九三七年アムステルダムのクウェーリードー書店から刊行された。

三七年三月一日　月曜日

八時前起床。冬らしい天候、雪。「リーマーの語り」を書き進める。奇妙。ハンブルクのある教授がオランダから敬意表明の手紙。町へ散髪に。アスパー(1)もグルドナー(2)も旅行に出ており、ブリッジが緩んでいるのにと当惑する。食後、新聞各紙。お茶のあとの自筆の通信が、ドイツ系アメリカ人ハーベクとその息子の訪問で中断、二人は、「第三帝国」反対の資料公刊を目的とする国際聖書研究協会の件で来たのだ。――Kとメーディと連れ立ってトーンハレへ。卓抜なバリトン歌手シャイ(3)による歌曲の夕べ。シューベルト、『厳粛な歌』(4)、フーゴ・ヴォルフ、レーヴェ(5)の譚詩曲。大いに楽しみ感動する。――遅い夕食のあと手紙数通を投函出来るようにし、きょうの執筆分に手を加える。――コンサートの前に、雑誌の件、『往復書簡』のアメリカでの流布の件、さらには「尺度と価値」に『ロッテ』を一部掲載する問題とその報酬のことでオープレヒトを訪ねる。

（1）ハンス・アスパー博士は、チューリヒ、バーンホーフ通りのトーマス・マンの歯科医。

（2）アードルフ・グルデナー博士、チューリヒ、ブライヒャーヴェークの歯科医。〔訳注〕日記では Guldner グルドナーであるが、原注および索引では Guldener グルデナーとある。この名前は、この日の日記以外ではわずかに一九三四年二月二十四日の日記で触れられているだけであるが、そこでもグルドナー Guldner である。

（3）ドイツ出身のオランダのコンサート歌手ヘルマン・シャイ（一八九五年生まれ）。

（4）〔訳注〕これは、ブラームスの『四つの厳粛な歌』作品一二一のことであろう。

（5）〔訳注〕カール・レーヴェ Carl Loewe（一七九六―一八六九）は譚詩曲（バラード）に新境地を開いたことで知られる作曲家。日記本文では名前が Löwe と綴られている。

三七年三月二日　火曜日

冬の天候、朝方に寒気。八時起床。「リーマーの対話」の執筆。Kとリオンとともに散歩、リオンは食事に加わる。雑誌と一部掲載の件について相談。オランダからあるドイツ女性の美しい手紙。バルトに反対、第三帝国に賛成というあるスイスの牧師の新聞論説を同封したフィードラーの手紙。――午後、多数の客を集めたチェコ[1]領事邸での祝賀茶会。ピアノ演奏、お茶、シャンパン。「新チューリヒ新聞」政治関係編集員と歓談。スペインについての私の見解。ヒトラー＝シュルテス[2]会談、国内の政治的安定のため必要なのだ。――夕食後ルートヴィヒ[3]のナイル河の本の第二巻を読む。

（1）ヤン・ラシュカ博士、チューリヒ駐在、チェコスロヴァキア領事、ドルダー通り。

（2）ヒトラーは元スイス連邦評議会員エトムント・シュルテス（一八六八―一九四四）との会談で、スイスの不可侵性を承認して、スイスの存在は、万国によって尊重されねばならぬ「ヨーロッパの必然」であると言った。

（3）作家エーミール・ルートヴィヒ（一八八一―一九四八）は、成功して世界のあらゆる言語に翻訳された伝記（『ビスマルク』、『ゲーテ』、『ナポレオン』、『ミケランジェロ』、『ベートーヴェン』、『シュリーマン』その他）の筆者、一九三二年来スイス国籍、アスコーナ近郊モッシャに住み、トーマス・マンはここでルートヴィヒとその夫人エルガ・ルートヴィヒをたびたび訪れた。ルートヴィヒは四〇年合衆国に移り、第二次世界大戦後スイスに戻った。――ルートヴィヒのナイル河の本『ナイル河。ある大河の閲歴』は、二巻本で三五年から三七年にかけてアムステルダムのクウェーリードー書店から刊行された。

三七年三月三日　水曜日

八時起床。寒く、晴れた天候。「リーマーの対話」

の執筆。ブレンターノと散歩、その『審理』を私は褒めたが、多分褒め過ぎだ。クラウス、メーディをまじえて昼食。メーディは口述試験を立派な成績で合格している。食後、新聞各紙。お茶のあと数多くの手紙を口述。夕食にギーゼ女史、カーラー、遅れてグレート・モーザー。[1] これらを聞き手にして書斎で「リーマー」の章を朗読、賛辞を浴びた。大きな、明るい、注目に値する印象、作品の面白さを経験出来て気強いが、私はこの面白さが分かっていたのだ。――十二時半。

（1）　グレート・モーザー（一九一六年生まれ）は、チューリヒの工学士フリッツ・モーザーと妻パウラの娘で、エリーザベト・マンの級友、一九三九年ミヒァエル・マンと結婚した。

三七年三月四日　木曜日

冬らしく澄んだ天候が続く。きのう四十枚以上を大いに緊張して朗読したせいで、非常に疲れる。先へ書き進めることはせず、手直ししたり、あれこれメモを取っただけ。正午に歯科医ライジンガー[1]のところへ。レントゲン撮影。ブリッジはもう一度新しくしなければならないだろう。十五日まで延期。Kと車で戻り、途中で一緒に短い散歩。食後、新聞各紙。ニュー・ヘヴンのジョゼフ・ウォーナー・エインジェル[2]の手紙、イエールに、私の生涯と作品についての記録を集めた文書館《アルヒーフ》を創設するつもりだという。この手紙のような手紙を何通もゲーテは受け取ったものだ――私は物欲しげな気持ちになる。――とても疲れているというのに、眠れなかった。お茶のあと手紙を口述、ジョンスン[3]（ニュー・スクール）宛てに断りの手紙、エインジェル宛て[4]に文書館《アルヒーフ》についての手紙。夕食後少し音楽を聴く（フォイアーマン）[5]。ついで『クロイツァーソナタ』[6]を読む。――ビービからの手紙によると、どうしても運弓法をがらりと変えなければならないという。

（1）　ヘルマン・ライジンガー博士はキュスナハトの歯科医、オープレヒトとマンの両家と親しかった。

（2）　ジョゼフ・ウォーナー・エインジェル（一九〇八―一九八九）はアメリカの英文学者、軍事史学者で、一九三六年から三九年までイエール大学、ここに「トーマス・マン・コレクション」を誕生させた。三九年から五一年までカリフォルニア州のポモウナ・カレッジで教え、その後はアメリカ空軍の空軍大学教授だった。公表されたものの中には紹介文を添えたアンソロジー『トーマス・マン読本』（一九五〇）ならびにかなりの数のトーマス・マン論がある。

（3）エルヴィン・ジョンスン（一八七三―一九七一）は、アメリカの評論家、教育学者で、コロンビア、シカゴ、コーネル、スタンフォドの諸大学で、経済学、政治学の教授、一九一七年から二三年まで週刊誌「ザ・ニュー・リパブリック」の編集刊行人、そのあとニューヨークのニュー・スクール・フォア・ソーシャル・リサーチの校長。一九三七年一月一日付日記の注（13）参照。

（4）ジョゼフ・ウォーナー・エインジェル宛て、キュスナハトから、一九三七年三月四日付、『書簡目録II』三七／四八。

（5）オーストリアのチェリスト、エマーヌエル・フォイアーマン（一九〇四―一九四二）は、一九二九から三三年までベルリン音楽大学教授、ついでヴィーンで暮らし、三八年合衆国に亡命、ニューヨークで死去した。

（6）レフ・N・トルストイの小説『クロイツァーソナタ』（一八八九）。トーマス・マンは、これをKreuzersonateと綴っているが、Kreutzersonate が正しい。

三七年三月五日　金曜日

八時前起床。冬の天候から春めいた穏やかな天候へと移行。「リーマー」の章に少し手直しを加え、さらに書き進める。午前と正午いつになく大量の郵便。短時間Kと散歩。食事にクラウスのアメリカ人の女友達、人がよく、化粧が赤い。手紙と新聞各紙を読む。ミュンヒェンから百巻のゲーテ[1]を詰めた三つの大箱。内二箱をお茶のあとと夕食のあとに開ける。数冊はひどい状態で、修復の必要がある。しかし素晴らしい財産だ。どこに収めるかを相談する。――ニューヨークのジョンスンから二通の電報。私の渡米は「死活の重要性」をもつという。誰にとってか。Kはこの旅行に賛成し、事実いくつかの点ではその通りなのだが、ただ私には積極的に乗り出す気がない、それもただ渋り嫌がる気持ちの消極的表現なのだ。疲労、不快感。動揺と不安。――リオンとブライトバハから学士院会員ジレ[2]の主導論説「追放された人々」を掲載した「エコ・ド・パリ」を送ってくれた。その中に「誰も知る通り、ムシュ・トーマス・マンは今日ヨーロッパの最も畏敬すべき文学者である。P・クローデル、G・ダンヌンツィオ、さらにおそらくは、H・G・ウェルズあるいはショウを除けば、これより高貴で威厳を具えた芸術家は現代世界に見出し得ない」とある。このような言葉は、世界がいつでも神秘的な遊戯を支えてくれるあかしとして、私を喜ばせてくれる。

（1）ザクセン大公妃ゾフィーの委託により編集刊行された『ゲーテ』全集、いわゆる「ヴァイマル版」あるいは「ゾフィー版」一三三巻、一八八七年―一九一九年刊。
（2）フランスの美術史家、批評家ルイ・ジレ（一八七六―一九四三）、一九三五年以来アカデミー・フランセイズの会員。

三七年三月六日　土曜日

フェーンの吹く青空の一日。気分は良くなる。「リーマー」の章を書き進め、そのあと森の道を長く散歩。食事にランツホフ(1)博士到着、数日滞在の訪問。小冊子のことで種々説明。コーヒー、リキュールを飲みながら歓談。スタートでごたごたしている「ドイツ・アカデミー」(2)にあまり深入りしないように、アメリカ旅行とそれに付随する時間の空費は避けた方がいいという忠告にほっとする。――新聞各紙。ヒトラーの遣り口を痛烈に批判したラ・グアーディア(3)に対するナチ新聞の汚らしい罵詈雑言。アメリカ・デモクラシー自体に対する間の抜けた攻撃。なかなか結構。――お茶のあと手紙の口述、主にデンマークの翻訳の件。続いて自筆の通信を夕食まで。夕食後は書斎でランツホフ、K、クラウス、メーディ、感激屋のグレートを前にして『ヴァイマルのロッテ』第二章を朗読。『小さい長篇小説』(4)という副題を着想。オランダでの講演の夕べについてランツホフと打ち合わせ。

（1）フリッツ・H・ランツホフ（一九〇一―一九九〇）は一九三三年までグスタフ・キーペンホイアー書店の専務、三三年アムステルダムのクウェーリードー書店にドイツ部門を創設、これが最も重要なドイツ亡命出版社となり、大部分の名だたる亡命ドイツ作家の大半の作品をドイツ語原文で刊行した。青年時代からトーマス・マンの崇拝者で、とくにエーリカ、クラウスと親しかったランツホフは、トーマス・マンをクウェーリードー書店の専属作家にしようとたびたび努力した。ドイツ軍がオランダに侵攻してクウェーリードー書店が壊滅した時、ランツホフはたまたまロンドンにいて安全だった。そこからニューヨークに渡ったランツホフはゴットフリート・ベルマン・フィッシャーと協同でL・B・フィッシャー書店を創設した。戦後はオランダに戻って、フランクフルトに新設されたS・フィッシャー書店と合併するまでドイツ部門中心のクウェーリードー書店を経営、現在はニューヨークのハリ・N・エイブラムズ書店の経営にあたっている。〔訳注〕この原注はランツホフの死去（一九九〇年）以前に書かれたものである。

（2）　一九三七年一月一日付日記の注（14）参照。

（3）　フィオレロ・ラ・グアーディア（一八八二―一九四七）はアメリカの政治家、民主党員、一九三五年から四五年までニューヨーク市長。

（4）　『小さい長篇小説』という副題は使われなかった。最終的な副題は『長篇小説』である。

三七年三月七日　日曜日

フェーンの強風。かなり神経的になる。午前中に、予告のあったニューヨークからの電話。聴き辛く、はらはらする。相手のドイツ人教授は朝五時、私は十時半、大西洋の波の下をつうじての遣り取り。防御と固執。あす電報での回答を約束する。ひどい動揺。電話の前後リーマーの章の執筆。Kと短時間、厚着気味で散歩。食事にテネンバウムとギーゼ女史。近々行う予定のユダヤ・クラブ(1)での講演が話題になるが、その資料の準備を始めなければならない。――お茶のあと、クウェーリードー書店廉価版叢書の第一巻となる私の本は多分『クルル』(2)だが、それについてランツホフと話し合い。――手紙を仕上げるとともに自筆の通信。Kおよびクラウスと一緒にライフ邸での夕食会へ、シュヴァルツヴァルト博士夫人、スイス軍大佐の工場経営者ゲルナー(3)と同席、ゲルナーはロシアで受けた好ましい印象の数々を語るとともに、ドイツにおける労働組合の除去は吉兆だと断言した。上等の食事。――家に戻るとまたニューヨークから長文の電報、ニュー・スクール全員の署名が連ねてある。どうしたものか。よい船がしかるべき時日に出るなら、旅行に踏み切ろう。

（1）　チューリヒのユダヤ人団体「カディマー」。

（2）　『詐欺師フェーリクス・クルルの告白』はこの時点では、一九三三年以前にさまざまな版で刊行された第一部（幼年時代の巻）と、第五章（兵隊検査の情景）まで書かれたまま、まだ公表されていなかった第二部断片とからなっていた。一九一〇年一月に書き始められたこの小説が一一年五月に中断したのは『ヴェニスに死す』と『魔の山』のためで、以来執筆の再開はなかった。トーマス・マンは、まだ未公刊の第二部断片と併せての第一部新版をランツホフと取り決め、三七年秋クウェーリードー書店からその刊行を見た。

（3）　実業家で砲兵中佐（大佐ではない）ヴァーロ・ゲルバー（ゲルナーではない）（一八八一年生まれ）は、ライフ夫妻の知人。

三七年三月八日　月曜日

イスラエル・クラブの講演原稿を書き始める。客船の確認。「スクール」宛てに承諾の電報。食事にランツホフとともにレーオンハルト・フランク。いろいろと要請の盛られた大量の郵便。お茶のあと手紙の口述、ヘルツ女史(1)には自筆で。晩、クラウスが自作の亡命者小説(2)を一部朗読。

（1）　イーダ・ヘルツ宛て、キュスナハトから、一九三七年三月八日付、『書簡目録Ⅱ』三七／五四。

（2）　クラウス・マン『火山。亡命者の間の小説』は一九三九年アムステルダムのクウェーリードー書店から刊行された。

三七年三月九日　火曜日

クラブ講演を書き進める。短い散歩。私の渡米の必要性についてジョンスンから長文の電報。食事にランツホフとともにハルガルテン夫人、ランツホフはコーヒーのあと辞去する。お茶にエッセンのドイツ人夫妻エゲブレヒト。(1)ユダヤ人会議(2)のために、エーリカ宛てに長大な電報。一時間散歩。モーニからK宛てに容易ならぬ手紙の一通(3)。Kと二人だけで夕食。ヒトラーとその一味についての本を読み、それからショーペンハウアーをのぞく。

（1）　エッセンのクルト、ヘラ・エゲブレヒト。それ以上は不明。

（2）　エーリカ・マンは一九三七年三月十七日、「アメリカ・ユダヤ人会議」の招集した反ナチ大衆集会で発言したが、この集会にはラビのスティーヴン・ワイズ、ニューヨーク市長ラ・グアーディア、ヒュー・ジョンスン将軍、労働組合指導者ジョン・L・ルーイスらのようなアメリカ社会の知名人が初めて参加した。エーリカ・マンは父親の電報をドイツ語と英語で朗読した。一九三七年三月九日付のその電文は『書簡集II』一七―一八ページ、所収。

(3) 特定出来なかった。

三七年三月十日　水曜日

八時起床。午前、午後、クラブ講演を書き進める。ジョンスンから謝電。正午、市内で春の合服用の生地を購入。晩ショーペンハウアーを読む。――ヒトラーの保証についてモッタ[1]の演説。「卓越した人格」、「歴史の最大の激動の一つから生まれた」。いやはや、いったい何故あの惨めな存在の前に這いつくばるのか。――ランツホフと何としても結婚したいというメーディに憐れみを覚える。――ゴーロから気持ちのいい手紙。――宣伝資料を予告するバレンシアからの手紙。

(1) ジュゼッペ・モッタ(一八七一―一九四〇)はスイスの政治家で、一九一一年以来スイス連邦評議会議員、たびたび連邦大統領になり、三七年当時も大統領だった。

三七年三月十一日　木曜日

午前中、講演原稿を書き、ついで結末にむけて口述。Kとメーディと一緒にヨハニスブルクの先まで散歩。お茶にドイツからのレルダウ[1]夫妻。一緒に市内へ。ロンドン＝ハウス[2]で服の採寸。ついで綺麗な散歩用ステッキを買う。家で夕食前に自筆の通信を片付ける。晩、シュレーゲルのヴィルヘルム・マイスター論[3]を読む。講演原稿の清書に赤を入れる。――きのう心底また感激して読み始めたフォンターネの『シュテヒリーン』を、寝入る前に読み進める。

(1) この名前 Lerdau ははっきりとは判読できたわけではなく、ゼルダウ Serdau あるいはランダウ Landau という可能性もある。人物は特定出来なかった。

(2) チューリヒ、バーンホーフ通りのイギリスふう紳士服店。

(3) フリードリヒ・シュレーゲル『ゲーテのマイスターについて』、「アテネーウム」第二巻(一七九八年六月)、所収。

そこには「続く」と注記があって断篇として性格付けられているが、この続篇は書かれなかった。その後『性格描写と批評』(一八〇一年)に収録。

三七年三月十二日　金曜日

朝晩非常に冷え、正午に春の温暖な天候。——八時半起床。午前、あすの講演原稿をヨゼフの人物像についての三枚分で締め括る。——そのあとメーディと半時間の散歩。大量の郵便と書籍。シケレの新長篇小説[1]。諸雑誌。バレンシアからの宣伝資料。ベルマンから、面識のない人物が拵えた『魔の山』[2]の誤植リスト。講演との関連でスイス・ユダヤ人週刊誌にインタヴューと論説。ヴィーンの雑誌「ディ・グロッケ(鐘)」にレッサー[3]の長大で非常に優れた論説。「尺度と価値」に関してリオンとアマンから手紙。——午後Kと映画館「ノルト・ウント・ジュート」に出掛ける。独創的で心を捉える黒人聖書映画[4]。夕食後、講演の複雑な冒頭部分と取り組む。

(1) ルネ・シケレの長篇小説『海流瓶通信』は、一九三七年アムステルダムの亡命出版社アレルト・デ・ランゲ書店から刊行された。

(2) 一九三七年二月二十八日付日記の注(2)参照。この号に「トーマス・マンへの挨拶。そのカディマー講演に寄せて」も掲載。

(3) ヨーナス・レッサー「トーマス・マンの聖書小説『ヨゼフとその兄弟たち』」、「ディ・グロッケ」、ヴィーン、一九三七年三月一日号、所収。

(4) 『緑の牧場』、ワーナー・ブラザース映画(一九三六年)、出演は黒人俳優のみ(レクス・イングラム、エディ・アンダースンほか)。

三七年三月十三日　土曜日

午前中、「リーマーの対話」の執筆を再開。Kとイチュナーハの先まで散歩。このところの例に洩れず、大量の郵便。コンラート・ファルケ[1]の原稿。『ヨゼフ』第三部について、また、ドイツ人たちの証言によるとドイツ国内に数万部単位でコピーが出回っているという『往復書簡』についてのブロック博士[2]の長文の手紙。――「トランスアトランティク[3]」から好意的回答。――ホトヴォニイの手紙。『あとがき』が「セプ・ソ[4]」紙に掲載。――――お茶にパリからの元大臣クレッパー[5]。ナチ政権の後継政権とその準備について対談。「パリ日刊新聞」停刊の可能性と何らかの週刊新聞による代替。――タキシードに着替え、夕食。ついでK、クラウス、メーディを伴って音楽学校《コンセルヴァトーリウム》[6]へ。そこで八時半ユダヤ人聴衆を前にして講演、休憩後「女たちの集い」。この季節につきものの咳はだいぶ聞こえたが、熱心に聴いてくれた。そのあとホテル・ザンクト・ゴットハルトで好意的なスピーチをまじえてのパーティ。カーラーが家に送ってくれた。

（1）スイスの作家コンラート・ファルケ（一八八〇―一九四二）、本名はカール・フライで、ダンテの『神曲』を翻訳し、あまたの舞台脚本を書き、「尺度と価値」の（トーマス・マンとの）共同編集発行人だった。

（2）スイスのドイツ文学者エーリヒ・ブロック博士（一八八九―一九七六）は多数のトーマス・マン研究を発表、一九三三年以来はトーマス・マンと盛んに手紙を交換した。

（3）フランスの海運会社「コンパニ・ジェネラル・トランスアトランティク」。

（4）ブダペストの新聞「セプ・ソ」、これに『スペイン』への「あとがき」がハンガリー語訳「ウトーソー」という表題で掲載された。

（5）オト・クレッパー（一八八八―一九五七）は法律家で、銀行専門家、一九三一年ゼーヴェリングのプロイセン内閣蔵相となり、三三年フランスへ逃亡して逮捕を免れ三五年まで南京、上海で中国蔵相の顧問、ついで合衆国に渡る。三七年から四二年までパリ、のちメキシコで弁護士、四八年以降はまたドイツに戻った。

（6）一九三七年三月七日付日記の注（1）参照。朗読に先立っての『ヨゼフ』小説についての前置、『反ユダヤ主義の問題』全集第十三巻四七九―四九〇ページ。

三七年三月十四日　日曜日

「リーマーの対話」の執筆。Kとメーディを伴って散歩。食事にヴァルター夫妻とライフ夫妻。賑やかな談話。多数の手紙を口述。さらにその上手書き。問題のあるファルケの原稿を読む。リオン宛てに手紙。さるヴィーンの読者の手になる『魔の山』と『ヨゼフ』に関わる誤植リストの検討。

三七年三月十五日　月曜日

午前中、「リーマー」の章の執筆。『往復書簡』のポーランド語訳が「ヴィアドモスツィ・リテラツキエ」に掲載。クウェーリードー書店から『詐欺師』についての契約書。エルンスト・ヴァイス、ブレンターノ、リオンその他からの手紙。――正午Kと市内に出て、ロンドン＝ハウスでながながと採寸、文具店で買い物。――食後、Kとキュスナハトの町役場に徴税官を訪れる。――午睡。――お茶にシュタイナー[1]博士。遅れてカウナスの書籍商ホルツマン。――フィッシャー[2]夫人に手紙。晩、Kとコルソへ行く、マクス・ハンゼン主演のビーアナツキ[3]のオペレッタ『天国の扉の前のアクセル』。惨めな駄作。ハンゼン[4]の演技には個々の滑稽なところ。――クラウス、メーディを加えて夕食。――私たちは昼に彫刻家マック[5]を訪れ、マックが粘土で完成した群像『ヤコブと天使の格闘』を見学する、これは、「私はあなたを去らせない[6]」を表現豊かに具象化した美しい作品だ。天使は感動的な姿。その清らかな頭部は彫刻家マックの若い同僚の頭部をモデルにしたもの。マックはその元の肖像写真を見せてくれたが、それ自体美しいものが、群像の中では心持ち気品を加えている。粘土の小品のプレゼント。

（1）ヘルベルト・シュタイナー博士（一八九二―一九六六）は、一九三〇年から四三年までミュンヒェンとチューリヒで刊行され、たびたびトーマス・マンの寄稿を掲載した雑誌「コローナ」の編集、共同発行人。第二次世界大戦後シュタイナーはフーゴ・フォン・ホーフマンスタール全集をS・フィッシャー書店から刊行した。

（2）ヘートヴィヒ・フィッシャー夫人、旧姓ランツホフ（一八七一―一九五二）は、出版社主S・フィッシャーの未亡人で、当時まだベルリンで暮らしていた。夫人はついに一九三九年スウェーデンに、そしてスウェーデンから合衆国に亡命、第二次世界大戦後ドイツに戻った。

（3）オペレッタ作曲家ラルフ・ベナツキ（一八八七―一九五七）は、『白馬亭にて』、『妹と私』、『天国の扉の前のアクセル』などのオペレッタで大成功を収めた。当時はチューリヒに住んでいたが、一九四〇年ニューヨークに移り、第二次世界大戦後スイスに戻った。〔訳注〕日記本文でベナツキの名前がBiernatzky（ビーアナツキ）と表記されているが、正しくはBenatzkyである。

（4）デンマーク系ドイツ人の映画俳優、オペレッタ歌手、寄席芸人マクス・ハンゼン（一八九七―一九六一）は、二十年代のベルリンで大成功を収めて、一九三三年亡命してナチの年月をスカンディナヴィアで過ごし、しばしばスイスに客演した。

（5）　スイスの彫刻家アルフォンス・マック。トーマス・マンがアトリエに訪れて鑑賞した群像『ヤコブと天使の格闘』を制作したが、またこれを壊してしまった。マックがトーマス・マンに贈った粘土の小品——跪いて翼をもつ天使をかき抱いているヤコブ——は長くトーマス・マンの書き物机の上を飾っていたが、のち不手際があって壊れてしまった。〔訳注〕マックは、日記本文でMackと表記されているが、正しくはMaggである。

（6）　〔訳注〕旧約聖書創世記三二章にヤコブがヤボクの河のほとりで「ある人」と夜明けまで格闘する話が記されている。ヤコブには勝てないと見てとったその「人」は「わたしを去らせよ。夜が明けるから」と言った。それに対してヤコブは「私はあなたを去らせません。私を祝福してくださらなければ」と答えたという。日記本文の引用は、これに由来する。ちなみに、今日使われている「イスラエル」という名は、この時ヤコブが天使から与えられた名前である。「あなたの名は、もうヤコブとは呼ばれない。イスラエルだ。あなたは神と戦い、人と戦って、勝ったからだ。」（引用は新改訳『聖書』一九七五年版による。）

三七年三月十六日　火曜日

きのうは非常に遅くなった。きょうは疲労し、仕事は進まず、神経は痛んでいる。Kと森の散歩。午後ベッドで休息。リオン、その他宛てに口述。レッサーとブロック宛てに自分で書く。晩、ブルーノ・ヴァルター＝コンサート。満席のホール。モーツァルトの交響曲、『ジークフリート牧歌』、『エロイカ』。極めて魅力的で楽しめる夕べだった。そのあとライフ邸で夜会。アンドレーエ(1)とヴァルターのスピーチ。この屋敷の主人八十一歳の誕生日。またまた一時半。

（1）　スイスの指揮者、作曲家フォルクマル・アンドレーエ（一八七九—一九六二）は、一九〇六年から四九年までチューリヒ・トーンハレ・オーケストラの主宰者、一四年から三九年までチューリヒ音楽学校《コンセルヴァトーリウム》の校長だった。トーマス・マンはアンドレーエ Andreae を（〔訳注〕ここでは Andreäと記しており）他の箇所では、「André」、「Andrée」、「Andrä」とも記している。

三七年三月十七日　水曜日

「リーマー」の章の執筆。ブレンターノと散歩。自筆の通信。ブリギッテ・フィッシャー＝ベルマン[1]宛てにヘルダーリーン詩の装飾手書への礼状。——晩、カーラーが「尺度と価値」創刊号掲載予定の自著の一章を朗読。——エーリカが、自分で一部分多色紙装丁にした『往復書簡』アメリカ版を送ってきた。

（1）　ブリギッテ（トゥティ）・ベルマン・フィッシャー（一九〇五年生まれ）は出版社主S・フィッシャーの長女で、ゴットフリート・ベルマン・フィッシャーの妻。カリグラフィー芸術の習練を積み、時折、手書装飾文字の作品を作り上げていた。

三七年三月十八日　木曜日

午前中リーマーの対話の執筆。湿度の高い、靄がかった天候の中をKと散歩。大量の郵便、書籍、ベルマンからの新刊書。食後、新聞各紙。「ナツィオナール＝ツァイトゥング」に、ボンのナウマン[1]教授がコペンハーゲンで行ったインタヴューについての報道が載っている。このインタヴューの中で教授が断言しているところでは、私の学位剝奪は教授会の審議なしに学長によって行われたもので、是非必要な処置でもなかったし、政府（ルスト[2]）からの同意を取り付けていない、という。悪くない。——お茶にエーフライム・フリッシュ[3]。七時半に夕食、そのあとシャウシュピールハウスに出掛け、リーザー＝ヴェルフェル夫人[4]の『トゥーランドットの退位』初演を観る。綺麗な舞台の退屈なディレタンティズム。幕間に、カーラー、オーストリア領事夫妻[5]とお茶。ミュンヒェンのレーヴィ[6]に遇う。ベルリンに行ってきたとのことで、万事が衰退しているという話だ。

（1）　ハンス・ナウマン（一八八六―一九五一）は、一九三二年以来ボン大学の文学史教授。特別講義のためコペンハーゲンに滞在していて、三七年三月十日「エクストラブラーデト」紙のインタヴューを受けた。同紙一九三七年三月十一日号に掲載されたインタヴューの記事は、パウル・エーゴン・ヒュービンガー編『トーマス・マン、ボン大学、時代史』、一九七四年、五七三―五七六ページにデンマーク語の全文とドイツ語訳文の形で収められている。

(2) 元高校教諭ベルンハルト・ルスト（一八八三―一九四五）は、一九三三年から四五年までナチ・プロイセン教育相、三四年から四五年まで中央政府の学術、教育、成人教育相。四五年自決。

(3) 作家、翻訳家エーフライム・フリッシュ（一八七三―一九四二）はミュンヒェン以来のトーマス・マンの親しい知人で、そのミュンヒェンで文芸月刊誌『デア・ノイエ・メルクール』を主宰、これにトーマス・マンは寄稿していた。フリッシュは、一九三三年スイスに亡命、のちトーマス・マンの雑誌「尺度と価値」に協力した。

(4) マリアネ・リーザーは、詩人フランツ・ヴェルフェルの妹で、チューリヒ・シャウシュピールハウスの支配人フェルディナント・リーザーと結婚した。そのドラマ『トゥーランドットの退位』は、一九三七年三月十八日、ジビレ・ビンダー、テレーゼ・ギーゼ、ヴォルフガング・ラングホフ、クルト・ホルヴィッツ、レオナルト・シュテケル、エルンスト・ギンスベルク、オト・ヴァルブルクが出演して初演されたが、巨費を投じたにもかかわらず不成功に終わった。

(5) フェルディナント・フォルスター博士（一八八七―一九七三）、一九三五年から三八年までチューリヒ駐在オーストリア総領事。

(6) 俳優、演出家リヒァルト・レーヴィ、一九〇七年以来ミュンヒェン在住、二七年からミュンヒェン・カマーシュピーレの演出家。三三年スイスを経由してハリウッドに亡命、のちにトーマス・マンはハリウッドでレーヴィに再会している。

三七年三月十九日　金曜日

靄がかかり、湿度があり、春風と春の光。午前中、「リーマーの対話」を一ページ書き進める。十一時半歯科医ライジンガーを訪れる。上のブリッジをはずし、歯根を洗滌、一本を麻酔して抜歯。あすにまた嵌めるブリッジが長持ちする見込みは薄いが、一種の先送りにはなる。――車で帰宅のあと、なおKと短い散歩。――昼食に刻み肉のシチュー。食後、新聞各紙と諸雑誌。スペインにおける政府軍の最近の勝利は、もっぱらイタリア人によってイタリア人から勝ち取られたものだ。ナショナリズムの精華。――フランスの作家エティアンブル(1)はその著書『聖歌隊の少年』に「『魔の山』と同時に『学部長』への書簡を書くことの出来たトーマス・マンのために、爾来留保なしの感嘆のしるしとともに」と書いてくれている。本の中身そのものの中では、『魔の山』はほとんど完璧な本と呼ばれている。「そこに欠けているものは何か」。――「神である」。――カトリックではある。「カトリシズムは回想に耽る病を癒す薬剤なのだ。」結構。ゲーテも言っている通り、秘密懺悔の制度は人間から取り上げられるべきではなかったのだろう。――歯科医の治療で疲労。休息を取らず。お茶のあと、コンラート・ファルケ宛ての手紙を口述、その原稿の不採用を通告するわけで、いやな気分。リオン宛てに手紙。Kとメーデイは夕食後ラスカー=シューラー(2)の朗読会へ。亡命がもたらす損失についてのハイデン(3)の脱帽に値する論説を掲載している「ターゲブーフ」誌を読む。――きょう、ゾフィー版ゲーテ全集が入っている最後の箱をあける。かなりの巻の背皮が擦り切れている。修理には費用が嵩むだろう。

(1) 高名なフランスの作家、文芸学者、比較文学研究家ルネ・エティアンブル（一九〇九年生まれ）は、一九三八年から四三年までシカゴ大学教授、四九年以降はモンペリエ大学フランス文学教授、大量の多岐にわたる文学作品、娯楽作品、学術研究の筆者で、これらのどれにも「エティアンブル」としか署名しなかった。主著に『(真に) 普遍的な文学についての試論』。

(2) 叙情詩人、劇作家エルゼ・ラスカー=シューラー（一八六九―一九四五）は、一九三二年度クライスト賞を授与されているが、三三年チューリヒに亡命、三四年一時イェルーサレムに渡り、チューリヒに戻ってきたものの、三七年最終的にイェルーサレムに亡命し、そこで世を去った。その散文集『ヘブライ人の国』は三七年チューリヒのオープレヒト書店から刊行された。ラスカー=シューラーはチューリヒで赤貧の生活を送っていた。

(3) 政治学者、評論家コンラート・ハイデン（一九〇一―一九六六）は、一九三二年ローヴォルト書店から刊行した『国民社会主義の歴史』によって大きなセンセイションを呼び、三三年ザール地方へ、三五年パリへ、四〇年ポルトガル経由で合衆国に亡命した。亡命中三六年から三七年にかけてチューリヒのヨーロッパ書店から、非常に成功して多国語に翻訳された二巻本ヒトラー伝、三七年にはアムステルダムのクウェーリードー書店から『ヨーロッパの運命』、等々を刊行した。ハイデンは「ダス・ノイエ・ターゲ=ブーフ」の定期寄稿者だった。その論説『亡命の試練』は「ダス・ノイエ・ターゲ=ブーフ」一九三七年三月二十日号、所収。

三七年三月二十日　土曜日

湿っぽく、雨、雪、高い湿度。「リーマー」の章の執筆。正午、ライジンガー博士を訪れる。運を天に任せてブリッジを再度嵌め込む。おそらくなお迫ってきている事態についていろいろと気休め。食後、新聞各紙に目を通し、古い『詐欺師』原稿を研究、これは、第一部の新版に部分的に付け加えることになる第二部の断篇である。午後、Kとウルバン・シネマへ、『サン・フランシスコ』[1]という、はらはらさせられる、驚くべき演出の恋愛、音楽、破局映画。かくも鋭い刺激によって映画館が劇場に対して勝利を占めるというのは、分かり過ぎるくらいよく分かる。――Kと二人だけで夕食。そのあと引き続いて『クルル』断篇と取り組む。――大量の郵便、一部は荷厄介だ。ニューヨークの「ネイション」誌が『往復書簡』を大々的に掲載。

(1)『サン・フランシスコ』は、ジャネット・マクドナルド、クラーク・ゲイブル主演ウィリアム・ヴァン・ダイク演出、一九三六年のメトロ・ゴウルドウィン・メイヤー映画。

三七年三月二十一日　日曜日

昨夜、一九二七年の日記[1]、クラウス・ホイザー[2]少年に情熱を捧げた時期の記述を読む。感動――そして、私はこの十年に内的にも外的にも成長を遂げたとの思い。――けさは雨で寒く、正午には春めいてきた。「リーマーの対話」をロッテの告白が始まるところまで書き進める。Kとヨハニスブルクの先まで散歩。食事にギーゼ女史。広間でコーヒー。『クルル』第二部断篇を印刷に回すため最終的に手を入れる。お茶のあと中には面倒なものもある一連の手紙を口述。パリ人民戦線委員会へのメセージ[3]、フランスの詩人エティアンブルへの礼状、等々。シュナイダーのショーペンハウアー伝[4]を読む。Kとメーディ[5]と夕食。のどの痛み。ニューヨークのテーブル・スピーチ口述のための原稿の準備研究。願わくは、これが『ロッテ』を書き進めるための障害にならないで欲しい。きのう、オランダと、ことによるとロンドンをも断念することで旅程の短縮をはかることに決定、気の休まる単純化――寝入る前に〔読んでいる〕シケレの長篇小説は、残念ながら退屈。

(1) この日記冊子は残っていない。一九三三年以前の時期の日記冊子と一緒にトーマス・マンによって処分された。

(2) クラウス・ホイザーは、デュセルドルフ美術学校校長ヴェルナー・ホイザー教授の息子。トーマス・マンは一九二七年ジュルト島カムペンでホイザー一家を知り、好感のもてる十七歳の若者に強く心を惹かれた。トーマス・マンはクラウス・ホイザーをミュンヒェンの自宅に招待し、これに多くの時間と心遣いを捧げた。一九三五年九月、二十四歳になっていたクラウスがもう一度トーマス・マンをチューリヒに訪ねている。

(3) ハインリヒ・マンを議長として開催されたドイツ人民戦線準備委員会パリ大会に宛てたトーマス・マンの挨拶の言葉で、この大会ではルードルフ・ブライトシャイトとヴィリ・ミュンツェンベルクも挨拶した。マンの挨拶は、「ノイエ・ヴェルトビューネ」第三三巻、一六号、一九三七年四月十五日刊、「パリ日刊新聞」、モスクワの「リテラトゥルナヤ・ガゼタ」一九三七年五月一日号に掲載された。「補遺」参照。

(4) ヴァルター・シュナイダー『ショーペンハウアー』は一九三七年ヴィーンのベルマン＝フィッシャー書店から刊行された。トーマス・マンの所蔵本は残っている。

(5) これは、一九三七年四月十五日ニューヨークの「ニュー・スクール・フォア・ソーシャル・リサーチ」の祝宴の際に行わなければならなかったスピーチ。

三七年三月二十二日　月曜日

午前中、なお「ロッテ＝リーマー」の章を少し書き進める。正午ロンドン＝ハウスで試着。下でゲールハルト・ハウプトマン[1]が買い物をしている、と店主が注進。お互いに顔を合わせないことにする――ハウプトマンの側は「別の時代が来るまで」という条件つきだった、――その時代をハウプトマンは見誤っているのだ。――リント夫人[2]の家に寄り、『ロッテ』の初めの数章を受け取り、『詐欺師』第二部を渡す。――大量の郵便、雑誌に関わるものも、『往復書簡』についてのものもある。リオンの手紙。――テーブル・スピーチの資料を検討、食後その冒頭部分を書く。夕食にバイドラー夫妻。バイドラーが、コージマ[3]についての自著から朗読。――スペインにおける政府軍の嬉しい勝利。イタリアの敗北。

（1）カトヤ・マン夫人は『書かれなかった回想（〔訳注〕邦訳題名『夫トーマス・マンの思い出』山口知三訳、一九七五年、筑摩書房）』一九七四年、四八―四九ページ）の中で、チューリヒにおけるトーマス・マンとゲールハルト・ハウプトマンのすれちがいの事件をもう少し詳しく語っている。トーマス・マンは、かつての年月ゲールハルト・ハウプトマンの知己を得て、非常に尊敬していたのだが、ふたたび会うことはなかった。しかしカリフォルニアでハウプトマンの訃報を聞いたトーマス・マンは非常に衝撃を受け――『ファウストゥス博士の成立』『全集』第十一巻二七四―二七九ページ、参照――一九五二年にはハウプトマンの九十回生誕記念にあたりフランクフルトで記念講演を行った、『全集』第九巻八〇四―八一五ページ。

（2）チューリヒのタイピスト、リント夫人は、トーマス・マンの自筆原稿をタイプ印書していた。以前『エジプトのヨゼフ』を清書したことがあり、トーマス・マンがいう通り、「私の厄介な字を楽々と正確に読み取る驚くべき知性をもった女性」だった。

（3）一九三七年二月七日付日記の注（1）参照。

三七年三月二十三日　火曜日

湿気が高く、暗く、寒い。午前中古い資料のたすけを借りて一気にニューヨークのテーブル・スピーチを口述、それを翻訳してもらった上で覚え込む必要から、ミセス・ホティンガー＝メキ[1]と電話。エーリヒ・ブロックと散歩、ブロックは続いて食事に加わる。私には奇異な感じだが、ブロックは、『フロイト』論に幾分現れている私の哲学的素質に感心していた。午後、自筆の通信、その間にKはスピーチの清書。夕食後これに朱を入れたあと『ある医師の語る文化史』[2]を読む。寝付く前に、美しい箇所、奇異な箇所を盛り込んだグリン[3]の『ミニュイ』を再読。

（1）メアリ・ホティンガー＝メキ（一八九三―一九七八）はリヴァプール出身、スイス人と結婚、一九二六年来チューリヒ在住のスコットランド人女流著作家、翻訳家、編集刊行者、五〇年までチューリヒ大学と成人大学で英語英文学の講師、とくに精選推理・怪奇小説アンソロジーで有名だった。トーマス・マンの『テーブル・スピーチ』を英訳し、トーマス・マンが英語でスピーチしなければならなかったので、正確な英語での話し方を指導した。

（2）　ラルフ・H・メイジャー『ある医師の語る文化史』ヴィクトル・ポルツァーによる英語からの独訳、ヴィーン、ツォルナイ書店、一九三七年。
（3）　ジュリアン・グリン（一九〇〇年生まれ）は、カナダ出身のフランスのカトリック作家、二十年代中頃長篇小説『モン＝シネール』、『アドリエンヌ・ムジュラ』、『レヴィヤタン』、『漂流物』によって非常に有名になった。長篇小説『ミニュイ』は一九三六年に刊行され、同年『真夜中』の表題で独訳が出た。アメリカで第二次世界大戦を経験したグリンは、戦後、回想録三巻と独訳もされた日記八巻によってフランスを越えて第二期の大きな知的影響を押し及ぼした。

三七年三月二十四日　水曜日

湿った雪、その雪が溶けて粥状になり、道はほとんど歩行不能、降雪は終日続き、物凄い天候。――「ロッテ＝リーマー」シーンの執筆を進める。一人でイチュナーハの先まで散歩。食事にオープレヒト夫妻。二人を相手にコーヒーを飲みながら雑誌について。表紙の色について版下を検討する。『往復書簡』の再度の新版を検討するが、これはドイツ国内で事実数万部規模で流布しているという。入手した人間それぞれが写しを拵えて増やしていく雪だるま組織。――午後、ハインリヒ[1]、ライジガーその他宛てに自筆の通信。「ネイション」誌掲載がきっかけとなって『往復書簡』についてアメリカから何通もの手紙。ジョンスンから新たな電報。私の渡英を期待するロンドンのセッカー・アンド・ウォーバーグ[2]書店からの招待。――ブレンターノ邸でフム[3]夫妻とも子ども夕食。

（1）　ハインリヒ・マン宛てのこの手紙は残っていない。
（2）　トーマス・マンの作品のイギリス版はアメリカ版と平行してロンドンのセッカー・アンド・ウォーバーグ書店（元マーティン・セッカー）から刊行され、同じヘリン・ロウ＝ポーターの訳を利用していた。
（3）　チューリヒの著作家、ジャーナリスト、ルードルフ・フム（一八九五―一九七七）とその妻リリ・フム。

三七年三月二十五日　木曜日

「ロッテ＝リーマー対話」の執筆。正午ホルヒ通りのミセス・ホティンガー宅で『ゲーテの経歴』(1)の朗読練習。いまだに雪と高い湿度、しかしやや凌ぎ易くなっている。脚にかなり酷いリューマチ。医師に予約。食事に娘を同道のミュンヒェンのカウラ夫人(2)とチェロの名手フォイアーマンと夫人(3)。午後は、朗読会(4)の提案、雑誌の件でのクルシェネク、ヒルデブラント、フィッシャー教授（プラハ）宛ての手紙、ロンドンには断り状などを口述。晩、Kとシャウシュピールハウスへ。『社会の支柱』(5)、壮大な作品の上質の上演、観客に極めて強い感銘を与え、私も熱心に拍手をおくった。家でクラウス、メーディをまじえて軽い夕食。劇場ではカーラーとリーザー弁護士と(6)。——チューリヒのザンクト・ペーター(7)に滞在しているヘルベルト・オイレンベルク(8)からの手紙。ドイツを離れたいという切なるその願い。多くのドイツ人が、『往復書簡』を読むために、オランダへ旅行に出たという。——『トリスタン』総譜のファクシミリがカウラ夫人を介してふたたび私の手に戻る。

(1)『ゲーテの経歴 Goethe's career』は、講演『作家としてのゲーテの経歴 Goethe's Laufbahn als Schriftsteller』の英語題名。

(2) ネリ・カウラは商務顧問フリードリヒ・カウラの妻、以前トーマス・マンの隣人で、ミュンヒェン、ヘルツォークパルク区シュトイプ通りに住んでいた。

(3) エーファ・フォイアーマン、旧姓ライフェンベルク。

(4) 哲学者ディートリヒ・フォン・ヒルデブラント（一八八九―一九七八）、彫刻家アードルフ・フォン・ヒルデブラントの息子。一九二四年から三三年までミュンヒェン大学教授、四一年来ニューヨーク、フォーダム大学教授だった。

(5) ヘンリク・イプセンのドラマ（一八七七年）。

(6) ジークフリート・リーザー＝ゴルトマン博士は、チューリヒの弁護士。

(7)〔訳注〕このザンクト・ペーターは、チューリヒのホテルの名前。

(8) 劇作家、小説家、エッセイスト、文芸欄寄稿者ヘルベルト・フォン・オイレンベルク（一八七六―一九四九）は、重要人物の短い伝記を纏めた数巻の『影絵』で、大成功を収め、トーマス・マンとは二十年代初めからの知己だった。デュセルドルフに住んでいた。

三七年三月二十六日　金曜日。受難日。

フェーンの強風、雨を伴った突風。酷い冬のあとの哀しい春。——七時半、電話で起こされる。電話は、どうでもいい内容の電報（ニースからのヴァルターとシャローム・アシュ[1]の『往復書簡』への祝辞）を伝達するものだった。眠り足らず、疲労が残り、執筆も進まなかった。——Kおよびメーディとヨハニスブルクの先まで散歩。午後、ベッドで二時間休息。一杯のお茶のあと、なお一枚書き進める。夕食にカーラーとギーゼ女史。遅れてグレート・モーザーも。書き終えた最新の二十枚（リーマーの長広舌）を朗読。カーラーの興奮ぶり。

（1）ポーランド生まれでイディシュ語の劇作家、小説家シャローム・アシュ（一八八〇—一九五七）は、その戯曲『復讐の神』、小説『泥棒モトケ』、そして数篇の長大な聖書小説によって有名で、一九〇六年から一〇年までパレスティーナで生活し、ついで合衆国、二三年からイギリス、五五年イスラエルに定住した。アシュは夏の数ヶ月を南フランスで過ごしており、三五年五月トーマス・マンはその南フランスのルネ・シケレの家でアシュと知り合った。

三七年三月二十七日　土曜日

八時、起床。雪、霧雨、ついで晴れてくる。「リーマーの対話」にかかり、朱を入れ、少し先へと書き進める。Kとヨハニスブルクの先まで。食事にヴァッサーマン夫人と小さい子息[1]。食後すぐ横になって休息、三時過ぎ客たちと一緒に市内へ。フォン・モナコフ博士[2]に脚部リューマチの診察を受ける。さまざまな、一部は不快な検査。座骨神経痛。心臓と血圧は良好。温湿布が薦められ、必要があれば照射することになる。——オーストリア人理髪師ヴァネチュ[3]の店で散髪。ミセス・ホティンガーを乗せてKが迎えに来る。ミセス・ホティンガーともどもお茶、ついで七時半まで英語のレッスン。——大量の郵便、Kと二人だけの夕食のあとようやく、これに目を通す。新聞各紙と諸雑誌。Kが迎えに行って、休暇のビービが到着。

（1）チャールズ（カール・ウルリヒ）・ヴァッサーマン（一

九二四—一九七八）は、ヤーコプ・ヴァッサーマンがマルタ・カールヴァイスとの再婚で儲けた末子。母親とカナダに亡命、のち著作家、放送作家としてアルト＝アウセー〔オーストリア〕で生活した。

（2）チューリヒの神経科医パウル・フォン・モナコフ博士（一八八五—一九四五）は、ロシアの有名な、チューリヒに定住した神経科、脳外科医コンスタンティーン・フォン・モナコフ（一八五三—一九三〇）の息子。コンスタンティーン・フォン・モナコフは、その多くの性格特徴、とくにその人生哲学においてヴァッサーマンの最後の長篇小説二作『エツェル・アンダーガスト』と『ヨーゼフ・ケルクホーヴェンの第三の存在』における医師ヨーゼフ・ケルクホーヴェン博士のモデルである。パウル・フォン・モナコフは、晩年の数年重症の糖尿病と腎臓病に罹っていたヴァッサーマンの診療にあたっていた。マン家と親交のあったチューリヒの神経科医エーリヒ・カツェンシュタイン博士はコンスタンティーン・フォン・モナコフの弟子で助手を勤めた一人だった。

（3）ヴァネチュはトーマス・マンの誤記で、正しくは、ヴィリ・ヴァネヴィツ、チューリヒの理髪師。

三七年三月二十八日　復活祭の日曜日

八時起床。彩色の卵、葉緑素、シュトレで飾られた朝食のテーブル。——「リーマー」の章の執筆、あまりエネルギーが湧かない。Kと一時間の散歩。食事にギーゼ女史とテネンバウム。便秘して、一日中鬱陶しい気分。お茶のあと、手紙口述の面倒な仕事。二人の子供に[1]、遅れてグレート・モーザーが加わって、一緒に心そそられる夕食。パンチを飲み、ラジオでイタリア音楽を聴く。ついで私が『ドイツ亡命者の物語』[2]の中から『フェルディナント』と[3]『歌姫アントネルリの冒険』の二小品を祖母の枝付き燭台の光の下で朗読した。

（1）〔訳注〕トーマス・マンは五人の子供たちが成長してからも、少なくとも日記では「子供、子供たち」と呼んでいる。ここでいう「子供たち」とは当時十八歳のメーディ、十七歳のビービのことであるが、当時すでに三十代の長女エーリカや長男クラウスの場合も同様である。

（2）『ドイツ亡命者の談話』は、いくつかの短篇を収めたゲーテの枠小説（一七九五年）。〔訳注〕この表題は日記本文では Erzählungen deutscher Auswanderer とあるが、正確にはUnterhaltungen deutscher Ausgewanderten である。

（3） ミュンヒェンの家からチューリヒに持ち出された二台の枝付き燭台、これはもともとリューベク、メング通りの、トーマス・マンの祖母であるマン領事夫人の家にあったもの。

三七年三月二十九日　復活祭の月曜日

ようやく九時に起床。晴天の寒い天候、東風。朝食後「リーマー」の章を書き進める。Kとトービと一緒に長い森の道を散歩。食事にギーゼ女史、レーオンハルト・フランク、（パリから戻った）リオン。コーヒーのあと、リオンと四時過ぎまで、雑誌および『ロッテ』の部分掲載の件で協議するが、この部分掲載で創刊号は七〇ページになるという。了承せず。――お茶のあと、何通にもおよぶ手紙の口述、その中にはロウ＝ポーターの質問リスト（に対する回答）。自筆の通信も。Kと二人だけで夕食。英訳原文の勉強。

三七年三月三十日　火曜日

八時、起床。冷たい東風、濃い霧。「リーマーの対話」を一枚書き進める。改めて大量の郵便。ハーパー書店の『マーリオ』の教科書版。(1) オーストリアでクービーン(2)を訪れた小柄なヘルシェルマン(3)からの手紙。（ドイツにおける『往復書簡』の流布状況について。）――雑誌掲載が提案されているヨハネス・R・ベッヒャー(4)の詩。――一人でヨハニスブルクの先まで。食後、英語講演の練習。お茶のあと、英語の練習にメーディがフォルヒ通りのミセス・ホティンガーの家まで車で送ってくれる。『テーブル・スピーチ』の仕上がり具合は申し分ない。『ゲーテ』講演はなお検討を要する。とくに新しい浄書が必要。ふたたびメーディの迎えで家に戻り、なお自筆の通信を処理する。手紙を読み、ついでアメリカ版に気をそそられて『マーリオ』の物語を一気に読むが、たいへん良いものだと思う。――歯のブリッジが気になる、すでにまた緩み出したようだし、旅行中にいろいろ厄介なことになるおそれがあるからだ。

（1）　ヘリン・ロウ＝ポーターの英訳による『マーリオと魔術師 Mario and the Magician』は一九三一年ニューヨークのクノップ書店から刊行された。ニューヨークのハーパー・アンド・ブラザーズ書店は、一九三七年ドイツ語原文の教科書版を企画し、ウォールドウ・C・ピーブルズが序文、注、語彙集をつけて刊行した。

（2）　オーストリアの版画家アルフレート・クービーン（一八七七―一九五九）は、トーマス・マンが以前ミュンヒェン時代から知っており、その「不気味、猥褻な版画には激しいショックを受けた」と『略伝』に書いている（『全集』第十一巻一〇八ページ）。クービーンはヘルシェルマンと親交があった。

（3）　画家、デッサン画家ロルフ・フォン・ヘルシェルマン（一八八五―一九四七）は、ミュンヒェン時代からトーマス・マンと親交があった。トーマス・マンは、侏儒のように小柄、畸型で並外れた物知り、ユーモアに富み、誠実なこの人物を冗談に「ヘルゼルベルクの殿」と呼んでいた。回想録『日常なき生活』ベルリン、一九四七年、の中でヘルシェルマンはトーマス・マンについても語っている。

（4）　コミュニスト叙情詩人ヨハネス・R・ベッヒャー（一八九一―一九五八）は、一九三三年チェコスロヴァキア、ついでフランスに亡命、三五年ソヴィエト連邦に移った。四五年ドイツに戻り、五四年から五八年までドイツ民主共和国の文化大臣だった。トーマス・マンは、四九年と五五年のヴァイマル訪問の際ベッヒャーに会っている。

三七年三月三十一日　水曜日

八時、起床。寒く、霧がかかり、十一月の天候。「リーマー」の章を一枚書き進める。Kと市内に出て、ロンドン＝ハウスで試着、ついでリュシャー[1]でペディキュア。食後、新聞各紙と手紙を読む、厄介な諸問題。お茶のあと、バーゼルのムクレ[2]博士宛てに自筆の通信、そのしつこい要求に苛立ちを抑え切れずに断り。――身支度、夜会、デ・ブール[3]氏と夫人、ラシュカ領事、オープレヒト夫人。夜食と長時間のコンサート・プログラム、フーゴ・ヴォルフの歌曲、オランダのヴァイオリン曲、タルティーニの『悪魔のトリル』、見事な演奏だった。パンチ。――エーリカの興味ある手紙、私のメセージを読み上げたニューヨークの反ナチ集会のことを書いている。二三、〇〇〇人。私の名が挙げられた時の大喝采。書簡に対する大きな拍手。ジョンスン[4]将軍、ある司教、そしてエーリカの演説。反対派のデモ集会は失敗に終わる。

（1）フリッツ・リュシャーは、チューリヒ、バーンホーフ通りのマッサージ士、ペディキュア士。

（2）バーゼル在住のドイツ人民間学者フリードリヒ・ムクレ博士（一八八三年生まれ）は、『ゲーテ時代の精神による西欧の救済』の著者。ムクレは「国民社会主義の元信奉者」で、一九三二年に刊行されたその著書『ゲーテの敬虔性』の第一巻をトーマス・マンに送って、訪問を許してくれるよう迫った。〔訳注〕三六年十二月三十日付の日記、参照。トーマス・マンはのちに『ファウストゥス博士』執筆にあたって、ムクレの『フリードリヒ・ニーチェと文化の崩壊』を利用している。

（3）オランダのヴァイオリニスト、音楽教育家ウィレム・デ・ブール（一八八五—一九六二）はチューリヒ・トーンハレ・オーケストラのコンサートマスターで、一時、チューリヒ音楽学校《コンセルヴァートリウム》でミヒァエル・マンの先生だった。

（4）ヒュー・S・ジョンスン将軍（一八八二—一九四二）は、ニューディールの最初の二年におけるローズヴェルト大統領の初期協力者の一人、軍歴から離れてからは産業界、銀行業界で活動、一九三三年六月から三四年十月までNRA（National Recovery Administration）、すなわちアメリカ経済を監督する国家機関の長を勤め、のちスクリプス・ハワード系諸新聞の論説委員、ラジオ放送の解説者だった。

三七年四月一日　木曜日

霧。ついで晴れてくるとともに春めく。「リーマー」の章の執筆。一人でヨハニスブルクの先まで。食事に、、、リオン。コーヒーを飲みながら雑誌問題について。スイス人ファルケが第二の編集刊行人？　ベッヒャーのソネットは？　——リオンはお茶まで残り、私はその後七時半までリオンのために「リーマー」の章の前半分を朗読、とりわけ現実と非現実の間を浮遊するかのような描写はリオンに強い感銘を与えた。「まったく不思議な感じです」。いずれにせよこの作品の面白さは立証されたことになる。——Kとシャウシュピールハウスでモルナールの感じのいい社交劇(1)を観る、褒めていい上演。幕間に支配人夫妻、リーザー弁護士とコーヒー。家でクラウス、メーディともども夕食。そのあと、なお雑用。遅くなって就寝。

（1）フランツ・モルナールの喜劇『大恋愛』、チューリヒ・シャウシュピールハウスでレーオポルト・リントベルクの演出、出演はジビレ・ビンダー、エルンスト・ギンスベルク、テレーゼ・ギーゼ。

三七年四月二日　金曜日

晴れて、穏やかな天候になる。疲労。午前中ホティンガー夫人を迎え、英語の『ゲーテ』講演の練習をみてもらう。足を悪くしているトービは連れずに一人で少し散歩。帰り道、メーディと出会う。――新調の服が届く。――午後、自筆の通信を処理、手元にある原稿をオープレヒトに引き渡すよう用意する。ロラン(1)の美しいゲーテ論を読む。『クルル』第二部の清書が届く。――大ゲーテ全集の傷んだ四〇巻を新たに装丁し直させることにする。一三〇巻がまとめて並ぶと、大した持ち物になる。――『クルル』断篇を読む、非常に面白い。手紙数通を仕上げる。――ぐらつく歯根が気になる。応急処置では旅行中に駄目になるのではないか、気掛かり。

(1)　フランスの音楽学者、小説家、劇作家、政治評論家ロマン・ロラン（一八六六―一九四四）は、その長大な音楽家小説『ジャン・クリストフ』やいくつもの伝記（ベートーヴェン、ミケランジェロ、トルストイ、マハトマ・ガンディ）によって有名で、断固たる戦闘的平和主義者だった。第一次世界大戦中トーマス・マンの排外愛国主義的発言がきっかけとなってロマン・ロランとの激しい論戦が行われ、これが『非政治的人間の考察』の多くの箇所に反映している。ロランは二十年代共産主義への共感を表明、一九三三年以後フランスにおける人民戦線運動の指導者の一人になった。晩年ソヴィエト連邦に対する信頼は揺らぎ始めていた。トーマス・マンはロマン・ロランの精神的、人間的完璧性を尊敬し高く評価していたが、政治家ロランに対しては、つねにかなりの懐疑を抱いていた。――ロランのゲーテ論『死して成れ』は、エルヴィーン・ベントマン訳の随想集『わが道の伴侶』、フマーニタス書店、チューリヒ、一九三七年刊、所収。

三七年四月三日　土曜日

霧がかかり、湿度が高く、小雨。八時起床。「リーマー」の章の書いたばかりの部分を書き直す。しばらく休息して間を置くのは創作に有効だろう、いや不可欠だろう、という思いが募る。――すでに十時半に市内へ。Kと書類にサインするためアメリカ領事館に行き、（手数料なしで）ヴィザをもらう。そこからロンドン＝ハウスに行き、服の手直し。そこからオープレヒトを訪ねて、原稿の山を渡して処理を頼み、雑誌の件でも二、三相談する。そこからミセス・ホティンガーを訪ねて、『ゲーテ』講演前半のアクセントの置きどころを相談。ついでゼーフェルト通りのパンジオン・ネプチューンにリオンを迎えに行き、リオンとそこのホールで、ギーゼ女史を連れてくるKを待った。この二人は昼食の客だった。「尺度と価値」創刊号には『ロッテ』については最初の二章だけ掲載するということで、リオンと最終的な協定。――カーラーから雑誌序文の草稿。――午後一連の手紙の口述。ソヴィエト作家同盟の記念号への寄稿(1)は、自筆にするため留保。――晩はKと二人だけ。「ターゲブーフ」を読む。ゴーロの感じのいい手紙、私の最近の政治的発言(2)がフランスに与えた影響についてのゴーロの先生ペコーの引用。

（1）この寄稿は『ソヴィエト作家同盟に寄せる』と題された、非常に詳細な書簡の形をとっている。キュスナハトから、一九三七年四月五日付、『書簡集Ⅱ』一八―二一ページ、所収。その中でトーマス・マンは、西欧の作家としてソヴィエト連邦存続二十周年記念論集への寄稿は断らざるを得ない、共産主義への共感を仄めかすだけでも、今日では殉教を意味するからである。自分はファシズムのもっとも先鋭な敵対者の一人ではあるが、とりも直さず共産主義作家というわけではない、と書いている。〔訳注〕原注のこの引用は非常に不正確だし、後段部分に対応する文章は原文にはない。つまり、これはいわゆる間接引用の形をとっているから、原文通りである必要はないが、原文にないものは、間接であれ引用するわけにはいかない。もっとも後段部分のような考え方はトーマス・マンにとって異質な考え方というわけではない。

（2）フェリクス・ペコーは、ゴーロ・マンが一九三五年教師を勤めていた、サン・クル高等師範学校の校長。

三七年四月四日　日曜日

八時起床。春。ソヴィエト作家同盟の本への寄稿を書き始める。Kと、時としてはオーヴァーを脱いでヨハニスブルクの先まで。お茶にトゥーンからのある女性。あとで、大きなトランクの荷造り。手提げ鞄だけ抱えて旅行出来る、心地よい軽やかな状態。晩、バーゼルあるいはベルンの教会からのブクステフーデの音楽を聴く。チャペクの『山椒魚戦争』[1]。眠る前、ウルフ[2]の『天使よ、故郷を見よ』を読む。

(1)　『山椒魚戦争』、カレル・チャペクの長篇小説、一九三六年刊。ドイツ語版も同年刊、新版は一九五四年刊。

(2)　アメリカの小説家トマス・ウルフ（一九〇〇—一九三八）。その巨大な小説作品全体は結局、小説の体裁をとりさまざまに変化を与えた自伝である。この小説群の第一作『天使よ、故郷を見よ Look Homeward, Angel』（一九二九）は、一九三二年ハンス・シーベルフートの訳、『天使よ、故郷を見よ』の表題でローヴォルト書店から刊行された。同書店からは、『時と流れについて』、『蜘蛛の巣と岩』、『汝、故郷に戻れず』も刊行された。

三七年四月五日　月曜日

春、晴天。大きなトランクは朝のうちに送り出された。ソヴィエト作家同盟への書簡の執筆を続ける。一人でヨハニスブルクの先まで散歩。食後も書簡を書き続け、お茶のあと書き上げる。アメリカからの手紙数通、クノップからは、『往復書簡』の版権を入手するところ、とある。イェール大学のエインジェルからは、文書館《アルヒーフ》計画のことと、場合によっては長篇小説の原稿[1]を買い入れたいとの希望。「ネイション」誌に掲載された『往復書簡』のその後の反響。——ソヴィエト書簡をKとクラウスに朗読して聞かせる。無削除での公表を条件とする。——晩、送別会[2]。食事にはアネマリー・シュヴァルツェンバハ[3]とカーラー、遅れてグレート・モーザー[4]。コーヒーのあと、書斎で『クルル』のほとんど全巻を朗読。明るい爆笑。『大公殿下』、『ヨゼフ』、『ゲーテ』短篇の、この『クルル』との関連。——カーラーによるヴォルフスケール[5]の比較的長い詩の紹介。広間でパンチと甘いもの。

(1)　一九三七年三月四日付ジョゼフ・W・エインジェル宛ての手紙の中でトーマス・マンは、イェール大学に計画されているトーマス・マン・アルヒーフのために、新刊書、訳書、批評、「比較的短い原稿の一定数」を寄贈するつもりである、しかしある種の価値を有する長篇小説の大きな原稿は、家族の利益を考えて、手放す気はない、それというのも、自分のほとんど全財産を政治的確信のために犠牲に捧げてしまったからだ、と断言している。（『書簡目録II』三七／四八）。『魔の山』までの全長篇小説の大量の原稿はミュンヒェンに残してあって自由にはならなかったので、この時点で問題になる長篇小説原稿といえば『ヨゼフ』小説の最初の三巻だけだった。ミュンヒェンの弁護士ヴァーレンティーン・ハインス博士を信頼して預けておいた以前の原稿（『ブデンブローク家の人々』、『大公殿下』、『魔の山』その他）を返してもらおうとする一九三八年春の試みが失敗に終わったのは、これらの手稿を、トーマス・マンが全権を委ねたロルフ・ニュルンベルクに引き渡すのをハインス弁護士が拒んだためだった。ハインス弁護士によると、これらの手稿は第二次世界大戦中空爆で消失したという。

（2）〔訳注〕トーマス・マン夫妻のアメリカ旅行を前にしての集まり。

（3）アネマリー・シュヴァルツェンバハ＝クララク（一九〇八―一九四二）はスイスの女流作家、裕福な実業家の家庭の出身で、クラウス、エーリカ・マンの親密な友人だった。

（4）〔訳注〕この時点ではまだ断片に終わっている第二巻だけでも、朗読にはかなりの時間を要すると思われるのに、『クルル』全巻をほとんど朗読して聞かせたとは、時間が限られていることを考えれば、信じられない。おそらく誤記であろう。

（5）詩人カール・ヴォルフスケール（一八六九―一九四八）は、世紀の転換期の頃からシュテファン・ゲオルゲのミュンヒェン・サークルに属し、ミュンヒェン文化生活の際立った人物の一人だった。一九三三年にはスイスに、ついでイタリアに逃れ、三八年にはニュージーランドに渡って、そこで孤独と郷愁に苛まれながら世を去った。トーマス・マンはミュンヒェン時代から数十年にわたる知己だった。

三七年四月六日　火曜日

夜、緩んだ歯根の炎症で眠りを妨げられ、不安にかられる。――晴天の春の一日。――ライジンガー博士に電話。Kと一緒に朝食。九時に市内の歯科診療所に行き、気が休まる。洗出とクローム酸での処置。本気で心配することは何もない。――ソヴィエトへの寄稿をリント女史のところに清書してもらいに持って行く。家でもう一度アネマリー、クラウス、メーディと共にお茶。『詐欺師』原稿をランツホフ宛てに。ロシア作家同盟宛ての添え状。――オーヴァーなし、一人でヨハニスブルクの先まで散歩。食事にギーゼ女史とアネマリー・シュヴァルツェンバハ。午後なお手紙の口述、仕上げ、封入。『ロッテ』原稿の大半を収めた手提げ鞄にさらに詰めもの。――大『ゲーテ』全集修復のための製本屋。書架を作ってくれる指物師。――私たちの乗る列車は十時半発。

「ノルマンディー号」上にて
三七年四月七日　水曜日

昨夜、ビービが同行して、メーディが駅まで車で送ってくれた。駅にはバイドラー夫妻とクラウスが別れにやってきた。寝台車。夕刊に独露接近というイギリス、フランス方面の噂。滑稽な話だ。――チャペクの長篇小説を読みながら寝入ったものの、眠りの浅い、短い夜。チャペクの小説は、感じのいい博学な諷刺だ。――きょうは、六時四十五分に起床。パリ。サン・ラザール駅へ。私たちが呼び寄せたタクシーを横取りしようとした紳士に激怒。駅アーケード喫茶店の店先でミルク・コーヒーと卵の朝食。それから、ル・アーヴル行きの特別列車に乗車して三時間。アメリカ人たちが同室。チャペクを読む。度重ねての検査。ル・アーヴルでこの巨船に乗船。テラス付きの船室。大伽藍ふう食堂でコーヒーを飲みながらランチ。そのあと幾つものサロンを見て回る。具合のいいベッドで休息。埠頭を離れたのが三時過ぎ。強い雨が降っていたが、晴れ上がる。気にならない程度の揺れ。五時半大サロンでお茶。その後しばらくシネマで過ごす。それから大きなトランクを開ける。八時、ディナー、指定テーブル三九番。良い席。食後サロンに落ち着く。読書。ティユル[1]。もう一度シネマに行く。十一時、就寝。

（1）菩提樹の花の茶。

「ノルマンディー号」、三七年四月八日　木曜日

夜がいい。静かな航海。朝方、脚に激しい神経痛の発作、非常に苦しかった。状態は平均的にも悪化してくる。時刻の短縮。考えていたより早く起床。バスにいろいろ問題。ヴェランダの暖房が不調。修繕。結局、塩水浴が出来た[1]。ひげを剃り、服を着る。「アメリカン・ヒーブルー」から電信。――船室で朝食。プロム

ナード・デッキ。革張りホールでヴェルモット。ツーリスト・クラスのハクスリ夫妻(2)を訪問。曇天だが、平穏。――午前中ずっと、脚に激しい痛み。加えて、プラハのボラック博士(3)と隣り合わせてのランチの折りに、上の歯根の一つが熱いものにひどく刺激されて痛む。その苦痛は持続した。食後、非常に不安を覚えた。チャペクの長篇小説を読み進める。それから休息し、それによって元気を回復する。チャペクの本を読み終えて、大喝采。華麗な基盤に立つ諷刺に、苦い人類感情の横溢。――お茶の時には、有り難いことに、歯は過敏でなくなっていた。歯髄炎のおそれは鎮まった。二種類の痛みは、気管にも徴候の見られる、パリでひいた風邪が原因だ。――シネマで、粋な探偵事件映画。Kはプールへ。英語の講演と取り組む。コンサートを聴きながらのディナーのあと、大舞踏サロンでチューリヒのシュテルン夫妻(4)と。

（1）　ニューヨークのユダヤ人雑誌「アメリカン・ヒーブルー・ジュイシュ・トリビューン」。

（2）　イギリスの小説家、エッセイスト、オールダス・ハクスリ（一八九四―一九六三）は、社会批評長篇小説『恋の平行線』と『人生対位法』、そして卓抜なショート・ストーリーで有名であり、当時は断固たる無条件の平和主義者、迫りくる戦争の危険に直面して、一九三七年四月ベルギー人の妻マリーア、旧姓ニュスとともに合衆国に移住した。トーマス・マンは三三年夏、南フランスのサナリで、エーリカ、クラウス・マンの友人ジビレ・フォン・シェーネベックを介してハクスリ夫妻と知り合った。ビルクスの愛称で呼ばれていたジビレ・フォン・シェーネベックは後年イギリスの女流作家シビル・ベドフォードとして名をなし、オールダス・ハクスリの権威ある二巻本伝記を書いた。ハクスリは倹約のためツーリスト・クラスで旅行していた。

（3）　特定出来なかった。トーマス・マンはボラック Bollack をポラック Pollack とも書いている。

（4）　特定出来なかった。

「ノルマンディー号」、三七年四月九日　金曜日

かなりよく眠る。朝方に痛み、しかし痛みがあってもまた寝付くことが出来る体位を発見する。歯の過敏さは夜にはない。時計を遅らせて、八時頃起床。冷たいシャワーで塩水浴。卵二個つきの朝食。そのあとKと英語の『ゲーテ』講演の練習。レセプション主任の来訪。デッキに出る。ボラック博士と、テニス・デッ

キの防風船室へ。西風は強いが、海は心配するほどのこともなく、巨船の航行は非常に安定している。ともかく上のデッキにいれば、横揺れが目には分かる。——ツーリング・クラスのハクスリ夫妻を訪問。ランチのあと間もなくシネマへ行き、『ロメオとジュリエット』[1]を観るが、退屈。そのあと少し午睡。船室でお茶。揺れがやや強まる。ジッドの『ソヴィエト紀行』[2]を読み、ディナーのあとサロンでこれを読み終える。理解しがたい、気持ちの激しい動き。シュテルン夫妻としばしの語らい。——午後はかなり気分が悪かった。非常に疲れて、早めに就寝。

（1）　メトロ＝ゴウルドウィン＝メイアー一九三六年製作の映画。ジョージ・キューカー監督。出演はノーマ・シアラー、レスリ・ハウアド、ジョン・バリモア、ベイジル・ラスボウン。

（2）　一九三七年二月十二日付日記の注（6）参照。

「ノルマンディー号」三七年四月十日　土曜日

朝方、痛みの激しい発作。そのあと、また眠る。朝になってまた脚に激痛。暖かく、湿度高く、メキシコ湾流。曇天。入浴し、シャワーを浴びる。ベッドで朝食。英語講演の練習。レセプション主任、船長室でのディナーへの招待を伝えにくる、避けられない。——Kと英語の読書。——すでに荷物の申告書類〔の提出準備〕が放送で要請される。——最上段デッキに上がる、激しい強風。私たちのヴェランダでロマン・ロランの随想集[1]を読む。ランチとコーヒー、このコーヒーは非常に上等で身体によい。そのあとヴェランダで読書を続ける。そのあと少し午睡。サロンでハクスリ夫妻と、言葉に不自由しながら、お茶。夫妻と一緒にしばらく映画を観る。荷物係のところに寄る。遊泳プールを見物。霧。大気はまた冷えてくる。脚ばかりか、歯も大分痛みが激しくなってくる。旅に出ていなければいいのだが。——船長の中止の知らせ。晩をいつものように過ごす。早めに就寝。

（1）　一九三七年四月二日付日記の注（1）参照。

「ノルマンディー号」、三七年四月十一日
日曜日

熟睡。七時半起床。朝食後Kに英語のテーブル・スピーチの朗読を聴いてもらう。その時に始まった痛みが、午前中ほとんど収まることがなかった。デッキを散歩。ヴェランダで過ごす。十一時デッキでブイヨン。シュテルン夫妻と歓談。夫妻からヴェラモンを譲ってもらう。ふたたびヴェランダで。船の乗船記念名簿と主任パーサーの乗船記念名簿。船長のお茶の招待。――ロランの随想集を読む。私はロランの何に反対なのか。私はロランをどのように軽視しているか。ロランはどことなく弱々しく、行儀がよすぎると思う。まるでロランは芸術を生み出すこともごく稀ともみえるが、それはロランが「芸術」を無際限に賛嘆してやまないからだ。ロランの考え方は正鵠を射て、優れている。しかしロランは血の気が薄く、物足らないのだ。

ニューヨーク、三七年四月十三日(1)
月曜日。ザ・ベドフォド。

土曜日午後、船上で荷造り。小人数の、一部はドイツ語を話す船客が船長に招かれて、お茶。そのあと私は一人で映画を観る。ディナーの際、ポラック博士とシャンパン。――きのうの日曜日早くに起床。エリとサイモンズ(2)から電報。ゆっくりと接岸。ジャーナリストやカメラマンたち。ドイツ人旅券検査官。桟橋(3)にエーリカ、遠くから挨拶。サイモンズ教授、ネーゲル(4)、さらにジャーナリストたち。トランクの鍵をネーゲルに。自動車でエーリカとホテルへ。美しい部屋。エーリカの部屋に落ち着いて、ヴェルモット。エーリカは私たちのために蓄音器とレコードを用意してくれていた。一時、エーリカと下のバーでランチ。ハーネマン博士(5)。愚かなヴァインマン(6)。――休息、風邪気味で気分悪く、熱っぽい。痛み。お茶に、レーデラー教授(7)、「ニューヨーク・タイムズ」の記者、エーリカの友人たち。八時、ライス(8)が私たちをクノップ邸へ運んでくれた。シェリとサンドウィチ。さるレストランへ出向く。牡蠣と、クノップが持ち込んできた上等のワイン。[9] 食欲不振、神経が苛立ち、気分が悪い。――熟睡。きょうは八時前に起床。脚に激痛。入浴しシャワーを浴びる。朝食後サリチル酸錠剤。ひげを剃る。青い湯。諸新聞にインタヴュー記事。イェールのヴァイガント[10] から手紙。

(1)〔訳注〕十三日という日付が正しいとすれば、月曜日というのはおかしいことになり、曜日が正しければ、十二日でなければならない。記述内容から判断すると、十二日が正しいと思われるが、そうした誤記はおそらくこの日以降の数日分を纏めてあとから記入したため生じたものと思われる。しかし原注で指摘されていないところからすると、誤植の可能性も考えられなくもない。

(2) ハンス・サイモンズ(一八九三―一九七二)は教育学者、著作家で、一九二五年から二九年までベルリンの政治研究所所長、合衆国に亡命して、三五年以来ニューヨークのニュー・スクール・フォア・ソーシャル・リサーチの政治学教授、四三年から五〇年まで学部長、五〇年から六〇年まで校長だった。

(3) 手稿ではPearとあるが、正しくはPier。

(4) ドイツ系アメリカ人ネーゲル夫妻は、ニューヨーク、ホテル・ベドフォドの支配人で、このホテルには多数のドイツ人亡命者が投宿していた。トーマス・マンはネーゲル夫妻を、一九三五年まだホテル・アルゴンキンの事務長だった頃から知っていた。

(5) 特定出来なかった。おそらくハーネマン医師の伝記を公刊したマルティーン・グムペルトのことであろう。

(6) フリッツ・ジークフリート(フレッド)・ヴァインマン(一八八九年生まれ)、一九二六年合衆国に亡命、しばらくニューヨークのドイツ語協会の会長を勤め、五五年ドイツに戻った。

(7) 経済学者、社会学者エーミール・レーデラー(一八八二―一九三九)は、一九二〇年から二三年までハイデルベルク大学の、三一年から三三年までベルリン大学の教授、合衆国に亡命して、ニューヨークのニュー・スクール・フォア・ソーシャル・リサーチ政治社会学大学院の教授を勤めた。

(8) 特定出来なかった、おそらくトーマス・マンの誤記であろう。

(9) Cherryと綴られているが、Sherryである。

(10) アメリカの独文学者ヘルマン・ジョン・ヴァイガント(一八九二年生まれ)は、イェール大学教授、多数のトーマス・マン論を発表した。その著書『トーマス・マンの小説「魔の山」。試論』は、今日にいたるまでこの作品の決定的に重要な研究で、トーマス・マン自身これを高く評価していた。

汽船「イル・ド・フランス」、
三七年四月二十八日　水曜日

四日前からこの船に乗っているが、ニューヨークの十一日は、努力と仕事に明け暮れ、新しい生活のいろいろな展望も開けた。（ハリウッドへの招待。）ニュー・スクールでの講演、相次ぐ午餐会や会合、インタヴュー、引きも切らぬ来客、花束、寄贈書籍、幾山もの手紙。快適なホテル・ベドフォード、腰の低いネーゲル氏。エーリカと一緒の生活、一緒の活動。グムペルト[1]とのエーリカの関係。エーリカの友人モリス[2]と「人殺し」[3]。劇場、ベアトリス・リリ[4]。「カサノーヴァ」役の男性舞踊手、見事だった。シャンパンを開けてのプライヴェートな『ロッテ』朗読の夕べ。リース[5]。エーリカの魚中毒。脚部のほとんど間断のない痛み、神経炎、座骨神経痛。グムペルト博士、ブッキ博士[6]、コルマース夫妻[7]。コデイン。乗船してから最近の容体悪化、朝方はほとんど我慢ならない。――クノップ夫妻のレストラン・パーティ。ミス・キャザー[8]。ドロテー・トムスン[9]とそのセンセイショナルな論説記事。講演や挨拶の口述。エーリカの女性翻訳者。二十四日正午、この船上でのこの子との愛情のこもった別れ、この子はもしかすると妊娠しているかもしれない。――テノール歌手シュミット[10]と隣り合わせ。宮廷歌手リスト[11]。『ヤング・ジョゼフ』と『マジック・マウンテン』を抱えた、人なつこいニューヨークの青年実業家たち。――痛みを覚えながらの贅沢生活。きのうは菫色の大洋の広がる好天。きょうは灰色で、湿度高く、穏やか。痛みの始まる朝方ヴェラモン。――Kを相手に手紙、フィードラー[12]宛てとアメリカ人相手。ライジガー宛てには自筆。――この船はこれまでの船のうちで一番気が置けない。――ウルフの『天使よ、故郷を見よ』を読む。優れており、力がある。その前に、以前からの感嘆、新たな感嘆を覚えながら大分トルストイを読む。――チューリヒ関係で果たさなければならない仕事のことが思い出されてくる、雑誌のための序文、シケレのための序文。結局いつ完成するとも見通しのつかない『ロッテ』、――そのあと一週三、〇〇〇ドルのハリウッドでの利得が始まることになっている。〔?〕――要請されている『魔の山』と『大公殿下』の映画化用梗概。――

（1）　ベルリンの医師で著述家マルティーン・グムペルト（一

八九七―一九五五）は一九三四年ベルリンのS・フィッシャー書店からホメオパティー〔類似療法、同毒療法といい、病気を、それと同じ症候を引き起こす微量の薬（毒）物によって治療する療法〕の考案者ザームエル・ハーネマンについての著作を、三五年には『理念のために捧げた生涯。九人の研究者の運命』を刊行、三六年合衆国へ移住、ニューヨークでエーリカ・マンと非常に親しい関係になった。しかしエーリカ・マンは、グムペルトが望んだものの、グムペルトとの結婚に踏み切ることが出来なかった。

（2） 一九三七年一月十八日付日記の注（8）参照。

（3） 特定出来なかった。

（4） イギリスのミュージクホール歌手ベアトリス・リリ。
〔訳注〕日記にはLilliとあるが、原注ではLillieとなっている。

（5） ドイツのジャーナリスト、クルト・リース（一九〇二―一九九三）は、エーリカとクラウスのマン姉弟の友人で、一九三三年以前はベルリンの「ベー・ツェト・アム・ミターク」紙と「ツヴェルフ＝ウーア・ブラット」紙のスポーツ記者、三三年プラハ、ヴィーンを経てパリに、三四年ニューヨークに亡命、ここでヨーロッパ諸新聞、とくに「パリ・ソワール」の通信員として仕事をした。四三年から四四年にはアメリカ軍の従軍記者としてヨーロッパに赴き、四八年には完全にヨーロッパに戻り、以来スイスで暮らした。諸国語に翻訳された現代史関係著作が多数ある。

（6） グスタフ・ブッキ博士（一八八〇―一九六三）はドイツ出身の著名な放射線学者、一九二三年来合衆国にあり、アルベルト・アインシュタインと親交があった。

（7） 一九二一年以来トーマス・マンが面識のあった元コーブルク病院の主任医師フランツ・コルマースとその夫人マリー・コルマース。夫妻は合衆国へ亡命した。

（8） アメリカの女流小説家ウィラ・キャザー（一八七三―一九四七）は、アメリカ女性の運命を描いて才能を発揮、長篇小説『大司教に死は訪れる』（一九二七年）によって有名になった。「サタデイ・レヴュー・オヴ・リテラチュア」、ニューヨーク一九三六年六月六日号に大きな随想「個性の誕生。トーマス・マンの聖書三部作の鑑賞」を発表。同じ文章が「ヨゼフとその兄弟たち」の表題でその随想集『四十歳以下では無理』、クノップ書店、ニューヨーク、一九三六年、に収録。

（9） 日記にドロテー・トムスン（Dorothee Thomson）とある。実はアメリカの女性ジャーナリスト、ドロシ・トムプスン（Dorothy Thompson）（一八九四―一九六一）のことで、小説家シンクレア・ルーイスの夫人。トーマス・マンは一九三五年のアメリカ旅行以来トムプスンを知っていたが、その名前はずっと誤記していた。トムプスンは一九二四年から三四年まで、外国新聞のベルリン駐在外国通信員を勤めたが、三四年ナチに敵対的な報道を行ったとして、ドイツから追放された。トムプスンは流暢にドイツ語を話し、多くのドイツ人作家、とくにカール・ツックマイアーと親交があった。アメリカに戻ったあとは影響力ある政治解説者として「ニューヨーク・ヘラルド・トリビューン」紙やアメリカのラジオで活躍した。トーマス・マンについての数篇の大きな論説や書評を発表している。その「センセイショナルな論説記事」とは、「ニューヨーク・ヘラルド・トリビューン」紙、一九三七年四月十四日号に掲載された「トーマス・マンに寄せる」で、チャールズ・ネイダー編のアンソロジー『トーマス・マンの肖像』、ニューヨーク、一九四七年、一〇一―一〇二ページにも収録されている。

(10) ルーマニア出身のドイツのテノール歌手ヨーゼフ・シュミット（一九〇四―一九四二）。以前は非常に人気の高かった演奏会歌手であったが、亡命してスイスの抑留者収容所で孤独に世を去った。

(11) オーストリアの歌手エマーヌエル・リスト（一八八八―一九六七）はバス歌手で一九二三年から三三年までベルリン国立オペラ劇場に、その後ニューヨーク・メトロポリタン・オペラに所属、とくに〔『魔笛』の神官〕ザラストロとして、ヴァーグナー歌手として、また歌曲歌手としても評価されていた。

(12) クーノ・フィードラー宛て、「イル・ド・フランス」船上にて、一九三七年四月二十七日付、『書簡目録Ⅱ』三七／七八。

「イル・ド・フランス」、
三七年四月二十九日　木曜日

きのう「正装晩餐会」、そのあと大サロンで慈善のための演奏会と演芸。リストとヨーゼフ・シュミットが歌った。その他の出し物は酷い代物。この会は阿呆らしく、不快だった。遅く就寝。八時半まで痛みなし。朝、それから後、非常に辛い痛み。

「イル・ド・フランス」、
三七年四月三十日　金曜日

きのうは、痛み止めのヴェラモンを嚥んで日中眠り過ぎたので、寝付くのが遅くなってしまった。きょう八時半目を覚ました時、船はプリマス沖に停泊していた。モラルの喪失についてスチュワードの見事な演説。ザリュツィルを服用。脚はきのうほどは痛まない。トランク詰めはきのう始めた。きょうは朝食後から続行。

——十時半頃プリマスを離れる。——夜「ソワール」[1]の論説のことでリースから電報。——型通りの挨拶、敬意の表明、数々の署名。——灰色の空、雨もよい、涼しい。——このところ数日ウルフの小説を読み続けた。——しばしば映画を観たが、さしたる印象はなかった。——きのう手紙を一束発送。

（1）　クルト・リースは、「パリ・ソワール」ニューヨーク通信員だった。「パリ・ソワール」掲載のトーマス・マン関連記事あるいはトーマス・マン論といったものは確認出来ない。

三七年五月四日　火曜日。キュスナハト。

日曜日の朝、ここに戻る。三十日午後ル・アーヴル到着。煩瑣な税関手続き。プルマン車で二時間半の走行中ディナーをとり、パリへ。二人の若いニューヨークのユダヤ人が、一人は香水商、もう一人は人工宝石商だったが、二人とも熱心な読者で、また私たちと同席した。晩、パリ、サン・ラザール駅に到着。ビービ。リュ・ド・ラ・ペのホテル・ウェストミンスター。疲労困憊、痛み。一日（祝日）、Kとビービとともに、リュ・カス・ペリエのアネッテ・コルプ邸[1]での昼食へ、シャンパンが出る。ブライトバハ。午後また長時間眠る。カフェ・ド・ラ・ペ上階でビービを加えて夕食。ついでホテルでランツベルク夫妻[2]。夫人は綺麗なラインラント女性。夫人が、大きな荷物の手配を済ませた後、私たちをＤＫＷ《デーカーヴェー》で東駅まで運んでくれた。小柄なヨーゼフ・シュミットとそのマネジャー。寝台車。朝方、我慢ならぬ痛み。二日八時エンゲ駅到着。レストランで快くコーヒーを味わいながら、中央停車場へ行ってしまったメーディを待つ。家路。春、青空、街と湖の魅力的な風景。緑、咲きこぼれる花、喜びと激痛。毛を毟られたトービ。朝食。げんなりする郵便物の山。大きなトランク数箇を開ける。検分、整理、疲労。——チェリストのフォイアーマンがミュンヒェンから持ってきてくれたメーディのブロンズ頭像[3]。——ギーゼ女史が来ている。

きのう、三日午前、返却を求められたベルンのゲーテ関係書籍から急いで抜粋。美しく暖かい天候。正午、Kと少し散歩。食後、テラスでコーヒー。それから大学病院精神科のカツェンシュタイン博士(4)のところに出向く。神経痛について診断を求めたところ、完治出来るとのこと。処方はピラミドン、温布団、強壮薬。休息。パリで計画の顕彰式に断り。午後温かくして午睡。晩、Kとメーディと同道、劇場でバッサーマン(5)とヴィーンの劇団の演じる『賢者ナータン』。涙がこぼれそうだった。「指輪の物語」(6)は大成功。脚本には欠陥がある。

　けさは痛みで目が覚め、苦しみ、暑さ。それでも起床後は苦痛が引いてきているかもしれない。フレークとオレンジ・ジュースで朝食、ピラミドン、強壮薬。――昨晩、ホルンシュタイナー(7)の届いたばかりのカトリック教会擁護の原稿を読んだが、出来映えが悪い。雑誌のことは、重荷で、当惑と心配の種だ。ブレンターノとグレーザーの愚かな振る舞い。何も彼もすべて放り出したくなる。――きのうパリから「M・Th・M・往復書簡、チューリヒ」というアドレスの手紙が届く。――

〔この日記には「三七年五月四日、火曜日」の日付の記載が二つ並んでいるが、前者が記されたのはおそらく四日午前で、前日までの数日分を要約し、後者は四日の晩に書かれ、この日だけのことを記録している。〕

(1)　小説家、随筆家アネッテ・コルプ（一八七〇―一九六七）は、母方を通じてフランスの血を引き、少女時代からカトヤ・マンの友達で、マン家とは数十年来親交があった。その作品中とくに有名なものは、『標本』、『ダフネーの秋』、『ブランコ』などの長篇小説である。終始独仏相互理解のために尽力し、一九三三年三月には国民社会主義政権の排外主義と反ユダヤ主義に対する嫌悪からドイツを離れた。スイスに一時滞在したあとコルプは、故郷にも等しいパリで生活した。一九四一年四月には冒険的な逃避行の末合衆国に辿り着いた。四五年十月にはヨーロッパに戻って、六一年には最終的にパリからミュンヒェンに移り住んだ。

(2)　哲学者パウル＝ルートヴィヒ・ランツベルク（一九〇一―一九四四）は、ボン、バルセロナ、パリで講師を勤め、亡命中知識社会学、認識社会学の基礎的論考で名をなし、一九三七年には『死の経験』を刊行した。

(3)　末娘エリーザベト（メーディ）の像は、トーマス・マンの像二体をも拵えたミュンヒェンの彫刻家ハンス・シュヴエーゲルレ（一八八二―一九五〇）の手になるもので、トーマス・マンのミュンヒェンの書斎に飾ってあった。これは今日チューリヒのトーマス・マン文書館にある。

(4)　チューリヒの神経科医エーリヒ・カツェンシュタイン博士（一八九三―一九六一）は、チューリヒ大学病院外来診療部神経科医長。博士と、一九三三年亡命者子弟スイス救援組織を設立したその夫人ネティー・ズトロ＝カツェンシュタイン（一八八九―一九六七）は、マン家と親交が深かった。

（5）俳優アルベルト・バッサーマン（一八六七—一九五二）は、イプセン劇役者としてまた古典劇の役柄の演者として有名だった。一九〇〇年から一四年まではマクス・ラインハルトのベルリン・ドイツ劇場に所属、それ以後はほとんど客演旅行を続けていた。三三年スイスに亡命、後に合衆国に移り、四六年チューリヒに戻った。

（6）〔訳注〕レッシングのドラマ『賢者ナータン』の中でナータンが語る、まったく区別のつかない三つの指輪の寓話のことで、ユダヤ教、キリスト教、イスラム教の三宗教が相争うことの愚かしさを訴え、寛容の精神が要請されていることを説いている。

（7）ホレンシュタイナーは一九三七年にヴィーンのベルマン＝フィッシャー書店から著書『キリスト教と西欧』を刊行している。

キュスナハト、三七年五月四日　火曜日

午前、ケレーニイ(1)とフロイト(2)宛てに手紙。その他の雑用。曇り、温暖、降雨。時として脚がひどく痛みはするものの、Kとヨハニスブルクの先まで散歩。食後、諸雑誌。散漫な読み方、座っていても脚は痛む。温布団を掛けて午睡。お茶の後手紙の分類、Kを相手に口述。疲労。夕食にカーラー。カーラー＝ブレンターノ往復書簡。グレーザー書簡。絶望的な浅ましさ。こういうことに私の体調では耐えにくい。雑誌から手を引きたい。

（1）ハンガリーの文献学者で宗教学者カール・ケレーニイ（一八九七—一九七三）は、一九三四年以来トーマス・マンとしばしば書簡を往復し、宗教学的問題で意見交換を行っていた。ケレーニイの著作の主なものに『アポロン』、『ギリシア人の神話』、『古代宗教』がある。ケレーニイはブダペストに住んでいて、そこで三五年一月トーマス・マンと初めて対面したが、四三年にスイスに移住した。カール・ケレーニイ編『トーマス・マン—カール・ケレーニイ／書簡による対話』増補新版、フランクフルト、一九六〇年、参照。ここで言及されている手紙は『往復書簡集』七八ページ、および『全集』第十一巻六四二—六四三ページ、所収。

（2）トーマス・マンは、講演『市民時代の代表者としてのゲーテ』のためにヴィーンに滞在中の一九三二年三月にジークムント・フロイトを訪れ、それ以来の面識であった。それより前の二九年トーマス・マンは『現代精神史におけるフロイトの位置』と題する講演（『全集』第十巻二五六—二八〇ページ）をミュンヒェンで行っている。トーマス・マンは三六年フロイト八十歳誕生日にあたりヴィーンで記念講演『フロイトと未来』（『全集』第九巻四七八—五〇一ページ）を行い、フロイトを再度訪れた（〔訳注〕フロイトは病気のため講演会場に出向くことが出来ず、そのためトーマス・マンはフロイトの枕頭で同じ講演を朗読したという）。ここに言及されているトーマス・マンの手紙は、フロイトの論文「エジプト人モーセ」の贈呈に対するフロイト宛て礼状である。『書簡目録Ⅱ』三七／八一。

三七年五月五日　水曜日

八時半。穏やかな天候、湿度が高い。精神状態、心的状態はやや力を回復する。朝方激しい痛み。朝食後、雑誌のための序文の論旨を構想する。正午Kとイチュナーハの先まで散歩。食後、雑誌「ディ・ゲゼルシャフト〔社会〕」のバックナンバーに掲載されているアルベルト・ザーロモン(1)の好ゲーテ論を読む。ゲーテの素晴らしい言葉。――お茶にノイマン博士(2)（バーデン＝バーデン―サン・リーモ）、博士は私の座骨神経痛に対し短波熱透射療法とワクチンニューリン注射を薦めてくれた。ワルシャワにおける超心理学会議についての博士の話。トランス状態の被験者の精神分裂によって生み出される、はかない生命としての物質化現象。――晩、ロベルト・ムージルの「痴愚についての随想(3)」を読む。

（1）調査が届かなかった。
（2）特定出来なかった。
（3）ロベルト・ムージルの講演「痴愚について」は、一九三七年ヴィーンのベルマン＝フィッシャーから刊行された。

三七年五月六日　木曜日。昇天日。

晴天で暖か。朝方すでに五時に始まった度外れな痛み。思い切った予防処置をぐずぐずするわけにはいかない。――疲労。刊行意図を盛った序文の執筆。ついで、リオン宛てに手紙。夏めいた天候の中Kとイチュナーハの先まで、足を引きずりながら散歩。――アスコーナから退役海軍大尉モングラス伯爵(1)の、『往復書簡』に寄せる手紙。「アーリア系の」名前をもつ二人のベルリン学生の誕生日祝いの手紙、嬉しいことだ。

——Kと二人だけで昼食をとる。テラスでコーヒー。書斎に寝椅子を据える。横になってアネッテ・コルプの『モーツァルト』[2]を読む。お茶の後、手紙を仕上げたり、仕分けしたり、中には初めて目を通したものもあった。晩、Kとメーディと一緒にシャウシュピールハウスで『ファウスト』第一部。愛すべきこと類いなく、まことに比類ない作品の知的な演出[3]。（ギーゼが登場した）庭園の場の後、遅くならないように劇場を出る。座った後の幕間に激しい痛み。この痛みからの解放に強い憧れ。——Kと夜食。

（1）退役海軍大尉パウル・グラーフ（伯爵）・モングラス（一八八六年生まれ）は、当時のベルン駐在ドイツ公使の息子。

（2）アネッテ・コルプ『モーツァルト。その生涯』は一九三七年ヴィーンのベルマン＝フィッシャー書店から刊行された。

（3）演出レーオポルト・リントベルク、舞台装置テーオ・オト、出演クルト・ホルヴィッツ（ファウスト）、レオナルト・シュテケル（メフィスト）、エルヴィーン・カルザー、エルンスト・ギンスベルク、テレーゼ・ギーゼ、ヨハナ・ヴィルヘルム。

三七年五月八日　土曜日

きのう大学病院のカツェンシュタインを訪ね、ゴールン注射と短波熱治療。ゴールン薬包。一日中病人同様で、痛みに悩まされる。——アメリカで飛行船「ヒンデンブルク」[1]号が爆発墜落したとの報道。——けさ六時に痛みの再発。服を着るのに苦心惨憺。朝食の間に痛みが和らいできた。雑誌の序文を書き進める。十二時再度短波治療を受けにカツェンシュタインのところへ。そのあとKとチューリヒ＝ベルクを散歩。夏めいた美しい一日。チューリヒの保養地のような美しさに感嘆。病苦のために今年は私の愛する季節を心行くまでは楽しめない。——温布団、寝椅子。——お茶の後Kと「ノルト・ウント・ジュート＝シネマ」[2]で、忠実な召使を扱った非常に好ましい英米映画を観る、主演は達者なロートン。——Kと二人だけで夕食。脚は午後の間に落ち着いてくる。——モスクワの諸雑誌を読む。アネッテ・コルプの『モーツァルト』。

（1）ドイツの「ツェペリン」飛行船ＬＺ１２９（「ヒンデンブルク

ブルク」号）は大西洋横断後の一九三七年五月六日、合衆国レイクハーストで火災惨事の犠牲になった。この後、飛行船建造はドイツでは停止されたが、非燃焼性ガス、ヘリウムの調達が難しくなったためである。
（2）アメリカの喜劇映画『レッド・ギャップのラグルズ』（召使の鑑）、主演はチャールズ・ロートン（一九三五年）。

三七年五月九日　日曜日

曇天、重苦しい太陽、雨、雷鳴。――半病人状態が続き、痛み、倦怠の訪れる日々。午前中、序文数行に苦心する。洗髪。ベッドでの朝食はあまり利点がなく、不便、続けないことにする。Kと苦労しながら森へ散歩に出掛ける。午後、温布団で午睡。お茶の後数葉のはがき。寝椅子に横たわり、痛みはなかったが、寒さにふるえて、気分優れぬままアネッテの『モーツァルト』を読む。三人で夕食をとった後メーディとお別れ、あす朝エーリカのフォードでブリュセル経由アムステルダムに行くことになっている。――リオンが趣意論説を送って寄越す。あまり良くはないが、可とすべきかもしれない。

三七年五月十日　月曜日

美しい夏の一日。明け方から痛み。午前中、序文の執筆。正午カツェンシュタインの診療。短波の痙攣作用。Kとツォリコーンへ散歩。――大量の書籍。「社会科学雑誌」[1]五巻。ブルーノ・フランクの長篇小説[2]。食後日差しのテラスで。新しいデッキ・チェア。お茶にマクス・オペンハイマーとヴィーンの画廊支配人、[3]自筆の通信。英訳『往復書簡』をマリとトレヴェリアン宛てに。晩、寝椅子で読書。

（1）これはおそらくマクス・ホルクハイマーが社会調査研究所の委託ではじめはフランクフルトで、ついでパリ、最後はニューヨークで刊行した「社会研究雑誌」のことであろう。これは年三回、一九三二年六月から四一年三月まで刊行された。
（2）ブルーノ・フランクの亡命者小説『旅券』のことで、これは一九三七年アムステルダムのクウェーリードー書店から刊行された。新版はミュンヒェン、七八年。

(3) 特定出来なかった。

三七年五月十一日　火曜日

痛みのため、早くに目を覚ます。午前、序文の執筆。医師を訪れて温熱治療。ラガツで温泉治療を受けることを決める。散髪へ。そこから徒歩で、足を引きずりながら、ウート湖岸通りを散策。ベッティーニでヴェルモット。食事にギーゼ女史。そのあとテラスのデッキ・チェアで。アネッテの『モーツァルト』を読了、フランクの亡命者小説を読み進める。午後、エインジェル[1]（イェール）とベルマン宛て[2]のかなり長い手紙を口述。夕食にカーラー、あと書斎でその重要な著書からゲルマン人に関する一章を朗読してくれた。――おかしなブレンターノといい雰囲気の電話。

(1) ジョゼフ・W・エインジェル宛て、キュスナハトから、一九三七年五月十一日付、『書簡集II』二二一―二二五ページ、所収。非常に啓発的な手紙で、トーマス・マンはこの中で自分の生涯において影響のあった作家たちの名を挙げるとともに、自身の長篇小説の典拠を、想起しうる限り記している。これまでにトーマス・マンはニューヨークでエインジェルと会っていた。

(2) 残っていない。

三七年五月十二日　水曜日

早くに目を覚ます。口内錠の助けでなお少し眠る。脚はかなり悪い。少し序文の仕事。カツェンシュタインの短波は痙攣を惹起し、良からぬ副作用があって、その結果、チューリヒベルクは非常に美しかったのに、そこでの散歩は惨憺たるものに終わった。――ライジガーから、病気だったので目下仕事に追いまくられているという手紙。――食後ヴェランダで、新聞各紙とフランクの見事な仕上がりの本を読む。――お茶に指揮者のシェルヒェン[1]がヒルシュフェルト博士[2]と。亡命の状況と、シェルヒェンが支持出来ないニューヨークのアカデミーとについて。――新しい電熱暖炉、身体に良い。――晩、Kとコルソへ、いくつか見事な出し物（投げ縄演技）の見られたヴァリエテ。Kと夜食。――痛みの一日。シュタンガー浴[3]（電気的）を予定する。

（1）ドイツの指揮者で音楽教育学者ヘルマン・シェルヒェン（一八九一―一九六六）は現代音楽の重要な後援者で雑誌「メーロス」の創刊者、一九二二年から四七年まで主にヴィンタートゥーア市立交響楽団の演奏会を指揮した。ドイツを離れたのは三三年、三三年から三六年、ブリュセルで雑誌「ムージカ・ヴィーヴァ」を刊行、ヴィーンで「ムージカ・ヴィーヴァ」演奏会を主宰、四四年から五〇年までチューリヒおよびベーロミュンスター放送局で指揮した。日記のこの時期シェルヒェンはスイスのグラヴェザーノ（〔訳注〕イタリアとの国境に近いルガーノ近傍の小邑）に住んでいた。

（2）クルト・ヒルシュフェルト（一九〇二―一九六四）は一九三三年スイスに亡命、フェルディナント・リーザー監督下シャウシュピールハウス・チューリヒの文芸部員になった。イタリア、フランスに滞在後三八年チューリヒに戻り、オスカル・ヴェルタリーン監督下シャウシュピールハウス・チューリヒの文芸部員、演出家、六一年以降は総監督になった。数十年にわたるチューリヒにおける活動中、特に戦争中には亡命ドイツ人の舞台作りや亡命ドイツ人俳優のために大いに力を尽くした。

（3）電気水浴。〔訳注〕水中に身体の特定部分、あるいは全体を浸し、電極から電流を通して、特にリューマチなどに効果をあげる療法で、一九〇〇年頃なめし革師親方シュタンガー父子によって考案された。

三七年五月十三日　木曜日

湿度高く、雨模様。脚はもしかすると少しは良くなってきているかもしれない。序文の執筆。ランツホフから『クルル』について手紙、単行本として出版するという。新しい条件。ザンクト・アンテーニエンで牧師に選ばれたフィードラーから手紙。文芸におけるヴェネツィアについてのミュンヒェンの博士論文（Th・フォン・ゾイフェルト[1]）に『ヴェニスに死す』についての一章。大胆！　――ニューヨークから書籍小包。プラハとヴィーンで行った講演についてクラウスからの知らせ。――大学病院（ブルーン博士）。新しい電波照射法。新しい抗神経痛睡眠薬。――雨、帰宅。新聞各紙に戴冠式記事[2]。背後にヒトラーをおいての伊英報道合戦。ホッジャ(3)、ロンドンでドイツについて腹蔵ない発言。――食事にギーゼ女史。お茶のあと、Kを相手に手紙の口述とさまざまな指示。私一人で処理した分も含めて多くの仕事を片付ける。晩、エインジェル（ニュー・ヘイヴン）宛ての長文の手紙(4)を仕上げる。ブルーノ・フランクの長篇小説を読了、喝采。――夕方Kと散歩に出て四十五分かなり調子良く歩く。

（1）テーア・フォン・ゾイフェルト「ドイツの詩人たちの体験の中のヴェネツィア」、この中にトーマス・マンについての一章、シュトゥトガルト、一九三七年。

（2）兄エドワド八世の退位をうけて一九三六年十二月十一日即位したイギリス国王ジョージ六世に対して、三七年五月十二日ロンドンのウェストミンスター寺院で戴冠式が挙行された。

（3）ミラン・ホッジャ（一八七八―一九四四）は、一九三五年から三八年まで四回引き続いてチェコスロヴァキア首相をつとめたが、三九年合衆国に亡命した。

（4）一九三七年五月十一日付日記の注（1）参照。この手紙は十一日に口述された手紙のことである。

三七年五月十四日　金曜日

空の青い爽やかな一日。熟睡出来ず。痛みが起こり、朝方は苦しくなった。午前中、序文の執筆。大学病院での温熱治療に出掛ける。終わってKとチューリヒベルクを通り、ツーミコーン経由のドライヴ。ヴェルモットのあるレストランの庭に立ち寄る。食後テラスで新聞各紙と諸雑誌。お茶のあとアネッテ・コルプ宛てに『モーツァルト』について手紙を書く。Kと湖岸を散歩。夕食後諸雑誌を読む。

三七年五月十五日　土曜日

朝方痛みが酷かった。五月は美しい。序文の仕事。正午、熱照射へ。そのあと財産返還の件で呼び出されていたチェコ領事館に出向く。K、自動車のキーをなくして度を失う。タクシーで帰る。食後テラスで新聞(2)各紙。ベーレンス(1)が、『往復書簡』に対するクリーク教授の回答について。胸の悪くなる言説。こういうクリークごとき徒輩が私に対して「ドイツ民族をたぶらかした」などという。その上もちろん自分たちには「若さ」があり、「われわれは」老化、分解の過程にある、などと唱える。——お茶のあと、フランク宛てにその長篇小説について書く。それからKと森の中へ散歩。夕食後『ヴァルキューレ』[3]第一幕の良い録音を聴く。

（1）　エードゥアルト・ベーレンス（一八八四—一九四四）は著述家でジャーナリスト、バーゼルの「ナツィオナール＝ツァイトゥング」政治論説記者で解説者。「ベ〔Be〕」と署名されたベーレンスの解説「また一つの回答。クリーク博士による『断末魔—トーマス・マンへのキーワード』に寄せて」、「ナツィオナール＝ツァイトゥング」、バーゼル、一九三七年五月十五日号、所収。

（2）　教育学者エルンスト・クリーク（一八八二—一九四七）は、国民社会主義教育ならびに世界観を主張し、一九三三年フランクフルト・アム・マイン、三四年ハイデルベルクの教授になった。クリークは『国民社会主義教育』（一九三五年）、『民族政治的人類学』三巻、一九三六—三八年、を書き、雑誌「フォルク・イム・ヴェルデン〔成長する民族〕」を刊行、この雑誌の三七年三月号にその論説「断末魔。トーマス・マンへのキーワード」を公表した。同じ論説がシュレーター『同時代の評価の中のトーマス・マン』一九〇—一九四ページ、にも収録されている。クリークはこの中で、トーマス・マンは『非政治的人間の考察』でドイツ民族をたぶらかしたと罪をなすりつけ、ボン大学に対するトーマス・マンの返書に反論を試みている。

（3）　ブルーノ・ヴァルター指揮、ロッテ・レーマン、ラウリツ・メルキオル、エマーヌエル・リストとヴィーン・フィルハルモニー。

三七年五月十六日　聖霊降臨祭の日曜日

着衣の際に激痛。回復の徴候が現れない。——晴天、後になって夕立模様。序文の執筆。トービを脇にKとグライフェン湖へドライヴ。そこのレストランでヴェルモット。客を乗せた汽船。食事にバイドラー夫妻。テラスでコーヒー。温布団で午睡。お茶の後、数通の手紙の口述（マクリーシュ[1]とスロホーヴァー[2]）、ついでイェールの文書館のために翻訳版を集める。諸小品の原稿。——夕食にカーラー。序文のために書いたものを伝える。承認。

（1） 高名なアメリカの叙情詩人アーチバルド・マクリーシュ（一八九二―一九八二）は大のトーマス・マン心酔者。一九三九年から四四年までワシントン国会図書館の館長、アメリカ参戦後は戦争情報局（ＯＷＩ）局長代理だった。

（2） 文学史家で社会学者ハリ・スロホーヴァー（一九〇〇―一九八五）の経歴はドイツでリヒァルト・デーメルに関する著作を発表（一九二八年）して始まり、すでに三三年以前にブルクリン大学の講師になっていた。「トーマス・マンの『ヨゼフ物語』」（ニューヨーク、一九三八年）などの他、トーマス・マンについての多数の論考がある。スロホーヴァーは、トーマス・マンの最初のアメリカ滞在の際にトーマス・マンと論争に及んだが、多数のアメリカ知識人が署名して、トーマス・マンに対して、ドイツにおける国民社会主義の犠牲者を公然と支持するよう要請した手紙に、トーマス・マンが回答しなかったため、この手紙を一九三四年六月二十七日雑誌「ザ・ニュー・リパブリク」に発表したのである。

三七年五月十七日　聖霊降臨祭の月曜日

暖かく、交互に晴天、曇天。朝方早くから目を覚ましていたので、遅く起床。痛み。着衣の際が辛い。序文の執筆。Ｋと美しい「ソリテュード」[1]を抜けるドライヴ、そこでヴェルモットを飲み、あたりを少し散策する。食事にマクス・オペンハイマー。テラスでコーヒー。お茶のあと自筆で多数の礼状と回答状。バーゼルから匿名ドイツ人のはがき、『往復書簡』に対する意見表明。――Ｋと夕方の散歩。夕食後ショーペンハウアーを読む。気分優れず、疲労。

（1） キュスナハト上手の森の外れにあるレストラン。〔訳注〕原文通り「ソリテュード」を抜けてと訳したが、道路とレストランの位置関係が判然としない。

三七年五月十八日　火曜日

朝方常になく激しい痛みの発作。――序文の執筆。――屋内に華やかなライラックの花。――温熱治療に行くが、徒労に終わる。ツーミコーン近くのゴルフ・ハウスに車を走らせ、ヴェルモットを飲む。二人で食事。テラスで手紙と新聞各紙を読む。午睡。映画館に出掛ける予定は、タイヤ・パンクのため取り止める。イェールのために原稿を選択。過去のものと取り組み、静まり返っているものを引っ掻き回すといった、後ろ向きの活動は神経が消耗し、憂鬱な気分になる。ひたすら前進し新しいものに立ち向かってこそ、生きることが出来るのだ。――Kと夕方の散歩。ショーペンハウアーを読む。

三七年五月十九日　水曜日

午前中、朝方の痛みを乗り切ったあと、序文の執筆、見通しがついてくる。――温熱治療に出掛け、ついでペディキュアに。ハルガルテン夫人を迎えに行き、一緒に昼食、テラスでコーヒー。あとテラスに残ってデッキチェアに横たわり、ショーペンハウアーを読む。お茶のあと手紙の口述。Kとトービと一緒にどうにか徒歩で森の中へ散歩に出掛ける。晩チャイコフスキーのピアノ協奏曲とヴァイオリン協奏曲を聴く。メーディがアムステルダムから戻る、メーディはどうやらそこでランツホフ博士と言い交わしてきたらしい。――暖かく靄がかかり香気芳しく、すでに六月を思わせる一日。この季節に覚える恍惚。

三七年五月二十日　木曜日

暖かく、靄がかかり、雨模様。早くに目が覚め、七時半起床。長時間仕事。正午、温熱治療に出掛け、ついでKとヨハニスブルクにヴェルモットを飲みに出る。メーディを加えて食事。そのあとテラスで新聞各紙とショーペンハウアー。戴冠式諸行事にあたってドイツがイギリスとよりを戻そうとしている様子に笑ってしまう。この戴冠式行事の折りにはスペイン大使も大分勲章を授与されている。自分としては義勇軍を撤退させスペインで処分してしまいたいというブロムベルク(1)の告白。ムッソリーニは居座る。民主主義諸大国は栄光に輝き、腐敗の痕跡もない。「ウーヴル」にイタリアに悪い気分が生じているという奇妙な報道。デモクラシーの増大する威信。――午睡。――「審理」は形式上の理由から延期とのケンデの電報[2]。——お茶のあと数通の手紙を仕上げ、なお序文を書き進めて最終節に達する。晩、シャウシュピールハウスでチャペクの『白い病気』[3]、ドイチュ[4]が主役を断然見事に演じた強烈大胆な象徴劇。カーラーとリーザー夫妻と同席。幕間にコーヒー、飲んだあと気分が悪くなる。メーディをまじえて夜食。終日痛みに苦しむ。

（1）ヴェルナー・フォン・ブロムベルク元帥（一八七八―一九四六）は、一九三三年一月三十日陸軍大臣（Reichswehrminister）、三四年ヒンデンブルクの死後、国防軍にヒトラーへの忠誠を宣誓させ、三五年五月、陸軍大臣（Reichskriegsminister）兼国防軍最高司令官になった。ブロムベルクはドイツ再軍備を指揮、三八年退任した。一九三八年二月五日付日記の注（1）参照。ブロムベルクはジョージ六世の戴冠式行事にあたりロンドンにあった。

（2）弁護士ヨージェフ・ケンデ。一九三七年一月四日付日記の注（1）および同二十一日付日記の注（6）参照。

（3）カレル・チャペクのドラマ（一九三七年）。演出レーオポルト・リントベルク、舞台装置テーオ・オト、出演エルンスト・ドイチュ（客演）、レオナルト・シュテケル、エルヴィーン・カルザー、エルンスト・ギンスベルク、テレーゼ・ギーゼ。

（4）俳優エルンスト・ドイチュ（一八九〇―一九六九）はベルリンのラインハルト舞台《ビューネ》に所属して古典劇、現代劇を問わず大きな名声を博した。一九三三年亡命し、しばらくプラハ、ヴィーン、チューリヒで客演、ついで合衆国に渡り、戦後ヨーロッパに戻って、ドイツでも舞台、映画に出演した。

三七年五月二十一日　金曜日

雨模様。序文最終部分の執筆。温熱治療。チューリヒベルク経由の走行、森の緑は深くなっている。食後、寝椅子で新聞各紙と諸雑誌。午睡。お茶のあと、オープレヒト夫人と雑誌の件で電話。口述と発送。チャペクに書く。そぼ降る雨の中七時から八時まで体力の消耗する散歩。リオンが電話。ブルシェルがヘルダーリーン論[1]を送って寄越し、晩にこれを興味深く読む。ニューヨークの印刷物をロンドンのヘルツ女史に送る。

（1）フリードリヒ・ブルシェルについては、一九三七年一月十二日付日記の注（1）参照。「尺度と価値」には、ブルシェルによるヘルダーリーン論は一篇も載録されていない。

三七年五月二十二日　土曜日

また晴れてくる。このところの例に洩れず、朝方眠れず、七時半に起床。どうにか満足出来る程度に序文を書き終える。二十二枚。――温熱治療。それからKと動物園にいくが、私の脚の痛みのせいで存分に観て回るわけにはいかなかった。水族館は印象的。尿瓶を利用しているチンパンジー。交尾場面。――レストラン・テラスでヴェルモット。緑の森を抜けて家路をドライヴ。――食後テラスで新聞各紙。午後のシネマ行きは失敗。火に包まれている人々の叫喚の聞こえる飛行船惨事の言語道断な紹介。続いて愚にもつかないヴィーン社交映画[1]、もっともヴェセリ女史[2]が出演している。私は戴冠式典を見たいと願っていたのだ。――キュスナハトの森の中で動かなかった。痛みが酷かったのだ。――家でリオンに手紙を書き、二、三のものをリオン宛てに発送する。――ジブラルタルからジャーナリストのケストラー[3]の感銘深い手紙。死刑宣告を受け、辛ろうじて救われたケストラーは、自分が苦しみに耐え切れたのは、私の書いたもの、特に『ブデンブローク家の人々』のショーペンハウアーの章を読んだからだと言っている。私はこの手紙を読むのを中断して、多分三十五年前から再読していない「死について」[4]の章に目を通した。生のたわむれ。「私は、芸術が人生にかくも明らかな影響を及ぼしうるとは、以前はまったく思ってもいませんでした。」私とても思っていなかった、以前は。

（1）『大馬鹿騒ぎ』は、カール・フレーリヒ監督、パウラ・ヴェセリ、ルードルフ・フォルスター、ヒルデ・ヴァーゲナー、グスタフ・ヴァルダウ、ヘートヴィヒ・ブライブトロイ、クルト・マイゼル出演の映画。

（2）ヴィーンの舞台、映画女優パウラ・ヴェセリ（一九〇七年生まれ）はマクス・ラインハルトのアンサンブルに所属し、一九三二年ベルリンのドイツ劇場でローゼ・ベルントを演じて一挙にスターダムに躍りでた。

（3）作家、ジャーナリストのアーサ・ケストラー（一九〇五―一九八三）は、ハンガリー、オーストリア、ドイツで成長、自然科学を学び、ドイツ諸新聞の外国通信員、一九三〇年からはベルリンのウルシュタイン書店の編集者、三一年共産党に入党（三七年離党）、三三年パリに亡命した。三六年スペイン内戦にあたってロンドンの新聞「ニューズ・クロニクル」の通信員として最初はフランコ側から、ついで共和国戦線側から報道したが、マラガ陥落の際に捕虜となり、四ヶ月後死刑宣告、イギリスの干渉により減刑された。四〇年フランスに抑留されたが、脱走し、四一年から四二年イギリス陸軍で軍務に服した。四〇年までケストラーはドイツ語で執筆していたが、それ以降はもっぱら英語で執筆、現在ロンドンに居住している(〔訳注〕この巻の原書が刊行されたのは一九八〇年で、ケストラーは存命中であった)。部分的には注目を集めることになったその長篇小説やその他の著作などのうち二、三、たとえばルポルタージュ『スペインの遺書』(アソル公爵夫人の序文を添えて)一九三七年、長篇小説『真昼の暗黒』、一九四〇年、随想集『ヨーガ行者と人民委員』、一九四五年、などは大成功を収め、世界中で翻訳された。二部にわたるその自伝『蒼穹に放たれた矢』、一九五三年、と『見えざる文書』、一九五五年、は現代の、そして現代とソヴィエト共産主義との対決の重要な記録である。

(4)「死について」は、アルトゥル・ショーペンハウアーの『意志と表象としての世界』第二部中の章「死と、われわれの本質自体の不壊性に対する死の関係について」のこと。これは、『ブデンブローク家の人々』第十部第五章で市参事会員(トーマス・ブデンブローク)が死の予感に見舞われて大きな内的興奮を覚えながら読む章である。トーマス・マンは『非政治的人間の考察』と『略伝』の中で、自身がショーペンハウアーと初めて出会ったのは一八九九年のことだったと記している。トーマス・マンが二十四歳になったこの九九年に、『ブデンブローク家の人々』の右記の章が成立している。

三七年五月二十三日　日曜日

好天の澄みわたった一日。午前中フランクに宛てて、「ターゲブーフ」誌における卑劣なユダヤ人閥活動[1](ケストナー—デーブリーン)[2]について断固たる手紙を書き、この週刊誌のためにフランクについて書くのは断った。——トービを連れてKとマイレン上手の岡へドライヴし、そこを散策した。——ギーゼ女史とメーディをまじえて昼食。テラスでコーヒー。午後、午前に書いた手紙の浄書を済ませ、ジャーナリストのケストラー宛てに自筆でかなり長い手紙。東風が吹き澄みわたった空の下Kと夕べの散歩。夕食後少しラジオを聴く。ショーペンハウアーを読み進めるが、しかしまた物語の精神に接近しなければならない。

(1) ヘルマン・ケステンは、レーオポルト・シュヴァルツシルトの主宰する「ダス・ノイエ・ターゲブーフ」において、アルフレート・デーブリーンの新作長篇小説に讃歌ともいうべき書評を捧げた。これがトーマス・マンの激しい怒りを買ったのは、トーマス・マンがブルーノ・フランク宛て、一九三七年五月二十三日付の手紙の中で詳細に説明しているように、この「傾向的な追従が」、「明らかに私を度外視しての」追従だからであった。ケステンは、『ヨゼフ』などおよそ存在していないかのように、デーブリーンを「ドイツ語による神話叙事詩」の創作者としている。これは「厚かましい偏向」ではないか。自分としては、「こういうことを許容する雑誌に対し、私の名前で雑誌を飾る機会をそれでもなお与えようなどという気はまったくない。」これまでずっと私を冷淡に扱ってきたユダヤ人系の批評は、「血閥の同志を愚かな異教徒の私に対して厚顔無恥にもひけらかして称揚することによって」私の仕事を無視している。自分としては、この「ダス・ノイエ・ターゲ＝ブーフ」にもはや寄稿する気がなく、したがってまたブルーノ・フランクの新作長篇小説『旅券』を、予定してはいたものの書評出来ない、このことについて理解願いたい。深刻な侮辱に対して烈しい調子で書かれたこの長文の手紙の内容をシュヴァルツシルトに伝えるか否か、トーマス・マンはその裁量をフランクに委ねた。おそらくシュヴァルツシルトには伝えられたのだろう。すでに一九三七年九月二十五日に「ダス・ノイエ・ターゲ＝ブーフ」にトーマス・マンの随想『マサリクを偲んで』が掲載されているところを見ても、どうやら不協和音は解消したものと見られるからである。フランクの長篇小説については、トーマス・マンにかわってクラウス・マンが「ダス・ノイエ・ターゲ＝ブーフ」一九三七年六月五日号に書いている。

（2）　ケストナーとあるが、作家ヘルマン・ケステン（一九〇〇年生まれ）の誤記、ケステンは、初期の長篇小説『ヨーゼフ、自由を求める』、『羽目のはずれた人間』によって、新即物主義創始者の一人とされる。一九三三年までベルリンのキーペンホイアー書店の原稿審査係だった。三三年キーペンホイアー書店の元重役ヴァルター・ランダウアーとともに、アムステルダムのアレルト・デ・ランゲ書店の枠内に、クウェーリードー書店と並んで第二の規模のドイツ亡命出版社を創設、その文学部門の主任になった。ケステンはクラウス・マンやフリッツ・ランツホフと親交があった。四〇年ケステンはフランスで抑留され、釈放後ニューヨークに辿り着いてからはフランスに残ったドイツ人亡命作家たちの救出に多大の精力を費やした。第二次世界大戦後ケステンはヨーロッパに戻ってほとんどローマで生活し、七二年から七六年までドイツ連邦共和国ペン＝クラブの会長を勤めた。

三七年五月二十四日　月曜日

澄んだ空の夏らしい天候。午前中『ロッテ』を書き継ぐ仕事に取り組む。――温熱治療。――Kと動物園。水浴し転がるあざらし。物憂げに眠っているライオン。戦闘的な彩色のベンガル虎。軽く水を身体に振り掛けてからのその慎重な水浴び。長い鼻で砂を自分の背中に振り撒いている子象。――嫌らしい痛み。――帰路の素晴らしいドライヴ。素晴しい季節。――食後テラスで新聞各紙。お茶の後「シュタンガー浴」法に出掛け、大汗を発散させ洗浄を受ける。退屈で、鬱陶しく、不安を覚え、気が張り、完全に無効果。終わって歩くことが出来なかった。非常に疲れ、鋭敏になる。寝椅子に横たわる。原稿でヴォルフェンシュタインのあまり成功とは言えないグロテスク[1]〔小説〕を読む。ケレーニイの手紙[2]、「尺度と価値」に対する申し出。――

（1）〔訳注〕一応〔小説〕としておいたが、どういうジャンルのものか、明らかではない。

（2）この手紙は、『往復書簡集』には収録されておらず、散逸したと見なさざるを得ない。

三七年五月二十五日　火曜日

澄み渡った、暖かい、夏めいた一日、すでに夜のうちに始まった痛みが次第につのる中この一日を味わいつくす。テラスで朝食。小鳥たちが大胆に馴れ近付いてくる。「リーマー」の章をやっと一枚書き進める。メーディが私をフォードで温熱治療へ運んでくれる。カツェンシュタインは〔シュタンガー〕浴の反復をすすめてやまない。家で上庭の木陰のデッキチェア、郵便と新聞各紙。食事（ギーゼ女史、メーディを交えて）の後テラスで。トルストイ[1]『神的なものと人間的なもの』。そのうちデッキチェアが拷問具と化した。ベッドで午睡――大きな書籍荷物と諸原稿をニュー・ヘイヴンのエインジェル宛てに発送。私の本をフィードラーにプレゼントとして送る。手紙の口述。編集責任者に頼んだ件でコンラート・ファルケの承諾。オトカル・フィッシャー[2]（プラハ）宛てに問い合わせ。編集関連でヴォルフェンシュタイン（プラハ）宛てに手書きの手紙。Kと車で森に出掛け、そこで散歩。晩、トルストイ。

（1）トーマス・マンは、ラファエル・レーヴェンフェルト編で一九二四年から二八年にイェーナのオイゲーン・ディーデリクスから刊行されたトルストイ『短篇集』を所蔵していた。この版の第六巻は「神的なものと人間的なもの」という表題で、ルートヴィヒ・ベルンデルとドーラ・ベルンデルによって二八年に翻訳された。
（2） オトカル・フィッシャーについては、一九三七年二月十日付日記の注（2）参照。

三七年五月二十六日　水曜日

きわめて美しい夏の一日、夕方にかけて雷雨近しの空模様。早朝から痛みを覚えたが、元気よく、ユーモアを失わずに仕事。温熱治療。その後Kとオープンのフォードで散歩代わりのドライヴ、とあるベンチに座って手紙を読む。食後テラスで。午睡。お茶に映画関連の件でマルクス。(1) 序文の浄書に訂正を加える。Kとメーディともどもオープレヒト邸での夕食会へ。シローネ、(2) カーラー、ヒルシュフェルト、あとからギーゼ女史とカルザー。(3) コーヒーの後論説『尺度と価値』(4) を朗読、強い印象を残した。シローネは感激の態。サインの要望。——暖かい夜。——「ヨーロッパ」誌に「フロイトと未来(5) Freud et l'avenir」。

（1） ユーリウス・マルクス（一八八八年生まれ）は一九三五年スイスに亡命、ベルンハルト・ディーボルトとともに映画関連出版社を経営した。
（2） イタリアの反ファシズム作家イグナッツィオ・シローネ（一九〇〇—一九七八）。シローネは一九二一年イタリア共産党の創立に参加、三〇年には脱党、三〇年から四四年、チューリヒで亡命生活を送った。イタリアに戻って制憲議会の議員、社会党日刊紙「アヴァンティ」の編集長になった。亡命中その作品のドイツ語訳がチューリヒのオープレヒト書店から刊行されて大きな成功を収めた。長篇小説『フォンタマラ』（一九三〇年）、『パンと葡萄酒』（一九三四年）、『雪の下の種子』（一九四二年）および政治評論などである。
（3） 俳優エルヴィーン・カルザー（一八八三—一九五八）は一九二三年から三三年までベルリンの国立劇場で活動、三三年チューリヒに亡命して、三九年までシャウシュピールハウスのアンサンブルに属していた。第二次世界大戦中は合衆国で生活し、戦後チューリヒに戻り、ついでベルリンに移った。
（4） 『尺度と価値』は雑誌「尺度と価値」第一巻への序文。『全集』第十二巻七九八—八一二ページ。
（5） フランス語訳『フロイトと未来 Freud et l'avenir』は、パリの雑誌「ヨーロッパ。レヴュー・マンスエル」、一九三七年五月号に掲載された。

三七年五月二十七日　木曜日

窓は開けたまま、終夜、雷雨の到来を思わせる空模様。きょうは雨もよいだったのが、ほどなく雲が切れてくる。夜には魔法瓶のカミツレ茶でアドナールを服用。朝方ひどい痛み。疲労。リオン宛てに手紙を書き、序文を送る。そのあとなお一枚、リーマーの章を書き進める。身支度してKとメーディを同道、リーギ通りのフォイアーマン邸での昼食（一時）へ。愉快な気分。早めに辞去して午睡。疲労が甚だしく、用意の医療浴を断念。お茶の後、一連の厄介な手紙を口述。――オランダの選挙で国民社会党の議席が大きく後退。――七時に車で森に[1]行き、そこで散歩。夕食後Kが従姉妹のデルンブルクとケーテ・ローゼンベルクを迎えに行き、戻ってくる。挨拶。

（1）イルゼ・デルンブルク（一八八〇―一九六五）は、カトヤ・マン夫人の従姉妹で、ヘートヴィヒ・プリングスハイム夫人〔カトヤ・マン夫人の母親〕の姉妹エルゼ・ローゼンベルク、旧姓ドームの娘。一九〇〇年建築家ヘルマン・デルンブルク教授と結婚したが、一四年離婚、未婚の妹で翻訳家ケーテ・ローゼンベルク（一九三七年二月九日付日記の注（5）参照）と生活をともにし、のち一緒にロンドンに亡命した。この二人の従姉妹はスイスのマン家をたびたび訪問した。

三七年五月二十八日　金曜日

すこぶる酷い夜。数時間、両足を床に垂らし、身体を斜めに横たえて眠ったのだ。朝方考えられないくらいの痛み。しかし（テラスでの）朝食の後、元気よく仕事。――フランクから、私の激怒に対する回答の意味での手紙[1]。序文についてリオン。その他大量の郵便、これを温熱治療のあとKと森のとあるベンチで読む。――ギーゼ女史と二人の従姉妹を交えて昼食の食卓。――クノップとその他ニューヨーク各方面から写真。――午睡。――お茶にヴェルティ博士[2]、ゲスターポによる拘禁体験を報告する。――Kと従姉妹ともども森の散策。――夕食にバイドラー、コージマに関するその著書の一部を朗読。――ブリュルから大きなポーランド・キャンデーの詰め合わせ。――暖かな素晴らしい初夏の一日。穏やかな夜。

（1）この手紙は見つかっていない。
（2）ヤーコプ・ヴェルティ Welti 博士（一八九三―一九六四）、一九一九年から五五年まで「新チューリヒ新聞」文芸欄編集者兼劇評担当だった。〔訳注〕日記本文ではヴェルティが、Wälti となっている。

三七年五月二十九日　土曜日

飽くまで澄み切った、きわめて美しい初夏の一日。痛みのために早く起きる。しかしまた力のつく朝食の後、元気に仕事。――外国人証明書の受領にキュスナハトの役所へ。――温熱治療へ。そのあとKとバーデン方向へドライヴ。とあるガーデン・レストランでヴエルモットを飲み、届いた郵便を読む[1]。「ヘラルド・トリビューン」の報道によると、亡命大学は、私が支援した結果、リタウアーという名の富豪から一〇〇、〇〇〇ドルを受け取ったという。――従姉妹たちは市内、昼食はギーゼ女史と。そのあと寝椅子で新聞各紙。シャハト[2]がパリでおべんちゃら。――安息のない午後、痛み、ヴェラモン。お茶の後かなり多くの自筆の通信を片付ける。晩ヒルツェル[3]の招待でメーディ[4]を同道オペラ『フィデリオ』、指揮者コンラート祝賀の夕べ、良い声の歌手たち。ドイツを思い、ドイツではこの作品の上演は考えられないことを思う。しかし何が上演可能だろうか。『魔笛』、『テル』、『エグモント』、『カルロス』などはどうか？　どれも禁止に違いあるまい。――幕間にデ・ブールと。長く立ってはいられない。第二幕の美しい部分の数々、行進曲モティーフをもつ序曲。大序曲の演奏は見事。大臣のパート。「兄弟がその兄弟たちを捜している」。――家で夜食、これにギーゼ女史。シャウシュピールハウスにおける『ファウスト』と『白い病気』の成功。――ギーゼ女史から実用的なモンブラン鉛筆のプレゼント。

（1）亡命大学とは、一九三三年エルヴィン・ジョンスンが創設したニュー・スクール・フォア・ソシアル・リサーチの「政治・社会学大学院学部」のことで、これは、亡命してきたヨーロッパの科学者、学者に新しい安住の住処を提供する使命をもち「亡命大学」とも呼ばれた。一九三七年四月十五日トーマス・マンはその設立四周年祝典にあたり、『生気ある精神』と題して講演を行った。それより以前にある「富豪」が約束して、トーマス・マンがニューヨークにやってきて、祝典にあたって記念講演をしてくれたら、研究所に十万ドル寄付するといっていたのである。このミスター・リタウアー（おそらくルーシャス・ネイサン・リタウアー〔一八五九―一九四四〕、手袋工場経営者、元下院議員、諸大学大財団の出資者）は、約束を守ったのである。

（2）〔訳注〕ヴァイマル共和国以来の財政、経済専門家のヒャルマル・シャハトはパリ世界博視察にあたり五月二十八日社会党のフランス首相レオン・ブルムと内々の会談を行った。おそらくその内容が報道されたのであろう。

（3）宮廷歌手マクス・ヒルツェル Hirzel（一八八八―一九五七）はチューリヒ・オペラ劇場の評判高いヘルデンテノール。〔訳注〕日記本文では、ヒルツェルが Hirzl と記されている。発音は同一である。

（4）マクス・コンラート（一八七二―一九六三）は、一九〇〇年から三七年までチューリヒ・オペラ劇場の指揮者。

三七年五月三十日　日曜日

ファノドルムをまるまる一錠服用して眠る。夜中にお茶でヴェラモン半錠。多過ぎた。見事に青く澄み渡った新しい一日。「リーマーの対話」を書き進める。〔?〕[1]時半Kと従姉妹ともどもドライヴに。プァネンシュティールに登り、そこから絶好の位置を占めるレストラン・ルフトへ向かい、そこでヴェルモットと上等のエメンタール・チーズを注文する。食事の際には、ギーゼ女史、従姉妹の他に、従姉妹の姪ヴィルブラント博士夫人。[2]テラスでコーヒー。痛み、病気にとりつかれた感じ。書き物机の椅子に座ってカフカの記録[3]でちょうど刊行されたばかりの巻を読み、それから横になったところ全然痛みがなくて気持ち良く眠ることが出来た。――お茶にさらに一人従姉妹。姪。女性過剰。[4]――怪物ヒトラーについてのあるカトリック系の本を読む。――ゴルフホテルへ出発。森の中での散策を試みるが痛みを覚える。夕食後従姉妹たちのために『ロッテ』第一章を朗読。――リオンが電話、『序文』に対する感嘆を表明。「私が手にしている唯一確かなもの」。私にはすぐわかったが、雑誌は私が一人で作っていかねばならぬ。

（1）〔?・〕は日記の中の空隙。
（2）レナーテ・ヴィルブラント博士（一九一一―一九七六?）、旧姓ローゼンベルク、女医、ベルン大学薬理学教授ヴァルター・ヴィルブラント博士と結婚。ケーテ・ローゼンベルクとイルゼ・デルンブルクには姪にあたり、カトヤ・マン夫人とは遠い縁戚だった。
（3）フランツ・カフカ『日記と書簡』（抄）マクス・ブロート、ハインツ・ポーリツァー編、ハインリヒ・メルシー書店、プラハ、一九三七年。
（4）調査がつかなかった。

三七年五月三十一日　月曜日

酷い夜。三時にアロナール、五時には安息の終わり、痛みを何とか減退出来ないか、とあれこれ腐心、身体を半分ベッドの外へ出す。こうなると、考えることといえば「モルヒネ」しかない。朝方、絶望的な痛み。ご婦人連とテラスで朝食。ミュンヒェンのジーゲル博士(1)なる半気違いの男がKに対して電話による暴行を加えたのに怒りを爆発させる。――疲労のまま仕事。温熱治療へ。それからKと従姉妹たちとチューリヒベルク麓のとあるベンチに座り、郵便を読む。シケレからの友情こもる手紙。何通もの誕生日祝い状。―食後、新聞各紙。スペイン軍によるドイツ「監視船」爆撃、軍港アルメリアに対する報復行動(2)。ベルリンにおける愚かしい興奮。スペインで戦闘行動を続けている大国が「監視」行動に加わっている不条理。ことによると、こんなこともこれで終わりかもしれない。大衆を前にゲッベルスが、カトリック教会とその性的悪徳を攻撃する演説、ひどい行き過ぎ。オーストリアに対する関係への作用。――午睡。お茶の後シケレに手紙(3)を書き、『序文』を送る。晩、トーンハレへ、アルバン・ベルクの『ルール』(4)紹介の夕べ。メーディ、カーラーと二階席第一列。『トリスタン』の影響がうかがわれる最終アダージオ。従姉妹たちと夜食。夕立のあと気温低下。痛みとアロナールとで疲労(5)。――ロシア革命のファシズム化を批判するシュラムの『欺瞞の独裁』。

（1）不明。
（2）いわゆる「赤色スペイン」空軍機、つまり正統共和国政府軍所属の空軍機がスペイン海域を航行中のドイツ装甲艦「ドイチュラント」を爆撃したとされ、これを口実にドイツの軍艦が、一九三七年五月三十一日スペインの港湾都市アルメリアに砲撃を加えたのである。

(3) ルネ・シケレ宛て、キュスナハトから、一九三七年五月三十一日付、『書簡集II』二七―二八ページ、所収。

(4) オーストリアの作曲家アルバン・ベルク(一八八五―一九三五)の(ヴェーデキントによる)オペラ『ルール』。このオペラは未完成で、第三場と最後の場のインストゥルメンテイションが出来ていなかった。このオペラ断片(二幕)は一九三七年六月二日チューリヒ市立劇場で初演された。トーマス・マンが言及している三七年五月三十一日の紹介の夕べではフランツ・ヴェルフェルが「アルバン・ベルクへの前説」を語り、エルンスト・クルシェネクが紹介講演を行った。欠けている第三幕は、残っていた部分的なピアノスコアによってフリードリヒ・ツェルハがその後に補完、この完全版は一九七九年パリで初演された。

(5) ヴィーンの共産主義的評論家ヴィリ・シュラム(一九〇四―一九七八)は、のちウィリアム・S・シュラムと名乗ったが、一九三三年四月から三四年三月までヴィーンで、「ノイエ・ヴェルトビューネ」をトロツキスト路線の亡命雑誌として主宰した。ついでこの雑誌はシュラムの手から取り上げられてヘルマン・ブジスラフスキの手に移ったが、ブジスラフスキは一貫して亡命ドイツ共産党の人民戦線政策路線に則した雑誌編集をすすめた。シュラムはヴィーンからプラハ、プラハから合衆国へと亡命、共産主義評論家から保守主義的評論家へと変貌、ヘンリ・ルースの諸雑誌に協力、五九年ヨーロッパに戻って烈しい反共評論活動を展開、自身の雑誌も刊行した。トーマス・マンがあげているシュラムの著書『欺瞞の独裁』(スターリニズムとの決着)は、三七年チューリヒのヨーロッパ書店から刊行された。

三七年六月一日　火曜日

かつてなかったくらい酷く苦しみながら「私の」月に入って行く。

きのうはたっぷり仕事をした。雷鳴と雨。温熱治療の後、散髪。お茶にヘルマン゠ナイセ(1)と夫人が来訪。二人の経験によるとドイツからの来訪者には「おかしなところ」が認められるという。――かなり体調がおかしく、くたくたになる。夕食のテーブルで持ち堪えることが出来なかった。二階で一人卵一個を食べる。

(1) 叙情詩人マクス・ヘルマン゠ナイセ(一八八六―一九四一)は一九三三年スイスに亡命、のちロンドンに移った。三六年チューリヒのオープレヒト書店から刊行されたその詩集『われらの周囲の異郷』にトーマス・マンは序文（『全集』第十巻七五六―七六一ページ）を寄せた。

三七年六月二日　水曜日

散々な夜、ひとしきりKがついていてくれた。ヴェラモンのおかげで朝方少し眠れた。――それでも、仕事。――温熱治療のあと、シヴォレー営業所へ行き、きのう昼食後に見せられた車、濃赤で非常に好ましいリムジンを五、〇〇〇スイス・フランで（これは古いフィアットを三、〇〇〇フランと見積もった価格）購入した。重大な取引。――『序文』についてヒルシュフェルトから手紙。（署名の問題と「社会主義」の問題。）――「コローナ」誌に(1)『ファウスト第二部』に関するマクス・コメレルのきわめて興味深い論説。――お茶のあと礼状数通を書く。お茶は遅い時間にして、その後五人でオペラ劇場へ出掛け、ベルクの『ルール』初演を観る。カーラーと仕切り席。チューリヒ全市が集まる。断片に終わった問題作の優れた上演。ヴェーデキントの氷のように冷たく、かつ熱のこもった文体が音楽によって柔らか味を帯び、その音楽は間奏曲が極めて美しい。しばしば『トリスタン』的表現技法がうかがわれるが、これは、ヴァーグナーが『トリスタン』においてもっとも未来を孕み、未来を規定する力を備えていたことを示している。――幕間にオープレヒトが仕切り席にやってきたが、夫人はイタリア国境で入国を拒否されたので、目下ガスタインに滞在中。――深夜家でご婦人たちと夜食。――オープレヒトの来客簿にラヘジス(2)の詩行を書き入れた。

（1）　文学史家、叙情詩人、随筆家マクス・コメレル（一九〇二―一九四四）は、シュテファン・ゲオルゲに近く、フリードリヒ・グンドルフ、エルンスト・ベルトラムの学派に属し、一九四一年マールブルクの教授になった。その著作には『ゲーテなき青春』（一九三一年）、『ジャン・パウル』（一九三五年）、『精神と文学の文字』（一九四〇年）がある。「コローナ」誌掲載の論説は「『ファウスト第二部』形式理解のために」、「コローナ」七巻、一九三七年二／三月号。

（2）　ラヘジスは、モイラあるいはパルカと呼ばれるギリシア神話の運命の三女神の三番目。ラヘジスの詩行は、ゲーテの『ファウスト第二部』第一幕「広大な広間」（仮装舞踏会）で「パルカたち」のグループ、アトトポス、クロート

ー、ラヘジスがそれぞれ三連の四行詩を口にする一つ、

ただ一人分別を備えて
私の役目は整理。
いつも元気な私の糸車は
慌てて狂ったことがない。

来る糸、来る糸巻き取って
行き先正しく導いて
道を誤らせることはない、
どの糸もくるくると巻きつくように。

私がうっかりしようものなら
世界は一体どうなることか。
時刻が数え、歳月が測って、
織り手なる神が糸束を取り上げる。

友なるオープレヒト夫妻に、心をこめて、トーマス・マン
キュスナハト、一九三七年六月一日

三七年六月四日　金曜日

まことに美しい青空の日々を、痛みに苦しみ、病気感覚のうちに過ごす。きのうときょうは、午前中「リーマー」の章を書き進める。きのうはお茶にエルンスト・クルシェネクと夫人。きょうは温熱治療は止めて、ウルリヒ(1)教授のところに出向いて、耳孔洗浄、頬内側の口腔粘膜の処置をしてもらった。森でとあるベンチに腰をおろして郵便を読む。食事にヘルツ女史。午睡。――ブダペストのクロプシュトック博士からアイシの麻薬中毒とブダペストのあるサナトーリウムにおけるその禁断治療経過について手紙。夜の放心状態、起き上がって「気持ちいいもの」を探し歩く。気掛かりな印象。アイシ宛てのKの手紙の後に真剣な言葉(2)を書き添える。――黄色館のそばで歩行の試み。休息用に携帯折り畳み椅子。――夕食にイグナッツィオ・シローネ。その苦しい生活、多くの危険と恐怖。ロシアに対する幻滅。――イタリアの歌のレコード。――新しい鎮痛剤「オクティロン」。――スペイン系南アメリカ版『フロイトと未来(3) Freud y el porvenir』。――

（1）コンラート・ウルリヒ教授はチューリヒの耳鼻科医。
（2）クラウス・マン宛て、キュスナハトから、一九三七年六月四日付、クラウス・マン『書簡と回答』第二巻、四六三ページ、所収。クラウス・マンはブダペストの「シエスタ・サナトーリウム」でクロプシュトック博士の監督下へロイン禁断治療を受けていた。
（3）『フロイトと未来』のスペイン語版はヴェルナー・ズーゲの翻訳に序文を添えてブエノス・アイレスのパノプレス書店から一九三七年に刊行された。

三七年六月五日　土曜日

きわめて美しい、青空の一日。痛みに満ち。午前、フランクの五十歳の誕生日(1)に寄せる文章を書き始める。エーリカ(2)到着。車の脇で愛情溢れる挨拶、そしてエーリカとテラスで過ごす。クラウスについて。そのクラウスにエーリカはすでに午前中に手紙を書いた。——温熱治療、そのあとKと携帯折り畳み椅子、新聞各紙を抱えてキュスナハトの森へ。食後Kと娘たち(3)と一緒に庭でコーヒー。午睡。誕生日祝いの手紙と電報。オープレヒトから書籍のプレゼント。カーラーから高山植物の他に美しい四色鉛筆。数通の通信。携帯折り畳み椅子を抱えて森の中を散歩。晩エーリカをまじえ広間で音楽を聴き、歓談。ゴーロにとって、また私たちにとってもアメリカには利点がいろいろあるという。

（1）『ブルーノ・フランクの五十歳誕生日に寄せる』「ナツィオナール＝ツァイトゥング」、バーゼル、一九三七年六月十三日号、『全集』十巻四八四―四八八ページ、所収。
（2）エーリカ・マンは、ニューヨークから戻ってきた。
（3）〔訳注〕娘たちというのは、エリーザベト（メーディ）と、戻ってきたばかりのエーリカである。

三七年六月六日　日曜日

六十二歳の誕生日。かなりひどく眠りを妨げられた夜。朝方猛烈な痛み。暖かな曇りの日。優しいKとテラスで痛みを和らげる朝食をとる。その後素晴らしいプレゼントを受け取る。寝室用の椅子、柔らかなナイトガウン、紅茶ケース。食器、美しいグラモフォン・

レコード等々。エーリカから綺麗な水筒。数時間、フランクのための文章を書く。そのあと私が提案してK、娘たち、トービとルフト[1]へドライヴ、ヴェルモットとエメンタール・チーズを賞味。オープン・カー。レストランの庭でハインリヒ[2]やシケレなどから届いたばかりの手紙を読む。四人で昼食、シュペート[3]夫人が焼いた極上のクルミ入りトルテを食べる。午睡。礼状のはがきを書く。携帯椅子を抱えて苦労しながら、すでに恒例となった森の中の散策。シャンペンを開けて四人で夕食。その後広間で音楽、『レオノーレ』序曲、フーゴ・ヴォルフ歌曲集、『ジークフリート牧歌』の新しいレコードをかける。家族の団欒。ワインのせいで非常にくたびれたが、あまり痛みを覚えぬまま座っていられた。——クラウスがブダペストからエーリカに電話を掛けてくる。クラウスに対する憂慮。クロプシュトック博士に電話することにする。——匿名の人からの豪華な花束、運転手が届けてくる。

(1) チューリヒ湖畔マイレンの上手にあるハイキング・レストラン。
(2) この手紙は残っていない。
(3) 特定出来なかった。

三七年六月七日　月曜日

午前中、極めて酷い痛みを乗り切った後、祝辞の文章に苦しむ。——温熱治療は効き目が疑わしいので止めにする。——非常に落ち込んだ気分でKと森の中を散策。このところ恒例だが、午睡。——曇天で暖かい気候。——広間は、六十歳誕生日の折りのように華麗な花で溢れる。——ホーフマンスタールについて書いているヴァサーマン夫人[1]の原稿を読み、夫人宛てに手紙を書き、原稿はリオン宛てに送る。その他自筆の通信。晩Kと娘たちと一緒に『ローエングリーン』。いくらか華麗な声を聞かせるナチの去勢おんどりフェルカー[2]。歌詞によっても新たにかき立てられた、この作品への青春時代のいとおしい思いに気まずい感情が混じり込む。——遅い夜食。その間にKとエーリカが、クラウスのことでブダペストのクロプシュトック博士と通話。エーリカはブダペスト行きを嫌だという。あの子〔クラウス〕はモラルの点でも自己反省の面でもあまり健全ではない。いかなる権威も受け付けないのだが、権威を受け付けない権利は逃してしまう。

(1)「尺度と価値」にはマルタ・カールヴァイス＝ヴァサーマンの寄稿は一切掲載がない。

(2) ヘルデンテノールのフランツ・フェルカー（一八九九―一九六五）は一九三一年から三五年までヴィーン国立歌劇場、三五年から四五年までベルリン国立歌劇場、四五年から五二年までミュンヒェン国立歌劇場に出演。三三年から四四年まではザルツブルク音楽祭、バイロイト音楽祭にも出演した。〔訳注〕トーマス・マンは、ヒトラー政権下のドイツで表舞台に立って活躍している音楽家などに対して抜きがたい不信感と深い軽蔑とを覚えていた。フェルカーに対する悪罵はこれに由来するのであろう。

三七年六月十日　木曜日

盛夏を思わせる暑い日々。きのう午前フランクへの祝辞を書き上げ、食後朗読して聞かせたところ、Kとエーリカは見事な文章とのことだった。――きのう新車が届く、嬉しい。――日本のゲルマニスト麻生種衛(1)の注目すべき長文の手紙。――雑誌の件でリオンと通信。――きょう午前中シヴォレーで裁判所(2)に出頭、面識がないスイス人ゲスターポ・スパイの事件で証人として陳述をした。愛想のいい予審判事。――ブダペストからクラウスについてほっとする知らせ(3)。クラウスから私たちとエーリカ宛てに別々の手紙が届いたのだ。――ストレイチ(4)の『ナイチンゲール』と『マニング』（ライジガーのプレゼント）を読むが、極めて魅力的。きょう食事前にリオン宛てに手紙を書く。オープレヒト宛てに『序文』。フランクへの祝辞をバーゼルへ。正午散歩に出ず。午後、痛みが出てきたところで少し眠る。お茶のあと二、三自筆の通信。夕食前にKと森の中を散歩。K、エーリカと広間で晩を過ごし、少し音楽を聴き、アネマリー・シュヴァルツェンバハの手紙からドイツ報告を読む。ロシアから将軍たちの逮捕など騒然たるニュース。スターリンは糖尿病と見られている。――多大の痛みに、活発さはなくなり、いつ倒れるともしれぬ体調。――持参する本を準備する。

(1) 日本のゲルマニスト麻生種衛は「ドイツ文学」東京、一九三九年、に日本語で「トーマス・マン。現代文学における生と死に関する一考察」を発表した。

（2）この裁判事件は、当時スイスの新聞が報じていないらしく、確認出来なかった。
（3）カトヤ・マン宛て、ブダペスト、「シエスタ・サナトーリウム」から、一九三七年六月七日付クラウス・マンの手紙は、クラウス・マン『書簡と回答』第一巻三〇五―三〇六ページ、所収。
（4）イギリスの随筆家で伝記作者リトゥン・ストレイチ（一八八〇―一九三二）は「伝記小説」という、主人公の平凡な面をさらけ出し、皮肉な目で描写し、小説的に物語る伝記の型を最初に編み出した。ストレイチは、ドイツではハンス・ライジガーの翻訳でS・フィッシャー書店から刊行された『ヴィクトリア女王』、『エリザベスとエセクス』で大成功を収め、多くの模倣者を生み出した。フロレンス・ナイチンゲールとマニング枢機卿についてのストレイチの伝記的エッセイは『ヴィクトリア時代の知名人』（一九一八年）に収められ、ドイツ語版は一九三八年ハンス・ライジガーとヴォルフガング・フォン・アインジーデルの訳『権力と敬虔』の表題でS・フィッシャー書店から刊行された。

キュスナハト、三七年七月八日　木曜日

きのう七月七日まで、終わり頃はやや和らぎはしたもののほとんど四週間に及ぶ苦患の時をラガツ温泉、ホテル・ラトマンで過ごした。フェールマン[1]博士、とんま。温泉浴とシュタンガー浴。水浴プールへの朝の走行（七時前）。晩九時就寝前にカミツレ茶、そしてなお十二時と二時の間に鎮痛剤。Kは私のベッド脇のグリーンの携帯用椅子に。仕事は、通信、『序文』と『ロッテ』の校正、コローディ[2]のもとめに応じてのヘルマン・ヘッセに対する誕生日の祝辞[3]。トルストイ、ストレイチ、綺麗な、軽い、フレミングの旅行記[4]、カフカの遺稿集[5]、奇妙な印象を抱きながらクトナーのマレー伝[6]を読んだ。――オランダ人と重症リューマチのその夫人。小児麻痺から回復中のドイツ貴族。関心。――入浴で骨が折れるが、落ち着いた生活ぶりである種の休息効果。保養所庭園やギーゼン公園でいくらかの運動。座骨神経痛の軽快は、私の確信するところ、望むべくもないが、最終診断の医師は八週間内に痛みは和らぐ見込みだと太鼓判をおした。当たって欲しいものだ。

きのう午前帰路に就き、最後にマイレンあたりで激しい雷雨に降られる。家に着いて昼食。ゴーロとメーディが居合わせる。食後ぐっすり眠る。お茶にリオン。雑誌の件で検討を重ねる。宣伝パンフレット。Kとマリーアがトランクを開けて整理したが、すでにラガツで、これまでイェルーサレム[7]で病気になった時を唯一の例外として私が自分で処理してきたこの仕事を私はKに取り上げられていたのだ。——夕食前Kと少しだけ散歩。ヴァルター指揮のブラームスの交響曲第四番を大いに楽しみながら聴く、感嘆に値する作品。フーゴ・ヴォルフ[8]の『恋人に』。ドイツの芸術歌曲、何と比類ない国民的産物であろうか。——

早めに休む。シローネの『フォンタマラ』を読み始めた。二時半まで眠り、それからお茶にアロナールを入れて飲んだのに、もう休めなかった。肉体の痛みと精神的な苦痛で、どんな寝相も我慢ならない。病状は一向良くなっていない。——七時半起床。きのうの雷雨の後を受けて晴天の朝。盛夏の充実、豊かな緑。わが家と周囲の情景に満足を覚える。——マットを敷いてテラスで朝食。——

おかしなことに私のテーブル引きだしの中身をこの日記冊子ごとラガツに忘れてきていた。午前中、「リーマー」の章の最後の数節に手を入れる仕事を終えたところで、忘れものを収めた小包が届いた。——病苦を抱えてさしあたりは適応し、それにもかかわらず仕事を進めることが肝要だ。——収穫は、ゴムの石突きのついた黒い撞木杖。脚が湾曲していて美貌のあの小児麻痺の青年がまさに同じ杖を持っていた。——

悲しいことに、新しい置き時計のゼンマイが切れる。Kがこれを市内へ持って行く。

メーディはきょうエーリカとザルツブルクへ向かう。二人は、エーリカがまたアメリカへ出発する前に、一緒に戻って来る。

正午、トービを連れ、折り畳み椅子を持って車で森へ。食事にヴィルヘルム・ヘルツォーク。食後テラスでロシア、スターリン等々について語り合う。距離を置くことの必要。ハインリヒのあまりにも積極的な姿勢。『往復書簡』の影響。——午睡、その間痛みは出なかった。その後また以前通りのひどい苦しみ。ゴーロを加えてテラスでお茶。新しいレコードを試してみる、オルツェフスカ[9]女史の、残念ながら息苦しそうに歌う『いつ白銀の月が[10]』。『ミューズの息子[11]』は華麗な歌曲。——ゾフィー版数巻が着服される。忌ま忌ましい製本屋め、届けて来ないのだ。——ありとあらゆる手紙、シケレ、来訪通知など、フランク夫妻があすやってくる。メーディがジルスへ出発。——Kと少し散歩。暖かい夏の夕べ。テラスで食事。ベルマンの手紙[12]について相談、ベルマンは、〔私が〕クウェーリードーと取り決めを結んだことに捨鉢な態度を示すと同時に、『魔の山』の新版のことでは細々していて受け入れ難い提案をしてきている。——焼き立ての黒パンを賞味したせいで気分が悪くなる。——フォイヒトヴァンガー[13]の著書『モスクワ。一九三七年』は読んでみると、やはりおかしな感じだ。

（1）特定出来なかった。

（2）エードゥアルト・コローディ（一八八五—一九五五）、スイスの評論家、文学批評家、一九一四年以来「新チューリヒ新聞」の文芸欄編集者、ドイツ語圏において重要な影響力を持っていた。コローディはトーマス・マンとは旧知の間柄で、「新チューリヒ新聞」にトーマス・マンについて多くの文章を発表した。この両者の間に重大な仲違いが生じたのは、コローディが一九三六年一月二十六日に「新チューリヒ新聞」紙上でドイツ亡命文学を、トーマス・マンは唯一の例外として、十把一からげにユダヤ的と決めつけたからだった。トーマス・マンは三六年二月三日付の公開状でコローディに激しく対決し、それまでの長い期間にわたる抑制的な姿勢をかなぐり捨てて、はっきりとドイツ亡命者たちへの連帯を表明した。『書簡集I』四〇九ページ、参照。以来二人の関係はすっかり冷え込んだものになった。

（3）『六十歳のヘルマン・ヘッセに』、「新チューリヒ新聞」一九三七年七月二日号、所収。『全集』第十三巻八四〇—八四三ページ。

（4）おそらくピーター・フレミング（一九〇七年生まれ）、『タタール奇聞』、旅行スケッチ、一九三六年。

（5）フランツ・カフカ『ある戦いの記録』、遺稿からの短篇小説、スケッチ、箴言。マクス・ブロート、ハインツ・ポーリツァー編、ハインリヒ・メルシー書店、プラハ、一九三六年。

（6）エーリヒ・クトナー『ハンス・フォン・マレー。ドイツ観念論の悲劇』は、一九三七年チューリヒのオープレヒト書店から刊行された。著者クトナー（一八八七—一九四二）は三三年までプロイセン州議会議員、社会民主党「前進〔フォアヴェルツ〕」の編集者で、アムステルダムへ亡命、四二年ゲスタポによって逮捕され、マウトハウゼン収容所で死亡した。

（7）一九三〇年二月から四月のエジプト、パレスティーナ旅行の途中トーマス・マンはイェルーサレムでアメーバ赤痢に罹り、すでにカイロで罹病していた夫人とイェルーサレムのドイツ奉仕会病院に数日入院しなければならなかった。

（8）作曲家フーゴ・ヴォルフ（一八六〇—一九〇三）。

（9）オーストリアのオペラ歌手マリーア・オルツェフスカ（一八九二—一九六九）は有名な、ヴァーグナー、ヴェルディ、シュトラウス歌手で、一九二一年からヴィーン国立歌劇場、二八年から三二年までシカゴの市立歌劇場、三三年から三五年までニューヨーク・メトロポリタン歌劇場に出演した。

(10) ヘルティの詩によるヨハネス・ブラームスの歌曲。

(11) ゲーテの詩によるフランツ・シューベルトの歌曲。

(12) トーマス・マン宛て、ヴィーンから、一九三七年七月七日付、『往復書簡集』一三三—一三五ページ、所収。

(13) リーオン・フォイヒトヴァンガー（一八八四—一九五八）は、『ユダヤ人・ジュース』、『醜い公爵夫人』、『成功』その他の長篇小説の作家として世界的に有名で、一九三三年以来トゥロン近郊のサナリに住み、三三年夏にはここでトーマス・マンとしばしば会っていた。フォイヒトヴァンガーは一九四〇年フランス官憲に抑留されたが、スペイン、ポルトガルを経由する危険な逃避行の末に合衆国に辿り着き、引き続き作家として大成功を収めながら四一年以降はカリフォルニア州パシフィク・パリセイズでトーマス・マンの近隣に居住していた。フォイヒトヴァンガーは、三六年から三七年にかけての冬南フランスからモスクワ旅行を行ったが、その旅行記が『モスクワ。一九三七年。友人たちのための旅行報告』で、同年アムステルダムのクウェーリードー書店から刊行された。この本はスターリンのソヴィエトに対する強い支持表明であり、トロツキスト裁判への肯定的態度によって不審の思いと批判とを引き起こした。

三七年七月九日　金曜日

七時半。入浴。痛み。ゲーテの仕事を再開。正午、Kとオープレヒト邸に立ち寄る。ついでボ＝シトにフランク夫妻を迎えに行き、わが家での食事に連れてくる。午後手紙の口述（ベルマン[1]、ポーダハ[2]）。夕食にまたフランク夫妻。『ロッテ』第一、第二章を朗読。ヘッセから礼状[3]と献呈本。

(1) この手紙は残っていない。

(2) ニーチェ研究家エーリヒ・F・ポーダハ（一八九四—一九六七）は、一九三七年ヴィーンのベルマン＝フィッシャー書店から刊行された『病めるニーチェ。F・オーヴェルベク宛てのニーチェの母親の書簡』の編者で、トーマス・マンはこの書簡集から『ファウストゥス博士』のための情報や示唆を得ている。ポーダハは三三年以来スイスで亡命生活を送った。ポーダハ宛てのトーマス・マンの手紙は確認出来ない。

(3) トーマス・マン宛て、一九三七年七月七日付ヘルマン・ヘッセの手紙は、『往復書簡集』一二六—一二七ページ、所収。触れられている献呈本とは、一九三七年に書かれたヘッセの詩『オルガン演奏』の私家版のことか、もっと考えられるのは、『萎えたる少年。幼年時代の思い出』チューリヒ、一九三七年、のことであろう。

三七年七月十日　土曜日

「リーマー」の章の執筆。——食事にヘルツ女史。——ヘッセ[1]とシケレ[2]宛てに手紙。——夕食にカーラー、朗読をしてくれた。——強風、気温低下。

(1) ヘルマン・ヘッセ宛て、キュスナハトから、一九三七年七月十日付、『往復書簡集』一二八ページ、所収。
(2) ルネ・シケレ宛て、キュスナハトから、一九三七年七月十日付、『書簡目録II』三七／一二四。この中でトーマス・マンは、「尺度と価値」第一号に掲載されたシケレの散文作品『八月』に対して謝意を述べている。

三七年七月十一日　日曜日

いつもよりましな夜、お茶を飲んだ後簡単にまた寝入った。——午前中「リーマー」の章を書き進める。Kとチューリヒベルクにあがって、少し散策。ひんやりとしていて、風があった。フランク夫妻とフリッツ・シュトリヒとを迎えに行き、わが家で一緒に食事。ゲティンゲン大学創立記念祭、「七教授」の回想を盛ったベルン大学の祝辞[1]についてシュトリヒ。学生団体側からのサボタージュ。——『ロッテ』朗読にフランク夫妻の度外れの感嘆ぶり。あすの晩もっと聴きたいという。——三時過ぎ疲労が出たので、自室にこもったが、うまく休息出来なかった。どこか病気であるような感じ。それでいて回復の軽やかな感じも失われていない。——私の部屋でお茶を飲み、「リーマー」の章を、訂正を入れながら朗読。——クラウスとアネマリー・シュヴァルツェンバハ[2]がジルスから、クラウスのアメリカの友人、エーリカ、メーディがザルツブルクから到着。窮屈な夕食の食卓。疲れて苦しくなり、ほどなく引き取って静かな読書。

(1) 〔訳注〕この年ゲティンゲン大学は創立二百周年を祝ったが、ベルン大学はこれに祝辞を寄せ、おそらく七教授の事件に言及してナチ支配に対する批判を加えたのであろう。「ゲティンゲンの七人」と後に呼ばれることになったアル

三七年七月十二日　月曜日

雨模様で、きのうよりいくらか暖かい天候。午前中「リーマー」の章の結末へ向けて書き進める。ベンチからベンチへといくらか歩く。上の二人がフランク邸に出掛けたので、ゴーロとメーディの二人と昼食。午後自筆の通信。ヴィーンのフェーゲリン(1)教授来訪。夕方Kと改めて散歩の試み、折り畳み椅子を抱えて黄色館の先まで。夕食に四人の子供たちとフランク夫妻。これまでより爽快な体調。九時半から深夜まで「リーマー」の章の大きな部分をいくつもフランク夫妻、K、エーリカ、クラウス、ゴーロ、メーディの前で朗読する。常にない感銘。合間にビール、興奮と満足。遅くにベッドへ。

ブレヒト、ダールマン、フォン・エーヴァルト、ゲルヴィーヌス、ヤーコプ・グリム、ヴィルヘルム・グリム、ヴェーバーの七教授は一八三七年ハノーファー国王が一八三三年制定の憲法を廃止する挙に出たのに抗議した。抵抗権に基づくこの教授たちの行動に対して国王は七教授の解職で応え、ダールマン、J・グリム、ゲルヴィーヌスの三人は国外追放になった。当時の世論、全ドイツの多数の教授たちは、「ゲティンゲンの七人」に連帯、支持を表明した。

(2) トマス・クイン・カーティス(一九〇七年生まれ)、アメリカの劇評家、クラウス・マンはブダペストのホトヴァニ館でカーティスと知り合い、以後二人は長年にわたる友情で結ばれた。トムスキとも呼ばれたカーティスは、後にクラウス・マンがアメリカで刊行した雑誌「デシジョン」に協力、現在はジャーナリストとしてパリで生活している。

(1) エーリヒ・フェーゲリン教授(一九〇一年生まれ)はヴィーン大学の社会学者、一九三七年合衆国へ出国、三九年ハーヴァド大学国家学教授、四二年バトン・ルージュのルイジアナ州立大学、第二次世界大戦後ミュンヒェン大学政治学教授、六九年以降また合衆国に渡り、カリフォルニア州のスタンフォド大学フーバー研究所の研究教授。その著書『政治的諸宗教』は三九年ストックホルムのベルマン゠フィッシャー書店から刊行された。

三七年七月十三日　火曜日

遅く起床。入浴。空は灰色、雨模様、寒くはない。この数日仕事の際に太陽灯。Kと四人の子供たちと一緒に朝食。――「リーマー」の章を書き進める。――一人でそぼ濡れながらトービを連れてベンチからベンチへと散歩。食事にアルフレート・ノイマン[1]と夫人、加えて若いニーコ・カウフマン[2]。疲労。午睡。お茶の後、多くの手紙を口述。ハインリヒと私がパリのペン会議に出席しないことにジュル・ロマン[3]が腹を立てている。――パリ在住クレッパーの政治論文の検討。――夕食にベルリンからファイスト博士[4]。贈り物の数々、書籍。選集『若きゲーテ[5]』。ヴァーグナーの論文。美しい、さまざまな貴重品。――皆で音楽を楽しむ、歌曲。

（1）　小説家、劇作家アルフレート・ノイマン（一八九五―一九五二）はミュンヒェンのヘルツォークパルクでマン家の近隣に住み、一九二〇年代初頭から親交があった。非常に成功を収めた主要作品の中には、長篇小説『悪魔』、『英雄』、ナポレオン三世についての長篇小説『新しいカエサル』、『帝国』がある。夫人で、通称キティのカタリーナはミュンヒェンの出版社主ゲーオルク・ミュラーの娘だった。アルフレート、キティ・ノイマンは三三年フィレンツェへ、そこから南フランスへ、四〇年には合衆国へ亡命し、カリフォルニア時代には再びマン家の近隣に住み、非常に親しく往来した。アルフレート・ノイマンは五二年ヨーロッパ滞在中スイスで心臓病で倒れた。未亡人は七九年ミュンヒェンで死去した。トーマス・マンの追悼文『アルフレート・ノイマンのために』『全集』第十巻五三〇―五三一ページ、『トーマス・マン／アルフレート・ノイマン往復書簡』ペーター・ド・メンデルスゾーン編、ハイデルベルク一九七七年、参照。

（2）　チューリヒの医師ヴィリ・カウフマン博士の息子で、ピアニスト、チューリヒに在住。トーマス・マンの子供たちと親しかった。

（3）　フランスの小説家、劇作家ジュル・ロマン（一八八五―一九七二）は、全二十八巻の大長篇小説連作『善意の人々』（一九三二―一九五六年）によって有名であるが、ドイツ語訳はそのうち最初の七巻しか刊行されていない。戦争中は合衆国で亡命生活を送り、一九四六年フランスに戻った。ロマンは日記のこの時点でフランス・ペン＝クラブ会長、三六年から四一年までは国際ペン＝クラブ会長だった。

（4）　元医師ハンス・ファイスト博士（一八八七―一九五二）は、トーマス・マンの上の子供たちとベルリンで知り合った二十年代から、イタリア語、フランス語、英語の翻訳者、ことにピランデルロとジュル・ロマンの翻訳で知られるようになった。のちミュンヒェンに移り、マン家に出入り、物の言い方が不明瞭ではっきりしなかったので、冗談に「ネーベル（霧）」と呼ばれていた。三九年までドイツに留まっていたが、ヨーロッパやアメリカへしばしば旅行して、エーリカやクラウス・マンと会っており、結局戦争勃発に際してスイスに亡命、戦後ドイツに戻った。『ハンス・ファイストの思い出に』『全集』第十巻五三二―五三三ページ、参照。〔訳注〕ファイスト博士は絵画、その他の芸術品のコレクションを所有していたので、ここに列記されているものは、そのコレクションの一部でトーマス・マンにプレゼントされたものであろう。

（5） 完全に特定出来なかった。おそらくは『若きゲーテ』新版六巻本、マクス・モリスの序文、編、インゼル書店、一九〇九―一九一二年、であろうが、G・リンデンラウプの『若きゲーテ』、ベルツ書店、一九三七年ということも考えられる。トーマス・マンは両方とも所蔵していた。

三七年七月十四日　水曜日

湿度高く暖かい夏の一日。八時起床、「リーマー」の章の結末に向けて書き進める。正午エーリカの車でK、ファイストと森の散歩に出掛ける。食事にファイスト。そのあとファイストを相手に購入希望図書について。――森の中の湿気に由来する痛み。保温マット。――テラスでのお茶に元ダンツィヒ〔グダニスク〕市参事会議長ラウシュニグン博士[1]。政治の諸問題。予想される今夏ドイツ情勢の危機的緊迫。戦争の可能性。ラウシュニングのグループ（ブリューニング[2]）が計画している、保守的半月刊誌について。――寝椅子で、ゾフィー版のゲーテの対話を読む。――エーリの助けを借りて新しく手に入れた本を並べる。――夕食にアメリカのカール・レーヴェンシュタイン[3]教授。広間で歓談。――月と星の澄んだ美しい夜。

（1） ヘルマン・ラウシュニング博士（一八八七―一九八二）、保守的政治家で、一時国民社会主義党に投じ、一九三三年ダンツィヒにおける選挙で国民社会主義党が勝利を占めたあと自由市参事会議長、当初ヒトラーの腹心と見なされたが、間もなく国民社会主義政権の大管区長官フォルスターと衝突し、三四年十一月職を退き、三六年ポーランド経由でスイスに逃れた。三八年フランス、四〇年イギリス、四一年合衆国に移った。スイスでラウシュニングは国民社会主義政権を告発する一連の論争的著作を書いたが、これはヒトラー信奉者の手になる最初のものだったので、世界的反響を呼んだ。『ニヒリズムの革命』（一九三八年）と『ヒトラーとの対話』（一九三九年）がそれで、チューリヒのヨーロッパ書店（オープレヒト）から刊行され、多くの言語に翻訳された。

(2) ドイツ中央党の政治家ハインリヒ・ブリューニング博士(一八八五―一九七〇)は、一九二四年以来国会議員、三〇年三月二十八日首相になり、経済危機克服のための政策が目標達成間近と確信するにいたった矢先の三二年五月三〇日、ヒンデンブルク大統領によって唐突に解任された。ブリューニング失脚でヴァイマル共和国は命運が尽きた。これに続くパーペン、シュライヒャーの短命二内閣はヒトラーの先達でしかなかった。ブリューニングは三四年迫ってきた逮捕を逃れて合衆国に亡命、ハーヴァド大学教授になった。

(3) カール Karl・レーヴェンシュタイン博士(一八九一―一九七六)は声望高いミュンヒェンの弁護士でミュンヒェン大学の私講師、一九三四年合衆国へ亡命、イェール大学国法学教授になった。博士は、トーマス・マンとはその死にいたるまで、定期的に政治的意見の交換と手紙の往復を行っていた。〔訳注〕日記本文では、カールが Carl と綴られている。

三七年七月十五日　木曜日

暑い夏の日。屋外で朝食。「リーマー」の章の結末に向けて執筆。Kとシヴォレー(赤いラインとモノグラムが入っている)でソリテュード近くの森に出掛け、携帯椅子を持って散歩。食事にフランク夫妻。疲労。お茶のあと自筆の通信、雑誌に目を通す。激しい雷雨。夕食にアネマリー・シュヴァルツェンバハ、遅れてギーゼ女史。クラウスが私たち夫婦、兄弟姉妹、客たちを前に、ルートヴィヒ二世を扱った短篇小説[1]を朗読。「アーベーツェー」[2]スペイン号に、ラガツで書いた私の挨拶が掲載されている。――パリからビービが到着。

(1) クラウス・マン『格子のはめられた窓。バイエルン王ルートヴィヒ二世の死をめぐる短篇小説』は、一九三七年アムステルダムのクウェーリードー書店から刊行された。ドイツでの新版は、フランクフルト、一九六〇年、ミュンヒェン、一九七二年および短篇小説集『新婚夫婦の冒険』に収められてミュンヒェン、一九七六年。

(2) 「アーベーツェー」。独立スイス論壇」チューリヒ、一九三七年七月十五日号、所収『トーマス・マンの挨拶』。(この雑誌のスペイン特別号への序言)。「補遺」参照。

三七年七月十六日　金曜日

昨夜ときょうの、ほとんど一日、雷雨。——午前、百枚以上に及んだ「リーマー」の章を書きあげる。Kと雨の中を外に出、雨の中で携帯椅子に座った。——アメリカ領事館に提出の必要のある書類数通が旅券用配偶者[1]ウィスタンから届かないので、エーリカが苦境にある。エーリカは、残念ながら間もなく居なくなろうとしているが、その存在はいつも生気と明るさを与えてくれる。——午後、手紙の口述。（パリのクレパー博士、シリアのユダヤ系アーリア人夫婦の悲惨な事例、等々。）——再度Kと外出。痛み。——晩、五人の子供にギーゼ女史を加えて、Kの誕生日前夜祭。食後『レオノーレ序曲』を謹聴。ついで私の部屋で、「リーマー」の章後半部を全部朗読して聞かせる。桃のシャンペンを合間と終了後に。皆の強い関心は嬉しい。面白さは難しいものの場合決定的であること、そしてその面白さが存在することを確認。リーマーの全と無に関する弁証法的論及は、ヘーゲルの論理学がそこから始まるので、時宜を得ている。——一時頃まで歓談。——きょう置き時計が戻る。

（1）ウィスタン・ヒュー・オーデンはエーリカ・マンの「旅券用配偶者」。一九三七年二月十五日付日記の注（4）参照。

三七年七月十七日　土曜日

昨夜シローネの『フォンタマラ』を読了、美しい本で、共感を覚えること、ほとんど類がない。独裁制諸国家における、殺害、デマ、拷問の精神の一致——画一的、不随意的な、国境を越えた時代現象。初めて夜中に起きず、お茶と薬に手を付けなかった。朝方になって、痛み。八時起床。Kと朝食。「リーマー」の章に手を加えたり、素材を検討したりする。正午Kとツーミコーンへ車を走らせ、少し散歩。牧草地の間の椅子に座る。疲労。五人の子供たちと昼食。午後長いあいだ横臥。お茶のあとヘルマン・ケステン[1]に返事の手紙を書く。荷造り中のエーリカの部屋へ。Kとなお少し黄色館あたりを散歩。空は晴れ上がり、フェーンは弱まる。子供たち、ギーゼ女史、アネマリーと夕食。その後、エーリカがたくさんの荷物を纏めている間、音楽を楽しむ、シベーリウスとマーラー。エーリカとクラウス、パリへ出発、エーリカはパリからさらにニューヨークへ向かう。別れの挨拶。ヴェルモット。痛み。グラウトフ[2]死去のことが想起された、死因は、私には知らされていない。暗い警告。私は、現在の状況からもはや抜け出すことはないだろうし、現在の状況は解体の始まりなのだ、とよく考える。——私は家に一人残り、K、メーディ、ゴーロ、ギーゼ女史、アネマリーは旅立つ二人をチューリヒまで送っていった。

(1) おそらく『ヨゼフ』論争に関連してのことであろう。一九三七年五月二十三日付日記の注（1）参照。この手紙はこれまで発見されていなかった。

(2) 美術史家、翻訳家オト・グラウトフ（一八七六—一九三七）はリューベクのトーマス・マンの学校友達で、世紀の転換期以後まで緊密な交友関係にあった。グラウトフは、一九三七年四月二十七日、長らく生活していたパリで死去した。『トーマス・マン、オト・グラウトフ（一八九四—一九〇一）、イーダ・ボイ゠エド（一九〇三—一九二八）宛ての手紙』ペーター・ド・メンデルスゾーン編、フランクフルト一九七五年、参照。

三七年七月十八日　日曜日

薬をのまずに、かなり気分のいい夜。八時前起床。優しく穏やかな天候。午前中、資料の研究。Kと車でエルレンバハの山手に行き、そこで散歩。Kが車をもってくる間、一人携帯椅子に座っていた。美しい風景。食事にハルガルテン夫人、その幼い姪[1]、ハマーシュラーク博士[2]（ヴィーン）、博士はヴィタミン注射を勧めた。——お茶に、出国してアメリカに向かう途中のハインツ・カスパー[3]（ハンブルク）。ヒトラーの憤怒、絶叫の発作についての報告。ライジガーに手紙。Kと夕べの散歩、かなり痛む。——晩、ゴーロがその『ゲンツ』[4]から朗読。

(1) 不明。

(2) トーマス・マンが一九三六年九月ル・ラヴァンドゥで知り合ったオーストリアの医師エルンスト・ハマーシュラーク博士。博士は後ニューヨークに亡命した。

(3) ハインツ・M・カスパル。この人物については詳しいことは分からない。ヴィーンからトーマス・マン宛てに出した一九三七年一月一日付の手紙がただ一通残っているが、その中にはただ、ハンブルクの生活は不可能になった、ヴィーンに出掛けてそこから出国を図る、とある。

（4）　一九三七年一月四日付日記の注（4）参照。ゴーロ・マンのゲンツ伝はようやく一九四三年に脱稿、まず英語版がニューヨークで刊行された。『ヨーロッパの国務長官。フリードリヒ・ゲンツの生涯』イェール大学出版局、一九四六年。ドイツ語版は一九四七年チューリヒのヨーロッパ書店（オープレヒト）から刊行された。

三七年七月十九日　月曜日

美しく、暖かい夏の日。脚はかなり悪い。第四章を書き始める。市内で散髪に行く。多数の手紙、パリのトーマス・マン基金の件に関するもの、さまざまな要請。——午後Kと車でラパスヴィール近くのコンラート・ファルケの所有地に出掛ける。美しい地所が、素晴らしい天候の中で華やぎを見せていた。庭でお茶を飲んで過ごす。旧邸で夕食、新邸でコーヒー。雑誌について、この屋敷の主人のイエス小説[1]、『ヨゼフ』、『魔の山』について対話。カインツ[2]について。

（1）　コンラート・ファルケ『ナザレのイエス』。この長篇小説は、作者死後一九五〇年にようやく刊行された。

（2）　俳優ヨーゼフ・カインツ（一八五八—一九一〇）、一八九二年以降ベルリンのドイツ劇場、一八九九年からはヴィーンのブルク劇場に所属、ロメオ、ハムレットを演じては当代きっての名優と評判が高かった。

三七年七月二十日　火曜日

湿度の高い暑さ、夕方頃雷雨。——午前中『ロッテ』第四章導入部を書き進める。正午、Kとソリチュード近くの森の中を散策。森の中の空き地の縁で座る。食後テラスのデッキチェアに横たわってシローネの『パンと葡萄酒』を読む。新聞各紙が、ミュンヒェンにおけるモンスター芸術祝典[1]について、これはやはりムッソリーニ抜きでも開かれた〔?〕。ヒトラーの『演説』——愚味の極み、程度の低いヴィルヘルム時代精神の頂点。——お茶の前にヴィタミン注射の件でシュターエル[2]博士が来診。そのあと通信。山と溜まった手紙を破棄。――シローネの『パンと葡萄酒』。――ゲーテの対話を読む。

（1）　これは国民社会主義ミュンヒェンの祝日期間で、この祝典にあたってヒトラーは、「頽廃美術展」をもって「ドイツ美術館」を開館、「フェルキシャー・ベオーバハター」によればこれは「ドイツ美術再生の時」であり、ここで「総統はドイツの芸術家にその向かうべき道を示しておられる」。

（2）　ヤーコプ・シュターエル医学博士（一八七二―一九五〇）はキュスナハトにおけるマン家のホーム・ドクターだった。

三七年七月二十一日　水曜日

空の青い、暑い盛夏の一日。第四章を書き進める。正午いつもより遠い森に出掛ける。散歩。Kが車を取りにいく間一人になる。蝶がそれぞれつがいでひらひら舞う牧草地の縁の森に佇む。この風景、この平和に

熱い喜び。――『尺度と価値』一号、校正、表紙、宣伝パンフレットがすべて申し分なし。満足ゆく出来。――ニューヨークのメッカ寺院での私の挨拶を掲載した「ダス・ヴォルト[1]」誌。――お茶の後シュターエル博士、最初のベタクシン注射をしてもらう。この注射で脚が重くなる。――ベルマン[2]、若いポリアコフ[3]等々宛ての手紙を口述。短い夕べの散歩、痛みがある。夕食後『トリスタン』レコード数枚を聴く、様式のもつ旋律的なものに鋭敏に反応。

（1）　ドイツ語の文学月刊誌「ダス・ヴォルト」は一九三六年七月から三九年三月までモスクワで刊行された。編集発行人はベルトルト・ブレヒト、リーオン・フォイヒトヴァンガー、ヴィリ・ブレーデルであった。トーマス・マンの『自由のための戦いに寄せる信条告白』（一九三七年四月二十一日ニューヨークのメッカ寺院行われた講演）はこの雑誌の一九三七年七月号に掲載された。「補遺」参照。

（2）　この手紙は残っていない。

（3）　特定出来なかった。

三七年七月二十二日　木曜日

小雨、時折太陽がのぞいて、暑かったり、冷え込んだりする。「アデーレ」(1)の章を書き進める。Kと市内でKのための誕生日の買い物。万年筆とケース、オードトワレ、ラガツのエメラルド・ピン。ベルヴュから一人徒歩で。ベンチからベンチへと進む。ベッティーニでヴェルモット・ソーダ。チューリヒホルンでまた車に乗る。キュスナハトでなおベンチからベンチ。——食事にユングフラウから帰りのファイスト博士。テラスでコーヒー。ファイストは、ドイツへ戻らねばならないので、悲しみ溢れるまま別れを告げる。——お茶のあと、ブリュセル・ラジオ放送のためにマーテルリンク(2)の七十五歳の誕生日に寄せてマーテルリンクについて少しだけ書く。何通もの手紙をまとめる。なお少し散歩。夕食後チャイコフスキーの交響曲第四番を聴く。電気アイロンでKにマサージをしてもらう。

(1)　「アデーレ」の章は『ヴァイマルのロッテ』第四章のことで、アデーレ・ショーペンハウアーの訪問を描いている。

(2)　ベルギーの詩人モリス・マーテルリンク（一八六二―一九四九）は象徴主義の叙情詩人で劇作家、戯曲『ペレアスとメリザンド』や哲学的自然観察（『蜜蜂の生活』）などで有名である。その七十五回目の誕生日は一九三七年八月二十九日だった。トーマス・マンの誕生日祝辞は日付がなく、自筆で、これまで公表されていない草稿の形で保存されている。「補遺」参照。原稿の上に記された『マーテルリンクについての発言』という表題は、トーマス・マン以外の手で書き加えられたものである。

三七年七月二十三日　金曜日

昨夜長い間『戦争と平和』を読む。——第四章を書き進める。ライジガーからの手紙、私の名前が付けられたチェコ＝エルツゲビルゲ地方の休暇の家の子供たちからの手紙。——シュターエルの注射。——Kとまたソリテュード近くの森の美しい、日陰の周回路を歩く。華やかな、澄み渡った、暑くない夏の一日。——食後テラスで新聞を読み、ショーペンハウアー家の人々について研究する。オープレヒト夫人と電話、雑誌にかかわる校正、その他について。——お茶にニューヨークからサイモンズ教授。そのあと手紙の口述。夕べの散歩。食事を屋外でとったあと『トリスタン』レコード。——諸雑誌。キリスト教徒迫害(1)についてハインリヒ、良い文章。

（1）ハインリヒ・マン「キリスト教徒迫害」「ディ・ノイエ・ヴェルトビューネ」、プラハ、一九三七年七月二十二日号、所収。

三七年七月二十四日　土曜日

Kの誕生日。暖かい夏の日、曇っていたが、やがて晴れてくる。八時前メーディとその車でキュスナハトの園芸農園に行き、贈り物用と朝食テーブル用の花を購入。プレゼントの陳列。八時半Kが息子たちと水浴から戻って来る。屋外でお祝いの言葉、朝食。——『ロッテ』第四章の執筆。正午、Kとソリテュードの森へ。かなり具合良く歩く。未だになおたっぷり痛みを覚えて歩行に難渋することがあるが、それでも良くなってきているのを感じる。食後テラスで新聞各紙。お茶のあと手紙の口述。七時十五分折り畳み椅子を持ってひとりで外出。お祝いの夕食にバイドラー夫妻。テラスでコーヒー。広間でシャンペン。バイロイトから『ローエングリーン』の終曲を聴く。洗練された要素と灰色の要素とのおぞましい混淆。子供たちの小演奏会(1)、コレルリとバッハ。メルキオル(2)のレコード。——強い稲妻。少し離れた所を激しい雷雨が過ぎて行く。

（1）エリーザベト（メーディ）とミヒァエル・マンは、よく一緒に演奏することがあった。

（2）デンマーク系アメリカ人オペラ歌手ラウリツ・メルキオル（一八九〇―一九七三）は当時もっとも著名なヴァーグナー・ヘルデンテノールで、一九二一年までコペンハーゲン王立歌劇場、二四年から三九年までバイロイト、ロンドン、ベルリン国立歌劇場に定期的に、二六年から五〇年までニューヨーク、メトロポリタン歌劇場に出演した。

三七年七月二十五日　日曜日

引き続いて暖かい夏の一日、曇天。第四章を書き進める。シュターエルの注射。正午ドライヴに出て、エルレンバハの山手で散歩。「リーギブリック」でヴェルモット。食事にニューヨークからのリース。コーヒーにフォイアーマンと夫人。リースの披露する話に大笑い。――お茶の後、自筆の通信。幾つもの原稿や書籍〔が届く〕。テラスに座って、ゲーテの対話を読む。携帯椅子持参の夕べの散歩。時折酷い痛み。夕食後『椿姫』のレコードを聴いて堪能する。

三七年七月二十六日　月曜日

夏らしく、空には雲。非常に具合良かったとはまったくいえない夜。第四章を書き進める。私たちの森へ車を走らせ、びっくりするほど良く歩けた。食後テラスで手紙や新聞各紙を読む。手紙を寄越したのは、ハインリヒ[1]、ヘルツ女史、『往復書簡』と『ヨゼフ』についてパレスティーナの女性、『序文』についてファイスト博士。――午睡。――ある原稿についてアメリカへ手紙[2]を書く。――六時半から八時頃までヴィーンからトレービチュ教授の来訪。――なお少し散歩。――オープレヒトを介してリオンの長文の手紙、編集の問題と、ゴーロとの関係について。辛辣さを削る件でファルケと電話で話をする。――トレービチュの伝えるところでは、エルンスト・ロベルト・クルティウス[3]がユダヤ人の友人たちと室内楽を演奏したため解職されたという。ヤスパース[4]に続いて、それではクルティウスもか。いやかえって好都合と満足出来よう、このような大学貧困化によって学生たちの憤激、幻滅が深刻になるばかりだからだ。

（1）この手紙は残っていない。
（2）特定出来なかった。
（3）フランス文学者エルンスト・ロベルト・クルティウス（一八八六―一九五六）は、一九二〇年マールブルク大学、二四年ハイデルベルク大学、二九年ボン大学の教授になったが、ドイツにおけるフランス文学の重要な先駆者で、『新しいフランスの文学的先駆者たち』（一九一九年）、『モリス・バレスとフランス民族主義の精神的基礎』（一九二一年）、『バルザック』（一九二三年）、『新しいヨーロッパにおけるフランス精神』（一九二五年）などの著作によって道をひらいた。トーマス・マンは一九二〇年以来クルティウスと手紙を往復し、意見を交換していた。『独仏関係の問題』『全集』第十二巻六〇四―六二四ページ、参照。トレービチュの報告は誤報だった。クルティウスは解職されなかったし、四四年大学の破壊によって講義の続行が不可能になるまで、教職活動を中断させられることもなかった。それに対し、クルティウスが国民社会主義政権に拒否的であることは世間周知だった。

（4）哲学者カール・ヤスパース（一八八三―一九六九）は、一九一六年以来ハイデルベルク大学の心理学教授、二一年以来哲学の教授、三一年有名な、国民社会主義時代非常に注目を浴びた著作『時代の精神的状況』を刊行、三七年から四五年まで国民社会主義政権によって教職活動停止処分、四八年バーゼル大学へ招聘された。実存哲学の重要な代表者で、第二次世界大戦後二、三の論争的著作で世界政治的討議に参加した（『責任の問題』一九四六年、『原子爆弾』一九五八年、『ドイツ政治の死活の問題』一九六三年、『連邦共和国はどこへ行く』一九六六年）。

三七年七月二十七日　火曜日

蒸し暑さのない、完全に澄んだ一日。『ロッテ』第四章を書き進める。気分が勝れず。車で出掛け、私たちの森で調子良く散歩。そのあと気分が良くなる。食後テラスでチョコル[1]の劇作品を読む。一時間半休息。お茶の後若いロシア生まれのスイス人モチャン[2]来訪。ハインリヒ[3]宛てに手紙。Kと池の回りを散歩、快調。夕食後シューベルトと『トリスタン』。――対話進行の諸困難。――

（1）オーストリアの劇作家フランツ・テーオドーア・チョコル（一八八五―一九六九）は断固たる平和主義者、反ファシストで、トーマス・マンに自作のドラマ『一九一八年十一月三日』の一九三六年最終稿を送ってあったが、これは三七年ヴィーンのブルク劇場で初演された。チョコルは三八年自発的にポーランドへ、のちユーゴスラヴィアへ亡命、四六年オーストリアに戻った。チョコルはエーリカ、クラウス・マンと親交があった。

（2）工業化学者ジョルジュ・モチャンは、この時十七歳でトーマス・マン崇拝者だったが、スイス人の両親の息子として一九二〇年ロシアで生まれ、二四年以降はスイスで生活した。トーマス・マンは四九年、モチャンの車、モチャンの運転で第二次世界大戦後最初のドイツ旅行（フランクフルトとヴァイマルへの）を行った。トーマス・マンはモチヤンに、献辞を添えて『ゲーテ生誕記念の年における挨拶』手稿を贈った。

（3） この手紙は残っていない。

三七年七月二十八日　水曜日

霧がでて、きのうより涼しかったが、やがてまた夏らしくなる。第四章に変更の手を加える。注射を受けた後、私たちの森を快調に散歩。ゲーテの対話を読む。雑誌のことで、オープレヒト夫人からの通信。午後リオンにかなり長文の手紙とカスパリ（1）（サン・リーモ）宛ての手紙を口述。一人で夕べの散歩。歌曲のレコードを聴く（またも『菩提樹』）。

（1） 不明。

三七年七月二十九日　木曜日

晴天の、暑くない一日。テラスで朝食。十二時までアデーレ・ショーペンハウアーを無造作に書き進める。Kと市内へ、ラガツの浴場係員推薦の、駅前通りの新しいペディキュア士を訪れる。ついで昼食客リース博士とヴァサーマン夫人を迎えに行く。二人を連れて食事に戻り、コーヒーは屋外で。リースが発光鉛筆なるものをプレゼント。——少し午睡。お茶にニューヨークからミスター、ミセス・プラット（1）。あと私の部屋で二人と歓談。二人が去ったあと、チョコル（2）とリオン宛て自筆の通信。携帯椅子を抱えて夕べの散歩。Kが追いついた。脚の具合は我慢出来る程度で、治癒に向かっているらしいことに安堵を覚える。——寒気の考えられるエンガディーンではなく、モンテ・ヴェリタで九月初めの三週間を過ごす計画。——夕食後『タンホイザー』のレコード（マリーア・ミュラー（3））、感銘を受ける。——新しくライラック色の絹カヴァーを掛けた掛け布団。

(1) ジョージ・C・プラット。詳細は不明。おそらくアメリカの企業弁護士で法律顧問ジョージ・コリンズ・プラットとその夫人エリス、旧姓チェインバズのことであろう。一九三四年六月二十七日「シカゴ・デイリ・ニューズ」は「トーマス・マンからの重要な手紙」という見出しで、『魔の山』成立事情を伝える、ジョージ・C・プラット宛てのトーマス・マンの手紙を公開した。この手紙には日付がない。新聞に掲載されたのはリベカ・ヘイワドによる英訳である。ドイツ語原文は残っていない。英訳原文は（ドイツ語への反訳を添えて）『全集』第十三巻一〇六一―一〇七ページに収録されている。

(2) フランツ・テーオドール・チョコル宛て、キュスナハトから、一九三七年七月二十九日付、『書簡目録Ⅱ』三七／一三四。

(3) オーストリアの女流歌手マリーア・ミュラー（一八九八―一九五八）は、卓越したヴァーグナー歌手で、一九二三年から二四年ミュンヒェン歌劇場、二五年から三五年ニューヨーク・メトロポリタン歌劇場、五〇年から五二年ベルリン市立および国立歌劇場に所属、またバイロイト、ザルツブルクの音楽祭でもたびたび歌った。

三七年七月三十日　金曜日

暖かく、晴れ、曇り、また晴れる。――「アデーレ」の章を書き進める。正午ゴルトバハにKの兄ハインツ・プリングスハイムと夫人、幼い息子を迎えに行く。(1) 皆でドライヴ。ヨハニスブルクでヴェルモット。皆で昼食、コーヒーはテラスで。お茶の後手紙の口述。一人で携帯椅子を抱えて池の回りを夕べの散歩。夕食に縁者の他プラハのウーティッツ教授(2)（パリ哲学者会議への途次）。教授の出発後少し音楽。縁者家族は泊まる。

(1) ハインツ・プリングスハイム（一八八二―一九七四）はカトヤ・マン夫人の兄で、元考古学者であったが、のち音楽に転じて、作曲、指揮に向かい、音楽著作家として有名だった。夫人マーラ、旧姓デュヴェとは再婚だった。ハインツ・プリングスハイムは国民社会主義政権下では就業禁止処分を受けてオーバーバイエルンで引退生活を送っていたが、一九四五年から五〇年まではラジオ・ミュンヒェンの音楽部部長を勤め、同時に「南ドイツ新聞」の音楽批評を担当した。

(2) 文化、芸術哲学者エーミール・ウーティッツ（一八八三―一九五六）は、一九二五年以来ハレ大学、三四年から三九年プラハ大学教授、その後四五年まで強制収容所。

三七年七月三十一日　土曜日

曇り。雨模様。義兄とその家族をまじえて朝食。「アデーレ」の章を書き進める。正午小雨の中を快調にイチュナーハ方面へ向かって歩く。縁者と昼食をともにし、コーヒーのあと別れの挨拶を交わす。新聞に目を通す。フィードラーの手紙。お茶にオーバーレンダー(1)博士、アフリカ旅行家で、アフリカの風景や動物たちの絵はがき写真を見せてくれた。『ヴェニスに死す』を贈呈。――自筆の通信。――雨で外出を妨げられる。晩、少し音楽、ホーロヴィッツ(2)の見事な演奏によるリストのソナタ。――ゲーテの『対話』を読む。――寝付く前にシローネの『パンと葡萄酒』を読み続ける。

(1)　はっきり特定出来たわけではないが、おそらくは、一九三五年トーマス・マンの六十歳誕生日にあたり祝辞を述べたテュービンゲン出身のハンス・オーバーレンダーのことであろう。〔訳注〕一九三五年六月六日、トーマス・マンの誕生日前後の日記そのものに関連の記述は見られない。

(2)　ピアニスト、ヴラディミル・ホーロヴィッツ（一九〇四―一九八九）はアルトゥーロ・トスカニーニの女婿で、ニューヨークに住んでいた。

三七年八月一日　日曜日

雨、高い湿度。朝方痛み。正午頃まで「アデーレ」の章を書き進める。Kと初めてまた――雨の中を――イチュナーハの先まで散歩、途中二度携帯椅子で休息。食後寝椅子に横たわってシローネを読む。非常に疲れを覚える。午睡。お茶のあとエインジェル（ニュー・ヘイヴン）宛て(1)の手紙を口述、ついでヘルツ女史宛て(2)に手紙を書く。――きょうは祝日(3)だが、雨で台無しになる。早朝、礼砲の発射。晩、私たちと食事を共にし、泊まることになるアネマリー・シュヴァルツェンバハと四ヶ国語ラジオ放送を聴く。中立と防衛力についてのモッタ・スイス連邦共和国大統領のフランス語演説。

サーチライト照明、ロケット発射。――エイジェントのピート[4]との通信によれば、私の健康が許せば、三月にカルフォルニアまで全米十二都市に及ぶ講演旅行が見込まれる。

(1) ジョゼフ・W。エインジェル宛て、キュスナハトから、一九三七年八月一日付、『書簡目録II』三七/一三五。
(2) イーダ・ヘルツ宛て、キュスナハトから、一九三七年八月一日付、『書簡目録II』三七/一三六。
(3) 〔訳注〕スイスの建国記念日。一二九一年ウーリ、シュヴィーツ、ウンターヴァルデンの三地域(ヴァルトシュテッテあるいは後にカントン〔州〕)の代表がリュトリの原に集まってハープスブルクの支配からの独立を誓い合ったという伝承に由来する。
(4) アメリカの興行師で、講演のエイジェント、ヘラルド・ピート、数次にわたるトーマス・マンのアメリカ講演旅行を企画準備した。

三七年八月二日　月曜日

晴天、高い湿度を照らす太陽、芳しい大気。――K、体調を崩しベッドにふせりがち。明らかに過大な負担の結果。気掛かり。――早朝の数時間は嫌な気分。「アデーレ」の章を書き進める。シュターエルから注射。シュターエルと一緒にKのベッド脇に。――一人で携帯椅子を抱えて下の森道を散歩、ほとんど骨が折れなかった。この点ではほとんど日増しに回復してきている。何回か日陰に座って、湿度があり、日差しの良い自然を堪能した。――ハインリヒの長文の手紙[1]、ゴーロには名誉になる内容が盛られており、ゴーロにこれを伝える。ロシア、「清廉者クラブ」[2]、クラウス、ベルンハルト[3]、その他について。例によって自信たっぷりなところから、一方的、素朴、不当。――新聞各紙、イタリア軍に対するムーア人、スペイン人の反乱。アルハムブラにおける集団銃殺。地中海に関する伊英合意? 英仏独伊四国同盟? ――午睡。――ハインリヒ宛ての手紙を書き始め、捨てる。それよりも短い通信。午後の夕立のあとまた晴れてきたので、もう一度散歩。――リオンから編集関係の手紙、これをゴーロと苦心して[4]読む。考えられない状況。リオンにはどうしても当地に定住してもらわねばならぬ。

(1) この手紙は残っていない。

（2） レーオポルト・シュヴァルツシルトとコンラート・ハイデンの指導下、一九三七年六月パリでドイツ亡命評論家、作家の集団が形成されて「自由ジャーナリズム・文学同盟」と名乗り、モスクワ裁判の印象から「清廉な」政治的、道義的態度を、すなわち、あらゆる人民戦線派からの転換、共産主義諸グループとの同盟関係からの離脱を要請した。同盟のメンバーは、呼び掛けに従って「精神的自由、道義的清廉、あらゆる公的な精神的効果の基礎に対する責任感」を宣言した。この「清廉者クラブ」はマン家にある種の緊張を呼び起こした。ハインリヒ・マンは、共産主義的「ノイエ・ヴェルトビューネ」を機関紙とする人民戦線派の指導者の一員であり、クラウス・マンは当初この同盟に加わったが、伯父ハインリヒの叱責と自身の疑念からこの同盟から脱退、トーマス・マンはおよそ加盟を要請されなかった。「パリ日報」や「パリ日刊新聞」の運命、ゲーオルク・ベルンハルトの不透明な態度が影響しているこの対立関係の全容は、クラウス・マン『書簡と回答』第一巻二八二―三二六ページ、所収のクラウス・マン、ハインリヒ・マン、レーオポルト・シュヴァルツシルト、コンラート・ハイデン、リーオン・フォイヒトヴァンガーの往復書簡とマルティーン・グレーゴル＝デリンの関連注記によってよく記録されている。

（3） ゲーオルク・ベルンハルト（一八七五―一九四四）は一九二〇年から三〇年までベルリンの「フォス新聞」の編集長、ベルリン商科大学教授、二八年以来民主党国会議員、三三年パリに亡命、そこでドイツ語日刊新聞「パリ日報」を創刊、主宰。三三年『ドイツの悲劇。一共和国の自殺』、三六年『世界はなぜ沈黙しているのか』を刊行。

（4） フェルディナント・リオン自筆の手紙は非常に読み辛く、部分的にはおよそ解読出来なかったのである。

三七年八月三日　火曜日

晴天の夏の日、東風。Kはまだベッドから離れられないが、快方に向かっている。仕事のあと、一人で森に出掛ける。食事の折りとその後もKのいないまま客の接待、オランダ人著作家メノー・テル・ブラーク[1]、コーヒーにはヘルツフェルト[2]博士が夫人と娘さんとドイツから。ドイツの悲惨な印象。オランダ人はかなり好感が持てる。――そのあと午睡。軽やかにハインリヒ[3]に宛てて手紙。携帯椅子を抱えて夕べの散歩。子供たちは映画を観に出掛けているので、Kのベッド脇で食事。クロースタースからカーラーが電話を掛けて寄越す。――『パンと葡萄酒』を熟読。

（1） オランダの著作家、文献学者、批評家メノー・テル・ブラーク（一九〇二—一九四〇）は、クラウス・マンの友人でその雑誌「集合」の寄稿家であり、トーマス・マンに関する多くの評論を発表している。国民社会主義に断固として敵対した。一九四〇年五月十日のドイツ軍オランダ侵攻にあたってテル・ブラークは、イギリスに向かうため漁船の購入を試み、これに失敗するや、四〇年五月十四日神経科医の兄弟W・テル・ブラーク博士の家で青酸カリを服毒、自殺した。『メノー・テル・ブラークを偲んで』（一九四七年）『全集』第十巻五一三—五一五ページ、参照。

（2）　ギュンター・ヘルツフェルト＝ヴュストホフ博士（一八九三—一九六九）は、第一次世界大戦当時若い少尉として重傷を負い、野戦病院からトーマス・マンに手紙を書いた。この手紙の一部をトーマス・マンは『非政治的人間の考察』の中で引用した。のちにヘルツフェルトがミュンヒェンにトーマス・マンを訪問したところ、トーマス・マンはヘルツフェルトに大いに好感を寄せ、末娘エリーザベト（メーディ）の代父になってくれるように頼んだ。ヘルツフェルトはのち引退して書籍収集家、古書籍商としてボーデン湖畔で生涯を送った。ヘルツフェルト宛てのトーマス・マンの手紙は保存されているが、見ることは出来ない。

（3）　これは残っていない。

三七年八月四日　水曜日

例外的に美しい、澄んだ夏の日。Kはまたベッドを離れる。「アデーレ」の章を書き進める。シュターエルに最後の注射をしてもらった後、Kと美しい森の中の散歩。——当地でのシオニスト会議に出席するジンスハイマー(1)が届けてくれたファイストからの嬉しい献本、グレーフェ(2)『ゲーテ自作について語る』九巻、リーマー、その他である。食後これらの本に没頭、ついで本棚に並べる。——午睡。——お茶のあと手紙の口述。——空の澄んだ夕べ、池の回りを散歩。——パリにおける哲学者会議(3)の開会、ベルグソン(4)の挨拶書簡、ドイツ人の大脱出（ハイゼ(5)、ボイムラー(6)）を懸念させたサー・ハーバト・サミュエル(7)の絢爛たる反野蛮演説。満場を揺るがす喝采。——晩、ブッシュ(8)の『家宝滑稽譚』を読むが——むしろ気分を損ねる。——シローネの本に寄せる愛情。善なるもの、正しきもの、真なるものが世界には存在する、これは、あらゆる悲惨な出来事が生起する中で一抹の慰めである。——「デモクラシー」について(9)の講演のことを考える。

（1） ヘルマン・ジンスハイマー（一八八三―一九五〇）は「ジムプリツィシムス」誌編集長を経て、一九三三年まで「ベルリン日報」の文芸欄主筆。ようやく三八年イギリスに亡命、その回想録は没後五三年に刊行された。

（2） ゲーテ研究者ハンス・ゲールハルト・グレーフ Gräf（一八六四―一九四二）の主著『ゲーテ自作について語る』は一九〇一年から一四年にかけて九巻刊行され、ゲーテ研究に不可欠の補助資料と目されている。ここでどうしてファイストの「献本」などということがあり得るのか、明らかではない。トーマス・マンはミュンヒェンでこの著作を所蔵しており、すでに一八年、その年の日記から証明されるようにこの著作を資料として利用している。おそらくこれは、ハンス・ファイストが、ポシング通り1の屋敷から手元に引き取り、トーマス・マンに届けることの出来た僅かな価値ある書籍の一部であろう。ファイストが引き取ったトーマス・マンの蔵書の大部分はゲスターポの手によってファイストの住居で押収されてしまった。〔訳注〕日記ではグレーフ Gräf が、グレーフェ Graefe となっている。

（3） 第九回「哲学国際会議」は一九三七年パリで開催された。

（4） フランスの哲学者アンリ・ベルグソン（一八五九―一九四一）はコレージュ・ド・フランス教授、一九二七年ノーベル文学賞受賞、純粋理性による世界解釈に対置される直観的認識論の基礎としての「生命の躍進」（エラン・ヴィタール）という概念を創出した。同時代のフランス文学に多大の影響を与え、ドイツの現象学とゲオルゲ・クライスに生産的刺激を与えた。

（5） ハンス・ハイゼ（一八九一年生まれ）、一九三二年以来ケーニヒスブルク大学の哲学教授。

（6） 著作家アルフレート・ボイムラー Baeumler（一八八七―一九六八）はトーマス・マンの『非政治的人間の考察』についての大きな論説「形而上学と歴史」を書き、「ノイエ・ルントシャウ」一九二〇年十月号に発表されたこの論説を機縁に、トーマス・マンとの面識を得た。ボイムラーは二八年ドレースデン大学の哲学教授になり、国民社会主義の潮流に乗り、三三年ベルリン大学の政治教育学教授、また新設された政治教育学研究所の所長になった。ボイムラーの著書には、トーマス・マンが「ニーチェを形無しにするもの」と評した『哲学者・政治家ニーチェ』（一九三一年）、『男性同盟と学問』（一九三四年）があり、『哲学ハンドブック』の共同編集者であった。トーマス・マンは直接の出会いから間もなくボイムラーに背を向け、ボイムラーを手の付けようのないナチと見ていた。〔訳注〕日記にはボイムラーが Bäumler と表記されている。

（7） イギリスの哲学者で政治家サー・ハーバト（一九三七年以来子爵）・サミュエル（一八七〇―一九六三）は、一九〇二年以来自由党下院議員、〇九年から一八年の間たびたび大臣となり、二〇年から二五年パレスティーナの一等高等弁務官、三一年から三五年まで内務大臣を勤めた。サミュエルは、三一年から五九年までイギリス（のち王立）哲学会会長、『実践倫理学』（一九三五年）と『信念と行動』（一九三七年）の著者で、ドイツ亡命者の代弁者、援助者として大きな影響力を有していた。

（8） 画家、素描家、詩人ヴィルヘルム・ブッシュ（一八三二

―一九〇八)。

(9) これは、講演『来たるべきデモクラシーの勝利(The Comming Victory of Democracy)』となるもので、トーマス・マンは一九三八年春の合衆国講演旅行のために用意する必要があったのである(『全集』第十一巻九一〇―九四一ページ)。

三七年八月五日　木曜日

暑い夏の日、麻服。朝方痛みで少し起き、Kの部屋へ行く、Kは私がまた寝入るまで、ラガツでのように私のベッド脇に座っていてくれた。朝食後「アデーレ」の章を書き進める。正午車を走らせ、ソリテュード裏手の森を散歩。疲労を覚える。食後、新聞各紙を読み、ハインツ・カスパルが届けてくれたあるドイツ青年の詩集を吟味する。教養がうかがわれ、かなり空疎だ。――午睡。――お茶にローゼンハウプト博士[1](ベルン)。『魔の山』について話し合う。きれいな古い方言詩の小冊子。好感のもてるこの青年のフランクフルト訛りに関心をそそられる。――後から「コオペラシオン」のレヴェチ博士[2]。――自筆の通信。――ヴィーンのリヒァルト・ブロッホ[3] Bloch から書籍が届く、コンスタンティーン・ブルナー[4]とアンダーマン[5]の著作である。――ブロッホ[6] Broch が国際連盟宛てに要望書を送る。メッカ寺院で行った講演[7]が小冊子形式で。――携帯椅子を抱えて夕べの散歩。少々音楽、メニューインのひくバッハのラルゴ。――ブロッホの「決議」を読む。考え抜かれており、意図はいいが、濃密で、不透明、翻訳不能。――ゴーロ宛てのフェリクス・ベルトー[8]の手紙、『ヨゼフ』をこの時代の標準作品だとする、おのれの死期を感じている病者の価値ある発言。

(1) ハンス・ローゼンハウプト(一九一一年生まれ)は一九二八年から三三年ベルリンとミュンヒェンで学び、三五年ベルンのフリッツ・シュトリヒの下で学位を取得、後にアメリカに渡った。四七年まで幾つかのカレッジでドイツ語、フランス語を教え、六九年以降ウドロウ・ウィルスン・ナショナル・フェローシップ財団会長を勤め、プリンストンに在住。

(2) レヴェチ博士はパリの通信社「コオペラシオン」のハンガリー人社長で、著名な筆者の原稿を世界中の新聞に配信し、時にトーマス・マンの書いたものも配信した。博士についてはそれ以上のことは分からない。トーマス・マンはその後合衆国でレヴェチ博士に再会している。

（3） ヴィーンのリヒァルト・ブロッホはトーマス・マンのファンで、たびたび貴重な書籍をプレゼントしている。

（4） 哲学者レーオ・ヴェーアトハイマー（一八六二―一九三七）は、コンスタンティーン・ブルナーの名で執筆していた。

（5） フリードリヒ・アンダーマン『生物学の誤謬と真実』、ヴィーン、一九三七年。

（6） ブロッホの決議書については、一九三七年八月九日付日記の注（4）参照。

（7） 一九三七年七月二十一日付日記の注（1）参照。日記に言及されている「小冊子」とは、四ページの折り畳み印刷物『自由ドイツへのトーマス・マンの信条吐露。一九三七年四月二十一日に行われた講演』のことで、ニューヨークのドイツ・アメリカ文化連盟によって刊行され、採録されているのはトーマス・マンの講演だけだった。ニューヨークの「フォルクスツァイトゥング」紙は集会についての報告記事と講演全文を掲載した。

（8） フェリクス・ベルトー（一八八一―一九四八）はフランスのゲルマニストで、ドイツ語からの翻訳者、ハインリヒおよびトーマス・マンと親交があり、一九一四年以来トーマス・マンについての論文を数多く発表、二五年『ヴェニスに死す』を翻訳して、トーマス・マンをフランスに紹介、『リヒァルト・ヴァーグナーの苦悩と偉大』フランス語版もベルトーの手による。息子ピエル・ベルトー（一九〇七年生まれ）はゴーロ・マンの青年時代の友人である。

三七年八月六日　金曜日

非常に美しい夏の日、麻服。仕事の後、車を私たちの森へ走らせ、ぐるり大きい一回りを楽しむ。食後、新聞各紙を読んだが、どれもローマ・ロンドン間の緊張緩和の話題で持ち切り、しかしリトヴィノフ[1]、ノイラートの接触についてもあれこれ伝えている。どちらもとんでもない話というべきだろう。――「ターゲブーフ」を読む。――食後、エイジェントのピート宛て[2]の長文の手紙を口述、計画している講演の構想も添える。ついで短いもの。その後、自筆の通信。なお少し外に出る。素晴らしく澄んだ夕べ。食事の際ゴーロを相手にブロッホ[3]の決議文の取り扱いについて。音楽著作家カストナーの願書とドイツに残したその病妻に対する金銭的援助。ことによるとKの両親を通じて適えられるかもしれない。――クノップの息子[4]が〔?〕以来独力で生活すると、行方不明になっており、ブランシュがラジオを通してわが子に呼び掛けたという知らせ。――「国際文学」。――トルストイを読みたくなる（『戦争と平和』[5]）。

(1) ソヴィエトの政治家で外交官マクシム・リトヴィノフ（一八七六―一九五一）は、一九一七年から一九年ロンドン駐在のソ連邦代表、三〇年以来外務人民委員（外相）、国民社会主義ドイツとファシズム・イタリアに対抗する集団安全保障を一貫して推進した。リトヴィノフは三九年、ヒトラー・ドイツとの協調路線をとるモロトフに外相の職を譲らねばならなかった。四一年から四三年まではワシントン駐在ソヴィエト大使だった。

(2) ヘラルド・W。ピート宛て、キュスナハトから、一九三七年八月七日付、『書簡目録II』三七／一三八。

(3) ルードルフ・カストナー、一九二八年から三四年ウルシュタイン系「ベルリーナー・モルゲンポスト」の主任音楽批評家。亡命中のその運命については何も分からない。

(4) アルフレド・クノップ・ジュニア、通称パット（一九一八年生まれ）は、アルフレド・クノップとブランシュ夫妻の息子で、一九五九年、サイモン・マイケル・ベシー、ハイアラム・ハイドンと共同してニューヨークにアセニアム書店を創立した。

(5) 『戦争と平和』はトルストイの長篇小説。

三七年八月七日　土曜日

非常に暑い日。疲労。「アデーレの対話」を書き進める。正午Kと近くの森を散歩。――ガイガー[1]の『ゲーテとその家族』を読む。――お茶にジンスハイマー博士とミセス・ヘルツ（ロンドン）。自筆の通信。七時頃ファルケ博士と夫人をキュスナハト駅へ迎えに行く。夫妻と森の中へ短い散歩。夕食、これにバイドラー夫妻も加わる。屋外でコーヒー。ついで広間で会話を続けたが、私は最後にはひどく倦怠を覚えた。――「尺度と価値」最初の数部の表紙に「ジャルーズ〔焼き餅焼き連中〕Jalouse」などというとんでもない誤植[2]。その他はかなり立派。

(1) ルートヴィヒ・ガイガー（一八四八―一九一九）『ゲーテとその家族』、一九〇八年。

(2) 「ジャルーズ Jalouse」ではなく「ジャル Jaloux」でなければならなかった。すなわちエドモン・ジャル Edmond Jaloux の寄稿「創造的夢」が「尺度と価値」第一号に掲載されていたのである。

三七年八月八日　日曜日

引き続き非常に暑く、空の澄んだ日。入浴、朝食のあと、「アデーレの物語」を書き始め、これを短篇小説として分離し、独立の（第五）章を考えてみる、いやそうと決めた。――近くの森に車を走らせ、大きく一回り歩いた。ベンチや森の中の空き地には日曜日の行楽客。――食事に小柄なテネンバウム。鴨、アイスクリーム、コーヒー。――休息の前に「尺度と価値」を読む。――お茶にハンガリー系ルーマニア人の若いメーリウス[1]夫妻。不条理な裁判とその政治的背景について。――数通の手紙を仕上げ、自筆の通信を片付ける。――屋外で夕食を取る。そのあと書斎でK、ゴーロ、メーディ、ビービ、グレート・モーザーを前に第四章（「アデーレの対話」）を朗読。明るい笑いと関心。『フィオレンツァ[2]』との構成の類縁。

（1）　ルーマニアの剽窃裁判については、一九三七年一月四日付日記の注（1）参照。一九五七年七月の「イガツ・ソ」誌に掲載された「トーマス・マン邸のある午後」という随想の中でヨージェフ・メーリウスは、次のように報告している、「私は当時「セプ・ソ」誌の編集部を通じて、トーマス・マンに対して剽窃裁判を起こそうとする目論見が存在することを最初にトーマス・マンに伝え、ある若い反ファシスト弁護士（ヨージェフ・ケンデ）を推薦、その助けがあって『裁判は散々な結末を見た』。その結果をみてトーマス・マンは私に手紙で、スイスに来ることがあれば、訪ねてきてほしい、といってきたのだ。」

（2）　トーマス・マンの唯一の舞台作品で、サヴォナローラとロレンツォ・メディチを巡るルネサンス・ドラマ、一九〇三年から〇五年にかけて書かれた。

三七年八月九日　月曜日

昨夜、ホフマンの「ジニョーア・フォルミカ[1]」を読む。――酷暑、やがて雷雨含みの蒸し暑さにかわっていったが、雨がポツポツと降るにとどまった。鬱陶しい。午前「アデーレの物語[2]」。正午、メーディに車で森に運んでもらってブレンターノと散歩、Kにまた迎えにきてもらう。途中気分が悪くなる[3]。――ブルシェルの引見の件でベネシュ直筆の手紙。――ブロッホの決議文のことで本人宛てにかなり長文の手紙を口述、(4)晩に仕上げる。ベネシュへの回答。(5)――ペン＝クラブ・ブエノス・アイレス会議議事録を読む。マリネッティ(6)とフランス人たちとの間のドラマティックな対決。近付かないでいて良かった。――ニューヨークのグムペルトから雑誌掲載用にと詩を数篇。問題だ。

（1）E・T・A・ホフマンの短篇小説で、『ゼラーピオン同人集』第七章に収められている。

（2）「アデーレの物語」は、『ヴァイマルのロッテ』第五章の副題で、ここでアデーレ・ショーペンハウアーが、オティーリエ・フォン・ポグヴィシュとアウグスト・フォン・ゲーテにまつわる話を物語る。

（3）発見されていない。

（4）ヘルマン・ブロッホ宛て、キュスナハトから、一九三七年八月九日付。『書簡目録II』三七／一四〇。ブロッホの決議文『世界の良心に訴える』は公表されないままになった。

（5）確認されていない。

（6）イタリアの作家トムマーゾ・マリネッティ（一八七六―一九四四）は一九〇九年最初の未来派宣言を発表、未来派の創始者になった。マリネッティは、その強烈な国民主義からファシスト党員になり、ムッソリーニ信奉者になり、アビシニア戦争や第二次世界大戦に参加した。

三七年八月十日　火曜日

暑い日、雷雨、爽涼。――「アデーレの物語」。――市内で散髪へ。徒歩でベッティーニへ行きKと落ち合ってヴェルモットを飲む。――『ゲーテとその家族』を読む。――午後、手紙の口述（内一通はモスクワ・フィルハルモニー宛てのクラウス・プリングスハイムの推薦状、当人から世界旅行に関連してかなり長文の手紙がきたのだ）。――晩、K、ゴーロ、メーディとオープレヒト邸。雑誌について多々語り合ったが、この雑誌の予約講読者第一号はイタリア総領事館だった。リオンとその後継（シュトルファー(1)）（について）。ルーマニアの裁判、その他政治関連問題。第二号の件でリオン宛ての手紙。――気分が悪かったが、持ち直し、持ち堪える。爽やかな大気を吸いながら家路のドライヴ。家でなお手書きの通信を処理。

（1）ヴィーンの著作家アードルフ・ヨーゼフ・シュトルファー（一八八八―一九四五）は国際精神分析学書店の重役、

雑誌「イマーゴ」の編集者。その著書『単語とその運命』は一九三五年チューリヒのアトランティス書店から刊行された。二四年以降ジークムント・フロイト『著作集』を編纂、三八年オーストラリアに亡命した。〔訳注〕フェルディナント・リオンに代えてシュトルファーに「尺度と価値」編集を委ねることが考慮されたらしいが、実現はしなかった。

三七年八月十一日　水曜日

この上なく美しい、青く晴れ上がり、そよ風のわたる一日。屋外で朝食。「アデーレの物語」を書き進める。車で出掛け、Kと森の中を散策一巡。食後、新聞各紙を見るが、その主要テーマは独英新聞紛争、とはいうものの実はナツィンテルン[1]に対するイギリス側の激昂で、この反応には満足出来る。――『ゲーテとその家族』を読む。――お茶の後リオン宛ての長文の手紙、その他を口述。『ヨゼフ』三巻をギイマン[2]に送る。――トービと池の回りを散歩。屋外で夕食。――昨夜は長い時間『戦争と平和』を読んだ、素晴らしい作品。

(1)　自筆で「Nazintern ナツィンテルン」とある。何を指しているか判然としない、おそらくは書き間違いであろう。〔訳注〕このくだりは、「満足云々」も含め、破格な文章であることもあって、文意がはっきりしない。

(2)　著作家、批評家ベルンナール・ギイマン（一八九八生まれ）は一九三三年前はライプツィヒの文芸欄編集者、フランス語からの翻訳者、三四年ユーゴスラヴィア、四四年合衆国に亡命。二十年代ギイマンはトーマス・マンについて多く書いているがその手になる『ヨゼフ』小説の書評は存在が確認されていない。

三七年八月十二日　木曜日

鬱陶しい蒸し暑さ。午後、降雨と度重ねて稲光。――「アデーレの物語」を書き進める。――国外旅行に出た機会を利用したドイツ人たちからの二通の手紙。レギーナ・ウルマン[1]のために書いてきたヴォルフスケールの手紙。基金から給付することにする。――正午、Kと森の中。食後郵便と新聞を読む。ビーバー[2]の『二十世紀のゲーテ』を読む。「犠牲」としてのフォン・シュタイン夫人、上昇と落下。――午睡。――『魔の山』廉価版に関して新しいましな諸提案を盛ったベルマンの手紙。(3) ベルマン、(4) リオン宛てに自筆の手紙、その他細々したもの。雑誌のためにピエル・ベルトーとエーリヒ・ブロックを視野に捉えておく。晩に『エピメーニデス』に関するグレーフの論考を読む。

(1) ドイツ系ユダヤ人を両親にスイスで生まれ、リルケに発見され育てられた小説家レギーナ・ウルマン（一八八四―一九六一）は一九三五年までミュンヒェンで生活したのち、ザルツブルクで厳しい物質的窮乏の亡命生活を送っていたところ、自らもイタリアに亡命していたカール・ヴォルフスケールが、トーマス・マンにウルマンへの救援を頼んだのだった。ウルマンは三八年一月ルーマニア、イタリアを経由してスイスに辿り着き、生まれ故郷の市ザンクト・ガレンに定住することが出来た。第二次世界大戦後ウルマンはミュンヒェンに戻った。「基金」というのは、困窮亡命著作家のためのプラハ所在トーマス・マン基金のことである。

(2) フーゴ・ビーバー『二十世紀のゲーテ』、ベルリン、ヴェークヴァイザー書店、一九三七年。トーマス・マン所蔵本は保存されている。

(3) トーマス・マン宛て、ヴィーンから、一九三七年八月十日付、『往復書簡集』一三五―一三七ページ、所収。これに加えて、トーマス・マンが言及していない、先行の一九三七年七月七日付のゴットフリート・ベルマン・フィッシャーの手紙（『往復書簡集』一三三―一三五ページ）、参照。

(4) この日のゴットフリート・ベルマン・フィッシャー宛てトーマス・マンの手紙は残っていない、しかしG・B・フィッシャー宛てのキュスナハト発の電報「満足カツ了承。マン」は残っている。『往復書簡集』一三七ページ。

三七年八月十三日　金曜日

夜、激しい雷雨、落雷の轟音が長く止まず。しばらく起きていた。Kが、汗を掻いた掛け布団を軽い布団と換えてくれた。――あまり涼しくはならず、フェーン、雨。――「アデーレの物語」を書き進める。正午アルノルト・ツヴァイク(1)と夫人をチューリヒベルクの宿まで迎えにいく。夫妻を加えて食事、広間と書斎で歓談。午後、自筆の通信。リオン宛てに送られてきたP・カスパリ(2)のお粗末な手紙。ブレンターノの手紙は独仏関係についての論説を寄稿したいとの申し出。――諸雑誌に目を通す。――上廊下の本棚、レコード入れ、メーディ頭部像用の台について指物師と取り決め。

（1）小説家アルノルト・ツヴァイク（一八八七—一九六八）は、一九二七年刊行された戦争小説『グリシャ軍曹をめぐる争い』によって有名になったが、三三年フランスに亡命、のちパレスティーナに移り、そこから四八年ドイツ（民主共和国）に戻った。夫人はベアトリーセ・ツヴァイク。息子はミヒァエル・ツヴァイク。

（2）P. Caspari（カスパリ）とはっきり解読出来たわけではないし、人物を特定出来たわけでもない。

三七年八月十四日　土曜日

蒸し暑く、激しい雨、強い太陽、雷雨。——「アデーレの物語」を書き進める。——Kと車を走らせ、森の散歩。食事に若いニーコ・カウフマン、好感が持てる。——グレーフ『ゲーテとその作品』を読む。——午睡。——お茶に朗読家イェフーダ・エーレンクランツ(1)（ハイファ）、ひよわで退屈。——雑誌に関連して自筆の手紙（ブロック、フライナー(2)）。——晩、グレーフを読む。

（1）一九〇六年ベサラービア（〔訳注〕当時ロシア帝国の一地方）に生まれ、ドイツ語を話すユダヤ人俳優兼朗読家で、「ヴィルナ一座」に所属、二五年以来全欧の公演旅行、三三年以来パレスティーナ、現在テル＝アヴィーフで引退生活をしている。

（2）スイスの歴史家で公法学者フリッツ・フライナー（一八六七—一九三七）、一九一五年以来チューリヒ大学教授。

三七年八月十五日　日曜日

フェーン、雨、気温低下。疲労。「アデーレの物語」を一枚。Kと雨中イチュナーハの先まで散歩。食事にフォイアーマン夫妻と夫妻の女友達である、チリ、サン・ヤーゴ(1)のマダム・サンタ・クルス(2)。お茶のあと手紙の口述、とくにフェリクス・ベルトー(3)宛て。——シローネの短篇小説集(4)を読む。きのう寝入る前に読んだのは、その中の非常に強烈な作品だった。

（1）サン・ヤーゴ San Jago とあるが、サンチャーゴ・デ・チーレ Santiago de Chile のこと。

（2）おそらくチリの作曲家で音楽の教授ドミンゴ・サンタ・クルス（一八九九年生まれ）の夫人であろう。教授は一九三四年以来サンチャーゴ・デ・チーレ大学音楽学部学部長であった。

（3）フェリクス・ベルトー宛て、キュスナハトから、一九三七年八月十六日付、『書簡目録II』三七／一四七。

（4）イグナッツィオ・シローネ『パリへの旅行』短篇集、チューリヒ、一九三四年。

三七年八月十六日　月曜日

涼しく。一時雨模様、雹、雷雨。——「アデーレの物語」を書き進める。——Kを迎えに通りを下る。散歩は取り止め。——ドイツ著作家擁護協会[1]の図書展におけるジークフリート・マルク教授の講演「トーマス・マンの政治哲学的メセージ」についての報道（「パリ日刊新聞」[2]）。——「ニューヨーク・タイムズ」[3]に掲載の「フロイト、ゲーテ、ヴァーグナー」についての書評。——「ワシントン・ヘラルド」[4]に記事。——マイアー女史[5]が『「尺度と価値」への序文』の翻訳を送って寄越すが、これはきょうアメリカの多数紙に掲載される。——ホトヴォニイの手紙。——食後、新聞各紙。お茶の後シネマへ。『ノルト・ウント・ジュート』、かなりばかげたアメリカ学園映画[6]。——ゼーフェルト滞在に関連してライジガー宛てに手紙を書く。電話で話したルートヴィヒはブリッサーゴを推薦する。モンテ・ヴェリタは諦める、政治的理由が疑われるのだ[7]。——リオンの電話、分かりの悪いカスパリの怒りを鎮めてくれた。あす会う約束。——下の子供たちが旅行の準備、あすイタリア自動車旅行に出る。——クルシェネク[8]とロートの寄稿を検討する。

（1）ドイツ著作家擁護協会は亡命してパリで再建された。

（2）ジークフリート・マルク「トーマス・マン」「パリ日刊新聞」パリ、一九三七年八月十三日号、所収。

（3）チャールズ・プア「フロイト、ゲーテ、ヴァーグナー」「ニューヨーク・タイムズ」ニューヨーク、一九三七年八月四日号、所収。

（4）発見されなかった。〔訳注〕日記には「記事」（あるいは寄稿）とあるだけで、筆者名も表題も記載がない。

(5) ドイツからの移住者を両親として合衆国に生まれたアグニス・E・マイアー、旧姓エルンスト(一八八七―一九七〇)は、アメリカの大銀行家で慈善家、「ワシントン・ポスト」紙の社主兼発行人であるユージン・マイアー(一八七五―一九五九)の夫人。夫人はパリのソルボンヌ大学で学び、ロダンやクローデルと交友関係にあり、政治、社会福祉の分野で精力的に評論活動を行い、「ワシントン・ポスト」、「ニューヨーク・タイムズ・ブック・レヴュー」、「アトランティク・マンスリ」、「リーダーズ・ダイジェスト」その他にしばしば寄稿した。大富豪マイアー夫妻のワシントンの市内邸宅とマウント・キスコウの別荘は、政治、社会、芸術各分野のアメリカおよび国際的知名人のきらびやかな交流の場で、夫妻はその有力な人間関係を通してホワイト・ハウスや政府筋に大きな影響力をもっていた。ドイツ語を流暢に話し、書くことが出来たアグニス・E・マイアーは、三七年春アメリカを訪れたトーマス・マンと知り合い、親交を結んだ。トーマス・マンの『来るべきデモクラシーの勝利』や「尺度と価値」への第一の序文を翻訳し、しばしばトーマス・マンと会っていたほかに、およそ二十年にわたって頻繁に膨大な量の書簡を交換し、大部分の両者の書簡は『往復書簡集』に収録されている。自伝『これらの絆から離れて。あるアメリカ女性の自伝』にはトーマス・マンとの関係が描かれている。

(6) 『カレッジ・ホリデイ』出演ジャック・ベニ、ジョージ・バーンズ、グレイシ・アレン、メアリ・ボーランド、演出フランク・タトル。

(7) 〔訳注〕このあたりの記述は曖昧で分からないが、このあと九月十八日から十月七日までトーマス・マン夫妻はハンス・ライジガーとともに保養のためマジョーレ湖畔のロカルノに滞在する。ブリッサーゴもマジョーレ湖畔の町であり、ここを「推薦」したエーミール・ルートヴィヒはロカルノに住んでいた。トーマス・マンはおそらく保養の適地をルートヴィヒに相談したのだろう。モンテ・ヴェリタはやはりマジョーレ湖畔アスコーナの自然法療養所で、「政治的理由云々」は意味不明。ゼーフェルトはオーストリアの町で、ライジガーはそこのホテルを生活拠点としていた。ライジガーもロカルノに同行するので、トーマス・マンはライジガーがゼーフェルトを留守にする場合の始末に触れたのだろう。なおトーマス・マン夫妻、ライジガーは一九三四年にもロカルノおよび周辺を訪れている。

(8) エルンスト・クルシェネク Křenek の論文「オペラは今日なお可能か」が「尺度と価値」第二冊(一九三七年十一月/十二月号)に掲載されている。ヨーゼフ・ロートについては、この雑誌に一切寄稿がない。〔訳注〕日記には Křenek とあるが、正しくは Křenek である。

三七年八月十七日　火曜日

雨天、涼しい。「アデーレの物語」を少し書き進める。十一時半雑誌の件でリオンと会談。雨中リオンと少し散歩。――クラウス、その友人カーティス[1]とともに到着。朝出発した子供たちを抜かして、五人で昼食。コーヒーの後リオンと討議を継続、ゴーロの意見を徴する。――「新チューリヒ新聞」[2]にコローディによる「尺度と価値」の好意的書評。――ベルマンに電報、ポーダハにニーチェ資料のことで手紙。その他何通もの自筆の通信。――アンダーマンの『生物学』を読む。――旅行途中のクデンホーヴェ[3]が電話をかけてくる。

(1) 一九三七年七月十一日付日記の注(2)参照。

(2) エードゥアルト・コローディ(『K』と署名)「尺度と価値」「新チューリヒ新聞」一九三七年八月十七日号、所収。

(3) リヒァルト・グラーフ〔伯爵〕・クデンホーヴェ゠カレルギ(一八九四―一九七二)は著作家で政治家、一九二四年ヨーロッパ連邦を目標とする汎ヨーロッパ運動を結成した。三八年故国オーストリアを去らねばならなくなり、四〇年ニューヨーク大学の歴史の教授になり、四六年ヨーロッパに戻って、最後は汎ヨーロッパ連合の総裁としてスイスに定住した。

三七年八月十八日　水曜日

昨夜『詩と真実』。――きょうは蒸し暑く、太陽が照りつけ、時々雨模様。――「アデーレの物語」を書き進める。素材配分の問題と、アウグスト登場場面をことによると破棄する問題、とはいえこの部分は書き上げられることになるだろう。――「プラハ新聞」[1]に雑誌の極めて積極的な書評。――Kとイチュナーハの先まで散歩。――クラウスとカーティスを加えて昼食。――古典古代の死の表象に関するケレーニイ[2]の論文、よくない。――雑誌についてのフィードラー[3]の手紙、告白教会に反対するその論説、問題がある。――六時半Kと車でファルケ邸へ。そこの庭を一巡り。素晴らしいファルツ・ワインで夕食。雑誌について歓談。私の促しを受けてファルケが自分の「イエス」小説を朗読、これはおそらく的外れの仕事だろう。五巻本の自作戯曲集と大量の野菜を進呈される。かなり遅い帰宅。『詩と真実』は非常に快い読み物だ。

(1) この時点で「プラハ新聞」に掲載された書評はない。しかし「プラハ新聞」プラハ一九三七年十二月三日号に、アルノシュト・クラウス「尺度と価値。トーマス・マンの隔月刊誌について」が掲載されている。

（2）トーマス・マンは一九三七年五月四日カール・ケレーニイに「尺度と価値」への寄稿を依頼した。ケレーニイはこれをうけて論説「非在の宗教理念」を送って寄越したが、トーマス・マンもフェルディナント・リオンもこれに共感出来なかった。そこでケレーニイは九月のキュスナハト訪問に際してこの論説を引き取った。この論説は後にケレーニイの著書『古典古代の宗教』アムステルダム、一九四〇年、のあとがきとして日の目を見た。『往復書簡集』七九ページ、及び二〇九ページ、（注）43、参照。

（3）ドイツ告白教会に反対するクーノ・フィードラーの論説は「尺度と価値」には発表されていない。フィードラーの名前はただ一度一九四〇年第三冊に、雑誌の寄稿者としてあげられているだけである。

三七年八月十九日　木曜日

暖かく、靄、太陽。遅く起床。少し書き進める、疲労。十一時半Kと市内へ、「リーマー」の章の新しい原稿をリント夫人に届け、浄書の終った分を受け取ってきた。下着類、レインコート、美しいズボンつりを購入。メーディの頭部彫刻用の台座は見つからなかった。戻り道、森へ車を走らせて散歩。食後、新聞各紙、手紙、「ヴェルトビューネ」。お茶にミシガンの若い教授、[1]シュライバーハウにハウプトマンを訪れてきたところだった。——自筆の通信を片付け、Kと夕べの散歩をする。非常にじっとりした大気、脚にさわる。——ベルマンから母親とニーチェ[2]の書簡が届く。——シートハルデン通りでキュスナハト住民による「プロムナード・コンサート」。

（1）アメリカの若いゲルマニスト、ウォルター・A・レイチャートは、ミシガン州アン・アーバーのミシガン大学教授。レイチャートは主として、直接の知己であったゲールハルト・ハウプトマンについて研究、トーマス・マンについてもかなりの論文を発表した。書誌『トーマス・マンの作品』（一九五九年）作成にあたってのハンス・ビュルギンの協力者。

（2）一九三七年七月九日付日記の注（2）参照。

三七年八月二十日　金曜日

きのうの晩、長時間ニーチェの手紙を読む。ドキュメントとしての価値、効果はしばしば不気味、しばしば幼稚。——きょうは同じ章を書き進める。蒸し暑く、降雨。Kと新しいレインコートを着てイチュナーハの先まで散歩。途方もなく大量の郵便。「ワシントン・ポスト」に英訳『序文』が大々的に。雑誌のためのテル・ブラーク、ブレンターノ、ロートの原稿。ポーダハ、ベルマン、リオン、その他大勢からの手紙。——「ターゲブーフ」と「ヴェルトビューネ」。お茶のあとのべつ幕なしに口述。晩オープレヒト夫妻とフォン・カーラー夫人[1]、それに小柄なカーティス、オープレヒトはカーティスに魅了される。コーヒーのあとオープレヒトと相談。その報告では世界中の新聞が「尺度と価値」に大きな関心を寄せているという。

（1）ヨゼフィーネ（フィーネ）・フォン・カーラー、旧姓ソボトカ（一八八九—一九五九）はエーリヒ・フォン・カーラーの最初の夫人、一九一二年から四一年が二人の結婚期間だった。ヨゼフィーネ・フォン・カーラーはシュテファン・ゲオルゲ、フリードリヒ・グンドルフと親密で、グンドルフはその著書『ゲーテ』（一九一六年）をヨゼフィーネに捧げている。

三七年八月二十一日　土曜日

胃が少し弱っており、いつもより簡素な朝食。「アデーレの物語」を書き進める。霧、雨、雷鳴。ほんのわずか一人で散歩。正午にヘルツ女史到着、当座「ゾネ」[1]に泊まるよう手配する。食事の前後しばらくもっぱら女史の相手をする。それからブレンターノ[2]の論説を読んだが、難しいケース。ロートの「グリルパルツァー」[3]も同様。Kとヴィーティコーンのブロック邸のお茶に車で出掛ける。ヴォヴナルグ[4]についての寄稿の取り決め。綺麗な新築の小邸。——また大量（の郵便）。「ヘト・ヴァデルラント」にテル・ブラークが雑誌[5]について、また私を訪問したことについて大きな随想を載せている。——ヘルツ女史とカーティスを加えて夕食。そのあと少し音楽、ヴァーグナーとシュトラウス。『トリスタン前奏曲』に私は大きな感銘を受ける。遅くまでかかってニーチェの母親の手紙に最後まで目を通す。感動し、思いに耽る。

(1)　キュスナハトの「ホテル・ツア・ゾネ」。
(2)　ベルナルト・フォン・ブレンターノの論説は一本も「尺度と価値」誌に掲載されていない。
(3)　ロートの「グリルパルツァー」なる文章は「尺度と価値」に掲載されていない。
(4)　ヴォヴナルグについてのエーリヒ・ブロックの寄稿は実現しなかった。
(5)　メノー・テル・ブラーク「マート・エン・ヴァールデ」「ヘト・ヴァデルラント」デン・ハーグ、一九三七年八月十八日号、所収。

三七年八月二十二日　日曜日

涼しく、雨、雷雨も。暖房を入れる。「アデーレの物語」を書き進める。ヘルツ女史がKと一緒に第二章、第三章を照合。女史を加えてチューリヒベルクへ車を走らせ、そこで森の中を散歩。イギリス人の所有するトゥーン湖畔の住宅について話し合い、私たちに向いている。——それからアネッテ・コルプをトゥーリングホテルに迎えに行く。一緒に食事に戻る。愛すべき人物。広間でコーヒー。ニーチェとフロイトについてのテル・ブラークの原稿[1]を読む。午後、手紙を書く。夕食後『アイーダ』のレコード。ヘルツ女史に別れの挨拶。フィードラー宛てに教会について。疲労。

(1)　ブラークの原稿とは、一九三四年ロテルダムで刊行された、メノー・テル・ブラークの著書『政党なしの政治』第三章「ニーチェ対フロイト」のことで、テル・ブラークはトーマス・マンに訳者不明のドイツ語訳を送ってきたのである。

三七年八月二十三日　月曜日

涼しく、雨模様、暖房。「アデーレの物語」を書き進める。十二時ブレンターノと本人の原稿のことについて、またそれ以外についても話し合い、一時半まで。——食事にジンスハイマー博士。新しいユダヤ人国家とその見込みについて。広間でコーヒー。——「ブント」紙に雑誌についてのリーヒナー[1]の文章。「ニューヨーク・タイムズ」に『フロイト、ゲーテ、ヴァーグナー』の書評。この本そのものは数部届いたが、美しい出来映え。——お茶にルーバーン[2]氏、ベルンでの口利きが必要なのだ。——ケーラー橋[3]の対岸から「尊敬と消し去ることの出来ぬ思い出とともに」と記されたはがき。——その他大量の郵便。プラハのコザク教授から「尺度と価値」について素晴らしい手紙。——ロカルノのホテル・レーバーから回答がくる。そこに電話で予約。——イチュナーハへ向かって夕べの散歩。諸原稿の件でシュルス＝タラスプ滞在中のリオンと電話。——上の廊下に新しい本棚。クラウス、カーティス、Kが広間の棚の本を片付けて上に運び、下に大ゲーテ全集用の場所をつくる。——雨。——

(1) スイスの文学史家、随筆家、批評家マクス・リーヒナー（一八九七—一九六五）はエードゥアルト・コローディの弟子で、一九一四年一月トーマス・マンがチューリヒで朗読するのを初めて聴いて以来の早くからのトーマス・マン・ファンだった。リーヒナーは二二年雑誌「知と生《ヴィセン・ウント・レーベン》」の編集を引き受け、「新スイス・ルントシャウ」として存続させた。三一年「ケルン新聞」文芸欄編集員としてケルンにうつったが、国民社会主義党の権力掌握にあたってこのポストを捨て、「新チューリヒ新聞」特派員として三七年までケルンに留まっていた。三七年から三九年までベルンの「ブント」紙、その後はチューリヒの「タート」誌に勤務した。リーヒナーはこの間五十篇以上トーマス・マン論考を発表したが、そのうち大きなものに「トーマス・マンの五十歳の誕生日に寄せて」（一九二五年）、「トーマス・マンと政治」（一九四七年）、「トーマス・マンの長篇諸作品における人物と関連」（一九五五年）の三篇がある。著書『若き日々の経験』一九五七年、も参照。——ここに言及されている論考、リーヒナー「『尺度と価値』トーマス・マンの序文に寄せて」「デア・ブント」ベルン、一九三七年八月十八日号、所収。

(2) ロベルト・ルーバーン（一九〇三年生まれ）、もとは官吏、ついでアマチュアの俳優、朗読家、叙情詩人となったが、一九三六年八月のベルリン・オリンピックの開会式のためにリヒアルト・シュトラウスが作曲した『オリンピック讃歌』の歌詞の作者だった。ルーバーンは、国外追放になったと主張し、すでに以前一度、一九三六年八月十九日キュスナハトにトーマス・マンを訪問している。ベルンでスイス滞在許可が手に入れられるよう計らって貰いたい、と頼みにきたものらしい。

(3) 〔訳注〕ライン川を挟んでフランス側シュトラスブール〔シュトラースブルク〕、ドイツ側ケールとをつなぐ橋。

三七年八月二十四日　火曜日

フェーン、雨でもないのに湿度が高く、また冷え冷えとしている。「アデーレの物語」の執筆。正午、Kを迎える形で出て、一緒に車で森へ行く。ツォリコーンの先まで散歩。食事にラウール・アウアンハイマー。都会的饒舌家。お茶のあと多数の手紙を口述。――雑誌のための原稿数本。エルンスト・ブロッホ(1)（プラハ）が「序文」に対する反駁文を送って寄越す。これを晩に読んで、ぐっと我慢する。ザルツブルクから『薔薇の騎士』の放送。嗜好品のような性格。ここには、強く、かつ、繊細な甘さ。七十二歳のシュトラウスは病気で入院しているとの噂。――きのう、晩の読み物として『ゴリオ爺さん』(2)を読み始める。

（1）マルクス主義哲学者エルンスト・ブロッホ（一八八五―一九七七）は、『ユートピアの精神』（一九一八年）、『希望の原理』の著者で、一九三三年以来亡命生活を送り、当時はプラハに住んでいた。三八年合衆国に行き、四九年ドイツ帰還、四九年から五七年ライプツィヒ大学（ドイツ民主共和国）、六一年以降はテュービンゲン大学の教授だった。トーマス・マンの「序文」に対するブロッホの反駁文は「尺度と価値」には掲載されなかった。この雑誌がブロッホの論考を掲載したのは、四〇年が最初だった。

（2）『ゴリオ爺さん』は、オノレ・ド・バルザックの長篇小説（一八三四年）。

三七年八月二十五日　水曜日

昨夜はかなり気分が悪く、風邪気味で、ひどい疲労。きょうも疲れている。仕事をさらに進めて加筆する。Kとチューリヒベルクへ車を走らせ、そこで素晴らしい散歩を楽しんでからハルガルテン夫人をその小さなペンションに迎えに行き、家で昼食をともにする。その後私は自室にひきこもって新聞各紙や幾本もの原稿を読む。かなりひどいヒトラーの芸術演説についてのファルケの文章。大量の郵便物だが、ヨーロッパ、アメリカから雑誌に寄せる手紙、アマンの小包、トゥーン湖からの劇作家ハンス・ミュラー[1]の手紙、リオンとオープレヒトの小包など。午後、口述と自筆。多忙。夕食にツァーレク、でっぷり太って、髪は褐色、軽妙で断定的な喋り方、政治や個人的な問題を話題にする。疲労。肉体的な衰えと退行を感じた。

（1）オーストリアの劇作家ハンス・ミュラー（一八八二―一九五〇）は、上演回数の多かった戯曲『炎』（一九二〇年）によって知られるにいたった。作家で劇場支配人エルンスト・ロータルの兄で、トゥーン湖畔アイニゲンに住んでいた。

三七年八月二十六日　木曜日

おおむね晴天、霧。「物語」を書き進める。Kと森を散歩。食後『フランスの戦争書簡』の原稿を読む。お茶のあとエルンスト・ブロッホ宛て[1]にその反駁文について手紙。ゴーロと一緒にバイドラー夫妻、ブダペストのディアマント[2]博士夫妻と連れだって老ライフ夫妻の屋敷での夕食へ。帰宅後さらにブロッホ宛ての手紙を書き続ける。フィッシャーの『ゲーテとナポレオン』[3]を研究。

（1）この手紙は発見されていない。
（2）不明。
（3）アンドレーアス・フィッシャー『ゲーテとナポレオン。試論』、補遺「ヴァイマルとナポレオン」の添えられた増補第二版、フーバー書店、フラウエンフェルト、一九〇〇年。トーマス・マンの蔵書は保存されている。

三七年八月二十七日　金曜日

靄がかかり、幾分蒸し暑い。「アデーレの物語」を書き進め、犬を連れて一人でヨハニスブルクの先まで散歩する。新しい装幀を頼んであったゾフィー版ゲーテ全集の一部が届く。本棚に並べ、書簡、日記の巻に没頭。ひっきりなしにアメリカから小額の小切手を同封した手紙が届く、「序文」がきっかけになったのだ。多数の手紙、テル・ブラーク宛ても含めて口述。エルンスト・ブロッホ宛ての手紙を書き上げる。ゴルトベルク[1]の猛烈な条件について、ポーダハ、ド・ブロイ[2]等々についてリオンと電話。――反乱軍によるサント・アンデル[3]占領。上海のイギリス公使[4]、車で走行中日本軍の航空機に銃撃され重傷を負う。旗を傷つけるな！　誇り高きイギリスはどうなったのか。――コローディの、メンツェル―ゲーテ―ゴットヘルフについての文芸欄記事[5]、極めて性格的。――「ナツィオナール＝ツァイトゥング[6]」に「尺度と価値」の書評。

（1）　ベルリンの医学者、オリエント学者オスカル・ゴルトベルク（一八八五―一九五三）の著書『ヘブライ人の現実』（一九二五年）をトーマス・マンは『ヨゼフ』小説に利用した。ゴルトベルクの論説「ギリシア人の神々」は「尺度と価値」第二冊（一九三七年）に掲載された。ゴルトベルクはフェルディナント・リオンの友人で、亡命民間学者としてイタリアで生活していた。その諸特徴は、『ファウストゥス博士』中の人物カイム・ブライザハーの描写に残されている。

（2）　フランスの物理学者ルイ・ド・ブロイ（一八九二年生まれ）は、物質波理論の創始者、一九二九年度ノーベル物理学賞受賞者。その論考「量子物理学における非決定論についての考察」（第九回国際哲学パリ会議における講演）は「尺度と価値」第四冊（一九三八年三・四月号）に掲載された。

（3）　日記にはサント・アンデル Sant Ander とあるが、スペインの港湾都市サンタンデル Santander のこと。

（4）　上海駐在イギリス大使サー・ヒュー・ナチュブル＝ヒュージスンは日中戦争の中、車で公務出張中日本軍航空機に銃撃され負傷した。〔訳注〕トーマス・マンは、大使 Botschafter を公使 Gesandter と「誤記」する傾向があるが、ここでも公使と記されている。

（5）　「新チューリヒ新聞」一九三七年八月二十七日号のE・K（エードゥアルト・コローディ）「批評家としてのヴォルフガング・メンツェル」（エーミール・イェーナル『詩人、文学史家、批評家としてのヴォルフガング・メンツェル』ベルリン、一九三七年、の書評）。

（6）　「ナツィオナール＝ツァイトゥング」バーゼル、一九三七年八月二十七日号の、「尺度と価値」第一冊の詳細な書評、署名は「K1」（オト・クライバー）。

三七年八月二十八日　土曜日

霧にすっぽり覆われ、秋のきざしを見せながら、かなり蒸し暑く、午後になって太陽。「物語」を二枚書き進める。長い！　長すぎるか？　――Kと森の下道を散歩。食事にギーゼ女史。新聞各紙と「ターゲブーフ」を読む。お茶のあと手紙の口述（ゴルトベルク、ポーダハ）。晩、少しラジオと音楽。誕生日を祝ってゲーテ読書、手書きの通信にあたってゲーテ誕生日という表現を日付に利用した。このところ寝入る前に『ゴリオ爺さん』、ふいご的性格[1]、社会的ロマン主義、興味は尽きないとはいえ、耐え難いところがある。

（1）〔訳注〕「ふいご」と『ゴリオ爺さん』がどのようなイメージで結び付くのか定かでない。

三七年八月二十九日　日曜日

美しい晩夏とはいえない。毎日霧に覆われ、蒸し暑く、じっとりした天候。――「物語」を書き進める。森へ車を走らす。食事にツァーレクとフューティガー夫人[1]。テラスでコーヒー。数本原稿を読む（エーリヒ・ブロック「ヴォヴナルグ」、かなり不器用）。お茶のあとかなりの時間リオン宛てに手紙。さらに手紙の仕上げ、返送など様々な仕事。Kと二人だけで夕食。そのあと少しラジオ音楽。子供たちの電話、ジェーノヴァからの帰路、今夜には到着するだろう。

（1）一九三八年二月十三日付日記の注（1）参照。

三七年八月三十日　月曜日

相変わらずの天候。夜半下の子供たちがイタリアから戻る。イタリアでは、私たちの子供と知れて、敬意を表されたこともあれば、無愛想な扱いを受けたこともあったという。――「アデーレ」の報告を書き進める。――ジッドが政治随想のための「序文」[1]を送って寄越す。「ニューヨーク・タイムズ」が『序文』掲載号を送ってくる。リオンが書いている。あるドイツ人がイタリアからの帰国前日に投函した手紙。――ヨハニスブルクに向かって歩き、Kが車で追いつき、二人でなおトーベル谷に向かって歩く。――ゾフィー版ゲーテ全集のうち新シリーズ[3]が届く。表題付け[2]をする。ユーリア・ヴァッサーマンの自己弁護書を読む。E・

イェリネク[4]の著書『市民の危機』。——お茶のあとジッド宛ての手紙を口述。さらにトーマス・マン基金からレギーネ・ウルマンに二五〇フラン贈与するについての添え状も。——ファイストとブロック宛てに手紙。——穏やかな夕べ。脚に痛み。暗い中をなお少し散歩[5]。——リオンはニーチェ書簡に関して言いなりになり過ぎると思われたので、電話で話をする。リオンの仕事振りにKとゴーロが不満を抱いている。——トービがまたもや女中たちの眼の前である女性に噛み付く、多分手放さなければならないだろう。

(1) ジッドは、小冊子『ヨーロッパに告ぐ』のための序文（「トーマス・マンの最新論集への序文」）を書き、この論集がライナー・ビーメルの訳で一九三七年パリのガリマールから刊行された。〔訳注〕これは、第二次世界大戦末期の数ヶ月に渡辺一夫教授が空襲の合間に翻訳、敗戦から一年後に刊行された『五つの証言』の底本である。序文にあたるジッドの「トーマス・マンの最近の文章を読んで」の他はトーマス・マンの「ボン大学への公開状」、「ヨーロッパに告ぐ」、「イスパニヤ」、「キリスト教と社会主義」四篇である。

(2) 〔訳注〕「表題付け」とあるが、装幀されて戻ってきたゲーテ全集に「表題付け」というのも解せないし、執筆途中の『ヴァイマルのロッテ』にしても第五章に「アデーレの物語」という「副題」が添えられているものの、あとは数字の章名だけなので、これまた「表題云々」は馴染まない。意味不明の表現である。

(3) ユーリエ・ヴァッサーマン＝シュパイアー（一八七六—一九六三）は、ヴィーンの紡績工場主アルベルト・シュパイアーの娘で、ヤーコプ・ヴァッサーマンは第一次世界大戦後の物心両面の困難のもとで離婚することになった。ユーリエは自伝的長篇小説『躍動する心。ある結婚生活の小説』、『ヤーコプ・ヴァッサーマン、その婚約者であり妻であるユーリエに宛てた手紙。一九〇〇—一九二九年』（この中にはヴァッサーマンの失われた日記の断片が収められている）、その他を刊行した。ヤーコプ・ヴァッサーマンの最後の、死後刊行された長篇小説『ヨーゼフ・ケルクホーヴェンの第三の存在』参照、これには最初の結婚の破局と最初の妻の偏執的な訴訟沙汰が描かれている。〔訳注〕日記本文では、ユーリエ Julie がユーリア Julia となっている。

(4) フリッツ・イェリネク（一八九五—一九六六）『市民の危機』は一九三五年チューリヒのヨーロッパ書店（オープレヒト）から刊行された。著者は亡命者としてロンドンで生活していた。〔訳注〕日記本文にはE・イェリネクとあるが、F・イェリネクが正しい。

(5) ベルマン＝フィッシャー書店からポーダハの編集により、フランツ・オーヴェルベク宛てのニーチェの母親の書簡集が刊行されたが、その抜粋がリオンの前書きを添えて「尺度と価値」一九三七年第二冊（十一月／十二月号）に掲載された。

三七年八月三十一日　火曜日

重苦しい天候、雷鳴。「アデーレの物語」を書き進める。Kと車で森へ行き、そこで散歩。食事にギーゼ女史。そのあと朝の手紙を読む、依頼、要請。チェコへの亡命者たちの窮状。午後、手紙を口述（『往復書簡』について私に嬉しいことを書いてくれたマルセル・ブリオン[1]、その他宛て）。自筆の通信も。夕食後バイドラー。広間でコーヒー。あとでゴーロが雑誌用の歴史書評[2]を朗読、気が利いていて示唆に富む。

(1) マルセル・ブリオン（一八九五年生まれ）、フランスの批評家、小説家、歴史家、美術史家。
(2) 「尺度と価値」第三冊（一九三八年一月／二月号）にゴーロ・マンは「ドイツ歴史主義」の表題でドイツの歴史関係書（エーリヒ・マルクス『統一ドイツ国家の興隆』、ハインリヒ・フォン・ジルビク『ドイツの統一』、フリードリヒ・マイネケ『歴史主義の成立』、エーリヒ・フォン・カーラー『ヨーロッパの歴史におけるドイツ的性格』）をまとめて論評した。

三七年九月一日　水曜日

天候に変化。青く晴れ上がった美しい晩夏の一日。――「アデーレの物語」を進める。（ハインケ[1]）。Kとトービと一緒に森へ。ぐるりと一巡。とあるベンチで手紙を読む。フィードラーが日曜日に訪ねてくると通知。――午後Kとシネマ「ノルト・ウント・ジュート」で、フォルスターとベルグナー女史出演の比較的古いドイツの劇映画[2]を観たが、さしたる感銘もなかった。クラウスとカーティスといっしょに家に戻り、カーティスに夕食後三講演[3]を贈呈する。ツォリコーンで車を降りて歩いたが、神経が疲れていたし、歩道歩行が辛かったこともあって、気分はあまり良くなかった。重苦しい気持ち。――晩、イェリネクの精力的で怜悧な著書『市民階層の危機』を読む。――手紙の仕上げ。――寝入る前に『ゴリオ爺さん』を読み進める。

（1）『ヴァイマルのロッテ』第五章「アデーレの物語」に登場する負傷した将校フェルディナント・ハインケ。
（2）クロード・アネの長篇小説による、パウル・シナー監督、エリーザベト・ベルグナー、ルードルフ・フォルスター出演の映画『アリアーネ、あるロシアの少女』。
（3）おそらく、一九三七年ニューヨークのクノップ社から刊行された『フロイト、ゲーテ、ヴァーグナー。三つの随想』のことで、フロイト、ゲーテ、ヴァーグナーに関する三講演の英訳が収められていた。

三七年九月二日　木曜日

晴天で暖かい。「物語」（ハインケ）を書き進める。Kと車で森に行き、大きく素晴らしい一巡。食後、手紙や原稿を読む。（レー＝ニーチェについてポーダハ[1]）。テラスでお茶。クラウスとその小柄な友人と別れの挨拶を交わし、私たちは二人をそれぞれの車まで見送る。比較的長文の手紙（リオン、プラハ亡命者問題）を口述、自筆の通信。夕食にレーデラー教授（ニューヨーク）、シュテファン・ツヴァイク[2]、ツァーレクを加え、子供たちがいないので五人で。食後いつも通りの政治談義、普段よりも意気消沈。Kが客たちを市内に送って行く。そのKがきのう私に打ち明けたのだが、ビービは旅行中グレートと寝てしまい、二人でその結果をひどく気に病んでいるという。

（1）「尺度と価値」にポーダハの論考は一篇も掲載されていない。
（2）オーストリアの小説家で、伝記で成功作をものしたシュテファン・ツヴァイク（一八八一―一九四二）は、一九一四年以来トーマス・マンと親交があった。ツヴァイクは三八年ザルツブルクから、三四年来第二の住居を持っていたロンドンに亡命、イギリス国籍を取得し、第二次世界大戦中合衆国に渡り、四二年ブラジルで自殺した。『シュテファン・ツヴァイク没後十年にあたって』『全集』第十巻五二四―五二五ページ、ツヴァイクの最初の妻フリーデリーケ・マリーア・ツヴァイク＝ヴィンターニッツ宛て、四二年九月十五日付トーマス・マンの手紙、『書簡集Ⅱ』二八〇―二八一ページ、所収、参照。

三七年九月三日　金曜日

きのうは興奮してなかなか寝付かれなかった。きょうは遅く起床。疲労を覚えながら「物語」の仕事、二、三訂正の必要がある。Kとトービを連れて車を走らせ、森の中で短い散歩。ビービだけが加わった昼食。そのあと新聞各紙と諸雑誌。お茶のあと細々とした自筆の通信を片付け、車を走らせてフェルトバハのファルケ邸を訪れ、そこで私たちは夕べを過ごした。夕暮れの秋冷をともなう美しい晴天の一日。先ずは庭で。ツァバイオーネで夕食。そのあと炉辺で歓談。時折気分が悪くなる。

三七年九月四日　土曜日

朝方蚊に刺され、かゆみに悩まされる。アンモニア水でかゆみは収まる。八時半起床。雷雨。「物語」の仕事を進め、きのうの分を書き替える。Kと市内に出て、散髪に行く。満員で長時間待たされ、ざわざわと落ち着かない。助手のばからしいお喋り。そこから徒歩でバーンホーフ通り一〇〇のペディキュアへ。Kが迎えに来る。食後、新聞各紙と「ターゲブーフ」誌。お茶のあと自筆の通信、ポーダハ、原稿判定、手紙の仕上げ。「トーマス・マンにおける時間と歴史」というドイツ人(1)の論文を読む。クデンホーヴェの雑誌(2)。晩、ローマ放送の『ローエングリーン』。第一幕と第二幕を聴く。おそるべきヒトラーかぶれ。空虚と貧困についてヤーコプ・ブルクハルト。ブルクハルトは「正しくない」と決めつけられた。そのようにわれわれは反ヒトラーの「歴史」によって「正しくない」と決めつけられるだろう――それでいてしかもわれわれは正しかったし、ただ正しいばかりではなかったのだ。――ツヴァイクが話していたが、ムッソリーニはロッカ(3)に会っている。「ロッカ、元気かね。相変わらず批評かね。ともかくトーマス・マンについてのご高説は読ましてもらった。」やはり違ったところがある。

（1）　ヘルベルト・ズルターン「トーマス・マンにおける時間と歴史」、ハイデルベルク一九三四年（タイプライター複写、二十三枚）。

（2） リヒァルト・グラーフ（伯爵）・クデンホーヴェ＝カレルギが一九二四年に創刊した汎ヨーロッパ運動の機関誌「汎ヨーロッパ」。

（3） イタリアの批評家エンリーコ・ロッカはファシスト政権時代、また第二次世界大戦後もトーマス・マンについて多数の論説を発表、一九五〇年に刊行されたロッカの著作『一八七〇年から一九三三年にいたるドイツ文学史』にはトーマス・マンについての一章も含まれている。

三七年九月五日　日曜日

蒸し暑く靄がかった天候が戻ってきた。八時半起床。正午まで「物語」を書き進める。Kと一緒に徒歩でレインコートと上着を腕にイチュナーハの先まで。食後、諸原稿、ベネディクト（1）の翻訳によるシェイクスピア・ソネット、モスクワの「ヴォルト」誌を読む。お茶の時間にザンクト・アンテニエンからフィードラー牧師到着。フィードラーと歓談。私の書き物机の上に積み上げられた書類を整理、保存するものと破棄するものに分ける。「トーマス・マンにおける時間と歴史」の筆者ズルターン博士に礼状。夕食にフィードラーの他カツェンシュタイン博士夫妻。晩にビービが別れの挨拶。恋人グレートが妊娠していないと分かってほっとしてパリに戻って行く。カツェンシュタインにビービは話を打ち明けてあった。

（1） おそらくトーマス・マンの知己であるヴィーンのエルンスト・ベネディクト博士のことであろう。博士の手になるシェイクスピア・ソネットの翻訳というのは確認出来ない、おそらく発表を見ないままになったのだろう。

三七年九月六日　月曜日

朝霧、ついで晴れ。K、フィードラーと一緒に朝食。八時半から十二時まで「物語」を書き進める。格別美しい輝きを見せる森へフィードラーと散歩に出掛ける。一時半まで周回、それから、Kがアメリカ人ミスター・アムスター（1）を昼食の客として乗せてきた車と出会う。英語のテーブル会話。テラスでコーヒー。――午後、主に実務的な手紙を口述。夕食の客シローネは、フランス語とドイツ語を交えて面白く、共感できる喜劇役者ふうに語り、物語った。遅れてフィードラーが加わる。フィードラーの高山地帯教区の霊的特異性について。魔術の横行と罪意識の圧迫。幻視者たち。近親婚障害。周辺一切を壊滅させる地震の際に見られる世界没落の宗教的恍惚状態についてシローネ。『ヴェニスに死す』に描いた一一年のコレラ流行について。——シローネにイタリア語版[2]『ヨゼフ』の初めの二巻を贈呈。第三巻は刊行されたという話だ。

(1) 特定出来なかった。
(2) 一九三七年一月十九日付日記の注(2)参照。イタリア語版『ヨゼフ』小説第三部『エジプトのヨゼフ Giuseppe in Egitto』は二巻本で一九三七年に刊行された。

三七年九月七日　火曜日

八時半起床。好天。Kとフィードラーと一緒に朝食。「アデーレ」小説の執筆。正午にリオン。リオンと森の中を散歩しながら協議。Kと車で戻る。昼食とコーヒー。それから私の部屋で協議を続行。すっかりくたびれる。休息。お茶にフム、これにフィードラーが加わる。政治や文学が話題になる。ドイツとその真の使命について種々論じ合う。——第三章後半部のタイプライター清書。これをリオンに渡す。——夕食前「国際文学」に掲載されているルカーチのクライスト論[1]を読む。——フィードラーと夕食。リオンから電話、「リーマー」の章に手放しの感激ぶり。全体を第二冊に掲載したいと途方もない主張。考慮を迫って私を喜ばせる。——『タンホイザー』のバレエ音楽を聴く。——手紙を何通も投函できるように仕上げる。

(1) ゲーオルク・ルカーチ「ハインリヒ・フォン・クライストの悲劇」「国際文学《インターナツィオナーレ・リテラトゥーア》」一九三七年八月号、所収。

三七年九月八日　水曜日

〔……〕ファノドルムを服用したにもかかわらず非常に遅くなって平静が戻り、寝付いた。きょうも晴天の暖かい天候が続いている。Kとフィードラーと一緒に朝食をとったあと「物語」を少し書き進める。ついで車で森へ行き、三人で散歩。食後、新聞各紙の他ルカーチのクライスト論を読了。テーブルに就かなければならないのに、就こうとしない「海賊ども」を糾弾するはずの地中海沿岸諸国会議[1]の救いようのない愚かしさ。――お茶の後、不運なゴルトシュタイン[2]の件でのワルシャワのゲーテル[3]宛て、その他の手紙を口述。フィードラーは市内に出ており、メーディと三人で夕食。きょう届いたドイツ・ロマン主義に関するツィルゼル[4]のマルクス主義的論文を読む。さらに『詩と真実』。――車軸を流さんばかりの雨。

(1)　地中海、(イタリアを除く)黒海沿岸諸国のニュオン会議(一九三七年九月十日―十四日)。会議は、地中海における「海賊」、すなわち特に、スペイン共和国へのソヴィエト補給船に対するイタリア潜水艦への対抗措置を決定した。

(2)　フランツ・ゴルトシュタインは二十年代半ばから、カトヴィツで刊行されていた「ポーランドのための経済通信」の、文芸付録の編集者で、この文芸付録を「フランゴ」のペンネームで、オスカル・コプロヴィツ、クラウス・マンなどごく少数の友人たちの協力を得はしたもののほとんど独力で切り回した。この「書籍・美術評論」は一九三六年初頭廃刊となり、ふだんから扱いにくく不幸な人間だったゴルトシュタインはプラハに移り、そこでも甚だしい物質的窮乏に苦しんだ。三八年春、ゴルトシュタインはパレスティーナに辿り着いた。

(3)　F・ゲーテルは、トーマス・マンが一九二七年三月ワルシャワ・ペン＝クラブを訪れた時に知り合ったポーランドの実業家、工場経営者であるが、それ以上は不明。

(4)　ヴィーンのエトガル・ツィルゼル博士は、トーマス・マンをマルクス主義に改宗させられればと期待して、自分の論文を添え状とともに送ってきた。ツィルゼルについてはこれ以上の詳細は不明。

三七年九月九日　木曜日

熟睡。蒸し暑く、雨になりそうな気配の天候。Kとフィードラーと一緒に朝食。あまり気の乗らぬまま「物語」を書き進める。Kと森を散歩。一時半フィードラーと別れの挨拶を交わす。フィードラーは先に食事を済ませていて、そのまま出発。私たちと一緒にギーゼ女史が食事に。——イタリア語版の瀟洒な二巻本『エジプトのヨゼフ』が大量部数届く。——午後、ラガツのフェールマン博士、その他宛てに自筆の手紙。フランツ・ヴェルフェル(1)が自作長篇小説『この声を聞け』の最初の一冊を送って寄越す。——七時半に夕食、そのあとKとシャウシュピールハウスに行く、シーズン開幕公演、カールヴァイス(2)客演のオペレッタ(3)『雨傘をもった王様』。カールヴァイスは軽妙、達者。脚本はひどくあほらしく、祝祭気分を欠いた夕べ。二幕をみて帰宅。朝刊にシャハト(4)経済相退任の報道。ともあれ印象深いものがある。——疲労し不機嫌なまま、家でお茶。——

(1) プラハ生まれの小説家、叙情詩人、劇作家フランツ・ヴェルフェル(一八九〇—一九四五)は当時、グスタフ・マーラーの未亡人でヴェルフェルの妻になったアルマ・マーラー゠ヴェルフェル(一八七九—一九六四)とヴィーンで暮らしていたが、一九三八年フランスに、四〇年ポルトガル経由合衆国に亡命、そこで、ルルド小説『ベルナデットの歌』で世界的成功を収めた。カリフォルニアでヴェルフェルはトーマス・マンの親しい交友圏に属していた。長篇小説『その声を聞け』は三七年ヴィーンのパウル・ツォルナイ書店から刊行された。『フランツ・ヴェルフェル』『全集』第十巻五〇〇—五〇二ページ参照。

(2) ヴィーンの舞台・映画俳優オスカル・カールヴァイス(一八九四—一九五六)は、ヤーコプ・ヴァサーマンの再婚の妻マルタ・ヴァサーマン゠カールヴァイスの弟、合衆国に亡命してブロードウェイで大成功を収め、一九五一年帰国して、またベルリン、ヴィーンで舞台にのぼった。

(3) ラルフ・ベナツキの音楽喜劇『雨傘をもった王様』、演出レオナルト・シュテケル、オスカル・カールヴァイス客演。

(4) 銀行家ヒャルマル・シャハト博士(一八七七—一九七〇)は中央通貨制度特別委員として一九二三年ドイツ通貨を安定させ、二度にわたって(二四年から三〇年と三三年から三九年)中央銀行総裁、同時に三四年から三七年までヒトラー政権の経済相を勤めた。ゲーリングが四ヶ年計画の責任者になり、それによって実質的に経済運営の要を抑えたために、野心的なシャハトは地位が不安定になり、ヒトラーに辞職を願い出た。三七年九月五日シャハトはさしあたり長期休暇に入り、三七年十二月八日正式に辞任した。その後任はまずゲーリング、ついでヴァルター・フンクだった。シャハトはその反対派的な態度のために四四年から四五年まで強制収容所に収容され、ニュルンベルクの戦争犯罪者裁判において無罪宣告を受けた。

三七年九月十日　金曜日

雨、気温の低下。終日、ひどい疲労。仕事はほとんど進まなかった。一人でイチュナーハへ向かって歩き、一時Kが合流した。食事にシカゴのミスター・サム・スチュアト。(1) 新聞各紙、諸雑誌。オープレヒトから校正刷。ブレンターノから愚かしい手紙、午後、これに苦心の回答。亡命者迫害の件でプラハから新たな書状。

(1) サミュエル・M・スチュアド Steward は当時シカゴ、ロヨーラ大学英文学助教授、学内二、三の委員会に属していた。〔訳注〕日記本文では、Steward がスチュアト Stuart となっている。

三七年九月十一日　土曜日

雨、寒い。執筆の頓挫。これまで書いたものを朗読してみることにする。一人でイチュナーハの先まで散歩。午後、二、三の口述。晩、K、ゴーロ、メーディと一緒にオープレヒト邸。カーラーを加えて夕食。あとから彫刻家シュペク(1)と夫人。コーヒーの後、「アデーレの物語」のうち書き上げた分のほとんどを朗読。第三章の先の部分の訂正。雑誌についての新聞反響コレクション。朗読の際オープレヒトが鼾をかく。この章の構成上の役割と位置づけについて。

(1) スイスの彫刻家で作陶家パウル・シュペク（一八九六―一九六六）とその夫人エルゼ・シュペク。パウルは一九一四年から三三年までドイツで仕事をし、それからスイスに戻った。

三七年九月十二日　日曜日

空は灰色で、冷え冷えする。暖房を入れる。「物語」を一枚分書き進める。Kとヨハニスブルクの先まで散歩。食事にギーゼ女史、テネンバウム、そしてリオン。広間でコーヒー。リオンがゴーロと私を相手に協議。第二冊に、冒頭部分を短縮するだけで「リーマーの対話」全文を公表することに決定。――疲労。――お茶にライジガーが（ニューヨークの女友達と連れだって）到着。遅れてケレーニイ教授と夫人が加わり、ヴィーン＝ブダペスト行き夜行列車で旅を続ける都合上、そのまま夕食まで残る。その間私のところ[1]で原稿発送を一つ処理出来た。ケレーニイ「かつてのヴァイマル滞在と同じように、ヨーロッパ旅行者たるものの義務を果たすためにチューリヒ近郊キュスナハトに参りました。」うまい、うまい。――ライジガーは変わらず好ましい。ライジガーと私のところで歓談。メーディがケレーニイ夫妻を駅へ送る。

（1）トーマス・マンがしばしば用いている「私のところで」という表現は、つねに「私の書斎で」の意味である。

三七年九月十三日　月曜日

曇天、冷え冷え。雑誌掲載用に第三章の冒頭部分を短縮。対話のつなぎ。そのあと手紙を一通書く。――暗い空模様に緑が非常に映える森を抜けて、ツォリコーンへライジガーと散歩。食後、大量の郵便と新聞各紙を読む。グレーザーの愚かしい手紙[1]。お茶のあと数通の返書の口述。ついで雑誌の校正刷を読みながら腹を立てる。ベック[2]の文章はお粗末だしニーチェについての書簡は選択が良くない。夕食後ライジガーと広間で過ごす。『レオノーレ』序曲を聴く。ロシア[3]について語り合う。――チェコ通信社電報が、マサリクの死去を知らせてきて、発言要請。

（1）「愚かしい手紙」というのは残っていない。しかし一九三七年九月十日付ベルナルト・フォン・ブレンターノ宛てトーマス・マンの手紙（『書簡目録II』三七／一六一）から明らかなように、エルンスト・グレーザーは、トーマス・マンの「政治的発展に同意出来ない」との理由で、「尺度と価値」への寄稿を断ってきたのだ。

（2）マクシミーリアーン・ベック「人種からの精神文化の独立」。一九三七年七月パリで開催された国際人口問題会議で行われた講演。この寄稿原稿はどうやら筆者に戻されたらしい。これが「尺度と価値」に掲載されたのが、ようやく一九三八年第四冊（三／四月号）だったからである。

（3）チェコスロヴァキア初代大統領トーマス・ガリグ・マサリクは、一九三七年九月十四日八十七歳、プラハ近郊のラーニ城で死去した。

三七年九月十四日　火曜日

雨、寒く、暖房を入れる。K、ライジガーと朝食。マサリクを偲ぶ言葉(1)に取り掛かる。チャペクの本(2)。写本事件。(3)一人で雨中を少し散歩。食事にヨーン・クニッテル。(4)旅行を金曜日まで延期することに決定。お茶にリオン。リオンと雑誌関連の相談、ついでゴーロに対するリオンの関係について。――疲労する。――ライジガーと晩を過ごす。学校の話に大笑い。その後ベルン放送の美しいオルガン協奏曲、ローマ放送のヴェルディの『ドン・カルロス』を聴く。

（1）『マサリクを偲んで』（『全集』第十二巻八二〇―八二四ページ）は、パリの「ダス・ノイエ・ターゲ＝ブーフ」一九三七年九月二十五日号、「プラハ新聞」一九三七年九月二十六日号、ならびにヘリン・ロウ＝ポーターの英訳により『In Memory of Masaryk』の表題でニューヨークの「ザ・ネイション」一九三七年十月九日号、ロンドンの「ライフ・アンド・レターズ・トゥデイ」一九三八年、第十一号、に掲載された。

（2）カレル・チャペク『マサリクとの対話』三巻、一九二八―三五年、ドイツ語版は全一巻で表題は『マサリク、その生涯を語る』一九三六年、これからトーマス・マンはその弔辞の中で多く引用している。

（3）いわゆる「写本論争」の争点になったのは、中世時代のものと称される「ケーニギンホーフ写本」と「グリューンベルク写本」で、このチェコ英雄時代に由来する叙事詩、叙情詩集は一八一七年に発見されたと言われ、チェコの民族意識の高揚に大きく寄与した。これらの写本は十九世紀に拵えられた偽造であることが判明し、当時プラハ大学教授であったマサリクは、自分の編集刊行する雑誌「アテネーウム」を言語学者ヤン・ゲバウアーに論文発表の場として提供、偽造を証明するゲバウアーの論文が掲載された。これによってマサリクは民族主義者たちの憎悪を招くことになったが、民族主義者たちは「有益な嘘」を嘘として暴露するのは非愛国的だと断じたのである。追悼の文章の中でトーマス・マンはこの経緯を詳細に描写している。

（4）　旅行記作家、小説家ヨーン（本名ヘルマン）・クニッテル（一八九一―一九七〇）はドイツ人伝道師とイギリス人女性との息子としてインドで生まれ、長篇小説『ヴィア・マーラ』で知られているが、エジプトとグラウビュンデン〔スイス東部の州〕に交互に暮らしていた。トーマス・マンとは、一九三四年以来の知己だった。

三七年九月十五日　水曜日

蒸し暑く、時折太陽、結局はまた雨。――マサリクと写本事件について[1]書く。ライジガーと森に出掛ける。発汗、鼻風邪。食後、椅子に座って文章を書き続ける。お茶のあとこれを書き上げ、浄書原稿を部分的に訂正。夕食にカーラー。そのあと一緒に広間で。書き上げた文章の内容を伝える。ついでカーラー、ライジガー、ゴーロを前に、「リーマー」の章の冒頭部分と後の方を長い時間をかけて朗読。大きな感動。この章のわくわくする部分は生き生きと語った。人生の大波と、洞察と解釈の大いなる豊かさ。私の創作の一つの頂点。――コルニショーン[2]から戻ったメーディが、カーラーを自宅まで送る。ライジガーとなおしばらく二人だけで。ヘッセについて、ヘッセの気持ちを捉えようとする私の努力、ヘッセの側の回避、むしろ私のことなど何も知りたくないという態度、動揺からの嫉妬、について。――遅く就寝。なおしばらく、『ゴリオ』はきのう読み終わったので、『詩と真実』を読む。

（1）　〔訳注〕追悼文『マサリクを偲んで』のこと。

（2）　エーリカ・マン主宰の「胡椒挽き」のあとをうけてチューリヒで結成されたスイスの文学・政治カバレットで、これに、女流画家で彫刻家のエルジー・アテンホーファーがはじめて女優として登場、大成功を博した。

三七年九月十六日　木曜日

八時起床。きのうの朗読の経過に満足。天候は明るさを増す。K、ライジガー、メーディ、ゴーロと朝食。

そのあと『マサリク』追悼文の訂正、プラハ、「ターゲ＝ブーフ」、アメリカ用に三部作成。――出発の準備、手紙、持参する本の選定。なお少し「物語」を書き進める。ライジガーとヨハニスブルクの先まで散歩。食事に、女友達バーバラ・X[1]（ニューヨーク）を伴ってアネマリー・シュヴァルツェンバハ。そのあとギリシアの神々に関するゴルトベルクの寄稿[2]を読む。厚かましいが、魅力がある。――お茶のあと荷造り（新しい自動車用トランクに）。それからひげを剃り、劇場行きの服を着用。K、ライジガーと仕切り席、クニッテルの『ヴィア・マーラ』[3]だが、粗削りで、問題の多い駄作。作者、その夫人、ヒチェンズ、若い中国人と挨拶。ホテルの晩餐はご免蒙って、家で夕食、長い時間食べていなかったので、大いに食欲を発揮してハム、お茶、卵を平らげる。

（1）不明。
（2）一九三七年八月二十七日付日記の注（1）参照。
（3）ヨーン・クニッテルの大成功を収めた同名の長篇小説のドラマ化。エルンスト・ギンスベルク、テレーゼ・ギーゼ、ヘルマン・ヴラハが出演したシャウシュピールハウス・チューリヒにおける初演。

ロカルノ、三七年九月十八日　土曜日、
　ホテル・レーバー・オ・ラク。

きのうの朝早くメーディはシヴォレ支店に出向いて電気ワイパーを修理させなければならなかったが、このワイパーは重要な役割を果たすことになった。私はライジガーと朝食をとり、それから自分の手提げ鞄の荷造りをした。ご多分に洩れず、たくさんの荷物を車に詰め込むなどの準備に手間取る。十時半頃私たちは三人で出発、さしあたりは我慢出来る天候のもとラパスヴィールを通過する。アクセン街道[1]では太陽が姿を見せさえした。ついで雨脚が次第に強く、暗さが次第に増してきた。山岳道路区間の壮大さはアクセン街道を過ぎると失われてきたが、それでもやはり美しい景色だった。ライジガーは非常に気分が悪くなってヴァザーノを服用。ゲシェネンで車にガソリンを補給、赤ワインで昼食。それからトンネルの中を十五分走行。トンネルを抜けると雨はもっと強くなっていた。大気は雨で暗かった。山からは白く泡立つ無数の小川が流れ落ち、各所で飛沫を上げる瀑布と化している。私たちは車を降りて、中でも最大の、最も激しい滝を見物した。ティツィーノの粘土を含んだ黄色い奔流。流れ落ちる水流は岩から直接道路にぶつかり、道路は冠水して地盤を掘り取られる恐れがあった。天候災害の性格。平野部で少し明るみが増す。五時過ぎロカルノ到着。ホテル、荷物下ろし。部屋の検分。私たちの二十三号室はヴェランダのあるツインの角部屋。ライジガーと一緒にホールでお茶とトースト。そのあと荷物をあけ、戸棚に納め、少し休息。雷雨と強風。〔?〕時半、食堂で夕食。温かな強風。少し湖岸通りを散歩。それから私たちの部屋に落ち着き、カミツレ茶をいれる。十時頃に横になる。夜の着替えの時も、またそれから後も再三再四停電するので、読書は不可能。

やや浅い睡眠。きょうの天候はいくらか好転し、強風は収まり、穏やか。入浴しバルコニーで朝食。庭に高い月桂樹。書き物机を部屋に入れ、この旅行に持参した本を並べる。諸雑誌と寄贈書籍はきのうの晩に届いた。

以上を記録したあと、「物語」を書き進める。ついでKとライジガーと一緒に町に出て二、三の買い物。私のものとしてははがきと新しいインク。雨。——手紙、原稿、用件、要請など大量の郵便物。食後ヴェランダでコーヒーを飲む。キアンティに似たノストラーノは、血管収縮作用があるので、もう飲んではならない。休息後、沛然たる雨なので、ホテルでお茶を飲む。それでもお茶のあと岬まで出掛け、ぐしょ濡れ。脚にこたえる。——手紙数通を口述、はがきは手書き。ディナーのあと、ライジガーと階上の私たちの部屋で過ごす。晩の郵便に目を通す。「デイリ・クロニクル」[2]のケストラーがチューリヒに。——「アデーレの物語」冒頭部分を遅くなって朗読。ライジガーは興味を示す。私も最初の時より気に入った。

(1) アクセン街道はフィーアヴァルトシュテッター湖畔の道路。〔訳注〕この湖東岸、アクセンシュタイン山麓の保養地ブルネン付近から同じく南岸のフリュエレンに一八六三年から六四年にかけて岩盤を切り開いて建設された道路、風光の美しさで知られている。またこの道路対岸の山中リュトリの原は、この付近の三つのヴァルトシュテッテ(カントン〔州〕のこと)ウーリ、シュヴィーツ、ウンターヴァルデンの代表がスイス建国の誓いを立てたところでもある。

(2) 「デイリ・クロニクル」は、正しくは「ニューズ・クロニクル」で、チェムバレン政府に厳しい対決姿勢をとったリベラルなロンドン日刊紙、一九六〇年廃刊。

ロカルノ、三七年九月十九日　日曜日

夜通し雨が降り、きょうも降り続いている。部屋で朝食。暖かい服装。朝食後、長い時間「物語」にかかる。消耗する。正午、ライジガーをともない車でモッシャのルートヴィヒ邸へ向かう。少し尋ね回る。若いバープ[1]が案内役。いつものように客あしらいよく迎えられる。得意気なところのうかがわれる世慣れた調子。母親とニュルンベルクからきた姪が一人。シャンペンを開けての朝食。ルートヴィヒ、ライジガーと美しい書斎に落ち着いて、トルコ・コーヒーを飲み、ワシントンとローズヴェルト[2]の話を聞く。上階で休息。庭で岩登り。雷鳴、雨。お茶。ハムスン[3]について論争。八月二十八日の『タッソ』の映画上映。六時半頃辞去して帰路につくが、ルートヴィヒは国道まで送ってくれた。宿には校正刷、手紙、雑誌「尺度と価値」関連など、大量の郵便。グレーザーの件でロートの愚かしい手紙、「老将校[4]」。冷淡に返事しなければならない。――ディナーのあと私たちの部屋でライジガーと一時を過ごし、ものを読んだり、カミツレ茶[5]を飲んだりする。早めに横になり、メリメの短篇小説を読む。

（1）　批評家ユーリウス・バープ（一八八〇―一九五五）の息子ベルント・バープ。

（2）　フランクリン・デラノウ・ローズヴェルト（一八八二―一九四五）、一九三三年から四五年まで合衆国大統領。『一九四四年選挙におけるフランクリン・D・ローズヴェルトのための演説』『全集』第十一巻九七九―九八三ページ、『フランクリン・ローズヴェルト』（一九四五年）『全集』第十二巻九四一―九四四ページ、参照。

（3）　ノルウェーの詩人クヌート・ハムスン（一八五九―一九五二）は、トーマス・マンが作家として世に出た当初から崇拝していた人物ではあるが、すでに第一次世界大戦において決定的にドイツに同調する姿勢を示し、一九三三年以来は国民社会主義ドイツに対する共感を隠さず、三十年代クヴィスリングのノルウェー国民社会主義党（ナショナル・サムリング）に入党した。四〇年のノルウェー占領にあたっては同国人にドイツ支持の呼び掛けを行った。またハムスンはカール・フォン・オシエツキへのノーベル賞授与に当たって新聞数紙に反対論を発表、そのばかげた発言によって憤激の嵐を呼び起こした。トーマス・マンは、自分がかつては非常に愛していたハムスンを、不条理で不愉快な存在と感じたのである。『クヌート・ハムスンの七十歳誕生日に寄せて』（一九二九年）『全集』第十巻四五九―

四六四ページ、『井戸辺の女たち』（一九二二年）『全集』第十巻六一七―六二四ページ、参照。

（4）　ヨーゼフ・ロート（一八九四―一九三九）は「老将校」ではなかった。確認されるかぎりロートは一九一六年八月一年志願兵として召集され、一七年春にはある前線新聞の報道記者としてガリツィアに赴いた。ロートは、当人の言葉によれば、士官候補生まで昇進した。しかし自身の生涯に関するロートの発言は信用ならず、矛盾が多いと考えられ、しばしば全くの絵空事である。

（5）　プロスペル・メリメ（一八〇三―一八七〇）の短篇小説『タマンゴ』、独訳は一九二九年同名の短篇集に収められている。

ロカルノ、三七年九月二十日　月曜日

夜、非常に冷える。湖水の波音。喉に痛み。七時四十五分起床。終夜の雨が上がって、雲が薄れてくる。――「物語」を書き進める。正午、陽光を浴びながらK、ライジガーと連れ立って湖岸通り沿いに「リード」まで散策[1]。ランチのあと庭園で。それからヴィリ・ハースの原稿を喝采しながら読む。四時ブリッサーゴへドライヴ。背後に教会のある、とあるテラスでお茶。綺麗なイタリア的な町。ディナーの前に手紙を口述[2]（ロート、リオン、オープレヒト等々。ペータースブルク、チューリヒ・ラジオ等々。）[3]スイス＝イタリア放送のカメラマン来訪。ケストラーから電報、本人が晩に到着、電話をかけてくる。ルートヴィヒから葡萄の届け物。晩、すでに書き上げた分の残りを朗読、ライジガーはこれを魅力的という。夜の[4]読書はメリメ。雷雨。――ジュネーヴでのスペイン首相の卓抜な演説。

（1）　著述家、批評家ヴィリ・ハース（一八九一―一九七三）は、一九二五年エルンスト・ローヴォルトとともに週刊新聞「文学界」を創刊、三三年まで編集長をつとめ、トーマス・マンはこれにしばしば寄稿した。ハースは圧力を受けてこの週刊新聞の売却の止むなきにいたり、プラハへ、プラハからインド、のちロンドンへ亡命し、四八年ドイツに戻った。ハースはプラハで三三年から三四年まで短命に終わった文学週刊誌「ヴェルト・イム・ヴォルト」を刊行、これにはトーマス・マンの寄稿二篇が掲載された。「尺度と価値」に、ハースの寄稿は一篇も掲載されていない。

（2）　おそらくW・イサコフ宛て、ロカルノから、一九三七年九月二十日付の手紙（『ヴァイマルのロッテ』ロシア語訳の件）、『書簡目録II』三七／一六五。

（3）　ヤーコプ・ヨープ宛て、ロカルノから、一九三七年九月二十日付、『書簡目録II』三七／一六六。ヨープ博士（一八九一—一九七三）は、チューリヒのスイス放送文化局主任で、トーマス・マンに『ヴァイマルのロッテ』からのラジオ朗読出演を要請してきたのである。

（4） ファン・ネグリンは一九三七年五月十八日から三九年三月五日まで四回スペイン共和国首相をつとめた。

ロカルノ、三七年九月二十一日　火曜日

終夜降雨。この雨は朝方も続いている。完全な封じ込め。仕事を進める。十一時過ぎ、約束してあったケストラーに会いに階下に下りる。ホールで歓談。雨が止みかけ、一緒に湖岸を散歩。ケストラーを加えて四人でランチ、サロンでコーヒー。——午後、手紙を口述し、第三章への準備覚書、その他。七時十五分、ケストラーを加えて四人でディナー(1)。そのあとケストラー、ライジガーとサロンで。感じのいい人柄。死を前にしたケストラーの絶体絶命について、『魔の山』について。しかし甚だしい疲労を覚え、気分を損ね、ほどなく座を立つ。ライジガーはケストラーのところへ戻り、あわせて私の非礼を詫びてくれる。——「プラハ新聞」が葬儀(2)について。メリメ『タマンゴ』。

（1） アーサ・ケストラーはトーマス・マンとのあまり首尾の良くはなかった出会いの顛末を自伝の第二巻『暗号』三九五—三九八ページ、に詳細に描写している。

（2） T・G・マサリクの葬儀。

ロカルノ、三七年九月二十二日　水曜日

終夜、そしてきょうも引き続き雨、とてつもない。Kがバルコニーを使えないので、二つ目の部屋を借りようかと考慮する。——いつものように一日を過ごす。「物語」を書き進める。晩モッシャへ。ルートヴィヒ邸で音楽夜会、夕食が二度。非常に遅く就寝。

ロカルノ、三七年九月二十三日　木曜日

天候はやや好転。「物語」の執筆。午前、午後それぞれ散歩。大量の郵便。ジッドから「尺度と価値」にその「序文」を掲載する問題について手紙。(1) スイス＝イタリア・ラジオのための挨拶、(2) リオン宛ての手紙を口述。疲労。晩、ライジガーと私たちの部屋で。短くしたリーマーの対話の校正刷。講演旅行についてのピートの手紙。

(1)　アンドレ・ジッドの「序文」は「尺度と価値」には掲載されなかった。

(2)　一九三七年九月二十六日「ラディオ・スウィッツェラ＝イタリアーナ」から放送されたこの挨拶の原文はこれまで発見されていない、また録音そのものも、ルガーノの「ラディオテレヴィジオーネ・デッラ・スウィッツェラ・イタリアーナ」のインフォーメイションによれば、もはや保存されていない。

ロカルノ、三七年九月二十五日　土曜日

きのうは霧がかってはいたものの晴れてきた。遅く起床、十一時まで仕事。それから三人で湖岸をミヌージオへ向かって散歩、ミヌージオは非常に美しいところだった。食事前を庭で。各種の手紙。写真撮影。第三章の校正刷。路上でコーヒー。ついでマドンナ・デル・サッソ教会へ上がって行った。宿でラジオ挨拶を終わりまで口述。晩、「リーマー」の一部を朗読。ライジガーは狼狽し落ち着かなくなった、と思う。――ハインリヒ(1)の論説を載せた「ヴェルトビューネ」誌。「ターゲブーフ」にマサリク追悼の私の文章。――きょうは澄み渡り爽快な天候。バルコニーで朝食。十時半まで仕事。十一時頃ルートヴィヒ夫妻とわれわれの二台の車でヴェルジャスカ渓谷へ。素晴らしいドライヴ、素晴らしい遠足。ブリオーネの鄙びた飲食店で昼食。またまたルートヴィヒ夫妻の心ひきつける客あしらい。五時頃宿に戻る。少し休息した後、アスコーナのリヒター博士(2)夫妻を訪ねる。夫妻の宿の小さなヴェランダで上等のデンマーク産蜂蜜を賞味しながらお茶。

（1）おそらくプラハの「ディ・ノイエ・ヴェルトビューネ」一九三七年九月二十三日号に掲載されたハインリヒ・マンの「仕事嫌いの人々の党大会」を指していると思われる。

（2）〔訳注〕リヒター博士はアローザの「ノイエス・ヴァルトホテル」の所有者兼経営者で、この時はたまたまマッジョーレ湖畔のアスコーナに夫妻で滞在していたのだろう。

ロカルノ、三七年九月二十六日　日曜日

七時半起床。いくらか霧がかった晴天。十一時まで仕事。ついで身繕いして、K、ライジガーと美しい湖畔の道をミヌージオへ向けて散歩。食後、庭でコーヒーを飲みながら新聞や印刷物を読む。涼しい。バルコニーで日光浴。休息。四時、K、ライジガーと市内へお茶を飲みに出る。自転車競争の喚声。音楽。「自由労働者党」の行進。散歩の際、果てしない階段道を登ったので、ぐったりと疲労。汗ぐっしょりになり、筋肉に痛み。宿に戻って口述、きょう届いた新しい一巻本『魔の山』についてベルマン[1]宛て。嬉しい。「尺度と価値」（ベック）の件でリオン宛て、等々。食後、八時十五分私たちの部屋からラジオ中継、アナウンサーの前置と通訳を添えて、テシーンからの挨拶。謝金一〇〇フラン。

（1）この手紙は残っていない。

ロカルノ、三七年九月二十七日　月曜日

八時起床。雨。十一時まで「物語」を書き進める。ライジガーと理髪店へ。そのあとライジガーと雨の中、少し湖岸通りを散歩。ランチのあと、ホールで手紙や新聞を読みながら。雑誌についてリオン。ムッソリーニのミュンヒェン到着[1]についての報道。——キリスト教に関するテル・ブラーク[2]の論考に没頭。エーリヒ・ヘラー[3]の小さな本『二十世紀からの逃亡』、私はこの本の中でカール・クラウス[4]と一纏めにされている。——午後、車でミスター・ハチンスン[5]が迎えに来て、ライジガーと改築中の、美しい佇まいのハチンスン夫妻の屋敷へ。アトリエでお茶。マルコーニ電蓄で音楽。

ハチンスン邸から送り帰してもらって私たちは三人でなお湖岸通りを散歩する。大量の郵便、多数の面倒な手紙。夕食後「リーマー」の先の部分を朗読、この部分について話し合う。新聞は独裁者どものお祭り騒ぎで溢れかえっているが、こんなものは平然と無視する。

(1) ムッソリーニのドイツ公式訪問は一九三七年九月二十五日から二十八日。

(2) メノー・テル・ブラーク「反キリストとしてのキリスト」、アルベルト・ヴィゴライス・テーレンによる独訳、『新・旧キリスト教徒について』ロテルダム、一九三七年、所収。

(3) ゲルマニスト、エーリヒ・ヘラー(一九一一年生まれ)は一九三八年チェコスロヴァキアからイギリスに亡命、ケムブリジ大学で学位を取得、五〇年から六〇年スウォンジ大学、六〇年以来イリノイ州シカゴ近郊エヴァンストンのノース・ウェスタン大学教授。トーマス・マンについて多数の論考があるが、主著は『トーマス・マン。反語的ドイツ人』一九五九年である。ヴィーンのザトゥルン書店から一九三八年刊として刊行された『二十世紀からの逃走』は、ヘラーの最初の著書であった。

(4) ヴィーンの作家、戦闘的評論家、言語批評家カール・クラウス(一八七四—一九三六)、その長大なドラマ『人類最後の日々』とその攻撃的文化批評雑誌『ディ・ファケル(松明)』によって知られている。

(5) ビル・ハチンスンとリー・ハチンスン。それ以上については不明。

ロカルノ、三七年九月二十八日　火曜日

晴天、フェーン。八時前に起床し、朝食後、二枚以上ぎっしり書き進める。三人で暑い日差しの中や危険なくらいひんやりした日陰の中をミヌージオへ散歩する。食後、庭でコーヒーを飲みながら、ルートヴィヒ邸で遇ったオランダ人の画家[(1)]にスケッチしてもらう。「リーマー」の校正刷の校正。新聞各紙。午後車でマドンナ・デル・サッソの丘へ。蠟人形展示室を思わせる群像の並んでいる教会を見学する。初期キリスト教とナチ運動とのある種の類似性について、ライジガーと話し合う。宿で手紙を口述(リオン、ハルデコップ)。ディナーへ向かう途中でラジオからムッソリーニの声と民衆の喚声。——晩、『ロッテ』第二章と第四章の朗読。

(1) おそらくオランダの画家エルンスト・レイデ(一八九二

―一九六九）。レイデはアメリカではヴァン・レイデと名乗っていた。レイデはしばしばテシーンのエーミール・ルートヴィヒ邸に滞在し、トーマス・マンとも面識があった。

ロカルノ、三七年九月二十九日　水曜日

フェーンの吹く晴天の暖かい天候。「物語」を思い切り書き進める。K、ライジガーと市内へ。食後、庭で郵便と新聞各紙。勝利を確信している嫌悪すべき二人の賤民（1）の姿。午後Kとアスコーナのフライナー邸へ。郵便局のところで夫人が待っていた。堂々たる場所に立つ快適な屋敷へ急坂をのぼる。お茶と感じの良い人々との歓談。新しいドイツの公法に対する教授の仰天。敬意を払われているフォンターネについて。かなり長居して、七時頃宿に戻った。さらに郵便物に目を通す。ウシ（2）のリオンと電話。追い込まれていた翻訳と校正の仕事からの息抜きに午後ボートを漕いできたライジガーを加えて夕食。晩いつもの通りライジガーと私たちの部屋で。

（1）〔訳注〕ヒトラーとムッソリーニのこと。

（2）リオンは住所不定で、以前から「家を持たず」、編集の仕事の場であるチューリヒに固定した住居を構えるよう勧められてもその気になれず、パトロンの家からまた別のパトロンの家へと転々と回り、イタリア、フランス、そしてレマン湖畔にながく滞在することがよくあった。トーマス・マンはリオンに規律ある生活をするよう促していたが、実を結ばなかった。〔訳注〕ウシはレマン湖畔ロザヌ（ローザンヌ）郊外の町。

ロカルノ、三七年九月三十日　木曜日

雨。「物語」を書き進める。正午ミヌージオへ。食後ホールで。新聞各紙。度外れの欺瞞と傲岸というべき、ベルリンの二人の独裁者の演説。疲労、しかし今は睡眠不足。上顎のブリッジが弛緩――見通し通り。午後、市内でコーヒー。買い物。ライジガーへの万年筆のプレゼント。宿で一連の手紙（1）の口述。着信は僅か。ベルマンガリマール書店から政治論小冊子の校正刷。

の「年鑑」(2)。ディナーのあとKと校正にかかったが、残念ながらKはまたもや胃痛を訴えている。メーディから電話。ヘラー（コモタウ）宛てにその著書に対する礼状。

（1）『ヨーロッパに告ぐ Avertissement à l'Europe』
（2）『ディ・ラッペン』。一九三七年秋に刊行されたベルマン＝フィッシャー書店の「年鑑」。

ロカルノ、三七年十月一日　金曜日

好天。「物語」を思い切り書き進める。K、ライジガーとアスコーナへ出掛け、そこを散歩する。ついでモッシャのルートヴィヒを訪れ、これに新版の(1)『魔の山』を献呈、お返しにタッソ美装本をもらう。絹の天幕を張った絵のように美しいテラスでシャンペンを開けての朝食、逸話、『西東詩篇』の朗誦、度外れな冗談が飛び交い、つぼを抑えて意識的に生み出された高尚な状況。心底陽気に同調。遅れてこれに老女権論者(2)アウクスブルクとハイマン。食事中下顎の陶製歯冠がなくなる。宿でしばらく休息、それからKと二人だけで市内でお茶を飲み、歯科医師ヴェールリ(3)博士を訪れる。博士は成型を取って、「上の方の」問題の根本的解決は、とくに精神的理由からすすめられない、と印象的な言い方をした。——夕べの散歩。きのう、きょう、Kとライジガーのために『遍歴時代』から朗読。——リオン(4)から手紙。古典時代のヴァイマルについてのベテクスの興味深い著書。

（1）一九三七年秋、ヴィーンのベルマン＝フィッシャー書店から刊行された新しい廉価一巻本『魔の山』。
（2）平和主義者であるドイツの女権論者アニータ・アウクスブルク Augspurg（一八五七―一九四三。〔訳注〕日記原文ではアウクスブルク Augsburg となっている。）とリーダ・グスタヴァ・ハイマン（一八六八―一九四三）。二人は一九〇三年ドイツ婦人参政権同盟を創設、共同で雑誌「国家の中の婦人」を刊行した。ともに三三年スイスに亡命。
（3）フェデリーコ・ヴェールリ博士はロカルノの歯科医。
（4）スイスの文学・文化史家アルベルト・ベテクス（一九〇六年生まれ）は、一九四四年から五七年まで月刊誌「ドゥ」の文学担当編集者。ベテクスの著書とは学位論文『古典的ヴァイマルをめぐる戦い。一七八八―一七九八年』（一九三五年）。

ロカルノ、三七年十月二日　土曜日

爽やかな晴天。バルコニーで朝食。仕事の後、オランダ人でテル・ブラークの友人ヘンドリク・マルスマン[1]来訪。マルスマン、K、ライジガーと庭に座って過ごし、湖畔を散策する。食後、三人で庭で過ごす。早めに横になって休息。三時十五分と決めてあったルートヴィヒのモーターボートによる出迎えは、故障のため中止。ホテル・リードで待つ。やがてルートヴィヒが車で来る。ルートヴィヒと車でイントラニャへ。ロマンティックな景色。運転が悪く神経に触る。ルートヴィヒ邸へ。そこで俳優ノルベルト・シラー[2]を加えてお茶。「リーマー」の章の一部を朗読、私たちも夕食にあずかったが、朗読はそのあとも続けられた。強い効果。晩のお茶のあとルートヴィヒの運転手に乗せてもらって辞去。雑誌関連の郵便物。ほとんど真夜中。

（1）　オランダの著作家ヘンドリク・マルスマン（一八九九―一九四〇）は、雑誌「デ・ブレイエ・ブラデン」の刊行者。ボルドーからイギリスに渡る際、乗船が魚雷攻撃を受け、溺死した。

（2）　ベルリンの俳優ノルベルト・シラー。一九二九年レーオポルト・イェスナーがベルリン国立劇場で最後の演出をした時にノルベルト・シラーはドン・カルロス役を演じたが、これがシラーのベルリンにおける最初の古典劇デビューだった。それ以前は、シャウシュピールハウス・フランクフルト所属。

ロカルノ、三七年十月三日　日曜日

晴天の朝、やがて雨模様、やがてまた回復。疲労。仕事は少ししか進まなかった。正午K、ライジガーと少し散歩。――食後、庭のヴェランダでコーヒー、印刷物の通読。ベルマンがホーフマンスタールの新しい書簡集[1]を送って寄越す。四時シラー来訪。きょうの本人の朗誦の夕べへの来会を私たちにすすめに来たのだ。断る。シラーと市内へ。いつもの場所でお茶。丘の中腹を散歩。美しい光、城壁、塔、片隅など美しい南国の形象。テル・ブラーク(2)、リオン、アメリカに関してエインジェル(3)、その他宛てに手紙の口述。夕食にタキシード。それからゲーテ朗読。

（1）フーゴ・フォン・ホーフマンスタール『書簡集。一九〇〇—一九〇九年』は、一九三七年秋ヴィーンのベルマン＝フィッシャー書店から刊行された。これはホーフマンスタールの二巻本書簡選集の第二巻であった。第一巻『書簡集。一八九一—一九〇一年』は、三五年になおベルリンにあったS・フィッシャー書店から刊行されていた。編者は、名前の記載がないが、ホーフマンスタールの女婿ハインリヒ・ツィマーだった。

（2）メノー・テル・ブラーク宛て、ロカルノから、一九三七年十月三日付、『書簡目録II』三七／一七六。

（3）ジョゼフ・W・エインジェル宛て、ロカルノから、一九三七年十月三日付、『書簡目録II』三七／一七五。

ロカルノ、三七年十月四日　月曜日

晴天の朝、やがて雨模様。熟睡出来たせいか二枚書き進める。十一時十五分ルートヴィヒの車がライジガーと私たちを迎えにくる。ロンコへ上がって行き、そこでルートヴィヒ夫妻と落ち合い、夫妻と素晴らしい散歩をした（山手ロンコ通り）。車で戻る。遅いランチ。その後ホールで手紙と新聞各紙。お茶にアウレッシオからテーレン(1)氏夫妻来訪。夫妻と庭のサロンで。テル・ブラーク、オランダ文学、ポルトガル＝スペイン語について。五時半Kと市内へ。歯科医ヴェールリ博士に陶製歯冠をはめてもらい、今後の義歯について相談する。夕食の際ライジガーとイギリスの役割について語りあったが、ライジガーはその役割を信じており、弁護的である。——あるリベラル社会主義人民戦線組織に関連してハインリヒの手紙(2)、この組織が私の『序文』をドイツ国内に流布したいと希望しているのだ。——エルツ山脈の子供たち(3)について、「トーマス・マン集団」宛ての私の手紙についての新聞切り抜き。「攻撃《アングリフ》」紙の私についてのいかがわしい記事(4)。——ゲーテ朗読（「五十歳の男」(5)）。

（1）ドイツの作家アルベルト・ヴィゴライス・テーレン（一九〇三年生まれ）は一九三一年以来スペイン、三六年以来フランス、スイス、のちポルトガル、オランダ、そして改めてスイスで暮らしていた。テーレンはH・マルスマンと協力してポルトガル作家の作品をオランダ語に翻訳、メノー・テル・ブラークと親交があり、クラウス・マンの雑誌「集合《ディ・ザムルング》」の寄稿者だった。テーレンはテル・ブラークの提案を受けて、ハーグの「ヘト・ファーデルラント」紙の週刊クロニーク「国外のドイツ文学」におけるドイツ亡命文学担当をレーオポルト・ファブリーツィウスのペンネームで引き受けることになったが、前任の批評担当フリードリヒ・マルクス・ヒューブナーが亡命者について書くことを拒んだからであった。テーレンは、五三年その亡命小説『第二の顔の島』によって非常に有名になった。

(2)　この手紙は残っていない。

(3)　これについてはいかなる資料も発見されていない。

(4)　「サンフランシスコ・イグザミナー」一九三七年八月二十日号の短信を契機として「攻撃《アングリフ》」一九三七年九月十八日号に掲載された「H・K」署名のトーマス・マン誹謗文。

(5)　「五十歳の男」は『ヴィルヘルム・マイスターの遍歴時代』第二部中のゲーテの短篇小説。

ロカルノ、三七年十月五日　火曜日

雨。仕事。K、ライジガーと少し散歩。食後私たちの部屋のヴェランダで絵はがきを書く。ホテルで、六月三十日の目撃証人であった若いシリング(1)を加えてお茶、障害の残った青年である。四人で湖畔を散歩。宿でミセス・マイアー、ラシュカ領事、その他宛てに手紙の口述。もう一度ルートヴィヒ邸での夕食に出掛け、助任司祭ファーゼル(2)と同席。司祭と伝道を攻撃する「アフリカの」夫人との間の気まずい場面。あまりにも愚かしく、やりきれない。単純な夫の護教演説。ディオニュソス礼拝を内容とするポムペイ壁画の画帖。見事な大理石の中庭。その他は総じて好ましくない。土砂降りの雨の中、助任司祭を家まで（ミヌージオ）送る。ライジガーと一緒に私たちの部屋でカミツレ茶。遅くなる。――ハルデコップ(3)によるジッド序文の翻訳。

(1)　調査が届かなかった。〔訳注〕六月三十日といえば当然一九三四年六月三十日の粛清事件が想起される。国民社会主義党の党内左派として侮れない勢力になった突撃隊（SA）を政権運営の障害と考えたヒトラーは、隊長レームを始め、突撃隊の領袖がガルミシュ＝パルテンキルヒェンに集まっていた機会を狙ってほとんど全員を殺害した。この「作戦」の実行部隊は親衛隊（SS）であった。おそらくシリングという青年は突撃隊（SA）の隊員で負傷を負いながら逃げのびたのであろう。

(2)　カトリック聖職者ヘルムート・ファーゼル（一八九一―?）は、哲学的、宗教的諸問題についての講演によって二十年代のドイツでは非常に著名であり、代表的著作には、『無神論者との対話』（一九二六年）、『結婚、愛、性問題』（一九二八年）がある。ファーゼルは、一九三三年以来スイスに住んでいた。

（3）フェルディナント・ハルデコップ（一八七六―一九五四）は、バルザック、ゾラ、モパサン、ジッド、マルロ、ジオノ、ラミュ等々の名高い訳者で、一九二二年以来パリに住み、占領時代は南フランスに隠れてやり過ごし、四六年スイスに移った。その手になるジッド序文の翻訳は、パリの「ノイエ・ターゲ゠ブーフ」誌に掲載された。

ロカルノ、三七年十月六日　水曜日

終夜の雨がこの日中も降り続く。部屋で朝食。そのあと「物語」の結尾に向かって書き進める。Kは車で町に。ライジガーと散歩。食後サロンと自室で郵便や新聞各紙を読む。雑誌第二冊の本組み。興奮して休息にならない。四時お茶にKと市内へ。そのあとハインリヒ宛ての手紙[1]を口述、「リベラル社会主義人民戦線」の件で断り。荷造り仕事。ひげ剃り。食後ルートヴィヒからの贈り物が届く（革チョッキ、ジャム各種、砂漠の砂入り小袋）。荷造りの続行、書籍。ライジガーと「五十歳の男」。

（1）この手紙は残っていない。

キュスナハトに戻る、三七年十月七日　木曜日

ロカルノでは終夜小止みなく雨が降り、きょうも続いていた。八時前に起床、部屋で朝食、多数の荷物を纏め上げる。九時半に車にすべて詰め込み終える。ホテル・レーバーに別れを告げる。ライジガーを市内で拾う。[1]雨と寒さの悪天候のドライヴ旅行だが、それとても雲に包まれた風景の雄大さを損なうものではなかった。アイローロで昼食、ここに長居しすぎた。ゲシェネン出発は三時頃。それからは、時折濃霧に包まれながらも走り続ける。ここキュスナハトには六時到着。メーディ、ゴーロ、女中たち、バイドラーの贈り物の二匹の白い雄の子猫に挨拶。トービはこの猫たちと仲

良くしている。――どうしても飲みたかったお茶。さまざまな郵便、ブロッホ Broch は自分の件で、手紙の大きな山。荷物を開ける。夕食後ラジオを聴く、チャイコフスキーのピアノ協奏曲、きわめて魅力的。――クラウスが、「カイエ・ドュ・シュド」のロマン派特集号について書いた文章[2]をニューヨークから送って寄越す。――わが家に落ち着いたところで、あしたからは仕事にかかる。ブリッジがゆるんでいるため歯根が疼く。取り掛からねばならない仕事を考えると気掛かり。

(1) 「ライジガーを市内で拾う Nahmen Reisiger in der Stadt」と手稿にはあるが、おそらく「ライジガーを一緒に乗せて市内に行った Nahmen Reisiger mit in die Stadt」とあるべきところであろう。ライジガーは自動車旅行に弱かったので、列車でチューリヒに向かったのである。〔訳注〕手稿の表現は確かに曖昧ではあるとはいっても、「先に市内に出ていたライジガーを市内で拾って駅まで送った」という意味であるとすると、原注のように in der Stadt を mit in die Stadt と無理な推定をすることもなかろう。なお、ライジガーが自動車での同行を避けたのは、往路アクセン街道を過ぎ、ゲシェネンにいたる区間でひどく気分が悪くなった体験のせいであろう（三七年九月十七日）。

(2) クラウス・マン「ドイツ・ロマン派の人々との再会」、「カイエ・ドュ・シュド」〈ドイツ・ロマン派〉特集号に寄せる覚書。この論考は、フェルディナント・リオンとの激しい応酬の末大幅にカットされて「尺度と価値」一九三八年第六冊（七／八月号）に掲載されたが、これはリオンが編集に当たっていた期間の「尺度と価値」へのクラウス・マンの唯一の寄稿だった。

キュスナハト、三七年十月八日　金曜日

浅い睡眠、苦しい夢、長時間目が覚めていて、Kがしばらく私の部屋にいてくれた。八時半起床。朝食後「物語」の続稿。爽やかな曇天。ライジガーとヨハニスブルクの先まで散歩。食後、新聞各紙とクラウスの原稿に目を通す。早めのお茶、Kとライジガーと一緒にシネマ「ノルト・ウント・ジュート」に出掛けたが、いつも満員札止めになるフランス映画『大いなる幻影[1]』が上映されている。フランス人、ドイツ人、イギリス人、ロシア人が演じる捕虜生活、見事な演技、感動的で、心癒される信念。満足しながら帰宅。郵便、

諸雑誌の到着。返事を書かねばならぬ手紙が山と溜まっている。夕食後、部分的には大笑いしながら『五十歳の男』を読み進める。「もっとも普遍的なものしか認めない」老年の散文の洗練をきわめた定型性について考える。――ライジンガーに電話したところ、不在と分かる。アスパーに電話、あす正午の診療の約束を取り付ける。――寝付く前メリメ（『コロンバ』[2]）を読み続けることにする。

（1）ジャン・ルノワール演出の独仏（合作）戦争映画、出演はエーリヒ・フォン・シュトローハイム、ジャン・ギャバン、ディータ・パルロ、ピエル・フルネ。
（2）プロスペル・メリメの短篇小説（一八四〇年）。

三七年十月九日　土曜日

冷えるが、雨はなし。八時頃起床、一人で朝食をとり、仕事をする。K、ライジガーと市内へ。ショル[1]で、ライジガーへの贈り物の万年筆。原稿用紙。アスパー博士の診断。上顎の歯を抜き総入れ歯にする必要があるとの診断結果。かなりショック。金曜日を予約。最初の、きわめて容易ならぬ治療にあたっての事前準備をあれこれ考える。――クウェーリードーから新版『詐欺師』数冊が届く。きれいに上がっている。食事にギーゼ女史。コーヒー。そのあと手紙や雑誌類を読む。お茶のあと多数の口述。晩、「五十歳の男」を読了。――十一月十五日にラジオ放送の契約。――ベルマンの「年鑑」のためにニューヨークのテーブル・スピーチ[2]を用意し、ジッド序文翻訳用にドイツ語オリジナル[3]をノートする。

（1）チューリヒ、ポスト通りのショル兄弟文具店。
（2）『生き生きした精神』（『全集』第十三巻三三七―三五一ページ）。この日記の記述と翌日の記述から明らかであるが、このスピーチのドイツ語原稿は当時まだ存在していたが、どうやら散逸したらしい。『全集』第十三巻〔一九七四年刊〕のためには、英訳から反訳せざるを得なかった。ベルマン＝フィッシャー書店の年鑑「ディ・ラッペン」は、一九三七年末刊行されたが、トーマス・マンの寄稿として掲載されているのはこのスピーチのテキストではなく、『ヴァイマルのロッテ』第二章冒頭部分である。一九三七年十月十九日付日記の記述参照。
（3）〔訳注〕この記述も意味が分かりにくい。フランス語で書かれているジッドの「序文〔プレファス〕」をドイツ語に訳すというのに、ドイツ語の、しかもオリジナルがあるというのは、解せないからである。

三七年十月十日　日曜日

晴天、涼しい。Kと朝食。それから「物語」に掛かるが、書き終えるのに、まだなお数日は要する。――K、ライジガーとヨハニスブルクの先まで散歩。食事にヘーリザウのリヒテンシュタイン博士[1]。インシュリン昏睡による精神分裂症の治療について。女性患者の奇妙な語呂合わせ、「古腺さん、あんたなんか動脈しちゃうよ」（夢の発明）。広間でコーヒー。そのあと数本の原稿に目を通す。少し午睡。お茶のあと手紙の口述、チャペク[2]宛て亡命者の件。『詐欺師』の原稿十枚[3]を愛蔵版用にクウェーリードーへ。ニューヨーク・スピーチをベルマン宛てに。――ライジガーとなおしばらく散歩。晩『金髪のエクベルト』[4]を朗読。

（1）ハインツ・リヒテンシュタイン博士（一九〇四年生まれ）は短期間ヘーリザウ州立精神病院の医師だった。これ以上のことは不詳。

（2）カレル・チャペク宛て、キュスナハトから、一九三七年十月十日付、『書簡目録II』三七／一七九。

（3）クウェーリードー書店は、自社版『詐欺師』の中から一〇〇〇部限定番号入り作者署名付の特別版を製作、その中初めの十部に、オリジナルの手書き原稿を一枚ずつ添えて金箔羊皮紙装とし、四〇〇部はモロッコ皮装とした。この特別装の分の売上代金はトーマス・マン協会に寄せられることになっていた。

（4）ルートヴィヒ・ティーク（一七七三―一八五三）のお伽噺小説『金髪のエクベルト』は、一七九六年に成立、ティークの『伝承民話集』ベルリン、一七九七年、に初めて公表された。

三七年十月十一日　月曜日

霧のかかった晴天、涼しい秋の日。「物語」を結末へ向けて書き進める。ライジガーと長い森の道を散歩。上のベンチに座って日光を浴びる。ゲーテ全集の残りが届いて満足。食後クラウスのロマン派論を読み終え、立派な出来だと考える。新聞各紙にさっと目を通す。西側に対するイタリアの回答覚書は極めて欺瞞的かつシニカル。——お茶のあと口述と取り片付け。夕方頃雑誌の件でリオンと電話。夕食後全巻揃ったゲーテ全集を整頓したところ、これが本棚の中で非常に見栄えがする。鉄筆型万年筆が手に入って喜んでいるライジガーに、その万年筆でサインして『詐欺師』(1)を贈呈する。メーリケの『風見鶏』(2)を、ついでゲーテの全詩へのプロローグ(3)を朗読。——子猫たち(4)はそれぞれアウグスト、フェルディナントと名付けられる。アウグストは私の朗読中、食堂の棚に閉じ込められ、がりがり引っ搔いて気を引いていた。

(1) 『詐欺師フェーリクス・クルルの告白』の新版。
(2) エードゥアルト・メーリケの牧歌『古い風見鶏』。
(3) ゲーテが自身の全詩の冒頭に置いた『献辞』のこと。
(4) 『ヴァイマルのロッテ』第五章に登場するアウグスト・フォン・ゲーテとフェルディナント・ハインケに因んで、アウグスト、フェルディナントと名付けられたのである。

三七年十月十二日　火曜日

晴天、涼しい秋の日。補充の仕事(『親和力』)。ライジガーとヨハネスブルクの先まで。食後、庭で日光を浴びる。『ファウスト』冒頭の「献辞」を朗読。何本もの原稿を見る。午睡。お茶にカムニツァー博士夫人(1)、自分の息子の詩を朗読する。自筆の通信、デノフ(2)、リオン、オープレヒト、ある原稿についてハイファのフランク宛て。——Kと夕べの散歩。夕食にカーラー、ドイツについての大著(3)を持参。——雉肉、クリーム、シャンペンで祝宴。広間でコーヒー。フロイトとユングが話題になる。書斎で「アデーレの物語」後半を書き上げたところまで一時間にわたって朗読。満足のゆく評価。そのあとまた広間で十二時半まで。

(1) 特定にいたらなかった。
(2) モリス・デノフ『極小の抵抗戦線 La ligne de moindre résistance』長篇小説、パリ、一九三八年。ドイツ語原版、モーリッツ・デンホーフ『Die Linie des geringsten Widerstandes』は一九二九年ミュンヒェンのドライ・マスケン書店から刊行されていた。トーマス・マンはフランス語版のために序文『ある友への手紙』を書いた。この友とはルネ・シケレで、トーマス・マンとデンホーフの共通の友人であった。トーマス・マンの原文はフランス語版でしか保存されていない。「補遺」参照。

(3)　エーリヒ・フォン・カーラー『ヨーロッパの歴史におけるドイツ的性格』、チューリヒ、ヨーロッパ書店（オープレヒト）、一九三七年、はちょうど刊行されたところだった。

三七年十月十三日　水曜日

澄みわたり、涼しい好天。「物語」の終末に向かう。K、ライジガーと市内へ。大学病院のカツェンシュタインを訪れる。差し迫った歯の治療について。オプタリドンとノイロシュタビールの処方。近くの喫茶店に、そこである話し合いをしているライジガーを迎えに行く。帰途の一部をライジガーと徒歩で。食後テラスでコーヒー。ついでメーディの運転でゴーロ、K、ライジガーとルツェルンへ向けてドライヴ。トリープシェン[1]へ。部屋部屋を見て回る。奇妙な印象。おそるべき油絵、ことごとくヒトラーだ。まったく腹立たしい稚児ふうのジークフリート。ガラスケースの中にニーチェの『悲劇の誕生』[2]と並んで鈍感にも『ヴァーグナーの場合』[3]が展示されている。興味深い、家族や友人たちの数々のグループ写真。チェムバレン[4]の胸像。窓を通しての華麗な風景。借手の趣味を凌駕する趣ある家具。借手自身が持ち込んだキルティングの、バイロイト様式安楽椅子。他のものとは違って、比較的新しい絵のユダヤ人と見紛うばかりのジークフリート。『牧歌』に添えたコージマ宛ての詩――ただ「ふうん！」という他ない。潜在的、予備的でしかないが、大仰な紛い物からドイツ的少年愛にいたるおぞましいヒトラー性の諸要素が、はっきり顔をのぞかせている。――ニーチェがヴァーグナーと逍遥した庭園を湖畔まで歩く。美術館の喫茶室でココア。古い橋を渡っての散策。繊細な美しさを見せる山々。帰途につき、七時帰着。――郵便を整理。ライジガーは日曜日まで滞在の予定。夕食後『ヴァルキューレ』のレコードを感嘆しながら聴く。

(1)　トリープシェンはルツェルン近郊の小邑、ここにリヒァルト・ヴァーグナーは一八六五年から七二年まで住み、『マイスタージンガー』を完成、『指輪』を『神々の黄昏』

まで作曲した。ヴァーグナーが住んで『ジークフリート牧歌』を書いた家は今日記念館になっている。〔訳注〕トーマス・マンが訪れた頃、この記念館の展示も隣国ドイツの独裁者でヴァーグナー・ファンであったヒトラーに迎合したものになっていたのであろう。この体たらくに、ショーペンハウアーと並んでヴァーグナー、ニーチェに大きな影響を受け、傾倒していたトーマス・マンも、ヒトラーばかりか、ヴァーグナーやニーチェにも違和感を覚えたようすがうかがわれる。

（2）『音楽の精神からの悲劇の誕生』（一八七二年）、これはフリードリヒ・ニーチェの最初の著作である。

（3）フリードリヒ・ニーチェの『ヴァーグナーの場合』（一八八八年）。〔訳注〕ニーチェは当初ヴァーグナーに傾倒、心酔し、トリープシェンもしばしば訪れたが、やがて激しいヴァーグナー批判を展開するにいたる。『ヴァーグナーの場合』はそうした批判書なので、トーマス・マンはヴァーグナー記念館にそうした書物を展示する神経に呆れたのであろう。

（4）イギリスの文化哲学者フーストゥン・スチュアト・チェムバレン（一八五五―一九二七）は一九〇八年リヒアルト・ヴァーグナーの娘エーファと結婚、バイロイトに住んでいた。物議を醸したその著作『十九世紀の諸基盤』は、国民社会主義人種イデオロギーの先駆として影響が大きかった。

三七年十月十四日　木曜日

霧がかって心地好い日。「物語」の章の結末部分を試し書きする。ライジガーとヨハニスブルクの先まで散歩。オープレヒトとベルマンから新刊書。Kは、私たちへのワシントンの二、〇〇〇スイス・フラン[1]の受領と『往復書簡』の最終計算のことでオープレヒト邸へ。午睡。お茶にラパスヴィールのラインケ夫妻[2]、これは奇妙な人たちで、自分たちの生活上の問題を縷々述べ立てはしたものの、何か望んでいることがあるわけでもない。そのあとヴィーンのベネディクト博士宛ての手紙を口述、自筆でもなお少し書く。K、ライジガーとシャウシュピールハウスへ、グラッベ[3]の『諧謔、イロニー、等々』、今日的に分解され、天才的な瞬間を見せ、シェイクスピア＝パロディー的で、酩酊場面を壮大に演じて見せる、見事な舞台。ブレンターノ夫妻、ディーボルト[4]、リーザー夫人、ケルンの文学史研究者でベルトラムの弟子[5]と挨拶。――朝、正午、劇場へ行く前と、オプタリドンを服用し、猛烈な睡魔、しかし晩には旺盛な食欲。――シュタインハウゼン[6]の著

書『自由の未来』についてのブライの書評。(7)

(1) 調査が付かなかった。おそらく、出版社主オープレヒトを介して清算されたアメリカ関係の報酬であろう。

(2) ジークフリート・ラインケ(一八八三年生まれ)はドイツの美術史家、ラパスヴィール近くのヨーナに住んでいた。

(3) チューリヒ・シャウシュピールハウスにおけるクリスティアーン・ディートリヒ・グラッベ(一八〇一―一八三六)の『諧謔、風刺、イロニー、より深い意義』、演出レーオポルト・リントベルク、出演エルンスト・ギンスベルク、レオナルト・シュテケル、クルト・ホルヴィッツ、エルヴィーン・カルザー、ヴォルフガング・ラングホフ、ヴォルフガング・ハインツ。

(4) ベルンハルト・ディーボルト(一八八六―一九四五)、スイス生まれの評論家、「フランクフルト新聞」の著名な劇評担当。一九三三年故国に戻り、時折「フランクフルト新聞」に寄稿していた。

(5) 調査がつかなかった。〔訳注〕この人物について本文でケルンの Literaturhis-toriker とあるが、この語は日本語で「文学史家」というよりもっと幅広く、文学史を主専攻とする学生をも意味する。たとえば哲学者 Philosoph が、ハイデガーはもちろん哲学専攻の学生をも意味するのと同様である。またここで「ケルンの」というのは、「ケルン大学(関係)の」という意味である。

(6) ヘルマン・シュタインハウゼンは、劇場文芸部員、批評家、随筆家オイゲーン・ギュルスター(一八九五―一九八〇)のペンネーム。一九三三年スイス、四一年合衆国に亡命、メリーランドとデトロイトの大学でドイツ文学の客員教授を務めた。五二年ドイツに戻り、ロンドン、ヴィーンのドイツ大使館で長年にわたって文化部長を務めて多大の功績をあげた。その著書『自由の未来』は、三七年チューリヒのヨーロッパ書店(オープレヒト)から刊行された。これに続いて三八年ストックホルムのベルマン゠フィッシャー書店から『世界史における悪の役割』が刊行された。「尺度と価値」にはシュタインハウゼンの寄稿数本が掲載されたが、シュタインハウゼンの著書に対するブライの書評は一本も掲載されていない。

(7) オーストリアの著作家、翻訳者、雑誌刊行者フランツ・ブライ(一八七一―一九四二)は、トーマス・マンのミュンヒェン時代以来の知己で、一九三三年マジョルカ島へ亡命、三六年ヴィーンに戻り、三八年イタリア、四一年合衆国に移った。亡命中の四〇年アムステルダムのアレルト・デ・ランゲ書店から『同時代の肖像』が刊行された。

三七年十月十五日　金曜日

霧がかった晴天。朝食後としばらく後の二度オプタドリンを服用。「物語」の結末部分を書き進める。十二時前Kにアスパーの診療所へ車で運んでもらう、辛い時間を、自制心で耐える。何本もの麻酔注射、歯つきブリッジの除去、何本もの抜歯、そのうち一本はなかなか抜けなかった。上下の顎の石膏模型取り、上顎は口蓋部分とも、すべて取り乱すことなく進行。終了は一時十五分。Kと帰宅。疲労。術後相応の食事。コーヒー。食後、諸雑誌を読む。「ターゲブーフ」[1]誌にドイツにおける『往復書簡』の役割について。五時半に早くもまたアスパーの診療所へ。蠟型着装をかなりの時間試みる。帰途一部分を歩く。Kにヴェルフェル宛て[2]の手紙を口述、なぜ今ヴェルフェルの長篇小説を読めないのか、説明する。その他。夕食後ライジガーとヴァーグナー音楽を聴く。ベルマン宛て[3]に手紙を書く。書いた手紙を投函出来るように用意する。

（1）「ターゲ＝ブーフ」誌にこの記述は見当たらなかった。おそらく他の雑誌と取り違えたのであろう。〔訳注〕ここにいう「ターゲ＝ブーフ Tage-Buch」は、「ダス・ノイエ・ターゲ＝ブーフ Das Neue Tage-Buch」のことである。なおトーマス・マンはここでも誌名を「ターゲブーフ Tagebuch」と記している。

（2） フランツ・ヴェルフェル宛て、キュスナハトから、一九三七年十月十四日付、「トーマス・マン協会報」一七号、一九七九年、『書簡目録II』三七／一八二。日付をトーマス・マンは誤記している。

（3） ゴットフリート・ベルマン・フィッシャー宛て、キュスナハトから、一九三七年十月十五日付、『往復書簡集』一三七―一三八ページ、所収。

三七年十月十六日　土曜日

霧、晴天。書き上げたばかりの部分に改めて手を入れ、改善する。ライジガーと長い森の道。食後テラスで。故ブルナー[1]のミケランジェロ論。疲労困憊。午睡。K、ライジガーとレクス・シネマへ、サシャ・ギトリの優雅な映画[2]、美しい道徳的懐疑、優れた台詞まわし。市内は活況を呈している。――「尺度と価値」第二号数部が届く、見事な冊子。夕食後ライジガーと『マイスタージンガー』音楽を聴く。

（1） コンスタンティーン・ブルナーは一九三七年八月二十八日亡命地デン・ハーグで死去。「尺度と価値」にその論考は一本も掲載されなかった。

（2）『あるいかさま師の物語』（Le roman d'un tricheur、サ

シャ・ギトリ（一八八五―一九五七）監督主演の映画、一九三六年。

三七年十月十七日　日曜日

霧、正午に雲間を破って陽光。八十九枚にもなった「アデーレの物語」を書き終える。そのあとK、メーディ、ライジガーと車を走らせて動物園に行き、そこに食事時間まで留まる。猿、水族館、猛獣、猛禽、熊、象。檻の前にいる乳母車の子供に山猫が激しい関心を示す。オーストラリアの山犬の悲しい吠え声。あるチンパンジーが人間のように偉そうな目付きをする。――食事にチェコのジャーナリスト、ラーデル博士[1]と夫人。テラスでコーヒー。歓談しながらのインタヴュー。客人夫妻が帰ったあとライジガーとの別れ、ゴーロが四時頃駅へ送って行く。クリスマスにまた来てもらうことにする。――Kと二人だけでお茶。メーディはサッカーの試合を観戦に出掛けている。あとで手紙数通を口述、ついで自筆の通信。ニューヨークのクラウス宛て[2]に手紙。――Kが雀蜂に手を刺され、激痛を伴ってたちまち腫れ上がる。不安。医師。包帯と石灰注射。すぐ回復の見込み。――胃がおかしく食欲がなく、嚥下障害をおぼえて、漉した食事をとる。――ペーテル・ベズルチュ[3]の『シュレージエンの歌謡』と「尺度と価値」第二号を読む。

（1）　おそらくプラハのジャーナリスト、オト・ラーデル博士。詳細は不明。

（2）　クラウス・マン宛て、キュスナハトから、一九三七年十月十七日付、クラウス・マン『書簡と回答』第二巻一〇―一一ページ、所収。

（3）　チェコの叙情詩人ペーテル・ベズルチュ（ヴラジミール・ヴァシェクのペンネーム）（一八六七―一九五八）は、『ケーニギンホーフ写本』が偽書であることを証明（一九三七年九月十四日付日記の注（3）参照）、若くして世を去った文献学者アントニン・ヴァシェクの息子。シュレージエンのトロパウ出身のベズルチュは、一九〇三年に初めて『シュレージエンの歌謡 Slezské písně』を刊行、〇九年に増補したが、『シュレージエンの歌謡 Schlesische Lieder』の表題の独訳版はようやく二七年に刊行された。

三七年十月十八日　月曜日

霧を破りながら、引き続き秋の好天の一日。第六章への準備。クラウスの論説は五〇パーセント切り詰めてほしいというリオンの小煩い手紙。(1) Kは、手と腕がまだひどく腫れていたのに、私と散歩に出、これが良くなかった。食後シュターエルの診察を受け、ベッドでの安静、電気クッション、湿布の継続を処方されてきた。――昼食の際食欲がなく、胃の調子が良くない。食後、新聞各紙、不干渉委員会、グランディ(2)とリベントロップ(3)のばかばかしくも鉄面皮な演説。――苛立ち、胸苦しさで休息出来ない。早めにお茶、メーディの運転でアスパーを訪ね、義歯のおさまり具合を試してもらう。そのあとラビノヴィチュ(4)のところでスケッチしてもらう。――ミラーノのグレーテ・デ・フランチェスコ(5)女史からの好感の持てる手紙、自分のペテン師論と、その『マーリオ』との諸関連について。女史の著書を読む。リオンと電話、ちょうどやってきたゴーロに報告。ゴーロとKのベッド脇で夕食。昼食時に具合が悪かったところからすると、食欲が回復。グラス半分の赤ワイン。

(1) フェルディナント・リオン宛て、ニューヨークから、一九三七年十一月二十九日付クラウス・マンの手紙、『書簡と回答』第二巻一五一―一六ページ、参照、「あなたよりも難しい編集者にはお目に掛かったことがありません。」

(2) ディーノ・グランディ（一九三七年以来グランディ伯爵）（一八九五年生まれ）、イタリア・ファシスト運動の創設者の一人、一九二九年から三二年外相、三二年から三九年ロンドン駐在大使、三九年から四三年まで法相。グランディは四三年七月二十五日ファシスト大評議会においてムッソリーニ失脚を実現させた。この日記記入の時期グランディは、ロンドンで開催中の不干渉委員会イタリア代表だった。

(3) ヨーアヒム・フォン・リベントロップ（一八九三―一九四六）、元ビジネスマン、ヒトラーの外交関係首席顧問で、一九三五年六月特派大使として独英海軍協定を締結し、三六年八月ロンドン駐在ドイツ大使になり、続いて三八年から四五年まで外相を務めた。三九年八月にリベントロップは独ソ不可侵協定の締結交渉にあたった。四六年主要戦争犯罪人としてニュルンベルクで死刑判決を受け、処刑された。三七年リベントロップはロンドン不干渉委員会のドイツ代表だった。

(4) ロシア出身で、一九一四年以来スイスに定住していた画家、版画家グレーゴル・ラビノヴィチュ（一八八四―一九五八）は、多くの著名な芸術家、学者、政治家の肖像を手掛け、トーマス・マンの肖像も描いている。ラビノヴィチュの娘イーザはヘルマン・ヘッセの次男ハイナー・ヘッセと結婚した。

(5) グレーテ・デ・フランチェスコ『ペテン師の力』、バーゼル、ベノ・シュヴァーベ書店、一九三七年。トーマス・マンの所蔵本は残っている。

三七年十月十九日　火曜日

日差しのきわめて強い秋の日。午前中第六章の準備をさらに進め、ついでベズルチュ、ドイツ叙情詩についてそれぞれ出版社主たち宛てに手紙。Kとヨハニスブルクの先まで散歩。Kの手は良くなってきた。――チェコ系の名前をもつヴィーンの青年から二冊の分厚いノートが届く、かつて私が受け取ったうち最長の手紙である。――午後ゴーロとアスパーの診療所へ。義歯のおさまり具合をいろいろ試すが、辛い。その前待っている間にハムスンの前ファシズム・イデオロギーに関する「社会研究雑誌」を読む。――Kをライフ邸に迎えに行く。家である才能のない詩人宛ての手紙。ベルマンの年鑑に掲載する『ロッテ』第二章の校正刷。ハムスン論[1]を読み終える。さらに「社会研究雑誌」のヤスパースのニーチェ論[2]について（ホルクハイマー[3]）。ドイツ人についてニーチェ、「ルター程度の知性の下風に立つ民族！」――まさしく、ヒトラーは偶然ではない、不当な不幸ではない、脱線ではない。ヒトラーからルターへ「光」が逆にさしているところから、ルターとヒトラーの共通性を大幅に認めないわけにはいかない。ヒトラーは正真正銘のドイツ的現象なのだ。

(1) レーオ・レーヴェンタール「クヌート・ハムスン。権威主義イデオロギー前史のために」「社会研究雑誌」第六巻、一九三七年、第二号、所収。

(2) カール・ヤスパース『ニーチェ』（一九三六年刊、新版一九五〇年）。マクス・ホルクハイマーの書評「ヤスパースの『ニーチェ』への論評」「社会研究雑誌」第六巻、一九三七年、第二号、所収。

(3) 哲学者で社会学者マクス・ホルクハイマー（一八九五―一九七三）、一九三〇年からフランクフルト大学教授、三一年同大学に社会調査研究所 Institut für Sozialforschung を創立。三三年同研究所とその密接な協力者テーオドーア・ヴィーゼングルント・アドルノ、ヘルベルト・マルクーゼ、レーオ・レーヴェンタールとともにジュネーヴ、三四年ニューヨークへ亡命、「社会調査研究所 Institute for Social Research」は同地で四九年まで存続した。三二年から三八年〔訳注〕ニューヨークでの継続をふくめれば、四二年まで、またパリでの刊行は三八年ではなく三九年までである）ホルクハイマーは研究所のために有名な「社会研究雑誌」を刊行した。四九年フランクフルトに戻り、同大学学長を務めた。その最も著名で影響力の大きい著作はT・W・アドルノとの共著『啓蒙の弁証法』（一九四八年）である。

三七年十月二十日　水曜日

濃霧、やがて青空となり、穏やかな太陽。第六章を書き始める。Kと散歩。食後、新聞各紙、ロンドン委員会会議の惨状。エチオピア戦争を阻止出来ず、それとともにドイツの再軍備を阻止出来なかったイギリスに対するドイツの新聞の厚顔きわまりない嘲笑。新たな反チェコスロヴァキア煽動が開始されたが、そこで連中が用いている表現は――例によって――いわば自分たち自身、ドイツ自身を言い当てる表現だ。「虚偽」、「暴力」、「歪曲」、「野蛮」、「不道徳」、こうした言葉を下司どもはことごとくわがものとし、意味を捩じ曲げる。――お茶の後またアスパーの診療所へ。義歯の嵌め込みが長々と試みられる。疲労し、気分が悪くなったので、石膏成型はあすに延期。当面の栄養補給に狂い。――晩、ペテン師についてのフランチェスコの本を読む。

三七年十月二十一日　木曜日

きょうは日差しを通さない霧。第六章を書き進める。正午アスパーの診療所に行き、最終的に石膏成型をとった。不愉快この上ない数分を経て、ほっとした気持ちになり、目下の不自由な状態がまもなく終わる見通しに慰められる。――ブランシュ・クノップ[1]をボルゾイ・ラクに迎えに行く。一緒に菓子を買う。それからわが家に向かい、食事となったが、ブランシュはその腹立たしい流儀を守って、コーヒーを飲むだけで食事には手を付けなかった。書斎でクノップ女史と、私の旅行計画、『エジプトのヨゼフ[2] Joseph in Egypt』二月刊行、補完した『クルル[3]』の出版計画。――午後、主としてアメリカ旅行にかかわる手紙の口述、キリスト教徒亡命者救援委員会(4)宛て承諾、イェール、ウィークエンド＝カレッジ等々宛て。――晩、クノップ女史ともどもシャウシュピールハウスへ。総じて好感のもてるヴィーン劇(5)の初演、ギーゼ女史に打って付けの主役。幕間にブレンターノと。真っ赤な爪のマニキュアにいらいらさせられるブランシュとボル・オ・ラクのバーで。お茶、グラスに入れた卵、そしてアイスクリームを摂る。アメリカの諸問題、多数の死者をともなう頻発するストライキ、イギリスの傍迷惑な政策、フランスの弱さについて。ところで不干渉委員会でのイタリアの妥協的態度は、おそらくフランコ勝利を確信していることを意味しよう。サー・ロバト・ヴァンシタト(6)とその親ドイツ的な、フランスにとっては破滅的な政策に関する、「ナツィオナール＝ツァイトゥング」(7)掲載のロバト・デルの悲観的論説。――ブランシュと別れの挨拶。疲労。アメリカ用講演原稿に取り掛かる必要性。

(1) 一九三七年二月三日付日記の注(4)参照。ブランシュ・クノップはほとんど何も食べずコーヒーを飲むだけだったので、食事に招かれた作家たちは困惑させられていた。

(2) Joseph in Egypt は、H・ロウ＝ポーターの訳で一九三八年に刊行された Joseph in Ägypten のイギリス＝アメリカ版の表題。

(3) 補完された『クルル』断片のアメリカ版は実現しなかった。〔訳注〕『詐欺師フェーリクス・クルルの告白。回想録の第一部』が刊行されたのは、一九五四年で、三巻から成っている。この中最初の「幼年時代の巻」が「断片」として刊行されたのは一九二二年、これに第二巻の五章までを補完したものが一九三七年クウェーリードー書店から刊行された。これが「補完された『クルル』断片」である。

(4) ニューヨークの「ドイツ人キリスト教徒亡命者のためのアメリカ委員会」。

(5) ハンス・ローテ演出による、ヴィクトル・スクテツキの喜劇『柳枝の上のささやかな幸福』、出演はテレーゼ・ギーゼ、リーア・ランゲ、ヘルマン・ヴラハ。

(6) イギリスの外交官サー・ロバト(後にロード)・ヴァンシタト(一八八一―一九五七)は、一九二九年以来イギリス外務省の事務次官、チェムバレン政府の親ヒトラー政策は支持できないと、これに批判的立場を取ったため三七年末に解任され、翌三八年初め、ヴァンシタトのために設けられた政府首席外交顧問の職に追いやられて、四一年までその職にあった。ロバト・デルの理解するところとは異なり、ヴァンシタトは終始妥協なきドイツの敵と目されていて、その著書『黒い記録』ではすべてのドイツ人をひっくるめてナチと断じている。

(7) リベラルなイギリスの評論家で、長年にわたり「マンチェスター・ガーディアン」の通信員を務めた。その論説「サー・ロバト・ヴァンシタト、ヨーロッパの審判官」は、バーゼルの「ナツィオナール＝ツァイトゥング」一九三七年十月二十一日号に掲載された。

三七年十月二十二日　金曜日

なお第六章を書き進める。正午、Kと市内へ。演習部隊、道路渋滞。理髪店に行き、散髪と香油マサージ、美しい黒い目の、邪気のない、若い職人の担当。この職人は、一人でハイキングをするのが何よりも好きだと言っていた。ベッティーニまで徒歩。雲間から日差し。食事にギーゼ女史、お祝いを言い、プレゼントを贈る。コーヒーの際、ヒルデブラントとウーティッツの(1)原稿に難があるといってきたリオンの手紙、ロランの支持を受けてハインリヒをノーベル賞(2)候補に推したいというミュンツェンベルク(3)の手紙について話題にする。大量の郵便、洪水のような寄贈本、雑誌。――お茶の後、リオン宛てに手紙を書いて、到着郵便物を送る。四十五分の夕べの散歩。「ナツィオナール＝ツァイトゥング」にデルの論考の続き。印象深い。ムッソリーニ―ヒトラー―ラヴァル―フランコ―チェムバレンのヨーロッパ管理機構、平和と「秩序」をゴーロは予言する。――ミラーノからの枢軸祝賀『ラインの黄金』を少し聴く。――ウーティッツのデモクラシー論の原稿を読む。

(1) ヒルデブラントとウーティッツから「尺度と価値」のための寄稿を得ることは、どうやらうまくいかなかったらしい。一九三七年三月二十五日付日記の注（4）、同年七月三十日付日記の注（2）参照。

(2) ヴィリ・ミュンツェンベルクはその人民戦線刊行物の中で、一九三七年度ノーベル文学賞はハインリヒ・マンが受けるべきと主張していた。

(3) 共産党員評論家で出版社主ヴィリ・ミュンツェンベルク（一八八九―一九四〇）は一九二四年以来国会議員、ドイツ共産党の宣伝部門を指導、二四年ベルリンに「新ドイツ書店」を設立、いくつかの共産主義的新聞、雑誌を刊行した。三三年パリに亡命、ここに書店「エディション・ドュ・カルフール」を設立、数点のいわゆる『褐書《ブラウンビューヒャー》』を刊行して、国民社会主義政権反対の世界的規模の宣伝を行った。三六年パリにドイツ人民戦線委員会を結成するよう働きかけた。これにはハインリヒ・マンが指導的人物の一人として参加したが、ミュンツェンベルクはスターリン批判を理由にドイツ共産党から除名された。三八年書店「エディション・ゼバスティアーン・ブラント」を設立、雑誌「ディ・ツークンフト〔未来〕」を刊行した。ドイツ軍のフランス侵攻後の四〇年十月二十一日イゼール県内でミュンツェンベルクの死体が発見されたが、おそらく殺害されたのであろう。

三七年十月二十三日　土曜日

なお第六章を書き進める。——アスパーから義歯を受け取る。この義歯で悪戦苦闘。一人で書斎で食事。——手紙の口述と自筆の通信（バーズラー宛て[1]）。——ウーデ[2]の回想録を読む。シュタインハウゼン[3]の『自由の未来』を読む。——数日滞在予定でビービ到着。

（1）　オト・バーズラー宛て、キュスナハトから、一九三七年十月二十三日付、『書簡目録II』三七／一八七。

（2）　美術史家ヴィルヘルム・ウーデ（一八七四—一九四七）はすでに一九二四年以来パリで生活、亡命中にヴァン・ゴッホと印象派の画家たちについての重要な著作を刊行した。四〇年から四五年までは南フランスに隠れ潜んでいた。その回想録『ビスマルクからピカソまで。回想と告白』は三八年チューリヒのオープレヒト書店から刊行された。

（3）　一九三七年十月十四日付日記の注（6）参照。シュタインハウゼンの著書『自由の未来』はチューリヒのオープレヒト書店から丁度刊行されたところだった。

三七年十月二十四日　日曜日

雨、フェーン。なお第六章。Kとイチュナーハの先まで散歩。食事にギーゼ女史。私は一人でライジガー[1]の部屋で食べ、コーヒーは飲みに降りる。私の食物は、義歯を嵌める前と同じだ。——午後多数の手紙を投函出来るようにし、ギュルスター＝シュタインハウゼン[2]宛てに書く。晩、ゴーロ、メーディとオペラに行き、四人で仕切り席二つを占領した（オープレヒトのコネクション）。ヴァインベルガー[3]の『シュヴァンダ』、愉快な、舞台化された民俗音楽といった大胆な混合物、私たちはチェコ人だからこの場にうってつけだ。——Kと子供たちと一緒に夜食、惨めなありさま。慣れるなどとはとても考えられない。

（1）　〔訳注〕ライジガーはマン夫妻に招かれてその家に長期に滞在したり、旅行に同行することがよくあったが、マンの家での部屋は決まっていた。「ライジガーの部屋」というのはその決まりに由来する。

（2） オイゲーン・ギュルスター（ヘルマン・シュタインハウゼン）宛て、キュスナハトから、一九三七年十月二十四日付、『書簡目録II』三七／一八八。

（3） チェコの作曲家ヤロミール・ヴァインベルガー（一八九六―一九六七）、その民族オペラ『バクパイプ吹きシュヴァンダ』（一九二七年）は世界的成功を収め、十七ヶ国語に翻訳された。ヴァインベルガーは一九三七年までプラハに住み、ついで合衆国へ移った。『ヴァレンシュタイン』オペラも書いている。

三七年十月二十五日　月曜日

秋の好天の回復。――なお第六章。――Kとアスパーを訪れ、義歯について、また奥の圧迫部位の修正について相談。帰宅後なおしばらくKと散歩。上の部屋で一人で食事。それからゴーロと広間でリオンからの一連の手紙と雑誌〔の編集〕について。午後ライジガー宛てにユーモラスにもメランコリックな調子で義歯の経験について書く。実際のところ、これをわが生涯の終わりまでつけていなければならないと考えると、そのたびにぞっとする思いだ。――Kと夕べの散歩。晩「国際文学」誌に目を通し、ハインリヒの『アンリ王』[1]の数章とルカーチの政治家ハイネ論[2]を読む。そのあとまた『タッソ』。――朝ココアを飲んだ。――ザルツブルクからの「国内ドイツ人」[3]の奇妙な手紙、不安ゆえに無署名で、金切り声にも似ている。

（1） ハインリヒ・マンの晩年の大作第二巻完結篇『アンリ四世王の完成』から、出版に先立って一部がモスクワの雑誌「国際文学」に掲載されたもので、第二巻全体は一九三八年アムステルダムのクウェーリードー書店から刊行された。

（2） ゲーオルク・ルカーチ「国民詩人としてのハインリヒ・ハイネ」「国際文学」モスクワ、所収。また『文学社会学論集』第二部二十二章、ノイヴィート、ルフターハント社、一九六一年、にも収録。

（3） 〔訳注〕「国内ドイツ人 Reichsdeutscher」というのは、ヴァイマル共和国時代およびヒトラー政権下のドイツでドイツ国籍を有するドイツ人をいい、ドイツ国籍を有して国外に生活するドイツ人とを区別する用語であった。これが深刻な意味を帯びるのはヒトラーの独裁体制が強化されてからで、この手紙を寄越した「国内ドイツ人」も、まだドイツに併合されていないオーストリアでようやくトーマス・マン宛ての手紙を投函することが出来たのであろう。

三七年十月二十六日　火曜日

霧がかり、穏やかな天候。朝、ココア。『デモクラシー』[1]講演の下準備を始めたところで、オープレヒトから電話、市立劇場の申し出を伝えてくる。十一月中旬の『ニーベルングの指輪』全曲上演にあたって解説講演[2]を行ってもらいたいという。考えてしまったものの、ドイツのために、チューリヒのために、またこの作品そのもののためにも、この招待は私から見て興味があるし、重要でもある、私を招待することに異を唱える向きはまったくなかったという。私は申し出を受けることにする。新たな切り換え――それも、より魅力的なものへの切り換え。――Kを迎えに出て、一緒に池の回りを散歩。また一人で食事。そのあと『指輪』についてのヴァーグナーの論考を読む。個人的な部分には反発を覚える。人間として「愛される」ことを願っている。――風邪を引き、咳が出、頭が熱っぽい。お茶のあと自筆の通信を処理。晩、Kとゴーロと一緒にトーンハレへ、ブラームス第四交響曲、ベートーヴェン協奏曲（アードルフ・ブッシュ[3]）、『マイスタージンガー』序曲。幕間にヴェルフリーン[4]に遇い、フライナーがきょう死去したことを聞く。動揺。――気分が悪く熱っぽい。見事なブッシュの演奏。アンドレーエは序曲を素晴らしくも力強いものに仕立て上げた。Kは子供たちとライフ邸に行き、出演者とともに晩餐をともにする。私はライフの新車メルツェーデスで帰宅、家ではメーディが同じように風邪を引いていた。卵一箇、グリースムス、焼きリンゴ一箇を食べる。

（1）講演『来たるべきデモクラシーの勝利について』のことをいう。

（2）チューリヒ市立劇場での『指輪』の上演にあたり、トーマス・マンが一九三七年十一月十六日チューリヒ大学大講堂で行った講演『リヒアルト・ヴァーグナーと「ニーベルングの指輪」』。この講演テキストは「尺度と価値」一九三八年第三冊（一月／二月号）に掲載された。

（3）ヴァイオリニスト、アードルフ・ブッシュ（一八九一―一九五二）は、指揮者フリッツ・ブッシュの弟、一九一八年からベルリン音楽大学の教師、一九二七年ブッシュ弦楽四重奏団を結成、二六年バーゼルに移住、四〇年合衆国に渡った。独奏者、室内楽演奏者としては、とくにバッハ、ベートーヴェン、ブラームスの演奏が有名だった。トーマス・マンはアードルフ・ブッシュとすでに以前から直接の知友だった。ブッシュの娘イレーネはピアニスト、ルードルフ・ゼルキンと結婚した。

（4）美術史家ハインリヒ・ヴェルフリーン（一八六四―一九四五）は一九一二年ミュンヒェン大学教授となり、トーマス・マンとはその頃から知り合い、二四年以降はチューリヒ大学教授だった。ヴェルフリーンはとくにその著書『美術史の基本概念』（一九一五年）によって専門領域を越える広範な影響を及ぼした。

三七年十月二十七日　水曜日

穏和、フェーン。ひどい鼻風邪。口内の異物に対する違和感がむしろ募る。『指輪』のための読書。Kとライジンガーを訪れ、〔アスパーの処置を〕納得のいくよう説明してもらう。徒歩でチューリヒホルンまで行き、車で家に向かい、そこでなおKと池の回りを散歩する。――ミュンヒェンから罫入り用紙。（1）――午後、モスクワに向け革命記念日に寄せる文章、（2）パリに向け強制収容所反対国際会議に寄せる手紙、（3）ヴァイガント（4）（イェール）宛ての手紙など、難しい手紙の口述。フライナー教授夫人宛てにお悔やみ状。――晩、少し『指輪』をかけて聴いた。フィードラー宛てに書く。（5）

（1）トーマス・マンは数十年にわたり原稿用紙として、罫入り、あるいは方眼の縦長版官庁用紙をミュンヒェンのブランテル文具店から購入していた。おそらくトーマス・マンはそこから新たな買い置きを取り寄せたのだろう。

（2）発見されていない。

（3）一九三七年十一月十三、十四日パリで開催された「ドイツにおける権利と自由のためのヨーロッパ会議」に寄せるトーマス・マンのメセージ。本文は完全な形では残っていないが、残った文言は「補遺」に収録。一九三七年十一月十三日付日記本文を参照。この会議は共産党のイニシアティヴで成立した宣伝行動で、パリに「国際センター」を誕生させたが、今日確認出来るものとしてはただ一本報告書を出しただけで、ほどなくまた消滅してしまった。

（4）ヘルマン・J・ヴァイガント宛て、キュスナハトから、一九三七年十月二十八日付『書簡集II』三一一―三一二ページ、参照。

（5）クーノ・フィードラー宛て、キュスナハトから、一九三七年十月二十七日付、「トーマス・マン協会報」第十一号、一九七一年、一九―二〇ページ、『書簡目録II』三七／一九〇、所収。

三七年十月二十八日　木曜日

フェーン気味の温暖に過ぎる天候。今や私の朝の飲み物になったココアを飲んでから『指輪』講演の準備に掛かる。ひどい蒸し暑さの中をKとゆっくり少しだけ散歩。きわめて激しい鼻風邪。ハンカティーフを何枚となく使う。粘膜が刺激されて、義歯の違和感が強まるが、その義歯も話をする分には問題がない。食べるとなると一向に進歩がない。——食後『ジークフリート』のレコードをかける。それから大量の郵便物に目を通す。お茶にジークフリート・マルク[1]教授（ディジョン）。三八年五月に予定されている、パリでの私に対する顕彰について。教授の原稿「政治哲学としての人間主義」。——講演のための研究を進める。晩、Kと劇場へ。劇場正面で出会ったヴェルフェル[2]の『一夜のうちに』。激しい咳と鼻風邪。無意味な脚本。幕間に隣の仕切り席のヴェルフェル夫妻とリーザー女史のところを訪ねる。儀礼上成功を云々したものの、首は横に振っている。家には子供たち。難渋する夕食。義歯は寝る前からもう外してしまう。

(1)　ジークフリート・マルクの『政治哲学としての新人間主義』は、一九三八年チューリヒのデア・アウフブルフ書店から刊行された。

(2)　フランツ・ヴェルフェルの戯曲『一夜のうちに』、一九三七年、（一九六六年ラジオ・ドラマとしても）、ほとんど知られていない作品で、初演はチューリヒ、演出レオナルト・シュテケル、出演はエルンスト・ギンスベルク、ヴォルフガング・ラングホフ、エルヴィーン・カルザー、エーファ・リサ。

三七年十月二十九日　金曜日

フェーンのせいで夏の暑さ。重いカタルで、味覚がなく、べとついた感じ。それに加えて人工の口。重い頭。——講演のための前準備、たくさんのメモを取る、神話と社会的な欠落、ドイツ的。——Kと池の周回。——食事にギーゼ女史。私は一人で食事をし、あとで少し同席する。一般に評判の悪いヴェルフェルのドラマについて。新聞各紙と諸雑誌。情勢の推移は絶望的、民主主義諸国には意欲がなく、ファシズムは風を切っての前進中。——お茶のあとまた仕事。Kと二人だけで夕食、苦心惨憺。そのあとテキストと鉛筆を手に、『神々の黄昏』のレコード。結末部分の十一のモティーフ。

三七年十月三十日　土曜日

油断ならぬ天候、重く暑い太陽が出ているかと思えば、霧が出て危険なくらい冷たい風が吹く。——義歯の具合は一向によくならないのに加えて、カタルは進行を続けている。——講演原稿に取り掛かろうと試みたが失敗。——一人で犬を連れ、夏服にレインコートを着てヨハニスブルクの先まで散歩。食事にヴィルヘルム・ヘルツォーク。最悪の人物というわけではない。午睡、夢を見る。お茶のあと一連の手紙を口述。老ホリチャー(1)は困窮、それを本人と代弁者たちは「焚書」が原因だとしている。——ベルマンから刊行された数多い新刊書のうち、きわめて魅力的なのは、娘の手になるマダム・キュリ伝(2)だ。——夕食後すぐ自室に戻る、講演をどう切り出すか、閃いたのだ。

（1）小説家、旅行記作家アルトゥル・ホリチャー（一八六九—一九四一）、トーマス・マンは、世紀の転換期にともに作家として出発した頃からホリチャーをよく知っていた。（ホリチャーはその回想記で、トーマス・マンが短篇小説『トリスタン』の中で自分を詩人デートレフ・シュピネルのモデルに使った、と主張している。）二十年代ホリチャーはS・フィッシャー書店の抱えるもっとも有名な作家の一人で、共産党に近く、一九三三年ヴィーン、そこからブダペスト、三八年スイスに亡命した。ホリチャーは長い病気の末、資産もなく、完全に忘れられて四一年ジュネーヴで死去した。

（2）キュリ夫人の娘エーヴ・キュリによる伝記『マダム・キュリ。生涯と活動』は、ヴィーンのベルマン＝フィッシャー書店最大の成功だった。

三七年十月三十一日　日曜日

霧、正午頃晴れ上がる。講演(1)を書き始める。正午Kと日光を浴びながら散歩。正午ギーゼ女史。食後またキュリ伝。午後『指輪』と取り組む。夕食にリーザー夫妻を伴ってヴェルフェル。広間で歓談。――昨夜の眠りは非常に浅かった。風邪と神経の苛立ち。最初の半錠は効き目がなかった。あまり長時間ものを読みすぎたせいかもしれない。Kはしばらく私に付き添っていた。ファノドルム残り半錠をのむと鎮静、九時半まで眠る。

(1)〔訳注〕講演『リヒァルト・ヴァーグナーと「ニーベルングの指輪」』のこと。

三七年十一月一日　月曜日

霧、冷えてきたが、まだ穏やかな気候。きのうから朝の紅茶に戻る。『指輪』講演を書き進める。カタルはやや良くなったが、まだ鼻づまり、たばこが不味い。Kとイチュナーハの先まで。食後間もなくアスパーの診療所に行く。アスパーはまたも圧迫部位を除去せざるをえなかったが、それ以外にあまり知恵も慰めを知らなかった。Kは、頑として歯を短く削ると主張するアスパーに苛立ちを見せる。――そこからオープレヒト邸へ。マルクの原稿と雑誌の懸案。第三冊のための私の寄稿の問題。ビービがきょうまたパリへ出発するのでがっかりしているグレート・モーザーと挨拶。――家にファイドン[1]書店の貴重書コレクション。あとから社長ホルヴィッツ博士（ヴィーン）がロンドンからやってくる。書斎で。ベルマンに代わって私の本の出版を任せて欲しいとの提案。売り上げ部数の増加、より高額の報酬、多額の前金支払い、新編版刊行などの約束。うさん臭く、かつ考える値打ちはある。――夕食の際のフリカデルがひどく義歯に具合悪く、苦労して噛む。『指輪』をだいぶ読み、ノートする。――私の部屋から座骨神経痛用寝椅子を除去、安楽椅子＝秩序に復活。

(1) 一九二三年ベーラ・ホロヴィッツ Horovitz 博士によってヴィーンとベルリンに創設された美術史・文化史関係を中心とする有力な書店。これは三五年ベルリンを、三八年ヴィーンを撤退しなければならなかったものの、ホロヴィッツは、ルートヴィヒ・ゴルトシャイダー博士の協力によりロンドンで英語版の刊行を継続、大成功を収めた。〔訳注〕日記原文ではホロヴィッツ Horovitz がホルヴィッツ Horwitz と表記されている。

三七年十一月二日　火曜日

霧、暗い。カタルの悪化。耳の炎症で眠れぬ夜。講演を書き進める。Kと市内に出て、ウルリヒの診療所で耳の治療を受ける。徒歩で湖岸沿いに歩いて行く。午睡。そのあと、また執筆。ニーチェの「バイロイトのリヒアルト・ヴァーグナー」[1]を読む。夕食にバイドラー夫妻。ヴァーグナーについてだいぶ語り合う。コーヒーのあとバイドラーが自著『コージマ』から、ヴァーグナーとルートヴィヒ[2]について、バイエルンにおける政治状況について、ヴァーグナーが基本的には進歩の側にあることなどについて、かなりの時間朗読。魅力的でしっかりした仕事。決定的に面白い著作。

（1）フリードリヒ・ニーチェ『反時代的考察』の第四章。

（2）バイエルン国王ルートヴィヒ二世。

三七年十一月三日　水曜日

霧、暗く、穏やかな気候。夜、激しい咳、少し熱があり、不安。Kは私のベッド脇の椅子に座っていてくれた。きょう講演執筆の間に（疲労）シュターエル博士来診。患部は気道上部にかなり限定されている。鼻軟膏、ニコディト[1]など症状緩和剤、ベッドでの安静。正午アスパーの診療所で突起部分を除去してもらう。そこからペディキュアへ。――チリ版[2]『ヤコブ物語』[3]が届く。その他英語の本の山。ボルジェーゼのイタリア史。――午後ベッドで過ごす。お茶のあと大量の手紙を口述するとともに、無用な厄介を始末する。夕食に起きて出る。ニーチェの『バイロイトにおけるリヒアルト・ヴァーグナー』を読む。

（1）ニコディト Nikodit はトーマス・マンの誤記。非常に強力な鎮咳薬ディコディド Dicodid のことであろう。

（2）『Las Historias de Jacob』ホセ・マリア・ソベロン訳、サンティアーゴ・デ・チレ、エディシオン・エルシリヤ、一九三七年。

(3) イタリアの著作家、歴史家、文芸学者ジュゼッペ・アントーニオ・ボルジェーゼ（一八八二―一九五二）は、一九三一年までローマ、ミラーノ大学教授、ファシスト宣誓を拒否、三一年バークリ大学に客員教授籍を得たまま合衆国に留まった。引き続いてスミス・カレッジ教授、三六年から四七年シカゴ大学のイタリア文学および政治学の正教授だった。三九年トーマス・マンの末娘エリーザベト・マンと結婚、五〇年一緒にイタリアに戻り、死去するまでミラーノで教職にあった。トーマス・マンが言及しているボルジェーゼの著作は、三七年アメリカで刊行された『ゴリアテ。ファシズムの進軍』である。ハンス・マイゼルの独訳は、三八年『ファシズムの行進』の表題でアムステルダムのアルレルト・デ・ランゲ書店から刊行された。

三七年十一月四日　木曜日

ベッドで朝食をとり、郵便を読み、執筆し始める。やがて起きて執筆を続けたが——前夜ニコディトを服用後落ち着きを取り戻したというのに体調は悪く、ぐったりしている。カタルは辛く、なにかとさわりになる。食欲不振。食事の際少し義歯を使ってみる。——デュ・ボ(1)が新しい『近似法』を送って寄越し、アメリカへ出掛ける。『ヨーロッパに告ぐ』を掲載したオスロの「サムティデン(2)」誌。——家から出ず。芝居の初演は断る。お茶にアメリカの豪華版(3)『魔の山』に挿絵を描くことになっているロシア人画家ラビノヴィチュ。そのラビノヴィチュと『魔の山』について。そのあと自筆の通信と投函用に仕上げ。リオンと電話。問題の生じたオープレヒト書店の財務管理。出資者女史(4)の脅し。——ニーチェを読む。

(1) フランスの文学史家、翻訳家シャルル・デュ・ボ（一八八二―一九三九）は、トーマス・マンが一九二六年一月にパリを訪問して以来の個人的な知己で、ドイツ文学一般ととくにトーマス・マンのために非常に貢献した。その『近似法』は二二年から三七年にかけて七巻シリーズで刊行された。

(2) 『ヨーロッパに告ぐ』は、ノルウェー語訳で『危機の中のヨーロッパ Europa i fare』の表題でオスロの雑誌「サムティデン」第四十八巻、一九三七年、四二三―四三四ページ、に掲載された。

(3) この版は存在を確認出来なかった。刊行されなかったらしい。

(4) おそらくマダム・マイリシュのことと思われる。その脅しというのがどういう内容で、何を根拠にしていたか、不明である。

三七年十一月五日　金曜日

夜、咳と不安、一時半近くにファノドルムをお茶で服用したあと熟睡。八時半起床。執筆。シュターエル来診。カタルは少ししか良くなっていない。外に出るのは諦める。食事にギーゼ女史と好感のもてるシローネ、シローネはボルジェーゼについて書くことを約束する。――国際月刊誌創刊の件で私に会いたいと、テイース[1]というドイツ人の奇妙な手紙。(?)――午後、講演を書き進める。諸雑誌を読む。ニーチェの「バイロイトのヴァーグナー」は不思議な文章で、多くを抑えているのに、夥しい認識に溢れている。これについて書く者は、密かに苦しみに悶えずにいられない。私もなお敬虔な心を保たずにいられないというのは、どうしてか。やはりまた思いやりと感謝の心からなのだ。

(1)　この人物は特定出来なかった。

三七年十一月六日　土曜日

寝付かれぬ夜。ニコディト。八時半起床。講演の執筆。正午、フェーンの穏やかな風と日差しを受けながら、池を周回。食事にアネッテ・コルプ、愛すべき好感のもてる人柄。「尺度と価値」二号を贈呈する。コーヒー。短い休息。午後また執筆。晩、K、ゴーロとシャウシュピールハウスで、チョコル[1]のオーストリアふう軍隊劇、哀愁を漂わせて訴えかけてくる。作者が幕間に私たちの仕切り席に現れる。K、ゴーロと一緒に家で夕食。冬らしい寒さ。――夜、エデン・フォン・ホルヴァート[2]の『神なき青春』、魅力的。

(1)　フランツ・テーオドール・チョコルの『一九一八年十一月三日』。一九三七年七月二十七日付日記の注(1)参照。チューリヒ・シャウシュピールハウスにおける上演に際しては、レーオポルト・リントベルクの演出でクルト・ホルヴィッツ、レオナルト・シュテケル、エルンスト・ギンスベルク、ヴォルフガング・ラングホフ、ヘルマン・ヴラハ、マルタ・シェルフが出演した。

(2)『神なき青春』は、劇作家エデン・フォン・ホルヴァート Horvath(一九〇一―一九三八)の最初の長篇小説で、一九三八年アムステルダムのアレルト・デ・ランゲ書店から刊行され、十ヶ国語に翻訳された。ホルヴァートは一九三一年クライスト賞を受賞し、三四年までオーバーバイエルンで生活していたが、ヴィーンに亡命、三八年チェコスロヴァキア、ユーゴスラヴィア、イタリア、スイスを経てオランダに亡命した。ホルヴァートは、パリに一時滞在していた折り、三八年六月一日事故により死亡した。遺作の長篇小説『われわれの時代の子』は三八年フランツ・ヴェルフェルの序文とカール・ツックマイアーの追悼の辞を添えて刊行された。〔訳注〕トーマス・マンは日記でホルヴァートを Horwath と表記している。

三七年十一月七日　日曜日

濃霧。短い夜のあと講演の執筆。正午雲間を破る日差しを受けてKと池を周回。午後また講演の執筆。Kはライフ邸での茶会コンサートへ。夕食後ゴーロがカーラーの著書の書評[1]を朗読、「尺度と価値」のための原稿。――E・ヴァン・デン・ホーヴェ[2]の論文「トーマス・マンのいくつかの面」が掲載されている「ラ・レヴュ・ジェネラル」(ブリュセル)とヴォルフガング・パウルゼン[3]の論文「トーマス・マン」が掲載されている「モダン・ランゲジズ」(ロンドン)が到着。

(1) エーリヒ・フォン・カーラーの『ヨーロッパ史におけるドイツ的性格』に付いてのゴーロ・マンの書評は、「尺度と価値」第三冊、一九三八年一月/二月号の一括書評「ドイツ歴史主義」の枠内で掲載された。

(2) E・ヴァン・デル・ホーヴェ「トーマス・マンのいくつかの面」「レヴュ・ジェネラル」ブリュセル、一九三七年十月十五日号、所収。

(3) ヴォルフガング・パウルゼン「トーマス・マン」「モダン・ランゲジズ」(ロンドン)、一九三七年十月号、所収。

三七年十一月八日　月曜日

午前と午後、講演の執筆。シュターエル来診。大量の郵便。正午Kと霧の中をドライヴ、日の差すゴルフハウスへ行き、そこで散歩。晩鶏肉を自分で細かく切り刻んで食べる。フリンのロックフェラー伝[1]を読む。

（1）ジョン・T・フリン『神の黄金。ロックフェラー伝説』、ヴィクトル・ポルツァー訳、ツォルナイ書店、ヴィーン、一九三七年。

三七年十一月九日　火曜日

八時起床。講演。正午アスパーの診療所で、下の歯茎の検査。「頽廃」美術ロンドン展の件でブルクハルト夫人[1]とベティーニで会う。食事にギーゼ女史。午後また執筆。酷使された神経、講演は、話しにくく、構成に難があって気に入らない。疲労、憂鬱。ニーチェの初期論考を読む。――「夕べの祝典」と銘打たれた講演会へのしかつめらしい印刷された招待状。

（1）女流建築家、デザイナー、画家エルザ・ブルクハルト＝ブルーム（一九〇〇―一九七四）は、チューリヒの建築家エルンスト・F・ブルクハルトの夫人で、作曲家ロベルト・ブルームの姉妹。

三七年十一月十日　水曜日

雨。八時半起床、熟睡した。正午まで講演を見通し明るく書き進める。一人で半時間散歩。食後、はがきを書く。新聞各紙。休息せず。お茶のあと執筆を続ける。「新チューリヒ新聞」にコローディによる冴えない『クルル』[1]評。晩、滞在客としてホトヴォニイ男爵夫妻が到着。

（1）E・K（エードゥアルト・コローディ）「トーマス・マンの『フェーリクス・クルル』」「新チューリヒ新聞」一九三七年十一月十日号。

三七年十一月十一日　木曜日

ホトヴォニイ夫妻。講演の執筆。第二部の構成にかかわる諸決定。しかし絶望的な分量になる。一人で散歩。午後また書き進める。晩客の夫妻と広間で。『クルル』豪華版の全紙百枚にサインする。

三七年十一月十二日　金曜日

八時前起床。薄日。講演の執筆。正午一人で少し散歩、私の他はドライヴに出る。疲労し、苦痛を覚える。食後ホトヴォニイ夫妻と広間で過ごし、それから、四時にブダペストに出発する夫妻と別れの挨拶。――「ピッコロ・デッラ・セーラ」[1]に『ジュゼッペ・イン・エジット〈エジプトのヨゼフ〉』についての見事な論説。――「ターゲブーフ」誌にジッドの「序文」。――『アヴェルティスマン・ア・リューロプ〈ヨーロッパに告ぐ〉』数部が届く。――午後執筆を継続。あす結末をつけるつもり。――晩、Kとゴーロと一緒にトーンハレでシャイとシェック[2]の『冬の旅』。不可思議な、ロマンティクにも物悲しい連曲が美しく歌われる。終わってこの二人の芸術家の挨拶。シュー夫妻[3]との邂逅。シューは、困ったことにいくつかの魅力的な催しと競合する私の講演の夕べにかならず来るという。

(1)　確認出来なかった。

(2)　オトマル・シェック（一八八六―一九五七）はスイスの作曲家で指揮者、一九一七年から四四年までザンクト・ガレンのシンフォニー・コンツェルテの主宰者、とくにその後期ロマン派的な歌曲の作曲によって重きをなし、二、三のオペラも作曲している。

(3)　チューリヒの音楽著述家で「新チューリヒ新聞」の音楽批評担当ヴィリ・シュー博士（一九〇〇―一九八六）とその夫人ネリ・シュー（一九〇一―一九七六）。シューは、「新チューリヒ新聞」一九三三年四月二十一日号の論説で断固としてトーマス・マンを支持し、ミュンヒェン・ヴァーグナー・プロテストの署名者たちをこっぴどくたしなめた。その壮大な構想のリヒァルト・シュトラウス伝第一巻は一九七六年に刊行された。

三七年十一月十三日　土曜日

八時起床。穏やかな天候。どうにか講演『リヒャルト・ヴァーグナーと「ニーベルングの指輪」』を書き終える。――ドイツにおける自由と正義のためのパリ委員会宛てにきわめて痛烈な表現を用いてかいた私の手紙[1]が「ナツィオナールツァイトゥング」紙に大々的に掲載され、ショックを受ける。厄介な結果を憂慮。――Kとトービと一緒に車でゴルフハウスに行き、その台地の気持ちよい大気の中を散歩する。お茶にデンマーク系アメリカ人ジェンセン[2]、非常に好感がもてる。英語でアメリカにおけるファシズムの脅威と予防措置の可能性について多々論じる。――自筆の通信。夕食の際Kとゴーロを相手に、考えられるファシズムの歴史的機能について、ファシズムにわが身を譲渡しようという世界の止め難い傾向について、ファシズムと戦うことでおのれの血をけがしながら――誰にとも知らずに――捧げる無意味な犠牲について話をする。もう旗振り役はご免だ。発言もしなければ、回答もしない。何のために憎悪を掻き立てるのだ。自由と闊達。もうそろそろその権利を手中にすべきだろう。

（1）一九三七年十月二十七日付日記の注（3）参照。「トーマス・マンとドイツにおける権利と自由のためのヨーロッパ会議」「ナツィオナール＝ツァイトゥング」バーゼル、一九三七年十一月十三日号に掲載。

（2）不明。

三七年十一月十四日　日曜日

晴天。講演のタイプ原稿の校正と推敲。自筆の通信。Kと短い散歩。食事にハルガルテン夫人とギーゼ女史。午後多数の手紙を口述。ブロートのカフカ伝[1]と取り組む、重要。夕食にバイドラー夫妻。あと『リヒャルト・ヴァーグナーと「ニーベルングの指輪」』を朗読。大きな感銘。どうやら核心を衝いたらしい。いくらか削り、祝祭気分に水を注さないよう表現を和らげる。

（1）プラハの作家で批評家のマクス・ブロート（一八八四―一九六八）はフランツ・カフカ、フランツ・ヴェルフェルの青春時代の友人で、『テュゴ・ブラーエの神に至る道』、

『ユダヤ人の王レウベニ』、『憧れの的の女性』など多数の成功作を書いている。ブロートはとくに友人フランツ・カフカの作品管理に献身、その遺作を刊行した。著書『フランツ・カフカ伝』は一九三七年プラハのハインリヒ・メルシー書店から刊行された。ブロートは三九年にプラハを去り、パレスティーナに亡命した。

三七年十一月十五日　月曜日

青空の広がる、美しく、爽やかな秋の日。夜の寒気。熟睡して八時半起床。講演原稿の整理と、夜の朗読材料の準備。Kと市内に出て、散髪とマニキュア。――『ヴァーグナー』最終部分について新たな心配。関連づけ、あらたに生じた辛辣な表現の和らげ。安楽椅子で仕事。お茶にサン・シルからマイアー＝グレーフェ夫人(1)。夫人の亡夫の小説遺作について、またシケレの見通しの暗い状態について夫人と語り合う。さらにフランスの状況、日々失われていくわれわれの地盤についても。――あとで結末部分を新しく書きまとめる。早めの夕食、そしてKと放送局へ。マイクロフォンの前で、ハンカチーフを目に当てたロッテ、のくだりを朗読、一二五フランの報酬。その前にヨープ部長(2)と。『ニーベルングの指輪』の上演にあたってドイツのあるヴァーグナー専門教授(3)が行った紹介講演のばかばかしさについて。――疲労、鈍磨した神経、面白くなく、苦痛を覚える。ブロートのカフカ伝は非常に興味深い。――義歯をつけて話すのは、明晰に発音しようとする際、いくらか神経にさわる。

(1)　一九三七年一月十五日付日記の注(11)参照。マイアー＝グレーフェ夫妻はルネ・シケレの近しい友人で隣人、トーマス・マンとも南フランスでの一九三三年の夏以来親交があった。ユーリウス・マイアー＝グレーフェの遺作長篇小説というのは死去直前に脱稿した日記体の小説『城をめぐる戦い』のことであるが、刊行契約を結んでいたS・フィッシャー書店からはもはや出版されなかった。この作品は未刊である。

(2)　一九三七年九月二十日付日記の注(3)参照。

(3)　市立劇場の日曜マチネで、ブレーメン美術大学で教えているスイス人クルト・ツィマーマン博士が、「新チューリヒ新聞」によれば、きわめてディレタントふうなヴァーグナーの『指輪』紹介講演を行った。

三七年十一月十六日　火曜日

澄みわたり、朝は霜が見られたものの陽光に温かい天候。すぐひげを剃る。少し自筆の通信を処理、ついで、Kの運転で出掛けたトーンハレのリハーサルでは、ジュネーヴのアンセルメ(1)がドビュシ(2)を指揮し、ミルシュタイン(3)がチャイコフスキーを演奏した。バイドラーと一緒に楽屋へ。ロシア系ユダヤ人の若いミルシュタインは純血種の巨匠といった演奏家で、絶対至高の能力を披露して大いに満足させてくれる。そのミルシュタインと指揮者とに路上でばったり顔を合わす。メーディと小柄なモーザーと一緒に湖岸通りを徒歩で散歩、ついで車。Kとゴルフハウスへ行き、日光を浴びながら散歩。食後、新聞各紙。午後数通のはがきを書く。タキシード着用。七時過ぎキャビアと赤ワイン少々で軽食。それからK、ゴーロ、メーディと（誤って工科大学に足を踏み入れたあと）大学へ。同時刻にいろいろ催しがあったはずなのに、大学大講堂は満員。控室でオープレヒト夫妻や役員会のメンバーと挨拶。講堂では大歓迎。快適な演壇、良好な体調。聴衆はじっと謹聴、終わると満足の喝采。終わり頃、興奮の最中に義歯の具合が一時おかしくなった。控室では感謝の言葉や祝いの言葉。「プァウエン」(4)の二階で集まり、市立劇場支配人(5)夫妻、演劇協会役員連、バイドラー夫妻、オープレヒト夫妻、ライジンガー夫妻、ギーゼ女史、その他。オムレツとグリューワイン。満足の気分。さして疲れなかった。家に戻って改めて、Kや子供たちの相手をしてキャビアとお茶で軽食。一時。

(1) スイスの指揮者エルネスト・アンセルメ（一八八三—一九六九）は、一九一八年から六八年までジュネーヴのスイス・ロマンド管弦楽団の常任指揮者、とくにドビュシ、ラヴェル、ストラヴィンスキーの指揮で名高かった。

(2) 日記ではドビュシ Debussy が、Debussiz と表記されている。

(3) オデッサ出身の、アメリカのヴァイオリンの巨匠ナータン・ミルシュタイン（一九〇四—一九九二）は数十年来ブローニスラフ・フーバーマンの伝統を引き継ぐ現代のもっとも卓越したヴァイオリニストの一人。〔訳注〕原注の没年は訳者が補ったもの、原書刊行当時（一九八〇年）ミルシュタインは健在だった。

(4) 「プァウエン」はチューリヒ・シャウシュピールハウス館内のレストラン。

(5) カール・シュミット＝ブロスとその夫人グレーテ・シュ

ミット＝ブロス。カール・シュミット＝ブロスは一九一九年以来俳優、のちチューリヒ市立劇場（オペラ劇場）演出家、三二年から四七年までこの舞台の支配人。

三七年十一月十七日　水曜日

雪と雨。遅く起きて入浴。朝食後郵便を開封、アメリカからの来信、[1]イェール大学での記念祝典プログラムと博士号授与計画についてエインジェル。ミルズ・カレッジ[2]。「ドイツ語教育のための月刊誌」ウィスコンシン州、マディスン、所収の『ヨゼフ』第三部に関するヴァイガント[3]のなかなか良い批評。同じく『ヨゼフ』を扱ったスロホーヴァー[4]の英文原稿。——グイード・ローザー[5]の死。——デモクラシーについての講演の仕事へ移行。資料と取り組む。——正午、Ｋとイチュナーハの先まで散歩。食後、届いた郵便物を読む。お茶のあとアスパーの診療所に行く。アスパーは下の義歯を装着し、講演について触れ、四人で出掛けたという。「義歯で問題があったのはほとんど目立ちませんでした、むしろ調子良くご機嫌という印象のほうが決定的でした。」これは、講演のあとの祝いに電話を寄越したバイドラーが請け合っている。リオンとも電話。宗教に関するファルケの原稿[6]を読む。

(1)　ジョゼフ・W・エインジェルは、イェール大学トーマス・マン・コレクションの開設にあたって、ほぼ同時期にトーマス・マンへのイェール大学からの博士号授与を計画していた。この計画は、トーマス・マンが一九三八年六月の授与式まで合衆国に留まることが出来なかったために実現しなかった。

(2)　関連を示唆するものが見当たらない。

(3)　ヘルマン・J・ヴァイガント「トーマス・マンの『エジプトのヨゼフ』」「ドイツ語教育のための月刊誌」ウィスコンシン州マディスン、二九号、一九三七年十月、所収。

(4)　ハリ・スロホーヴァー「トーマス・マンの『ヨゼフ』小説。序論と人名・書誌索引」は、トーマス・マンの提案に応えて一〇八ページの小冊子の形で一九三八年クノップ社、ニューヨーク、から刊行された。一九三七年十一月二十一日記入の日記参照。

(5)　チューリヒ近郊キルヒベルクに住んでいたグイード・ローザー博士（一八九二—一九三七）は、作家であり、チューリヒの州立商業学校の歴史とドイツ語の教授だった。数点の長篇小説と詩集を刊行、ハンス・ライジガーの友人でトーマス・マンとも親しかった。その死は自殺だった。

(6)　おそらくカール・バルトに対するコンラート・ファルケ

の論難文「イエスか教会か」であろう。この文章は、「尺度と価値」第三冊、一九三八年一月／二月号に掲載された。

三七年十一月十八日　木曜日

午前、講演のための草案。「新チューリヒ新聞」に〔『指輪』〕講演についてのシューの見事な報告。(1)「考慮に値する」。Kと市内に出て、トルンスでシャツの寸法を取り、冬服を注文する。(2) 日記用のノートを購入。合間にチューリヒベルクへドライヴ、動物園そばの喫茶店でヴェルモット。昼食後ブロッホ Broch の国際連盟要望書に立ち帰る。お茶のあとファルケ（ソレント）とヴァイガント(3)（ニュー・ヘイヴン）宛てのかなり長文の手紙を口述。ついで自筆の通信。晩、Kとシャウシュピールハウスへ、アメリカの、ファッションショウともいうべき女性劇(4)、小粋な演出、独自性と大胆さをうかがわせ、お喋り、ヒステリー、男をめぐる鞘当て、完全な非感傷性、ニューヨーク、赤ん坊をあやすたばこ。入浴シーン。――『ヴァレンシュタイン』の稽古にはいっているホルヴィッツ(5)と。幕間にジンガー教授(6)（ベルン）と。非常に遅く、Kとコーヒーで夜食。

（1）ヴィリ・シュー「『ニーベルングの指輪』についてのトーマス・マンの講演」「新チューリヒ新聞」一九三七年十一月十八日号、所収。

（2）チューリヒ、バーンホーフ通り、紳士服店トルンス。

（3）ヘルマン・J・ヴァイガント宛て、キュスナハトから、一九三七年十一月十八日付（『書簡目録II』三七／二〇七）。これは、トーマス・マンが『ヨゼフ』小説についてきわめて本質的な発言を記している手紙のうちの一通で、ヴァーグナーの『指輪』、ゲーテの『ファウスト』、自作の小説『大公殿下』との関連が論じられている。

（4）『ニューヨークの女たち』（『女たち Women』）、クレア・ブースの喜劇、演出レオナルト・シュテケル、出演マルグリト・ヴァイラー、テレーゼ・ギーゼ、その他三十人の女優。

（5）俳優で演出家クルト・ホルヴィッツ（一八九七―一九七四）は二十年代主にファルケンベルクの率いるミュンヒェン・カマーシュピーレで活躍、一九三三年スイスに亡命、三三年から四五年までチューリヒ・シャウシュピールハウスに所属、四六年から五〇年までバーゼル市立劇場を主宰、五三年から五八年までミュンヒェンのバイエルン国立劇場の劇場監督をつとめた。

（6）オーストリアのゲルマニスト、ザームエル・ジンガー教授（一八六〇―一九四八）は中世文学の領域では傑出した権威で、一八九六年以来ベルン大学教授であった。ジンガーは自分の協力者マルガ・バウアー＝ネゲラートによるハルトマン・フォン・アウエの『グレゴーリウス』の中高ドイツ語原文の新訳をトーマス・マンに仲介し、これをトーマス・マンは『選ばれし人』の底本として利用した。

三七年十一月二十日　土曜日

きのうときょう、午前中、講演の草案。きょうは一人で散歩。多彩なフェーンの一日。コクトー[1]がその新作『円卓の騎士たち』を送って寄越す。ブロッホBrochの国際連盟要望書を読み終える。厳粛なドキュメント、しかしこれでしかるべきことを始められるわけではない。『ヨゼフ』についてのスロホーヴァーの英文論考を読む。ブロートのカフカ伝を読み進める。――お茶にチェコ人教授で工場経営者X。世界国家についての密談めいたお喋り、私は国民的なものを対置する。反マルクス主義者、資本の擁護者。――自筆の通信。晩K、ゴーロ、メーディとオペラ劇場へ、『ラインの黄金』。開演前にバイドラー夫妻と。上演はやや無味乾燥、詩情を欠き、声が弱い。ローゲとアルベリヒは好演。やや幻滅。しかし大いに遺憾なのは、『ヨゼフ』を書き進められないこと。――Kと子供たちと夜食。シューに挨拶し、礼を言う。

（1）フランスのシュールレアリズム詩人、画家、映画監督ジャン・コクトー（一八八九―一九六三）はクラウス・マンと親交があり、クラウス・マンはたびたびコクトーについて書き、コクトーの長篇小説『恐るべき子供たち』を劇化した。トーマス・マンと交わした手紙は散逸した。コクトーの戯曲『円卓の騎士たち』独訳はようやく一九五三年に刊行された。

三七年十一月二十一日　日曜日

暗く、高い湿度。遅く起床。講演[1]のためのメモを取り、少し書き始める。Kとイチュナーハの先まで散歩。食事にテネンバウムとフツィガー夫人[2]。「始めから終わりまで謹聴し続け、すべて理解しましたよ」といった、講演の余響。コーヒー。そのあと、クノップが小冊子として刊行するはずのスロホーヴァーの『ヨゼフ』注解を読む。「尺度と価値」に掲載する『リヒァルト・ヴァーグナーと「ニーベルングの指輪」』校正刷の校正。『クルル』映画化の可能性についてランツホフ宛てに手紙。——休息後ひげを剃り、タキシード着用。お茶のあと、二、三の雑務を処理、六時半、Kとゴーロと一緒に歌劇場へ行き、『ヴァルキューレ』。きのうと同じ仕切り席。開演前と幕間にバイドラー夫妻と。仕切り席でゆったりと堪能。決して大掛かりな上演ではないが、それにもかかわらず大きな感銘。ヴォータンとブリュンヒルトには感動の涙。巨大な結末場面。全体はもはやこの時代に適合しない。徹頭徹尾十九世紀。オペラそのものは十九世紀を越えて——オペラへ回帰し厳粛から遊戯に帰る。次元と要求としては非時代的。しかしそこが私の世界なのだ。——第一回目の幕間にコーヒー。子供たちと夜食。一時。

（1）　講演〔レクチュア〕というのは執筆中の『來たるべきデモクラシーの勝利について』を指す。〔訳注〕数日前の十一月十七日の日記では、英語の lecture ではなく、ドイツ語の Lektüre〔レクテューレ〕が使われているが、これも『來たるべきデモクラシー』講演を指している。それに対して『指輪』講演の「講演」には通常の Vortrag が用いられている。おそらく、両講演の記述が時期的に重なったので、両語の使い分けで煩瑣な表現を避けたのだろう。

（2）　一九三八年二月十三日付日記の注（1）参照。

三七年十一月二十二日　月曜日

九時起床。高い湿度。講演を少し書き進める。疲労。Kと少し散歩。献辞を添えたベネシュ大統領の著書数冊[1]。食後、新聞各紙とホイットマンの著作を読む。お茶にブルーノ・ヴァルターと娘。二人は七時までいる。オリオンと電話。ムージルの優れた寄稿[2]。第三冊にとって最善の展望。

（1）　エードゥアルト・ベネシュの献呈本は残っていない。したがってその表題を的確に明示するわけにはいかない。ベネシュは多数の著作を刊行しており、その中には『諸国民の蜂起』（一九二八年）、『チェコスロヴァキア共和国の諸問題』（一九三六年）、『マサリクの道と遺志』（一九三七年）などがある。

（2）ロベルト・ムージル「白昼の月光」（長篇小説『特性のない男』の未刊行部分から）は、「版権ベルマン＝フィッシャー書店、ヴィーン」と注記して「尺度と価値」第三冊、一九三八年一月／二月号に掲載された。

三七年十一月二十三日　火曜日

午前中、楽しめぬまま講演の執筆。一人で散歩。午後数多くの口述。あるドイツ人医師の長篇小説原稿[1]。雑駁、性質上はユダヤ人家庭悲劇、ひどい出来、才能なし。——ヴァルター・コンサート、モーツァルトとブルクナー第七交響曲。強烈な印象。指揮者の大成功。ライフ邸でアンドレーエ夫妻、シュヴァルツヴァルト夫人、ドゥーハン女史[2]、ヴァルター夫妻とともに晩餐。一時。

（1）調査が届かなかった。

（2）女優エーファ・マリーア・ドゥーハン、当時チューリヒ・シャウシュピールハウスに属していた。

三七年十一月二十四日　水曜日

霧。午前中、講演の執筆。正午Kと森の下道を散歩。——灯火管制演習の日。ここ数日に準備した管制用電灯、黒生地の布等々が機能を発揮。読書用肘掛け椅子とスタンドランプを寝室へ移動する。階上の控えの間でお茶。遮蔽した寝室で講演の執筆を続ける。ゴーロが劇場、メーディが友人たちと暗い市内に出ていたので、Kと二人だけで控えの間で夕食。夕食の前Kと少し外に出て、異様な暗闇の中へと歩いた。食後わずかな明かりの灯る広間でヴィーンから中継の『エロイカ』の二つの楽章を聴いた。それから寝室でシュトレーゼマンについてのエルンスト・フェーダー[1]の「尺度と価値」用の原稿とハーンの著書『ウトポロギー』[2]を読む。——ある工場経営者からプレゼントとしてオー・デ・コロン一リットルが届く。

（1）エルンスト・フェーダー「シュトレーゼマンの思い出」は「尺度と価値」第四冊、一九三八年三月／四月号に掲載された。エルンスト・フェーダー（一八八一―一九六四）は著名なベルリンの評論家で、一九一九年から三一年まで「ベルリーナー・ターゲブラット」政治部に所属、最後は編集長代理、三三年スイスに亡命、そこからパリに移り、四一年ブラジルへ逃れた。五七年にはドイツに戻った。

（2）アルノルト・ハーン『限界を知らぬ楽観主義。人類の生物学的、工学的諸可能性。ウトピオロギー』プラハ、自費出版、一九三七年。ハーン（一八八一―一九六三）は二十年代のベルリンで成功した通俗学術評論家で、一九三三年チェコスロヴァキア、三九年イギリスに亡命した。〔訳注〕日記本文の「ウトポロギー Utopologie」は、正確には「ウトピオロギー Utopiologie」である。いずれにせよ定着した用語ではなく、著者の造語らしい。「ユートピア学」というほどの意味であろう。

三七年十一月二十五日　木曜日

午前中、講演(1)に掛かり、構想を練り、執筆を進める。ほんの少々一人で散歩。食事にピアノの巨匠ホーロヴィッツが、夫人である、トスカニーニの娘(2)とともに。これにギーゼ女史が加わる。独裁諸国とロシアについて大いに意見を交わす。――引き続いて新刊書到着。――お茶のあと手紙の口述。晩、Kとシャウシュピールハウスへ。「ヴァレンシュタインの陣営(3)」と「ピッコローミニ」の見事な上演。生き生きした楽しみと明るい感嘆を覚えながら舞台の展開を追った。何たる輝き、何たる歴史の息遣い。――ブレンターノを乗せて帰宅、Kと夜食。「尺度と価値」の校正刷を見る。

（1）〔訳注〕これまでレクチュアと表記してきた『来たるべきデモクラシーの勝利について』を、ここでは講義の意味ももつ Vorlesung と表記している。この日以後 Vorlesung の頻度が高くはなるものの、一貫しているとは言えない。

（2）ヴァンダ・ホーロヴィッツ、旧姓トスカニーニ。一九三七年七月三十一日付日記の注（2）参照。

（3）シラーの「ヴァレンシュタインの陣営」と「ピッコローミニ」、演出レーオポルト・リントベルク、出演ヴォルフガング・ラングホフ、クルト・ホルヴィッツ、エルンスト・ギンスベルク、レオナルト・シュテケル、エルヴィーン・カルザー、マルグリト・ヴァイラー。

三七年十一月二十六日　金曜日

澄んだ、寒気厳しい夜、澄んで、爽やかな、青空の一日。講演の執筆にかかるが、遅々たる進行。ヨハニスブルクへ向かって散歩、途中Kと出会い、車で帰宅。トービが番犬に嚙まれる。食後、郵便を読む、シケレの（リーマーについての）手紙、その他多数。新聞各紙と諸雑誌。妖怪染みた新聞の厚顔さの例と言えば、異論なく、ロシアの選挙を報じる「フェルキシャー・ベオーバハター」だ。極端な人間蔑視だと——いったい誰が！　——寝室の遮蔽カーテンは有効とわかり、そのまま残すことにする。——リオン[1]、ブルシェル、その他宛ての手紙を口述。なお一時間寒気の中を散歩。K、ゴーロと夕食。——晩、ブラーディシュ[2]（ニューヨーク・カレッジ）の「シラーの死についての詩と真実」。ニーチェとカフカについて、シェプス[3]というドイツ人著作家。

（1）フェルディナント・リオン宛て、キュスナハトから、一九三七年十一月二十六日付『書簡目録II』三七／二一一。「尺度と価値」第三冊の内容について詳細な言及。

（2）オーストリア出身のアメリカのゲルマニスト、ヨーゼフ・アルノ・フォン・ブラーディシュ Bradish、Bradisch とも（一八八三—一九七〇）は一九二七年以来合衆国在住、ニューヨーク市立大学正教授。ブラーディシュはすでに一九三五年三月トーマス・マンにシラーの埋葬についての論文を送っており、トーマス・マンの方は、三六年十月、『ヴァイマルのロッテ』の予備研究の最中にブラーディシュの『ゲーテの官吏としての経歴』を読んでいる。

（3）ハンス＝ヨーアヒム・シェプス（一九〇九—一九八〇）は一九三八年スウェーデンに亡命、四七年ドイツに戻り、以来エルランゲン大学の宗教史、精神史の教授、とくにキリスト教とユダヤ教との関係やプロイセンの文化史、精神史と取り組んでいる膨大な一連の歴史書の著者。その著書『転換期の諸形姿（ブルクハルト、ニーチェ、カフカ）』、フォアトルプ書店、ベルリン、一九三六年。

キュスナハト、三七年十一月二十七日　土曜日

寒い、空の澄んだ一日。午前中アメリカ講演の執筆。民主主義的理想主義。それを私は信じているのだろうか。ある役柄にのめり込んでしまうように、その気になっているだけではないのか。ともかく、このアメリ

カという世界に注意を喚起するのは無駄ではない。——Kとほんのわずか散歩。食事のあと新聞各紙。お茶のあとシケレ宛て[1]に芸術形式としてのプラトン的対話について書くが、——芸術形式は芸術形式である以上打破される可能性は残る（ゲーテの散文について語るリーマー、『ロッテ』第三章）。——湖岸通りの瀟洒なヴィラ、カウフマン博士邸[2]での夜会。ホーロヴィッツ、デンツラー[3]等々と同席。シャンパンを開けての晩餐。病気でふせっているニーコ[4]に似た小さな娘[5]。食後私が話しを交わしたホーロヴィッツは、一同が九柱戯を楽しんでいた間ずっとその女の子の傍についていた。終わり頃になお市立劇場支配人が夫人と同道。かなり遅くに解散。カウフマンとその義弟エルンスト博士[6]（随筆家エルンスト[7]の従兄）が、私たちを車まで送ってくれた。——かなり暖かな大気、雪解けのような天候。

（1）ルネ・シケレ宛て、キュスナハトから、一九三七年十一月二十七日付、『書簡目録II』三七／二一二。

（2）ヴィリ・カウフマン医学博士（一八八七―一九四二）はチューリヒ演劇協会会長でニーコ・カウフマンの父親、ゼーフェルト湖岸通り一七に住んでいた。

（3）スイスの指揮者ロベルト・F・デンツラー（一八九二―一九七二）はフォルクマル・アンドレーエの弟子、一九二七年から三二年までベルリン市立歌劇場の指揮者、三四年から四六年チューリヒ歌劇場の音楽総監督、ここで三四年ヒンデミットの『画家マティス』、三七年アルバン・ベルクの『ルル』のそれぞれ初演を指揮した。

（4）一九三七年七月十三日付日記の注（2）参照。

（5）ズージ・カウフマン（一九二一年生まれ）。

（6）チューリヒの法学者ハンス・エルンスト博士。

（7）スイスの文学史家フリッツ・エルンスト（一八八九―一九五八）、チューリヒ連邦工科大学比較文学史教授、多数のドイツ文学、スイス文学関連著作の筆者。トーマス・マンはエルンストと面識があり、評価していた。

三七年十一月二十八日　日曜日

寒気、降霜、軽い雪。講演の執筆。Kとヨハニスブルクの先まで散歩。昼食にギーゼ女史。コーヒーのあとコクトーの『アーサー王』戯曲を読む。魅力的。お茶に[1]ヘルマン・ヘッセ夫妻。エゴイズムゆえに疑われる誠意。そのあとシケレ宛ての手紙を書き上げ、晩、ラジオで少しフランス音楽を聴いたあと、ブロック宛ての手紙を書く。——エインジェル宛てに諸訳書。シケレ宛てに『クルル』と『ヨーロッパに告ぐ』。

（1）〔訳注〕ヘルマン・ヘッセの処世態度とそれに対する世評に関連してのトーマス・マンの評言であろう。

三七年十一月二十九日　月曜日

大気が澄みわたった寒気。講演の執筆。一人で散歩。大量の郵便、嬉しいのはエルンスト・ヴァイスの美しい手紙一通だけ。午後、Kとメーディがホーロヴィッツ邸のお茶に出掛けている間に献本への礼状を書き、なお講演の執筆を続ける。晩、コクトーの『騎士たち』を読み終える。——非常に寒い。

三七年十一月三十日　火曜日

熟睡。寒気。午前中アメリカ講演の執筆。市内に出て、シャツの試着、テイラーでの試着。マツケッティ女史をカフェ・オデーオンに迎えに行き、食事に連れ帰る。果てのないお喋り。私の「ヴァレンシアの崇拝者」[1]が私のイタリア語版を危険に曝している。——エルンスト・ヴァイスが私に捧げる長篇小説[2]を送って寄越す。アネッテ＝ベルマン[3]の件でブライトバハの手紙。お茶のあとブライトバハとベルマン[4]に手紙を書き、ブロッホ Broch（ヴィーン）宛てにもその要望書の件で書く。——ベネシュの著作を読む。

（1）これが何を、誰を仄めかしているのか、解明出来なかった。

（2）エルンスト・ヴァイスの長篇小説『誘惑者』は一九三八年チューリヒのフマーニタス書店から刊行された。

（3）アネッテ・コルプはパリで経済的にひどく逼迫しており、コルプの本を出版しているベルマン＝フィッシャーを動かして、何らかの形でコルプを援助する必要があった。ヨーゼフ・ブライトバハはアネッテ・コルプと親交があり、この友人のために尽力していたのである。

（4）　ゴットフリート・ベルマン・フィッシャー宛て、キュスナハトから、一九三七年十一月三十日付、『往復書簡集』一四〇ページ、所収。

三七年十二月一日　水曜日

霧、暖かくなる。アメリカ講演の執筆。Kと短い散歩。英仏閣僚会談と、植民地委任統治領のドイツ割譲計画について新聞各紙。しかし〔ドイツ〕政権はこの当然の諸条件をのむことが出来るだろうか。自制して全体的解決のためにいささかなりとも寄与しようという気になれるものだろうか。イギリスはドイツ人に絶対的民族エゴイズムがあることを心得ているだろうか。それは、住む星のいかんを問わず、生きる時代のいかんを問わないのだ。――シャハトの辞職と戦争経済の勝利が大分話題になっている。――お茶のあと、二、三手書きの通信。――ヴィーンのライヒナー[1]が新しいシェイクスピア翻訳[2]を開始する。――あるウプサラ大学教授[3]の原稿に目を通すが、これは国際法どころか、法一般に反対する代物で、頭脳の信じられない荒廃ぶりを証明している。――タキシード着用、軽食。商工会議所での朗読会、[4]『ロッテ』第一章と「女たちの集い」。大勢の会社員たちがじっと耳を傾け、要所では抜かりなく笑う。骨が折れ、疲労。夜食の際ゴーロと国際連盟について語り合い、人間らしい失敗を見て快哉を覚えるのも人間、――それでいて人類の多少なりとも意識的な願望はやはり実現してゆくもの、という意見に落ち着く。

（1）　ヴィーンの出版社主ヘルベルト・ライヒナーは、一九三三年から三八年の間に主としてシュテファン・ツヴァイクの著作を刊行していた。

（2）　オーストリアの劇作家、随筆家、シェイクスピア研究家リヒァルト・フラター（一八九一―一九六〇）のシェイクスピア翻訳はのちにかまびすしい論議の的にはなったが、少なくとも非常に独創的だった。これは六巻本として計画され、最初の二巻は、一九三八年にはまだヴィーンのヘルベルト・ライヒナー書店からの刊行が可能だった。シェイクスピアの『ソネット』のリヒァルト・フラターによる新訳は三四年にヴィーンのザトゥルン書店から刊行されていた。フラターは三八年イギリスに亡命し、四八年合衆国に移り、五二年ヴィーンに戻った。そのシェイクスピア翻訳の新たな六巻本は五二年から五五年にヴィーンのヴァルター・クリーク書店から刊行された。

（3）　確認出来なかった。
（4）　商工会議所文学の夕べ「トーマス・マン、自作を朗読する」は、一九三七年十二月一日チューリヒ、ペリカン通り、商工会議所会館で催された。

三七年十二月二日　木曜日

夜、耳道湿疹に苦しめられる。朝、熱いクリームを入れたコーヒー。講演を大分書き進める。一人でトービを連れて森の回遊路を散歩。食後、テーレン訳のマルスマンの近親相姦小説(1)（原稿）を読む。「ライフ・アンド・レターズ」(2)が届いたが、ジッドの序文と私の『スタンダーズ・アンド・ヴァリューズ〔尺度と価値〕』が掲載されている。お茶のあとまずアウアンハイマー宛てにそのヴィーン関係書(3)に対する賛辞を書き、ついでエーリカに代読させる、アメリカの芸術家たちに宛てた、その反ファシスト会議へのメセージ(4)を口述する。コザク、ベネシュ、テーレン、その他宛てに手紙。夕食の際ゴーロと例のスウェーデンの教授の内容空疎な詭弁について話をする。アメリカ版ショーペンハウアー要約(5)に序文を書いて欲しいが、その序文には七五〇ドルを出すという申し出……

（1）　アルベルト・ヴィゴライス・テーレンが翻訳したこの短篇小説は「尺度と価値」に掲載されなかった。一九三七年十二月七日付リオン宛ての手紙の中でトーマス・マンは、私としては「条件付きでしか推薦出来ない」と書いている。
（2）　トーマス・マンの「尺度と価値」への序文は二回英訳された。一つは、アグニス・E・マイアーにより「スタンダーズ・アンド・ヴァリューズ」の表題で「ワシントン・ポスト」のため、もう一つはヘリン・ロウ・ポーターにより「メジャー・アンド・ヴァリュー」という表題であった。後者はイギリスの月刊誌「ライフ・アンド・レターズ・トゥデイ」ロンドン、一九三七年十月号、に掲載された。
（3）　ラウール・アウアンハイマー『ヴィーン。姿と運命』、一九三八年。
（4）　活字にはならなかった。エーリカ・マン宛て、キュスナハトから、一九三七年十二月四日付、『書簡集II』三四ページ、参照。原文は「補遺」に収録。
（5）　これは、ショーペンハウアー『意志と表象としての世界』からの要約抜粋に関わる仕事で、ニューヨークのロングマンズ＝グリーン社がこれを、アルフレド・O・メンデル編の「ザ・リヴィング・ソウツ・ライブラリ」シリーズの中でトーマス・マンの序文を添えて刊行しようと計画した。この序文は長大なものになってしまい、アメリカでの出版にあたっては短縮せざるをえなかった。短縮されていない随想『ショーペンハウアー』は、一九三八年ストックホルムのベルマン＝フィッシャー書店から刊行され、『ショーペンハウアーの生きた思想。トーマス・マンによる提示』という表題のアメリカ版は、一九三九年に刊行され、多数のヨーロッパ語に訳され出版された。一九三七年十二月二十一日付日記の注（3）参照。随想『ショーペンハウアー』は『全集』第九巻五二八—五八〇ページ、所収。

三七年十二月三日　金曜日

耳の湿疹で安眠出来ぬ夜。午前中、執筆。ウルリヒの診療所で耳の手当て。やや快方に向かう。帰宅後Kとなお少し散歩。午後、講演の執筆を継続。晩、ホーフマンスタールのチューリヒ・ベートーヴェン講演[1]、見事。諸雑誌。手紙を投函出来るように仕上げる。

（1）フーゴ・フォン・ホーフマンスタール『ベートーヴェン。チューリヒ、ホティンゲン読書サークルのベートーヴェン祭で行われた講演』、一九二〇年十二月十日の催しだった。講演は原稿なしで行われ、印刷テキストは速記から起こされた。一九二〇年『新チューリヒ新聞』に掲載されたあと、三八年小冊子としてヴィーンのH・ライヒナー書店から刊行され、トーマス・マンの目に止まることになった。現在はホーフマンスタール十巻本『著作集』（小型版）、『講演と論考II』六九—八一ページ、所収。

三七年十二月四日　土曜日

夜また湿疹で安眠を妨げられる。遅く起床。二時間足らず講演の執筆。またウルリヒの診療所で手当て。アルコールがひりひりするのは気持ち良い。——ヴィルヘルム・ヘルツォーク、バーゼルから来訪。一緒に少し散歩。食後、そのバルトゥ評伝[1]の一部朗読を聞いたが、ヘルツォークはそのうちの数章を置いていった。——新しい新聞「ドイツの自由」[2]がパリのマクス・ブラウンによって発刊される。——[3]午後アネッテ・コルプ宛ての手紙を口述、エーリカ宛てには自筆、そしてなおしばらく執筆。夕食にカーラー。「リーマー」の章について、「尺度と価値」に対するカーラーの作業計画について。

（1）　暗殺されたフランス外相ルイ・バルトゥ（一八六二―一九三四）についてのヴィルヘルム・ヘルツォークの評伝は、一九三八年チューリヒの「ディ・リーガ」書店から刊行された。それに先だって一部を「尺度と価値」に掲載する案は実現をみなかった。

（2）　元ザールラント社会民主党党首マクス・ブラウンの編集により、一九三七年十二月から三九年四月までパリで刊行されたドイツ語の政治週刊新聞。トーマス・マン、ハインリヒ・マン、クラウス・マンはその寄稿者だった。この週刊新聞は、三三年から三五年までマクス・ブラウンによってザールブリュケンで刊行され、ザール政府によってたびたび発行停止処分を受け、ザール住民投票以降は刊行を停止せざるをえなかった、同名の「独立系日刊新聞」の、一種の後継紙であった。

（3）　エーリカ・マン宛て、キュスナハトから、一九三七年十二月四日付、『書簡集Ⅱ』三四ページ、所収。エーリカ、クラウス・マンの二人はこの時期またニューヨークにいた。

三七年十二月五日　日曜日

比較的良く眠った。朝食後講演を三枚書き進める。冷たい西風を受けてKと短い散歩。食事にギーゼ女史。早めにお茶を飲み、Kとレクス・シネマへ出掛け、上等の席で新しいギトリ映画『真珠』(1)を観る、とくに前半が出色の歴史レヴュー。教皇役のザッコーニが抜群。英語、フランス語、イタリア語と、諸国語が魅惑的に飛び交う。――ヴェルナー・ミュラー(2)（チューリヒ）による『魔笛』に関する興味深い研究。――ここ数日、夜にヴァイスの新しい、私に捧げられた長篇小説を読み始めた。――アメリカでハインリヒの『アンリ四世』(3)が成功しているとの知らせ。――『フロイト』、『指輪』、『ショーペンハウアー』、『往復書簡』、『ヨーロッパに告ぐ』、『尺度と価値』、『スペイン』、『デモクラシーの勝利』をまとめ、随想集としてベルマンから刊行する考え。表題は思想の自由と思想への奉仕というような意味を表すものでなければなるまい。

（1）　サシャ・ギトリの映画『王冠の真珠』、出演はジャクリヌ・ドリュバク、レミュ、サシャ・ギトリ、それに有名なスペインのダンス・スター、ナーティ・モラレス。

（2） ヴェルナー・Y・ミュラー「モーツァルトと死。魔笛研究」「スイス音楽新聞」一九三八年一月一日号、所収。

（3） ハインリヒ・マンの『アンリ四世王の青春』は一九三七年『ナヴァールの若きアンリ Young Henri of Navarre』の表題でニューヨークのクノップ書店から刊行された。第二部『アンリ四世王の完成』は続いて三九年、同じくクノップ書店から刊行された。

三七年十二月六日　月曜日

雪で白一色、湿度が高い。入浴、朝食の際、朝食の楽しみが損なわれているのを確認して心を痛める。講演の執筆、講演は、見通しが明るくなってきているものの、実はこれまた、本来語られるべきもののストックでしかないのだ。——市内で、ウルリヒの診療所で手当て、ついで散髪、それからショルで名前などを刷り込んだ便箋、名刺、はがきを注文。仕事にも使えそうな新しい紙を試す。——Kと行き違う。タクシーでツォリコーンまで。ここでメーディとニーコ・カウフマンに車で拾ってもらう。若いニーコは食事に加わる。美しい、細い目、好感がもて、ピアノでは優れた芸術家。ニーコは「私とまもなく結婚することになるわ」とメーディが断言する。——大量の郵便。ロシアの印税、ずいぶん多額。ピート宛てに手紙。講演の執筆を進める。ゾマー博士[1]邸で老ライフ夫妻、アルンホルト夫人[2]（ドレースデン）、ゾマーの姪をまじえて晩餐会。美しくご馳走の並んだテーブル、各種ワイン、各種シュナプス、トルコ・コーヒー。私には全然楽しめない。話題はドレースデンのニーキシュ夫妻[3]とそのばかげた態度に及ぶ——夫人は愚かで、夫は行儀よい出世主義者。二人は「ファン」だった。——置き時計のゼンマイがきのうまたもや切れた。動かない。

（1） ドレースデン出身の工場経営者アルベルト・ゾマー工学、政治学博士（一八七九—一九六八）は、ライフ夫妻と親交があり、トーマス・マンはライフ夫妻を介してゾマーと知り合った。ゾマーは一九三九年ニューヨークに亡命、最終的にはモンタニョーラに定住し、同地で死去した。

（2） 特定出来なかったが、おそらくドレースデンの銀行家アルンホルト一族の一員であろう。

（3） アルトゥル・フィーリプ・ニーキシュ（一八八九—一九六八）は、指揮者アルトゥル・ニーキシュの息子でドレースデン市法律顧問、のち二、三のドイツの大学で労働法の教授、ドレースデン歌劇場のスターの一人であるオペラ歌手グレーテ・メレム＝ニーキシュと結婚した。夫妻はトーマス・マンと一九二二年から親交があり、トーマス・マンをしばしばドレースデンの自宅に招待した。夫妻とトーマス・マンが最後に会ったのは、一九三三年三月、アローザのノイエス・ヴァルトホテルでのことだった。夫妻の「ばかげた態度」というのがどのようなことなのか、分からない。第二次世界大戦後には従前同様の温かい友情が復活し、生粋のラインラント女性であるグレーテ・メレム＝ニーキシュは、短篇小説『欺かれた女』のためにデュセルドルフの情報を提供してトーマス・マンを助けた。

三七年十二月七日　火曜日

八時半起床。しっとりした雪。きのうの疲労。講演の執筆。Kとイチュナーハの先まで散歩。送られてくる原稿を処理するのが、だいぶ煩わしい。『ヴァイマルのロッテ』の件でガリマール[1]の申し出。『ヨーロッパに告ぐ』についてロシア語の論説と「レ・デルニエル・ヌヴェル」からの翻訳。――非常に疲労。お茶のあとなお口述、リオン[2]、プラハのチェコ＝ドイツ演劇協会、その他宛て。――パウロについてのポルトガル語からの、テーレンによる独訳原稿[3]。――カウフマン家の記念帖に「形式」について記入、これはシャーバー[4]ーが誕生記念論文のモットーに掲げた文言で、改めて満足を覚えた言葉である。

(1)　ルイーズ・セルヴィサン訳『ヴァイマルのロッテ Charlotte à Weimar』は、第二次世界大戦後にようやくパリのガリマール書店から刊行された。

(2)　フェルディナント・リオン宛て、キュスナハトから、一九三七年十二月七日付、『書簡目録II』三七／二一二。

(3)　J・テグセイラ・デ・パシュクアエス『パウロ。神の詩人』、アルベルト・ヴィゴライス・テーレンによるポルトガル語からの翻訳、は一九三八年チューリヒのフマーニタス書店から刊行された。

(4)　エッセイスト、ヴィル・シャーバー（一九〇五年生まれ）は一九三三年チェコスロヴァキア、三八年合衆国に亡命した。その著書『トーマス・マン。六十歳の誕生日に寄せて』は三五年チューリヒのオープレヒト書店から出版された。その他にもトーマス・マンに関する論考若干がある。その著書に掲げたモットーは次の通り、「形式とは、死と死、すなわち非形式としての死と超形式としての死、したがって解体と硬直、野生と死滅の間の生に祝福された中間項である。形式とは尺度であり、価値であり、人間であり、

愛である。」（トーマス・マン）

三七年十二月八日　水曜日

夜、耳に煩わされて、四時にファノドルムを服用、長時間眠る。一時まで執筆、もはや散歩には出なかった。昼食にシローネ。コーヒーを飲みながらシローネと興味深い政治的談話。『パンと葡萄酒』(1)や、「続きを読んだ」という女性とのミステリアスな出来事についても。ボルジェーゼの著書についての、その友人キアロモンテ(2)の論説、うってつけで、非常に良い。リオン宛て(3)に手紙。——ハンガリー語版短篇全集(4)が届く。——お茶のあと各種自筆の通信。七時頃、手紙を抱えて駅に行き、回り道して帰宅。批評部分は自社の編集者に任せてほしいというオープレヒトの希望について、リオンと電話。（アルビーン・ツォリンガー(5)。）よろしい。ゴーロに意見を求める。

(1)　イグナッツィオ・シローネの長篇小説『Pane e vino』。

(2)　ニコーラ・キアロモンテ（一九〇五年生まれ）はイタリアの反ファシスト著作家、一九三四年以来スイスに亡命。G・A・ボルジェーゼ『ゴリアテ。ファシズムの行進』についてのキアロモンテの書評は、「尺度と価値」第五冊、一九三八年五月／六月号に掲載された。

(3)　フェルディナント・リオン宛て、キュスナハトから、一九三七年十二月八日付、『書簡目録II』三七／二二三。

(4)　『短篇全集 Összes Novellai』。デシェー・コストラーニ、ヴィクトル・ラニイ、ジェルジ・シャールケージ訳。ブダペスト、アテネーウム書店、一九三七年。

(5)　スイスの叙情詩人で小説家アルビーン・ツォリンガー（一八九五―一九四一）は「尺度と価値」の寄稿者で、一九三三年からベルンで「ディ・ツァイト」の編集に携わっていた。

三七年十二月九日　木曜日

暗い悪天候。八時起床。講演の執筆。正午ウルリヒの手当てを受ける。徒歩でチューリヒホルンへ。食後、新聞(1)で（ある美しいヴァイオリン協奏曲をきっかけとして）シューマンの精神病について。ファウスト小説(2)

を忘れるなとの警告。――ショーペンハウアー論を引き受けるべきか否か、決断がつかずに悩む。[3]――マッケッティ宛て（私のバレンシア会議参加報道について）、ブルーノ・ヴァルター宛て、その他の口述。――「自然の中に、諸民族の運命の中に顕現する」神なるものをいただくドイツの新国家宗教が近々公布されるとのニュース。低劣ならずものども。――シャウシュピールハウス、仕切り席、『ビーバーの毛皮』[4]。ギーゼ女史がヴォルフェン、ホルヴィッツがヴェーアハーンに扮した感じの良い上演、脚本の訴える自由に一驚。諷刺というものはいつでも、ツァーの支配するロシアにおいても可能だったのだ（『検察官』[5]）。今は、諷刺を知らぬ初めての時代だ。権力にとっては願ってもない仕合わせだろうが、しかしそのうち権力を気にかけることもなくなり、権力がただ露命を繋いでいるだけの状態になることも起こりうる。――幕間にカーラーと。コーヒー。終演後オープレヒト。Kとメーディと一緒に夜食。――

（1）〔訳注〕この括弧内の記述は意味不明。確実に言えるのはこのヴァイオリン協奏曲が、シューマンの曲ではない、ということだけである。

（2）これは、トーマス・マンが以前から計画していた音楽家と悪魔契約にかかわる短篇小説のことで、シューマン、フーゴ・ヴォルフ、しかしまたニーチェにも依拠することになっていて、最終的には長篇小説『ファウストゥス博士』になった。

（3）ミヒァエル・コルツォフが組織した第二回『文化擁護国際作家会議』のことで、スペイン内戦中の一九三七年バレンシアで開催された。

（4）ゲールハルト・ハウプトマンの喜劇『ビーバーの毛皮』（一八九三年）。

（5）ニコライ・ゴーゴリの喜劇『検察官』（一八三六年）。

三七年十二月十日　金曜日

八時半起床。入浴は取り止める。コーヒーで朝食。講演を執筆。日差しのある天候。ブレンターノと散歩。きのうの芝居について、ドイツや政治についていろいろ、ブレンターノの脚本『フェードラ』[1]についても談論。――食後、講演を書き上げる、四十一枚！――お茶のあとアスパーの診療所に出掛け、義歯を修正してもらう。家で夕方の郵便を少し処理、新聞各紙に目を通し、手紙を投函出来るようにまとめ、注文した便箋を吟味する。それから[2]Kとゴーロと一緒にトーンハレへ、シュルスヌス・コンサート、ベートーヴェン、ブラームス、ロシア人作曲家、ヴォルフの歌曲、おおむね未知のものだったが、たっぷり堪能する。たくさんのアンコール曲。二階仕切り席は寒く、オーバーが目についた。終演後シュー夫妻と挨拶。Kと子供たちと一緒に夜食。――ショーペンハウアー序説を八〇〇ドルで承諾する。昨夜『芸術の対象[3]』を読んだ。きょう新しく仕立てたシャツの最初の一枚を着る。

(1) ベルナルト・フォン・ブレンターノの戯曲。一九三九年チューリヒのオープレヒト書店から刊行。「尺度と価値」第四冊、一九三八年三月／四月号にその一部が出版に先立って掲載された。

(2) オペラ、コンサート歌手ハインリヒ・シュルスヌス（一八八八―一九五二）は、一九一七年から四五年までベルリン国立歌劇場のメンバーで、当時もっとも評判の高かった歌手の一人であった。

(3) 確認出来なかった。

三七年十二月十一日　土曜日

澄みわたった寒天。午前、イェール大学での挨拶を執筆。ハーヴァド大学からの電報、ゲーテにかんする三回の講演を一、〇〇〇ドルで依頼される。仕事は繁盛、もしくはその見込みありか。――家中でビービの心配をする、一週間前から高熱が続いて、すっかり食欲をなくしているのだ。シュターエルがきょう二度来診。病名は明かされない――チフス、パラチフス、中毒症？　とにかく重い感染症で、Kにはたいへんな心の負担になっている。K[1]と正午に森の道を散歩。食後（コザク、ツックマイアー、その他の）手紙を読み、新聞各紙に目を通す。近々に迫ったイタリアの国際連盟脱退、帝国建設宣言、ムッソリーニ宰相体制、自給自足への道徳的動員、大祝典。――お茶のあと必要な一連の自筆の仕事を片付ける。夕食にカーラー。あとからバイドラー夫妻。コーヒーのあと四十一枚におよぶアメリカ講演を一回の休憩をおいて朗読。定義し警告する簡明な説明が生み出す、大きな印象。多くの国語で小冊子を作って広めたいという希望。「これだけのことは誰にも出来ない。」活発な論評。――ビービは薬を服用後眠ったまま激しい発汗。三七ミリというたいへんな血沈。

（1）　劇作家、叙情詩人、小説家カール・ツックマイアー（一八九六—一九七七）は二十年代に非常に好評を博した喜劇、大衆劇『楽しき葡萄山』、『シンダーハネス』、『カタリーナ・クニー』、『ケーペニクの大尉』、さらには長篇小説『ザルヴァーレ、あるいはボーツェンのマグダレーナ』の作者、ザルツブルク近郊のヘンドルフで亡命生活を送っていたが、一九三八年のオーストリア併合にあたってイギリスに逃れ、そこから合衆国に渡って、もっとも成功した戯曲『悪魔の将軍』を書いた。第二次世界大戦後はヨーロッパに戻り、スイスのザース＝フェーで暮らしていた。回想録『私の断片であるかのごとく』は六六年に刊行された。

三七年十二月十二日　日曜日

八時半起床。寒気。ビービ快方に向かい、熱は下がり、食欲が出る。イェール講演を少し書き進める。Kと森の下道を散歩。食事にギーゼ女史。お茶にビョールン・ビョールンソン[1]夫妻。六、七年ぶりの再会。抱擁。老人には違いないが、非常に老化している（七十八歳）。夫妻は長時間とどまった。そのあとアネッテとリオン宛てに[2]。晩、ショーペンハウアーと（『魔の山』の訳者）ベッツ[3]によるリルケの思い出を読む。——八〇〇ドルでショーペンハウアー論という要請が電信で。

（1）　ビョールン・ビョールンソン（一八五九—一九四二）はノルウェーの作家、俳優、劇場支配人であり、詩人ビョルンスチェルネ・ビョールンソンの息子。一八九九年から一九〇七年までクリスティアーニア（オスロ）の国立劇場支配人、〇八年から〇九年ベルリンのヘッベル劇場支配人、主としてベルリンとミュンヒェンで生活し、トーマス・マンとはミュンヒェン以来の長い付き合いだった。

（2）　フェルディナント・リオン宛て、キュスナハトから、一九三七年十二月十二日付、『書簡目録II』三七／二二九。アネッテ・コルプは「尺度と価値」にこの頃死去したケスラー伯爵への追悼文を寄せており、この文章は「尺度と価値」の第四冊、一九三八年三月／四月号に掲載された。

（3）　フランスの作家で翻訳家モリス・ベッツ（一八九八—一九四六）は、リルケのパリ滞在の年月の間にリルケと親交を深め、リルケの二、三の作品の翻訳も手掛けた。その回想記『パリのリルケ Rilke à Paris』、独訳『パリのリルケ Rilke in Paris』（一九四八年）。その『魔の山』の翻訳（La Montagne Magique）は、一九三一年パリのアルテーム・ファヤール書店から刊行された。

三七年十二月十三日　月曜日

晴れ、軽い降雪。午前中イェール講演を書き進め、まとまりがついてくる。ビービの病状は引き続いて思わしくない。シュターエルは脳膜炎症と潜在性肺炎の診断を下す。――正午、Kと市内で買い物、二軒の鞄店で、私のためには実用的に見える衣裳トランク、Kのためには感じの良い手荷物用バッグ。トルンスでは新調の縞模様のスーツの最終試着。――途中次々と講演に盛る思いつき。――食事にヴァサーマン゠カール、ヴァイス夫人。新聞各紙（ムッソリーニ脱退[1]）と、ロバーツ教授[2]の卓抜なヒトラー性格分析が収録されている「ターゲ゠ブーフ」。――お茶のあと、多数の手紙の口述。――ベッツのリルケについての本に目を通す。――「尺度と価値」第三冊が届く。（表題は、シャーバーが引用したあの形式の規定に含まれていた。）

（1）イタリアは、一九三七年十二月十一日国際連盟から脱退していた。

（2）スティーヴン・H・ロバーツ『ヒトラーが建てた建物 The House that Hitler built』ロンドン、一九三七年、はイギリスの歴史家のきわめて洞察に富んだ書物であり、外国の観察者による徹底的かつ信頼出来る「第三帝国」分析の一つであって、当時大きな注目を浴びた。パリの「ターゲ゠ブーフ」誌はその抜粋をドイツ語訳で掲載した。フリッツ・ハイマンの独訳によるドイツ語版は、一九三八年アムステルダムのクウェーリードー書店から『Das Haus, das Hitler baute』という表題で刊行された。

三七年十二月十四日　火曜日

寒気、晴天。ビービの容体はやや軽快、食欲があり、睡眠も安定。――イェール講演を執筆。一人で短い散歩。食事にギーゼ女史。午後、自筆の通信と投函のために手紙を仕上げる。晩、テネンバウム邸でユダヤ人晩餐会、上等の鹿の背肉と退屈な長談義。――愚かしい原稿数本。新調のスーツ。オーブレヒトから新刊書。ニューヨーク・アカデミーの規約。

三七年十二月十五日　水曜日

寒気、軽い積雪。早めに起床、暗い。コーヒーで朝食。その際カツェンシュタイン博士がビービの診察に来訪、ちなみにビービは快方に向かっている。ビービにポケット鋏をプレゼント。——イェール講演(1)を書き進める。正午、Kと散歩。食後、多数届く新刊書に目を通す。ケステンの『フィーリプ二世』(2)は堂にいった出来ではあるが、冷たく、私なら盛り込むはず(3)のすべてを欠いている。——お茶のあと『ヨゼフ』第三部「モント＝カウ」(4)の章の朗読の準備、朗読は晩、社会民主党教養委員会主催、市民会館(5)で行われた。美しい章。終わって廊下で挨拶。小柄なテネンバウムを家まで送る。義歯用の接着粉末が充分に真価を発揮する。——Kと子供たちと夜食。ゴーロにアメリカ講演のタイプ浄書を委ねる。——自筆の通信。プラハ・ラジオで音楽を流しながら『トーニオ・クレーガー』の放送。

(1)　トーマス・マンが一九三八年二月二十五日トーマス・マン・コレクションの開設式にあたってイェールで行った挨拶『イェール大学におけるある資料収集室の開設に寄せて』。この挨拶原文は「尺度と価値」第二冊、一九三八年十一月／十二月号および『全集』第十一巻四五八―四六七ページ、所収。

(2)　ヘルマン・ケステンの歴史小説『フィーリプ二世王』は一九三八年アムステルダムのアレルト・デ・ランゲ書店から、新版は『われフィーリプ二世王』の表題で一九五〇年クルト・デッシュ書店から刊行された。

(3)　トーマス・マンは長年にわたってフィーリプ二世を短篇あるいは長篇小説の材料として考えており、一時「ヨゼフ＝エラスムス＝フィーリプ二世」三連作を計画したことがあった。この計画から生まれたのは『ヨゼフ』だけで、これは四部の長篇小説になった。「フィーリプの花崗岩修道院要塞」エスコリアル城は、一九二三年スペインに旅行したトーマス・マンに大きな感銘を与えた。

(4)　『エジプトのヨゼフ』第五章最終第六話「モント＝カウのつつましき死に関する一部始終」。

(5)　この朗読会は、社会民主党教養委員会の要請によってチューリヒ市民会館で開かれた。

三七年十二月十六日　木曜日

厳寒。イェール講演の執筆。正午頃から気分が悪くなり、吐き気を覚え、嫌悪感。お茶にバーゼルのグスタフ・ハルトゥング[1]。『ヴァイマルのロッテ』の作劇的性格について。喜劇。晩、劇場、ブルクナーの『ナポレオン』[2]。無内容な絵物語。シュテケル[3]は非常に良い。幕間にフェージ[4]と再会。お茶。夜食の際食欲がやや回復。冷え切る。クラウス宛て[5]に全紙一枚分書く。

（1）　演出家で劇場支配人グスタフ・ハルトゥング（一八八七―一九四六）は、一九三三年までダルムシュタットのヘッセン州立劇場監督だったが、スイスに亡命、死去までチューリヒとバーゼルで活動を続けた。

（2）　フェルディナント・ブルクナー（テーオドーア・タガー（一八九一―一九五五）のペンネーム）の戯曲『ナポレオン一世』。タガー（一八九一―一九五五）は、一九二三年から二七年まで、ベルリンのルネサンス劇場を主宰して成功を博し、続いてフェルディナント・ブルクナーの名前で『青春の病気』、『犯罪者たち』、『イギリス女王エリザベス』など自作の戯曲で大成功を収めた。三三年パリに、三六年合衆国に亡命、五〇年ベルリンに戻った。その『ナポレオン』のチューリヒ上演においてはレーオポルト・リントベルクの演出で、レオナルト・シュテケル、エルンスト・ギンスベルク、ヴォルフガング・ハインツ、マルグリト・ヴァイラー、リータ・リーヒティが出演している。

（3）　俳優兼演出家レオナルト・シュテケル（一九〇一―一九七一）は、二十年代ドイツ劇壇の重要な性格俳優だったが、一九三三年スイスに亡命、五三年までチューリヒ・シャウシュピールハウスのメンバーであり、ここで二、三の重要なブレヒト劇演出を手掛け、その後ベルリンの自由民衆舞台の監督のかたわら、ミュンヒェン、チューリヒ間の鉄道事故で遭難死するまで、俳優として客演旅行を続けていた。

（4）　スイスの著作家で文学史家ロベルト・フェージ（一八八三―一九七二）は、一九二二年から五三年までチューリヒ大学ドイツ文学教授、トーマス・マンとは一四年以来親交があった。すでに三三年以前にトーマス・マンはたびたびチューリヒ近郊ツォリコーンのフェージ邸の客となっていた。フェージは『トーマス・マン。物語技法の巨匠』（一九五五年）を著し、六二年にはトーマス・マンとの往復書簡を刊行した。

（5）　クラウス・マン宛て、キュスナハトから、一九三七年十二月十六日付、クラウス・マン『書簡と回答』第二巻二〇―二一ページ、所収。

三七年十二月十七日　金曜日

コーヒーを飲み、それに卵を一個。吐き気は依然残ってはいるものの、きょうは弱まっている。イェール講演の執筆。一人で短い散歩。食事にギーゼ女史。きのうの脚本について。葉巻を吸いながら講演を書き進め、これをお茶のあとに書き終える。トービとの夕べの散歩の途上早くもショーペンハウアー論のことを考え始める。夕食後、ゴーロがこしらえてくれた長い講演(1)のタイプ浄書を校正。それからショーペンハウアーのために『考察』(2)を読む。

(1)　〔訳注〕この長い講演〔レクチュア〕は『来たるべきデモクラシーの勝利について』のことである。

(2)　一九一八年に刊行されたトーマス・マンの『非政治的人間の考察』のことで、この中でトーマス・マンの青年時代におけるショーペンハウアー体験が詳細に述べられている。

三七年十二月十八日　土曜日

暗い冬の朝。コーヒーを飲む。かなり気分が悪い。『ショーペンハウアー』のための研究。一人でヨハニスブルクの先まで散歩。ビービを診察にきたシュターエル博士に私の嘔吐感を報告。健胃剤と薬用ドロップの処方。一日中むかつきを覚え、何かと嫌気がさす。ひどい食欲不振。食事に赤ワイン。「国際文学《インターナツイオナーレ・リテラトウーア》」に関してモスクワの要請を断る、ベッヒャー宛ての手紙の口述。——新聞各紙や諸雑誌を気の乗らないまま読む。

三七年十二月十九日　日曜日

八時少し過ぎに起床。寒気、雪。コーヒー、飲む気にならなかったが、コーヒー自体も質が悪かったのだ。『ショーペンハウアー』のための研究（芸術、プラトン、ニーチェ。）——Kと散歩。食後、『意志と表象としての世界』。お茶のあと、ゴーロが講演原稿に書き入れた下線部分の吟味、整理。そのあと自筆で、イェルーサレムのある女流詩人宛て(1)の一風変わった手紙。晩にまた『意志と表象としての世界』を、非常に喜びを覚え、思い出に耽りながら読み返す。——全体として体調はやや良くなる。

（1）特定出来なかった。

三七年十二月二十日　月曜日

八時起床。入浴後、コーヒーと卵。食欲不振。熱心に『ショーペンハウアー』のための研究。晴れた寒気の中、一人で森の道を周回。食後『意志と表象としての世界』を読む。お茶の時にフィードラー、ヨーナス・レッサーの手紙、また『ヴァイマルのロッテ』、『詐欺師』の件での『国際文学《インターナツイオナーレ・リテラトウーア》』編集長の手紙を読む。——私に「ヘルダー賞授与」が認められたというプラハの擁護協会(1)の通知。——フライ(2)（ザルツブルク）、その他宛てに自筆の手紙。——修繕された卓上時計が戻る。——ショーペンハウアー。

（1）擁護協会とは、プラハに亡命している「ドイツ著作家擁護協会」のこと。チェコスロヴァキアの「ヘルダー賞」が亡命ドイツ作家たちに授与されたのである。
（2）アレクサンダー・モーリツ・フライ宛て、キュスナハトから、一九三七年十二月二十日付、『書簡目録II』三七／二四〇。作家A・M・フライ（一八八一—一九五七）は戦争小説『救急箱』で知られ、トーマス・マンとはミュンヒェン時代の世紀末以来親しかった。一九三三年自由意志でザルツブルクに亡命し、ついでスイスに移り、ドイツには帰らなかった。亡命の年月トーマス・マンとは絶えず手紙の往復があった。『全集』第十巻八二七—八二九ページ、所収、『愛すべき動物園』参照。

三七年十二月二十一日　火曜日

凜冽たる蒼天、非常に美しい。ヨーグルトとコーヒーの朝食。『ショーペンハウアー』のための急ぎのスケッチ。暖かな日差しを受けてKとヨハニスブルクの先まで散歩。いまなお食欲がない。「コローナ」[1]誌の、ホーフマンスタール日記抜粋、畏敬すべき思想。哀れなベルトラムの手になる引用論説。ベルトラムはすでにコルベンハイアー[2]に注目している。――お茶の際にエーリカの手紙[3]を読んだところ、事業家のメンデには警戒して、稿料を確保するよう助言している。ニューヨークのこの出版社主に手紙を書き、印税の半分をただちに、仕事に掛かる前に送るよう要求する。資料はたっぷり集めてはあるものの、書き始めるのは延期し、さしあたりはまた『ヴァイマルのロッテ』に移ることに決める。奇妙な、やや混乱を招く転換。――モスクワ、プラハ、その他への手紙の口述。フィードラー宛て[4]にかなり長文の、自筆の手紙。『ヨゼフ』をモーニの婚約者ラニイ[5]に、『魔の山』が欲しいと頼んできたヴィーンの麻痺症患者にこれを贈る。

（1）　一九三七年三月十五日付日記の注（1）参照。一九三七年第五号には、「フーゴ・フォン・ホーフマンスタールの日記から」とエルンスト・ベルトラムの論説「可能性について」が掲載されている。

（2）　作家エルヴィーン・グイード・コルベンハイアー（一八七八―一九六二）、『パラツェルズス』小説三部作で知られる。プロイセン芸術アカデミー文学部門に一九二六年の創設以来所属、あらゆる好ましからざる人物が統制、追放されたあともアカデミーに残留、国民社会主義に共感を寄せた反動的会員の一人だった。

（3）　両親宛て、ニューヨークから、一九三七年十二月十四日付エーリカ・マンの手紙。未刊行のこの手紙でエーリカ・マンは父親に、「ショーペンハウアー序説には慎重であるように」求めている。当該人物は油断出来ないように思われるので、五〇〇ドルといったかなりの内金を見ないうちは、ペンを取らないように、――「なぜか、ひどく腹立たしい思いをするからです。」日記記述が示しているように、トーマス・マンは娘の助言をいれた。「事業家メンデ」とは、ニューヨークの名声高い出版社ロングマンズ・グリーン社の主任原稿審査係兼編集者アルフレド・O・メンデルのことで、『ショーペンハウアーの生きた思想』はその出版社から刊行された。

（4）　クーノ・フィードラー宛て、キュスナハトから、一九三七年十二月二十一日付、「トーマス・マン協会報」チューリヒ、一一号、一九七一年、二〇―二一ページ、『書簡目録II』三七／二四二、所収。

（5）　一九三七年一月十九日付日記の注（3）参照。

一九三七年十二月二十二日　水曜日

雪解けの天候。紅茶に復帰（ヨーグルトはそのまま）。ショーペンハウアーの伝記関連の諸事実。Ｋと市内でライジンガーの診療所で義歯の不具合を相談、仮の金属義歯を考慮する。――タキシード用ピケ・シャツを注文。――非常に夥しい量の郵便、アメリカからの手紙。ヘルマン＝ナイセ、ブリュル、エインジェル。エインジェルはレコードを、ヘルマン＝ナイセはボンボン入れを送ってきている。「中立派」スイス人が雑誌について書いてきた手紙、私に対しては敬意を払っているが、雑誌に対しては激昂している。――午後エルンスト・ヴァイス宛て[1]にその『誘惑者』について長文の手紙。新しい便箋が届く。晩、ベテクスの『古典的ヴァイマルをめぐる争い』を読む。――フェージ夫妻、ブレンターノ夫妻に電話で招待。

（1）　エルンスト・ヴァイス宛て、キュスナハトから、一九三七年十二月二十二日付、『書簡集Ⅱ』三六―三八ページ、所収。

三七年十二月二十三日　木曜日

雪解けの天候。ヨーグルトとお茶。身体的かつ思想的に『ロッテ』原稿と新たに接触。「アデーレのノヴェレ」[1]を読む。――『クルル』書評を同封したリーヒナー[2]（ベルン）の手紙。――新年の賀状。モンダドーリから大きなパウンドケーキ、カーラーからキャンデー。――キュスナハトの町で散髪。――午後、ベルンの程度の低いファン[3]に手紙を書き、雑誌の第一、第二冊を送る。しつこい唾液の流れに悩まされながら、夕べの散歩。――スイスの完全中立と国際連盟についてのモッタの講演、国際連盟の理念は完全に肯定するに足るが、しかしその国際連盟が、あるイデオロギーのセンターと化することは許されないという。奇妙な理屈だ。――「古典的ヴァイマル」。

（1）　『ヴァイマルのロッテ』第五章「アデーレの物語」のこと。

（2）　トーマス・マンのイタリアの出版社主、ミラーノのアルノルド・モンダドーリ。

（3）おそらく一九五七年十二月二十二日記入の日記にある「中立派スイス人」、ベルンのフランツ・キーンベルガー博士。この人物についてはそれ以上は不明。『書簡集Ⅱ』三八―三九ページ、参照。

三七年十二月二十四日　金曜日。
クリスマス・イーヴ。

雪解けの天候、道は濡れている。八時少し過ぎに起床。朝食ではヨーグルトだけが美味しい。うんざりする口。勢い込んで『ロッテ』の研究と構想。正午、リオンを迎え、雑誌の諸問題を討議する。一緒に少し野外に出る。私たちと食事。――新聞各紙と「ターゲ＝ブーフ」。「ヴェルトビューネ」誌にニューヨークのブリューニングについての好論[1]。――クウェーリリードーから『クルル』の豪華本が届く。――ビービの容体はきのうからまた悪化する。目の激痛と光への敏感さ。きょう午後ボラック博士[2]も応援の来診。脳膜炎の合併症としての紅彩炎。医師たちが長時間とどまる。Kはひどくがっくりする。少なくとも四週間は非常に手のかかる治療が続く。腹立たしい突発事という他なく、Kはアローザ滞在を諦めることになるだろう。暗いクリスマス。――遅くなってプレゼントの交換。病人のビービは自分だけのクリスマス・ツリーとプレゼントを自分の（エーリカの）部屋で受け取る。ギーゼ女史がただ一人の客。ふたたびクリスマスの照明を見る。Kは皆に嬉しいプレゼントを用意してあった。私のプレゼントの中では銀の枝型燭台が群を抜いている。ヴェルディの『レクイエム』のレコード。非常に遅くフォアグラとシャンパンの晩餐。そのあと広間で少し音楽を聴き、歓談。義歯の下に溜まる唾液がもたらす塩辛く嫌な味わいに絶えず影響され、吐き気を催す。

（1）クラウス・マン「ニューヨークのブリューニング」「ディ・ノイエ・ヴェルトビューネ」一九三七年十二月二十三日号、所収。

（2）ハリ・ボラック Bollag 博士、チューリヒのトーマス・マンかかりつけの眼科医。〔訳注〕日記本文ではボラックが Bollack と表記されている。

三七年十二月二十五日　土曜日。
クリスマス第一日。

霧、じっとりした天候。前夜『修行時代』を読む。八時半起床。ヨーグルト、キャヴィア、お茶。『ロッテ』第六章を少し書き進める。ビービは自分では調子が良いと思っているが、目はアトロピーンその他の作用で完全に見えず、瞳孔は大きく開いたまま、いわば機能停止状態だ。――食事にビービの友人ヴィルヘルム[1]（パリ）とギーゼ女史。コーヒーの時間にヴェルディの『レクイエム』を少し聴く。ブロッホBrochとフライから手紙。お茶のあとライジガー宛てに、場合によってはライジガーと二人だけでアローザに行くことになる、と書く。犬をつれて一時間の夕べの散歩。晩、反古典主義についてのベテクスの本を読む。――ロストクのゲーリク教授夫人[2]が、随想『子供の遊戯』を土台に拵えた、幻想的に多彩なモンタージュ絵本。

（1）　クルト・ヴィルヘルム、ミヒァエル・マンの友人で、ともにパリのジャン・ガラミアンのもとで学び、フランスの地下組織の中で戦争を乗り越え、以来ジャン＝ピエル・ヴィルヘルムと名乗り、主に翻訳者、アートマネジャーの仕事をして戦後のパリで生活、のちデュセルドルフで暮らした。

（2）　エミ・ゲーリク夫人は、ロストク大学教育研究所講師オスカル・ゲーリクの夫人、多年にわたるトーマス・マンのファンで、時折トーマス・マンにユニークな贈り物をしてきていた。

三七年十二月二十六日　日曜日。
クリスマス第二日。

霧。じっとりした天候。八時半起床。第六章を執筆、わずかだけ。時代、老年、青春、回帰といったモティーフの結びつき。――Kと短い散歩。食事にオープレヒト夫妻とリオン。雑誌について、その欠陥と成功を検討。――ハイデンの著書[1]『ヨーロッパの運命』を読む。――午後大量の郵便物にKと一緒に目を通し、返事を口述し、残りはあとで処理することにする。――

夕食に若い工学士モーザー(2)、ことによると将来の縁者。

(1) コンラート・ハイデン『ヨーロッパの運命』は一九三七年末アムステルダムのクウェーリードー書店から刊行された。

(2) ハンス・モーザー(一九一二年生まれ)はミヒァエル・マンの友人でのちの義兄、工学士、今日ブリュセルで生活している。一九三七年三月三日付日記の注(1)参照。

三七年十二月二十七日　月曜日

八時起床。第六章を執筆、アウグストの場面。一人で散歩に出る。寒気と厳しい風。食後ノイマン(1)、ヘルツ女史、その他の手紙を読む。キアロモンテ論文のゴーロ訳を訂正し、ゴーロと一緒に目を通す。お茶の時にベルリンからファイストの図書のプレゼント、二十巻のドストイェフスキーと六巻のアイヒェンドルフ、非常に嬉しい。ゴーロのためにはショーペンハウアー一巻。――この贈り物に没頭したあと、ゲーリク夫人(ロストク)とヘルツ女史(2)(ロンドン)宛てに自筆の手紙。晩に客、フェージ夫妻とブレンターノ夫妻。晩餐に続いて広間でコーヒー。ついで私の部屋でイェールでの挨拶を朗読。ブレンターノとその『フェードラ』と「尺度と価値」への一部抄録について。十一時半別れる。

(1) アルフレート・ノイマンからのこの手紙は残っていないが、ノイマンへのトーマス・マンの返事は残っている。

(2) イーダ・ヘルツ宛て、キュスナハトから、一九三七年十二月二十七日付、『書簡目録II』三七/二四六。

三七年十二月二十八日　火曜日

厳しい灰色の寒空。アウグストの場面を書き進める。一人でトービをつれて森の道。ベテクス(1)の本をだいぶ読む。ノイマン(フィレンツェ)宛てに自筆の手紙。愚にもつかぬヴァインマンにきっぱり距離をおく手紙。――異常な寒さ。

（1）アルフレート・ノイマン宛て、キュスナハトから、一九三七年十二月二十八日付、トーマス・マン―アルフレート・ノイマン『往復書簡集』ペーター・ド・メンデルスゾーン編、ハイデルベルク、一九七七年、三九―四〇ページ、および一部省略したものが『書簡集II』三九―四〇ページ、所収。

三七年十二月二十九日　水曜日

寒気と降雪。八時起床、午前中「アウグスト」の章を書き進める。十二時半、食事に残るリオンと吹雪の中を散歩に出る。お茶のあと自筆の通信を処理する。晩に客、デ・ブール夫妻、カウフマン博士、その夫人と娘。長い時間にわたるコンサート。ヴィオラ・ダモーレという一種の弦楽器オルガンともいうべき楽器によるイタリア曲の見事な演奏。ムソルクスキイ[1]の歌曲、劇的。この集いは真夜中まで続いた。客たちが引き揚げたあと、きょうニュー・ヘイヴンのエインジェルから贈り物として届いたシベーリウスのレコードを試聴。

（1）Mussorkski と日記手稿にあるが、ロシアの作曲家モデスト・ムソルグスキイ Mussorgskij（一八三九―一八八一）のことで、そのオペラ『ボリス・ゴドノフ』によって有名。

三七年十二月三十日　木曜日

厳しい寒気、粉雪。ヨーグルトとコーヒーのあと「アウグスト」の章を執筆。正午、Ｋと短い散歩。ブレンターノが好感のもてる手紙を添えて自作脚本を送って寄越す。食後二幕を読み、気に入らないではなかった。午後デ・ブール宛て[1]にオランダにとってのヴィオラ・ダモーレについて書く。寒気の中、夕べの散歩。夕食後シベーリウスの音楽（『タピオラ』[2]）。奇妙な自然の諸事象。――ブレンターノの脚本を読み進める。

（1）ウィレム・デ・ブール宛て、キュスナハトから、一九三七年十二月三十日付、『書簡集II』四〇―四一ページ、所収。この中で、アッティーリオ・アリオスティ（一六六六―一七四〇）作曲のヴィオラ・ダモーレのためのソナタが演奏された前夜のコンサートの様子が述べられている。

（2） 交響詩『タピオラ』はフィンランドの作曲家ジャン・シベーリウス（一八六五—一九五七）が一九二五年に作曲した最後の大曲。

三七年十二月三十一日　金曜日。大晦日。

数日前から夜『スワン家の方へ』[1]を読んでいる。昨夜は気分が悪く、ファノドルムを服用して遅くにようやく寝込んだので、遅くに起床。午前中「アウグスト」の章を執筆。膨大な量の郵便物、とくにアメリカからの年賀状が多い。私の最近の出版物についてスウェーデンからハンブルガー[2]女史の手紙。ノーサンプトンのゾマーフェルト[3]教授がかなり長文の手紙を添えてゲーテを論じた著書を送ってくる。フィードラー、アネッテ・コルプ、その他の手紙。ハインリヒのはがき[4]、ワシントンのミセス・マイアーの手紙。——正午、一人で短い散歩。食後、郵便を整理し、ドイツ政権についてのハインリヒの痛烈な文章[5]が掲載されている「ヴェルトビューネ」を読む。——五時半、お茶にベルマン夫妻、夫妻は晩を私たちと一緒に過ごす。その間リオンに手紙[6]を書き、コルプ女史の寄稿に関して私の権威に物を言わす。——新しい枝型燭台の蠟燭の光に照らされてベルマン夫妻と晩餐。その二人からのレコードのプレゼント、『ハイドンの主題によるブラームスの変奏曲』と『ジークフリートのライン騎行』、いずれもトスカニーニ指揮、したがってきわめて正確で、幾分あっさりしている。——ポンチとパンケーキ。客は十二時前に帰って行く。私は一人でなお少し音楽を楽しみ、Kの介添えでパンケーキを食べたし、目は病気ながらまた良く見えてきているビービに、お祝いを言って、新しいカレンダーを掛ける。——来年は多大の努力が必要になる、アローザではショーペンハウアー論を書くつもりでいる。ついで三ヶ月にわたる長途の旅の冒険となる。五月あるいは六月にプラハないしヴィーンの旅が続くことになろう。海水浴旅行が予定されている夏か、秋が『ヴァイマルのロッテ』の完成をもたらしてくれますように。私が信じ、期待しているのは実はこの「もたらしてくれる」であって、自分のエネルギーや活動力ではない。すべてをもたらすものは時なのだ。私に時が恵まれますように。

（1）マルセル・プルストの連作『失われし時を求めて』の最初の長篇小説。トーマス・マンは一九二一年アネッテ・コルプによってはじめてプルストに注目することになった。
（2）女流ゲルマニスト、ケーテ・ハンブルガー（一八九六年生まれ）は一九三二年秋トーマス・マンに論文「トーマス・マンとロマン主義」を送り、これを機に長い手紙の往復が始まった（『書簡集I』三二一―三二三ページ、参照）。三三年スウェーデンに亡命、教職に就き、第二次世界大戦後ドイツに戻って、シュトゥトガルト工科大学教授に就任。四五年『トーマス・マンの長篇小説「ヨゼフとその兄弟たち」序論』を刊行。（改定版は一九六五年『トーマス・マンにおけるユーモア。ヨゼフ小説に寄せて』の表題で。）
（3）マルティーン・ゾマーフェルト（一八九四年生まれ）は合衆国に亡命し、マサチューセッツ州ノーサンプトンのスミス・カレッジでドイツ文学教授をつとめた。その著書『同時代と次世代のゲーテ』は一九三五年レイデ（ライデン）のセイトフ書店から刊行された。
（4）このはがきは残っていない。
（5）ハインリヒ・マン「人民戦線の諸目標」「ディ・ノイエ・ヴェルトビューネ」プラハ、一九三七年十二月三十日号、所収。
（6）フェルディナント・リオン宛て、キュスナハトから、一九三七年十二月三十九日付（〔訳注〕この日付は「三十一日」の誤り。原注は注記なしに訂正しており、またこの手紙について『書簡目録II』が「三七／二五一」の番号を添えて触れていることも、無視している）。リオンはケスラー伯爵へのアネッテ・コルプの追悼文を「魅力的な」手紙で断ろうとしたが、トーマス・マンは、そういう手紙からは敵意が生まれ、今後コルプからの寄稿は得られなくなろう、としてこの手紙の発送をさしとめた。「コルプ女史は自分の書いたものをみずから保証し、自身で責任を負う作家の一人です。編集の方ではあっさり任せておけるというわけです。」この追悼文は「尺度と価値」第四冊、一九三八年三月／四月号、に掲載された。

一九三八年

三八年一月一日　土曜日

八時半起床。寒気と粉雪。コーヒーを飲んで、「アウグスト」の章を満足の行かぬまま書き進める、間接的な形での対話は許せないらしい、「作品」が己の権利を主張しているというわけだ。――正午頃ベルマン夫妻。ベルマンとKの部屋で契約関係の話。ついで三人で散歩。随想集の計画について。純政治論の巻を後のために切り離し、『ヴァーグナー』と『ショーペンハウアー』はベルマンの叢書[1]の枠内で刊行する、と私は決定を下す。――食事にベルマン夫妻。コーヒーにバイドラー夫妻。――きょうも大量の郵便。『クルル』に魅了されたと俳優のラングホフ[2]。デ・ブールの礼状。賀状。――お茶のあとハインリヒ宛て[3]に書き、その他も処理する。雪の降る中を夕べの散歩。Kとメーディと夕食のテーブルでリムスキ＝コルサコフのラジオ音楽を聴く。ブレンターノとそのドラマについて電話。静かな晩。

（1）　叢書「展望」はベルマン＝フィッシャー書店が一九三七年ヴィーンで発刊し、のちストックホルムで続刊した。トーマス・マンの随想『フロイトと未来』がこの小冊子シリーズの第一冊であり、随想『ショーペンハウアー』もこのシリーズで出たが『ヴァーグナー』はこのシリーズに入らなかった。このシリーズのその他の著者はクローデル、ムージル、ヴァレリ、ホイジンガ、ヴェルフェル、ツックマイアー、ハクスリ、ニコルスン、シュニツラー、ボルジェーゼであった。

（2）　俳優ヴォルフガング・ラングホフ（一九〇一―一九六六）は一九三三年逮捕され、強制収容所に収容されたが、三四年にスイスに辿りつき、体験記『沼沢地の兵士たち。強制収容所の十三ケ月』を書いてセンセイションを惹き起こした。この本は三五年シュヴァイツァー・シュピーゲル書店から刊行され、多国語に訳された。ラングホフは三四年から四五年までチューリヒ・シャウシュピールハウスに所属し、戦争終結後ドイツに戻り、四六年から六三年まで東ベルリン、ドイツ劇場の総監督だった。

（3）　ハインリヒ・マン宛て、キュスナハトから、一九三八年一月一日付、『往復書簡集』三四八―三四九ページ、所収。この手紙は縦に裂かれていて、原文が連続していない。再構成された内容は『書簡目録II』三八／五。〔訳注〕この手紙は便箋二枚からなり、一枚目は右側、二枚目は左側が破り取られている。したがって一枚目右肩部分に記されているはずの日付は確認出来ない。そこで『往復書簡集』では封筒消印の日付に従ってこの手紙の日付を一月二日としている。

三八年一月二日　日曜日

八時過ぎ起床。厳寒が続き、青い空。「アウグスト」の章を新たに執筆するが、進みは遅く、気も向かない。この仕事は魅力が失われており、新しい興奮[1]を必要としている。――Kとヨハニスブルクの先まで散歩。食事の客、ギーゼ女史、テネンバウム、リヒテンシュタイン博士、リオン。ビービはまた元気を回復する。リヒテンシュタイン博士とその政治論原稿[2]について。リオンと書斎で雑誌の諸問題[3]（キアロモンテ）について。――午後、エインジェル宛ての手紙、マクス・モーア[4]の死去への悔やみ状、その他数通を口述。何通も処分する。――夕食後、ヴェルディの『レクイエム』前半を聴く。――義歯のせいで引き続き気分は台無し。朝食もすっかり気が進まないし、おそらく同じ理由から仕事に掛かる気にもなりにくい。――ゾマーフェルトのゲーテ関係諸論文を読む。――手紙を投函出来るようにまとめる。

（1）トーマス・マンは、普通〔刺激という意味の〕Anregung あるいは Antrieb がつかわれるところで、Aufregung〔興奮〕を用いることがよくある。
（2）調査が届かなかった。
（3）ジョゼフ・W・エインジェル宛て、キュスナハトから、一九三八年一月二日付、『書簡目録II』三八／三。
（4）マクス・モーアの死去というのはおそらく誤報であろう。知られている限り作家マクス・モーアが上海で死去したのは、一九四四年である。

三八年一月三日　月曜日

八時半起床。わずかな積雪で厳しい寒気、身を切るような風。――勢い付いて「アウグスト」の章を執筆。――正午、Kと市内、ウルリヒの診療所で耳の検査。旧市内へ散歩、豪華な商品の陳列を楽しむ。トルンスで燕尾服を注文。紙巻たばこ、その他を購入。――ヴィーンの俳優ハンス・ツィーグラー[1]の感じの良い手紙。

ルートヴィヒが、アメリカの書籍販売店からホワイト・ハウスに寄贈された本のリストを送って寄越したが、その中に『三十年間の小説』[2]。さらにハクスリ[3]と私についての論説。——お茶にゴルトシュミット博士（ベルン）と夫人、博士のために外事警察に請願すること。——イェールのための挨拶の原稿と講演の原稿をワシントンのミセス・マイアー宛てに。——二、三自筆で。夕食前一時間、厳寒の中を散歩。食後『レクイエム』のレコードを聴いたが、金切り声のソプラノに興を削がれた。

（1）　俳優、演出家、劇場監督ハンス・ツィーグラー（一八七九—一九六二）はドイツ、オーストリアのあまたの舞台で活躍、最後は（一九四五年以来）ヴィーンのテアータ・イン・デア・ヨーゼフシュタットに在籍した。

（2）　日記原文に『三十年間の小説 Stories from 3 decades』とあるのは、正しくは『Stories of Three Decades』で、このトーマス・マンの全短篇小説英米版集成は、一九三六年ニューヨークのクノップ書店、ロンドンのセッカー・アンド・ウォーバーグ社から刊行された。

（3）　特定出来なかった。

三八年一月四日　火曜日

厳しい寒気、零下一四度。新しい雪。八時過ぎ起床。食欲のないまま朝食。「アウグスト」の章。Kと短い散歩。途中、躾が悪いとして処分しなければならないような犬の振る舞いに腹を立てる。——気分を損ね、くよくよと苦しむ。午後、フェリクス・ベルトー[1]とベルンの外事警察宛ての手紙を口述。ウンルー宛ての手紙を書く。パリのラジオでピエル・ベルトーが『ヨーロッパに告ぐ』について話すことになっていたが、放送に支障が生じて講演者が主題にはいらないうちに時間になってしまった。——晩、ゾマーフェルトのゲーテ論を読む。——義歯を外していることが多い。悩みの種だ。

（1）　フェリクス・ベルトー宛て、キュスナハトから、一九三八年一月四日付、『書簡目録II』三八／七。

三八年一月五日　水曜日

八時起床。引き続いての寒気。「アウグスト」の章の執筆。正午、ブレンターノと散歩に出る。その脚本、出版、陰口で複雑化した報酬問題(1)について。ヨハニスブルクでヴェルモット。二股をかけ、すべてを一つに纏めようとするドイツ人の二面性について。——食事にギーゼ女史とファイスト博士、博士はアメリカへの旅行の途中で、Kと子供たちにプレゼントを持参し、私たちのためにKの遺産相続分(2)をいくらかでも確保する計画も披露した。うまく行くか、どうか。広間でコーヒー。——午後ゾマーフェルト教授（ノーサンプトン）宛てに手紙を書く。——晩、歌劇場で『ボリス・ゴドノフ』。絵のように美しい音楽。堪能したので、私たちは四幕中に引き揚げた。幕間にはオープレヒトとキアロモンテの論説の問題について。ブレンターノの振る舞い(3)について。——Kと夜食。——ボラック、ビービを来診。目は視力五〇パーセントを回復。引き続き外出は出来ない。

（1）〔訳注〕ブレンターノとその作品の「尺度と価値」への掲載をめぐって、ブレンターノが自作『フェードラ』の第一、第二幕の掲載を求めているのに対して、編集責任者のリオンが第四幕の掲載を主張していること、またその刊行前からブレンターノが稿料を要求していることなどが、悶着を招いたのであるが、詳細は不明。

（2）カトヤ・マン夫人は、ミュンヒェン在住の両親がこの頃でもなおたいへん裕福で少なからぬ遺産配分が期待出来た。ところがそのプリングスハイム家の財産が早晩国民社会主義政権に没収される危険が生じたのである。

（3）フェルディナント・リオン宛て、キュスナハトから、一九三八年一月六日付、『書簡目録II』三八／八、ベルナルト・フォン・ブレンターノ宛て、〔アローザから〕一九三八年一月十二日付、『書簡目録II』三八／一四、参照。

三八年一月六日　木曜日

八時起床。さらに勢い込んで「アウグスト」の章を書き進める。ここでまた中断するのは痛いが、『ショーペンハウアー』の半金四〇〇ドルが送金途中なので、『ロッテ』は早晩中断しなければならないのだ。——吹雪。Kとファイストと散歩、ファイストは食事に残る。——『タッソ』を読む。——お茶にマルク[1]博士(ブリュッセル)とスウェーデンからハンブルガー女史の女性の友人[2]。双方への招待。ユダヤ教とキリスト教、いうところの新たなカトリック主義(統一信仰)と超越宗教の終焉について。(?)——アメリカへのファイストの推薦状、その他を口述。プラハの新ズデーテン・ドイツ民主クラブ会員証に対する謝辞。自筆の通信。——ファイストは夕食にも。ファイストに別れの挨拶。

(1) 特定出来なかった。
(2) 不明。

三八年一月七日　金曜日

八時起床。穏やかな大気、フェーン、大量の雪。——「アウグスト」の章を書き進める。——市内でアスパーに検査をしてもらい、ペディキュアに行き、服店で燕尾服の試着。ギーゼ女史を加えて遅い昼食。食後郵便、エーミール・ルートヴィヒの読みにくい手紙。ビービ宛てハインリヒの手紙。ドイツの権利と自由のための国際センター[1]から、強制収容所の件、ユダヤ系住民が人質として扱われている件に関して国際連盟で外国報道に対して思い切った処置を取るとする書簡。——新聞はどれを見ても荒涼として絶望的、ルーマニア、しかり、ヨーロッパの四分五裂と頽廃に勇気づけられた日本の厚顔無恥、しかり。唯一の慰めは、スペイン人民戦線の驚嘆すべき抵抗に他ならない。——お茶のあと、長篇小説を書き進める。雪の中を散歩。オープレヒトから『ヴァーグナー』に対する五〇〇フラン[2]の原稿料。——ラインシュトローム[3]教授と電話。——イタリア論説[4]の問題におけるリオンの困った振舞い。——晩、諸雑誌を読む。——大量の古い手紙を処分する。

(1) 「Centre International pour le droit et la liberté en Allemagne」。一九三七年十月二十七日付日記の注(3)参照。
(2) 「尺度と価値」第三冊、一九三八年一月／二月号に講演『リヒァルト・ヴァーグナーと「ニーベルングの指輪」』を掲載したことに対する報酬である。
(3) ハインリヒ・ラインシュトローム(一八八四—?)はミ

ュンヒェン工科大学の財政学と租税法の教授、のちアメリカ諸大学の教授。

（4）　イタリア論説とは、G・A・ボルジェーゼの『ゴリアテ。ファシズムの行進』に対するニコーラ・キアロモンテの書評のこと。フェルディナント・リオンは、「尺度と価値」に寄稿された文章を、あらかじめ筆者に照会せずに独断的に短縮する傾向があった。

三八年一月八日　土曜日

八時起床。フェーンの強風、白い雨。やがて中断することに不安を覚えながら、「アウグスト」の章を書き進める。一人でイチュナーハの先まで散歩。急な上り坂はひどくゆっくり歩かざるを得ない。心筋に問題があるのだが、ことによると同年配の他の人たちとさして変わらないのかもしれない。――食後、アローザへ持っていく本をまとめる（ショーペンハウアー）。ゴーロが荷造りをしてくれる。新聞各紙を読む。お茶のあと、ショーペンハウアーの著作目録。手紙の口述。リオンが原稿の一部削除を要求したのに対して立腹したテル・ブラークが拒絶の回答。――ビョールン・ビョールンソンのばかげた俳優回想記[1]を読む。――ゲーテの『パンドーラ』。シラーの批評。（ビュルガー。[2]）

（1）　ビョールン・ビョールンソン『ひたすら青春。芸術、快活、愛に満ちた生活』ヴィーン、一九三六年。

（2）　「ビュルガーの詩について」は、フリードリヒ・シラーの書評で、一七九〇年に書かれ匿名で公表、その痛烈さのために同時代人の間にセンセーションをひき起こしたが、筆者が誰であるか知らなかったゲーテは、この書評を激賞した。

三八年一月九日　日曜日

昨夜は胃の具合が悪く、なかなか寝付かれず、遅くにファノドルム。八時半起床。フェーンの強風、雪の上に雨。朝食（紅茶と卵）後、「古典主義」[1]という名称の使い方でベルンのシュトリヒに手紙。訂正とメモ。正午Kとこわいくらい冷たい吹き降りの中を散歩。イチュナーハへの上り坂は非常に骨が折れる。ずぶ濡れ。

食事にギーゼ女史。これから数週間ギーゼと別れ。「クセーニエン」(2)を読む。お茶に、ヴィーンからニースへの旅の途中のトレービチュ。『若返った男』というトレービチュ(3)の小型本について。ハウプトマンのヴィーン滞在にまつわる哀れな逸話の数々。夕食前に小型トランクの荷造り。ゴーロとメーディはオペラに、K、ビービと夕食。そのあと書類を保管したり、破棄したりする。――『パンドーラ』(4)。グンドルフ(5)の『ゲーテ』。

(1) フリッツ・シュトリヒ宛て、キュスナハトから、一九三八年一月九日付、『書簡集II』四三―四四ページ、所収。
(2) マルティアーリスの『クセーニア』を模範としてゲーテとシラーが書いた二行詩型のエピグラム〔諷刺詩〕で、成立は一七九六年、初刷は『一七九七年文芸年鑑』。
(3) 『若返った男』は、ジークフリート・トレービチュの長篇小説。
(4) ゲーテの韻文一幕祝祭劇(一八〇七―一八〇八)。
(5) 文学史家フリードリヒ・グンドルフ(一八八〇―一九三一)はシュテファン・ゲオルゲのサークルに属していたが、のち結婚によってこのサークルから離れ、一九一一年来ハイデルベルク大学の文学史の講師、二〇年から教授になった。ゲオルゲの歴史、芸術理論に基づく、シェイクスピア、ゲーテ、クライスト、ユーリウス・ツェーザルに関するグンドルフの精神史的業績は、当時文芸学に多大の影響を及ぼした。グンドルフの『ゲーテ』は一九一六年に刊行された。

三八年一月十一日　火曜日、
アローザ、ヴァルトホテル。

きのうキュスナハトで十一時までなおシャルロッテとアウグストの対話を執筆した。ついで荷造り。私たちは十二時四十五分に昼食を取る。フェーン模様の晴天。私たちは食後間もなくゴーロの運転するシヴォレで出発。駅頭にはバイドラーが見送りに。クールへの(外国人たちと同室の)走行中、手紙や新聞を読んだり、少し休息したりした。クールでコーヒーを飲む。ここに登ってくるまでの走行では車室に私たち二人だけ。ここまで気楽な旅行。荷物を橇に載せたあと徒歩で市内を抜けてホテルへ。かつて慣れ親しんだ環境にまた立ち帰ったわけだが、その間、まるでここから離れていないかのように、「中断がない」、きのうのきょうといった感じである。相変わらぬホテル。受付係や従業員と挨拶。リヒター博士は私たちをいつもの四階の部屋に案内してくれたが、ここは私たちが「ついさっき」出て行った部屋で、ここを整えて当地の生活を反復することになる（ただ反復といっても少しは変化するだろうし、違った内容をもつことになるだろう）。安楽、位置、実際的な快適。この生活形式を取る喜びは感動に類する。荷物を空ける。黒っぽいカーテン。整理箪笥の上に書架。ひげを剃り、黒服を着用。七時半ディナーへ。テーブルは、前年の隅のテーブルの隣。「ジャーンドル」(1)。新鮮過ぎる子牛肉ロースト。しかし転地効果の食欲を発揮して食べる。食後、リオン。リオンと奥のサロンで。雑誌に関連してオープレヒトの期待を受け、テル・ブラークのケースと「フオルスキート」(2)、キアロモンテのケースを討議する。ビールを飲む。疲労。九時半、上に上がってカミツレ茶をいれる。ベッドで『スワン』を読み続ける。

夜、仮装舞踏会を引き揚げて上がってきた騒々しい客たちによる怪しからぬ安眠妨害。ファノドルム半錠を服用、八時十五分まで熟睡。入浴。お茶で朝食、義歯で味わいが損なわれる。それにもかかわらず、上の歯に助けられてようやく食べられるグラハムパンは非常に美味しく、蜂蜜をつけて食べると喝采ものだ。——書き物机を整理。——暗く、降雪。本包みを空け、先に送っておいた書物（ショーペンハウアー文献）を並べる。——アウグスト対話を組み立ててみるが、自信がない。もしかするとショウペンハウアー論文に切り換える好機かもしれない、とすれば『ロッテ』は休止が得策だ。——仕事机の下に毛皮の敷物。—正午、Kと町へ買い物に出掛ける。登山杖。ランチのあと部屋でデーブリーンの政治論原稿(3)を読む、雑誌への採用はどうかと思うし、それを考えるほどにもなっていない。胸が苦しく、休息。お茶にKとオールド・インディアへ行く。宿に戻って、ヴェルナー・テュルク(4)（オスロ）、ボニエル（ストックホルム）、テル・ブラーク(5)（スフラーヴェンハーヘン）、その他宛て手紙の口述。——ディナーのあと小サロンでリオンと。上の部屋でカミツレ茶。

（1）「ジャーンドル」は娘婿の意味。〔訳注〕料理の名前ででもあろうか。
（2）「フオルスキート」は政治的逃亡者、亡命者。
（3）特定出来なかった。
（4）作家ヴェルナー・テュルク（一九〇一年生まれ）は一九三三年チェコスロヴァキアに、のちノルウェー、最後はイギリスに亡命した。政治的長篇小説『制服の小男』（一九三四年）とモーツァルト伝（一九三九年）を書いた。

（5）メノー・テル・ブラーク宛て、アローザから、一九三八年一月十一日付、『書簡目録II』三八／一二。この手紙の中でトーマス・マンは——テル・ブラークの原稿から四枚を青鉛筆で削除した——リオンを叱責したことを伝え、原稿の撤回に固執しないようテル・ブラークに頼んでいる。しかしどうやらテル・ブラークは軟化しなかったらしい。テル・ブラークの論説「アンチ・キリストとしてのキリスト」（アルベルト・ヴィゴライス・テーレン訳『古今のキリスト教徒について』の中の一章）は「尺度と価値」に掲載されていない。

三八年一月十二日　水曜日、ヴァルトホテル

昨晩は興に乗って『スワン』を読み進める。眠りは浅く、たびたび目を覚ます。ラスクとグラハムパンで朝食。執筆開始の決心のつかぬままに、ショーペンハウアー資料を研究する。——「古典主義」問題でシュトリヒから詳細な手紙。ロシア、状況一般、私のアメリカ講演の吉兆について、シケレから嬉しい手紙。『ショーペンハウアー』に関する契約書と三六〇ドル以上の小切手。——正午ゆっくりスキー練習場へ。雪解け模様、吹雪。——Kと少し散歩。ランチ・タイムの間に雲が晴れ、太陽が出る。ロッジアでたばこを吸い、読書（フラウエンシュテト[1]）。ついでベッドで少し眠る。Kと「オールド・インディア」でお茶。Kは美容師に寄ったので、一人で宿に戻る。——ファルケのひどい[2]詩の原稿。——晩、リオンおよび北京駐在イギリス公使夫人ミセス・オウマリと[3]。

（1）哲学者ユーリウス・フラウエンシュテト Frauenstädt（一八一三—一八七九）はショーペンハウアーの友人で、ショーペンハウアーからその原稿全部と版権を遺贈された。フラウエンシュテトは一八七三年から七四年にかけてショーペンハウアー六巻本全集を刊行、七一年にはショーペンハウアー事典を出版した。その著作には『ショーペンハウアー哲学についての書簡』（一八五四年）と『ショーペンハウアー哲学についての新書簡』（一八七六）がある。〔訳注〕日記ではフラウエンシュテトが、Frauenstedt と表記されている。

（2）不明。

（3）正しくは、レイディ・オウマリ（一八九一年生まれ）は、アン・ブリジの名で当時非常に著名な長篇小説作家、『北京ピクニック』（一九三二年）で有名になった。夫人の夫はサー・オウエン・セント・クレア・オウマリ（一八八七年生まれ）で、一九二五年北京のイギリス大使館参事官、

のちイギリス外務省勤務、夫人がトーマス・マンと出会った頃はサン・ジャン・ドリューズのスペイン駐在イギリス大使館代理公使だった。

三八年一月十三日　木曜日

かなり遅く起床。暖く、太陽。朝食後『ショーペンハウアー』を書き始める。今はこの論考の進展を期待するばかり。正午スキー練習場に出掛け、そこからKと一緒にマラン方面へ散歩。ランチのあとロッジアで。あるドイツ人青年の雑誌のための短篇小説、良い出来映え。フラウエンシュテトのショーペンハウアー論。——休息。湖を巡ってお茶を飲みに。そのあと手紙の口述。ディナーのあとリオンと、ゴーロとその価値について。ブレンターノとファルケ相手の揉め事について、この件では私が火の粉を被らなくてはならない。

三八年一月十四日　金曜日

昨夜は湿疹のかゆみと苦しい物思いに悩まされた。ファノドルムを服用したのに眠れない。Kが時折そばに居てくれた。朝方寝付く。八時半起床。『ショーペンハウアー』を書き進める。難しい。正午スキー練習場まで行き、Kと一緒にマランのすぐ近くまで足をのばす。晴天の穏やかな天候。上等のランチ。そのあとロッジアでハイネのドイツ哲学論[1]を読む。部屋で休息。Kとグラウビュンデン州療養所の先まで散歩、そのあと自分たちでお茶をいれる。ファルケ宛てにその二本の寄稿を断る必要止むない長文の手紙を口述。ディナーのあとリオンと。一〇人からなる秘密集団に所属のドイツ人青年の寄稿。ショーペンハウアーについて、またショーペンハウアーにおけるヴォルテール主義と蒙昧主義、古典主義とロマン主義からの混合について。シェリングは、自然哲学者として神秘主義への勇気をもっともっていた。ともかくもショーペンハウアーの場合、見霊の試みは見られるし、他にも自然神秘主義がうかがわれる。ファルケ宛ての手紙を読み直す、思うにリオンは、ファルケに対する調子によって侮辱を加えることになるのだ。——一日中、座骨神経がおかしな具合になってきているのが感じられる。

（1）〔訳注〕ハイネのドイツ哲学論といえば、『ドイツの宗教と哲学の歴史』（一八三四年）であろうか。

三八年一月十五日　土曜日

八時起床。フェーン、温暖、激しい降雪——疲労。『ショーペンハウアー』の執筆は骨が折れる。髪を洗う。マランへ向かう道を散歩。ランチのあと、見通しはきかず眩暈をおぼえる程の吹雪をみながらロッジアで。手紙や諸雑誌。クラウスはハリウッドから報告を寄越し、カリフォルニアで私について講演するという。ヘルツ女史の知らせでは、ピートがロンドンに現れて、合衆国諸州十五回の私の講演はすべて完売だ、と新聞記者たちに語ったという。——見通しのきかない雪の中、湖を巡ってお茶を飲みに行く。新聞は、フランス政府の危機を報じている。町中で買い物。書店のウィンドウに「尺度と価値」の宣伝広告。宿でメンデル[1]（ニューヨーク）、ホルンシュタイナー（ヴィーン）、その他多数宛ての一連の手紙を口述。ディナーのあと小サロンでシュトゥトガルトの若いクリパー[2]と。愚かで、音楽好きなドイツ青年だ。

（1）一九三七年十二月二十一日付日記の注（3）参照。
（2）シュトゥトガルトの出版社主で、「ドイツ出版社 Die Deutsche Verlagsanstalt」の所有者グスタフ・クリパーの息子。

三八年一月十六日　日曜日

非常に明るい晴天、大量の雪。『ショーペンハウアー』の執筆。正午、Kと一時間の散歩。飛切りのランチ。そのあとロッジアで、精神分析年鑑のための『フロイト[1]』論の校正。メーディ到着。午後メーディとKと一緒にお茶を飲みに町へ。宿に戻ってはがきを書き、投函出来るようにたくさんの手紙を仕上げる。途方もなく疲れ、タキシードに着替える前、半時間ほどベッドで休む。ディナーのあとサロンでリオンと三人で歓談したが、このサロンは三三年冬私たちの数々の体験の[2]場であり、ここで私たちはニーキシュ夫妻と幾晩も過ごしたものだった。ドイツ人とイタリア人の寄稿、ブレンターノ、ファルケなど雑誌について。プラトンとショーペンハウアーについてリオンと。アリストーファネス。――メーディの部屋を検分。

(1) 関連不明。『ジークムント・フロイトと未来』は、「精神分析学年鑑一九三七年 Almanach der Psychoanalyse 1937」、ヴィーン、に掲載された。「精神分析学年鑑 Das Psychoanalytiche Jahrbuch」は、ようやく一九六〇年以降ベルンのフーバー書店から刊行された。

(2) 〔訳注〕トーマス・マンは、一九三三年二月十一日夫人とともに国外講演旅行に出発、日程を終えて二月末からこのスイスのアローザに静養のため滞在した。当時すでにヒトラー政権下のドイツではあったが、トーマス・マンはさほど事態を深刻なものとは考えず、いずれミュンヒェンの自宅に戻るつもりでいた。しかし娘のエーリカをはじめとして各方面から帰国を思いとどまるよう進言があって、トーマス・マンは思い悩んだ末、帰国断念に踏み切る。「三三年冬」の「さまざまな体験」というのは、この間の心理的葛藤を中心とする体験を指している。なお、この日到着したメーディは三三年当時も両親と一緒であったが、三月十七日新しい滞在地レンツァーハイデに向かう両親とクールで別れて、学業を続けるためにミュンヒェンに戻っていく。このクールでの別離体験もトーマス・マンの心に重く沈んでいた。

三八年一月十七日　月曜日

八時起床。フェーン、雪解けの天候。『ショーペンハウアー』の執筆、ついで一時間散歩。メーディはスキー場に。ランチのあとロッジアでいろいろなものを読む、老フロイトから送られたその『モーセ[1]』論。テル・ブラークの原稿。少し休息し、Kと町[2]にお茶を飲みに出掛ける。買い物。宿でアメリカの会とエーリカの就職のことで、エーリカ宛てにかなり長い手紙を口述。フロイトへの礼状に取り掛かったが、ひどい疲労で中断。――メンデル＝ロングマンとの契約書が署名されて戻ってくる。――ディナーのあと、ホールで仮装舞踏会。リオンと三人で奥のサロンに。雑誌の諸問題、ついでショーペンハウアーについて話が弾む。

(1) ジークムント・フロイト『人間モーセと一神教』は、「イマーゴ」ヴィーン、一九三七年、二十三巻第一冊、第四冊にそれぞれ「エジプト人モーセ」、「モーセがエジプト人であったとすれば」の表題で掲載された。

(2) ニューヨークの「ドイツの文化的自由のためのアメリカの会」。一九三七年一月一日付日記の注(14)参照。この件に関するエーリカ宛てトーマス・マンの手紙は残っていない。エーリカ・マンの父親宛て、ニューヨークからの一九三八年二月四日付の回答だけは残っている(未刊行)。トーマス・マンは「アメリカの会」の活動、とくにその資金不足に不満足で、エーリカ・マンがその事務局長になっての発展を望んだ。エーリカ・マンは回答の手紙の中でこの問題を保留し、父親がニューヨークに来るなら、話し合わねばならない、と書いている。この就職は実現しなかった。

三八年一月十八日　火曜日、ヴァルトホテル。

晴天、寒気が増し、新雪。ファノドルムの助けで、浅い眠り。八時過ぎ起床。『ショーペンハウアー』の執筆。正午Kとマラン方面へ散歩。ランチのあと、イェルーサレムから届いたプラーテンとプラトンについての優れた原稿[1]を読む。休息のためロッジアに腰をすえる。そのあとKと「栗鼠の道」を散歩。日光に照らされた峰々の頂き、その下の谷を埋める長い雲。宿でフロイト[2]、その他宛ての手紙を口述、自筆の通信も処理する。ディナーのあと遊戯サロンで。リオンと歓談、ついで新聞を読む。——晩方、どの幕を雑誌に掲載するかブレンターノと電話。一致を見る。——晩、寝入る前にプルストを読む。プルストの言葉の豊かさ、美術史、生物学、植物学の知識の豊かさに驚嘆。現代の段階におけるホメーロスに喩えようか。飛翔甲虫は、自身の死後の期間にも子供たちのために新鮮な肉を確保するために蜘蛛やその他の昆虫の運動中枢に正確に穴を穿ち、生きたまま動けないようにする。自然がそなえる素朴、自明、冷静、寡黙な残酷さと卑劣さ。この場合、種の保存に奉仕する知識と能力の正確無比なること、オカルト的である。

(1) ゲルゲル「プラーテンとプラトン」。

(2) この手紙は発見されていない。

三八年一月十九日　水曜日

七時四十五分起床。曇天、フェーン模様。入浴と朝食のあと『ショーペンハウアー』を書き進める。正午Kとマラン方面へ。食後、ロッジアでフラウエンシュテトの伝記を読む。午後、町にお茶を飲みに出掛け、それから散髪へ。宿で『ヨーロッパに告ぐ』ポーランド語版[1]の件など二、三の口述。晩、サロンであるイギリス人女性とレリ[2]が歌を歌う。イギリスのご婦人のほうが、色気たっぷりの民謡歌手よりも断然好感が持てる。その前にクリスタ・ホトヴォニイと挨拶、サロンでリヒター夫妻もまじえて歓談。コンサートは数少ない招待客の前で行われた。遅い時刻。

（1）『ヨーロッパに告ぐ Avertissemant à Europe』のポーランド語版は確認されていない。

（2）ハンス・レリはスイスの民謡歌手で、毎年シーズン中アローザに登場、トーマス・マンは以前の数回の滞在で旧知だった。

三八年一月二十日　木曜日

八時半起床。曇天、吹雪、大雪塊。『ショーペンハウアー』をこれまでよりも早く、すらすらと書き進める。Kとマラン方面へ散歩。ランチのあとロッジアで雑誌の校正刷を見るとともに、いくつかの原稿に目を通す。寒い。午後お茶を飲みに町に出、二、三の買い物をする。宿で自筆の通信。オープレヒト到着。オープレヒト、リオン、K、メーディとディナーのあと第一サロンで。雑誌の諸問題。新聞各紙に掲載された雑誌「尺度と価値」評。ファルケ問題、ただこれはすでに問題ではなくなっている。――カーラーの好感のもてる手紙。『ヴァーグナー』講演のことでフランス通信社。ベルンのシュトリヒの弟子が書いた「ルツェルナー・タークブラット」[1]紙掲載の見事な『往復書簡』評。筆者の手紙。―当地滞在予定の半分が過ぎていき、それを確認して私は残念に思う。この滞在のあとに続くものが怖いからで、ここにいるのは、消耗、興奮、疲労を覚える事があっても、他のどこにいるよりも気分が良い。

（1）『Mr.』と署名された、ハンス・アルベルト・マイアーの論説「戦闘的人間主義〔ヒューマニズム〕」、「ルツェルナー・タークブラット」一九三八年一月十五日号、所収。『書簡目録II』三八／一三、参照。

三八年一月二十一日　金曜日

八時起床。入浴。活発に長い時間執筆。きわめて美しい一日、空は青く、雪塊はきらきらと輝き、山々は深い雪に覆われている。Kとスキー場からマラン方面へ。オープレヒトをまじえて四人でランチ。ロッジアでド・ブロイの物理学についての講演[1]（非決定論）を校正刷で読む。ついで、ユーゴスラヴィアの学者レバル[2]の届いたばかりの論文「カリストトス」。光の神（ファールス）愛と認識としてのエロス。ヨゼフとアメンホテプとの対話につかうためにメモ。――療養所の先まで散歩。素晴らしい風景画。エインジェル、ヴァイガント、「ワシントン・ポスト」のマイアー女史など大量のアメリカからの手紙。イェールへの『ヨゼフ』原稿その他の展示資料、難しい。マイアー女史は、私のイェール講演について、また私のアメリカ到着にあわせて数紙に発表される予定の女史自身の[3]『ヨゼフ』論について。今回の旅行はきわめて祝祭的な性格を帯びかねない、というかそれを約束してくれている、と言えよう。興奮と疲労。ヴァイガントは「リーマー」の章について。その他の郵便物。――オープレヒトをまじえて四人で食事。そのあとオープレヒトとサロンで。スペインでの冒険と捕虜生活を活写したケストラー[4]の著作の校正刷を読む。キアロモンテの論文中の削除は動かさないまま刊行されるかもしれない。――「ターゲブーフ」に『クルル』についてのヘルマン・ケステンの好論文[5]。『クルル』断篇がかつてドイツでいかに鈍感、冷淡な受け止められ方をしたことか。まさしく、ドイツ文学はユダヤ人が必要なのだ。――昨夜ドストイェフスキーの『不愉快な体験』[6]を読む。壮大な悪夢の頂点、ほとんどこれを克服することは望めないが、しかし徹頭徹尾真実で人間的だ。

(1) ルイ・ド・ブロイ「量子物理学における非決定論についての諸考察」「尺度と価値」第四冊、一九三八年三月／四月号、所収。

(2) アニカ・サヴィク＝レバク Anica Savić-Rebac「トーマス・マン」「プレグラード」サライェヴォ、一九三七年、第二巻八二—八六ページ、所収。筆者はトーマス・マンの短篇小説三篇をセルボ＝クロアチア語に訳しており、ベオグラート大学で教えていた。〔訳注〕原注では、著者名がレバル Rebal から Rebac と訂正されている。また、ファールスあるいはファロスは古代エジプト、アレキサンドリアの島の名称で、ここに世界七不思議の一つに数えられることもある灯台があったことから、ファールスは灯台という意味もある。しかし「光の神（ファールス）」というは誤解を招きやすく、ファールスは光の神の名ではない。またこれに続く「愛と認識」という語は文法的にあり得ない形で繋がっており、したがって訳文も意味の取れないものになっている。「光の神」に関しては、日記本文にあるように『ヨゼフとその兄弟たち』の第四部『養う人ヨゼフ』第三章第二話、第三話でファラオがこの神について触れるが、ファールス、アレキサンドリア、灯台といった名前や概念は口にされない。

(3) アグニス・E・マイアー「トーマス・マンの新作小説『エジプトのヨゼフ』」「ワシントン・ポスト」一九三八年二月二十七日号、所収。

(4) アーサ・ケストラー『スペインの遺書』は、一九三七年ロンドンのヴィクター・ゴランツ書店から刊行され、独訳版は一九三八年チューリヒのヨーロッパ書店から刊行された。

(5) ヘルマン・ケステン「詐欺師クルル」「ダス・ノイエ・ターゲ＝ブーフ」パリ、一九三八年一月二十二日号、所収。同じ論説がクラウス・シュレーター（編）『同時代の評価の中のトーマス・マン』三〇二—三〇六ページ、所収。

(6) トーマス・マンはインゼル書店の二十五巻本のドストイェフスキー全集を所蔵していた。『不愉快な体験』はその第十三巻（『賭博者、その他の短篇小説』）に収められている。

三八年一月二十二日　土曜日

八時頃起床。フェーン、曇天。『ショーペンハウアー』を書き進める。Kと散歩。オープレヒトとランチ。ロッジアで新聞各紙と諸雑誌を読み、そこで休息する。ゴーロが到着。Kと町へお茶を飲みに。宿でアメリカへの手紙[1]、その他を口述。ビービとグレート・モーザーが到着。タキシードでディナー。七人で食事。ビービが血の気をなくして食堂から出ていく。しゃくりあげて号泣。きのうシャンパンを飲み過ぎたあげく、けさは自分が飼っていた小型犬を殺してしまったという容易ならぬ出来事。Kが平静を取り戻さすべく話をしてやる。サロンでオープレヒトと。その前にリオンと電話したが、リオンはオープレヒトに侮辱されたと引き籠もっている。仲裁に努める。リオン「あなたが相手なら、オープレヒトは宮廷にいるように振る舞いますよ。」――雑誌の校正刷を見る。ビービのニューヨーク渡航[2]は私たちと同じ船を利用することにし、先に別の船でいかないという考え方に賛成して、Kをほっとさせる。

(1) これらの手紙のうち判明しているのは、アグニス・E・マイアー宛て、アローザから、一九三八年一月二十二日付、『書簡目録II』三八／二四、のみである。

(2) ミヒァエル・マンのパリでのヴァイオリン教師ジャン・ガラミアンがニューヨークに移住し、ミヒァエル・マンもそのあとを追うことになったのだ。

三八年一月二十三日　日曜日

一日美しい晴天、午前中は摂氏二、三度、午後は軽い寒気。――浅い眠り。二時半にもなって半錠を服用。八時半、入浴。十二時まで『ショーペンハウアー』を執筆。それからKと散歩。オープレヒト、ゴーロ、メーディを加えて極上のランチ。四時までロッジア。大量の郵便に目を通す。午後K、メーディと散歩。宿でお茶、そのあと、シケレの『未亡人』フランス語版への序文[1]を口述。――発刊の迫[2]っている英訳『エジプトのヨゼフ』と計画中の随想集についてクノップの手紙。――タキシード着用。イーヴニング・ドレスで非常に美しく見えるグレートを加えて七人で日曜ディナー。そのあと子供たちは奇術師《プレスティディタトゥール》[3]フラミンゴのショウ、私はあとで旧知のフラミンゴに挨拶。奥のサロンでオープレヒト、ゴーロ、K、リオンと過ごす、オープレヒトとゴーロはチェスに興じ、リオンは無性格なお喋りをし、自分のドイツ語のアンケートを披露したりする。あるドイツ系ユダヤ人女性の手紙、悲しくも腹立たしい自分たちの運命を打開する会合の開催を女友達とともに懇請してきたのだ。オレッツリに寄託する手紙でやんわりと断る。

(1) 『ルネ・シケレ、ドイツ語で書くフランス人作家』（マキシム・アレクサンドル訳）、ルネ・シケレ『未亡人ボスカ』への序文（Préface）、パリ、一九三九年。同じ序文が、「レ・ヌヴェル・リテレール」パリ、一九三九年一月十四日号に所収。ドイツ語原文『ルネ・シケレの「未亡人ボスカ」のフランス語版に寄せて』『全集』第十巻七六一—七六六ページ。

（2）新しいアメリカ版随想集はこの時期には刊行されなかった。ようやく一九四二年政治関連の論説、講演の選集がクノップ社から『時代の要求』の表題で刊行された。

（3）魔術師あるいは手品師。トーマス・マンはこの芸人フラミンゴを、以前数回の滞在の折にこのホテルでの出演を見物して知っていた。

三八年一月二十四日　月曜日、ヴァルトホテル

八時前に起床。暖かくなり、青空、太陽。十一時まで二枚書き、ついでスキー場へ行きKとマラン方面に行き、大勢の客に混じって店の前でヴェルモットを飲んだ。子供たち全員とオープレヒトが遠出に出たので、私たちは二人だけでランチ。バルコニーで『意志と表象としての世界』を読む。ロッジアが暑すぎるので、室内で休息。四時半にアメリカ人のプツェル[1]と町に出てオレッツリでお茶。ヘルツ女史の収集と、イェールで学芸員になりたいという女史の意向について。——宿で随想集に関するクノップ宛ての手紙を口述。プラーテン＝プラトン論の筆者、イェルーサレムのゲルゲル宛てに手紙を書く。オープレヒトと子供たちを加えてディナー。そのあとサロンでクリスタ・ホトヴォニイと。ドイツにおける絶望的頽廃について。——ヘルツ女史が私に問い合わせもせずに自分の収集と就職のことでローズヴェルトに手紙を書き送ったことに腹立ち。——マルク教授[2]（ディジョン）の論文「弁証家としてのトーマス・マン」を掲載した年鑑『哲学』が届く。

（1）マクス・プツェルは合衆国のジャーナリストで、イーダ・ヘルツの義理の兄弟の一人オト・プツェルの従兄弟。マクス・プルツェルは、イーダ・ヘルツのために何とか宣誓供述書を入手しようと努力をしていたが、それがあればヘルツの合衆国入国は可能になるはずだった。

（2）ジークフリート・マルク「弁証家としてのトーマス・マン」『フィロゾフィア』ベオグラード、一九三七年第二巻一一二—一三八ページ、所収。

三八年一月二十五日　火曜日

きのうは遅くに寝付く。八時半起床。晴れていて暖か。『ショーペンハウアー』を書き進める。Kと散歩。メーディを加えて三人でランチ。ロッジアでまず新聞各紙、ついで『意志としての世界』を読み、そのままそこで休息。Kと上手の道をマラン方面へ散歩。山々の頂きの美しい夕映え。宿でお茶、ついで『未亡人ボスカ』への序文を終わりまで口述。オープレヒトと子供たちをまじえてディナー。そのあとリオンと、時には二人だけで、時にはオープレヒトとゴーロを加えて語り合う。連邦評議会議員エター(1)がキリスト教関連の小冊子を送って寄越す。ビールを飲む。テル・ブラーク(2)の論説にうかがわれる挑発的な逆説に不安を覚える。

（1）スイスの政治家フィーリプ・エター（一八九一—一九七七）は一九三〇年から三四年まで全州評議会（上院にあたる）の議員、三四年から五九年まで連邦参事会閣僚（内務部長官）、三九年、四二年、四七年、五三年に連邦大統領になった。スイス憲法や憲法史の著作が数点ある。

（2）メノー・テル・ブラーク「アンチ・キリストとしてのキリスト」。一九三八年一月十一日付の日記の注（5）参照。

三八年一月二十六日　水曜日

報道によると昨晩強烈なオーロラがあったという。滞在客の間にさまざまな気分。もしかすると戦争や悪疫を意味するのだろうか。嬉しそうな大騒ぎ。——八時頃起床、朝食後、熱心に書き進める。穏やかな天候、曇天、やがて太陽が現れる。一人でマラン方面に向かい、Kに追いつかれて一緒に戻る。マランから彼方を見遣ると陽光を浴びた雪の丘陵や遥かな山々の華麗な眺め。心地好い太陽の温み。オープレヒトと子供たちを交えてランチ。オープレヒトとゴーロと別れの挨拶を交わすが、二人は、私たちも月曜日には利用することにしている二時の列車で出発するのだ。——ロッジアで新聞各紙と『意志としての世界』。室外で休息。Kと町へお茶を飲みに。先日のドイツ系ユダヤ人女性と挨拶を交わし、手紙を手渡す。宿で、ヘルツ女史、[1]ベルマン、[2]ルーマニア系ユダヤ人救援委員会宛ての手紙を口述。ケステン[3]宛ての手紙を書き始める。人数の減った家族でディナー。そのあとリオンと二人だけで奥のサロンで一本空けて雑談。雑誌、『ショーペンハウアー』、ヘーゲル、私の位置の浮き沈み、ひそかなドイツの青年たちとその純粋さ、倫理性、これはしかし単純さなのだ。私は『ヴェニスに死す』が「国民社会主義」を二十年先取りしている事実を語った。──ファルケの単純な手紙を読み上げるが、そこには辞任の気配がうかがわれない。ウンルーの手紙。──新聞では全欧にわたったオーロラ現象で、持ち切り。学問的な注釈。ドーヴァー海峡では潮の高まり、ラジオ障害、等々。

(1) イーダ・ヘルツ宛て、アローザから、一九三八年一月二十六日付、『書簡目録II』三八／二六。
(2) この手紙は残っていない。
(3) ヘルマン・ケステン宛て、アローザから、一九三八年一月二十八日付、『書簡目録II』三八／三〇。

三八年一月二十七日　木曜日、ヴァルトホテル。

浅い眠り。〔……〕。八時半起床。『ショーペンハウアー』の執筆。暗く、吹雪、深い雪。Kと町へリキュールや紙巻たばこを買いに出る。難儀な歩行。食後ロッジアで雑誌の校正刷を見る。寒い。部屋で休息。Kはリーツィ＝リューティ方面へスキーの遠出。オレッリで落ち合って、そこでお茶を飲む。宿でケステン宛ての手紙を書き終え、他の自筆の通信を処理。K、メーディ、婚約者カップル[1]とディナー。食卓音楽と募金。[2]奥のサロンでリオンと。リオンとKと子供たちのために『ショーペンハウアー』のこれまで書いた分を朗読。遅くなってシケレのための序文を整理しなおし、シケレに手紙[3]を書く。

(1) ミヒァエル・マンとグレート・モーザー。
(2) 〔訳注〕募金と訳したSammlungには、他に「コレクション」「集中」などの意味もあるが、事情が分からないとしても、「募金」とするのが、穏当なところではあるまいか。
(3) ルネ・シケレ宛て、アローザから、一九三八年一月二十七日付、『書簡目録II』三八／二八。

三八年一月二十八日　金曜日。ヴァルトホテル

昨夜はまた長時間『賭博者』[1]を読んだ。きょうはさしあたり降雪が続いている。八時半起床、入浴、きのうの朗読の折リオンがつまらぬことに拘泥していたのを思い出して気分をやや損ねたまま、『ショーペンハウアー』を書き進める。(罪過と功績)。正午、Kと散歩。いくつかの徴候を見せながら空は見事に晴れ上がる。ロッジアで日光浴。リオンから押し付けられたものを見てみる、ゲーテの孫についての論文校正刷だが、周知の話で不愉快。ヘーゲル美学を数ページ――『意志と表象としての世界』に戻るとほっとする。私の世界から踏み出る、それも頼まれて踏み出ることに対する抵抗感。――室外で休息。毛皮を着てK、メーディと一緒に上手の道を散歩、牧人小屋のそばを通る。零下一一度。華麗な風景。オレッツリでお茶。――万年筆を落とし、疵がついてしまう。――カウフマン博士に手紙を書き、連邦評議会閣僚エターの論文の礼を述べる。――疲労。――大量の郵便。シカゴ、ロイオウラ〔ロヨラ〕大学のスチュワド[2]から手紙。そこでは四、〇〇〇人を前にマイクロフォンで喋ることになるし、多分よそのどこでも同じことになるだろう。――奥のサロンで一人読む。ライジガーの手紙だが、多分博士試験は良い結果にはならないだろう。「ヴェルトビューネ」にこの五年についてのハインリヒの絢爛たる論説[3]。あとからリオン、リオンはオープレヒト、マイリシュ女史との新しい契約を結んでのけた。拒否権を奪うという方策によるファルケの追い出し。不愉快。

(1) F・M・ドストイェフスキー『賭博者』長篇小説(一八六六年)。

(2) サミュエル・M・スチュワド。一九三七年九月十日付日記の注(1)参照。

(3) ハインリヒ・マン『五年』「ディ・ノイエ・ヴェルトビューネ」プラハ、一九三八年一月二十七日号、所収。

三八年一月二十九日　土曜日

昨夜のファノドルムのあと熟睡。八時頃起床して『ショーペンハウアー』の執筆。正午ひげを剃り、スキー場に出掛けて、そこからいつものマラン方面への散歩。気温降下、雪解けの天候、吹雪。幾度となく晴れそうになるが、その度にまた崩れる。山にぶつかってはねかえり、逆に進んで他の山襞に押し込んでいく、壮大で威嚇的な雲の動き。一寸先も見えぬ暗い吹雪の中、ロッジアで新聞を読む。ドイツでは垢抜けない、ナンセンスな、国家祝典[1]。ヒトラーの五年。「国会」は開かれない。パリにおける労働憲章——厳粛で、ぺテン、民衆欺瞞などではない。パリ大司教、ジャーナリストたちを前にしての演説、驚くべく、嬉しい。「頭から足まで赤い[2]私は——」。——ベッドで休息。気分悪く、塞ぎ込み、意気消沈。もはや散歩に出ず、Kを待ってお茶、そのあとマルク、ジーモン[3]、その他宛ての一連の手紙を口述。ビービはグレート・モーザーと一緒にグループに加わって吹雪の中ヴァイスホルンシュピッツェに出掛けていた。グレートは雪庇が崩れて深い窪みに転落、大事には到らなかった。——ディナーの折にブレンターノ、そのあとブレンターノと奥のサロンで。リオンを相手にその考えられないような契約草案について真剣な話し合い。退却。そのあとビールを飲みながら歓談。オランダ人たちの仮装舞踏会。疑問符つきのおくるみを抱え回っている。

（1）〔訳注〕翌一月三十日はヒトラーの権力掌握五周年にあたり、この日に向けてドイツ国内各所で祝典行事が行われたのであろう。国会議事堂は放火炎上（一九三三年二月二十七日）以来修復されなかったが、ベルリン市内のクロル劇場などで「国会」は開かれていた。ただヒトラーの独裁体制が確立してから、国会はもはや国会としての機能をもたない有名無実の存在だった。なお「国会 Reichstag」がしばしば「帝国議会」と訳されているが、「ヴァイマル共和国」時代も「国会 Reichstag」であったことからすれば、「帝国議会」という訳はナンセンスであろう。共和国は決して帝国ではないからである。ヒトラー政権下のドイツを称して「第三帝国 das Dritte Reich」というが、この訳も実は誤訳である。「das Reich」というのは本来いくつもの国の統一体、統一国家という意味であって、その元首が皇帝である場合にその国は帝国と呼ばれるのである。もちろん「帝国」という語を比喩的にもちいて、たとえばヒトラー体制をおどろおどろしく表現しようというところから「第三帝国」というのは構わないが、「das Dritte Reich」というドイツ語自体の意味、ニュアンスが邦訳とは大きくずれていることは念頭に置くべきであろう。

（2）（訳注）カトリックの大司教の正規の衣裳は赤（緋色）で統一されている。大司教のこの言葉は当時アカと呼ばれていた左翼に対する連帯を表明するものだった。

（3）フーゴ・ジーモン宛て、アローザから、一九三八年一月二十九日付、『書簡目録Ⅱ』三八／三二。以前からトーマス・マンの知己であったベルリンの銀行家で社会民主党員の元プロイセン蔵相フーゴ・ジーモンはパリ亡命中に友人ヴィリ・ミュンツェンベルク、ハインリヒ・マンと語らって「新ドイツ同盟」を創設、超党派的、文化的基盤として、亡命ドイツ政治家、芸術家、作家たちの結集の場とするのが、ねらいだった。（トーマス・マン、ハインリヒ・マン、エーミール・ルートヴィヒ、リーオン・フォイヒトヴァンガー、フリッツ・フォン・ウンルー、アネッテ・コルプ、ルードルフ・ヒルファーディング、マクス・ブラウン、カール・シュピーカーが、影響力あるメンバーとして見込まれていた。）ジーモンは、トーマス・マンをある集会での弁士として登場させようと手を尽くしていた。『書簡目録Ⅱ』三八／九、参照。

三八年一月三十日　日曜日、ヴァルトホテル

この山地最後の日。風邪をひき、咳に悩まされて、よく眠れなかった。朝方になってなおファノドルムと一緒にカミツレ茶を飲む。心的にも苦しむ。Kがしばらくベッドについて居てくれる。Kが私の手を取っていてくれた時、私の臨終はこんなふうであってほしい、と思った。――それからなお数時間眠る。八時半起床、入浴し、『ショーペンハウアー』を書き進める。正午Kとブレンターノと一緒にスキー場の少し先まで散歩。猛烈な吹雪で、視界ゼロ。ランチのあとKと子供たちと一緒にリヒター夫妻の住居でコーヒー。それからロッジアで雪に囲まれて新聞を読む。モスクワの「ヴォルト」が、私に対するナチ新聞（「ヴェストドイチェ・ベオーバハター[1]」）の無礼な罵詈雑言を紹介している。連中の思考は糞尿であり、連中の思惑は殺人である。――四時過ぎ外に出るが、木々や地面から吹き付け、舞い上がる雪の嵐に息がつけず、驚いて引き返す。お茶を飲み、ファルケ（ローマ）宛てにうまい説得の返事を口述。英語の講演原稿に没頭。ひげを剃り、晩の服に着替える。ブレンターノを加えてディナー。ブレンターノは、明らかに大気の影響を受けて興奮状態の政治論。リオンとクリスタ・ホトヴォニイは、午後ずっと荒れ狂った吹雪に引き帰さざるをえなくなり、約束を取り消してきた。十時に上の部屋へ。Kは残念

ながらひどい風邪で、声が嗄れている。憂慮。疲労。

（1）「ヴェストドイチャー・ベオーバハター」のこの記事は確認出来なかった。〔訳注〕この新聞はケルンで刊行されていた。

三八年一月三十一日　月曜日。
キュスナハトに戻る

アローザ最後の夜は、晩の雑談や、さまざまな思い、不安に悩まされて、心やすまらなかった。加えて咳。三時からもっと後まで眠れなかった。まるまる一錠のファノドルムの効き目はあとになってやっと現れる。しばらくKのベッド脇の椅子に。部屋の中を歩き回る。朝になる頃数時間の休息。――きょうあの山地で八時半起床。朝食後十一時まで『ショーペンハウアー』を執筆。Kの風邪はひどく、声はすっかり嗄れ、まさしく災難。十一時から一時まで本とトランクの荷造り。ブレンターノと一緒にランチ。私は青春時代の市民社会の印象やトラーヴェミュンデについて語った。二時頃リヒター夫妻や従業員と別れの挨拶を交わしたあと、橇で出発。天候は、きのうの危機的状況を経て晴れ上がりそうになったのに、またまた曇ってしまった。雪の大きな塊がごろごろしている。橇で駅に辿り着くと、クリスタ・ホトヴォニイとリオンが私たちを待っていた。メーディは四時の列車まであとに残る。Kは風邪にひどくやられて、窶れた様子。クールでコーヒー。チューリヒ行きの列車に小型トランクが一つ載っていないと気付いたが、そのうち他人の荷物の間から出てきた。そのまま車中でドストイェフスキーの『分身』[1]を読む。六時到着。ゴーロが車で迎えに。車で家へ。Kはすぐ就寝。お茶を飲み、荷物をあける。ついで郵便物に目を通してからゴーロとビービを相手に夕食。そのあとビービが手掛けたレコード・コレクションの新しい分類配列を検分。新しいレコード・キャビネットはカーテン付き。いくらか熱があるKに付き添う。ゴーロとショーペンハウアーについて語り合う、専門家筋から論難されるショーペンハウアー、そのヨーロッパ的文筆家精神、友人であるユダヤ人たち、半ばドイツ外的なもの、硬直性、改造し上貼りをしても常に同じただ一つのもの、発展は皆無。[2]――「ドイツ自由党」の月刊誌。[3] 懐疑。

（1）F・M・ドストイェフスキーの長篇小説（一八四五／四六年）。

（2）〔訳注〕ショーペンハウアーは二十代前半で『意志と表象としての世界』を完成したが、その後の仕事はこの天才的な業績の解説の域をでなかった、と酷評する向きもある。

（3）「真のドイツ。ドイツ自由党の国外向け雑誌」、発行人カール・シュピーカーとハンス・アルベルト・クルーテ、偽装刊行地ベルリン、これは、パリとロンドンで編集、ロンドンで印刷、一九三八年一月から一九四〇年十二月まで毎月刊行された。ドイツ自由党は、一九三六年末に成立した、リベラル派と保守派亡命者のゆるやかな集合体で、共産主義者を排除した上でその他のあらゆる政治的、イデオロギー的方向のヒトラー敵対者の協力を標榜した。この党は、亡命グループではなく、ドイツ国内の反対派グループであると称し、ドイツ国民は国民社会主義に対する抵抗の一点において一致し、今はただヒトラーを倒す機会を待っているだけなのだ、という見解を宣伝した。このあたりがトーマス・マンの「懐疑」の原因だったのであろう。

三八年二月一日　火曜日

快眠。良いベッド、軽くて暖かい絹の掛け布団、使い慣れた枕に感謝。早めに起床、入浴して、フレーク、ラスク、卵、お茶の朝食を取り、『ショーペンハウアー』を執筆。——Kにシュターエル博士が来診。処方箋とそう心配することもないという診断。——フェーンの強風。ひげを剃ったあと犬を連れて短い散歩。食事にギーゼ女史が来て、そのあとKの部屋でコーヒーを飲む。ニュー・ヘイヴン[1]に送るものの用意。『ヨゼフ』の三つの原稿を改めて整える。ノーベル賞授与証書、ハーヴァド大学博士号授与証、等々。Kの部屋でお茶。そのあとポーランド語版政治小冊子の資料。イエールのために『往復書簡』の原稿（学部長の下らない文書を添えて）。送られてきた数々の書籍の献辞。ベルマン[2]宛てに、その叢書シリーズで『ショーペンハウアー』を刊行する件で自筆の手紙。Kのベッド脇で夕食。頭痛。リオン宛てに『ギリシアの神々』[3]、ポーランドの教授宛てに数本の原稿を発送する。『意志としての世界』を読む。——私の手紙に対する厄介な反応というわけだが、ヘルツ女史の長文、絶望の手紙。

(1) ニュー・ヘイヴンは、トーマス・マン・コレクションが設置されたイェール大学の所在地。
(2) ゴットフリート・ベルマン・フィッシャー宛て、キュスナハトから、一九三八年二月一日付、『往復書簡集』一四〇―一四一ページ、所収。
(3) ヴァルター・F・オト（一八七四―一九五八）『ギリシアの神々』（一九二九年）。

三八年二月二日　水曜日

八時半起床。フェーン。引き続いてKは重い風邪が続き、これでは色々の準備が遅れてしまう、と病気を気に病んでいる。――朝食後少し『ショーペンハウアー』を執筆。十一時ゴーロと車で市内へ。ニュー・ヘイヴンへの展示品送付の件でクックで協議。ファイン＝カラー[1]で白のヴェスト、二組の手袋、等々、とくに非常に美しい濃紺の冬オーヴァーは二七〇フラン。バリ[2]で鹿革とエナメルの靴、黒絹のソックス。――家で郵便物に目を通す。私の手紙に対してエーリから電報。シケレから『序文』の礼状。――食後、「尺度と価値」第四冊のメーキャップ刷を見る。――Kの部屋でお茶。それからメーディともう一度市内へ。トゥルンスで燕尾服の照会。万年筆を受け取ったが、元通りにはならなかった。――アローザから箱が到着、本を仕分ける。書棚に並べ、書類を整理し、読むことにした本を仕分ける。――ヘルツ女史に、きっぱりとした、しかもKが言うように、人の良さを見せる手紙[3]。――Kのベッドのそばで夕食。――「尺度と価値」の諸論説を読み進める。――ゴーロとメーディが迎えに行って、モーニが到着。子供たちと食堂で。

(1) チューリヒ、バーンホーフ通りの紳士服飾品店。
(2) チューリヒ、バーンホーフ通りの靴店。
(3) イーダ・ヘルツ宛て、キュスナハトから、一九三八年二月二日付、『書簡目録II』三八／三五。

三八年二月三日　木曜日

八時半起床。フェーンの空、明るさを増す。『ショーペンハウアー』を書き進める。体系の描写を終えて、「注解」に掛かる。――Kのところに医師来診。軽快。部屋から出なければ起きてもかまわない。――犬を連れてヨハニスブルクの先まで散歩。食後グヴィナー(1)のショーペンハウアー論を読む。Kの脇でお茶。オープレヒト夫人、ミセス・ホティンガーと電話(約束。)モーニの婚約者ラニ(2)博士が来訪。――かなり長い手紙をベッド脇で口述。諸新聞用の訂正を指示した、「コオペラシオン(3)」のための『ヴァーグナーと「ニーベルングの指輪」』。そのあと自筆の通信。メーディとコルソへ、驚嘆すべき計算芸人、犬たちの芝居、見事なコメディアンなどのヴァラエティ・プログラム。メーディは大笑い。――そのあとKの部屋で報告、メーディと夜の食事。その後手紙を投函出来るように仕上げ、届いた原稿を処理する。

(1) ショーペンハウアーの友人ヴィルヘルム・グヴィナー(一八二五―一九一七)の『個人的交際の面から描いたアルトゥル・ショーペンハウアー』は、一八六二年に先ず刊行され、新版は一九二二年に刊行された。

(2) 〔訳注〕トーマス・マンは、モーニの婚約者の名前をラニ Lany と表記しているが正しくはラニィ Lânyi である。

(3) 一九三七年八月五日付日記の注(2)参照。

三八年二月四日　金曜日

ひどい一夜、咳の刺激に悩まされて、四時頃まで目が覚めていた。ファノドルム、コデイン。それから九時まで眠る。入浴。卵とお茶。『ショーペンハウアー』の執筆。正午イチュナーハの先まで散歩。天候は明るさを増す。食事にラニ博士。コーヒーと極上のチェリー・コニャック。諸雑誌。少し眠る。お茶のあと二、三の荷物の発送、そのあとなお少し執筆を続ける。夕食後歌曲のレコード数枚を聴く。それからグヴィナーの『ショペンハウアー』を読む。――Kはふたたび食事に加わるようになった、しかし全快というには、まだほど遠いものがある。――疲労。

三八年二月五日　土曜日

晴天。八時十五分起床。前夜より良く眠る。十時四十五分まで『ショーペンハウアー』を執筆。ついでミセス・ホティンガーを訪ねて一緒に講演の前半を検討。この講演は良く出来ている。――湖畔にKが車で。道の最後は徒歩で。食後、新聞各紙、どの新聞も、きのうからブロムベルク、フリチュ[1]、ノイラート、さらに多数の将校、外交官の退任にうかがわれるドイツの危機についての報道で持ち切り。一九三四年とは逆方向の「粛清」であるこの事態は軍と保守層一般に対する党の勝利を示し、急進化への強力な一歩を示しているらしい。しかしドイツではいかなる一歩も終局への一歩ではないだろうか。さればこそ、どんな動きも歓迎されるのだ。――午後また執筆。夕べの散歩。夕食にラニイ博士[2]。『魔笛』からの音楽。そのあとクノップから刊行する随想集の組立に没頭、さらにグヴィナーの『ショーペンハウアー』を読む。

（1）　ヴェルナー・フライヘル〔男爵〕・フォン・フリチュ陸軍大将（一八八〇―一九三九）は一九三四年国防軍総司令部長官、三五年国防軍最高司令官になった。フリチュはヒトラーと衝突することがあり、ブロムベルク事件を契機にヒムラー、ゲーリングなどの中傷によって同性愛の嫌疑を掛けられ、三八年二月四日解任された。フリチュはポーランド戦線ワルシャワ前面で戦死した。フォン・ブロムベルク陸軍大臣は（不名誉な婚姻であることが明るみに出たとして）同二月四日に解任、同じく外務大臣フライヘル〔男爵〕・フォン・ノイラートもリベントロープに取って代られた。ヒトラーはブロムベルクから陸軍省を取り上げて掌握し、フリチュにはフォン・ブラウヒチュ陸軍大将が後任となった。〔訳注〕国民社会主義党の党内軍事組織であるSA（突撃隊）は三三年のヒトラー政権成立後、党の綱領中の社会主義的主張の実現を強く要求するようになった。もともと党綱領に関心がなく、資本家層との結びつきを深めてきたヒトラーは、レームをはじめとするSA領袖の粛清（一九三四年六月三十日）によって、あなどり難い党内野党勢力に成長したSAに掣肘を加えた。このヒトラーの荒療治は、いわば一政党の私兵に過ぎないSAの横暴を苦々しく思っていた国防軍にとっても歓迎すべき処置であり、ヒトラーと国防軍の緊密な関係に道をひらくことになった。この関係は表面的にはともかく心理的にはもちつもたれつの関係であって、軍事的冒険に乗り出そうとしているヒトラーにとってはなお、独裁体制の中の不安要因だった。そこでヒトラーは、国防軍の象徴的存在としての二将軍を不名誉な嫌疑で失脚させることによって、国防軍を自身の足下に平伏させたのである。

（2）　〔訳注〕これまでラニ Lany と表記されていたモーニ

カ・マンの婚約者の名前が、ここではラニイ Lanyi となっている。しかし正確には Lányi である。

三八年二月六日　日曜日

八時四十五分起床。霧、やがて晴れ上がる。『ショーペンハウアー』を執筆。正午、Kと日光を浴びながら散歩。食事に小柄なテネンバウムとギーゼ女史。コーヒー。『パレルガ』[1]を読む。午睡。お茶のあと大臣クロフタ宛てに、ルートヴィヒ・ハルトの件で、そしてハルト本人宛てに手紙を口述。それから随想オムニブス[2]をどう構成するが引き続き考える。「随想」、「演説と講演」、「序論」、「政治論」、「アンケート」、「告白」に区分け。内容豊富な本になった。――Kとゴーロと夕食。そのあと少し蓄音器をかける。『理性に訴える』[3]を捜し出す。――『パレルガ』を読む。

（1）　アルトゥル・ショーペンハウアー『パレルガ〔付録〕とパラリポメナ〔補遺〕』二巻、一八五一年。

（2）　短篇小説集ないし随想集といった選集のアングロサクソン的表現。

（3）　トーマス・マンの『ドイツの挨拶。理性に訴える』、一九三〇年十月十七日ベルリンのベートーヴェン・ホールでおこなわれた演説、『全集』十一巻八七〇―八九〇ページ。

三八年二月七日　月曜日

霧、正午に太陽が出て晴れ上がる。ファノドルム半錠で眠ったが、この薬が次第に手放せなくなってきている。構成を無視せずに、『ショーペンハウアー』の執筆。正午、四十五分散歩。食事にラニ博士[1]。そのあと郵便に目を通し、ついでベルリンの事件を報じる新聞各紙。午睡。お茶にミセス・ホティンガー、お茶のあと一緒に講演後半部を検討。――「アデーレの物語」をコピーでリオンや翻訳者たち宛てに。――リオンの原稿と他の人々の原稿。しかし私は、旅行を考えて、反応するのはすでに止めている。――好感をもてる倫理性のうかがわれる若いスイス人モーザー[2]の諸論文。――さらに長時間ベルンから送られてきた学位論文(3)を読んだが、ゲオルゲと私における人間主義的なものというのがテーマだ。

(1)〔訳注〕これ以降ヨーマス・マンは、おおむね Lány (正しくは Lányi) と表記する。
(2) 特定出来なかった。
(3) ハンス・アルベルト・マイアー「シュテファン・ゲオルゲとトーマス・マンにおける第三の人間主義」学位論文、ベルン、一九三八年。一九三八年一月二十日付日記の注(1)参照。

三八年二月八日　火曜日

ファノドルムをのまずにかなり良く眠るが、日中には疲労を覚え、胃の具合が正常でなく、吐き気に悩まされる。――霧、正午、太陽。『ショーペンハウアー』の執筆。一人でヨハニスブルクの先まで散歩。食後、Kとビービを伴ってヴィザの件で市内のアメリカ領事館に行く。領事が申告を記入してくれたが、その領事に申告内容について宣誓する。家で新聞各紙を読み、アメリカ講演のドイツ語原稿に目を通す。お茶のあと随想オムニブスの構成を検討する。黒の正装をととのえて早めの夕食。K、ゴーロ、モーニとホテル・ボラン・ヴィルに出向き、ユダヤ火曜クラブ(1)の面々約一〇〇人を前にアメリカ講演をドイツ語で行った。良好な反応と長く尾をひく拍手。馬蹄型のテーブルについて座ったまま講演。そのあとお茶と歓談。緊張。アメリカでは風邪に注意するようにというレーヴェンシュタイン博士の戒め。十一時に引き揚げ、家で夜食。講演はまだまだ長過ぎると分かった――私にとってなのだが、聴衆のほうは飽きもせず持ち堪えているからだ。

(1) 一九三七年三月七日付日記の注(1)参照。

三八年二月九日　水曜日

就寝は遅かったがファノドルム半錠で熟睡、体調はきのうより良い。『ショーペンハウアー』の執筆。正午ミセス・ホティンガーを訪れ、一緒にイェール講演を検討。徒歩でチューリヒ＝ホルンに向かい、それからヴァッサーマン夫人と連れ立って車で家に行き、夫人はラニ博士とともにわが家で食事をした。午後また論説に取り組んだが、書き進めはしなかった。晩「ラ・フレシュ」紙でショータン[1]内閣に反対するベルジェリ[2]氏の演説を読む。反銀行、反モスクワ、反モスクワ国民統一、したがって反諸国民連合、したがって人種主義、総統制、ファシズム外交政策のない一種のファシズムである。――「リーマーの対話」に感激したケステンからの手紙。――イギリス、レディングのヴォルフガング・パウルゼン[3]がカフカ論を送って寄越す。

（1）　カミーユ・ショータン（一八八五―一九六三）は、指導的なフランス急進社会党の政治家で、一九二四年から四〇年まで再三入閣、三三年二月、三三年十一月から三四年一月、三七年六月から三八年三月まで首相を務めた。

（2）　フランスの弁護士で急進党代議士ガストン・ベルジェリ（一八九二年生まれ）は、反ファシズム人民戦線と新聞「ラ・フレシュ」（「矢」）の創設、創刊者の一人、一九四〇年ペタン政府に与し、モスクワ、アンカラ駐在ヴィシー・フランス大使、フランス解放後法廷に立たされ、無罪宣告を受けた。

（3）　ヴォルフガング・パウルゼン「フランツ・カフカ」「月刊ドイツ語授業」（ウィスコンシン大学）一九三七年十二月号、所収。

三八年二月十日　木曜日

八時少し過ぎ起床。フェーンの強風。十一時半まで『ショーペンハウアー』を執筆。ミセス・ホティンガーのもとへ練習に行く。そこから一時にライフ邸へ、Kともども下の子供たちと私はランチに招待されていたのだ。ライフ夫人は、自動車事故にあってまだ手に包帯をしていたが、メーディとエーリカとKのためにミュンヒェンからのアクセサリの贈り物。非常に上等の食事とコーヒー。家で郵便と新聞各紙を読む。「アデーレの物語」[1]についてリオンの手紙。――お茶にシュテルン博士。スヴェン・ヘディン[2]のヒトラー・ドイツについての著作。――新しい戸棚型のトランクを吟味、一目で内容が分かり、実用的。――短篇小説を雑誌の第五、第六冊に分載する件についてリオン宛てに自筆の手紙。前文のテキスト。ついで随想オムニブスの内容。——晩、Kと劇場へ。ショウの『岐路に立つ医師』[3]。充分楽しめた。幕間にコーヒー。ヴィキハルダー[4]、リーザー夫妻と。——フェーンが変質してひどい、じっとりした吹雪になる。帰りの走行は難渋する。遅い夜食。

（1）不明。

（2）スウェーデンのアジア研究家スヴェン・ヘディン（一八六五―一九五二）は、とくにその先駆的中央アジア研究によって重要な存在であるが、以前から民族主義的ドイツの情熱的な政治的同調者だった。その著書『ドイツ五十年』は、一九三八年に、新版は一九四三年刊行され、国民社会主義政権に対する公然たる共感を示していた。

（3）『岐路に立つ医師』（『ドクターのディレンマ』）、ジョージ・バーナド・ショウの喜劇（一九〇六年）、チューリヒ・シャウシュピールハウスにおけるジークフリート・トレービチュの訳、演出レーオポルト・リントベルク、出演はエルヴィーン・カルザー、ヘルマン・ヴラハ、レオナルト・シュテケル、ヴォルフガング・ハインツ、エルンスト・ギンスベルク、テレーゼ・ギーゼ、ヴェーラ・リーセン。

（4）ハンス・ヴィキハルダー Wickihalder 博士（一八九六―一九五一）はチューリヒ、コルソ劇場の支配人、舞踊家トゥルーディ・ショープの夫。〔訳注〕日記本文では Wickihalder が Vickihalder となっている。

三八年二月十一日　金曜日

八時半起床。降り積もっているじっとりした雪。入浴とクリーム・フレークの朝食のあと『ショーペンハウアー』を執筆。正午Kと市内に向かい、ホティンガー女史を訪ね、講演の後半部を練習。湖に出て、車で帰宅。食後、ベルリン危機について諸雑誌。フォン・カイテル[1]将軍についてのシュヴァルツシルト[2]の陰鬱な諸情報。戦争は望めるものではないにせよ、その戦争でもないかぎり、状況の好転はほとんど考えられない。「赤軍」なるものの発生はありそうなこと。私の誤りでありますように。——お茶のあと再度市内へ。トゥルンスで燕尾服の試着。それからKとヤーダスゾーン[3]博士の診療所へ。〔……〕。燕尾服を受け取ってくる。——家で、あすにはもう取りにくる戸棚型トランクの荷造り。夕食（グレート・モーザーを加えて）のあと、荷造りを継続。

（1）　ヴィルヘルム・カイテル（フォンは付かない）将軍（一八八二―一九四六）は、一九三五年十月以来国務次官として国防省国防軍局を統率、三八年二月四日ブロムベルク＝フリチュ危機との関連で、新設された国防軍最高司令部司令官になった。三八年十一月に大将、四〇年六月に元帥に昇進、ヒトラーに対して全面的に心服していた。カイテルはニュルンベルクの戦争犯罪人裁判において死刑を宣告された。

（2）　レーオポルト・シュヴァルツシルト（一八九一―一九五〇）は、一九二二年以来ベルリンで、一九二〇年にシュテファン・グロスマンによって創刊されたリベラルで文化政治的な週刊誌「ダス・ターゲ＝ブーフ」を刊行、三三年以降はパリに亡命して「ダス・ノイエ・ターゲ＝ブーフ」として四〇年まで続刊、ドイツ亡命雑誌中もっとも声価の高い、正確な情報と影響力に富んだ雑誌にした。「ダス・ノイエ・ターゲ＝ブーフ」一九三八年二月十二日号に掲載されたシュヴァルツシルトの論説「ドイツの危機」の中の「陰鬱な諸情報」とは、ブロムベルク抗争とカイテルの政治的人格の十段にわたる分析である。

（3）　ヴェルナー・ヤーダスゾーン博士（一八九七―一九七三）はチューリヒの皮膚病専門医、トーマス・マンは神経性皮膚疾患や湿疹が出易い傾向があるため、しばしば博士の診断を受けていた。

三八年二月十二日　土曜日

雪、激しい風。ひどい咳に悩まされて良く眠れなかった夜が明けて、コーヒーの朝食。――『ショーペンハウアー』の執筆。大量の郵便、アメリカからの、エーリとクラウスからの手紙、ピートの講演会リスト。「アデーレの物語」をリオンが改めて激賞。雑誌第四冊の見本。――正午町へ散髪に。思い切り手の遅い職人。――食事にラニ博士。ゴーロはこのところ数日流感で体調を損ねている。――ロックした戸棚型トランクが、四時頃運ばれて行く。第一段階。――新聞各紙。――お茶にミセス・ホティンガー。一緒にイェール講演を練習。そのあと、随想オムニブスへの補完。持参する書類、原稿類を二つの書類入れ鞄に纏める。――手元になくて物足らない思いをしていた万年筆が戻ってくる。――夕食にカツェンシュタイン博士と夫人、遅れてバイドラー夫妻とギーゼ女史。広間でコーヒー。アメリカ、フィティーン、コーラに対するカツェンシュタインの助言。自著のコージマ論からバイドラーの朗読。成長を遂げるバイロイトとヒトラー精神。「腐敗し易い者」ヴァーグナーの悪しき天使。両人とルートヴィヒ[1]の間で交わされた手紙、下らない際物。

(1) 両人とはリヒァルト・ヴァーグナーとコージマ・ヴァーグナー、ルートヴィヒはバイエルン王ルートヴィヒ二世。〔訳注〕このくだりは、バイドラーの論旨に対する批判と考えられる。

三八年二月十三日　日曜日

大吹雪。『ショーペンハウアー』を澱みなく書き進め、その結果旅行中に回す分は余り多くはならないだろう。——正午、Kと雪中をヨハニスブルクの先まで散歩。食事にギーゼ女史、フリュキガー夫人[1]、ラニ博士。コーヒー。——ニーチェを少し読む。一寸先も見えない、砂嵐にも似た粉雪の吹雪。——お茶のあとKを相手にこの数日に届いた手紙を処理。ベネチ[2]、トーマス・マン協会秘書[3]、ジンスハイマーのためにアメリカ向け、等々の手紙を口述。自筆でリオン宛て[4]。——夕食後、チャイコフスキーの五番と歌曲を聴く。——『ロッテ』原稿の終わりの部分と資料とを持参することに決める。——時折、座骨神経痛の気配。——ビービ、パリへ出発。

(1) エーファ・マリーア・ボーラー、以前フリュキガー、旧姓ローゼンベルク、は、カトヤ・マン夫人の従姉妹であるケーテ・ローゼンベルクとイルゼ・デルンブルクの兄弟の一人で天文学の教授ハンス・ローゼンベルクの娘。二年半にわたって国民社会主義ドイツの刑務所に拘禁されたあと一九三六年スイスに辿りつき、そこでヴァルター・フリュキガーと結婚、「尺度と価値」の編集部、出版部秘書として、四四年までオープレヒト書店で働いた。以来本業はジャーナリスト、四七年以来ロベルト・ボーラーと結婚している。人名をいつも勝手に表記していたトーマス・マンはフリュキガー Flückiger 夫人の名前を「フュティガー Fuetiger 夫人」、「フツィガー Futziger 夫人」、「フルティンガー Fruttinger 夫人」とも記している。

(2) 〔訳注〕ベネチ Beneč とあるが、ベネシュ Beneš の誤植であろう。

(3) トーマス・マン協会の秘書はフリードリヒ・ブルシェル。

(4) フェルディナント・リオン宛て、キュスナハトから、一九三八年二月十三日付、『書簡目録II』三八／三七。

三八年二月十四日　月曜日

雪、冬、寒くて湿度高く、身体に良くない。北海、イギリスに嵐の報道。すぐひげを剃る。朝食に一杯半のコーヒーにラスク。『ショーペンハウアー』の執筆。十一時半市内へ行き、ウルリヒの診療所で耳の手当て、ついでバーンホーフ通りに沿ってショーウィンドウを眺めながらペディキュア師ビーグラーを訪ねる、肥った犬をはべらした感じの良い女性。Kと家に戻る。路面がよく滑る。食後、新聞各紙、シュシュニク＝ヒトラー＝リベントロプ会談[1]についての論及、この会談で間抜けのリベントロプは失敗を、ルーマニアについで第二の失敗を嘗めさせられたらしい。――神経が昂り、気持ちが休まらない。お茶でオプタリドン二錠をのんだところ、満足のいく効き目。英文の講演原稿に目を通す。若いスイスの詩人たちのサークルが出した美しい本、これに自筆の礼状。ゲオルゲと私についてのベルンの学位論文を読み進めるが、いくらか「思い出させ」られるところがある。夕食にラニ博士。投函出来るところまで手紙を仕上げる。旅行用にドストイェフスキー数巻を選び出す。――強い関心を抱いてベルンのハンス・アルベルト・マイアー[2]の学位論文を読み続けた。

（1）一九三八年二月十二日、ベルヒテスガーデンにおいてヒトラーとシュシュニクの会談が行われ、これには新外相リベントロプと並んで、カイテル、ライヒェナウ、シュペルレなどの将軍たちも臨席した。この会談の結果、オーストリアの独立は失われることになった。〔訳注〕この時点では、本会談の意味は外部には知られず、リベントロプの「失敗」も推測の域を出ていないものと思われるし、推測内容もわからない。ルーマニア関連の「失敗」は外相就任（三八年二月四日）以前のこととしか考えられないが、リベントロプとルーマニアの関わりもよく分からない。外相就任前のリベントロプはヒトラーの特使として主にイギリスと関わっていたからである。

（2）〔訳注〕ハンス・アルベルト・マイアー H. A. Mayer とあるが、このマイアーは Maier と綴る。

三八年二月十五日　火曜日

出立の日が来た。八時半頃起床。雪、冬の深まり。入浴し、お茶での朝食を終えたあと『ショーペンハウアー』の執筆。いつまた執筆出来るか。もしかすると、かなり早いかもしれない、おそらく他の仕事の場合よりは早くに執筆出来るだろう。一人で森へ散歩に出る。路面氷結。刺すような北東風。食事にラニ博士。博士に別れの挨拶。新聞各紙を読みきのうよりも具合良く休息。――ゴーロは、まだやつれた様子ながら、また食卓に姿を見せる。――ファイルと原稿を包装。お茶のあと旅行着のまま、ヴィーン・トランクと手鞄に最後の仕上げ。――八時頃までに荷造り作業は完了。最後の瞬間までリオンに発送する原稿。荷札に書き込み、荷物にそれを付ける。――三人の子供たちと最後の夕食。前もって歯の手入れ。これからカミツレ茶を飲み、ドストイェフスキーの『夫』[1]持参で寝台車で行くことになる。私たちの出発までまだ三十分ある。

（1）『永遠の夫』、F・M・ドストイェフスキーの長篇小説（一八六九年）。

三八年二月十六日　水曜日、
パリ、リュ・C・ペリエ[1]

きのうの晩モーニとメーディが同乗して出発、駅到着が早過ぎ、レストランでお茶。バイドラー夫妻、ギーゼ女史、テネンバウムが旅行用弁当を持ってやってくる。列車の出発は十一（十）時頃。車室に落ち着き横になる。夜は、『夫』をいくらか読んだあと快適に過ごした。着替えはご多分に洩れず難渋。義歯からくる不快感と苦痛。八時十五分北駅に到着。レストラン。お茶とブリオシュ。ベルンの神智学者エルニ[2]と邂逅。タクシーでここへ。荷物は管理人に預ける。アネッテ[3]と挨拶。オーストリアについて報じる新聞各紙、容易ならぬ事態。ヴィーンが内閣を改造、ナチ化するのは不可避らしい。フランスの新聞各紙は、数軍団がスイス国境で配置についたという噂を伝えている。

（1）パリ、リュ・カジミール・ペリエ二十一番地、ここにアネッテ・コルプが一九三三年以来住んでいた。
（2）　調査が届かなかった。
（3）　アネッテ・コルプのこと。

「クイーン・メリー」、大西洋、
三八年二月十七日　木曜日

この旅行は、オーストリアの破局という意気上がらぬ星の下にある。——きのう、私が暖炉の薪の炎を前に座っている間にご婦人連は一時間ばかり私を一人にしていたが、そのあと私たちは年老い病んでいるアネッテ・コルプとシャンパンを開けて、心の籠もった昼食をともにした。ビービが加わる。そのあとサロンでコーヒー、ほどなくたくさんの手荷物を抱えて出発。サン・ラザール駅。シェルブール行き列車。満員の車室。目を閉じてしまう。それから、すでに読み始めていたケストラーのスペインの本を読み続けるが、これでもすっきりした気分にならなかった。四時間半の走行。その間食堂車でお茶。七時到着。「ニュー・リパブリク」(1)から回答の要ある電報、先送り。気鬱、なにもかも意味がなく無駄との思いに駆られる。補助船に乗船。Kと小さい婦人室のソファにおさまる。長い待ち時間。やがて補助船は「クィーン・メリー」に向かい、その巨体にビービはびっくりしてしまう。船室を訪れたところ、趣味が良く、気持ちの良い印象。戸棚型トランク数個。安全感。落ち着いた気品の漂う食堂でのディナーへ。キャビア、スープ、トゥルヌドとアイスクリーム、シャブリ、コーヒー。そのあとビービと店舗やサロンを見て回る。——船室で幾つか心配事、悪寒剤の瓶が割れている。私の服を納めた戸棚型トランクの服掛け支柱が折れている。数本の原稿を入れた手鞄がない。こうしたことを、どうとも感じない。過労。（極上の）ベッドで『夫』を読み進める。

一晩、静かな航行。かなりよく眠る。新しい時間で八時前、実は違っているのだが、朝の支度。朝食は、グレープフルーツ、お茶、卵、蜂蜜。消息のなかった荷物が到着、これがなくなっていれば、むろん今回の旅行にとって致命的であったろう。オーストリアの悲劇について船内新聞。恐ろしい。ドルフース暗殺犯たちや、シュシュニク自身に対して爆弾を投げて暗殺を図った犯人たちを恩赦するよう強制されたシュシュニク。ナチ党員の内相はベルリンへ。ゲーリングがヴィーンに現れるものと予想されている。打ちひしがれたオーストリアの愛国者たち、パニックに襲われたカトリック信者やユダヤ人。当然ながら一切の「反ドイツ的なもの」、諸雑誌(2)(「尺度と価値」!)の厳禁——下院におけるイーデンの臆病な冷たい駄弁。ぞっとする。プラハへの影響は？　スイスへの作用は？　どこへ？　パリは？　ロンドンは？　アメリカは？　——十時過ぎ起床、ひげを剃り、入浴。海は非常に静かで、船は滑るように進んでいる。K、ビービと様々な甲板を散策。ついで大サロンでケストラーの本を読む。十二時半ランチにコーヒー。そのあと横になり、少し眠る。四時過ぎ大サロンでのお茶に。そこで四時四十五分に映画。モルナール原作の内容の乏しいアメリカ映画(3)。Kはプール。私は何度も大甲板を散策して回ってきて、いまこれからディナーの席に出るためタキシードに着替えることにする。——オーストリア事件に心を奪われ、悲しみ、興奮が頭を去らず、結果はどうなるか、自問してみる。

(1)　有力なアメリカのリベラル左派政治文化週刊誌「ザ・ニュー・リパブリク」は、一九一四年以来ワシントンで刊行されている。その編集発行者は当時ブルース・ブリヴェン。マルカム・カウリは文芸部門編集者。

(2)　イギリス保守党の政治家アンソニ・イーデン(一八九七—一九七七)(のちサー・アンソニ・イーデン、一九六一年以後アール〔伯爵〕オヴ・エイヴォン)は、一九三一年から三三年外務次官、三五年十二月二十二日外務大臣に就任。独裁者たちに対する宥和政策を唱えるネヴィル・チェムバレン首相との意見対立から三八年二月二十日辞任。四〇年から四五年のチャーチル戦時内閣では最初国防相、ついで外相に復帰した。チャーチル引退後の五五年四月首相に就任したが、スエズ危機にあたって武力介入を行ったため世界中の憤激を買い、五七年一月十日退陣に追い込まれた。

(3)　一九三七年にはモルナールの原作によるMGM映画が二本封切された。ジョーン・クローフォド、ロバト・ヤング、フランチョット・トーン出演の『赤い花嫁衣裳』とマーナ・ロイ、ウィリアム・パウエル出演の『ダブル・ウェディング』の二本である。

「クィーン・メリー」、
三八年二月十八日　金曜日

きのうは、紙帽子に仮面を付けての恒例の馬鹿らしい正装カーニヴァル・ディナー。キャヴィア。コーヒー。そのあとサロンで音楽を聴きながらビービと。ケストラーの本を読み、これをベッドで読了。——薬をのまずに熟睡。きょうはナイトガウンのまま小テーブルで朝食。そのあと講演原稿の切り詰め。着替えたあとKと甲板に出、室外を周回。足をとめていろいろとゲーム(1)を見物。晴れてきた空。吹き始めた風。長い船尾展望廊下でヴェルモットを飲み、ゲーテの孫についてのイェリネク(2)の本を読む。一時、ランチとコーヒー。船の動揺、ローリング。ありがたいことに気にならない。ベッドで読んでいるうちに、ちょっと寝込んでしまう。四時十五分サロンで極上の中国茶。それからシネマ、私たちは、船がたびたび強く揺れたのに、最後まで観賞した。(ヒロインが品のいいアメリカのエクセントリックなダンス映画。)——Kとビービは水浴に。船室ではスチュアルト(3)がタキシードを着付け用に用意してくれていたが、その様子は可笑しいくらいシメトリカルだった。

(1) 船上ゲーム。
(2) オスカル・イェリネク(一八八六—一九四九)『ゲーテの孫たちの精神・生活悲劇』は、一九三八年チューリヒのオープレヒト書店から刊行された。著者は三八年ヴィーンからプラハへ、三九年プラハからパリへ、四〇年合衆国へ亡命した。
(3) 乗り組みのスチュワードあるいは船室係。

「クィーン・メリー」、
三八年二月十九日　土曜日

夜中、ひどいローリング。ファノドルムでようやく寝入ったが、充分には休まらなかった。一日中疲労。朝食後英文の『ゲーテ』(1)に目を通す。きょう一日をきのうと同じように過ごす。きのうよりも滑らかな航行。霧は冷たさを増す。胃が不調。午睡。美しいオペラ映画。Kは目がおかしく、気掛かり。——食事の際、私たちは結婚生活が三十三年になることを確認した。確認しながら覚える驚愕と眩暈、この人生——私はこの人生を繰り返したくない、辛さのほうが優勢だったのだ、と私は言った。私はKに苦痛を与えたのではないかと思う。自分の人生と言っても、結局はその人生を生きる人間と同一である以上（それというのも私とは私の人生そのものだからだ）、人生について食卓でのような判断はまったく意味がない。——

（1）講演『市民時代の代表者としてのゲーテ』の英訳原稿で、講演をするよう要請された場合を慮ってアメリカに持参したのである。

「クィーン・メリー」、
三八年二月二十日　日曜日

曇天。滑らかな航行。きのうの晩をいつものように過ごす。夜中たびたび目が覚める。胃はどうにか保っている。Kの目の腫れは風の刺激が原因らしい。——八時起床。朝食後、戸棚型トランクに服を入れる。私のトランクではハンガーが何本も折れており、綱で応急処置。小型トランクも準備終了。ひげを剃り、着替える。——オーストリアではナチが自前の整理係を動員して凱旋行進。ユダヤ人企業家たちはシュシュニクに慰められている。シュシュニクはナチ連中に対して、「自分たちの新しい諸権利を乱用しないよう」警告している。ひどい話だ。ライジガーはまだゼーフェルトにいるのだろうか、Kと尋ね合う。[1]——食事前、ライティング・ルームで、ハインリヒ、ライジガー、リオン[2]宛てに手紙を書く。リオンには雑誌についての情報を依頼。——神経的に疲れた胃。ランチのあとベッドで四時まで休息。サロンでのお茶に出向く。そのあと、Kは目をいたわることにしたので、一人でシネマを観賞。ばかげた代物。船室で小型トランク[3]の荷造りを終え、手鞄の準備も完了。大きいトランクはすでに運ばれていた。——久し振りのことになるが、『白痴』をまた読み始めた。——

（1）残っていない。
（2）フェルディナント・リオン宛て、「クィーン・メリー」船上にて、一九三八年二月二十日付、『書簡目録II』三八／三九。
（3）戸棚型トランク。
（4）『白痴』F・M・ドストイェフスキーの長篇小説（一八六七―一八六八年）。

ニューヨーク、ザ・ベドフォド、
三八年二月二十二日　火曜日

きのうの朝、前半が強い揺れだった一夜が明けて、例の通り非常にゆっくりと到着。接岸すると、驚いたことにエーリカが船室に入ってくる。ついで記者たち、インタヴュー。それから、急いでしたためた草稿を手に甲板上で放送、前にいる聴衆が喝采をする。（オーストリアについて）。サロンで旅券審査。私たちがビービを待っている間、ビービの検査がパスするようエーリカが動く。下船。クノップ夫妻、ネーゲル。立ったままの待ち。ネーゲルが荷物を引き受け。クノップ夫妻と走行。ホテル。十八階、快適な部屋。私の部屋は前年の部屋と正確な一致を見せている。――エーリカの部屋でヴェルモットを飲む。滞在プログラムの相談。ビービの宿を何処にするかで意見が分かれる。ファイスト。下のレストランでファイストを加えてランチ。食後少し休息。そのあと新聞向け声明を口述、エーリカがタイプする。グムペルト博士。「ニューヨーク・タイムズ」のハイマン博士[1]。インタヴュー、お茶。さらに記者たち。荷物を空け、中身を部屋の戸棚などに納める。ひげを剃り、着替える。K、エーリカとパシへ[2]。クノップ夫妻ともども晩餐。クノップは『ヨゼフ第三巻』に感激。「これは大成功です[3]」。厳粛極まりない宣伝。

ベッドでなお『白痴』を読み、コーヒーを飲んでいたにもかかわらず程なく寝入る。七時まで。八時起床。シャワーを浴びる。Kと朝食。――スロホーヴァーの小さな本[4]と並んで英訳『エジプトのヨゼフ』二巻本。――どの部屋にも美しい花。――記者たち。Kと鋭い風の吹く中を短い外出。グムペルト、ヴォルフガング・ハルガルテン[5]、カイザー博士[6]とレストランでランチ。散らかった部屋。メイドを待つ。落ち着かない休息。ひっきりなしに花。四時記者会見、ミセス・マイアーと、通訳としてエーリカが介添え。ミセス・マイアーとお茶、『尺度と価値』の原稿を贈呈する[7]。Kとエーリカが同席してミセス・マイアーとイェール講演の読み合わせ。ミセス・マイアーの『ヨゼフ』論原稿。K、エーリ、ビービと上等のミュンヒェン・ビールのあるレストランへ夕食に出掛ける。そのあと九時から十一時まで、「ニューヨーカー」の聡明なクリフトン・ファディマン[8]の長いインタヴュー。その『ヨゼフ』[9]評、高揚した気分。

（1）ヤーコプ・ハイマン Heymann は、ドイツ人亡命者で「ニューヨーク・タイムズ」編集部に所属していた。それ以上は分かっていない。〔訳注〕日記本文ではハイマンが Heimann と表記されている。

（2）ニューヨークのフランス・レストラン。

（3）原文は英語で He goes to town with me。

（4）ハリ・スロホーヴァー『トーマス・マンのヨゼフ物語』は一九三八年ニューヨークのクノップ社から刊行された。一九三七年五月十六日付日記の注（2）参照。

（5）ヴォルフガング・（ジョージ・W・）ハルガルテン。

（6）ルードルフ・カイザー博士（一八八九―一九六四）は一九二二年から三三年まで「ノイエ・ルントシャウ」誌の編集者、S・フィッシャー書店を退職せざるを得なくなり、ペーター・ズーアカンプがそのあとを襲った。カイザーは三三年オランダ、三五年合衆国に亡命し、最後はブランダイス大学ドイツ文学教授だった。

（7）雑誌「尺度と価値」への第一の序文は、アグニス・E・マイアーがすでに英訳していたが、マイアーに贈呈したのはその原稿である。

（8）アメリカの文学史家、編集者、評論家クリフトン・P・ファディマン（一九〇四年生まれ）、一九三三年から四三年まで雑誌「ザ・ニューヨーカー」で指導的位置にあり、三八年から四八年までラジオの人気番組シリーズ「インフォメイション・プリーズ」の司会者、「ブック・オヴ・ザ・マンス・クラブ」の審査員の一員であった。

（9）クリフトン・P・ファディマン「エジプトのヨゼフ」「ザ・ニューヨーカー」ニューヨーク、一九三八年二月二十六日号、所収。

ニューヨーク、三八年二月二十三日　水曜日

午前中、大きな装置を使って色彩写真。（ドイツ語を話す、本を抱えた）美貌の学生[1]。続いてのインタヴュー。K、エーリカと外でランチ。午後、ジョンスン博士[2]、レーヴェンシュタイン公爵夫人[3]、ピート。七時プラザのマイアー夫妻のところで晩餐。夫妻と劇場へ行き、『二人では理解出来ない』[4]という好感の持てる芝居を観る、好演の環境グロテスク劇。そのあとエーリカの部屋に寄り、グムペルトとビールを飲む。

（1）トーマス・ブラウン。

（2）エルヴィン・ジョンスン。

（3）ヘルガ・マリーア・プリンツェシン〔公爵夫人〕・ツ

ー・レーヴェンシュタイン、フーベルトゥス・プリンツ〔公爵〕・ツー・レーヴェンシュタインの夫人。

（4）　ジョージ・S・コーフマンとモス・ハートの喜劇。映画化もされた。

ニューヨーク、三八年二月二十四日　木曜日

熟睡。八時半起床。十時半カメラマン。十枚一、〇〇〇ドルの論説の件で話し合い。正午、クノップ夫妻を事務所に訪ねる。クノップだけをまじえてランチ。バスでホテルに戻る。午後、ミセス・ロウ＝ポーター（随想オムニブスについて）、それからミスター・エインジェル、あしたの打ち合わせ。晩、エインジェルと同道ミスター・アルトシュール邸(1)でのディナーへ、教授連、学者連、ドロシ・トムプスン。スピーチ、討論。遅くなる。

（1）　ニューヨークの銀行家フランク・アルトシュール（一八八七―一九八一）、愛書家、蒐書家として知られ、「イェール図書館友の会」の会長、パーク・アヴェニューに住んでいた。

三八年二月二十五日　金曜日。ヴァイガント教授邸、ニュー・ヘイヴン、ベサニ

朝八時起床。朝食をとり、荷造り。大トランクに施錠、部屋を出る。エインジェル、クノップ夫妻、プフォルツハイマー(1)とニュー・ヘイヴンへ出発。二時間の走行。疲労、休息。素朴で気の置けないエインジェル邸で。シェリとビュフェ式のランチ。レーヴェンシュタイン教授。着替えて一人カウチ(2)に座って、いらいらする。大学へ、美しく心の籠もった展示。巨大な大講堂、スピーチ、大喝采。サイン。エインジェル邸へ、荷物を載せ、走行、三十分、ここベサニ(3)に到着、美しい小住居。

（1）　銀行家で名立たる愛書家カール・H・プフォルツハイマー（一八七九―一九五七）は十九世紀初期イギリス文学の有名なコレクションの所有者であり、ニューヨーク、パーチ

エスのクノップの友人であり隣人であった。トーマス・マンは既に一九三五年夏フォルツハイマーと知り合っている。

（2）日記にはCoachとあるが、正しくはCouch。

（3）〔訳注〕ベサニBethanyは「新約聖書」に出てくる地名。邦訳聖書にはベタニヤとあり、オリーヴ山ふもとの土地である。トーマス・マンはこのあとアメリカのベサニを、独訳聖書に因んで、ベターニエンとも表記している。

ミドルタウン[1]、三八年二月二十七日　日曜日。ゲスト館

土曜日にかけてベターニエンのヴァイガント邸に宿泊。そこできのうはコーヒー朝食だったが、添えられたベーコンは身体に悪かった。間伐されて樹齢を重ねた木々の立つ森をヴァイガント夫妻と散歩。十一時ヴァイガント夫妻と車でミドルタウンに向かい、途中イエールの教授〔?〕[2]邸に立ち寄る。このミドルタウン[3]で、食欲のないまま、ランチ。ついでビュータム教授の豪勢な公舎に出向く、日本人の使用人たち。教授の公舎でお茶。若いヤフェ[4]を待つ。ビュータムが私たちを快適なゲスト館へ案内してくれ、私たちだけでここに泊まることになる。落ち着かないまま休息。着替え。七時、バトム（ロマニスト）邸でドイツ語教授を加えた小人数のディナー。給仕は学生たち。モダンな調度が置かれたサロンでコーヒー。ついでご婦人連は引き揚げ、（われわれは）高学年の学生たちの集まる講堂に入室。館長の挨拶、それを受けてヴァーグナーについて原稿なしの講演。通訳つき質疑。『ブデンブローク家の人々』と『魔の山』の成立についての説明。白眉は、恋愛・思想体験に対する芸術家の関係。その体験は第一義的であるし、作品への手段にもなる。ビールを飲み、チーズを食べながら、ディスカッションを継続。記帳。講堂には満足感が残ったとの印象。Kは婦人連の集まりから送られてくる。徒歩でゲスト館へ。寝室は共同。少し『白痴』を読む。熟睡。

きょうは八時半起床、それぞれの浴室で入浴。一階の小さい食堂でナイトガウンで、白上着の学生ボーイの給仕を受けて朝食、ジュース、お茶、卵。

（1）コネチカット州ミドルタウンのウェスリアン大学。

（2）日記原本の空白。おそらくトーマス・マンは教授の名前を思い出せなかったのだろう。

（3）〔ビュータム Butom あるいはバトム Buttom と表記されているが、正確には〕トーマス・W・ビュサム Bussom（一八八九―一九五一）、一九二〇年以来ミドルタウン、ウェスリアン大学ロマンス諸語教授。

（4）ハンス・ヤフェ（一九〇九―一九七七）物理学者、電子工学研究者、ハイデルベルク生まれ、「リヒトホーフェン姉妹」の一人エルゼ・ヤフェの息子、ザーレム林間学校以来のゴーロ・マンの学友、ゲティンゲンで博士の学位を取得、一九三五年合衆国に亡命、とくに結晶学の領域で研究を進め、オハイオ州クリーヴランドで教職にあった。

三八年三月二日　水曜日

（シカゴからデトロイトへの列車内で）。——

ミドルタウンの滞在は集まりが小止みなく続き、加えてランチにお茶で二月二十七日に終わった。私たちは午後、私たちが過ごしたゲスト館から自動車で駅へ〔運ばれ〕、ニューヨークへの走行、晩に到着、ふたたび「ベドフォド」に入る。取り敢えずここで夕食。エーリカとグムペルト。エーリカの部屋で。——二十八日朝、ピートとコリン[1]（映画）来訪。下でファイストとビービを加えてランチ。そのあと休息。四時頃慌ただしくいらいらしながら出発。中央駅、居心地のよいシカゴ行き列車個室。食堂車でお茶、それからエーリカと講演の検討。ハドスン川流域の風景。夕食。夜は快適なベッドで読書のあと気持ち良く過ごす。

三月一日。食堂車でコーヒー、お茶、卵を加えて朝食。シカゴ到着八時。ミセス・サルツバーガー[2]。記者たち、写真撮影。巨大湖沿いに走行サルツバーガー邸へ。きれいな部屋なのに、汚い入浴用水。オレンジ・ジュース。十一時記者会見。女主人とランチ、そのあと写真撮影。ベッドに就く。Kとエーリは私抜きで大学ディナーへ。一人で七時タキシードで食事、苛立つ。ミスター・サルツバーガー。夫妻と車で講演に。ミスター・スナイダー[3]。四、五〇〇人をいれた巨大劇場。ラウドスピーカー。冷静と毅然。聴衆は社会人と青年。この青年たちに私の講演はより適している。所要時間は五十六分。祝いの言葉の数々を掛けられる。向かいのコングレス＝ホテルでレセプション、フルーツ・ポンチ。握手攻め。あとサルツバーガー邸でビールで軽食。

きょう二日、午前、部屋で朝食。ドイツ人記者とボルジェーゼ来訪。ボルジェーゼとサロンで歓談。女主人に自作の本を献呈。シカゴのユダヤ人へのメセージを口述。ミセス・サルツバーガーに送られて正午に出発。快適な車室。食堂車でランチ。身体を伸ばして休息。車室でお茶。非常に気持ちの良い旅行。新聞各紙、ダンヌンツィオ(4)死去、オーストリアの大混乱、ニーメラー(5)に対する罰金刑（！）。

（1） ルーマニア出身の興行師、演劇・映画関係エイジェント、サウル・C・コリン（一九〇九—一九六七）は一九二八年から三三年までパリのアメリカ映画会社の代表、三五年合衆国に亡命、三五年から四五年まで「コンチネンタル・インターコンチネンタル・プロダクションズ」社長としてニューヨーク、ハリウッドを舞台に映画・演劇分野で活動した。エーリカとクラウス・マンはすでにパリ時代以来コリンの知己で、コリンをトーマス・マンに引き合わせている。コリンは長い間執拗に『ヨゼフ』小説の映画化に尽力した。その名前をコリン Colin としたりコリーン Collin と書いたりしているトーマス・マンは、『ファウストゥス博士』の中でコリンを演奏会エイジェントのサウル・フィーテルベルクのモデルにした。四五年以後コリンはニューヨークでエルヴィーン・ピスカートアとその「シニア・ドラマティク・ワークショップ」に協力、ピスカートアが五三年ベルリンに戻ると代わって「ワークショップ」の支配人になった。

（2） ヘリン・サルツバーガーは、フランク・サルツバーガーの夫人。フランクはシカゴの実業家、シカゴ大学理事であり、「ニューヨーク・タイムズ」発行人アーサ・ヘイズ・サルツバーガーの従兄弟。一九六四年に死去したヘリン・サルツバーガーはトーマス・マン作品のファンで、トーマス・マンがシカゴを訪れた際にはしばしば自邸に招待して面倒をみた。

（3） 不明。

（4） イタリアの詩人ガブリエーレ・ダンヌンツィオ（一八六三—一九三八）は、世紀転換期の頃、象徴主義とデカダンスの主要代表者であり、小説家、劇作家として大きく成功、しばらく女優エレオノーレ・ドゥーゼと親密な関係にあり、一九一九年フィウメでクーデタに成功、このフィウメを十六ヶ月にわたって支配、ルネサンスとギリシア精神の賛美者、極めて才能があり、華麗ないかがわしさをみせる文学現象であった。一九三八年三月一日ガルダ湖畔の豪邸で死去。

（4） マルティーン・ニーメラー（一八九一—一九八四）は第一次世界大戦中Uボートの艦長、のち神学者となりベルリン・ダーレムで牧師になった。国民社会主義的「ドイツ・キリスト者」の断固たる敵対者で、一九三四年二月プロイセン州監督によって退任させられたが、この処置を無視して司牧職を勤め続け、告白教会の指導的メンバーであることをやめなかった。三七年七月一日逮捕され、戦争終結時に解放されるまで各地の強制収容所に拘禁されていた。「罰金刑」というのは誤報だったのだろう。『ニーメラー』（一九四一年）（ニーメラー説教集のアメリカ版への序文)、『全集』第十二巻九一〇―九一八ページ、参照。

デトロイト、三八年三月三日　木曜日
ホテル・スタトラー

歩一歩。次の、私たちが午前中に出掛けていくアン・アーバー[1]とつながる、先の逗留地。全体を今のところ見通すわけにはいかないが、やりおおせてしまえば、今覚える大きな満足は微笑ましいものになるだろう。――きのうここデトロイトに七時半頃到着。十階のラジオ付きの部屋。ミュージカル・ホールやヴァリエテにも使われる、豪華なシネマを訪れる。魅力あるフランス女優アナベラ[2]出演の映画。そのあとホテルで夕食、草臥れる。意地悪と言いたいくらい冷たい風、ブリザード、氷結した道路。

少し本を読んだところで、薬ものまないのに、たちまち眠り込み、熟睡。けさはエーリカとコーヒーで朝食。そのあと、当地の新聞のためにカメラマンとインタヴュー。

(1)　デトロイト近郊アン・アーバーのミシガン大学は、アメリカ最大、最有力な大学の一つ。
(2)　フランスの映画女優アナベラ（一九一〇年生まれ）。

三八年三月四日　金曜日。
アン・アーバーからニューヨークへの列車内で。

――きのうデトロイトのホテル・レストランでランチをとったあと、大学関係者の出迎えを受けてアン・アーバーへ車で向かう。学生寮[1]内の部屋。お茶のあと二人の学生のインタヴューを受けるが、このインタヴューは、感じの良い挨拶の数々を伝えてくれた二人の新聞[2]のためである。タキシード着用、階下でミスター・ブラント[3]とディナー。学長[4]の出迎えで、講演館へ車で、会場は巨大な丸天井ホール[5]、四、〇〇〇人、紹介スピーチ、講演、最大限の注目、しかしまた講演が終わってその拍手は控え目で、それは講演の非個人的性格に帰せられよう。エーリカとKは結末部分にもっと血を通わせるよう書き換えを勧める。――終わってレセプション、数回ドイツ語を話す機会があり、パリの美術史家ド・ロレ[6]とはフランス語でも喋った。極度の疲労。深い眠り。

　きょうKは風邪。憂慮。部屋で遅く九時半に朝食、コーヒーと卵。荷造り。大量の本にサイン。若い人たちと車で出発。病院、体育館、プール、室内テニス・コート。学長邸でランチ、瀟洒な家、上等の食事にコーヒー。エジプト学専攻の息子[7]、エーリカに言わせるとホモセクシャルということになる。ド・ロレも同断。ドイツ語を話すトルコ人夫妻。――降雪。カリフォルニアでは深刻な洪水災害。――学生寮での滞在、部屋代の請求。駅へ向かう、ミスター・ブラントが別れの挨拶に。個室。お茶。新聞各紙。クノップ社の感じの良い広告、ファディマンの手紙。――オーストリアから取り留めのないニュース。

（1）「ミシガン・ユニオン」館、ここには大学の客も宿泊した。
（2）学生新聞「ザ・ミシガン・デイリ」、これはインタヴュー記事と講演の報告を掲載した。
（3）カール・G・ブラントは英文学の教授で、大学での講演会行事の計画、組織を担当していた。
（4）アリグザーンダー・G・ルースヴェン（一八八二―一九七一）、一九二九年から五一年まで大学学長。
（5）アン・アーバーのヒル講堂。
（6）エスタシュ・ド・ロレ教授は美術史家でパリのエコル・ド・ルーヴルの講師、アン・アーバーでペルシア美術の講義を行っていた。
（7）ピーター・ルースヴェン（一九一二―一九六五）、学長の息子、エジプト学者。

ニューヨーク、三八年三月五日　土曜日、
ベドフォド

朝。きのう食堂車に席がなかったので、喫煙室で大分待たされてからディナー。疲れ切って食欲は失せてしまったように思ったが、食事（スープ、チキン・フリカセ、桜桃ケーキ）はびっくりするほど美味しかった。そのあと個室でドストイェフスキー。良いベッドに満足して、ベッドで読み続け、そのうち眠り込む。

ディコディトで咳が治まったKも同じく眠り込む。

——

きょうは七時起床。Kは胸ピンを捜す、これはその後ホテルで私のズボンの折り返しから見つかった。そのホテル・ベドフォドに再宿泊。コーヒーでの朝食、荷物を開け、ひげを剃る。大量の郵便、『エジプトのヨゼフ』原稿の売却見通しをつたえるエインジェルの手紙、数知れぬ招待、等々。——生活に苦しんでいる音楽家クレメント(1)が来訪。——二時頃階下でビービとKとランチ。リース。健康によくないが、またコーヒー。ベッドに横になり、浅くはあったが、少し眠る。そのあと私のサロンでKとお茶。洗髪——。ランチの前ドイツ人訪問客、「フォルクスツァイトゥング」(4)のゼーガー(2)、社会調査研究所(3)のシュテルン博士とヴィトフォーゲル博士(5)。皆が皆、私が戻ってきている期間中の講演依頼である。——郵便の処理はいつのことになるやら。——戸棚型トランク、ふたたび配置に就く。——タキシード着用。

（1）特定出来なかった。

（2）社会民主党国会議員ゲールハルト・ゼーガー Seger（一八九六—一九六七）は、一九三三年国会議事堂炎上後に逮捕され、オラーニエンブルク強制収容所に収容されたが、そこから逃亡するこに成功した。ゼーガーはチェコスロヴァキアに逃れ、三四年そこから合衆国に逃れて、三六年から四九年までニューヨークの「ノイエ・フォルクスツァイトゥング」の編集長をつとめた。三四年にはカールスバートのグラフィア書店から『オラーニエンブルク。強制収容所脱出者の最初の信頼すべき報告』をハインリヒ・マンの序文を添えて刊行、世界的なセンセイションを惹き起こした。〔訳注〕日記原文ではゼーガーが、Segher と表記されている。

（3）マクス・ホルクハイマーが設立、主宰した「社会調査研究所」。一九三七年十月十九日付日記の注（3）参照。

（4）調査が届かなかった。

（5）社会研究者で中国学者カール・アウグスト・ヴィトフォーゲル（一八九六年生まれ）は一九三四年合衆国に亡命、四七年以来シアトルのワシントン大学の中国史の教授。社会調査研究所に所属し、「社会研究雑誌」の寄稿者だった。

ニューヨーク、三八年三月八日　火曜日、
ベドフォド

予見通りの無駄な骨折りを重ねているうちに日々は

過ぎ、胃と神経はどうにか持ち堪えている。おとといのトスカニーニ放送コンサートはヴァーグナー・プログラムで、堪能した。それに先立ってこのホテルの二十階で聡明そうな映画人とその女友達をまじえて、コリンの招待による上品な晩餐。きのうはアスター・ホテルのムシェンハイム[1]の住居でトスカニーニと晩を過ごす。きょうはエーリカと講演の結末部分に手を入れて、もっと個人的な色合いを加える。今晩放送するフランクの『旅券』[2]についての放送原稿を作る。そのあとニュー・スクールのディナーがある。——きょうは理髪店に寄ったあとコルマース夫妻とランチ。ホフマン教授[3]が夫人と娘を連れて来訪。——六階のクノップのところでビュフェ・ディナー、ミス・キャザー[4]と『ヨゼフ』について二人だけで話し合う。クノップはこの本の売れ行きに満足している、一週間で七、〇〇〇部というわけだ。——

（1）　ドイツ出身で、ニューヨーク・ホテル経営者の中の重鎮フレデリク・A・ムシェンハイム（一八七一—一九五六）は、抜群の厨房で名高い、ニューヨークのホテル・アスターの社長、全米ホテル協会会長で、芸術家や音楽家たちと親しかった。ブランシュ、アルフレド・クノップはしばしばその「公式」宴会をこのムシェンハイムのホテルで設けた。

（2）　ブルーノ・フランクの亡命小説『旅券』は、英訳されて『失われた相続財産』という表題で、ニューヨークのヴァイキング・プレス社から刊行されていた。トーマス・マンのラジオ・レポートは英語のオリジナル草稿のまま残っており、これには正確な発音に関するトーマス・マンの自筆の訂正と注記が施されている。『補遺』参照。

（3）　ゲルマニストで社会学者ロルフ・ヨーゼフ・ホフマン（一八八一—一九四一）は、一九一九年ミュンヒェン以来のトーマス・マンの知人だった。ホフマンは二十年代合衆国に渡り三八年までロサンゼルスのカリフォルニア大学の「ドイツ文明」教授だった。政治的に定見がないと目されていたのは、著名なドイツ亡命者に肩入れするかと思えば、ナチの連中を支持するというふうで、三七年から三八年の一年間の研究年にドイツに出掛け、アメリカの教授職を棒に振り、ドイツからは追放され、四一年ニューヨークで自殺した。

（4）　女流作家ウィラ・キャザー。一九三七年四月二十八日付日記の注（8）参照。

ニューヨーク、三八年三月九日　水曜日。

ベドフォード

きのう晩の八時にフランクの『旅券』についてラジオ講演、引き続いてシャール[1]による写真撮影。シャーマン[2]は満足の様子。エーリカは「ブック・オヴ・ザ・マンス・クラブ[3]」による『エジプトのヨゼフ』引き受けに期待を寄せる。——ニュー・スクールのディナーへ。大勢の人々。ジョンスンのテーブル・スピーチ。ドイツ語での謝辞。クノップが、八、〇〇〇部売れたことを報告。今晩の締め括りはグムペルトとエーリカの部屋で。ビールを飲む。〔……〕

きょうまた九時半起床、入浴、コーヒーで朝食。フランク夫妻から電報。午前中、「ユナイテッド・プレス」の記者を迎える、ヴォルフガング・ハルガルテンも。晩にはブルクリンでゲーテ講演が行われ、あす午前にはタウン・ホールで講演（『来たるべきデモクラシーの勝利について』）。あすはそのあとすぐワシントンへ出発。したがってきょう一日の内に荷造りをしてしまわなければならない。私たちはこれから[4]『魔の山』原稿のことでロルフ・ニュルンベルクとランチをともにする。

（1）　特定出来なかった。

（2）　ハリ・シャーマン Sherman、ブック・オヴ・ザ・マンス・クラブの設立者で会長。

（3）　このブック・クラブは、クラブが選んだ「今月の本」に対して原出版社から、一部について一ドルを支払うことで一〇万から二〇万部の出版販売権を取得していた。これによって得た金額は、著者とその原出版社との間で折半された。ある本が「今月の本」に選ばれるということは、かなりの額の付加的収入をもたらすばかりではない。書籍販売業界全体で原出版社版の需要が大きく増大することにもなった。英訳『エジプトのヨゼフ』は「今月の本」には選ばれなかった、しかし一九四四年には『ヨゼフ』小説第四部『養う人ヨゼフ』、四八年には『ファウストゥス博士』が選ばれている。

（4）　アメリカではラルフ・ナンバーグの名で書いていたベルリンのスポーツ、ラジオ記者ロルフ・ニュルンベルク（一九〇三―一九四九）は、一九三三年までベルリンの「ツヴェルフ＝ウーア＝ブラット」の共同所有者で編集者、三六年に合衆国へ亡命、クルト・リースの友人だった。明らかになっているかぎりでは、トーマス・マンは、もう一度故国に旅行するニュルンベルクに、ミュンヒェンでハインス弁護士から、トーマス・マンが一九三三年にハインス弁護士を信頼して預けた原稿類、書簡類、その他の書類を受け取ってアメリカに持ち帰ってくるよう委託した。これらの原稿の中には『魔の山』や『ブデンブローク家の人々』、

『大公殿下』、や随想その他多くの手稿もあれば、婚約前のカトヤ・プリングスハイムに宛てたトーマス・マンの手紙やダヴォースからトーマス・マンに宛てたカトヤ・マンの手紙など多くが含まれていた。しかしながらハインス弁護士は、トーマス・マンの書状によって権限を与えられているロルフ・ニュルンベルクに引き渡すことを拒んだ、その（のちに申し立てられた）根拠は、国籍を剝奪された亡命者の所有物を引き渡せば、処罰されることになるから、というのであった。これらの原稿はその後、ハインスによれば、ミュンヒェンの爆撃でハインスの弁護士事務所が破壊された時に灰塵に帰してしまった。クラウス・マン『書簡と回答』第二巻二二八ページ、参照。トーマス・マンは『魔の山』手稿をアメリカで売却することを考え、五、〇〇〇ドルの売却価格を取り決めていたのである。ヨーゼフ・W・エインジェル宛て、ニューヨークから、三八年三月八日付、『書簡目録II』三八／四二。

三八年三月十二日　土曜日。フィラデルフィアからキャンザス[1]・シティへの車中で。

予想通りの経過。ニューヨークからの出発以来大分時が経ったような気がする。この旅行には成功がついてまわる。どこでも満員の大ホールと強い感銘。ワシントンではマイアー夫妻の瀟洒な邸宅。そこで私たちだけでディナー、デザートになって女主人のお相手。講演[2]のあと大レセプション。スペイン大使とフランス大使。ふんだんにシャンパン。そのあと部屋でエーリカを加えて三人でビールを飲みながら快い一時を過ごしたが、エーリカは女主人のところへ呼ばれて行った。——きのうの朝は朝食を部屋へ運ばせる。ミセス・マイアーと二人だけでドライヴに出る。リンカーン記念館あたりを散歩。原稿の売却について。中国コレクションを見学。古王朝期のファラオ頭部像。ランチ、食欲がない。そのあとすぐフィラデルフィアへ出発。車室のベンチで少し眠る。ホテル・ベルヴュ、サロンと寝室。お茶と記者会見。インタヴューの最中に、オーストリアに対する暴行[3]というニュースが飛び込んできて、突然ガンと殴られたような思い。塞ぎ、興奮。講演の冒頭部分を修正。身支度、軽食、興奮錠剤。満員のオペラ劇場、深い謹聴。舞台に二度呼び戻される。主催者側の感激。大夜会。ホテルでブレイスランド[4]と。ビールとサンドウィチ。葉巻。着替え。荷造り。解放された夜の時間。出発は真夜中過ぎの一時。クラブ車両でビール。満足出来るベッド、読書。六時までしか眠らず。九時起床。食堂車で朝食。破廉恥な事件を伝えるニュースの載ったピッバーグの新聞。英国内閣の「厳粛な抗議」。やんぬるかな。

(1)〔訳注〕ここではCansas Cityと表記されているが、このあとは正確にKansas Cityとなっている。
(2)ワシントンでの講演は、連邦首都最大のコンサート会場である「コンスティテューション・ホール」行われた。
(3)オーストリアへの暴行とは、一九三八年三月十一日のドイツ国軍部隊のオーストリア進駐と、力ずくで行われた、ヒトラー・ドイツへのオーストリア併合をいう。
(4)アメリカの精神科医フランシス・J・ブレイスランド(一九〇〇年生まれ)は、ミネソタおよびイェール大学の精神医学の教授、メイオー病院の科長。トーマス・マンが一九三五年に知り合った時ブレイスランドはチューリヒのブルクヘルツリ精神病院で勤務していた。

キャンザス・シティ、三八年三月十三日
日曜日、ホテル・ミューレバハ

きのう午後シカゴで下車、ショウウィンドウに『ヨゼフ』を並べている書店主を訪ねたあと、ホテル・ビスマルクでお茶。荷物の手配をしているエーリカを待つ。鉄道旅行に疲れるとともに、深刻な気落ち。ホールで過す。新聞各紙の伝える悲惨。プラハのオトカル・フィッシャーがオーストリア報道を聞き、卒中で倒れたというニュース。恐ろしく惨めな気分で不安に駆られる。駅へ向かい、車中でファイストを加えて夕食、ファイストは自分の装身具類を見せてくれた。ファノドルムを一錠服用したのに、さんざんな夜、良く眠れず、寝苦しくて早くに目が覚める。寝不足のまま六時四十五分に起床。駅頭の記者たちには応対を断る。車でこのホテルへ、上品なスイート・ルーム。特別室で朝食。荷物を少し空けたあとベッドに入り、二時間のまどろみ。ミスター・ハーコウがランチに迎えに来て、その見事な邸宅で十二人のパーティ。下手な英語を操る。そのあとホテルで記者会見。オーストリアに話題が集中。「ニューヨーク・タイムズ」の報道は比較的気が休まる。イギリスにおける憤激。ムッソリーニ[1]は激怒。ハリファクス[2]は「幻滅」。チェムバレン[3]は、国民の支持に確信が持てないからと総選挙を実施するつもり。諸小国は深刻な動揺。——怪物ヒトラーがきょうヴィーンで語り、「手際よく」ことをすすめ、事態の鎮静化に努める、住民投票が実施されることになる、という。しかしブレナー峠でドイツと国境を接することをムッソリーニに通告するのは、まず手際よくはいかないだろう。そしてヨーロッパを覆う無関心は絶望的だと思われていたが、少なくともそれほど絶望的ではない。嫌悪すべき愚行の生み出す結果は予測がつかないし、ショックは激しいものがあり、教訓は効果的である。ローマ訪問はイタリア側新聞からは疑問とされている。――エーリカは通信連絡。「食事室」でお茶。考え方に気力が戻ってくる。――ファイストを加えて四人でシネマ、色彩映画『トム・ソーヤ[4]』、甘過ぎる。そのあと、ホテルのカフェ・ストアで夕食、食欲はないし、味もぴりっとしない。ファイストと私たちのサロンで、葉巻をくゆらせながら。「アデーレ」の場面を朗読したところ、大好評。

(1) 〔訳注〕ムッソリーニはヒトラー・ドイツをライヴァル視しており、オーストリアという緩衝地帯が消えて、ドイツと直接国境を接することは我慢ならなかった。またイタリアは南ティロールの帰属問題でオーストリアと係争関係にあったが、これからはドイツが交渉の相手方になるわけで、独伊関係の冷却が予想された。後段の「ローマ訪問」は、関係修復のためのヒトラーのローマ訪問の打診をいうのであろう。

(2) エドワド・フレドリク・ウッド(一八八一―一九五九)、一九二五年アーウィン男爵、三四年ハリファクス子爵になる。イギリス保守党の政治家、二一年以降たびたび入閣、一九二一年から三一年インド総督、その後再三大臣をつとめ、三八年二月二十五日以来ネヴィル・チェムバレン内閣の外相、チェムバレンの、ヒトラー・ドイツに対する宥和政策を支えた。四〇年アンソニ・イーデンと交代、四一年から四六年までワシントン駐在イギリス大使、四四年ハリファクス伯爵に叙任された。

(3) アーサ・ネヴィル・チェムバレン(一八六九―一九四〇)はイギリス保守党の政治家、一九一八年以来下院議員、二度蔵相を務め(一九二四―二九、三一―三七年)、三七年スタンリ・ボールドウィンのあとを襲って首相になり、戦争を阻止するためにヒトラー、ムッソリーニとの協調に努めるイギリス外交政策(宥和政策)を指導したが、この政策はベルヒテスガーデンとバート・ゴーデスベルクでの交渉を経てミュンヒェン協定につながり、チェコスロヴァキアの放棄につながった。期待をこっぴどく裏切られたチェムバレンは、三九年の春以降ヒトラーに対して強硬な対抗政策を展開し、ポーランド保障宣言から対独宣戦布告にまで到った。四〇年五月首相の座をチャーチルに譲り、その後まもなく死去した。

(4) 『トム・ソーヤーの冒険』、マーク・トウェインの原作によるノーマン・タウログの映画、出演はトミー・ケリ、アン・ギリス、メイ・ロブスン。〔訳注〕日記原文では、ソーヤー Sawyer が、Soyer となっている。

キャンザス・シティ、三八年三月十四日

月曜日

熟睡。朝食にいり卵。新聞記者たち、カメラマン。クノップ来訪。正午頃ファイストと美術館へ。美しい建物。美しいインドのコレクション。ティツィアンの肖像画。四人でイタリア・レストランでのランチ、あまり食欲がない。午後、休息ならず。起きて、女性たちのところへ。検討。状況は三三年を想起させる、強化、拡大をみた三三年というわけだが、利点を備えている。——今晩私を紹介してくれる人物（律法学者）の来訪。——美味しい甘味パンでお茶。——リカルダ・フーフ(1)について確実なニュース、ある教授集会で、私はこれまでずっとドイツを愛してきましたが、今は憎んでいます、と発言したという。政治警察に威嚇されている。——ヨーロッパからの郵便、事態に先を越されて届く。ゴーロ、リオンの手紙。——洗髪、タキシード着用。ファイストとミュージック・ホールでの講演に向かう、控え室、カメラマン、フラッシュ、閃光が消えるのを待つ。快適な舞台。約一、四〇〇人の聴衆。うまく朗読出来た。エーリカと質疑(2)に答える。そのあとまた撮影。クノップとファイストとここを出て、グレンデニ邸(3)へ。この家の主人は酩酊。シャンパン。精神分析学者。キャヴィアと七面鳥。医学図書コレクション。遅く宿に。サロンでビール。

（1）女流詩人で歴史家リカルダ・フーフ（一八六四—一九四七）はミュンヒェン時代以来のトーマス・マンの長い知己。リカルダ・フーフは、一九三三年三月統制に対する抗議からプロイセン芸術アカデミー文学セクションから示威的に脱退して、国民社会主義に対する敵意を決して隠すことをしなかった。ここでトーマス・マンが触れているリカルダ・フーフの講演というのは確認されなかった。

（2）講演に引き続いての聴衆からの質問。トーマス・マンの英語の力はこの時期にはまだ、質問を即座に理解し、英語で答えるまでになっていなかった。エーリカ・マンが質問を訳して聞かせ、トーマス・マンの回答を英語で伝えた。

（3）ロウガン・クレンデニング Clendening（一八八四年生まれ）は医師で著作家、一九二八年以来キャンザス大学臨床医学教授。その著書『人体』は二七年クノップ書店から刊行され、数年にわたってベストセラーだった。トーマス・マンを主賓とする夜会はクレンデニング邸で開かれ、自分の社で出版している本の著者を表敬したアルフレド・

A・クノップは当夜の夜会を回想している。クレンデニングは実際に泥酔していて、精神医学者カール・メニンガーと喧嘩を始めた、招待されていないで現れたメニンガーであったが、トーマス・マンは「精神分析学者」としてのメニンガーに言及したのである。一九三九年六月二十六日付日記の注（3）参照。〔訳注〕クレンデニングが日記本文ではグレンデニ Glendenny となっている。

タルサ、三八年三月十六日　水曜日

きのう午前キャンザス・シティで「聖職者《ミニスター・オヴ・チャーチ》」来訪、アメリカにおけるファシズム宣伝に対する抵抗を組織する可能性について対談。聡明そうな若い律法学者とその一行の来訪。クノップと鉄道レストランでランチ。現況を検討。『ヨゼフ』は九、〇〇〇部売れている。空路ニューヨークに戻るクノップとホテルの前で別れる。——心落ち着かぬ休息。荷造りを始める。ソールトレイク・シティ向けの戸棚型トランクはまとめた。お茶にファイスト、ファイストのためにエリク・ヴァールブルク(1)宛て推薦状。——荷造りを進める。（ユダヤ系）教養行事のマネージャーが迎えに来て、ディナーへ。市内から外れた美しい会館。快いユダヤ人の集まり。料理は抜群なのに食欲がない。私に促されてエーリカが、とくに新たなオーストリア亡命者に留意しての「アメリカの会」の活動についてテーブル・スピーチ。食後、歌曲の独唱。ほどなく辞去し、急いで荷造りを完了する。自家用自動車と荷物を積んだタクシーで駅へ。ファイストとカフェでビール。列車内でファイストと別れるが、ファイストをどんな運命が待っているのか、皆目分からない。すぐベッドを用意させる。

興奮。きょうは八時頃まで停車中の列車にとどまっていた。ホテル・メイオウへ、広大な土地を展望出来る、かなり快適な部屋。コーヒーで朝食。新聞報道は興奮を呼び、議論のきっかけを提供する。ヨーロッパの緊張やパニックの様子からすると、戦争が近いなどと予測できるとは言えなかった。しかし私はエーリカと同様、戦争の可能性は少ないといった考え方には疑念がある。とにかくオーストリアは事態の進展の過程を大きく一歩進めるものなのだ。イギリスの雰囲気は完全にひっくりかえる。フランスはほぼ動員体制。ドイツとイタリアが「必要以上の部隊」を集めているスペインに対して迅速な援助。ドイツ側新聞とヘンラインによるズデーテン・ドイツ自治体制の即時開始。チェコ議会荒れ模様。――――講演の女性マネージャー来訪。非常に暖かい天候の中をエーリカとKと散歩。ホテルのレストランでランチ。午睡、お茶。新聞記者たち。（オーストリア、近々の戦争、犯罪）。Kと二人で夕べの散歩。カフェ・ショップで夕食、眼鏡をかけた感じの良いウェイトレスは、オーストリアを恥辱と考え、アメリカは忌避しているにもかかわらず戦争になると信じている。――私たちのサロンで、エーリカがナチ教育についての自著(2)から朗読。非常に疲れ、声がかすれる。花を送って寄越した本屋のために七〇冊にサイン。

(1) ハンブルクの銀行家エリク・M・ヴァールブルク（一九〇〇年生まれ）は、一九三八年合衆国に亡命、戦後、ドイツに戻った。

(2) エーリカ・マン『野蛮人のための学校』（国民社会主義的教育システムについて）ニューヨーク、一九三八年。ドイツ語版『一千万人の子供たち。第三帝国における青少年の教育』トーマス・マンの序文を添えて、クウェーリードー書店、アムステルダム、一九三八年。

タルサ、三八年三月十七日　木曜日

かなりの熟睡。入浴とコーヒーの朝食。思いと話題はオーストリアと不幸なヴィーン。ファイ(1)とその家族の殺害。シュシュニクのドイツ移送。数千にのぼる逮捕。学者たちの間に疫病のように蔓延する自殺、等々。ベーア゠ホフマンやその他の人々の安否が気に掛かる。フランスは、イギリスの、アフリカにおける援助の確約を無視してスペイン干渉を断念する。中部ヨーロッパは見捨てられるらしい。イギリスの態度は度し難い低能ぶりをさらけ出す（ハリファクス）。ショウの愚かな発言。――声の嗄れは幾分良くなる。義歯は相変わらず気になる。晴天、暖かな天候。緑萌える木々。――ミセス・フォートサイス(2)とその夫の幸福そうな建築家が迎えに。カントリ・クラブへドライヴ、感じの良い立地、散歩、日当たりの良いテラスでシェリ。ついでフォートサイス邸で、チキン゠ランチ。ここにエーリカが加わって、ラジオで聞いたばかりのハル(3)の演説を報告、非常に荘重決然たるものであったという。

世界は決然として立つか。イギリス内閣の危機。しかし、破廉恥な手口でドイツの法廷に立たせられることになるシュシュニクを誰が救うのか。——午後、深い悲しみと憎悪に苦しむ。戦争になってくれれば！　破廉恥漢を倒せ《エクラセ・ランファーム》！　この吐き気の夢魔からの解放だ！　息がつまる。——女性たちとお茶、その女性たちに慰められる。「アメリカの会」にオーストリアからの難民のための資金を送ろうという手紙の口述。シュトライヒャー(4)がヴィーンに！——多数の本にサイン。——タイプライターでの活動。クロプシュトック博士のための救援。——八時カフェ・ショップ(5)で夕食。そのあとシネマ。

（1）　エーミール・ファイ少佐（一八八六—一九三八）は一九三二年から三五年までヴィーン郷土防衛団の指導者、ドルフース政府、シュシュニク政府に副首相、治安相、内相としてたびたび入閣した。ファイは、ドイツ軍のオーストリア進駐に際し、三八年三月十六日に自ら命を絶った。

（2）　〔訳注〕フォートサイス Fortsyth は、正確にはフォーサイス Forsyth である。

（3）　アメリカ民主党の政治家コーデル・ハル（一八七一—一九五五）は、一九〇七年から二一年、二三年から三一年下院議員、三一年から三三年上院議員、三三年から四四年F・D・ローズヴェルトの下でアメリカ国務長官。「国際連合」設立準備の功績で四五年ノーベル平和賞を受賞した。

（4）　フランケンの国民社会主義党管区指導者ユーリウス・シュトライヒャー（一八八五—一九四六）は、ニュルンベルクの反ユダヤ煽動雑誌「デア・シュテュルマー」の発行人で、凶暴なユダヤ人迫害者。ニュルンベルク戦争犯罪者裁判において死刑判決を受け、処刑された。

（5）　カフェ・ショップ Café Shop とあるのは、コーヒー・ショップ Coffee Shop のことで、比較的大きなホテルならかならずある喫茶軽食室。

タルサ、三八年三月十八日　金曜日

朝食後「ライフ」(1)のカメラマン、呼ばれてきたインタヴュアー女史を入れて、さまざまな角度から撮影。ミセス・フォートサイスとカメラマンと一緒にカントリ・クラブに車を走らせ、そこで撮影、そこでランチ。——オーストリアからの詳細な「ニューヨーク・タイムズ」(2)報告、信じ難い事態。相次ぐ自殺。オーストリア軍将校連の体面失墜。占領。ヒステリー状態の住民。オーストリア・ナチ党員の狼狽。避難するユダヤ人や外国人を満載した列車。大量のドイツ軍部隊、戦車、航空機――オーストリアだけのためか？　――ポーランドを介してのリトアニア威嚇。ドイツ軍は万一の場合メーメルに進駐することあるべし、との予告。チェムバレンは引退の意志なく、自身の態度を弁明。――終わりの見えない辛い緊張、この害悪を根絶したいという熱い願い、この害悪に匹敵するものはないと世界が認識して欲しいという熱い願い。――ベッドに就くが、心休まらず、ひげを剃り、ポーチュガルで洗髪。――通信と投函用の仕上げ。タキシード。いり卵とビール。上機嫌。車で人々の出迎え。劇場にかけて大混雑、遠来の人々。客席がおさまるのに時間がかかる。舞台裏での長い待ち。「ライフ」カメラマン。フォートサイス女史の感動的な挨拶。エーリカの前説。生き生きと話を進め、失敗はなかった。最大限の謹聴と大喝采。質疑。数々の祝いの言葉、オクラホマ州内各地から何マイルの道のりを遠しとせずにやって来た小母さん方と握手。フォートサイス邸に車で。大パーティ。講演会場のホールでは、しっ、しっ、とうるさがられた「ライフ・ボーイ〔カメラマン〕」。――非常に疲れる。ご婦人連が押し寄せる。雷鳴の中を退散。大気が爽やかになる。K、エーリとサロンでビール。

（1）ヘンリ・ルースが一九三六年に創刊した大グラフ週刊誌で、写真報道の新形式よって画期的だった。

（2）「ザ・ニューヨーク・タイムズ」は、ニューヨークの最大、最有力の民主党系日刊紙で、一八五一年創刊、一九三五年から六一年まではアーサー・ヘイズ・サルツバーガーが社主だった。

タルサ、三八年三月十九日　土曜日

なかなか寝付かれず、遅くなる。きょうは九時起床。入浴、お茶で朝食。荷造り完了。「ライフ」ボーイが撮影のためインディアンを連れてくる。私たちは一時にクラブ・カーでカンザス・シティに戻り、そこで二時間を過ごしたあと、ソールトレイク・シティ行きの寝台車に乗る予定。――「コスモポリタン」[1]誌のために随想『日記のページから』[2]の計画、非常に高額の稿料。――（車中で）「ライフ」用の撮影。駅へ。曇天、暖かな天候。ミセス・フォートサイス。駅頭で別れの挨拶、撮影される。クラブ・カーは隣に食堂車がついていて快適。まだ停車中にランチが始まる。美味しく落ち着いて平らげる。コーヒー。そのあと安楽椅子で仮眠。新聞各紙。ヴィーンでは殺人と自殺。引き続く略奪行為は、馬鹿の一つ覚えで、公式に「変装した共産党員ども」の仕業とされる。ドルフースの協力者はことごとく殺害されることになるらしい。これに対して「カーポ・デル・ゴヴェルノ」[3]はどう言うだろうか。――ヒトラーは「国会」[4]で指導者として救助者として讃えられる。謙遜に頭を垂れて立ったまま。――リトアニアはポーランドの最後通告を受け入れる、したがってドイツ軍がメーメルに向かうことはあるまい。近々大戦争があるとは思わない、というロンドンにおけるフーヴァー発言[5]。――お茶の時にキュスナハトに一時戻るか、と話す。所帯の解消、蔵書の譲渡。――

（1）「コスモポリタン Cosmopolitan」は有力なアメリカのグラフ週刊誌。〔訳注〕日記原文ではコスモポリタンが Cosmopolitain と表記されている。

（2）この随想は、日記が証明するように、四月初めにカリフォルニアで書かれ、内容としては、故国喪失についての個人的考察とヒトラーの皮肉な性格描写である。この文章は「コスモポリタン」向きではないということになり、元のままの形では公表されずに終わった。タイプ原稿はイェール大学トーマス・マン文書館に所蔵されている。原文はヘルベルト・レーネルトが「一九三三年から三八年の亡命期間のトーマス・マン」「ジャーマニク・レヴュー」、ニューヨーク、一九六三年十一月号、所収、の中で初めて報告した。ヒトラー・スケッチは、原文から引き抜かれ、新たに書き直されて『あの男はわが兄弟 That Man is My Brother』として雑誌「エスクワイア」シカゴ、一九三九年三月号に、『兄弟ヒトラー Bruder Hitler』の表題で「ダス・ノイエ・ターゲ＝ブーフ」パリ、一九三九年三月二十五日号に掲載された。

（3）〔政府首班の意で〕イタリアの首相ベニート・ムッソリーニのこと。

（4）〔訳注〕「国会 Reichstag」を引用符号で囲んでいるのは、それがもはや国会の名に値しないからであって、「ヒトラー帝国の議会」を仄めかそうとしたものではない。Reich を「帝国」とするのは誤訳で、ドイツ語圏では通用しない誤解である。またこれに続く「指導者 Führer」はヒトラーの肩書としては「総統」とすべき語であるが、ここでは原意にしないと意味が曖昧になろう。

（5）ハーバト・フーヴァー（一八七四―一九六四）、一九二九年から三三年の合衆国大統領、その後任ローズヴェルトの社会政策に対する鋭い批判者。

三八年三月二十日　日曜日。デンヴァー行き列車（特別専用車）の中で、朝。

きのうの晩、食堂車でディナーが終わったあとカンザス・シティ到着。駅バー、ビール。エーリカは、販売禁止にぶつかった場合の用心にアルコール飲料を買い込む。神経の疲労。走行を続ける列車でチキン料理を食べている間に発見したのだが、ソールトレイクへの旅は予想よりずっと長く、そこに到着するのは、きょうではなく、あすの朝になる。車内で新聞。チェコスロヴァキアに着手。ロシアとの同盟の破棄通告要求と「ドイツ」への併合要求。こうなる他まったく考えられなかったのだ。それなのに低能どもは、オーストリアをいったん認めてしまえば、歯止めのないことが分からなかったのだ。大ドイツ一億人国家が暴力によって成立する。暴力陛下の何たる凱歌。ヨーロッパ的思考にとって何たる結果。しかしまたもやドイツ人は世界において、文明を前に何たる役割を演じることだろう。あちら側には心も、頭も、意志もなく、ただの一言でも力強い良い言葉を口に出来るものはいない。ドイツによる荒廃をきわめた頽廃。独伊空軍機による、おそるべきバルセロナ爆撃、新しいドイツの高性能爆弾の戦慄すべき効果。――リトアニアがポーランドの最後通告を受け入れたあと、幻滅した暴徒の引き起こしたワルシャワのユダヤ人迫害。(1)――深い悲しみと不安、書くことへの思い、私の読者たちはどうなるのか。

――

『白痴』を読んでまずは良く眠る。朝になってまたもや不安と危惧が生じる。八時半起床。キャビネットでひげを剃るが、初めての試み。食堂車でKとお茶と卵の朝食、あとからエーリカ。すでに何時間も前から荒地。暖かい太陽。草を食べる雌牛たち。――私たちの旅行計画（サンフランシスコ－ロサンゼルス）に関して検討。

デンヴァー滞在は、午後数時間。美しくモダンなホテルの部屋。二時ホテル・レストランでランチ、おいしかった。そのあとベッドに横になり、結局少しは休息になった。五時お茶を一杯。ついでまたソールトレイクへ、個室におさまって出発。新聞、ヴィーンに複数のユダヤ人「労働大隊」。オーストリアに臨戦態勢のドイツ軍集結。当然チェコスロヴァキアに対する布陣。イギリスの大臣たちは週末を過ごしている。かなり明白であるが、どうとも好きにしてくれと、状況の舵取りをあの人間に任せている。誰かが火中の栗を拾わねばならぬ。しかし、戦争になろうとなるまいと、そもそも私たちがもう一度スイスに戻ることは、次第に得策とは思えなくなってくる。事態が今のまま進行すれば、あの怪物にとってやがてもう怖いものはなくなるだろう。エーリカが一人ヨーロッパに行き、家を畳んで子供たちの状況を整理し、家財の運送を仕切るという計画。しかしここ数週間事態の経過を見定めなければならない。――戦慄を覚える政治的な背景さえなければ、この旅行は、エーリカがいてくれるお蔭で、苦労はいろいろとあるにせよ、愉快といえるはずの旅行なのだ。私たちが外にいることも、おそらくはこれまた幸運なのだろう。私の人生の個人的性格は常にまた貫徹される、これを信じること。私という刻印を帯びたドイツ的精神生活の堅持は、ともかくも、たとえばクノップがドイツ語出版社を創設することを通じて可能となるだろう。――ニューヨークとデンヴァーで反ヒトラー・ベモンストレーション。「殺人者どもを抑えろ！」(2)（イギリスの公衆にとってオーストリアは「遠すぎる」。）

（1）「ユダヤ人迫害 Pogrom」をトーマス・マンは一貫して Progrom と表記している。

（2）〔訳注〕ヨーロッパから遠いアメリカでのヨーロッパの事態に対する反応を見聞して、トーマス・マンは反射的にイギリスの無関心振りを思ったのである。

三八年三月二十二日　火曜日　ソールト・レイク・シティからカリフォルニアへの「ストリームライナー」号にて。

きのう、きょうのソールト・レイク・シティ滞在は変わっていた。高山地帯、一、五〇〇メートル、生気を覚える大気。ホテル・ユタでコーヒーの朝食。記者会見。モルモン教会の会長(1)、八十二歳を表敬。教区会館ホールへ行き、オルガン・コンサート。ホテルでトマス学長(2)および教授たちとランチ。午後、山中にドライヴに出る。晩、大学で講演。二、〇〇〇人。学長による紹介。謹聴の合間にたびたび喝采、それも「社会主義的な」部分で。（学生たち）。後半では脱力感に襲われ、数枚は「棒読み」。最後はまた元気を回復。強い印象。非常に疲労する。（高地の大気）。私たちの泊まるホテルで三人で夕食、たいへん空腹で、いり卵、ハムを食べ、葉巻を一本吸う。

きょうは十時に出発と考えていたので、ソールト・レイク・シティで七時半起床。入浴し、コーヒーで朝食、荷造りを完了。支度が終わったところで、列車の時刻に変更があって、出発出来るのはようやく夕方頃のストリームライナーと判明するが、これは、ロサンゼルスに予定した列車よりも早く到着する。――ピート・エイジェントのミス・ナイトとホールに腰を据える。ロサンゼルスからの数本の電報で一大事と考えた駅事務室の慌てた様子、（ミスター・トマス）。――ナイト女史と山間道路をドライヴ。ナイト女史を加えてランチ。自分のベッドで休息。四時半Kとエーリカとお茶。極上のエスカルゴ。少し遅れて出発、駅頭ではミスター・トマスが見送り。珍しさがいろいろのロケット列車、平均速度一三〇キロメートル。

不十分な新聞報道のせいで骨格しか分からない政治ニュースによって一日中動揺させられる。ヴィーンは――恐ろしい。フロイト[3]。フリーデル[4]は窓から身を投げる。上級貴族の大量逮捕、虐待、お定まりの低劣、卑劣きわまりないサディズム。ブルーノ・ヴァルター[5]の娘の逮捕。この状況の中でイギリス・ヒトラー間の了解がはっきり明るみに出る。すなわちポーランド、リトアニアは、ロシアのチェコスロヴァキア救援を阻止する。イギリスがチェコスロヴァキアを犠牲にするのは、「国家領域の規模から」もはや必要ではない植民地をドイツが断念するその代償なのだ。優位に立ち、経済的に保証された大ドイツ。これは成立せずにはいなかったのだ。

大量の郵便物、電報、チューリヒのベルマン。マイアー女史がプリンストン[6]について、有利とのこと。

（1）　ヒーバー・J・グラント（一八五六―一九四四）、一九一八年以来モルモン教会の会長。

（2）　ジョージ・トマス、ソールト・レイク・シティ、ユータ大学総長（学長）。

（3）　八十三歳のジークムント・フロイトはヴィーンで非常に危険な状況にあったが、結局一九三八年六月マリー・ボナパルト公爵夫人とイギリス内相サー・サミュエル・ホーの介入によりオーストリアを離れ、近親者とともにロンドンに移住することが出来た。

（4）　ヴィーンの劇評家、俳優、文芸欄寄稿者、文化史家エーゴン・フリーデル（一八七八―一九三八）は、浩瀚な古代、近世文化史（一九二七―一九三六）によって有名であるが、ゲスターポによる逮捕を免れるため、窓から身を投じたのである。

（5）　ブルーノ・ヴァルターはドイツ軍のオーストリア奇襲の

時点には、客演指揮のためにアムステルダムに滞在していたが、上の娘ロッテ（一九〇三―一九七〇）はヴィーンにいた。ロッテはゲスターポに逮捕され、エリーザベト・プロムナーデの警察留置所に拘留された。父親があらゆる手段を講じた末、一九三八年三月二十八日ロッテは留置所から釈放され、四月中旬スイスへの出国許可を得た。ブルーノ・ヴァルターは、公式にはまだヴィーン国立歌劇場の総監督であったが、電報で契約破棄を通告し、ヴィーンには戻らなかった。

（6）　トーマス・マンのアメリカのパトロンであるアグニス・E・マイアーは、トーマス・マンの合衆国永住を可能にするべく、プリンストン大学に客員教授あるいは類似のポストをトーマス・マンのために確保しようと腐心していた。

ロサンゼルス（ハリウッド）

三八年三月二十四日　木曜日

ホテル・ビヴァリ・ウィルシャイア。――きのう水曜日朝八時当地に到着。駅頭にコリン(1)とカメラマンたち。ダウン・タウンからミスター・リサウアー(2)とこのホテルへ長い走行。きれいな部屋、スウィート。ひげを剃る。フランク夫妻(3)と心籠もる挨拶。ついでエーリカとコリンを伴って市内に戻り、ホテルXのサロンで記者会見と写真撮影。退屈で骨も折れる。ゲーテのファースト・ネイム(4)。イギリスの裏切りについて。――十二時半昼食にフランク邸へ。こじんまりした感じのいい家。非常に疲労。あとでベッドで少し午睡。午後フランク夫妻とそのロシア系アメリカ人(5)の友人と大洋に向かう。海をみはるかすプロムナード。すべてがひろびろとし、明るく、新しい。美しい海浜。ホテル・バーでお茶。私たちの部屋に立ち寄る。八時フランク邸で夕食。あとからミス・マイアー(6)とロシア系アメリカ人。「アデーレの物語」前半部分を朗読、その文体上の細部を大いに楽しんでもらえた。遅く就寝、『白痴』を読む。

　きょうは、かなりよく寝て九時に起床。入浴して、コーヒーの朝食。きょうの一日はきのうと同じく晴天で爽やか。ユーカリの香りが海からの風と混じり合っている。朝食に合わせて紙巻たばこを試してみる。――新しい政治的報道は全然ない。チェムバレンの演説(7)はきょうすでに行われているはずで、中部ヨーロッパの運命は決まってしまうだろう。なにもかも、どうとでもなれといった気持ちが生まれ、きのうの朗読とは引き換えに強まってくる。戦争はありそうもない。スイスに戻るか否かは、ここ数週の事態の様相にかかっている。

午前中コリンと代理店問題（ブラント・ウント・ブラント[8]）について歓談。――フランク夫妻。夫妻とホテル・ビヴァリ・ヒルズへ。バンガロウ見物。スウィミング・プール。食堂でランチ。筋の多い肉、食欲がない上に、嚙み切れずに大難渋。そのあと私たちの部屋で短い休息。四時、コリン、フランク夫妻、K、エーリカと同道パラマウント・プロダクションへ。脚本、演出スタッフ。会長を表敬、撮影。ルービチュ[9]と電話。その演出の映画上映、その間にひどく具合が悪くなる。悪趣味が目につく。スタジオにフリッツ・ラング[10]を訪ねる。館内では作家たちが苦役している。門前にはたむろしている人々。――ホテルでひげを剃る。「トムスキ」[11]＝カーティス来訪。フランク夫妻、コリン、カーティスとホテル階下で夕食。私たちの生活プログラムについて相談。極端に気力が失せて、疲労。フランク邸でウィスキとソーダ。疲労困憊。

（1）サウル・コリン。

（2）ハーマン・リサウアー（一八八九―一九六〇）、元ロサンゼルスの律法学者、リベラル左派の「モダン・フォーラム」と「社会教育研究所」の創立、主宰者。

（3）リーゼル・フランクとブルーノ・フランクは一九三七年十月ロンドンからハリウッドに移住し、メトロ＝ゴウルドウィン＝メイアーに脚本家として契約していた。

（4）〔姓に対する〕名。

（5）ロシアではなく、ポーランド出身の映画音楽作曲家ブロニスラフ・カーパー（一九〇二年生まれ）。一九三六年合衆国に来て、多数の映画音楽を作曲して大ヒットさせ、リーゼル、ブルーノ・フランクと非常に親密だった。

（6）おそらく、アグニス・E・マイアーの娘エリザベス・マイアー。

（7）チェムバレン首相の、一九三八年三月二十四日の下院演説、この中でチェムバレンはチェキスロヴァキアに対してイギリスの援助保証を与えることはしなかった、しかしイギリスの軍備強化促進を予告した。

（8）アメリカの文学代理店ブラント・アンド・ブラント（元ブラント・アンド・カークパトリク）はトーマス・マンのアメリカにおける版権を管理し、トーマス・マンに代わって契約を締結、クノップ書店に対して業務上トーマス・マンの代理を務めていた。

（9）ドイツの映画監督エルンスト・ルービチュ（一八九二―一九四七）は、一九二三年以来ハリウッドで仕事をして、とくに創意に溢れ機知に富む喜劇映画、オペレッタ映画で成功、そのうちグレータ・ガルボ主演の『ニノチカ』（一九三九年）は出色である。

（10）ドイツの映画監督フリッツ・ラング（一八九二―一九七

六）はドイツで『死滅の谷』、『怪人マブーゼ博士』、『メトロポリス』、その他の映画で大成功を収め、一九三三年ハリウッドに亡命、『フューリ』（一九三八年）のようなサスペンス映画を多数演出して改めて世界的な成功を収めた。

（11）　一九三七年七月十一日付日記の注（1）参照。

ハリウッド、三八年三月二十五日　金曜日

きのうのチェムバレンの演説は破廉恥。ドイツ、オーストリアの逃亡者に対するアメリカの声明は一条の光明。ヴィーンの諸収容所からの釈放（選挙目当て、イギリス目当て？）。――夜中に強風、いまも続き、青空。浅い眠り。入浴し、九時過ぎKとエーリカと一緒にサロンで朝食。きのうの晩に出した理に適った結論だが、サンフランシスコから戻ったあと四月をここビヴァリ・ヒル(1)で過ごし（エーリカを加えて）、ついでクリーヴランド、ニューヨーク、ブルックリンでの講演をこなし、夏は海辺のニュウトン(2)の屋敷に移る。エーリカはそこからキュスナハトへ。ゴーロとメーディが私たちに合流。――荷物の詰め替えを開始。――当地の午餐会の世話人の人たちと協議。オーストリア難民に対する資金援助、トーマス・マン基金のために一、〇〇〇ドル。――芝生に棕櫚の生える雅趣ある住宅地区(3)をKとエーリと気持ち良く散歩。石油、映画関係者の所有する家々の好ましい趣味。――フランク邸で昼食、気持ちは晴れ、気分は良くなった。コーヒー。私がホテルで休息している間にKとエーリカがビヴァリ・ヒルの庭園の中のバンガロウを借りたが、ここへはきょうのうちに、三十一日の用意に私たちの戸棚型トランクを運び込むことになる。あそこの生活なら、気持ち良く心休まるものになろう。――五時、カーテイスから到来のキャヴィアでお茶。サンフランシスコに同行するコリン。リーゼル・フランクが本を大分持参、これに競売用のサインをする。――荷造り。強風。当地七時出発。

（1）〔訳注〕ビヴァリ・ヒル Beverly Hill とあるが、ビヴァリ・ヒルズ Beverly Hills の誤記であろう。

（2）　カロライン・ニュウトン（一八九三―一九七五）、アメリカの女流精神分析学者、早くからのトーマス・マン崇拝者で、初めて出会ったのは一九二九年だった。トーマス・マンのサイン入り初版本、書簡、原稿、写真のかなり古い

ものまでさかのぼって蒐集（現在大部分がプリンストン大学ファイアストーン図書館にある）、トーマス・マンが合衆国で住居を定める際には大いに力を貸した。トーマス・マンについての著作を上梓しようとしたが断片に止まった。たいへんな資産家で、ロード・アイランド州ジェイムズタウンにも別荘を持ち、三八年初夏これをトーマス・マンの用に供した。ニュウトン宛のトーマス・マンの手紙は（『カロライン・ニュウトン宛てトーマス・マン書簡集』）英独両語で、プリンストン大学出版局から七一年に私家版として出版された。

（3）　ここでは映画を意味する語が、Moovy となっているが、正しくは movie。

サンフランシスコ、クリフト・ホテル。
三八年三月二十七日　日曜日

きのう八時当地到着。かなりの人数の出迎え、ラパポート[1]、パリ[2]、その他。カメラマンたち。ホテルへ、十六階、エレガントなスウィート、美しい眺望。たくさんの薔薇。すでに九時半には延々と、すしづめで気骨の折れる記者会見。正午、ホテル・レストランで三人でランチ。ライジガー[3]がインスブルクで逮捕されたというオランダ電報で嫌な気分。ベルマン宛てに電報[4]。動揺。――食後、午睡。四時半ラパポートとドライヴ。中国人街、イタリア人街、公園、市のパノラマ。日没の際の色彩。イタリア・レストラン・ルッカで夕食をとるが、夥しい分量と食欲不振、ザバイオーネ。歩いて宿へ。サロンでカリフォルニアのシェリ、記事、インタヴュー、写真の載っている新聞各紙。ライジガーについていろいろと語り合う。バークリ大学と当地との対立。

たっぷり睡眠。入浴、お茶で朝食。電報数通、うち一通はキュスナハトの子供たちからのもので、ライジガーのニュースを確認するとともに、これから先のことに不安を洩らしている。子供たちに知らせ。――晴天、日差しの明るい天候。ニュウトン女史から、この夏の海浜の邸宅に関して電報。マイアー女史（ワシントン）から、プリンストンでは万事順調であるということ、および例の数本の原稿のことについて手紙。――田園地帯へ車を走らせ、「カシュランド」山荘[5]を訪問。さらにスタンフォード[6]に向かい、そこのドログ＝レストラン[7]でランチ。宿に戻り少し眠る。お茶に、記者会見に出ていた若いアメリカ人が女子テニス選手と連れ立って。テーブル・スピーチをエーリカと勉強。タキシード。コリン到着。ラパポートが迎えにくる。正餐会は一階下。音楽。隣席はスタンフォドの学長[8]の医学者。中国について。この学長が十人の挨拶の際の座長。歌曲の歌唱。私とエーリカの講演。非常に苦しく、ぐったりする。部屋でコリンとラパポートと。平静を取り戻す。シェリ。

（1） 調査が届かなかった。

（2） おそらくジョン・ダニエル・バリ、著述家で、「サンフランシスコ・ニュウズ」の記者。

（3） ハンス・ライジガーはゼーフェルト（ティロール）に住んでいて、ドイツ軍のオーストリア進駐に際して逮捕されたが、ほどなく釈放された。

（4） ゴットフリート・ベルマン・フィッシャー宛て、サンフランシスコから、そのベルマン・フィッシャーからトーマス・マン宛て、チューリヒから、『往復書簡集』一四二ページ、所収。この書簡集では電報交換の日付が誤って、一九三八年三月二十一日とされている。

（5） ミセス・コーラ・コシュランド Koshland（一八六七―一九五三）は、イェフーディ・メニューインが回想記の中で「女王のようなミセス・コシュランド」と呼んでいる人物で、アルフレド・A・クノップ社の出版部長ウィリアム・A・コシュランドのおば。裕福な老婦人で、気前のよい芸術文化の後援者、ことにサンフランシスコ・シンフォニー・オーケストラの後援に力を注いだ。その「山荘」は、サンフランシスコの緑豊かな郊外にあって、〔ヴェルサイユ宮の〕プチ・トリアノンをモデルにして建てられた居館で、そこでの音楽夜会が有名だった。〔訳注〕トーマス・マンは、コシュランドをカシュランド Cushland と表記しているが、他の箇所では、Koshland ではなく、Coshland とも表記している。

（6） カリフォルニアのスタンフォド大学。

（7） ドラグ・ストア内の軽食堂のこと。〔訳注〕ドラグ Drug が、ここではドログ Drog と表記されている。

（8） レイ・ライマン・ウィルバー（一八七五―一九四七）は著名な生理学者で、一九一六年から四三年スタンフォド大学学長、二九年から三三年、フーヴァー政権の内相だった。

サンフランシスコ、三八年三月二十八日
月曜日

あまり良くは眠れなかった。九時に朝食。きのう、きょう、大量の郵便。ライジガー報道を裏書きするベルマンの電報。モントリオールからの名誉博士号提案、その他。――階下の理髪店。――明るく、涼しい天候。

――老ミセス・カシュランドの豪奢な屋敷でランチ。午後ボヘミアン・クラブを訪問。Kと少し閑静な市内を散歩。エーリを加えてシネマに行き『白雪姫』(1)、様式に統一性がないとはいえ、感じは良いし、作品としては驚嘆すべきもので、私とすれば、『ヨゼフ』との関連で魅力的である、――このことはエーリカも感じたという。私たち三人だけで、「雑肉」に食欲を覚えて夕食。そのあと葉巻、サイン、記入。

（1）　ウォルト・ディズニの『白雪姫と七人の小人』、これは最初の長篇アニメーション映画（一九三七年）。

サンフランシスコ、三八年三月二十九日
火曜日

相変わらず非常に爽やかな、空の青い天候。九時頃起床、エーリカと朝食。女性記者、書籍商、サイン。Kと外出、黒い帽子を買う。ランチにバークリの大学(1)へ、巨大な橋を渡っての走行、学長邸で朝食。大学を通じての要請という、ライジガーのための働き掛け(2)、このあと副学長ドイチュ(3)にも働き掛けを継続。――お茶に客、夫婦一組、精神分析学者（チェッコーニの縁者）(4)、クノップのエイジェント(5)。――エーリカと講演にいろいろと挿入、反復練習。――新聞各紙に、シュシュニクは死刑を宣告されようとの報道。――燕尾服着用。いり卵の軽食。ぽっかりと空いた時間。オペラ劇場へ。控え室。エーリカと副学長ともども演壇へ。高くまで席を埋めた大勢の聴衆。ドイチュの紹介。講演、うまく話せた。大喝采。エーリカと一緒に質疑に答える。そのあと多数の人々、「サクラメンタム」(6)の一〇〇人の男女学生たちに特別室で挨拶。注意の行き届いた警官たち。出発。Kとエーリカと、ホテル近くのレストランで夕食。ドイツ人店主。講演会流れの客たち。カリフォルニアのシャンパン。相変わらず肉を嚙むのに苦労、スープとアイスクリームに限定する。宿で葉巻、献辞。

（1）　ウィリアム・ウォリス・キャムベル、サンフランシスコ近郊、カリフォルニア大学バークリ校の学長。
（2）　トーマス・マンは、ハンス・ライジガーのためにアメリカの大学の教職を確保し、そうした招聘によってナチ・ドイツからの出国を可能にしようと腐心していた。この努力はライジガーの優柔不断が災いして空しく終わった。

(3) 古典文献学者マンロウ・E・ドイチュ(一八七九—一九五七)、一九三一年から四七年までカリフォルニア大学バークリ校副学長(学長代理)。

(4) 特定出来なかったが、女流詩人リカルダ・フーフの最初の夫で、トーマス・マンのミュンヒェン以来の知己で、しばらくはマンの子供たちの歯科医であったトリエステの歯科医エルマンノ・チェコーニ Ceconi 博士と関係がある。〔訳注〕チェコーニが日記本文では、チェッコーニ Cecconi となっている。

(5) おそらく、クノップ社アメリカ西海岸代表フロイド・ナースであろう。

(6) カリフォルニア州サクラメントのサクラメント州立カレッジ。今日のカリフォルニア州立サクラメント大学。

サンフランシスコ、三八年三月三十日　水曜日

なかなか寝付かれなかった。ファノドルムまるまる一錠。九時半Kとエーリカと一緒に朝食。女性記者が現れ、珍しく芸術的な質問や心理学的な質問をしかけてきたのはいいが、「リート〔歌曲〕」の何たるか、知らなかった。——シュシュニク処刑の意図はないらしい。ハリファクスは上院で、ドイツに不吉な意図ありとは信じ難いと表明。——明るい、青空の一日。タウンホール昼食会は一時、晩はバークリ大学で講演となる。その前には荷造りを済ませておかねばならない。私たちはあす朝八時ロサンゼルスに戻り、バンガロウに入り、晩九時に寄付金ディナー。

三八年三月三十一日　木曜日。
ロサンゼルス行きの列車内で。

きのうのホテルで朝食会は、多数の来会者があって、スピーチ、歌唱演奏、質疑応答があったが、むしろ肩の張らないものだった。軽い食事。エーリカとある女性判事の間に座る。休息後ひげを剃る。五時にお茶(B・ハイルブロン(1)とラパポート博士をまじえてだったが、博士はやがて別れを告げた)。そのあと「ターゲブーフ」誌でルートヴィヒ(良くない)とボルジェーゼ(良い)のダンヌンツィオ論を読む。タキシード

着用、軽くサンドウィチをつまむ。迎えがきてバークリ大学へ車で。新しい黒の帽子と白のスカーフ。控え室。講演をラウドスピーカーを通じて聴くことになるホールで紹介。ついで、メイン・ホール、K、エーリカ、かなり人の良い前説の教授と一緒に演壇に。約一、二〇〇人、多数の学生。うまく話す。たびたび拍手、終わりの拍手はいつまでも続く。質問は二つ、三つだけ。キリスト教精神の名において抗議するイギリス人学生！　——同じ顔触れで引き揚げる。宿で夕食、えんどう豆スープ、いり卵、アイスクリーム。ビール。葉巻を吸いながら荷造り。最後にはかなり草臥れる。

浅い眠り。英語の質問が頭から離れず、半睡状態で質問に答え続ける。四時頃オプタリドン。六時四十五分起床、急いで服を着て、荷造りを完了。出発。早朝列車。一室だけだが、心地好い特別車室。食堂車でフレークと卵のコーヒー朝食。そのあとエーリカに今晩のスピーチを口述、これをエーリカがいまタイプライターで部分的に英訳している。——明るく暖かな天候。山岳地帯の風景。——上等の、落ち着いたランチ。そのあと一人小部屋で休息。ついで展望車で。大洋沿岸の美しい沿線。海水浴場のあるサンタ・バーバラ。

(1)　調査が届かなかった。

ビヴァリ・ヒルズ、三八年四月一日　金曜日。
バンガロウ・ホテル・ビヴァリ・ヒルズ。

きのう快適な旅の快適な終了。ロサンゼルス到着六時。駅頭にコリン。ここまで三十分の走行。美しくライトアップされた庭園内の建物をまるまる専有。フランク夫妻からのシェリ。夫妻の来訪。急いで荷物を空け、ひげを剃る。タキシード着用。出迎えを受けて富豪の映画プロデューサー、ワーナー邸(1)の夜会へ。難民のための一〇〇ドル・ディナー。映画スターの面々。豪華な家と庭園。美しい図書室、食堂に並んだテーブルには教会ローソク。食後ドイツ語を話す。あとになって図書室でフランクと私がスピーチ。質疑応答。たいへんな入金総額。非常に疲労。私たちの宿でコリンとシェリ。

きょうはようやく十時起床。(ファノドルムまるまる一錠)。ヴェランダでコーヒーの朝食。荷物を空け終わる。寝室換え。仕事部屋の整備。フランク夫妻。レンタカーとしてフォード、四人乗りオープンカーを検分、借りる。暖かな、輝かんばかりに晴れた一日。軽装がどうしても必要。――ピートから来年の講演旅行について新たな要請。――デトロイトのニュウマン枢機卿賞[2]を受けることにする。――ホテルのテラスで三人でランチ。何冊もの本にサイン。ラジオと職人。――この上なく好ましい住処。仕事にかかる準備。『ショーペンハウアー』を読む。きのうは『ロッテ』の結末部分を考える。――夏物をキュスナハトから取り寄せようとの目論見。――あとで少し休息、ついでひげ剃り。六時半、軽食のサンドウィチとお茶。タキシード。コリンと一緒にハマースタイン[3]の車でアンゼルスへ。約六、〇〇〇人の客で溢れかえる巨大な円形劇場の舞台裏で待機。ラインハルト[4]、フランク夫妻、その他。壇上、講演者と来賓の長い列。数人の前口上。講演はうまく話せ、たびたび合間に拍手が起こり、大きな感銘が表明される。続いての挨拶、フランクは温かみがあり、見事。数々の紹介。シンクレア・ルーイス[5]はユーモラス。エーリカは、午後半日かけて用意したオーストリア難民のための感動的な募金演説。集金、そして閉幕。関係者一同にとって満足な結果。写真撮影。空腹を抱えてハリウッドのフランク邸へ行き、ビール、挽き肉ステーキ、卵。エリザベス・マイアー、その母親はワシントンで、ハルに働き掛け、私たちの市民権獲得が楽にいくよう尽力してくれている。そのハルに、一、五〇〇ドルを外交ルートを通じてプラハとチューリヒのトーマス・マン基金に送金するよう電報で要請。フランク邸では明るい気分。やっと二時頃就寝。

（1）ジャック・L・ワーナー（一八九二―一九七八）、ハリウッドの映画会社ワーナー・ブラザース・ピクチャーズの副会長で全制作部門責任者。

（2）シカゴ近郊アーバナのイリノイ大学の枢機卿ニュウマン賞、トーマス・マンには、一九三八年四月二十九日に授与された。

（3）オスカー・ハマースタイン・ジュニア（一八九五―一九六〇）、成功作の多いアメリカのミュージカル台本作者、リチャード・ロジャーズ（一九〇二―一九七九）と組んで『オクラホマ』、『南太平洋』その他のような多数の有名なミュージカルを書いた。

（4）元俳優で劇場監督、演出家マクス・ラインハルト（一八七三―一九四三）、一九〇五年から二〇年、二四年から三三年までベルリンのドイツ劇場、カマーシュピーレ（小劇場）、大シャウシュピールハウスの監督、のちヴィーンのヨーゼフシュタット劇場の監督、フーゴ・フォン・ホーフマンスタールとともにザルツブルク演劇祭の創設者、三二年以来女優ヘレーネ・ティーミヒと結婚。トーマス・マンは〇九年以来面識があった。ラインハルトは三八年合衆国へ亡命、ロサンゼルスで演劇学校を主宰した。『マクス・ラインハルトへの追悼演説』（一九四三年）、『全集』第十巻四九〇―四九五ページ、参照。

（5）　アメリカの社会批判的な小説家シンクレア・ルーイス（一八八五―一九五一）、『メイン・ストリート』、『バビット』その他世界的に有名な長篇小説の作者、一九三〇年度ノーベル文学賞受賞、女流ジャーナリスト、ドロシ・トムプスンと結婚。この二人とトーマス・マンは三四年以来の知己である。

ビヴァリ・ヒルズ、三八年四月二日　土曜日

夜は寒かった。十時起床。澄んだ大気、日中は温かになる。入浴後ヴェランダで朝食。クノップのエイジェントとロサンゼルスに向かい、書店巡り、サイン。K、エーリカ、コリンと、とあるカフェでランチ。そのあとデパートで夏物の買い物、服と下着。疲労。新式の駐車場。冷え込んできた大気の中を車で宿へ。宿で着替え。女性連は日常の買い物に出掛け、その間コリンは私の部屋で。お茶にリサウアー博士と夫人。きのうの募金の結果は一、〇〇〇ドル。オーストリア人のための直接使用を要請。―コリンと『ヨゼフ』第四部について話をする。フランク夫妻とホテルで夕食、ついで夫妻と私たちの部屋で。ビール。疲労。ホテルに若いコンラート・カツェンエレンボーゲン[1]が訪ねてくる。

（1）　コンラート・カツェンエレンボーゲン（一九一三年生まれ）、エーリカとクラウス・マンの友人、ハイデルベルクとミュンヒェンでの短い学生生活のあと、一九三三年スイスに、のちオランダ、フランスに亡命、三六年合衆国に渡った。三九年ニューヨークからカリフォルニアに移住、そこで四一年に、三七年以来面識のあったトーマス・マンの秘書になった。四三年陸軍に召集され、アメリカ人には発音しにくい自分の名前をコンラート・ケレンと改名した。ヨーロッパ作戦に参加、四八年まで占領軍将校としてドイツにあり、帰国後はニューヨークとカリフォルニアでランド・コーポレイションの仕事をし、今日パシフィク・パリセイズで生活している。

ビヴァリ・ヒルズ、三八年四月三日　日曜日

薬なしで熟睡して八時半起床。Kとエーリカと一緒に、自分たちで用意しての朝食。お茶が美味しくない。ツァーレク[1]とリオン[2]宛てに手紙を書く。陽光を浴びながら少し散歩。宿でランチ。三時半フランク邸へ、大掛かりなガーデン・パーティ。エーリの半錠で興奮する。ラインハルト夫妻、老レムレ[3]、映画関係者、好感の持てるフランコ・ブルーノ[4]等々百人の人々と話しをする。――疲労。――宿でヴァイス宛てに手紙を書く。多数の手紙、その中に、オーストリア事件後最初のパニックの日々に書かれたハインリヒ[5]、クラウス[6]、ゴーロの手紙。アメリカのものが多い。宿で一部は自分たちで用意し、一部はホテルで整えて夕食。エーリは体調を崩す、耳鼻カタル。新聞各紙によると、スペイン内戦は終息に向かっているらしい。

（1）オト・ツァーレク宛て、ビヴァリ・ヒルズから、一九三八年四月三日付、『書簡目録II』三八／五四。

（2）フェルディナント・リオン宛て、ビヴァリ・ヒルズから、一九三八年四月三日付、『書簡目録II』三八／五三。

（3）ハリウッド映画界の重鎮カール・レムレ（一八七六―一九三九）は一九一二年「ユニヴァーサル」映画会社を設立、アメリカ映画産業創業者の一人だった。トーマス・マンは三四年チューリヒで会っている。

（4）フランコ・ブルーノ＝アルヴェラーディ。

（5）この手紙は残っていない。

（6）残っていない。クラウス・マンはこの時点にはキュスナハトの両親の家にいた。

ビヴァリ、ヒルズ、三八年四月四日　月曜日

午前、『即興曲』[1]を書き始める。フランク邸でランチ。午後、手紙を口述。音楽家ポラック[2]来訪。（クラウス・プリングスハイムについて。）晩、ディーテルレ[3]邸でディナー、夜会、映画上映、『ミッキー・マウス』と『ゾラ』[4]。『ミッキー・マウス』映画の企画者[5]。ゾラを演じたミューニ。ようやく二時に就寝。

（1）おそらく、この頃に書かれた随想『日記のページから』の仮題であろう。

（2）オーストリアの独奏ヴァイオニスト、指揮者、卓越した

ヴァイオリン教育家ロベルト・ポラック（一八八〇—一九六二）は、モスクワ、サンフランシスコのコンセルヴァトーリウム、そして一九三〇年から三七年まで東京の音楽学校の教授。この東京時代にポラックは〔上野の〕帝室音楽学校での同僚になったクラウス・プリングスハイムと親交を結んだ。ポラックは三七年カリフォルニアに戻り、ロサンゼルス・コンセルヴァトーリウム、ヴァイオリン科の科長を務めた。

（3）ウィリアム（元ヴィルヘルム）・ディーテルレ（一八九三—一九七二）はドイツの俳優で映画監督、一九三二年以来ハリウッドにあって、とくにその映画『ルイ・パストゥール物語』、『エミール・ゾラの生涯』などで大成功を収めた。合衆国の亡命ドイツ著作家に対しては援助に精力的に献身した。ディーテルレはドイツに戻り、晩年は舞台演出家として活動した。

（4）『エミール・ゾラの生涯』、ウィリアム・ディーテルレの監督映画、ポール・ミューニ（一八九五—一九六七）がゾラを演じる。

（5）アメリカの特殊撮影作家で映画プロデューサー、ウォルト・ディズニ（一九〇一—一九六六）。

ビヴァリ・ヒルズ、三八年四月五日　火曜日

睡眠不足で疲労。K、エーリカ、カツェンエレンボーゲンと朝食。手紙。パリからゴーロの政治情勢に触れる手紙、絶望的。ヨーロッパからの手紙、アメリカの手紙。随想に関して「コスモポリタン」誌。しかしどのようにすれば書けるか。——苦心して数行書く。ハクスリ邸[1]のランチに出掛ける。非常に疲労、気が乗らず、体力減退。副学長ドイチュ来訪（ライジガーの件）。午後をベッドで過ごし、「ターゲブーフ」でオーストリアへの弔詞を読む。夕食には起き出す。アメリカ人たちからの投書。ニュウマン枢機卿賞のことで「エグザミナー」紙[2]からの電話呼び出し。若いカツェンエレンボーゲンを加えて食事。——古典古代とキリスト教の歴史関連の論文を読み、寝付く前にベルナノス[3]の『田舎司祭』を読み始める。

（1）一九三七年四月八日付日記の注（2）参照。ハクスリはロサンゼルスに定住し、時折メトロ＝ゴウルドウィン＝メイヤーのためにシナリオ・ライターを務めた。

（2）「ロサンゼルス・エグザミナー」のことで、ロサンゼル

スの日刊紙。

(3) 著名なフランスのカトリック作家ジョルジュ・ベルナノス(一八八八―一九四八)の長篇小説『ある田舎司祭の日記』('Journal d'un curé de campagne')のドイツ語版は、すでに一九三六年ヤーコプ・ヘーグナーの訳で刊行された。すでにその長篇小説『サタンの太陽の下で』(一九二六年)によって有名になっていたベルナノスは、三六年アカデミー大賞を受賞した。ベルナノスはファシズム、ミュンヒェン協定、そして後にはヴィシ政府の鋭い批判者で、三八年ブラジルへ渡り、四五年フランスに戻った。

ビヴァリ・ヒルズ、三八年四月六日　水曜日

たっぷり睡眠。K、エーリカ、若いコンラートと朝食。『日記のページ』を大分書き進め[1]る。正午、海辺までドライヴ、散歩をし、ミラマーのテラスでランチ。お茶に、クラウス・プリングスハイムの件で、演奏会プロモーターのミセス・フリッシュ[2]。数通の手紙の口述。ロンドン映画[3]の『ヨゼフ』契約は残念ながら手元にない。――ベルマンからの電報「ライジガー釈放。」――正午、暑くなる。お茶に新調の夏服。――女流作家ヴィキ・バウム邸[4]で夜会。ドイツ語しか話さない客がほとんど。建築家ノイトラ[5]、コメディアン、音楽家、俳優、クレムペラー博士[6]、シェーンベルク[7]、等々。食事前に長い歓談。ビュフェ式のディナー。最後にバリ島映画が紹介されたが、儀式中に恍惚状態になる若者たち。痙攣。――美貌の若いインド人の踊り手。――宿でなおコリンと。遅くなる。

(1) 〔訳注〕ホテル・ミラマーは道路を隔てて広大な砂浜になっており、そこの遊歩道は「ザ・プロムナード」と呼ばれている。ここはトーマス・マンお気に入りの散歩地で、のちにロサンゼルスに移ってからは、ほとんど毎日昼の散歩にはここに来ていた。

(2) フェイ・テムプルトン・フリッシュ、女流歌手、音楽教育家で演奏会企画プロモーター。

(3) 『ヨゼフ』小説の映画化についての交渉に関しては十分な資料がないので、もはや正確に確認するわけにはいかない。一九三三年から三四年にかけてトーマス・マンはかなり長く、さまざまな仲介者(とくにブルーノ・フランク)を通じてサー・アリグザーンダー・コルダのイギリス・ロンドン映画と交渉、日記のこの箇所で触れられている契約あるいは仮契約はどうやらロンドン映画と結ばれているようだが、同じようにチューリヒでレムレの「ユニヴァーサル映画」とも交渉があった。ハリウッドではまた、エイジ

ェントのサウル・コリンが、三八年夏の日記記述が証明しているように、同じ件でアメリカの映画プロデューサーたちと交渉している。これらの計画や意図はすべて実現しなかった。『ヨゼフ』小説は映画化されずに終わった。

(4) ヴィーン出身の女流作家ヴィキ・バウム(一八八八―一九六〇)は二十年代『ホテルの人々』(一九二九年)のようなウルシュタイン社版挿絵入り長篇小説数篇で大成功を収めた。一九三一年ハリウッドへ行き、以後英語で書いた。その高級娯楽小説の多くは映画化された。

(5) オーストリアの建築家リヒァルト・ノイトラ(一八九二―一九七〇)は、アードルフ・ロースの影響を受けており、一九二一年以来エーリヒ・メンデルスゾーンとベルリンで協力して活動、二三年合衆国に移住、フランク・ロイド・ライトに協力したが、二五年以降はロサンゼルスで独立した。ノイトラはカリフォルニアに多数の住宅、集合団地住宅、学校を建設、ドイツでは他の建築物に加えて六〇年にフランクフルト近郊のヴァルドルフの団地住宅を設計した。

(6) 指揮者オト・クレムペラー(一八八五―一九七三)は一九二七年から三一年ベルリン、クロル歌劇場の主任指揮者、三一年から三三年までベルリン国立歌劇場の指揮者だった。三三年合衆国に亡命、三三年から三九年までロサンゼルス・フィルハーモニック・オーケストラの首席指揮者だった。第二次世界大戦後は、ロンドン、ついでチューリヒに居を構えて、客演指揮者として全世界で棒を振ったが、当時有数のベートーヴェン、マーラー指揮者の一人だった。

(7) オーストリアの作曲家アルノルト・シェーンベルク(一八七四―一九五一)は十二音音楽の創始者で、一九二五年以降プロイセン芸術アカデミー、作曲特別部門の部会長、三三年五月ドイツを離れ、三四年以降ロサンゼルスに住み、三六年から四四年カリフォルニア州立大学の音楽教授だった。トーマス・マンはヴィキ・バウムの家で初めてシェーンベルクと知り合ったらしい。四七年トーマス・マンの音楽家小説『ファウストゥス博士』が刊行されると、二人の間に激しい対立が生じた。

ビヴァリ・ヒルズ、三八年四月七日　木曜日

遅く起床。暑さが増す。Kとエーリカと朝食。二、三行も書き進まなかった。疲れ、苦痛を覚える。夏服。ハリウッドの非常に上等のイタリア・レストランでシャレル兄弟[1]とランチ。二人に送り戻される間に、Kとエーリカはロサンゼルス[2]で買い物をする。休息。あれこれ考える。カルラの死を思い、幼い時代のトラーヴェミュンデを思う。――女性連とお茶。そこにコリン。あとで涼しくなってからKと夕べの散歩。夏の間スイスに戻るという案を新たにいろいろ考慮する。利害得失。宿での夕食の際にエーリカとこの問題について話

し合う。ニュウトン女史の家に難点があるというのがきっかけになっている。人身の安全に関しての疑念。ブシ・アメント[3]来訪。そのアメントと討議。エーリカの納得。アメントは熱っぽくおしとどめる。夏はニューヨーク近くの海辺で過ごし、服と書籍は送らせるという考えに立ち戻る。ゴーロとメーディのための部屋のある適当な家をどこかで見つけるという仕事。私たちの出発以来あちらの総体的雰囲気は変わってしまっている、スイスの空気までも変化してしまっているだろうということ、それを把握しなければならぬ。

（1）ベルリンの大スペクタクル・レヴューの振り付け演出家エーリク・シャレルは、映画『会議は踊る』（一九三一年）で知られていたが、一九三三年ハリウッドに亡命、五十年代初めにドイツに戻った。その兄弟でベルリンの銀行家のルートヴィヒ・レーヴェンベルクは、亡命中美術品の売買に没頭し、合衆国市民権を取得するにあたっては同じくシャレルと名乗った。

（2）カルラ・マン（一八八一—一九一〇）、女優、トーマス・マンの妹、悲劇的な恋愛の渦中に巻き込まれて自殺した。

（3）俳優ルードルフ（通称ブシ）・アメントは、エーリカ、クラウスのマン姉弟の友人で、一九二七年にはクラウス・マンの脚本『四人のレヴュー』でマン姉弟と巡演した。アメントは三十年代初めにハリウッドに亡命した。

ビヴァリ・ヒルズ、三八年四月八日　金曜日

午前中、執筆を試みる。正午、フランク夫妻と海浜へ行き、少し散歩、ミラマーの外でランチ。小さなドイツ書籍の書店をのぞく。午後ベルマン宛て[1]に長い手紙を口述。晩マクス・ラインハルト邸で夜会。素晴らしい土地に建つ美しい邸宅。光りの海と見紛うロサンゼルス。ソコロフ[2]とロシアについて。ラビーネと。若いラインハルト[3]とドイツ系アメリカ人向け雑誌について。帰途フランク夫妻と出会う。夫妻と我が家でビール。

（1）ゴットフリート・ベルマン・フィッシャー宛て、ビヴァリ・ヒルズから、一九三八年四月八日付、『往復書簡集』一四二—一四五ページ。

（2）ロシアの俳優、ウラディミル・ソコロフ（一八八九—一九六二）、二十年代はベルリンのラインハルト舞台で、のちにハリウッドで活動。

（3）　ゴットフリート・ラインハルト（一九一六年生まれ）、マクス・ラインハルトの末子、映画監督、プロデューサー。

ビヴァリ・ヒルズ、三八年四月九日　土曜日

午前中、仕事を試みる。深い神経の疲労。正午フランク夫妻とコリンと連れ立って、ウォルト・ディズニ社の車でそのアトリエに出掛ける。見学、そして編集を加えてない状態の『魔法使の弟子』[1]映画の上映。ディズニの個性は注目に値する。疲労。ほとんど沈黙。コリンの招待でイタリア・レストランでランチ。身体が辛く、苦しい。家で眠る。Kとお茶。随想に手を加え、ベルマン宛ての断り状[2]をまとめる。Kと夕べの散歩。手作りの夕食。そのあと随想の書き上げた部分を伝え、それについて対話、アデーレの物語の後半を朗読、私はこの物語の独創性を楽しむことが許された。

（1）　ウォルト・ディズニのアニメーション映画。
（2）　一九三八年四月八日付日記の注（1）参照。この手紙の中でトーマス・マンは、ヴィーンでの挫折のあとアメリカに大きな亡命出版社を創設しようと試みるゴットフリート・ベルマン・フィッシャーにそれを試みるための諸前提が欠けているとして、思い止まるよう強く助言し、出版人としての職業を放棄して、以前の医者の仕事にまた戻るよう勧めている。

ビヴァリ・ヒルズ、三八年四月十日　日曜日

Kとエーリカと屋外で朝食。爽やかな好天。日光を浴びながら座って過ごす。少し書き進める。そのあと洗髪し、ひげを剃る。トマト・ジュースを一杯飲み、半時間散歩。二時老レムレ邸でガーデン・ランチ。美しい地所。小屋でのオードヴル、屋外でのビュフェ、テーブル、「ハンバーガー」、コムポット、ケーキ、コーヒー。老人の隣に立つ。コリンが面倒を見てくれる。私たちにここに定住するよう、ラインハルトがしきりに勧める。ロング・アイランドに新しい住宅の出物。屈託なく快適な居心地。遅くに休息、六時頃Kとお茶を飲む。爽やかな大気。午後の手紙書きの仕事は、こ

のところ乏しくなった緊張力をあしたの試みのために蓄えておくため、きょうのところは断念する。――コリン来訪、コリンとKと連れ立って夕べの散歩。(コリンが気に入るように) ホテルの食堂で作家のジャク・ドゥヴァル(1)とコリンとディナー。多数の手紙。ベルマンがアメリカでの計画(2)について書いてきている。――アウアンハイマー(3)が逮捕され、それどころかザルテン(4)がダハウへと連行されたという噂がしきりだ。獣のように残忍なやり口。――フランスはふたたび政府が倒れる(5)。プラハ政府は在留ドイツ人に対し、オーストリア国民投票の日にハーケンクロイツ旗を掲げることを許可する。「選挙」(6)の結果、ヒトラー賛成九九パーセント。――グイアー女史の手紙、スイスの動揺を証言している。

(1) フランスの劇作家ジャック・ドゥヴァル(一八九五年生まれ)、パリで大衆向けに成功を収めた喜劇の作者、ロシア人亡命者を扱った喜劇『トワリチュ』(一九三四年)で世界的な成功を収めた。当時ドゥヴァルはハリウッドで脚本家として仕事をしていた。

(2) このトーマス・マン宛ての手紙は残っていない。ただこれに対する一九三八年四月十五日付のトーマス・マンの返事は『往復書簡集』一四五―一四八ページに収録されている。

(3) ラウール・アウアンハイマーは、事実逮捕されダハウ強制収容所に収監された。しかしまもなくまた自由の身となり、イタリアを経て合衆国に辿り着いた。

(4) ヴィーンの劇作家、小説家、批評家フェーリクス・ザルテン(一八六九―一九四五)はその動物の物語(『バンビ』)で有名で、トーマス・マンは一九一九年以来知っており、この時以降も官憲の手に掛からず一九三八年チューリヒに亡命することが出来た。

(5) ショータンの人民戦線政府は、社会党が閣外に退いたあと、一九三八年三月十日レオン・ブルムの新政府と交代したが、この新政府もすでに一九三八年四月八日には崩壊した。一九三八年四月十日急進社会党のエドワール・ダラディエが組閣した。新政権は人民戦線と手を切り、一九四〇年三月二十日まで存続した。

(6) 女流建築家ルクス・シュトゥーダー・グイアー Guyer は、チューリヒ近郊キュスナハト、シートハルデン通り三三の、トーマス・マンが借りていた家の建築主で所有者。〔訳注〕トーマス・マンはグイアーをここでは、Gujer と表記している。

ビヴァリ・ヒルズ、三八年四月十一日

八時半起床。曇天。午前中一枚書き進める。晴れ上がる。アメントを加えて四人で、ドライヴ、天文台に通じる丘の上を散歩。ハリウッド通りでランチ。五時まで休息。お茶のあと肌着を洗濯に出す。私たちの移住(1)の件でエーリカは弁護士を訪ねる。必要書類を揃えるのに困難がいろいろある。――パリのエイジェント、レーヴェースは、ヴィーンの状況は筆舌に尽くしがたいと知らせてくる。ザルテンの最後の夏のキュスナハト来訪を思い出す、絹のネクタイを締めて、まだ文明がこのまま続くものと確信していた。これはまさに、良家の若い娘がブエノス・アイレスの淫売宿に引きずり込まれるというような悪夢のような地獄の運命なのだ。――Kの母親が送って寄越した「フランクフルト新聞」の、「満たされた憧憬」、「オーストリアのアードルフ・ヒトラー」などと記されたゾッとするような紙面。急いで取り片づける。――エドモンド・クノップ夫妻(2)とともにフランク邸の夕食に。クノップ氏は好感のもてる人物。スタジオがいま「ヨゼフ」と取り組んでいることをさり気なく言う。最後は非常に疲労。

(1)　トーマス・マンとカトヤ夫人は訪問者ヴィザで合衆国に滞在していた。意図して居たように、恒久的に合衆国に定住するためには、正規の規定通りの移民手続（イミグレイション）とその正式手続を踏んで、もう一度「移民」として相応の書類を携えて入国する必要があった。この入国は一九三八年五月上旬トロント（カナダ）から行われた。

(2)　トーマス・マンの本を出版している出版社主アルフレド・A・クノップの兄弟、ハリウッドのメトロ＝ゴウルドウィン＝メイアー＝スタジオの映画プロデューサー。

ビヴァリ・ヒルズ、三八年四月十二日　火曜日

午前、一枚書き進める。曇天、雨になりそう。正午、K、エーリ、コリンと連れ立ってゴウルドウィン＝メイアーに出向き、クノップのところに顔を出し、スタッフをまじえ、クノップとランチ。スタッフの中には知った顔がいる。それからスタッフの一人がこの映画都市を案内してくれる、不思議な印象。いくつもの通り、広場、河川、密林、南仏の港湾、ドイツの小都市などトリックの世界。撮影に立ち会う。非常に興味深く、面白い。ヨゼフ役に擬せられているミスター・モ

ントゴメリ(1)、魅力的表情をもった美青年、動きが重過ぎる。ニューヨークのエイジェント相手の悪ふざけ、逮捕。そのあとクノップのところで、ペーター・プリングスハイムの弟子(2)と邂逅。——宿で睡眠。そのあとフルーツ・ケーキとお茶。手紙を口述。小雨の中を短い散歩。Kと二人だけで手作りの夕食。「ターゲ＝ブーフ」を読む。オーストリア司教団の嘆かわしくも賢い振る舞い。——晩、ベルナノスの本を読み進める。

（1）アメリカの映画俳優ロバト・モントゴメリ（一九〇四—一九八一）

（2）物理学者ペーター・プリングスハイム（一八八一—一九六四）、カトヤ・マン夫人の兄、一九三〇年以来ベルリン大学の正教授、三三年国民社会主義政権によって解任された。ブリュセルに亡命して、そこで教授職に就いたが、四〇年合衆国に渡り、シカゴのアルゴヌ国立研究所に勤務した。定年退職後夫人の故国ベルギーに戻り、アントワープで生活した。ここで言及されている弟子は調査が届かなかった。

ビヴァリ・ヒルズ、三八年四月十三日　水曜日

朝コーヒー。一枚半書き進める。Kと散歩。今にも降りだしそうな雨。一時半手作りの昼食、たいへん結構。ベルナノスを読む。午睡。お茶にコリン、途中でクノップからゴウルドウィンに来るよう呼ばれた。一連の手紙の口述（ミセス・マイアー(1)、「イェール・レヴュ(2)」、エインジェル(3)等々）。あとでコリン、非常にうきうきしている、『ヨゼフ』の件の契約締結、九〇パーセントは確実だという。私はあまり嬉しそうな様子は見せなかった。コリンが全体としてロサンゼルス滞在から六〇ないし七〇、〇〇〇ドルの収入を約束したときだけは、笑って見せた。エーリカは、コリンがその前には泣いていた、と主張している。——晩、アメント邸に。かにのスープのあと、吐き気と苦闘。アメリカ客演についてのアメントの話に大笑いする。

（1）アグニス・E・マイアー宛て、ビヴァリ・ヒルズから、一九三八年四月十三日付、『書簡目録II』三八／六〇。

（2）有力なアメリカの月刊誌、多年にわたって数多くのトーマス・マン関係論文を掲載した。

（3）ジョゼフ・W・エインジェル宛て、ビヴァリ・ヒルズから、一九三八年四月十三日付、『書簡目録II』三八／五九。

ビヴァリ・ヒルズ、三八年四月十四日　木曜日

ファノドルムをのんで遅くに寝入る。コーヒーを飲む。一枚書き進め、興味を覚える。ハクスリ夫妻と、次第に青空が広がり、急速に気温が上昇してくる天候の中をドライヴし太平洋を望む海岸で車を下り、折からの引き潮に、青と白に輝く波打ち際までかなり遠く散歩した。浜辺には数おおくのコンドーム。私は目にしたわけではないが、マダム・ハクスリがKにそれを指摘した。――パラス・ベルデス(1)でランチ。テラスから広い湾への美しい眺望。スープ、ベイクド・チキン（硬い）。ビスケットとコーヒーの間にアイスクリーム。普段より多く英語を話す。三時過ぎ宿に戻る。四時すぎ部屋でお茶。コリンがゴウルドウィンとの交渉について新しい知らせを持ってくる。コリンに一層良く謝意を表明しておく。少し休息。私たちの滞在許可延長の件で女性公証人。署名。エーリカは私たちの不在中に旅行社の職員と私たちのシカゴ、クリーヴランド、トロント経由の戻り旅の準備をしていた。――婦人連とお茶。――手作りの夕食。そのあとクノップの助手連とM・G・Mスタジオへ。『訪れる夜』(2)のプライベイト試写。高級な映画で主演はモントゴメリ、優れた心理的タイプを示し、明白なヨゼフ要因を持っている。非常に面白い。――宿でコリンと雑談、コリンは達成した成果に満足して、あすは出発する。ニューヨークで会うまでコリンとの別れ。

（1）正しくは、パロス・ベルデス住宅地。パシフィク・パリセイズから約二十キロ離れ、非常に優雅な、スペインふう建築スタイルで建設された、サンタ・モニカとロング・ビーチの中間にある太平洋に面する切り立った崖海岸付近のロサンゼルスの別荘住宅地。［訳注］トーマス・マンはパロスPalosをパラスPallasと表記している。

（2）イギリスの劇作家エムリン・ウィリアムズ（一九〇五年生まれ）の同名の戯曲（一九三五年）による映画、主演はロバト・モントゴメリ。この作品のドイツ語訳は『何故なら夜になろうとしているから』の表題で一九四八年に刊行された。

ビヴァリ・ヒルズ、三八年四月十五日　金曜日

午前中一枚書き進める。リーゼル・フランクを加えて四人でミラマーの屋外でランチ。その前、海岸を散歩。宿で「ターゲ＝ブーフ」を読む。ヴィーンから手紙による身の毛もよだつ報告。フリーデルの死について。[1]――午後ベルマン宛てに二通目の詳細な手紙を口述。タキシード。クノップ邸で夜会。しばらく身体が痛んだが、まもなく軽快。そのあとフランク夫妻と私たちの部屋でお茶とトルテ。――クノップ夫妻から英訳聖書をプレゼントされる。

（1）　ゴットフリート・ベルマン・フィッシャー宛て、一九三八年四月十五日付『往復書簡集』一四五―一四八ページ、所収。

ビヴァリ・ヒルズ、三八年四月十六日　土曜日

ようやく九時に起床。朝食にまたお茶。一枚書き進める。すでに十二枚、限度だ、力を貯めなければならない。――十二時エリザベス・マイアーとそのビュイクに乗って先行の車についてここから四十五分離れた海岸の美しい場所に行く、エリザベスの友人たち、E・ソーロ、[1]ハフ＝レヴィーン夫妻、[2]映画作家。夫はニュー・イングランド出身者、細君はニューヨークのユダヤ人。華麗な海が眺望出来る美しい邸宅、黒い岩礁。[3]初め海水パンツ姿だった若い息子はクラウス・ホイザーと驚くほど似ている、同じように妹のほうは、クラウスの妹とそっくりだ。エリザベス・マイアーと両側に岩礁の迫ってきている海岸を散歩。テラスで心地よいランチ、そのあとデッキ・チェアに、電蓄音楽と潮騒を聴きながら横たわる。子供たちの映画撮影。愛想良く控えめな主人夫妻。恵まれた逗留。四時過ぎ、私たちの車で出発。復活祭前の交通。宿でお茶。そのあとエーリカに、ピートに渡す、今回の旅行についての新聞声明を口述。それから、もうすでに長く放ってある大きな本の荷物にサインする。――ミラーノから

リオンの手紙、ヨーロッパに戻るよう懇請していているが、これを読むと、一九三三年のベルマンをありありと思い出す。その誘惑にあまり力がないことに、われながら驚く。――英訳聖書を読む。心のうちで第四部の構想を立てる。(4) 書き物机の中にしまってある草案の紙を思い出す。――手作りの夕食。そのあとフランク邸に行く。エーリカがベルマン宛ての私の手紙(5)を朗読する。そのあと私は『ロッテ』第四章を自分と他の人たちの気晴らしに朗読する。

(1) 特定出来なかった。
(2) 映画プロデューサー、シオドー・ハフと脚本家ソーニャ・レヴィーン(一八九五―一九六〇)。
(3) デュセルドルフ芸術大学〔クンストアカデミー〕の学長、ヴェルナー・ホイザー教授の息子。トーマス・マンはホイザー一家を一九二七年ジルト島カムペンで知り、この非常に心引き付けられる十七歳の若者に好意を抱いた。トーマス・マンはクラウス・ホイザーをミュンヒェンの自宅に招待し、これに多くの時間と心遣いを捧げた。
(4) 『ヨゼフ』四部作の第四巻『養う人ヨゼフ』。
(5) 一九三八年四月十五日付日記の注(1)参照。

ビヴァリ・ヒルズ、三八年四月十七日
復活祭の日曜日

雲一つない空、非常に温かい夏のような一日。いつもより早く、八時過ぎに起床。屋外で朝食。緩慢に骨を折りながら仕事、前夜に朗読をするとたいていこの体たらくだ。太陽がぎらぎら輝く中をオープンカーで遠くまでランチに出掛ける。ミスター・エイドリアン(1)邸。M・G・Mの主任コスチューム・デザイナー、瀟洒な邸宅、庭で食事。隣人にハンガリー人彫刻家、行き来が行われている。猿檻を見物。邸の内装は凝りに凝っている。暑さと時間が不規則なのとで食事が通らない。カーティスと付き合っていた。――宿で四時半までベッドに横になっていた。軽い服装。――オープレヒト宛ての手紙を口述。論説と取り組む。英訳聖書を読む。タキシード。ルービチュ邸で夜会。これまた美しい邸宅。幾つもの小さいテーブルでディナー。美人のマドレーヌ・キャロル(2)と、謎めいた『魔の山』ファンに関するキャロルの話。この女性にやや魅了される。客たちの酩酊の度が進む。大量のシャンパン。正体のなくなった女流作家は連れ出される。往年の大歌手。独特な晩。かなり長い間ラインハルトと話をする。中庭の車のところでフランクと出会う。マドレーヌと出会う。別れの挨拶をするため主人役のルービチュが連れ出される。非常に温かい晩。大量の郵便物。

（1）　ギルバト・A・エイドリアン（一九〇三―一九五九）ハリウッド映画スタジオの指導的なコスチューム・デザイナー、ファッション・デザイナー、舞台装置家。
（2）　舞台・映画女優マドレーヌ・キャロル（一九〇九年生まれ）、一九三六年以来ハリウッドにあり、当時美しさと名声の絶頂にあって、エルンスト・ルービチュとともにパラマウント映画に属していた。トーマス・マンが『魔の山』に触れている中身は分からなかった。

ビヴァリ・ヒルズ、三八年四月十八日
復活祭の月曜日

きのう同様の暑い夏のような一日。最軽装。かなり軽やかに書き進んだが、長くは続かなかった。家を見に建築家のノイトラ夫妻と出なければならなかったからだ。立方体のガラス箱スタイル、面白くない。いろいろな人たちの家に立ち寄る。一番感じの良かったのはサンタ・モニカの若いアメリカ人作家デイヴィド・M。[1]『魔の山』の影響。原稿。ノイトラ夫人の両親はチューリヒの出身、マルタ・ヴァサーマン女史の家主。――私たちのホテルのテラスで三人でランチ。そのあとエーリカにオーストリア人のためのニューヨークでのスター演奏会宛ての電報を口述する。ベルナノスを読む。休息。洗髪とひげ剃り。五時に作家のミスター・ブラウンと夫人[2]が迎えにくる。パサディーナ[3]のアプトン・シンクレア[4]邸に行く。その家族と庭で過ごす。さらにドライヴ、そして散歩。シンクレアとブラウンと居間で歓談。娘二人を加えて七人でパサディーナの大きなホテルでディナー。料理に添えてシャーベット。早めに帰路につく。疲労。宿でお茶を二杯。非常に喉が渇いた。こよなく美しく穏やかな夜。戸口の前の揺り椅子に座る。椰子の樹と星。――政治では、日本軍に対する中国軍の勝利。――

（1）　特定出来なかった。
（2）　元ラビ、通俗歴史家、伝記作家ルーイス・ブラウン（一八九七―一九四九）とその夫人マイナ・アイスナー・リスナーは、アプトン・シンクレアの友人でサンタ・モニカに住んでいた。

（3）ロサンゼルスの郊外、アプトン・シンクレアの居住地。

（4）アメリカの作家アプトン・シンクレア（一八七八―一九六八）は重要な社会主義的、社会改革派的小説家で、その大部分見事な記録に基づく長篇小説は資本主義的社会秩序に対する鋭い批判となり、弾劾を加えられた悪状況の除去に寄与するものになった。シンクレアはすでに第一次世界大戦前にドイツ語に訳された（『沼』一九〇六年、シカゴの食肉処理場を舞台にした作品で、これによってシンクレアは世に知られるようになった）。サッコとヴァンゼッティの事件を扱った裁判小説『ボストン』（一九二八年）は世界的な注目を招いた。高齢にいたるまでシンクレアは弛まず創作を続け、その全著作はほとんど見通しのきかないくらいの量に及んでいる。

ビヴァリ・ヒルズ、三八年四月十九日　火曜日

非常に暑い。仕事をする。ミラマーでランチ。午後部屋で休息の際、大変な暑さ。五時ディーテルレ邸へ。庭で歓談。コーヒー・フロートとタルト。非常に冷たい。映画『パストゥール』[1]の上映。疲労し、中華料理が出たときには食欲なし。そのあとシェーンベルクとイェスナー[2]と話し合う。上等の葉巻。宿にフランク夫妻来訪。――ドイツ、スウェーデンからの共感表明の手紙など、郵便物。トロントの件[3]についてマイアー女史。ゴーロがチューリヒの気分について報告してくる。

（1）『ルイ・パストゥール物語』（一九三六年）、ウィリアム・ディーテルレの映画、表題役の主演はポール・ミューニ。

（2）演出家、劇場支配人レーオポルト・イェスナー（一八七八―一九四五）は一九一九年から二八年までベルリン国立シャウシュピールハウスの監督、二八年から三〇年まで同総監督、表現主義演劇、反自然主義演劇の創始者、とくに重要なシェイクスピア演出によってこの方向の演劇に道を拓いた。三三年パレスティーナに、のち合衆国に亡命する。

（3）カナダから合衆国へのトーマス・マンの公式移住。ミセス・マイアーはワシントンにおけるコネによって手続の早急な処理に尽力していた。

ビヴァリ・ヒルズ、三八年四月二十日　水曜日

曇天、冷え込む。午前、随想の仕事。あすには書き上げられるものと思う。ラビのマニンとその夫人[1]とともに二人の属するカントリ・クラブでランチ。午睡。お茶にリーゼル・フランク。バード教授[2]の出迎えを受けて、教授のカレッジでのディナー・パーティに出席。食後、迂遠な討論。食事と学生たちのダンス。バードの邸で歓談。バード夫妻同道で帰路。この晩に対するエーリカの批判（リサウアーの利害関係）。――禁断療法と「徳目」について快活に報告する、クラウスの手紙。――

（1）ラビのエドガ・F・マニン（一八九〇年生まれ）とその夫人エーヴリーン・ローゼンタール・マニン。マニンは、一九一五年以来（今日まで）ロサンゼルス最大の改革・自由派シナゴーグであるウィルシャイア・ブールヴァール・テムプルの主任ラビで、非常に著名な説教師、ラジオ、新聞解説者、ビヴァリ・ヒルズ近くのヒルクレスト・カントリ・クラブのメンバーで、ここへマニンはトーマス・マンを招待したのである。

（2）レムスン・D・バード教授（一八八八―一九七一）は、一九二一年から四六年までロサンゼルスのオクシデンタル・カレッジの学長、元々教会史家で、カリフォルニアの指導的教養専門家の一人で、亡命知識人や芸術家たちのために大いに肩入れした。バード教授は、ロサンゼルスのシュライン講堂における講演の際にトーマス・マンを迎えた接待委員会の座長で、その後長らくトーマス・マンと手紙をやり取りしていた。

ビヴァリ・ヒルズ、三八年四月二十一日
木曜日

美しい、またも夏めいているが、爽やかな一日。午前中随想『日記のページから』を書き上げる。そのあと少し散歩をし、庭に座り、床屋で散髪した。フランク邸でランチ。お茶にあるラビとある書籍商。一人はジンスハイマーの解放の件で、他方はヴァッサーマンの『ヴァーンシャッフェ』原稿[1]の件で。婦人連とカーティスと連れ立って老レムレ邸へ。プライヴェイト映写場で『マイアーリング』[2]上映、非常に効果的で娯楽的。ルードルフ役のボワイエ[3]は卓抜。家族的ディナー。

——プリンストンがイェールと同じように名誉博士号の授与を申し出てくる。——ゴーロが移住申し込みの書類を送って寄越し、スイス事情について詳細かつ興味深く、ともあれ肯定的に書いてきている。

（1） ヤーコプ・ヴァッサーマン（一八七三―一九三四）の長篇小説『クリスティアーン・ヴァーンシャッフェ』は一九一九年S・フィッシャー書店から刊行された。トーマス・マンが非常に評価していた重要な小説家の主要作品中の一作である。トーマス・マンは世紀の変わり目のミュンヒェンにおける二人の駆け出し時代から、親交があったわけではないが、ヴァッサーマンを良く知っていた。ヴァッサーマンは一九三四年の新年の夜オーストリアのアルトアウセーの自宅で死去した。その原稿の行方については何ら消息がない。未亡人のマルタ・カールヴァイス＝ヴァッサーマンは二、三の原稿は合衆国に無事持ち出したらしい。ロサンゼルスの書籍商ジェイク・ツァイトリーンが回想しているように、トーマス・マンは原稿の売却にあたって未亡人を助けたらしい。

（2） 映画『マイアーリング』は一九三六年アナトール・リトヴァクによってフランスで撮影された。主役はダニエル・ダリュウ、マルテ・レニエ、ジーナ・マネ、シャルル・ボワイエ、ジャン・ルイ・バロウであった。〔訳注〕マイアーリングは、オーストリア皇太子ルードルフ（一八五八―一八八九）が愛人マリ・ヴェツラとともに心中を遂げた城館の名前である。

（3） フランスの映画俳優シャルル・ボワイエ（一八九九―一九七八）、三十年代中頃からハリウッドで仕事をしていた。

ビヴァリ・ヒルズ、三八年四月二十二日
金曜日

曇天、涼しい。午前中手紙を書き、ハインリヒ宛て[1]には私たちが旅行に出ることを伝える。あとで、リーゼル・フランクと市内に出て、親しい女性書籍・美術品商を訪ねる。エーリカのためにアメジストの指輪を買う。そのあとシルトクラウト[2]を乗せたロレ[3]の車が迎えに来る。フォクス・スタジオへ俳優や脚本家たちとのランチに出向く。そのあと撮影を見学。浮浪人役のロレ。小さいテムプル[4]がそのトレーラーハウスで授業を受けている。それから諍い。幸せな母親。——お茶にクレムペラー博士。政治的哲学論議。ユダヤ人について。長居する。——K、随想の浄書をしながら非常に魅了されるが、真実が世間に受け入れられる可能性について危惧を覚える。——着替え、晩エリザベス・

マイアーのところを訪ねる。そのあとフランク夫妻が私たちの部屋に。

（1）ハインリヒ・マン宛て、ビヴァリ・ヒルズから、一九三八年四月二十一日付『往復書簡集』一六九―一七〇ページ、所収。

（2）オーストリアの舞台、映画俳優ヨーゼフ・シルトクラウト（一八九六―一九六四）、有名な俳優ルードルフ・シルトクラウトの息子で、一九一七年ベルリンのマクス・ラインハルトのもとで俳優の道に入り、すでに二一年には合衆国にわたり、舞台、映画、テレヴィで大成功を収めた。

（3）ハンガリー出身の映画俳優ペーター・ロレ（一九〇四―一九六四）は、ヴィーン、ブレスラウを経てベルリンに落ち着き、一九三一年フリッツ・ラングの映画『M』に出て、一挙に有名になった。三五年ハリウッドに亡命し数多くのアメリカ映画に出演、とくに精神病質的役柄や犯罪者の役で大成功を収めた。

（4）アメリカの子役スター、シャーリ・テムプル（一九二九年生まれ）はすでに一九三二年には最初の映画に登場した。

ビヴァリ・ヒルズ、三八年四月二十三日
土曜日

曇天、涼しい。九時起床。午前エーリカとイリノイ州シャムペイン[1]のための講演原稿を拵える（枢機卿ニュウマン賞のレセプション）。正午、フランク夫妻とサンタ・モニカの海岸を散歩。フィアテル夫人[2]邸でその息子たち[3]ともどもランチ、下の息子は好感がもてる。宿で少し午睡。お茶。随想の浄書に校正を加える。五時半に迎えがきてビヴァリ・ヒルズの山の手通りにあるユニヴァーサル・スタジオでの映画試写に出向く。試写室で『オーケストラの少女』[4]、抜群の映画、楽しめるし、気がきいているし、感動的。監督の部屋でスチール写真。フランク夫妻、K、エーリとレストラン、シェ・モゼルで夕食。宿でラジオのクレムペラー演奏会を聴く。フォクスのための本にサインをする。

（1）イリノイ州アーバナ近郊の工業都市シャムペイン。ここのイリノイ州立大学からトーマス・マンはニュウマン枢機卿メダルを授与された。

（2）ザルカ・フィアテル、旧姓ザーロメ・シュトイアーマン

（一八八九—一九七八）は、ピアニストのエードゥアルト・シュトイアーマンおよび女優ローゼ・シュトイアーマンの姉、作家で舞台・映画監督のベルトルト・フィアテル（一八八五—一九五三）の夫人、元女優で、一九二八年以降ハリウッドで脚本家として成功し、親交のあったグレータ・ガルボのために大部分の脚本を書いた。メイベリ・ロードのその屋敷は、客を歓待し、ハリウッド人士の溜まり場だった。その回想記『頑な心』は一九七〇年に刊行された。

（3） ハンス、ペーター、トーマス・フィアテル。

（4） ディアナ・ダービン主演のヘンリ・コスターの映画、原題は『百人の男と一人の少女』。

ビヴァリ・ヒルズ、三八年四月二十四日
日曜日

八時起床。朝食後、K[1]に、緊急を要する手紙を口述。フィードラー宛てに手紙を書き、口述したものを投函できるように仕上げる。——暗く、雨、涼しい。エーリカを伴わずにサンタ・モニカのラビ、ブラウン[2]邸でランチ。グリューワインと冷食。立派な図書室。自筆の献辞のあるトルストイの本。コーラン数点。キリストも加わる神々のコレクション。食後、作家連とご婦人連。ブラウン夫人に宿まで送ってもらう。——きょうはメーディ二十歳の誕生日。私たちはきのうメーディに電報を打っておいた。[3]——短い午後の休息。お茶に映画監督マクマリアン。フランク夫妻と、フランクのガーデン・パーティの撮影映画を観に、ポール・コーン[4]のところへ。そのあとフランク邸へ夕食に。随想『日記のページから』を朗読、常にない感銘を与えた。——きょうゴーロに対して、私がさしあたりキュスナハトから取り寄せたい書籍のリストを作成する。ワーナーの仕事についての報道を否定するようゴーロに委託する。

（1） クーノ・フィードラー宛て、ビヴァリ・ヒルズから、一九三八年四月二十四日付（六月二十四日付、と誤記されている）『書簡目録II』三八／六六。この中に、アメリカに留まり、アメリカ市民になることに決めたという報告が盛られている。

（2） ルーイス・ブラウン。一九三八年四月十八日付日記の注（2）参照。ブラウンは一九二五年ラビの職務を辞した。

（3） ロシア領アルメニア出身のアメリカの映画監督ルーベン・マムーリアン。その作品には、ザルカ・フィアテルの脚本、グレータ・ガルボ主演の『女王クリスティーネ』がある。〔訳注〕日記本文ではマクマリアン Macmalian とあるこの監督の名前を原注ではいったんマクミリアン Macmillian としたあと、最終的にマムーリアン Mamoulian としている。

（4）　ハリウッドの映画エイジェント、ポール・コーナー Kohner。〔訳注〕トーマス・マンはコーナーをコーン Cohne と表記している。

ビヴァリ・ヒルズ、三八年四月二十五日　月曜日

空模様は明るくなってきたが、風があり、不安定。八時過ぎ起床、屋外で朝食。滞在最後の日。ことが私たちの考え通りに運んでいたとすれば、旅行を終えて、戻りの日が目前ということになっているところなのだ。目下の問題は新しいわが家を造ることであり、それには時間がかかるだろう。——随想を新たに校正する。ニューヨークへ送る書籍荷物。ニューヨーク用の戸棚型トランク。ニューヨーク到着の五月六日までの日々のための、つまりシカゴ、クリーヴランド、トロントのための小型トランク。——荷造りを始める。水泳プールにいるエーリとリーゼル・フランクを訪ねる。食堂で三人食欲盛んにランチ。コーヒー。そのため休息はなし。荷造りを継続。お茶にかなりの客が来訪、アメント夫妻、ハイムス夫人(1)、ポラック教授、エリザベス・マイアー、レーオンハルト・フランク、ラモー(2)。ラモーは、持参の小冊子を見ながら占星術による私の恵まれた運勢について。ミス・マイアーはシャムペインでの挨拶の翻訳を持ってきてくれる。——客が去ったあと数通の急ぎの手紙を口述（教授職を引き受けるようにとのイェールの要求の件でエインジェル(3)に。四、〇〇〇ドルがルーイス(4)によって払い込まれる。）——ビヴァリ・ウィルシャイアでお別れにフランク夫妻と夕食。ボーイ長とビュフェ担当のウェイトレスのために本にサインする。フランク夫妻から、最近見かけた美しいラピスラズリの指輪をプレゼントされる。交換にリーゼルにプレゼント。車のところでフランク夫妻に別れの挨拶。エーリカ(6)はバイエルン王ルートヴィヒ(5)映画の件でバルノフスキのところへ。——

（1）　女優エルゼ・ハイムス（一八七八—一九五八）は、マク

ス・ラインハルトの最初の夫人、マクスの息子ヴォルフガングとゴットフリート・ラインハルトの母親。

（2）俳優で演出家ハンス・ラモーは、エーリカとクラウス・マンの友人で、ミュンヒェンの小劇場で活動していたのでトーマス・マンはそのころから知っていた。ラモーはハリウッドに亡命した。

（3）ジョゼフ・W・エインジェル宛て、ビヴァリ・ヒルズから、三八年四月二十五日付『書簡目録II』三八／六七。

（4）ウィルマース・シェルドン・ルーイス博士（一八九六―一九七九）イェール大学の有力な英文学者、非常に裕福な大学者で、ホリス・ウォルポールの往復書簡の有名なイェール大学版の作成者であり、愛書収集家で、トーマス・マンの原稿二、三点を取得している。

（5）この計画がどういうものであったか、もはや確認出来ないが、おそらくは、一九三七年にアムステルダムのクウェーリードー書店から刊行されたバイエルン王ルートヴィヒ二世の死をめぐるクラウス・マンの短篇小説『格子を嵌められた窓』の映画化のことであろう。

（6）ベルリンの劇場支配人で演出家のヴィクトル・バルノフスキ（一八七五―一九五二）は、一九三三年の亡命まで、たとえばダス・クライネ・テアーター、レッシング・テアーター、ケーニヒグレツァー通り劇場などを主宰した。三七年以降は合衆国で教育活動に当たっていた。

シカゴ行きの列車の中で、三八年四月二十六日　火曜日

きょう八時頃起床、ひげを剃り、入浴。朝食後荷物を纏める。九時半頃美しい宿から出発、ともかくもかなりの散文作品の完成を見届けてくれた私の仮の仕事場からの別れとなった。車でパサディーナへ向かう。そこでは大分時間があり、散歩する。駅にはボンボンの詰め合わせを持ってアメント。十一時頃発車。専用車室だが、残念ながら専用トイレット付きの特別専用車室ではない。晴れ上がり、暑くなる。随想の一部分に対するKとエーリカの戦術的異論について討議する。十二時上等のランチ。そのあと亡命についてのティリヒ[1]の報告書を読む。一人で休息。四時車室でお茶。ティリヒの論文の朗読と討論。——車窓の外は光を受けてライラック色を帯びた荒野、砂、サボテン、荒れ山の連なり。——この列車に私たちは二日二晩縛られているのだ。

（1）神学者で宗教哲学者パウル・ティリヒ（一八八六―一九六五）は一九二九年以来フランクフルト大学哲学教授、宗

教的社会主義者の指導者として三三年教授禁止を科せられ、合衆国へ亡命、三八年から五五年ニューヨークのユニオン・シオロジカル・セミナリの哲学的神学の教授、五五年から六二年までハーヴァド大学、六二年以降シカゴ大学教授。六二年ティリヒはドイツ書籍業界平和賞を受賞した。トーマス・マンが触れている報告書は確認出来なかった。

シカゴ行きの列車の中で、三八年四月二十七日
水曜日

朝食のあと食堂車。——きのう七時頃非常に上等のディナー。そのあとエーリカのナチ教育についての本を読む、トロントで、これの序文[1]を書く予定。ベッドが支度されている間クラブ・カーで過ごす。かなりの時間ベルナノスを読む。それから熟睡。——八時半起床。水が全然でない。ズボン吊りが歯皿に落ちる。暑くなることを約束する青空の一日。一人で朝食をとると、あとからKがやってくる。車窓の外は日に焼かれた砂と岩の荒野、その彼方には雪に覆われた山々。——エーリカのための序文にかかる。そのエーリカとニュウマン講演[2]の原稿を作り、これを序文に組み込むことを検討し、その結果一種の仕事をすることが出来た。——十二時半、非常に上等のランチ。午後は気分が良くなかった、神経的に滅入る。極上のディナー。晩、ベッドが用意されているあいだ、展望車でベルナノスの長篇小説を非常に感動を覚えながら読み終える。強烈な読後感。——スペイン語ふうの名前の二駅で客車から降りてプラットフォームを散歩する。

（1）エーリカ・マンの著書『一千万人の子供たち。第三帝国における青少年の教育』のための序文。『序文』の表題で『全集』第十二巻八二五—八二九ページ、所収。
（2）この『挨拶』のドイツ語テキストは断片的に保存されている。すなわちタイプ印刷による最初の三枚と、「別の講演」、すなわち『ニュウマン講演』が組み込まれた『来るべきデモクラシーの勝利』の六、七枚目と十四枚目の三つの挿入部分である。「補遺」参照。

シカゴ行きの車中で、三八年四月二十八日　木曜日

きのうベッドで『谷間の百合』(1)を読みはじめる。神経がたかぶり、なかなか寝つかれない。ファノドルム半錠をのんだあと、エヴィパン半錠。朝寝過ごしてしまい、やっと十時に目をさまして起き出す。エーリカを起こして、一人で朝食。風景が変わり、肥沃な大地、若い緑が萌え、花が咲いている。――ドイツにおけるユダヤ人財産の没収についての新聞報道（老人たち！）(2)。――Kとエーリ、朝食中。

（1）　オノレ・ド・バルザックの長篇小説（一八三五年）。
（2）　カトヤ・マン夫人の両親アルフレート・プリングスハイム教授とその夫人ヘートヴィヒの夫妻のことで、当時まだミュンヒェンで生活していた。

シカゴ、三八年四月二十九日　金曜日

旅は退屈することなく終わった。エーリのための序文も少し書いた。荷造り。当地到着は夏時間でやっと二時半頃。ホテル・ザ・ドレイクへ。七階の部屋。階下のレストランで昼食。そのあと休息。午後Kと少し散歩。部屋でお茶。エーリカは、AP通信に公開ではは行われなかったらしいヴィーンの焚書についての声明を伝える。チェコスロヴァキアについて、ドイツによるユダヤ人財産差し押さえについての新聞報道。ユダヤ人財産の差し押さえがオーストリア征服の主要理由であったらしい。――晩をある映画館で過ごし、ホテル向かいのフランス・レストランで食事。（スイス人給仕、優れた厨房）。宿で葉巻。寝入る前に『谷間の百合』を読み進める。

きょうは九時起床、入浴し、Kとサロンで朝食。青空がのぞき、軽く雲がかかっている、暑くない。新聞に統合最高司令部をもつ仏英軍事同盟締結(1)の報道、感銘深い。ズデーテン問題についてのイタリアの了解に係わる二重協定はまだまとまらない。――シャムペイン講演の浄書。

（1）この新聞報道は非常に誇張されていた。一九三八年四月二十八日、二十九日のロンドンにおけるダラディエとチェムバレンの会談は、ズデーテン・ドイツ党の要求に関連してプラハとベルリンにおける譲歩を引き出すべきこと、英仏参謀本部協議は継続され、戦争勃発のさいには統合最高司令官が予定されることを決定した。言葉の正確な意味での「英仏軍事同盟」は締結されなかった。

クリーヴランド、三八年五月一日　日曜日。
ホテル・クリーヴランド。

金曜日、シャムペインに向かう、特別専用車、講演の準備をし、休息そしてお茶を飲む。午後遅く到着。オブライエン神父(1)とドイツ語教授が出迎え。きわめて住み心地の良くない宿。キャンパスの見学、学生たちの音楽コンクール、コンサート練習。タキシード、家政婦の給仕で別の神父だけを交えて食欲の湧かないディナー。間違えて別の神父と食事をするほうが良かったろう。出迎えを受けて講演に。大勢の聴衆、高揚した気分。挨拶と記念章の装着。オブライエンの講話と結語。そのあとサークル(2)。そのあと私たちの部屋でビールとお茶。

金曜日から土曜日にかけて、ぞっとするような小さな洗面室付きの部屋の即席のベッドで眠る。Kとエーリとともに家政婦の用意した朝食。オブライエン神父と会談、「共産主義」に関して。面白くない。大学庭園を散歩。幾棟もの温室。若緑を楽しむ。イタリア人学生の助けを借りて出発、この学生と駅でサンドウィチ、アイスクリームにコーヒーでランチ。シカゴへ出発、見すぼらしい列車。居眠りをしたり『百合』を読んだりする。四時半到着。エーリカが荷物の手配をする。「ドレイク」に向かい、お茶を飲む。うろつき回った感じで気分悪いまま、ホールで食事。手紙が届いている。消化不良、加えて栄養不良。疲労、見かけは食欲不振。七時頃すでに馴染みの今回は満席のフランス・レストランでディナー、ここの厨房は優れた真価を発揮する。そのあと巨大な満員のシネマに行く、ダンスと歌、それから、ニューヨークからの知己ベアトリス・リリ(3)の出演する喜劇映画。そこから、寝台車は十時から空いているので駅に行く。少し待ったあと、疲労してベッドに横になり、バルザックを少し読んだあと、ぐっすり寝込む。

　きょうは、日が差して、なお爽やかな好天の一日。すでに停車している寝台車を八時に後にする。ピートが迎えに現れる。一緒に、駅と繋がっているホテル・クリーヴランドに入る。美しい部屋。三人で朝食。ピートと歓談、本にサイン。それから浴室に入り、この前の宿にはなかった快適な設備を楽しむ。消化が復活。服を着たあと、Kと湖畔の散歩に出掛ける。遊歩道はない。ホテルでは夫婦者が待っていて車で私たちをラビのシルヴァー博士(4)邸のランチに運んでくれる。イギリスふう庭園、湖畔のこの邸宅の美しい立地。およそ十人ばかり、食卓では英語の談話。コーヒーのあと早々に出発。三時私たちのサロンで記者会見。写真撮影、エーリカ同席で、いつもの質疑。四時から五時まで休息。このところ毎夜眠れず、財産没収法のことで両親のために悲しんでいるKが眠っていたのにほっとする。――五時お茶を飲む。ついで正規の講演原稿を整理する。――きのうの郵便物の中にヨーロッパからのものもあった。私の将来について考慮し、スイスはいまや自分でも勧められないとし、ロンドンを推薦してきているリオンの手紙。ゴーロから編集関連の手紙。雑誌の第五冊刊行。

（1）　神父ジョン・A・オブライエン（一八九三―一九八〇）アメリカの著名な進歩的カトリック学者、イエズス会祭司、イリノイ大学講師、同地「ニュウマン財団」の理事長。
（2）　〔訳注〕このサークルは、Cercle となっていて、Circle でない。意味不明。
（3）　一九三七年四月二十八日付日記の注（4）参照。
（4）　ヒレル・シルヴァー師（一八九三―一九六三）著名なアメリカのユダヤ人学者、アメリカの著名なシオニスト組織、その他多数の団体のの副総裁、一九三八年にはクリーヴランドのユダヤ寺院のラビだった。

トロント、三八年五月二日　月曜日

　きのうの晩、クリーヴランドで講演、巨大な円形劇場が満員。エーリカが一緒に演壇に上がる。大学の学長(1)による紹介。いつも通りの深い傾聴。合間に拍手、終わりに長々と続く喝采。質疑。楽屋でお祝いの言葉。ホテルの主人が車を提供してくれ、五月一日であることを顧慮して、警察護衛を受けて車の出入り。――ホテルで荷造り。ピートとご婦人連。徒歩で、ホテルと繋がっている駅へ。特別専用車室でエーリカと別れの挨拶、クリーヴランドで一泊したエーリカは、きょうイアリ[2]へ講演に出掛ける。エーリカに礼を言う。——短い、眠りの浅い夜。なかなか元気が出ない。七時、税関吏と入国管理官。

きょう八時トロント到着。ピートと、きのうのホテルのように駅と一つになっているホテルへ。浴室が二つある快適な部屋。荷物を完全に空ける。ピートが、主催組織の関係者と連れ立ってくる。この人物はホテルの支配人だと思っていたのだ。——Kとアメリカ領事を訪ねる。さしあたりは秘書官と面談、ついで領事と面談。好意的対応そしてスムーズな展開、ともあれ、コピーだの写真だの煩瑣な手続は欠かせない。旅券写真師のところに出向いたが、写真師は、有頂天の体で、自分用に比較的大きな写真を取りたがった。——徒歩でホテルへ。一時半コーヒー・ショップでランチ。そのあと休息。四時洗髪しひげを剃る。お茶。気まずい記者会見、数人の比較的知的な記者に混じって年取った馬鹿者が相手だったのだ。六時過ぎかなり好感の持てる委員会メンバーと車で出たが、その間ピートは戦友を訪ねに行った。綺麗な住宅地区を見る。七時半ホテルに戻り、その後間もなくコーヒー・ショップでディナー。疲労困憊。——午前、途中で書き物机用の固定具と一緒にウォーターマン万年筆を購入。——早めに就寝。

(1) ウィンフレッド・ジョージ・ロイトナー(一八七九―一九六一)は古典文献学者、一九三三年から四九年まで、クリーヴランドの、ウェスタン・リザーヴ大学の学長。

(2) 正しくはイアリ Erie、クリーヴランドとカナダ国境から程遠からぬイアリ湖の南岸にある。〔訳注〕原注には日記本文に Erie が Eri となっているように記されているが、印刷された原文は Erie となっている。

トロント、三八年五月三日　火曜日

安眠。九時起床。朝方非常に暗く、雷雨模様。朝食後エーリカのための序文を少し書き進める。それからKの後についてアメリカ領事館に行き入国申請書類の作成を進める。退屈千万。旅券(と外套を)取りに戻る。申告内容が真実であることを誓約する。これで問題は片がついた。――一時半コーヒー・ショップでランチ。そのあと休息。三時半、あす私を紹介する予定の若いカナダ人著作家[1]の来訪。『ヴェニスに死す』、ロシア文学について。そのあと大学センター「ハート・ハウス」[2]を訪問、ドイツ語を多く話す。お茶でのレセプション、紹介。オリエント学者たちと歓談。カレッジ食堂、現代絵画が飾られた礼拝堂などの見学。――宿でひげを剃り、タキシードを着る。エーリカがまだクリーヴランドにいるうちに書いて寄越した手紙、素晴らしい新聞について書いてきている。一人で〔？〕[3]でのディナーへ、非常に非アメリカ的にイギリス的な小サークル、奇妙で、ある意味では滑稽なサークル。サー・ロバト・フォークナー[4]。主婦は食事の際にだけ顔をだし、そのあとは男性だけのパーティ。ヒトラー、ムッソリーニ、ローズヴェルト、イギリス社会主義などについて。この邸の息子にホテルまで送ってもらう。息子のほうは、老人夫妻よりもアメリカ的だ。Kはすでにベッドに横になっている。――新しい万年筆は良い収穫だった。

（1）若いカナダの英文学者ノーマン・エンディコット。
（2）カナダのマシ家によって一九一九年に寄贈された学生と教授のための大学センター、重要な図書館、絵画コレクション、付属劇場を備えている。
（3）日記手稿中の空き。
（4）サー・ロバト・フォークナー Falconer（一八六七―一九四三）は、古典文献学者、宗教史家、一九〇七年から三二年までトロント大学学長、三二年から定年退職学長、幾つかのカナダの研究所や学会の会長。〔訳注〕トーマス・マンはフォークナーを Falkner と誤記している。

三八年五月四日　水曜日　トロントで、ドイツ語科のサークルでランチ。晩、講演。そのあとピートと車でバファローへ。そこからニューヨーク行き夜行列車。

ニューヨーク、三八年五月五日　木曜日

食堂車で朝食ののち、当地に十時到着。駅頭にエーリカとグムペルト。約二ヶ月留守にしたあと、馴染みのホテルへ。大量の郵便。トランクを空ける。階下のバーでランチ。二時半、大勢の記者を迎えて私のサロンで記者会見。お茶にミセス・ロウ。そのあと、Kとエーリカと一緒にシネマへ、『ミスター・ハイド』[1]、卓抜な映画。「ハープスブルク」で、グムペルトを加えて四人で夕食。――チェコスロヴァキア共和国への関係にかかわる問題。きのう「ロンドン・タイムズ」の通信員宛ての電報、きょうは、ベネシュ宛てに長文の電報[2]。

（1） 映画『ジキル博士とハイド氏』、ロバト・ルーイス・スティーヴンスンの同名の小説の映画化。演出はルーベン・マムーリアン、出演はフレデリック・マーチとミリアム・ホプキンズ。

（2） エードゥアルト・ベネシュ Benesch 宛て、ニューヨークから、一九三八年五月五日付（電報）。『書簡目録II』三八／六九。［訳注］日記本文ではベネシュはチェコ語表記で Beneš となっているが、注記ではドイツ語表記されている。

ニューヨーク、ベドフォド、三八年五月六日 金曜日

（『ヴァイマルのロッテ』第三章掲載の）「尺度と価値」第五冊を読んだあとたっぷり眠る。オーストリアについての感動的な論説[1]。――九時頃起床。朝食後リオン宛てに手紙[2]を書き、それからエーリカのための序文を書き進める。バー[3]でグムペルトとランチ、これにコマンスメント・デイの件でプリンストンの教授が加わる。そのあとヴィーンのブロッホのための宣誓供述書[4]の件で来訪のご婦人たちと面会。クラウスからライジガーの件でオズボーンと会ったことについて手紙[5]、ライジガーは、旅券を持ってベルリンにいるものの、気持ちに混乱を来し、恐怖に捉えられ、優柔不断の体だという。ライジガーが心配だ。――休息。お茶のあと、Kを相手に多数の手紙の後述、とくにチューリヒのラシュカ領事[6]宛てに、大統領宛て電報の報告と補足。――晩、カーネギー・ホールで講演。多数の聴衆。熱烈な歓迎。そして素晴らしい経過。聴衆は座席から立ち上がる。楽屋に大勢の来訪者。そのあとプラザ・ホテルで、グムペルト、カツェンエレンボーゲン、コリン、クノップ夫妻と歓談。――新聞各紙に、ローマにおけるヒトラーの振る舞いについてぞっとする記事。ムッソリーニとの話し合いがどうやら不調に終わったあと目は座り、暗い顔で、周囲にまったく無関心の様

子だったという。

（1）アントーン・ドナー「オーストリアの死」、「尺度と価値」第五冊、一九三八年五月／六月号〔オーストリア史一九三三―一九三八年に寄せて〕、所収。この筆者が誰であるかは、調査がつかなかった。おそらく「アントーン・ドナー」は、一九三八年、『オーストリアへの干渉』と題する著作をヨーロッパ書店（オープレヒト）から刊行したフランツ・クライン、ペンネーム「ロベルト・イングラム」と同一人物であろう。

（2）フェルディナント・リオン宛て、ニューヨークから、一九三八年五月六日付、『書簡目録II』三八／七三。

（3）アメリカ大学年の固定日、学位授与式、名誉博士号授与が行われる。

（4）トーマス・マンは、占領されたオーストリアから合衆国への入国を可能にする保証あるいは生活保証をヘルマン・ブロッホのために入手すべく尽力していた。この件での、ヴィーン駐在アメリカ総領事ジョン・C・ワイリ宛て、一九三八年付五月十五日付の手紙、『書簡目録II』三八／七九、参照。

（5）キュスナハトから一九三八年四月二十二日付、クラウス・マンの父親宛て手紙、クラウス・マン『書簡と回答』第二巻三六―四〇ページ、所収。クラウス・マンは、この手紙の中で、トーマス・マンがとくに「オズボーン」と書いている人物のことを、単に「O博士」と呼んでいるだけで、これを正確に特定していない。オズボーンは、クラウス・マンの手紙によれば、ライジガーに最後に出会ったミュンヒェンから直接やって来た、ライジガーの友人で、クラウス・マンとはチューリヒの喫茶店で出会った。オズボーンの報告によれば、ライジガーの優柔不断は「いまやまさに入院加療を要するほどにまで亢進し」、何よりも、自分宛てのトーマス・マンの手紙が発見されるのを恐れ、これは至急安全な場所に移し、トーマス・マン宛てライジガーの手紙も直ちに焼却するようにと言っているという。

（6）チューリヒ駐在チェコスロヴァキア総領事ヤン・ラシュカ Laška 宛て、ニューヨークから、一九三八年五月六日付、『書簡目録II』三八／七二。この手紙の中でトーマス・マンはラシュカに一九三八年五月五日付ベネシュ宛て電報の全文を伝え、アメリカ市民になるためにチェコスロヴァキア国籍を放棄することを目論んでいるという噂を否定している。〔訳注〕ラシュカ Laška は日記本文中では Lasca と綴られている。

ニューヨーク、三八年五月七日　土曜日

九時頃起床。爽やかな好天の一日。シャワー、そしてコーヒーの朝食。疲労。十時から十一時までエーリカと月曜日のディナー・スピーチを書き進める。来客。Kと眼鏡店に寄り、なくした眼鏡の代わりに新しい近眼鏡を注文する。ホテルで、ビービ、グムペルト、リースとランチ。そのあと屋上で映画撮影、台詞付き。少し休息。そのあとエーリカとスピーチを書き進める。Kに対して苛立ちを爆発させる、理はこちらにあるが、後悔する。お茶。大量の郵便。クノップ夫妻とパシでディナー。ドイツ語版の問題、ランツホフ、ベルマンについて大いに話し合う。待つことを勧められる。そのあとクノップの住まいに寄る。ビール、小型犬をからかう。電蓄音楽、渇いたように聞き入る。ヨハン・シュトラウス、ダンス曲。シーベリウスのヴァイオリン協奏曲、新しい面から見て、名人芸。シュシュニクの英文のオーストリアに関する著書(1)。

(1) クルト・フォン・シュシュニク『三たびオーストリア』、一九三七年初めてヴィーンのヤーコプ・ヘーグナー書店から刊行され、多数の外国語に翻訳された。アメリカ版は三八年ジョン・セグリュの訳により『わがオーストリア』の表題でドロシ・トムプスンの序文を添えてニューヨークのクノップ社から刊行された。

三八年五月八日　日曜日　午後プリンストンへ。そこでフレクスナー教授(1)、ドッズ学長(2)、ロウ女史とディナー。食後、男性諸氏と重要な談話。

(1) エイブラハム・フレクスナー（一八六六―一九五九）は教育学者で、プリンストン高等学術研究所の創立者で所長（一九三〇―三九）、四〇年以降名誉所長、トーマス・マンのプリンストン招聘に重要な役割を果たした。

(2) ハロルド・W・ドッズ（一八八九―一九八〇）、一九二七年から三四年までプリンストン大学政治学教授、三三年から五七年まで同大学学長。

三八年五月九日　月曜日　午前プリンストンで、大学、図書館等々を訪問。住宅地区をドライヴ、かなり有望な印象。ミセス・ロウ邸(1)でランチ。二時ニューヨークに戻る。宿でディナー・スピーチをエーリカと読み合わせる。休息。燕尾服を着る。改めての練習、それから迎えが来てアストリアへ、クリスチャン亡命者のための大ディナー(2)、参加一、一〇〇人。晴れがましい挨拶、食後国際連盟弁務官マクドナルド(3)、ドロシ・トムプスンのスピーチ、私に対する記念帳(4)の授与、私のスピーチ、大分称賛を浴びる。放送、数多くの撮影、サイン、握手。引き続きムシェンハイムの後援によるパーティ。

(1) ヘリン・ロウ＝ポーターは、一九一四年から三七年までイギリスのオクスフォド大学で教えていたアメリカの古書体学者エライアス・ロウ博士と結婚した。一九三七年ロウ＝ポーターは、ロウ博士が「高等学術研究所」の講座を引き受けていたプリンストンへ一緒に移った。二人は三八年から三九年まで、プリンストン、フィッツ・ランドルフ・ロード一五〇に住んでいた。

（2）「ドイツ人キリスト教徒亡命者のためのアメリカ委員会」のトーマス・マンに敬意を表する宴会のことで、一九三八年五月九日ニューヨークのホテル・アスター（アストリアではない）で催された。トーマス・マンのテーブル・スピーチのドイツ語原文は、部分的に「キリスト教＝民主主義＝野蛮」の表題で「パリ日刊新聞」一九三八年七月十日号に掲載されたが、断片的にしか残っていない。『全集』第十三巻六六四―六七二ページ、の発表のためには欠落した段落が完全に残っている英語訳からペーター・ド・メンデルスゾーンによって反訳されたのである。

（3）ジェイムズ・グロウヴァー・マクドナルド（一八八六年生まれ）は、歴史家、政治学者、一九一九年から三三年まで亡命者担当高等弁務官、三三年から三五年までドイツからの亡命者担当国際連盟高等弁務官、三六年から三八年「ニューヨーク・タイムズ」の編集局員、亡命者援助（ドイツ）全国調整委員会座長。ブルックリン芸術科学研究所総裁。

（4）この記念帳は保存されている。青革装で、「トーマス・マンへ、友人と崇拝者から、ホテル・アスター、ニューヨーク、一九三八年五月九日」と金文字が入れてあり、二九三通の手紙と挨拶文が収めてある。

ニューヨーク、三八年五月十日　火曜日

熟睡して、夜中の激しい雷雨に気付かなかった。午前中、一連の訪問客。ボニエルとの協定締結を報じるベルマン電報(1)。複雑な感情。正午新しい近眼鏡を取りにいき、サイズを拡げたラピスラズリの指輪を受け取る。ランツホフ、ビービをまじえてランチ。ついでファイストと私の部屋で話し合う。休息、お茶。引き続き訪問客。ランツホフ、エーリカと出版社問題について相談。集中の必要性が認められる。ベルマンに、自由を保持する、と電報(2)。階下で夕食。ついで出迎えを受けて、平和主義的・反ファシズム的宣伝映画（ヴァン・ロウン(3)）の上映に出向く。アインシュタイン(4)、スティーヴン・ワイス(5)と一緒。カメラマンたち。そのあと、ランツホフと私の部屋でビール。

（1）トーマス・マン宛て、チューリヒから（日付なし）、『往復書簡集』一五五ページ。この中に、ゴットフリート・ベ

ルマン・フィッシャーがストックホルムのボニエル書店と提携し、ベルマン＝フィッシャー書店はただちに同地で営業に入るとの報告と、ゴットフリート・ベルマン・フィッシャーは『ワイマルのロッテ』の完成を何時ごろと見込んだらよいかとの問い合わせが盛られていた。

(2) ゴットフリート・ベルマン・フィッシャー宛て、ニューヨークから、一九三八年五月十一日付、『往復書簡集』一五五ページ。その中に、トーマス・マンは、目下のところ「ゴットフリート・ベルマン＝フィッシャー書店の開設」に拘束されているとは見ていないとの通告が盛られていた。

(3) アメリカで生活し、英語で書いているオランダの著作家ヘンドリク・ウィレム・ヴァン・ロウン（一八八二―一九四四）は啓蒙的科学者、ユーモア豊かなデザイン画家として成功し、亡命ドイツ人作家を援助し、反ファシズム政治プロパガンダで積極的に活動した。トーマス・マンとは一九三五年以来の知己。

(4) 物理学者アルベルト・アインシュタイン（一八七九―一九五五）は相対性理論の提唱者、一九二一年ノーベル物理学賞受賞、一九一三年来ベルリン大学教授、カイザー・ヴィルヘルム物理学研究所長、三三年ドイツにおけるすべての大学役職を放棄し、合衆国に亡命、プリンストン高等学術研究所に迎えられた。トーマス・マンと同時にハーヴァード大学名誉博士号を受ける、トーマス・マンのプリンストン時代には、その近くのマーサー・ストリートに住み、親密な隣人関係が生まれた。『アルベルト・アインシュタインの死にあたって』、『全集』第十巻五四九―五五〇ページ、参照。

(5) スティーヴン Stephen・ワイス（一八七四―一九四九）、ニューヨークの自由シナゴーグのラビ、アメリカのシオニスト組織の創立者、一九三六年から三八年までその総裁、「アメリカ・ユダヤ人会議」の総裁、「ユダヤ緊急避難・救済委員会」の副委員長であり、ヒトラー・ドイツからの亡命者のための多数の救援組織で積極的に活動した。〔訳注〕本文では、Stephen が Steven と表記されている。

ニューヨーク、三八年五月十一日　水曜日

八時半起床。十時からエーリカと今晩のためのテーブル・スピーチを書き上げる。そのあと近所の理髪店へ。レキシントン・アヴェニューを少し散歩。階下でグムペルトとランチ。ビービが、子供たちと私について当地の友人に老エルザ・ベルンシュタイン(1)が書き送った下らない手紙のことを報告してくる。ある種のユダヤ系ドイツ人の精神状態に関する悲惨なドキュメントである。――受け取ったばかりの記念帳を読む。奇妙な印象。――午睡。お茶のあと『日記のページから』の英語への粗訳を点検したが、「コスモポリタン」

誌には難しすぎると判明する。——六月一日に行われるコロンビアの名誉博士号授与の件できのうホイザー(2)が来訪したことを記録し忘れていた。きょうバトラー(3)学長の手紙、学長は私の異論は意に介していないらしい。——ウィリアムズ・カレッジから同趣旨の申し出。——燕尾服を着る。小男のシャールが色彩写真を持ってくる。——最後の瞬間にスピーチの翻訳にエーリカと目を通す。「ドイツの文化的自由のためのアメリカの会(4)」のディナーへ。クロス知事(5)。ヴィラード(6)、トラー(7)、クー(8)（拙劣）のスピーチ。私の具体的な指摘。——ランツホフ、グムペルトとエーリカの部屋に寄り、ビールと葉巻。『芸人クレムケの回想(9)』からグムペルトの朗読。笑いと驚き。

(1) エルザ・ベルンシュタイン（一八六六—一九四九）、著名なミュンヒェンの刑事訴訟弁護人マクス・ベルンシュタイン法律顧問官（一八五四—一九二五）の妻で、ひと頃エルンスト・ロスマーの名で売れっ子の劇作家だった。とくにそのお伽話劇『王子たち』は、フムパーディンクにその同名のオペラのための素材を提供した。ベルンシュタイン夫妻はミュンヒェンで文学・音楽サロンを開いていて、このサロンでカトヤ・プリングスハイムとトーマス・マンは一九〇四年に知り合った。エルザ・ベルンシュタインは国民社会主義強制収容所テレージエンシュタットを生き延び、盲目となったが、ドイツへの信頼を揺るがせられることなく、一九四九年ハンブルクで死去した。

(2) ドイツ出身のアメリカのゲルマニスト、フレデリク・ウィリアム・ユストゥス・ホイザー（一八七八—一九六一）は、ニューヨーク、コロンビア大学ドイツ文学教授、評価の高い雑誌「ジャーマニク・レヴュー」の編集発行者、ゲールハルト・ハウプトマンについての権威ある著作の著者。

(3) ニコラス・マリ・バトラー（一八六二—一九四七）は、政治哲学、教育学教授、一九〇二年から四五年までニューヨーク、コロンビア大学学長で、アメリカの政治生活、大学生活の最も影響力のあった人物の一人。

(4) フーベルトゥス・プリンツ〔公爵〕・ツー・レーヴェンシュタインが設立した組織。一九三七年一月一日付日記の注（14）と一九三八年一月十七日付日記の注（2）参照。

(5) ウィルバ・ルーシャス・クロス（一八六二—一九四八）、イェール大学英文学教授、「アメリカ学術芸術アカデミー」事務局長、一九三一年から三九年までコネチカット州知事。多数の重要な文学史的著作や批評作品の著者。クロスは「アメリカの会」の議長団のメンバーだった。

(6) オズワルド・ガリスン・ヴィラード（一八七二—一九四九）、評論家、一九一八年から三二年まで自由主義的政治週刊誌「ザ・ネイション」の主筆兼所有者。三三年から、雑誌がフリーダ・カーチウェイの手に渡る三五年まで同誌の発行人兼寄稿家。「アメリカの会」の初期の推進者、共同設立者の一人であった。

(7) 劇作家エルンスト・トラー（一八九三—一九三九）、その表現主義的ドラマ『転身』、『集団・人間』、『ヒンケマン』、『機械破壊者』や、多くの国語に翻訳された自伝『ドイツの青春』（一九三三年）によって有名。トーマス・マンは、トラーをミュンヒェンで一九一七年以来知っており、エーリカとクラウス・マンはトラーと親交があった。ミュンヒェンの評議会共和国に参画したかどによりトラーは一九年五年の城砦禁固に処せられた。三三年ゲスターポの追求を逃れてイギリスに亡命、三六年合衆国に渡り、三九年五月二十二日ニューヨークで自殺した。トーマス・マンのトラー追悼の言葉は、挨拶『亡命の作家たち』、『全集』第十三巻八四三―八四九ページ、に記されている。

（8）　ヴィーンのジャーナリストでカバレティスト、アントーン・クー（一八九一―一九四一）は、有名なおどけ者で（時には人に気まずい思いをさせる）剽軽者だった。一九三八年合衆国へ亡命した。

（9）　マルティーン・グムペルトの文学的仕事、これはどうやら完成を見ないまま、散逸したらしい。

ニューヨーク、三八年五月十二日　木曜日

九時起床。涼しい、澄んだ天候。朝食後Kと近くの公証人のところ（ドラグ・ストア）へ、キュスナハトから届いた夏物のトランクのことで出掛ける。そのあと来客、ブラント・アンド・ブラント社のミス・バーニース、[1] インタヴュー記者その他。コリンとロックフェラー高層ビルディングに出掛け、シカゴからついたエプシュタイン夫妻[2]、ファイストとランチ。エプシュタインがまわってきたドイツと、シャハトとエプシュタインの会談について語り合う。オーストリア侵攻にあたって見られた技術的機械の故障についてのある目撃者の報告。しかし反対派は紛うことなく衰退を辿っている。戦争が起こらなければ、反対派は消滅するだろう。カリフォルニアと東部の選択について。エプシュタインは前者に賛成する。コーヒーのあとなおコリンだけが残る。徒歩で宿へ。休息。お茶に「アメリカの会」のミス・ブランデン[3]。ミス・ブランデンとエーリカと奨学金について。――エルンスト・ヴァイスからの礼状。――六時プラザ・ホテルのミセス・マイアーを訪ね、シェリを飲み、シャンパンを空けてディナー。ひどいステーキ。またカリフォルニアかプリンストンかの問題について大分話し合う。デモクラシー講演の翻訳。これを『尺度と価値』とともに「時局観望」として公表しようとの提案。――徒歩で宿へ。Kとビール。「タイムズ」に、イギリスに対するスペイン＝ロシアの告発の記事。ハリファクス「苛立つ」。——『ショーペンハウアー』随想完成のための落ち着いた時間を見つけたい。——マイアー女史のところでエーリカと『フィオレンツァ[4]』の今日性と上演可能性について。

（1）バーニース・バウムガルテン、文学エイジェンシー、ブラント・アンド・ブラントの社員。

（2）慈善家で美術品収集家マクス・エプシュタインとその夫人リオーラ、夫妻はシカゴ近郊のウィネトカに非常に美しい別邸を所有し、トーマス・マンは度々そこの客となったことがある。エプシュタインはシカゴ大学の「評議員（トラスティー）」（財産管理人）であった。

（3）サラ・ブランデン、「ドイツの文化的自由のためのアメリカの会」の事務局員。

（4）トーマス・マンの唯一の舞台作品、一九〇四年から〇五年にかけて書かれた。サヴォナローラとロレンツォ・デ・メディチの間で交わされた「精神と権力」についての弁証的対決の劇化作品は上演されることは稀で、成功もあまり見なかった。『全集』第八巻九六一―一〇六七ページ。

ニューヨーク、三八年五月十三日　金曜日

八時起床。非常に涼しい天候。朝食後、非常に多数の手紙を口述。Kと徒歩でマディスン・アヴェニューのクノップのところに行き、クノップと事務所で話し合い、それからスミス[1]、コシュランド[2]等々と話し合う。講演の刊行。ウィラ・キャザー[3]の本。そこからセントラル・パーク沿いのドロシ・トムプスンの住居にエーリカ、シンクレア・ルーイスともどもランチに。宿に大量の郵便と小包。灰皿の他に紙巻き煙草とKのためにレースのハンカチのプレゼント。ここに残しておいた本と品物。ホテル・ミューレバハから私の毛皮コート。——休息。——クラウス宛ての手紙[4]を書き始める。ハンガリーの新聞記者と若い少女を相手にインタヴュー。八時ビービと階下で食事。そのあとグムペルト邸でゴルトシュタイン教授[5]夫妻、ミスター・ヴィラード夫妻ともどもパーティ。かなり熱の籠もった談話。——キュスナハトに宛てた手紙を書きおえる。——オープレヒトからの、好印象の手紙を受け取る。

（1）バーナド・スミス、クノップ書店の幹部社員、もともと広告宣伝部長、ついで販売部長と編集長を兼任する。のちハリウッドの映画産業へ転身する。

（2） ウィリアム・A・コシュランド、ニューヨーク、アルフレド・A・クノップ書店の支配人、のち重役。

（3） 一九三七年四月二十八日付日記の注（8）参照。

（4） クラウス・マン宛て、ニューヨークからキュスナハトへ、一九三八年五月十二日付、クラウス・マン『書簡と回答』第二巻四〇―四二ページ、所収。その中にライジガーを「連れてくる」努力はクラウスの報告に基づいて停止した、との通知が盛られていた。

（5） 精神・神経科医クルト・ゴルトシュタイン教授（一八七八―一九六五）。

ニューヨーク、三八年五月十四日　土曜日

午前中『ショーペンハウアー』論と取り組み、これまでに書いた分とメモに目を通す。――少し散歩、涼しく雨もよい。コルマース邸の小人数のランチに出掛ける、心地よい集まり。宿で女性記者たちに捕まる、写真とサイン。――休息。――お茶にティリヒ教授。教授と亡命の任務と来るべきもの（人間主義的集団主義）について実に興味ある対話。――そのあとKと、私たちの到着のニュースが出るかと期待してニュース映画を見に行ったが、私たちのニュースは先週で終わっていた。雨と強風。Kとビービと階下で夕食をとる。

ニューヨーク、三八年五月十五日　日曜日

八時起床。曇り、涼しい。午前、『ショーペンハウアー』の執筆を再開。正午Kと少し散歩。階下でランツホフ、グムペルト、ヴォルフガング・ハルガルテン、朝到着したリーゼル・フランクとランチ。そのあと私のサロンで、シャールの手で色彩写真撮影。休息。お茶のあと一連の手紙を口述。ひげを剃り、着替える。七時半、階下で夕食。そのあと、ガランシアン(1)邸で音楽夜会。ビービはヘンデル(2)と十四歳のフクス(3)のソナタを弾いた。フクスの両親、チェリストのランツホフ(4)、とりわけビービは嬉しい進歩(5)。そのあと、夜ボストンの、本を出してくれる書店(6)へ出発するエーリカの部屋に寄る。

（1）　ミヒァエル・マンのヴァイオリンの先生で、パリからニューヨークに移ってきていたジャン・ガラミアン Galamian。〔訳注〕トーマス・マンは Galamian をガランシアン Gallancien と誤記している。

（2）　日記にはヘンデルが Händl とあるが、正しくは Händel である。〔訳注〕双方とも同じように発音される。バイエルン地方やオーストリア地方では語尾の -el, -en, などの e を略記する傾向がある。Frankl, Trakl, Bibl, Lisl, Haydn などがそうで、実際にはこの弱音の e は発音されているのだから、通常弱音の e をカナ表記のさいにエ音で表記するのであれば（ヘンデル）、例示した名前もフランケル、トラーケル、ビーベル、リーゼル、ハイデンとしてしかるべきである。弱音の e を響かせない発音はそれなりに原音に近く聞こえるから、フランクル、トラークル、ビーブル、リースル、ハイドンふうの表記のほうが良いという主張もあろうが、それならばヘンデルはヘンドルと表記されることになる。

（3）　ベルリン出身のアメリカの作曲家、指揮者、ピアニスト、ルーカス・フォス（もとはフクス）は一九二二年生まれで当時十六歳で、十四歳ではなかった。一九三七年までパリで学び、それから四〇年までフィラデルフィアのカーティス音楽院でクセヴィツキとヒンデミットのもとで学んだ。四四年以降ボストン・シンフォニー・オーケストラのピアニスト、五二年以降ロサンゼルスのカリフォルニア大学で作曲の教授。ミヒァエル・マンの親友。

（4）　チェリスト、ヴェルナー・ランツホフは、ヘートヴィヒ・フィッシャーの妹エルゼ・ランツホフの息子、ブリギッテ（トゥティ）ベルマン・フィッシャーの従兄弟。

（5）　〔訳注〕この文章は非常に不正確で意味がとれない。強いて解釈すれば、フクスの両親やランツホフたちはビービの演奏に嬉しい進歩を認めた、ということであろうか。

（6）　ボストンのホートン＝ミフリン社。

ニューヨーク、三八年五月十六日　月曜日

午前、『ショーペンハウアー』を書き進める。メイドに邪魔される。Kと散歩する。二人だけでランチ。そのあと随想と新たな取り組み。「尺度と価値」を読む。お茶にハリウッドのクノップ[1]の手紙を持ってコリンが現れる、売買問題とモントゴメリの関心について大分脈がある様子。疑念は依然拭えない。そのあとヴァイスゲルバー氏[2]、スペインとその他の問題について。着替え、クノップ夫妻とミス・キャザーとパシで美味しいディナー。コーヒーのあと晩をクノップ邸で、レコード・コンサート、シャンパン。私たちの将来についてクノップと話し合い。大学に籍をおく考えは捨て

たらという提案。ボストンを薦められ、地図を勘案する、留意に値する。遅い帰路を徒歩で辿りながらKと検討を継続する。ホテルに大量の郵便。私の協力を妨げることにならないとする誤った論拠を並べたベルマンの執拗な長文の電報(3)。

(1) エドモンド・クノップ。一九三八年四月十一日付日記の注(2)参照。
(2) 調査が届かなかった。
(3) トーマス・マン宛て、ストックホルムから、一九三八年五月十七日付、『往復書簡集』一五五ページ。

ニューヨーク、三八年五月十七日　火曜日

午前中『ショーペンハウアー』を書き進める。Kとミス・ニュウトンのクラブでのランチに出向く。ジェイムズタウンの邸について。ニュウトンの法外な『ヨゼフ』評価。宿でなお少し書き進める。お茶にシャルル・デュ・ボが娘と秘書を伴って。そのあとランツホフとベルマンの電報と、それへの回答について。ランツホフとの会談を支持する電報(1)を起草。——リーゼル・フランクが亡命者たちの支援について。リーゼル・フランク、グムペルト、ランツホフ、エーリカ、ビービと夕食。そのあと私のサロンでビール、そして話し合い、あす正午、リーゼル・フランクのヨーロッパ出発。——ボストンがたびたび検討された。

(1) ゴットフリート・ベルマン・フィッシャー宛て、ニューヨークから、一九三九年五月十八日付、『往復書簡集』一五五—一五六ページ。

ニューヨーク、三八年五月十八日　水曜日

午前、『ショーペンハウアー』随想を六十四枚で書きおえる。そのあと、エーリカとあすの定礎式スピーチ(1)を書き上げる。クルト・リースと階下でランチ。少し休息。三時ミセス・マイアーの迎えで、一緒に車でその賛嘆するに足るし、羨ましいかぎりの、ホワイト・プレインズの先の山荘(2)へ。晴れて爽やかな天候の中所有地の森のなかを散歩、ついで山荘を見せてもらう。所有者ミセス・マイアーの仕事用の小屋。キャヴィアとシェリ。それから肥育の若鶏、菜園の野菜、いちご、シャンパンのディナー。暖炉の火。コーヒー。石油ランプの明かりで、『ショーペンハウアー』後半部を部分的に朗読する。帰路は一時間。十時半、エーリカの部屋に寄りグムペルト、カツェンエレンボーゲンと落ち合う。化膿した指にグムペルトがピュティオール軟膏と絆創膏で手当て。——マイアー女史とボストンについて。女史はコナント学長(3)に手紙を書いてくれる。

(1) 一九三八年から三九年にかけてのニューヨーク万国博におけるパレスティーナ館の定礎式にあたっての挨拶。原稿は残っていない。

(2) ニューヨーク州マウント・キスコウ、セヴン・スプリングス・ファーム、ユージンとアグニス・マイアーの山荘。

(3) ジェイムズ・B・コナント（一八九三—一九七八）は一九二九年ハーヴァド大学の化学の教授になり、三三年から五三年まで同大学の学長、トーマス・マンは三五年以来この大学の名誉博士だった。引き続きコナントは五三年から五五年までドイツ駐在アメリカ高等弁務官、そして五五年から五七年までドイツ連邦共和国駐在初代アメリカ大使を勤める。

ニューヨーク、三八年五月十九日　木曜日

九時起床。ナチの新聞が縷々書き立てているチェコスロヴァキア共和国に対する私の関係についてのフライシュマン(1)宛ての手紙を書くについて神経を痛めつけられ、体調が良くない。——正午五十七番街の、よく繁盛しているペディキュア士ウォルシュのところに立ち寄る。徒歩で宿に戻る。グムペルトとKと一緒にランチ。短い休息のあと、迎えが来て、Kとエーリカと来年の万国博のパレスティーナ館の定礎式に出向く。ラ・グアーディア(2)と一緒になる。管理棟でレセプション。長々とスピーチの続く式典。私も挨拶をしたが、温かく受け止められ、なお署名をも行った。それから気分が悪くなり、帰路についたが、車は市長の車で市長と一緒だった。敬礼する警官たち。宿でお茶。それから就寝。興奮、病感を覚える。熱はない。晩、ベッド(3)でスープとオムレツを食べる。バーカー・フェアリの『ゲーテ』を読む。——指をグムペルトに改めて包帯してもらう。

（1）ルードルフ・フライシュマン。一九三七年一月十二日付日記の注（3）参照。フライシュマンはマン一家のために尽力して非常に強い風当たりをうけていて、トーマス・マンがアメリカ定住を意図しているとの報道によって面白くない状況に陥っていた。

（2）フィオレロ・ラ・グアーディア（一八八二―一九四七）、アメリカの政治家、民主党員、一九三三年から四五年、ニューヨーク市長、大社会改革計画を遂行した。

（3）カナダの文学者バーカー・フェアリ（一八八七年生まれ）は数冊のゲーテ研究書を執筆、刊行した。ここで言及されているのは、一九三二年刊行の『詩作品に現れたゲーテ』で、これは第二次世界大戦後ようやくドイツ語に翻訳された。

ニューヨーク、三八年五月二十日　金曜日

熟睡。健康状態は平常通り、だが改めて少し興奮気味、不安感を覚える。――朝食後フライシュマン宛ての手紙を書き上げて満足を覚える。そのあと数通の手紙、とくにベルンのマイアー博士[1]とその原稿の件でイエールのヴァイガント宛ての手紙[2]を書く。正午一人で幾つかの通りを少し散歩。初めてここで挨拶されたが、それは知りもしないし、思い出しもしない人だった。――グムペルトとホールでKを待つ。グムペルトとKとランチ。食事のあとコーヒーは、私には例外的にしか受け入れられず、晩は正午以上にずっと良くないので、飲まなかった。グムペルトの部屋で軽快した指を手当てしてもらう。心臓の検査、その結果従来通り問題ないと判明する。私の神経の状態は納得のいくもので、これまで辿ってきた道を耐えてきたのが不思議な位だ。――ヒンデミット[3]のオペラ台本『画家マティーアス』を読むが、二十八日のチューリヒにおけるその初演を私たちは逃すことになる。――午睡――五時Kとお茶[4]。――ジェイムズタウンで落ち合うことでアマーストのレーヴェンシュタイン教授宛て[5]に手紙。そのあと、あすエーリカが出発して向かうキュスナハトについて、エーリカと相談。リスト作成、さまざまな指示、子供たち、女中たち、書籍、家具についての討議。スイスの金、ウルリヒのタール軟膏、私の鍵（ロルシャハ[6]を思い出させられる）などの手渡し。――ファイスト来訪、これに別れの挨拶。――階下でグムペルトとランツホフと夕食。そのあとこの二人にコリンを加えてエーリカの部屋。チェコスロヴァキア共和国書簡、『ヨゼフ』映画問題、それに対する私の関与について。

(1) ハンス・アルベルト・マイアー。その原稿『シュテファン・ゲオルゲとトーマス・マンの作品における第三の人間主義』。
(2) ヘルマン・J・ヴァイガント宛て、ニューヨークから、一九三八年五月二十日付、『書簡目録II』三八/八二。
(3) ドイツの作曲家パウル・ヒンデミット(一八九五—一九六三)は一九二七年以来ベルリン国立音楽大学の作曲の教師、三三年国民社会主義政権によって排斥され、三四年亡命。とりあえずトルコで活動し、三七年から三九年合衆国演奏旅行を行い、しばらくスイスで暮らし、四〇年合衆国に移住し、四〇年から五三年までイェール大学付属音楽学校で教えた。五一年から五七年にはイェールと一年交代でチューリヒ大学の教職につき、その後最終的にスイスに移った。その、自身の台本によるオペラ『画家マティス』は三八年チューリヒで初演された。〔訳注〕トーマス・マンはマティスMathisをマティーアスMathiasと表記している。
(4) アマーストは日記手稿では終始Amhurstとなっているが正しくはAmherstである。
(5) カール・レーヴェンシュタイン宛て、ニューヨークから、一九三八年五月二十日付、『書簡目録II』三八/八一。
(6) トーマス・マンは一九三三年四月三十日チューリヒからドイツ国境沿いのロルシャハのホテル・アンカーにきて息子のゴーロとミュンヒェンの弁護士ヴァーレンティーン・ハインスと落ち合い、二人とドイツに帰国するにせよ、国外に留まるにせよそれに伴う不安な問題や、ミュンヒェンの財産の処理等について検討した。この際にトーマス・マンは弁護士ハインスにもミュンヒェンに置いてある原稿の保管を委託した。トーマス・マンは「ロルシャハの記憶は永久に、嫌な重苦しいものとして私の頭の中に残るだろう」と記している。『日記一九三三—一九三四』六五—六六ページ、参照(邦訳『トーマス・マン日記一九三三—一九三四』七三ページ下段)。〔訳注〕ロルシャハ前後、トーマス・マンの最大関心事はミュンヒェンに残した膨大な日記冊子であった。これの内容は家族の目にも触れてはならないものであったが、ドイツ国内事情の悪化に切羽詰まったトーマス・マンは、当時まだミュンヒェンに留まっていたゴーロ・マンに戸棚の鍵を郵送し、日記冊子を送り届けるよう指示した。ゴーロ・マンは父親の指示に従って送ったつもりだったが、さまざまな手違いで日記冊子を収めたトランクは行方不明となり、ロルシャハの話し合いの頃、トーマス・マンの不安は頂点にあったのである。〔訳注〕日記本文ではロルシャハRorschachがRohrschachと表記されている。

ニューヨーク、三八年五月二十一日　土曜日

朝食後、エーリカに別れの挨拶、エーリカはKと友人たちに伴われて十二時乗船して、ヨーロッパに向かい、パリ、キュスナハトを訪れる。心は震え、悲しみを覚えるとともに、期待に溢れてもいる。——手紙を書く。暑い夏のような一日。正午コリン、ファイストと少し散歩。ビービ、ランツホフ、小さい息子(1)を連れたリース博士とランチ。そのあと私の部屋でランツホフと旬日に迫ったベルマンとの会談について。休息。お茶のあとクノップとその家族とともにセントラル・ステイションからホワイト・プレインズに向かいプォルツハイマー邸を訪れる。庭で歓談。マデイラ。ワインの並んだディナー、戦前アラシュを添えたコーヒー。ラジオ音楽、イギリスの作曲家の組曲。車で帰路につく。——政治情勢は緊張しており、緊張の度を深めている。チェコスロヴァキアは動員令を下す。国境で二人のドイツ人を射殺。ドイツの新聞は荒れ狂う。それにもかかわらず私には戦争になるとは思えない。一国が歯を剝きだして抵抗すれば、かならずやナチは尻込みすると見込まれる。

(1) ミヒァエル・リース、クルト・リースの初婚で生まれた息子、一九三一年生まれ。

ニューヨーク、三八年五月二十二日　日曜日

八時起床。朝食後、荷造り、一部は、Kの助けを借りて。ジェイムズタウンのための荷物、戸棚型トランク、そして溜まった英語の書物は残すこと。どこに置いておくかが難しい。——夜、雨。午前晴れ上がり、暑さが増す。——大洋上に浮かんでいるエーリカのことをたびたび考える。それは新しいオランダ船だ。エーリカは八月半ばには戻ってくるだろう。ゴーロはすでに六月半ばには当地到着が期待できる。——『日記のページから』が使えないらしいというのは、面白くない。『ショーペンハウアー』随想は片付いた、が序文としての公表のためには短縮の問題が残っているし、私にはこの随想にどれだけ価値があるか定かではない。ジェイムズタウンでは、『ロッテ』のすでに取り掛か

ってある「アウグスト」の章に移ることが出来るだろうし、気分に期待している。ゴーロの最新の手紙によるとゲーテ文献は荷造りして輸送途上にある。仕事は、それが勢い付けば、エーリカが戻ってきて、万事が最終的に整理出来るまで、時間をやり過ごすうまい手段であるだろう。期待されることが多い。たとえば、ベルマンとランツホフの間の協定(1)、ヨーロッパにおける事態の成り行き、私たちの新居についての決定など。キュスナハトの女中たちもこちらに来ることになるというのも、可能性が見えてきた。——

(1) トーマス・マンはゴットフリート・ベルマン・フィッシャー宛て、一九三八年五月十八日付の電報で、ドイツ外書籍市場の狭隘化に直面してドイツ語亡命出版諸社が統合され、クウェーリードー、デ・ランゲ、ベルマン=フィッシャーの間で協定が結ばれるよう迫った。ランツホフはこの目的でストックホルムへ旅立った。

ジェイムズタウン、ロードアイランド州、ミス・C・ニュウトン邸　三八年五月二十四日火曜日

日曜日、コリンとランツホフに別れを告げて、正午、セントラル・ステイションを出発。ビービとキングストンへ四時間走行、プルマン・カーで食堂車付き、快適。ニュウトン女史の出迎えを受けて、車でフェリーに乗り、この島まで渡ってくる。邸は一応快適、海からの風、絵画的な区画地、静謐とのびのびした自然の享受。空間的には、この邸の女主人とミュンヒェンから来ている若いウルマン女史(1)がいることでさしあたりは窮屈になっている。近くの町の様子を知り、きのう午後は、フェリー汽船で着いたニューポートの様子を頭に入れた。——さまざまな買い物、車の借用手続の開始。プロピュレーエン版ゲーテ全集の入手が見込まれ、レクラム版のゲーテ文献数冊の入手も見込まれる。——天候は穏やかで霧がかかり風がある、夕方にかけてきょうは湿度が増してくる。——きょう正午、ありがたいことに私たちの家族以外の二人は出発、三人だけで初めての昼食、買ってきた羊肉を自ら調理し、黒人女性ルーシに給仕してもらう。——書斎に決めた部

屋を占有し、そこに必要なものを配置し、書き物机を据える。——きょうプリンストンから手紙、大学への所属と四回の講義、うち三回はゲーテとショーペンハウアーを扱うものとして、一年六、〇〇〇ドルという感銘深い、名誉ある申し出。第四回の講義は『ファウスト』を扱う。それに針を向ける。ミセス・マイアーへの手紙(2)を口述。エーリカがドイツ語原稿を持っていった講演の出版に関してオープレヒト宛てに。その他の通信をきのう、きょうと片付ける。——「ニューヨーク・タイムズ」は毎日村から取ってくる。ヨーロッパ情勢の緊張緩和、どうやらチェコ人の毅然たる態度のおかげらしい。——この滞在地の特徴は、ほとんどひっきりなしに鳴り響く霧笛である。——家主がここに引っ越して来るようなことになれば、七月上旬までという私たちの滞在予定も狂ってくる。家主のニュウトン女史との共同生活はほとんど考えられない。この数週間は確定している、しかしニューヨークとイェールに三十一日と二十日に博士号授与式(3)出席のため留守にすることになる。——ここでは早めに就寝することに決める。——朝は、ミス・ニュウトンがプレゼントしてくれた中国の茶碗でミルク＝コーヒー。——ビービはガレージで練習、ここでの滞在を喜んでいる。——霧、風のうなり、警笛で陰鬱な気分。しばしば不安な気持ちに捉えられる。元気回復の期待。——

（1） おそらく上級地方裁判所所長エーミール・ウルマンとその妻アグネス旧姓シュパイアーの娘。アグネス・ウルマンは、ヤーコプ・ヴァサーマンの最初の妻ユーリエ・シュパイアーの姉妹である。ウルマン家は一九一〇年以来ミュンヒェンに暮らし、マン家とよく知り合っていた。ウルマン家はオランダに、のちに合衆国に亡命した。一九三九年七月二十九日付の日記本文も参照。

（2） アグニス・E・マイアー宛て、ジェイムズタウンから、日付なし、『書簡目録II』三八／八八。

（3） コロンビア大学とイェール大学での、差し迫った名誉博士号授与式。

ジェイムズタウン、三八年五月二十五日
水曜日

きのうの晩雷鳴と雨。きょうは晴天、海からの風。重苦しい眠り。午前、『日記のページから』に変更の手を加えたが、これで、以前の同種のいくつかの試みと同じように放置されることになるだろう。――正午Kと少し散歩。食後グムペルトの『デュナン』[1]を読む。情勢の新たな先鋭化を報じる「ニューヨーク・タイムズ」も読む。――私が休息している間に、隣人のミセス・マーシャルがKを訪ねてくる。お茶のあとKと小さな浜辺へ散歩。戻ってから手紙を口述。――朝屋外にいるさいにライジガーの思い出、その感情や思考の現況についての疑問が浮かんでくる。さまざまな憶測と危惧。――しばしばエーリカを思う、エーリカは大洋上で船内新聞によってニュースを仕入れている。――グムペルトとランツホフが電話してくる。

(1) マルティーン・グムペルト『デュナン』赤十字の小説、は一九三八年ドイツ語版がストックホルムのベルマン＝フィッシャー書店から、英語版がニューヨークのオクスフォード大学出版局から同時に刊行された。

ジェイムズタウン、三八年五月二十七日 金曜日

きのう、きょう、ほとんどおやみない長雨、張りのない温かい大気、鬱陶しい、しばしば不安を覚える気分。きのう、いぶる暖炉のかたわらで「アウグスト」の章に訂正を加える。きょうは手紙を書く以外何もしていない、その著書についてグムペルト[1]宛て、フィードラー[2]、ブレンターノ[3]、クレムペラー[4]、ヒンデミット等々についてヴォルフェス[5]宛て。マイアー女史の、プリンストンに同意する電報と手紙。きのうグムペルトの好著を読了、きょうは『エカーマンとの対話』を読む。――気分があまりよくない、私たちの行為の正当性に改めて疑念を覚えるせいか。戦争の恐れはあるが、私はその戦争が起こるとは思っていないのだから、私たちにはキュスナハトのほうがましではないだろうか。私のアメリカ移住が火種となってチェコスロヴァキアに憤激と煽動が起こっているとのフライシュマンの新しい手紙も、身体の変調の原因となっている。

(1) マルティーン・グムペルト宛て、ジェイムズタウンから、

一九三八年五月二十七日付、『書簡集II』四八／四九ページ、及び『全集』第十三巻四三五ページ、所収。

(2) クーノ・フィードラー宛て、ジェイムズタウンから、一九三八年五月二十七日付、『書簡目録II』三八／九〇。

(3) ベルナルト・フォン・ブレンターノ宛て、ジェイムズタウンから、日付は一九三八年五月二十八日とされて、『書簡目録II』三八／九三。

(4) オト・クレムペラー宛てのトーマス・マンのこの手紙は『書簡目録II』にも記録されておらず、これまで発見されていない。ジェイムズタウンからの一九三八年五月二十八日付（『書簡目録II』三八／九四）ブルーノ・フランク宛ての手紙の中でトーマス・マンは、クレムペラーのアドレスが分からないのでと、クレムペラー宛ての手紙の回送を頼んでいる。

(5) 作曲家で指揮者フェーリクス・ヴォルフェス（一八九五―一九七一）は、一九三三年亡命、シカゴのオペラで、そして四五年まではニューヨーク、メトロポリタン・オペラでコレペティートルを勤めた。その後はボストンのコンセルヴァトーリウムで活動した。ヴォルフェスはリヒアルト・シュトラウスの『アラベラ』と『寡黙な女』のピアノ編曲を仕上げた。

ジェイムズタウン、三八年五月二十八日
土曜日

徐々に青空が広がってくる、海からの風。午前「アウグスト」の章を書き進める。正午Kと車でドライヴに出る、島の先端、岩礁、心地よい潮騒、海風。少し散歩。ビービは旅支度が整う。Kがビービを食後車でフェリーまで送る。ビービは一日にヨーロッパ行き（パリ）に乗船する。――邸の裏手、海に向かって日向に座り、『クラヴィーゴ』を読んで、非常に気に入った。Kはお茶に戻ってきた。私はフランク宛ての手紙(1)を書き、そこで初めて、イェール訪問後の二十四日にやはり「スターテンダム」号で、二ケ月の予定でヨーロッパ、スイスへ出掛けるというKと一日中繰り返し検討した可能性について触れる。七月八月の期間ここアメリカの何処へ落ち着いたらいいかあまりよく分からないという事情と、ヨーロッパが比較的落ち着いた情勢にあるという判断からヨーロッパへ向かう気になってくる。――プリンストンへの招請を受諾するというドッド学長宛ての手紙(2)を口述する。そのあとKと夕べの散歩。そのさい改めて旅行問題を検討する。

——大量の郵便、だが重要なものは一通もない。

（1）一九三八年五月二十七日付日記の注（4）参照。

（2）プリンストン大学学長ハロルド・W・ドッズ宛て、ジェイムズタウンから、一九三八年五月二十七日付、『書簡目録II』三八／八九。〔訳注〕トーマス・マンはドッズ Dodds をドッド Dodd と記している。

ジェイムズタウン、三八年五月二十九日
日曜日

青空、嵐のような風。午前中「アウグスト」の章を書き進める。午後、老ミセス・マーシャル邸を訪問。地中海ふうの見晴らし。庭に親戚の人々。——スイスで出会えるかもしれないとのことでハインリヒ宛てに手紙[1]。コザク教授宛ての手紙をKと協同して書く。——ヨーロッパ旅行についていろいろ話し合う。『エグモント』を読む。〔……〕

（1）この手紙は残っていない。

ジェイムズタウン、三八年五月三十日　月曜日

澄んだ、風のある一日。午前中「アウグスト」の章に訂正を加え、書き進める。「アメリカの会」から援助を受け取るエルンスト・ヴァイスの礼状。Kとドライヴに出て、島のはずれを散歩する。食後愛情を籠めて『エグモント』を読了する。そしてそのさい、やはりまたヨーロッパ渡航の可能性を疑わせるような問題状況について新聞から読み取る。ズデーテン・ドイツ党の選挙勝利は強力な宣伝材料を与えることになる。理性をもって考えれば、誰も戦争を望んでいないのだから、私は戦争が起こるとは信じられない。しかし同じ理性の語るところによれば、チェコスロヴァキアの崩壊もフランスのスペイン並みへの威信低下も戦争なしには考えられないという。フランスではペタン[1]とルブラン[2]が覚悟を促している。——お茶に新聞記者たちの来訪、インタヴュー、写真、このことが不思議

に私の気分を明るくしてくれた、そこでこの数日の重い気分は寂しさによっても説明出来るのではないか、と推測せざるを得ない。――Kと湾岸へ夕べの散歩。非常に寒い。夕食後マイアー女史宛てに手紙(3)。

(1) フィリップ・ペタン（一八五六―一九五一）、フランスの陸軍元帥、一九一六年二月のヴェルダン防衛成功によって有名となり、一七年五月フランス軍最高司令官となり、二二年国軍総監、三四年国防大臣、三九年三月マドリド大使、四〇年六月十七日首相。四〇年六月二十二日ドイツ、イタリアと停戦協定締結、四〇年七月十一日国家首席就任。四五年八月五日フランス最高裁判所から大逆罪、通牒罪により死刑を宣告されたが、高齢を理由にドゴール将軍により終身刑に減刑されユ島に追放され、そこで死去。

(2) アルベール・ルブラン（一八七一―一九五〇）、一九〇〇年以来フランスの代議士、二〇年以来上院議員、一一年から一九年にかけてたびたび大臣、三一年から三二年、上院議長、三二年共和国大統領に選出される。四〇年六月のフランス崩壊後七月十三日に引退する。

(3) アグニス・E・マイアー宛て、ジェイムズタウンから、一九三八年五月三十日付、『書簡目録II』三八／九五。

三八年五月三十一日　火曜日。ニューヨークへの車中で。

きょう八時起床。空の青い、寒い朝。朝食（劣悪なコーヒー）のあと、ひげを剃り、荷造り。そのあとなお少し書き進める。十一時半フェリーへ向かう。車ともども海を渡ったあと、キングストンへきれいな、楽しい走行。キングストンでは車を駅脇に駐車し、少し散歩。一時頃列車。プルマン・カー。出発後、食堂車でコーヒーつきのランチ。そのあと新聞を精読。いろいろなことがあるにもかかわらず、戦争は差し当たり起こりそうにない。ヒトラーはいかなる戦争もあえてすることは出来ない。チェコ人も、ヘンライン(1)が勝利を収めた以上ぎりぎりの譲歩を迫られることになるだろう。私たちは旅行に出ることが出来ると私は信じる。Kは旅行社を訪れることになる。――椅子でしばらく休息。――暑さが増してくる。――

(1) ズデーテン・ドイツ人（〔訳注〕当時ズデーテン地方はチェコスロヴァキアに属していた）の政治家コンラート・ヘンライン（一八九八―一九四五）は一九三三年十月「ズ

デーテン・ドイツ郷土戦線」を結成、これが「ズデーテン・ドイツ党」としてドイツ系住民のための自治プログラムを引っ提げて三五年五月の議会選挙によってチェコスロヴァキア第一党となった。三八年以降ヘンラインは公然とズデーテン・ドイツ地域のドイツ併合を支持した。ミュンヒェン協定締結後ヘンラインはスデーテンラントにおけるドイツ政府任命委員となり、三九年五月一日管区指導者兼総督になった。戦後連合軍に拘禁されたヘンラインは四五年五月十日自ら生命を絶った。

三八年六月一日　水曜日。ニューヨーク、ホテル・キングズ・クラウン。

きのう五時頃、一一二四番街に到着。コリンとグムペルト。二人と、プライヴェートにタクシーでこのホテルに。ビービ。宿のクラスはやや落ちる。私たちの狭いサロンで五人でお茶。不確実な状況の検討。（ヨーロッパ旅行を思い止まるようにとの忠告）。郵便。カーラーから美しい、興味深い手紙（苦痛、チェコスロヴァキア）。同じくゴーロが興味深い。その他。海辺の家賃の検討。——着替え。近くのバトラー邸でのディナーへ、間違ってKが同伴。約二十五人の紳士、学者。[1] オリエント学者のイェールの学長。[2] 極めて余分で退屈な催し。十時に辞去。Kと手紙に目を通す。

たっぷり睡眠。八時過ぎ起床。空は晴れ、温かい。私はきょうのランチを断る。——

五番アヴェニューに近いペディキュアに出向く。担当の女性が良い腕前を発揮する。そこからしばらくアヴェニューを散歩する。一時グムペルトのところに行く、そのオフィスを見学。〔……〕グムペルトとプラザ近くのさる感じの良いレストランでランチ。タクシーでセントラル・パークを抜けてホテルに戻る。休息、Kは三時頃婦人昼食会から戻ってくる。着替え。四時半一杯のお茶。五時頃、コリン、グムペルト。ホールでドロシ・トムプスンとシンクレア・ルーイスと挨拶。私の伝令使、ファイフェ教授[3]と夫人。大学キャムパスへ。学位取得者たちの集まり、挨拶。式服のガウンとビレッタ。写真撮影。学生や学位取得者たちのさまざまなグループが観客席に囲まれた広いフィールドに入って行く間、ホールで長々と待っている。紙巻き煙草。それから衣装に包まれた姿で音楽の響くなか、大勢の面前で階段を降りて観客席に着く。祈禱、そして儀式がゆっくりと進行して行く間に初めは温かく輝いていた太陽が建物の彼方に沈んで、非常に寒くなった。風。イェールの学長の隣。名誉博士の順番はアルファベット順。トムプスン＝ルーイスに続いた。大喝采、私の市民権獲得に触れられたとき重ねて喝采、最後にはいつまでも続いた。――ひどく冷え上がる。Kと同伴者たちと落ち合う。ホテルでしばらく過ごす。ついでここから近い非公式ディナーに出向く。クノップ夫妻、グムペルト、面識のない人たちと同じテーブル。鶏とアイスクリーム。食後礼を述べてバトラー学長に別れの挨拶。コリン、グムペルトと、この晩にけりをつけるために、クノップ邸に行く。ビールとレコード音楽。歌曲。非常に熱狂的な第四楽章をもつシベーリウスの第二交響曲。なおチャイコフスキーの影響下にあって、はらはらさせられる。――情勢とヨーロッパ渡航が得策かどうかの疑念について大分議論。十一時半辞去、グムペルトに宿まで送ってもらう。

(1)　Scolars とあるが、正しくは Scholars。
(2)　一九三二年から五〇年までイェール大学学長だった歴史学者チャールズ・セイモア。
(3)　ロバト・H・ファイフェ、ニューヨーク、コロンビア大学のドイツ語ドイツ文学教授。

三八年六月二日　木曜日、ニューヨーク、「キングズ・クラウン」。

『エカーマン』[1]を少し読んだあと、熟睡。八時過ぎ起床。郵便。青空、温かく、靄がかかっている。Kは船会社に行く。書き進め、荷造りをする。ジェイムズタウンに帰着。私たちがまったく満足出来なかったホテル「キングズ・クラウン」から十一時半頃出発。一二五番街ニューヨーク・セントラル・ステイション。プルマン・カーで出発。食堂車でランチ、コーヒー。『エカーマン』を読む。休息。三時過ぎキングストン到着。私たちの車は置いた場所にあった。フェリーへ向かう。そこで四時半まで時間があり、散歩。ここを発った時と同じ風が吹いているが、少し夏らしさを増している。甲板に出て渡航。キュスナハトへの予約申込み電報の電文を書き上げる。ここには五時到着、黒人のルーシから挨拶される。数通の手紙。

ニュウトン女史の手紙。海のほうから初めはうっすらした靄だったものが、こちらに吹き流れてきて島全体をすっぽり包んでしまう、霧の現象。それから晴れ上がって太陽が現れる。——最近のプロヴィデンス[2]の新聞記者のインタヴュー、よく見ている。——フィラデルフィアでの十月予定の講演依頼（?）。——荷物を空ける。——一連の手紙の口述。——プロピュレーエン版ゲーテ全集[3]を収めた箱がニュウトン女史から届く。——晩食欲なく、疲労。ラジオ音楽。ニューポートの図書館から借りたヘーファー[4]の論文「ゲーテとシャルロッテ・フォン・シュタイン」を読む。早めに就寝。

（1）ヨーハン・ペーター・エカーマン（一七九二—一八五四）『ゲーテ晩年におけるゲーテとの対話』三巻、一八三六年から四八年刊。

（2）アメリカのロード・アイランド州の州都。

（3）カロライン・ニュウトンはプロピュレーエン版四十五巻本大ゲーテ著作集（一九〇九—一九二三年刊）を所蔵しており、これを『ヴァイマルのロッテ』執筆のトーマス・マンに用立てたのである。

（4）エトムント・フランツ・アンドレーアス・ヘーファー（一八一九—一八八二）『ゲーテとシャルロッテ・フォン・シュタイン』シュトゥトガルト、一八七八年。最終的に確認されている版は一九二三年の第九版である。

ジェイムズタウン、三八年六月三日　金曜日

雨。「アウグスト」の章に訂正の手を加え、さらに書き進める。正午、外出せず。食後手紙や新聞各紙を読む。子供たち宛ての電報が送られる。午睡。お茶のあとKと雨に降られずに散歩。家でプロピュレーエン版ゲーテ全集の箱を空け、私の書卓の前の窓台に並べる。夕食後一連の手紙を口述、「人間としてのゲーテ」（プロピュレーエン）[1]を読む。手紙をまとめる。カミレン茶でオプタリドンをのむ。

（1）プロピュレーエン・ゲーテ全集の補遺三巻『人間としてのゲーテ』（一九二三—一九二五）。

ジェイムズタウン、三八年六月四日　土曜日

雨模様、きりっとしない大気。ごく僅かな時間だけ書き進める。それからKとニューポートへ行く。散髪。葉巻を手に入れ、二本目のデスク用万年筆を買うが、これはまだ機能していない。午後、Kがフェリーへ迎えに行って、グムペルト到着。グムペルトとお茶、そして散歩、服がじっとりする。一緒に夕食。果汁の少ないいちご。――大量の郵便物。インタヴューを断る。マイアー女史はヨーロッパ〔行き〕を支持する。方式と日付、スターテンダム号、ノルマンディー号について相談。プリンストンの住宅売却申込み。Kのプリンストン訪問を協議する。

ジェイムズタウン、三八年六月五日　日曜日

早めに起床。朝食後「アウグスト」の章を書き進める。ひげを剃り、爪の手入れをしてもらったあと、私たちはグムペルトとニューポートを経由してグムペルトの本を出版するヴィラード[1]を訪ねてウォレナム[2]への遠出をした。海辺に華麗な佇まいを見せる邸宅。そこでランチ。そのあと庭園の中、素晴らしい海風を受けながら浜辺を散策。隣の邸宅を検分、大き過ぎる。グムペルト博士と引き揚げる。ニューポートでお茶。それからグムペルトを別のフェリーまで案内し、徒歩で家に戻る、こうしているうちに八時になった。非常に疲労。ディナーのさいに食欲が出る。ゲーテについて読む。――一日中ひどく気紛れに変わる天候、帰りの走行中激しい雷雨、晩、ここでは雷鳴と強風。

（1）　出版社主ポール・ウィラート Willert は、ニューヨーク、オクスフォード大学出版局社長、マサチューセッツ州ウェアラムに住んでいた。一九三八年にはグムペルトの『デュナン。赤十字物語』を刊行した。〔訳注〕トーマス・マンはウィラートを Villard と記している。

（2）　〔訳注〕ウォレナム Warenham とあるが、正しくはウェアラム Wereham である。

ジェイムズタウン、三八年六月六日　月曜日

私の六十三歳の誕生日。青空、そして風。起きるとKの祝いの言葉、金色の鉛筆、オー・デ・コロンにデスク万年筆、これはKが午前中検査にニューポートへ持っていく。朝食前、家の奥の刈り込んだ草地を散策。ニューポートから三通の電報が伝えられる。——「アウグスト」の章をかなり書き進める。Kが子供たち、ベルマン夫妻、ベドフォド、グムペルト、ギーゼ女史、ランツホフ、クノップ夫妻の電報を取ってくる。クノップから上等の葉巻。（新品の万年筆は相変わらず具合が悪い）——好天。海風。Kと岩礁の岬の先端に車で出掛け、広がりとその呼気を楽しんだ。奇妙な木材状岩礁。（石化した森の名残りか）——ランチにレーヴェンシュタイン教授（アマースト）と夫人。夫妻とドイツについてそしてその展望についていろいろと語る。五年のうちに化け物は消えてなくなるだろう、というのが教授の診断である。——四時に夫妻と小さい湾へ散歩。二人はお茶のあと出発。——ニューヨークにおけるスペイン会合のための挨拶のメセージ[1]を書く。晩、心臓が重苦しく、食欲がなく、疲労。デザートにケーキとアメリカのシャンパン。ゲーテについて読み、手紙を纏める。

（1）『書簡目録II』三八／一〇〇、参照。タイプ印刷で保存されているドイツ語原文は部分的に一九三七年の随想『スペイン』（『全集』第十二巻七九三―七九五）を利用している。「補遺」に所収。

ジェイムズタウン、三八年六月七日　火曜日

風、流れる霧。朝「アウグスト」の章を書き進める。「スターテンダム」の豪華船室の予約が出来る。これでともあれ六人の子供たちが皆集まっているシートハルデン通りへとまた向かっていくという、格別に明るい、簡単には纏められない考え。依然としてこの考えは政治によって粉砕される可能性がある。——正午。Kと車で出て、散歩をする。お茶のあと一連の手紙を口述。誕生日祝賀の電報が遅れて数通届く。Kと夕べの散歩。ディナーに食欲が増す。——『西東詩篇』[1]を

読む。晩、ゲーテ[2]のシェイクスピア、ヴィーラント等々論を読む。名前を明示しないまま古典主義について、またヴィーラントの時代からの乖離について語っている箇所。古典主義をカントに結びつけながら。――シェイクスピアは舞台詩人ではない、内的感覚からすればまったく舞台詩人ではない。

（1）　ゲーテの連作詩集（一八一四―一八一九）。
（2）　ゲーテ Goethe がここでは Göthe と表記されている。トーマス・マンはこの書き方をたびたび用いた。

ジェイムズタウン、三八年六月八日　水曜日

午前中、退屈を覚えながら「アウグスト」の章を書き進める。Kと車で少しドライヴ、紙巻き煙草を買う。フェリーに、ベルマンとランツホフの、二人の合意についての電報[1]を取りにいく。エーリカ（船からの）とメーディの私に対する誕生日祝いの手紙。――きりっとしない大気、たるんだ重苦しい感覚。食後、戸外に出る。午後天候が変わって夏らしくなる。比較的軽い服装。リオン宛てに手紙[2]。Kとドライヴに出て公園地域を散歩する。晩『ファウスト』を読む。手紙を纏める。

（1）　トーマス・マン宛て、ストックホルムから、一九三八年六月七日付、ゴットフリート・ベルマン・フィッシャーとフリッツ・ランツホフ連名の電報、『往復書簡集』一五六ページ。
（2）　フェルディナント・リオン宛て、ジェイムズタウンから、一九三八年六月八日付。『書簡目録II』三八／一〇二。

ジェイムズタウン、三八年六月九日　木曜日

戸外での朝食にお茶。澄んだ、日当たりのよい一日。「アウグスト」の章ほとんど進まず。一日中胸が重く、重く苦しい気持ち。正午Kと車で出て、島の突端のコーヒー・ショップでランチ。海峡沿いの美しい庭園、ここにいると心地よい。午後ニューポートに向かい、海岸に出る、華麗な私有地、大洋沿いの岩礁を越える

非常に美しい公共の道路。七時十五分家に戻る。ヘルツ女史に手紙。(1) ルーシのいない夕食。——私の活動に関するプリンストンのガウス学部長の手紙。(2)

(1) イーダ・ヘルツ宛て、ジェイムズタウンから、一九三八年六月九日付、『書簡目録II』三八／一〇三。
(2) アメリカのロマニスト、クリスチャン・ガウス（一八七八—一九五一）。プリンストン大学現代語教授、一九二五年から四五年まで学部長、トーマス・マンの大学招請に大きく関与した。

ジェイムズタウン、三八年六月十日　金曜日

引き続いて好天。気持ちは軽やかになる。のびのびと「アウグスト」の章を書き進める。正午Kと材木状の岩礁が並ぶ先端部を歩いたが、そのあたりは暑すぎるほどだった。コーヒー・ショップ方向の別の地点に車を走らせたところそこでも岩礁は石化して材木状を見せていた。——多数の手紙、その中にはフィードラー、フランク、ヘルツ女史などのものがあり、ヘルツ女史は懐中電灯を送ってくる。——お茶にニューポートからミスター・バレット。(1) 英語を話す。ミスター・バレットと庭で過ごしフェリーへ歩いていく。そのあとディナーのあとKと手紙を書く。モーニのおどけた性格描写を盛り込んだクラウスの長文の手紙、(2) 全体として魅力的。——疲労。手紙を纏める。(3) ニュウトン女史に私たちの出発計画を伝える。Kが一人でプリンストンに家探しに出掛け、私たちは、私の相手をしてもらうためにコリンを招待すると取り決める。——ここでは非常に緩慢な胃の消化。

(1) 不明。
(2) カトヤ・マン宛て、キュスナハトから、一九三八年六月一日付、クラウス・マン『書簡と回答』第二巻四四—四八ページ、所収。
(3) カロライン・ニュウトン宛て、ジェイムズタウンから、一九三八年六月十日付、『書簡目録II』三八／一〇四。

ジェイムズタウン、六月十一日　土曜日

終日濃霧と雨。外に出るのは不可能。——この島の一特徴はさらに一種の小さいが強くて逞しい生命力をもった甲虫で、頭で皮膚の中に食い込んでくる。取り除けるのは難しく、一旦食い込まれると、最近私もそんな目にあったが、鋏で切り取るしか術はない。大分殺した。嫌な虫だ。——八時前に起床。調子よく「アウグスト」の章を書き進める。食後「タイムズ」でチエコの防衛手段、オーストリアの略奪[1]、債務支払いの拒否について読む。——ビエルスコから届いている、オーストリア知識人解放の手段、方法についての声明、かなり見込み薄、然しよく書けており、ことによるとブリュルの手になるものかもしれない。盗賊団どもの特徴がよく描かれている。——トスカニーニ、ヴァルター、シュトラウスの参加したルツェルン音楽祭についてのニュースは興味深く、嬉しい。——『詩と真実』[2]への覚書と草案を読む。注目すべき点が多い。——海の中の島の大気が官能的欲望を異常に高め刺激を与えるという最近の経験。とくに湿度の高い天候のさいの催淫効果。——朝コリンと電話、Kがプリンストンで歓迎されているあいだ私の相手をしてくれるように頼む。嬉しい応諾。——午後Kに『ショーペンハウアー』の原稿を手渡す。——外出せず。濃霧。お茶のあと数通を自筆で、フランク[3]、ヘルツ[4]女史宛て、さらにフィードラー[5]などに礼状。

(1) ポーランド領の、もとはオーストリアに属していた産業都市ビエリツ、ここに長年にわたるトーマス・マン崇拝者の実業家オスヴァルト・ブリュルが繊維工場を所有していた。

(2) 『わが生涯から。詩と真実』、ゲーテの自伝（一八〇九―一四年と一八二四―一八三一）。

(3) ブルーノ・フランク宛て、ジェイムズタウンから、一九三八年六月十一日付、『書簡目録II』三八／一〇八。

(4) イーダ・ヘルツ宛て、ジェイムズタウンから、一九三八年六月十一日付、『書簡目録II』三八／一〇九。

(5) クーノ・フィードラー宛て、ジェイムズタウンから、一九三八年六月十一日付、『書簡目録II』三八／一〇七。

ジェイムズタウン、三八年六月十二日　日曜日

晴天。朝、外に出る。「アウグスト」の章を一枚書く。Kとコーヒー・ショップのある島の外れへ車を走らす。歩くには重苦し過ぎる。家で軽い服にしたが、これがまた涼し過ぎると感じられた。不愉快で苛々する。ここでの生活は退屈で単調だ。ランチのあと手紙を読み、新聞に目を通したが、そこからは緊張の増大がうかがわれる。それにもかかわらず、私は、自分でも戦争を望んでいるのかいないのか分からないでいるのに、戦争が起こるとは信じられない。――午睡。お茶のあと、Kと潟を散歩。相変わらず事態について同じ論議。開戦の場合ゴーロとビービをどうするかの問題。家で夕食まで手紙の口述。『ハンス・ヴルストの結婚』(1)と『ウルファウスト』。『詩と真実』の中の、フランクフルトのグレートヒェンについて。――晩、すでに先夜にあったような雷雨、激しい荒れ模様。――北海、ベルギーに地震。

(1)『ハンス・ヴルストの結婚、あるいは世の成行。小宇宙ドラマ』、ゲーテの断片。

ジェイムズタウン、三八年六月十三日　月曜日

風、曇天、雨はなし。八時半起床。これまでよりもずっと好意を覚えながら「アウグスト」の章を書き進める。――洗髪とひげ剃り。そのあと、Kがリース博士をキングストンへ迎えに行った車に向かってフェリーへ歩いていく。リースと一緒に家に戻る。話しの弾むランチ。ゾラとフランス、フロベール。ブレヒトのドラマの二巻のプレゼント。来るべき戦争においてともに戦う倫理的責務があるか、あるいはないか。――ハインリヒの手紙(1)、楽観的。ヴァイガント（マイアーの原稿についての）とブリュルの手紙。――副総統ヘス(2)の平和演説、「ヨーロッパ文化」のために戦争を非難する。「ニューヨーク・タイムズ」のイギリス通信員の論説、長期的には悲観的で戦争になると考えているが、ドイツはこの夏にはまだ戦端をひらく決意にいたらないだろうとも推定している。（第一に準備不足、第二に「平和工作」。）――お茶のあとリースと三人で湾に向かい、さらに先まで散歩。夕食後、いろいろの本や脚本について雑談。――澄み渡った空、海の上に満月。

（1） この手紙は恐らく失われただろう。トーマス・マン宛て、ニースからの六月十日付ハインリヒ・マンの次の手紙、『往復書簡集』一七〇ページ、所収、はこの時点にはトーマス・マンにはまだ届いていなかった。

（2） 国民社会主義の政治家ルードルフ・ヘス（一八九四―一九八七）、「総統の代理」はニュルンベルクの戦争犯罪裁判において終身禁固を宣告された。〔訳注〕ヘスは、占領四ケ国の管理下にあったベルリン、シュパンダウの監獄にただ一人収容されていたが、一九八七年、獄中で自殺した。

ジェイムズタウン、三八年六月十四日　火曜日

爽やかに暑い晴天の夏の一日。朝通りまで散歩。リースと朝食。ついで十二時まで仕事。そのあと、水浴びに行っていたリースとKと岩礁の岬の突端へ車で出掛ける。（岩礁は粘板岩とわかった）。そこに座って多数届いた郵便に目を通す。ゴーロのきれいな、興味深い手紙、メーディの同様の手紙。当初は私の見解でもあった見解に従って別れを告げるマツケッティ女史の手紙。アネッテ・コルプの手紙からはラウール・アウアンハイマーがダハウで殺害されたことが[1]知れる。戦慄的な印象。（ヴェルフェルからの知らせ。）――食後とお茶のあと、リースと私たちのヨーロッパ渡航の是非について話し合い。スイスが気に入らないことになるような場合には、ル・アーヴルに遠くないノルマンディーのある小さな海水浴場がいいと薦められる。クラウスがシャウシュピールハウスでオシエツキについて語ったこと、[2]バイドラーが市立劇場で反バイロイト講演をしたという話しには好印象を受ける。――リースと六時のフェリーに向かい、リースに別れを告げる。良い男だ。――好天の午後反対の島の外れへドライヴ。その間に散歩。――家でコリンと電話、Kが木曜日午後プリンストンに向かい、コリンが金曜日正午友人一人と来るように[3]取り決める。――プリンストンのラーデンブルク教授と電話。――晩、『詩と真実』。――

（1） この知らせは誤報だった。一九三八年四月十日付日記の注（3）参照。

（2） 左翼民主主義者のドイツの評論家カール・フォン・オシエツキ（一八八九―一九三八）は一九二六年から三三年まで週刊誌「ディ・ヴェルトビューネ」の編集長だった。オシエツキは三三年国会議事堂放火事件後国民社会主義政権

によって逮捕され、三四年強制収容所に投じられた。三六年オシエツキは、とくにトーマス・マンの働きかけでノーベル平和賞を受けたが、受領することを許されなかった。オシエツキは三八年五月四日警察監視下の、ベルリンのある病院で死去した。クラウス・マンの「英雄。カール・フォン・オシエツキ追悼式における講演」は三八年五月二十二日チューリヒのシャウシュピールハウスで行われた。クラウス・マン『今日と明日。時局論』。二二八―二三二ページ、に収録され、マルティーン・グレーゴル・デリン編でミュンヒェンから六九年に刊行された。

(3) 物理学者ルードルフ・ヴァルター・ラーデンブルク（一八八二―一九五二）はカトヤとクラウス・プリングスハイムと一緒にミュンヒェン大学で学び、この二人及びマン家と親交があり、ゴーロ・マンの代父だった。一九〇八年から二五年までブレスラウ大学、二五年から三一年までベルリン大学で教え、三一年合衆国に移り、五二年の死去までプリンストン大学の教授職にあり、気体力学、ロケット推進、核物理、航空力学などの特殊分野で――非常に高名な、非常に生産的な学者だった。ラーデンブルクはプリングスハイム家と遠い縁戚だった。すなわちその母親マルガレーテ・プリングスハイムはベルリン大学教授で植物学者のナタネル・プリングスハイム（一八二三―一八九四）の娘であった。ラーデンブルクには四人の子供がおり、プリンストンのプリンストン・アヴェニュー五五に住んでいた。

ジェイムズタウン、三八年六月十五日　水曜日

八時前に起床、邸前を少し散歩。コーヒーを飲み、「アウグスト」を書き薦める。郵便とともにエーリカのキュスナハトの活動を報告する長い手紙。「タイムズ」に、二十五年を見込んだベルリン改造のためのヒトラーの定礎式についての報道、ベルリンは完成の暁にはヨーロッパの首都、少なくとも巡礼地にしようという。二五〇億マルクの費用は将来の観光客が支払うことになるだろう。そんな計画を立てているだけに私たちは安んじてヨーロッパに渡ることが出来る。――正午Kと小さい湾に行き、小さい浜辺で時を過ごした。食後手紙を読み、「ターゲ＝ブーフ」のエーリカの論説[1]を読んだが、その中でエーリカは、私がヨーロッパに対して不実だとする攻撃に反論を加えている。――四時のフェリーでニューポートに渡り、買い物をし、図書館で本を返却し、市内で称賛に足るお茶を飲んだ。海辺に車を走らす。所有地の数々に感嘆し、雷雨のために、岩礁遊歩道は僅かの時間しか歩いてみなかった。美しい道路を島の突端まで走行。金持ちたち

の個人所有の海水浴場。七時ジェイムズタウンに帰着。湿度高く、冷え込み、雨。——ヒューストン・ピータースン[2]の『孤立した討論、ハムレットからハンス・カストルプにいたるディレンマ』が届く。——ディナーにアスパラガス・スープ、ロブスターとクリーム添えいちご。プロヴィデンスから美しいイタリア音楽。ゲーテの「永遠のユダヤ人」と「プロメーテウス」を読む。短い手紙二、三通を書く。

（1）エーリカ・マン「トーマス・マンをめぐる数々の噂」パリ、一九三八年五月二十八日付、レーオポルト・シュヴァルツシルト宛ての手紙の形で、「ダス・ノイエ・ターゲブーフ」パリ、一九三八年六月四日号に収録。

（2）『孤立した討論、ハムレットからハンス・カストルプにいたるディレンマ』は一九三八年ニューヨークのレナル書店から刊行された。同じ著者による「ヨゼフとその兄弟たち」がニューヨークの「リテラリ・ワールド」一九三四年七月八日号に掲載されている。

ジェイムズタウン、三八年六月十六日　木曜日

八時半起床。夜は非常に涼しく、きょうは曇天、午前中なお非常に涼しく、私はよくやるように、電気太陽灯を利用した。コーヒーを飲む前に少し散歩。そのあと十二時まで、『ディーヴァン』問題を離れて、アウグスト自身の生活気分に触れる『アウグスト』対話を書き進める。郵便が数多くの手紙をもたらしたが、重要なものは一通もなかった。ロングマンズ・アンド・グリーン社[1]が『ショーペンハウアー』についての私の打ち明け話に対して了解を保証している。——Kと散歩に出て湾を過ぎて、フェリーへの道を行き、川に向かう。たくさん咲いているライラック色の百合を摘む。灌木、垣根の野ばら、にわとこ等々が非常に長く咲いている。——食後ゲーテを読んでいるあいだ、Kは仕事を片付け、重要なプリンストンへの遠出の準備の荷造りをする。そのあと三時半、Kは、私がその小型トランクを前部座席に置いたあと、旅の成功を祈る私の言葉を聞きながら出発した。神経的な孤独感と胸苦しさ。オプタリドンをのんだところ、良く効いた。五時にルーシがお茶を給仕してくれた。私はディナー

を七時半にしてくれるように頼んだ。十時あるいはそれよりあとにコリンの来訪を待つことになる。コリンは朝方、几帳面に今晩の到着を伝えてきていたのだ。——食事までと食後にビエルスコのブリュル宛てに比較的長文の手紙を書く。黒人のルーシが、ガレージに蝮がいると報告してきたので、私は検分しないわけにはいかなかった。この蝮は、芝刈りのハンサムな若いアルバイト学生が殺した。——コリンが九時頃電話を寄越し、これからなお三時間ばかり走行しなければならないので、おそらく夜半にホテルに投宿することになるだろう、と言ってくる。

（1）ロングマンズ・アンド・グリーン社は、重要なニューヨークの出版社で、ショーペンハウアー随想を頼んできていたのだ。

ジェイムズタウン、三八年六月十七日　金曜日

曇天、非常に涼しい。八時半起床。「アウグスト」を書き進める。コリンが十二時に若いヨルダン(1)と一緒にやって来る。コリンに泊まる部屋をあてがい、それからヨルダンのポンティアクでドライヴに出る。郵便を受け取る。非常にきれいに上がっている『来るべきデモクラシーの勝利(2)』が数部。——二人の客とランチ。そのあとコリンとヨーロッパ旅行について話し合ったところ、コリンは不賛成で、それに代えて田園の不在の友人たちの家を借りるのがいいという。ラジオの出演計画、ラジオからの出演依頼。断念。『ヨゼフ』に関するコルダ(3)の電報、コリンはこの電報で非常に力付けられる。——二人の客とのお茶にプロヴィデンスからの若い男が加わる。そのあと同じ車でドライヴに出て岩礁の岬の先端に行き、ヨルダンが泊まっているコーヒー・ショップに寄った。ジェイムズタウンでシェリ。私のところでコリンと二人だけで夕食。そのあとKが電話をかけてきて報告。始めはうまくいかなかったものの、家賃月額二五〇ドルの美しい家が見つかった。金額そのものとしては高いが、物件としては安く抑えてあるという。——コリンと、ヨルダンと居間で十時半まで過ごす。

（1）おそらくチェコの新聞記者ヘンリ・ヨルダンで、トーマ

ス・マンはすでに一九三三年のサナリの夏以来面識があった。

（2）トーマス・マンが一九三八年二月から五月にかけて合衆国で行った講演旅行で語った講演の原文、アグニス・E・マイアー訳で、ニューヨーク、A・クノップ書店から刊行された。

（3）イギリスの映画プロデューサー、映画監督サー・アリグザンダー・コルダ（一八九三―一九五六）、その会社「ロンドン・フィルム・プロダクション」はすでにかなり前から『ヨゼフ』小説の映画化に関心を示していた。本文中ではコルダ Korda が Corda と表記されている。〔訳注〕

ジェイムズタウン、三八年六月十八日　土曜日

八時頃起床。濃霧、柔らかな大気。疲労、ほとんど仕事をせず。コリンと町に出て郵便を取って、ヴェルモットを飲む。コリンと昼食とコーヒー。三人で四時のフェリーでニューポートへ行く。天候回復。公共海岸を散策。コーヒーを飲む。岩礁沿いの遊歩道、さらにオーシャン道路。ヴァイシング・ホテル[1]に寄り、ホテル前で休む。澄み渡った空を見ながら六時四十分のフェリーで帰ってくる。――八時過ぎ、Kの帰着、仕事は半ばやり遂げている。美しい、大き（過ぎる）家は手に入らなかった、他の可能性が見込まれる。コリンと夕食。乗船を二十九日に延期し、その前に一緒にプリンストンを訪問することに決める。――コリンとヨルダンが出発。疲労、ぐったりする。

（1）Vicing Hotel とあるが、正しくはヴァイキング・ホテル Viking Hotel。

ジェイムズタウン、三八年六月十九日　日曜日

たっぷり睡眠、しかし一日中老齢その他に対する恐怖からくる胸苦しさと不安。非常に暑く、むしむしする。午前中書き進める。正午ドライヴに出る。デザートに氷菓子。午後激しい雷鳴と土砂降りの雨。手紙を口述。講演の冊子を一連の人々に献呈し、届いた書籍は記録にとどめる。あさっての旅行の形について相談、――車？　鉄道？　荷物は？――車でニュー・ヘイヴ

ンへ行く。——

ジェイムズタウン、三八年六月二十日　月曜日

非常に暑い夏らしい日だが、風は爽やか。七時半起床。午前中「アウグスト」の章を少し書き進める。それから書斎のもの、書籍、原稿を片付ける。Kと岩礁の突端へ。岩石の上で泡立つ波をいとおしく観察。ランチのあとブレヒトの『三文オペラ』(1)。お茶の前後にエーリカ宛てに手紙を書く。Kは、一部ニューヨークへ急送便で送られるトランク数個の荷造りをする。ひげを剃り、庭に座ってブレヒトの脚本を読み続ける。ある種の明白な現代性に鼻白む思い。——ニュウトン女史の電話。同じくコリン。——ディナーに缶詰のチキン・スープ、かれいとクリーム漬けきいちご。そのあと私の手提げ鞄の荷造り。——両脚に少しリューマチが出る。

(1)　ベルトルト・ブレヒト（一八九三—一九五六）の『三文オペラ』はクルト・ヴァイル（一九〇〇—一九五〇）の音楽をつけて、一九二八年ベルリンで初演され、舞台でのブレヒトの最初の大成功となった。トーマス・マンはブレヒトの初期の作品をミュンヒェン時代から知っており、初めからブレヒトに重要な才能を認めてはいたが、あまり多くの好意は感じていなかった。ブレヒトは、トーマス・マンを精神的現象として嫌悪していることを隠さなかった。二人は、知られているかぎりでは、一九三九年九月六日ストックホルムで初めて出会い、のちにはアメリカ亡命中に再会した。

ジェイムズタウン、三八年六月二十一日　火曜日

熟睡。七時半起床。微風のある美しい夏の朝。朝食にお茶、たまご二つ、その一つの白身はなし、蜂蜜をつけたトースト。手提げ鞄の荷造り、瓶類、日用の多数の品々。私たちは九時半に荷物を積み、十時のフェリーを利用することにする。——ブレヒトの脚本はいずれも魅力がなくはない、快活な同情の社会主義、形

式（「叙事演劇」）はしかしおそらく理論的に考えるあまり過大評価されているのだ。——

ニューヨーク、ベドフォド、三八年六月二十三日　木曜日

火曜日小さな車で、ジェイムズタウンからニュー・ヘイヴン[1]へ向って気持ちのよい走行、途中十八世紀以来の旅館で昼食休み。ビールはなし。ニュー・ヘイヴンのマスター館ならびのフレンシュ教授[2]邸に四時頃到着。少し休息。スポーツ試合のために不在だった元学長未亡人邸でお茶。晩、フレンシュ邸でディナー。（ヴァイガント。）——きのう二十二日八時半主人側と他の客たちと一緒の朝食。そのあと卒業式の開始、衣装着用、行列、ホール、入場、オーケストラ（マイスタージンガー）、厳粛な経過。私はディズニともっとも強い喝采を分かち合う。その他の学位。酷い暑さ。学位受領者はカナダの総督[3]、指揮者クセヴィツキ[4]で、クセヴィツキとはあとで喫茶室や、引き続き大ホールでのランチの際に親しくなった。スピーチが続く。式の終了は二時半。フレンシュのところへ行き、荷造りをして別れの挨拶。四時十五分の列車でニューヨークへ向かう、プルマン・カー。少し休息。すでにスターテンダムに乗船して出発したほうがよくはなかったかと新たな疑念が生じる。そんなことはない。——ホテルへ。十五階の別の部屋。リース、コリン、グムペルトが来訪。ジェイムズタウンからの荷物、キュスナハトからの本を収めた箱が部屋に運び込まれる。リースとコリンは、シュメーリングと黒人チャンピオン[5]とのセンセーショナルなボクシング試合。私たちは、グムペルトとその車でサン・モリッツの最上階レストランでの夕食に出掛ける。到着の際や部屋の中でのひどくむうっとするじとつく暑さのあと、この上には涼しい風が吹いている。そのあとグムペルトと公園に行き、ハーレムへ車を走らせる。黒人たちの間に、自分たちの英雄がシュメーリングを第一ラウンドでノックアウトしたという情報が爆発的に広がる。有頂天の騒ぎ、キッス、ダンス、喧しい警笛、祝砲の発射、自動車の疾走。騎馬警官。（シュメーリングはあらかじめ「総統」から祝電を貰っていたのだ。）——真夜中頃就寝、ブレヒトを読むが、だんだん気に入らなくなってくる。

なかなか寝つかれず。ひどい暑さ。きょうは八時半起床。シャワーを浴びる。朝食を長い間待つ。荷物を空ける。本の入っている箱を空ける。コッペル(6)が電話。洗髪、ひげ剃り。Kはコリンと買い物に出る。頼んだ書籍の箱を空けて中身を取り出す手数のかかる仕事、この箱の中身は、取り分けはしたもののスイスではなくて不自由するだろう。――クノップ夫妻を事務所に訪れる。クシュランド(7)と一緒になり、本にサイン。アルフレド(8)のところで、『ヨゼフ』映画の見込み、翻訳等々について。『エジプトのヨゼフ』は一六、〇〇〇部売れる。――クノップ夫妻と隣接の、鏡張りで天井は星空になっている非常にきれいなクラブ・ランチ・レストランへ行く。作家、出版関係者、映画関係者。食欲旺盛に食べる。ファディマンと出会う。――宿でKの助けを借りて本の荷造りの継続。そのあと休息。ひとりでお茶を飲む。――六時海運会社社員の来訪。コリンの報告では、冬には私が賞金付きのジュウイシュ・センターの金メダルを受けることになるだろうという。――小さいフランス・レストランでリースとディナー。そのあとブロードウェイの雑踏の中を散策。そこのシネマでシュメリング＝ルーイス戦の上映(9)を見る。遅くに就寝、トルストイの『コサックたち』を読む。

(1) コネチカット州、イェール大学の所在地。
(2) イェール大学英文学教授ロバト・ダドリ・フレンチ French（一八八八―一九五四）。〔訳注〕トーマス・マンはフレンチをフレンシュ Frensch と記している。
(3) 著名なスコットランドの作家で外交官のジョン・バカン（一八七五―一九四〇）は一九三五年以来トゥイーズミュア卿、二七年から三五年まで保守党下院議員、三五年から死去までカナダの総督（イギリス国王の名代）。
(4) ロシアの指揮者セルゲイ・アレクサンドロヴィチ・クセヴィツキ Kussewitzky（Koussevitzky とも）（一八七四―一九五一）は一九〇九年モスクワに自身のオーケストラを創立、スクリアビン、ストラヴィンスキ、プロコフィエフを育成、二一年パリに移り、二八年までコンセール・クセヴィツキを主宰した。二四年から四九年ピエル・モントゥの後継者としてボストン・シンフォニー・オーケストラの主任指揮者、アメリカで最も人気を博した指揮者の一人となった。
(5) マクス・シュメーリングとアメリカ黒人ジョウ・ルーイスの間で重量級ボクシング世界チャムピオンの座を巡っての試合、この試合で、一九三六年にそれまで無敗だったルーイスを破っていたシュメリングは、数分足らずで敗北を喫した。
(6) ハインリヒ・ギュンター・コッペルはニューヨークのアライアンス・ブック社の創立者で社長。
(7) クシュランド Cushland とあるのは正しくはコシュラン

ド Koshland。

(8) アルフレド・A・クノップのこと。

(9) 『コサックたち』レフ・N・トルストイのコーカサス地方の物語（一八五二年）。

ニューヨーク、三八年六月二十四日　金曜日

八時前に起床。浴槽に唐檜の葉のエセンスを入れる。九時Kとプリンストンへ向かう。私たちを待っていたエイジェントの女性と、暑熱の中家々を検分する。木造の家、家具付きの農村ふうの家、「シュロス＝ホテル」、最後にホッチェ・ストリート、性格からすると空間、部屋割りといい極めて願わしい家。美しい書斎。価格とボイラーの問題。契約は合意の成立後文書で。――ラーデンブルク邸に寄り、氷入りのレモネード、間にピーコック・インでランチ。帰路は仕事を片付けて希望に溢れながら。宿でお茶。九月十七日帰航の「ニュー・アムステルダム」の船室予約。――グランド・セントラルの最上階クラブでコリンと夕食。市は霧に包まれ、照明が光り、壮大な眺め。ザクセン出身の給仕。徒歩で宿に戻る。

ニューヨーク、三八年六月二十五日　土曜日

八時前に起床。冷水浴。九時リースが同行して地下鉄で渡航許可事務所へ行き、係員と面接、所得税一一八ドル。再入国。――そのあとKと買い物、ブルーのスーツ、かんかん帽、絹の寝室着。徒歩で宿に戻る、一方Kは自分用の買い物を続ける。――ビヴァリ・ヒルズとジェイムズタウンから手提げ鞄と小包。――家の件で新たな状況の変化。家具付きの上品な家のイギリス人家主(1)がやはり貸したいと言いだしたからだ。マイアーのところからもう一度プリンストンへ出掛ける(2)計画。――集中ドイツを材料にしたトラーの脚本を原稿で読む、悪くはない。――「ターゲ＝ブーフ」の比較的新しい号を読む。――ホテルでランチ、コーヒー。そのあと読書。少し休息、そのあと暑い中で七時半まで荷造り作業、ひどく骨が折れる。マウント・キスコ

ウ、ニューヨーク、チューリヒ向けと荷物を配分。本を入れた手提げトランク。――カロライン・ニュウトンのところでの夕食に出掛け、感じの良い、若い、アメリカ人作家〔?〕[3]と一緒になる。主人役のニュウトン女史は恐ろしく不可解な、激しいお喋り。――家の件で新しい混乱。ホッチ・ストリートの家主も思いなおして貸さないことにすると言いだした。子供染みた取引慣行だ。

(1) ルーパトとフローラ・ミトフォド Mitford は英人夫妻。ストックトン・ストリート六五の家の所有者。トーマス・マンは誤ってミドフォド Midford と書いている。

(2) エルンスト・トラーの戯曲『ハル牧師』、最初の単行本としての刊行はスティーヴン・スペンダー訳、一九三九年ニューヨーク、ランダム・ハウス社から英訳で刊行された。『ハル牧師』は一九四〇年トラー没後、イギリスで映画化された。

(3) 日記手稿中の空き。おそらくトーマス・マンは、聞き取れなかったその名前をあとで記入するつもりだったのだろう。

マウント・キスコウ、セヴン・スプリングス・ファーム、三八年六月二十七日　月曜日

きのう十時半荷造り整理の仕事を片付けたあとマイアー家の車で出発、ここに来る。著しく気温が低い。庭園、静謐、豊かさ、快適さ。ランチに多数の客、あらかじめテラスでアペリティーフ。素晴らしく美しい園亭。雷鳴、小止みない雨。非常に冷え、短いズボン下、鼻風邪。お茶にまた客が集まる。あとでKと緊急の手紙数通を書く。八時家族うちでディナー、負担の掛かり過ぎた胃。図書室で会話。早めに階上に上がるが、なかなか寝つかれない。ファノドルムとエヴィパン。ナイトガウンを着て、椅子に座る。それから十分に眠る。

きょう九時に起床。風邪を引き、胃は消耗している。雨。私たちの部屋で朝食。そのあとひげを剃り、服を着る。不動産会社の女性社員の電話。プリンストン行きのことでこの家の女主人と取り決め。私のプリンストンでの契約の基礎について打ち明け話、六、〇〇〇ドルは大部分ロックフェラー財団から出ていて、この財団の受託者は「みんな私のお友達なの」（ミセス・

マイアー)。大学に対する義務はあまり真剣に考えることはない。期間の延長は確実に私の一存で決まるという。アメリカでは私にとって金の心配はほとんどないという基本的展望。——

十一時ミセス・マイアーと車で市内へ行く、ミセス・マイアーはそこの経済政治関係の集会に出なければならない。私たちはそのまま難聴の運転手フィリップスの運転でプリンストンへ向かう。プリンストンのピーコック・インでランチ、食欲不振。そこから女性社員とストックトン・ストリート六五、ライブラリ・プレイスの家に出掛ける。ミスター・ミドフォド夫妻は読者で、イギリスに出掛け、講演を首相[1]に読ませるつもりでいる。優雅で使えるこの家の検分、区分けについて検討、スタジオ[2]の中の図書室の半分の取り片づけについて取り決め。美しい幾部屋かの寝室だが、そのうちの一室は浴室隣の寝室との関係で、私用の部屋として考えられよう。向こう一年間、月額二五〇ドルで借りた。この家は、私たちが住めば、先行き売却が楽になろうというのが所有者たちの期待なのだ。私たち自身が買うことも考えられる。きょうは、この契約成立をもたらした重要な日である。キュスナハトの家と比較すれば明らかに生活水準の上昇である。ジェイムスタウンのシヴォレの他に良い車が二台用ガレージに納まるだろう。趣味豊かな応接の部屋々々。スタジオは大きくなく、少し暗いが、快適で、独立していて、願ったりのソファが置いてある。場合によっては、ゴーロに住まいとしてあてがうことになる。

降りしきる雨。ニューヨークへ戻り、ミセス・マイアーをプラザ・ホテルへ迎えに行き、一緒にマウント・キスコウに帰る。ここでお茶を飲む。風邪を引き、鼻、喉がおかしい。七時半主人不在のまま家族のディナー。気分が良くない。晩、家族で劇場へ、カレッジ生活を描いたある受賞処女作品の上演、あまり内容がないが、演技はきれいだ。若い人々の中に魅力的な人物は全くいない。アメリカ的な若者の魅力はほとんどない。——土砂降りの雨の中を邸に戻る。

(1) イギリス首相ネヴィル・チェムバレン。
(2) 書斎のこと。

マウント・キスコウ、三八年六月二十八日
火曜日

夜、ひりひりする喉風邪に眠りを妨げられるが、薬に頼らずに眠る。八時半起床。新しい唐檜の葉のエセンスを入れて入浴。私たちの部屋で朝食。雨降りが続いている結果、雨でなければ非常に嬉しいはずの庭園が利用できない。——ミセス・マイアーから「アデーレの物語」後半とヴェルフェルの詩[1]が掲載されている「尺度と価値」の新しい（第六）冊を借りる。——かなり気分が悪かったが、午後女主人とその娘に「綾ぎぬ」[2]を美しく朗読して聞かせた。

（1）フランツ・ヴェルフェル「十一の新しい詩」、「尺度と価値」第六冊、一九三八年七月／八月号に掲載。
（2）『若いヨゼフ』第四章第一話。

汽船「ワシントン」号、三八年六月二十九日
水曜日

きのうマウント・キスコウでのディナーのあと晩を家族だけで図書室で過ごした。最後にビヴァリ・ヒルズのブルーノ・フランクと電話。荷造り。熟睡。きょうは、ミセス・マイアーと階下で朝食。八時出発。ニューヨークのベドフォドへ。グムペルト、リース、グートマン博士[1]。博士の車で港へ。ケーテ・ローゼンベルクと姉について。波止場にコリン。Kはグムペルトから渡された薬をなくしたと思い込んで取り乱す。船、船室。コリンとニュウトン女史と。花、ペパーミント菓子、ブランシュ・クノップからの菓子、電報。ベドフォドから大量の郵便。正午十二時に出航。デッキで日光浴。船室でヴェルモット。一時半食堂でランチ。そのあと荷物を空ける。横になる。咳に鼻水。お茶。手紙を読む。何もせず。船上の風。軽装に過ぎた。説明に従ってグレイのスーツでディナー、七時半エリザベス・マイアー[2]からの花が飾られた私たちの所定のテーブルで。キャヴィア。コーヒー。サロンで葉巻。カミツレ茶は手に入らない。『コサックたち』を読む、

素晴らしい。

（1）特定出来なかった。

（2）エリザベス・マイアーは、ユージン、アグニス・E・マイアー夫妻の娘。

大洋、三八年六月三十日　木曜日

夜かなり強く荒れる。五時まで良く眠り、ヴァサーノ[1]を飲み、飛び込んでくる波の飛沫を小窓越しに眺め、また八時まで眠った。入浴（褐色）そしてベッド隣のテーブルで朝食。空は今にも降りそうに曇っており、海は荒れている。——一日の経過の中で静まりはしたものの、曇っている。午前と午後、デッキチェアに大分座った、そこで休息を取りお茶を飲んだ。デッキや晩はサロンでたびたび挨拶を受ける（ロシアにいたことがあり、それを自慢にしているミルオーキーからのユダヤ人紳士。）——蒸し暑さが増す、メキシコ湾流。じっとりとして鬱陶しい。午後サロンでシネマ。晩はそこで、「競馬」[2]。非常に蒸し暑い。涼しいバーでビールを飲む。就寝前になおオープン・デッキで過ごした。『コサックたち』を大分読む。

（1）船酔いの予防薬。

（2）一種の社交遊戯。

大洋、三八年七月一日　金曜日

「旅」の途中で新しい月。キュスナハトを旅立って以来いかに多くのことを切り抜け、いかに多くのことを始めたことか、しかも今またそのキュスナハトへ向かう途中なのだ。こうした一切の意義と生産性を信じることが出来ればいいのだが。多くのことがなされ、しかも「生活」のためというのを別とすれば、何もなされていない。——きのうはコーヒーと蒸し暑さのために寝つくのはほとんど不可能だった。ファノドルム半錠をのんだのに確実に三時になってしまった。九時起床。冷水浴。朝食後、ベッドの間の朝食用テーブルを書きもの用にそのままにしておく。空が晴れてくる。換気が動きだす。——プリンストンの家は本来今月の新規事業というわけだが、思いはしばしばこの家に向けられる。——ブダペストへ向かう途中の平和主義のご婦人たちが手紙でお茶に招待してくる。——

大洋、三八年七月三日　日曜日

美しい、たいていは青く晴れた、静かで、暖かい旅行日和、絶好の船旅。朝食後船室に残って、食器を片付けたテーブルで「アウグスト」の章を少し書き進める。食後、お茶が出るまでデッキにいて、シネマのあとKと手紙を投函してから、ディナー用に着替えをする。きのうはいたずら小道具をつけ、帽子を被り、風船を浮かばせての大宴会。物凄い騒音と歌。極上の料理と半瓶のシャンパン。晩にまたユダヤ人の兄弟姉妹に挨拶される、煩わしい。午後もデッキで訪問客に晒される。食卓では手紙を届けられる。その際好奇心ある人々にとっては確かに重大な幻滅となったろう、なにしろ表現能力が欠如しているのだから。——きのうの晩は寝つかれなかった。何度も起き上がり、椅子で時間を過ごした。ついにベッドに横たわった四時半にエヴィパン半錠、ファノドルム半錠をのむ。あらゆることに苦しみを覚える。アウアンハイマーの運命やその他もろもろを思って腹立ちを覚える。戦争こそあるべき正当なものであろう。しかし連中は戦争をしないだろう（このことはまた安心の種でもある）、そして方向を見失い、分裂を重ねているフランスは多分、ヒトラー同様戦争に訴えることは出来ないだろう。——船内新聞には重要な記事は何一つ出ていない。チューリヒの友人たちとの再会を私は楽しみにしている、しかしヨーロッパに対する、新しいもの、消えてゆく生命に対する恐怖も紛れ込んで来る。——きのうトルストイの傑作『コサックたち』を読みおえる。今日そういうものは書かれ得ないのだから、時代は、それがあるままなのだし——逆のことも言える。私をその一つの反証と見る人がいて、私がなお存在することに慰めを見いだしている。当然だろうか？——

アイルランド、クイーンズタウン沖、三八年七月五日　火曜日

日曜日の晩、二人のアメリカの教師、オルデンブルクの出身者とその同僚だったが、この二人とビールを飲んだ。きのう午前は「アウグスト」の章を少し書き進めた。一日が経過するうちに風がつよまり海のうねりが高まる。船周辺の泡や海全体の壮大な眺め。晩船の大きな横揺れ、思いがけない異常な気象。国民祝祭日、祝宴、またまた帽子を被り、ぽんぽんクラッカーを鳴らしての騒ぎ。私たちの係のスイス人給仕の苛立ち、ある婦人客の要求に堪忍の緒が切れたのだ。サーヴィスされればされるほど、付け上がってくる旅行賤民を非として給仕に軍配を上げる。ただでさえこのような航海というものは、あらゆる面、あらゆる次元への挑発なのだ。――社会的関心からスカンディナヴィア諸国への旅に向かう婦人を加えて、知り合ったばかりのアメリカ人とバーのあるサロンで。疲労し、神経に疲れを覚えて、船酔いのふりをして退散する。トルストイの『セヴァストポル[1]』を読む。なかなか寝つかれず、激しい横揺れ、室内のものを全部固定する。――夜のうちに海上は安定する。九時半起床、ハム入りオムレツの朝食。マウント・キスコウで引いた風邪がきのうからぶり返す。ウールのズボン下に逆戻り。――アイルランド海岸が視界に入ってくる。曇天、穏やかな大気、静かな海、湾内の海流。砂まじりで濁った水のバス。――デッキに出る。広い湾、クイーンズタウン[2]市の眺め。荷卸しに自動車。強力なネットに入れられて空中に浮かぶ大きな荷物。見物に群がる旅行客。Kと私の映画撮影。下船客に対する旅券検査。――きのうシネマのあと船室でKに第六章の書き上げた分のほとんどを朗読して聞かせた。全体の基本前提は、言葉に習熟した教養の雰囲気というユーモラスなハンデで、現実的ではないが、物を言う虚構であり、その結果プラトニックな対話が現実的として受け取られることになる。――少し先のことをやってしまったのだ。

（1）　レフ・N・トルストイの小説（一八五五年）。
（2）　アイルランド南海岸コーク湾内の港湾都市。

「ワシントン」号、三八年七月六日　水曜日

きのう、ランチのあといつも通り、デッキでデッキチェアで横たわる。午後もう一度シネマに入る。一日の経過の中で度重ねての写真撮影、映画、その他。ディナーの前に荷造りの開始。晩に再び、オルデンブルク出身の教師とそのカレッジの同僚と一緒にビール。――すでにきのうの晩コーンウォールの海岸。多くの『トリスタン』の思い出。眠り込まないうちにすでにプリマス到着。エンジン停止の船、不愉快、いやそれどころか嫌悪を覚える。朝からの騒がしさ。すでに七時起床。コーヒーの朝食。好天。八時運航開始。

キュスナハト、三八年七月七日　木曜日

けさ九時、ほとんど四ケ月留守にしたあと再びチューリヒに到着。――きのう午前「ワシントン」号で食後にもデッキのデッキチェアに横になる。その間写真撮影、別れの挨拶。四時半、ル・アーヴル。旅券検査、下船、煩瑣な税関手続き。私たちが昼食に現れるのを空しく待っていたアネッテ・コルプ宛て、そして子供たち宛てに電報。パリ行き列車、プルマン・カー。七時頃ディナーが供される。見事な『ヨゼフ』評が掲載されている「アトランティク」誌[1]を読む。九時パリ。手荷物十一個を抱えて東駅へ。間違ったチューリヒ到着時間を聞いていた。子供たちに新たな電報。アネッテに電話で連絡を取ろうと試みるが失敗する。寝台車。ファノドルムを一錠。熟睡。朝、バーゼルでミルク・コーヒー。華麗な青空を見せる夏の朝。魅力的な国土。駅にゴーロとメーディ。大きい子供たちはスペインに行っている。シヴォレ。家に向かって走行。すべては何か夢のようだ。女中たちと犬とに挨拶。テラスに花に飾られた朝食のテーブル。喜びと寛ぎ。時代と状況についていろいろ協議する。荷物を空ける。手紙や小包など、一部は「スターテンダム」号に送られたにもかかわらず、膨大な分量の郵便。Kは、両親の知らせによって、自分の手紙は押収されているかもしれないという心配から免れた。ミュンヒェンのヴァーレンティーン・ハインス[2]からの法外な要求を並べた手紙、国が、自ら立法化したのに、ハインスに対して支払いを

拒んだ額である。――Kと食事前少し散歩。スイスの諸新聞、「ディ・ヴェルトビューネ」を読む、新鮮さ。――暑過ぎない夏の晴天。マウント・キスコウの風邪をまだ引きずっている、激しい咳き込み。――お茶のあと大ゲーテ全集を拾い読み。――図書室の隙間は他の本で塞ぐ。――カーラー、ギーゼ女史（ジルス）と電話。アネ・マリー・シュヴァルツェンバハはモルヒネ中毒で危険な状態にある。――すでに三週間前老ライフ(3)が死去したとの知らせ。――夕食にカーラー。私の部屋で、ビヴァリ・ヒルズで書いた『日記のページから』を朗読。半ば幸せな人間の印象、理由は正反対。芸術家としてのヒトラー、あるいは反芸術家、アンチ・クリストとしてのヒトラーは区別して仕上げられねばならないというのが核心部分。――アメリカとヨーロッパについて大分語り合う。負担としてのオーストリア。効果の注目すべきほどの急速な消滅。先に進むべき必然性。――私たちがきのうの午後はまだデッキチェアに横になっていたとはとてもありそうにないことだ。――私が最後にアメリカで読んでいたトルストイの一巻を眠り込む前に読み上げることにする。一時。――郵便の中にストックホルムからのベルマンの手紙数通(4)、ナチ分子による〔フィッシャー書店の〕ヴィーンの事業の継続、私の本の外国への引き渡し！について。私の本の新版、廉価版シリーズでの短篇集について。

（1）　ウィルスン・フォレット「時間とトーマス・マン」「アトランティク・マンスリ」ニューヨーク、一九三八年六月号、所収。
（2）　ヴァーレンティーン・ハインス博士（一八九四―一九七一）はミュンヒェンの弁護士、一九三三年トーマス・マンからその利益をドイツ当局から守るよう委託された。しかし長年にわたる努力にもかかわらず、トーマス・マンに対して加えられた処置を撤回さすことは出来なかった。ハインスはこれまでにすでに非常に高額の報酬支払いを受けていた。ハインスが保管していたトーマス・マンのミュンヒェンに残された原稿や書簡類は、ハインスによれば、戦時中に失われたという。一九三八年五月二十日付日記の注（6）参照。
（3）　ヘルマン・ライフは、一九三八年六月九日チューリヒで死去した。
（4）　トーマス・マン宛て、ストックホルムから、一九三八年六月二十九日付、一九三八年七月一日付、『往復書簡集』一五九―一六二ページ、所収。

キュスナハト、三八年七月八日　金曜日

熟睡。八時半起床。空の青い完全な夏の一日。Kとゴーロとテラスで朝食。(いちごとクリーム添えのフレーク)。同じくアメリカに渡ろうというカーラーのためらいながらの目論見について。むしろ思い止まらすことだ。——数行書き進める。十一時Kと市内へ出掛ける。市内は非常に美しく見えた。ツヴィカー(1)で老眼鏡の組み込まれているホワイト・ゴールド縁の新しい眼鏡を注文。それからオープレヒト夫妻を訪ねる。懸案について相談。「尺度と価値」の将来の編集者としてのゴーロ。この雑誌の特別号としての『デモクラシー』。チューリヒのシャウシュピールハウスについて。ヨーロッパ＝アメリカ出版人グループへのオープレヒトの参加。——紙巻き煙草とチョコレートの購入。食後新聞各紙と「ターゲ＝ブーフ」。ヴィルヘルム(2)とヒトラーの芸術演説の一致、(「戦勝街路」の取り壊し)。——お茶のあと数通の手紙を口述(ヴァーレンティーン・ハインス)。私のしぶといカタルの診断にシュターエル博士来診。気管支上部が敏感になっている、処方。血圧一一〇。——早めの夕食。そのあと、ドイツ(バイエルン)へ旅行に出る前にとライフ夫人。その夫の死去について。半時間ほど呼吸困難、ほどなく意識喪失。遺産をめぐる難しい問題。大きな損失と相続税、処分の可能性が長い間見えてこない。——ロストックのゲーリク夫人(3)の美しい、創意に富んだ、喜びを与えてくれる絵本。

(1) チューリヒ、ポスト通りの眼鏡店ツヴィカー。
(2) 皇帝ヴィルヘルム二世。
(3) 一九三七年十二月二十五日付日記の注(2)参照。

キュスナハト、三八年七月九日　土曜日

曇り、雨。八時起床。午前少し「アウグスト」の章を、散漫に、疲労を覚えながら書き進める。正午アスパー博士のところへ診察を受けるのと、八月初めのための相談に行く。徒歩でレインコートに身を包み、チューリホルン(1)まで行く。大量の郵便。放っておかれた小包の面倒な開封と整理。午後Kと手紙、とくにベルマン宛て[2]の手紙を書き、短篇小説集、『ロッテ』の英語版、ムジールのヴィーンからの解放、ヴィーンのベルマン＝フィッシャー書店のナチ分子による厚顔無恥な営業続行、私の本の外国への売却など一連の問題点に触れる。——夕食前、Kと池の回りを散策。食事にグレート・モーザー。ゴーロがあるプラハの友人の手紙を紹介するが、それによるとすべてのドイツ人は自制心もなくヘンラインの党へ走っているという。世界はチェコスロヴァキア共和国を結局は諦めているのだという感情。——原稿とその他の郵送物の仕分け。疲労。——

(1) チューリホルン Zürihorn はチューリヒホルン Zürichhorn のチューリヒ方言。
(2) ゴットフリート・ベルマン・フィッシャー宛て、キュスナハトから、一九三八年七月十日付、『往復書簡集』一六二—一六五ページ、所収。

キュスナハト、三八年七月十日　日曜日

曇り、雨模様、身にこたえるほど寒い。午前「アウグスト」の章を書き進めるが、この章は終わりが見えてきた。正午Kとイチュナーハの先まで散歩。食事にテネンバウム。その結婚計画について、慈善に対する大きな支出について。オーストリア避難民に対するスイスの節度ある態度。——お茶にホテル・ドルダーのトレービチュ夫妻のところへ。トレービチュに対するショウ[1]の千ポンドの援助。亡命の初期段階の取り乱した人々、ヴィーンの財産に希望を残し、書き物机、書籍、住居に憧れている。展望は南フランス。——ゲーリク夫人に手紙。ゴーロが、ゲーリングの組織の中で働いている若いドイツ人青年との邂逅について報告。住民の宿命論的な冷静さ、反政府的でない非ユダヤ人にとっては安全と幾許かの利点。経済的崩壊は絶対にあり得ない。戦争がなければ、終わりはない。戦争は長い間にはなるほど起こらないではないかもしれない、しかし確実に起こるとは言えない。——ヴィーンにおける自殺は計画的に引き起こされ、引き続き日常的になっている。市の完全な変質。ダハウにおけるアウア

ンハイマーの死が「ロンドン・タイムズ」によって改めて報道されている。——残して置く雑誌等々の選別。——新しい「自由なドイツの研究のための紀要」[2]を読む、その中にマルクの論説があり、奇妙な感じだが、「天才」という言葉が出てくる。

(1) ジークフリート・トレービチュは一九〇四年以来ジョージ・バーナド・ショウのドイツ語訳者で、ドイツ語圏舞台でのショウの大成功を助け、数十年にわたって高い収入を得させていた。亡命はしているものの、それにしても決して金がないではなかったトービチュに対するショウの援助は法外に気前のいいということはなかった。

(2) 「自由なドイツの研究のための紀要」はパリの自由ドイツ大学によって刊行され、年に三回一九三八年七月から一九三九年三月まで発刊された。第一冊(一九三八年七月)にジークフリート・マルクの論説「国民社会主義の哲学について」があり、国民社会主義の哲学的先駆と「保守的革命の予言者たち」(フィヒテ、ヘーゲル、メラー・ヴァン・デン・ブルク、ヴィニヒ、エルンスト・ユンガー、カール・シュミット)とを扱っている。その中にトーマス・マンがノートした文章「しかし保守的革命の思想家たちは、トーマス・マンのような天才がかつて『非政治的人間の考察』で迂路をへて自身にいたる過程で達成したものの改悪版を書いている。」

キュスナハト、三八年七月十一日　月曜日

午前「アウグスト」の章を書き進める。正午森へドライヴ、そこで周回路を散策。車が濠の泥濘にはまりこんでしまい、徒歩で帰宅。——ボルジェーゼからその著書『ファシズムの行進』が届く。これに目を通す。お茶にカリフォルニアからロルフ・ホフマン教授。午後自筆でブリュル、フライ宛てに[1]、二周年にあたりスペインについてモスクワの「プラウダ」宛てに書く[2]。夕食にバルト博士[3](「新チューリヒ新聞」)と夫人、バイドラーと夫人。あとで私の部屋で、『日記のページから』を改めて朗読。それについて議論そしてさらに有益な歓談。遅くなる。

(1) アレクサンダー・モーリッツ・フライ宛て、キュスナハトから、一九三八年七月十一日付、『書簡目録II』三八/一二四。

(2) 発見されていない。

(3) ハンス・バルト博士(一九〇四—一九六五)は一九二九年から四六年まで「新チューリヒ新聞」文芸欄編集員、引き続いてチューリヒ大学の哲学正教授。

キュスナハト、三八年七月十二日　火曜日

午前、「アウグスト」の章を書き進める。市内へ行き、磨り込まれた二重ガラスの新しい、非常に高価な、金縁の眼鏡を取ってくる。その他の買い物は、神経的な不調のため家に戻りたくなって、止めにする。食事にマクス・オペンハイマーとリヒテンシュテルン博士(1)。お茶のあと、退屈な手紙の口述（とくにレーヴェンシュタイン、「アカデミー」）。——ボルジェーゼの本を、その熱意の虜になって大分読む。——ジルスのギーゼ女史と電話。アネ・マリー・シュヴァルツェンバハはビンスヴァンガー(2)のもとで禁断療法を受けている。——ボルジェーゼがクローチェ(3)について書いているが、非常に教えられる。クローチェの発展は私の発展に類似している。

（1）　オーストリアのゲルマニスト、コンラート・リヒテンシュテルン（一九〇七年生まれ）は一九三五年から三八年チューリヒ大学で学び、合衆国へ亡命し、コンラド・レスターと改名、六二年以来ロサンゼルスのカリフォルニア大学で教授。

（2）　スイスの精神科医ルートヴィヒ・ビンスヴァンガー（一八八一―一九六六）はフサールとハイデガーの影響の下に、精神療法治療の、「存在分析」として有名な新しい形式を開発した。その有名な精神科病院 Bellevue はボーデン湖畔のクロイツィンゲンにあった。

（3）　イタリアの歴史家で文化哲学者ベネデット・クローチェ（一八六六―一九五二）は、自他ともにゆるす反ファシストであったが、その高い国際的名声とイタリアの世論を顧慮したムッソリーニによってイタリアでは許容され、トーマス・マンとは以前から連絡があり、トーマス・マンにその『十九世紀のヨーロッパ史』の独訳版を献呈した。オッターヴィオ・ベソーミ／ハンス・ヴィスリング「クローチェ＝マン往復書簡」「ゲルマーニシュ＝ロマーニシェ・モナーツシュリフト」新シリーズ、第二十五巻、一九七五年、第二号一二九―一五〇ページ、も参照。

キュスナハト、三八年七月十三日　水曜日

曇り、半ば雨模様、きのうのように寒い。午前「アウグスト」の章を書き進める。午後リオンと散歩に出て語り合う。リオンは食事を付き合った。オープレヒトから本。オペンハイマーの肖像スケッチ。午睡、そして一連の自筆の手紙や葉書を書く。夕食に、エヴィアン[1]に向かう途中のヴェルナー・ヘルツォーク、エヴィアンでは民主主義国の政治家たちのための情報速報の発刊を促すつもりでいる。ラブレーを読むようにとの勧め（レーギス[2]のドイツ語訳）。ヨーロッパの発展次第ではラブレーのようなユーモラスな力ある存在を生み出し得ようし、この存在ならこの時代とその行為の適切な形成を成し遂げ得るだろう。——政治随想集[3]の問題がベルマンから再度投げかけられる。小冊子としての講演。オープレヒトの企画との衝突。

（1）　ジュネーヴ湖畔のエヴィアンで国際亡命者会議が開催された。

（2）　ゴットロープ・レーギス、その擬古的文体のラブレー訳三巻本は一八三二年から四一年にかけて初めて、そして後に新版、改訂版の形でたびたび、とくにウルリヒ・ラウシャー（一九三二年）、フリートヘルム・ケムプ（一九四八年）、ルートヴィヒ・シュラーダー（一九六四年）から刊行された。

（3）　トーマス・マン宛て、一九三八年七月十二日付のゴットフリート・ベルマン・フィッシャーの手紙、『往復書簡集』一六五—一六七ページ、参照。

キュスナハト、三八年七月十四日　木曜日

夏らしく、暑い、いや重苦しいくらい、晴天。——午前、「アウグスト」の章を書き進める。正午オープレヒトのところに立ち寄る、小冊子の件、それに対する印税、「尺度と価値」の寄稿に対する稿料の件。——そのあとクリンゲンベルク博士[1]の診療所を訪れて、このところ数日悩まされている悪化した口（口角の傷と炎症）の処置をしてもらう。クロム酸の塗布。——そのあと市内でアルフレート・ノイマン、ピスカートア[2]と会合。二人と同道ベッティーニへ行き、店先でヴェルモット。——食事にニーコ・カウフマン、いつでも歓迎だ。新聞各紙を読む。チェムバレンは、ヒトラーに対して、チェコスロヴァキア共和国への攻撃を行わないよう鋭い警告を発することによって、自身の立場を擁護する。――お茶のあとKと手紙の処理。ベルマン宛て[3]。随想集。ヴィーンで危険にさらされているムージル、そのムージルを助け出す問題。――私から自由と読書と休養の時間を掠め取る通信による負担に抵抗。――夕食にカツェンシュタイン博士、気分の良い人物。――きょうシケレから短い手紙、仕事に掛かろうとすると、書き指に湿疹が出るという。――ビービの結婚の計画は確固たる形を取る。――上の子供たち[4]がこの週末の帰宅をフランスから伝えてくる。

（1）　アルノルト・クリンゲンベルク博士、チューリヒ、バーデナー通りの耳鼻咽喉科医。

（2）　演出家、劇場主宰者エルヴィーン・ピスカートア（一八九三―一九六六）、一九三三年までベルリンで活動、スイスへ、三八年ニューヨークへ亡命、ここでニュー・スクール・オヴ・ソーシアル・リサーチの演劇スタディオを指導、五一年ドイツに戻った。

（3）　ゴットフリート・ベルマン・フィッシャー宛て、キュスナハトから、一九三八年七月十四日付、『往復書簡集』一六七―一六九ページ、所収。この中に随想集に収録さるべき論考の当面のリスト。

（4）　内乱について報道するためスペインに出掛けていたエーリカとクラウス・マン。二人による多数の、この旅行についての新聞記事が順次発表された。

キュスナハト、三八年七月十五日　金曜日

非常に暑く、後になって鬱陶しくなり、雷鳴そして雨。夜、咳、口に痛み。しかし今は、薬はのまずに眠る。八時半起床。テラスで朝食。「アウグスト」の章を書き進める。正午森に車を走らせ、そこで散歩をし喜び楽しみを覚える。食後「尺度と価値」のためだという若いスイス人の手になる奇妙な物語を読む。大量の郵便、南北アメリカからの手紙、ブロック、ヴェルナー・テュルクの手紙、スウェーデン訪問を改めて勧められる。――午睡。一連の手紙の口述。夕食後、ケステンベルク教授がバイドラー夫妻と。音楽教育会議について。戦争が回避された場合、西欧列強の圧力下におそらく実現するチェコスロヴァキア共和国とドイツとの「合意」。――クシュランドが送ってよこした「ニューヨーク・タイムズ」の『デモクラシー』の大きな書評[1]。

(1) サイモン・ストランスキ「トーマス・マンのデモクラシー論」「ニューヨーク・タイムズ・ブック・レヴュー」ニューヨーク、一九三八年七月十日号、所収。

三八年七月十六日　土曜日、キュスナハト

曇り、蒸し暑く、雨。八時起床。午前「アウグスト・フォン・ゲーテ」の章を書き進める。市内に出て、クリンゲンベルクのところで手当てを受ける。ファインカラーでカラーシャツを注文、傘とステッキを買う。徒歩でペンション・ネプチューンに行き、車にリオンを乗せて家で食事をする。雑誌の諸問題、コラム「必要な言葉」(チェコ人に対するドイツ側の罵詈雑言について、ゴーロ)。――お茶にユーゴスラヴィアの新聞記者がフェレーロの娘である夫人と。ドイツとヨーロッパについてインタヴュー。――自筆の通信。Kと少し散歩。夕食の際にコンスタンツに旅行してきて、クロイツリンゲンで私たちと落ち合おうというKの両親の目論見について。――フィードラーの自伝的原稿(1)を長時間読む。怪しげな感じで、ほとんど気まずい思い。立場の難しさ。

(1) クーノ・フィードラー『壁を越えて。ある逃走の物語』一九三九年一月二十七日付日記の注(1)参照。

三八年七月十七日　日曜日、キュスナハト。

きのうは遅く眠るが、薬が欲しいとは思わなかった。八時半起床。穏やかな、雲がかかり、快適な一日。「アウグスト」(1)の章を書き進める(アルニム)。正午Kと、座骨神経痛の時に小さな椅子を抱えて散歩したへスリバハ近くの森へ車で行った。ヨーロッパでの寓居の建築地所を眺め、それで元気付けられる。そのような家の保全をビジネスマンの助けを借りてすすめようとの意図。――食事にマルタ・ヴァサーマン夫人、強靭な不愉快さをもつ女性。アメリカに渡りたいというその努力に助力を約束。――午後手紙を口述、南アメリカの出版社問題、ヴェルナー・テュルク宛ての返

事、そしてミセス・マイアー＝ワシントン・ポスト社にテュルクのために手を打つこと。その他。――夕食前にKと、葦と睡蓮できわめて色彩豊かな美しさの絵のような景色を見せている池の回りを散歩。見るほどに幸せな観察。――晩少し『タンホイザー』と『トリスタン』を聴く。ゲーテの詩数篇を読む。そのあとまた長くフィードラーの自伝的原稿を読む。宗教的真剣さと自惚れの混淆といった障害を伴いながら魅力のある、珍しいケース。それについて口頭での意思の疎通が願わしい。

（1）『ヴァイマルのロッテ』第六章。この中にアウグスト・フォン・ゲーテとアーヒム・フォン・アルニムの邂逅の描写がある

三八年七月十八日　月曜日、キュスナハト

八時起床。テラスでコーヒーの朝食。穏やかな一日。「アウグスト」の章を書き進める。正午、市内、クリンゲンベルク博士のところに行く（口は回復）、ついでペディキュア、ニューヨークの場合よりも徹底的な処置。その間に二つ目の銀のシャンデリアを注文。食後ヤーコプ・グリムの論文を読む。お茶のあと、フィードラー[1]とボルジェーゼ宛てに手紙。エーリカとクラウス、バーゼルから電話を寄越したあと、夕食前に到着。体験談を交わす。子供たちのスペイン前線の印象は強烈。食事のあとマドリドの戦闘レコード、その他の報告、討論。きょうのKのモーザー両親訪問の奇妙な結果。アネ・マリー・シュヴァルツェンバハの絶望的状態について。国境を越えようというKの両親の計画について。その他いろいろ。

（1）クーノ・フィードラー宛て、キュスナハトから、一九三八年七月十八日付、『書簡目録II』三八／一三五。

キュスナハト、三八年七月十九日　火曜日

八時起床。美しい夏の一日。テラスで朝食（いちご

とフレーク）。「アウグスト」の章に付加的な仕事。正午ドライヴに出てゴルフ・ハウス上手の森を散策。今や六人全部集まった子供たちと昼食。そのあとヴィルヘルム・ウーデ(1)の原稿、宣言ふう、考え抜かれており、間違ってはいない。短い小説原稿『沈黙の神々』(2)、子供たちの若い友人の手になるギリシア＝トロヤを舞台にした、才能ある作品。「新チューリヒ新聞」(3)に世代についてのゴーロの見事な論説。――お茶のあとベルマン宛て(4)（計画中の刊行物『……傑作短篇集』と随想集『ヨーロッパに告ぐ！』の件で）、セッカー・アンド・ウォーバーグ宛てに（『来るべき勝利』のイギリス版の件で）手紙。手紙の仕上げと自筆の通信（ウンルー宛て(5)）、Kと池の回りを散策。――ムージルの件でマイリシュ女史の手紙。――プロピュレーエン版ゲーテ全集到着、これは、ジェイムズタウンの時のように、窓台に並べることにする。――子供たちと広間で、少し音楽を楽しむ。エーリカのスペイン記事(6)とモスクワの「国際文学《インターナツィオナーレ・リテラトゥーア》」を読む。

（1）原稿は調査がつかなかった。

（2）一九三八年十二月二十五日付日記の注（3）参照。

（3）ゴーロ・マン「世代と経歴」「新チューリヒ新聞」一九三八年七月十九日号、掲載。

（4）ゴットフリート・ベルマン・フィッシャー宛て、キュスナハトから、一九三八年七月十八日付、『往復書簡集』一七一―一七二ページ、所収。

（5）フリッツ・フォン・ウンルー宛て、キュスナハトから、一九三八年七月十九日付、『書簡目録II』三八／一三八。

（6）確認されていない。エーリカ・マンの遺稿の中には、一九三八年のものとして「兵士たちの学校とスペインのシュトゥルーヴェルペター」（「スペイン日記」）という記事のタイプ原本しかない、そしてそれが公表された証拠はない。

キュスナハト、三八年七月二十日　水曜日

美しい夏の一日。八時起床。テラスで朝食。「アウグスト」の章の補完の仕事。コローディと電話。正午Kと（トービと車で）いろいろな建築用地を見て回り、森の中をファネンシュティール方向へ歩く。食事に、ヴィーンでの監禁から元気を回復してロッテ・ヴァルター。ルガーノ滞在中の両親について報告。――新聞各紙に、無事に進行しているらしいパリの訪問歓迎祝典[1]の記事、好意的に扱われている。——お茶に、「聖書研究者の会」のM・C・ハーベク[2]、ドイツに対するその告発書を届けてきた。——パリの反ファシスト会議に参加するようにとのアラゴン[3]の緊急の手紙は、気が重い。断りを伝え、メセージを約束する電報。——政治随想集の資料の纏め、タイトルページにヘルダーの標語[4]。——Kと短い夕べの散歩。屋外で夕食。かなり長く戸外に止まる。あと私の部屋でK、エーリカ、クラウス、ゴーロ、モーニを前に、「アウグスト」の章の大きな部分を朗読。常にない印象、奇異感と励ましの気持ちを実見。十二時四十五分。

（1）一九三八年七月十九日から二十一日のイギリス国王夫妻のパリ訪問、これは示威的に英仏友好を強調するものであった。

（2）この名前はかならずしも正確に読み取れたわけではない。特定されていない。

（3）共産党員のフランス作家ルイ・アラゴン（一八九七—一九八三）は、人民戦線運動に重要な役割を果たしていた。

（4）政治随想集『ヨーロッパに告ぐ！　時代への随想』は一九三八年ストックホルムのベルマン＝フィッシャー書店から刊行され、ヨーハン・ゴットフリート・ヘルダーの次の標語を掲げている、「歴史の中でかつてなされた善は、人間愛のためになされたのである。歴史の中でのさばった愚かなこと、良からぬこと、嫌悪すべきことは、人間愛に反して行われたのである。」

キュスナハト、三八年七月二十一日　木曜日

晴れた、爽やかな天候。屋外で朝食。書き進め、挿入を完了。十二時コローディを新聞社に訪問。コローディは私の状況について覚書をつくるつもりなのだ。——徒歩で湖岸を散策、水浴客の賑わい、都市と湖の明るい光景。ベッティーニでヴェルモットを飲み、新聞を読む。食後エーリカと「アメリカの会」への申請[1]について検討。パリのためのメセージの草稿作りの用意をする。お茶の時間に大量のアメリカの郵便。アラゴン宛ての手紙と並んでメセージ[2]を口述。ヘルマン＝ナイセ（ロンドン）宛てに手紙。——夕食にモーザー夫妻が娘と。子供たちの演奏、古オランダ音楽、ヴュータン[3]、チャイコフスキー。ビービの演奏は日頃の精進を物語るものではあるが、私に言わせれば、ヴァイオリニスト的衝動がうかがわれない。——モーザー夫

妻のもてなしに腐心するが、エーリカが気持ち良く手伝ってくれる。——「ヴェルトビューネ」を読む。口述をまとめる。——また時刻が進んで遅くなる。——『ヨゼフ』を主題とするあるハンガリーの芸術家[4]の木版画が届く、「今世紀のもっとも偉大なドイツ人に」とある。ハンガリーにおける私の本の相当な売行き。

（1）「ドイツの文化的自由のためのアメリカの会」に対する亡命ドイツ作家の奨学金ないし就労援助の申請。トーマス・マンは、『書簡目録II』が立証しているようにこの時期、日記にはとくに記入しないで、ハンス・ナートネク、ハンス・ザール、ヴィルヘルム・ヘルツォーク、アルベルト・エーレンシュタイン、クルト・ヒラー、マクス・ホーホドルフその他の申請を支持した。

（2）「平和のための世界連合」主催で、一九三八年七月二十日、二十一日に総裁ロバト・セシル卿を座長としてパリで開催された会議宛てのトーマス・マンのメセージ、これは、会議報告に、パリの新聞「ルーヴル」一九三八年七月二十四日号に掲載されたフランス語訳でしか収録されていない。ドイツ語原文は「ダス・ヴォルト」モスクワ、第三巻、一九三八年十月、第十号一〇九—一一〇ページ、所収。「補遺」参照。

（3）アンリ・ヴュータン（一八二〇—一八八一）はベルギーのヴァイオリニストで作曲家、数多くの名人芸を要する曲を書いた。

（4）特定出来なかった。

三八年七月二十二日　金曜日、キュスナハト

暑い夏の一日。Kは一日中コンスタンツ、あるいはクロイツリンゲンからの両親の知らせを待っていて、それから、あしたの朝運を天に任せてそちらに出掛けて行くことにする。——エーリカと仕事のあとエーリカの車で市内へ行き、Kの誕生日のプレゼントにクロコダイル革のハンドバッグを購入。間違って毛皮商を訪れる。髪の手入れに理髪師バハマンの店へ。——アネッテ・コルプの弱い脚本[1]を原稿で読む。手紙の口述。シャウシュピールハウス刊行物のための演劇関連の文章[2]を書く。——お茶にマーゼレール祝典劇の作者ザール[3]とリヒテンシュテルン博士、博士の共産主義者としての良心は六百万シリングを失ってかえって楽になっている。——風邪のぶり返し。気管支カタル。

（1）『戦争の前夜』アネッテ・コルプの戯曲。「尺度と価値」

第二冊、一九三八年十一月／十二月号に、「戦争前夜一九一四年」の表題で第一幕が掲載される。

(2)『私は劇場を信じる』、チューリヒ・シャウシュピールハウス、一九三八／三九年演劇シーズンのための宣伝冊子に初めて発表される。『全集』第十巻九二〇―九二二ページ。

(3) 作家ハンス・ザール（一九〇二年生まれ）は一九三三年までベルリンの映画・演劇批評家で、三三年チェコ、三四年スイス、ついでフランスへ亡命し、四一年合衆国に行き着いた。その『マーゼレール祝典劇』、『ある人。合唱作品』はフランス・マーゼレールの木版画『ある人間の受難』とともに一九三八年、チューリヒのオープレヒト書店から刊行された。第二次世界大戦後ザールは亡命小説『少数の人々と多数の人々』をS・フィッシャー書店から刊行（一九五九年）、多数のアメリカ、イギリスの舞台作品の翻訳者として、ニューヨークにおける「ヴェルト」紙の文化報道記者として活動した。

三八年七月二十三日　土曜日、キュスナハト

美しい夏の天候。「アウグスト」の仕事、結末を付けるのが難しい。――家で、コンスタンツの老夫妻と、早朝クロイツリンゲンへ車で出掛けたKからの知らせを待つ。国境を越える試みは悲しいことに失敗に終わり、役人がKの老父に侮辱的な扱いをしたという、Kの母親からの手紙。――エーリカと市内へ。豪華な銀狐の襟を六五〇フランで購入。香水。そのあとオープレヒト夫妻を住居に訪ねる。小冊子、フィードラーについて。――K食事時間に戻る。電話での話だけは出来たという。悲しみと怒り。――食後、新聞各紙。お茶のあとKとアネッテにその脚本をやんわり断る手紙、その他の手紙を書く。短篇集についての契約書。――「新チューリヒ新聞」にコローディの覚書(1)、適切なもの。――グレート・モーザーとメーディは国境に車で向かう。――フィードラー宛てに手紙(2)を書く。――ルートヴィヒの論文「神聖同盟」(3)を読む。浅薄で物足りない。――Kのベッドの回りに集まり、老夫妻を訪ねて、手紙や読み物を手渡してきたグレート・モーザーの報告を聴く。気分は好転、ビンスヴァンガーの助力で何かを伝達出来ると期待して、コンスタンツに止まること。Kにプレゼント。――子供たちと私のプレゼントの見物。

(1)「トーマス・マンとアメリカ」「新チューリヒ新聞」一九三八年七月二十四日号に掲載された無署名の覚書、これは、

トーマス・マンの長年にわたるアメリカとの結び付きとプリンストンへの招聘を指摘し、トーマス・マンは将来も夏の数ケ月はチューリヒ湖畔で過ごすだろう、と保証していた。

（2）　クーノ・フィードラー宛て、キュスナハトから、一九三八年七月二十三日付、『書簡目録II』三八／一四二。

（3）　エーミール・ルートヴィヒ『あらたなる神聖同盟』一九三八年、シュトラースブルク、ゼバスティアン・ブラント書店刊。

三八年七月二十四日　日曜日、キュスナハト。

雨模様の一日、始めはまだ暖かだったが、そのうちひどく冷え込み、冬ものを着用する。七時半起床、ひげを剃り、入浴。Kの五十五歳の誕生日のプレゼント・テーブルを整える。花。プレゼントの贈呈、打ち揃っての朝食。少し仕事。それからボル・オ・ラクに出向き、老レムレ Lemmle（1）と邂逅。マイリシュ夫人とムージルについて、ついで雑誌について会談。医師と文士という二人のヴィーン亡命者と話合い、パリ行きを薦める。——家に戻ってポートワインとタルトの朝食、ついで「アウグスト」の章の仕事を進める。食事に小柄なテネンバウム。午後、老夫妻のことでビンスヴァンガーの電話。人柄の良い人物、快い印象。——ブエノス・アイレスのフォン・ハーン宛てに自筆の手紙（2）。——ロッテ・ヴァルターとグレート・モーザを客に迎えて祝いの晩餐。シャンパン。そのあとルガーノのヴァルター夫妻と電話、歌曲、『モルダウ』（3）その他の音楽。『ラインの旅』（4）その壮麗さは否定しようがない。——疲労。この家からの別離が近いことに胸迫る憂愁。当地の私たちの牧人小屋がすでに建っていれば、と考えたくなる。

（1）　レムレ Lemmle はカール・レムレ Laemmle。

（2）　ボルコ・フォン・ハーン宛て、キュスナハトから、一九三八年七月二十四日付、不完全稿が『書簡集II』五二ページ、所収、『書簡目録II』三八／一四三。ボルコ・フォン・ハーン（一九〇四年生まれ）はドイツ人商人で、一九二五年から五八年まで南アメリカで仕事をしていた。

（3）　『モルダウ』はベドルジホ・スメタナの組曲『わが祖国』中の交響詩。

（4）　リヒアルト・ヴァーグナー『神々の黄昏』中の「ジークフリートのラインの旅』。

三八年七月二十五日　月曜日、キュスナハト

晴天、八時起床。仕事をし、「アウグスト」の章の結末に迫る。Kは午前中、ビンスヴァンガーからの返事を待っていたため、家から出られないでいたが、伝えられた返事は否定的な内容だった。正午一人で犬を連れて、初めてまた森の周回路を散策した。大量の手紙が届き、これを食後に読む。新聞各紙。ヘスの愚鈍無恥きわまりない演説[1]。——エーミール・アルフォンス・ラインハルト[2]の、ヴィーンにおける少年時代の回想の原稿。——お茶のあと、チューリヒ・シャウシュピールハウスの新発足に寄せる声明[3]を書く。K、ゴーロ、メーディとモーザー邸の夕食へ。湖の美しい眺め。八十二歳の祖母[4]が居合わせる。食後両親同士が相談、子供同士の結婚の希望を認める。あとから若い二人が加わる。和やかな歓談、政治的意見の一致。オーストリア人の無抵抗に対するスイス人の侮蔑。西側の祝典[5]の大きな心理的効果が確認される。——結婚式は九月を見込む。——家で、ランツホフに対するメーディの不幸な恋心についてエーリカと相談。ここでも動かせない執心、喘息、不眠、似たタイプの他の人間に対する挑発。カツェンシュタインは事態を無気力によるものと考えている。

（1）「オストマルク殉難自由戦士」（すなわち、一九三四年国民社会主義革命の試みが失敗したあと死刑宣告を受け処刑されたオーストリア国民社会主義党員反乱者十三名）を讃えて一九三八年七月二十四日にクラーゲンフルトで催された国民社会主義党大政治集会で「総統代理」ルードルフ・ヘスが演説を行い、これが翌日大々的に「フェルキシャー・ベオーバハター」紙に掲載された。その中にとくに次のような文言があった、「世界が知っている通り、ドイツの平和をかつて以上に強力に保証しているのは国防軍、先頭に、よろしいか、アードルフ・ヒトラーが立っておられる国の国防軍である。」（訳注）オストマルクは、一九三六年にドイツに併合されたあとのオーストリア地域の呼称（一九四五年まで）。

（2）　オーストリアの作家エーミール・アルフォンス・ラインハルト（一八八九—一九四五）は元医師、のちミュンヒェンのドライ＝マスケン書店の原稿審査係、翻訳家、S・フィッシャー書店から刊行して成功した各種伝記の著者。トーマス・マンはミュンヒェンで一九二〇年に知りあい、三三年南フランスで邂逅した。第二次世界大戦中ラインハルトはフランス抵抗運動に所属、密告され、ダハウ強制収容

所に投じられて、そこで医師助手として使われていたが、チフスに感染して死亡した。「尺度と価値」にラインハルトの論考は掲載されなかった。

(3) 一九三八年七月二十二日付日記の注(2)参照。

(4) エリーザベト・モーザー、旧姓クレープス(一八五六—一九四七)、グレート・モーザーの祖母。

(5) イギリス国王夫妻のパリ訪問。

キュスナハト、三八年七月二十六日　火曜日

絢爛たる夏の一日。寝過ごして、ようやく十時頃起床。しかしコーヒーの朝食のあと十一時から、ふだん早くに始めた時よりも多く書き進める。区切りに向かう、区切りが付けば大きな章になるだろう。——正午車で、木洩れ日がさし、せせらぎの音の聞こえる森へ。この教策に喜びを覚える。——食後シェーダー(1)の「ゲーテと東方」を読む。今日のドイツ精神の戦慄を覚える諸特徴。——ゴーロが『ショーペンハウアー』序文の短縮作業を終えたので、お茶のあとこれを検分して承認する。手間暇のかかることだ。——『日記のページから』がブラント・アンド・ブラントを通しあるニューヨークの雑誌に売却されるとの知らせ。抗議電報。——雷鳴、激しい稲妻。雨。晩、クラウスが自作の亡命者小説(2)の一部を朗読、才能が窺われる。——ビービがパリ出発にあたっての別れの挨拶。——ビービの許嫁がコンスタンツの老夫妻を再度訪れる。——大量のアメリカからの手紙。窮状を訴えるクルト・ヒラー(3)の手紙。ムージルの件でマイリシュ女史の手紙。パリ行動の件でエーミール・ルートヴィヒと電話。ニューヨークの亡命ドイツ人館計画にかかわる事件。公表に反対。

(1) オリエント学者ハンス・ハインリヒ・シェーダー(一八九六—一九五七)、一九三一年からベルリン大学教授。その著『ゲーテの東方体験』は三八年に刊行された。

(2) クラウス・マンの長篇小説『火山』は一九三九年アムステルダムのクウェーリードー書店から刊行された。

(3) クルト・ヒラー(一八八五—一九七二)は、一九一八年激しい論争をした相手であったのにトーマス・マンが真面目で公正な論客として評価していた著作家で、三三年強制収容所に拘留後プラハに辿りつき、ここでひどい困窮生活を送った。三八年やっとロンドンに移り、五五年ドイツに戻った。

キュスナハト、三八年七月二十七日　水曜日

曇天、涼しくなる。八時半起床。コーヒー。章の結末に向けて。正午一人でヨハニスブルクの先まで。食事にオイゲーニエ・シュヴァルツヴァルト夫人。お茶のあとKとベルマン宛ての手紙[1]。晩、ノイマン夫妻とアメリカのプロデューサー[2]と同道、湖対岸のリーザー邸。上等の晩餐。屋外でコーヒー。リーザー夫妻とシャウシュピールハウスについて。ベルン後背山地の硫黄泉について。——運送会社の社員。——政治随想集の材料を纏める。——大分遅れている手紙と原稿の読破作業。——晩エーリカ、パリへ。

（1）　ゴットフリート・ベルマン・フィッシャー宛て、キュスナハトから、一九三八年七月二十七日付、『往復書簡集』一七四—一七七ページ、所収。この中に、マダム・マイリシュがロベルト・ムージル援助に乗り気であると詳しく述べられている。

（2）　特定出来なかった。

キュスナハト、三八年七月二十八日　木曜日

輝き溢れる暑い夏の一日。執筆（章の結末近くのシャルロッテの発言）のあと、テネンバウム、建築士、草地の所有者と一緒に考慮の対象になる地所を検分、道路配置、水道と電気、一平方メートル当たり単価（六—八フラン）など相談する。元気が出る。イチュナーハの地所も検分する。——食後シェーダーの本を読む、腹が立つものの、面白くもある。——午後、口述や自筆で多くの通信を片付ける。『ヨーロッパに告ぐ！』と『ショーペンハウアー』の材料を発送する。——夕食に客を迎える、ボラック博士夫妻。ラシュカ総領事、ガサー氏[1]。話題はほぼ政治。チェコ＝スロヴァキア、ランシマン[2]、ヒトラーとムッソリーニの状態、後者はゲスターポの監視を受けている。戦争の利害得失。八月は危機的時点。

（1）　スイスの著作家でジャーナリストのマヌエル・ガサー（一九〇九—一九七九）、エーリカ、クラウス、ゴーロ・

マンと親交があり、一九三三年チューリヒの週刊新聞「ディ・ヴェルトヴォッヘ」の共同創刊者、のち雑誌「ドゥ」の編集長。

（2）　イギリスの政治家ウォルター・ランシマン（一八七〇―一九四九）、一九三七年以来ランシマン子爵、一八九九年から一九三七年まで自由党下院議員、そしてたびたび大臣、チェムバレン政府の委託を受けて三八年七月から九月いわゆる「ランシマン使節団」の団長としてチェコスロヴァキアで活動した。イギリス政府に対するランシマンの報告はミュンヒェン協定への道をひらいた。三八年から三九年ランシマンは枢密院議長だった。著名なイギリスの歴史家サー・スティーヴン・ランシマンの父。

キュスナハト、三八年七月二十九日　金曜日

幾重にも雲が重なり、蒸し暑く、湿度により美しい多彩な色彩。仕事のあとKと森の中を散策。「ターゲ＝ブーフ」を読む。午後、エーミール・アルフォンス・ラインハルト、ヘルツ女史宛て[1]自筆の通信、多くの手紙を投函出来るように仕上げる。運送会社の社員。蔵書輸送の見直し、より厳しい選書。池を周回したあと屋外で夕食。「尺度と価値」第七冊校正刷を見る。ジャン＝ポール・サルトルのスペイン戦争に材をもとめた優れた物語[2]。ゴーロの『ゲンツ』から長大な断片、非常に気が利いており、含みが多い。ゴーロのチェコ軍事問題が大分論じられている。〔……〕

（1）　イーダ・ヘルツ宛て、キュスナハトから、一九三八年七月二十九日付、『書簡目録II』三八／一五〇。

（2）　ジャン・ポール・サルトル『壁』短篇小説、フランス語から、ルードルフ・ヤーコプ・フム訳、「尺度と価値」第二巻第一冊、一九三八年九月／十月号。（トーマス・マンは冊数を通して数え、その結果第七冊となる）。

（3）　ゴーロ・マン「ゲンツとフランス革命」「尺度と価値」第二巻第一冊、一九三八年九月／十月号。

キュスナハト、一九三八年七月三十日　土曜日

空の青い、非常に暑い一日。最軽装。食事は、昼食以外、屋外。八時半起床。午前、「アウグスト」の章、脱稿。Kと車をチューリヒベルクへ走らせ、そこで散

策、ボーイスカウトの団員たちがキャンプ生活。食事にジークフリート・トレービチュ、ひどい困窮の様子。お茶にユーゴスラヴィアの教育学者フリートマン博士[1]夫妻。『ロッテ』と『ヨゼフ』について。——自筆の通信。夕べの散策。夕食後「アメリカの会」への応募小説原稿数篇に目を通す。

（1）おそらくエルンスト・フリートマン博士のことで、のちに報告「一九三八年のトーマス・マン訪問記」を「エディオト・ハイオン」テル・アヴィーヴ、一九五七年六月二十八日号にドイツ語で公表した。

キュスナハト、三八年七月三十一日　日曜日

引き続いて非常に暑い好天。午前中『ショーペンハウアー』をベルマンとミセス・マイアーのために二通、校正する。正午Kと森の中。エーリカ、パリから戻り、イギリスの資金を受けるための反対派糾合折衝[1]について報告。食事にエーリカの他ブレンターノ夫妻、夫妻をその男の子たちが迎えにくる。そのあとフィードラー到着、数日上の大きい部屋に泊まる。フィードラーをまじえてお茶。そのあと三人でアルビス連丘へドライヴ、そこでハンハルト夫妻とその客アレクサンダー・モーリッツ・フライと落ち合う。さらにハンハルトの森の小屋に向かう、難しい車のアクセス、公園内の登り道散歩、バルコニーで夕食、ブレーチェンとケーキに軽いワイン。ツーク湖とアルプス連山の見事な眺め、樹間に映える真っ赤な日没、ルツェルン地方の空の光り、血の赤の色で昇ってくる上弦の月。蠟燭の照明。小屋の中を片付けたあと帰路に、はじめはハンハルトの車で、市内に入るところで別れる。

（1）おそらくこれはヒトラー反対派を新しい超党派的組織「新ドイツ同盟」に結集しようというフーゴ・ジーモンの努力のことで（一九三八年一月二十九日付日記の注（3）参照）、この運動に対してイギリスの資金援助が見込まれていた。エーリカ・マンが遺した記録や手紙の中に解明の手掛かりになるヒントは見出されなかった。

キュスナハト、三八年八月一日　月曜日

前月[1]の終わりは大西洋上だった。――雷雨の気配が感じられる暑い夏の一日。八時少し過ぎて起床、Kとフィードラーと一緒にテラスで朝食。ビヴァリ・ヒルズの頃の『日記のページから』にまた手を加え、圧縮したものにする試み――あまり結果がでない。キルヒアイゼン[1]、メレシュコフスキイ[2]、フォレ[3]のナポレオン文献を読む。――正午、Kとドライヴ、ソリテュード近くの森。フィードラーのいない昼食。そのあとメレシュコフスキイの『ナポレオン』[4]を読む。お茶のあとKと一緒に、推薦状等多数の手紙。――少しだけ一人で散歩。屋外で夕食。祝日、花火とイルミネーション。ゴーロ、フィードラーとテラスで政治論。フィードラーに『ショーペンハウアー』を渡す。――湯治旅行は断念して一週間の予定でエンガディーンへ行こうというKへの提案、目に見えてほっとした様子を見せて同意。ビービにはチェコ国籍も出国、結婚届けにあたってあまり役に立たないことが、気掛かりだ。――仕事と仕事の間の嬉しくない状態。『ファウスト』講演[5]、論説『兄弟』[6]？

（1）〔訳注〕ここで前月というのは六月のことである。八月に入ったのを失念していたか、この部分を七月の三十日中に記入したか、そのいずれかであろう。
（2）フリードリヒ・M・キルヒアイゼン『ナポレオン一世、その生涯と時代』九巻、一九一一―一九三四年。
（3）ディミトリイ・メレシュコフスキイ『ナポレオン』独訳版一九三〇年。
（4）エリ・フォレ（一八七三―一九三七）『ナポレオン』はオト、エルナ・グラウトフによるフランス語からの共訳で一九二八年ドレースデンのアーレッツ書店から刊行された。トーマス・マンの所蔵本は現存している。〔訳注〕オト・グラウトフ（一八七六―一九三七）はトーマス・マンのリューベク時代の級友。
（5）プリンストンのために準備中の講義『ゲーテのファウストについて』、『全集』第九巻五八一―六二一ページ。
（6）これは随想『兄弟ヒトラー』のことで、未公開の日記の記述から成立した。『全集』第十二巻八四五―八五二ページ。

キュスナハト、三八年八月二日　火曜日

東風の吹くきわめて美しい、暑過ぎない夏の一日。テラスでKとフィードラーと一緒に朝食。午前『ファウスト』を研究。正午フィードラーと散歩、オーバーホールの済んだ車でKが迎えに来る。湖岸水浴場にヴァサーマン＝カールヴァイス夫人とその幼い息子を食事の迎えに行く。広間でコーヒー。『ファウスト』を研究。お茶にエフライム・フリッシュ。エーミール・ルートヴィヒについていろいろ滑稽な話。そのあとゴーロと私の蔵書の選別を始める。部屋に置いたまま大量の本を残しておかねばならない。Kと短い夕べの散策。テラスで夕食。そのあと懸賞応募の長篇小説原稿[1]数篇に目を通す。

（1）ニューヨークの「ドイツの文化的自由のためのアメリカの会」は最善のドイツ亡命小説を期待して懸賞募集を発表していた。トーマス・マンは審査委員会に属して、考慮の余地あるかなりの数の原稿を読まねばならなかった。入賞小説はボストンのリトル・ブラウン書店と多数の外国書店から翻訳で刊行されることになっていた。「アメリカの会」に対するトーマス・マンの判定の手紙数本は、フランクフルトのドイツ図書館所蔵のこの救援組織の記録中に保存されており、『書簡目録II』三八／一五二―一五六、三八／一六七、にリストアップされている。

キュスナハト、三八年八月三日　水曜日

非常に暑い一日。少しく頭痛。フィードラーとテラスで朝食。フィードラーの著書の表題。民族的な批判の価値を失わせる二重焦点。——午前中『ファウスト』の研究。正午Kとフィードラーとともにまず私たちの地所[1]に行き、ついでプァネンシュティールへ車で登り、マイレンを経由して帰宅。食後『ゲッツ』の初稿を読む。貴顕の間での対話にうかがわれる若々しい自信に感嘆。お茶のあとゴーロと蔵書の整理と取り片付けを継続。Kと池の回りを散策。オープレヒトと電話、「尺度と価値」の新しい巻号のために短い巻頭言を書く必要について。——アスパーと電話、土曜日を予約。——屋外での夕食にカーラー。歓談。そのあと私の部屋で十一時半まで「アウグスト」の章後半の朗読。討論。考えられない本、ロシアでは「遺産」故に、アメリカでは「大陸的」故に不可能な本の可能性。全体として時代は本というものに敵対的である結果、ほとんどまた迎合的になる。時代はすでに非常に無教養であり、その結果、教養が「またもや可能」なのだ。

（1）　この地所の購入と牧人小屋ふうの家の建築は実現に至らなかった。

キュスナハト、三八年八月四日　木曜日

非常に暑い盛夏の一日。最軽装。朝食後フィードラーは別れの挨拶、午前中に出発する。雑誌第二巻への巻頭言を書き始める。正午Kと森の中を散策。食後、新聞各紙とヘルツォークの『バルトゥ』[1]を読む。釣りとゴルフの道具を抱えてのランシマンのプラハ「調停」旅行は、この時代最大の愚行の一つだ。ロシアと日本の国境紛争[2]も悪くない。エブロ河畔の成功[3]について「新チューリヒ新聞」は、赤軍が「戦争を長引かせることに成功した」と書いている。――気分勝れず、おそらく昼のリンゴ酒のせいだ。――お茶のあと手紙数通、とくにベルマン宛ての手紙[4]を口述。七時カーラーとラパスヴィルへ車を走らせ、そこでノイマン夫妻、湖畔の「アードラー」の庭で総勢七人の夕食、鱒と、ワインはノイエンブルガー。美しい、穏やかな夏の夕べ。湖畔の魅力的な景観。帰路のドライヴもたっぷり楽しめた。ノイマン女史[5]の陽気さはミュンヒェンふうだ。

（1）　ヴィルヘルム・ヘルツォーク『バルトゥ』は一九三八年チューリヒの「ディ・リーガ」書店から刊行された。
（2）　〔訳注〕旧満州とソヴィエトとの国境での戦闘、日本では張鼓峰事件と呼ばれる。翌一九三九年には「ノモンハン事件」が起こり、日本軍は事実上手酷い敗北を喫した。
（3）　〔訳注〕スペイン共和国はフランコ将軍の反乱軍に南北を分断され、劣勢にあったが、共産党員が中心であるところから「赤軍」と呼ばれていた政府軍は一九三八年七月二十五日エブロ川を渡って総攻撃に出、共和国政府の崩壊を当面救うことが出来たのである。
（4）　ゴットフリート・ベルマン・フィッシャー宛て、キュスナハトから、一九三八年八月五日付、『往復書簡集』一七九―一八一ページ、所収。
（5）　カタリーナ（キティ）・ノイマン（一八九八―一九七九）、アルフレート・ノイマンの夫人。

キュスナハト、三八年八月五日　金曜日

八時起床。非常に暑い一日、「炎暑」、ほこり。午前中『巻頭言』を執筆。市内に出てクンストハウス前でオペンハイマーと落ち合い、そこでオペンハイマーのアトリエを訪ねてオーケストラを描いたその巨大な絵[1]を見せてもらう。そのあとペディキュア師のところに寄る。この女性は私のホロスコープ（乙女座）を読んでいた。足指に包帯。帰路は森を抜けてのドライヴ。食後、新聞各紙。お茶にアメリカ人女性教授が友人の、好感の持てるスイス人女性と。『ヨゼフ』に対する質問に応える。スイス人女性の言葉からは、チューリヒでの『ヴァーグナー』講演が及ぼした大きな影響の名残がうかがわれる。――書斎で若いムチャン[2]を応対。そのあと、ニューヨークの展覧会にあたって埋められることになっている「タイム・カプセル」に収めるメセージ[3]を書く。――Kと車で出て郵便を投函、ついでエルレンバハ上手の丘に行き、そこで少し散歩。シュタルンベルクで七十一歳のビンディング[4]が死去したというニュース。晩、モスクワの「ヴォルト」誌を読む。――オプタリドン。

（1）　ここで触れられている絵というのが、マクス・オペンハイマー（モップ）のどの絵のことか、明らかでない。一九三七年一月十五日付日記の注（4）参照。亡命中に描かれたオペンハイマーの絵の大部分は、ヨーロッパとアメリカで散逸した。

（2）　ムチャン Mutschan は正しくはモチャン Motschan。一九三七年七月二十七日付日記の注（2）参照。

（3）　『タイム・カプセルのために』『全集』第十巻九二〇ページ。

（4）　保守的な叙情詩人で小説家リードルフ・G・ビンディング（一八六七―一九三八年）は、プロイセン・アカデミーが政府統制下に入って以来文学部門の第二代会長。トーマス・マンはビンディングと一九三三年春かなり激しい政治的対決の書簡往復を行ったが、その後ビンディングとチューリヒで会って、ビンディングの要請による話合いを持った。一九三五年ビンディングは、アカデミーがトーマス・マンの六十歳の誕生日に祝辞ないしは代表団の派遣によって敬意を表するよう尽力したが、これは内相フリックによって禁止された。ビンディング『書簡集』ルートヴィヒ・フリードリヒ・バルテル編、一九五七年参照。ビンディングは一九三八年八月四日死去した。

キュスナハト、三八年八月六日　土曜日

びっくりするほどのオプタリドンの副作用、寝付かれず、興奮状態、Kを起こし、ようやく三時頃平静を取り戻す。きょうは気分勝れず、疲労。アスパーと、朝食に出向くことになっていたトレービチュとに断り。午前中ハインリヒ宛てに手紙を書き、(1) ついで『巻頭言』(2) を執筆。暑熱。正午ツォリコーン上手の森の中を散歩、心地良い。食後手紙を何通も読み、「ターゲ＝ブーフ」誌に目を通す。鬱陶しい暑さのおかげで休息が取れない。お茶のあと『巻頭言』の執筆を継続。オープレヒト邸で夜会、ゴーロ、メーディ、シローネ、ライジンガー、ヒルシュフェルト、シュヴァイツァー(3) が参加。おおいに食べ、おおいに飲んで、談論風発。——雷雨。

(1) ハインリヒ・マン宛て、キュスナハトから、一九三八年八月六日付、『往復書簡集』一七一―一七二ページ、所収。
(2) 『新しい巻号に寄せて』トーマス・マン署名、第二巻への巻頭言、「尺度と価値」一九三八年第一冊、九月／十月号、所収。『全集』第十二巻八二一―八二八ページ。
(3) リヒアルト・シュヴァイツァー（一九〇〇―一九六五）、脚本家、長年にわたりチューリヒ・シャウシュピールハウス管理委員会座長、トーマス・マンの晩年にはトーマス・マンとマン家と非常に親しく、キルヒベルクの教会では弔辞を述べた。シュヴァイツァーはチューリヒのトーマス・マン文書館の設立にあたっては多大の寄与をした。

キュスナハト、三八年八月七日　日曜日

涼しくなり、八時半起床。この数日気分が勝れない。『巻頭言』の執筆を進める。正午車でフォルヒ(1) のクラブハウスのあたりに出掛け、そこの森の中を散策、ゴルフ場のベンチに座って、風景を楽しむ。——食事に「フルティンガー」夫人。(2) コーヒーの際に、リント女史がいなくなったので、新規女性浄書者を探す問題。そのあと『ファウスト』を少し。午後、雷鳴と雨。『巻頭言』をなお結末にまで書き進めたものの、飽きがきて、結末はゴーロに書かせることに決める。Kによる日記の引き写し。シェーダーの本を読む。

(1) 〔訳注〕トーマス・マンの住んでいたチューリヒ湖畔キュスナハトから東のグライフェン湖に通じる道の途中にフォルヒという町がある。しかしここで「フォルヒ……のあたり」と記されているフォルヒは、町を意味していない。この町周辺一帯がフォルヒと呼ばれているのかもしれない。

(2) はっきりとは読めない。おそらくフリュキガー夫人のことであろう。一九三八年二月十三日付日記の注（1）参照。

キュスナハト、三八年八月八日　月曜日

八時前起床。蒸し暑い。すぐひげを剃る。『ファウスト』研究。歯科医の嫌な施療を考えただけで苛立ち、不機嫌になる。十一時半、認証関連の件でKと一緒にキュスナハトの公証人を訪ねる。ついでアスパーの診療所に出向いたが、アスパーは試して下の蠟型を拵えただけで、その先は二十二日に延期されてしまった。いつまでも施療を待たせられるのは、たまったものではない。バーンホーフ・レストランの庭でヴェルモット。ついでビルガー女史(1)のところで足の手入れ。そこから帰宅。食後、新聞各紙と『ファウスト』。お茶のあと手紙を口述（ランツホフ、ツックマイアーその他）。ゴーロの『巻頭言』の結び方は満足出来ない。違う終止形を考えることにする。ゴーロをともなってヴィーティコーンのバールト邸(2)での夕食に。手入れの行き届いた邸宅のあたりの美しい立地。貴重な蔵書、幅広い展望窓。ベイビーのご機嫌伺い。上等の食事。政治をめぐる歓談。いつものことながらドイツ問題だ。

(1) E・ビルガーは、チューリヒ、バーンホーフ通りのペディキュア師。

(2) ハンス・バルト Barth 博士。一八三八年七月十一日付日記の注（3）参照。〔訳注〕トーマス・マンはこの名前をこの日の日記ではバールト Bahrt と記している。これは誤記と思われるが、正しい綴りの Barth はバルトだけではなくバールトと発音する可能性もある。したがってトーマス・マンが耳にした通りを表記したのだとすれば、Barth は少なくともこの人物の場合バールトと表記すべきかもしれない。しかしここでは同名の著名な神学者の仮名表記を踏襲することにする。

キュスナハト、三八年八月九日　火曜日

晴れたり曇ったりの一日、暑い。八時半〔起床〕。午前中、第二巻への『巻頭言』を書き上げ、ついで『ファウスト』研究。イチュナーハ、ヴィーティコーンを経由――美しい区間だ――チューリヒベルクへ車を走らせ、そこのオイゲーニエ・シュヴァルツヴァルト邸で昼食。ヴィーンに関していろいろと面白い話。オーストリア的性格について。コーヒーのあとオープレヒトを訪ね、夫人に『巻頭言』を手渡す。家で新聞各紙。お茶のあとリオン宛てにかなり長い手紙[1]を書く。シャウシュピールハウスに寄せる手紙の校正。何通もの手紙を投函出来るようまとめる。Kと少し散歩。雷鳴。晩、シェーダーの本を読む、これは二、三摂取すべきところがあるにせよ、独善的な賛美の傾向を備えている。創作にとっては、かなりの悪書でも、あまり卑屈なところがなければ、かなり助けになりうるものなのだ。

（1）フェルディナント・リオン宛て、キュスナハトから、一九三八年八月九日付、『書簡目録II』三八／一六三。

キュスナハト、三八年八月十日　水曜日

暑く美しい天候、雲が多い。午前中『ファウスト』メモ。正午、ライジンガー博士を迎えに行き、一緒に郊外の町のある家を見たが、私たちは気に入らなかった。――長年使っていたペーパーナイフが折れたので、新しく一つ買う。――多様な郵便。アルフレド・クノップから嬉しい手紙、ブッククラブに『ヨゼフ』が売れて五、〇〇〇ドル。その他ブッククラブから五〇〇ドル以上の小切手。写真入り宣伝パンフレット。――私の平和メセージのフランス語訳。私のローズヴェルト弁護論[1]についての記事が同封されたマイアー女史の手紙。ハインリヒからの手紙[2]。その他多くは食後に読む。お茶のあと手紙を口述、ヘルツ女史を図書館学芸員として採用する問題についてエインジェル宛て[3]。ベルトー宛て。――オープレヒトから届いた[4]『デモクラシー』の校正。――晩ハインリヒ宛てに手紙を書く。『ファウスト』論を読み、さらに『補遺』。

(1) 事情が明らかでない。アグニス・E・マイアーは一九三八年七月から八月ドイツ旅行中だった。その手紙も発見されていない。

(2) この手紙は残っていない。

(3) ジョゼフ・W・エインジェル宛て、キュスナハトから、一九三八年八月十二日付、『書簡目録II』三八／一六六。この中に、イェールがイーダ・ヘルツからトーマス・マン・コレクションを購入し、その学芸員に応募しているイーダ・ヘルツを雇いいれるよう計らってもらえないか、という提案が記されている。この提案は実現をみなかった。

(4) この手紙は残っていない。

キュスナハト、三八年八月十一日　木曜日

八時起床。靄がかった晴天。『ファウスト』研究。一人で少し散歩。ついでなお三十分Kと森へ。『デモクラシー』の校正。編集部で喝采を博した「尺度と価値」の『巻頭言』の校正。お茶にパリからジーモン、イギリスからの資金供与問題と超党派的募金会議の問題、私にこの会議をパリに招集せよ、という。これにラシュカ領事が加わったので、『ヨゼフ』三巻に献辞を添えて手渡す。写真撮影。別れの際にゴーロの兵役(1)について、そのためゴーロが身柄を確保されるようなことになればプリンストンの私は極めて難しい状況におかれると切実な苦情。——夕食にファルケ博士、蜂に刺されて夫人は来ない。ファルケ博士が夕食とワインを目に見えて楽しんだあと、部分的には難しい対話。

(1) 〔訳注〕ゴーロ・マンは家族の大部分と同じようにチェコ国籍を持っており、ことによると、兵役が問題になっていたのかもしれない。チェコのラシュカ領事を招いたのもこれに絡んでのことだったろう。ただそうした問題でプリンストンの話が非常に難しいことになる、というのは、因果関係がよく分からない。

キュスナハト、三八年八月十二日　金曜日

雨、雷鳴、気温低下。『ファウスト』講演のための研究にけりを付け、懸賞応募原稿に目を通す。ドルダー・ホテルのトレービチュ夫妻のところで昼食。そのあとヴァルトハウスのヒルシュ＝ホトヴォニイ博士夫人[1]を訪ねる。午後、判定書を書く。晩、諸雑誌。

（1）　イレーネ＝ヒルシュ・ホトヴォニ（一八八五―一九四五）は、ルートヴィヒ（ロヨシュ）・ホトヴォニの妹で、ブダペスト近郊ホトヴォンの城館主、一九〇五年、大砂糖工場ホトヴォニ＝ドイチュの後年の支配人アルベルト・ヒルシュ博士と結婚したが、ほどなく、離婚しないまま別居した。自身の領地に引き籠もっていた夫人が世間に顔を見せることはほとんどなかった。トーマス・マンはブダペストの夫人の兄の館を数回訪れて以来夫人と面識があり、ホトヴォンの城館に夫人を二度訪れている。夫人は高い教養の持ち主で、見聞豊かな女性だった。夫人とその所領は本質的な特徴すべてにおいて『ファウストゥス博士』に登場するフォン・トルナ夫人のモデルである。イレーネ・フォン・ホトヴォニは、一九四五年アウシュヴィッツ強制収容所で殺害された。〔訳注〕トーマス・マンはホトヴォニ Hatvany をほぼ一貫して、ホトヴォニイ Hatvanyi と表記している。

ジルス・バゼグリア、ホテル・マルニア[1]、三八年八月十四日　日曜日

きのうは暗く、篠つく雨。走行が可能かどうか首をひねる。電話問い合わせ。予定より遅れて出発。この出発に、（予備タイヤの入っている）トランク・ルームが開けられなかったので、自動車修理工場で一時間遅れることになったのだ。（古い鍵で新しい錠）。ようやく十二時に旅立ったが、この旅行は非常に気に入り、その自然の景観は曇りがちでも大いに楽しめた。クールまでまだ程遠いネスラウで、赤ワインを飲みながら鱒料理の昼食。ネスラウまでは雨。やがて天気はやや回復。かなり寒い。ヴァーレン湖をのぞむ山を避けてトゲンブルク経由で車を走らす。ラガツ、レンツァーハイデの町に再会。ティーフェンカステルへ向けて下り、最後の標高二、三〇〇メートルの谷沿いのがれ道。ユーリエル峠を通り、ティーフェンカステル手前一、八〇〇メートルでお茶。ここに六時半到着。アネマリー・クラルク[2]の家、エーリカ、ギーゼ女史、ビンスヴァンガーのところから逃げ出したアネマリー、クラウス。アネマリーの部屋で。ホテルで仮の部屋、窮屈。

八時頃食堂で可も不可もないディナー。そのあとはアネマリーのところの若い人々のところでコーヒーやリキュールを飲みながら晩を過ごす。——シュヴァルツェンバハ老夫人と誤魔化して手にいれた手紙の一件(3)、それに続く勘当。不条理かつ腹立たしい。——ヴァルター夫妻と電話。

(1) マルニア Margnia は、正しくはマルニャ Margna である。〔訳注〕地名もジルス＝バゼグリア Sils-Baseglia とあるが、正しくはジルス＝バゼルジア Sils-Baselgia である。この滞在中の日記では終始バゼグリアとなっているが、一九三六年七月に滞在したおりの日記には正しくバゼルジアとある。

(2) アネマリー・シュヴァルツェンバハは、フランスの外交官アシル＝マリー・クララク Clarac と結婚して以来シュヴァルツェンバハ＝クララクとも名乗り、ペンネームとしてはアネマリー・クラルク Clark を用いていた。〔訳注〕トーマス・マンは Clark を Clarc と表記している。

(3) この件はもはや確認出来ない。アネマリー・シュヴァルツェンバハの母親は、スイス陸軍中将ウルリヒ・ヴィレの妹であるルネ・シュヴァルツェンバハ夫人であるが、アネマリーは母親と完全に決裂、勘当されていた。

ジルス・バゼグリア、十四日　日曜日。続き

どうにか眠れた。天候は爽やかな曇天が続く。八時半、コーヒー。ひげ剃りとマニキュア。あとでKと少しシャステ道を歩いた。その間に私たちの入るバス付きの部屋が空いた。部屋替え、部分的には自分たちで。十二時四十五分エーリカ、クラウスとルートヴィヒ夫妻のところへ。そこにヴァルター夫妻。エレガントな朝食、非常に賑やかな談話だったが、食後は主にルートヴィヒが歓談の中心になる。遅くに去る。五時から六時まで少し休む。お茶を自分でいれる。少し散歩。七時半、食堂でディナー。そのあと子供たちのところへ。コーヒー、そして「アウグスト」の章後半部を朗読、エーリカはこれを魅力的だという。注目すべき印象、私としても幸せな満足感、第一回目より平静な好感。——宿に戻ってファノドルム半錠をカミツレ茶で。マイシンガーのヘレーナ(1)関係書を読む。

(1) カール・アウグスト・マイシンガー（一八八三—一九五〇）の『ヘレーナ』。

ジルス・バゼグリア、三八年八月十五日
月曜日

熟睡、八時十五分起床。きのうの朗読で覚えた満足感が尾を引く。空はやや明るみを増す。入浴。別々の朝食、お茶。——『ファウスト』講演を書き始めるが、ヨーン・クニッテルの来訪で中断。太陽。Kとシャステのニーチェ記念碑まで散歩。一時にランチ、そのあと庭に落ち着いてヘレーナの本、ドイツの戦争準備について書いている「新チューリヒ新聞」を読む。私が庭を離れたあとKとあるドイツ系ユダヤ人との間で一悶着、このユダヤ人がある好意的なスイス女性に向かって私と私の家族について侮辱的な言辞を弄したのだ。——休息、動悸。四時半、お茶にスヴレッタ館でヴァルター夫妻と落ち合い、これに子供たちも合流。友情の籠もった交歓。そのあと買い物にサン・モリッツへ。『マーリオと魔術師』劇化の件で電報。——非常に冷える。晩、冬服。ブダペストのクロプシュトック博士と子供たちの部屋で。

ジルス・バゼグリア、三八年八月十六日
火曜日

七時四十五分起床。好天。朝食後、『ファウスト』講演、改めて書き始める。正午Kと散歩、フェクスタールへの道。ランチにクロプシュトック博士。博士と庭でコーヒー。お茶にジルス・マリーア、テラスへ、エーリカ。広場に面して散髪。ちょうど到着したメーディに出合う。宿でクノップと脚本家ルーイス(1)宛てに手紙を口述。タキシード、サン・モチッツ、カルム・ホテルのクニッテルを訪れる。クニッテルとエレガントな晩餐、シャンパン、ほろ酔い加減の雑談。十一時暗闇の中の戻りの走行は非常に快かった。満天の星。

(1) どのような人物か不明。

ジルス、三八年八月十七日　水曜日

風のある晴天。八時起床。午前中、『ファウスト』講演を書き進める、疲労。Kとメーディと一緒にクラヴァデチュ方向へ散歩、かなり高い。庭でのランチのあと、ツィーグラー[1]の『ファウスト』論。お茶の時間はKと娘たちと同道ハンゼルマンへ。小雨。あとになって手紙数通を口述。遅いディナー。そのあとマダム・クラルクのところでコーヒー。客はご婦人連同伴のヴォルフェン[2]、ベルクシュトレーサー[3]両教授。不愉快。——改めて風邪を引く。鼻風邪。

(1) コンラート・ツィーグラー(一八八四―一九七四)『ファウスト第二部考』一九一九年。

(2) 日記原本にはヴォルフェン Wolfen とあるが、おそらく誤記で、トーマス・マンは、チューリヒ大学教授の医学者パウル・ヴォルファー博士 Wolfer(一八八六―一九五三)のつもりだったのだろう。

(3) 社会学者で政治学者のアルノルト・ベルクシュトレサー Bergsträsser(一八九六―一九六四)は、一九三五年までハイデルベルク大学教授、三七年合衆国へ亡命、クレアモントとシカゴで教授職にあった。五四年ドイツに戻り、フライブルクの講座に招聘された。〔訳注〕日記原本では、Bergsträsser が Bergsträßer ベルクシュトレーサーとなっている。

ジルス、三八年八月十八日　木曜日

早めに起床、七時四十五分。非常に美しい天候。「永遠のユダヤ人」について書く。Kとメーディと一緒にシャステの回りを歩く。食後、ツィマー[1]から送られてきたシジュフォスに関するものを読み、さらに「尺度と価値」第七冊。動悸、吉草エキス。お茶にルートヴィヒ夫妻の宿へ。草地で、ついで屋内。実に快適。宿で手紙を数通まとめる。ディナーのあとマダム・クラルクのところへ行き、私向きの軽いコーヒーを飲む。ついでクリスティアーネ、ライムント・ホーフマンスタール[2]の二人をともなってツィマー教授。きのうよりはましな面々。オーストリアとドイツについて、来るべき戦争、アメリカについて大分語り合う。

プリンストンでの再会を約す。——メーディはあす早朝チューリヒに戻る。

（1） インド学者ハインリヒ・ツィマー教授（一八九〇—一九四三）は、フーゴ・フォン・ホーフマンスタールの娘クリスティアーネ・フォン・ホーフマンスタール（一九〇二—一九八七）の夫。ツィマーはハイデルベルク大学の教授だったが、一九三九年イギリス、四〇年合衆国へ亡命、トーマス・マンとアメリカで亡命の年月をともにする間に親交を深めた。トーマス・マンがそのインド小説『すげかえられた首』の主題にかかわる刺激を得るに到ったのはツィマーのおかげである。トーマス・マンが言及しているシジュフォス論はツィマーが発表した論文の中にも見当たらないし、遺稿中にも発見されなかった、おそらく第三者の論文であろう。

（2） ライムント・フォン・ホーフマンスタール（一九〇六—一九七四）は、フーゴ・フォン・ホーフマンスタールの次男、アメリカ「タイム・ライフ」出版社ロンドン事務所長。

ジルス、三八年八月十九日　金曜日

風のある絢爛たる天候。午前中、講演を書き進める。正午Kとフェクスタールに向かって素晴らしい散歩。オーバー＝エンガディーンを見はるかす雄大に澄み渡った眺望。食後、庭で手紙を読み、雑誌中の数篇を読む。きれいな農家に一人住んでいるエーリカの宿でお茶、この農家の部屋を見せてもらう。チューリヒのスペイン首相ネグリン宛てに電報。戦争の賛否が問題であるが、「新チューリヒ新聞」の編集部でも今は戦争は勃発すると信じられているという。ドイツ・チェコ両国間の対立に和解の可能性がないとは認めるが、すべてを考量すれば、編集部の予想に与することは出来ない。——エーリカを加えて三人でサン・モリッツ経由でドライヴ、徒歩で酪農場への上手の道を歩いてシュターツ湖へ向かう。非常に爽やかで、雲はもくもくと沸き上がり、いつ天候の激変があるともしれない気配、エーリカの世話をしてくれている女性がいみじくも予言した通り、「あまりにもロマンティク」だった。——日曜日出発を決める。——エーリカと三人でディナー。そのあとエーリカの宿でコーヒー、蓄音器で少し音楽。ファルケ夫妻とモーザー夫妻にはがき。

ジルス、三八年八月二十日　土曜日

不安定な空模様、暖かく、風がある。講演を書き進める。正午向こうの小庭園の女性たちのところに立ち寄り、ついでKとフェクスタールへドライヴ、そこで散策。食後、庭でニュウトン女史の手紙を始めとするアメリカからの大量の手紙、『ショーペンハウアー』についてのベルマンの手紙(1)を読む。昨夜読み始めたアメリカ南部諸州についてのアネマリー・クラルクのかなり出来のいい論説を読了。四時ハチスン(2)が迎えに来て、フェクスタールの、ハチスンが住んでいるきれいな農家へ行く。そこでスイス系ドイツ人夫妻とともにお茶。この家を見せてもらう、屋根の堂々たる梁は、雄大にも原始的。雲が沸き上がり、雨と雷鳴。ディナーのあとエーリカの宿へ。そこにクロプシュトック博士。コーヒーとキルシュ。エーリカが亡命者を描いた自作(3)から一章を朗読、見事だ。脅威というべきか希望というべきか、戦争について語り合う。イギリスはどうやら次第に戦争に追い込まれていくらしい。早めに必要な手を打つという、政治的便宜をはかる能力を持たないことも理解できないし、戦争という馴染みの金で払うとあれば、思い切った処置を講じる勇気が少しでもあった場合に支払う額の百倍も多く支払う覚悟があるというのもまったく奇体な話だ。

（1）「『ショーペンハウアー』についての」この手紙は残っていない。

（2）エーミール・ルートヴィヒの友人。一九三七年九月二十七日付日記の注（5）を参照。

（3）エーリカ・マン『人生への逃避』（クラウス・マンとの共著）は一九三九年ボストンのホートン・ミフリン書店から刊行された。

キュスナハト、三八年八月二十一日　日曜日

けさジルスで八時前に起床。篠つく雨。朝食の前後に荷造り。クロプシュトックとエーリカの宿で。出発は十時十五分。ユリエル峠、巨大な雲、溢れかえる水流。ティーフェンカステル、レンツァーハイデ、クール。一時マイエンフェルトでクニッテル邸に寄る。美

しく改装された家、アラブ人の召使たち。元ベルリン駐在イギリス大使、(1)アラブ人医師、この家の息子と娘(2)の小人数でランチ。娘のピアノ演奏、英語での歓談。堂に入ったもてなしぶり。車にワインのプレゼントが置いてあるのを途中で発見。三時半に先に向けて出発。ケーレンツァーベルク、ラパスヴィール。シートハルデン通りのこの家に戻るのも、これが最後だ。大量の郵便、コザクの手紙、『ショーペンハウアー』序文に対する小切手。クラウス、ゴーロ、モーニを加えてお茶。そのあと荷物を空け、もう一度しかるべく整理する。返事の出してない手紙の山に気が重い。私についての論考や学位論文。

(1) 特定出来なかった。
(2) ロバト・クニッテル（一九二〇年生まれ）は著作家ヨーン・クニッテルの息子で、ロンドンのコリンズ書店の重役、映画女優ルイーズ・ライナーと結婚、ロバトの妹マーガレット（一九二三年生まれ）は演奏会ピアニストで画家、ミュンヒェンの小児科医フーベルト・フルトヴェングラー博士と結婚。

キュスナハト、三八年八月二十二日　月曜日

八時起床。晴天。『ファウスト』講義を少し書き進める。十一時アスパーのところに行くので、吉草エキス。前からやらねばならなくなっていた石膏型取りの冒険だが、自制心で乗り切る。好天下徒歩でベッティーニへ行き、ヴェルモット。道々、街のたたずまい、人々の顔、実は私が世界でもっとも共感がもてると思っているスイス人という種族に喜びを覚える。――Kとベッティーニから森を抜けて帰宅。食後、『若きゲーテ』(1)の中の『ファウスト』論を読む。お茶のあと、大量の手紙を口述。七時半夕食。そのあとまた車で出掛ける。K、三人の子供とシネマへ、(2)スカンディナヴィアの小説によるアメリカ映画、好演、心理的に無理がないではないが、感動的。新しい故国の全アメリカが目に浮かんでくる。家でお茶とエメンタール・チーズ。『魔の山』と『ヨゼフ』における時間を主題とする部分の原稿。――女中たちが私たちとプリンストンへは行かないこと、(3)私たちはニュウトン女史を介して黒人ロング夫妻と契約することが決まる。

（1）『若きゲーテ』マクス・モリス編、六巻本、は一九〇九年インゼル書店から刊行され、トーマス・マンの蔵書中に残っていた。
（2）確認出来なかった。
（3）ジェイムズタウンのカロライン・ニュウトンの屋敷で働いていた黒人のジョンとルーシ・ロング夫妻。

キュスナハト、三八年八月二十三日　火曜日

八時半起床。『ファウスト』を書き進める。アスパーの所で入れ歯を試しに装着。バリで靴を二足買う。Kとその他の買い物。激しい雷雨。アレクサンダー・モーリッツ・フライを伴って家に帰り、昼食。コーヒー。原稿の吟味。お茶のあと、なお少し講義を書き進める。判定を書く。夕食にハインツ・プリングスハイム夫妻が到着、泊まっていくことになる。夫妻と晩を広間で。ドイツの状況について。ポシング通りの家について、大増築されているとは聞くのも奇妙で不気味。戦争があるとは考えられないということ。――ヴィーガントの文学史[1]。

（1）ユーリウス・ヴィーガント『ドイツ文学の歴史』一九二二年。トーマス・マンの所蔵本は保存されている。

キュスナハト、三八年八月二十四日　水曜日。

八時起床。晴れているが、涼しい天候。客たちと一緒に朝食。講義を書き進める。アメリカからのも含めた大量の郵便。ガウス学部長の手紙によると、『ファウスト』の順番になるのはようやく年が明けてからだという。ビヴァリ・ヒルズのコリンから、『ヨゼフ』の見込みについて、四〇、〇〇〇ドルの手品だ。売れるまでに、モントゴメリは老けてでっぷりしてしまうだろう。――正午、Kと客たちともどもドライヴに出る。牧草地の地所を検分、ついでファネンシュティールへ行き、徒歩で頂上へ、明るいパノラマ。――食事にクロプシュトック博士とプラハの作家グループ[1]。お茶のあとテル・ブラーク、リオン等々宛てに一連の手紙を口述。晩、注意をこらしてレコード音楽、エリー

ザベート[2]役を歌うマリーア・ミュラーを聴く。

（1）プラハの音楽著作家で小説家ヘルマン・グラープ（一九〇三―一九四九）はその長篇小説『市立公園』によって名を知られ、一九三九年フランスに、四〇年ポルトガル経由で合衆国に亡命した。

（2）〔訳注〕エリーザベトはヴァーグナーの『タンホイザー』の登場人物。

キュスナハト、三八年八月二十五日　木曜日

雲ひとつない、秋冷の一日。八時起床。朝食前にKと、ビービの結婚を私たちが認めることの認証を得るため公証人を訪ねる。そのあと客たちと朝食。講義を書き進める。正午アスパーの診療所へ行き、新しい義歯をはめてもらう、前の義歯より軽いが、まだ馴染まない。二、三買い物をしたあと、素晴らしい好天の下、徒歩でベッティーニに行き、ヴェルモットを一杯飲む。食事に、わが家の泊まり客の他にクロプシュトック博士。ヴェランダでコーヒー。午後四時四十五分ラパスヴィールへドライヴ、素晴らしい光、白雪を頂いた山々の美しさ。湖畔のホテルのヴェランダでコーヒー、湖畔遊歩道を歩いて古いポーランドの城[1]まで散策。帰路はウスター、ヴィーティコーンを経由。美しく楽しいドライヴ、この国の心引かれる風景に覚える喜び。常ならず澄んだ日没。夕食にヘルベルト・オイレンベルク。ドイツが話題の中心になる。ドイツの愚か者どもは「電撃戦」を信頼している（ブラー[2]）。――到着を予告するハインリヒの電報。――セルヴィサン女史[3]の手紙。「大衆の知的水準は、悲しいかな、ますます低下の一途を辿っています」。――ゴビノの言葉、「人間は猿から下ってきたと主張されている、私としては遡って猿になっていくと言いたい。」――ロサンゼルスから持ってきたスーツのズボンに電気ストーヴで焼け焦げをつけてしまった。

（1）ラパスヴィール城のことで、これは一八六九年からポーランド独立の回復（一九二七年）までポーランド国民美術館として使われていた。またこの城のそびえる丘には「ポーランド記念碑」が立っているが、これは、ポーランドの亡命者たちが一八六八年に建立したものである。

（2）ヴィルヘルム、ヘートヴィヒ・ブラー夫妻はデュースブルクの工場経営者で、現代美術のパトロンであり蒐集家、

かなり以前からのトーマス・マンの知己で、トーマス・マンはその講演旅行の途次しばしば夫妻の邸宅に宿泊した。

（3） ルイーズ・セルヴィサン（一八九六―一九七五）は、トーマス・マンのフランス語訳者で、『ヤコブ物語』（一九三五年）からほとんどすべてのトーマス・マン作品を翻訳した。

キュスナハト、三八年八月二十六日　金曜日

曇り、秋冷。八時半起床。一緒に朝食を取ったあと、ミュンヒェンの客たちは出発。――目に見えて散漫な状態で講義を書き進める。正午Kとチューリヒ駅へ。ハインリヒの出迎え。政治情勢を論じながらハインリヒと家に戻る。ハインリヒの部屋でヴェルモット。ハインリヒ〔と〕子供たちと食後のコーヒー。――新しい義歯があたる。――『来たるべきデモクラシーの勝利』(1)の最初の一部。随想集の校正の開始。――兄とのお茶が長くなる。そのあとスロホーヴァー宛て(2)、その論文について。Kとハインリヒと一緒に半時間の散歩。夕食後ザルツブルクからのラジオで『タンホイザー』第二幕を聴く。ひどく極端なテンポ、粗暴なヴォルフラム。――Kの能力はこの家を畳む事態によって試されているが、以前のKだったらもっとうまくこの試練に耐えられたろうに、とKのことが気掛かり。

（1） 〔訳注〕ここで『来たるべきデモクラシーの勝利 Der zukünftige Sieg der Demokratie』とあるのは正確には Vom zukünftigen Sieg der Demokratie で、チューリヒのオープレヒト書店から刊行された。これは、一九三八年春合衆国の十五都市で行った講演『The Comming Victory of Democracy』のドイツ語版で、この日校正にかかった随想集『ヨーロッパに告ぐ』には Vom kommenden Sieg der Demokratie として収録されている。

（2） ハリ・スロホーヴァー宛て、キュスナハトから、一九三八年八月二十六日付、『書簡目録II』三八／一七三。「その論文」とは、ハリ・スロホーヴァーの「トーマス・マンと普遍的文化。『ヨゼフ』連作の解釈」のことで、「サザン・レヴュー」、バトン・ルージュ、一九三九年四月号に収録された。

キュスナハト、三八年八月二十七日　土曜日

八時起床、入浴し、K、ハインリヒとコーヒーの朝食。そのあと『ファウスト』講義の執筆。正午、霧で曇った穏やかな天候の中、市中に出掛け、アスパーの診療所で義歯のあたりを治めてもらう。徒歩でベッティーニに行き、車が来るまでヴェルモットを飲みながら快適に座って過ごす。食後をテラスで。『デモクラシー』が何部も届く。「プラハ新聞」に「トーマス・マン集団」からの、リーゼンゲビルゲ地方の児童収容所の写真。――ズデーテン・ナチ党員についての怪しからぬ報道、騒擾。――四時半K、ハインリヒとラパスヴィールへドライヴ。そこで先日のようにお茶を飲み、散策をする。上の道をドライヴして戻る。家でハインリヒのために『アイーダ』のレコードをかける。夕食にライフ夫人とグラープ博士。二人が帰ったあと、ルツェルンでのトスカニーニ演奏会の最終部分を聴く（『マイスタージンガー』序曲）。

キュスナハト、三八年八月二十八日　日曜日

八時起床。霧のたちこめる曇天、湿気の多い大気。庭の中と路上を歩く。ハインリヒとコーヒーを飲む。午前中『ファウスト』講義の執筆。K、ハインリヒ、トービと森へ車を走らせ、そこを散策。食事にラヴィーニア・マツケッティとギーゼ女史。前者はよく喋る。イタリアでの私の本の販売制限、新刊は不能。随想翻訳の中断。(1) ――午後少々昼寝。お茶にテネンバウムがモラヴィア生まれの従姉妹と。地所と価格（一平方メートルあたり十二スイスフラン）について。――何篇もの原稿について手紙を書く。Kと池の回りを散歩。K、ハインリヒと三人で夕食、ハインリヒは、あすの演奏会にルツェルンに出掛けるのを躊躇っている。ラジオ音楽とレコード音楽。『ファウスト』講義の一部を朗読。――ミセス・クニッテルに写真。近々やってくる荷造り人が手を付けないうちに本を選び出す。

（1）　トーマス・マンは一九三六年二月八日イタリアの出版社主モンダドーリと、モンダドーリ・シリーズ「イ・クアデルニ・デッラ・メドゥーサ」の中で刊行することになる随

想集一巻について契約を締結した。この巻はドイツ語版『巨匠の苦悩と偉大』の諸篇に加えてさらにその他数篇を収めるはずで、ラヴィーニア・マツケッティはどうやら全部訳了していたらしいが、イタリアに対するドイツの圧力が強化されてもはや刊行不能となった。一九三七年から四五年までトーマス・マンはイタリアで新著を刊行出来なかった。ここでいう随想集が『サッジ〔随想集〕』の表題で刊行されたのは、ようやく四六年になってからだった。

キュスナハト、三八年八月二十九日　月曜日

八時起床。K、ハインリヒとお茶の朝食。そのあと執筆。正午ハインリヒと散歩に出、森までKに車で迎えに来てもらう。暑く、ひりひりする太陽、夏の回帰は歓迎。大量の郵便。雑誌の財政、マイリシュ女史、ゴーロ、私の次以降の寄稿等々についてリオンの長文の手紙。多数のアメリカからの手紙。――食後、ヴェランダで新聞各紙。サイモン(1)とチャーチル(2)の演説。六時、Kとモーニと同行、ルツェルンのヴァルター指揮演奏会へ。湖畔のクンストハウスのテラスで軽い食事。きれいなホール。ヴェーバー、ヴァーグナー、シューベルト。心地好い効果。疲労。休憩中楽屋にヴァルターを訪ねたが、ひどい老け込みようだった。豪雨。終演後ヴァルター夫妻他、二、三の人物と一緒に、ヴァルター夫妻に宿を提供した女性後援者の屋敷に立ち寄る。イギリス艦隊(3)が北海に集結とのニュース。情勢は極めて緊迫。ヒトラーはまだ引っ返せるか。ヒトラーの戦争遂行能力はさらに減退しているのだ。――非常におそい帰宅。二時半。

(1)　イギリス保守党の政治家サー・ジョン・サイモン（のちサイモン子爵）（一八七三―一九五四）は、一九三一年から三五年まで外相、三五年から三七年まで内相、三七年から四〇年まで蔵相、四〇年から四五年まで大法官。チェムバレン政府では蔵相としてかなりの影響力を持っていた。

(2)　ウィンストン・S・チャーチル（一八七四―一九六五）、一九〇〇年から下院議員、〇六年から一五年キャムベル＝バナーマン内閣およびアスクィス内閣の植民次官、商相、内相、海相を歴任、一五年ダーダネルス海峡作戦の失敗後辞職したが、一七年軍需相に復帰、一九年陸相兼航空相となる。二二年ロイド・ジョージ内閣とともに辞職、二四年から二九年までボールドウィン内閣の蔵相。その後十年間（一九二九年から一九三九年まで）は閣外にあり政局に影響を与えることはなかったが、第二次世界大戦勃発の時にはチェムバレン内閣の海相に復帰し、四〇年五月から四五

年七月まで首相を務めた。四五年の選挙での保守党の敗北により下院野党の指導者となり、五一年十月の選挙での保守党の勝利によって首相に帰り咲いた。五五年四月六日老齢を理由に引退。日記のこの時点でチャーチルはチェムバレンの宥和政策のもっとも先鋭な敵対者であった。

（3）　英本国水域防衛の任務を帯びたイギリス本国艦隊。

キュスナハト、三八年八月三十日　火曜日

八時半起床。時として日差し。ハインリヒに加えて、昨晩ジルスから到着したエーリカとゴーロを加えて朝食。一日中屋内に荷造り人が立ち働き、私が『ファウスト』論を書いていた午前中は居間を取り片付け、正午には私の書斎にかかった。――K、ハインリヒ、テネンバウム弟(1)、地主と建築用地で。車乗り入れ用道路、計測。そのあと少し車を走らせてキュスナハト町内へ。食事に五人の子供たち、ハインリヒに加えてギーゼ女史。新しい義歯は軽さと座りの点では長足の進歩。――私の部屋は立ち入り不能、散らかり放題。寝室でハムスンを少し読む。この時期の終わりにあたり不安、内的動揺。お茶を飲みながらハインリヒ、エーリカと歓談。これに市内から戻ったKが加わる。――私の部屋の中には空になった書棚。――九月十三日の告別朗読会の件でシャウシュピールハウスの手紙。――むしろ緊張緩和と時間稼ぎの趣のある新聞報道。ズデーテンのドイツ人にイギリスの借款？――遠くに雷。降りやまぬ雨。――原稿数篇と執筆資料を片付ける。夕食後、本がなくなり、箱が置いてある私の部屋でハインリヒがその『アンリ四世』第二部(2)から感動的な朗読。――そのあと息子たちと、ゴーロ、マイリシュ女史にかかわるリオンの手紙について。雑誌に関連するイギリス資金事件(3)。

（1）　テネンバウム弟〔ないし兄〕については調査がつかなかった。

（2）　ハインリヒ・マン『アンリ四世王の完成』は一九三八年アムステルダムのクウェーリードー書店から刊行された。

（3）　この全容は解明されなかった。〔訳注〕イギリス資金については、一九三八年八月十一日付の日記に「イギリス資金提供の問題」とだけ言及されている。

キュスナハト、三八年八月三十一日　水曜日

早くから荷造人たちの立てる物音。七時四十五分起床。K、ハインリヒと朝食。そのあと、荒れ果てた部屋で執筆。雨。一人で犬を連れてイチュナーハの先まで散歩に出る。食後、政治論集の校正刷を見る。不安。お茶のあと自筆の通信を少し。晩、Kと大きい二人の子供を連れてライフ邸へ。ヴァルター夫妻とオイゲーニエ・シュヴァルツヴァルト同席の晩餐会。遅れて〔ヴァルターの〕娘と義理の息子[1]。情勢がだいぶ話題になる。ベネシュが反対派を向こうに回して、数年のうちの国家解体を意味することになる譲歩を貫徹することになるので、危惧。チェコ軍は戦争をしたがっている。心の底の底では誰も同じだ。ベネシュ個人は、合格点の解決と信じているという。――ヴァルターの義理の息子とチューリヒの賄い付き下宿事情について。来春の問題の一つが解決してほっとする[2]。

（1）ブルーノ・ヴァルターの下の娘グレーテ（一九〇六―一九三九）は、映画プロデューサーのロベルト・ネパハと結婚していた。

（2）〔訳注〕一九三九年にアメリカからヨーロッパ旅行を行う心積もりであったが、キュスナハトの家は明け渡してしまうので、チューリヒでの本拠をどうするか、気になっていたのであろう。

キュスナハト、三八年九月一日　木曜日

時を止めよ！　時を利用せよ！　一日一日に、一時間一時間に注意を払え！　日も時間もうっかりしていれば、いとも簡単に、急速に逃れ去ってしまう。――新しい月。戻り旅、移住の月。きょうは主な搬出日。けさは荷造り作業員は来ない。私は朝食後なお書き物机で『ファウスト』講演を書き進める。正午に「リフト」が来る。Kとハインリヒとツーミコーンの美しい森に車を走らせ、そこで散歩。食後、家具や箱の搬出。私は、多くの小物を、副葬品の従者像[1]（綿にくるんで）も合わせて書き物机の引き出しに詰め込み、この引き出しを荷造り作業員の指示に従って引き抜いた。「リフト」の脇で自分で引き出しを収めて鍵を閉める

ため机が現れるのを長い間待ち構えた。庭の壇に上がる石段に座って、ボンへの手紙の末尾を書いた時に座っていたアンピール様式の椅子などの道具が運び出されるのを眺めた。これにKとエーリが加わった。ついには引き出しの面倒見はKに任せて、少し横になった。——お茶の時間の頃には家の中をどうにか生活出来るように整える。五年前、ミュンヒェンから家具が届く前に利用していたテーブルでまた書き進める。戸棚や電蓄のない広間に寒々した新しい秩序。——『ショーペンハウアー』の最初の校正刷りが届く。——タキシードを着用。K、クラウス、モーニ、メーディとともにシャウシュピールハウスへ出向く、開幕上演『トロイラスとクレシダ[2]』、仕切り席。一風変わった脚本、虚無的な痛烈さを持ち、筋、構成としては問題がある。幕間にオープレヒト、ファルケ夫妻とコーヒー。さらに、フェージ夫妻、ロートバルト女史、マツケッティ女史、カウフマン夫妻、カーラーなど多くの人たちに挨拶。——ホメロスのテルジーテスからのこの脚本の途方もない、精神における隔たり。シェイクスピア、現代詩人。——引き続いての祝宴は出席を断る。帰路につく、満天の星。整理されてがらんとした屋内。家族と夜食。この最後の数日大勢の来客が予想される。

（1）彩色されたエジプトの木彫の立像、鬘を被り、腰布を巻いて歩んでいる男性像、紀元前約一九〇〇年の副葬品、今日チューリヒ工科大学付属トーマス・マン文書館にある。

（2）チューリヒ・シャウシュピールハウスで、演出オスカー・ヴェルターリーン、表題役はレオノーレ・ヒルトとエーミール・シュテーア、その他カール・パリラ、ヴォルフガング・ラングホフ、ヘルマン・ヴァレンティーン、エルヴィーン・カルザー、エルンスト・ギンスブルク、レオナルト・シュテケルなどで上演された。

三八年九月二日　金曜日、キュスナハト。

昨夜はいつまでも寝つかれず、ファノドルムをまる一錠。遅く起床。非常に爽やか、軽く暖房。正午から午後、太陽が顔をのぞかせて、夏らしくなる。——『ファウスト』論を書き進める。正午、Kとハインリヒと一緒にツーミコン・クラブ・ハウスへ車で出掛け、そこの建築用地に注目する。この土地は最初に目に付けた地所に比べていくつかの利点をそなえている。——午後、政治随想集のデンマーク語版[1]の件で、さらにこの随想集のことで、ベルマン宛て[2]に、リオン宛て[3]に返書などの手紙を口述。夕食にカーラー。そのあと私の部屋で『アンリ四世』の最終部分からハインリヒの朗読。

（1）『ある往復書簡』、『来るべきデモクラシーの勝利』を含む『来るべきデモクラシーの勝利 Om Demokratiets Fremtidssejr』は一九三八年コペンハーゲンのブラナー書店から刊行された。

（2）ゴットフリート・ベルマン・フィッシャー宛て、キュスナハトから、一九三八年九月三日付、『往復書簡集』一八二—一八三ページ、所収。

（3）フェルディナント・リオン宛て、キュスナハトから、一九三八年九月二日付、『書簡目録II』三八／一七五。

キュスナハト、三八年九月三日　土曜日

八時起床。曇り。コーヒーを飲む。カリフォルニアでの日記から書き上げた文章を政治論集ように編集し直す試み。正午、雨の中をKと一緒にイチュナーハの先まで散歩。午睡。お茶にヴィンタートゥーアのペータース博士[1]がポーランドのご婦人たちを伴って。政治論集の校正刷り、ダブリ[2]を処理する。晩六人でシャウシュピールハウスへ、『ウォリン夫人の生業[3]』のかなりよい舞台、主演はヴァーレンティーンとギーゼ女史、私たちは女史にプレゼントを送った。カーラーに別れの挨拶。幕間にコーヒー、オープレヒト。家で夕食。校正の継続。

（1）特定出来なかった。

（2）ゴットフリート・ベルマン・フィッシャーはトーマス・マンに対して、その政治論のうち数篇に二、三の文章、言い回しがほとんど同じ形で現れていることを指摘し、この反復を除去するよう勧めた。

（3）バーナド・ショウの喜劇、ジークフリート・トレービチュ訳。演出はヴォルフガング・ハインツ、出演テレーゼ・ギーゼ、ヘルマン・ヴァレンティーン、マリーア・ベッカー、エルヴィーン・カルザー、ヘルマン・ヴラハ。

キュスナハト、三八年九月四日　日曜日

八時起床。曇り、穏やか。日記のページによる『兄弟』を仕上げる。正午、ハインリヒと車で出て、エルレンバハの山手を散歩。美しい眺め。食事にギーゼ女史。コーヒー。そのあとなお講演を書き進める。お茶にロベルト・ムージル夫妻(1)。ムージルの置かれた状況について。そのあとエーリカとパリ亡命者統一問題の回状(2)の執筆にかかる。八人でオープレヒト邸の夕食に出向いたところオープレヒト夫妻の客である、ある若い伯爵が来あわせていた。いろいろと政治論議。イタリアの全将官の決定によれば、ムッソリーニが戦争を始めるようなことになれば、逮捕するという。チェコ人がヒトラーの最終の要求を飲まなければ断固進軍するとの決意をイギリスは本気にしていないとヒトラーは確信している。もっぱらヒトラーの責任というだけではない。十一時前に辞去。――ビービ到着、モーザー邸に泊まる。キュスナハトに結婚予告が出る。

（1）　ムージルは一九三八年秋イタリア経由でスイスに亡命、四二年ジュネーヴで死去した。ムージルは一一年以来マルタ・マルコヴァルディ、旧姓ハイマン、と結婚していた。

（2）　カール・バルト宛てトーマス・マンの手紙参照、『書簡目録II』三八／二四二。フーゴ・ジーモンのパリでの努力支援を訴えるトーマス・マン起草の回状。これは、「ダス・ヴァーレ・ドイチュラント」ロンドン、一九三八年十月号、二六―二七ページに、「ヒトラー――この混純。トーマス・マンの呼びかけ」の表題で発表された。タイプ用紙二枚分の長さの二つの草案は残っており、そのうち一通はエーリカ・マンの手でいくらかの訂正が加えられている。「補遺」参照。

キュスナハト、三八年九月五日　月曜日

八時半起床。非常に寒く、晴れているが、午後に雨。朝食後エーリカとパリの人々宛ての回状の起草。そのあと郵便と新聞各紙を読む。十一時市内へ行き、オープレヒトのところに立ち寄り、ケッサー(1)と出会い、仕立て服店、眼鏡店により、カシミアのスウェーターを買う。太陽。徒歩でベッティーニへ、そこに腰を落ち着けてヴェルモットを味わう。食事にマクス・オペン

ハイマーとロッテ・ヴァルター。そのあとオペンハイマーが私の見事なスケッチを仕上げる。――お茶のおりにハインリヒと亡命者仲間のつまらない諍いとパリの計画について。あとになってKとたくさんの通信を片づける。必要な声明や寄稿が後回しになる。夕食後K、ハインリヒ、ギーゼ女史、五人の子供たちを前に『兄弟』の朗読。随想集に対して喝采。ハインリヒによる『アンリ四世』結末部分の朗読。偉大で感動的な作品。

（1） 一九三七年二月二十一日付日記の注（3）参照。トーマス・マンは、一九三五年十一月「新チューリヒ新聞」にハインリヒ・マンの『アンリ四世王の青春時代』について個人的に貶める批評を発表したアルミーン・ケッサーに感情を害していた。

キュスナハト、三八年九月六日　火曜日

八時起床。ハインリヒと朝食、ハインリヒは『兄弟』の刊行を強く主張する。木曜日の件でファルケと電話。仕事としては口述の準備。Kとハインリヒと短い、ゆっくりした散歩。食事にルードルフ・ラーデンブルク（プリンストン）。三時前にハインリヒに別れの挨拶、Kがハインリヒをチューリヒ駅まで送って行く。――お茶のあと二、三の自筆の通信、それからさまざまな組織、チェコスロヴァキア共和国建国二十周年記念にプラハの「フォルクスイルストリールテ」[1]宛てのメセージの口述。――フランスの部分的動員にかなりの興奮状態が生じているパリ、そのパリのブラウン[2]とのエーリカの電話。――ベルマン宛て[3]に『兄弟』。リオンにイェール・スピーチ。――夕食にバイドラー夫妻。疲労。

（1） 「フォルクスイルストリールテ」編集部、プラハ、宛て、日付なし、『書簡目録II』三八／一八八。
（2） マクス・ブラウン。一九三七年十二月四日付日記の注（2）参照。
（3） ゴットフリート・ベルマン・フィッシャー宛て、キュスナハトから、一九三八年九月六日付、『往復書簡集』一八三ページ、所収。

キュスナハト、三八年九月七日　水曜日

八時十五分起床。晴天。コーヒーを飲む。ファディマン編の哲学的告白集のための寄稿[1]を書き始める。正午、市内へ、アスパー、ウール・ケラー[2]、ペディキュアに寄る。紙巻き煙草を買う。食後手紙を、主にアメリカからの手紙を読む。お茶に作家ヘルマン・ケッサー[3]。『ショーペンハウアー』校正完了。随想集の校正は継続。ひげ剃り。Kとカツェンシュタイン邸の夕食に。食後マクス・プルファー博士[4]がその風変わりな助手シュラーク[5]と、さらにエーリカとクラウス。家で『ショーペンハウアー』を読む。

（1）『来るべき人間主義（私の信じるところ）』は、クリフトン・ファディマン編、ニューヨーク、サイモン・アンド・シュスター書店、一九三九年刊、『私は信じる。われわれの時代の著名男女性の個人的哲学』への寄稿。この随想はこの他、「ザ・ネイション」ニューヨーク、一九三八年十二月十日号、トーマス・マンのアメリカ版随想集『時代の要求』に掲載された。ドイツ語原文は、大きく訂正された草稿しか残っていない。「補遺」参照。

（2）チューリヒ、バーンホーフ通りの有名な肌着、ニット製品店。

（3）一九三七年二月二十一日付日記の注（3）参照。

（4）スイスの作家マクス・プルファー（一八八九―一九五二）は、劇作家、叙情詩人、小説家で、のち古文書学に転じ、その筆跡学的著作によって名をなした。

（5）ドイツの筆跡学者オスカー・R・シュラーク（一九〇七年生まれ）はマクス・プルファーの協力者で、トーマス・マンはすでにミュンヒェン時代のシュレンク＝ノツィングの超心理学的会合からシュラークを知っていた。シュラークは今日チューリヒで健在である。

キュスナハト、三八年九月八日　木曜日

八時半起床。晴天。ファディマンのための論説を、疲労と退屈を覚えながら書き進める。正午、一人で犬を連れて森の中の大回りの道を散歩。食後随想集の校正を完了。お茶のあと自筆の通信を二、三。（ヘッセを介しての）アマン[1]の原稿をヴェルティ宛てに。ファルケ夫妻。夫妻と市内へ、レストランで夕食（非常に良かった）。一日中気分が悪く不安な思いであったが、その後体調は好転した。食後シャウシュピールハウスへ行き、ファルケ夫妻、ゴーロ、メーディと仕切り席。ラスコリニコフ劇[2]の好演。幕間にファルケ夫妻、ヒルシュフェルト、フロイントとコーヒー。終演後総監督ヴェルターリーン[3]をその仕切り席に訪ねる。ファルケ夫妻と家に戻り、ゴーロが夫妻をさらにフェルトバハへ送って行く。――チェコスロヴァキア報道は絶望的。公式には否定されてはいるものの、ズデーテン地方の割譲に賛成する不幸な「タイムズ」論説[4]。イギリスの裏切りは次第にはっきりしてくる。チェコスロヴァキアはあっさりと犠牲に供されることになる。戦争にはならないだろう、――このことは、極めて苦しい条件下でやはりいつの日にか戦争せざるを得なくなる可能性を排除するものではない。

(1) パウル・アマン。一九三七年一月十五日付日記の注(10)参照。アマンの原稿「わが時代の結晶」、一九五六年自費出版。ヘルマン・ヘッセ宛て一九三八年九月八日付のトーマス・マンの手紙、『書簡集II』五六―五七ページ、所収、参照。

(2) ヴィクトル・トリヴァス、ゲーオルク・シュダノフによって劇化され、チューリヒ・シャウシュピールハウスで上演されたドストイェフスキイの長篇小説『罪と罰』、演出はレオナルト・シュテケル、ラスコリニコフにカール・パリラ、ソーニャにマリアネ・ヴァラ、さらにエルンスト・ギンスブルク、エルヴィーン・カルザー、テレーゼ・ギーゼ、ヴォルフガング・ハインツ。

(3) オスカー・ヴェルターリーン(一八九五―一九六一)、俳優、演出家、劇場支配人、一九三三年から三八年フランクフルト・アム・マインのオペラ演出家として活動、三八年チューリヒ・シャウシュピールハウスの管理運営を引き受け、死去するまでこの劇場を主宰した。

(4) チェムバレンに非常に近いジョフリ・ドウスンが当時編集長だったロンドンの「タイムズ」は一九三八年九月七日号に、「異質の住民グループの存在する周辺地域」を割譲することによって、チェコスロヴァキア共和国をより均質な国家にするほうが良くはないか、考慮をチェコスロヴァキア政府に促す社説を発表した。いかなる解決も、永続性を与えようというのであれば、当該住民の願望が配慮されなければならないし、チェコスロヴァキア共和国にとっての利益は、ズデーテン国境地域喪失の明らかな損失よりおそらくはるかに大きい、という論拠である。同日、「タイムズ」でなされた提案は「決して国王陛下の政府の考え方を」代弁するものではない、との公式声明が出された。それにもかかわらずこれは、一九三八年九月二十九日ミュンヒェン会談が一致をみた解決策そのものだった。

キュスナハト、三八年九月九日　金曜日

八時半起床。曇天、穏やか。午前、ファディマンのための論考を書き進める。簡明な表現で片付けることに決める。それで気持ちが楽になる。正午、エルレンバハ上手の丘に車を走らせ、眺望を楽しむ、そこの建築用地に関心。食事にアネ・マリ・シュヴァルツェンバハ、荒廃した天使。コーヒー。新聞各紙と手紙。ゾンダーエガー(1)の新しい侮辱原稿をオープレヒト宛てに、オープレヒトから返事をしてもらう。読まなかった。——お茶のあとケレーニイ宛て(2)に手紙を書き、ついで口述、そのなかにはゾンダーエガー宛ての短い返事。夕食にギーゼ女史。ゴーロが、ニュルンベルクにいたことのある「新チューリヒ新聞」の編集者について報告する。手渡されたものを壊してしまうヒトラーの悲しむべき状態。——晩、『ショーペンハウアー』校正刷りの大部分を見てしまう。

(1) スイスの政治評論家ルネ・ゾンダーエガー(一八九九—一九六五)は一九三三年「国民民主主義スイス同盟」を創設、第二次世界大戦中は国民社会主義宣伝者として登場した。ゾンダーエガーは三五年論文『変革渦中のスイス』を公刊、これをトーマス・マンに送りつけた。

(2) カール・ケレーニイ宛て、キュスナハトから、一九三八年九月九日付、『往復書簡集』八一—八二ページ、所収。この中に、一九三八年「第五回国際パピロス学会議記録」に発表されたケレーニイの論文「パピロス文書とギリシア小説の問題」の送付に対する感謝の言葉が記されている。

キュスナハト、三八年九月十日　土曜日

八時半起床。穏やか、雨、暗い。コーヒーを飲む。ファディマンのための寄稿を脈絡なし(1)に書きおえる。ベルマンは随想『兄弟』を引き受け、喝采を送ってくる。ある若いフランス人の戯曲原稿。新聞各紙に「チェコスロヴァキア事件先鋭化」とある。——一人でイチュナーハ方面に向かって丘を登る。食事にアネ・マリ・シュヴァルツェンバハ。あとで「ターゲ゠ブーフ」を読む。五時半キュスナハト駅でフェージ夫妻と会う。夫妻と車でフェリーを利用して夫妻の所有地に向かう。短い散歩の間に天候は回復し、山々やあたりの景色は絶妙な色彩を見せる。改装された一八一六年の屋敷。きれいな食堂、控えの間でコーヒー。主人役の夫妻と帰路につき、二人をツォリコーンへ送った。東スイスにおけるドイツのスパイ活動と組織的な逮捕準備についての報道。現実離れした話、しかしチェコスロヴァキア共和国が崩壊するようであれば、何があっても不思議はない。知名人のリスト。ベルンに大きな資料。——テル・ブラーク(2)の「ヘト・ファデルラント」に『デモクラシー』の書評。——エーリカとクラウスの出発。

(1) この「脈絡なしに」と訳した部分は à baton rompu とあるが、正しくは、à bâtons rompus で「一個ずつ」「脈絡なしに」の意味である。しかしトーマス・マンは「どうあろうとも」ないしは「どうにかこうにか」のつもりらしい。

(2) この書評はメノー・テル・ブラーク『フェルツァメルト・ヴェルク』アムステルダム、オルショト書店、一九四九年、にも掲載されている。

キュスナハト、三八年九月十一日　日曜日

八時十五分起床。昨夜は永い間スティーヴン・H・ロバーツの著書(1)でヒトラー・ドイツについて読む。——朝方、霧、ついで非常に美しい晩夏の一日。午前、火曜日の挨拶(2)の原稿を書く。正午テネンバウムとゴルフ・ハウス隣の地所やエルレンバハ先の地所を検分。極めて美しい前者はどの地所もクラブの所有らしい。あらかじめイタリア人地主と同道、フォルヒ電車沿いの別の地所を訪れる。——食事にテネンバウム。テラスでコーヒー。そこで『ショーペンハウアー』の校正を完了。——午後荷造りの開始。Kの大きな戸棚型トランクに夏服や肌着。——挨拶を書き進める。——ロバーツの本を読む。夕食にはKとモーニとビービだけ。——テネンバウムがチェムバレンがヒトラーに対して「最後通牒的な」電報を送ったという噂を伝えてくれる。外務省における協議にあたってイーデンの意見の聴取。——ゲーリングの乱暴な誇大演説(3)。——ロバーツの本。

(1) 一九三七年十二月十三日付日記の注(2)参照。

（2） 一九三八年九月十三日のチューリヒ・シャウシュピールハウスにおける告別朗読会。トーマス・マンは導入の挨拶に続いて『ヴァイマルのロッテ』から「アウグスト」の章を朗読した。訂正、抹消の見られる導入部の草案は残されている。「補遺」参照。

（3） 一九三八年九月十日、ニュルンベルクにおける国民社会主義ドイツ労働者党の党大会の枠内でのドイツ労働戦線の会議における陸軍元帥、四ヵ年計画全権委員ヘルマン・ゲーリングの演説、これは一九三八年九月十二日付「フェルキシャー・ベオーバハター」にでかでかと紹介された。その中でゲーリングは、「われわれはドイツ人兄弟に加えられるいかなる危害をも甘受するつもりはない！」そしてドイツ国は経済的に、集められた大量の備蓄によってどんな危険からも守られている、と断言した。

キュスナハト、三八年九月十二日　月曜日

八時前起床。霧、それから極めて美しい、夏のように暑い一日。劇場での挨拶を書き上げる。メーディとフォードで市内へ行き、アスパーを訪れ、散髪に行き、それから徒歩でベッティーニへ。日向は暑すぎた。Kと帰宅。食後テラスで手紙や新聞各紙を読む。お茶にはお別れにモーザー邸に行く。そのあとパリ用ではなく、船上用のトランクの荷造り。本用のトランクも。ブレンターノ邸の夕食に。今日の政治的状況を生み出した、変化した人間の本質を分析する、自作の長篇小説[1]についてブレンターノが報告する。あわせてドイツにおける革命の可能性を信じているという。――ヒトラーのニュルンベルク演説[2]についてゴーロの電話を通じての報告、吠え立て、挑発しながらも、総花的で、特定の要求を持ち出してはいないという。これは、取りも直さず、戦争はないことを意味しており、ずっと私の見抜いていたところである。

（1） おそらくベルナルト・フォン・ブレンターノの長篇小説『永遠の感情』ことであろう、この作品は一九三九年アムステルダムのクウェーリードー書店から刊行された。

（2） 一九三八年九月十二日ニュルンベルク党大会でのヒトラーの締め括り演説。このなかでヒトラーは、チェコスロヴァキアのドイツ人は無防備でもなければ、見捨てられてもいない、世界はこの事実を覚えておくように、と威嚇した。

キュスナハト、三八年九月十三日　火曜日

八時起床。やや霧のある晴天。朝食のあと、きょうの告別朗読会の準備に没頭する。「アウグスト」の章を利用することに決める。挨拶の文言の検査。正午一人で少し散歩。――鎖に繋がれた番犬が吼え立てるようなヒトラーの演説、「タイムズ」、「偉大な民俗の先頭に立つ人間が、このようなナンセンスを口にするとは。」――エーリカがパリから電話、予備役の招集を伝えてくる。『デモクラシー』をブルーノ・ヴァルター、モーザー氏宛てに。自筆のこまごました仕事。タキシード。七時半、赤ワインで軽食。シャウシュピールハウスへK、モーニ、ゴーロと。舞台上に幹部のヴェルターリーン、シュヴァイツァーと。登場、歓迎、感謝のスピーチを心から受ける。「アウグスト」の章の最初の三分の一と最後の三分の一を朗読。気持ちのよい感銘を与える。劇場は友人たちで溢れ、花が贈られ、ブラヴォーの声が止まない。オープレヒト邸でレセプション、カツェンシュタイン夫妻、ファルケ夫妻、ローダ、など多くの人々、最後にはクレティ市長(1)、俳優たち。支配人シュヴァイツァーのプレゼントは『トーニオ・クレーガー』の日本語版。ギーゼ女史のプレゼントは、ペン、インク、撒き砂用の十七世紀の象牙製筆記具。――六時間の期限を切って、戒厳状態を解除せよとのヘンラインの、チェコ政府に対する「最後通牒」が頭から離れない。報じられるところでは、拒否回答である。プラハでは延々と閣僚評議会、「交渉は続いている」。

(1) エーミール・クレティ博士（一八七七―一九六三）は一九二八年から四二年までチューリヒの最初の社会民主党員市長だった。トーマス・マンは三四年以来の知己だった。

キュスナハト、三八年九月十四日　水曜日

キュスナハト最後の一日、最後の日記記入。日差しが強く温かい。八時、五年間利用してきたベッドを離れる。午前、『ファウスト』講演を書き進める。正午、家の前を散歩。下の子供たちの出発。Kとテネンバウムとともにツーミコーン近くの他の地所を検分。建築家のところに立ち寄る。小柄なビジネスマン〔テネンバウム〕を客として最後の昼食。Kは過大な負担で体調を崩す。食後新聞各紙、ドイツ国内では純粋にドイツ＝チェコ両国間の問題として扱われているヨーロッパ危機。死者の出た突発事件、煽動された群衆の暴動、軍隊出動、発砲、襲撃、労働組合会館への急襲。——午後、荷造り。ギーゼ女史がKを訪ねてくる、女史にさよならを言う。ゴーロと別れの挨拶、ゴーロは同じようにパリに来るのだが。——私が嵌められるようにサイズを広げたダイアモンドの指輪を嵌める。——私たちの列車は九時頃に出る。

パリ、三八年九月十五日　木曜日。ホテル・ルテーティア。

きのう晩の軽食（苦しんでいるKのところにはハム・サンドウィチと赤ワインとを運び上げた）ののち、女中たちとモーニに別れを告げて若いキュスナハトの自動車修理工の車で、かなり時間に余裕がなくなったところで出発。駅頭にオープレヒト。列車脇にバイドラー夫妻とテネンバウム。花束、お菓子、さよならの挨拶。寝台車、早めに休息、ロバーツの本を少し読む。五年にわたるこの生活時期を締め括るにあたって動揺と感動。しかし、ここにいったん戻ったことで、シートハルデン通りから、それと意識しての別離、最後の出発となったことに満足。——シヴォレは四、三〇〇フランで売却。——夜、ファノドルムをまるまる一錠。六時十五分起こされる。雨。Kは列車がすでに北駅に停車している間に服を着る。よばれて来た赤帽。状況は爆発寸前。チェムバレンはヒトラーに会いに、ベルヒテスガーデン(1)へ——恥じるべし。ズデーテン地方で戦闘と死者。平服の突撃隊員。——車でホテルへ、私たちの泊まる部屋でエーリカが迎えてくれる。エーリカと朝食、情報交換。そのあと十時過ぎまでベッドで休息。ひげを剃る。下の子供たちが訪ねてくる。ベルマン(2)、マルクからの手紙。——ハインリヒが会議出席のために到着。——グイアー夫人に別れの手紙を書く。——ストックホルムのベルマンと電話。新刊、新版、『兄弟』随想、事務的な問題について。——正午、(3)リュ・C・ペリエのアネッテを訪れる。非常に老けて、病んでいる。その寝椅子の脇でシャンパンを飲みながらの朝食、大いに食欲を発揮する。コーヒー。エーリカと下の子供たち。——相変わらず、チェムバレンの飛行とズデーテン問題。戦争待望。私たちの小さいサロンでハインリヒと子供たちとお茶。リュ・グレネルのフーゴ・ジーモン邸でディナー。華麗な住居。若いコーヒー商人で文学愛好家のジャニスが居合わせる。——チェムバレンはベルヒテスガーデンを出発。

（1）　ヒトラーのいるベルヒテスガーデンへのチェムバレン首相の飛行は、一九三八年九月十五日午後のことで、ズデーテン危機解決のためのヒトラーとの三回にわたる実のりない話し合いの初回であった。

（2）　トーマス・マン宛て、ストックホルムから、一九三八年九月十三日付、『往復書簡集』一八五—一八六ページ。

（3）　アネッテ・コルブは当時六十八歳だった。トーマス・マンより五歳年長で、十二年長生きした。

パリ、三八年九月十六日　金曜日、「ルテーティア」

午前十時、エーリカ、ハインリヒとホテル・スクリーブでの政治会議に出向く。ホールで紹介、シュタムプァー（1）、ダーレム（2）、ブラウン、ラウシュニング、シュピーカー（3）、ジーモン等々。会議室で待機。私の冒頭の挨拶。討論。平和的な精神。ハインリヒとエーリカの討議参加。小事務局の決定、私に対する諸提案。アピール起草の委託。レストランで朝食。そのあと会議室でシュタムプァーと相談、シュタムプァーがアピールを編集する。宿で休息。ハインリヒと子供たちとお茶。アピールを書き進める。六時半シュヴァルツシルト、ロシアと「ダス・ノイエ・ターゲブーフ」の態度について議論。——気分の良い小さなレストランで夕食。大鍋料理、オムレツと木いちご。ハインリヒに別れの挨拶。そのあとエーリカとアピールを書き上げる。寝入る前にハムスンの旅行記（4）を読む。政治ニュースは変転を重ねる。時々刻々戦争が確実になってくるように見える、しかし戦争の勃発はないと見る私の予測は繰り返し真価を発揮している。

（1）　評論家フリードリヒ・シュタムプァー（一八七四—一九五七）は一九三三年以前はドイツ社会民主党執行部のメンバー、社会民主党国会議員、社会民主党機関紙「フォアヴェルツ」の編集長。一九三三年プラハに亡命、三三年から三八年カールスバートの亡命新聞「ノイアー・フォアヴェルツ」の編集発行者、三八年フランスへ、四〇年合衆国へ移り住み、ニューヨークの「ノイエ・フォルクスツァイトゥング」紙の編集部に属していた。四八年ドイツに戻った。

（2） 共産党の政治家、評論家フランツ・ダーレム（一八九二―一九八二）は、一九三三年までプロイセン州議会、ドイツ国会議員、ドイツ共産党中央委員会委員。三七年スペインに赴き、内乱に参加し、国際旅団の政治委員だったが、三九年フランスに移り、そこに四二年まで抑留され、四二年マウトハウゼン強制収容所に送り込まれた。ここを生き延びたダーレムは四五年ドイツへ戻り、ドイツ社会主義統一党の中央委員会委員になった。

（3） カトリック評論家カール・シュピーカー博士（一八八八―一九五三）は、スイス、フランス、イギリスを経由して合衆国に亡命し、四五年ドイツに戻った。シュピーカーはパリ亡命中月刊誌「真のドイツ」（ドイツ自由党の国外誌）を編集刊行したが、これは三八年一月から四〇年十二月まで刊行された。

（4） クヌート・ハムスン『おとぎの国にて』（一九〇四年刊、独訳〇五年刊）、一八九八年のロシア、ペルシア、トルコ旅行の報告である。

三八年九月十七日　土曜日。ブロニュ＝シュル＝メール行きの列車の中で。

澄み渡った、爽やかな秋の天候が続く。きょうは六時過ぎに起床。ひどい朝食。二台のタクシーで、ゴーロ、メーディも同道して駅へ。ゴーロに別れを告げる。特別列車、一等車室、三人だけ。ニュースは指導者の逃亡後ズデーテン・ドイツ党の分裂、はたまた解体を伝えている。プラハの確たる態度。ケルンにおける首脳会談などはありそうもない。戦争の「危険」は目に見えて後退する。ヒトラーの外交的敗北は絶対にあり得ないことではない。ドイツにおける気分について非常に好ましい報道――ブロニュ十一時十五分到着。

「ニーウェ・アムステルダム」船上。付属船。混雑。ミュンヒェン＝チューリヒ以来の知人レーヴェンフェルト夫妻。トロントからの別の知人。新しく巨大な豪華船。広くて快適な船室、しかしずっと後尾にある。青い海。食堂、机を調達、ランチ、コーヒー。オランダの葉巻を買う。遊歩デッキの椅子を借りる。そこで煙草を吸っている間にKがメーディを探す。そのあと船室で荷物を空ける。睡眠。五時すぎ、Kとメーディと喫煙サロンでお茶。日没を眺めながら広い上部デッキを散歩。軽い痛みの走る座骨神経痛。――サザムプトン。七時ディナー。そのあとメーディと大サロンで寛ぐ。もはや予想していなかったのに、ヘルツ女史来船。極度に興奮して、女史は結局自分の旅券を忘れていく。これを女史に渡そうと試みるが空しく終わる。――シネマで、魅力的な芝居。美しい『ヨゼフ』的要因を持っているモントゴメリの出演する馬鹿げた映画。時計を遅らす。

ニーウェ・アムステルダム、三八年九月十八日
日曜日

きのうの夜はサザムプトン停泊、非常に退屈。きょう午前十一時相変わらずイギリスに近い、船がたくさん見られる海岸水域に留まっている。薄曇り、凪いでいる海。――海の大気の激しい影響。ファノドルムを服用して、八時半頃まで眠る。シャワーを浴び、ベッド脇で朝食をとり、ひげを剃る。日中はラピスラズリ、晩は大きなダイアモンドを嵌めていることに楽しみを見出す。――きのうの晩はイギリスの諸新聞を読む。ドイツの新聞は、チェコスロヴァキアに対して完全に抑制を失っている。ベネシュは「犯罪者」だという。「フランクフルト新聞」は、問題がなお外交的方途で解決されうるなどと信じるのは、チェコ人の「悲劇的誤謬」だと断言している。悲劇的誤謬は何処にあるのか。ドイツの無知と孤立、異世界性はふたたび完全である。しかしヒトラーがなおも引き返し得るとは見えない。急進的な諸要求の実現を見ないうちに屈することは、ヒトラーの威信にとって致命的であろう。しかし戦争も、それが勃発するより以前にヒトラーの失脚をもたらすであろう。この場合に対して国内に力は用意されているだろうか。チェコ軍は暴力に訴えられた場合に戦うことは確実である、あすよりもきょう戦うのが好ましいと公然と断言している。ドイツ国内の数百人のチェコ人の逮捕、これはすでに戦争に訴えても名分の立つ相手方の非行である。イギリスが後退する可能性があり、そのためフランスは進撃せず、ドイツはひとりスラヴ人を相手に戦って野望を戦い取らねばならない。いずれにせよ、この政権が戦争以外のなにものでもないということは、証明さるべくして、証明

されることになろう。イタリアが事実、おそかれ早かれ〔ドイツ〕政権と行動をともにすることになるかどうかは興味のあるところである。ヨーロッパに対するイタリアの関係とドイツのそれとの間の相違に対する感覚。――午前寝椅子に横たわったり少し散歩したりした。ハムスンのトルコ報告、西欧文明に対する嘲笑は高尚なものではない。十二時四十五分ランチにコーヒー。小さい茶碗で少量ずつ。そのあとまたデッキに出て、煙草を吸う。船室で船内新聞。チェコスロヴァキアに戒厳令。新聞・集会の自由の三ケ月間にわたる停止。戦う決意。チェムバレンとダラディエはそれぞれ自国内の強力な野党勢力に対抗して国民投票に賛成している。〔イギリス〕労働党は、もはや軍備拡張は支持しないと威嚇している。極めて奇妙な、緊張の極に達した状態。戦争は非常に緩慢な、異様な具合に起こり、新しい形を取るだろう。――四時十五分まで休息。Kとメーディとお茶。そのあとアムステルダムの優良店が出している売店で買い物。風のために目を傷めているKのために保護眼鏡。私には、タキシード用のシャツ。ハンカチ、ベスト、帽子。――チューリヒの会社に委託した荷物六個が届いていない。――デッキを散歩。晴れ上がり風が出る。軽い横揺れ。美しい大洋と虹。――ディナーにタキシード。そのあとメーディとサロンで寛ぐ。ケッサーの随想(1)を読む、筋が通っている。九時半シネマ。ご婦人たちには人気があるものの、感じの悪い主人公、撮影画面は感銘の深いパイロット映画。

（1）　ヘルマン・ケッサー『ヨーロッパ人ベートーヴェン』随想、一九三七年刊。

ニーウェ・アムステルダム、三八年九月十九日
月曜日

かなり早く目覚める。天候は曇りがち、爽やかで、やや不安定。七時四十五分起床、すぐ服を着て、一人で食堂で朝食。そのあと遊歩デッキに出る。ギリシアの小説についてのケレーニイの論文。その前に『ファウスト』講演を鉛筆で書き進めたが、隣のご婦人が覗き込むので中止した。天候は晴れてきたものの、海は荒れ模様。上部デッキの回りを三人で何回か行き来す

る。ランチのあとコーヒーを一杯。それからまたデッキチェアに座る。『ファウスト』数ケ所を読む。船内新聞。状況は非常に惨めなものになっている。ダラディエ[1]とチェムバレンは、住民投票こそ平和を救い得るということで意見の一致を見る。協力してベネシュに圧力。「純粋にドイツ人のみの地域」の割譲、混住地域では民意の調査。そのあとチェコスロヴァキア共和国の新しい国境の国際的保証。疑いもなく中立化とドイツ従属を意味している。共和国は住民投票を拒否するとのホッジャの新たな声明。共和国がその態度を貫けば、何が起こるか？　フランスの公然たる条約違反？　――これは不可解な頭脳の敗北というものであろう。戦争は望まれていない――ヒトラーに敢然と立ち向かえば、戦争は来ないだろう。ヒトラーは戦争を引き起こせないだろう、戦争を引き起こせば、ヒトラーは命運が尽きるだろう。したがって、ヒトラーの命運が尽きることはどうあっても望ましくない。何故望ましくないのか？　ボルシェヴィズムに対する恐怖心があるからだ。ボルシェヴィズムは戦争の結果だといわれている。したがって戦争は避け、ヒトラーに戦争をさせないことによってヒトラーの失脚を回避する。ヒトラーが求めていたように、戦争なしにヒトラーにチェコスロヴァキア共和国を与える。こちらから進んで、ヒトラーの単純、あからさまな計画が一歩一歩実現するがままに任せている。これ以上に酷い愚かしい悲惨が体験されたことはない。――海の上に出たきれいなヴェランダでお茶。上部デッキを散策。かなり強い縦揺れ。前部デッキに降りかかる高波。虹。――ディナーのあとKはまもなく、幾分船酔い気味で船室に引き籠もる。私はメーディとサロンに寛いで、「コローナ[2]」誌のゲオルゲに宛てた若いホーフマンスタールの手紙を読む。他の本のページをぱらぱらとめくる。この雑誌の気品溢れる精神的雰囲気、見事なまでに時代に無関心、むしろ不快を覚える。それからメーディとフィギュア・スケートの女性選手をめぐる、ばかばかしい映画を観る。――強い横揺れ。

（1）　フランスの政治家エドワール・ダラディエ（一八八四―一九七〇）、急進社会党員、一九二四年以来たびたび大臣、三三年一月から十月、三四年一月から二月、三八年四月から四〇年三月フランス首相。ダラディエはミュンヒェン協定にサインをし、ヒトラーがポーランド撤退を拒否したあと三九年九月三日ドイツに宣戦布告、四三年から四五年ドイツに抑留され、四五年から五八年まで急進社会党議員団長、総裁として改めて積極的にフランスの政治生活に関与した。

(2) 一八九二年から一九〇三年におけるシュテファン・ゲオルゲに宛てたフーゴ・フォン・ホーフマンスタールの八通の手紙。ロベルト・ベーリンガー編『ゲオルゲとホーフマンスタール往復書簡集』から、マルティーン・ボードマー、ヘルベルト・シュタイナーの刊行する文学隔月刊誌「コローナ」、ミュンヒェンとチューリヒ、一九三八年号、第三冊、に先行部分掲載。

「ニーウェ・アムステルダム」船上、一九三八年九月二十日　火曜日

夜、強い横揺れ、落着かぬ眠り、七時四十五分起床、シャワーを浴び、食堂で朝食。天候は朝方暗く、荒れ模様だったが、それから時々晴れ間が見えるようになった。デッキで少し書き進めることを試みたが、デッキチェアの隣人たちが身近かに近づいてきたので中止する。この船で初めて顔見知りになった婦人がアントープからのリプシュツ氏[1]を紹介してくれる。この人を通じて惨めなことこの上ないニュース、極度の圧迫下でのプラハの降伏。さしあたりは、露仏同盟を後ろ楯になお抵抗の試み、ついで夜十二時四十五分割譲と「国際保証」による同盟の代替としての住民投票を受け入れる。意義と恐るべき結果については言わずもがな。Kと同じように意気阻喪するが、いつものように、すぐに、まだすべてが終わったわけではないという言葉を思い出し希望を育む。ともあれ、ベネシュとその同志たちが降伏を主張するとは驚きだ。——きのうから上顎部の具合が悪い、どうやら新しい義歯のせいらしい。ニューヨークで手直しさせることにする。古い義歯を嵌める。——Kはランチのあと就寝。私はデッキに出て、『年鑑』を読んだが、ほどなくまた隣に座った人々が迫ってきて気を取られる。「オーシャン・ポスト」[2]の惨めなニュースを読み直す。イギリス閣内外の分裂、しかし裏切りは必然的だった。「ニューズ・クロニクル」は、恐ろしい犠牲が無駄に供されたのではないか危惧されると書いている。確かにそうだ。ロシアは、フランスが進軍しない以上は航空機と物資以外の援助は行わないと通告した。チェコ軍は孤立していた、そういうわけで諦めが決定を左右する。最初プラハには驚愕が走ったが、その驚愕はイギリス人やフランス人が街頭に姿を見せられないほどの憤激に変

わった。これは疑う余地もなく史上最悪の破廉恥行為の一つなのだ。チェコ人の国家は一九一八年の勝利者によって創設された。勝利者たち自身が自分たちの勝利を一歩一歩維持しきれない、誤謬と認めるにいたり、放棄してしまったのだ。ファシズムがいつの日にかアメリカに渡るというのは、非常に蓋然性が高い。しかし、シュトラースブルクをめぐってにせよ、スイスをめぐってにせよ、戦争が行われざるをえない、ということもまた常に可能性がある。しかし私にはこれはありそうには思えない、東方への突破はヒトラー政権を財政的に建て直し、強化するからだ。——目を背けるべし、目を背けるべし！　個人的なもの、精神的なものに限定すること。私に必要なのは、明朗さであり、運命から優遇を受けているという意識なのだ。無力な憎悪は私の知るところではない。——サロンで音楽を聴きながらお茶、大勢の船客が船酔いにかかっているいるので、サロンに席が空いていたのだ。そのあと風を受けながら屋根のないデッキの回りを数回散策。高い放水口からのシャワー。——きのうパリのエーリカに無電、「公表不能」。どっちみち私の手になるものでないアピールから解放されて満足。——ベルマンはあの「ならず者」の勝利のあとでも、あえて随想を刊行するだろうか。あれは、かつてより以上に時宜を得たものなのだ。——Kがファディマンに送る原稿を浄書する。——ベッド脇の安楽椅子で『ファウスト』講演を書き進める。ディナーのあと弁護士レーヴェンフェルトとサロンで寛ぐ。ビール。一緒にシネマへ。レマルクの『三人の戦友』(3)による映画、あまり良くない。

(1) 特定出来なかった。
(2) 船内新聞
(3) 作家エーリヒ・マリーア・レマルク（一八九八—一九七〇）はその戦争小説『西部戦線異常なし』によって世界的に有名になった。一九三一年以来アスコーナに住み、三九年ハリウッド、四一年ニューヨークに移り住み、四八年スイスに戻り、テシーンのポルト・ロンコで暮らしていた。『三人の戦友』はその三作目の作品で三八年アムステルダムのクウェーリードー書店から刊行された。この小説は三八年フランク・ボーゼイジ監督、マーガレット・サラヴァン、ロバト・テイラー、ロバト・ヤング、フランチョット・トーン等の出演で映画化された。

ニーウェ・アムステルダム、三八年九月二十一日　水曜日

きのう午後仕事をし、晩は薬をのまずに楽に寝入り、気持ちの良い夜を送ったことはいささか自慢出来る。粘液質、心の落ち着き、不惑、永続性。これからどうなるか、知れたものではない。これからどうなろうと私は生き、耐えて行くことが出来る。――七時半起床、ひげを剃り、シャワーを浴び、カシミアのチョッキを着て、食堂で朝食にグレープフルーツ、中国茶、コップに入れた玉子、ブリオシュ、黒パンと蜂蜜。それからデッキで『哲学的小弁明』(1)を校正。――曇天。夜のうちに暖かくなる(メキシコ湾流)。風浪は静まる。――かなりの間、『ファウスト』講演を椅子に座って書き進め、十一時にブイヨンを飲み、Kと上部デッキ上を穏やかな風を受けながら散歩。ニュースは衝撃的。チェコ側は条約上権限をもつ仲裁裁判所に絶望的に手を差し伸べ、ヒトラーの諸要求の履行は国家の解体を意味すると声明する。事実この諸要求はすでにポーランド、ハンガリーに関係の深い地域の返還にまで及んでいる。イギリス＝フランスはドイツの最後通牒に対する〔チェコの〕回答を「不十分」と断定し、侵攻を避けたいのであれば、完全な屈服をするよう要求する。自分の国に誇りを持ち、誇りを持つだけの理由のある小さな、有能な一国民の置かれた恐ろしい、残酷この上ない状況。ニュースは非常に乏しく、民主主義諸国家における気分、プラハの状況は不明である。民衆はことによると勝ち目のない戦いを要求するだろうか。この要求は軽率であろうし、人間の能力を越えた要求であろう。しかし戦って滅亡するのは偉大な道義的要因であり、いわばヨーロッパの名誉回復を意味しよう。イギリスの行動は不名誉と見る必要はないか。フランスはこのあともはや同盟の相手方となりうる国家ではない。これは民主主義とあらゆる正義の完全なる敗北なのだ。文明を嘲笑する強大国の強請はだしの要求に応じて、生きる意欲に溢れ、文明に寄与するところ多い国家を解体するなどは耐えられない。このようなことを経験したあと自らの命を絶つ人々が出ることを、私は思い浮かべることが出来る。――チェコ＝ドイツ国境での機関銃戦闘。最後通牒の期限は今晩切れる。おそらく屈服することは疑う余地がないだろう。――ランチのあと椅子に座って、ホルヴァトの『この時代の子供』(2)を読む。ベッドで休息、とつおい

つ考える。きれいな海を望むヴェランダでお茶。そのあとしばらくシネマにいたが、席に空きがなかった。——上部デッキを散歩、最後はリプシュッツと。安定した、速度の早い航行。——マイアー女史から、プリンストンの用意が出来るまで女史のところで暮らすようにとの無電。——ディナー。そのあとメーディの友達(3)のチューリヒの女優とインド人と付き合う。ホルヴァトを読む、期待外れではあるが、良い本には違いない。「ヴァーグナー・コンサート」があるものと勘違いしていた。その代わりにもう一度シネマをのぞく。何度も掲示板を見るが、新しいニュースは出ていない。時計を遅らすお蔭で早めに就寝。

(1) クリフトン・ファディマン編のアンソロジーのための随想『来るべき人間主義(私の信じるところ)』。一九三八年九月七日付日記の注(1)参照。
(2) 一九三七年十一月六日付日記の注(2)参照。
(3) インド人はラヤゴパルという名前でクリシュナムルティの友人で協力者。チューリヒの女優は特定出来なかった。

ニーウェ・アムステルダム、三八年九月二十二日　木曜日

夜、非常に暑くなる(メキシコ湾流)。四時からもう眠らなかった。咳。七時十五分起床。掲示板を見に行ったが、無駄足だった。波に洗われた上部デッキを散策。食堂で朝食、Kも。太陽が輝き、空は青く、重苦しいほど暑い。ぞっとするような状況をずっと検討し続ける。ベネシュが、フランスは戦いに耐えることが出来ないのだと自身に語り聞かせて——戦ったのは理解出来る。事実船客係のスチュワードはパリに騒擾が起こっているという。議会への相談もなしにあのような非道を犯すことを頭越しに決められてしまう国民の気分はいかばかりだろう。フランスの国民的左翼は国の完全な孤立と威信低下を認識せざるを得ない。——平和主義的成熟状態に達している国々を強請ることによって大国家を奮い立たせるとは、なんたるペテンであろうか。歴史はそれを賞讃するだろう。若いスチュワードは、「戦争によって事態が好転することはない」と人間は知るべきですよ」と言った。確かにそうだ。しかし人間がそこまで進んでいるにせよ、平和

主義にあっては、人間の啓蒙は停滞している、最悪の状態からすれば今こそ絶好の機会であり、その「歴史的」時刻なのだ。——ちなみに、いまなお戦争の起こる可能性はある。——椅子に座って『ファウスト』講演を書き進める。十一時頃、執筆を続けていた私にKが、チェコが〔最後通牒を〕受諾した、と報告してきた。私は顔を背けた。——————

ニーウェ・アムステルダム、三八年九月二十三日　金曜日

曇り、涼しくなる。ニュー・イングランドを襲った壊滅的なハリケーンの報道。——八時起床。きのう一日の残りときょうはいつも通り。きのうは豪華なお別れディナー。きょうは朝食後、厨房訪問。デッキで『ファウスト』執筆。——道連れの旅客たちの多くとヨーロッパの不祥事について対話。プラハでは政府退陣。独眼の将軍[1]が首相。住民の激しいデモの多発。パリの急進派は反政府姿勢。ロンドンでは、ゴーデスベルク滞在中のチェムバレンに抗議する複数の集会。チェコ＝ドイツ国境での戦闘。——荷造りを開始。——『ファウスト』関連の荷物を出来るだけ早く仕上げて片付けてしまいたい気持ち。——————シュペルリング夫人[2]とお茶。そのあとトゥーリスト・クラスのレーヴェンフェルス一家と会う。『魔の山』のための娘さんのカヴァー画。——荷造り完了。——ヨーロッパ情勢の変化の報道、露仏の動員。——八時半メーディと、主任スチュワード招待のシャンパン付きディナー。十時半サロンでラジオ報道を聴く、ロンドン（チェムバレンの弁明演説）プラハ、動員、ダラディエの声明、マジノ線の兵員完全配備、ヘンライン志願兵によるチェコ国境侵犯等々。どうやら戦争は勃発一歩手前というところらしい。唾棄されるべきことが甘受されるのではなくて少なくとも重大な危機を招いているという事実はなによりだ。非常なショック。ラジオに聞き入っている聴取者の真剣さ。

（1）　ヤン（ヨーハン）・シロヴィ将軍（一八八八—一九七〇）はすでに一九二六年チェルニー政府で国防相だったが、退任を強いられたミラン・ホッジャのあとを受けて一九三八年九月二十二日首相になった。カミル・クロフタは外相に

留任したが、一九三八年十月四日シロヴィ内閣の改造にあたってフランツ・フヴァルコフスキと交代した。シロヴィ政府は一九三八年十一月二十八日まで在職していた。シロヴィは第一次世界大戦で片目を失っていた。
（2）　不明。

ニューヨーク、ベドフォド、三八年九月二十四日　土曜日

薬を飲んで、数時間は熟睡。きょうは船上で六時十五分起床。手荷物をまとめる。七時食堂で朝食。積み上げた荷物で船の姿が遮られる。検査、荷下ろしが延々と数時間続く。新聞記者たち。税関ホールにミセス・マイアー、その助手、コリン、運送会社の社員。メーディを待つ。諸手続き。マイアー女史と外でその車におさまる。ヨーロッパ情勢について報告。アメリカにおける印象深い、効果的な波。ポーランドに対するロシアの威嚇。ロンドンとパリにおける反応。イーデンの演説。フランスの条約遵守への復帰。ヒトラーの「最終の言葉」に六日の期限をつけてチェムバレンがプラハに伝達。議会を月曜日ないし火曜日に招集。いまなお独立国家としてのチェコスロヴァキア共和国を粉砕するというヒトラーの諸要求は、戦争を引き起し得るもので、私はこの戦争を論理的、道義的帰結として待望している。もちろんあの浅ましい男〔ヒトラー〕が撤退して魔力を失うほうがましではあろう。──ホテルからの荷物を運搬。マイアー女史の車でKとメーディとフェリーを利用し、五番街を抜けてホテルへ。十八階の住み慣れた種類の三部屋。コリン、リース、ニュウトン女史。花。荷物で溢れる部屋。多くのことを協議。リース、カロライン・ニュウトン、グムペルトと階下でランチ。女性歌手〔？〕と挨拶。四時半まで、寝込むことなく休息。──青空、非常に暑い。──リースとKのサロンでお茶。チェコ人のためのあすの会合のことでミスター・ルーイス[1]。ニュースによれば、チェムバレンが、戦争は回避されない公算が大きいと述べたという。ロンドンは防衛態勢。船舶航行の一時停止。イギリス議会の月曜日招集？──K、メーディとレキシントン・アヴェニューのきれいなレストランで夕食。そのあとクノップ夫妻を訪ねる。アルザス・ワイン、音楽。ヒトラーは平和維持のため、

チェムバレンと努力を重ねているが、スターリンとプラハが妨害している、とドイツの新聞は書いているとのニュース。イギリスの政策についてアメリカ人とイギリス人の間の対談。

（1）特定出来なかった。

ニューヨーク、三八年九月二十五日　日曜日

かなり熟睡、しかし疲労が残り、コーヒーのあとかなり気分が悪くなる。それにもかかわらずきょうの午後のための挨拶を英語で書き上げ、これをKと、ちょうど「シャンプラン」[1]号で到着したばかりのクラウスに朗読して聴かせる。直しを加える。浄書。――晴天、暖かい天候。――パリの子供たちからは何の知らせもない。――「ニューヨーク・タイムズ」、ドイツの新聞の楽観論を報じる。チェコスロヴァキア共和国が〔最後通牒を〕受諾することになるか、あるいは戦争は局地戦の枠を出ないだろう、というのである。――正午Kとコリンとパーク・アヴェニューを少し散歩。クロプシュトック博士とクラウスとホテルでランチ。短時間休息。それから出迎えを受けて、マディスン・スクウェア・ガーデン[2]へ向かう。控室で挨拶。一八、〇〇〇人が詰めかけた巨大ホール、外にさらに一〇、〇〇〇人。チェコの娘たち、チェコ国歌。次々に演説。ドロシ・トムプスン。四時半私が登場すると途方もない喚声。「ヒトラーは倒れねばならない！」でもう一つ大喚声。――極めて感銘の深い催し。チェコ人の弁士と話をする。チェコ人は戦うだろう。ドイツ軍の侵攻はオーストリア側から予想される。――五時半宿に戻る。クロプシュトック、クラウスとお茶。エーリカから電報、兄弟たちをこちらに送り、自身は、予想されたように、留まるつもりらしい。――大きな、深い緊張。ヒトラーは自身の破滅の淵に走り込んでいくのだろうか。どんな予期せぬこともこんにちでは起こりうる。戦争は短期間で終わる可能性がある、しかしあらゆる事態の変化をもたらす可能性もある。戦争が、ことによると本格的に勃発しなくても、ファシズムの不法行為を包む魔術の化けの皮をはがして、その千年王国の大張り子の前に臆病にはいつくばっていた連中を赤面させてくれればいいのだが！――パリ・アピー

ルの公表禁止を電報で解除する。——Kとメーディとグムペルト博士のところでの夕食に。博士の可愛らしい娘。(3) 英語で博士のデュナンの本の手渡し。食後にリースがニュースを持ってくる、チェコ側の最後通牒拒否、反対提案、これの〔ドイツ側による〕拒否は確実である。全ドイツから軍隊がチェコ国境へ移動。スポーツ宮殿でヒトラーが演説を行うとの予告。西欧諸国の動きを封じ込め、世界を面食らわせるためにもう一度ありとあらゆる破廉恥の言葉が並べ立てられるのだろうか。ドイツ人はイタリア、ポーランドと手を結んでの戦争に大いに不安を覚えている。しかし西欧の側も、チェコスロヴァキア共和国を誕生させたヴェルサイユの平和体制故に戦争するにしても良心に疚しさを覚えるといった事情が危惧される。——ムッソリーニの失脚が手始めになるとすれば、どうだろうか。その場合ヒトラーはまもなくあとを追うことになるだろう。全面戦争が起これば、他の諸国はヴェルサイユ以来の数々の失策をその戦争で贖うことになるだろう。

(1) フランスのアメリカ航路就航の客船「シャムプラン」、第二次世界大戦中撃沈された。

(2) 一九三八年九月二十五日ニューヨーク、マディスン・スクウェア・ガーデンで催されたチェコスロヴァキア救援委員会の大衆集会、トーマス・マンは主要弁士の一人として参加した。『ニューヨークにおけるチェコスロヴァキアのための集団デモンストレーションでの挨拶』は「ドイチェス・フォルクスエコー」ニューヨーク、第二巻第四〇号、一九三八年十月一日に発表された。「補遺」参照。

(3) ニーナ・グムペルト。父親と合衆国に亡命してきたとき母親はすでに他界していて、田園の寄宿学校で教育を受けていた。

ニューヨーク、三八年九月二十六日　月曜日

七時半起床。引き続いて好天。『ファウスト』論説を書き進める。写真撮影。書籍業界の問題でコッペル博士。クラウス。展望と推測。Kとメーディとともに外出、買い物。葉巻オプティーモ。正午コッペルの出迎えを受けて、公園と市街の美しい眺望が楽しめるその住居へ行く。冷たいランチ。コーヒーを飲み葉巻を燻らせながらラジオからベルリンのスポーツ宮殿の様子やヒトラーの演説を聞く。ベネシュに対する悪口雑

言とベルヒテスガーデンの譲歩への退却。確かに戦争にはならず、独裁体制にとっては面子を失わない可能性がある。十月一日以前の侵攻はない。プラハが、すでに譲歩したことの履行を迫られるということはあり得る。これが「最後の領土的要求である」という確約(ただしこの要求によって、ヒトラーは強大となり、そのためそれ以後ヒトラーが次々にどんな要求を持ち出してきても拒否出来なくなる)。ヒステリックに始められた手管による事態の悪化。無関心と結びついた、戦争のないことの利点への感覚と結びついた憂鬱。ともかくいくつかのことは起こったのだ。――四時半、義歯のあたりを軽減してもらうためブロツキ博士[1]の診療所に行く。徒歩で宿へ。写真師、数枚の写真を買う。――状況について、これを私ほど悲観的に捉えていないリースと議論。オープレヒトの代理人である書籍商クラウゼ[2]が夫人とともに来訪。深刻な散漫ぶり。アルフレド・クノップの出迎えでディナーへ。車の中でラジオ、イギリスとフランスがベルヒテスガーデンの要求の実行を保証するという。おそらく誤報であろう。チェコスロヴァキア共和国保護のための露英仏同盟という見出しの新聞各紙。クノップとフランス・レストランで極上のディナー。これにブランシュが加わる。Kは非常に元気をなくし、食欲がない。私の見方はもっと平静だ。ヒトラーが、あの地域を与えられることになってさえ、ヒトラー本来の目標には到達していない、というのは非常にあり得ることだ、なにしろチェコスロヴァキア共和国の独立が依然として認められているからだ。――コーヒーのあとクノップ邸へ行く。音楽を少し聴く。ロッシーニとショパンの曲を楽しむ。宿でクラウスと電話。朝刊各紙は情勢の変化を伺うかがわせない。演説は非妥協的と見られ、戦争は一層近付いたと目されている。フランスの準備は急速なテンポで完了した。――クノップは食事の際、私が今日ヒトラーのもっとも危険な敵だと言った。――『ブデンブローク家の人々』の新版が発送途中である。――『来るべき勝利』[3]についてのミセス・ローズヴェルトの論説。――

(1) ニューヨークのトーマス・マン掛かりつけの歯科医師。

(2) フリードリヒ・クラウゼ、ストックホルムのベルマン＝フィッシャー書店のアメリカ配送組織の社長で、チューリヒのオープレヒト書店のニューヨーク代理人。

(3) 発見されていない。

ニューヨーク、三八年九月二十七日　火曜日

興奮状態。ファノドルムで眠る。八時半〔起床〕。曇天、蒸し暑い。コーヒーのあと急ぎ少し書き進める。ドイツ系アメリカ人記者、コラム欄執筆者、政治的討議、それ以上の会合への関与は断る。荷物をまた纏める。メーディと少し散歩。五番街の雑踏。Kと二人でランチ。そのあと上の部屋で読み物をしている間に、Kがチェムバレン(1)の演説を聴く、動揺した、真剣な人間の声だが、あまり平和への希望を抱かせない。もっぱら暴力の支配する世界に暮らすよりは、戦うほうがましだ。——ニュウトン女史の指示で荷物を受け取る。一時間休息。四時半頃タクシーでブロツキの診療所へ。ブロツキ夫人とベルンシュタイン教授という人(2)とサロンで待つ。義歯を満足のゆくように直しながら、精神的、政治的状況について。雨雷鳴。タクシーで戻る。Kは新聞を読んだ、戦争は不可避らしい。イタリアはドイツ側に立って戦う用意が出来ている、とムッソリーニが声明する。スイスの運命に思いを馳せる。ドイツが恐ろしいことをやることに疑問の余地はない。それにもかかわらずこの連中の目眩ましたるや物凄いものがある。——私がアローザで、ドイツの存在基盤を失って最初の日記記録を付けはじめてから五年半になる。——ミスター・リチー(3)来訪、十二月一日のシカゴ正餐会出席を約束する。ピート来訪、三月の講演会について、多額の収入になるだろう。——ピートの報告するところでは、チャーチルは数ケ月前ピートに事態の成り行きを精密に予言した。チャーチルとイーデンが政権を握るだろう。ファシズムと民主主義のあいだの決闘はおそらく必至だろう。ドイツとイタリアは最初から戦争に合わせており、戦争という目的なしには全体が意味のないものになろう。「世界観」は戦争の中でしか真価を発揮し得ない。「世界観」はいまや、そのように形成された民族が抗いがたいものであるという証明にかかっている、というのである。——コリンと三人でブロードウェイのユダヤ・レストランで極上の料理の夕食。そのあとマルクス兄弟の非常に滑稽な映画。色とりどりのライトに浮かぶ街頭の賑わい。美しい都市の風景画。上のほうの電光ニュース。イギリス海軍の動員。フランスにはなお、民主主義諸国の圧力が戦争を阻止するとの希望。私もこの瞬間に

いたってなお、ヒトラーが自身の破滅の淵にまっしぐらに走り込んで行くとは思えない。ヒトラーの構想が全体として故障しているのだ。イギリスは——ヒトラーの正体が割れた今——戦争を望んだろうか。大英帝国が戦争に打って出られるようにすべての手が打たれただろうか。ヒトラーは罠に掛かったのだろうか。——イタリアには、チェムバレンの最後の平和期待に喜び。疑いもなく、戦争はドイツの側できわめて不人気である。もしかするとドイツから最初に驚くべき報道が期待されるかもしれない。——「フォルクスツァイトゥング」[4]にシュタムプァーによる『来るべき勝利』の書評。——「州報」[5]には攻撃、「自身の国を攻撃することは許されない」。(私がそれをしたのか?)

(1) 一九三八年九月二十七日の晩に行われたイギリス国民に対するチェムバレン首相のラジオを通じての挨拶、その中にのちに有名になった次の文言、「われわれが全然知らない人々の間の、遠く離れた国をめぐる紛争のためにわれわれが塹壕を掘り、ガスマスクをつけてみるなどとは、なんとおそろしく、途轍もなく、信じられないことであろうか。私は、それがいささか役立ち得ると信じるならなお三たびドイツを訪れることもためらわないだろう——」

(2) 不明。

(3) ミスター・リチー Ritchy とあるが、正しくはフランク・リチ Ritchie で、「キリスト教徒ドイツ亡命者のためのアメリカ委員会」の一員。

(4) フリードリヒ・シュタムプァー「トーマス・マンのヴィジョン。来るべきデモクラシーの勝利について」、「ノイエ・フォルクスツァイトゥング」ニューヨーク、一九三八年九月二十四日号、所収。

(5) 「ニューヨーク州報」アメリカのドイツ語日刊新聞、一八三四年創刊、国民社会主義時代は親ドイツ国民主義的傾向を持っていた。トーマス・マンが触れている攻撃は発見できなかった。

プリンストン、三八年九月二十九日　木曜日

きのうは、一日の記録を記すには疲労が甚だしかった。ベドフォードで八時起床、朝食後かなりの時間、『ファウスト』講演にかかった。ついで新たな政治的転回、Kがクラウスの介添えでマイアー女史と電話、ヒトラーがチェムバレン、ダラディエ、ムッソリーニをミュンヒェンでの会談に招いたとの電報。それとの関連でイタリアにおける不穏な動きの噂、ムッソリー

ニの曝されている危険、大いに考えられることだが、袋小路からの抜け道としての会談という救助の思いつきはこのムッソリーニの危険から生まれたものだろう。二人は敗北を喫したのだ。しかしチェムバレン演説は、非常に意図的にあの二人を守るきっかけを与えるものだった。いずれにせよ明らかになったのは、二人とも戦争を遂行できないという点だ。西欧諸国はミュンヒェンで有利な立場にあるはず……本を入れたトランクと手提げ鞄の荷造り。十二時頃マイアー家の車。ホールでリース、エリザベス・マイアーと挨拶。出発。晴天で涼しい天候。途中つましいレストランでランチ。柔らかなチキン・カツレツが胃にもたれて不愉快。プリンストン到着。ライブラリ・プレイス角にストックトン通り、三五の家を見つける。ルーシとその夫のジョン、これは痩せた黒人で、服、本、肌着をトランクから空けてくれていた。さしあたっての検分。書斎は決まらない。仮の整理。疲労困憊。当然のことながら極めて不十分で混沌たる状態。しばらくヴェランダのある二部屋のうちの一方に腰をすえドイツ語の雑誌を読む。郵便の山を開封し、整理し始めた。誹謗の手紙も数通。ヴェランダでお茶。夕方Kと少し散歩をし、紙巻き煙草を買う。キュスナハトに比べれば非常に広くて堂々とした食堂でメーディを交えて三人で夕食。贅沢な雇い人の人数、暖房と庭手入れ専門の係。洗濯婦。――家屋は最善の状態にはない、たくさんの電灯が切れている、接触不良、そこかしこに瑕疵……食後、手紙の開封の継続。私の風邪がひどくなる、咳。寝室はかなりきれい。疲れがひどく、早めに休息、ムージルの知的な本[1]をわずか数ページ読む。

　夜、大分咳をする。八時過ぎ起床。衣装関連と朝食のことでジョンをベルで呼ぶ。庭で過す。食堂でお茶と玉子。書斎の暖炉に火を入れる。黒人召使がどこにでも姿を現す。――近々ビービが到着。確実に、戦争にはならないので、エーリカとゴーロもまもなく姿を見せるはず。――新たな郵便、目を通す。――消化良好。――『ファウスト』を少し書き進める。――正午Kと市中に出て、買い物。三人で昼食。そのあと家の前のテラスで、「ニューヨーク・タイムズ」や古いスイスの新聞などを読む。ミュンヒェン会談は、考えるだけでも辛い。独裁者たちは負けたのだ。イギリスはその独裁者たちを救ってやることになる。――休息。食堂でお茶。さるご婦人が来訪、花と当所の諸商店のプレゼント・カードを届けてくれる。本を整理する。ゲーテ文献。リースと電話、リースが保証するところによると、ヒトラーは事実上その要求の八〇パーセントは断念せざるを得ないという。ヒトラーは一日に周辺領域に侵攻して、面子を保つことが出来る、しかし（リースによれば）失敗は隠しおおせないだろう。戦争は失敗に終わったのだ。ベルリンには騒擾が、ローマではほとんど革命が発生しよう。この強請はもはや利用出来ない。政権がある種の尻込みを見せることはおそらく不可避であろう、政権はヨーロッパと折り合いを付けなければならなくなったのだ。戦争万能思想が失われた政権になおどのような意味があろうか。平和への転換はいかなる経済的結果をもたらすだろうか。そしてその他のいかなる結果をもたらすだろうか。結局は影響するところの多い危機だったのだ。――雨。召使たちは公休日。家でありあわせの夕食。書斎でフォンターネを読み、キューネマンの『ファウスト』[2]を読む。

（1）「ムージルの知性的な本」が何を指しているかはよく分からない。（すでに一九三〇年と三三年に刊行された）『特性のない男』の可能性もあるが、三六年チューリヒで刊行された『生前の遺稿』かもしれない。

（2）哲学者オイゲーン・キューネマン（一八六八―一九四六）。その二巻本『ゲーテ』は一九三〇年に刊行、唯一の詳細な『ファウスト』研究である。トーマス・マンの所蔵本は残っている。〔訳注〕原注の「唯一の」は「キューネマンの仕事としては唯一の」という意味であろうか。それにしても釈然としない。

プリンストン、三八年九月三十日　金曜日

夜をKの部屋で過ごす。朝方になってはじめて咳。八時起床。雨もよいで暗い。Kとメーディと一緒にコーヒーと卵の朝食。「ニューヨーク・タイムズ」、すっかり意気消沈の態。会談が生み出した結論は、ナンセンスかつペテン的な話だが、チェコスロヴァキア共和国の細分化と終末であって、こうした事態を防止しようとヨーロッパは一瞬臨戦体制を取ったはずではないか。ヒトラーは敗北していたのだ。それが、チェムバレンが差し延べた会談という救いの手によってヒトラーは、ただ救われたばかりか、望んでいたすべてをも手中にしたのだ。そしてフランスは？　イタリアは、決して戦争を好んでいなかったものの、会談の結論を、

戦争する能力のない、ないしは戦意のない民主主義諸国に対する独裁諸国の勝利と捉えている。チェムバレンはミュンヒェンで嵐の歓迎を受ける。——嫌悪、屈辱、鬱屈。——進められる限り、仕事。フレクスナー教授来訪。サロンで談話。腹立たしい政治情勢について。Kが加わる。Kと並木道を散策。冷え冷えとし、空は灰色、風が吹く。頭は疲れ、身体は弱る。——手紙や書籍など大量の郵便物。本の売れ行きについてクノップから嬉しい報告。クノップ夫妻から歓迎プレゼントとしてチャイコフスキーとプロコフィエフのレコード・アルバムが送られてくる。——洒落したコーヒーで昼食。——そのあとKとチューリヒからの引っ越し荷物のことで女性公証人を訪ねる。便箋を購入。家で休息。大きいサロンでお茶。クラウスと電話。誰の目にも明らかなイギリスの反露親独政策。英独平和協定。決定的な諦念。スイスは？　新築は？　およそヨーロッパは？——一連の手紙をKと一緒に片付ける。カイザー(1)とリント女史には自筆で。三人で夕食。そのあと書庫で『戦争と平和』を。

（1）ルードルフ・カイザー宛て、プリンストンから、一九三八年九月三十日付、『書簡目録II』三八／八一四。

プリンストン、三八年十月一日　土曜日

また私の仮部屋で眠る。Kとメーディは朝ニューヨークへ。晴天。八時前起床。庭に出る、秋の気配、萎れた葉。黒人の給仕でひとり朝食。「タイムズ」、チェコスロヴァキアの諦めと抗議、命令の受諾。住民投票監視のイギリス軍部隊。平和達成の功労を讃えられる三大臣。ドイツ軍の進駐。ポーランドとハンガリーの最後通牒。平和の維持に欣喜するパリ。——午前『ファウスト』講義を書き進める。昼一時に駅に行き、そこを少し散歩したあとKを出迎え、一緒に家に戻る。英独基軸の平和がドイツの内政にともかくも及ぼす可能性のある影響について。いずれにせよイギリスの意図には、あの政権を手懐けようという目論見がある。——二時にKと二人だけでランチ。メーディはニュー・ヘイヴンにジェイムズタウンの車を取りに行っている。——最前、お茶にメーディがリースとその幼い息子を連れて戻ってくる。オープレヒトに手紙を書き、

さらに自筆の通信。暖炉の火。Kとメーディと旨い夕食。――肖像写真を添えた新しいクノップ版『ブデンブローク家の人々』が数部。――献呈状を添えてエルンスト・ハルテルン[1]の『帰宅』。

（1） エルンスト・ハルテルン（ペンネーム、ニールス・ホイアー）（一八八四―一九六九）は一九一一年以来、「フランクフルト新聞」の通信員として、またスカンディナヴィア文学の翻訳・編者としてスカンディナヴィア諸国で活動、三六年市民権を剝奪されてからはスウェーデンで亡命生活を送った。その『帰宅』は三八年ニューヨークのボブス・メリル書店から刊行された。

プリンストン、三八年十月二日　日曜日

八時起床。冷え冷えした晴天。一日中ひどくがっくりして、思い悩む。ダフ・クーパー[1]が辞任届。ズデーテン地域第一地帯への進駐と回避。ヒトラーとチェムバレンはきょうこの日のヒーロー。イタリアでは、民主主義諸国におけるさまざまな反動から、ヒロイズムの堅持へ。この「平和」全体は確実に下劣な欺瞞であり――そしてその代わり途轍もないドイツの強化であり、民主主義理念に対する壊滅的な打撃なのだ。世界のよりよい部分は深い絶望の淵にある。――『ファウスト』講演を終わり近くまで書き進める。非常に気分が良くない。リベラル・クラブの一学生が来訪、これにあさっての会合でベネシュ[2]上院議員の紹介を頼まれたが、これは断るわけにはいかない。Kとジェイムズタウンの車でドライヴ、散歩の試みは失敗。日曜日の車の大混雑。――非常に気が重く、気分すぐれず、重苦しい。――テラスでコーヒー。休息、足に痙攣。座骨神経痛以来、左脚に痙攣の傾向がある。――お茶の前にアインシュタインと電話、「私の生涯でこれほど不幸だったことはかつてなかった」という。コリンとクラウスがトムプスン女史の好論について報告してくる。――一連の手紙の口述を夕食まで。このところの気鬱が新しい生活への恐れを掻き立ててくれる――今のいま、政治随想を刊行することに意味があるか、ないか、グムペルトと電話。グムペルトは序文を書くよう薦める。――リーマー[3]を読む。魔法瓶のカミツレ茶。

(1)　イギリスの政治家で作家アルフレド・ダフ・クーパー（一八九〇—一九五四）、一九五二年ノーリジ子爵に叙せられる。一九二四年以来保守党下院議員、三五年から三七年国防相、三七年海軍本部第一委員（海相）、ミュンヒェン協定に対して抗議の辞職、チャーチル、イーデンとともにチェムバレンに対する保守党内野党を形成した。チャーチルの戦時政府でクーパーは四〇年から四一年まで情報相、四四年以降パリ駐在大使。その著作中には重要な伝記『タレイラン』（一九三二年）、『ヘイグ』（一九三七年）がある。
(2)　ヴォイタ・ベネシュ上院議員、エードゥアルト・ベネシュ〔チェコスロヴァキア共和国〕大統領の兄弟。
(3)　フリードリヒ・ヴィルヘルム・リーマー（一七七四—一八四五）、『口伝および文書資料からのゲーテについての報告』二巻、一八四一年。

プリンストン、三八年十月三日　月曜日

朝方になってなおエヴィパンを少量、いつもより長く眠る。美しい、澄みわたった一日。午前中あすの挨拶[1]を英語で書き進める。正午Kと公園や並木道を散歩する。心地好い印象。幾分気持ちが晴れる。食後テラスで手紙を読む、善良なバーズラーが「デモクラシー」について。しばらく午睡。お茶のあと、秘書の仕事と会話のことでミセス・コナー[2]。挨拶を書き終える。——「新チューリヒ新聞」、「プラハ新聞」は目を通すのも恐ろしい。葉の落ちてしまった木のようなフランス。ヒトラーの計画の完全な実現。プラハの死闘。まだ防衛が問題とされていた時点におけるチャペクの感動的な挨拶。すべてが耐え難い。——夕食後コナー女史を相手に挨拶文に目を通し、浄書してもらうため、この挨拶文を女史に手渡す。

(1)　この挨拶は、トーマス・マンが催しに参加しなかったので実現しなかった。原文は「補遺」に。
(2)　ミセス・ブディノ・R・コナー、当時プリンストン、プロスペクト・ストリート一二〇に居住。それ以上の詳細は不明。

プリンストン、三八年十月四日　火曜日

八時十五分起床。空は青く冷える。午前中、『ファウスト』注解を四十二枚で擱筆。——コリンが、トムプスン女史の歯に衣着せぬ政治論を送って寄越す。「ファシズム・クーデタ」。確かにその通り、そして数十年先のヨーロッパの在り方の基本を示すものだ。少なくとも私に見えるのはそれ以外にないし、少なからぬ人々が近々に起こると見ている反動や変動をどのようなものと想像しているのか、私には分からない。加えて全体は、あまりにも計画的、あまりにも首尾一貫して成就したし、ヨーロッパ・ブルジョワジーの半ば無意識的な全体意志にあまりにも深く根を下ろしている。——一杯食わされた諸国民。——ミュンヒェンにおけるダラディエの役割。ダラディエの肩を叩いて、帰国を延ばして十月祭[1]をのぞいていくよう促すゲーリング。——正午、理髪店、オイル・マサージ等。そのあとKとなお少し散歩。——一日中またも極度に重苦しい気持ち。ベネシュ上院議員が欠席、その代わりの人物には義理がないので、参加を断ったが、只働きをしてしまった。——浄書を持ってコナー女史来訪。——お茶の時間にクラウス到着。エーリカは音沙汰なし。プラハに旅立ったという話。クラウスはこの家の優雅さに一驚しているが、私はこの家が楽しめない。——Kを相手に口述。(二月、三月のカリフォルニアから持ち越した)古い手紙の山を幾つも処分する。——戦争切迫の演出で諸国民が不安に脅えた瞬間についてのヘルツ女史の長い手紙。——クラウスを加えて四人での夕食。——次の仕事は、『ロッテ』をなおも先送りすることになるが、随想集のための序文[2]とせざるを得ない。

(1)〔訳注〕十月祭(オクトーバーフェスト)は一八一〇年に始まった民衆の祝祭で、十月の第一日曜日までの二週間ミュンヒェンの各ビール醸造所が出店して盛大な賑わいを見せる。ミュンヒェン会談はその期間中に行われた。

(2)『瞬間の絶頂』、随想集『ヨーロッパに告ぐ!』への序文。原文は、冒頭の僅かな変更を別とすれば、同じく一九三八年にストックホルムのベルマン=フィッシャー書店から刊行された随想『この平和』と同文である。

プリンストン、三八年十月五日　水曜日

『戦争と平和』を読んだあと、薬をのまずにかなり

良く眠る。八時半頃起床。充分な熱さの湯。コーヒー、卵、ラズベリー添えフレークの朝食。随想集の序文を書き始め、ベルマンに電報[1]を送る。――日差しの強い夏めいた天候。Kと湖へドライヴ、そのあたりを散策する。二人の子供を加えて昼食、そのあとテラスで手紙と新聞各紙。お茶にミスター、ミセス・マコンル[2]がカメラマンを同道して訪れ、インタヴュー。――オープレヒトが撮影したチューリヒお別れの夕べのきれいな写真。新聞批評。イタリアの反ユダヤ新聞が、『ヴェルズングの血』を悪用して、私に「ユダヤ人」の烙印を押している。勝手にするがよい。――私の序文を添えたエーリカの『野蛮人のための学校』。――ベネシュ辞任[3]を通告。深い苦しみと恥辱感。夕食後ベネシュ宛てに電報。――バーズラーに手紙[4]。――『エジプトのヨゼフ』表紙カヴァー画。――大学が最初の六〇〇ドル小切手を送って寄越す。

（1）『往復書簡集』には収録されていない。『書簡目録II』三八／一九〇。
（2）特定出来なかった。インタヴュー記事も発見されない。
（3）ベネシュ大統領は一九三八年十月五日退任し、そのあとすぐ合衆国に赴いた。
（4）オト・バーズラー宛て、プリンストンから、一九三八年十月五日付、『古きと新しきと』に所収の『あるスイス人への手紙』中の一通、七四三―七四四ページ。

プリンストン、三八年十月六日　木曜日

八時起床。篠つく雨、非常に暗い。明かりを点けて随想集への序文を書き進める。ベルマンからはまだ音沙汰なし。ルーイスが『ヤコブ物語』と『若いヨゼフ』の原稿代金として四、〇〇〇ドル送って寄越す。――正午Kと散歩、駅まで行くが、ズボンがずぶ濡れ。食後、「タイムズ」、チャーチルの演説――われわれが、手の内をさらけ出して前から戦い、国民に呼び掛けていたら。チェコスロヴァキア共和国ではドイツ依存宣言。ベネシュの告別演説、不屈にして、ほとんど陳腐というべきほど楽観的。ピートはベネシュと契約するつもり。――お茶の前に近隣の可笑しな小柄な女性の来訪。――手荷物とチューリヒの家財があす到着の見込み。――Kに手紙の口述。――プラハに頑張れない十数名の人々の救援と宣誓供述書のことでブルシェル

から電話。――夕食後引き続いて古い手紙を処分。

――

プリンストン、三八年十月七日　金曜日。

八時起床。晴天。朝食後、『序文』を少し書き進める。大変な一日、チューリヒの家財と残しておいたトランクを運んで、起重機つきのトラックが到着。Kと外出（銀行を訪れて店長と話し合い）のあと、さしあたりバルコニーへの扉のある、新しい大きい方の寝室に移る。肌着、スーツ類の荷解き、収納。家具、画、書籍や陶磁器を収めた箱などを引きずるように運ぶ大仕事。玄関の間は塞がれ、パッキングの木毛で覆われる。予想通りの大混乱。ジョンが祖母譲りの枝付き燭台を取り付ける。メーディのグランドピアノは、ヴェランダ付きの部屋の一つへ。監督にあたった管理人には、『ブデンブローク家の人々』をプレゼント。第一寝室で少しく休息。アンピール様式書棚を据えたサロンで、Kとクラウスと一緒にお茶を飲む。私の書き物机を図書室内で置き換え。私のミュンヒェン以来の読書机、メーディの頭部像、スイス時計。これらの品々が再び私の回りにあるというのは、まさしく夢のような話だ。書き物机の状況を正確に復元し、いくつものメダル、エジプト召使像などそれぞれの品をキュスナハトで、そしてミュンヒェンで置かれていたまさに同じ場所に置く。二、三の引き出しを取り違え、混乱し、塞がったあげく、あるべきところに収まる。――これからが、私が自分の机で、シャム人戦士(1)の美しい像を前にして書いている最初の文章。――夕食後、Kとクラウスと私の部屋で。一日中、とくに食後日向でコーヒーを飲みながら、現状、その危険、展望についていろいろ話す。――絶えず講演会や正餐会への招待。ベネシュがアメリカの教授職につくというラジオ・アワ・ピープルの電報。――チェコスロヴァキア共和国のファシズム化。――チェムバレンの下院における嘘八百の閉会演説(3)。保留一〇〇票があった上での信任。フランダン(4)＝ヒトラー電報交換――言語道断の背信行為。フランダンのインタヴューと「タイムズ」記事は、卑劣な行為の展開の中での明々白々な段階。――メーディはある女流名手の前でのオーディションにニューヨークへ出掛ける。

（1）　トーマス・マンの書き物机の上におかれていた小立像で、今日ではチューリヒ工科大学付属トーマス・マン文書館にある。

（2）　ベネシュ大統領は一九三九年シカゴ大学の客員教授職についた。

（3）　イギリス下院では一九三八年十月三日から六日まで大外交討議が行われ、チェムバレンはその中でミュンヒェン協定の正当性を主張しなければならなかった。一九三八年十月六日の閉会演説でチェムバレンは、「双方の誠意と善意を信じている」と断言した。チェムバレンは、自身の政策に対する信任投票を要請し、政府賛成三六六票、反対一四四票の結果が出た。

（4）　フランスの政治家ピエル＝エチエンヌ・フランダン（一八八九―一九五八）は一九二四年から三四年まで度々入閣、三四年から三五年まで首相。三六年と四〇年から四一年まで外相、四五年対独協力のかどにより五年の「公民権剥奪」を宣告されたが、〔四八年〕恩赦された。

プリンストン、三八年十月八日　土曜日

ごたごたした一日。無秩序。少し仕事にかかったが、すぐに時代の要請によって中断、「良書と出版の自由」の会合で話すようにとの、クノップの支持を受けての要求。チェコスロヴァキアに残っている産業のためのアメリカの行動に関するエーリカの電報、ドロシ・トムプスンに電話して、手を染めないよう忠告される。陶磁器、銀器の荷解き。正午まで『序文』で苦心惨憺。食事に、メーディと一緒にニューヨークからやってきたリースとクロプシュトック。加えてリースの幼い息子。日向のテラスでコーヒー。お茶の時間にブルクナー[1]と〔?〕[2]がご婦人連れで飛び入り。プラハのドイツ人亡命者をドイツに引き渡すというぞっとするようなニュースに関連して。協議、アインシュタインと電話、リースの介添えを受けて（地方に出ている）[3]トムプスン女史、（同じく）亡命者保護委員会会長と電話。ついで電報、とくにハル宛ての電報。侵攻軍の撤収にほっとする。Kと、やっと夕方になって少し外気に触れる。クロプシュトック博士、リースとその坊や、メーディとクラウスをまじえて夕食。そのあとクロプシュトックに気管支を診察してもらう。サロンで。クロプシュトックの出立後リースと文学について歓談。ケベクからビービ到着。――大量の郵便。ヨーロッパの事態経過に混乱、放心、気鬱、嫌悪を覚え、アメリカを心配して、疲労。グムペルトの手紙。

（1）　フェルディナント・ブルクナー。
（2）　日記原文で〔　〕部分は欠落。
（3）　おそらく歴史家で政治学者ジェイムズ・G・マクドナルドのことであろう。一九三八年五月九日付日記の注（3）、参照。

プリンストン、三八年十月九日　日曜日

八時起床。晴天の、ひんやりした天候。熟睡、神経は回復。朝方、並木道を散歩。ミルクコーヒーのあと『序文』の仕事。正午Kと車で出てプリースト教授[1]を訪問。ついで湖畔を散歩。リースと非常におどけた、アメリカ訛のお喋りをする坊やをまじえて六人でランチ。午後少し午睡。お茶のあと、山と積まれて整理を待っている手紙は放っておいて、リース、クラウス、重いものをひきずって運んでくれる坊やと一緒に、本を箱から出して分類する。まだいつ終わるとも知れない、並べる余地があるかどうか、疑問だ。空の澄んでいる夕方なお少し散歩。黒人たちは休暇。ありあわせの夕食。手紙を投函出来るように仕上げる。

（1）　ジョージ・マディスン・プリースト（一八七三―一九四七）、プリンストン大学ドイツ語ドイツ文学教授。訳業にゲーテ『ファウスト』第一部、第二部英訳（一九三二年）がある。

プリンストン、三八年十月十日　月曜日

八時起床。非常に心地好い天候。朝方、並木道を散歩。朝食後、政治的『序文』を書き進める。Kとプリンストン・インに出向いてフレクスナー夫妻の席のランチに出席、レイディ・アソル[1]、他一連の客と同席。引き続きチェコスロヴァキアとスペインについてアソル女史の講演。家で休息。お茶のあと肖像画家ウルフ[2]のためにモデルになりながらインタヴューを受ける。午後一杯と晩、クラウス、ビービとビービの友人二人

で本の片付け、この二人は夕食に加わる。サロンに戸棚二棹を据える。私の図書室に本を所狭しと並べる。乱雑、混乱、機械的な気配り、疲労。溜まった郵便物。

（1） キャサリン・マージョリ・オヴ・アソル伯爵夫人（一八七四―一九六〇年死去）はスコットランド上級貴族の出身、一九二三年から三八年まで下院議員、三十年代イギリス政治、とりわけ教育制度の分野で傑出した闘争的役割を演じ、多数の改革委員会、公共団体のメンバーだった。集会で熱弁を振るうアソル伯夫人はチェムバレンの「宥和」政策の激しい反対者であり、スペイン共和国の積極的な擁護者であり、その著作の主なものに『スペインへの探照燈』（一九三八年）、『ワルシャワの悲劇』（一九四五年）、ならびにアーサ・ケストラーの『スペインの遺書』への序文（一九三七年）などがある。

（2） サミュエル・ジョンスン・ウルフ（一八八〇―一九四八）、アメリカのデッサン、肖像画家。その著名人の肖像デッサンは多くの新聞や雑誌を飾った。

プリンストン、三八年十月十一日　火曜日

八時起床。快晴の夏めいた秋の一日。終〔日〕気分良く、明るく力溢れる思い。ヨーロッパでは何もかも最悪の道を歩んでいるにもかかわらず、私は打撃から回復した。――朝方並木道を散歩。朝食後正午頃まで『序文』を書き進める。このところ毎朝、クロプシュトック博士の同意を得て、また葉巻「オプティーモ」を吸っている。――正午、Kとドライヴ。ランチのあと庭に面した部屋で、若いコプロヴィッツ[1]を加えてコーヒー。そのあと家具職人と一緒に絵を掛け、ルートヴィヒ・フォン・ホフマン[2]はサロン、レーンバハ[3]は図書室、エーリカ[4]は玄関ホール、等々というふうに収まる。――休息。クラウス、コプロヴィッツが引き続いて本の片付け、おおむね方が付く。屋内は大幅に整頓される。これは嬉しい。――お茶のあとKを相手に手紙を書く仕事に掛かるが、Kは過労。コナー女史に頼むものの選び抜き。――夕食にミセス・ロウ。そのあとミセス・ロウと図書室で。『ファウスト』講義の朗読。

（1） オスカル・コプロヴィッツ（一九一一―一九九四）、著作家でゲルマニスト、著作を始めてからはオスカル・ザイドリンと名乗り、知名度の高まったこの名前を合衆国入国後正規の名前とした。クラウス・マンの青春時代からの友人

で、トーマス・マンは元の名前の時代から知っていた。（一九三七年九月八日付日記の注（3）参照。）三三年スイス、三八年合衆国に亡命、四六年オハイオ州コランバス大学ドイツ文学教授、今日ではブルーミントンのインディアナ大学で教えている（〔訳注〕この原注は一九八〇年以前に書かれている。）ザイドリンの刊行物の中には、若干のトーマス・マンに関する論文がある。

（2）　トーマス・マンが一九一四年春に取得した、ユーゲントシュティールの画家ルートヴィヒ・フォン・ホーフマン Hofmann（一八六一―一九四五）の作品『泉』。これはミュンヒェンの家では玄関の間の暖炉の上に掛かっていた。三三年チューリヒへ無事持ち出されてからはトーマス・マンの書斎に掛けられ、今日ではチューリヒ工科大学付属トーマス・マン文書館に所蔵されている。〔訳注〕ホーフマン Hofmann が日記本文では Hoffmann ホフマンと記されている。

（3）　フランツ・フォン・レーンバハ（一八三六―一九〇四）によるカトヤ・マン夫人の少女時代の肖像画は今日チューリヒ近郊キルヒベルクのマン邸に飾られている。

（4）　パウル・ツィトロエンによるエーリカ・マンの肖像コンテ・デッサン、これは大きくて非常に良く似ており印象的な作品で、一九三五年春エーリカ・マンが「胡椒挽き」を率いてアムステルダムに客演した時に描かせて、これを父親の六十歳誕生日のプレゼントにした。この絵は今日チューリヒ工科大学付属トーマス・マン文書館に飾られている。

（プリンストン、三八年十月十二日　水曜日

非常に蒸し暑い、じっとりした靄のかかった一日。朝方、野外に。朝食後、仕事。ひげ剃りのあと、Kと散歩、ストックトン・ストリート先の公園、ヴァイル教授[1]と出合い、その屋敷に寄る。――ランチのあと庭に面した部屋でコーヒーを飲みながらコナー女史と。手紙を何通も渡して説明を加える。午後クロプシュトック博士、夕食までいる。吸入器。――オリエンタル関係蒐集品の整理。エルマン＝ランケ[2]が見当たらない、理解に苦しむ。――英語、ドイツ語の自筆の通信。――ミセス・マイアーおよびグムペルトと電話。――リースを介してビュイック車を九〇〇ドルで提供するという。

（1）　ドイツ出身の数学者ヘルマン・ヴァイル Weyl（一八八五―一九五五）、一九三〇年から三三年ゲティンゲン大学教授、三三年以降プリンストン高等学術研究所数学教授。住居はマーサ・ストリートにあり、トーマス・マンの家の近所だった。〔訳注〕ヴァイルは日記手稿では Weil と表記されている。

（2） エジプト学者アードルフ・エルマン Erman（一八五四―一九三七）は、ベルリンのエジプト美術館館長、現代的エジプト語研究の草分け。その（トーマス・マンが『ヨゼフ』小説に大いに利用した）主著『古代エジプトとエジプト人の生活』は一八八六年刊、H・ランケによる改訂版は一九二三年刊。〔訳注〕日記本文ではエルマン Erman が Ermann と表記されている。

プリンストン、三八年十月十三日　木曜日

八時起床。涼しい秋の朝、やがて太陽、気温が上がる。柔らかな大気、性神経への作用。――並木道を歩く。朝食後、仕事、『序文』を書き進める。正午、Kと高級住宅地区を散歩。多彩な色調の絢爛たる〔?〕。雅趣に富んだ家々。食後、新聞各紙と手紙。自分の主宰するキリスト教社会主義団体で話をして欲しいとのティリヒの要請。スイスの新聞は「平和」に関しては非常に懐疑的。プラハの新聞は苦しいながらなお信念と戦意を堅持している。――お茶に、ヴィーンからのブロッホ、窶れ切った印象。――Kを相手に手紙。夕食前に並木道を少し歩く。夕食後、音楽、ポリアコフ=ハイフィツ[1]のヴァイオリン協奏曲。興味ある曲。長く利用していなかったエレクトーラ電蓄を楽しむ。――リーマーを読む。

（1） ロシア出身のヴァイオリンの巨匠ヤシャ・ハイフェッツ Heifetz（一九〇一―一九八七）は一九一七年以来合衆国に住み、数人の作曲家からヴァイオリン協奏曲を捧げられている当代屈指のヴァイオリニストの一人。ハイフェッツは照会に対してポリアコフという名前の作曲家も音楽家も思い出せなかった。おそらくトーマス・マンはプロコフィエフのつもりだったのだろう。ハイフェッツの演奏するプロコフィエフのヴァイオリン協奏曲第二番なら、トーマス・マンの所蔵していたヴィクター・レコード・アルバムに収められている。〔訳注〕トーマス・マンはハイフェッツをいつもハイフィツ Heifitz と誤記している。

プリンストン、三八年十月十四日　金曜日

八時過ぎ起床。霧がやがて晴れ上がって、非常に穏やかで高い湿度。朝食後『序文』を書き進める（『瞬間の高み』)。正午、Kとドライヴに出て、行った先で散歩。華麗な色彩。ランチのあと音楽。仕上げた手紙を抱えてコナー女史、仕上がりはあまり感心しないし、報酬も高い。用済みだ。――スイスとプラハの諸新聞。――お茶に二人のプリンストンのご婦人、遅れて著述家ハルテルンがその出版社員(ならびにカメラマン)と、また「ハーパー・マガジン」のミスター・デイヴイス。――何通もの手紙を投函出来るようにまとめ、自筆の通信も。「ミュンヒェン」についてのブジスラフスキの優れた論説[1]。同じ問題を扱ったさらに数篇の論説。

(1) ヘルマン・ブジスラフスキ「ミュンヒェンとそのもたらした諸結果」「ディ・ノイエ・ヴェルトビューネ」一九三八年十月六日号、所収。

十月十五日　土曜日　から　十月十七日　月曜日まで、マウント・キスコウのマイアー邸。往路ニューヨークでビュイック車を購入。月曜日、ニューヨークで買い物、ベドフォドでグムペルト、リース、クロプシュトックとランチのあと、午後帰着。家には大量の郵便。来客。夕食を挟んで前後にフランク宛てに長い手紙[1]。『序文』の末尾をどうするかは、マウント・キスコウで考えてある。――プラハの新聞諸紙と「ターゲ＝ブーフ」二号分。

(1) ブルーノ・フランク宛て、一九三八年十月十七日付、プリンストンから、『書簡目録II』三八／一九九。

三八年十月十八日　火曜日

七時半起床、ひげを剃り、入浴。褐色の葉の落ちる、快晴、温暖な秋の気候が日一日と続いている。きのうは夏のような暖かさで、きょうは幾分涼しい。――お茶を飲み、午前中に『瞬間の高み』を書き上げる[1]。――正午、Kと二、三訪問(セイアー教授)。食後、コーヒーにロックフェラー研究所長[2]。その任務について。お茶のあとKを相手に手紙。一人で残りを進める。暗くなった中を外に出、道に迷う。――ある組織団体のために『来たるべき勝利』[3]の五〇葉にサイン。ベルマン・シリーズの論文、ヴェルフェルとホイジンガ。

前者は不快、陳腐と化したヨゼフ、詩だけ書いていれば良かったのだ。――昨夜三時に起きてしまい、もう寝付かれなかった。バルコニーへのドアと窓が開いていた。星空の下降り積もる葉が雨のように音を立てていた。なおエヴィパン半錠をのみ、それから数時間デッキチェアで明かりを点けたまま眠った。元気は回復。――モスクワの「ヴォルト」誌、トルストイの日記の一部と芸術についての書簡。――眠る前いつものように『戦争と平和』。

(1) ハーヴィ・ヒューイト＝セイアー(一八七三―一九六〇)、一九〇五年から四三年の定年までプリンストン大学近代語教授、十九世紀ドイツ文学アンソロジー(一九三二年)の編纂者、プリンストン、チェインバズ・ストリート三二に住んでいた。

(2) ジョン・D・ロックフェラーが一九〇一年にニューヨークに寄付設立した「ロックフェラー医学研究所」の一九三五年から五三年の所長ハーバト・S・ガサー博士。この研究所は今日「ロックフェラー大学」の名で、ニューヨーク州立大学の一部である。

(3) 一九三七年からベルマン＝フィッシャー書店から刊行されている論文叢書「展望」。この叢書中一九三八年にヨーハン・ホイジンガ『人間と文化』、フランツ・ヴェルフェル『人間の至純の至福』。

プリンストン、三八年十月十九日　水曜日

あらためて『ロッテ』と取り組む。リオンとカーラー[1]に詳細な自筆の手紙。食後「ニューヨーク・タイムズ」の女性インタヴュアーをガラス張りヴェランダで応接。お茶にガウス学部長夫妻来訪。晩、感激を覚えながら『神々の黄昏』を聴く。ホイジンガの『人間と文化』を読む。優れた論説で筋が通っている。――ビービ、病気。当地の医者。黄疸か食中毒。

(1) エーリヒ・フォン・カーラー宛て、プリンストンから、一九三八年十月十九日付、『書簡集II』五七―五九ページ、所収。

プリンストン、三八年十月二十日　木曜日

第七章のための予備作業。午後、ベルマン＝ヘルリーゲル博士[1]とミセス・ブランデス来訪。「アメリカの会」の問題。そのあと学生たち相手の記者会見、中に非常に可愛らしい顔の女子学生。——論文を送って寄越したブロック博士宛に手紙。——到着したエーリカ[2]が、ニューヨークから電話。プラハ情勢。ゴーロはチューリヒでオープレヒト邸に。申し訳ない。——Kがビービの看護にあたる。医者の言葉に安心する。——スイスの新聞を大分読む。——新調の服が届く。サンフランシスコの老ベンダー[3]から豪華本のプレゼント。

(1)　オーストリアの旅行記作家リヒァルト・A・ベルマン（一八八三—一九三九）は、アルノルト・ヘルリーゲルの名前で二十年代に「ベルリーナー・ターゲブラット」に寄せた旅行記録や『原始林の舟』のような旅行記によって非常に有名になった。一九三八年ヴィーンから合衆国に亡命し、親交のあったレーヴェンシュタイン公爵の「アメリカの会」活動を支えた。

(2)　英国旅券を所持していたエーリカ・マンは、特派員の仕事でズデーテン地方やプラハに滞在していたのだ。

(3)　サンフランシスコ在住の老齢のトーマス・マン崇拝者アルベルト・ベンダーで、時々高価な書籍のプレゼントを送ってきていた。

プリンストン、三八年十月二十一日　金曜日

気温は下がって、晴天。クロプシュトックと当地の医師の往診を受けて、ビービはやや軽快。苦痛を伴う黄疸。——午後一杯『ロッテ』のための覚書。昼の間ずっとこの章の形式をどうするか考え続け、試し書きをするが、ことによると登場人物一人の独白になるかもしれない。——食事にラーデンブルク教授。メーディがニューヨークに出ているので、〔私たちの他は〕教授だけ。——大量の手紙を口述、その中に、プラハの不幸な人々の件でのハル宛ての手紙[1]。それから古くなった手紙を破り裂いて気掛かりから解放される。——ボルジェーゼが「ライフ」に掲載されたムッソリーニについての論文[2]を送って寄越す。——大分リーマーを読む。――食欲不振。

(1) 国務長官コーデル・ハル宛て、プリンストンから、一九三八年十月二十五日付、『書簡集II』六〇―六一ページ、所収。

(2) G・A・ボルジェーゼ「ベニート・ムッソリーニの盛衰」、「ライフ」第五巻、第一四号、一九三八年所収。

プリンストン、三八年十月二十二日　土曜日

第七章のための予備作業、形式の実験、訝しくもあり、目標には程遠い。――Kと一時間散歩。食後しばらくして図書室でアインシュタインとカイザー博士(1)の訪問を迎え、カイザー博士からは『ヨゼフ』についての論文(2)を受け取る。お茶にクロプシュトック博士。ビービは快方に向かい、食事を取る。新しい女性秘書の手になる英訳の手紙。メーディが自分のビュイックに兄姉のたくさんの荷物を載せて運んでくる。ついでエーリカとクラウスが到着。私の部屋で歓談、政治。エーリカはこの家を褒めちぎる。私の食欲不振と体調不良に関してクロプシュトックの助言。晩の客に若いシュパイアー(3)。七人で夕食。そのあと私の部屋で、『瞬間の絶頂』を朗読、強い印象を与える。エーリカ、小冊子として広く頒布することに賛成。討論。クロプシュトックとシュパイアー、辞去。引き続いてサロンでウィスキー・ソーダを飲みながら歓談。極めて面白いヨーロッパ報告、亡命の声価と影響が高まりを見せているという。

(1) ルードルフ・カイザーの亡くなった最初の夫人は、アルベルト・アインシュタインの娘の一人だった。

(2) ルードルフ・カイザー「トーマス・マンのヨゼフ小説について」、「ジャーマン・クォータリ」ウィスコンシン州アプルトン、一九三九年三月号、所収。

(3) ゲラルト（ゲリ）・シュパイアー、マン家と親交のあった著作家ヴィルヘルム・シュパイアーの甥。

プリンストン、三八年十月二十三日　日曜日

第七章をめぐってあれこれ苦心を重ねる。ランツホ

フとその若い女友達[1]が食事、お茶、夕食に加わる。『序文』で興奮する、これを四ヶ国語版パンフレットの形で流布するという。もともとの狙いから分ける[2]ためにエーリカの助けを借りて表現に変更を加える。原稿をベルマン宛てに送り、同人に手紙[3]。極度に疲労。——メーディにライヴァルの訪問などと言うべきではなかった、言われたメーディが気の毒だ。——食後エーリカの提案で、Kがミュンヒェンの両親に電話を掛けてそのダイヤモンド婚に祝辞。両親は夕食を終えて集まった縁戚とブラック・コーヒーを飲んでいるところだった。半日の差を越えての通話。

(1)　オランダの女優サラ・カタリーナ（「リーニ」）・オテ、一九一七年生まれ、のちにフリッツ・ランツホフの夫人。ランツホフは一九三五年にオランダでリーニと知り合ったが、四〇年たまたまイギリスに滞在中にドイツ軍のオランダ侵攻があり、リーナと離ればなれになった。四六年ランツホフはリーナをオランダから合衆国へ連れて行き、二人にとっての友人ベルマン・フィッシャーの家で結婚した。

(2)　〔訳注〕トーマス・マンはミュンヒェン会談とその帰結に触発されて、当時発刊準備中の政治随想集『ヨーロッパに告ぐ』に『序文』を添えることにした。この意図はベルマン・フィッシャーには伝えてあったが、発刊準備が進められているこの時点でなお収録可能かどうか、ベルマン・フィッシャーからの連絡が来ていなかった。結局この『序文』は『瞬間の絶頂』として『ヨーロッパに告ぐ』に収められた。ここではその『序文』を随想集とは切り離して刊行する計画も提案され、実現することになった。それが『この平和』だった。

(3)　ゴットフリート・ベルマン・フィッシャー宛て、プリンストンから、一九三八年十月二十三日、『往復書簡集』一八八—一八九ページ、そこでは日付が「おそらく一九三八年十月十八日」となっている。

プリンストン、三八年十月二十四日　月曜日

雨、非常に暗い。クノップ用の『この平和』の原稿を仕上げる。第七章と取り組み、四十五分散歩。午後、延々と手紙の口述。晩、ヴェルディの『レクイエム』。——いたわるようにメーディと話を交わす。——プラハの惨状についてのエーリカの物語り、それはある信念の崩壊と言えるが、実は信念の殺害なのだ。ドイツ系住民が過半数を占めるある小都市から虐待され追放されたチェコ人夫婦。すべてが永遠に無責任な非行。

――「プラハ新聞」に掲載されているチェコ知識人の教養ある世界へのアピールを読む、検閲による空白があるものの感動的。――ヘレーナについて、またボアスレー(1)との対話について大分読む――

(1) ゲーテ『ズルピーツ・ボアスレーとの往復書簡』シュトゥトガルト、一八六二年。

プリンストン、三八年十月二十五日　火曜日

晴天、非常に爽やか。第七章(1)のための研究――冒険への接近。正午Kと新しい車でドライヴに出、散歩する。――クラウスはニューヨークにいる。――郵便でウルフとのインタヴュー(2)と平和についての私の発言に対するたくさんの同意を表明する手紙、これはパンフレットが受け入れられる可能性を示している。――『来たるべき勝利』の発行部数は二二、〇〇〇部以上。――午睡。お茶に、ラーゲルレーヴ女史(3)の八十歳誕生日を祝おうとしているあるスウェーデンの協会のアメリカ人メンバー。――アネッテ・コルプとヘルツ女史(4)宛てに自筆の手紙。夕食後、音楽と少量のウィスキー・ソーダ。エーリカと話し合う。エーリカはあすグムペルトと話をすることになっているが、グムペルトは自暴自棄になると想像されるので、エーリカの身が気掛かり。――シュヴァルツシルトの雑誌を読む、矛盾を含んでいる。ニコルスン(5)の演説は非常に良い。

(1) 第七章は、ゲーテの朝の独白で始まっている。
(2) このインタヴュー記事は発見されていない。
(3) スウェーデンの女流詩人セルマ・ラーゲルレーヴ（一八五八―一九四〇）は、トーマス・マンが非常に評価していたし、ストックホルムでのノーベル賞祝宴以来、個人的にも知っていた。『大いなる楽しみ』（一九二四年）『全集』第十巻六三九―六四三ページ、『セルマ・ラーゲルレーヴの七十五歳の誕生日に寄せて』（一九三三年）『全集』第十三巻八三三ページ、参照。
(4) イーダ・ヘルツ宛て、プリンストンから、一九三八年十月二十五日付、『書簡集II』五九―六〇ページ、所収。
(5) イギリスの外交官、政治家、作家、評論家サー・ハロルド・ニコルスン（一八八六―一九六八）、一九二七年から二九年までベルリンのイギリス大使館参事官、しばらく代理公使をつとめたこともあり、ドイツ通、ファシズム独裁者たちの断固たる敵対者、三五年から四五年まで国民労働党（〔訳注〕一九三一年労働党を除名されたマクドナルド

派の議員がつくった政党で、事実上保守党の一翼を担った。）の議員として下院に属し、任期中しばしば豊富な専門知識をもって外交問題について発言した。ハロルド・ニコルスン『日記と書簡』第一巻、一九三〇年―一九四二年、フランクフルト・アム・マイン、一九六九年、参照。

プリンストン、三八年十月二十六日　水曜日

第七章への準備。ドライヴに出る。食事にブルナー教授(1)と夫人。庭でコーヒー。大量の手紙の口述と投函用にまとめ。ゴーロが十一月初旬に出発との知らせ。ビービは大分快方に向かう。ニューヨークのエーリカから電話、グムペルトがピストルで命を絶つと脅したので、エーリカは――。ベルマンが手紙(2)を寄越して、スウェーデン当局の圧力で『兄弟』を出版するわけにはいかない、という。当然『序文』にいたってはますます駄目だ。ランツホフと電話。奥付ロングマンズ・グリーン。ベルマン宛てに電報(3)。――大いにゲーテ研究。

（1）　おそらくトーマス・マンの聞き違いか書き違い。これはスウェーデン出身の考古学者でギリシア学者オスカル・テオドレ・ブロネエル（一八九四年生まれ）の事であろう。ブロネエルは一九一三年合衆国に来て二、三のアメリカの大学、研究所で教え、三八年から三九年にはプリンストンの高等学術研究所で活動した。

（2）　トーマス・マン宛て、ストックホルムから、一九三八年十月十四日付、『往復書簡集』一八七―一八八ページ、所収。

（3）　ゴットフリート・ベルマン・フィッシャー宛て、一九三八年十月二十七日付、『往復書簡集』一八九ページ、所収。

プリンストン、三八年十月二十七日　木曜日

第七章への準備。マサージとオイル・シャムプー付きの散髪へ。紙巻たばこを買う。ベルマンから同意の電報(1)、ランツホフと連絡。お茶に知らないご婦人、ついで二人の生徒を伴ってプリースト。自筆の通信。『ゲーテと東方』(2)。――好天、晩に小雨。――サンフランシスコから老ベンダーのプレゼントが届く、Kに

は中国の首飾り、私には美しい金襴のテーブル・クロスで、これは今私の喫煙ランプ・テーブルを飾っている。――ビービは少しベッドから離れる。――ベンダーに礼状。――

（1）トーマス・マン宛て、ストックホルムから、一九三八年十月二十八日付、『往復書簡集』一九〇ページ、所収。
（2）一九三八年七月二十六日付日記の注（1）参照。

プリンストン、三八年十月二十八日　金曜日

雨模様、暖かく、暗い。集めてきたものを取りまとめ、十一時半、第七章の数行を書き始める。――重苦しく鬱陶しい一日、疲労し気分はひどく落ち込み、苦しい。――Kは午前中ニューヨークに出て、遅いランチに戻ってくる。郵便の山。食後、文書館用に学者や作家の映画(1)を製作する人物。お茶にマクシミーリアーン・ベック教授(2)と夫人。『この平和』の校正刷、ただちに着手。夕食にニューヨークからコリン。その「家族」ラジオ計画のばかばかしさ。――校正刷を見終えて、発送出来るようにする。

（1）ムーヴィング・ピクチャーズMoving Picturesとあるが、正しくはモーション・ピクチャーズMotion Pictures。
（2）マクシミーリアーン・ベック（一八八七年生まれ）、一九三三年まではベルリンの雑誌「哲学冊子」の編集責任者、三三年プラハ、三八年スイス、のちに合衆国に亡命した。その著書『哲学と政治』は、三八年チューリヒ、ヨーロッパ書店から刊行された。マクシミーリアーン・ベク宛て、プリンストンから、一九三九年二月一日付、『書簡目録II』三九／七三、参照。

プリンストン、三八年十月三十日　日曜日

きのう仕事をしたあと、正午頃カロライン・ニュウトン、ミスター・ウェストコット(1)と自動車でフィラデルフィア近郊のニュウトン家の山荘に週末を過ごしに行く。家族内でランチ、晩はディナー・パーティ。きょうは朝食後〔カロラインの〕兄弟の屋敷を訪問、こ

の建築家のところでランチ。お茶のあと暗くなった中を戻り、ここでエーリカ、クラウス、ビービ、メーデイに迎えられる。夕食。ゴーロは非常に困難で憂慮すべき状況。エーリカが〔チェコ〕危機の背景についての「ケン」[2]誌の、真相を次々に明かしてくれる記事を教えてくれる。——上等の紙巻たばこ、印刷した便箋。

（1）アメリカの作家グレンウェイ・ウェストコット（一九〇一—一九八七）、カロライン・ニュウトンやクラウス・マンと親しく、その長篇小説『祖母たち』（一九二七年）（ドイツ語訳『タワー家の人々』）やギリシアを舞台とする反ナチ小説『アテネのアパート』（一九四五年）によって知名度を高めた。ウェストコットはクラウス・マンの雑誌「デシジョン」の協力者だった。

（2）シカゴで刊行されていた政治半月刊誌「ケン」（視野、地平線）、これは一九三八年四月から三九年八月まで存続した。

プリンストン、三八年十月三十一日　月曜日

好天、ひやりとする天候。第七章を数行。Kと散歩。『序文』の校正についてランツホフと電話。お茶にハルト[1]の件でプリースト教授。ゴーロの件でパリのチェコ公使宛てに電報。口述、数多くの手紙の仕上げ、自筆の礼状。ラジオ祝辞のことでは自説を曲げないコリンと電話、苛立つ。——夕食後、音楽[2]。それからニーチェについてのハインリヒの原稿を感動しながら読む。

（1）おそらく朗読家ルートヴィヒ・ハルトのことと思われる。一九三七年一月十一日付日記の注（5）参照。

（2）ハインリヒ・マン「ニーチェ」。この随想は、「尺度と価値」一九三九年一月／二月号、第三冊に発表されたもので、ハインリヒ・マンが選んで注解を付した『ニーチェの生きた思想』への序論的随想の部分的先行発表である。『ニーチェの生きた思想』は、トーマス・マンの『ショーペンハウアー』と同じシリーズで一九三九年ニューヨークのロングマンズ・グリーン社から刊行された。フランス語版もジャン・アンジェロス訳で一九三九年パリ、コレア書店から刊行された。

プリンストン、三八年十一月一日 火曜日

非常に気持ち良く、日当たりの良い一日。第七章を改めて書き始める。正午、『ショーペンハウアー』と『平和』の件でロウ女史のところに立ち寄る。そのあと湖畔を散歩。食後精神病の「救世主」が来訪、自分自身を無害と称している憎めない男で、警官がついてきていたが、この警官があとで教えてくれたところでは、男は刑務所(1)にいて、あすは（どこかの施設に引き渡されずに）この州から追放されるという。テラスでコーヒー。午後、このところよくやることだが、少し眠る。Kは儀礼的な訪問。お茶のあとKを相手にたくさんの手紙、亡命者救援のための手紙も数通。自分でも書く。少し散歩し、大気を吸い込む。――ワーサム(2)の原稿『狂気の影』（ゴルトシュタインの推薦）。モスクワのヨハネス・R・ベッヒャーが新しい詩集(3)を送って寄越す。アルチェーニョに住む画家ヘニンガー(4)の詩集。――夕食後、ブラームスとヴァーグナーを演奏。ランツホフとハインリヒの『ニーチェ』の件で電話。

(1) 日記にはGaleとあるが、正しくはJail。

(2) ドイツ出身のアメリカの精神病医、神経科医フレドリク・ワーサム（一八九五年生まれ）、一九二一年以来アメリカの病院や研究所に勤務した。その原稿『狂気の影』というのはおそらく、一九四一年に『暗い伝説。殺人の研究』の表題で刊行された論文のことであろう。

(3) トーマス・マンのヨハネス・R・ベッヒャー宛て、一九三八年十一月十五日付返書（『書簡目録II』三八／二九八）からうかがわれるが、ベッヒャーはどうやら『世界発見者。一九一二―一九三七年 詩選集』モスクワ、と『幸福を探し求める者と七つの重荷。気高い歌』モスクワ、一九三八年、の二冊を送ったらしい。

(4) ドイツの画家で詩人のマンフレート・ヘニンガー（一八九四年生まれ）は一九三三年亡命、三六年以来テシーン州アルチェーニォに住んでいた。その『詩集』とは、『歌曲選』タイプ印刷、一九三八年、のことである。

プリンストン、三八年十一月二日 水曜日

当地での性生活の不思議な高まり、気象条件によるのか。――引き続き晴天。コーヒーを飲む。第七章を書き進める。グムペルトとヴィラード、来訪。二人を伴ってドライヴ。一緒にランチ。そのあとテラスで。

グムペルトが、校正刷の届いた『この平和』と『兄弟』を朗読、後者は「フォーラム」[1]に載るもの。お茶に亡命者関連の問題でミスター・リチー。(原稿の寄贈)。そのあと自筆の(英語の)通信。ランツホフ宛てにも(ゲーテの手紙からのモットー)[2]。――エーリカとクラウス、ニューヨークへ。晩、「尺度と価値」第八冊[3]を読む。

(1) 一八八六年から一九五〇年まで続いたアメリカの月刊誌『ザ・フォーラム』。
(2) ランツホフ宛てのここに触れられている手紙は残っていない、したがってこのモットーの文言がどんなものだったか、今はもはや確認出来ない。おそらくそれは、ヨハネス・R・ベッヒャー宛て、一九三八年十一月十五日付の手紙(『書簡目録II』三八/二九八)の中で引用されているゲーテの文章「精神は生命の生命である」であったろう。この新しいモットーは、もともと選ばれていたヘルダーの文章によるモットーの代わりにするつもりだったらしいが、ストックホルムに届いた時には、この本(『ヨーロッパに告ぐ』)の最初の全紙は印刷が上がっていた。トーマス・マン宛て、一九三八年十一月十日付ゴットフリート・ベルマン・フィッシャーの手紙、『往復書簡集』一九〇―一九一ページ、所収、参照。
(3) 第八冊(第二巻第二冊)とは、「尺度と価値」一九三八年十一月/十二月号のことである。

プリンストン、三八年十一月三日　木曜日

薄い霧。卵は食べずにコーヒー。九日の昼食会スピーチに苦心[1]する。気分勝れず。正午Kと町なか。市民権申請書用の写真を取ってもらうために写真師を訪ねる。ドッズ学長邸を表敬訪問、学長の応対を受けた。ついで、当地に到着したクノップ夫妻をナサウ・タヴェルネに迎えに行く。二人を加えてランチ、そしてそのあとサロンで。あとで午睡。お茶のあと言葉の自由についてのテーブル・スピーチをほぼ最後あたりまで口述。手紙のまとめと自筆の通信。きのうニューヨークに母親と夫人[2]と着いたカーラーからの知らせ。――

(1) 合衆国への永住(帰化)のために提出さるべき最初の書類。
(2) アントアネッテ・フォン・カーラー、旧姓シュヴァルツ(一八六二―一九五一)は詩人リヒアルト・ベーア=ホーフマンの従姉妹で、エーリヒ・フォン・カーラーの母親。ヨゼフィーネ(フィーネ)・フォン・カーラー、旧姓ゾボトカ（一八八九―一九五九）はエーリヒ・フォン・カーラーの最初の夫人。

プリンストン、三八年十一月四日　金曜日

霧、晴天、穏やか。テーブル・スピーチを書き上げる、そして当然一人で書いたものが唯一良いものなのだ。Kと少し散策。Kと下の子供たちとランチ。メーディが、ニューヨークでエーリカのために開かれたカクテル・パーティについて。――アメリカや、チューリヒ、パリからのをまじえて、ひどく厄介な郵便の山。パリの「ディ・ツークンフト」(1)紙のために論説を書く必要。（英語版とドイツ語版）。ムージルの手紙、ツカーカンデルの代弁をしているヴァルターの手紙、ポルスター(2)、書籍商フィンクラー(3)、その他SOSを発している十人の人々の手紙……加えてひっきりなしに招待だの要請などがあって、頭は奔命に疲れる。――ニューヨークのロブコヴィッツ(4)から見事な『ファウスト』講演の浄書。――負担過剰を訴えるKが気掛かり。――お茶のあと口述したが、あまり片付いたことにならない。ディナーにクノップ夫妻。そのあと音楽と歓談。

（1）「ディ・ツークンフト〔未来〕」は、ドイツ語週刊新聞、発行人ヴィリ・ミュンツェンベルク、編集長アーサ・ケストラー（一九三八年末まで）、一九三八年十月から四〇年五月までパリで刊行された。エーリカ、クラウス、ハインリヒ、トーマス・マンはこれに協力した。トーマス・マンはこれに総計七篇寄稿している。

（2）ポルスターPolsterとあるが、オーストリアの作家、翻訳家ヴィクトル・ポルツァーPolzer（一八九二年生まれ）のこと。ポルツァーは、一九三八年ニューヨークへ亡命した。

（3）フィンクラーFinklerとあるのは、オーストリアの書籍商、著作家、評論家マルティーン・フリンカーFlinker（一八九五―一九八六）のこと。一九二八年に創設されたヴィーンの「文芸書店マルティーン・フリンカー」は一九三八年国民社会主義政権によって処分され、フリンカーはスイスを経由してフランスに亡命した。四七年パリ、ケ・デゾルフェーヴルに新しい書店を開業、非常に評判の書店になったが、それに加えてドイツ語やフランス語の雑誌にトーマス・マンに関するものも含めて多くの文芸批評的エッセイを発表した。四八年フリンカーは、トーマス・マンの『ドイツの聴取者諸君！』をピエル・ジャントのフランス語訳で『ドイツ人へのアピール』と題して出版した。トーマス・マンの生誕八十年に際しては『フランスからトー

マス・マンに捧げるオマージュ』を刊行、五九年には『今日的観点から見たトーマス・マンの政治的見解』を刊行した。

（4）ロブコヴィッツ Lobkowitz とあるのは、オスカル・コプロヴィッツ Koplowitz（のちにザイドリン）のことで、当時ニューヨークで物質的窮乏の生活を送っており、トーマス・マンのために、『ファウスト』講義も含めて幾つかの浄書の仕事をした。一九三八年十月十一日付日記の注（1）参照。

プリンストン、三八年十一月五日　土曜日

午前中、「ツークンフト」誌のための論説。正午、ジョンとビュイックで、カーラーを迎えにプリンストン乗り換え駅へ。二時頃、Kとメーディもニューヨークからランチに戻る。カーラーと四時まで。エーリカ帰宅。エーリカと論説の問題について。電報。六時、ボルジェーゼ教授、サロンで話し合い。その「ヨーロッパ委員会」という組織の計画。ボルジェーゼ、カーラーをまじえてディナー。ファシズムと人類の黄昏について討論、誇張の感。その他の客が現れるが、ボルジェーゼの友人。最後に郵便を開封。テーブル・スピーチの翻訳、出来が悪い。――夜の読み物、プロコシュの『アジア』(1)、才能が認められる。

（1）若いアメリカの作家フレドリク・プロコシュ（一九〇九年生まれ）の幻想的旅行小説『アジア人』は、一九三五年ニューヨークのハーパー・アンド・ブラザーズ書店から、三六年には、エリーザベト・ゼーガー（ペーター・ド・メンデルスゾーンの変名）の訳でヴィーンのロルフ・パサー書店から刊行された。プロコシュは、オーストリア出身の著名な学者エードゥアルト・プロコシュ（一八七六―一九三八）の息子。プロコシュ教授はイェール大学、引き続いてニューヨーク大学のドイツ語ドイツ文学の教授、トーマス・マンの知友だったが、三八年八月十一日自動車事故で死去した。

プリンストン、三八年十一月六日　日曜日

非常に柔らかな、じっとりと蒸し暑い大気。雨。コーヒーを飲む。「ツークンフト」用の論説を書き上げ

る。ついでロブコヴィツ宛て、そしてその『ニーチェ』についてハインリヒ宛て[1]手紙。雨。ほとんど家から出ない。食事にリース博士。食欲が乏しい。コーヒーのあとエーリカとテーブル・スピーチの訳文を練り直す。お茶のあと多数の手紙の口述。ワシントンのメサースミス宛て[2]にゴーロについて緊急の手紙。エーリカを相手にKと私の負担過剰について、秘書の問題について相談。リースを加えて夕食。ラジオであまったるいコンサート。プラハ、パリ、チューリヒの諸新聞。第三帝国の西方への方向転換の予告、軍備強化の障害。[3]

（1）この手紙は残っていない、しかしハインリヒ・マンの一九三八年十一月二十二日付返書は『往復書簡集』一七三―一七四ページ、所収。

（2）アメリカ外交官ジョージ・S・メサースミスは一九三四年から三七年までヴィーン駐在アメリカ公使、三七年以来アメリカ国務長官代理（国務次官）。

（3）〔訳注〕チェコ問題の「解決」により英仏両国との緊張関係が消滅、関係の修復が期待されるといった「示唆」がドイツ側からなされたのであろうか、英仏の「宥和政策」はもともとこうした緊張緩和を狙っていたものであるから、英仏側にヒトラーに対する警戒心が薄らぎ、戦備強化の必要を認めないといった空気が生まれたかもしれない。

プリンストン、三八年十一月七日　月曜日

不自然で神経の消耗する暖かさ、熱い太陽。第七章試行の再開、精神の働きの鈍さ。グレート・モーザーがきょう到着したあとエリス島[1]に拘留されたとの知らせ。エーリカをそこへ向かわせる。メーディとともにエーリカを車で駅まで運び、それから野外に車で出て、じりじりする太陽の日差しを浴びながら散歩する。食後「ツークンフト」論説[2]の校正、テーブル・スピーチの検討。お茶に大学のリース博士[3]、十二月、一月、二月の『ファウスト』、ヴァーグナー、フロイトに関する講義の期日を博士と確定。そのあとハインリヒの『ニーチェ』に関してリオン宛て[4]に手紙。エーリカ帰宅、少女〔グレート・モーザー〕の釈放はならなかったのだ。あさって朝までの留め置きは不可避。大いに不満。――「ツークンフト」用の論説をパリへ。――夕食後エーリカと、パリ委員会に関するシュピーカーの愚かしい手紙について。――ワーサムの英語原稿を読む。

（1）〔訳注〕ニューヨーク湾内の小島で、一八九一年から一九五四年まで、ここに移民検疫所があった。ミヒァエル（ビービ）・マンの婚約者グレート・モーザーは何らかの理由で直ちに入国出来ず、ここに留め置かれた。
（2）『この平和に寄せる』「ディ・ツークンフト」パリ、一九三八年十一月二十五日号、所収。これは『この平和』からの部分掲載で、終わりに新たに三段落を加えたもの。
（3）アリグザーンダー・リース、当時「大学書記」、記録関係万般を担当していた。
（4）フェルディナント・リオン宛て、プリンストンから、一九三八年十一月七日付、『書簡目録II』三八／二六〇。

プリンストン、三八年十一月十日　木曜日

火曜日午後、鬱陶しい暖かさと湿度の高い天候下、車でニューヨークへ。市内乗り入れに時間が掛かる。(1) ベドフォド。十三階の部屋。スティーヴンズ一家とセント・ジェイムズ劇場の『ハムレット』(2)。興味深い夕べ。長い幕間にアスターでディナー。終演後エーリカの部屋。――水曜日。朝、グレート・モーザーの解放後、エーリカがエリス島から戻る。正午、アスターで「ヘラルド・トリビューン」午餐会(3)、一、一〇〇人出席。始まる前にカクテル。ドロシ・トムプスンと二人の新聞人の講演。ついで私のスピーチ、興奮と感動。大勢の挨拶。――ホテルでのお茶にブック・クラブのことでコッペルとランツホフ。一種復讐に燃え立つ怒りにまかせて本と小冊子(4)を自分で引き受け、小冊子は一〇、〇〇〇部印刷させているベルマンの問題。――晩、私たちの居室でグムペルト、リース、カツェンエレンボーゲン、グレート、メーディ、ビービを加えてエーリカのお祝い(5)。シャンパン、スープ、鵞鳥レバー、山鶉、バウムクーヒェン。十一時頃メーディの運転で出発。道路監視員と悶着。帰着は十二時過ぎ。

八時半まで熟睡。電話、『ファウスト』講義は早めて十一月末に変更とのこと。――ロウ女史のために『ファウスト』講演の訂正。これを女史宅に持って行く。気持ち良く、涼しい晴天、散歩。食事にサイモンズ教授。庭でコーヒー。郵便に目を通す。午睡。お茶のあと手紙の口述。多数の手紙を投函出来るようにする。タキシード着用、早めの夕食、フレクスナーの誕生日に贈る室内楽、多数の客、好演の音楽を堪能。家に戻ってなおロウ女史のために引用にしるしを付ける。

(1) ジョージ・スティーヴンス、「サタデイ・レヴュー・オヴ・リテラチュア」ニューヨーク、の編集長。

(2) 無削除『ハムレット』原文の豪華な上演(一時間の夕食休憩がある)、ハムレットにイギリスの俳優モリス・エヴァンズ、王妃にドイツ系イギリス人で、以前ベルリンで活動していたメイディ・クリスティアンズ。

(3) ニューヨークのホテル・アストーリア(アスターではない)で「ニューヨーク・ヘラルド・トリビューン」紙によって催された「本と著者・午餐会」。ドイツ語か英語で書かれているトーマス・マンの挨拶の原稿は発見されなかった。スピーチの英語原文は「ニューヨーク・ヘラルド・トリビューン」が一九三八年十一月十日号にこの催しについての包括的な報道記事中に掲載した。真正の原文は『この平和 This Peace』クノップ、ニューヨーク、一九三八年に見られる。「補遺」参照。

(4) 本は『ヨーロッパに告ぐ!』、小冊子は『この平和』のことであるが、ストックホルムのベルマン=フィッシャー書店の『ヨーロッパに告ぐ!』はオランダ、ネイメーへのG・J・ティーメ印刷所が印刷し、小冊子『この平和』のドイツ語版は合衆国ニュー・ジャージ州カムデンの「ザ・ハドゥン・クラフツメン」印刷所が九千部印刷した。両書とも「ロングマンズ=グリーン社。アライアンス・ブック社」というアメリカの奥付で同時に刊行された。トーマス・マン宛て、ストックホルムから、一九三八年十一月十一日付、ゴットフリート・ベルマン・フィッシャーの手紙、『往復書簡集』一九一ページ、所収、参照。

(5) 十一月九日はエーリカ・マンの三十三歳の誕生日だった。

プリンストン、三八年十一月十一日　金曜日

澄みわたり、晴天。八時起床。コーヒー。パリの公使館員殺害(1)に結びつけての、ドイツとオーストリアにおける常軌を逸した組織的ユダヤ人迫害。——仕事をしようと試みるものの、ほとんど成果は上がらない。異例なくらいだるい。正午Kとドライヴに出て、五十分散歩。食事に、手紙の処理担当の秘書(2)とその夫である物理学教授。疲労のあまり素っ気ない応答。テラスでコーヒー。この二人の客のあとオクシデンタル・カレッジのバード教授がそのカレッジのトーマス・マン・コレクションの件でご婦人たちを伴って来訪。——少しく午睡。お茶にベルマン=ヘルリーゲルがリプツィーン博士(3)と学生一人を伴って。大量の懸賞原稿。あとでなお少しKと手紙の処理。シカゴには社交形式の任務と期日変更のために電報で断り。——夕食後、原稿の山と取り組む。——憂鬱な一日。——イギリス

でドイツ犬[4]に対する怒りが高まってきているというラジオ報道。手遅れ。

(1) 一九三八年十一月七日ヘルシェル・グリューンシュパーンという名前のユダヤ人青年がパリでドイツの公使館参事官エルンスト・フォム・ラートを射殺した。国民社会主義諸組織はこの暗殺事件を、一九三八年十一月九日から十日にかけての夜、全ドイツ領域内におけるユダヤ系住民に対する、自然発生的と称するものの、実は慎重に計画された暴力的破壊の動きの口実に利用した。ドイツ内のほとんどすべてのシナゴーグ、二十九の百貨店を含む七、〇〇〇以上の商店が組織的に破壊された。三〇、〇〇〇人以上のユダヤ人が逮捕された。このいわゆる「水晶の夜」に生じた損害はドイツのユダヤ人がみずから補償しなければならなかった。ユダヤ人にはその他に十億マルクの共同特別税が課せられた。〔訳注〕トーマス・マンは、ここでも「ユダヤ人迫害(ポグロム Pogrom)」を「プログロム Pro-grom」と表記している。

(2) モリ・シェンストン(一八九七—一九六七)、プリンストン大学物理学正教授アラン・シェンストン(一八九三—一九八〇)の夫人、クリスチャン・ガウス学部長を通じてマン家と知り合い、カトヤ夫人を助けてトーマス・マンの英文の通信処理にあたろうと申し出て、一九四一年までこの仕事を果たした。夫妻とマン家の間には極めて暖かい交友関係が育った。カナダ人のアラン・シェンストンはすでにプリンストンで学び、一九二五年から六二年まで大学で教職にあり、四九年から六〇年までは物理学科主任、六二年定年になった。夫人はイギリス生まれ、夫妻はマン家から遠くないマーサ・ストリート一一一に住んでいた。トーマス・マンはしばしば「シェンストン Shenstone」ではなく、Shenston と書いていた。

(3) おそらくアメリカの文芸学者で、『ハインリヒ・ハイネのイギリス伝説』の著者ソル・リプツィンのことであろう。

(4) ダクスフントとシェパードは以前からイギリスでは典型的なドイツ犬と目されており、第一次世界大戦中はこれらの犬と飼い主に対するある種の排他的敵意が存在していた。「ナチ犬」反対プロパガンダに再び活を入れようという第二次世界大戦中の試みはお笑い草に終わった。ラジオ報道は大分誇張されていたのだ。

プリンストン、三八年十一月十二日　土曜日

引き続いて好天、暖かく、すでにまた熱過ぎる太陽。やや元気をまして仕事。ベルマンから電報[1]、ユダヤ人迫害事件と個々人にその影響が及ぶと考えられる点を顧慮して『兄弟』は収録しないという。差し当たり一任、ついで完全に断念、この本の差し控えを提案。郵

便の山。メサースミスからの回答、詳細かつ完全に否定的。子供たちの入国問題は――尽きるともない困難。その一方他の人々に対する救援要請は引きも切らない。(マルク。)――ドイツのユダヤ人に対する十億マルクの贖罪課徴金、つまりは徹底的な没収だ。イギリスに憤激の声。――きょう一日が始まってほどなく、悲しむべき印象と過剰負担とにまたも気力が失せ、うちひしがれる。雑誌についてリオンの手紙。『ファウスト』と「アウグスト」の原稿をリオン宛てに。ゴーロの問題についてエーリカと電話、この問題の解決のためニューヨークでさらに何か試みること。手紙を読んだり整理したりで大分時間を過ごす。夕食後、近所でナチ・ドイツからの映画を観たが、これは、少なくとも解説抜きなら、推奨ものだ。下の子供たちがグレート・モーザーと戻ってくる。ビービのラジオ・コンサートは失敗。――手紙の中に、アメリカも危険な状況にあるという気掛かりな徴候がみてとれる。――きょうプリンストンは満杯。フットボールの試合があり、車の渋滞。

(1) トーマス・マン宛て、ストックホルムから、一九三八年十一月十一日付ゴットフリート・ベルマン・フィッシャーの電報、およびゴットフリート・ベルマン・フィッシャー宛て、プリンストンから、一九三八年十一月十二日付、トーマス・マンの二通の電報、いずれも『往復書簡集』一九一ページ、所収。

プリンストン、三八年十一月十三日　日曜日

曇天、ひんやりとしていて、のちに雨。ドイツで起こっている事態はもはや西ヨーロッパ的本質とはいささかの関わりもなく、比較しうるものがあるとすればロシア革命の本質だけであるとイギリス、アメリカの新聞は確認している。(六年もたってから!)イギリスはその命を賭して戦わねばならないだろう、というイギリス保守党の陰鬱な演説。――少し仕事。十二時半ユージン・マイアーと夫人がワシントンから。一緒にシェリ。一緒に野外を散策。一緒にランチ、そしてコーヒー。ミセス・マイアーと私の部屋で、ミセス・マイアーの仕事について、また『魔の山』と『ヨゼフ』における精神的なものについて。個人と集団。均

衡—英知—善意。ファシズムとボルシェヴィズムに対する個人と集団の均衡としてのデモクラシー。——ドイツのユダヤ人に対する十億の課徴金、ユダヤ人資産は四十億になると言われているので、完全な財産没収ではない。財産没収以前の財産による、ユダヤ人迫害被害の回復義務付け。その保険金は国家に帰属する！——お茶のあと、リオン宛て(1)に自分の原稿について。ついで夕食までKと手紙の処理。晩、懸賞原稿(2)は放り出したまま長時間『人間ゲーテ』を読む。

(1) フェルディナント・リオン宛て、プリンストンから、一九三八年十一月十三日付、『書簡目録II』三八／二八六。
(2) 「ドイツの文化的自由のためのアメリカの会」の懸賞に応募してきた原稿のことで、トーマス・マンはこれらの原稿を読んで判定することになっていた。

プリンストン、三八年十一月十四日　月曜日

心休まらぬ夜、薬。青空の下強風が吹いて、寒い。形式が定まらぬ第七章に苦吟。正午ロウ女史邸に立ち寄り、ついで試みた散歩は、神経が強風に耐えられずに失敗に終わる。食後、手紙と新聞各紙。しばらく午睡。お茶に「ニューヨーカー」のインタヴュアー、上機嫌で、私の珍重品を見せる。このあと大量の手紙の処理。強風が収まったので、なお少し散歩。晩、プラハとチューリヒの新聞諸紙に目を通す。モスクワの「ヴォルト」誌にスペインについて子供たちの書いたもの(1)。——ビービとその婚約者出発。——英文の手紙にサイン。——当地ではドイツの遣り口に対する多くの反対声明。イギリスでは関係断絶要求、もっともまともに受け止められてはいない。ともかくも交渉は中断。しかしチェムバレンはいずれまた再開する気でいる。——ユダヤ人には食料は交付されないという話なので、Kはその係累のために悲嘆。当地では若いフルダ(2)が父親のために救援を求める叫び。そして他の人々。——ブラック判事(3)の著書の校正刷。——

(1) クラウス・マン（エーリカ・マンとの共同で）「スペインから戻って」「ダス・ヴォルト」モスクワ、一九三八年十月号、所収。エーリカとクラウス・マンはかなりの数のスペイン論説を共同で執筆、発表した。

（2）ルートヴィヒ・フルダ（一八六二―一九三九）は以前、非常に成功した劇作家であり、モリエール、ロスタン、その他の優れた翻訳者であったが、そのユダヤ系の血統のため「文学アカデミー」から締め出され、一九三三年春ドイツを離れた。三三年三月トーマス・マンがスイスで出会ったフルダは、失意の人といったふうだった。フルダはのちに郷愁に駆られてドイツに戻り、ベルリンで命を絶った。その息子カール・フルダは合衆国に辿り着いた。

（3）おそらくニューヨーク最高裁判所判事ウィリアム・ハーマン・ブラックのことで、その著書、『もし私がユダヤ人であったら』は反ユダヤ主義とドイツのユダヤ人迫害の分析で、一九三八年に刊行された。

プリンストン、三八年十一月十五日　火曜日

晴天で冷え冷えする。いつになく活発に仕事。Kが入国関連の仕事で多忙だったので、一人で一時間散歩。入国関連書類をカナダへ。放送祝辞その他は断った。『往復書簡』と『デモクラシー』のデンマーク語版が届く。その他大量の郵便。『この平和』についてマイアー女史の手紙。同じくツカーカンデル博士の熱狂的な手紙。随想集を刊行するというベルマンの電報[1]。ドイツの世界計画と来たるべき独露同盟についてのオト・シュトラサー[2]の報告。――食後例の原稿に目を通す。お茶に、私たちが船でビールを酌み交わしたあの二人の教師。コプロヴィッツ[3]、モスクワのベッヒャー[4]、ハインツ・カスパル宛てに手紙。晩、「ヴェルトビューネ」。

（1）トーマス・マン宛て、ストックホルムから、一九三八年十一月十四日付、『往復書簡集』一九二ページ、所収。

（2）一九三七年一月二十一日付日記の注（5）参照。シュトラサーの「報告」は確認されていない。

（3）オスカル・ザイドリン宛て、プリンストンから、一九三八年十一月十五日付、『書簡目録II』三八／二九九。

（4）ヨハネス・R・ベッヒャー宛て、プリンストンから一九三八年十一月十五日付、『書簡目録II』三八／二九八。

プリンストン、三八年十一月十六日　水曜日

晴天、冬の気温。第七章。名誉法学博士号授与の話

を持ってきニューヨーク・ユニオン・カレッジの代表者を応対。ミスター、ミセス・ロウ邸でアインシュタイン、その他とランチ。食後アインシュタインと、ツカーカンデル、マルク、フルダについて。ロウ女史が『ファウスト』に関して話す。オクスフォドから名誉博士号の見込み。——子供たちは十二月一日までトロント。ゴーロはチェコの兵役を猶予されるとのラシュカの電報。Kに電報、メセージ、手紙を口述。Kと夕食前に郵便局へ。非常に疲れる。ユダヤ人への残虐行為に抗議するシカゴへの電話メセージはうまくいかなかった。「ターゲ＝ブーフ」誌にロシアについて仮借ない論説[1]。——

（1）ボリス・スヴァリーヌ「スターリンの沈黙。歴史的解明の試み」「ダス・ノイエ・ターゲ＝ブーフ」パリ、一九三八年十一月五日号、所収。

プリンストン、三八年十一月十八日　金曜日

きのう木曜日、電車でニューヨークへ。ホテルへ、クラウス、エーリカ、トムスキ。クロプシュトックのためにミセス・ローゼンタール[1]のところで朝食。ホテルでのお茶にランツホフ。だいぶ電話がかかる。晩、カーネギー・ホール、クセヴィツキ指揮、ボストン・フィルハーモニカーの演奏会、ラヴェル、シベーリウス、ベートーヴェン。そのあとクノップ邸で指揮者を迎えて夜会。ドロシ・トムプスンと知識人宣言[2]について。草案を引き受ける。

きょう午前ニューヨークでKと用足し。クラウスの誕生日のための買い物。クラウス、エーリカ、トムスキ、リースとその坊やと一緒にレキシントン・アヴェニューのレストランでランチ。三時過ぎ電車でこちらに向かう。乗り換え駅に、私たちが買い与えた運転手帽をかぶってジョンが迎えに来ていた。——手紙、電報、書籍の大きな山。お茶のあと徹底的に手をつけ整理。電話ティリヒ。Kと英文電報を作成。手紙を投函出来るようにまとめる。ゴーロが自分のヴィザとミュンヒェンの老人たちのことで電報。アメリカにおける反独運動が激しい。当地の大使も呼び帰される。——大部数の『この平和』が月曜日に刊行される。『ショーペンハウアー』数部が届く。——クライストを読む。

(1) 特定出来なかった。

(2) ドロシ・トムプスンの示唆によると思われる不正と暴力に対する反対行動の支援のためにトーマス・マンは『宣言』を起草した、それは「いわば倫理的、精神的世界のもっとも卓越した代表者たちによって支持されて、最近の不正、暴力の凱歌を目にして重大な倫理的混乱に置かれている世界にいくばくかの慰籍と力付けを寄せようとするものです」（ハリ・スロホーヴァー宛て、一九三八年十二月三十日付、『書簡集II』七四―七五ページ）。『節度ある世界に寄せる』の表題で『全集』第十三巻六七二―六七九ページ、所収。一九三八年十二月二十九日付日記の注（3）参照。

プリンストン、三八年十一月十九日　土曜日

蒸し暑く、雨。『宣言』を書き始める。正午、散髪に。フットボール試合、車の混雑。Kと二人だけでランチ。コーヒーのあと手紙とスイスの新聞諸紙。しばらく午睡。お茶にプォルツハイマー夫妻、良い人たち。Kを相手に多数の手紙。二人で夕食。そのあと懸賞原稿と取り組む。――食欲不振、吐き気の気味。しかしきょうの精神状態は確固たるものになり、真剣かつ意欲的に倫理的世界の名において重い言葉を語って害虫どもに一撃を加えようとしている。

プリンストン、三八年十一月二十日　日曜日

寒さが増し、空が澄んでくる。午前『宣言』の仕事。Kと散歩。秘書を使う計画のゆえの不機嫌、悩み、心痛、病気。エーリカ、クラウス、マイゼル氏(1)が到着しての昼食の際に私の意図は反対される。マイゼル氏とその勤務条件に関して図書室で取り決め。二時間ベッドで。そこでお茶。そのあとアインシュタインと〔?〕(2)博士、さらにヤコビ夫人(3)が、アインシュタインと私の写真撮影に。アインシュタインとニューヨークの展覧会計画について、アインシュタイン(4)はこれを断る。晩、オーストリアについてのツェルナトの著書を読む。――頭痛、苦しい。

（1）作家ハンス（ジェイムズ）・マイゼル（一九〇〇年生まれ）は、一九二七年ベルリンのS・フィッシャー書店から刊行され、その年のクライスト賞を受けた長篇小説『トルステンソン。ある独裁の成立』によって知られるに到った。三四年イタリアへ、そこから三六年オーストリア、三八年合衆国へ亡命した。クウェーリードー書店のためにシンクレア・ルーイスの長篇小説『ここでは考えられない』をドイツ語に訳したマイゼルをエーリカ・マンがトーマス・マンに近付けた。マイゼルはトーマス・マンがカリフォルニアに移住するまで秘書として働き、とくにトーマス・マンに助言と救援を求めてくるドイツの亡命者たちとの夥しい手紙のやり取りをトーマス・マンに代わって処理した。マイゼルは引き続いてアン・アーバーのミシガン大学の教職につき、定年まで政治学の正教授をつとめた。G・A・ボルジェーゼ『ゴリアテ。ファシズムの進軍』を訳すとともに、第二次世界大戦後は若干の政治学関係著作を刊行している。

（2）日記手稿中の空き。

（3）著名なベルリンの女流写真家ロッテ・ヤコービ Jacobi（一八九六年生まれ）は合衆国に亡命、そのすぐれたアインシュタイン肖像写真によって知られている。〔訳注〕日記ではヤコービ Jakoby と表記されている。

（4）オーストリアの著作家、政治家グイード・ツェルナト（一九〇三―一九四三）は一九三六年から三八年シュシュニク政府で首相府次官、最後は無任所大臣を務めた。三八年フランスへ、四〇年フランスからポルトガル経由で合衆国に逃れた。その著書『オーストリアについての真相』は三八年ニューヨークのロングマンズ＝グリーン社から刊行された。ツェルナトは四三年二月十一日ニューヨークで自殺した。

プリンストン、三八年十一月二十一日　月曜日

健康が戻ってくる。日差しの強い天候。『宣言』を書き進める。一人で散歩。食事に、近所に家を借りているカーラー夫妻。お茶に同じくカーラー夫妻。二、三の自筆の手紙、テュルク（オスロ）、アイスナー（プラハ）、ハイマン（「ニューヨーク・タイムズ」[1]）宛て口述。多くの英文の手紙の仕上げ。晩、マリの『思想の英雄たち』の中のゲーテについて読む。――カーラーと、最初の威嚇が向けられているスイスの運命について話し込む。もちろんスイスは自由主義時代からの遺物ではある。来たるべき壊滅[2]とヨーロッパの、――そのときには膨張したドイツも壊滅を免れない。

(1)　ジョン・ミドルトン・マリ（一八八九―一九五七）はイギリスの批評家、評論家、初婚の相手は女流作家キャサリン・マンスフィールドで、マリはこの夫人の伝記を書いている。その著書『思想の英雄たち』は一九三八年ニューヨークのジュリアン・メスナー書店から刊行された。

(2)　手稿のままの誤記。〔訳注〕おそらく「来たるべきヨーロッパの壊滅」とすべきであろう。

プリンストン、三八年十一月二十二日　火曜日

どんよりし、不安定で、雨もよい。『宣言』を書き進める。エーリカとクラウスはニューヨークへ。Kと散歩。二人で食事。午後、メンドサのM・マイア(1)、その他に手紙を書く。二、三口述（ブラック判事への断り）、ドロシ・トムプスン宛て。晩、モルモン教関係の原稿と届いたばかりの、ヴィケス(2)の『男性の内面世界』を読む。――イギリスとアメリカに対するドイツの新聞ジャーナリズムの憤激、フランスとの友好。旧ドイツ植民地をユダヤ人の入植地にするという！　全ドイツのユダヤ人に対する大々的な宣伝活動の予告。愚かな言動。きっと民衆はげんなりしていよう。――アメリカの抗議集会はとどまるところを知らない。電報が何通も。夕食後少しチャイコフスキー音楽を聴く。

(1)　特定出来なかった。

(2)　エトヴァルト・ミヒァエル・ヴィケス（一八七七年生まれ）。ここに言及されているヴィケスの著書は確認されていない。

プリンストン、三八年十一月二十三日　水曜日

雨、やや暖か。午前、午後に『宣言』の執筆。エーリカ、ニューヨークからグレート・モーザーと一緒に戻る。ロウ女史の『ファウスト』講義の翻訳、晩、検討。――「タイムズ」に転載された「ダス・シュヴァルツェ・コーア」(1)の格別無恥な論説。その「タイムズ」に『この平和』の書評。

(1)　ラルフ・トムプスン「この平和」「ニューヨーク・タイ

ムズ」ニューヨーク、一九三八年十一月二十三日号。

プリンストン、三八年十一月二十四日　木曜日

寒気、強風、霰まじりの雪。午前『節度ある世界に寄せる』[1]。お茶のあと擱筆。晩K、エーリカ、クラウス、小柄なモーザーに朗読。賛成を得るために一四〇人の名簿作成。

（1）『宣言』の最終的な表題、『全集』第十三巻六七二―六七九ページ。

プリンストン、三八年十一月二十五日　金曜日

きのうは荒れ模様の雪。きょうは青空、降り積もった雪。厳しい寒気。――ふたたび『ロッテ』第七章に掛かる。Kとグレート・モーザーともども雪の中を散歩。食後マイゼル博士。お茶に同人、手紙の受け取りに。ジョンに車でロウ＝ポーター女史の家に送ってもらい、女史と『ファウスト』講演の前半を慎重に吟味。Kが迎えに来る。夕食後エーリカの朗読、その亡命者の書の前書き、感じがいい。――ついでドロシ・トムプスン宛てに『宣言』への添え状を口述。――ドイツ語版『この平和』数部。『傑作物語集』[1]（フォールム選集）数部。これに興じる。

（1）「フォールム文庫」は、ベルマン＝フィッシャー、アレルト・デ・ランゲ、クウェーリードー三社共同で刊行された。顧問委員会はトーマス・マン、ルネ・シケレ、フランツ・ヴェルフェル、シュテファン・ツヴァイクが構成していた。第二巻はトーマス・マンの『傑作短篇集』で、一九三八年のクリスマスに刊行された。〔訳注〕この短篇集には、『トーニオ・クレーガー』、『無秩序と幼い悩み』、『ヴェニスに死す』、『マーリオと魔術師』が収められている。

プリンストン、三八年十一月二十六日　土曜日

晴天、雪、滑りやすい。第七章、独白を書き進める。Kと一時間散歩。食事にミスター・アムスター、シューベルトのレコードを進呈される。コーヒーにミスター・ビリコップ(1)が若いマグネス(2)（イェルーサレム）と、トーマス・マン基金の相談。お茶にマイゼル博士（手紙の引き渡し）。そのあとミセス・ロウを訪ねて『ファウスト』講義後半の読み通し。Kが迎えにくるが、徒歩で家に戻る。難儀しながら重苦しい気持ちで。エーリカをまじえて三人で夕食。手紙をKとマイゼルが仕上げる。シューベルトと『マイスタージンガー』を聴く。『西東詩篇』を読む。

（1）　ヤーコプ・ビリコップ（一八八三―一九五〇）はアメリカの多数の大社会保障組織の代表であり、ドイツからの難民、亡命者救援のための全国調整委員会の会長。

（2）　イェフーダ・レーオン・マグネス（一八七七―一九四八）、ニューヨークのエマニュエル寺院のラビ、アメリカ・シオニスト連盟幹事、一九二二年パレスティーナに渡り、そこでイェルーサレムにヘブライ大学を創立、その初代事務局長、（一九三五年以降）学長を務めた。公のシオニズム政策の反対者の一人であり、マルティーン・ブーバーとイフド運動で協力し、アラブ・ユダヤの協調とパレスティーナ二民族国家を支持した。〔訳注〕マグネスに「若い」という形容詞が添えられているが、少なくとも年齢に関するかぎり、とくに若いわけではない。

プリンストン、三八年十一月二十七日　日曜日

厚い雪、晴天。第七章の仕事。あと気分が悪くなり、重苦しい感じ。Kと、澄んだ大気の中を少し散歩。食事にランツホフ博士とそのオランダ人女友達。コーヒーのあとエーリカは先ずはニューヨーク、さらに先へ向けて出発。『西東詩篇』とボアスレーの『書簡集』を読む。休息。お茶にランツホフのカップルの他に友人を連れてカーラー。この連中を前にして図書室で宣言『節度ある世界に寄せる』を朗読。積極性が要求されねばならぬ、とのカーラーの異議。議論。客たちの辞去。夕食の前後に『ファウスト』講演と取り組む。テュルク、アイスナー、ハイマン宛ての手紙の仕上げ。

新刊本の献呈。――プラハから、進展を伝えるゴーロの電報。――フランスから由々しい報道。政府はストライキ参加者を動員している。

プリンストン、三八年十一月二十八日　月曜日

厳寒、大量の雪。朝、講義と取り組み、ついで第七章を少し。Kと散歩。メーディ帰宅、万事上首尾。ランチのあと講義〔に目を通す〕。マイゼル博士。ヨーロッパからの雑誌や新聞など大量の郵便。お茶のあと手紙をまとめる。ついで着替え。Kとメーディとガウス学部長邸での夕食へ。そのあとアリグザーンダー・ホールへ。ガウスによる紹介。講演『ゲーテのファウスト』、原稿に忠実に話し、心からの喝采。そのあと、クラブで教授たちとビールとサンドウィチ。タクシーで帰宅。Kとメーディとに挨拶。――ブリュルの手紙。まだチューリヒにいる頃に投函したゴーロの手紙。そのゴーロがうまくプラハを脱出出来るか、気掛かり。

プリンストン、三八年十一月二十九日　火曜日

寒気緩み、雪解け模様。第七章を少し。Kとマーサ・ストリートを散歩。老人たちが「転居した」(1)とのミュンヒェンからの間接的な知らせ――ことによると噂に過ぎないかもしれない。――クラウスとその友人、到着。二人を加えてランチ。そのあと『ファウスト』講演後半に目を通す。お茶にマイゼル博士。手紙の受け取りと手渡し(2)。相談と委任。タキシードを着用。手紙をまとめる。フィラデルフィアのさるご婦人のレコードのプレゼント。――七時半頃軽い夕食。出迎えを受けてアリグザーンダー・ホールの講演に。K、メーディ、クラウス、トムスキは私たちの車で。〔講演は〕うまく乗り切る。終わってフレクスナー夫妻、プリースト、その他。家でお茶、ビール、音楽、新しいレコードはヴァーグナーとベートーヴェン。

(1)　カトヤ・マン夫人の両親、プリングスハイム老夫妻はすでに一九三三年ミュンヒェン、アルツィス通りの大邸宅を

国民社会主義党に譲渡せざるを得なかった。国民社会主義党はこの大邸宅を取り壊して、そこに党の建物を建築したのである。老夫妻はマクシミーリアーン広場に面した単層住居（〔訳注〕建物の各フロアがそれぞれ専有される形の集合住宅）に移った。三七年秋夫妻は改めて強制的に転居させられ今回はヴィーデンマイアー通り三五の家の住居（〔訳注〕これはフロアを専有する形の住居ではない。居住条件はもちろん転居させられるたびに悪くなってきている）に移った。ここに夫妻は、三九年秋スイスに亡命するまで住んでいた。

(2) 〔訳注〕これは、マイゼルが英訳してきた手紙を受け取ったり、あらためて英訳を頼む手紙を渡したりすることを意味している。

プリンストン、三八年十一月三十日　水曜日

雪解け模様。午前中、「第七章」。車でヴァイル邸へ行き、ヴァイル夫人と近くの公園を散策、そのあと夫妻の邸で上等のランチ。トルコ・コーヒー。きのう、おとといの講演について好意的な言葉。聴衆の注意度について寸評。――お茶にマイゼル博士、手紙の処理。ついでKを相手に大量の口述。（ドイツ文学科女子学生がドイツ文学から離れていくことについてハンター・カレッジ宛て。[1]）少し散歩。クラウス、カーティスを加えて夕食。カーティスに本を贈呈。図書室への扉をあけたまま音楽。ブレンターノが送って寄越したケラーの詩選集。感動しながら読む。あらためて『公然たる中傷者たち[2]』に驚く。――ゴーロの安否が気遣われる。ゴーロから通知があるだろう。

(1) ニューヨーク、ハンター・カレッジ独文科教授アナ・ジェイコブスン宛て、プリンストンから、一九三八年十一月三十日付のトーマス・マンの手紙、『書簡集II』六五―六六ページ、参照。ジェイコブスン教授は、自分の教える女子学生たちがドイツにおける恐ろしい出来事に取り乱して、ドイツ文学を学ぶことに人間的価値があるかどうか疑い始めたと報告してきていたのである。ドイツを代表する資格のない権力者たちがドイツ研究の評判を落としたからというだけでドイツの文化的価値にアメリカで生命を保たせることを諦める女子学生たちは近視眼的である、ドイツ人を国民社会主義政権と取り違えてはならない、出来れば私のこの手紙を女子学生たちに計画されている学生集会で朗読してやって欲しい、とトーマス・マンは詳細な返事を書き送った。

(2) ゴットフリート・ケラーの詩『公然たる中傷者たち』の中に次の行がある、「塵の山に／男は悪漢めいた足を置

き／呆れ返った世間に／腹立ちまぎれの挨拶を小声で送る。／雲を纏うように／下劣に身をくるんだ／嘘吐きが民衆の前に、／やがて権力を手に大きくなる、／これを助けるのは、／身分の高下を問わず、／機会を窺いながら、／我身を任せる輩。――まずこの一匹がひとり嘘を吐き、／ついで万犬が嘘を吐く、／そして嵐が吠え立てるように、／いまやあの一匹の才能がのさばりかえる。」

プリンストン、三八年十二月一日　木曜日

雪解け模様の温度から軽い寒気。第七章を少々書き進める。Kとごく短時間散歩。ランチにフォン・カーラー夫人。クノップが『この平和』の新版を伝え、「ヘラルド・トリビューン」午餐会スピーチを収録するよう提案してくる。――お茶に、マイゼルと一緒に手紙。そのあとKと一緒に四日のニューヨーク・スピーチ[1]の用意。疲労。英文の手紙は仕上げる[2]。重ねて『パルシヴァル』のレコード（メルキオル）を聴く。今か今かと待ちあぐねていたゴーロのチューリヒからの電報。乗船する。ミュンヒェンの老人たちのもとへ使い。――『色彩論』[3]を読む。

（1）一九三八年十二月四日ニューヨークで、「ドイツ系アメリカ人文化同盟」によって催された「ドイツの日」での講演、『全集』第十一巻九四五―九五一ページ。

（2）〔訳注〕マイゼル博士が、トーマス・マンから頼まれて英訳した手紙を持参したのである。またこれを「仕上げる」というのは、署名を入れたり、投函出来るように封筒に入れて上書きすることを言っている。

（3）ゲーテの『色彩論に寄せて』。

プリンストン、三八年十二月二日　金曜日

K、夜中に発病、中毒の諸症状、嘔吐、微熱。『トリスタン』を観るためのきょうのニューヨーク行きは、私の都合もあって断念。正午、マイゼル博士、Kと私が用意した口述の手紙（午餐会スピーチの件でクノップ宛て）の処理にかかる。マイゼルと一緒にヴィレッジに出掛け、薬局と郵便局に寄る。マイゼルと二人だけでランチ。お茶の際、マイゼルを相手に手紙につい

て検討。ついで、ニューヨークのドイツの日のためのスピーチを改め拡大し、最後まで口述。――Kに医師来診。原因と認められるのはワイルズの牡蠣。やや回復。――寒さが増す。夕食前に少し散歩。――原典とビルショフスキ[1]の注釈を通じて『色彩論』と取り組む。――ゲーテの孫についての著書に添えられたイェリネク[2]の手紙。私の名前とゲーテの名前を結び付ける試みが次第に頻繁になってきているが、私のする同一化の操作が人々の頭にいかに根付いていることか。――「フォルクスツァイトゥング」に『この平和』の抄録。

（1） アルベルト・ビルショフスキ（一八四七―一九〇二）『ゲーテ』（通俗的伝記）二巻、刊行は一八九六年から、Th・ツィーグラーが最後を書き加えて一九〇四年にかけて。新版は一九二二年、トーマス・マンがしばしば参考にした著作である。

（2） 一九三八年二月十八日付日記の注（2）参照。

プリンストン、三八年十二月三日　土曜日

暖かく、雪解け。Kは回復に向かうが、まだベッドから離れない。『ロッテ』第七章の仕事。正午マイゼルと少し散歩、マイゼルはランチに残る。コーヒーのあとドイツ系アメリカ人のためのスピーチの結びを書き終える。途轍もなく大量の郵便、ベルマン[1]、ムージル、リオン、ハインリヒ[2]等々からの長文の手紙。あちこちからの救いを求める叫び。（プラハのドイツ劇場）。――マイゼルとお茶、ついでマイゼルにスピーチの結びを口述。そのあと長い間Kの傍らで手紙の内容を伝えるが、これらの手紙の中に「老マク＝オーリ[3]」にかかわる、ハノーファーからチューリヒ経由で届いた謎めいた手紙。メーディ、ビービ、グレートが到着、『トリスタン』ニューヨーク公演について報告。この三人と夕食。ドロシ・トムプスン、ミセス・マイアーと電話で取り決め。晩、アリグザーンダー・フレドリク・ブルース・クラークによる「トーマス・マンの弁証法的人間主義[4]」（トロント大学クォータリ）を読む。――私の生涯について思いを馳せる。

（1） おそらくトーマス・マン宛て、ストックホルムから、一九三八年十一月十七日付ゴットフリート・ベルマン・フィッシャーの手紙、『往復書簡集』一九二ページ、のことで

あろう。トーマス・マンは一九三八年十二月六日の返書の中で一九三八年十一月七日と十七日付のゴットフリート・ベルマン・フィッシャーの手紙に礼を述べているが、一九三八年十一月七日付の手紙は残っていない。

（2）　トーマス・マン宛て、ニースから、一九三八年十一月二十二日付、『往復書簡集』一七三―一七四ページ、所収。

（3）　「老マク＝オーリ Mac-Auley」はイギリスの歴史家トマス・ベビントン・マコーリ Macaulay（一八〇〇―一八五九）のこと。トーマス・マンのもとにドイツの面識のない人物からマコーリの書物が送られて来ていたのである。一九三九年一月七日付日記の注（3）参照。〔訳注〕マコーリの表記は右の通り二通りあり、発音は同じである。

（4）　アリグザーンダー・フレドリク・ブルース・クラーク「トーマス・マンの弁証法的人間主義」、「トロント大学クォータリ」トロント、一九三八年十月号、所収。同じ論文がチャールズ・ネイダー編『トーマス・マンの発展』ニューヨーク、一九四七年刊、に収録。

プリンストン、日曜日　三八年十二月四日

Kは快方に向かう。朝食後ひげを剃り服を着る。マイゼルが写しと新聞抄録を持ってくる。第七章を少し書き進める。十一時半頃ジョンの運転で一人だけで乗り換え駅へ。ニューヨークへ。途中へレーナ＝ネメシス＝アフロディーテーについてのケレーニイの面白い論文[1]を原稿で読む。ペンシルヴェニア駅からセントラル・パークのドロシ・トムプスンの住まいへ。一緒にランチ。宣言の発表方式。コーヒーのあとトムプスンの寝室で休息。あとで非常に出来の良い操り道化人形を抱えたトムプスンの小さい息子[2]。晴れ上がった空、非常に穏やかな天候の中ドロシと徒歩でプラザのミセス・マイアーのもとへ。ミセス・マイアーとお茶、引き続き発表形式について検討。六時過ぎタクシーでドイツ系アメリカ人文化連盟祝典が催される「ロイヤル・ウィンザー」へ。クロプシュトック博士と、カーティス。満員のホール。俗受け狙いの出し物。長い待ち時間、新聞記者たち、サイン。八時過ぎ私のスピーチ、大層な歓迎に続いて合間と最後に大きな喝采。クロプシュトックとカーティスと連れ立って地下鉄でペンシルヴェニア駅へ。満員の列車、遅延。乗り合わせたフィラデルフィアの政治学専攻女子学生と話しをする。メーディが車で駅に迎えに来ている。Kはまだ起きている。ありあわせの夕食と報告。たくさんの英文の手紙を仕上げる。

（1）カール・ケレーニイ「ヘレーナの誕生」はもともと一九三七年ヴィルヘルム二世の「ドールン研究グループ」で行われた講演で、公表は「アルバエ・ヴィギリアエ」新シリーズIII、チューリヒ、一九四五年、である。

（2）マイケル・ルーイス（一九三〇年生まれ）、シンクレア・ルーイスとの結婚でドロシ・トムプスンが儲けた息子。ルーイス夫妻は一九三七年以来別居、一九四二年離婚した。

プリンストン、三八年十二月五日　月曜日

暖気と高い湿度。第七章を書き進める。大量の郵便。ヘッセから『ショーペンハウアー』によせての嬉しいはがき[1]。『この平和』に対する投書。Kはベッドを離れるが、しかし寠れているし、仕事にかかり過ぎる。一緒に少し散歩。家で子供たちとランチ。ビービとグレートは午後またニューヨークへ。私の論説が掲載されている「ツークンフト」誌。ドイツの諸雑誌とチューリヒの新聞諸紙。お茶のあとマイゼル博士にベルマン[2]、オープレヒト、シュタムプァー、ケレーニイ[3]宛ての長文の手紙を口述。ヴァン・ロウン宛て[4]にそのシュシュニクにかかわる公開状について手紙を書く。印刷物や書籍が常にないほど届けられる。読書の妨げ。「タイムズ」にきのうのスピーチについての報道。

（1）トーマス・マン宛て、一九三八年十一月十五日付、『往復書簡集』一三四ページ、所収。〔訳注〕このはがきには発信地の記載がなく、日付は消印の日付である。

（2）ゴットフリート・ベルマン・フィッシャー宛て、プリンストンから、一九三八年十二月六日付、『往復書簡集』一九四―一九六ページ、所収、抜粋の形で『書簡集II』六九―七一ページ、所収。

（3）カール・ケレーニイ宛て、プリンストンから、一九三八年十二月六日付、『往復書簡集』八二―八三ページ、『書簡集II』六八―六九ページ、所収。

（4）ヘンドリク・ウィレム・ヴァン・ロウン宛て、プリンストンから、一九三八年十二月五日付、『書簡目録II』三八／三四九。

プリンストン、三八年十二月六日　火曜日

寒気増し、降雨なし。第七章の執筆。正午Kと少し散歩。相変わらず大量の郵便、半ユダヤ主義に根ざす誹謗の手紙も。ランチのあと新聞各紙と諸雑誌。お茶にラーデンブルク教授、マイゼル、アインシュタインが寄越したラビのリーブマン(1)。ローゼンバウム競売のためのカタログにサイン。マイゼルを相手に、手紙の受け取りと原稿の手渡し。ボルジェーゼとロッテ・レーマン(2)を讃えるディナーへの招待。ヘッセ宛て(3)に手紙。燕尾服を着る、ドッズ学長邸での私たちのためのディナー。ジョンに送迎してもらう。英語の会話、草臥れる。

（1） ヨシュア・L・リーブマン（一九〇七—一九四八）は著名なユダヤ系アメリカ人の宗教哲学者でいくつかの大学や研究所（コーネル、ヴァサー、ハーヴァド、ボストン）の教職、説教師職にあった。

（2） 女流歌手ロッテ・レーマン（一八八八—一九七六）は一九一四年から三八年ヴィーン国立歌劇場に所属していた。一九三三年ドイツでは出演を禁止され、三八年合衆国に移り、カリフォルニアのサンタ・バーバラに音楽アカデミーを創設した。当時もっとも評判の高かったオペラ、リート歌手だった。シュトラウスの『バラの騎士』のロッテ・レーマン演じる元帥夫人は世界的に有名だった。

（3） ヘッセ宛て、プリンストンから、一九三八年十二月六日付『往復書簡集』一三五ページ、所収。

プリンストン、三八年十二月七日　水曜日

遅く起床。冷えて乾燥している。第七章の執筆。Kと散歩。ランチのあと、私の大好物でチューリヒよりもここでのほうが口に合うリキュール入りコーヒーを飲みながら手紙を読む。ラウシュニングの著書『ニヒリズムの革命(1)』を読み始めたが、すぐに引き付けられ満足させられた。お茶のあとマイゼルとともに手紙を処理し、Kにドロシ・トムプスン、クノップ他宛ての手紙を口述。ラウシュニングの著書を読み進める、夕食後も同じ。メーディ、ニューアクで判事から無罪宣告(2)を受けて戻って来る。ミセス・マイアーに手紙(3)。——宣言の英訳に満足。手順だけは短縮させた。

（1） ヘルマン・ラウシュニング『ニヒリズムの革命』は一九三八年チューリヒのヨーロッパ書店（オープレヒト）からまた多数ヶ国語訳でも刊行された。

（2）　エリーザベト・マンは両親を載せてニューヨークからプリンストンに連れ帰る途中オランダ・トンネルで大事を取り過ぎて走行速度が遅くなり交通警察に拘留されてしまった。エリーザベトは交通違反のかどでニューアークで法廷に立たされたが無罪をいいわたされたのだった。

（3）　アグニス・E・マイアー宛て、プリンストンから、一九三八年十二月七日付、『書簡目録II』三八／三五五。

プリンストン、三八年十二月八日　木曜日

雨が降らず、おだやか。第七章の仕事。昨夜は少し長くラウシュニングの本を読んでいたのにけさは八時起床。正午短時間Kと散歩。ランチにエイジェントのピート。ピートと来春の講演旅行について。お茶のさいマイゼルと手紙関連の問題を処理。そのあとKに口述と相談。マッケッティ女史宛て[1]にかなり詳細な手紙。なお少し散歩。道に迷って苛立ち。夕食後少しイタリア音楽。そのあとラウシュニングの本を読[2]み進める。寝付く前には政治ものはやめてメレディスの『エゴイスト』を読み始める。

（1）　ラヴィーニア・マッケッティ宛て、プリンストンから、一九三八年十二月八日付、『書簡目録II』三八／三六〇。

（2）　イギリスの小説家ジョージ・メレディス（一八二八―一九〇九）はその社会批判的な大長篇小説、なかんずく『エゴイスト』（一八七九年）によって現代的観念小説のタイプを創出した。この小説のハンス・ライジガーによる新訳は一九二五年に刊行された。

プリンストン、三八年十二月九日　金曜日

穏やか、雨もよい。第七章の執筆。正午Kと地所内を散歩。ランチにワーサム博士。精神分析関係のその原稿、精神的なものの総体性、また政治的なものについても。最後に序文のことで執拗に粘る。マイゼル博士が同席。博士と手紙について相談。読むものを引き渡す。――昨夜ときょうの午後も性によって苦しめられる。――お茶のあと感謝の意をこめて送られてきたものを開け、手紙を仕上げ、ついでラウシュニングを読む。夕食にカーラー夫妻。食後少し音楽。そのあと

図書室で第七章始めの二〇ページを朗読。壮大の印象。

プリンストン、十二月十日　土曜日

遅くに起床。第七章の仕事。Kと短い散歩。Kと二人だけでランチ。ちょっと立ち寄ったカーラーが、きのうの感銘は類のないものだったと保証してくれた。——『エジプトのヨゼフ』のデンマーク語の書評。(1)——「ネイション」に私の哲学的信条が『来たるべき人間主義』(2)の形で。——お茶にマイゼル博士。博士に宣言についてのクノップ宛ての手紙を口述。それからKと一緒に手紙。自筆でブレンターノ(3)とローゼンハウプト博士（フランクフルト方言）宛てに手紙を書く。夜ラウシュニングの本を読む。サンフランシスコから大きい子供たちの電報。息子たちの週末到着。

(1)　発見されていない。

(2)　『来たるべき人間主義』「ザ・ネイション」ニューヨーク、一九三八年十二月十日号、所収。

(3)　ベルナルト・フォン・ブレンターノ宛て、プリンストンから、一九三八年十二月十日付『書簡目録II』三八／三六二。

プリンストン、三八年十二月十一日　日曜日

冬らしい日。雨はなし。第七章のユーモラスな対話を書き進める。メーディとKと一緒にエルムスロードをドライヴ、歩き出したが車に戻る途中で気分が悪くなりメーディに車をとりに行かせる。ランチにカロライン・ニュウトンと若いシュパイアー。お茶にニュウトン女史とパリのレーヴェース博士。博士と宣言その他について。ニュウトン女史と書斎で。そのあとフィードラー宛て(1)に手紙。晩長時間『ニヒリズムの革命』を読む。——ゴーロの電報が二十四日到着を伝える。

(1)　クーノ・フィードラー宛て、プリンストンから、一九三八年十二月十一日付、『書簡目録II』三八／三六三。

プリンストン、三八年十二月十二日　月曜日

冬らしい日、雨はなく、正午には晴れてきて色彩に富んでくる。第七章を書き進める。Kと散歩。ランチのあと郵便を読む。『ファウスト』と『アウグスト』についてのリオンの手紙。マイアー女史は三人での会見にご不興[1]。その他多数。オープレヒトとベルマンの不仲[2]。ヨーロッパの新聞諸紙と諸雑誌。午後マイゼルと報告と手紙。バーズラー宛て[3]に手紙を書く。タキシードを着て、明日に予定されている演奏会に行くつもりで誤ってニューアクへ向かって出てしまう。大笑いして帰路に着き遅くなって夕食。シェンストン女史が用意してくれたたくさんの見事な英文の手紙[4]を仕上げる。新聞諸紙を読む。バルトのラウシュニング論[5]。

（1）　一種の嫉妬心によるのだろうかトーマス・マンに対して独占権を有すると考えていたアグニス・E・マイアーは、トーマス・マンが一九三八年十二月四日に一人でではなくドロシ・トムプスンと一緒に訪ねてきた（三人での会見）ことに気分を害した。アグニス・E・マイアー宛て、プリンストンから、一九三八年十二月十二日付『書簡目録II』三八／三七〇、参照。その中に、この訪問は「気まずい」ものになったというコメントがある。

（2）　ゴットフリート・ベルマン・フィッシャーは、一九三六年にスイス出版社連合がベルマン＝フィッシャー書店のスイス開業に反対を表明しスイス外事警察に働きかけてこれを妨害したについては、その責任は主としてチューリヒのエーミール・オープレヒト博士にあると前々から（根拠のないまま）確信していた。ゴットフリート・ベルマン・フィッシャーはどうやら、オープレヒトがトーマス・マンに悲しんで伝えたように、手紙の往復の中でこの怨みを晴らすべくオープレヒトに対して拒否的態度を貫き業務提携の話しに耳を貸そうとしなかった。オープレヒトはトーマス・マンに仲介の労と誤解の除去を頼んでいた。ゴットフリート・ベルマン・フィッシャー宛て、プリンストンから、一九三八年十二月十二日付『往復書簡集』一九六—一九八ページ、所収、参照。この不仲は一九三九年七月ノールトウェイクのトーマス・マンのもとでフィッシャーとオープレヒトが直接対面した際に解消された。

（3）　オト・バーズラー宛てプリンストンから一九三八年十二月十二日付『書簡目録II』三八／三六四。

（4）　〔訳注〕『書簡目録II』によるとこの十二日付の英文の手紙だけで十一通に及んでいる。

（5）　確認されていない。

プリンストン、三八年十二月十三日　火曜日

晴天。第七章を書き進める。Kとパイン・エステイト[1]を散歩。ときおり気分が悪くなる。押し退けられた一山の郵便物、もはや読む気にならない。お茶に、マイゼルの他にインタヴュアー、中西部の知的な男。七時過ぎトスカニーニの演奏会にニューアクへ車を走らせる。楽しい演奏会で、多くの朗読[2]。ムシェンハイム夫妻と同席。『オーベロン』、『悲愴』、『ハイドン変奏曲』、『森の織衣』、『マイスタージンガー前奏曲』。そのあと小さなレストランで夕食。ジョンの運転する暖房を入れたビュイックで帰路につく。家でなおブリュル宛てに手紙、遅くなる。

(1) プリンストンの小さな個人庭園。本来ここで散歩することは許されていなかった。
(2) 日記原本にこうある。意味不明確、おそらく誤記であろう。〔訳注〕

プリンストン、三八年十二月十四日　水曜日

晴天。第七章を書き進める。散髪に出掛ける。そのあとKとパイン・エステイトを散策。ランチに夫人[1]同伴のマイゼルと指揮者マイアー[2]。郵便を読んで処理することに抵抗感が募り、食傷、反感。調べて人毎に分類、あとは片付ける。――お茶のおりにミスター・Mという宅地および保険のビジネスマン、自分の言葉によいしれているかのような口上、ドキュメント。そのあとマイゼルと、ボルヒァルト宛て[3]に口述、その他を手渡す。ヴィーンのオペンハイマーの弟[4]のためにストックホルム経由で援助。『この平和』と『ショーペンハウアー』にかなりの人数になる献呈すべき人々のためにクリスマス用の献辞を書き込む。夕食後ラウシュニングの本。――非常に疲れる、無理の重なった神経。

(1) アナ・マイゼル、旧姓ローゼンブシュ。
(2) 不明。
(3) ヘルマン・H・ボルヒァルト宛て、プリンストンから、一九三八年十二月十五日付、『書簡目録II』三八／三七八

（ボルヒァルトの戯曲『苦しい一時』の原稿について）。

（4） フリードリヒ・オペンハイマー（一八八六―一九六〇）は、画家マクス・オペンハイマー（モップ）の弟、一九三二年以来フリードリヒ・ハイデナウのペンネームでベルリンのS・フィッシャー書店、のちにヴィーンのベルマン＝フィッシャー書店所属の小説作家。三九年ハイデナウのスウェーデン呼び寄せに成功、四〇年合衆国に亡命、四七年オーストリアに戻った。

プリンストン、三八年十二月十五日　木曜日

日差しはあるものの寒く粗い風。第七章を書き進める。Kと散歩。落ち着いた一日。コーヒーのあと、読書。お茶のときマイゼルと手紙の相談。リオン宛て[1]に手紙を書く。仕上げと署名。晩ラウシュニングの著書を読了。

（1） フェルディナント・リオン宛て、プリンストンから、一九三八年十二月十五日付、『書簡集Ⅱ』七一―七二ページ、所収。

プリンストン、三八年十二月十六日　金曜日

ここ数夜、睡眠剤を服用せずに熟睡。健康の回復。――寒気、日差しはつよい。Kはニューヨークへクリスマスの買い物。一人で朝食。第七章の仕事。正午マイゼルが来て、郵便を開封する。マイゼルとパイン・エステイトを散策。マイゼルとランチ。コーヒーの時手紙の朗読。シューハルト[1]（ニューヨーク）のゲーテとサン・シモン主義についての論考を読む。批判的傍注。一人でお茶、そのあとデモクラシーについての論文の構想。K夕食に戻ってくる。論文を読了。

（1） おそらくゴットロープ（あるいはゴットリープ）・カール・ルードルフ・シューハルト「七月革命とサン・シモン主義と一九三一年の『ファウスト』配役」、「ドイツ文芸学雑誌」第六〇巻、第四号、一九三五年十二月刊、所収。

プリンストン、三八年十二月十八日　日曜日

きのう土曜日午前第七章を書き進める。Kと短時間の散歩。ランチにクロプシュトック博士。荷造り。お茶のあと車でフィラデルフィア、ホテル・ベルヴュ＝ストラトフォドへ。そこで着替え、軽食をとる。近くのオペラ・コンサート・ハウスへ。オーケストラの総裁とともにオーマンディ[1]夫妻の仕切り席。アンダースン[2]をソリストとしてブラームスの夕べ。あとで楽屋のオーマンディを訪れる。新聞記者たち、不快な政治的インタヴュー。ホテルでオーマンディ夫妻、ハインツ・カスパル、知的フィラデルフィアの代表者たちと歓談。アイスクリームとビール。

　昨夜は非常によく眠った。一日中辛かったきのうより体調は良い。遅く起床。入浴、朝食のあと書くことにしている政治論のために二、三メモを取る。午頃ミスター・ビリコップが迎えに来て市内をドライヴ、美しい憲法記念館を見学。ビリコップ邸での食事は老医師、精神医学者、裕福な、郵趣商品販売店の経営者、ヴァーグナー草稿の買い手など比較的多人数の集まり。女優ライナー[3]とその夫。私たちの車で三時半頃出発。雨模様。

　ここには若い連中が来ている。メーディとお茶。そのあとフェーゲリンとシューハルト宛てにそれぞれの仕事について手紙を書く。晩シューハルトのサン・シモン論を通じてデモクラシーの本質の研究。――きのう出発前にクセヴィツキとエインジェルからレコードのプレゼント。アメリカ学術芸術アカデミーの通信会員への選挙にかかわる電報。

（1）　ハンガリー出身のアメリカの指揮者ユージン・オーマンディ（一八九九―一九八五）は一九二一年以来合衆国でコンサートマスター、指揮者、三六年以来フィラデルフィア・オーケストラの常任指揮者。

（2）　アメリカの黒人女性歌手マリアン・アンダースン（一九〇二）は、アメリカで演奏旅行を始め、一九三二年から三五年ヨーロッパに登場するとたちまちのうちに世界的名声を博した。トーマス・マンは一九三五年十一月アンダースンをチューリヒで初めて聴いた。

（3）　女優ルイーゼ・ライナー（一九〇九年生まれ）、パール・S・バックの長篇小説による映画『大地』で有名になり、タリフォード・オウデッツと結婚、一九四五年作家ヨーン・クニッテルの息子の出版社主ロバト・クニッテルと再婚、一九三八年八月二十一日付日記の注（2）参照。

プリンストン三八年十二月十九日　月曜日

冬らしい天候、粗々しく、粉雪。午前「サーヴェイ・グラフィク」(1)のための論説に取り組む。Kとパイン・エステイトを散策。若い連中を加えてランチ。スイスの新聞諸紙とパリの諸雑誌。お茶にマイゼル、マイゼルと手紙の相談。Kに数通口述、プラハのコザク宛てに。ベンダー、クセヴィツキ等々に贈る本に献辞。クリスマス・カードの仕上げ。晩、読書、諸雑誌、ミリト(2)(ミドルトン)の短い英文の『ブデンブローク』論、ベックの『哲学と政治』。

(1)　ニューヨークの雑誌『サーヴェイ・ラフィク』一九三八年一月二十八日号に掲載された論説『文化と政治』。ドイツ語では『政治への強制』の表題で「ダス・ノイエ・ターゲ＝ブーフ」パリ、一九三九年七月二十二日号、『文化と政治』の表題で『ナツィオナール＝ツァイトゥング』バーゼル、一九三九年七月二十三日号、『全集』第十二巻八五三—八六一ページ、所収。

(2)　フレッド・ベンジャミン・ミリト「私の意見では」、「シカゴ大学マガジン」シカゴ、一九三八年六月号所収。同じ論文が「月桂樹の一葉」の表題でミドルトン、ヤング、一九三八年刊行。

プリンストン、三八年十二月二十日　火曜日

薬を一切使わずに安眠。きのうのように八時起床。郷愁のせいかキュスナハトの部屋をありありと思い浮かべる。——Kは朝食後ニューヨークへ。「サーヴェイ・グラフィク」の論文で苦しい試み。冒頭、間口を広げ過ぎた。本来の仕事から離れていることからくるいつもの悩み。神経が消耗し疲労を覚える。正午マイゼル博士、博士と手紙の相談。寒い晴天下メーディとスプリングデイル・ロードを散策。メーディと二人だけでランチ。コーヒーのあと、ロストフツェフの『ローマ帝国』(1)を読む。古典古代文化の没落。主要現象として大衆による教養層の吸収の進行、政治的、社会的、経済的　精神的生活全機能の「単純化」すなわち野蛮

化が見られる。——メーディと二人でお茶。季節の挨拶状[2]と二、三の注文。——チューリヒのコローディ宛てにアカデミーへの選出[3]と原稿競売について手紙を書く。——メーディと私が出迎えてKが帰宅。クノップ夫妻から（ワインの）プレセント、マイアー夫妻から（ハンドバッグ、ひすいの灰皿、メーディのために刺繡ハンカチの）プレゼント。——「自由ドイツ研究雑誌」に興味ある論文数篇。——

（1）ロシアの歴史家で考古学者ミハイル・イヴァノヴィチ・ロストフツェフ（一八七〇—一九五二）は一九〇一年から一八年までザンクト・ペテルブルク、二五年以降はイェール大学教授。その著書『ローマ帝国の社会、経済史』は一九二六年、ドイツ語版は『ローマ帝国の社会と経済』二巻本の形で一九二九年刊行された。

（2）英語でCompliments of Season, クリスマスと新年の挨拶〔状〕。

（3）トーマス・マンは一九三八年十二月十七日ニューヨークのアメリカ学術芸術アカデミーの名誉会員に選出された。

プリンストン、三八年十二月二十一日　水曜日

寒く暗く、粉雪。論説を改めて書き始める。哀しみと疲労が募る。死の思い。正午Kと散歩。屋内庭園のある綺麗な家に住む気のいいご婦人のところに立ち寄る。「自由ドイツ研究雑誌」を読む。お茶の際、マイゼルと手紙の処理。ハーヴァドの学生たちやその他誠実な人々が私を当てにし、自分たちの計画に私を参加させようとしきりに頼んで来るが、止むなくことわらざるを得ない。なお、論説を少し書き進める。夕食にカーラー夫妻。疲労、退屈、落ち着けない。カーラーがエルンスト・ユンガー[1]最新作について、質の悪い娯楽物に相違あるまい。

（1）エルンスト・ユンガー（一八九五年生まれ）、両次大戦において将校、特に『鋼鉄の嵐の中で』（一九二〇年）、『総動員』（一九三一年）の戦争文学によって有名。ここで言及されている「最新作」というのは、寓意的な長篇小説『大理石の断崖の上で』のことであろう。これは発行年が一九三九年となっているが実際は一九三八年晩秋にドイツで刊行され、国民社会主義にたいする隠された批判と理解されて大きなセンセーションを引き起こした作品である。

プリンストン、三八年十二月二十二日　木曜日

青く晴れ、日差しはあるものの、寒く、鋭い風。「グラフィク」論説を書き進める。正午暖房をいれた車でドライヴに出る。大量のクリスマス・カード、書籍。四時半Kとメーディともどもラーデンブルク邸のお茶へ。娘たちと子供たち。家で大量の本の献辞、クリスマス・カード、英文の手紙を仕上げる。届いたばかりの英語やドイツ語の本と取り組む。ディーボルトの戦後小説(1)。ペティーの『革命の過程(2)』――就寝後ハイネの『フランス事情(3)』。

(1) ベルンハルト・ディーボルト『中道の国』は一九三八年チューリヒ、オープレヒト書店から刊行された。
(2) ジョージ・ソウヤー・ペティー『革命の過程』(組織的政治学比較統治論研究、第五巻) ハーパー書店、ニューヨーク、一九三八年刊。
(3) ハインリヒ・ハイネ『フランス事情』(一八三二年刊)。

プリンストン、三八年十二月二十三日　金曜日

寒く、曇天。午前「グラフィク」論説を書き進める。正午、マイゼルと仕事、論説最初の数枚を写しを取るようマイゼルに渡す。少し戸外に出る。Kと二人でランチ。サロンにクリスマス・トゥリー。コーヒーのあとリースマン(1)の『現代社会における医学』を読む。お茶にゴーロがクラウスと一緒に到着。心から歓迎の挨拶をして屋内を案内する。お茶のおりに報告と対話。たっぷりと郵便、パリからシュピーカーとミュンツェンベルクの手紙。私をドイツの、マサリクにする気でいる。――息子たち加えて四人で夕食。玄関扉に飾り環、ジョンが外階段に多彩なイルミネイションを飾る。食後エーリカ到着。サロンでボルサク(2)を飲みながら歓談。「尺度と価値」最新号、立派な仕上がり、ハインリヒの『ニーチェ』は優れた仕事。十二時。

(1) ドイツ出身のアメリカの高名な医師で研究者ダーフィト・リースマン（一八六七年生まれ）、フィラデルフィア

のペンシルヴェニア大学医学史教授。その講演シリーズ『現代社会における医学』は一九三八年プリンストン大学出版局から刊行された。

(2) 日記原本には一貫してボルサクとある。ボルサクというのはトーマス・マンが非常に評価していたワイン、バルサクのことである。

プリンストン、三八年十二月二十四日　土曜日

寒い晴天。午前「グラフィク・サーヴェイ」のための論説を擱筆。正午マイゼルと仕事、マイゼルは前半の写しを持参、他のものを提示する。クリスマスの賀状、書籍。玄関ホールとヴェランダの部屋が小包置き場。正午ゴーロと散歩。その将来の可能性について、また雑誌について。政治随想集数部、ベルマンの小冊子、新しいフォールム版などの多数の小包。五人の子供にビービの婚約者を加えて昼食。祝い日の落ち着きのなさ。お茶のおりエーリカと「自由のパヴィリオン」[1]について。論説の校正、機械的な仕事と着替え。クリスマス・イーヴ。プレゼントを配る前に子供たちが集まって合唱。細い蠟燭の燃えるクリスマストゥリー。プレゼントの置いてあるテーブル。カーラー夫妻からの本の包み、美しい英文のシェイクスピア、パジャマ、レコード等々。ところせましと豪華な贈り物。花瓶と菓子。グムペルト博士。蠟燭の照明で夕食。祝日の心地好い情景。シャンパン。コーヒー。あとでカーラー夫妻。新しく拵えた角の席でシャンパンとバウムクーヘンで一時まで歓談。『ヨーロッパに告ぐ』と『ショーペンハウアー』を友人たちと子供たちに。黒人夫婦にはお金とその他のプレゼントで満足して貰った——寝込む前に『フランス事情』。——一日中この状況が希有なものであることを痛いほど感じる。子供たちが集まったことで気が晴れる。アメリカでの最初のクリスマス。将来の可能性が再三話題になる。

(1) ニューヨーク万国博覧会のために計画された、「自由」に捧げられる特別パヴィリヨン、これは実現しなかった。

プリンストン、三八年十二月二十五日　クリスマスの日曜日

寒いが日の差す天候。九時に起床、入浴。K、メーディ、ゴーロと一緒に朝食。シュトレン。論説後半を写しを取るためゴーロに渡す。旅行講演の準備。正午K、クラウス、ゴーロ、メーディ、グムペルトとパイン・エステイトを散策。子供たちにグムペルトとクロプシュトックを加えて延ばしたテーブルでランチ。鴨。コーヒーのあとスイスの諸新聞、オランダ人クラフト博士[1]の哲学論文などを読む。お茶にエルンスト・クルシェネクと夫人、セション教授[2]と夫人、シェンストン夫妻など客人たち。アムステルダムのデ・ランゲ宛てにヴァルター[3]の『カサンドラ』について手紙。夕食後図書室でK、エーリカ、クラウス、ゴーロ、メーディ、グレート・モーザー、グムペルト、クロプシュトックのために第七章の朗読。類のない効果。クラウスとメーディはニューヨークの若いラインハルト[4]のところでの祝宴に出掛ける。医師たち[5]が同行。K、エーリ、ゴーロとサロンで。ボルサクを飲む。なお第七章について語り合う。

（1）　哲学者ユーリウス・クラフト博士（一八九八－一九六〇）は一九三三年までフランクフルト大学私講師、オランダに亡命してユトレヒト大学で教職につき、三九年合衆国に移った。五七年ふたたびフランクフルト大学教授になった。雑誌「ラティオ」の共同創刊者。

（2）　アメリカの作曲家で音楽教育学者ロジャー・セションズ Sessions（一八九六－一九八五）、一九二六年から三三年まで主にフィレンツェとベルリンで暮らし、合衆国に戻ってからはニューヨークとプリンストンで教鞭を取り、四四年から五二年までカリフォルニア大学バークリ校の音楽の教授、五二年から六五年までプリンストンの教授だった。そのオペラ『モンテスマ』（一九四七年）の台本を書いたのはG・A・ボルジェーゼである。一九三九年十一月二十三日付日記の注（1）参照。〔訳注〕日記原本ではセションズ Sessions がセション Session となっている。

（3）　作家フリードリヒ・ヴァルター（一九〇二年生まれ）は一九三三年まで「ベルリーナー・ベルゼン＝クーリエ」の文芸欄編集者で文学批評担当者、三三年フランス、四〇年イギリスへ亡命、今日ロンドンで生活している。その長篇小説『カサンドラ』は三九年アムステルダムのアレルト・デ・ランゲ書店から刊行された。ヴァルターは「尺度と価値」一九三八年十一月／十二月号にこの長篇小説の断片を『沈黙の神々』の表題で発表、四八年ロンドンのマクミラン書店から学校向けトーマス・マン・アンソロジーをドイツ語原文の解説を添えて刊行した。

（4）　ゴットフリート・ラインハルト。

（5）　グムペルトとクロプシュトック。

プリンストン、三八年十二月二十六日　クリスマスの月曜日

天候が和む。遅く起床。旅行講演[1]の材料を探し回る。「グラフィク」論説の校正と発送。Kとドライヴに出て湖近くを散策。若いシュパイアー来訪。エーリカとコーヒーの時にパリの手紙について相談。午睡。お茶のあと夕食まで子供たちの亡命本について子供たちに三枚に及ぶ手紙を書く[2]。食後これを朗読、子供たちはこれを感謝して受け取る。ブラームスの音楽を新しいサファイア針で試聴。「尺度と価値」を読む。エーリカ出発。クリスマス・テーブルの取り片付け。――カレル・チャペクの訃報[3]に深く痛切にうたれる。――雨と強風。

（1）　講演『自由の問題』、トーマス・マンは一九三九年三月―四月の講演旅行でこれを講演した。『全集』第十一巻九五二―九七二ページ。

（2）　随想「私たちの父の肖像」が収録されているクラウス、エーリカ・マン『人生への逃避』ボストン、ホートン＝ミフリン社、一九三九年刊、への序文、『書簡集II』七五―七六ページ、所収。

（3）　トーマス・マンがよく知っていて高く評価していたチェコの詩人カレル・チャペクは一九三八年十二月二十五日プラハで死去した。

プリンストン、三八年十二月二十七日　火曜日

夜、騒々しい天候。三時か四時まで安眠出来ず。ファノドルム半錠。寝室着で歩き回る。それから数時間窓を開けたまま椅子で眠ったあと、ベッドに戻りおそくに起床。入浴、新しい肌着。K、メーディ、若い婚約カップル（グレートは妊娠しているかもしれない）と朝食。――青空で四月のような天候。――旅行講演を書き始める。K、メーディと散歩。メーディは食後クラウス、ゴーロとニューヨークのボルジェーゼ・ディナーに出掛ける。スイスの新聞諸紙。お茶の際マイ

ゼルと手紙の処理。そのあとKを相手に口述、とくに身辺について長い手紙を寄越したクラウス・プリングスハイム宛ての手紙、——寒気が募ってくる。——晩少し音楽を聴く、ついで届いた本と取り組む。

プリンストン、三八年十二月二十八日　水曜日

寒気、澄んだ空、強い風。講演を書き進める。ミセス・ルーベン(1)が同伴者を伴ってインタヴューに。一人(2)で三十分散歩。コーヒーのあとユダヤ系表敬ディナーの件では、クノップが警告の手紙を寄越しているが、その件でヒュープシュ(3)と電話。お茶にマイゼル。同じ件についてマイゼルと。ついで、マイゼルに口述。ついでKを相手にほとんど夕食まで種々の問題をさばく。本の献辞を記す、英文の手紙の仕上げ。マイゼルの書いた厄介なディナー問題の手紙は満足出来ない。——ゴーロがニューヨークから戻る。ボルジェーゼ・ディナーとクラウスのスピーチについて。ボルジェーゼが私について「精神の共和国の現大統領」と言ったという。おかしな話だ。——メーディがラーデンブルクの一家とスキー旅行に出掛けると挨拶する。婚約者カップルはニューヨークに戻って行く。——ヴァーレンティーン(4)の世界史を興味深く読む。

（1）特定出来なかった。

（2）おそらくアインシュタイン・メダルと関連した問題であろう。『書簡目録II』三八／三九七、一九三九年一月二十日付日記の注（3）参照。

（3）B・W・(「ベン」)ヒュープシュ（一八七三—一九六五）はニューヨークの書店B・W・ヒュープシュ社の創立者で社長、この出版社は一九二五年有力な大出版社ヴァイキング・プレス社となったが、これはクノップ書店とならんで主に亡命ドイツ文学に肩入れした。

（4）ドイツの歴史家ファイト・ヴァーレンティーン（一八八五—一九四七）は一九三三年ロンドン、四〇年合衆国へ亡命、ペンシルヴェニア大学歴史学教授。三三年以前のその主著は『一八四八年から四九年にいたるドイツ革命史』で、一九三〇年から三一年にかけてベルリンのウルシュタイン書店から二巻本で刊行された。二巻本『世界史。民族、人物、諸理念』は三八年、三九年アムステルダムのアレルト・デ・ランゲ書店から刊行された。

プリンストン、三八年十二月二十九日　木曜日

寒気。午前中講演を書き進める。正午Kと少し散歩。食事にマイゼル博士が夫人と小さい坊や[1]を連れてくる。コーヒーの際そして四時まで「ライフ」のカメラマンと画家カウフマン[2]のために肖像用のポーズをとる。お茶に若い人たちがインタヴューにくる。——宣言のおかしな成り行き[3]。批判、反論、「トリビューン」における攻撃、委員会の責任による無資格者の早まった干渉。ミセス・トムプスンと電話、晩女史に断りの手紙。——ヴァーレンティーンの『世界史』——アインシュタイン・メダル[4]にかかわるユダヤ系ディナー主催者宛ての手紙を仕上げる。

（1）　アルベルト・マイゼル、当時十歳、今日ワシントン、国立文書館の部長の一人。

（2）　マルク・カウフマン（一九二二年生まれ）当時十七歳に達していなかったが、数年後にはすでに有名なアメリカの報道写真家となり、一九四一年から五七年にかけグラフ雑誌「ライフ」のために合衆国、ヨーロッパ、極東で活動し、五七年以降はロンドンの「タイム＝ライフ」事務所の所長だった。

（3）　トーマス・マンの宣言『節度ある世界に寄す To the Civilized World』（Andie gesittete Welt）（一九三八年十一月十八日付日記の注（2）参照）は個人的信条告白として書かれたもので、著名人の署名を集めて暴力と不正に対する抗議となるべきものであった。さまざまな不注意によって原文がまだ最終的にまとまらないうちに早々と知られてしまい表立った議論になってしまった。この呼び掛けに対する同意を求められたアメリカの文筆家ジェイムズ・T・ファレルは、一九三八年十二月二十二日号の「ニューヨーク・ヘラルド・トリビューン」の手紙で宣言を鋭く論難した。（「ヘラルド・トリビューン」にファレルに対する回答を発表した）ハリ・スロホーヴァーに宛てた一九三八年十二月三十日付手紙、『書簡集II』七四—七五ページ、所収、の中でのトーマス・マンの経過説明参照。トーマス・マンはこのあとこの運動への関わりを一切断った。

（4）　一九三九年一月二十日付日記の注（3）参照。

プリンストン、三八年十二月三十日　金曜日

寒気、乾燥。K重いカタル症状。講演を書き進める。Kと小一時間散歩。ゴーロとランチ。コーヒーの際に手紙の検討。ゼーガーの「フォルクスツァイトゥン

グ」にヒトラーの反教会計画、教皇と個人的に接触したいというヒトラーの願望（シュシュニクとベネシュ）について。――お茶の際マイゼルと手紙を処理。出版社についてのベルマンの詳細な報告[1]、政治的に楽観的になっている。シャハトの旅行とイタリアの意図（スペイン）についてロンドンから新聞付録。Kを相手に手紙の口述、ミセス・マイアー宛て、「ヘラルド・トリビューン」事件に関する女史のきょうの手紙に対する回答として。さらにその他の人々宛てに。バープとブロートに関して英語の手紙[2]を仕上げる。――ジョンは新居に引っ越すビービを手伝うため一日ニューヨークに出ている。――晩『ヴァルキューレ』の一部を聴く。またヴァーレンティーンの世界史を読む。

（1）　トーマス・マン宛て、ストックホルムから、一九三八年十二月十九日付、『往復書簡集』一九八―二〇二ページ、所収。

（2）　エルヴィン・ジョンスン宛て、プリンストンから、一九三八年十二月三十日付、『書簡目録II』三八／四〇二。これは、アメリカの大学の教職につきたいと努力していたマクス・ブロートのための詳細な推薦状である。

プリンストン、三八年十二月三十一日　土曜日

厳寒。講演を書き進める。正午ドライヴにでて湖畔を散策。ランチにヴァイル教授が夫人と二人の若い息子を連れて。大量の郵便、「委員会」からも宣言の件で。フランス語訳『エジプトのヨゼフ』[1]が届く。お茶にフォイアーマンの紹介で若い女性チェリスト。これにマイゼルが加わる。マイゼルと手紙の検討。仕上げ、シケレ夫妻宛て[2]自筆の手紙。ガウス学部長からボルドー一本と『この平和』への礼状。Kとゴーロと夕食、ブラウン・ケーキと胡桃のデザートにボルサク。そのあとシベーリウスのレコードと『ヴァルキューレ』を聴く。ケーテ・ローゼンベルクから絶望的な手紙。ドイツ民族の態度における許しがたいところについて。――スイスの諸新聞を読む。チューリヒの時計が真夜中を報じる。新年がはじまった。命ある者は見るだろう。新しいカレンダーをかける。

（1）　『ヨゼフとその兄弟たち』の第三部はルイーゼ・セルヴィサンのフランス語訳でパリのガリマール書店から一九三

八年のクリスマスに刊行された。
（2）　ルネ・シケレ宛てプリンストンから一九三八年十二月三十一日付、『書簡目録II』三八／四〇四。

一九三九年

プリンストン、一九三九年一月一日　日曜日

穏やかな天候。講演を書き進める。正午公園に車を走らせそこを散策。ランチにミセス・シェンストンとその坊や。フランス語訳『エジプトのヨゼフ』を楽しみながら読む。お茶にハンス・ヤフェ博士到着。Kと一緒にセルヴィサン女史、[1]ファルケ（ツーク）、フランケル教授[2]（パリ）宛ての手紙。ロシアの雑誌を読む。ヤフェをまじえて夕食。あとからカーラー、シャンパン。話題の大半は政治と歴史。ハイネ、ニーチェ、ナポレオン、ビスマルク、ドイツ人、そして反動と腐臭を放つ心情の仮面の内側の整理。歴史の堕落。上からの階級闘争に対する執拗な怒り。対するに今日の諸国民の無能力。

（1）ルイーズ・セルヴィサン宛て、プリンストンから、一九三九年一月二日付『書簡目録II』三九／九。

（2）オスカル・ベンヤミーン・フランケル。

プリンストン、三九年一月二日　月曜日

穏やかながら風のある天候。講演を書き進める、これが終わったら一年間はこの種のものはもう書くまいと心にきめて。——Kの従姉妹ヘダ[1]が娘と来訪。この二人を加えて散歩。食事にランツホフ、クラウス、エーリカも。まだ収まらない「トリビューン」にかかわる[2]憤慨とこの失敗に終わった企画について。エーリカはドロシ・トムプスンに苦情を述べるつもりでいる。ベルマンとその事業についてランツホフと話し合う。ヴァーレンティーンの『世界史』を読む。午睡。ここプリンストンとハーヴァドの教授たちとフランスのお茶。リオン宛て[3]にかなり長文の手紙。夕食後膀胱カタルを病んでいるエーリカ出発。スキー旅行からメーディ帰宅。居間で『トリスタン』と『アイーダ』を聴く。この数日寝付く前にハイネの『フランス事情』と『ルテーツィア[4]』を読む。

（1）ヘダ・コルシュ、旧姓ガリャルディ（一八九〇年生まれ）。その母親マリーア・ガリャルディは女権論者ヘートヴィヒ・ドームの五人の娘の一人で、ヘートヴィヒ・プリングスハイム夫人の姉妹だった。ヘダはマルクス主義政治学者カール・コルシュ（一八八六―一九六一）と結婚してバーバラとジビレという二人の娘を持ち、合衆国で生活している。トーマス・マンがここで言及している娘はバーバラ・マリーア・コルシュ（一九二一年生まれ）で、当時マサチューセッツ州ノーサムプトンのスミス・カレッジの学生だった。バーバラはロバート・ウォード博士と結婚、現在ロサンゼルスの小児病院の小児科医で、南カリフォルニア大学の教授である。

（2）「ヘラルド・トリビューン」に掲載されたトーマス・マンの宣言に対するジェイムズ・T・ファレルの攻撃。一九三八年十二月二十九日付日記の注（3）参照。

（3）フェルディナント・リオン宛て、プリストンから一九三九年一月六日付、『書簡目録II』三九／一三。この手紙は仕上げて投函されるまでどうやら数日放置されていたらしい。

（4）ハインリヒ・ハイネ『ルテーツィア。（フランスにおける）政治、芸術、民衆生活についての報告』、一八四〇年―四三年。もとはアウクスブルクの「アルゲマイネ・ツァイトゥング」のために書かれ、本の形で刊行されたのは一八五四年である。

三九年一月三日　火曜日　プリンストン

早めに起床。暗く風がある。朝食後正午まで講演の仕事。完成は急を要するが、先行きはどうやら目処がついてきた。――Kとミセス・ロウを訪ねる、ヴァーグナー講演について、宣言と「グラフィク」論説の翻訳について。少し散歩。クラウス、メーディ、ハンス・ヤフェとランチ。ヤフェはコーヒーのあと帰って行く。午後、マイゼルが、きょう届いた大量の郵便について報告。指示とサイン。ファルケから、アメリカへのスイスのアピールが郵送されてくる。ニューヨークからのアウアンハイマーの手紙。オト・シュトラーサーの政治がらみの手紙。宣言関連では新手の苛立ちの種になるようなものが絶えない。チューリヒの翻訳も良くない。――その他の郵便は、Kと息子たちと晩に検討する。ヴァーレンティーンの『世界史』を読む。

プリンストン、三九年一月四日　水曜日

暗く気温は零度以下。講演を書き進める。Kと小一時間散歩。食事にシュテファン・ツヴァイク。お茶にベルマン＝ヘルリーゲル博士が同伴の女性と。新しい原稿。ドイツの雑誌。夕食にカーラー。夕食後カーラーと活発な哲学的対話。ドロシ・トムプスンとエーリカのきょうの話し合いの結果についての報告。行動の中止とゴーロ〔から〕送られてきた短縮テキストでの行動の再開。このテキストをエーリカに送る。

プリンストン、三九年一月六日　金曜日

きのう午後ニューヨーク、ベドフォドへ。エーリカ。カーネギー・ホールでクセヴィツキ指揮のコンサート（ヒンデミット）。仕切り席でアレクサンドラ・トルストイ[1]と同席。感動的。そのあとアイゼルマン[2]邸で晩餐。クセヴィツキと夏の音楽祭計画について。「リンカーン」のための約束。エドウィン・クノップ[3]がフランク夫妻について。夜激しい雷雨、爆撃。非常に遅く眠る。

きょう、ベドフォドで、十時半にグロス[4]、委員会からの同伴者およびエーリカと宣言問題で協議。Kと買い物。それからクノップ夫妻とそのいきつけのレストランでランチ。食欲が出る。三時家路につく。ジョンが遅れる。家にはクラウスとゴーロ。お茶にブロッホ博士[5]。ドイツ語日刊新聞の計画。顕著な文学知性。——郵便のしわけ。「アウグスト」の章の校正。『ヴァーグナー』講演の英訳。——途中でベルマン＝ヘルリーゲル[6]のアマゾン河の本を読む。

（1）アレクサンドラ・トルストイ（一八八四—一九七九）はレフ・N・トルストイの最後まで残った娘で父親の最後の逃避行に同行した。アレクサンドラは『トルストイの逃走と死』（一九二五年）、『鎖につながれた放浪者。私の両親の家の小説』（一九三一年）を書いた。ソヴィエト政権下でたびたび逮捕され禁固刑を宣告されたが、ついに一九二九年ロシアを離れ、以来ニューヨークで暮らした。

（2）ボストンの有名な富豪の家庭出身の、ミセス・アルバート・アイゼマン未亡人（〔訳注〕アイゼマン Eisemann が本文ではアイゼルマン Eiselmann となっている。）は指揮者セルジュ・クセヴィツキと親交があった。ボストン交響楽団のニューヨーク客演（クノップ夫妻はその定期会員だった）にあたっては、未亡人はたいていクセヴィツキのために会を催し、クノップ夫妻はこの会に招かれたり、逆に招いたりしていた。

（3）　正しくはエドマンド・クノップ。

（4）　アルベルト・H・クロスはトーマス・マンの宣言への署名集めに腐心した委員会の書記であったらしい。『書簡目録II』三九／八、参照。〔訳注〕一九八〇年版の日記では本文も注記もグロス Gross であるが、一九九〇年版の日記の注ではクロス Cross となっている。

（5）　エルンスト・ブロッホ

（6）　アルノルト・ヘルリーゲル（リヒァルト・A・ベルマン）、『原始林の船。アマゾン河の本』は一九二九年ベルリンのS・フィッシャー書店から刊行された。

プリンストン、三九年一月七日　土曜日

春めいた天候、太陽。講演の執筆を再開、中断は進行を促す効果があるらしい。正午Kとメーディと公園に車を走らせ、そこを散歩する。食事にヴィリ・シュラム。政治的な談話。『ロッテ』第六章の校正刷を見る。お茶に、マイゼル。マイゼルと手紙を処理、口述。ルートヴィヒ・ハルト宛てに手紙を書く。――かなり以前に届いたマコーレイ選集[1]の背にドイツからのパテーティシュなメセージを発見する。――夕食の前後に校正刷を見終える。

（1）　一九三八年十二月三日付日記の注（3）参照。本の背に隠されていた報告がどういうものだったか、もはや分からない。トーマス・マンは「パテーティシュ」という概念を恐らく英語の意味すなわち感動的、心打たれる、同情にあたいする、の意味で用いているのであろう。〔訳注〕ドイツ語ではもったいぶった、大仰なといったネガティヴなニュアンスを伴う。

プリンストン、三九年一月八日　日曜日

穏やかな晴天。講演の執筆。Kとメーディと車で出て散歩。ランチにミスター・チャイルズ[1]、英語で会話。沢山の郵便、ファイスト、ケーテ・ローゼンベルク、リオン、バーズラーからの手紙。バーズラーはスイス放送が私のアカデミー選出を報じたと書いている。——お茶のあとKと手紙を処理、ゲールハルト女史のたあいのない手紙に大笑い。ミュンツェンベルクから「ツークンフト」誌についてニュース。「ベルリーナーベルゼンツァイトゥング」の意見！——晩マルクスの『あるユダヤ人の戦争日記(2)』を長い時間読む。

（1） マークウィス・チャイルズ（一九〇三年生まれ）はアメリカのジャーナリスト、コラムニスト。チャイルズはこの訪問を基礎に「ライフ」一九三九年四月十七日号に写真をたくさん添えた長大なインタヴュー記事「ドイツの代表的亡命作家トーマス・マン、いまアメリカにおける自由と民主主義を擁護する」を発表、これはトーマス・マンの名を極めて広い層に知らしめ、（若干の事実にかんする錯誤とともに）そのご再三引用された。原文のドイツ語訳は、クラウス・シュレーター（編）『同時代の評価の中のトーマス・マン』三〇六—三一四ページ、所収。一九三九年一月十日の日記の記事、参照。

（2） ユーリウス・マルクス『あるユダヤ人の戦争日記』は一九三九年チューリヒの「ディ・リーガ」書店から刊行された。

プリンストン、三九年一月九日　月曜日

日差しはあり、爽やか。再び衰えてきている気力を奮い起たせて講演(1)を書き進める。こうしたことを頭から捻り出すのが次第にむずかしくなってきている。——正午Kと散歩。食後手紙を読む。「プラウダ」から、レーニンについて書けとの電報。お茶のあとの午後はほとんど夕食まで手紙の相談、口述、自筆での処理、仕上げで過ぎてしまった。晩カーラー。カーラー、K、息子たち、メーディに講演を朗読してきかせるが、書き上げたところまでだったが、それだけで、すでに一時間以上かかった。議論。教育的なところは賛意を集める。マルクスを省いた(2)のは戦術的に正しい。キリスト教的なものは防衛の武器になる。結末はまだ微妙だ。——モスクワの「国際文学《インターナツィオナーレ・リテラトゥーア》」の巻頭に『デモクラシー』の抜粋。——

（1） 『来るべきデモクラシーの勝利』「国際文学《インターナツィオナーレ・リテラトゥーア》」第八巻、一二号、三—七ページ。

（2） この講演はサン＝シモン主義にはかなり詳しく触れているが、マルクスとマルクス主義には一言も触れていない。

プリンストン、三九年一月十日　火曜日

ニューヨークへ行くつもりだったKは夜中に気分が悪くなったので家にいた。K、ゴーロ、メーディと朝食、メーディは午後ニューヨークのコンサートに出掛けた。講演を書き進めて結末が近付く。小説を自由に書けるようになるかと考えると非常に幸せな気分。——雨、そのあとに残ったのはうち沈んだ気分。正午散髪に。プリーストにばったり遇う。編集、財政問題でのオープレヒトの手紙、これについてコーヒーのさいゴーロと相談。シュピーカーに宛てたエーリカの手紙。お茶のあとマイゼルと多くの仕事を処理。マイゼルが居なくなったあともそのまま仕事を処理。晩、非常に見事なところのある『指輪』[1]講演のドイツ語版と英語版と取り組む。ロウ女史はまだ病気。——チャイルズの分別あるインタヴューと出来のいい写真が「セント・ルイス・ポスト・ディスパッチ」[2]に掲載される。

(1) 講演『リヒァルト。ヴァーグナーと「ニーベルングの指輪」』、一九三七年十一月十六日にチューリヒで初めて行われ、最初に印刷されたのは「尺度と価値」一九三八年第三冊、一月／二月号だった。

(2) マークウィス・チャイルズ「セント・ルイス・ポスト・ディスパッチ」のインタヴュー記事は発見されなかった。

プリンストン、三九年一月十一日　水曜日

Kはゴーロとニューヨークに。日差しはあるものの冷たい風の吹く天候。講演の結末部分にかかる。正午、忘れていたのでびっくりしたが、ラウール・アウアンハイマー[1]。アウアンハイマーと少し散歩、風に悩まされる。アウアンハイマーとメーディをまじえてランチ。収容所等々の物語。本人はこれを相対的かつ自身の性格に応じて体験したのだ。コーヒーのあと列車の時間を待って長くとどまる。私は休息するため、メーディ一人に相手をさせておく。お茶にマイゼル、一緒に仕事。Kが戻る、愛想の良いご婦人の来訪。そのあと、「トリビューン」・ランチ・スピーチの最後の部分を

使って講演原稿を完成、マイゼルに最後の数枚を浄書させるべく送る。この仕事のために余りにも多くの時間が掛かったが、ともかくいまは終わったのだ。――K、メーディと夕食。そのあとミセス・アイアーと電話。ベーレンスの手になるバーゼルの新しい闘争紙[2]「シュヴァイツァー・ツァイトゥング」を読む。「国際文学」にゲオルゲについての論説[3]、誤った主張ばかりではない。

（1）一九三七年一月十五日付日記の注（15）参照。アウアンハイマーは強制収容所からの釈放後合衆国にたどりついた。アウアンハイマーはベルマン・フィッシャー書店に渡したダハウの体験記録にトーマス・マンの序文を期待したのだが、原稿を読んでいなかったトーマス・マンはこの要請を断り、本は刊行されなかった。『トーマス・マン＝ゴットフリート・ベルマン・フィッシャー往復書簡集』二二四―二二六ページ、参照。

（2）政治的に左翼的傾向を有する「スイス日曜新聞」（略称SZ日曜）は「攻撃する民主主義」という副題をもち、一九三八年十月三十日から三九年六月四日までバーゼルで刊行された週刊新聞で、トーマス・マンがよく知っていたバーゼルの評論家エードゥアルト・ベーレンスが刊行人だった。

（3）ヴォルフ・フランク「シュテファン・ゲオルゲに寄せる。その没後五回目の命日（十二月四日）にあたって」「国際文学《インターナツイオナーレ・リテラトウーア》」モスクワ、第八巻、一九三八年第十二号一二九―一五〇ページ、所収。

プリンストン、三九年一月十二日　木曜日

寒く、厳しく、小雪。午前中講演の修正。第七章[1]に取り組む。『ロッテ』についてブロッホ（Bloch）宛てに手紙。――Kと駅へコリンを迎えに行く。一緒に散歩、一緒にランチとコーヒー。花、キャンデー、紙巻たばこを持ってきてくれた。私が拒否的姿勢を取り続けているユダヤ・フォーラム事件について。――『この平和』についてハインリヒの手紙[2]。ケレーニイの手紙[3]。書籍。アルフレート・ノイマン[4]とツックマイアーの手紙――お茶のさい、マイゼルと仕事。マイゼルに口述、ついでKに口述。黒人たちが外出前に暖房の手当てを忘れたので寒い屋内。――講演の終結部分を訂正。Kとメーディと夕食。あとになってビービとグレート到着。ちょろちょろ燃える暖炉の火。気が乗らず、不機嫌なまま小説の原稿を検討。スイスへの郷愁、たぶん誤りだろうが、スイスの生活のほうがましなような気がする。――ロウ女史の病気は深刻だという。『ヴァーグナー』の検討は。『自由』の翻訳は。

(1) 『ヴァイマルのロッテ』の第七章。
(2) トーマス・マン宛て、ニースから、一九三八年十二月二十九日付、『往復書簡集』一七四―一七六ページ、所収。
(3) トーマス・マン宛て、一九三八年十二月二十四日付、『往復書簡集』八四―八六ページ、所収。
(4) この手紙は公刊された『往復書簡集』にはみられない、散逸したと目さざるを得ない。

プリンストン、三九年一月十三日　金曜日

寒く、暗い。遅く起床。第七章を少し書き進める。Kと公園に車を走らせる。降雪。ランチにミセス・アグニス・マイアー到着。一緒に午後と晩を過ごす。マイアー女史は『自由の問題』を読んで、翻訳を引き受けてくれる。ファルケの論説。女史が計画している論文について。お茶のあと第七章の冒頭部分を朗読。ディナーのあと深い雪の中を帰って行く。――ヨーロッパからの郵便。Kとコザク（感動的）、バーズラー、リオン、ブリュルの手紙を読む。ベルマンから『兄弟』の校正刷。[1]――頭痛。

(1) 随想集『ヨーロッパに告ぐ！』から最後になって省かれることになった論説『兄弟ヒトラー』のオランダの印刷所による校正刷。

プリンストン、三九年一月十四日　土曜日

八時起床。深い雪。第七章を少し書き進める。正午エーリカを駅に迎えに行く。クラウスも到着。ランチに大きな家族テーブル。あとでエーリカと「尺度と価値」の問題、（ロシアの？）資金、ゴーロ、リオン、編集問題について。重大な困難。ついで「ヴォーグ」のカメラマン。煩わしく退屈、乱雑な状態が生じる。お茶のあとも続けられる。マイゼルが郵便の整理。落着しそうにないディナー事件に関してコリンと電話。

〔?〕時半リンドリ夫妻〔1〕とともにシェンストン邸での夕食に。かなり快適な晩。ベッドで『復活』を読み進めるのが楽しみ。娘との出会いに気持ちが弾んでまたこれを読み始めたのだ。

（1） 著作家デンヴァー・リンドリとその妻はマーサ・ストリートのシェンストン家の向かいに住んでいた。リンドリは『詐欺師フェーリクス・クルルの告白』を翻訳、一九五五年クノップ書店から刊行した。

プリンストン、三九年一月十五日　日曜日

第七章をごく僅か書き進める。青空、厳寒、雪。正午一時間Kと散歩。ランチにオペンハイマーとハマーシュラーク博士。ヴィーンのモップの兄弟のことでベルマンに手紙〔1〕。――お茶のあとロウ女史のところへ『ヴァーグナー』講演の検討に出向いて八時頃になる。ゴーロ、婚約のカップル、メーディをまじえて給仕なしの夕食、私はこれが好きなのだ。届いた本を礼の献本用に用意する。

（1） モップ〔オペンハイマー〕とトーマス・マン連名でゴットフリート・ベルマン・フィッシャー宛て、プリンストンから、一九三九年一月十五日付、『往復書簡集』（日付なしで）二〇三―二〇四ページ、所収。

プリンストン、三九年一月十六日　月曜日

寒く雪。第七章の白眉。Kとゴーロと散歩。結婚した婚約者カップルはニューヨークへ戻る。食後『ヴァーグナー』講演の検討。お茶にマイゼル、一緒に手紙を処理。ついで「プリンストニアン」〔1〕の若い人々が講義のことでで。ディーボルトとマルクス（チューリヒ）宛てに手紙。たくさんの手紙を仕上げる。難しい要請のことでKと相談。ロンドンからヴィヴィアン・フォーブズ〔2〕の訃報、悲壮で弱々しげな病状経過。――晩講演の検分。ドイツの諸雑誌。

（1） ユーリウス・マルクス宛て、プリンストンから、一九三九年一月十六日付、『書簡目録II』三九／三八。
（2） ヴィヴィアン・フォーブズ（一八九一―一九三九）はイギリスの人物画家、イラスト画家、トーマス・マンは一九三五年チューリヒでのある展覧会で知り合った。それ以上のことは分からない。

プリンストン、三九年一月十七日　火曜日

夜気分が悪くなり、不安を覚え、悪寒。Kの部屋で寝る。きょうは何も書かず、方針変更。正午晴天下、雪解け模様の天候の中を散歩。食後講演原稿を検討。お茶にマイゼル。一緒に手紙を処理。着替え。七時半カーラー夫妻と軽食。それからアリグザーンダー・ホールに向かう、満員のホール。『ヴァーグナー』は、思いもかけず一時間半かかり、疲労で初めてそれと気付き、終わり頃は疲労と戦わねばならなかった。聴衆の集中と温かな喝采。終わってわが家の食堂でカーラー夫妻と。お茶とビールで疲労から回復。遠隔の土地に根をおろし、風土の定かならぬ影響を受けることから生まれる私の非常にはっきりした神経的消耗を考えると、このスポーツ的な仕事振りは結局注目に値する。

プリンストン、三九年一月十八日　水曜日

突風を伴う吹雪。僅か数行書き進める。ついでアルフレート・ノイマン宛て[1]の手紙を書き始める。正午Kと近隣を散歩。大量の郵便、セルヴィサン、フィードラー、ヘルツォーク、シュタムプァーなどヨーロッパからの手紙も。「ラ・リュミエール」に掲載された『エジプトのヨゼフ』の書評[2]。お茶のあとマイゼルと長時間仕事、ついでKとベルマン[3]その他宛ての手紙。ノイマン宛ての手紙は書き上げる。懸賞原稿と取り組む。

（1） アルフレート・ノイマン宛て、プリンストンから、一九三九年一月十八日付、『往復書簡集』四〇―四三ページ、所収。
（2） この書評は発見出来なかった。

（3）　ゴットフリート・ベルマン・フィッシャー宛て、プリンストンから、一九三九年一月十八日付、『往復書簡集』二〇四―二〇六ページ、所収。

プリンストン、三九年一月十九日　木曜日

日差しがあって寒く、雪。第七章を少し書き進める（ボアスレー）。しかし頭は働きが鈍く、停滞がち、この章は確かに古色蒼然としているが、「感動」の新しい奔流を生み出す力を備えているはず。――ちなみに散漫で気が散っているのは、近い将来に起こるかもしれない戦争でアメリカは中立を守るよう勧告しているバートランド・ラッセル(1)の論説についての「カマン・センス」誌のアンケートが原因なのだ。――正午Kと少し散歩。食事中ゴーロとも非常に多岐にわたるアンケートの問題について話す。――ビーダーマンと『西東詩篇』を読む。午後マイゼルと仕事、マイゼルはある愚かな女の長い手紙で私を退屈させ私の邪魔をする。――『西東詩篇』から抜粋。Kと二、三の処理。フィラデルフィアでの慈善大会への招待状。――夕食後私が希望してカーラーがやってきて、ラッセル問題の検討。これは問題の提起の仕方が誤っており、私には答えられない。

（1）　イギリスの哲学者バートランド・ラッセル（一八七二―一九七〇）はそれまで根っからの平和主義者で、当時ニューヨーク・シティ・カレッジの講師、ニューヨークの雑誌「カマン・センス」に論説「アメリカ中立の場合」を公表した。評論家セルデン・ロドマン指導下のアメリカの文士たちのグループは何人かの知名人に、ラッセル見解への意見表明を要請した。トーマス・マンは一九三九年一月二十九日ロドマン宛てに（『書簡目録II』三九／六〇）、私は非アメリカ人としてこの国の政治問題に介入するつもりはないので、意見表明は差し控えると書いた。断固たる反ファシストであったラッセルは一九三九年の経過の中でその平和主義的態度を放棄した。

プリンストン、三九年一月二十日　金曜日

厳寒、太陽、風。これまでより活発に第七章を書き進める。正午一時間Kと厳しい寒さの中を散歩。食後雑多なものを読む。スイスの新聞諸紙、「ダス・ノイエ・ドイチュラント」(1)、教会と政治についてのバルト(2)の論考。マイゼルとの仕事は多くなかった。アインシュタイン来訪、メダル授与スピーチ(3)を持ってきてくれたが、私はそれに答えるスピーチを書いた。七時半ディナー。そのあとKと若いヴァイオリンの名手マルゴリーズ(4)のコンサートへ。腰の低い才能ある若者。家でお茶。

(1) おそらく「今日のドイツ。スイスにおける新ドイツの友人たちのための週刊新聞」のことと思われる。多分国民社会主義宣伝紙であろう。詳細は確認出来ない。

(2) 神学者カール・バルト。一九三八年十二月五日チューリヒ近郊ヴィプキンゲンでスイス福音教会救済組織の集会を前にドイツの告白教会のために行った講演「教会と今日の政治問題」、ツォリコーン、一九三九年刊。カール・バルト宛て、一九三九年一月二十九日付、『書簡目録II』三九／六三、参照。

(3) 「人道的奉仕」に対するアインシュタイン・メダルは一九三六年雑誌「ジュウイシュ・フォーラム」によってその創刊八十年を記念して設定され毎年アインシュタインから直接授与されていた。これまでに授与された中には元難民高等弁務官、マクドナルドやフランツ・ヴェルフェルがいた。主催者はトーマス・マンを主賓とする祝宴を計画したが、トーマス・マンがこれを望まなかったので、メダルは一九三九年一月二十八日プリンストンのトーマス・マン邸でのささやかな私的な祝典の席でアインシュタインから渡された。トーマス・マンの大幅に訂正が加えられておるトーマス・マンの感謝スピーチの草案は残っている。「補遺」参照。

(4) 調査が届かなかった。

プリンストン、三九年一月二十一日　土曜日

灰色の空、雪解け模様、雪。第七章、自信のないまま書き進める。正午一時間身体を動かす。食後マイアー女史。女史の講演翻訳を検討。精彩が乏しくなったが、話すのにはうってつけかもしれない。お茶のさいマイゼルと手紙を処理。ミュンツェンベルク（パリ）宛てのかなり長文の手紙をKに口述。——ドイツの切手を貼ったヴィーンからの手紙、ヨーロッパのラジオが報じたニューヨークのドイツ語演説に対する謝辞。——ルターの書簡を読む。——シャハトの解任(1)がきのうからジャーナリズムの大きな主題になっている。シ

ティの不安。――「コミューヌ」誌にコミュニスト、ジャン＝リシャール・ブロッホ(2)の非常に真剣で愛国的な、ミュンヒェンとフランスについての論説。下院におけるピエル・コト(3)の類似の演説。抗議の声は上がり、透徹した洞察はある、しかし事態の成り行きには変わりはない。

(1) ドイツ中央銀行頭取シャハト博士は軍備拡張と結び付いたドイツの財政政策にもはや責任がもてないとしてこれに異議を申し立て、一九三九年一月二十日ヒトラーに解任された。

(2) フランスの小説家随筆家ジャン＝リシャール・ブロッホ（一八八四―一九四七）は政治的には極左で最終的にはコミュニスト、一九二五年に刊行された長篇小説『クルドの夜』で有名になり、一九二五年ロマン・ロランと協力して反ファシズムの声として雑誌「ヨーロッパ」を創刊、三七年にはルイ・アラゴンとともに「ス・ソワル」を創刊した。

(3) ピエル・コト（一八九五年生まれ）。一九二八年以来急進社会党の議員、三三年から三四年、三六年から三七年フランス航空相、三七年から三八年通商大臣、その後国際連盟のフランス代表。コトは四〇年から四四年を合衆国で過ごし四五年から五八年再び議員になった。

ニューヨーク、三九年一月二十二日　日曜日
「ベドフォド」

強風、青空、温かくなる。午前中プリンストンで第七章を書き進める。そのあと荷造り。ランチのあとジョンとジャンクションに来て、急行列車で当地へ。ホテルでは、私がライティング・デスクで『ショペンハウアー』を書き上げた(1)と同じ最初の一七〇一号室に入る。休息。五時プラザのマイアー女史のところへ。お茶、そして八時頃まで『自由』講演の検討、タクシーで戻る。タキシード。ハムとビール。エーリカ、クラウス、ゴーロとスタインウェイ・ホールの夜会へ。フロレンツェ女史(2)がギリシア人の相手と踊るダンス。この青年のほうがよかった。シャンパン、談笑、十一時半宿に戻る。

(1) 〔訳注〕一九三八年五月十八日の日記に「午前中『ショーペンハウアー』論を書き終えた」とある。ニューヨークのベドフォド滞在中のことである。

(2) 女性舞踊家フロレンス・コリンスキは二十年代ダンス・

グループ「ゲルトルーデ・ホフマン・ガールズ」のメンバーだった。〔訳注〕日記原文ではフロレンス Florence がフロレンツェ Florenze となっている。

ニューヨーク、三九年一月二十三日、
ベドフォド

九時半起床。青空。入浴後朝食。ドイツでは「革命」が思い切って左へ押し進められているらしい。三四年への、レームへの回帰[1]。突撃隊の強化。将校階層の失権。感嘆する者は多かろう。あらゆる情報からするとまたもやどんぞこに落ち込んだ気分を高揚させるのにこれは目下最適の手段らしい。——講演の検討。——Kと五番街でビービのためにナイトガウンを買い、それをここでいま私が着ている。——ホテルで、コリン、クロプシュトック、クラウス、ゴーロとランチ。——お茶にミセス・ブロツキがそのトワイス・ア・イヤー・ブック[2]の件で。そのあとドッド[3]大使の使いが教育、宣伝の問題で。——タクシーでかなりの距離を神学ゼミナールへ。ニーブーア教授[4]の住居。ティリヒと夫人。夕食。それからトンネルを抜けてまず講演ホールへ、それから超満員のためチャペルへ。『自由』講演の初朗読。上出来。なりやまぬ喝采。そのあとホールでティリヒとニーブーアの討論スピーチ。質問。ニーブーアの住居に戻る。万国博[5]の件について討論。イタリア人の抗議と一般的な枠の外でこの計画を実現する必要性。十一時半宿に戻る。強い寒さ。

（1） 〔訳注〕一九三四年ヒトラーはレームを頂点とする突撃隊（SA）の首脳を粛清した。国民社会主義党の社会主義的綱領の実現にこだわる突撃隊隊員たちのあいだの左翼的気分に危険を感じ取ったための荒療治だった。この頃ヒトラーはその戦争政策にたいする広範な支持を集める必要を感じかつての突撃隊の要求に迎合する路線に転換したのかもしれない。

（2） 年二回刊行される年鑑ないし年報で「文学、美術、市民的自由の本」という副題を持ち、ドロシ・ノーマン、メアリ・ラスカーズを編者としてニューヨークで一九三九年秋から四二年冬まで全部で九号刊行された。ミセス・ノーマンによるとミセス・ブロツキ（のちにルース・ナンダ・アンシェンの名前で非常に有名な作家になった）はこの年鑑とは一切関係がなかったという。事情は明らかではない。恐らく誤りか他の類似の刊行物とのトーマス・マンの混同であろう。

(3) ウィリアム・エドワード・ドッド（一八六九―一九四〇）、歴史家、一九〇八年から三三年シカゴ大学のアメリカ史教授、三三年から三七年ベルリン駐在アメリカ大使、国民社会主義政権の断固たる敵対者でヒトラーにとっては好ましからざる人物だった。その日記『ドッド大使の日記 一九三三年―一九三七年』は重要な現代史の資料であり、没後の四一年に刊行された。

(4) ラインホルト・ニーブーア（一八九二―一九七一）は著名なアメリカの福音派神学者、一九二八年以後ニューヨークのユニオン神学校のキリスト教倫理学と宗教哲学の教授だった。

(5) 一九三九年のニューヨーク万国博覧会で「自由のパヴィリオン」をたてようという計画で、反ファシズムの賛同者を増やすのが狙いだった。

ニューヨーク、三九年一月二十四日　火曜日。

ベドフォド

夜寒さ厳しかった。耳の湿疹が悪化して煩わしい。午前中第七章を少し書き進める。カロライン・ニュウトンが迎えに来て、メトロポリタン美術館を見学。豊富なエジプト関係収蔵品。あとスウェーデン・レストランでニュウトン女史とイギリスの美術史家とランチ、この人はドイツ語を喋り、教養があり、多分性倒錯者であろう。宿で休息。お茶にコッペルと夫人。出版社連合、世界博、紙問題等々について。クラウス。――タキシード。グムペルトによる耳の治療、タール軟膏。七時プリンストンの紳士の出迎えをうけて学寮へ。シェリ。ディナー。約一五〇人の紳士連を前にして講演。座ったまま、すでに熟達。大喝采と歓声。質問と挨拶。テイラー家[1]の時代にミュンヒェンの家にいた紳士。十時に宿へ向かう。Kはまだ劇場。瓶ビールと葉巻。マイゼルが持ってきた手紙を読む[2]。「尺度と価値」について、リオン、オト・ツォフ、ヴェルナー・テュルク、等々。「ターゲ＝ブーフ」誌。――

(1) テイラーというアメリカ人大家族が一九三三年の春と夏、すでにスイスにいたマン家のミュンヒェン、ポシング通りの家を借りた。トーマス・マンはこの賃貸しによって家と備品を国民社会主義政権の押収から守ることを期待したのだが、その後、ミセス・ヘンリッテ・テイラーに際限なく手を焼いた。一家は三三年の晩夏転居した。

(2) オーストリアの小説家劇作家オト・ツォフ（一八九〇―一九六三）は一九三三年イタリアに、三五年フランスに亡命、四一年合衆国にたどりつき、六一年ドイツに戻った。一九六八年に刊行されたその遺著『亡命日記』（一九三九年―一九四四年）は、興味深い時代記録であり、トーマス・マンに対して非常に批判的である。

ニューヨーク、三九年一月二十五日　水曜日
ベドフォド

安眠出来ず。疲労。午前中少し書き進めようと試みるが、「アメリカの会」とアカデミーの件でフーベルトゥス・レーヴェンシュタイン(1)によって腰を折られる。Kとペディキュアへ。そこからクノップの事務所へ。シェリ。そこからゼルキン邸(2)でのランチへ。メーディが車で加わる。古風な子供だ。プリンストンのわが家でのゼルキン＝ブッシュ・コンサートの取り決め。宿で休息するが、物足りない。エーリカとお茶。世界博の事務所維持に三〇〇ドル。マイアー女史に要請すること。――激しい寒さ、氷雨混じりの強風。――Kとメーディとレストランでのミスター・ブラター(3)とそのパーティとのディナーへ、特別室。非常にジュウシーで美味なマトン料理とジョッキのビール。そのあと劇場へ、『リンカーン』民主主義祝典劇、連日売り切れ、肖像そっくりの主役、それなりに魅力的。

（1）　フーベルトゥス・プリンツ（公爵）・ツウ・レーヴェンシュタイン。

（2）　有名なピアニスト、ルードルフ・ゼルキン（一九〇三―一九九一）は、アードルフ・ブッシュの終生の共演者でその娘イレーネと結婚し、アードルフとヘルマン・ブッシュとともにブッシュ＝ゼルキン・トリオを組んでいた。ゼルキンは一九二六年以来バーゼルに住み、ここでトーマス・マンはゼルキン、アードルフ・ブッシュと近しく知り合った。三五年以来ゼルキンは合衆国でコンサートを開き、三九年以降カーチス音楽院の院長をつとめた。マールボロ音楽祭を主宰していた。

（3）　この名前は日記原本から明確に判読出来たわけではない。記憶されている限りでは、この人物は近隣トレントンの公立学校の教師であった。『リンカーン』劇はプリンストン大学演劇科の上演だった。

プリンストン、三九年一月二十六日　木曜日

きのう、ベドフォドで、メーディが私たちが泊まっている部屋の続きのサロンに泊まる。きょうはそのベドフォドで九時に起床。朝食後、ウィスタン・オーデンとリースをも船に迎えに行ったエーリカ。エーリカと目下進行中のバルセロナ占領、差し迫っている大量殺戮、イタリアとドイツに支払われるイギリスのフランコへの借款など、スペインの惨状について——そしてこうした破廉恥な所業一切について。スペインはことによるとチェコスロヴァキアのケースを上回る事例かもしれない。このことにあまりかかわらないことだ。またもイタリアとドイツで部分動員。政府が中国やスペインの難民の惨状を示す映画の上映を禁止しているフランスの堕落。資本の利害によって見捨てられた国民的名誉を護る仕事はどこの国でも左翼の任務となっているが、左翼のその任務の障害になるのが、その平和主義的伝統なのだ。戦闘的なのは共産主義者たちだけだ。——午前中「サーヴェイ・グラフィク」の論説に関して連合通信のインタヴューアーが来る。さらにピート。新しい講演、旅行プログラム、そしてエーリカの参加問題。——正午頃、メーディの運転する車で出発。尋常ならざる寒さ。暖房。ビービと細君が私たちと同行。ここには一時四十五分到着。ゴーロと政治について。ランチのあと、ブラーディシュ[1]の『先祖の相続人としてのゲーテ』。ベッドに寝、暖まって、少し眠る。お茶のあとマイゼルの朗読。『フロイト』講演の浄書。荷物を開ける。夕食の前後に『フロイト』講演を検討。ブラーディシュの論文。——早めに就寝。

（1）ヨーゼフ・A・ブラーディシュ『その先祖の相続人としてのゲーテ』（ゲーテの先祖について）。ヨーゼフ・A・ブラーディシュ宛て、プリンストンから、一九三九年一月二十六日付、『書簡目録II』三九／五六、参照。

プリンストン、三九年一月二十七日　金曜日

厳寒。一日中疲労甚だしく、精神的に不活発。仕事の出来は芳しくなく、働かない頭で手紙を口述する。大量の郵便、ヨーロッパからも、リオンとファルケの

手紙。私の論説を載せた「サーヴェイ・グラフィク」。タイルハーバー[1]のゲーテ研究書を読む。

（1）医師で著作家フェーリクス・A・タイルハーバー（一八八四—一九五六）は一九三五年パレスティーナへ亡命した。その著書『ゲーテ—性とエロス』はすでに二九年に刊行されていた。

プリンストン、三九年一月二十八日　土曜日

朝のうち、第七章を書き進めようと腐心したものの、またもあまり結果はでなかった。構成上の困難さが倦怠感と疲労と手を組んでいる。——引き続いての厳寒。ひとりで街路をあちらこちらへと歩く。映画関係者がサロンに機器を設置。一時頃ニューヨークからナイザー[1]、ついでアインシュタイン、ミセス・シェンストン。図書室の家族、ジャーナリストなど小人数の前で綬に下げられたメダルを授与され、スピーチを交換する。このあとサロンでこのシーンを撮影。ランチにナイザーとシェンストン女史。あとから「タイムズ」特派員。——お茶の際、バーミンガムからチェムバレンのラジオ演説。無内容、ともあれ軍備を勧告し、自賛している。——ワシントンでのエーリカの夕べについてミセス・マイアーの電報。Kと手紙を書く。スイス（ファルケ）に対する経済的支援の件で、マイアー女史宛てにかなり長文の手紙、主に「尺度と価値」に関して、ゴーロによる編集引き受け、二、〇〇〇ドルの融資のことども。——夕食（ゴーロとメーディはニューヨークに出ているので、婚約者カップルだけを加えての）後、コッペルの紙の見本を試みてみる。ゲーテの肖像。ロンドンからの手紙とともにレッサー[2]のバハオーフェンについての論文。

（1）アメリカの弁護士で文筆家ルイ・ナイザー（一九〇二年生まれ）はアインシュタイン・メダル授与委員会委員長、多数の著作の筆者で、その中に『ドイツをいかにすべきか』（一九四四年刊）もある。

（2）ヨーナス・レッサー「ヨーハン・ヤーコプ・バハオーフェン。一九三七年十一月二十五日没後五十周年記念日に当たって」、「フィロゾフィア」第二巻、一九三七年、ベオグラード、所収。

プリンストン、三九年一月二十九日　日曜日

雪解け模様の天候、雨。八時半起床。第七章を継続するための新たな準備、排除、配列変更。正午高い湿度の中Kと少し散歩。ランチにリースが来て、一日わが家に腰を据える。お茶の時雑誌やオープレヒトのことについてリースを相手に事務的な問題を相談する。オープレヒト宛てに収支決算照会のためのリスト。――午後自筆の手紙数通。雨中をなお少し、リースを伴って散歩。夕食後少し音楽。手紙の書きぶりに見られるモーニの没趣味ぶり、快活さと怪訝の念を抱かせるところ。――一日が終わろうとする頃、また非常に疲労を覚え不機嫌になる。――『古代。ライン河とマイン河[1]』。

(1) ゲーテ『一八一四年、一八一五年のライン、マイン、ネッカー紀行』、その第三章でライン、マイン、ネッカー流域の古代遺産、美術品が描写されている。

プリンストン、三九年一月三十日　月曜日

篠つく雨、融雪。第七章、やや明るみを増す。エーリカとクラウスが、ウィスタン・オーデン、リーゼル・フランクを伴って到着。ワシントンとホワイト・ハウスのお茶、自由のパヴィリオンに対するローズヴェルトの共感についてエーリカの報告。――Kと少し散歩。通りは小川に様がわり。七人でランチ。小柄なフランク女史は夫の孤独な侘しい状態について。コーヒーの際、ラジオで、二時間半続いたヒトラーの国会演説。収めた勝利を数え上げ、威嚇的に経済援助を要求する叫び。お茶のあとマイゼルと手紙の相談、それからKと、収支決算の提示に関してオープレヒト宛ての手紙を書く。――オーデンから本のプレゼント[1]。オーデンの明晰さをうかがわせる序文つきの『戯詩』。「ターゲ＝ブーフ」、「ヴェルトビューネ」、「ツークンフト」――晩ニューヨークに戻るリーゼル・フランク[2]と、展覧会と雑誌のためにハリウッドでの講演をとりきめる。

(1)『オクスフォド戯詩の書』、W・H・オーデン編、オクスフォド、一九三八年刊。
(2) 調査が付かなかった。

プリンストン、三九年一月三十一日　火曜日

遅く起床。雪。これまでよりも軽い気分で仕事、倦怠感は薄れる。Kとメーディと郵便局へ行き、少しその先まで散歩。ウィスタン・オーデンの友人が到着。この二人にエーリカを加えてランチ。そのあと、「ライフ」のカメラマン。二時半から四時半頃まで図書室やサロンで、一人あるいは群像といったふうに夥しく撮影。お茶には、マイゼルも。マイゼルと二、三の仕事。それからKと私的な分を処理。ロンドンのレッサーに自筆の手紙[1]。夕食後オーデンのために音楽、『トリスタン』とヴォルフ。

(1) ヨーナス・レッサー宛て、プリンストンから、一九三九年一月三十一日付、『書簡目録II』三九／七二。

プリンストン、三九年二月一日　水曜日

軽い寒気、澄んだ空。イギリスの客たちと朝食。第七章の仕事、組み合わせを変え、新たに書く。——ルートヴィヒ・ハルトと夫人。二人と少し散歩。二人とランチ。コーヒーの際にわが家での朗読の夕べの相談。ハイネの『ベルネ』[1]について話し、その一部を読む。ハイネがいかにそのドイツ人を知っていたか、今日的なものが本質的にいかに新しくないか。——お茶のあとマイゼルと相談。「尺度と価値」の資金援助について力づけられるような手紙を寄越してきたミセス・マイアー宛て[2]に自筆の手紙。——晩、カーラー邸へ。老婦人[3]をまじえて食事。遅れてクラウスとメーディ。カーラーの朗読、論説「世界の倫理的統一」[4]、アメリカの雑誌のために書かれたもので、優れて、正鵠を得ており、有効である。——アメリカは「戦争挑発」の元凶だと決めつけるドイツの新聞界に反論するローズヴ

エルトの新しい断固たる演説。

（1）ハインリヒ・ハイネ『ルートヴィヒ・ベルネ。覚書』、一八四〇年。
（2）アグニス・E・マイアー宛て、プリンストンから、一九三九年二月一日付、『書簡目録』三九／七四。
（3）アントアネッテ・フォン・カーラー、エーリヒ・フォン・カーラーの母親。
（4）この論文の公表は確認されていないし、この表題を持つ原稿もカーラーの遺稿の中に見当たらなかった。

プリンストン、三九年二月二日　木曜日

雨、雪が溶け、粥のようになり、雨垂れの音が絶えない。――第七章の仕事。Kと散歩。「サーヴェイ・グラフィク」(1)が多数届く。献本、とくにウォールドウ・フランクの『花婿が来る』。――ベルマンの『原始林の舟』を読む。――午後マイゼルと仕事。そのあとアレクサンダー・モーリッツ・フライ(2)（バーゼル）宛てに手紙。クロプシュトックが自分の問題で来訪。晩、長い時間ゲーテの若い時代の手紙、『ヴェールター』、ドイツの建築を読む。

（1）アメリカの小説家で随筆家ウォールドウ・フランク（一八八九―一九六七）は長く、メキシコ、南アメリカに暮らし、作品の大部分はこれらの土地に捧げられている。その長篇小説『花婿が来る』は一九三八年に刊行された。フランク宛ての一九三九年一月三十日付のトーマス・マンの手紙（『書簡目録II』三九／六五）から明らかなように、二人はすでにニューヨークで直接出会っていた。
（2）アレクサンダー・モーリッツ・フライ宛て、一九三九年二月二日付、『書簡目録II』三九／七六。

プリンストン、三九年二月三日　金曜日

遅く就寝、遅く起床。霧、雨。第七章を少し書き進める。Kと散歩というよりは渡河。ランチにフロイント(1)のかなり退屈な甥とその従兄弟の叙情詩人ヴァルディンガー(2)、こちらは、著作を渡してくれた。大量の郵便、ハインリヒ、リオン、オイレンベルクなどヨー

ロッパからのものも。午後マイゼルと仕事。それからアネッテ・コルプ宛てに手紙。ゴーロ戻り、一緒に夕食。ドイツの新聞や雑誌。プリーストからその『ファウスト』(3)翻訳。

(1) おそらく一九三三年までミュンヒェンのR・ピーパー書店の共同経営者だったロベルト・フロイント博士のことであろう。トーマス・マンはミュンヒェン以来博士を知っていた。フロイント博士はヴィーンに、のち合衆国に亡命した。博士の甥については、調べがつかなかった。
(2) オーストリアの叙情詩人エルンスト・ヴァルディンガー（一八九六―一九七〇）は一九三八年ヴィーンから合衆国へ亡命、サラトガ・スプリングスのスキッドモア・カレッジのドイツ語ドイツ文学の教授だった。
(3) 一九三八年十月九日付日記の注（1）参照。

プリンストン、三九年二月四日　土曜日

八時半起床。晴れ渡り、寒い。第七章（接吻）(1)を書き進める。Kとマーサ・ストリートを散歩。ランチにレーヴェンシュタイン公爵と夫人がベルマン＝ヘルリーゲルと。新たな懸賞原稿。『この平和』の原稿を競売用に渡し、『ヨーロッパに告ぐ』を二人の客へのプレゼントにする。マイゼルの用意したものに署名、手紙の口述。寄贈本に署名。――椅子で休息。お茶にラーデンブルク一家が夫人と娘ともどもやってくる。間の悪い大統領事件(2)について。この演説から身をずらすこと。イタリアとドイツの新聞のローズヴェルト大統領についての破廉恥な言い分をアメリカの新聞が転載。とんでもないことだ。ヒトラーは、ローズヴェルト反対派とも協力している。決して一国民全体に反対せず、分割し、分解し、掘り崩して、自身の同調者を「アメリカ国民」と呼び、他の者は、ユダヤ人、マルクス主義者、戦争挑発者と呼ぶ。――Kと少し仕事を片付ける。マーサ・ドッド(3)のヒトラー・ドイツについての本を読む。「ターゲ＝ブーフ」を読む。――喉に傷み。このところずっと自分の仕事へのエネルギーに不満を覚えている。

(1) 『ヴァイマルのロッテ』第七章に「愛が人生における最善のものであれば、愛における最善のものは接吻だ云々」とある。『全集』第二巻六四七―六四九ページ。

（2） 完全に確認できたわけではないが、ローズヴェルト大統領の議会宛て年頭教書が問題であった可能性が考えられる。この演説の間大統領は決然と軍備拡張に踏み切るかどうかの問題で曖昧な姿勢であったために反対派議員によって度々中断させられた。ドイツの新聞はこれに対して非常に激しい反応を示したのだった。

（3） マーサ・ドッド、一九三三年から三七年ベルリン駐在アメリカ大使ウィリアム・E・ドッドの娘、マーサ・ドッドはこの年月を父とともにベルリンの大使館で過ごし、ドイツの反対派の人々と活発に接触した。マーサはその回想録『大使館の目を通して』を一九三九年ニューヨークのハルクール＝ブレイス社から刊行した。『風を蒔く者たち』という表題のドイツ語訳はベルリンのフォルク・ウント・ヴェルト社から（発行年の表示なしに）刊行された。

プリンストン、三九年二月五日　日曜日

きのうは寝入る前にゲーテの初期の手紙を読んだ。九時起床。接吻の箇所を書く、『ヴェールター』。Kと小一時間散歩。晴れ渡り、微かに春の気配。ランチに歌手のデスタル(1)が、夫人と音楽家〔?〕(2)と。『ヨゼフ』について。歌曲の夕べの約束。椅子で休息。お茶に、共感のもてる聡明なウェブレス(3)教授が夫人と。時間を身につけさせた魚の現象と、温度と時間感覚の関係の現象。洞察に富んだ政治に関する発言。――「カマン・センス」(4)のためにバートランド・ラッセル宛ての回答を書く。非常に疲れる。Kと厳寒下郵便ポストまで。夕食後体調が回復。音楽を少し（『ジークフリート』）。ニールス・ボーア(5)教授が自然哲学と人間の諸文化についての論考を送って寄越す。これに取り組む。

（1） トーマス・マンがチューリヒ以来知っていたチューリヒ・オペラ劇場のメンバー、フレット・デスタル。

（2） 日記本文中の隙間、トーマス・マンはあとから欠けている名前を補うつもりだったのだろう。

（3） オズワルド・ヴェブレン Veblen（一八八〇―一九六〇）、一九三二年から五〇年、プリンストン高等学術研究所の数学教授。〔訳注〕トーマス・マンは Veblen を Webbles と綴っている。

（4） ドイツ語の内容は自筆の草案の形で残されている。「補遺」参照。

（5） デンマークの物理学者、原子核研究者ニールス・ボーア（一八八五―一九六二）は、一九二二年ノーベル物理学賞受賞者、コペンハーゲン大学教授、三九年から四〇年プリンストン大学で研究。この一年の間に核放出メカニズムの理論において決定的な進歩がなされた。ボーアは当時オ

ト・ハーンとフリッツ・シュトラスマンのウラン核分裂成功の最初の情報を合衆国に伝えた。四二年から四五年にわたる二度めのアメリカ滞在中ボーアはロス・アラモスにおいて原子爆弾の開発に協力した。

プリンストン、三九年二月六日　月曜日

八時半起床。晴天、春の気配。ラッセルへの解答を書き進める、難渋。正午Kと駅へシュタムパーを迎えに行き、行き違いになる。家に戻ってシュタムパーと少し散歩。ランチのあとコーヒーを飲みながらKとゴーロが同席してパリ委員会問題と基金問題でながながと厄介な討議。（共産主義的韜晦？）。アメリカの資金によるヒトラー打倒のための新しい基金の創設計画。（「フォアヴェルツ」への資金供与）――負担がかかる。――椅子で休息。お茶にマイゼルの他に――クルト・ピントゥス教授(1)。教授と書斎〔で〕、質問と文献の手渡し。そのあとなお、反論書、細か過ぎ、綿密過ぎる。晩ケレーニイ「祝祭の本質について(2)」を読む。

私の作品の到るところに関連が見られる。

(1)　文芸学者で演劇批評家クルト・ピントゥス博士（一八八六―一九七五）は一九二〇年表現主義詩のもっとも重要な集成である画期的叙情詩アンソロジー『人類の薄明』を刊行、三七年合衆国に亡命、四七年以降ニューヨークのコロンビア大学の演劇史の教授。六七年ドイツに戻った。ピントゥスは個人としては最大のドイツ演劇蔵書を所有していたが、これは今日マールバハのドイツ文学文書館にある。

(2)　カール・ケレーニイ「祝祭の本質について」、雑誌「パイドイマ」一九三八年号所収、『古代宗教』、アムステルダム、一九四〇年刊、に収録。

プリンストン、三九年二月七日　火曜日

朝新雪、しかし日中は穏やかで春の兆しが感じられる。ラッセルへの回答は腹を立てて放り出し、雑誌に断りを伝え、第七章を再開する。Kと少し散歩。ランチのあとある女流肖像画家のためにアインシュタインとともに映画撮影。椅子でまどろむ。マイゼルとともに

にお茶。トロツキスト的雑誌「パルティザーン・レヴュー」に長大な半ば敵意の籠もった論説。[1]署名。ミセス・マイアー[2]、ファルケ、フェージ[3]宛てに自筆の手紙。ウェブレス、ニールス・ボーアと同道ヴァイル邸での小人数の夕食に。ボーアは好感が持てるし、刺激を与えてくれる。二ヵ国語が飛び交うことで集まりは影響を被る。家でシェンストン邸から戻ったゴーロ、メーディと。

（1）ハロルド・ローゼンベルク「神話と歴史」、「パルティザーン・レヴュー」、ニューヨーク、一九三九年二月号。
（2）アグニス・E・マイアー宛て、プリンストンから、一九三九年二月七日付、『書簡集II』八四ページ、所収。
（3）ロベルト・フェージ宛て、プリンストンから、一九三九年二月七日付、『往復書簡集』（一九六二年刊）三七―三八ページ、所収。

プリンストン、三九年二月八日　水曜日

晴天、穏やか。Kはニューヨーク。第七章を書き進める。正午散髪へ。ゴーロ、メーディとランチ。ズデーテン地方を再び譲渡したいというドイツの希望についての極めて滑稽なニュース。――K[1]お茶の時刻に戻る。マイゼルと手紙を処理。ハインリヒ宛てに手紙を書く。ブロッホ[2]からゲーテの『反復された反映』に関する興味ある手紙。ジーモンからエーリカ宛て、ドイツにおける労働とドイツの経済状況についての同じく興味ある手紙。――夕食後Kはゴーロとあるクウェーカー教徒のドイツについての講演を聴きに行く。イタリア音楽を少し聴く。「パルティザーン・レヴュー」の私についてのローゼンベルクの論説を読む。これには答えるべきだろう、「善にして正しきものを完成させる純粋にして中庸を得た働きというものは非常に稀である。通常目に入るのは細かいことに拘泥して完成を遅らせるか、厚かましくも急いでことを仕遂げようとする態度である。」――ゲーテの『反映』の中にけさ用いた言葉「高める」が目についた。気象に関すること、雲。――カーラーと電話。

（1）この手紙は残っていない。
（2）エルンスト・ブロッホからトーマス・マン宛て、ニューヨークから、一九三九年二月七日付。この手紙は未公刊で、ブロッホは『ヴァイマルのロッテ』との関連でゲーテの伝記的手記『反復された反映』にトーマス・マンの注意を促した。その中でゼーゼンハイムのフリーデリーケ体験の九重の反映が語られており、この形で老ゲーテは、自身の青春時代の恋の「二度目の現出」を体験したのだ。「こうしてあの乙女（フリーデリーケ）は、以来今日まで現世の様々な出来事があったにもかかわらず老いた恋人の魂の中にまたもう一度自身を映し出し、優しく貴重な、生気を蘇らす現出を愛らしく実現するのです。」ブロッホはもちろん二度目のロッテ体験との本質的な差異を指摘している。トーマス・マンはこの箇所をプロピレーエン版『ゲーテ』全集（三六巻一九八―一九九ページ）ですぐに捜したらしい。そこで「九重の反映」に下線が加えられており鉛筆で「七十四歳」とメモされている。最終節の「高める」にもトーマス・マンは同じく下線を施している。

プリンストン、三九年二月九日　木曜日

熟睡。八時半起床。晴天、穏やかな天候。独白を書き進める。リズミカルに不調が訪れる。ごくわずか散歩。ベルマン[1]、シュトラサー（悲観的）、ヘレン・ケラー[2]（『この平和』についての）、エーリカ（シュタムファーについての）からの手紙。午後椅子で午睡。お茶にマイゼルの他書籍商クラウゼ。（アライアンス・ブック・コーポレイションとの紛争。）秘書と手紙の処理。七時ラーステーデ[3]とその友人たちが迎えにきて田園ふうのレストランに行き、特別室で上等の夕食。強制収容所経験者のドイツ人のボーイ長、憎悪にふるえている。話しが出来、それも私とできるのは幸せだという。疲労を覚え、食欲がなくなり、神経的になる。主人役の側はこの集まりを楽しんでいた。十時家路につく。英文の『ハムレット』を読む。

（1）トーマス・マン宛て、ストックホルムから、一九三九年一月二十八日付、『往復書簡集』二〇八―二一〇ページ、所収。

（2）盲目で聾者のアメリカの著作家ヘレン・ケラー（一八八〇―一九六八）、その自伝的著作で有名。

（3）ハンス・ゲールハルト・ラステーデ（一八九八―一九五五）、一九二五年から五五年までプリンストン近郊、ローレンスヴィルのアメリカ最良の私立学校の一つ、ローレンスヴィル・スクールの教師。ラステーデはここで三六年から五五年ドイツ語教師をつとめ、非常に多くの生徒たちにドイツ文学への関心を呼び起こした。ラステーデはトーマス・マンの崇拝者で時折生徒たちとトーマス・マンを訪れていた。

プリンストン、三九年二月十日　金曜日

雨、霧。遅く起床。夜の読書は『復活』のあと『カラマゾフの兄弟』。第七章を少し書き進める。ごく短時間散歩。ゴーロを加えて三人でランチ。コーヒーのあとシュタムプァー宛ての手紙を口述。椅子で休息、風邪を引く。お茶のあとミセス・ロウ邸へ、一緒に『フロイト』講演の検討。ミセス・ロウはこの講演を絶賛してくれるが、難解に過ぎると考えている。その間にマイゼル。七時半ジョンが迎えにくる。大量の郵便。リオンから第四、第五冊に関しての手紙、夕食後、ゴーロと討議。(ドイツの将来の政体についてのアンケート。)長篇小説原稿の検討。

プリンストン、三九年二月十一日　土曜日

明るく、早春。第七章を少し書き進める。気分が良くない。正午マイゼル、手紙を処理。『ショーペンハウアー』の刊本。アカデミーのバラ形バッジ。Kと公園を散策。ランチのあと『フロイト』の検討。お茶のあとベルマン宛ての手紙を口述(1)。タキシードを着用。我が家で夜会、フレクスナー夫妻、ガウス夫妻、カーラー夫妻、ロウ。かなり快適な推移。食後男性客たちと図書室で過ごし、そのあともっぱらミセス・ガウス(2)のお相手をし英語で話しをする。ビービ、メーディ、グレートが到着。二人の黒人召使が仕事をしているのを見るのは奇妙な印象。ホレイショウの滑稽さ。——不幸なドイツの経済状態についてのミセス・ガウスの報告。

(1) ゴットフリート・ベルマン・フィッシャー宛て、プリンストンから、一九三九年二月十一日付、『往復書簡集』二一一―二一三ページ、所収。
(2) アリス・ガウス、旧姓ハシ。

プリンストン、三九年二月十二日　日曜日

寝込んだのが遅く、遅く起床。明るく、寒く、風がある。第七章を少し書き進める。Kと車を古い橋へ走らせ、散策。ランチにコッペルと夫人。原稿用紙を注文。クラウゼ事件その他について。ドイツのユダヤ人の経済生活への再導入とか、ドイツの西欧との経済協力等というナンセンスな「タイムズ」報道。――『フロイト』講演の検討。お茶にレーヴェース（パリ）。レーヴェースが始めた欧米の論文頒布事業について。時折の寄与。――ブロッホ宛てに手紙、ほかのものを計画。夕食にクラウス到着。召使のいない食事。トロントについての報告とパヴィリヨン計画挫折についての憂鬱なニュース。ラジオ音楽を聴く。話しづらい講演の検討を続行。

プリンストン、三九年二月十三日　月曜日

八時半起床。明るく、風があり、穏やか。第七章を少し書き進める。正午、Kとメーディと車で出掛け、散歩。三人の息子にメーディとグレートを加えて六人でランチ。コーヒーのあと講演を検討しドイツの雑誌に目を通す。「ヴェルトビューネ」のエーリカの教育関係著書への序文。[1] お茶にマイゼル、そのあとマイゼルを相手に手紙を処理。タキシード。七時十五分夕食。子供たちとアリグザンダー・ホールへ。『フロイト』講演、極めて聴衆の入りがよく、少し神経質になったが、滞りなく進行し、聴衆の緊張は申し分なく効果は大きかった。ガウスは（学部ディナーがあったのに）聴衆の中にいて聞いてくれたし、控え室にもきてくれた。「私が聴いた中で最も興味ある講演だった!」。家で、パン、お茶、ビールを家族とカーラーとともに。始めは非常に疲れを覚えたが次第に落ち着いてきて、体調もよくなった。活発な歓談、講演について、政治状況、シラーのバラード、世界におけるドイツの叙情詩について。プリンストンの天文学者[2]が最近の講演で拳を握り締めてナチズムを罵ったという。満足感と緊張のほぐれ、ことは恙なくおわりぬ。再契約の可能性が高い。

（1）トーマス・マン『ドイツの教育』、エーリカ・マン『一千万人の子供たち』への序文の抄録、「ディ・ノイエ・ヴェルトビューネ」、一九三九年二月二日号、所収。

（2）ヘンリ・ノリス・ラッセル（一八七七―一九五七）は一九一二年から四七年までプリンストン天文台の台長、天文学の教授だった。二一年からはウィルスン山天文台の学術協力者を兼ねていた。ラッセルの恒星研究は天体物理学に重大な影響を与えた。

プリンストン、三九年二月十四日　火曜日

疲労。書き進めなかった。正午ドライヴ、「ニュー・ジール＝タール」[1]。午後就寝。お茶にミセス・シエンストン。マイゼルと仕事。Kに口述（ヴァン・ロウン[2]、カール・レーヴェンシュタイン宛て）。ハンス・ラーステーデ宛てに自筆の手紙。夕食後カーラー。クラウスがその亡命小説から朗読。美学的な問題、政治的な問題について議論。風刺的長篇小説（『死せる魂』[3]）の不可能性。「国民社会主義」なる現象は芸術的な力に値しないものなのだ。言葉の無力化、気後れ、断念、罵倒の言葉すら力ないものになる。現実と芸術がこれほど完全に不適合な領域と化したことがかつてあったろうか。芸術は「生」に適用不能なのだ。無気力を広げる生気のない嫌悪。

（1）プリンストン近郊の小さな谷、トーマス・マンは好んでここを散歩し、スイスを思い出しながら冗談に「ニュー・ジール＝タール」と呼んでいた。〔訳注〕チューリヒ湖をはさんでキュスナハトの対岸の丘陵に、リマト川に注ぐジール川があり、その谷間は非常に美しい景観を見せている。

（2）ヘンドリク・ヴァン・ロウン宛て、一九三九年二月十五日付、『書簡目録II』三九／九五。

（3）『死せる魂』、ニコライ・ゴーゴリの長篇小説（一八四二年刊）

プリンストン、三九年二月十五日　水曜日

生温かく、度外れた強風、土砂降り。少し書き進める。三十分足らず散歩。ゲーテの箴言を読みながらメモ。コーヒーの際、クラウスの友人のアメリカ人の客。お茶の際、マイゼルの他に、経験豊かな学生、五月そのサークルでの朗読会の打ち合わせにくる。リオンに詳細な手紙。(1)晩、モノローグ(2)のためのメモ。――一日中私たちのスイス滞在の形式について相談。――ハンガリーの大臣(3)がユダヤ人法を導入、自分自身の祖母がユダヤ人と知って、辞任。――雪、寒気、不条理。

(1)　フェルディナント・リオン宛て、プリンストンから、一九三九年二月十五日付、『書簡目録II』三九/九四。

(2)　『ヴァイマルのロッテ』第七章におけるゲーテの独白。

(3)　ベーロ・イムレーディ（一八九一―一九四六）、一九三八年五月十四日以来ハンガリーの首相、ハンガリー・ナチ化の推進力であり、ドイツのニュルンベルク法を範としたハンガリー・ユダヤ人法を通過させたが、その母方の曾祖母がユダヤ人だったと立証されて、三九年二月十五日退任に追い込まれた。ドイツ占領下の四四年春経済相になったが、四六年二月二十八日戦争犯罪者として死刑を宣告され、処刑された。

プリンストン、三九年二月十六日　木曜日

凍てつくような寒さ、肌を切るような風。仕事のあと暖房を入れた車でドライヴ。クロプシュトック博士がランチとお茶に。マイゼルと二、三の仕事。ケレーニイ宛て(1)にその「記念」論文について手紙。Kとクラウスとシネマ、退屈な映画。遅い夕食。そのあとケレーニイへの手紙を書き上げる。読んだものは「社会研究雑誌」。たしかに弱点のあるマルクに反対するホルクハイマー(2)が、私は哲学的政治的福音を語る使命を与えられて居心地悪い思いでいると考えているのは正しい。この経験豊かな人物は私の政治的所産の上に発見したイロニーという透明塗料について語っている……

(1)　カール・ケレーニイ宛て、プリンストンから、一九三九年二月十六日付、『書簡集II』八四ページ、『往復書簡集』八六―八七ページ、所収。

(2)　マクス・ホルクハイマー「絶対的集中の哲学」（ジーク

フリート・マルクの著書『政治哲学としての新人間主義』チューリヒ、一九三八年刊、について）、「社会研究雑誌」、一九三八年、第三冊、所収。

プリンストン、三九年二月十七日　金曜日

寒気和らぐ。このところ大抵そうであるように、遅く起床。第七章を書き進める。Kはニューヨークへ。大量の郵便。不審なハルテルン、オープレヒト、ヴァイスその他からの手紙。きのうはブダペストのある女性の美しい礼状、オハイオ州オクスフォドのある若い社会学者のエーリカと私についての手紙。――正午ゴーロと公園を散歩。二人の息子たちを加えてランチ。「社会科学雑誌」(1)を読む。――今夜に迫った義務を考えると神経的に苦しめられる。オプタリドンを服用。お茶にマイゼル、さらにボーアの弟子である若いコペンハーゲンの生物学者、『ヨゼフ』の賛美者、感じが良い。マイゼルと手紙を処理。ハインリヒの娘婿アシャーマン博士(2)来訪。さらにゴーロ。七時頃ホール教授(3)に迎えられ、その案内でクラブ・マーサ・ストリートへ出向く、プリンストンの歴史学者たちのサークルでのディナー、引き続き『きたるべき勝利』をテキストとしてディスカッション、私はその際私の英語でどうにか頑張った。アカデミーのバラ形記章を着用していた。十時に別れを告げる。家でKと挨拶、相互に報告。ビール。

（1）　正しくは、「社会研究雑誌」。一九三九年二月十六日付日記の注（2）参照。

（2）　ハインリヒ・マンの娘レオニー（「ゴシ」）はチューリヒでアシャーマン博士と称するアメリカ人と結婚した。この男の言うところでは、ヴィーンで化学企業を経営しているが、会社ごとアメリカへの移住を考えているというのであった。妻をアメリカへ連れて行けるようにとアシャーマンはハインリヒ・マンから多額の銀行預金を詐取した。ハインリヒ・マンは疑念を抱き、トーマス・マンも、詐欺師に引っ掛かったのかもしれない、と考えた。トーマス・マン宛て、ニースから、一九三八年十一月二十二日付、一九三九年一月二十五日付ハインリヒ・マンの手紙、ハインリヒ・マン宛て、プリンストンから一九三九年三月二日付トーマス・マンの手紙、『往復書簡集』一七三―一七九ページ、参照。

（3）　歴史学者ウォルター・フェルプス・ホール（一八八四年生まれ）、一九一三年以来プリンストン大学にあり、三三

年以来同大学の歴史の正教授。

プリンストン、三九年二月十八日　土曜日

晴天、風があり、また春めいた気候。いつもより早く起床。朝食に興奮剤半錠、そのあと持続的に仕事。正午Kと、エーリカを迎えに駅に行く。エーリカと公園に車を走らせ、そこで散策。一緒にランチ、コーヒーを飲みながらエーリカと手紙を処理（シュピーカー、パリ委員会）、エーリカらしい物語り。——エミル・ヴァンデルヴェルデ(1)の『ある戦闘的社会主義者の回想』が未亡人から送られてきた。オト・ツォフの『ユグノー派の人々(2)』。「国際文学《インターナツイオナーレ・リテラトゥーア》」にベルナノスのスペインに関する極めて興味深い論説(3)。——椅子で休息。エーリカ、マイゼルとお茶。郵便で患わされず。リオン、ランツホフ、ブダペストの女性読者宛てに自筆の手紙。なお少し並木道を散歩。エーリカと鴨のロースト。パヴィリオン計画の失敗について。食後カーラー。図書室でカーラー、K、エーリカ、ゴーロ、メーディを前に第七章の新たに書き溜めた約三〇枚を朗読。異例の感銘、活発な論議、笑いも起こる。翻訳の不可能性。——エーリカ出発、残念なことに最終列車。——疲労したものの、満足を覚える。

(1)　ベルギーの社会民主党の政治家エミル・ヴァンデルヴェルデ（一八六六—一九三八）、世紀の転換期以来第二インターナショナルで指導的な役割を演じ、一九一四年以降たびたびベルギー内閣閣僚、とくに一七年から一八年には内相、二五年から二七年には外相、最後は厚生大臣をつとめた。三八年十二月二十七日ブリュセルで死去したが、その回想記『ある戦闘的社会主義者の思い出』は没後三九年初頭に刊行された。

(2)　はじめヴィーンのE・P・タール書店から一九三七年に刊行された『ユグノー派の人々』はその後多数の翻訳で刊行された。

(3)　ジェルジュ・ベルナノス『月の光に浮かぶ大きな墓地』、「国際文学《インターナツイオナーレ・リテラトゥーア》」、モスクワ、一九三九年一月号、所収。フランス語オリジナルはジェルジュ・ベルナノスの随想集に収められて一九三八年に刊行され、ドイツ語版は『月光下の大墓地』の表題でようやく一九四八年に刊行された。

プリンストン、三九年二月十九日　日曜日

安眠出来ず、早くに起床。第七章をだらだらと少し書き進める。正午メーディとKとドライヴに出て、散歩。温かく曇天。食後マルクス主義の雑誌。ベルナノスの『月光に照らし出された墓地』。お茶のあとミセス・マイアー(1)、エルンスト・ヴァイス宛ての手紙を口述。ついでヘルツ女史(2)宛てに手紙を書く。夕食にボルジェーゼ。食後ボルジェーゼとイタリアとドイツについて、また世界の権威としての自由な精神人の団体の理念について大分語り合う。疑念を表明。教会は啓示を有していた。批判にびくともしない権威は、啓示を有している場合にのみ可能なのだ。

(1)　アグニス・E・マイアー宛て、プリンストンから、一九三九年二月十九日付、『書簡目録II』三九／一〇三。

(2)　イーダ・ヘルツ宛て、プリンストンから、一九三九年二月十九日付、『書簡目録II』三九／一〇二。

プリンストン、三九年二月二十日　月曜日

不自然な温かさ、照りつける太陽。朗読以来私は第七章を自分でも高く買い、魅力を感じているが、その第七章を書きすすめる。頭を洗い、ひげを剃り、Kと一時間散歩。大量の郵便、多くの書籍、中にハインリヒの『アンリ四世』(1)、ケステンの『ゲルニカの子供たち』(2)、ジェイムズ・マラハン・ケイン(3)の『メキシコのセレナーデ』。食後これらの本を読む。デュアメル(4)がその『白い戦争の記録』を送って寄越す。お茶の際、マイゼルと、近付いてきた旅行関連の通信を処理。署名、英文の手紙の纏め、クノップ宛ての手紙などをKと処理する。――夕食の際ゴーロと今日の反革命との神聖同盟の無害さについて語り合う。この反革命の比類なく確信に満ちた、敵の所有物をわがものにするエネルギーと能力。極端な残忍さ（ゲルニカ）(5)。――「ツークンフト」、「ターゲ＝ブーフ」、「ヴェルトビューネ」の諸雑誌。ブジスラフスキの意見では、スペインの内戦で階級問題はけりがついた、思いっきりの力を見せながら現れているのが帝国主義的利害だという。そうだろうか。階級闘争の視点が欠落している、問題は反革命的全体傾向で、決着をつけるのはこの全体傾向ではないかと私は危惧している。――『セレナーデ』は魅力的。

（1）　ハインリヒ・マンの『アンリ四世の完成』は一九三八年末アムステルダムのクウェーリードー書店から、英訳は三九年ロンドンとニューヨークで刊行された。
（2）　ヘルマン・ケステンの長篇小説『ゲルニカの子供たち』は一九三九年アムステルダムのアレルト・デ・ランゲ書店から刊行された。
（3）　アメリカの小説家ジェイムズ・M・ケイン（一八九二年生まれ）は、ハリウッドで成功した映画脚本家、その長篇小説『郵便配達夫は二度ベルを鳴らす』（一九三四年）で有名になった。ドイツ語訳は『見込み違い』（一九五〇年）。長篇小説『セレナーデ』は一九三七年に刊行され、ドイツ語訳は三八年『メキシコのセレナーデ』の表題で刊行された。
（4）　フランスの医師で作家ジョルジュ・デュアメル（一八八四―一九六六）は著名な作家、影響力豊かな文芸批評家で随想家、とくにその長大な連作長篇小説『パスキエ家年代記』によって知られる。デュアメルはあらゆるショウヴィニズム、とくに国民社会主義の断固たる反対者で、一九三九年初頭に刊行された『白い戦争の記録』は来たるべき事態のぞっとするほど正確な予言であり、無条件的平和主義に対する激しい告発である。
（5）　ドイツの急降下爆撃機によるバスク地方の小都市ゲルニカの爆撃は住民の大量殺戮を招き、全世界を戦慄させた。

プリンストン、三九年二月二十一日　火曜日

寒さを増す。八時半起床。第七章の仕事。Kと一時間散歩。食後デュアメルの本。お茶のおりマイゼルと相談。ミスター・リーバーマン[1]来訪、ハインリヒの女婿アシャーマンについて懸念。――アインシュタイン宛て[2]の手紙。デュアメル宛てに『ヨーロッパに告ぐ』[3]。マイアー女史から手紙。スイスの歴史家ガサーの国民の自由と現代の民主主義についての論文を読む。――疲労、意気沮喪。

（1）　モートン・W・リーバーマン、ニュー・ジャージ州、サウス・オレンジから。それ以上のことは不明。
（2）　アルベルト・アインシュタイン宛て、プリンストンから、一九三九年二月二十一日付、『書簡目録Ⅱ』三九／一〇九。
（3）　アードルフ・ガサー（一八七七―一九四八）『国民の自由と民主主義の歴史』、アーラウ、一九三九年

プリンストン、三九年二月二十二日　水曜日

新雪、身をきるような風。コーヒーを飲み、仕事をし、正午アインシュタインを訪ねて我が家でのハルトの夕べに招待したあと、Kとドライヴをしてまわる。食後なお第七章を書き進める。『自由の問題』を反復練習する。お茶にシュタムプァーとシュタウディンガー[1]教授、政治論議。私とトムプスン女史とシュタウディンガーの名による救援基金。北アフリカにおける死者、イタリアへのドイツ軍の輸送。——ニュー・ジャージ州政府長官エリス[2]夫妻。——客が引き上げたあとなお第七章を書き変える。晩マイアー女史[3]宛ての手紙。講演を反復練習。

（1）ハンス・シュタウディンガー博士（一八八九—一九八〇）、一九三三年以前はプロイセンの次官、三三年合衆国に亡命、ニューヨークのニュー・スクール・フォア・ソーシャル・リサーチの教授。
（2）ウィリアム・ジョン・エリス（一八九二年生まれ）、ニュー・ジャージ州政府長官、ニュー・ジャージ州トレントン在住。
（3）アグニス・E・マイアー宛て、プリンストンから、一九三九年二月二十二日付、『書簡目録II』三九／一二。

二十三日、木曜日

ランチのあとニューヨーク、ベドフォドへ、休息、お茶にリチー、エーリカ。ついでピート。ブルックリンへ車を走らせ、ブルム[1]邸でマクドナルドを加えて優雅な晩餐。満員のオペラハウスで（拡声機なしで）講演『自由の問題』、マクドナルド[2]による紹介と謝辞。晴れがましい経過。そのあとスロホーヴァー教授のところでシュテファン・ツヴァイクと遇う。十二時ベドフォドに戻る。

（1）エドワード・チャールズ・ブルム、ニューヨーク、ブルックリンの実業家、銀行家、保険会社重役。
（2）一九三八年五月九日付日記の注（3）参照。

二十四日　金曜日

正午頃クノップの事務所へ。そこからベルリンのフォーゲルシュタイン[1]たちとホテル〔?[2]〕でのランチへ。ホテル・ベドフォードで休息。ピート。リチーの持参した五〇通の手紙、大臣たちが署名した招待状。レンタカーでモントクレールへ[3]、ミセス・エルダー邸で魅力的な若いルツェ博士（ミュンヒェン＝ザルツブルク）とともに夕食。完売の二、〇〇〇人収容のホールで、校長夫人の紹介を受けて講演。きわめて深い聴衆の注意力と感謝のこもった受容。晩を過ごして一泊したのは若いドイツ人クレープス工場主夫妻邸。

（1）はっきり特定できてはいない。おそらくは、社会政策関連を専門領域とする政治家ハインリヒ・ブラウンの後妻ユーリエ・ブラウン＝フォーゲルシュタインのことであろう。夫人はハインリヒの息子オト・ブラウンの論説（『夭折者の遺稿から』）の編者。三五年フランスへ、三六年合衆国へ亡命した。

（2）日記本文中の空隙。

（3）ニュー・ジャージ州モントクレールの高校での講演。

プリンストン、三九年二月二十五日　土曜日

けさ、モントクレールでクレープス夫妻と朝食。そのあと夫妻と山に上り、夫妻の車でドライヴ。十時半ジョンがビュイックで迎えに来る。帰着は十二時半。家でランチのあとクラウス出発。その代わりに若い夫婦。お茶にマイゼル。相談[1]すべき大量の郵便。アルゼンチンから元ゲッベルス秘書の手紙（写真入り）、ヒトラー暗殺のための資金調達を提言するもの。――セルヴィサン女史[2]とベック[3]（序文の要請）宛ての手紙の口述。ルツェ博士宛てに別れの手紙。レーヴェース来訪、「協同」、私の協力に対する改善された条件、「ヘラルド・トリビューン」の宣伝絵本のことなど。夕食後二十八日のハルトの夕べのプロクラムを検討。――この数日ケインの『セレナーデ』をかなり読む、強烈な印象。

(1) 元国民社会主義ドイツ労働者党員で、この当時はアルゼンチンに亡命していた、ハインツ(エンリケ)・ユルゲスのトーマス・マン宛て、ブエノス・アイレスから、一九三九年二月一日付の手紙。この手紙は残っている。

(2) ルイーゼ・セルヴィサン宛て、プリンストンから、一九三九年二月二十五日付、『書簡目録II』三九/一一五。

(3) マクシミーリアーン・ベック。

プリンストン、三九年二月二十六日　日曜日

遅くに起床。篠つく雨。大気は水気含み。第七章を書き進める。Kと少し水中を散歩。ランチに若いシュパイアー。「国際文学《インターナツイオナーレ・リテラトゥーア》」[1]に掲載されたルカーチの『ヴィルヘルム・マイスター』論を読む。お茶のあとまた仕事。アメリカ入国手続きのため嫁がカナダへ出発。給仕なしでゴーロとメーディを加えて夕食。ツックマイアー[2]の『自己弁護』、月並みな書き物。小説原稿を検討、ゲーテをあれこれと読む。——右耳の後ろに説明しがたい痛み、リューマチか。

(1) ゲーオルク・ルカーチ「ヴィルヘルム・マイスターの修行時代」、「国際文学」、モスクワ、一九三九年二月号、所載。

(2) カール・ツックマイアーの随想『自己弁護』は一九三八年ストックホルムのベルマン゠フィッシャー書店の叢書「展望」の一冊として刊行された。

プリンストン、三九年二月二十七日　月曜日

晴天、風がある。第七章を書き進める。Kと公園に行く。綬に付けてあるアカデミー[1]の金章が届く。ミス・カズルの章とリシュタンベルジェ[2]の論説「トーマス・マンの人間主義」が掲載されている「ラ・コミューヌ」誌。お茶に出版社員とエイジェントを連れてベルマン゠ヘルリーゲル、懸賞小説について会談。——諸雑誌、諸新聞。晩フェーゲリン博士宛てに自筆の手紙。首に発疹、ひきつるような痛み、若いドクター、軟膏とカプセルを処方。帯状疱疹。

(1) 『ヴァイマルのロッテ』の第二章。

（2）　フランスのゲルマニスト、アンリ・リシュタンベルジェ（一八六四―一九四一）は、一九〇五年以来ソルボンヌ大学ドイツ文学教授、この大学に二九年「ドイツ研究所」を創設した。ニーチェ、リヒアルト・ヴァーグナー、ハイネ、ゲーテについての著作を刊行、『ファウスト』訳を完成している。トーマス・マンは二六年のパリ滞在以来直接リシュタンベルジェと面識がある。その論文「トーマス・マンの人間主義」は雑誌「コミューヌ」、パリ、一九三九年二月号に発表された。

プリンストン、三九年二月二十八日　火曜日

雨、水溜まり。第七章を少し書き進める。痛み。正午濡れ方がひどいので僅かしか散歩せず。「アライアンス」から新しい便箋。お茶にエーリカ（シュピーカー宛ての手紙）。「アウグスト」の章とケステンによる『アンリ』の讃歌ふうの書評が掲載されている「尺度と価値」の新しい号[1]。六時半ハルト。ハルトと話しをしているうちに気分が悪くなる。プリンストンとニューヨークから集まった約四〇人の客のなかのグムペル

トとクロプシュトックが寝室に来て診察。聴衆が席についたところで階下に下りた。ハルトの朗読は長過ぎ、芝居掛かり過ぎた。ハムスンの『蠅』は魅力的だった。『仮病』。カフカ、ハイネ、ゲーテ。冷たい晩餐。ミセス・ガウスとロウ女史を加えて。アインシュタイン。ニューヨークからの客は一足先に帰る。エーリカも引き上げる。会が終わったあとK、子供たち、カーラーと歓談――散歩のおりにメーディと、メーディと結婚することを希望しているボルジェーゼとの関係についてKが報告する。

（1）　「尺度と価値」第四冊（一九三九年三月／四月号）。これに『ヴァイマルのロッテ』第六章とヘルマン・ケステンの長大な書評「ハインリヒ・マンとそのアンリ四世」が掲載されている。

プリンストン、三九年三月一日　水曜日

眠れぬ夜、座骨神経痛の頃を思い出させられる。三

時にカプセルを一錠。椅子で休む。半睡のうちに朝が近付く。耳や頭のなかの痛み。皮膚神経の炎症。——かなり寒い天候。第七章を少し先まで書き進める。——ノイ・ジールタールと湖周辺をドライヴ。きのうの（朗読）について、電話を通したりまたお互い同士でいろいろ語り合う。右後頭部に痛み結節が大きくなり、右手の皮膚神経が過敏な反応。「尺度と価値」のアンドレ・ジークフリート[1]の論文を読む。寝室でお茶。そこで来診のドクターを迎える。軽い睡眠剤。——手紙の口述、スイスの日曜新聞の律儀な人々宛て、書籍商たちの五月招待の受諾、「同盟[2]」の反対者たちへの電報メセージ、等々。——便秘、気分悪く、疲労、痛み。晩マイアー女史と電話。そのあとサロンでゴーロ、クラウスと政治の話、ついでモーニについて。——ハインリヒ[3]宛ての手紙に苦心する。

（1）フランスの社会学者アンドレ・ジークフリート（一八七五—一九五九）は、一九三三年以来コレージュ・ド・フランスとアンスティテュ・デテュード・ポリティクの教授。現代フランス、イギリス、アメリカの国家機構についての基礎的分析的著作を刊行したが、そのうち「二十世紀におけるイギリスの危機」は注目を集めた。その論文「産業革命とわれわれの時代の諸問題に対するその反作用」は「尺度と価値」一九三九年第四冊（三月／四月号）所載。

（2）二十年代から合衆国に存在していたドイツ国権党系、国民社会主義党系諸団体は一九三六年三月結集して「アメリカ・ドイツ民族同盟（ジャーマン・アメリカン・ブント）」、略して「同盟」となり、ヒトラー・ドイツ外交代表団の支援を受けていた。「同盟」の「総統」はフリッツ・ユーリウス・クーン（一八九五—一九五一）という、制服と修辞法でヒトラーを真似したドイツ人化学者だった。アメリカ当局は一九三九年十二月五日クーンに遣い込みのかどで比較的長期の禁固刑を宣告することによって、その喧しいナチ活動を押さえ込んだ。「同盟」の最後の大会は一九四一年シカゴで開催された。合衆国に対するドイツの宣戦布告の結果「同盟」は解体し、指導者たちは抑留されるにいたった。

（3）ハインリヒ・マン宛て、プリンストンから、一九三九年三月二日付、『往復書簡集』一七七—一七九ページ、所収。

プリンストン、一九三九年三月二日　木曜日

晴天、風のある天候。比較的よく眠る。痛みも我慢できる程度。午前ハインリヒ宛てに（その作品と婿殿について）手紙を書く。正午車で出て散歩。ランチに

リースが来て、一日とどまる。午後さらに自筆の手紙（プリースト[1]、モーザー）。晩ゴーロがその著作『ゲンツ』から朗読、興味を引く。疲労、痛み。――パチェルリ[2]、ピウス十二世となる。――『兄弟』について。モスクワあるいはパリで刊行する計画。

（1）　ジョージ・M・プリースト宛て、プリンストンから、一九三九年三月二日付、『書簡目録II』三九／一二二。

（2）　エウジェーニオ・パチェルリ（一八七六―一九五八）、一九二〇年から二九年までドイツ駐在教皇大使、二九年枢機卿、三〇年教皇庁国務長官になる。三九年三月二日教皇に選ばれピウス〔ピオ〕十二世を名乗った。第二次世界大戦中のピウス十二世の政治的態度、とくに国民社会主義政権とユダヤ人迫害に対するその立場は曖昧で（〔訳注〕一九六〇年代になって）痛烈な批判をあびせられた。

プリンストン、三九年三月三日　金曜日

晴天。Kは午後までニューヨークに。第七章を少し書き進める。正午ゴーロと一時間ばかり散歩。午後、昨夜またよく眠れなかったので午睡。マイゼルと相談。医師来診。ヴァイル教授夫人、ルーマニアの経済学者[1]、アインシュタイン、ニールス・ボーアとともにラーデンブルク邸での夕食に。政治問題が大分話題になる。痛みが激しくなる。〔……〕日中べつの薬、夜のためにだけ鎮痛剤カプセル。

（1）　ブカレスト生まれの経済学者ダーヴィド・ミトラニ（一八八八―一九七五）、イギリスにおける長い新聞記者活動のあと一九三一年合衆国へ移住、三三年以来プリンストンの高等学術研究所の経済学と政治学の教授。

プリンストン、三九年三月四日　土曜日

雨もよい。かなりよく眠る。第七章を少し書き進める。正午Kと徒歩で出る。ランチにブルナー教授とミス・スティーヴン[1]。午睡。午後苦しい痛み、どうやらカプセルの服用が足りないらしい。マイゼルとKを相手に大量の郵便を検討、処理。ハインリヒ[2]、マイアー

女史、オープレヒト、ベルマン[3]から私的な内容の手紙。『兄弟』をシュヴァルツシルト宛てに発送。お茶にラウブルフ[4]氏と夫人、レコードのプレゼント。マイアー女史[5]宛てに手紙。夕食後、若い二人[6]が月曜日に教会で結婚式を挙げるという知らせをメーディがもたらす。――火曜日晩の出発を確定。――引き続く痛みに疲労。

(1) おそらく、プリンストン、アリグザーンダー・ストリート一九在住ミス・ラシェル・スティーヴンのことであろう。それ以上のことは不詳。
(2) このハインリヒの手紙は残っていない。
(3) トーマス・マン宛て、一九三九年二月二十二日付、『往復書簡集』二一三ページ。
(4) 問題なく読み解けたわけではない。特定できなかった。
(5) アグニス・E・マイアー宛て、プリンストンから、一九三九年三月四日付、『書簡目録II』三九／一二六。
(6) 〔訳注〕若い二人というのはミヒァエル・マンとグレート・モーザーの婚約者カップルのこと。

プリンストン、三九年三月五日　日曜日

雨もよい。眠れぬ夜、軟膏を塗り、薬をのんだあと長い時間椅子で眠る。朝食後第七章を少し書き進める。正午一人で少し散歩。ランチに弁護士レーヴェンシュタインと夫人、カロライン・ニュウトン。ニュウトン女史と図書室で、私の伝記[1]を書くという女史の抱えた仕事について。帰還した戦死者を扱ったアレクサンダー・モーリッツ・フライの長篇小説原稿[2]と取り組む。よく書けているが、冗長に過ぎる。――午睡。お茶に若い人たち、フレヒトハイム博士[3]ウントCo。――空が晴れる[4]。頭の中での旅行準備。――老フィッシャー夫人宛ての手紙の口述。――なお第七章を書き進める。――晩、ハルトマンの『地球と宇宙』[5]を読む。――病気と結び付いた深い疲労。薬をのんだために痛みが和らぐ。発疹が首から頭髪の中に登ってくる。

(1) カロライン・ニュウトンは、ニューヨークの出版社ランダム・ハウスの社長ドナルド・クロパーからトーマス・マンの伝記を書くよう委託されていた。この本は断片に止まった。
(2) 調査が届かなかった。ゴットフリート・ベルマン・フィッシャー宛て、一九三九年三月六日付の手紙の中でトーマス・マンはフライの先行する二冊の随想が「フォールム」シリーズに組み入れられることに賛意を表明しているが、

この原稿のことには触れていない。

(3) 政治学者オシプ・K・フレヒトハイム(一九〇九年生まれ)は一九三五年スイスへ、三九年合衆国に亡命、ここでさまざまな大学で政治学教授をつとめた。五一年ドイツに戻り、五九年以降ベルリン自由大学で教えた。フレヒトハイム教授の回想によると、教授はヘルベルト・オイレンベルクの推薦でトーマス・マンを訪れ、政治状況についてトーマス・マンと詳しく話し合ったという。「ウントCo」というのは、教授に同行した友人のジョン・H・ヘルツ教授のことである。一九三九年十月二十九日二回目の訪問が行われた。

(4) ヘートヴィヒ・フィッシャー夫人(一八七一―一九五二)は出版社主S・フィッシャーの未亡人、ゴットフリート・ベルマン・フィッシャーの義母で、トーマス・マンとは世紀の変わり目以来親交があり、長年、ベルリン/グルーネヴァルトの自邸を捨てて出国することを拒んでいた。夫人はついに決心したときは、すでにほとんど遅過ぎた。夫人はついに一月初旬国民社会主義政権当局から出国旅券を取得し、三九年一月二十六日ストックホルムに到着した。全財産はドイツに残さなければならなかった。

(5) オト・ハルトマン『人間の生活の中の地球と宇宙、自然の王国、四季と諸元素。哲学的宇宙論』、フランクフルト、クロースターマン書店、一九三八年。

プリンストン、三九年三月六日　月曜日

非常に苦しい夜、椅子で眠る、頭の位置をどのようにかえても落ち着かない。雨もよいの天候、後になって風が激しくなる。第七章(ブレトシュナイダー[1])を書き進める。正午ドクター来診。ドイツ語では帯状疱疹の一形態らしい。ランチにクロプシュトック博士、あとでヴィタミン注射を打ってくれた。お茶の際マイゼルと手紙の相談。体調のおかしさをあまり感じなくなる。ベルマン宛てに手紙[2]。持参する原稿の選択。本を入れるトランクの用意。夕食にカーラー夫妻。そのあと教会での結婚式を終えてニューヨークから若い二人。若い小型犬を連れてくる。食後シャンパン、健康を祈って飲む。カーラーがフィーネ・カーラー夫人[3]への贈り物、グンドルフの韻文文学史を朗読。言葉とドイツ性との親密な遊戯。ゲオルゲについて。私のほうは拒否的姿勢。(ホーフマンスタール。)――激しいかゆみ。発疹が広がりを見せる。薬をのむ。

(1) ハインリヒ・ゴットフリート・ブレトシュナイダー(一七三九―一八一〇)『若きヴェルターのおそるべき殺害事

件』（一七七五年）はゲーテの『ヴェルター』に対する同時代の批判的パロディーであり、これをトーマス・マンは『ヴァイマルのロッテ』の第七章で詳しくあざけっている。『全集』第二巻六六二―六六四ページ、参照（「ブレトシュナイダーという粗野な男が、私が謙遜を忘れないように配慮してくれている。」云々）。

（2）ゴットフリート・ベルマン・フィッシャー宛て、プリンストンから、一九三九年三月六日付、『往復書簡集』二一六ページ、所収。

（3）『韻文で短く分かり易く仕立てられた／ドイツ文学史』――フリードリヒ・グンドルフの遺稿中に発見され幾つかの写本の形で残っているグンドルフの文学的冗談。ルターからニーチェにいたる韻文の文学史で、それぞれ長さの異なる三十二章の韻文からなり、タイプ用紙で総計二十一枚、二三八Cの番号を付されてグンドルフ文書館の目録に記載されている――あまり成功したものとは言いがたくむしろ苦心の目立つユーモラスなゲルマニストの遊戯というべきもの。

プリンストン、三九年三月七日　火曜日

良くは眠れないものの、夜の調子はよくなってきた。晴れて風のある天候。疲労し気が散って、ほとんど書き進まず。朝食前に二つのトランクを荷造りして、ひげを剃る。皮膚が発疹で過敏になっているので散髪は断念する。ランチのあとドイツの雑誌。政治がスペインに一種のクーデタをもたらし、「スペインの平和」を望む将軍政府は無政府主義者たちを排除する。――休息し荷造り。マイゼルと二、三の仕事を処理。お茶のさい子犬のジミ。――第七章を旅行に持参。私たちは七時半ジャンクションに行き、ベドフォドで降り、晩エーリカとボストンへ向かう。

旅行

八日　水曜日にかけての夜。寝台車でボストン。ボストンでホテル・リッツ・カールトン。十二時K、エーリカと一緒にインタヴュー。その前にフォーラム関係者来訪。青空、厳しい寒気。Kと公園を散歩。市内は魅力的で、ヨーロッパふうの印象。ホテルのレストランでランチ。ベッドで休息。お茶にエーリカの出版社重役[1]。ひげを剃り着替え。ドイツ人教授夫妻とバーでアペリティーフ、ついで教授、同僚、二人のアメリカ人と向かいのクラブでディナー、その間エーリカとKはご婦人たちと食事。そのあとフォード・ホール・フォーラム講演に向かう。いつも通りの混雑。満員のホール、エーリカとKも一緒に壇上へ。ドイツ人教授の前置。『自由』を力をこめて講演する。長い拍手。エーリカと質疑に答える。マルクス主義者の新聞売り子。非常に疲れる。そのあと大いにせがまれてハーヴァドの塔の中でのドイツ科の学生たちのもとへ、縁無し帽、ビール、ドイツの歌、ザラマンダー乾杯[2]。名誉会員にされる。挨拶と別れの言葉。ホテルに戻り大急ぎで荷造り、お茶とサンドウィッチ。真夜中に出発。『カラマゾフ』[3]を読み、どうにか数時間眠る。首と後頭部が非常にひりひりするが、治癒に向かっているらしい。

——

（1）フェリス・グリーンスレットのことで、エーリカ、クラウス・マンの『生への逃避』を刊行した、ボストンのホートン・ミフリン社の重役。

（2）〔訳注〕ザラマンダーとはドイツの学生組合などの集会で行われる独特な乾杯のやり方。縁無し帽というのも学生組合ごとに伝統の帽子があり、集会の祭に被ることになっている。このハーヴァドの学生の集まりはおそらくドイツの学生組合の伝統を踏襲していたのであろう。

（3）『カラマゾフの兄弟』フョードル・ミハイロヴィチュ・ドストイェフスキーの長篇小説（一八八一年）。

ニューヨーク、三九年三月九日　木曜日

当地は雨。七時半寝台車を離れる。ベドフォドへ。入浴。朝食。手紙に目を通す。新聞によれば、イギリス陸相はフランスのイギリス上陸軍部隊は三〇〇、〇〇〇名と発表。ナチ・ジャーナリズムはこれを「軍備神経症」の徴候と呼んでいる。——午前、絹のナイトガウンを着たまま、無為に過ごす。「アトランティク・マンスリ」に掲載された子供たちの著書の抜粋、私の「ポートレイト」[1]を感動しながら読む。Kと階下でランチ。ベッドで休息。お茶。若い弁護士と税金の問題で公証人を訪ねる。そのあとフランスの旅券を持ってドイツを旅行してまわったオーストリアの非合法活動家来訪、報告。ベリーシャ。タキシードを着る。

迎えを受けて、タッパー教授夫妻、ゴスラル女史(2)との(3)コロンビア近くの教職員クラブでのディナーへ。ついでそこで講演、上々の快適な経過、感じの良いホール、程度の高い聴衆。エーリカと質疑に答える。控え室で大勢の挨拶。コルマース夫妻その他。あとでエーリカの宿にリース、クロプシュトック、グムペルトと集まる。カフェから紙コップの熱いお茶、サンドウィチ、葉巻。十二時半就寝。

（1）「父トーマス・マンの肖像」は、「アトランティク・マンスリ」ボストン、一九三三年四月号に掲載されたエーリカ、クラウス・マン共著の『生への逃避』からの抄録である。その他、一九四七年ニューヨーク、ニュー・ディレクションズ社刊、チャールズ・ネイダー編アンソロジー『トーマス・マンの肖像』に所収。

（2）特定出来なかった。この名前は著しい誤記の可能性があり、したがって判別不能なのであろう。

（3）舞踊家ロッテ・ゴスラル、エーリカ・マン、テレーゼ・ギーゼと親交があり、チューリヒでは、エーリカ・マンのカバレット『胡椒挽き』のアンサンブルに所属し、一九三六年アンサンブルとともに合衆国を巡演し、アンサンブルの解散後もアメリカにとどまり、そのグロテスク・ダンスで大成功を収めた。

ニューヨーク、三九年三月十日　金曜日

九時起床。晴天、寒く、風のある天候。十時私たちの車でメーディとペディキュアに出掛ける。そこから徒歩で、途中Kの靴、私の葉巻など買い物をして戻る。クロプシュトックの来訪を待つ。お茶には子供たちが来る予定、六時半には、あす講演を行うデトロイトへの旅行に出発する。――きのうハルトマンの本を読んで、ゲーテに関する印象的なくだりを二、三記録にとどめる。新聞各紙にイギリスの軍備に関して大きな数字。全体主義諸国は面子を傷つけられ、その攻撃的性格に苦情を申し立てる。

デトロイト、三九年三月十二日　日曜日
ホテル・ブック・キャディラク

金曜日正午、クノップ夫妻とリージスでランチ。午後荷造り、子供たちとベドフォド宿泊の友人たちを私たちの部屋に迎える。六時半出発、列車内でディナー、クラブ式車両、デトロイトへ寝台車で向かい、そこにきのうの朝到着。ホテル・ブック・キャディラク、エレガントなホテル。きれいな部屋。朝食。そのあとラビとフリー新聞記者エクスタイン(1)を加えて記者会見。長々と続き、写真撮影。洗髪、ひげ剃り。正午ラビとロシア・レストランでランチ。キャベツ・スープ、小さなパイとロースト・マトン。宿のベッドでかなり長い休息。お茶のあとエーリカと講演前半部の短縮と新しい導入部。タキシード。早めにラビが迎えに来る。タクシーで大きなオペラハウスの通りへ。苛立ちを覚え、疲労。およそ八時半に開始。五、〇〇〇人収容の大客席。盛大な歓迎。ラビの前置き、話し始めに新たな歓迎の拍手、そして拍手による中断。始めは力が入らなかったが、やがてしっかりした調子になり好調になった。何回もの謝辞。エーリカとともにかなり長い質疑に答える、質問表。満足出来る経過。ラビと私たちのホテルのカフェーで。オムレット・コンフィテュールとお茶。ラビと別れたあとエーリカとサロンで、冒険屋の雄イノシシ(2)とその提案について。

たっぷり眠る。九時半起床。入浴、ミルク・コーヒーで朝食。服を着たあとアライアンスのためにケステンの『ゲルニカ』について少し口述。――きのうのように雨もよいの天候、霧が出て、寒い。散歩には出ず、部屋でものを読みながら午前中を過ごす。コーヒー・ショップでランチ、食欲旺盛。そのあとサロンで煙草を吸う。休息し五時にお茶を一杯飲む。そのあと荷物をまたまとめる。エーリカ、旅行用ラジオの購入。三人で大きなシネマへ。ヴァラエティとケインの短篇小説による映画、歌手の結婚物語(3)、魅力的な演技。充分楽しめた。そこで二時間、ついでスタトラー(4)のコーヒー・ショップで夕食。夕食にブルゴーニュ・ワインを飲んだが、これが私には良くなかった。十四個の荷物を二台のタクシーに載せて出発する際気分が悪くなる。コートなどを忘れる。十一時頃列車に乗り、発車は十二時。

(1)　日記原本にエクスタインとある。おそらくエプシュタインというのであろう。特定出来なかった。

（2）誰を指しているのか不明。

（3）ジェイムズ・M・ケインの短篇小説『ハ長調のキャリア』による映画『妻、夫そして友人』、演出はグレゴリー・ラトフ、出演ロレッタ・ヤング、ウォーナー・バクスター、ビニー・バーンズ、セイザー・ロメロ。

（4）デトロイトのホテル・スタトラー。

シンシナティ、三九年三月十三日　月曜日
キューン邸。

当地に七時半到着。晴天。キリスト教、ユダヤ教の[1]関係者の出迎え。カメラマンたち。ミセス・キューンの車で郊外のキューン邸へ、高台のきれいな地所、私たちは二階の三部屋に入る。オートミールとコーヒーで朝食。記者会見。エーリカはそのあとホテルへ。ひげを剃る。車で出て、高台を散歩。大学クラブでラビのヘラー[2]、ミスター・ゴウルドマン[3]、ゲン……とランチ。ブロートについて。宿で午睡。ミセス・キューンとお茶。着替え。ディナー。市内へ講演に向かう。座長、カメラマンたち。エーリカと壇上へ、挨拶、紹介。講演はまたもや後半部に効果があることを立証する。感謝の拍手が続く。エーリカと質疑に答える。問題なく終わる。カトリックやナチなど反対派は存在したが、警察に抑えられている。明るく友好的な気分。ロビーで紹介やサイン。そのあとミセス・キューンの婿の屋敷でレセプション。多数の参会者、ビュフェ、コーヒー。真夜中過ぎまで『カラマゾフ』。

（1）日記原本ではこの名前がクーン Kuhn かキューン Kühn かはっきりしない。調査はつかなかった。

（2）ジェイムズ・グートハイム・ヘラー（一八九二―一九七一）、ラビ、作曲家、音楽学者、一九二六年から四三年までシンシナティ音楽大学の講師。アメリカ・ユダヤ教信徒会連合の役員、アメリカ・シオニスト組織の副総裁、多数の宗教音楽、世俗音楽を作曲し、ユダヤ教の典礼のための室内楽や讃歌を作曲した。

（3）ロバト・P・ゴウルドマン、「アメリカ・ユダヤ教信徒会連合」の総裁、コネチカットのヘブライ・ユニオン・カレッジ監事会員で、トーマス・マンは、マクス・ブロートのためにコネチカットのヘブライ大学の教職を世話すべくこのゴウルドマンと綿密な通信を交わしていた。ロバト・P・ゴウルドマン宛て、プリンストンから、一九三九年三月七日付、『書簡目録II』三九／一四一。参照。

三九年三月十四日　火曜日　シカゴ行きの列車内で

温かい晴天。シンシナティで八時半起床。私たちの部屋で朝食。そのあと荷物を拵える。若い人々が自分たちの新しい雑誌の構想を示してくれた。ラビのヘラーの迎えでヘブライ大学へ。スピノザ・コレクション、トーラー・コレクション、礼拝堂で学生たちに挨拶の言葉。多数のサイン。そのあとミセス・キューンとタフト美術館。ゲインズボロー、ターナー、ハルスの美しい男性の肖像、同じくアングルの女性の肖像。[1]——私たちの女主人と一緒にミスター・フレッチャー[2]とのランチに。これにヘラーが加わり、ブロートの招聘が決定したと報告してくれる。——ヘラーがそのオラトーリウムから演奏。三時に出発。エーリカは駅で私たちと合流。列車脇で、見事な社会的行動力をそなえた、傑出した女性である女主人と別れの挨拶。（私たちがみた庶民住宅。）——個室。東方における新たなドイツの暴力行為に関する政治的報道によってかげりの出た一日。最後通牒、チェコ＝スロヴァキアの解体。「無関心」を示す国防軍。予想された事態が生み出す興奮は常に予想以上に酷いものになるのだが、この事態には鎮静的な作用がある。スイスの脅威も高まってきている。私たちがスイスを訪問出来るかどうか怪しくなってきている。——食堂車でお茶。疲労し苛立ちを覚える。あすはシカゴで第七章と取り組めるという期待。伸び過ぎた髪の毛が煩わしいが、膿瘍のためまだ散髪するわけにはいかない。——

シカゴ、ホテル・ドレイク。食堂車で夕食をとる。当地には八時半に到着。委員会委員の出迎え、カメラマンをまじえた記者会見。ホテルへ向かう。非常に気持ちのよい、寛げる部屋。居室でビール、新しい新聞。東方でのヒトラーの完璧な成功。プラハ、鉄鋼地帯の占領。ルーマニア、ハンガリーが同じ運命をたどるだろう。黒海沿岸。石油と穀物。途方もない強化を意味する。イギリスとフランスは動きを見せない。ロシアは——スフィンクスだ。——あす十時半ベネシュ[3]を訪ねる約束。

（1）不明。

（2）トーマス・マンが多大の努力と時間をかけて行った、マクス・ブロート救出活動は実らなかった。ブロートは一九三九年、合衆国ではなくパレスティーナへ亡命する決心を固め、四〇年以降テル・アヴィーヴのハビマー劇場の文芸部員をつとめ、六八年死去した。その自伝『争いに明け暮れた生活』（一九六〇年）の中でブロートは「プラハに残ることが苦しみと死を意味することになった時、トーマス・マンは私が頼んだわけでもないのに私の世話をしてくれた。高潔な行為であった。マンの口利きによって万事が上手く運び、あるアメリカのカレッジで私のための教授職が用意された。私は私の守護霊に従ってパレスティーナへ行くことを選んだ。トーマス・マンは私の気持ちを完全に理解してくれて、私がマンの好意的努力を無にしたのに、気分を害したりしなかった。」と書いている。

（3）ベネシュ大統領は、この間にシカゴに着いていた。〔訳注〕日記本文でトーマス・マンはベネシュをチェコ語綴りで Bebeč と書いているが原注ではドイツ語綴りで、Benesch となっている。

シカゴ、三九年三月十五日　水曜日。ドレイク

寒い強風、雪。八時半起床、寝付くのに難渋したのだ。入浴しコーヒーの朝食。ひげを剃る。出迎えを受けてホテル・ウィンダミアにベネシュを訪問。その甥、[1]マサリク博士[2]、ついで大統領、遅れて夫人。ほとんど二時間に及ぶ政治問題についての要談。もっと大きな力と大胆さがあれば事態を違った形に向けることができたろうにと意識しながらも、深い同情を覚えずにいられない。――そのあと私たちを引き合わせたジャーナリストたちの策略が明るみに出て腹が立ち、気持ちに陰りを覚える。――三人で私たちのホテルでランチ。そのあと、電話のインタヴューと写真撮影。ついでエーリカと講演の始めの三分の一を時局に合わせて書き変える。休息。お茶。タキシード。エーリカが翻訳と清書をしてくれる。寺院信徒会のM夫妻の住居でのディナーへ、ラビ夫妻とともに。極上の食事。講演のため寺院に向かう。満員のホール。うまく話せた。エーリカと質疑に答える。そのあと控え室でレセプション。宿に戻る。ベネシュ、マサリクと電話。ビールとサンドウィチ。プリンストンのクラウスと電話。――プラハにドイツ軍。チェコ人にドイツの旅券が与えられる。

（1）作家でジャーナリストのボーフシュ・ベネシュはエードゥアルト・ベネシュ大統領の甥。『「神の村」についてボー

フシュ・ベネシュに寄せる』(一九四六年)、『全集』第十三巻四四九―四五二ページ、参照。

(2) ヤン・マサリク(一八八六―一九四八)、チェコスロヴァキア共和国創設者で初代大統領トーマス・G・マサリクの息子、一九二五年から三九年までロンドン駐在チェコスロヴァキア公使、四〇年にはベネシュの緊密な協力者としてロンドン亡命政権の外相になり、四五年にはプラハで外相になった。四八年三月十日の共産党クーデタの際ヤン・マサリクは不可解な状況下で、おそらく自殺によると思われるが、死亡した。

シカゴ、三九年三月十六日　木曜日。ドレイク。

安眠出来なかった。八時半起床。晴天、寒く、風がある。コーヒーの朝食をとり、そのあと散髪に理髪師を呼ぶ。帯状疱疹になってから初めての散髪だったが、うまくいった。膿瘍が治りかけの際のひどいかゆみが続いている。――第七章と取り組み。数行書き進め、喧しく電話の鳴る中で連想を働かせ、エーリカに新聞のニュースを問い合わせる。チェムバレンの後悔。なんぴとたりともかかる事態の展開は予見出来なかったなどという！　切断されたチェコ国家の内部からの崩壊。そのさい、イギリスの新聞各紙は、進駐の要請がなければプラハを破壊するとヒトラーが威嚇したというチェコの大臣の報告を報じている。その獲物は非常に大きいのだ。チェコはドイツの三倍の黄金を所有している。――――正午寒気と強風の中をKと少し湖岸を散歩。三人でジャク[1]で鳥たちとランチ。そのあと来客。教員組合の人、新聞記者たち、そして私が会わなかったその他の人々。ベッドで休息。お茶。エーリカが別れを言って近郊での講演に出掛け、夜戻ってくる。――Kとシネマへ。ショウの作品による『ピグマリオン』[2]、見事な映画。そのあと疲労。映画館の通りのレシトランで夕食。宿で新聞各紙、不快きわまる重大な読み物。プラハでの人間狩りと自殺の波。「神聖なドイツ国家」などと称する汚穢めいたロマン主義。ヒトラーの立法！　ともあれ下院では数々の演説。アソル女史は罵倒される。「自治権」なるものの本質はこの国の行政からチェコ人が完全に排除されるところにある。苦痛と吐き気。

(1) シカゴのノース・ミシガン・アヴェニューのフランス・

レストラン、ジャク。その一部が本物の植物が生育している一種の温室庭園でそこでは鳥も自由に飛び回っている。トーマス・マンが、シカゴに来た時によく利用したレストラン。

(2) バーナード・ショウの喜劇による映画、演出アンソニ・アスクィス、ヒギンズ役にレスリー・ハウアド、イライザ・ドゥーリトル役にウェンディ・ヒラー、イギリス映画の傑作の一つで、封切は一九三八年十月ロンドンであった。

シカゴ、三九年三月十七日　金曜日。ドレイク

よく眠れた。きのうのような天候。コーヒーで朝食。エーリカ戻る。政治情勢について。午前また第七章を研究。正午アルヒペンコ(1)展覧会（モーセ）を観る。「プチ・グルマン」でランチ。宿で荷造り、少し休息。四時過ぎ出発。ストロームライナー(2)、クラブ車両。お茶、読書、七時夕食。スプリングフィールドからセント・ルイスまで若い新聞記者、インタヴュー。新聞各紙、諸国元首宛てのベネシュの声明。ローズヴェルトの声明。〔それは〕チェコの状態を「一時的」と呼んでいるが、これはアメリカの中立的立場の修正を意味している。――セント・ルイス到着九時半。主催者、新聞記者、カメラマンたち。ホテルへ。ボックビールを飲みながらインタヴューの継続。ルーマニアとポーランドのためのパリにおけるデモの報道。

(1) ロシアの彫刻家アレクサンダー・アルヒペンコ（一八八七―一九六四）は一九〇八年パリに、二〇年ベルリンに移り、二三年以降合衆国で生活した。

(2) Stromliner とあるが、正しくはストリームライナー Streamliner、流線型のアメリカの急行列車。

セント・ルイス、三九年三月十八日　土曜日

九時起床。青空。ドイツの経済的諸要求をルーマニアが拒否。フランス政府に対する独裁的全権。チェムバレンの新たな演説(1)。プラハ―ブリュン―ヴィーン―ベルリンのヒトラーの凱旋行進。――洗髪。郵便、リオン（次号について）、ヴァイス、ミセス・マイアー、

その他の手紙。正午市内のホテル（ピュリツァー、ナーゲル）で盛大なランチ。講演と応答。ボルン博士。宿で休息。ドイツに対するアメリカの経済封鎖のラジオ・ニュース。ルーマニアは動員令を発し、民主主義諸国家に救援を呼び掛けている。ナチスは最後通諜を否定する。――新聞各紙にインタヴュー記事と写真。ブロンズの飾り板に刻まれた在郷軍人、労働者、教会グループ員の公開状[2]。――手紙裁判の主要被告人であった若い、当地で活動しているドイツ人の来訪。――チェコ人たちは戦時におけるように当地に政府を樹立する。チェコの展示パヴィリオンとドイツ＝オーストリアの参加の問題。――晩シンフォニー・コンサート（グルック、『エロイカ』、ラヴェル）、そのあと夜会。遅く就寝。

（1）一九三九年三月十七日バーミンガムで行われたイギリス首相チェムバレンの演説。この中でチェムバレンはミュンヒェンでなされた保証を破ったとしてヒトラーを難詰し、イギリスはこれから世界支配のヒトラーの努力に対して断固、抵抗するであろう、というのであった。これは「宥和」政策の終末だった。

（2）「トーマス・マン博士への公開状」、セント・ルイス、ミズーリ、一九三九年三月十八日と日付があり、多数の署名がブロンズの飾り板に刻み込まれて木の板に嵌め込まれたもので、今日ではチューリヒ工科大学トーマス・マン文書館の記念室にある。

セント・ルイス、三九年三月十九日　日曜日

九時起床。エーリカと講演とブロンズ飾り板の謝辞の仕事。「リトル・マン」の若い人たち宛ての手紙[1]。ボルンと公園を散歩。ラビのアイサーマン邸でのランチに主教、学長等々とともに。そのあとKとエーリカはタウバー[2]の演奏会へ、私は家に残る。落ち着いた午後、しかし休息は取らなかった。晩、軽食を取ったあと、ラウドスピーカー付の隣接ホールのある超満員の「体育館」で講演。数百人が門前払いになった。人々は五時から待っていた。各宗派平等に署名したブロンズ板の手紙の授与。謝辞を述べる。紹介。講演。疲労していたが、持ち堪える。多大の感銘を与え、喝采。多くの挨拶とサイン。同じことが控え室でも続く。冷たいコカ・コーラ。疲労困憊。裕福な靴工場主邸で夜

会。ひっきりなしに素朴な要請。お茶、ウィスキ・ソーダ。軽食。あとで若いユダヤ人ピアニストのバッハ、ショパン演奏。洗練された人物。なおしばらく私たちの部屋で、ビールを飲みながら。政治が話題になる。葉巻。二時就寝。

(1) ファーディナンド・マイアロン・アイサーマン(一八八八―一九七二)、セント・ルイスのイスラエル寺院の首席ラビ。
(2) オペラ、歌曲歌手リヒァルト・タウバー(一八九二―一九四八)、一九一三年以来ドレースデン・ホーフオーパーに所属、後にはベルリン、ヴィーン、ミュンヒェンでも活動した偉大なモーツァルト・テナー、二十年代にはレハールのオペレッタや映画で世界的に有名となり、三八年ロンドンに移り、毎年合衆国演奏旅行を行っていた。

セント・ルイス、三九年三月二十日　月曜日

興奮状態。薬を多く服用。ようやく四時過ぎに平静になる。すでにきのうがそうだったが、きょうは非常に暑い。絹のズボン下。十時起床。コーヒーで朝食。――きのうヒトラーのベルリン凱旋行進についての報道。ヒトラーは「疲労し憤激のてい」。アメリカのボイコット。イギリス、フランス、ロシア、アメリカの軍事的準備と外交的協力。きょうはロシアの対ドイツ覚書の報道、卓抜。――本への署名。――ラビのアイサーマンと見事に手入れされた動物園を散策。ホテルでランチ。そのあと荷造り。四時頃出発。テキサス特急。駅に路線の職員。非常に喉が乾いたので車室でコカ・コーラ。ラジオ。ドイツ語の雑誌。七時半食堂車でディナー。クラブ車両で葉巻。早めに就寝。

テキサス州、フォート・ワース、三九年三月二十一日　火曜日

食堂車での朝食後九時半当地に到着。鉄道の代表者。ホテル・テキサス。醜い土地柄。講演クラブのご婦人。約束を取り決める。エーリカと一緒に記者会見。暑い夏めいた天候、軽装。少し散歩。協会祝典の混雑の中

ホテルでランチ。ヨーロッパ情勢は見通しがつかない、たしかに目に見えて緊張しているが、またイギリスの曖昧、不誠実な態度によって重苦しくなっている。ロシアの会議提案拒否。[1]他方ルーマニアにおけるドイツの攪乱行動。フランコのしたように祝意を表明しなかったもうひとり[2]に対するヒトラーの書簡。リトアニアはメーメルを越えてのドイツ軍の進撃の可能性に脅かされている。ポーランドは不安にかられている。ゲッベルス[3]によるイギリス罵倒。イギリスは「中部ヨーロッパの平和を欲していない。ミュンヒェンは欺瞞だった」。――裕福なバーンズリ（あるいはこれに似た名前）邸でディナー。

（1）ミュンヒェン会談に加えられなかったソヴィエト政府は、一九三九年三月十九日六大国会談を提案した。この提案はロンドンでは冷淡に扱われ、実現を見なかった。

（2）ムッソリーニのこと。

（3）国民社会主義党の政治家パウル・ヨーゼフ・ゲッベルス（一八九七―一九四五）は一九二六年ベルリンの国民社会主義党管区指導者になり、二八年国会議員、二九年国民社会主義ドイツ労働者党の宣伝部長、三三年国民啓蒙宣伝大臣になった。四四年には「戦争総動員総責任者」となり、ヒトラーはゲッベルスを自身の首相後継者と決めた。ゲッベルスはヒトラーのあと数時間後に自殺した。

テキサス州、フォート・ワース、

三九年三月二十二日　水曜日

朝食のあとベネシュ会合のための声明。講演に手を入れる。頭の良くないご婦人の出迎えを受けて、講演の舞台であるカントリー・クラブへ。ほとんど女性ばかりの聴衆だったが、紹介役のレディの感じの良い、ローズヴェルトに好意的な息子がいたので、立ち去りきわに、この青年に「他の人たちのためというよりはむしろ、あなたのために喋ったんですよ」と言った。講演はいきいきと軽快に話せた。賛辞を聞かされ、会話の仕事をともなうランチ。エーリカ[1]と一緒に質疑を受ける。ミセス・ダグラス・チャンドルとクライスラーでウェザーフォードへ向かい、画家であるその夫と肉付きのいい小型犬に迎えられる。自身の設計した庭、インドの踊り手、仏像。お茶に婦人たち。アトリエを訪問。平凡に過ぎる肖像画。根ほり葉ほりの質問、メモをとり、よく見られる罪のない熱心さによってたっぷり獲物を収めているといった様子。しばらくきれいな芝生の上でのボッチャのゲームで間を稼ぎ、イギリス人のこの家の少年のような主人が歓声をあげるほどの「タッチ」をみせた。リープフラウエンミルヒ、相変わらず貪欲なご婦人たち。五時半頃出発。エーリカは手紙と声明を書いてくれていた。荷造り。コーヒー・ショップで夕食。出発。姿のよい、若いポーター、実に魅力的。今回は個室ではない。プルマン・カー式のベッド。新式の一時凌ぎ。

（1）　イギリスの、一九二六年以来合衆国で暮らしていた画家ダグラス・チャンドル（一八九七—一九五三）、上流社会層で人気があり成功した肖像画家。

三九年三月二十三日　木曜日

キャンザス・シティへの列車中で

二、三ものを読んだあと寝入ったが、一時半にファノドルムを服用、それからぐっすり八時半まで寝たところで起こされた。洗面所はひげを剃っている若い男と一緒に使う。Kと食堂車で朝食、ミルク・コーヒーと卵。暑い青空の一日。楽しくなくはない、肥沃な土地。農場。——政治的発展は世界の抵抗が高まる中で歩みをすすめ、さしあたりはヒトラーがその計画を暴力で押し進めるのを抑えられる気配はない。リトアニアに最後通諜。軍艦によってメーメルへ。ムッソリーニはヴェルサイユの結果として全面戦争は不可避だと宣言する。フランスに独裁制[1]、マジノ線の動員。それにもかかわらずこの「危機」はまたも戦争にならずに過ぎて行くだろう。しかしドイツの歴史乱造がナンセンスと証明されることになろうということは確信し続けるべきだ。第四の統一ドイツ国家についてのドロシ・トムプスンの好論文。納得のゆく、有用な論考。キャンザス。当地に午後二時到着。ホテル・ミューレバハのコーヒー・ショップでランチ。休養日。食後午睡。六時にお茶。七時三人で隣のシネマへ。ボワイエがアメリカ人の相手役女優と見事な共演を見せる上品な映画[2]。きれいなディズニ映画。教皇戴冠式の映像。ナチを相手に石油貿易をやっている社会主義政権のメキシコからの映像。資本主義世界は社会主義を試行する諸国に対してはあっという間もなく団結してしまう。

——コーヒー・ショップで夕食。そのあと私たちだけでラジオのある赤革張りの私たちのサロンで。ビール。真夜中頃就寝。

(1) ここでいう独裁制が何を意味しているか不明。フランスでは一九三八年以来ダラディエ政権が権力の座にあり、四〇年まで統治していた。

(2) おそらくこれは映画『アルジェの人々』かあるいは『ラヴ・アフェア』であろう。

キャンザス・シティ、三九年三月二十四日
金曜日

静かに眠れた。天候はきのうより涼しくなる。入浴し、コーヒーで朝食。サロンのちいさな赤い書き物机で仕事。ドイツ=ルーマニア「経済協定」なるものは——あれだけ賑やかな見せ掛けの騒ぎ、見せ掛けの抵抗を引き起こした——最後通諜への完全な屈服以外のなにものでもない。東欧を引き渡すことはずっと既定の事実であった。それに反対するかのような素振りはすべて欺瞞であり、拒否という言葉もチェコスロヴァキアを見捨てた後は全く意味が無くなってしまった。「戦争の危険」という言葉も、ミュンヒェン以前と同じように、ペテンだった。いつの日にかヒトラーが南デンマークを併合後西に転ずることにでもなるというのであれば、戦争の危機が重大化することも考えられる。スイスとオランダはさしあたりは軍事条約で護られているし、西側の軍備にはおそるべきものがある。一年後には戦争になるかもしれない。しかし西欧のナチ化が東欧のナチ化同様「平和裡に」進行することも充分に考えられるし、本来の攻撃がなされずに単なる重圧によってナチ化が進行するとなると、これはほとんど阻止出来ないだろう。ヒトラーはメーメルで、「不公正」はいまやほとんど除去され終わったと言明した。だらしない全世界は、あの強大な男が「ほとんど」で何を言おうとしたのかと協議している。——ブラティスラヴァから非難の手紙を寄越したある共産党員宛てに手紙。カーラーとマイゼル宛てに葉書。

ネブラスカ州、オマハ。キャンザスで午前中第七章に取り組む。荷造り。疲労、食欲なし。コーヒー・ショップで野菜スープしか食べなかった。二時頃出発。

荷物をめぐる面倒な手続き。クラブ車両。安楽椅子で休息。疲労しぞくぞくと冷える。食堂車室でお茶。当地に六時半頃到着。講演主催団体の代表者たち。この人たちと市外に位置するホテルへ。一緒にシェリ。休息させてほしいと頼む。エーリカと一緒に記者会見。部屋で、すきばらを抱えて夕食。崩壊以前に投函されたプラハからの手紙、ブロートとヴィンダー[1]から。クラウスとゴーロからの手紙。

（1）プラハの作家ルートヴィヒ・ヴィンダー（一八八九—一九四六）は一九三九年イギリスに辿り着いた。

オマハ、三九年三月二十五日　土曜日。ホテル・ブラックストーン

炎熱。長時間眠る。講演の改稿。正午Kと少し散歩、プリンストンを思い出させられる。二人でホテルのコーヒー・ショップでランチ、その間エーリカは質疑朝食に出なければならなかった。休息のあと、チェコに敵意を抱いている愚かなオーストリア人来訪。委員会の人と車を運転するその息子の出迎えを受ける。公園を抜けてその家まで行き、そこでお茶の接待。宿に戻って着替え。七時に半熟卵とビール。出迎えを受けて講演に。舞台裏。快適なホール、満員。導入。スピーカー付の気楽な演台。講演はむしろ惰性的に済ませたが、終わってみれば成功だった。こゝでもまた大勢の人々が遠方からやってきていた。サイン、挨拶。そのあとホテルで立食をともなうレセプション。飽き飽きする。部屋でなおビール。荷造り。エーリカは応答で成功する。契約。『ヨゼフ』についていろいろと照会[1]。

（1）おそらくはまだ刊行されていない『ヨゼフ』四部作の最終巻『養う人ヨゼフ』のことであろう、トーマス・マンはようやく一九四〇年八月にこれに着手し、四三年一月に書き終えている。

三九年三月二十六日　日曜日。シアトルへの列車中で

オマハで八時起床。冷え込み、強風。入浴し、朝食後荷造りを完了。九時半出発、荷物はタクシーで、私たちは委員会関係者の車で。『ロッテ』原稿は書類鞄に。つながった客室。ヒトラー・ドイツの重ねての成功の分析に憂鬱を覚えながら新聞を読む。ヒトラー・ドイツの成功の数々が戦争に向けられたものでありながら戦争にはまったく役立たず、戦争の回避を前提としたものであるというのは矛盾である。ラジオでムッソリーニの、イタリアは「平和の維持などに関心はない」などという挑発的な演説。ヒトラーの試みを抑えるのが——当然思い上がりが肥大化しているドイツにおけると同様——いつも後手に回ることに対する嘲笑。——ハルトマンの宇宙関係書に没頭。一時食堂車で昼食、コーヒー。——青く澄み切って、かなり冷え込んだ一日。——お茶のあとカジノを楽しむ。エーリカは初めての経験だったが、初めて勝つ。「ノイエス・ドイチュランント」を読む。ディナーのあとクラブ車両で、ハルトマンの人智学を読む、興味深い点が多々ある。

ゲーテから示唆を受けているのだが、そのゲーテは例の通りこの領域では一方的に霊化されている——ポーランドはダンツィヒを割譲する用意があるが、それ以上の要求に対しては動員をかけるとのニュース。ヒトラーはムッソリーニの諸要求を援護して、フランスに対し、平和が維持されるか否かの責任はフランスにかかっていると声明する。——早めに就寝。

三九年三月二十七日　月曜日。シアトル行きの列車中で

『カラマゾフの兄弟』を寝込む前に読む。下手なブレーキに眠りを妨げられるが、たっぷり眠る。山並み、高原。(きのうの晩は吹雪だった)。八時起床。Kと朝食、オート・ミールとスクラムブルドエッグ。ドイツ=オランダ通商条約とムッソリーニの知的に無恥な演説についてのがっかりさせられる、腹立たしいニュースを聴いたあと、この日一日をどうにかやり過ごす。食堂車が国際的なスキー客団体に占領されているので、

車室で軽い朝食。晩も同様。疲労、気分すぐれず、追い詰められた感じ。ハルトマンの本はしばしば耐え難いほどに不明瞭だが、とにかく教えられるところが多いもので、これに没頭する。早めに就寝。『カラマゾフの兄弟』の第二部。

三九年三月二十八日　火曜日。ポートランドからシアトルへの列車

ポートランドへの列車で六時までぐっすり眠る。青く晴れたひんやりした朝。七時に起こされる。ポートランドで列車交換。駅レストランで朝食。またフランス人、スイス人、「四十家族の」[1]アメリカ人などスキー競技会の連中と一緒になる。オートミールとコーヒー。出発は十時。コムパートメント。明るい土地、運河、牧草地、果樹。新聞によれば、マドリド降伏[2]。白旗を掲げて塹壕から出ていく政府軍側兵士たち。ヨーロッパ・ファシズムの悪魔性を知らずに、なお進歩、国民、自由を信じていた一国民の断末魔の苦悶の終局。時代に遅れを取ることになった誤解。――ダラディエはボネ[3]に反対してイタリアの諸要求の明確化を主張して譲らず、イタリアの権利を擁護する能力ありと明言している。イギリスの総参謀長はパリに。ブラティスラヴァに迫るハンガリーにゲッベルス。リトアニアはメーメルの譲渡と執行する大臣に対して激昂、大臣[4]は退任を余儀なくされた。――この時代にこの精神で中部ヨーロッパ経済地域を助成することに対するイギリスの誤った誠意や黙認の態度について考える、――この中部ヨーロッパ経済地域というのは、戦時自給自足体制の確立が狙いなのだが、ドイツ「国家」が纏まっていられるのは戦争の可能性がまったくないからに過ぎず、戦争にでもなればこの「国家」は維持出来るものではないのだから、戦時自給自足体制などというのは無意味な考えというものだ。しかし社会革命を阻止しようとするファシズムの側の了解こそこの自給自足体制を造り出すのだ。しかし連邦主義のヨーロッパを実現しうるのはこの「社会革命」のみである――

（1）　一六二〇年「メイフラワー」号でニュー＝イングランドに出国し、ケイプ・コドで「メイフラワー契約」という清教徒教区民盟約を結び、プリマス植民地を建設した四十人

の「ピルグリムズ・ファーザーズ」の末裔——これは今日に到るまで伝統ゆたかな、経済的文化的に指導的なアメリカの社会層。

（2） スペイン共和国政府は首都マドリドを長期にわたって包囲されたあとついに一九三九年三月二十八日放棄を余儀なくされ、フランコ軍が入城した。

（3） フランスの政治家ジョルジュ・ボネ（一八八九—一九七三）は一九二四年から四〇年まで急進社会党の国会議員、三三年から四〇年までたびたび入閣、三八年から三九年まで、ダラディエ内閣の外相、ミュンヒェン協定の主要責任者の一人だった。四一年ペタンに「国民会議」に招聘され、四五年解放後、スイスへ逃亡することによって法的追求を免れ、四九年フランスに戻り、五六年から六八年までまた国民議会の議員だった。

（4） リトアニアの首相ミロナスは一九三九年三月二十二日に行われたメーメル地方返還の責を負って三九年三月二十七日に辞任せざるを得なかった。

シアトル、三九年三月二十九日　水曜日

きのうは車中でランチ。当地には二時半頃到着。出迎えなし、広報もなく、郵便は届いているものの、部屋の予約はしてない。ホテルのマネージャーはあっけらかんとした顔で予め手配してあったとは信じられないという応対。照会して確認。——休息。お茶のあと、三人でシネマへ。ギャング映画と社交喜劇、楽しい作品。非常に疲れる。ホテルの瀟洒な食堂でディナー。上等な料理。居間で葉巻。早めに就寝。

きょうは明るさのために早過ぎる時刻に目を覚ます。九時起床。入浴。オートミールとお茶の朝食。十時半多人数の詰め掛けた記者会見。正午三人で他出。Kのためにコートを買う。一時ホテルでデンマーク系アメリカ人、ゾーフス・ヴィンター[1]教授とそのドイツ生まれの、ドイツ文学科の同僚グロース[2]を客としてランチ。グロースは、何も食べなかったくらい興奮していた。——休息。お茶にドイツ文学科の専任講師シェルテル[3]、私についての博士論文があり、「何でもよく分かる」ナチである。——エーリカが新聞を持ってくる。ダラディエの気持ちの良い演説。ムッソリーニの拒否と世界情勢の性格付けを内容とするものだが、これは——六年後にして——初めての『声』のような感がある。——状況は戦争に近付こうとしているかに見えるが、また戦争から遠ざかるとも予想されるものの、とどのつまりは戦争にはまりこんでいくだろう。資本主義世界は、自分で甘やかして育てた子供であるファシズムによって戦争へと追い込まれることになるだろう。──着替え。ヴィンター教授の出迎えを受けて講演に。満席。約三、〇〇〇人の会場。ヴィンターによる紹介。うまく話した。大成功。エーリカと質疑を受ける。そのあと人々が群がり寄せ、サイン。個人の邸宅でレセプション。ウィスキと軽食。疲労しほどなく退散。

(1) ゾーフス・キース・ヴィンター(一八九三年生まれ)はシアトル、ワシントン大学英語英文学教授。
(2) ジョン・ヘンリ・グロース(一八九三年生まれ)、ドイツ文学研究者、一九二八年以来シアトル、ワシントン大学教授。
(3) マクス・シェルテル「トーマス・マンと家系的小説」。シアトル、ワシントン大学哲学博士論文、一九三八年。シェルテル(一八八〇―一九六二)は一九三八年以来専任講師、五〇年以降シアトル、ワシントン大学ドイツ語の助教授。

シアトル、三九年三月三十日　木曜日、
　オリムピック。

午前中書籍商のためのサインの仕事。チェコの領事が法と民主主義のための国際組織の問題で同伴者を伴って来訪。十一時過ぎ法学部の若いボーデンハイマー(1)夫妻がドライヴへの誘いに来る。公園。美術展(インド＝中国)、湖を一望する住宅地域、非常に魅力的で、キュスナハトを思い起こさせる。シアトルは風土的、景観的、そして都市として一つの発見であり、この旅行中最善の印象を受け、これほど遠くなければ暮らすのによいところだ。──エーリカとホテルでランチ。そのあと荷造り。三時半出発。
　ロサンゼルスへの列車。コムパートメント。お茶の前に少し休息。そのあとカジノをする。七時半食堂車で夕食。そのあとクラブ・カー。新聞各紙。政治情勢は奇妙に硬直化している。イタリアはフランスによって拒否されている。イギリスはポーランドにドイツの攻撃に対する軍事的保証を申し出、同じくルーマニアとの通商協定を求めている。イタリアの新聞はむしろおとなしい。たしかにさしあたりのところ戦争はない。

ことによると五月か六月に訪れる次の危機も戦争をもたらさないかもしれない。

（1） エドガー・ボーデンハイマー（一九〇八年生まれ）は当時学生で、のちアメリカの公務員、一九四五年から六六年までユタ大学、六六年から七五年までデイヴィスのカリフォルニア大学で法律学教授。今日デイヴィスで引退生活を送っているボーデンハイマーと夫人は、当時シアトルでマン夫妻を乗せて三、四時間、市内近郊のドライヴをしたことをよく覚えている。

ロサンゼルスへの列車、三九年三月三十一日
金曜日

Kのために下段ベッドで寝てみたが全く不具合で、反復はしないことにする。少し『カラマゾフ』を読んだあとファノドルム一錠を服用七時頃までぐっすり眠る。八時過ぎ起床、ひげを剃る。山岳、高い所に積雪、渓流、峡谷、たっぷり荒野を見てきたあとの美観。Kと朝食、オートミールとコーヒー。晴天。徐々に山岳地帯から抜け出る。――

ビヴァリ・ヒルズ、三九年四月一日　土曜日

引き続いての夜を寝台車で。八時起床。三人でクラブ・カーで朝食。当地到着は十時頃。ダウン・タウンからここまで車。海の大気の香るこの明るい手入れの届いた光の世界との再会の喜び。馴染みのホテル。一階の部屋。フランク夫妻とマサーリ女史[1]からの花と菓子。小柄な女史[2]の来訪。二台の車のいずれかを選択することになり、オープン・カーでないほうを借りる。フランク邸でランチ。遅れてマサーリ夫人。明るい気分。午後は私たちだけになり、部屋を整え、休息。晩は再びフランク邸。お茶で冷たい夕食。第七章の始めの三分の一を朗読。――Kが硼酸水と塩化アンモニウムとを取り違える事故。びっくりしたが、大事に到らなかった。

（1） オペレッタのスター、フリッツィ・マサーリ（一八八二

—一九六九）。マサーリは一九三三年亡命し、ヴィーン、ロンドンでも舞台に登場し、三八年ハリウッドに引退した。マサーリはブルーノ・フランクの義理の母親である。

（2）　エリーザベト（リーゼル）・フランクは、フリッツィ・マサーリの娘、ブルーノ・フランクの妻。

ビヴァリ・ヒルズ、三九年四月二日　日曜日

かなりよく眠る。Kの怪我は治ってきた。午前中水曜日のためのテーブル・スピーチを口述。Kと散歩に出て明るく手入れの届いたあたりを楽しんだ。マサーリ女史の、魅力的な家でフランク夫妻とランチ。シャンパン。庭のプール脇でコーヒー。休息。お茶。ヴァイスゲルバー[1]とコナー[2]が来訪、スピーチの件。市内でフランク夫妻と夕食。そのあとシネマ。『消えた婦人[3]』、楽しめた。宿でビール。遅くに就寝。

（1）　ホセ・ヴァイスゲルバー、国際的な保険会社の重役でオールダス・ハクスリと親交があった。それ以上は不明。

（2）　特定出来なかった。

（3）　おそらくイギリスのスパイ喜劇映画『貴婦人の失跡』、デイム・メイ・ウィティ、ベイジル・ラドフォド、ノートン・ウェイン出演、アルフレド・ヒチコック演出。

ビヴァリ・ヒルズ、三九年四月三日　月曜日

かなり浅い眠り。入浴。オートミールとコーヒー。ヴァイスゲルバーの電話、危険に曝されている政府軍派の人々に関するワシントンの国務省電報について。——ヒトラーの演説はかなり印象の希薄なものに終わったらしい。イギリスは封鎖の組織化を掣肘させない決意らしい。「フェルキシャー・ベオーバハター」は、ドイツはいかなる「封鎖」も「甘受」しないであろうと警告している。愚かなギャングたち。マンディライン[1]は、戻ってきて、戦争はきょうにも始まる可能性があると断言している。まだ信じられない。この丸々六年の政治を抹消し（スペイン！）反ファシズム戦争のもたらした結論に恐れをなさないだろうか。——ダラディエは断固たる姿勢による平和を「信じている」。

——薄曇りの温かい天候。——講演、清書、訂正。——ブルーノ・フランクとこのホテルでランチ。午後シフ博士[2]と歯科医ゴルトマン[3]を訪れ歯冠を入れ直してもらう。保護不良。疲労困憊。着替え。ゴルトマイアー邸[4]でクノップ夫妻、フランク夫妻ともどもディナー。映画の上映、最善のものはハイフィッツ[5]出演のもの。フランク夫妻と私たちの部屋で。遅くに眠る。

（1）ジョージ・ウィリアム・マンディライン（一八七二―一九三七）枢機卿。
（2）ハンス・シフ医学博士（一八九七―一九六二）はハリウッドの著名な内科医、心臓専門医で、一九三五年ケルンから合衆国に亡命した優秀なアマチュア音楽家でロサンゼルスの医師オーケストラの共同設立者で、のちにはマン家の診察にも当たった。
（3）これは、シフ博士の同僚の歯科医J・ゴルトベルク博士のことで、ロサンゼルスでシフ博士が開業していたのと同じ建物で開業していた。
（4）特定出来なかった。映画プロデューサー、サミュエル・ゴルドウィン（一八八二―一九七四）の可能性もある。
（5）解読できない単語、「ハイフィッツ Heifitz」あるいは「ハイフィッツ Haifitz」の可能性があるが、これはヴァイオリニスト、ヤシャ・ハイフェッツ Jascha Heifetz のトーマス・マン流儀の書き方である。

ビヴァリ・ヒルズ、三九年四月四日　火曜日

残念ながら、曇天。朝食の際、イギリス下院の断固たる意志表明とドイツ新聞の罵りについてのニュース。ヒトラーは敏速な行動に出るという威嚇。ロシアからポーランドへの物資輸送。——M・G・M[1]でフィアテル女史[2]とランチ。そのあと映画、グレータ・ガルボ主演『スウェーデンのクリスティーネ』[3]。市内でアメントと夕食。そのあとマクス・ラインハルト邸。

（1）メトロ＝ゴウルドウィン＝メイヤー、ハリウッドの映画スタジオ。
（2）ザルカ・フィアテル。一九三八年四月二十三日付日記の注（2）参照。
（3）グレータ・ガルボとジョン・ギルバート主演の映画。プロデューサー、ウォルター・ワンガー、監督ルーベン・マムーリアン、ザルカ・フィアテルの脚本、一九三三年撮影完了。

ビヴァリ・ヒルズ、三九年四月五日　水曜日

翻訳を検討する。フランク邸でランチ。フランクと原稿の相談。——昨日ときょう、ハインリヒ[1]と若いフルダ[2]宛て（その父親の訃報に接して）、その他宛てに手紙を書く。午前ゴウルドウィン・プロダクションにクノップ[3]を訪問。あるシーンの撮影に立ち会う。午後スピーチの検討。ホテル・ウィルシャーでの祝宴にルービチュが迎えにきてくれる。約三〇〇人の会。シャンパン・カクテルと多くの人々（『死の嵐』[4]の女流作者）。ディナー、スピーチ予定者席。シャンパン。国際児童オーケストラの演奏、見事。創立者、指揮者、若いコンサート・マスターと。座長、ブルーノ・フランクのスピーチ。私の講演[5]、間違えたところはあったが、感銘は与えた。ハリウッドのエリートたちから強い賛辞。そのあとエーリカが非常に心のこもった、共感を呼ぶスピーチ。この晩は並外れた大成功で、三、〇〇〇ドル以上の収入をもたらし、そのうち一、〇〇〇ドルはわれわれの裁量で自由になる。祝典のあとカフェでディーテルレ夫妻、ルービチュその他と差し向かいで歓談。バターとシロップを塗ったパンケーキ[6]、上等。英語ドイツ語が飛び交う。各方面が満足。——新聞にイタリア軍のアルバニア占領。非常に遅く就寝。

（1）この手紙は残っていない。
（2）ルートヴィヒ・フルダは一九三九年三月三十日ベルリンで生命を絶った。
（3）エトムント・クノップ。
（4）この時期イギリスとアメリカで非常に流行したイギリスの女流娯楽作家フィリス・ボトム（ミセス・フォーブズ・デニス）の長篇小説、一九四〇年フランク・ボーゼイジによって映画化された、出演はマーガレット・サラヴァン、ロバト・ヤング、ジェイムズ・スチュアート。
（5）ホテル・ウィルシャーでの祝宴は、「ドイツ人キリスト教徒亡命者のためのアメリカ委員会」主催の集会であった。トーマス・マンの講演テキストは『人類の敵』だった。
（6）卵ケーキ。

ビヴァリ・ヒルズ、三九年四月六日　木曜日

かなりよく眠る。九時起床、入浴、お茶とスクラム

ブルド・エグ。非常に暑い日。バードと英文科の或る教授の出迎え。往復に時間をかけてパサデナでもりだくさんなランチ。復路は〔?〕(1)の女性著者と一緒。休息。お茶。五時半フランク夫妻とディーテルレ邸へ。皆とワーナー・スタジオへ。映画『マクシミーリアーンとファアレス』(2)を上映、あらゆる点で優れた業績であり、映画産業の名誉である。マサーリ女史は涙を流していた。そのあとディーテルレ邸で中国人給仕によるエレガントな夕食。非常に疲れ、頭痛。日中は暑かったのに晩には冷え込む。

(1) 日記原本中に欠落。
(2) 『ファアレスとマクシミーリアーン』はフランツ・ヴェルフェルの同名の戯曲によるウィリアム・ディーテルレの映画。

ビヴァリ・ヒルズ、三九年四月七日　金曜日
聖金曜日

当地最後の日、引き続き夏の暑さ。スクラムブルド・エグとお茶。荷造り開始。——アルバニアは抵抗に出る、各所で戦闘。ポーランドはイギリスと協定を締結。ドイツの新聞は「優位に立つが故の平静さ」。ロシアが目に見えて控え目なのも残念ではあるが、よく分かるというものだ。——ワーナー・ブラザース・スタジオでのランチに向かう。プライヴェイト食堂、フランク夫妻、マサーリ女史、若いラインハルト、その他プロダクションのスタッフと同席。レマルクとディートリヒ女史(1)、劣等感につきまとわれている感じ。極上の料理、良質のコーヒー。そのあと葉巻を吸いながら非常に役に立つ、印象深いナチ・スパイ映画(2)の試写を観る、好演、きわめて快適な映写室。レマルクの不作法な振る舞い。戦争状況にとって特徴的なハリウッド・プロダクション。——宿で荷造りを完了。お茶の終わりかけにロルフ・ニュルンベルガー(3)が細君と可愛いリース坊やを連れてくる。加えてフランク夫妻。出発は六時半頃。フランク夫妻と心のこもった別れの挨拶。最後の瞬間に講演のコピー。知的な、短篇小説を書いている若い運転手の運転で私たちの車でサンタ・フェ駅までの長い走行。スーパー・チーフ号。きれいな車室。ラジオで『パルジファル』。八時食堂車

で夕食。あとクラブ・カーでビール。時計を進める。十二時就寝。

(1) 映画女優でカバレットにも出演したマレーネ・ディートリヒ(一九〇一—一九九二)、ハインリヒ・マンの長篇小説『ウンラート教授』による主演映画『嘆きの天使』(一九三〇年)によって世界的に有名になり、以来ハリウッドで多数のヒット映画に出演した。
(2) 『ナチ・スパイの告白』、エドワド・G・ロビンスン主演、アナトール・リトヴァク監督の映画。
(3) ジャーナリスト、ロルフ・ニュルンベルク。一九三八年三月九日付日記の注(4)参照。トーマス・マンが触れているその妻はクルト・リースの最初の夫人で、旧姓イルゼ・ポスナンスキ、一九三四年リースと別れて、その友人ニュルンベルクと結婚した。

シカゴ行きのスーパー・チーフ号、
三九年四月八日　土曜日

熟睡。九時起床。青空の広がった温かい一日。Kと朝食。オートミールとコーヒー。——明らかに『封鎖』に対する回答とみられるアルバニア作戦を目にしても西側諸国が愚かにも動きを見せないことに絶望的な印象を受ける。ポーランドがイギリスと条約締結にいたらないというのも不思議ではない。粘り強いが、もちろん絶望的なアルバニアにおける抵抗。——きのう多くの人々から祝宴の夕べの嬉しい反響。例をみないといった印象。感激的な記事。エーリカの個人的な大きな成功。———きょうの旅行日は大変な高度差のせいで非常に疲れる。午後気分が悪くなる。晩、疲労し、苦痛を覚え、神経的に苦しむ。お茶のあとカジノ遊戯。シカゴでの講演の手直しに没頭する。——非常に寒く、熱っぽく、風邪を引く。

シカゴへの列車、三九年四月九日
復活祭の日曜日

なかなか寝付けなかった。気分が良くない。九時起床。お茶とトーストだけ。美しい空の青い一日。ミシシッピ。アルバニアでの暴力行為が、イスラム教徒のあいだでのイタリアの評価を失墜させる可能性があること、ドイツによるポーランド威嚇、戦争勃発の際には反枢軸諸国が事実上確実な優位に立つなどについて諸新聞の報道。『モラルの番人』としてイギリスを嘲笑するドイツのジャーナリズム。モラルを軽蔑するのは生半可な教養を露呈することになる。――ハルトマンの著書を読む。きのう午後『ロッテ』の結びを夢にみたもののすぐにまた、忘れてしまった。食堂車で軽いランチ。到着一時四十分。このままニューヨークへ向かい、十六日にはもう講演旅行でここにやってくるエーリカと心を揺すられる別れ。委員会の責任者。カメラマンたち。カリフォルニアの夏のあととあって、びっくりするほど寒く、ぞっとする。いつも通りの風。喉が乾燥し鼻風邪気味で、身体組織がおかしくなっている。愛する子供が加わらずに二人だけでコングレス・ホテルへ。

シカゴ、復活祭。就寝。五時にお茶。古風なホテル、二人部屋と居間。ヨーロッパからの郵便。オープレヒト、ベルマン(1)、フィードラーからの手紙、フィードラーは『兄弟』について。破局が迫ってきている、ことによると目前だという観測で三人とも一致している。それにもかかわらず私はまだイギリス、フランスに交戦の用意ありとは思えない。――「ヘラルド・イグザミナー」の記者、インタヴュー。『地球と宇宙』を読む。ホテルで夕食。そのあと私たちの部屋でテーオドーア・ヴォルフ(2)の論説の吟味、締まりがなく、冗長。

(1)　トーマス・マン宛て、ストックホルムから、一九三九年三月二十八日付、『往復書簡集』二一六―二一七ページ、所収。

(2)　テーオドーア・ヴォルフ（一八六八―一九四三）、一九〇六年から三三年まで「ベルリーナー・ターゲブラット」の編集長、フランスへ亡命、ニースに引退して生活していた。四三年ドイツ占領軍当局によって逮捕され、ザクセンハウゼン強制収容所に投じられたが、ベルリン＝モアビート地区のイスラエル病院で死亡した。ヴォルフは亡命中政治的回想録『ポンティウス・ピラートゥスの戦争』（一九三四年）、『二十年にわたる行進』（一九三六年）を刊行したが、「尺度と価値」にその論文は掲載されなかった。

シカゴ、三九年四月十日　復活祭の月曜日
コングレス・ホテル

かなりよく眠る。入浴。お茶と卵の朝食。やや風邪気味で体調はよくない。鬱陶しい天候、暗く、寒く、雨。ドイツ人キリスト教徒亡命者のためのアメリカ委員会[1]のためのハリウッド講演の手直し。部屋で散髪。洗髪とひげ剃り。委員会と電話。エーリカからそのボルジェーゼ訪問と結婚の考えについて列車からの手紙。心打たれるものの奇異な感じだ。二人の実験的な夏の計画。（エーリカはすでにニューヨークにいる）。フランク夫妻とミセス・マイアー宛てに電報。――政治情勢は惨憺たる有り様。ポーランドとギリシアは脅かされており、アルバニアは最終段階、ユーゴスラヴィアは枢軸側に顔を向けており、バルカン半島は民主主義諸国からは大なり小なり失われてしまっている。今にも戦争に踏み込まんばかりの興奮をみせていたのは見せ掛けのまやかしだった。――ブラックストーンでミスター・マックとランチ、そして夫人と学校からつれられてきた息子、ラビXと夫人が加わってパーティ。人々は信頼しきって感謝しながら熱心に私を利用し、どこにいっても質問時間。疲労しきって惨めな気分。ドレイクで郵便を受け取る。ヨーロッパからの印刷物、『兄弟ヒトラー』を掲載した「ターゲ＝ブーフ」[2]。――休息。途方もない天候、雨は雪に変わる。講演と取り組む。世界平和会議の問題について「シカゴ・デイリ・ニューズ」のための声明[3]。リースから電話。八時頃出迎えを受けて講演に向かう。ドイツ人キリスト教徒亡命者のためのアメリカ委員会の集会。大ホールがおよそ二、〇〇〇人の入場者で満員。暑い通路で待機。監督とその他の紹介。入場、挨拶、オルガン、監督の宗教的挨拶、座長が私を紹介、私の挨拶、澱みなく進み、合間に喝采、終わって非常に強い喝采、感謝の言葉が繰り返される。そのあとカイザー夫人[4]、達者で気分の良い人物、そしてあるアメリカ人。この晩の経過は上々で有益だった。主催者たちは満足。ステージでサインと歓談、感じの良い金髪の青年が私の最善の本について、また政治について質問してくる。委員会の当番役員によってホテルへ連れ戻される。集会に参加しなかったリースが待っていたレストランで夕食。そのあと私たちの部屋で葉巻を吸い、ドイツ語の雑誌を読む。遅く就寝。

（1）「ドイツ人キリスト教徒亡命者のためのアメリカ委員会」シカゴ支部。トーマス・マンは、一九三九年四月五日ビヴァリ・ヒルズの同じ組織の集会で行ったのと同じ挨拶をここで繰り返した。

（2）『兄弟ヒトラー』、「ダス・ノイエ・ターゲブーフ」パリ、一九三九年三月二十五日号、所収。
（3）この声明は印刷でも原稿でも確認されていない。
（4）不明。

シカゴ、三九年四月十一日　火曜日、
コングレス・ホテル

熟睡。一時半消防のサイレン。朝刊が大火があって死亡者が出たことを報じている。天候回復。入浴、オートミールとコーヒーの朝食。英仏の軍艦が、イギリスと利害を共有することになるギリシアとルーマニアの保護のために地中海に出動。

ワシントンへの列車で、十一日

午前中リースが（極秘）情報を伝えにくる。地中海でイタリアの艦船が二十五分間にわたって仏英艦によって砲撃されたという。「戦争勃発」となってもおかしくない。しかし実際にそうなるかどうか大いに疑わしい。事実と言えるのは、スペインから部隊を撤退させるとムッソリーニがチェムバレンに新たに約束したことで、チェムバレンはこのことを、（艦隊の示威と合わせて）下院に対して誇示できることだ。ロシアとの協調は絶対に回避する、イタリアを味方に引き込もうという考えは一掃するわけにはいかない。反ファシズム戦争は到底考えられない。しかしファシズム体制相互間の結びつきは生死にかかわるものである。一方は他方なしでは生きていけない。ムッソリーニのユダヤ人追放もムッソリーニを拘束する。イギリスは、〔ファシズム諸国の〕残虐行為に心を傷めることなく、いまだに内政問題として取り上げまいと考えている。しかしロシアを平和の体制に組み込むことは可能であるが、ファシズム諸国を組み込むことは出来ない、ファシズム諸国は平和の雰囲気は必要としていないからだ。――全体としてチェムバレンは依然として嘘をついている。いずれ戦争になるとはとうてい考えられず、戦争の可能性は前より少なくなってきている。一方は敢えて戦争に踏み切るところにはないし、もう一方は戦争を欲していない。イギリスの艦船を「古びた浴槽」と罵るドイツ・ジャーナリズムの愚かな厚顔ぶり。連中は何のために勇気を振るい起こそうというのだろう。――若い女性ジャーナリスト。――Kと外出。

百貨店で縞瑪瑙の二重基底をもつ卓上万年筆二本を購入。前から欲しいと思っていた願いが講演旅行の報酬として適えられたのだ。二十五ドル。Kには手袋と靴下。——私たちのホテルのポムペイふう食堂でリースとランチ、子牛肉はよかった。そのあと荷造りを完了。出発。三時半発列車。新聞。車室の座席で休息。食堂車でお茶。

ワシントン、クレセント・プレイス、(1)
三九年四月十二日　水曜日

きのうは列車で早めに夕食。そのあと『地球と宇宙』を読む。就寝前、クラブ・カーで過ごす。『カラマゾフ』を長時間読む。興奮。寝足りなかった。当地には八時過ぎに到着。召使と車が待っている。美しい瀟洒な家。マイアー夫妻。朝食、卵とコーヒー。意見交換とプログラム。テラスで過ごす。蕾のついているものやら花が咲いている木々。書斎と私たちの居室。荷物を開ける。女主人とドライヴ、森。風のあるひんやりした一日。マイアー氏抜きの家族だけのランチ。午睡、夢をみる。私たちの部屋でお茶。二、三の手紙。晩のための着替え——召使が用意してくれる。七時家でディナー。スイス公使(2)夫妻、気持ちの良い人たち、これに女主人の文学仲間。八時一緒にコンスティテューション・ホールでのブルーノ・ヴァルター・コンサートへ。仕切り席。ヴェーバー、モーツァルト、シュトラウス、ヴァーグナー。堪能出来た。私に最もぴったりくる指揮者だ。休憩中に楽屋にいく。激しい驚きの様子。ダウス邸(3)で夜会。外交官たち、ローズヴェルトの従姉妹、ドイツ語が飛び交う。ヴァルターと優雅なニューヨーク女性と同じテーブルにつく。ギリシアにおけるヴァルターの飛行機事故の話し。英語の歓談。スウェーデン、スイスあたりで再会することになるか。——ビール、シャンパン、アイス・クリーム。車を待つ。一時半就寝。

(1) ユージン、アグニス・E・マイアー夫妻のワシントン市内の家、クレセント・プレイス　一六二四番。
(2) マルク・ペーター法学博士（一八七三—一九六六）は一九二〇年から三九年までワシントン駐在スイス公使、夫人ジャヌ・ペーター、旧姓ラヘナル。
(3) 疑問の余地が残らないわけではない。おそらくワシントン近郊、ヴァージニア州マクリーンのトレイシ・ドウズ Dows 夫妻であろう。〔訳注〕日記本文では Dows ではなく、Daus と表記されている。

ワシントン、三九年四月十三日　木曜日

風のある春めいた一日。九時過ぎ起床。入浴。お茶と卵。ミセス・マイアーと二人だけで二十分ドライヴしてその山荘にいく。極めて美しい立地、実用的な快適な設備、河と岩礁のロマンティクな眺め。田園ふうの優美さを見学する。ついで、私についての女史の著作[1]の「序曲」の朗読と批評。友人たちに対する私の「冷たい」、有機的自発性を欠いている関係について、どうやらこれは「ヒッペ」と関連づけられたものらしい。完璧さと『ヨゼフ』第四部への期待。これまでのことをやり遂げた人間なら、何でも出来る……河へ急な道を下りていく。ランチにKと中の娘[2]。スープ、冷肉、チョコレート・ソースをかけたアイスクリーム。コーヒー。そのあとなお少し急坂を登る。車で戻り、休息。私たちの部屋でお茶。――ローズヴェルト「攻撃」の中のゲッベルスの厚顔無恥な言葉。――晩八時この山荘でディナー。判事フランクフルター[3]、メサースミス夫妻、「ワシントン・ポスト」の社主[4]、判事ダグラス[5]、その他。ミセス・メサースミスのテーブルにつく。そのあと男性だけで歓談。疲労し、気分悪く、不機嫌になる。十一時半上に上がる。

(1)　アグニス・E・マイアーはトーマス・マンについての著作を計画しており、これに包括的な準備作業をしていて、トーマス・マンから文書や口頭で多くの伝記的情報を頼んで入手していた。この著作は未完に終った。

(2)　マイアー夫妻には四人の娘――フロレンス、エリザベス、キャサリン（ケイ）、ルースとビルという通称の息子ユージン三世がいた。フロレンス・マイアーは女流写真家で、オーストリア出身の俳優オスカル・ホモルカと結婚した。フロレンスは一九六二年死去した。エリザベス・マイアーは四三年脚本家で映画監督のペア・ロレンツと結婚した。キャサリン・マイアーは四〇年フィリプ・グラハムと結婚、グラハムは四六年以降「ワシントン・ポスト」の発行人、のちに「ニューズ・ウィーク」の発行人になったが、六三年自殺した。「中の娘」とはおそらくキャサリーン・マイアーのことであろう。

(3)　著名なアメリカの法律家で政治家フェーリクス・フランクフルター（一八八二―一九六五）は一九一四年以来ハー

ヴァド大学教授、ローズヴェルト大統領の法律顧問、三九年から六二年まで連邦最高裁判所判事。

（4）フィリプ・グラハム。一九三九年四月十三日付日記の注（2）参照。

（5）ウィリアム・オーヴィル・ダグラス（一八九八―一九八〇）、著名なアメリカのリベラル派の法学者、一九三九年ローズベルト大統領によって連邦最高裁判所の判事に任命され、七五年まで在職した。

ワシントン、三九年、四月十四日　金曜日

九時起床。疲労。Kと朝食。「ニューヨーク・タイムズ」はギリシア、ルーマニア、ポーランドに対するイギリスの保証を伝える。ドイツ・ジャーナリズムの憤激と嘲笑。スペイン沿岸におけるドイツの艦隊演習。下院におけるチェムバレンの鋭い演説（真意の現れではないが、そうせざるを得ないのだ）。ミスター・マイアーの来訪。「尺度と価値」について。二、〇〇〇ドルの保証。――Kと小一時間散歩。暖かい。そのあとミセス・マイアーとその私室で。シェリ。ランチにオリエント学者レイク博士[1]。『カラマゾフ』を読了。インゼル版の第二十四巻にイワンと悪魔の出会い[2]の部分が欠落しているのは不可解。キリスト再臨説が先取りされる箇所も見つからない。――お茶のあとミスター・マイアーと老ブランダイス判事[3]のところに寄る。四十八年の伝統。マイアー邸に戻って主人夫妻とシェリ。ついで燕尾服に着替え。ダウス邸でディナー・パーティ、不愉快ではない。そのあと美術館ふうのブリス邸[4]で大掛かりな演奏会の夜会、多数の外交官と最上流人士。モンテヴェルディからストラヴィンスキにいたる声楽曲と器楽曲。ゴシックとビザンティンの美術品。グレコの作品が一点。遅く宿に戻る。そこに、よく流行っている精神科医でありこの家の友人の女性が来訪。ビールと葉巻。

（1）カーソップ・レイク（一八七二―一九四六）、著名なアメリカの宗教史家、一九三二年から三八年までハーヴァド大学の歴史の教授。

（2）「悪魔。イワン・フョードロヴィチュの悪夢」、ドストイエフスキイの『カラマゾフの兄弟』（第四部）第十一巻の第九章。トーマス・マンは所蔵本の違う巻を捜したのである。悪魔の章は二十四巻ではなく、二十五巻にあり、トーマス・マンがたくさんのアンダーラインを書き込んでいる。

（3）アメリカの法律家ルーイス・D・ブランダイス（一八五六—一九四一）はシオニスト運動の指導的人物で、一九一六年から三九年まで連邦最高裁判所の判事だった。

（4）アメリカの外交官で著名な美術品収集家ロバト・ウッズ・ブリス（一八七五年生まれ）、アメリカの数多の外交官ポストにつき、アメリカ国務省で働き、三三年に引退した。カーネギー財団や二、三の大きなアメリカの美術館の管財人だった。その「美術館のような邸宅」はワシントン郊外ジョージタウンの別荘ダムバートン・オークスだった。ブリス夫妻のビザンティン美術の私的収集と関連蔵書はダンバートン・オークス・ビザンティン文化研究所となり、四〇年ハーヴァド大学に移管された。「ダンバートン・オークス・ペーパーズ」と「ダンバートン・オークス研究」は世界的評価の高い学術的刊行物である。収集品の「ギリシア・ローマ古代遺物カタログ」は、ゲーオルク・マルティーン・リヒターの娘で、トーマス・マンが名親になった美術史家ギーゼラ（ジジ）・リヒターによって刊行された。

ワシントン、三九年四月十五日　土曜日

寝付く前に『ファウスト。第二部』。熟睡。九時起床。女主人と「私」について語り合う。非常に乗り気で好意的。——温かく曇天。母娘と一緒にワシントン・ハウスとワシントン公園に気持ち良いドライヴ。魅力的な春の装い、藤色の花、黄味がかった新緑。——屋敷でミスター・マイアーを加えてランチ。短い休息。四時屋敷でお茶のレセプション。ヒトラー宛ての大統領のメセージ[1]がその場の中心的な話題。重要な記録ではあるが、両刃の剣である。内政を慮っての一手か。ヒトラーは平和世界の一員たりえないことが、わかっているのだろうか。——ロシア、チェコ、ルーマニアの大使館の専門担当官と話しをする。「ポスト」[2]紙の協力者たち。レモネード、のどが渇く。五時に引き揚げる。真価を発揮しそうにみえる二本の新しいデスク用万年筆を利用する。——燕尾服を着用。七時過ぎ、車で、マイアー夫妻の若い娘に案内されて大統領出席の大規模な新聞関係者ディナーに向かう。男性客の集団の中でマイアーを捜す。紹介、カクテル。大きな食堂に次第に客が集まり、がやがやと声が飛び交い、音楽。主賓テーブルの、マイアーとX上院議員の間の席。長々と続き、ユーモラスな出し物によって絶えず中断される食事。紹介。外交官たちに対してはそれぞれ考量された拍手。アルバニアとチェコの外交官に対してはあわせては敬意の表明。中国。フィンランドにたいしては最大の拍手喝采（負債支払いのため）。指名された者にスポットライト。私に対しては好意的な反応。ときおり極度の疲労を覚える。ついで回復。水と一緒にワインを大分飲む。シャンパン。心底からの敬意を集めている大統領を目にして深く感動、その大統領は真夜中頃スピーチをしたが、気品があり極めて共感を呼ぶものだった。立ち上がる様子は痛々しくも力強さがある。ボディー・ガードの主任とともに支えられて退出するさい私たちのすぐそばを通り過ぎる。——すでに拒否されたも同然といわれているメセージについて話しが弾む。ハルが賞賛を集める、洗練されたアングロサクソン的頭脳。——一人で宿へ戻る。

（1）一九三九年四月七日のイタリア軍のアルバニア侵攻後ローズヴェルト大統領は三九年四月十四日ヒトラーとムッソリーニに対してメセージを送り、両国は特に挙げた三十ヶ国の場合不可侵の保証を与える用意があるかどうか問い質した。

（2）日刊新聞「ワシントン・ポスト」のことで、ユージン・マイアーはその所有者だった。

ワシントン、三九年四月十六日　日曜日

旅行日。今回の旅行は滞りなく進んで、ともかくも乗り越えた。昨夜は「ヘレーナ」[1]を読む。夜窓を開けておいて慄え上がった。曇天で冷える。入浴。お茶に味のよいソーセージを添えたスクランブルド・エグ。そのあとトランクの荷造り。気持ちのよいバラの香りの石鹼を携行。

（トレントンへの列車中で）荷造り完了後ミセス・マイアーと娘とシェリを飲みながらきのうの集まりについて歓談。マイアー氏と女流精神分析医の友人を加えてランチ。コーヒーのあと二時半別れの挨拶、女性たちは感傷的になる。「ミスター・フィリップス」[2]と出発。三時発の列車。路線が異なるので新しい切符を買う。特別車室。非常に暗い、雨もよいの一日。クッションを当てて少し居眠り。五時食堂車でお茶。フィラデルフィア。新聞。ローズヴェルトのメセージに対するヨーロッパの反応。フランスは感激、イギリスは同意、表面的な平穏に対する危惧からの反論。イタリアとドイツは新たな秩序志向が侮辱されたと考えている。——デラウェア河。——

（1）一九三八年八月十四日（続き）付日記の注（1）参照。
（2）マイアー家のお抱え運転手。

プリンストン、三九年四月十六日　日曜日

トレントン到着六時。メーディが（一時盗まれていた）自動車で迎えに。雨。ここまで走行。黒人夫婦、クラウス、ゴーロ、新婚夫婦。送られてきた本の山。少し大きくなった若い犬。荷物全部に目を通し、改めて受け取り、荷解き。七人で夕食。サロンに集まる。ありうべき戦争やドイツの未来について話し合う。

プリンストン、三九年四月十七日　月曜日

昨夜は遅く就寝。子供たちの『人生への逃避』を読む。ショーペンハウアーの短縮版[1]、ばかげた仕事。九時起床。コーヒーとフレークをKとゴーロと一緒に。新聞にドイツにおけるローズヴェルト・メセージ[2]の印象についての報道。世界的な効果は大きい。——整理。新しい万年筆を並べる。——午前テーオドール・ヴォルフに手紙を書き、第七章に修正を加える。——Kと散歩。新鮮な大気。最初のランチを「家で」また五人で、そのあといつものコーヒーとリキュール。手紙と印刷物に目を通す。リオンはゴーロの——ほとんど意味のなくなった——後継希望[3]について、非常に無神経な言い分。——休息。——お茶のさい、マイゼルとKを相手に多数の書類について検討。サイン。——ヒトラーはその回答をようやく数日後に国会本会議で述べることになる。ジャーナリズムは陰口を叩いている。ダンツィヒ侵攻に対しては抵抗があるらしい。——夕食にカーラー。大統領メセージの危険な影の部分。カリフォルニアとそこで生活する考えについて。——自筆の礼状。エーリカがシカゴから電話を寄越し、ベネシュと話し合いをして、一九三八年九月ロシアに援助用意があったことやロシアの軍事力の強さについて「シカゴ・デイリ・ニューズ」に公表する了解を取り付けたと言ってくる。

（1） トーマス・マンが短縮したショーペンハウアーの『意志と表象としての世界』（ロード・ホールデインの英訳による）のアメリカ版で、トーマス・マンがこれに『序文』を寄せて、一九三九年春ニューヨークのロングマンズ・グリーン社から刊行された。
（2） 一九三九年四月十五日付日記の注（1）参照。
（3） ゴーロ・マンはフェルディナント・リオンの後継者として「尺度と価値」の編集者に見込まれていた。ゴーロ・マンはこの雑誌の第三巻第一冊（一九三九年十一月／十二月号）から五―六冊（一九四〇年九月／十月／十一月号）でのこの雑誌の終刊まで編集を担当した。

プリンストン、三九年四月十八日　火曜日

遅く就寝、『カラマゾフ』の第三巻。遅く起床。コーヒー。第七章に手を入れる。Kと散歩。ランチにルート・フランク(1)。お茶のさいにマイゼルと手紙を処理。そのあとKと夕食まで同じ仕事。そのあとマイゼルの小説原稿(2)と取り組む。ラジオの政治講演、Kや子供たちと傾聴。ヒトラーの回答の診断。戦争に対するドイツ人の不安。地中海における艦隊のパレード。――懸賞の件でベルマン＝ヘルリーゲルと電話。フランクから電報。『ファウスト』講演(3)のことでガウス学部長と電話。

（1） ルート・ヴェルヒ＝ハイマン博士、旧姓フランク（一九〇八年生まれ）、ブルーノ・フランクの妹、麻酔科医、未亡人となって、ニューヨークに在住。
（2） ハンス・マイゼルの長篇小説『アギラル。あるいは転向』。これまで未刊。
（3） 講演『ゲーテの「ファウスト」について』、全集第九巻、五八一―六二一ページ。

プリンストン、三九年四月十九日　水曜日

八時半起床。温かく、暗く、雨、雷鳴。オート・ミールとコーヒー。第七章の仕事、だるい。Kと散歩。食後「サザンレヴュー」に掲載されているスロホーヴァー(1)の論説「トーマス・マンと普遍的文化」を読む、風変わり。椅子で休息。午後疲労を覚え辛い思い。マ

イゼルと手紙の処理をするが、マイゼルは自分の小説のことでいろいろ言い立てるが、わたしは無理に押し付けられたものというと何でもしぶしぶ注意散漫な読みかたしかしないので、責任ある返答はしにくい。Kを相手にクノップ宛ての手紙を口述、場合によっては少なくともニューヨークでの書籍商昼食会を免れる魂胆だ。四月末から五月半ばにおよぶ凄まじい計画、少なからず憂鬱になる。五月九日のデル・バヨ(2)に敬意を表するディナーにはきょう必要に迫られて出席を伝える。——自筆の通信。手紙のまとめ。クラウス、ゴーロ、メーディがニューヨークに出掛け、メーディはオープレヒトのあすの到着の出迎えに出ているところから、Kと二人だけで夕食。——マイゼルの原稿に目を通すが嫌気がさす。

(1) 一九三八年八月二十六日付日記の注(1)参照。
(2) ニューヨーク亡命中のネグリン政府の外相フリオ・アルバレス・デル・バヨ。

プリンストン、三九年四月二十日　木曜日

八時半起床。晴天。少し庭に出る。オート・ミールとお茶。第七章の仕事。クロイターの代わりにジョン(1)、背景を案出する。Kとアインシュタイン邸に立ち寄り、バラを渡す、遅れ馳せながら誕生祝い(2)。ついで公園を散歩。二人でランチ。ドイツ語の諸新聞、「ディ・インテルナティオナーレ(3)」。椅子で休息。お茶にラーデンブルク教授。マイゼルと仕事。英文の手紙を読み署名する。ニューヨークのゴーロから電話、オープレヒトの到着を知らせてきたが、オープレヒトはスイスの姿勢に感激しているという。アインシュタイン来訪、私の『ヒトラー』論について語る。夕食前にKと集落に出て買い物。子供たち抜き、給仕のいない食事。マイゼルの長篇小説に最終的に目を通す、才能をうかがわせる作品だが、私としてはあまりこれに深入りしたくない。きょう批評を試みることは非常に胸が痛み、繰り返しはしない。——夕べの葉巻を吸いながらシュタムプァー宛ての手紙。——ムッソリーニ演説、メセージを嘲弄してはいるが、全く平和的。ヒトラーは五十歳の誕生日にあたり、平和の主と讃えられる。版図拡張者。前代未聞の火器を備えての大パレード、これは深刻な印象を与えるものだった。黄金の椅子におさまりかえった誕生日の主人公。――シケレから『ヒトラー』論文が引き起こした印象について葉書。「もう読んだのか？」

（1）『ヴァイマルのロッテ』の物語は一八一六年九月に展開する。この頃、すなわち一八一四年頃からヨーハン・アウグスト・フリードリヒ・ジョンがゲーテの秘書だった。フリードリヒ・テーオドール・ダーフィト・クロイターが私設秘書としてゲーテに仕えることになったのはやっと一八一八年のことである。

（2）アルベルト・アインシュタインは、プリンストンでトーマス・マンの隣人で、一九三九年三月十四日六十歳になった。

（3）「マルクシズムの実践と理論のための雑誌」。ドイツ共産党中央委員会編、一九三八年の巻以降パリで刊行され、一九三九年には三冊の合併号が刊行された。

プリンストン、三九年四月二十一日　金曜日

八時半起床。晴天の春の一日。Kは朝食後ニューワークへ。第七章の執筆。一人で、コートを着ずに散歩。ミセス・シェンストンに遇う。一人で昼食。デザートの時にKが、戻る。Kと新聞各紙や手紙に目を通す。午後マイゼルと仕事。マイゼルはその小説に対する私の賞賛を非常に喜ぶ。自筆の手紙数通（シケレ）[1]。Kと集落へ。ボストンに外科医のポストを得たクロプシュトック[2]宛てに祝電。ゴーロとメーディの帰宅。オープレヒトを介して、『ファウスト』についてのプリンストン講義の掲載された「尺度と価値」の最新号[3]。ドイツ事情についてのヨハネス・ヴュステンの論文、非常に興味深い。晩、三国協商の新形成についてラジオ講演。極めて細い、輪郭のはっきりした上弦の月。

（1）ルネ・シケレ宛て、プリンストンから、一九三九年四月二十一日付、『書簡目録II』三九／一八五。

（2）ロベルト・クロプシュトック博士は研究目的でマサチューセッツ総合病院とハーヴァド大医学部への招請を受けたが、これにはトーマス・マンが種々尽力していた。

（3）「尺度と価値」第五冊（一九三九年五月／六月号）のことで、これにはトーマス・マンの『「ファウスト」についてのプリンストン講義から』とヨハネス・ヴュステン「ドイツ労働者階層の状況に寄せて」が掲載されていた。ヨハ

ネス・ヴュステン（一八九六―一九四三）は一九三四年プラハへ、三八年パリへ亡命、そこで四一年ゲスターポに逮捕されてドイツへ連行され、十五年の懲役を宣告され、ブランデンブルク刑務所で獄死した。

プリンストン、三九年四月二十二日　土曜日

八時半起床。気持ちの良い春の一日。オート・ミールとコーヒー。第七章の執筆、澱みがなくなる。Kと集落に出て、スーツ二着、黒の平服と合の平服を注文する。キャムパスを少し散歩。ランチのあと「ヴェルトビューネ」の好論文、ハインリヒのドイツ兵士に寄せる文章。[1] 感じの良い英文原稿「平均的読者とトーマス・マン。」――お茶にヴァイル教授夫人と息子、レーヴェンシュタイン教授、フランクフルトの〔?〕[2]教授と息子。マイゼルと通信の処理。レーヴェンシュタインと少し散歩。レーヴェンシュタインは夕食まで残る。夕食には新婚夫婦が加わる。ビービは二十歳の誕生日のプレゼントを与えられる。ケーキとワイン。レーヴェンシュタインとゴーロを相手に「ロマン主義」について話し合い。ロストクのゲーリク夫人が葉書数枚を送ってくる。それで思い出して夫人の手になる魅力的なモンタージュ作品に目を通す。

（1）ハインリヒ・マン「ドイツ軍兵士」、「ディ・ノイエ・ヴェルトビューネ」一九三九年四月十三日号、所収、フランス語訳は「プラハ侵攻」の表題でトゥルーズの「ラ・デペシュ」一九三九年四月十四日号、所収。

（2）日記原本中の空隙。

プリンストン、三九年四月二十三日　日曜日

興奮。八時四十五分起床。際立って美しい春の一日。コーヒー、卵、フレーク。第七章の仕事。レーヴェンシュタイン博士とKとパイン公園を散歩。ラーデンブルク夫妻に遇う。レーヴェンシュタインはランチに。マクス・シェルテル（シアトル）の『ブデンブローク』論を読む。お茶に多数の面々、五月九日のベネシ

ュを加えてのラジオ・デモンストレーションの件で隠密の使者、ガウス学部長、ヴィーンでフィオーレを演じたエーリカ・ヴァーグナー夫人(1)がその音楽家の夫と、その他。Kと数通の手紙を処理。自筆の通信も。雲一つない夕空のもとを散歩。夕食後ピンツァ(2)の登場する音楽。あとでカルテンボーン(3)の政治講演――新味なし。ビルショフスキーの『ファウスト』論を読む。――華麗な木蓮の花。

（1）　女優エーリカ・ヴァーグナーは、一九一二年以来ヴィーンのドイツ・フォルクステアーターのメンバー、アルノルト・シェーンベルクの『月に憑かれたピエロ』の叙唱の演奏によって名をなし、一九一九年十二月のトーマス・マンの『フィオレンツァ』ヴィーン公演にあたってはフィオーレを演じた。エーリカ・ヴァーグナーはそれ以来のトーマス・マンの知己であった。ヴァーグナーは指揮者フリッツ・シュティードリ（一八八三―一九六八）と結婚した。シュティードリは一九二九年以降ベルリン市立歌劇場の第一指揮者であったが、三三年ドイツを離れ、三三年から三七年までレニングラード・フィルハーモニーの指揮をとり、三八年合衆国に渡った。四六年以来ニューヨーク、メトロポリタン・オペラの指揮者の一人だった。

（2）　イタリアのオペラ歌手エッツィオ・ピンツァ（一八九二―一九五七）、一九二六年から四八年までニューヨーク、メトロポリタン・オペラのメンバー。

（3）　アメリカのジャーナリスト、ラジオ・レポーター、コラムニスト、ハンス・V・カルテンボーン（一八七八年生まれ）は一九三〇年以来コロンビア・ラジオ放送局の報道編成局長で影響力ある解説者。

三九年四月二十四日　月曜日、プリンストン

同じく素晴らしい一日。遅れて九時起床。メーディの二十一歳の誕生日。メーディはボルジェーゼから二十一本のカーネーションを贈られ、私たちからのプレゼントを受け取った。――第七章の仕事（ジョン、二、三の悲喜劇）。正午Kとメーディと「ノイ＝ジールタール」を散策。食後ラトガーズ大学(1)の隠密の使者、取り決め。お茶にピート、諸大学での文学講演の件での取り決め（ゲーテ―ショーペンハウアー―ニーチェ―ヴァーグナー）。マイゼルと仕事。二、三の自筆の通信。夕食にシャンパン。あすのボルティモア行きのための小型トランクの荷造り。ゴーロが短縮した学生向け講演用の英語の『ファウスト』講演。

（1）小さいが、非常に声望の高い、一七六六年創立のプリンストンに近い、ニュー・ジャージ州、ニュー・ブルンスウィクにある大学。

プリンストン、三九年四月二十六日　水曜日

きのう朝八時起床。朝食、トレントンへ出発、トレントンでボルティモア行きの列車に乗る。非常に暑く、次第に暑さを増す。正午到着。私たちの宿の主人である弁護士夫人(1)、カメラマン、インタヴュー記者連に迎えられる。つつましやかな宿舎。元ローマ、ハーグ駐在大使だった人の豪華な庭園中の屋敷(2)で女主人とランチ。輝くばかりの図書室、大きな絵入りの鳥類文献。絵を描いたり、演奏会を催したりしている化粧した老女主人。かなり反動的な考え方の持ち主で、親フランコ、反ローズヴェルトで、その点ではむしろ私たちの宿の主人たちも、私たちの印象では、ボルティモアの社交界も同様だ。宿で休息。四時半お茶のレセプション。大勢と握手、ドイツ語も喋る。七時タキシードを着て地理学の教授夫妻を加えて内輪のディナー。コーヒーのあと、叙情オペラ館(3)へ、大きなホールに大変な客足。待機、ロビーと仕切り席で挨拶。入場、挨拶、私たちの宿の主人による紹介そして講演――酷い暑さに汗が流れ出るありさまだったが、いきいきと話せた。聴衆は謹聴を続け、最後の喝采はなかなか止まなかった。非常にきらびやかな催しで、夜会服と燕尾服がきまり。社会主義は飲み込まれてしまった。そのあと宿でビール、その間にある新聞記者が原稿から抜粋を拵えた。

興奮と暑さのためなかなか寝付かれず、ファノドルムを一錠服用。きょうはボルティモアで八時起床、入浴、荷造り。宿の主人夫妻とコーヒーの朝食。夜中長時間激しい雨だったが、しかし蒸し暑いままだった。私たちの宿の主人とペンシルヴェニア駅へ向かい、十時頃発のきのうと同様のプルマン・カー。新聞を読み、今夜のイキス(4)を加えての「友の会」ディナーのためのメセージを口述、エーリカが代読するはず。『ファウスト』講演にも目を通す。十二時トレントン到着。メーディが車できている。雨天、ボルティモアとは対照的な気温の差。家へ走行。大量の郵便。ひげをそり、

着替える。ランチにウィスタン・オーデン、コーヒーのあとメセージを英訳してくれる。ベッドで休息、『カラマゾフ』を少し読む。カトヤはニューヨークへ。メーディ、マイゼルとお茶、手紙に目を通す。ハリウッドから私のハリウッドでの講演を六〇、〇〇〇部頒布する計画。——ベルマンからの手紙[5]、『ロッテ』の印刷を開始したいと望んでおり（!）、私がストックホルムの会議[6]に出席すると報じている新聞切り抜き（ロラン、ウェルズ[7]、クローチェと一緒の写真）が同封されている。——七時十五分簡単な食事。終わってゴーロとガウス学部長邸に行き、学部長と高等研究所のクラブに出向いて『ファウスト』について講演、四十五分、原稿にない英語の前置きを添えて。続いて質疑の時間、一般的な問題に続いてドイツ語が分かるグループを相手に討論。これには大分手を焼き、話しを広げ過ぎる結果になった。そのあとガウス邸に寄り、ゴーロは学部長の話しに耳を傾けていたが、学部長のグループとの討論がむしかえされた。ゴーロと徒歩で帰宅。お茶と軽食、これに、自分の講演から戻ってきたオーデンが加わる。戦争と平和主義に付いて。——

（1）　特定出来なかった。

（2）　「エヴァーグリーン」館、アメリカの外交官でハーグとローマの駐在大使ジョン・ワーク・ギャレット（一八七二—一九四二）の邸宅。

（3）　「リリック・オペラ」はボルティモアの演奏会、講演会ホール。

（4）　ハロルド・イキス（一八七四—一九五二）は一九三三年から一九四四年までローズヴェルト、トルーマン両大統領のもとでアメリカの内相だった。ドイツとオーストリアの亡命者はイキスを理解ある親身な庇護者とみて、「ドイツの文化的自由のためのアメリカの会」は、この理由からイキスを主客としてニューヨークで祝宴を催した。

（5）　トーマス・マン宛て、ストックホルムから、一九三九年四月十五日付、『往復書簡集』一二八ページ、所収。

（6）　国際ペン＝クラブ年次総会は一九三九年九月初旬、ストックホルムで開催されることになっていた。トーマス・マンは主賓として招かれて、会議において『自由の問題』を講演することになっていた。

（7）　イギリスの小説家、随筆家、文化史家H・G・（ハーバト・ジョージ）ウェルズ（一八六六—一九四六）は社会主義者、平和主義者で、その自然科学的ユートピア的、社会批判的な小説や一九一九年に刊行された『世界史体系』によって有名。一九三三年から三六年まで国際ペン＝クラブ総裁、イギリス・ペン・センター会長で、四一年から四六年までペンの国際幹部会のメンバーだった。

プリンストン、三九年四月二十七日　木曜日

一人で朝食、第七章を少し書き進める。正午散髪へ。暖かさとともに湿度が上昇する。Kがランチにエーリカと戻ってくる。これにウィスタン・オーデンが加わる。――ここ数日来の疲労。「国際文学」に「ミュンヒェン」[1]とフランスについてのジャン＝リシャール・ブロッホの優れた論説――真実を明らかにし気落ちさせられる。――椅子で休息。お茶のあとかなりの時間マイゼルと仕事。そのあと自筆の通信。晩、エーリカと相談しながら『自由』講演をあす用に短縮する。ラジオで宣戦布告の権限について「タウン・ホール会合」、人気のある討論会でとくにアメリカ的。孤立主義者と介入論者。ローズヴェルトは皮肉に黄金の声と呼ばれる。「いつまでも大統領でいるわけはないだろう。」――「黒い軍団」は合衆国を「厚顔無恥、愚鈍」と呼んでいる。そのために旗。この連中はいつか代償を払う事になるのだろうか。――エーリカはヨーロッパ旅行の断念を考えている。私としては、軍備は盛大に進められてはいるものの、戦争が起こるとは信じられない。――朝五時に「国会」におけるローズヴェルトに対するヒトラーの回答が放送される。ローズヴェルトは、聴かないことにすると言明した。私も聴かない。

（1）ジャン＝リシャール・ブロッホ「ミュンヒェンとその結果。一フランス人の言葉」、「国際文学」、モスクワ、一九三九年四月号、所収。

プリンストン、三九年四月二十八日　金曜日

八時半起床。非常に涼しく霧のせいで暗い。ひげを剃り、入浴し、服を着終える。朝食後なお少し書き進める。ついでK（ジョン）と車でニュー・ブルンスウィクへ向かい、ラトガーズ大学の学長邸[1]へ。そこで挨拶、体育館へ移る。数千の若者たちが立錐の余地なく席を埋めている。控え室で紹介と式服の着用。壇上で歌、祈禱、紹介、ついで私の四十二分の講演、これに対して例のないくらいの受容力が示される。そのあと

名誉博士号の授与、帽子、免状。心に訴えるもののある式典。学長邸でランチ。ヒトラーの「回答」が大いに話題となり、確かに比較的抑えてはいるものの、完全に否定的で、状況に対する鈍感な無理解を示すものという評価。別れの挨拶。早めに帰路につく。三時にはすでに帰着。お茶のさいにマイゼルと仕事。エーリカと、亡命作家の作品をドイツに持ち込む計画について。民衆に働き掛けたいという願いが募る。ヒトラー失脚後私が大統領になるのは自明で避けられないと主張するジーモン(2)……チャーチルがラジオでヒトラーの駄弁について、弱い。——スペイン・ディナー(3)、ペン＝クラブ、書籍商たちのためのスピーチ(4)、『魔の山』(5)講演の準備をしなければならない。

（1）ロバト・C・クローシア（一八八五—一九七〇）は、一九三二年から五一年までニュー・ブルンスウィク、ラトガーズ大学の学長だった。

（2）ハインリヒ（ハインツ）・ジーモン（一八八〇—一九四一）、元「フランクフルト新聞」の発行人で編集会議の議長。一九三四年まで兄弟のクルトとともにこの新聞の経営責任者、三八年合衆国へ出国、ニューヨークで強盗事件に巻き込まれて死去。トーマス・マンはジーモンを数十年来知っていた。

（3）アルバレス・デル・バヨのための祝宴。一九三九年四月十九日付日記の注（2）参照。

（4）トーマス・マンが挨拶を述べることになっていた一九三九年五月十七日の「アメリカ書籍商連合」の正餐会。

（5）この講演のためにとくに書かれるプリンストン大学学生のための『「魔の山」入門』による『魔の山』の講義のことで、これは、一九三九年五月十日に予定されていた。

プリンストン、三九年四月二十九日　土曜日

八時十五分起床。コーヒーで朝食を取り、第七章を書き進める（ジョン）。Kと乗り換え駅にオープレヒトを迎えに行く、オープレヒトはクラウスと一緒に到着。オープレヒトと食事前に公園に行く。ランチのあとオープレヒトと私の部屋で雑誌、リオン、ゴーロについて。そのあとゴーロがヨーロッパとアメリカのどちらを選択すべきかについて家族で協議。お茶のさいマイゼルと仕事、そのマイゼルにひどく退屈させられる。午後から晩にかけて非常に疲労。『魔の山』の講

義のための準備。エーリカ出発。ロンドンの「デイリ・テレグラフ」にエーリカの本についてニコルスン(1)の嬉しい記事。「この驚嘆すべき家族」。——オープレヒトを加えて夕食。そのあとカーラー。ニースからノイマン夫人(2)の悲喜劇的な手紙。ベルリンで見られる「ヴォーグ」の写真を見ての印象で書かれた、子供たち宛てのクルツ＝マリー(3)の感動的な手紙。

(1) ハロルド・ニコルスン「この驚くべき家族」、ロンドンの「ザ・デイリ・テレグラフ」所収、エーリカ・マン『野蛮人のための学校』についての記事。

(2) カタリーナ（キティ）・ノイマン（一八九六—一九七九）、アルフレート・ノイマンの夫人。ノイマン夫妻はイタリアからフランスへ逃げ、ニースに滞在していた。この手紙は残っていない。

(3) ミュンヒェンの家政婦、マリー・クルツは、クルツ＝マリーあるいはキュルツヒェンとも呼ばれ、一九三三年まで長年にわたりミュンヒェン、ポシング通りのマン家の家政を取り仕切り、マン家の子供たちを非常に可愛がっていた。マリー・クルツは三三年トーマス・マンの家財の少なくとも一部を、すでに接収されていた家からありとあらゆる経路を通してスイスに発送する大仕事をやってのけた。マン家がミュンヒェンの家から持ち続けているもの、とくにリューベク以来の相続品は、主としてマリー・クルツの尽力あればこそであった。マリー・クルツは三四年になおスイスのマン家を訪問している。

プリンストン、三九年四月三十日　日曜日

八時半起床。夏時間の開始により思いがけず一時間の損失。コーヒーとオート・ミール。「ジョン」の場面を書き進める。ランチにカロライン・ニュウトン、食事前に私たちはニュウトンと少し散歩。女史の著書(1)と『ゲーテのまねび』について。コーヒーにクロプシュトック博士。客たちはお茶にも加わる、これにボルティモアの知人の女性が、当地卒業の息子とともに加わる。そのあとKにスペイン・ディナーのための講演を口述。夕食にクラウスの他クロプシュトックとオープレヒト(2)。十時にこの二人は出発。——ケムブリジのネメロウの「探究する主人公」の原稿に没頭。

(1) カロライン・ニュウトンの計画していたトーマス・マン論は、アグニス・E・マイアーの著書同様ほとんど成立しなかった。

（2）ハワード・スタンリ・ネメロウ「探究する主人公。トーマス・マンの作品における普遍的シンボルとしての神話」。哲学学位論文、一九四〇年マサチューセッツ州ケムブリジ、ハーヴァド大学。ネメロウは後年なおトーマス・マンについての二、三のエッセイを発表した。

プリンストン、三九年五月一日　月曜日

八時半起床。涼しく半ば晴天。お茶と卵。そのあと「ジョン」の場面を書き進める。十二時サロンで映画撮影。『自由』講演からの数部分の朗読を撮影。少し野外へ散歩。ランチにミセス・ロウ＝ポーター。オクスフォド名誉博士号の問題について、クノップから刊行する随想集[1]の構成について、現実化しそうでしそうにない戦争について、翻訳すべきスペイン・テーブル・スピーチについて。少し午睡。お茶にマイゼル、手紙を処理。そのあとペン＝クラブ[2]講演の口述、長過ぎる。野外に短い散歩。夕食後ドイツ語の雑誌を読む。ルードルフ・オルデン[3]が「ターゲ＝ブーフ」誌に『兄弟』について非難がましい文章。

（1）計画された随想集『時代の要求。二十年間の政治随想と講演』はようやく一九四二年秋クノップ書店から刊行された。

（2）トーマス・マンはペン＝クラブ会議を前に『自由の問題』に手を加え、短縮し会議の趣旨にあわせるようにして、これを講演する意図であった。会議そのものが開かれないことになったので、この講演は行われなかった。トーマス・マンはこのテキストを一九三九年五月十四日「尺度と価値」用にオープレヒトに渡したが、この講演は同誌に掲載されなかった。しかし「尺度と価値」一九三九年十一月／十二月号へのトーマス・マンの序文は、このテキストを大幅に短縮変更したものである。

（3）弁護士、著作家、評論家ルードルフ・オルデン（一八八五―一九四〇）は、「ヴェルトビューネ」裁判におけるカール・フォン・オシエツキの弁護人で「ベルリーナー・ターゲブラット」の政治担当編集員であったが、一九三三年プラハ、パリ経由でイギリスに亡命、オクスフォドで生活し、亡命ドイツ・ペン＝クラブの共同設立者となった。一九四〇年合衆国に渡航する際、乗船していた「シティ・オヴ・ベナレス」号がドイツ潜水艦に魚雷攻撃されて、死去した。オルデンは「ドイツの文化的自由のためのアメリカの会」の懸賞小説審査委員会に所属していた。ここで言及されているコメントは、ルードルフ・オルデン「（ヒトラーの）五十回誕生日に寄せて」、「ダス・ノイエ・ターゲ＝ブーフ」パリ、一九三九年四月二十二日号、所収。この中

に次のようなくだりがある。「ところが最近われわれの中の偉大な人物の一人がヒトラーを、充分ではあるが、わざと先鋭化した根拠を振り回して「兄弟」と呼び掛け、ヒトラーのために天才の概念に奇妙な解釈を与えた」――一九三九年三月二十五日「ダス・ノイエ・ターゲ゠ブーフ」に掲載されたトーマス・マンの『兄弟』に対するあてこすりである。

プリンストン、三九年五月二日　火曜日
三日　水曜日

混乱の日々、『魔の山』講演草稿の作成は当面はすくなくとも口述によっては不可能なので、きょう午前手書きに掛かる。ランチにクノップ、随想集、ハリウッド講演、ラトガー大学講演の印刷などいろいろと討議。非常に疲れ、椅子で午睡。お茶のあとひげを剃り、着替える。早くも六時十五分にカーラーが同乗して卒業生が迎えにくる。カレッジ、学部長。大食堂でディナー、ガウン姿。談話室で講演。いい加減に揃えてあった原稿、数枚が欠けており、講演を中断、家に戻り、写しを利用して講演を終える。謝辞を受ける。カーラーと帰宅。ヨーロッパから腐り切ったニュース、東ヨーロッパ国境線を保証するロシアに対するイギリスの抵抗、ラジオの報じる噂ではリトヴィノフ解任[1]。暗い展望、ドイツのボルシェヴィズム派がヒムラーを擁して権力を継ぎ、ロシアと同盟する可能性。変化は確実であるが、ほとんどわれわれのためにはならない。ミュンヒェンの破局後に私が口にした予言に立ち帰る。戦争を期待するにしても、それが左翼の戦争であるとすれば、ほとんど起こる[2]可能性はない。『魔の山』についてのヴァイガントの著書を熟読。

（1）ハインリヒ・ヒムラー（一九〇〇―一九四五）はヒトラーの古い党同志で、一九二三年のミュンヒェン一揆に参加し、二九年親衛隊の全国指導者となり、三三年ミュンヒェン警察長官、三四年秘密国家警察（ゲスターポ）の長官代理、三六年以来全ドイツ警察長官になった。ヒムラーの創設した親衛隊執行部隊が戦争勃発後武装親衛隊になった。四三年ヒムラーは内相、四四年予備軍最高司令官になる。四五年の降伏後イギリス軍の捕虜になったが、素性を特定されると自殺した。

（2）一九三七年四月十三日付日記の注（9）参照。

三九年五月四日　木曜日

ランチのあとニューヨーク、ベドフォドへ。晩アストアでデル・バヨ・ディナー。ヴァン・ロウン、デル・バヨ夫人とともに座長と並んで講演者席につく。講演は成功。最後は非常に疲れる。ネグリンとの顔合わせは断る。

プリンストン、三九年五月五日　金曜日

ニューヨークでたっぷり眠って八時半起床。コーヒーを飲み、『魔の山』講演を書き進める。あとでエーリカとジーモン(1)の相手をする。きのう非常に落胆させられたリトヴィノフの解任、ベック(2)の非常に節度ある講演について。著作のドイツへの導入、「尺度と価値」、『ヴァイマルのロッテ』！――Kが若い夫婦のところに行っているので、エーリカと二人だけでランチ。三時十五分帰路につく。Kがプリンストン・ジャンクションに忘れた一〇〇ドル入りの財布が戻る。――ここプリンストンにクラウスとメーディ。マイゼルとお茶。新しいスーツ。『魔の山』講演の始めの数枚をロウ女史に。リオン(3)宛てに長文の手紙。

(1) ハインリヒ・ジーモン。一九三九年四月二十八日付日記の注（2）参照。
(2) ユゼフ・ベック（一八九四―一九四四）、ポーランドの政治家、ピウスズキの親密な協力者、一九三二年から三九年までポーランド外相だった。
(3) フェルディナント・リオン宛て、プリンストンから、一九三九年五月五日付、『書簡目録Ⅱ』三九／二二二。

プリンストン、三九年五月六日　土曜日

夏の暑熱。ランチにジュール・ロマンが夫人と、それにシェンストン夫妻。一日中『魔の山』(1)講演の執筆。午後大量の口述。晩に読んだのがロンスバハの『ニーチェとユダヤ人』、賞賛するに足る。

（1）リヒアルト・マクシミーリアーン・ロンスバハ（本名R・カーエン）『ニーチェとユダヤ人』、ベルマン＝フィッシャー書店の「展望」叢書の一冊、ストックホルム、一九三九年。R・カーエンについては特定出来なかった。

プリンストン、三九年五月七日　日曜日

酷暑。『魔の山』講演原稿を完結。浄書と翻訳。正午、イェーガー教授[1]と助手の二人のゲルマニストの来訪。そのあとハインツ・ジーモン、これと私たちはドライヴに出る。ランチにはさらにディジョンのマルク教授、ニューヨークのヴィトフォーゲル教授[2]。――ベルマン宛て[3]に『ロッテ』の印刷開始、『ニーベルングの指輪』についてのプリンストン講演の出版などの件で手紙。Kと夕べの散歩。クラウスとメーディはニューヨークへ。ゴーロと三人だけで夕食。『魔の山』講演をミセス・マイアー宛て[4]に。

（1）ゲルマニスト、ハンス・イェーガー（一八九八年生まれ）、一九三〇年以来プリンストン大学ドイツ文芸学教授。

（2）ヴィトフォーゲル Wittvogel とあるが正しくは Witt-fogel。一九三八年三月五日付日記の注（4）参照。

（3）ゴットフリート・ベルマン・フィッシャー宛て、プリンストンから、一九三九年五月七日付、『往復書簡集』二一九―二二〇ページ、所収。

（4）アグニス・E・マイアー宛て、プリンストンから、一九三九年五月七日付、『書簡集Ⅱ』九一ページ所収。

プリンストン、三九年五月八日　月曜日

きのうよりやや爽やか、すくなくとも朝方は、しかし暑い夏だ。エジプトふうの上下服にパナマ帽[1]。――八時半起床。プリンストン向け学位スピーチを書く。Kとノイ＝ジールタール公園を散歩、監視員たちに声をかけられ敬意を表される。ゴーロをまじえてランチ。疲労困憊。椅子で休息。マイゼルとお茶、委託と回答。そのあとさまざまな講演に手を加える。あすの講演の

翻訳の訂正。——パウラ・フィーリプゾン(2)の『その風土の中のギリシアの神々』を読む。

(1) トーマス・マンは一九三九年五月十八日プリンストン大学の名誉博士号を授与されることになっていた。
(2) パウラ・フィーリプゾン『その風土の中のギリシアの神々』、オスロ、一九三九年。パウラ・フィーリプゾン(一八七四―一九四九)はベルリンのユダヤ人学者家庭の出身で、職業は小児科医、スイスに亡命してバーゼルで生活したが、そこでは小児科医としては活動せず、ギリシア神話の研究に没頭した。トーマス・マンが所蔵していたフィーリプゾンの著書は保存されている。

プリンストン、三九年、五月九日 火曜日

——曇天、夏模様。八時過ぎ起床。博士号授与講演を少し書き進める。Kと乗り換え駅に行き、十一時半の列車でニューヨークへ。ブッシュ＝ゼルキン邸でランチ。そのあと地下鉄でフェア(1)へ。道を間違えて音楽会堂に行ってしまい最後にはさる私人の車に乗せてもらう。演壇に上がる際に歓迎の挨拶。ヴァン・ロウン、モロア(2)、その他。私の講演が最も真剣な演説だった。あとで多くの挨拶(3)。クロプシュトック、コリン、ピスカートア等々。これらの人とコーヒーを飲む。市内のベドフォドに車で戻る。エーリカの部屋で、エーリカ、グンペルト、クラウスと歓談。七時半パシへ行き、クノップ夫妻と夕食。十時の列車で戻り、乗り換え駅から車で。郵便を整理。——アメリカ・アカデミーのボタンをつけた新調の軽い黒服を初めて着た。

(1) ソヴィエト館開館式のためのニューヨーク万国博覧会訪問。
(2) フランスの著作家アンドレ・モロワ(一八八五―一九六七)は、小説家ですぐれた歴史研究や文学的伝記(シェリ、バイロン、ヴォルテール、シャトブリアン)の作者。第二次世界大戦中は将校として一時合衆国にあり、のち北アフリカのフランス亡命政府に勤務していた。
(3) 〔ニューヨークの「世界作家会議」における挨拶―英文では〔世界作家会議でのスピーチ〕として翻訳で。「補遺」八三一―八三二ページ、『全集』第十三巻六七九―六八九ページ、参照〕

プリンストン、三九年五月十日　水曜日

美しい夏の一日。緑が萌える。花水木の灌木の白やバラ色の花。——遅く起床。午前、博士号講演を書き進める。Kとドライヴ、運河あたりを散歩。ゴーロとランチ。そのあと『魔の山』講演の検討。お茶のさいマイゼルにいろいろの指示。あとになってひげを剃り、着替え、七時過ぎに軽食をとり、ジョンの運転でガウス邸へ。ガウスと高等学術研究所のクラブへ。一時間原稿を読む、うまくいく。そのあと質問、あとでゴーロも顔をだして、グループと会合。かなり疲労。奇妙な若者たち。ガウス学部長邸へ行き、そこでまた質問が出る。ゴーロと一緒に帰宅。ゴーロとKと軽食にビール。ドイツ語の新聞と雑誌。——きょうブラント・アンド・ブラント社から九一一七ドルの小切手。

プリンストン、三九年五月十一日　木曜日

快晴の朝、やがて曇り、雨そして冷えてくる。午前中と食後でプリンストン講演を書き上げる。Kと少しばかり散歩。お茶にボルジェーゼがメーディと顔を出す。政治関連の問題について詳しい論議。英露同盟が、成立するとなれば、民主主義と社会主義の一体化として雰囲気的な好結果をもたらさずにはおかないという意義を有する。カトリック世界と資本主義という国際的な勢力が手を組んで新しいミュンヒェンを招来する。——フィードラー宛て[1]に手紙。——若いベルトーが、百万ドルあればイタリアで革命を生み出せる、とゴーロに書いて寄越す。諸国政府は革命を欲しない。しかし一私人でもやる気なら出来るという。——晩、フィレンツェのエーリヒ・アウアーバハ[2]の学識をうかがわせる論文「フィグーラ」を読む。驚くべき『ヨゼフ』の探究。

（1）クーノ・フィードラー宛て、プリンストンから、一九三九年五月十一日付、「トーマス・マン協会報」一九七一年、第十一号、二六—二七ページ、所収、『書簡目録II』三九／二三八。

（2）ロマンス語・文学者エーリヒ・アウアーバハ（一八九二—一九五七）は、一九二九年から三五年までマールブルク、三六年から四七年までイスタンブール大学教授、四八年合衆国にわたり、五十年からイェール大学教授。学術雑誌その他への多数の個別研究とならんで『現世詩人としてのダンテ』（一九二九年）、『ミメーシス。ヨーロッパ文学における描かれた現実』（一九四六年）を公刊する。その論文「フィグーラ」はフィレンツェのL・S・オルシュキから一九三九年に刊行されたが、これは「アルヒーヴム・ロマニクム」第二十二巻第四号、一九三八年十月／十二月号からの別刷である。

プリンストン、三九年五月十二日　金曜日

一点の雲もない晴天、爽やかな、日差しのある春の一日。午前中書籍商大会の講演[1]を書き始める。正午ランツホフ。一緒にパイン・エステイトに出掛けるが、庭師たちの説明のように今は閉鎖されている。ランツホフとランチ。そのあとヴィーンのガイリンガー夫人[2]が写真撮影にやってくる。晩『ロッテ』の第一章を朗読することを決定。お茶に友人たちを伴ってベルマン＝ヘルリーゲル。同人と書斎で。懸賞のことで決定。アライアンス・ブック社について。ランツホフと別れる。七時半Kと軽食。ついで出迎えを受けて、ドイツ語教師たちの集まりで朗読。セイヤーによるドイツ語での紹介。『ロッテ』第一章は非常に好評。大勢の紹介、プリースト、イェーガー等々。Kが居合わす。朗読の間にメーディの英語の女教師が書き上げたうまい肖像スケッチ。――家でKと、パンとビール。論文「フィグーラ」を読了。

（1）　一九三九年四月二十八日付の日記の注（4）参照。原文は全集第十三巻、四三〇―四三四ページ（『アメリカ書籍商の会合での挨拶』）所収。

（2）　ヴィーンの女流写真家トルーデ・ガイリンガーは合衆国に亡命し、肖像写真家として名を馳せた。

プリンストン、三九年五月十三日　土曜日

非常に冷え、雨模様、暖炉に火を入れる。コーヒーとオートミールの朝食。書籍商集会でのスピーチを書

き進め、Kと散歩に出る。食後Kと通信に目を通す。フロイトの『モーセ』[1]を読み始める。午睡。お茶のあとハーヴァドのネメロフ宛てのかなり長い手紙をマイゼルに口述。そのあと、自筆で、ニューヨークのフェーデルン宛て[2]、私がミセス・マイアーを誘惑者としか見ていない（！）という言い分に対して自分を弁護する、ミセス・マイアー宛ての手紙[3]。夕食にエーリカと若い連中が到着。そのあと暖炉の火にあたりながら最近書き上げた二つのスピーチを朗読。エーリカの部分的には意気消沈させられ、部分的には笑いたくなるような物語。ボン〔書簡〕[4]はドイツの非合法のベストセラーだという。三〇、〇〇〇部。——遅くなってクラウス到着。

（1）　ジークムント・フロイト『人間モーセと一神教』は、一九三九年、フロイトの没年にアムステルダムのアレルト・デ・ランゲ書店から刊行された。

（2）　ヴィーンの精神分析学者パウル・フェーデルン、ハインリヒ・メンゲとともに『精神分析学手引』の編者で、トーマス・マンはこれに『異質の人間主義』を寄稿した（ヒポクラーテス書店、シュトゥトガルト、ベルリン、一九二六年、第三版、フーバー、ベルン　一九五七年）。〔訳註〕『日記』一九八〇年版の原注では「特定出来なかった。おそらくは小説家、歴史家、伝記記者カール・フェーデルン（一八六八—一九四三）のことであろうか、しかしフェーデルンは、コペンハーゲン経由でイギリスに亡命し、トーマス・マンがニューヨークへ宛てて書いているが、第二次世界大戦中イギリスで死去した」とある。一九九〇年版の原注は別のフェーデルンについて注記しているが、この中で言及されている『異質の人間主義 Der fremde Humanismus』なる論考は『全集』の索引にも、トーマス・マンの文章を細大漏らさず記録しているポテムパ『トーマス・マン　文献目録』にも記載されていない。ここで触れられている手紙も、もちろん『書簡目録II』に収められていないので、原注の変更の根拠がよく分からない。

（3）　アグニス・E・マイアー宛て、プリンストンから、一九三九年五月十三日付、『書簡集II』九一—九二ページ、所収。

（4）　『ある往復書簡』、『全集』第十二巻、七八五—七九二ページ。

プリンストン、三九年五月十四日　日曜日

夜、寒さで目を覚まし、震える。きょうはいくらか暖かくなり、太陽が出る。午前、書籍商のためのスピーチを書き上げる。正午、オープレヒト。一緒に少し散歩、八人が長いテーブルで、白いスーツ姿の二人の黒人の給仕を受けてランチ。庭でコーヒー。オープレヒトと私たちがそのうちチューリヒを訪問する件について。ヴァルトホテル・ドルダー。エーリカと、ドイツへの文書の送り込みの組織化について委員会メンバー宛ての手紙の相談。[1]——お茶のあと、浄書したものの校正。デル・バヨ宛てのスペインへの挨拶。ハインリヒ宛てにかなり長い手紙[2]を書く。夕食にまたオープレヒト。サロンで暖炉に火を入れる。レコード音楽。二十三日『トリスタン』を聴きにニューヨークへ行く計画。「価値と尺度」用にドイツ語のペンクラブ挨拶[3]をオープレヒトに。近々ヨーロッパに戻るオープレヒトと別れの挨拶。

（1）　フランク・キングドンを座長とする委員会は、これからの十二ケ月の間に、ドイツ精神の代表者たちによって外国で書かれた約二十四冊の小冊子をドイツに送り込み、それによってドイツ国民と亡命者との間の繋がりを生み出す計画への資金援助の任務を持っていた。トーマス・マンは同趣旨の回状の中で、以下の人々に、その承認と協力をもとめていた、ヴィルヘルム・ディーテルレ、ブルーノ・フランク、ジェイムズ・フランク、レーオンハルト・フランク、ロッテ・レーマン、ハインリヒ・マン、ヘルマン・ラウシュニング、ルートヴィヒ・レン、マクス・ラインハルト、ルネ・シケレ、エルヴィーン・シュレーディンガー、パウル・ティリヒ、フリッツ・フォン・ウンルー、フランツ・ヴェルフェル、シュテファン・ツヴァイク。この計画のことは、ハインリヒ・マン宛てプリンストンから一九三九年五月十四日付のトーマス・マンの手紙、『往復書簡集』一八一—一八四ページ、所収、の中で詳細に説明されている。

（2）　ハインリヒ・マン宛て、プリンストンから、一九三九年五月十四日付、『往復書簡集』一七九—一八一ページ、所収。この手紙にはその中で言及されている回状が、ハインリヒ・マンのための封書の中に同封されていた。一九三九年五月十四日付日記の注（1）参照。

（3）　一九三九年五月一日付日記の注（2）参照。

プリンストン、三九年五月十五日　月曜日

八時起床。晴れて涼しい。朝食前に散歩。そのあと第七章を書き進める。正午Kと散歩。六人の子供たちとランチ。そのあと[1]なお少し書き進めて、二番目の口述のあとのところまでたどり着く。それから庭で日光

浴。「道徳的援助(2)」をエーリカと。ドイツ語の新聞各紙。お茶に、ヴァイル教授と夫人。六時にKと乗換駅にアネッテ・コルプを迎えに行く、アネッテは数日私たちの家に泊まる。クノップのためにフロイトについて少し抜き書きをする。書籍の判定の準備をする。アネッテと六人の子供たちと長いテーブルで夕食。そのあと図書室の暖炉の火の傍らで第七章の新しい二五ページを朗読。ジョンの登場場面では政治的なもののユーモラスな悩み。カーラー、夫人とともに朗読を聴きにくる、「イローニシュに批判的な現実化の中での神話的なものの保持。」『ヨゼフ』に対する大胆な対称作品。討論。――きのうのムッソリーニの平和演説。「ヨーロッパの抱える問題のどれをとっても戦争に値しない。」酸っぱい葡萄。しかし連中はどのように平和に耐えようというのか。ドイツ人に対しては演説の本質的な要素を語らないでいる。ワシントンには、会談アイデアに戻ろうとする傾向。

(1)『ヴァイマルのロッテ』の第七章で、アウグストが登場してゲーテと対話に入る前、ゲーテが秘書のジョンに口述するところ。『全集』第二巻、六六五―六七五ページ。

(2)「連合国援助によってアメリカを防衛する委員会」の短縮形、そのニューヨーク地方支部はフランク・キングドンによって率いられていた。一九三九年十月二日付日記の記述も参照。

プリンストン、三九年五月十六日　火曜日

八時半起床。引き続き非常に冷える。暖炉に火を入れ、あとで暖房。第七章、二、三の準備と書き進め。――ドッド学長の手紙、二月から三、〇〇〇ドルでのここの大学での活動の継続の件。――アネッテと車で湖に出掛ける。食後ビーダーマンを読む。お茶のあと上述の件でセイヤー教授来訪。プリンストン講演(1)のロウの訳が驚くほど拙劣なのでほとほと困り切る。K、クラウス、アネッテの助けを借りて直しを加える。夕食に書籍商スピーチの若い翻訳者。――多数の英文の手紙をまとめる。ストラスブールのフクス教授(2)の『現代ドイツ語ドイツ文学研究入門』を読む。『マリーエンバートの悲歌』と『ブデンブローク家の人々』を並べての美学的分析。

（1）この講演の欠陥だらけの翻訳はサミュエル・B・ボサードがドイツ語原文の助けを借りて改善した。ボサードは書籍商団体を前にしてのスピーチも翻訳した。

（2）アルベール・フクス「トーマス・マン『ブデンブローク家の人々』」、A・フクス『現代ドイツ語ドイツ文学研究入門』ストラスブール、大学文学部、一九三九年刊、所収。

三九年五月十七日　水曜日

朝、ニューヨークへ。途中、晩のスピーチの検討。ペンシルヴェニア駅から地下鉄で万国博へ。入場券を忘れたのにロシア館へ。すぐ助けの手が差し伸べられ、いそいそと入場させてくれる。ラ・グアーディアと大使[1]と挨拶する。円形劇場の安楽椅子。ウマンスキ、市長[2]等々のスピーチ。そのあと展示の見学。祝賀ランチ。赤軍の大佐と並んで大使のテーブルに。前菜。一時間後にスープ。チキンのあとのお開きの際には喝采。ベドフォドへ。エーリカが挨拶する。休息。六時頃お茶を飲む。髪を洗い、ひげを剃り、服を着る。七時過ぎクノップが迎えに来る。ホテル・ペンシルヴェニア、書籍商のディナー。あまりにも長い、座長とスピーカー・テーブルの人々との内輪のカクテル・パーティ。アルノルト・ツヴァイク。遅れてディナーの開始。座長の隣の席。なんとか及第点の御馳走。最後に私のスピーチ、好意的に受け入れられる。記念のプレゼント。だらだらと時間のかかる散会。クノップ夫妻とフッド・アンド・ワイン会社の試食・試飲の夕べに出掛ける。多数の上等のシャンパンの試飲。遅くに就寝。

（1）コンスタンティン・オウマンスキ Oumansky、合衆国駐在ソ連大使。〔訳注〕トーマス・マンは Oumansky をウマンスキ Umansky と表記している。

（2）ラ・グアーディア。

プリンストン、三九年五月十八日　木曜日

きょうニューヨークで九時起床（なかなか寝付かれなかった）。この数晩メリメの短篇小説を読む。入浴

して服を着る。オート・ミールとコーヒーの朝食。私の好かないシュタウディンガー教授来訪。そのあとロシア館についてインタヴュー。出発の支度をして、体調を壊してベッドに寝ているエーリカを見舞う。グムペルト博士。エーリカと一緒のイル・ド・フランス号での六月六日出発のヨーロッパ旅行を決定する。十一時半出発。プルマン・カーで午後の博士号授与式でのスピーチを検討。乗換駅にジョンが来ている。晴天の割合暖かい天候。アネッテとランチ。コーヒーのあと、ヒトラーの状況についてラウシュニング[1]とシュヴァルツシルト[2]の注目すべき論説の載っている「ターゲ＝ブーフ」を読む。ヒトラーの精神状態の極端な悪化に関するシュタウディンガーの情報も。状況は危険かつ有望。——少し休息。四時ドッド学長の車が迎えに来る。学長邸の美しい庭のテラスで小人数の集まりのお茶。それから大学本館[3]へ。学長室で大学式典用の衣装。非常に荘厳なホールへの入場、比較的多い参会者、前に、Kと二人の息子とメーディ。学部長のスピーチ、学長のラテン語の言葉、帽子の着用。ドッドの、私の大学での活動を称揚するスピーチ、今後もこの活動[4]を私に続けてほしいとの願望。そのあと私のスピーチ。うまく話せた。学長室で祝辞の数々。ホールで写真撮影。別れの挨拶。出発にあたって屋外で非常に美しく感動的なものを目にする。家でマイゼルと二、三の仕事。ゴーロと二十九日の博士号授与式[5]のスピーチの調整。——コロンビア州ブランキラのクライトナー[6]による少年愛と同性愛についての原稿。反論の余地ある秘密の心理学、しかし無知ではない。

（1）ヘルマン・ラウシュニング「決定の時期」、「ダス・ノイエ・ターゲ＝ブーフ」一九三九年五月六日号、所収。
（2）レーオポルト・シュヴァルツシルト「期限」、「ダス・ノイエ・ターゲ＝ブーフ」一九三九年五月六日号、所収。
（3）プリンストン大学の名誉博士号授与式典の行われた場所。
（4）ドイツ語原文の手稿はプリンストン大学のファイアストーン図書館にある。このドイツ語原文は「ザ・ジャーマニク・レヴュー」コロンビア大学出版局、一九六四年一月号、二二一—二二七ページ、所収のヘルベルト・レーネルト「プリンストンのトーマス・マン」に発表されている。全集になし、「補遺」参照。
（5）ニューヨーク州ジニーヴァのホウバート・カレッジの名誉博士号授与式。
（6）ブルーノ・クライトナー。詳細は不明。

プリンストン、三九年五月十九日　金曜日

朝はまだ冷え冷えとしていたが、昼頃に向かって非常に暖かくなり、蒸し暑くなってきた。第七章を少し書き進める。正午Kと少し散歩。ランチのあとアネッテと庭で過ごす、木々の下の新しい家具。挿絵入りの『アンナ・カレーニナ』[1]に序文を書くようにとのランダム・ハウス社[2]からの要請。受け入れること。――七章のための研究。ファディマンのための哲学論考の校正。シケレから本。ヴェルフェルの全詩集[3]。――また庭でお茶。『自由の問題』[4]の短縮。七時出迎えを受けて神学者たちの講演の夕べに出掛ける。アインシュタインを拾って行く。礼拝堂。Kとアネッテが出席。オルガン、歌、祈禱。アインシュタインの非常に分かりにくい講演。そのあと私の半時間の講演、目立ってよかった。大勢に紹介される。アインシュタインと立ち去る。家で遅い夕食。そのあと音楽を楽しむ。プロコフィエフの協奏曲の第二楽章は非常に魅力的。

(1)　レフ・N・トルストイの長篇小説（一八七八年）。
(2)　ドナルド・S・クロパーとベネット・サーフによって設立された有力なニューヨークの書籍出版社。
(3)　フランツ・ヴェルフェル『三十年の詩業』、ベルマン＝フィッシャー書店、ストックホルム、一九三九年。
(4)　トーマス・マンとアルベルト・アインシュタインはプリンストン大学の礼拝堂で大学の「神学者たちに」語った。トーマス・マンは講演「自由の問題」を半時間分に短縮しておいたのである。

プリンストン、三九年五月二十日　土曜日

なお少し第七章に掛かるために、早めに起床。十時半、フレクスナーと、トレントンを越えて、四十五分離れた黒人カレッジ[1]へ車を走らす。このカレッジの財政的後援者はフィラデルフィアのミスター・バーズ[2]である。本館前での客たち（アインシュタイン夫妻、パノフスキ夫妻[3]、スヴァルツェンスキ夫妻[4]等々）の集まり。講堂での男女寄宿学生の入場行進。華麗に歌われた霊歌。客の披露と謝辞。美しい光景の退場行進。紹介。上品な若い有色人との対話。アインシュタインとカレッジの教員たちとのランチ。雷鳴の接近する中をフレクスナーと帰路につく、帰宅後あまり近くないところに激しい落雷。非常に疲れる。椅子で休息。お茶にワシントンからの学識豊かな女性の経済学者。Kはある茶会へ出掛けている。あまり面識のなかった女性とアネッテとともに過ごす。アネッテは晩に心からさようならを言って出発する。マイアー女史に長い手紙[5]を書き、「尺度と価値」のために二、〇〇〇ドルを催促する。またゴーロと三人で夕食。フロイトの『モーセ』を読む。

（1）　ペンシルヴェニア州チーニの州立チーニ・カレッジ。これは黒人カレッジで、その混声合唱で有名である。

（2）　ガイ・カーツ・バード Bard（一八九五―一九五三）、有名な、資産家の政治家で、チーニ・カレッジを財政的に後援していた。〔訳注〕トーマス・マンはバーズ Bards と表記している。もっともバード夫妻のつもりかもしれない。

（3）　エルヴィーン・パノフスキ Panofsky（一八九二―一九六八）、一九三三年までハンブルク大学美術史教授、三五年以来プリンストン高等学術研究所にあって、ルネサンス美術の有力な専門家、アルブレヒト・デューラーについての権威ある大著（一九四三年）の著者。〔訳注〕トーマス・マンはパノフスキを Panowsky と表現している。

（4）　美術史家ゲーオルク・スヴァルツェンスキ Swarzenski（一八七六―一九五七）は一九〇六年以来フランクフルト市立美術研究所の所長、二八年以来同地の市立諸美術館の総館長、三九年から五六年まで合衆国、ボストン美術館で活動した。〔訳注〕トーマス・マンはスヴァルツェンスキ Swarzenski を Swars-zensky と表記している。

（5）　アグニス・E・マイアー宛て、プリンストンから、一九三九年五月二十日付、『書簡集II』九二―九四ページ、所収。

プリンストン、三九年五月二十一日　日曜日

鬱陶しく暑い、雷雨含み。八時前に起床。朝食前並木道を散策。第七章（政治的『ファウスト』場面[1]）の仕事。正午半時間Kと散歩。ゴーロと三人でランチ。何時も車を持っていくこと。ヨーロッパ旅行の検討、より早く休息。疲労が甚だしく、胃が弱っている。ヴァイル邸のお茶に行き、その客のアルノルト・ツヴァイクとその息子と一緒になる。家でKと手紙に目を通し、数通を口述する。そのあと、雷鳴の近付くのを聞きながらもう一度散歩に出る。夕食後図書室でシューベルト[2]の四重奏曲に耳を傾ける。フロイトの晩年の著作を読む。――序文を書くことを念頭において『ア

ンナ・カレーニナ』の夕べの再読を始める。

（1）『ヴァイマルのロッテ』第七章における、『ファウスト』場面「皇帝の宮廷にて」についてのゲーテの内面の独白、『全集』第二巻六七八―六七九ページ。
（2）一九三九年五月十三日付日記の注（1）参照。

プリンストン、三九年五月二十二日　月曜日

むっとするような暑さ、雷雨含み。八時起床。正午頃まで第七章の仕事。高等学術研究所の新館の定礎式に出掛ける、研究所の集まり、いくつかのスピーチ。プリンストン・イン(1)でランチ、フレクスナー、ミス・バムベルガー(2)、アインシュタインのスピーチ。――午後、マイゼルとKとともに通信を処理、ルーイズン(3)宛てにその長篇小説についての手紙を口述。思いがけずニューヨークに到着したリーフマン夫妻(4)からの手紙。夕食後ヴェルトハム博士の電話、エルンスト・トラー(5)が自分の浴室で縊死したとのぞっとする知らせ。葬儀の際に弔辞をとの要請、心重く、要請に応えられるとは思えない。「ターゲ＝ブーフ」に詩人オッティロ・ヨーゼフ(6)の狂死についてのケストラーの論説。――「ツークンフト」にドイツの反体制派と将来のドイツのソヴィエト連邦に対する関係についての好論文。――新しい万年筆のうちの一本を壊し、非常に痛みを覚える。

（1）大学から程遠からぬアリグザンダー通りのレストラン。
（2）カロライン・バムベルガー（一九四三年死去）、結婚してミセス・フェリクス・フルト、その兄弟のルイス・バムベルガーと共同で一九三〇年五百万ドルの額をプリンストンの高等学術研究所創設のために寄付した。研究所が存在するのは、ミス・バムベルガーのおかげである。最初の部門として「数学科」が一九三三年十月に開設され、アルベルト・アインシュタインはこれに属していた。
（3）アメリカの作家で翻訳家のラドヴィグ・ルーイズン（一八八二―一九五五）はアメリカでトーマス・マンに注目した最初の人々の一人だった。トーマス・マンは一九二八年ルーイズンの長篇小説『ハーバト・クラムプ事件』への序文を書いた、『全集』第十巻、七〇〇―七〇三ページ。ラドヴィグ・ルーイズン宛て、プリンストンから、一九三九年五月二十二日付、『書簡目録II』三九／二五七。ここで触れられているのはルーイズンの長篇小説『汝、永久に愛を欲す』（一九三九年）である。

（4）　芸術愛好家で文学への理解の深いフランクフルトの医師エーミール・リーフマン博士（一八七八—一九五五）は、早い頃トーマス・マンをたびたび自邸に客として泊め、一九二二年以降は親交があった。リーフマン夫妻は三九年ニューヨークに亡命した。

（5）　詩人エルンスト・トラー。一九三八年五月十一日付日記の注（7）参照。

（6）　ハンガリーの叙情詩人オッティロ・ヨーゼフ（一九〇五—一九三七）とトーマス・マンは一九三七年一月の最後のブダペスト訪問以来直接の面識があったが、ヨーゼフは一九三七年十二月三日に自殺した。一九三七年一月十三日付日記の注（9）参照。ケストラーの論説「あるブダペストの死者」、「ダス・ノイエ・ターゲ＝ブーフ」一九三九年五月十三日号、四七五—四七六ページ、所収。

プリンストン、三九年五月二十三日　火曜日

冷え込みが増す。八時起床、正午まで仕事。Kと散髪へ。学長からの手紙、原稿の図書館宛て献呈の件、私の活動継続要請の受諾の催促。——非常に奇妙な、疑わしい政治的なキーファー(1)（バーゼル）の手紙、返事は書かない。——「瘴気」を逃れてのケーテ・ローゼンベルクのロンドンからの手紙。——トラーの葬儀の件でゴルトシュタイン弁護士(2)の手紙、気が重い。——お茶にマイゼルとともに作家マース(3)、一週間前からニューヨーク、ドイツとドイツの変化に関して、不愉快なくらい鈍感な悲観主義。嬉しくない。——シケレ宛てに手紙(4)。——夕食にカーラー、バイエルン修道士あたりが出所の滑稽なバロック小品を披露してくれる。——リースの電話、リースのパリの上司(5)が当地に到着して情勢について内々に意見を述べている。英露同盟は確保されている、という。——『アンナ・カレーニナ』を読み始める。

（1）　政治評論家で著作家のヴィルヘルム・キーファー（一九七九年死去）はトーマス・マンとミュンヒェン以来面識があり、一九三三年家族とともにスイスに亡命し、政治評論家として、とくにバーゼルの「ナツィオナール＝ツァイトゥング」で活動していた。トーマス・マンはキュスナハトの数年の間、初めはキーファーに信頼を寄せて政治問題で意見交換をしていた。のちにトーマス・マンはキーファーの政治的信頼性に疑念を抱き、距離を取るにいたった。「ナツィオナール＝ツァイトゥング」はすでに早くキーファーと絶縁していた。一九四五年九月十日キーファーはスイスから追放された。

（2） クルト・ゴルトシュタイン博士（一九三八年五月十三日付日記の注（5）参照）は一九三九年五月二十七日ニューヨークのキャムベル葬祭礼拝堂で行われたエルンスト・トラーの葬儀の準備委員会にトーマス・マンとともに属していた。弔辞を述べたのはシンクレア・ルーイス、ドロシ・トムプスン、オスカル・マリーア・グラーフ、クラウス・マン、ファン・ネグリン、ヴィンセント・シーアンだった。

（3） 叙情詩人で小説家ヨーアヒム・マース（一九〇一―一九七二）はS・フィッシャー書店からその長篇小説『ミミのいないボエーム』（一九三〇年）、『敵対者』（一九三二年）で登場し、この長篇二作品とこれに続く『取り返しの効かぬ時』（一九三五年）、『遺言』（一九三九年）等で若いドイツ文学の大きな期待と目された。マースはヒトラー＝ドイツに対する嫌悪から自発的に一九三九年合衆国に亡命し、四〇年から五二年までマウント・ホリオーク・カレッジのドイツ文学教授をつとめ、四五年から四九年まで「ディ・ノイエ・ルントシャウ」の共同刊行人だった。そのアメリカでの講義は『文学という秘密の学』という表題で一九四九年フランクフルトで刊行された。

（4） ルネ・シケレ宛て、プリンストンから、一九三九年五月二十三日付、『書簡目録II』三九／二五九。

（5） ピエル・ラザレフ（一九〇七年生まれ）は「パリ・ソワール」の編集長、クルト・リースはそのアメリカ通信員だった。

プリンストン、三九年五月二十四日　水曜日

天候は晴れて爽やか。八時起床。午前トラーの葬儀のためのスピーチに苦心。苦吟。正午Kと散歩。フランスへの自動車輸送。ユージン・マイアーから「尺度と価値」のための小切手。[1] ――ランチにチェコ系ユダヤ人ジャーナリスト、バーゼルの「ナツィオナール＝ツァイトゥング」のために書きたがっている。トラーについてのドロシ・トムプスンの論説[2]を読む。お茶の際にマイゼルと相談。手紙への指示、署名、サイン。七時セイヤー邸の小人数の集まりに招かれているので、早めの着替え。食後ドイツ語の会話。早過ぎる辞去に、弁解が必要[3]になる。――「尺度と価値」の校正刷り。アイザーのドイツ哲学についての論考。

（1） ユージン・マイアーは「尺度と価値」の継続のために二、〇〇〇ドル以上の小切手を寄付した。

（2） ドロシ・トムプスンの追悼の辞「記録に留められる、詩人の死」、「ニューヨーク・ヘラルド・トリビューン」一九三九年五月二十四日号、所収。

（3） ウルリヒ・アイザー「ドイツ哲学の状況」、「尺度と価

値」第六冊、一九三九年七月／八月号、所収。ウルリヒ・アイザーは哲学者ヘルムート・プレスナー（一八九二―一九八五）の変名で、プレスナーは一九三三年以前はケルン大学の教授、三四年以降はグローニンゲン〔フローニンゲ〕大学教授だった。「尺度と価値」第一冊、一九三八年九月／十月号にはプレスナーによる一九三八年に死去したエトムント・フサールについての大記念論説が発表された。プレスナーの主著は『市民時代の終焉期におけるドイツ精神の運命』チューリヒ、一九三五年、新版は『遅れてきた国民』の表題でシュトゥトガルト、一九五九年。

プリンストン、三九年五月二十五日　木曜日

きのう就寝後非常に気分が悪くなる。Kの傍らで夜を過ごす。きょうは疲労、一語も書き進めず、モティーフを検討して整理に努めただけ。正午少しドライヴに出て、散歩。食後アイザーの論説。フロイトの本を読了。午睡。午後Kに口述、自筆の処理。（トラーの死についてゴルトシュタイン宛て。）半時間一人で散歩。晩ドイツ語の新聞各紙。「国際文学《インターナツイオナーレ・リテラトウーア》」。

プリンストン、三九年五月二十六日　金曜日

晴天で爽やかに暖かな一日。しかしわたしの体調は終日重苦しく、辛い。午前、葬儀のスピーチをいろいろと書いてみる。この苦境はその後、電話の知らせによって逸らされる。すでに消えてなくなったのだろう。――散歩に出ず。食前に庭で『アンナ・カレーニナ』を読む。食後もまた庭で過ごす。『ドイツ語の文体』という教科書に没頭。同じ場所でお茶。そのあとKを相手に口述。アメリカの出版社宛てに懸賞原稿[1]の推薦状。――ホーフマンスタール＝ゲオルゲ往復書簡についてのレンツ[2]博士という人の原稿。これは、ヴェルウエイ[3]とゲオルゲに対するヴェルウェイの対立の記憶を呼び起こしてくれた。夕食に、前もってKと仕事をしていた若い二人の税金の法律顧問。二人と食後なおサロンで過ごす。「国際文学《インターナツイオナーレ・リテラトウーア》」[4]の中のルカーチとアナ・ゼーガースとの往復書簡を読む。

（1）「ドイツの文化的自由のためのアメリカの会」の長篇小説懸賞のために渡されていた原稿。
（2）フリードリヒ・ヴァルター・レンツ。「シュテファン・ゲオルゲとフーゴ・フォン・ホーフマンスタール、往復書簡」（ベルリン　一九三八年）というその原稿は調査が届いていない。レンツ自身についても詳細不明。
（3）オランダの詩人アルベルト・ヴェルウェイ（一八六五―一九三七）は、シュテファン・ゲオルゲとそのサークルに近かった。その著書『シュテファン・ゲオルゲに対する私の関係』はドイツ語版が一九三六年に刊行された。
（4）小説家アナ・ゼーガース（ネティ・ラドヴァニイ、旧姓ライリングのペンネーム）（一九〇〇―一九八三）は一九二八年その処女作『ザンクト・バルバラ島の漁民の蜂起』でクライスト賞を受賞、二九年共産党に入党、三三年フランス、スペインを経由してメキシコへ亡命、亡命期間中重要な長篇小説を数篇ドイツ語でアムステルダムのクウェーリードー書店から刊行、多くの言語に翻訳された。ゼーガースは四七年ドイツ（東）に戻った。

プリンストン、三九年五月二十七日　土曜日

蒸し暑く、雷雨の気配が迫ってきたが、それからまた明るくなる。八時半起床、少し散歩。気分的に健康さを増す。第七章の最後の部分を書き換える。正午Kとニュウトン女史を駅まで迎えに行く。一緒に少しドライヴをしたり散歩したりする。ランチにニュウトン女史の他に二人の若い教師。お茶の際にマイゼルに『大公殿下』からの抄録の作業を任す。ニュウトン女史と私の部屋で、女史の著書のために質問に答える。少し一人で散歩。夕食にクラウス到着。諜報諸機関に対する「最後の警告」である「フェルキシャー・ベオーバハター」紙のゲッベルスの論説について。――ニュウトン女史が帰っていく。ヴェルウェイの回想をふたたび読み、ゲオルゲ思想のもつヒトラー性に愕然とする。

プリンストン、三九年五月二十八日　日曜日

湿度の高い暑さ。遅く起床。お茶のあと第七章を書き進める。張りのない鬱々たる気分。外出せず。洗髪、爪の手入れとひげ剃りで食事前の一時間は過ぎる。麻

服。ランチにプリースト教授、ドイツ旅行に出掛けるので別れの挨拶にきたのだ。届いたバーゼルのバウムガルテン[1]の著書『法律的方法論』を読む、注目に値する。――K、二人の息子、メーディとお茶。手紙の仕上げ。――私たちは今晩九時名誉博士号と、行う予定の『自由』講演[2]の報酬の三〇〇ドルの受領のためニューヨーク州ジニーヴァへ出発するので、荷造りをしなければならない。――ケーテ・ハムブルガー宛て[3]の手紙。荷造りと着替え。三人の子供たちと夕食。ツヴァイク、ルートヴィヒ、フォイヒトヴァンガー、レマルクの諸作家について。誰に劣等の冠を呈すべきか。二十八日、日曜の晩乗換駅に向かい、そこからニューヨークのグレート・セントラル駅に行き、ジニーヴァ行きの寝台車に乗る。

(1) アルトゥル・バウムガルテン『法律的方法論提要』ベルン、一九三九年。
(2) 講演『自由の問題』。
(3) ケーテ・ハムブルガー宛て、プリンストンから、一九三九年五月二十八日付、『書簡目録II』三九／二六五。

三九年五月二十九日　月曜日

個室でのあまり心休まらぬ夜を過ごした（『アンナ・カレーニナ』を読み、ファノドルム一錠をのむ）あと、朝にジニーヴァでエディ学長[1]と夫人の出迎えを受け、湖岸遊歩道沿いの列柱回廊式の学長邸の部屋で家族揃っての朝食。着替えてキャムパスでの学位授与式典へ。式服着用、紹介。天幕の下、参列者の前の舞台へ行進。私のスピーチは開会後程なく順番になる。そのあと名誉博士号授与、監督[2]、海軍提督[3]、「時代の行進」映画プロデューサー、オーチャード[4]等々に続いて最後。儀式終了後、宿で少し休息。ついで大勢の参会するランチ、エディと前学長[5]の間の上席、前学長とは音楽を話題に話が弾んだ。最後に学位受領者たちのスピーチ、ドイツ文化に敬意を表して英独語の挨拶。ミセス・エディと草地を越えて、宿に戻る。午睡。四時半階下でお茶のレセプション、厄介な質疑時間。そのあと湖岸沿いにKと散歩、好感の持てる夫婦に庭と家を見るよう招じ入れられる。宿で荷造りとひげ剃り。七時家族でディナー。コーヒーの際に、レコード音楽。

荷物を抱えてシネマへ。いつものように楽しめた。駅へ。ミスター・トマス・オーチャードが旅の道連れ。最後の瞬間まで「二人の」スピーチに祝いの言葉をかけられる。主人役の人々に別れの言葉。シングルベッド。洗面室。クラブ・カーでミスター・オーチャードとビール。――十二時半までトルストイを読む。

（1）ウィリアム・アルフレド・エディ（一八九六―一九六二）、当時ニューヨーク州、ジーニヴァのホウバート・アンド・ウィリアム・スミス・カレッジの学長、のちに近東で政治顧問。
（2）ヘンリ・St・ジョージ・タッカー（一八七四―一九五九）、「アメリカ聖公会」の監督。
（3）海軍大将トマス・ホウルカム（一八七九―一九六五）、アメリカ海軍部隊司令官。
（4）トマス（トム）・オーチャード（一九一〇年生まれ）、ヘンリ・ルースによって創設されたルポルタージュ映画「時代の行進」の主任プロデューサー、映画報道分野の最も卓越したジャーナリストの一人。
（5）ウィリアム・H・カウリ（一八九九―一九七八）、ハミルトン・カレッジの学長。

プリンストン、三九年五月三十日　火曜日

けさ八時半頃ニューヨーク、ペンシルヴェニア駅に到着。レストランに入り、オートミールとコーヒーの朝食をとり、新聞各紙を読む。ヨーロッパ情勢からすると、旅行には向いていない。乗換駅行き列車、ジョンと車。家にはクラウス、ゴーロ、メーディ。大学の小切手ときのうの謝金三〇〇ドル。奇妙なステッキの贈り物（ヨーロッパ旅行用と考えられたのか？）酷暑。麻服。――作家会議スピーチ[1]の構想固まる。「ヴェルトビューネ」と「ターゲ＝ブーフ」の好論説。ランチのあとヨーゼフ・ヴェクスベルク[2]の中国の本を読む。お茶にミセス・シェンストン。そのあと、売値がサインによって上がるオリンピック商品を持参の紳士。自筆の礼状。Kと大きくなっていくジミ[3]と少し散歩。晩、バウムガルテンの『法律的方法論』を読み進める。

（1）「アメリカ作家連盟」の一九三九年六月二日に開かれた大会のためのスピーチ、『全集』第十三巻、八四三―八四九ページ。
（2）ボヘミア出身の文芸欄執筆者、旅行記記者ヨーゼフ・ヴ

ェクスベルク（一九〇七年生まれ）、一九三八年合衆国に亡命し、英語で書いて非常に成功した作者、あらゆる有力なアメリカの雑誌の寄稿者になった。四三年以降「ニューヨーカー」の常任寄稿家、四八年以降は外国通信員になった。その中国の本とは、『万里の長城。ある世界旅行の書』一九三七年刊。

（3）のちに轢かれた小型屋内犬、プードルのニーコの先輩。

プリンストン、三九年五月三十一日　水曜日

鬱陶しい暑さ。第七章を書き進める。ランチにチューリヒからファルケ夫妻[1]。午後エーリカ到着。一緒にアメリカ作家会議のスピーチをまとめる。夕食後、老人さながらのゲーオルク・マルティーン・リヒター[2]。非常に暖かい夜の時間を一緒に庭に座って過ごす。家に驚嘆。合衆国で生活し、中西部の大学に勤めるリヒターの計画。昔のミュンヒェン時代の奇妙な思い出。不思議な成り行き。——モロトフの演説[3]、西ヨーロッパに対して痛烈、「枢軸」への完璧な対立軸としての同盟に固執する。

（1）コンラート・ファルケ、「価値と尺度」の共同編集者。一九三七年三月十三日付日記の注（1）参照。

（2）トーマス・マンが一九〇一年以来親交を結んでいたミュンヒェンの美術史家、美術品収集家、美術品商ゲーオルク・マルティーン・リヒター（一八七五—一九四二）。リヒターは、その中に『ヴェルズングの血』（一九二一年）の私家本を含む何点かの私家本、豪華本を企画し資金を提供、トーマス・マンの末子ミヒァエル・マンの代父になった。トーマス・マンは——リヒターと全く同年だから「老人さながら」という言い方には奇妙な感じがあるが——リヒターを好ましく面白い友人と評価していて、第一次世界大戦後しばらくシュタルンベルク湖湖畔のフェルダフィングに夏別荘を共有していた。リヒターは三三年イタリアへ、三八年合衆国へ亡命した。リヒターは合衆国の生まれだった。

（3）一九三九年五月三十一日ソヴィエト最高会議を前にして行われたモロトフのソヴィエト外相としての最初の公開演説。

プリンストン、三九年六月一日　木曜日

暑さは幾分和らぐ。八時起床。並木道を散歩。コーヒーとオートミールの朝食をとり、第七章を少し書き進める。（パロディー）(1)。少し散歩。ランチのあと、エーリカ出発。ドイツ論文の件でのエーリカの手紙。午後、マイゼルと仕事。自筆でムージルその他についてオルデン宛て(2)に。冷え込んでくる中をなお少し体を動かす。社会民主党のドイツ報告の中の優れた注釈を読む。アルベルト・マルテ・ヴァーグナー(3)のゲーテとカーライルについての英語の論文。ゲエノ(4)がその「ある革命の日記」を送ってくる。——作家会議スピーチの翻訳。

（1）『ヴァイマルのロッテ』の第七章、皇帝の宮廷の場面の思いに続く段落、「パロディー……私はパロディーについて考えるのが一番好きだ」。『全集』第二巻、六七九—六八〇ページ。

（2）ルードルフ・オルデン宛て、プリンストンから、一九三九年六月一日付、『書簡集II』九六—九七ページ、所収。

（3）アルベルト・マルテ・ヴァーグナー（一八八六—一九六二）は、一九三四年イギリスに亡命、同年以来ロンドンのベドフォド・カレッジで講師、「尺度と価値」一九三八年十一月／十二月号第二冊に論説「ドイツの大学とドイツ文学研究」を公表した。そのゲーテとカーライルについての論説「ゲーテ、カーライル、ニーチェとドイツ中産階級」、「月刊ドイツ語授業」マディスン、ウィスコンシン大学、一九三九年、所収。

（4）フランスのエセイスト、ジャン・ゲエノ（一八九〇年生まれ）をトーマス・マンは一九二六年パリで直接邂逅して以来知っていた。ゲエノは、「ヌヴェル・ルヴュ・フランセイズ」一九三五年六月号のトーマス・マンの六十歳誕生日に寄せる祝辞の署名者の一人だった。

三九年六月二日　金曜日

朝、ニューヨーク、ベドフォドへ。エーリカ。フレンチ・ラインへ、そこから地下鉄で再入国証明書(1)の受領の道行き。ランチまでに戻る。エーリカ、キングドン教授(2)と食事。七時プラザ〔ホテル〕のミセス・マイアーのところに寄る。黄疸から快癒したランツホフのところへ。遅れてミセス・マイアーとその子供たちと一緒に夕食。ミセス・マイアーの夫。エーリカと話し合い。九時頃カーネギー・ホールのアメリカ作家の会合。演壇。挨拶、ベネシュ。十時、私の挨拶(3)。圧倒的な歓迎。アラゴン。ベネシュの演説。フィリピン作家(4)

の魅力的な容姿。十一時半ホテルに戻る。エーリカの部屋でビールと葉巻。

（1）まだ市民権を得ていない入国者が一時的にアメリカを離れようとする場合に必要だった当局による合衆国再入国許可。

（2）フランク・キングドン（一八九四年生まれ）、イギリス生まれで、帰化アメリカ人、元聖職者、のち大学教授、ラジオ解説者、一九三六年から四〇年ニューアーク大学の学長、「連合国援助によってアメリカを防衛する委員会」、「自由のための闘争委員会」の会長、アメリカ「緊急救助委員会」の指導的メンバーで共同設立者。これらすべての資格でキングドンは、トーマス・マンと、ヒトラーによって追われた人々に対する援助のためのトーマス・マンのあらゆる努力に密接に協力した。キングドンは一九四四年ローズヴェルト伝を、四五年にはヘンリ・ウォレスについての著書を刊行した。

（3）一九三九年五月三十日付日記の注（1）参照。

（4）はっきり特定出来たわけではない、おそらくはフィリピンの作家、政治家、外交官カルロス・P・ロムロ（一八九九—一九八五）のことであろう。ロムロは一九四九年国連総会議長に、その後ワシントン駐在フィリピン大使、六八年フィリピン外相になった。多数の政治、文学作品の筆者。

プリンストン、三九年六月三日　土曜日

きょう、ベドフォドで八時半起床。コーヒーと玉子。ホテル・コモドーレの女性公証人のところに出向く。エーリカとランツホフのところに寄る。十時半帰路につく。いつも通り乗換駅。大量の郵便。ベルマン（『ロッテ』の件、『魔の山』新版、随想集の件で）[1]、フィードラー、リオンの手紙。ランチのあと、家族とサロンで過ごす。午睡。お茶の際にマイゼル。序文のために私のトルストイ論からの抜粋。夕食にカーラー。クラウス出発。政治およびアメリカについて歓談。カーラーに夏のあいだの別れ。用心するようにとの警告。

（1）トーマス・マン宛て、ストックホルムから、一九三九年五月二十二日付、『往復書簡集』二二〇—二二二ページ、所収。

プリンストン、三九年六月四日　日曜日

八時十五分起床。雨、暗い。第七章を少し書き進める。疲労。正午、Kとガウス、セイヤー、モウム夫妻[1]邸に別れの訪問。この挨拶回りの際、スイスより先にスウェーデンに行ってもらいたいとの老夫妻の電報[2]が念頭からはなれなかった。非常に気に触る、憂鬱な打撃。エーリカとも、電話で協議。情勢を探るべく、オープレヒト宛てに電報。――メーディと三人でランチ。旅行準備を開始。書籍、原稿等々。お茶に小さい男の子[3]を連れてシェンストン夫妻、男の子にプレゼント。そのあとKを相手に、メーディについてのボルジェーゼの手紙に答える、ボルジェーゼ宛ての手紙の口述。たぶん婚約は近いことになろう。――三人で犬を連れて少し散歩。ドッズ宛て[4]に承諾の手紙をまとめる。

(1)　おそらくシャーリとエセル・モルガン夫妻。夫妻はプリンストン、ライブラリ・プレイスに住んでいた。
(2)　ミュンヒェンのプリングスハイム夫妻はスイスへの出国許可を取り付けようとしているところだったが、トーマス・マンとカトヤ夫人が夫妻をスイスで待ち受けているとなると、許可が最後の瞬間に取り消されはしないか、と危惧していた。そこで夫妻は、自分たちが確実に国境を越えてから初めてトーマス・マン夫妻はスイスに入るよう勧めた。すでにチューリヒにホテルの部屋を予約していたトーマス・マンは、これを受けて旅行計画を変更し、とりあえずオランダの海辺保養地ノールトウェイク・アーン・ゼーで「待機態勢」を取ることにした。
(3)　マイケル・シェンストン、シェンストン教授夫妻の息子。
(4)　ハロルド・B・ドッズ宛て、プリンストンから、一九三九年六月四日付、『書簡目録II』三九／二七八。

プリンストン、三九年六月五日　月曜日

八時半起床。晴天の暖かい一日。入浴し、並木道を散歩、お茶を飲み、このところ数日以上に興味を覚えながら仕事。それから肉体作業、ペンの洗滌、資料の取りまとめ、寝室で大きなトランクの荷造り。――Kは朝からお茶の時間まで書類の件で弁護士と散々苦労しながらニューアク、ニューヨーク。――メーディと二人だけでランチ。「ターゲ＝ブーフ」その他。新聞各紙や論文類に目を通す。お茶の際マイゼル博士と夫

人、二人は私たちの留守中この家に住んでくれる。Kが戻る。私たちの不確かな状況について早速検討し、初秋には重大な危機が予想されるので、私たちがおよそスイスに辿り着けるか、疑問に思う。スウェーデンというのは、仕事を視点において見た場合も最善であろう。夏のうちにも『ロッテ』を決定的に書き進められるよう、序文の作成を急ぐ気分になることを当てにする。――封じ込めについてのヒトラーとダラディエの演説。総統ヒトラーは一九一四年との比較をしてみせるが、それは、私たちがスイスにいれば、老人たちが解放されないというのと同様、ひどく愚かしい。すべて――世界を支配しようとする――同じ精神に根ざしている。――マイゼル夫妻に別れの挨拶。荷造りの継続。――夕食にゴーロが帰宅。クラウスがスピーチを行った作家大会についての報告。協会の名誉会長に私が選出されたという！　――デザートにモールト・ミルクを飲む。――『ロッテ』第六章の原稿を旅行に持っていく。どのトランクもぎゅうぎゅう詰め。

三九年六月六日　火曜日

私の六十四歳の誕生日。旅行に出発する日。朝六時半Kにおめでとうの声で起こされる。荷物をまとめあげて朝食。七時四十五分荷物を載せた二台の車（三人の黒人がその新しいリムジンで）、私たちはメーディの運転、で一時間半後にはニューヨーク港の「イル・ド・フランス」に辿り着く。荷物を下ろす。カロライン・ニュウトン。勝手知った船に上がる。Aデッキ、二九五船室、エーリカの船室と隣り合わせ。クラウス、ゴーロ、メーディ、クロプシュトック、グムペルト、画家某、インタヴューの新聞記者連、病気回復途中で同行するランツホフ、その他の客たち。花、プレゼント、ボンボン、葉巻、ニュウトン女史からのエレガントな鉛筆に喜びを覚える。先生からの万年筆。ただでさえ動転し混乱をきたしているのにエーリカに忘れ物のためにひどく叱られて、涙に暮れているメーディが可哀相になる。言葉をかけて元気付ける。書類のないクラウス[1]は出国しない。ゴーロははっきりしない。――混乱の中の別れ。見送り客の下船の際、音楽と騒音が喧しい。エーリカとランツホフの船室に寄る。十一時過ぎ出港。シャンパンとビスケット。手紙と電報。花を花瓶に分け入れる。一時、仮のテーブルでランチ。そのあとデッキで椅子に座る。まだ暖かい。ミセス・シェンストンが私の誕生日にプレゼントしてくれたハイネの『ロマン派(2)』の美しい初版本を読む。少しまどろむ。四時半サロンで三人でお茶。引き続き滞在地の相談。スイスに入る前の待機場所としてオランダの海浜保養地に気持ちが傾く。――シネマで、ジャズ音楽映画、退屈。――デッキを散歩。船室で少しトランクを空ける。ひげを剃る。八時決まった席でディナー。シャンパン。そのあと音楽を聞きながらハイネを読む。あとでランツホフとエーリカの部屋で過ごす。レコード音楽。クノップからの上等の葉巻。次第に時刻の変更。十一時頃非常に疲労を覚えて就寝。――この日記冊子はまだ私たちをアメリカに運ぶ船上で書き始められた。あの航海と今度の航海の間には、八ケ月以上におよぶ日々の反復があったのだ。

(1) クラウス・マンは旅行者ヴィザで合衆国にいて、正規の入国に必要な「第一次書類」を所持していなかった、これがなければクラウスは再入国許可を得ることが出来ず、したがってチェコスロヴァキア旅券だけで合衆国からの出国の危険を賭けるわけにはいかなかったのだ。

(2) ハインリヒ・ハイネ『ロマン派』、一八三六年。

「イル・ド・フランス」船上、三九年六月七日
水曜日

夜、非常に冷えてきた。二枚目のウールの掛け布団。八時半起床。入浴。非常に寒い。シロップ添えのパンケーキとお茶の朝食。そのあとトランクを空ける。非常に寒く、気分が悪い。灰色の空、軽い揺れ。食事前デッキチェアに横たわる。『ロマン派(1)』をだいぶ読む。ランチのあとトゥーリング・クラスで苦しんでいるデュ・ボのご婦人たちと過ごす。デッキ・チェアで午後の休息。お茶のあとシネマ。プリントしてあるリボンに飾られた日遅れの記念ディナー、祝いの献立、花にタルト。ロゼのシャンパン。多過ぎる。緊張し、無理をし、苛立ち、苦しむ。サロンでの優雅なダンスで憂鬱になる。ランツホフとエーリカの部屋で。レコード音楽。

（1） トゥーリスト・クラス、客船で一番安価な等級。

「イル・ド・フランス」、三九年六月八日
木曜日

長く眠る。気分悪く、身体がいうことをきかず、動きにくく、苦しい。あまり朝食を取らなかった。何度かベッドに戻る。船内新聞「ラトランティク」、英露交渉、保障を望まず、ドイツとの不可侵条約を締結するバルト諸国。――きょう一日大半をベッドで過ごす。だいぶうとうとする。ランチに出ず。デッキでクレーム・ドルジュ(1)。ディナーには起き出し、いくらか食べる。そのあとエーリカとランツホフを相手に音楽サロンで過ごす。ダンスのために照明が落とされるまで『アンナ・カレーニナ』を読む。――大気は柔らかく、風がある。幾分ローリング。雨。

（1） 大麦スープ。

「イル・ド・フランス」、三九年六月九日
金曜日

遅く寝付き、長い間眠る。晴天。唐檜のエセンスを入れた海水浴。お茶、玉子、カマンベール。――

――

「イル・ド・フランス」三九年六月十一日
日曜日

苦しい日々。深刻な神経抑鬱、涙が出、痛みを覚える。なかなか寝付かれない。食堂、給仕たち、トイレット、サロンに対する嫌悪感。船長主催ディナー、ある朗読会(1)への全員招待を断る。便秘。『大公殿下』への序文を書き進めようといろいろ努力するが、空しい結果に終わる。きのう書き物室で自筆の通信を、非常に熱中し、疲労を覚えながら二、三通。晩エーリカの要請に応じて、オープレヒトからの、報告はプリマスとル・アーヴルに届けてあるとの電信電報。チェコ＝スロヴァキア、クラースノーにおける警官殺害事件と報復措置。外国通信員に対する報道禁止。——あまり日差しはないが、平穏な航行。『アンナ・カレーニナ』をざっと読み通す。——到着はあしたの晩。パリとオランダに滞在することに決定。————やや好ましい体調。仕事は断念。食事前にKとランツホフとプロムナード・デッキとサン・デッキを散歩。スモモ付きのランチ。しばらくエーリとシネマをのぞく。特別つまらない映画コレクション。そのあとサン・デッキを散策。新しい万年筆にエーリカにインクを入れてもらう。——〔……〕船舶が視界に入ってくる。イギリス海岸の近く。ル・アーヴル到着はあすの晩八時、したがって私たちは非常に遅くパリに着くことになろう。——

「イル・ド・フランス」、三九年六月十二日
月曜日

きのうの晩、ワシントンのリプマン[1]夫妻（夫人は元アームストロング[2]夫人）とそのテーブルでディナー、そしていわゆるバーでコーヒー。そのあとエーリカの部屋に寄る。プリマスで下船し、回り道をしてアムステルダムに向かうランツホフと別れの挨拶。——夜、かなり揺れる。読書のあといつもより楽に寝つく。今はプリマス沖に静止状態。写真が運ばれてくる。その他、オープレヒトの報告とミュンヒェンに行っていたオープレヒトの女性弁護士の報告。イギリスにおける競売[3]の違法な操作、取り消しを恐れていても、出国はこの競売の終わるまでは許されない。加えて私たちがスイスに滞在していれば、「シュヴァルツェ・コーア」[4]その他のナチ新聞が『兄弟』を採録しているのでとくに、障りとなり得よう。八月までスイスに入らないでいる必要性。——荷造り。——

（1）『大公殿下』のアメリカ版新版（第三版）への序文、この新版は一九三九年秋ニューヨークのクノップ書店から刊行された。『全集』第十一巻、五七二―五七七ページ。

（1）ウォルター・リプマン（一八八九—一九七四）、非常に影響力の高かったアメリカの政治評論家、一九二一年から三一年まで「ニューヨーク・ワールド」の編集長、それ以来指導的な共和党系のコラムニスト、五一年まで「ニューヨーク・ヘラルド・トリビューン」のコラムニスト。その解説「きょうとあした」は「ニューヨーク・ワールド」の枠を越えて百紙におよぶアメリカ、ヨーロッパの新聞に掲載された。

（2）アメリカの政治評論家ハミルトン・フィシュ・アームストロング（一八九三年生まれ）、影響力の高い雑誌「フォーリン・アフェアーズ」の刊行人。

（3）プリングスハイム教授は、ルネサンス・マヨリカ陶器の極めて価値のある大コレクションを所蔵しており、これが教授の主要財産であった。出国許可を得ようと努力を重ねている過程で国民社会主義政府は、このコレクションをロンドンで競売に付するよう教授に強要し、これで得られた外貨の七五パーセントはドイツに送金されて国庫に入り、残余の二五パーセントはスイスのプリングスハイム夫妻が自由に出来るとされた。ドイツ政府とプリングスハイム教授との間のこの協定に基づいて老夫妻は競売という経済行為の完了後旅券を交付されスイスに亡命できることになった。競売はロンドンのサザビ競売会社で二部に分けて、一九三九年六月七日、八日と七月十九日、二十日に行われ、競売会社の説明によると、総計で一九、四九四ポンドというがっかりするほどの小額にしかならなかった。これは、当時の一ポンド＝一二ライヒス・マルクというマルク相場によれば、約二三四、〇〇〇ライヒスマルクであり、プリングスハイム側の取り分は、ゴーロ・マンが正確に想起しているように、約五八、五〇〇ライヒスマルクであり、コレクションの価値が数百万にも及ぶものであったことを考えると笑止千万の小額であった。戦争の不安に揺らいでいたヨーロッパであってみれば、そのような競売の時期としてこれ以上に不都合な時期はあり得なかったのだ。

（4）「ドイツ精神の英雄の相貌」——「根無し草の文士トーマス・マン」と「亡命のゴロツキ酒場の世界」に対する長文の論駁文、主として随想『兄弟』に対していきり立っているこの論駁文は「ダス・シュヴァルツェ・コーア」一九三九年五月四日号に掲載された。

パリ、三九年六月十三日　火曜日。
ホテル・アストリア

きのうは到着にあたっての緊張や興奮。ランチのあとデッキで読書。四時そこでお茶。そのあとKとエーリカと好天下のサン・デッキで過ごす。ついで荷造りを完了。船から写真を進呈され、葉書を書く。七時ディナー。チップ、締め括り。フランク宛て[1]に誕生日祝賀の電報。シネマ・サロンで旅券審査、文句を付けられなかった。離船。税関検査では待たされて苛々したが、順番になると私たちのたくさんの荷物はほとんど調べられなかった。ビービがロンドンからやって来る。車を待っていたのだが、私たちと定期列車に乗る。プルマン・カーで、トルストイを読む。路線職員の表敬。サイン帳を持参したこのサーヴィス係は音楽ファンで、一九三三年パリでの私の『ヴァーグナー』講演(2)を聴いており、自分の特別蔵書の写真を見せてくれた。──寒く。凍える。深夜パリ到着。二十一個の荷物。ビービに別れを告げる。屋根に荷物を詰めるタクシー。ホテル・スクリーブは満員。予約してあるエトワールのアストリアへ。ドイツ、イタリアに行く者はいないので、パリは超満員。──上等の部屋。凍える。次第に運ばれてくる荷物を分類。お茶。かなり惨めな気分。

ファノドルム半錠をのんで、九時半までぐっすり、たっぷり眠る。曇った、冷え冷えとした一日。気持ちのよい浴室。お茶と玉子の朝食。Kは領事館巡り。オープレヒト宛てに手紙を書き、ユージン・マイアーの小切手を同封する。十二時四十五分エーリカと徒歩でシャンゼリゼを少し散策。雨。比較的優雅なボヘミアン性格の小さいレストランへタクシー。驚くほどの客の入り。カウンターでアペリティーフを飲みながら待つ。Kがやって来たが、仕事は片付いていない。ハーグへ再照会。三人でフィルター・コーヒーつきの極上の料理。あす一日をなおこのパリで過ごす計画。三時にタクシーでホテルに向かうが、Kとエーリカは別れて他へ行く。──休息。K、オランダのヴィザ獲得の努力が失敗に終わったとの知らせを持って帰ってくる。屈辱的で腹立たしい。──ハインリヒの思いがけない電話、そして来訪。政治。ハインリヒは「ライフ」誌からのカラー写真(3)を額に入れさせていた！ エーリカが加わる。南フランスに滞在することにするかどうか検討する。アテネ座にジロドゥの『ウンディーネ』(4)の申し込み。ハインリヒと四人でシャンゼリゼの「ウンガリア」へ食事に行く。かなりひどい。そこから劇場へ。舞台隣接の仕切り席でのこの晩は完全な失敗。宿でエーリカと状況についての検討を進める。

(1) 一九三九年六月十三日のブルーノ・フランクの五十二歳の誕生日。
(2) トーマス・マンが一九三三年二月十八日パリで行った講演『リヒアルト・ヴァーグナーの苦悩と偉大』。
(3) 「ライフ」の一九三九年四月十七日号にマークウィス・チャイルズの記事を添えて掲載されたトーマス・マンの大判のカラー写真。

（4）　フリードリヒ・ド・ラ・モット・フケの短篇小説に基づくジャン・ジロドゥの戯曲『オンディーヌ Ondine』、一九三九年パリ、アテネ座で初演。〔訳注〕ウンディーネ Undine はドイツ語表記。

パリ、三九年六月十四日　水曜日

寒さは依然、続く。粉薬[1]で熟睡。不機嫌は遠のいたような状態。タブイ女史に面会を申し込んだところ、よりによって四時を指定される。オランダ公使館[2]は？　Kは私に対する変な影響があるのを恐れてカシスや南国に反対している。ハインリヒの電話。タブイ女史の電話。オランダ公使の電話。――カロライン・ニュートン宛[3]て、フィードラー宛て[4]に手紙。正午公使を訪問。そのあとアネッテ・コルプのところへ食事に出掛ける。シャンパンとコーヒー。女史のソファーでバーゼルの「ナツィオナール＝ツァイトゥング」を読み（プリンストンについての記事[5]）、寝込む。Kとタブイ女史のところに出向くが、行き違いになる。宿でお茶、フレドリク・プロウコシュ宛てに、その「アジア人」について手紙。マドモアゼル・セルヴィサン来訪。Kとエーリとホテル・サンターヌへ。ハインリヒとロビーで。それからフランス座向かいの気持ちの良いレストランへ食事に出掛ける。そこでおよそ十時頃まで一緒に過ごす。だいぶ苦しく悲しみを覚える。さしあたりハインリヒに心からの別れの挨拶[6]。エーリカはハインリヒに感動する。――国境で助けになるようにと、公使の推薦状。ベルギー側が好意的に対応してくれるかどうか疑わしい。――

（1）　あの頃非常に有名だったフランスの女性政治ジャーナリスト、外交関係通信員ジュヌヴィエーヴ・タブイ（一八九二年生まれ）、画家レケネの娘、非常な情報通と目され、その口にするところはほとんど託宣だとの評判を得ていた。女史は急進社会党とエドワール・エリオを囲む知的サークルに近かったが、あらゆる方向の政治的サロンに出入りし、ほとんどパリの全新聞に寄稿していた。

（2）　トゥロンに近い南フランス海岸の海水浴場のある小さな町、トーマス・マンは一九三三年以来知っていた。

（3）　カロライン・ニュウトン宛て、パリから、一九三九年六月十四日付、『カロライン・ニュウトン宛てトーマス・マンの手紙』プリンストン、一九七一年、一二―一三ページ、所収。

（4）クーノ・フィードラー宛て、パリから、一九三九年六月十四日付、『書簡目録II』三九／二八七。
（5）「プリンストンのトーマス・マンを訪ねて」（W・J・の署名）、「ナツィオナール＝ツァイトゥング」バーゼル、一九三九年六月十二日号、所収。
（6）パリからノールトウェイクへの旅にはオランダの滞在ヴィザとベルギーの通過ヴィザが必要とされた。トーマス・マンとカトヤ夫人はなおチェコスロヴァキア旅券を所持していたが、その持続的有効性はチェコスロヴァキアの壊滅後は怪しく思われた。この旅券を承認し、入国を許すか否かは、オランダおよびベルギーの国境当局の裁量にかかっていた。

ノールトウェイク、フイス・テル・デウィン、三九年六月十六日　金曜日

きのう木曜日、パリで、一人で朝食をとり、荷物と身繕いに没頭しているうちにKが上々の首尾で、ベルギー領事館から戻ってきた。十時半頃エーリカと二台のタクシーで「アストリア」を出発。駅では荷物の個数が多いのと、領事館との電話が長引いたために荷物の処理がごたつく。プルマン・カー、気持ちのよい部屋。十二時半にランチ。始めから通してずっとフランス、ベルギー、オランダ側の検査と押印。しかし推薦状と国境への通報が完璧な効き目を見せた。旅券はすんなりと通り、荷物検査はする気がなかった。車掌はびっくりした目で見ていた。五時頃お茶。「ターゲ＝ブーフ」を読む。列車のオランダ進入の様子を眺める。非常に暑い。エーリカと条約の遅延に対するイギリスとロシアの責任についてだいぶ論じ合う。双方に善意が不足している。世界には十五人から十六人の資本主義の大悪党がいて、すべてはその連中の意のままに動いているのだ。——ハーグに五時半。ふたたび二台のタクシー、この宿まで美しい森の中の道路を走行。フロントの受付子。四階の部屋、かなり瀟洒、手頃な長期宿泊料金。一生懸命にトランクを空ける。遅く、八時半に円形天井の人気のない食堂でディナー。スイス人のウェートレス。そのあとサロンのダンス楽団のかたわらでコーヒー。二種類の薬でやっと寝入る。プリンストンの書き物机の鍵をなくしたし、チューリヒの医師たち（耳、歯、ペディキュア？）に会えないこと、その他で興奮し、気が滅入る。赤いカプセルをのんだあとに眠り。

きょうは疲労。遅く起床。非常に柔らかな晴天。朝食後海浜を少し散策。ランチのあと水浴場でドイツふう喫茶店の店先で過ごす。すでにきのうの晩から気付いていたように、ここのコーヒーは高過ぎる。ホテルでのドルの両替にあたっても、同じように搾取。葉巻と紙巻き煙草を購入。ベルマン宛てにはがき[1]、『魔の山』の新版の序文に役立てるはずの『魔の山』講演のドイツ語原稿に必要な『略伝』の件でヘルツ女史宛て[2]の口述。――ランツホフとその心理的看護人エーリカとの長電話。酒飲みロート[3]の死は直接トラーの自殺に影響されてのことだったといわれている。――ベッドで少し眠る。そのあと海の上の大きなテラスで三人でお茶。Kと浜辺の散歩。そのあと少し椅子に座って日光浴。ミセス・シェンストン宛て[4]に手紙。八時頃ディナー。そのあとサロンで、「受動的抵抗」についてのラウシュニングの論説[5]が掲載されている「尺度と価値」の新しい冊子を読む。カミツレ茶、よく効く。

(1) ゴットフリート・ベルマン・フィッシャー宛て、ノールトウェイクから、一九三九年六月十六日付、『往復書簡集』には収録されていない、『書簡目録II』三九／二八九。

(2) イーダ・ヘルツ宛て、ノールトウェイクから、一九三九年六月十六日付、『書簡目録II』三九／二九〇。『略伝』（一九三〇年）、『全集』第十一巻、九八―一四四ページ、は「ノイエ・ルントシャウ」一九三〇年六月号に初めて発表された。トーマス・マンは、ゴットフリート・ベルマン・フィッシャーが『魔の山』新版の序文として使おうとしたプリンストンの『魔の山』講演に『略伝』の一部を利用したが、ドイツ語原文が手元になかったので英語原文から利用した。トーマス・マンはイーダ・ヘルツにそのコレクションの中からドイツ語原文を送るよう頼んだのである。

(3) 作家ヨーゼフ・ロートは一九三九年五月二十七日パリで死去した。その近しい友人たちの一致した証言によると、一九三九年五月二十二日のエルンスト・トラーの死はただでさえ死の病に取りつかれていた重症のアルコール中毒患者ロートにとって決定的な打撃だった。ロートは一九三九年五月二十三日、このニュースを喫茶店の新聞で読むと卒倒し、それから四日後ネケル病院において譫言を口にしながら他界した。

(4) モリ・シェンストン宛て、ノールトウェイクから一九三九年六月十六日付、『書簡集II』九七―九八ページ、所収。

(5) ヘルマン・ラウシュニング「受動的抵抗。暴力の独裁に対する戦いにおける革命的な武器についての注釈」、「尺度と価値」一九三九年第六冊、七月／八月号、所収。

ノールトウェイク、三九年六月十七日　土曜日

落ち着いた夜が明けて八時半起床。晴天だが、非常に涼しい天候。『大公殿下』について書こうと試みるが、引き続いての機能不全状態。正午散髪に行く。食後、椅子に座って日光を浴びながらコーヒー。お茶にランツホフ到着。Kと買い物（ビーチガウン、軽いスポーツ帽）。浜辺を四人で散歩。エーリカの希望でランツホフの心のために力づけの言葉[1]……四人でディナー、社交ホールで寛ぐ。小冊子の件でラウシュニングの丁重な手紙。早めに上に上がる。

（1）一九三九年五月十四日付日記の注（1）参照。

ノールトウェイク、三九年六月十八日　日曜日

昨夜、興奮、激しい悲しみ、涙。赤いカプセルで遅くに寝付く。早くに起床、晴天。籠型ビーチチェアで『大公殿下』への序文を鉛筆で、気持ち良く、書き進める。軽い葉巻。あとで浜辺を少し散歩。ランチのあとテラスの椅子でコーヒー。大勢の日曜日の行楽客、その中にはドイツ人工場経営者たち。バルコニーで「尺度と価値」の中のブレヒト[1]についての批判、その他を読む。この雑誌に満足を覚える。オープレヒトからゴーロの入国障害と編集の問題[2]について手紙。七十五歳のリヒアルト・シュトラウスがその最新のオペラのヴィーンにおける祝祭上演の翌日、この公演の観劇に飛来したヒトラーとランチを共にしたというランツホフの報告にうなされる。——階下でお茶、そのあとオープレヒト、ラウシュニング、フリンカーの件でセルヴィサン女史、その他宛てに口述。浜辺を散歩。ディナーのためにタキシード着用。晩ホールでジャズ音楽を聞きながらカイザーの長篇小説[3]を原稿で読み始める。タネンベルクの会戦。——気候の影響で、疲労困憊。

（1）「尺度と価値」一九三九年第六冊、七月／八月号にベルト・ブレヒトの『第三帝国の恐怖と悲惨』から「山上の垂訓」が掲載された。同じ第六冊には無署名であるが、ヴァルター・ベンヤミーンの手になる論説「叙事演劇とは何

か」（ブレヒトの叙事演劇について）と同じく無署名であるが、おそらくフェルディナント・リオンの手になると思われる批判的論説「ブレヒト演劇の限界」が掲載されていた。トーマス・マンはおそらく後者のことを考えていたのだろう。

（2）一九三九年六月十日ヒトラー臨席のもとヴィーンで行われたオペラ『平和の日』のオーストリア初演。指揮者はクレメンス・クラウス。この機会におけるヒトラーとのランチについては裏付けがない。しかしシュトラウスは一九三九年六月十一日（シュトラウスの七十五歳の誕生日）にゲッベルスとホテル・イムペリアルで朝食を共にし、この機会に、（シュテファン・ツヴァイク宛ての手紙の押収を端緒とした）シュトラウスの全国音楽院総裁解任後の一種の和解が行われた。おそらくゲッベルスがヒトラーと取り違えられたのだろう。

（3）おそらく、一九四〇年アムステルダムのクウェーリードー書店から刊行された劇作家ゲーオルク・カイザー（一八七八―一九四五）の長篇小説『ヴィラ・アウレア』のことであろう。カイザーはスイスに亡命していた。「尺度と価値」一九三九年第三冊、一月／二月号はカイザーの六十歳の誕生日にあたり編集部の高い評価を載せ、その新しい戯曲『トゥルーズの庭師』の第一幕を掲載した。

ノールトウェイク、三九年六月十九日　月曜日

きのうの晩はむしろ直ぐに赤いカプセルをのんだ。高山地帯のような気候の作用。きょう、空は灰色、寒く、雨模様。部屋に釘付け。Kはロジアで手紙をタイプしている。

ノールトウェイク、三九年六月二十日　火曜日

八時に起きて籠型ビーチチェアで『大公殿下』の序文を書き進める。ここで利用できる車が、食後に運ばれてくる。大量の各国からの郵便、ドアマンが切手をねだる。遅れ馳せの〔誕生日〕祝賀状。ハインリヒの誕生日祝賀状(1)。「トーマス・マンのゲーテへの道」の原稿(2)。ベルマン(3)、ヘルツ女史、アメリカーナ、ミュンツェンベルク、政治関係。――ここの気候は非常に身体に触る。仕事の能力が制約される。

(1) トーマス・マン宛て、ニースから、一九三九年五月二十五日付、『往復書簡集』一八四―一八六ページ、所収。
(2) ハインリヒ・マールベルク Mahlberg「トーマス・マンのゲーテへの道」タイプ印刷五十六ページ、未刊。マールベルクはトーマス・マンについて数点他の論文を発表している。トーマス・マンはマールベルクを誤って Marlberg と書いている。
(3) トーマス・マン宛て、ストックホルムから、一九三九年六月十三日付、『往復書簡集』二二五―二二六ページ、所収。

ノールトウェイク、三九年六月二十二日　木曜日

理想的な天候。籠型ビーチチェアで仕事。バイドラー、ブリュル、チューリヒの若いモチャンからの誕生日の祝賀状。礼状を書く。『魔の山』講演の原稿、疑念が残るが、ベルマン宛てに[1]。交換に新しい車。眠りが浅い、重症の便秘。朝コーヒー。第七章の最初の部分を午後にアムステルダムの浄書してくれる女性に渡す。

(1) ゴットフリート・ベルマン・フィッシャー宛て、ノールトウェイクから、一九三九年六月二十一日付、『往復書簡集』二二七ページ、所収。

ノールトウェイク・アーン・ゼー、三九年六月二十三日　金曜日

靄がかった穏やかな一日。八時半に起床、朝食にコーヒー、籠型ビーチチェアで仕事。『大公殿下』の序文を六枚で書き上げる。食後長い間テラスの椅子で過ごす。キティの出産のくだり[1]を読む。午後ランツホフが女友達とランダウアー[2]を連れてくる。お茶のあと浜辺を散歩。マツケッティ女史宛ての手紙[3]や礼状を書く。晩、序文を朗読。

(1) トルストイの『アンナ・カレーニナ』第七部第十四、十五章、ここでキティ・レヴィンが男の子を出産する。

(2) ヴァルター・ランダウアー(一九〇二―一九四四)、ベルリンのキーペンホイアー書店におけるフリッツ・ランツホフの友人で元共同出資者、一九三三年以来アムステルダムの二番目に大きいドイツ語亡命出版社アレルト・デ・ランゲ書店を経営した。ランダウアーはドイツ軍のオランダ占領の際にフランスへの逃亡を試みて、ドイツ軍の手に落ち、ベルゲン゠ベルゼン強制収容所において落命した。

(3) ラヴィーニア・マツケッティ宛て、ノールトウェイクから、一九三九年六月二十三日付、『書簡目録II』三九/二九五。

ノールトウェイク、三九年六月二十四日
土曜日

湿度の高い、冷え込む天候。浜辺では仕事をせず。シェンストン女史宛ての手紙を書き上げ、トルストイ序文のためのメモを拵える。マリーエンバート水で便通。正午Kと海辺を散歩。ガリマールの冊子『来るべき勝利』[(1)]が届く。午後ランツホフとその小柄な女友達とレイデへ車で遠出、魅力溢れる喫茶店「ブーヘンホーフ」。比較的温かいソックスを買う。イギリスに対するドイツ・ジャーナリズムの度の過ぎた攻撃的言辞。アングロサクソン諸国を前に日本軍の部分的後退、しかし封鎖の継続、青島における緊張。ロシア協定の依然たる引き延ばし。それに反してフランス゠トルコ条約の締結。ドイツでは青少年の休暇はなく、兵士たちの長期休暇はない。国内向けにはしかしながら「総統の天才は戦争をせずにあらゆることを達成するだろう」との合言葉が物を言っている。戦争の客観的蓋然性は、論理的に考慮すれば、たしかに高まってきている。私たちとの関連でこの問題を討議することが多くなる。

(1) 『来るべきデモクラシーの勝利』一九三八年ミュンヒェンの平和をうけて、合衆国で行われた講演。ライナー・ビーメル訳。ガリマール書店、パリ 一九三九年刊。

ノールトウェイク、三九年六月二十五日
日曜日

寒いが、太陽は顔をよくのぞかせる。十時浜に出る、高潮がビーチチェアまで届く。興奮を覚え、寒さに震える。テラスの椅子に座って『アンナ・カレーニナ』序文に、ほとんど食事時間まで取り組む。小柄な女性と浜辺を散歩。泡が目につく。食後『アンナ・カレーニナ』を読了。午後大勢の行楽客、隙間のない駐車場。五人でヴァールモントへドライヴ。素晴らしい庭園レストラン、豪華なお茶のテーブル。ランツホフと小柄な女性をレイデに送り、二人に別れを告げる。——労働者たちを前にしてのゲッベルスの演説、悪党。——『ショーペンハウアー』と『ヨーロッパに告ぐ！』をロンドンの従姉妹たちに献呈。ル・アーヴル＝パリ間プルマン・カーのムシュウ・コモーン(1)に「尺度と価値」の『ヴァーグナー』講演を送る。

（1）手稿にCommaunとある。おそらくは書き誤りであろう。

ノールトウェイク、三九年六月二十六日
月曜日

相変わらず非常に冷える、しかしおおむね日差しがある。スイス、その他の地域からひどい悪天候が報じられている。——ビーチチェアでトルストイ序文を書きはじめる。正午、ブリュセルからペーター・プリングスハイム夫妻が到着。二人とランチ、テラスの日向でコーヒー。メニンガー(1)の『己れに背く者』(2)を少し読む。ブルーノ・フランク宛てに手紙を書く。休息せず。ペーター夫妻とレイデのベーケンホーフへお茶を飲みに行く。市内で買い物。『大公殿下』への序文の浄書を校正して、クノップ宛てに発送。ディナーの際に非常にきれいな日没。

（1）アメリカの精神病医カール・オーガスト・メニンガー（一八九三年生まれ）、カンザス州トピーカのメニンガー神経精神科病院の創立者で、アメリカ精神分析学協会で指導的役割を演じる。その著書『己れに背く者』は一九三八年に刊行された。

(2) エーリカ・マンのブルーノ・フランク宛て手紙の裏面一杯に書かれた、トーマス・マンの付記、日付は、ノールトウェイク、一九三九年六月二十六日となっている。原文はリーゼル・フランク＝ルスティヒの遺品中にある。

ノールトウェイク、三九年六月二十七日　火曜日

引き続いて寒い。八時起床。朝食盆を抱えた給仕が災難を引き起こす。朝便の手紙、リオンの手紙が混じっており、これに直ぐ警告の返事を書く。ついでビーチチェアに座ってトルストイ序文を書き進めてみる。ペーター夫妻とランチ。テラスでコーヒー。バルコニーで「ターゲ＝ブーフ」を読む。「封鎖作戦」の歴史。(1) お茶に車でワールモントへ出掛ける。豪勢な一グルデンのお茶のセット。美しい庭。帰途、買い物。ディナーのあと、バルコニーに座って葉巻を燻らせる。凪で落ち着いた海。バイドラーからイギリスにおけるヴァーグナーの影響についての論説。(2)

(1) フーゴ・ビーラー「封鎖作戦の歴史」、「ダス・ノイエ・ターゲ＝ブーフ」一九三九年六月二十四日号、六一四―六一八ページ。

(2) フランツ・W・バイドラーの「イギリスにおけるリヒァルト・ヴァーグナーの影響」は「新チューリヒ新聞」一九三九年五月十四日／十五日号、所収。

ノールトウェイク、三九年六月二十八日　水曜日

穏やかで静か、風があり、寒さが増し、変わりやすい天候。八時半起床。苛立ち、頭が重く、興奮を覚え、疲労を感じる。まずここにやって来たのは間違いだった。帯状疱疹さえ出たくらいのプリンストンで様々な困難を経験したというのに、ここでこのように適応が要求されるとは！　――ビーチチェアで仕事をしたがほとんど徒労に終わる。目の奥あたりに頭痛を覚える。浜辺を散歩。食後コーヒーを飲まず。バルコニーでス

ティーヴンスン(1)を読む。休息しなかった。ペーター夫妻と「オーランイェ」でお茶。そのあと少し散歩。カーラー宛てに自筆の手紙(2)を書きはじめる。——晩、客人たちのために、「アデーレ」(3)の章の最初の部分を朗読。

（1） スコットランドの小説家、叙情詩人、エッセイスト、ロバト・ルイス・スティーヴンスン（一八五〇—一八九四）はその長篇小説『宝島』、『ジキル博士とハイド氏』、『バラントレイの若殿』や珠玉ともいうべき短篇小説によって有名。トーマス・マンの遺品の中にはマルグリート、クルト・テージング編、ミュンヒェン、一九二四年—二六年刊の十二巻本『全集』のうち七巻がある。トーマス・マンが触れている巻は「嘘の物語とその他の短篇」と題されたもので『瓶の小鬼』と『オーララ Olalla』（トーマス・マンは誤って「オーマラ Omalla」と書いている）二つの物語を収めている。

（2） エーリヒ・フォン・カーラー宛て、ノールトウェイクから、一九三九年六月二十八日付、「トーマス・マン協会報」一九七〇年、一〇号、八—一〇ページ、所収。

（3） 『ヴァイマルのロッテ』の第四章。

ノールトウェイク、三九年六月二十九日 木曜日

二度目になるが、苦味泉水で通じをつける。お茶の朝食。仕事を断念して、書き物机でカーラー宛ての手紙を書きおえる。空は青いのに激しい強風。ランチのあと、テラスで風除けをつけた椅子に座ってスティーヴンスンの『瓶の小鬼』(1)を読む。ペーター・プリングスハイム夫妻に別れを告げる。お茶にメノー・テル・ブラーク。ブラークとハーグ訪問を取り決める。Kとホテルの砂丘林の中を散策。またエーリカと三人でディナー。あす私たちはエーリカに同行してアムステルダムに行き、晩私たちだけここに戻ってくる……オープレヒトとベルマンが来月初め訪ねてくると連絡。

（1） 『瓶の小鬼』はロバト・ルイス・スティーヴンスンの小説（一八九三年刊）、ドイツ語訳一九二五年刊。一九三九年六月二十八日付日記の注（1）参照。

ノールトウェイク、三九年六月三十日　金曜日

八時半頃起床。リオンからの手紙（第七章を第三巻、第一冊に掲載）とベルマンからの手紙（『魔の山』序文に対する喝采[1]）。マイアー女史宛ての手紙[2]を少し書き進める。十時半と十一時の間にエーリカの荷物を車に積み込み、一緒にアムステルダムへ向かう。市立美術館に行き、Kと私が見学している間に、エーリカがアムステル＝ホテルに部屋を取る。ヴァン・ゴッホ・コレクション、感銘深い概観。薄墨を流したような色調の初期、光の奔出。狂気をうかがわせる自画像、目に浮かぶ悪意。濃紺の空と烏の舞う穀物畑の情熱的な絵。有名な「黄色の部屋」は私に何も語りかけてこない。――ホテル・レストラン・ユーロップへ行き、ランツホフを加えて四人でランチ。そこからエーリカの部屋に行き、そのベッドで休息。五時河畔のホテル・テラスでエーリカとお茶。バーゼルを思い出させられる。ドイツの自己包囲についてのロード・ハリファクスのびっくりするほど直截、犀利な演説を載せた「デイリ・テレグラフ」。厚かましい軍事力増強が行われているダンツィヒの緊張の高まり。戦争が間近に迫ってきている現状からして、私たちとしては引き揚げるべきではないかについて。そうなればエーリカは私たちと行をともにすることになろう。――六時過ぎ車のところに行く（第七章の前半の浄書を持って）。Kにフォードの引き渡し。ここにランツホフが加わる。苦しみと悲しみを胸にエーリカとの別れ。エーリカの手を私の頰に押しつけ、その手に口づけをする。――Kと出発。非常に神経に昂りを覚え、別れに心を揺るがされて、自転車の混雑にぶつかってなかなか町からの出口が見つからない。レイデからノールトウェイクへのハイ・ウェイと街道。当地到着は、二人だけで七時半。エーリカの部屋はもう元通りになっていた。風は止んでいる。着替えて、私たちは八時に二人でディナー。その間にエーリカが電話をしてきたが、その前何度か、私たちはいない、と伝えられていた。「ターゲ＝ブーフ」の中の、ヒトラーの精神状態の臨床診断についてのドイツ側の報道を要約している。ラウシュニングの論説についての報告だったが、

（1）トーマス・マン宛て、ダーラレーから、一九三九年六月二十八日付、『往復書簡集』二二七―二二八ページ、所収。
（2）アグニス・E・マイアー宛て、ノールトウェイクから、

一九三九年六月二十九日付、『書簡集II』一〇〇―一〇二ページ、所収。

ノールトウェイク、三九年七月一日　土曜日

新しい月に入ったが、むしろ哀しい。八時起床、湿度高く暗い天候、やがて強風が出る。私は部屋で、トルストイ序文の仕事に気が進まなかったので、マイアー女史宛ての両親についての手紙を書き上げ、一日中気が重くびくびくしていた。ガラス窓で囲まれたヴェランダでコーヒー。ファシズムと共産主義についてのアメリカでの発言に基づいてのチューリヒの共産党員通信員の攻撃を機縁とする「ターゲ＝ブーフ」の気に入らない記事。(1) これについては「ディ・ツークンフト」や「ノイアー・フォアヴェルツ」でも同様な扱い。元はと言えば、「タイムズ」や「ヘラルド・トリビューン」による歪曲が原因なのだ。――町でお茶。そのあと散歩、午前と同じように、浜辺の短い散歩。そのあと手紙を口述、かなりたっぷり。ディナーに黒を着る。そのあとエーリカの電話、きのうここで写真撮影をし、インタヴュー記事を捏造したアムステルダムの労働者新聞記者の事件。訂正の要あり。――政治的興奮をうかがわせる夕刊諸新聞。ダンツィヒは一触即発、日英関係は枢軸側の影響を受けて、どうやらまた先鋭化しているらしい。

(1)「ダス・ノイエ・ターゲ＝ブーフ」一九三九年二七号に「この闘士たち」という表題で無署名の反スターリン主義的反駁文が掲載されたが、これは、スターリン主義的共産主義者たちから投げかけられた反スターリン主義との非難からトーマス・マンを擁護するものであった。トーマス・マンがしばらく一種の隠れスターリン主義に信をおいていたというのは正しい、しかしトーマス・マンはこの錯誤にとうに気付いていた、そしていまやチューリヒの、共産主義的「ルントシャウ通信社」（ルーナ）の側からしっぺ返しが行われ、同社はトーマス・マンを「反動的無学者」と呼ぶ、誹謗記事を配布した。この記事の元になったのは、ジニーヴァのホウバート・カレッジにおけるトーマス・マンの講演についての「ニューヨーク・タイムズ」の報道で、国民社会主義の成功は主として、それが共産主義に対する砦であるという「フィクション」によるが、実際は「国民社会主義はボルシェヴィズムの一部以外のなにものでもない」と語ったとされている。トーマス・マンはファシスト的いかさま師だと「ルーナ」は決めつけている。

ノールトウェイク、三九年七月二日　日曜日

八時起床。風が強く、寒い。時折青空がのぞき、海は非常に濁って茶褐色を呈しているが、ヨードを含んでいるといわれる。――『大公殿下』序文をクノップ宛てに送る。浜辺で。ビーチチェアに代えて小屋にしたところ、この中では動きが取れる。序文にとりかかり、ついに、これまで書いてきた分は、叙情的・叙事的・海洋的なものが欠けているように思われたので、破棄することを決めた。しかしだからといって不機嫌というわけではない。気候に適応する最大難関を克服したという感じで、健康になったような思い。正午浜辺を散策。ランチのあと、風があるのでガラスで囲まれたヴェランダでコーヒー。「ナツィオナール＝ツァイトゥング」を読み、ステイーヴンスン[1]選集の一巻を読みおえる。極めて重要な作品『オーマラ』、ポウを思わせる。町でお茶。そのあと散歩。宿でホトヴォニイ（パリ）宛て、ブリュル（ビェルスコ）宛ての手紙を口述、『アンナ・カレーニナ』の下線を付けた部分を記録。晩、非常に暑く、疲労。

（1）一九三九年六月二十八日付日記の注（1）参照。

ノールトウェイク、三九年七月二日[1]　日曜日

八時半起床。風は吹きやまぬ。〔……〕食事前三十分浜辺を散策。ランチのあとガラス・ヴェランダでキプリング[2]『消えた光』を読む。午後まったく休息出来なかった。非常に陰鬱な気分、苛立ちを覚え、意気消沈。序文のことで苦痛を覚え、途方に暮れる。『ロッテ』完結のことで憂慮。第七章が硬直化し動きが取れないという意識。Kとレイデへ車を走らせ、タータンチェックの膝掛けとヴェルモット一瓶を購入。苛立ち、不機嫌になり、何事に対してもかっとなる。宿でオープレヒトとの面談についてのリオンの手紙。雑誌の問題を孕んだ状況と、オープレヒトの業務執行の不透明

さ。ヒトラーと、破廉恥に書きまくるゲッベルスに対する西側諸国の真剣に警告する態度についての報道を載せたスイスの新聞。Kと第七章の数枚を校合する。ディナーのおり、Kは私の鬱状態をみて、もうこれ以上車を借りているのは止め、今年のアメリカ講演旅行はキャンセルすることを提案する。まあ、それもよかろう。——風が静まる。天候はどうやら夏らしくなろうとしている。

(1)〔訳註〕これは、トーマス・マンの誤記であろうか、それとも誤植であろうか。原注は、これについて何の言及もなく、この日の日付を七月三日として処理している。

(2) ラディアド・キプリング(一八六五—一九三六)、重要なイギリスの、インド体験の刻印を帯びた叙情詩人で小説家、その二冊の『ジャングルブック』、長篇小説『キム』によって有名になる。長篇小説『消えた光』は一八九一年に刊行され、すでに一八九四年にドイツ語訳された。

ノールトウェイク、三九年七月四日　火曜日

突然夏の暑さの訪れ。〔……〕最初は部屋で、ついで浜辺の小屋で、トルストイ論説を書き進める。体調は良くなる。食後コーヒーはなしにする。バルコニーでキプリングを読む。誇張された男らしさ、しかし魅力的な物語。アムステルダムのジャーナリストのことでランツホフの電話、お茶のあとにこのジャーナリストたちがやってくる。カメラマンをともなった「テレグラフ」と「ハンデルスブラット」の連中である。テラス、浜辺、ホールで一緒に過ごす。七時過ぎまで詳細にわたる談話。そのあとKと浜辺を少し散策。遅い太陽の異常な暑熱。九時(夏時間で)非常に暑い。ヒトラーが民主主義諸国の決意を納得した兆候。ダンツィヒでの幾分かの減速、しかし「評議会」の徴募法、ポーランドの新たな威嚇。

ノールトウェイク、三九年七月五日　水曜日

きのうの晩、エーリカの電話、ナチ高級幹部の仲介者を通じての情報では、戦争は、将軍たちの同意を得

て八月初めと決定をみている事項だという。疑念は残るが、ともあれアメリカ船の船室を八月初旬予定で予約することを決める。――きょうは夏らしい天候。八時起床、午前中小屋でトルストイを書き進める。正午公営プールから出て、初めて短時間、身体にこたえる冷たさの海水浴をする。ランチにアムステルダムからクウェーリドー(1)が、女性社員(2)とランツホフと連れ立って来る。これに突然加わったエーリカと状況を検討する。食後テラスで過ごす。第七章の後の方の原稿をランツホフに。今晩パリへ向かうエーリカと、またの別れ。オープレヒトから手紙、ゴーロがこの月の終わりの来着を最終的に伝えてきているという。リオン問題。ゴーロがチューリヒに来ることの正しさとその考えられる諸結果ゆえの騒動。この状況について縷々考える。――町でお茶、そして少し散歩。手紙の口述と葉書の通信。インタヴュー記事の載ったオランダの新聞。――ディナーのあと現在屋外にいる。夕べの飲み物にビール。

(1) オランダの出版人エマヌエル・クウェーリドー（一八七一―一九四三）、一九三三年夏にその大出版社にドイツ部門を併設し、その経営をフリッツ・ランツホフに委ねて、最初の大きなドイツ亡命出版社を創設した。ドイツ軍の占領とともに地下に潜ったが、四三年発見され、ゲスターポに逮捕されて、ドイツへ拉致され、殺害された。

(2) アリーセ・ナフェイス＝フォン・オイゲーン（一八九四―一九六七）、フリッツ・ランツホフとともにクウェーリドー書店ドイツ部門の経営にあたった。『詐欺師フェーリクス・クルルの告白』をオランダ語に訳したが、この翻訳は一九五五年クウェーリドー書店から刊行された。

ノールトウェイク、三九年七月六日　木曜日

私たちがプリンストンを出発して以来一ヵ月。――八時起床。お茶と玉子。涼しくなり、風があり、晴れたり曇ったり。小屋でトルストイを書き進める。すでに時間的余裕を節約することが必要になってきている。食後ガラス・ヴェランダでコーヒー。ケラーの『寓詩物語』(1)を読む。テラスの椅子で日光を浴び、風を受けながら快適に休息。町でお茶、Kとハールレム方向の「ヴォールホウト」へ一時間ドライヴ。――アムステルダムからベルマンの電話、土曜日に来訪とのこと。

——数通の通信を口述、ひげを剃る。ディナーのあと、大気が穏やかで心地よかったので、バルコニーに座って過ごす。受けた痛手の故にポーランドに対するヒトラーの憤激、ロシアに対する諸提案、これは、危惧されているように、モスクワ＝ロンドン間交渉の不気味な延引と関わりがある。ポーランドに対する一撃、確実な緒戦の勝利、それから大々的な和平提案といった筋書が推定される。大いにありそうなことだがヒトラーは、ミュンヒェンの後押しをしている列強を当てにしているのかもしれない。西欧諸国が干渉に出る場合には、オランダ海岸が抵当として選ばれることになる。

（1）『寓詩物語』ゴットフリート・ケラーの短篇小説連作（一八八二年）。

ノールトウェイク、三九年七月七日　金曜日

朝食後Kとノールトウェイクのキルヒ広場の公証人のところにビービとグレートのための私の署名の証明をもらいに出向く。社交的な応接、主婦が現れ、住まいに通される。そのあと浜辺で仕事。風の強い天候、砂の山が出来る。食後、雨。部屋の中やバルコニーで過ごす。プリンストンから大量の郵便。その中には嬉しい意見表明。オランダからも同趣旨の手紙。雑誌。午睡。オーランイェの店先でお茶、それから少しドライヴをして運河沿いの並木道を散歩。宿でたくさんの葉書を書く。チューリヒの共産主義者問題でミュンツェンベルク宛てに手紙。

ノールトウェイク、三九年七月八日　土曜日

八時起床。強い南西風が吹きやまない。苦味泉水。初めは部屋で、ついで雨の中を小屋でトルストイを書き進める。そこで丁度到着したベルマン夫妻の訪問を受ける。夫妻とともにヴェルモットとランチ。一緒にガラスヴェランダでコーヒー。「尺度と価値」について。「ストックホルム版全集」の第一巻、第二巻として『魔の山』の見本。『ヴァイマルのロッテ』のカヴ

アーと宣伝パンフレット。――バルコニーでパリからのアネッテ・コルプとエーリカの手紙を読む。パリでのもはや疑う余地のないロシア側の悪意に気が滅入る。ポーランドの沈黙。宥和政策？　――午後、天候好転。ベルマン夫妻とレイデのブーヘンホーフ(1)に向かう。ココアを飲む。計画の随想集について。――黒服でディナー。ドイツとその陰鬱な未来について。――デモクラシーとキリスト教についてのマリタンの論文(2)に目を通す。――クラウスの長篇小説(3)を読みはじめる。抵抗の数々。――晩、ベルマンと十二篇を収める随想集(4)の選定。『人類の巨匠』？

（1）〔訳注〕ブーヘンホーフ Buchenhof は一九三九年六月二十六日付日記の中のベーケンホーフ Bökenhof と同じ喫茶店かレストランをさしているのではなとかと思われる。

（1）ジャク・マリタン（一八八二―一九七三）、高名なフランスのカトリック哲学者、一九一四年以来パリのカトリック研究所の教授、戦争中を合衆国に亡命して過ごし、四五年から四八年ヴァティカン駐在フランス大使、そのあとプリンストンの教授。ここで言われているのがマリタンのどの著作であるか、明らかでない。『キリスト教とデモクラシー』かもしれないが、この著作は一九四三年に初めてニューヨークのエディション・ド・ラ・メゾン・フランセーズから刊行されている。

（2）クラウス・マン『火山。亡命者間の長篇小説』は一九三九年アムステルダムのクウェーリードー書店から刊行された。これはクラウス・マンの最後の長篇小説で、このあとクラウス・マンは随想、評論しか発表していない。

（3）当時計画されてすでにまとまっていたと思われる随想集であるが、戦争勃発のため刊行にいたらなかった。この計画は『精神の高貴』の巻で一九四五年ようやく実現をみた。

ノールトウェイク、三九年七月九日　日曜日

同じ風が吹く、日差しが増す。下痢。散乱する砂と戦いながら、小屋で仕事。ベルマン夫妻とランチ、そのあとテラスで過ごす。事務的な問題と文学的な問題。日曜の行楽客の間で、椅子に座って日光浴をし、音楽を聴きながら休息する。お茶にベルマン夫妻とワールモントへドライヴ、庭園で。レイデ経由で戻る。ヴァーレンティーン(1)の世界史第二巻が届く、『魔の山』の位置づけ。――ディナーのあと第七章冒頭部分を朗読して大喝采を博する。

（1）一九三八年十二月二十八日付日記の注（4）参照。

ノールトウェイク、三九年七月十日　月曜日

北西風、寒い。早めに起床。浜辺で長時間仕事。三時半ベルマン夫妻とハールレムへドライヴ、美しいフランス・ハルス美術館を見学。そのあと市役所広場でお茶。六時過ぎ帰着。私たちの部屋でベルマンと会談、前渡し金、翻訳の自由、新しい契約書、『ロッテ』、随想集『精神の高貴』(1)？　の予告の問題。一般情勢。――ディナーの際に陽気で物見高そうなドイツ人たち。さまざまな手紙。オープレヒトに対して刺々しいリオン。――ワルシャワ＝ベルリン間の合意とロシアに対する西欧諸国の最後通牒的な決断要求についての報道。

（1）一九三九年七月八日付日記の注（3）参照。

ノールトウェイク、三九年七月十一日　火曜日

浅い眠り、早くに起床、湯に入る、昨夜は非常に寒く、毛布三枚を掛けて眠る。小屋で長時間仕事。正午オープレヒト到着。雑誌、リオン、一年期限のフランスのヴィザをボネを介して取得したゴーロについてなどオープレヒトと大分話し合う。天候は完全に回復し、日差しが強くなる。ランチの前にベルマンと向こう三ヵ年の契約。ヴェルモット。そのあとテラスでコーヒー、オープレヒトとさらに話し合い。休息のため日除けつきの椅子に留まる。音楽と騒がしい行楽客。オープレヒトから薬の他に、『精神分析教本』(1)とチューリヒの写真集。ベルマンから新しい「展望叢書」(2)。デ・ランゲからロートの『酔どれ』(3)。ブルーノ・フランクの小冊子用原稿(4)。――三人の客たちとテラスで（日除けにビーチチェア）お茶。客と別れを告げたあとKと海浜の散歩。ディナーの前に届いた手紙に目を通す、しかし返事を書くには疲労し過ぎている。食後、軽く波の打ち寄せる非常に美しい日没の海をバルコニーで眺める。――政治〔情勢〕は緊張緩和とまやかしの様相。フランスには敗北主義的な声。「何もダンツィヒ

のことで」。エーリカがパリから電話、チューリヒに行こうとしているという。乗船券の予約は断念する。『自由の問題』の講演を行うスウェーデンから帰路につく予定。――『ロッテ』第七章の最初の部分を「尺度と価値」用にオープレヒトに渡す。――

（1）これはおそらく、トーマス・マンが一九三六年以来関係のあったバーゼルの精神分析学教授ハインリヒ・メングの編による『医師教本』のことであろう。メング宛て一九三九年七月十七日付トーマス・マンの礼状、『書簡目録II』三九／三一三、参照。

（2）ベルマン＝フィッシャー書店の論説シリーズ「展望」で、一九三九年秋、ハロルド・ニコルスン『戦争は不可避か』、オルダス・ハクスリ『我らの確信』、アルトゥル・シュニツラー『戦争と平和について』、しばしば「尺度と価値」に寄稿していたヘルマン・シュタインハウゼン（オイゲーン・ギュルスターのペンネーム）『世界史における悪の役割』、エーリヒ・フェーゲリン『政治的諸宗教』が刊行された。

（3）ヨーゼフ・ロート『酔どれ聖者譚』、遺作短篇小説、一九三九年秋アムステルダムのアレルト・デ・ランゲ書店から刊行された。

（4）ブルーノ・フランクの『ドイツへのメセージ』は、ドイツ向けの小冊子シリーズ企画への寄稿である。一九三九年五月十四日付日記の注（1）参照。

ノールトウェイク、三九年七月十二日　水曜日

早めに起床。曇天、風がある。午前、小屋でトルストイを書き進めて終わりが見えてくる。正午ランツホフ来訪。一緒にランチ。一緒にテラスでオープレヒトの会計報告を吟味する。雑誌の困った財政状態。「国際文学《インターナツイオナーレ・リテラトゥーア》」誌のケラーについてのルカーチの好論文(1)を読む。椅子で休息。ランツホフと海浜喫茶店の店先でお茶。雑誌を亡命出版各社の共同刊行にする件について。検討の勧め。ランツホフ出発。ホトヴォニイからの手紙(2)（エーリカについて）。上記の件でオープレヒト宛てに口述。そのあとリオン宛てに自筆の手紙(3)、ディナーのあと書き上げる。晩クラウスの長篇小説を読む。

（1）ゲーオルク・ルカーチ「ゴットフリート・ケラー。一二〇回誕生日に寄せて」、「国際文学《インターナツイオナーレ・リテラトゥーア》」（モスクワ）一九三九年六月号、所収。

（2）エーミール・オープレヒト宛て、ノールトウェイクから、一九三九年七月十二日付、『書簡目録II』三九／三〇七。
（3）フェルディナント・リオン宛て、ノールトウェイクから、一九三九年七月十二日付、『書簡集II』一〇二—一〇三ページ、所収。

ノールトウェイク、三九年七月十三日　木曜日

八時起床。好天。十一時海辺でトルストイ序文を満足出来る形で書き上げる。散歩をし、ハクスリの論考[1]を満足を覚えながら読み終える。ランチのあとテラスでクラウスの長篇小説を読み進める。椅子で休息。テラスでのお茶にアムステルダムのヴァラハ氏[2]、その週刊誌のためのインタヴュー。町で浜辺での仕事用に鉛筆を買う。そのあと浜辺を散歩。ヴィトコープ夫人[3]来訪、むしろいやな感じ、ディナーに招待しなかった。食後エーリカに宛てて、フランクの原稿等々に関して手紙を書く。

（1）一九三九年七月十一日付日記の注（2）参照。
（2）G・H・ヴァラハ「トーマス・マンとの対話」、「ヘト・ホラントシェ・ヴェークブラト」アムステルダム、一九三九年七月二十二日号、所収。
（3）おそらくフライブルクの近代ドイツ文学教授で一九〇四年以来トーマス・マンの知己であったゲルマニスト、フィーリプ・ヴィトコープ（一八八〇—一九四二）の夫人であろう。

三九年七月十四日　金曜日、ノールトウェイク。

八時過ぎ起床。澄んだ空、あまり風はない。コーヒーの朝食、浜辺の小屋で第七章を再開し、鉛筆で父子の対話[1]に取り掛かる。三時間の仕事のあと海水浴をするが、非常に冷たく、おそらく身体にはあまり良くなかろう。ランチのあとテラスで過ごす。ハルトマンの本の中で水晶にぶつかる。ベッドで休息。五時アムステルダムからH・ヴォルフ博士[2]。一緒にかなり遠い海辺喫茶店でお茶。私のショーペンハウアー選集のオランダ語訳。政治問題と超心理学の問題。ヴォルフを車

でレイデへ送る。寒くて気分が悪くなる。ディナーのあと、『ロッテ』のための研究を進める。

(1) ゲーテとその息子アウグストとの間の朝の対話で、これが『ヴァイマルのロッテ』第七章の結尾を構成する。その中に、玉滴石について、また水晶の構造化についてのゲーテの説明がある。このあとの日記記述のなかの「ハルトマンの本の中で水晶にぶつかる」というのはこの部分と関わりがある。『全集』第二巻、六八五―六八七ページ。

(2) オランダのゲルマニスト、ヘルマン・ヴォルフ、トーマス・マンについての若干の論説を発表している。

ノールトウェイク、三九年七月十五日　土曜日

八時起床。大気は非常に柔らかく、濃密で、蒸し暑い。浜辺での仕事の最中に気分が悪くなり、部屋に上がって、湿布をして休息する。あとでまた海辺に下り、仕事をし、散歩をする。ランチのあとテラスで過ごす。クラウスの長篇小説を読む。ベルマン夫妻と家族を連れたランツホフが来訪。ランツホフの家族は水浴。上の部屋で少し午睡。小雨。客人たちとガラス・ヴェランダでお茶。二人の出版人と「尺度と価値」について。連れ立って浜辺を散歩。ベルマンと、その諸計画について。第七章の先の方の部分の浄書を受け取る。『デモクラシー』のオランダ語版[1]が届く。黒い服でディナー。Kはトルストイの浄書を終える。――きのうエーリカの愉快な手紙、私に対するチューリヒの攻撃にいきり立つモスクワ、『兄弟』表題の変更[2]が原因のシュヴァルツシルトの絶望と苦境、イギリス軍需産業家の報告、戦争を望んでおり、ドイツが急速に瓦解すると確信しているという。――イギリス艦隊は八月一日に向けて準備万端整っている。動員維持のための同盟諸国の資金供与。この状態にどのくらいのあいだ耐えられるか。

(1) レーオ・ポラク訳『来るべきデモクラシーの勝利 De komende Zege der Democratie』は、一九三九年アムステルダムのデ・アルベイデルスペルス書店から刊行された。

(2) 『兄弟ヒトラー Bruder Hitler』は、この表題で「ダス・ノイエ・ターゲ＝ブーフ」パリ、七巻、十三号、一九三九年に、『この男は私の兄弟 This Man is My Brother』の表題で「エスクワイア」シカゴ、十一巻、三号に、『兄弟 A Brother』の表題でトーマス・マンの随想集『時代の

要求 Order of the Day』一九四二年刊、に収録された。

ノールトウェイク、三九年七月十六日　日曜日

静かで穏やかな天候。午前浜辺で仕事。ランチのあと雨。バルコニーで読み物。雷鳴。「オーランイェ」の店頭でお茶。海辺を少し散歩。アムステルダムからザーロモン博士[1]夫妻来訪、ホールで応接。トルストイ論の浄書の校正。ディナーのあとフランク宛て[2]に手紙を書く。クラウスの長篇小説を読み進める、私には非常に興味深く、感動させられる。

(1)　おそらくドイツの写真ジャーナリスト、エーリヒ・ザーロモン（一八八六—一九四四）のことで、「誰にも見られていない瞬間の有名同時代人」の撮影で知られていた。夫人の故国オランダに亡命し、デン・ハーグで生活していたが、一九四〇年のドイツ軍の侵攻のさい逮捕され、連行されてアウシュヴィッツ強制収容所で殺害された。

(2)　ブルーノ・フランク宛て、ノールトウェイクから、一九三九年七月十六日付、『書簡目録II』三九／三〇九。

ノールトウェイク、三九年七月十七日　月曜日

雷雨含みの天候が続くが、南西風が強まり、いつもと違う潮騒。午前浜辺で仕事——ハルトマンの書物を利用しながら水晶事件[1]。正午散髪へ。ランチのあと、雨もよいの天候のため私たちの部屋で過ごす。ボルス・リキュール。『ゲーテと東方』[2]を読む。少し午睡。ホールでコーヒーを飲む。ユダヤ人で何かとけちをつけたがるアムステルダムの講師が来訪、一緒に私たちは散歩に出る。そのあと大量の口述、パリの国際学生会議、テル・アヴィーヴ・オーケストラへの意見表明。——ヴァーレンティーンの世界史でナポレオンについて読む。手短に自筆の通信。——私の論説に対してケーテ・ローゼンベルクの手紙。Kは母親からの手紙。出国が最終的にうまくいくかどうかについてひどく疑念を抱いている。ここでの滞在は今月末まで長びくだろう、その結果最後の週には部屋替えの必要があるだろう。

（1）　一九三九年七月十四日付日記の注（1）参照。
（2）　H・H・シェーダーの『ゲーテの東方体験』（一九三八年）。一九三八年七月二十六日付日記の注（1）参照。トーマス・マンの所蔵本は残っている。

ノールトウェイク、三九年七月十八日　火曜日

八時起床、苦味泉水を飲んだあとコーヒーの朝食。初めは部屋で、それから浜辺で父子の場面を書き進める。ひげを剃る。ランチのあとバルコニーで資料を研究、クラウスの長篇小説を終わり近くまで読み、かなり心打たれる。かなり遠い海浜の喫茶店の店先でお茶、ここでKのドレースデンからきた遠い縁者一行[1]と邂逅。それからレイデへ車を走らす。葉巻と鉛筆を購入。田園風の街道を戻る。プリンストンからの郵便。さらにリオンの「告別」状。――南ティロールの住民疎開のことで二人の詐欺漢同士のひどい喧嘩についての新聞報道。「枢軸解消」を振りかざしてのムッソリーニの威嚇。

（1）　フリードリヒ・フォン・シュフ、ドレースデン歌劇場のチェロ奏者で、指揮者エルンスト・フォン・シュフの息子、女性歌手リーゼル・フォン・シュフの兄弟。その妻ヴァレリー（通称ヴァラ）は、クラウス・プリングスハイムの夫人、クラーラ（ララ）・プリングスハイム、旧姓コスラーの姉妹だった。

ノールトウェイク、三九年七月十九日　水曜日

蒸し暑く雷雨含み。八時起床、浜辺で十一時まで仕事。それからデン・ハーグ[1]へドライヴ、そこのマウリーツィウス・ハウスでテル・ブラークが私たちを待ってくれていた。画廊の見学。オランダ絵画の隆盛と衰退の謎。レンブラント一族。父親の肖像から極めて強い印象。いわゆるホメーロス像、ラビ像、「神の懸念」、ヤーコプ像。神殿における供犠の青年期の絵。『サウロとダビデ』、曇りない目。ユダヤ人少年。――ホテルでテル・ブラークと朝食。それからある喫

茶店に移り、そこでファルク博士[2]とそのドイツ＝ユダヤ関連の仕事、聖書素材、ヘブライ語文献、『ニーベルング』詩句などについて語るが、非常に注目すべきものだ。――三時半過ぎ雷雨をついて帰路につく。宿で五時半まで少し休息。テラスのビーチチェアでお茶。改めて雨。『ファウスト』の「仮装舞踏会」の場を読む。海浜の散歩。ディナーの際「ナツィオナール・ツァイトゥング」、ダンツィヒ「併合」は、チェコの二の舞を恐れるポーランドが軍備を強化する中で平和裡に推移するだろう、とある。――ロンドンからマイアー女史の電報、ハンブルク、リューベク、ミュンヒェンに飛ぶという。興味深い。

（1） Mauritius Haus は正しくは、マウリツフェイス Mauritshuis、ハーグの大絵画館。
（2） 特定出来なかった。

ノールトウェイク、三九年七月二十日　木曜日

八時起床。小屋で第七章（「仮装舞踏会」）を書き進める。雨。ゴムのコートを着て散歩。ランチのあとバルコニーでヴァーレンティーンの世界史を読む。オーランイェの店先でお茶。そのあとまた海浜の散歩。宿で自筆の通信、ディナーのあとも。マイアー女史の手紙、ハリファクスとの対談。シケレの手紙。ヘルツ女史がオクスフォドの名誉博士に関する噂を伝えてくる。

ノールトウェイク、三九年七月二十一日
金曜日

八時前起床。靄がかって美しい。小屋で仕事（紙片に書き付けた手紙）。散歩のさいに、Kと私たちの旅行情勢について話し合う。ここに期限を切らずに逗留？　月末はイギリスそしてスウェーデン？　――洗髪とひげ剃り。ヘルツ女史宛てに手紙[1]を書き、あわせて印刷物。ランチのあとガイガーの『ゲーテとその家族』を抱えてテラスで。そこで休息。オランダの新聞に私たちのハーグ訪問の写真、マウリツフェイスの館

前と館内のスナップ。テラスでお茶。そこにテル・ブラークと画家のツィトロエン[2]が来て、ツィトロエンは私のスケッチをする。テル・ブラークとニーチェ、諸宗教、キリスト教について歓談。奇妙なオランダの宗派事情。寒さに震え上がる。浜辺で身体を動かし、Kと内陸へ向かって散歩。「ターゲ＝ブーフ」に「サーヴェイ・グラフィク」誌に掲載した論説[3]の独訳、コオペラシオン通信によって、読めるものになっている。――モロトフは休暇に入る。条約[4]〔交渉〕の延期。回廊の要求を含むブラウヒチュ将軍の演説。ホワイト・ハウスにおける中立問題討議にあたってのローズヴェルトとボーラ[5]の衝突。――戦争勃発の確信がふたたび強まる。スイス訪問は不都合になってくる。イギリスは失敗をおかしてきている。ここでもその通り。

(1) イーダ・ヘルツ宛て、ノールトウェイクから、一九三九年七月二十一日付、『書簡目録II』三九／三二八。

(2) ドイツ出身のオランダの画家、素描家パウル・ツィトロエン（一八九六―一九八三）は一九三五年以来ハーグの美術アカデミーで教えていたが、ドイツ軍の占領時代は地下に潜っていた。三五年にすでにエーリカ・マンの肖像を描いていたツィトロエンは、トーマス・マンの招きを受け、友人テル・ブラークに伴われて一九三九年七月二十一日に、その後七月二十五日、二十六日の二回やってきて、この都合三回の写生でトーマス・マンの肖像スケッチを数点仕上げたが、その大部分はなおツィトロエンの所蔵するところである（〔訳注〕この原注はツィトロエンの生前にかかれたものである）。ツィトロエンがトーマス・マンを最後にスケッチしたのは、一九五五年トーマス・マンがオランダで病臥中のことで、それで最後の肖像が描かれたのだった。ツィトロエンはドイツ語で「私はいかにトーマス・マンをスケッチしたか」という文章を書いている。「ボイメンス美術館報」ロテルダム、一九五七年、八巻、一号、二一―三九ページ、所収。

(3) 論説「文化と政治 Culture and Politics」が「政治への強制」というドイツ語表題で「ダス・ノイエ・ターゲブーフ」パリ、一九三九年七月二十二日号、所収。

(4) ヴァルター・フォン・ブラウヒチュ元帥（一八八一―一九四八）、東プロイセン第一軍団司令官、一九三八年二月四日フォン・フリチュ男爵の後任としてドイツ軍最高司令官となった。ブラウヒチュは対ポーランド、フランス、ユーゴスラヴィア＝ギリシア、ソヴィエト連邦作戦を指揮したが、モスクワ前面での冬季危機のあと一九四一年十二月十九日辞職し、ヒトラーが最高司令官としてブラウヒチュにとってかわった。

(5) ウィリアム・エドガー・ボーラ（一八六五―一九四〇）、一九〇七年以来上院議員、二五年から三三年まで上院外交委員会委員長で、ローズヴェルトの影響力のある政敵だった。

ノールトウェイク、三九年七月二十二日　土曜日

食べ過ぎて、よく眠れず。少し疲労を覚えるまま小屋で仕事、ついで風を衝いて散歩。午後テラスで過ごす。ゲーテの『パーリア[1]』。誘惑。お茶にストックホルムの「社会民主党員」誌のワルシャウアー博士[2]。エーリカから電報、今月末チューリヒに行くことを勧めてくる。ロンドン[3]の競売についての報告、結果は二〇、〇〇〇ポンド。――『自由の問題』のラトガーズ大学版[4]。

(1)　ゲーテの譚詩『パーリア』(『パーリアの祈り』)。『ヴァイマルのロッテ』第七章の中の「自身の性による誘惑」、「パーリア女神」、「処刑されたパーリア族の罪ある女」についてのゲーテの独白の段落、『全集』第二巻、六八二―六八四ページ、参照。

(2)　おそらく、一九三三年プラハへ、三八年オランダへ亡命し、ドイツ軍のオランダ占領に際して四〇年五月十八日自ら命を絶った評論家フランク・ワルシャウアー(一八九二―一九四〇)であろう。

(3)　一九三九年六月十二日付日記の注(3)参照。

(4)　『自由の問題 The Problem of Freedom』。ニューヨーク州ブランズウィクで一九三九年四月二十八日ラトガーズ大学の集会で学生教職員に対して行われた講演、ラトガーズ大学出版局、一九三九年。

ノールトウェイク、三九年七月二十三日　日曜日

暗い浜辺で長い時間第七章の末尾にかかる。疲れて散歩。正午ランツホフ。ランチのあと一緒に満員のテラスで過ごす。太陽。音楽を聴きながら休息。「ナツイオナール＝ツァイトゥング」で『文化と政治[1]』並びにフライによる『火山』の書評[2]を読む。ランツホフとお茶。三人で少し散歩。オープレヒトの回答と雑誌について。(上等の)ディナーの前後クラウス宛てにその長篇小説について長文の手紙[3]。

(1) 『文化と政治』、「ナツィオナール＝ツァイトゥング」バーゼル、一九三九年七月二十三日号。この論説の新聞再録をすすめたのはパリの通信社「コオペラシオン」(レーヴェース博士)であった。

(2) アレクサンダー・モーリッツ・フライによるクラウス・マンの長篇小説『火山』の書評は「尺度と価値」の一九四〇年第三冊、三月／四月号に掲載された。フライはこの作品が第二次世界大戦後に新版で刊行された際再度この作品について「ナツィオナール＝ツァイトゥング」バーゼル、一九五六年十一月十日号に書いている。

(3) クラウス・マン宛て、ノールトウェイクから。一九三九年七月二十二日付、『書簡集II』一〇五—一〇七ページ、『全集』第十巻、七六六—七六九ページ、クラウス・マン『書簡と回答』第二巻、七八—八一ページ、所収。

ノールトウェイク、三九年七月二十四日
月曜日

Kの五十六歳の誕生日。この日午前浜辺で『ヴァイマルのロッテ』の第七章を一〇四枚で簡潔に対話で終わらせ、引き続いての散歩の際にすぐ第八章に注意を向ける。——暗い、小屋で雨の止むのを待たねばならなかった。ランチのあとバルコニーでビーダーマンを読む。ベッドで休息。「オーランイェ」の店先でお茶。改めて雨になる。Kにこの日の祝いに第七章の最後の二十枚を朗読して聞かせる。——アローザからエーリカの長文の手紙、論文シリーズと老夫妻について。パリからゴーロの手紙。『ショーペンハウアー』についてテル・ブラークの嬉しい手紙。飾りたてたテーブルでのディナーにシャンパン。テル・ブラークに礼状。

ノールトウェイク、三九年七月二十五日
火曜日

暗く、湿度が高い。午前中部屋から出ずに、写真や本を手掛かりに第八章のためにいろいろと準備をする。正午Kと浜辺を散歩。ランチの際にまた、食欲が当地にきて非常に改善されたことを確認する。射し込む日

差しを受けながらテラスで過ごす。そこで休息し、まるで火が口に近づいてきたとでもいうように奇妙な神経的な恐怖の知覚を覚えて飛び起きる。お茶にツィトロエンが来て、写真を撮り、スケッチをする。そのあとホテルの庭園を散歩。その間に四階から五階へ、三六七号室から四六一号室へと部屋替え。これに係わる。整理がつくと、新しい、住み心地が前の部屋より良さそうなこの部屋にもどうにか満足を覚える。一連の〔手紙〕を一部は口述により、一部はKとの相談で処理する。老夫妻に関してオープレヒト夫人からの手紙、ヴィーニフレート・ヴァーグナー[1]の影響力のもとに優遇されてうまく——比較的——いっているという。夫妻の契約は履行されるものと思われる。しかし数週間の延引が予想されるので、Kは、八月一日にロンドン、スウェーデンに向けて旅立ち、スイスは夏の終わりにしようと提起する。私はそれでかまわない。——セルヴィサン女史から、仄めかしが多くて第七章の翻訳[2]は難しいとの手紙。誰かゲルマニストの作る注釈覚書を思い浮かべる。——ハーグの芸術家協同組合の招待。

（1） ヴィーニフレート・ヴァーグナー（一八九七—一九八〇）、バイロイトのリヒァルト・ヴァーグナーの義理の娘。アルフレート・プリングスハイム教授は、バイロイト音楽祭の最初期の後援者の一人で、依然としてヴァーンフリート家とのある種の繋がりは保っていた。

（2） この章で著しく多い、多少とも目立たない仄めかしやゲーテや同時代の文学からの直接、間接の引用を解説する注釈や脚注。この思い付きは追求されなかった。おそらくトーマス・マンはこの思い付きに思い至ったときゲーテの『「西東詩篇」のよりよき理解のための覚書と論文』が念頭にあったのだろう。

ノールトウェイク、三九年七月二十六日　水曜日

新しい部屋で。風は凪いで、薄曇り、小屋を海に向けて、浜辺での心地よい午前。第八章[1]に取りかかる。ゆっくり散歩、日々現れる魅力的な情景。ランチのあとテラスで付き合ったツィトロエンがスケッチをして、実に見事なものを仕上げてくれた。籠椅子、そのあと、私の休息するデッキチェア。ツィトロエン[3]の興味あるゲーテ挿絵本[2]。——ノルベルト・エリーアスの『文明

の過程について』が届く。この国からは時折、心動かされる敬愛の手紙。——町でお茶を飲んだあと干潮の頃に灯台側面へKと散歩。ディナーの前に自筆の仕事。リント女史が「パリ日報」に掲載されたイェール・コレクションについてのボード・ウーゼ(4)の論説を送って寄越す。新聞各紙は汚水溜まりのような状態、しかし戦争を仄めかしてはいない。チェムバレンは日本に対して弱腰、このことはモスクワ、ワシントンで不利に作用するに違いない。ドイツの新聞の言いようのない振る舞い、相変わらずのことだが。

(1) 日記原文はこうなっている、明らかに構文の誤り。

(2) パウル・ツィトロエンは、これがどのゲーテ挿絵本のことであるか、思い出すことが出来ない。ツィトロエンはこういう挿絵本を数冊所蔵していて、「そのうち一冊をトーマス・マンに見せるため持参したのだった。」

(3) ノルベルト・エリーアス（一八九七年生まれ）は一九三三年フランスへ、のちイギリスに亡命した。その二巻本『文明の過程について』は一九三九年バーゼルのファルケン書店から刊行された。

(4) 作家ボード・ウーゼ（一九〇四—一九六三）は元国民社会主義党員、一九三一年ドイツ共産党に加盟、三三年フランスに亡命、三七年スペイン内戦に参加、三九年合衆国、四〇年メキシコへ移り、四八年ドイツ（東ベルリン）に戻って、そこの雑誌「アウフバウ」の編集にあたった。ウーゼはトーマス・マンについて二、三の論説を発表している。その論説「ドイツ派遣の代表。イェール大学トーマス・マン・コレクションを訪ねて」はその著書『人物像と諸問題』ベルリン、一九五九年、およびシュレーター『同時代の評価の中のトーマス・マン』三一九—三二一ページ、所収。

ノールトウェイク、三九年七月二十七日 木曜日

雲一つない晴天、爽やかで、向きの変わる微風。入浴、コーヒーを飲んだあと、小屋で第八章冒頭部分を書き進める。この長篇小説をこの秋口の刊行に間に合うように仕上げようという期待が強まる。——ランチのあとフランク・ワルシャウアー氏とツィトロエン氏がスケッチと写真撮影に来訪、双方ともに大いに期待できる。テラスで休息。エリーアスの『文明』を読む。「ザインポスト」でお茶、そのあと浜辺を散歩。気まずい懸賞の件でベルマン＝ヘルリーゲル宛てに手紙。オクスフォドのオルデン宛てにストックホルムのドイ

ツ人グループの代表引受けの件で手紙。ベルマン＝フィッシャー宛て[1]に随想集の件で手紙、これには二巻を捧げることにする方が良い。ディナーのあと、ナールデの教師ロツェラル[2]宛てに礼状。

(1) この手紙は残されていない。
(2) 不明。

ノールトウェイク、三九年七月二十八日 金曜日

曇天、南西風が強まる。早めに起床、三時間、小屋で第八章を書き進める。そのあと外出。「展望」叢書の『自由の問題』の校正。『ショーペンハウアー』についてのテル・ブラークのオランダ語論説[1]。郵便関係の苦労はたくさんある。払い込みは多分八月末に行われかもしれぬとのロンドンからの報知。したがってスイス行きの延期は、無意味だし――これまでも意味がなかったのだ。私たちはこの一週間内にスイスに出発することになるだろう。――ランチのあとテラスで過ごす。暖まり。ドイツ語の諸雑誌。ヴォールタート[2]交渉にはうんざり。階下で休息。お茶にコルダン[3]氏がそのアムステルダムの雑誌「デア・ツェンタウル」の見本刷を持ってくる。第三帝国反対のヴェルウェイの詩。世界における叙情的なものへの関心。文化のフリーメイソン運動。――浜辺と町中を少し散歩。葉巻。ディナーの前に二、三の口述、その後も同じような疲れる仕事をして、最後に「ウアクウェル」一杯を飲んでしまいにする。

(1) 「ヘト・ファーデルラント」一九三九年七月三十一日号、所収。
(2) 参事官ヘルムート・ヴォールタートはあるドイツ経済使節団の団長で、ゲーリングの特使、このころロンドンで意図不明の経済交渉を行ったが、この交渉はイギリス・ジャーナリズムによって取り上げられ、激しく批判された、おそらく、何らの結果も見ないドイツ側の陽動作戦だったのだろう。
(3) 叙情詩人、小説家ヴォルフガング・コルダン（一九〇九―一九六六）（ハインツ・ホルンのペンネーム）、一九三三年パリへ、ついでオランダへ亡命、五三年中央アメリカに移った。オランダ在住中はフラマン語やフランス語の叙情詩を翻訳し、三四年から四〇年にはアムステルダムで雑誌

「コンタクト」を、三九年以降は雑誌「ツェンタウル」を刊行したが、これは二回刊行されただけで四〇年から四四年にかけては非合法の「ツェンタウル版本」として地下で続刊された。コルダンはヴェルウェイの叙情詩を翻訳した。

ノールトウェイク、三九年七月二十九日
土曜日

夏らしい好天、風とともに軽い驟雨。午前中をいつものように浜辺で仕事をしたり散歩したりして過ごす。十二時十五分頃車でデン・ハーグのランゲ・ドールカントの地方裁判所顧問ウルマン(1)の家に出向く。この被追放者の家で昼食。三時プルクリ・ストゥディオへ、ヴォール・ゲーステリューケ・ヴェールバールヘイトのクンステナールス・ツェントルム(2)のレセプション。満員の講堂、テル・ブラーク、ある文学史家、ある平和主義者の婦人など若いリベラルな著作家たちの卓越した挨拶。私はお茶の後で話をした。講演者のサイン入りの書物『オランダ文学パノラマ』のプレゼント。多数の紹介。非常に暑い。五時頃帰路につく。海に戻ってほっとする。シケレ宛て(3)に手紙。そのあと夕日に映える海岸の気持ち良い散歩。タキシードでディナー。新聞各紙にローズヴェルトによる対日通商条約の破棄通告が書き立てられている。東京の憤激、イギリスの安堵。中国戦争の妨害を引き続き狙って欲しいものだ。

(1) 一九三八年五月二十四日付の日記の注(1)参照。
(2) メノー・テル・ブラークがアイデアを出し、運営していた反ヒトラー・ドイツのオランダ著作家連盟、これが、ハーグの「プルクリ・ストゥディオ」という、同名のオランダ画家連盟の会館のホールを借りて、ここでトーマス・マンとハーグ在住の文学関係者との出会いの会を催したのである。
(3) ルネ・シケレ宛て、ノールトウェイクから、一九三九年七月二十九日付、『書簡集II』一〇八―一〇九ページ、所収。

ノールトウェイク、三九年七月三十日　日曜日夏の天候、太陽はすでに朝から強く照る。きのうはなかなか寝つかれず、何度か薬を服用する。午前三時間小屋で仕事。それから散策。ランツホフが水浴にやって来る。一緒にランチ、そのあとテラスでコーヒー。『ブデンブローク家の人々』についての「フォールム」契約[1]に署名し、小切手を受領。音楽を聴きながら休息。『自由の問題』を校正。日本に対するアメリカの硬化を新聞で読んで胸がすっとする。「ヴェルトビューネ」。——お茶にランツホフとヴァールマント[2]へ。運河際に座っているうちに気管支炎にかかるが、たぶん治ってくれるだろう。ランツホフをレイデ駅に送る。宿で口述、カイザーの長篇小説についてブック・オヴ・ザ・マンス・クラブ宛て、「アメリカの会」宛てに様々の問題について、等々。ディナーのあと『ヨーロッパに告ぐ』送付の礼にパリ駐在公使[3]の電話。——このところいつも眠る前に『寓詩物語』——手堅く至純な芸術に対する厚い賛嘆をこめて。——ひがな一日、近々スイスへ発ち、そこから二週間後にロンドンに向かうべきか、それとも身体によいここの滞在を延ばして、ロッテルダムからロンドンへ向かうことにし、場合によってはスイスは完全に諦めることにするかどうか、と協議を重ねる。

（1）『ブデンブローク家の人々』は、ベルマン＝フィッシャー、クウェーリードー、デ・ランゲの亡命出版社共同企画の「フォールム」叢書の枠内で刊行されることになった。この企画は戦争勃発によって実現しなかった。
（2）ヴァールマント Wahrmand とあるが、正しくはヴァールモント Waarmond である。トーマス・マンは時としてヴァルモント Warmond とも書いている。
（3）おそらく、トーマス・マンの［オランダ］入国にあたって、助力してくれたパリ駐在のオランダ公使のことであろう。

ノールトウェイク、三九年七月三十一日
月曜日

きのうの夕方空が漆黒になり、雷鳴、部屋の中までじっとりさせる豪雨。きょうも激しく続いた強風。朝方「展望」の校正刷[1]に手を入れる。ついで浜辺の小屋で仕事。海岸を歩くのは、風のため不可能。洗髪とひげ剃り。ランチのあとテラスでフロイライン・エステ

ルライヒャー[2]の写真撮影。オープレヒトと、あすチューリヒに到着するゴーロからの手紙。カシーラー[3]の『デカルト』を読む。〔……〕オーランイェの前でお茶、それから公園のベンチに座って日光浴。三日の夕方チューリヒに旅立つことを決定。宿でオープレヒト宛て[4]に口述。「表敬」の会の報告とテル・ブラークの『ショーペンハウアー』評を掲載した「ヘト・ファーテルラント」。——ロンドンのエリーアス博士宛てにその文明史について手紙。

（1）一九三九年末ベルマン＝フィッシャー書店の論説シリーズ「展望」のうちの一冊として刊行された『自由の問題』、再三改稿され、改められ、現実の事態に即するものにされた原文で、二、三の異本がある。
（2）特定出来なかった。
（3）哲学者エルンスト・カシーラー（一八七四―一九四五）は一九三三年までハンブルク大学哲学教授、三三年イギリス、三五年スウェーデン、四〇年合衆国に亡命、そこでイエール、プリンストンの大学で活動した。その著書『デカルト』は一九三九年ストックホルムのベルマン＝フィッシャー書店から刊行された。その論説「トーマス・マンのゲーテ像。ヴァイマルのロッテ研究」は、没後四五年十月「ジャーマニク・レヴュー」に掲載された。
（4）エーミール・オープレヒト宛て、ノールトウェイクから、一九三九年七月三十一日付、『書簡目録II』三九／三二七。

ノールトウェイク、三九年八月一日　火曜日

南西の強風が、少し弱まりながら続く。浜辺で三時間仕事をしている間に、土曜日前には寝台車の切符が全然手に入らないとの知らせ。出発を五日の晩に延期、——それでも依然として方向変更を強いられる可能性が残る。仕事（フラウエンプラーン到着[1]）のあと、風の中を散歩。ランチのあとテラスで過ごす。カシーラーの『デカルト』を読む。少し眠る。四時上に上がり、着替えをして、手紙を一通書く。お茶に「セインポスト」へ、そこからの波の打ち寄せる海の眺めは格別美しい。浜辺を行きつ戻りつする。町で細々した買い物。宿でベルマン宛て[2]にかなり長い口述（会議、二巻の随想集、スウェーデンでの住居等々。）スウェーデン＝ドイツ協会[3]の招請、この協会のために行った講演を公開で反復して欲しいという。——ディナーまで自筆の通信。

（1）『ヴァイマルのロッテ』第八章の一部（ゲーテ邸への客人たちの到着）、『全集』第二巻、七〇三―七〇五ページ。

（2）ゴットフリート・ベルマン・フィッシャー宛て、一九三九年八月一日付、『往復書簡集』二三一―二三四ページ、所収。

（3）これは新設された反ファシスト的「ドイツ文化のための北国同盟」のことで、その創設者と会長（ヨハネス・エトフェルトとフレデリク・ストレーム）はスウェーデン政府機関紙「社会民主党員」のサークルに所属していた。トーマス・マン宛て、ストックホルムからの一九三九年八月二日付ゴットフリート・ベルマン・フィッシャーの手紙、『往復書簡集』二三四ページ、所収、参照。

ノールトウェイク、三九年八月二日　水曜日

昨晩十一時、短い訪問にビービとグレートが到着。朝方重い響きの雷鳴。八時十五分起床、急いで仕事にかかったが、少し疲れているのが分かった。始めは、水浴の支度をしている子供たちとKと一緒に浜辺を散歩。四人でランチ。そのあとテラスで過ごす。四時頃、Kが、ベルギーに戻っていく若い二人を車でハーグへ送る。きちんと休息出来ない。デカルトとクリスティーナ[1]について読む。一人部屋でお茶を飲み、プリンストンに送る本を整理し、数通の自筆の通信を処理する。五時半、戻ってきたKと砂丘通りと浜辺を散歩。宿で、第七章とその他二、三のことで慰めるためロウ女史宛て[2]に口述。さらに自筆の通信も。Kはアムステルダムに頼んだ第七章の、間違いの多いタイプ複写を校正する。――バイロイトにおけるヘンダースン[3]とヒトラーとの長い会談についての新聞報道。

（1）スウェーデン女王クリスティーネ Christine（一六二六―一六八九）。女王はフランスの哲学者で数学者のルネ・デカルトを一六四九年ストックホルムの自分の宮廷に招聘した。デカルトはここで四カ月後に他界した。〔訳注〕クリスティーネをトーマス・マンはクリスティーナ Christina と表記している。

（2）ヘリン・ロウ＝ポーター宛て、ノールトウェイクから、一九三九年八月二日付、『書簡目録II』三九／三三一。『ヴァイマルのロッテ』第七章の翻訳は、多数の暗示や隠された引用のために英訳者ロウ夫人、仏訳者セルヴィサン女史に多大の困難を与えた。トーマス・マンは二人に場合によっては省略したり、簡略化することを勧めた。

（3）サー・ネヴィル・ヘンダースン、ベルリン駐在イギリス大使。その回想録『使命を果たせずに』ロンドン、一九四〇年。

ノールトウェイク・アーン・ゼー、三九年八月三日　木曜日

早めに起床。雨模様。最初は部屋で、ついで浜辺で仕事。そのあと強い南西風の中を散歩。ランチのあとガラス・ヴェランダで過ごす。デカルト。ベッドで休息。セインポストでお茶、そのあと浜辺を散歩。穏やかな天候。美しい、落ち着いた波、白銀の光。プリンストンから他の印刷物とともに『この平和』に関連してのニコルスンの論文「戦争は不可避か」[1]。――ケレーニイ宛てにかなり長文の手紙[2]。

（1）　ドイツ語訳は一九三九年秋ストックホルムのベルマン＝フィッシャー書店の「展望」シリーズの一冊として刊行された。一九三九年七月十一日付日記の注（2）参照。ニコルスンはその論文の中でトーマス・マンの『この平和』に強く触れている。

（2）　カール・ケレーニイ宛て、ノールトウェイクから、一九三九年八月二日付、『往復書簡集』八九―九一ページ、所収。『全集』第十一巻、六四八―六四九ページにも。

ノールトウェイク、三九年八月四日　金曜日

朝方、晴天。前に出し海に向けた小屋で第八章を書き進め、その間に、すでにきのうもそうであったように二歳のオランダ人の子供の訪問を受ける。疲労困憊し、下肢が鬱血したまま少し散歩。もしかするとコーヒーを長い時間飲み過ぎたのかもしれない。またあしたの出発のことがすでに身体に影響しているのかもしれない。ストックホルムから程遠くない海辺の恰好な住居についてのベルマンの手紙[1]。チューリヒ滞在を八日から十日位に短縮する計画。――弱い陸風。食後テラスで過ごす。パリの諸雑誌。午後、空が暗くなり、雨と雷鳴の気配。テラスのビーチチェアでお茶。そのあと町でごく僅かな買い物。出発の準備。プリンストンに送る書籍の小包、原稿と紙入れをトランクに入れるように整理。晩、激しい稲光をともなう雷鳴。

（1）カトヤ・マン宛て、ストックホルムから、一九三九年八月三日付、『往復書簡』二三五ページ、所収。

三九年八月五日　土曜日

旅行日。午前中いつも通りノールトウェイクの浜辺で仕事をし、散歩する、その間にKが荷造りをする。ランチのあと「ビュンテルス夫人」[1]と世話係のオルデンブルクの女中さんに心付けを渡して別れを告げる。テラスで仕事小屋の係の男に別れの挨拶。そこで文明史の本を読み、そのまま休息する。ついで部屋で荷造りを完了、思い立つままお茶にする。六時半頃複雑な荷物を仕上げる。下でドアマンに四つの短篇小説[2]をプレゼント、チップを渡し、別れを告げる。六時半大きなタクシーで通い慣れた道をハーグに向かう。そこで最初、駅への道を間違える。オランダ人用窓口で二つのトランクをチッキにし、ランツホフと約束したレストランを探す。ランツホフと出会う。レストランでアルフレド・クノップを待ちながら過ごす。イギリス・アメリカの介入。四人で夕食。九時頃ランツホフとクノップの案内で寝台車に向かう。フランス語を話すイタリア人の車掌、小男のこの車掌が私たちの旅券に目を通しながら、あなたは「あの大哲学者」ですか、と訊ねた。Kと空いている車室におさまる。化粧室の水道が不調。時計を遅らせる。十時半頃就寝。ファノドルムをまるまる一錠。『寓詩物語』を読了。

（1）特定出来なかった。
（2）「フォールム」叢書で刊行されたトーマス・マンの『傑作短篇集』のことで、『トーニオ・クレーガー』、『混乱と幼い悩み』、『ヴェニスに死す』、『マーリオと魔術師』を収めている。

三九年八月六日　日曜日

シュトラースブルク、バーゼル間の寝台車。

約七時間ぐっすり眠る。七時四十五分起床、服を着る。あまり気分は良くない。長い乗客が一杯の列車をいつ果てるともなく歩き抜けて、最後の最後に簡素な朝食の厨房に辿り着く。不安と不快感。お茶、薄い玉子、やや古くなったパン。紙巻き煙草。休息、しかし神経の状態は良くならない。曇天、濡れた道路。Kと一緒に列車の中の異常な帰路を辿る。——イタリア人[1]の寝台車車掌と「独立ベルゲ」における攻撃。アビシニアについて。

チューリヒ、ヴァルトホテル・ドルダー。

バーゼルで簡単な旅券と荷物の検査。駅レストランの外でヴェルモットとエメンターラー・チーズの軽食。チューリヒに向かって馴染みの土地を走行。駅にアソ[2]を連れたオープレヒト夫妻、ゴーロ、テネンバウム。ホテルの車。オープレヒト夫人が同行してホテルへ向かう。三階のヴェランダ付の二部屋。花とチョコレート。食堂でゴーロと昼食。食堂前のテラスでコーヒー。荷物を開ける。書き物机を据えつける。ベッドで休息。私たちのヴェランダでお茶。近くの森を散歩。ベンチの上で性交渉中の男女、慎重に引き返す。宿でモーザー氏[3]の電話。アローザのエーリカと電話、政治の成り行きに悲観的。来訪の予定を伝えてくる。——ゴーロとディナー、そのあと父親モーザー来訪、サロンでコーヒー・クリームを前に長い間私たちと同席して活発にお喋りをする。

(1) 特定出来なかった。
(2) オープレヒトの飼い犬。
(3) フリッツ・モーザー、グレート・マン、旧姓モーザーの父親、ミヒァエル・マンの義父。

チューリヒ、三九年八月七日　月曜日

八時前起床、入浴し、Kと私たちのヴェランダでコーヒーを飲む。十一時まで第八章を書き進める。アプト式電車と路面電車で市内へ行き、バハマンの店で髪の手入れ、店主や使用人たちと挨拶。買物。飾り付けられた市内の魅力的な印象。タクシーでヴァルトハウスへ戻る。一時食堂でランチ。テラスでコーヒー。そのあと私たちの部屋の寝椅子で休む。エリーアスの書物を読む。屋外で休息。食事の前後に手紙を整理し始末する。フィードラー宛てに手紙を書く[1]。Kと森の中を散歩。胃の中具合が少し良くない。八時頃ゴーロが迎えに来て、徒歩で緑の道を市内に下り、タクシーでデルフリ側の「ランディ」[2]へ。夕食に極上のヌシャテル・ワイン。愛すべきデルフリ地区を散歩。路面電車とドルダー電車で宿に戻る。

(1) クーノ・フィードラー宛て、チューリヒから、一九三九年八月七日付、『書簡目録II』三九／三三四。

(2) 一九三九年チューリヒで開かれたスイス国営展覧会、チューリヒ湖両岸で開かれ、とくに大がかりな民衆のお祭りだった。これは戦争の勃発にあたって中止になった。

チューリヒ、三九年八月八日　火曜日

早めに起き、ミルク・コーヒーを飲んだあと十一時半まで仕事。ケーブルカーと路面電車で市内に行き、ウルリヒ教授の診療所で大分待たされたあと耳の検診。聴覚の検査は完全に満足すべき結果を見る。ショルで筆記用紙束とこの手のノートを買う。ホテルでランチ。私たちのヴェランダで、コーヒーとベネディクティーナー・リキュール。最初の「デーリ」[1]をまた吸う。エリーアスの書物は思っていたよりも価値があった。とくに中世後期と騎士時代末期の絵は価値がある。――部屋の外で休息。ミセス・マイアーのドイツ滞在についての興味ある手紙。分裂と不安。この文化民族が！　ミュンヒェンのシャウシュピールハウスにおける上演！　――ベルマンからストックホルムの講演と海浜の私たちの泊まるホテルについて手紙[2]。六時オープレヒト邸へ。夫妻と国営展覧会へ。篠つく雨。歩き抜ける。感動的な自己賛美の印象、正当で、魅力的、必然的なのだ。ゴーロとライジンガー夫妻を交えて七人、ムスター・ホテルで夕食。極上の料理に上等の淡紅色のスイス・ワイン。しかしかなり草臥れる。ライジンガー夫妻が私たちをその小さい車で宿まで送ってくれた。――ケラーの『伝説』[3]の見事なこと。

(1) デーリ Deli とあるが、正しくは「デルヒ Delhi」、スイスの紙巻たばこの商品名。

(2) トーマス・マン宛て、ストックホルムから、一九三九年八月四日付、『往復書簡集』二三六ページ、所収。

(3) 『七つの伝説』、ゴットフリート・ケラーの短篇小説連作、成立は一八五四年から一八六〇年、初版は一八七二年。

チューリヒ、三九年八月九日　水曜日

八時起床。天候好転。コーヒーに、バイドラー夫妻が私たちのために焼いてくれた美味しいお菓子を一部食べる。十一時半まで仕事。ドルダー電車で市内へ。派手やかウィンドウを見物していたバーンホーフ通りでKと出会ったところ、Kは脇道で、ちょうど一日十八フランで借りたスマートな小型のプジョウを見せてくれた。私が必要とするグレイのズボンを購入。ベルヴュ薬局では店員たちが大喜び。車で宿に戻る。ここでランチ、そのあとヴェランダでカール・クラウスの詩と取り組む[1]。ベッドで休息。お茶のあとKとキュスナハトへドライヴ、馴染みの風景の中の馴染みの道程、私が千回も歩いた森、ヨハニスブルク、シュトゥーダー=グイアー邸を訪問したが[2]、妹にしか会えなかった。それからシートハルデン通りへ。私たちは車を空いているガレージに入れ、草や木に覆われた階段を登った。家具がリフトまで運び下ろされる時に、私が坐っていた石の台。生け垣を取り払われた食堂の前の庭のテラス。二、三の馴染みの家具のある居間、食堂への一瞥。見上げた書斎は『ヨゼフ』第三巻、学部長への手紙、『ロッテ』の大部分が成立した場所。深い感動、衝撃的な人生の思い、悲哀と苦痛……森を抜けてチューリヒベルクのホテルへ戻る。――マダム・マイリシュ宛てに口述[3]。マツケッティ女史宛てにヨロスについて書く[4]。食堂でディナー。九時にバイドラー夫妻とゴーロ。三人とKの部屋でビール、葉巻、コーヒーを楽しみながら過ごす。ドイツについてのマイアー女史の手紙を報告。近隣を慮って声を抑えての和やかな歓談、シートハルデン通りの書斎で過ごした夕べを思い出す。

(1)　一九三九年夏チューリヒのオープレヒト書店から刊行された『詩選集』のことであろう。この記述は、トーマス・マンがカール・クラウスとかなり綿密に取り組んだという、トーマス・マンの日記や手紙にはまったく珍しい指摘の一つである。

(2)　一九三八年四月十日付日記の注（6）参照。

(3)　ラヴィーニア・マツケッティ宛て、チューリヒから、一九三九年八月九日付、『書簡目録II』三九／三三五。

(4)　スイスの著作家ヴァルデマル・ヨロス（一八八六―一九五三）はラヴィーニア・マツケッティの夫。ヨロスはモスクワに生まれ、ロシア語から、とくにドストイェフスキー、ゴーゴリ、ゴンチャロフ、ツルゲネフ、エレンブルク、チエルニチェフスキ、その他のロシアの政治著作家たちを翻訳した。

チューリヒ、三九年八月十日　木曜日

八時十五分起床。夏らしい好天。ヴェランダで朝食、それから正午まで仕事。十二時半、小さい車で駅へ、ギーゼ女史とその妹[1]と一緒にクールからやって来るエーリカを迎えに行く。エーリカと私たちの宿へ。ランチにゴーロも加わる。テラスでコーヒー。休息がうまく取れず、お茶のあと三人で出掛けた森の散歩で、草臥れ、気分が悪くなった。宿で展覧会の幹部宛て入場券送付の礼状の口述。円卓でエーリカ、ゴーロ、ギーゼ女史と早めのディナー。そのあとKの部屋でシャンパン。第七章の末尾、父子の対話と、第八章の書き上げた部分を朗読。上々の印象。冒頭の興奮を呼ぶところがここでまた生まれたことを確認。隣の客の壁を叩く音で抑えながら、十二時頃まで集まりは続いた。

(1)　テレーゼ・ギーゼの妹イルマ、スイスで亡命生活を送っていた。

チューリヒ、三九年八月十一日　金曜日

七時四十五分起床。暑い夏。十一時半まで仕事。それからKとエーリカと展覧会へ向かう。ムスター・ホテル等々で。幾つかの部門。シフリバハ上を走行。魅力的な、いたく心をそそられる印象。酒房で昼食。三時頃宿に戻る。非常に暑い。休息。四時半頃グランド・ホテル・ドルダーへトレービチュ夫妻とのお茶に出掛ける。夫妻と森を抜けて戻る。宿でひげを剃り、着替える。下のヴェランダでベルンのマールベルク[1]博士を応接。その原稿「ゲーテへの道」の可能性について。オープレヒト邸での夕食にギーゼ女史とその妹とともに、これに遅れてロンドンのロータル博士[2]。いつものように政治情勢が話題になる。展覧会を大分褒め称える。——トール・ボニエル[3]からの招請。

（1）マールベルク Marlberg は正しくは、マールベルク Mahlberg。一九三九年六月二十日付日記の注（2）参照。
（2）ヨハネス（ハンス）・ロータル博士（一九〇〇—一九四四）、一九三五年まで「フランクフルト新聞」社の業務を統括する役員の立場で働いていたが、イギリスに亡命、四一年ロンドンで、ドイツ語の週刊誌「ディ・ツァイトゥング」を創刊、その発行者、編集長を勤めた。この週刊誌は四五年まで存続した。
（3）トール・ボニエル（一八八三—一九七六）は、出版社社長カール・オト・ボニエル（一八五六—一九四一）の三人の息子のうちの長男。父親の死後ストックホルムのアルベルト・ボニエル出版社の経営を引き受けた。この出版社は、一九〇四年以来トーマス・マンのほとんどすべての作品のスウェーデン語版を刊行し、三八年にはベルマン＝フィッシャー書店と提携して、ヴィーンで潰されたベルマン＝フィッシャー書店の再建を可能にした。

チューリヒ、三九年八月十二日　土曜日

八時前起床。夏らしい天候。十一時半頃まで第八章を書き進める。ロープ・ウェイと市内電車で市内へ。アスパーを訪れる途中でがっくりしているトレービチュに出会う。アスパーの所で検査と洗浄。そこからヴォレン・ケラーに行きズボン吊りと靴下を買う。ビルガー夫人のところでペディキュア。Kが迎えに来る。一緒にその他の買い物。遅いランチ。そのあと私たちのロジアで新聞各紙と「ターゲブーフ」を読む。ロンドン＝ストックホルム間の旅行のことでの面白くない情報について相談、これはおそらく飛行機でコペンハーゲンまで飛び、続いて寝台車を利用するのが最善だろう。——ベッドで休息。お茶のあとゴーロとKとキュスナハトの森へドライヴ、そこで車を下りて、（トービのいない）「小さな周回」をする。ツーミコーン、ヴィーティコーン経由で戻る。夕立。——宿でベルマン[1]、トール・ボニエル[2]、エトフェルト（ストックホルム[3]）宛てに公開講演の件で口述。ゴーロを交えてデイナー。そのあとホールで読み物。ダンツィヒについての「新チューリヒ新聞」の好論説。「尺度と価値」の第一冊のかなり面白い構成はゴーロが[4]提示したものだが、そのためのグムペルトの短篇小説は、疑わしい位の好篇である。——新聞にモスクワのトルストイ文書館からの『アナ・カレーニナ』草案[5]。同じ紙上にショーペンハウアーに宛てた瀕死のウォルター・スコットの憂鬱にも才気の閃きのない手紙[6]の草稿。

（1）ゴットフリート・ベルマン・フィッシャー宛て、チューリヒから、一九三九年八月十二日付、『往復書簡集』二三七／二三八。
（2）トール・ボニエル宛て、チューリヒから、一九三九年八月十二日付、『書簡目録II』三九／三三七。
（3）ヨハネス・エトフェルト宛て、チューリヒから、一九三九年八月十二日付、『書簡目録II』三九／三三八。ドイツ文学の仲介者、翻訳者としてとくに功績のあった叙情詩人、随筆家のヨハネス・エトフェルト（一九〇四年生まれ）は、ストックホルムでの「ドイツ文化のための北国同盟」でのトーマス・マンの講演を実現するために努力し、トーマス・マンは承諾した。一九三九年八月一日付日記の注（3）参照。
（4）マルティーン・グムペルトの短篇小説『手術』は、「尺度と価値」一九三九年第一冊、十一月／十二月号に掲載された。
（5）ヴァルデマル・ヨロス「トルストイ『アナ・カレーニナ』の未知の草案」、この長編小説の最終稿において第一部の二十二、二十三章となる、ヨロスの翻訳中の「舞踏会」が続く導入部、「新チューリヒ新聞」一九三八年八月十三日号、所収。
（6）フランツ・モクラウアー「ウォルター・スコットとアルトゥル・ショーペンハウアー。空しく終わり、投函されなかった手紙」、「新チューリヒ新聞」一九三九年八月十三日号、所収。

チューリヒ、三九年八月十三日　日曜日

七時四十五分起床。霧がかかっている。午前中仕事。正午ゴーロと湖岸沿いにドライヴ、マイレンで「ルフト」（1）へ上がって行く。そこのレストランで美味しい昼食を食べ、美味しい、スイスの軽い赤ワインを飲んだ。庭でコーヒー。プァネンシュティール経由で美しい道程を戻る。感動の止むことがない。――ホテルでは、日曜営業、音楽。周辺にも大勢の人間。お茶のあと森の中少し深くまで車を乗り入れ、そこで散歩。そのあと、ニコルスン（2）、マイアー女史（3）、セルヴィサン女史（4）宛てに口述。メキシコのメーディ宛てに手紙を書き始める。ディナーのあとゴーロと「尺度と価値」のための諸原稿に目を通す。

（1）〔訳注〕チューリヒ湖の湖畔の町マイレンの山手の地区の地名。
（2）ハラルド・ニコルスン宛て、チューリヒから、一九三九年八月十二日付、『書簡目録II』三九／三四二。

（3） アグニス・E・マイアー宛て、チューリヒから、一九三九年八月十三日付、『書簡目録II』三九／三四三。

（4） ルイーズ・セルヴィサン宛て、チューリヒから、一九三九年八月十三日付、『書簡集II』一〇九―一一一ページ、所収。

チューリヒ、三九年八月十四日　月曜日

七時半起床。秋めいて霧がかかる、晴天。第八章を十一時半まで書き進める。市内へ行き、イェルモーリ(1)、ヴォレン・ケラー、ファイン＝カラーで買い物。（女性店主が通りまで追いかけて出てくる。）テネンバウムを迎えに行き、ランチに連れて行き、ヴェランダでゴーロも交えて昼食を共にする。フィードラーとマダム・マイリシュから手紙。五時半バルト夫妻(2)の出迎え。二台の車でチューリヒ湖右岸沿いに走り、内陸に向かってフェージの地所(3)を過ぎて、レストラン・アイヒミューレに着く。そこからバルト夫妻、ゴーロと散歩。七時半ほとんどチューリンゲンを思わせる景色が楽しめるレストランの庭で、スイスの赤の地ワインで美味しい夕食。気の置けない友人たちとの美しい、穏やかな心地よい夕べ。政治が大分話題になるが、文学的な問題についての意見も交換した。帰路、バルトとコローディとその鬱病について話をする。――ブルクハルト(4)のベルヒテスガーデン訪問とそのロンドンへの報告について新聞各紙。（ランシマン）。ロシアを排除しての五ケ国会議というムッソリーニの計画。フランスとイギリスにおける反ロシア勢力の動員を期待しているのだ。

（1） チューリヒの百貨店。〔訳註〕ヴォレン・ケラー、ファイン＝カラーともに、チューリヒの老舗の商店で、現存している。

（2） 一九三八年七月十一日付日記の注（3）参照。

（3） チューリヒ湖湖畔の町ヴェーデンスヴィール上手にあるロベルト・フェージの別荘「ノイグート」。

（4） スイスの歴史家カール・ヤーコプ・ブルクハルト（一八九一―一九七四）はもともと外交畑の人で、一九三二年以来ジュネーヴ大学の歴史の教授、三七年から三九年自由市ダンツィヒの国際連盟高等弁務官。この資格でブルクハルトは三九年八月十一日ベルヒテスガーデンでヒトラーと会談した。その著書『わがダンツィヒにおける使命』（一九六〇年刊）におけるブルクハルトの報告によれば、ヒトラ

ーに対してドイツのポーランド侵攻は世界戦争に通じようと断言したところ、ヒトラーはこれに答えて、私は、戦争に訴えなければならないとあれば、明日と言わず、今日にも始めるだろうし、仮借なく最後まで戦うであろうと言った。（一九四〇年三月十九日付国際連盟宛てブルクハルトの報告、参照、文言は『国際事件の諸記録』一九三九年—一九四九年、第一部、三四六—三四七ページ、所収。）

チューリヒ、三九年八月十五日　火曜日

やや秋を思わせる好天。午前中、ゲーテ邸での集まりの場面を書き進める。正午テネンバウムと、ツーミコーン・ゴルフクラブ隣の地所の所有者の代行をつとめる建築家を迎えに行く。その地所へ車を走らせ、検分して、大まかな測地。嬉しい印象。木曜日の話し合いを約束する。——ホテルでランチ。そのあと私たちのヴェランダでギーターマンの『社会主義理念の歴史的悲劇』(1)を読む。ベッドで休息。午後メキシコ・シティのメーディ宛てに詳細な手紙を書く。六時半頃、ライジンガー夫妻と私たちを待っているオープレヒト夫妻の家に行く。二台の車でキュスナハト上手のライジンガー邸へ向かう。家も庭も魅力的な位置にある。アソの他に立派なもじゃもじゃの毛を生やした犬のビリ。短い散歩と覆いの掛かった庭ヴェランダでの夕食。そのあと部屋に入る。落ち着いた、好感のもてる夕べ。

（1）ヴァーレンティーン・ギーターマン『社会主義理念の歴史的悲劇』、オープレヒト書店、チューリヒ、一九三九年。

チューリヒ、三九年八月十六日　水曜日

秋の気配を漂わす完全な晴天。午前中仕事。正午Kと森の中を散歩、それからゴーロをランチに迎えにいく。午後、ゴーロとオープレヒト夫妻ともどもルツェルンへ向かう。そこでヴァルター(1)一家を訪問。オープレヒト夫妻と河畔のホテル・バランスのテラスで夕食。コーヒーにヴァルター夫妻が加わる。十時から十一時過ぎまで帰りのドライヴ。オープレヒト夫妻に別れの挨拶。

（1）ブルーノ・ヴァルターとその家族。ヴァルターはルツェルンの音楽祭のためにここに滞在していた、マーラーの交響曲第二番を指揮することになっていたのである。トーマス・マンとカトヤ夫人とのこの出会いについてヴァルターは『主題と変奏』四六八ページに報告している。

チューリヒ、三九年八月十七日　木曜日

暑い夏の天候。朝またお茶を飲む。ヴェランダで鉛筆を手に寝椅子に座って「集い」を書き進める一方で、Kは荷造りにかかっている。正午パウル・シュテファン教授(1)を応接する。そのあと少し森に足をのばす。ランチのあと改めて、シェーダーのゲーテ論考と取り組む。直接ストックホルムへ運ばれる荷物を取りに来る。少しく午睡。Kは市内から私のナイト・テーブル用目覚ましの他に、ツーミコーンの地所の所有者が差し当たり売る気がないというがっかりさせられる知らせを運んできた。この地主にはストックホルムから手紙を送ることにする。——ウンルー宛ての手紙。荷物を拵えたり、解いたりする。Kと少し散歩をして、水泳プールを見学する。ゴーロと三人でテラスでディナー。近くにあたりを見回しているドイツ人たち。そのあと上に行き、手鞄を荷造り。市街と「ランディ」への光溢れる眺めが楽しめるバルコニーで白ワイン。極めて怪しげな状況下での別れにエーリカと電話。緊張は先鋭化の度を増しており、私としては、ヒトラーに戦争する気があるとは思っていないが、それでもヒトラーは戦争に追い込まれることになるかもしれない。——私はチューリヒから別れたくない。私たちは九月に戻ってくることになるかどうか。——あす七時前に起きるために、十一時に就寝。

（1）オーストリアの音楽著作家パウル・シュテファン（一八七九—一九四三）、トスカニーニ、ブルーノ・ヴァルター、マーラー、シェーンベルク、シューベルト、ビゼー、ドヴォルザークについてのモノグラフィーや多数の音楽史関係著作の筆者。シュテファンは一九三八年ヴィーンからスイスへ亡命し、三九年から四一年リスボンで生活し、ついでニューヨークに辿り着いた。トーマス・マンはシュテファンの編集したブルーノ・ヴァルターについての論文集（一九三六年刊）に論説を寄稿している。

ロンドン、ホテル・アレクサンドリア、三九年八月十八日　金曜日

きょうチューリヒで六時四十五分に起床。濃い霧。お茶で朝食、用意を整える。ゴーロが最後の同行。タクシーで駅へ、スイス・エアのバス、検査。ゴーロに別れを告げる。バスで空港へ。そこで長く待たされる。アルミニウムの大きな機体で四十五分遅れて出発、九時四十五分上昇。バーゼルへ飛行、滞留。ついで非常な高さの霧の上二五〇〇メートルまで。明るい青の下には白く柔らかな雲の風景。上空を安定した、早い飛行。しっかりしたスイス人スチュワーデス。十二時、ランチ。ブイヨンにハム・サンドウィッチ。紙巻き煙草。動悸の高まりの発作にかかっただけ。ドーヴァー海峡上空では海峡上の小さな船舶が見えイギリス海岸が立体地図のようだった。ロンドン近くではがくんがくんと雲の層を抜けて下りていった。着陸。メーディとラニイが飛行場沿いのテラスから合図している。挨拶。なががと旅券と手荷物の検査。ラニイ夫妻とヴィクトリア駅まで長いバス走行。ホテルへタクシー。三階の上等な二人部屋。食堂で四人で、非常に遅い時刻の有り合わせのランチ。ベッドで休息。クリームを入れた上等のお茶。

ロンドン、三九年八月十九日　土曜日

きのう午後は無意味に過ごしてしまった。イタリア・レストランでラニイ夫妻とディナー。そこからタクシーでシネマに行き、小都市の結婚騒動の、上手な俳優が上手に演じているフランス映画。ハイドパークへ徒歩で行き、ホテルに戻る。非常に疲れる。読み物はハチンスン『遺言』[1]。

かなりよく眠る。八時半頃起床して、入浴。かなり濃い霧が立っている。ポリッジとお茶の朝食。ローゼンベルク姉妹[2]とヘルツ女史の電話。サンタ・モニカのクラウスから礼状[3]。バープ（パリ）の手紙。Kは旅行会社へ。――タクシーで静かな区域のローゼンベルク

邸へ。嬉しい挨拶。二人と日向の庭で過ごす。その部屋部屋を見せてもらう。一緒にバスで市内へ行き、きのうのレストランを探すが、見つからなかったのでその代わりに別の、かなり上等で高価なレストランに入る。四人でランチ。政治情勢や個人的なことが話題になる。出国手続きの地獄に話題が立ち戻るたびに、老けてきたケーテ・ローゼンベルクは興奮の様子。——ホテルで休息。——ヘルツ女史とお茶。あとで一緒にきのうより快適な散歩、バッキンガム宮殿へ向かい、夏らしい人出で賑わう公園沿いに歩き、トラファルガル広場、テームズ橋、議会、ダウニング街に出る。十九世紀のルネサンス再現。タクシーでラニイ夫妻を訪れる。気持ちの良い小さな住居。手料理の夕食、書斎でビールとコーヒー。十一時過ぎ、バスで宿に戻る。

（1）　イギリスの作家R・C・ハチンスン（一九〇七年生まれ）、一九三八年に刊行された長篇小説『遺言』で国際的な文学的大成功を収めた。この小説はマリーア・ジュスティニアーニ（ミーミ・ツカーカンデル）のドイツ語訳で、『ある遺言』という表題で一九三九年ストックホルムのベルマン＝フィッシャー書店から刊行された。

（2）　ケーテ・ローゼンベルクとイルゼ・デルンブルクの姉妹。カトヤ・マン夫人の従姉妹で、ロンドンに亡命していたのである。

（3）　父親宛て、カリフォルニア、サンタ・モニカから、一九三九年八月三日付、クラウス・マン『書簡と回答』第二巻、八一—八四ページ、所収。

ロンドン、三九年八月二十日　日曜日

八時半起床。霧、湿度が高い。ポリジとお茶。あまり気分が良くない。車を注文する。——第八章を数行書き進める。十一時車で出て（狼咽の運転手）、子供たちを迎えに行く。ハムプトン・コート[1]（リチモンド・パーク）へ走行。壮麗な公園内を散歩、庭園レストランでランチ。そのあと、壮大な城館、イタリアの絵画が掛かっている部屋の数々、寝室広間に謁見広間などを見学。公園への華麗な眺望を楽しめる回廊。こうした創造物の背後に存在するに違いない理念。宿に戻って休息。お茶に「おばさんたち[2]」。そのあと第八章を書き進めた分だけ朗読。ご婦人連とイタリア・レストランへ。ミネストローネとザバイオーネ。宿でロ

ウ女史と電話。

（1）テームズ沿いに位置するチュードル王朝期の、イギリス・ルネサンス宮殿で、枢機卿ウォルジが建設して、一五二六年にこれをヘンリー八世に献上、一六八九年クリストファー・レンが改築、王室絵画コレクションを蔵しており特に有名なのがマンテーニャの「シーザーの凱旋」である。

（2）一九三九年八月十九日付日記の注（2）参照。

ロンドン、三九年八月二十一日　月曜日

非常に暑い。午前中少し仕事。ヘルツ女史とドイツ向け政治的レコード録音の事件[1]、これは結局断る。ウィラード[2]夫妻とカールトンでランチ。ヒトラーはビスマルクより偉大ではないか、どうか。――一人で宿へ。激しい雷鳴。プリンストンからの郵便物。オト・シュトラサーの試行計画書。興奮を覚え、意気消沈。ただ座ったまま目を閉じていた。お茶にトーマス・マン協会についての報告のためブルシェルが来る。

晩ラニイ夫妻と小母さんたちを招待してグローブ座に行き、『正直であることの重要さ[3]』を観る、きれいに演じられていた。そのあとある喫茶店でお茶とチーズ・ケーキ。バスで宿に戻る。非常に疲労。――夕立の際にハイドパークで六人が稲妻で死亡した。

（1）どういう関連の事件かもはや確認出来ない。

（2）ウィラード Willard とあるが、正しくはウィラート Willert。一九三八年六月五日付日記の注（1）参照。

（3）オスカー・ワイルドの喜劇、ドイツ語ではたいてい『ブンブリ』という表題で扱われている。

ロンドン、三九年八月二十二日　火曜日

曇り。「テレグラフ」にリベントロープが不可侵条約締結のためモスクワに飛ぶ、という瞠目すべき記事。イギリスにとっては「寝耳に水」。きょう全体閣議。オルデン夫人[1]が、夫はストックホルムへ行かない、と電話してくる。オルデンは私との話し合いを望んでい

る。——やり切れない政治的ニュースと同時に、グレーテ・ヴァルター(2)がベルンで夫によって射殺され、夫もそのあと自殺したという、やり切れない私的ニュース。衝撃をこめた電報を書く。まったく仕事をしなかった。午前ラニイと大英博物館に行き、そこでザクセル教授(3)が案内に当たってくれた。アッシリア、ウル、エジプト。そのあとラニイと小さなレストランでランチ。バスで宿に戻る。休息——平静にはなれなかった。モーニとその夫の出迎えを受けてバスでヘルツ女史のところでのお茶に向かう。ザクセルを含めたウォーバーグ研究所(4)のサークル。宿に戻ると、ルードルフ・オルデン夫妻の来訪。夫妻と情勢とストックホルム会議について。夫妻とスペランサで夕食。独露協定に対する解説の載っている夕刊。日本の懊悩。「ルーヴル」紙「ロシアは反コミンテルン協定に加盟する。」この協定の永続性に対する不信。ポーランドのさしあたりは不動の態度。ポーランドでは木曜日に議会招集。戦争の危険が深まったことは疑いない。ヒトラーが忍耐の緒を切らしての怒りがもたらしたものでしかない、ポーランドに報復するというこの行為にはシニックな軽率さが感じられる。プラハを相手にしていたときは、ヒトラーは民族的理念を否定し、今は反ボルシェヴィズム理念を否定している。慌てふためいての放棄。——エーリカとゴーロはチューリヒでの葬儀(5)に参列する。

(1)　イーカ・オルデン、作家ルードルフ・オルデンの夫人。一九三九年五月一日付日記の注（3）参照。

(2)　ブルーノ・ヴァルターの下の娘グレーテ・ヴァルター（一九〇六—一九三九）は、ドイツの映画プロデューサー、ロベルト・ネパハとの非常に不幸な結婚生活を解消しようとして、すでにネパハとは別れて両親の下で生活していた。グレーテがネパハにチューリヒで与えた「最後の話し合い」の最中に、グレーテが他の男に心を寄せるかもしれないとの思いに耐えられなくなったネパハは、グレーテを射殺し、自らも命を絶った。この不幸な事件がベルンで起こったとするトーマス・マンの記録は何らかの誤解に基づくものであろう。

(3)　ヴィーンの美術史家フリッツ・ザクセル（一八九〇—一九四八）はヴァルブルク図書館の館長でハンブルク大学教授、一九三三年以降ロンドンでウォーバーグ研究所の所長。

(4)　ハンブルクの美術史家で文化史家アービ・ヴァールブルク（一八六六—一九二九）の蔵書をもとに生まれたロンドンの重要な美学研究所。蔵書は一九三四年ロンドンにわたり、以来ロンドン大学に付属することになった。イーダ・ヘルツは、しばらくこの研究所の司書代理を勤めていた。

(5)　二人の幼年時代の友人グレーテ・ヴァルターの葬儀。

ロンドン、三九年八月二十三日　水曜日

午前、第八章を少し書き進める。十一時過ぎKとバスを利用してスウェーデン領事館へ。ランチにラニイ夫妻とスペランサへ。ホテルで手鞄の面倒な荷造り。そのあと休息の際に終章へのアイデアがいくつか浮かぶ。「小母さんたち」とお別れのお茶、二人はタクシーまで同行してくれて感謝と悲しみの思いをこめて、あとに残る。

セント・パンクラツ駅まで行く。そこにはラニイ夫妻とマルチパンを持ったヘルツ女史が来ていた。大分時間があった。若い二人に別れを告げる。戦争勃発のさいには二人を庇護してくれるようにマリとニコルスンに頼んである。モーニの繊細で気力を失いがちな性格を思うと胸を打たれる。

プルマン・カーでティルベリへ向かい、抱えていた新聞には独露の大博打が報じられているが、その作用はおそらくドイツでは思ったほどではないだろう。――旅券検査は非常に長引く。大勢の帰国するスウェーデン人たち。

「スエシア」船上で。テームズ川下りの航行。かなり小さいが設備の良く整ったボート。船室はかなり狭い。甲板に座る。八時に食堂でディナー。同じテーブルにボンベイから来たパディシャという名前のパーシー教徒(1)の変わった老人、これが対話の中で、私の素性を当てる。このテーブルに遅れて若い二人のアメリカ女性が加わるが、そのうち一人は絵にかいたような美人。そのあと上の甲板サロンでコーヒー。ラジオ・ニュースの聴取者が集まる。報道にはとくに新しいものはなかった。非常にきっぱりしたイギリスの声明はドイツ人には聞かされない。ドイツの生存権の固執。アメリカとスイスでも確認されている「外交的敗北」は、イギリス、フランスでは非常に冷静に受け止められている。これはどこまで及ぶだろうか。第三国が攻撃されてはならないという付帯条項がこの条約には含まれているということが、ありそうなことと目されている。ベルリンの日本大使に対する回答、この条約は、イデオロギー的基盤の上で締結されたものではないので、反コミンテルン同盟に何ら抵触するものではない。いつものように、止まるところを知らぬ破廉恥さ。――ヘンダースン(2)が内閣の声明(3)をベルヒテスガーデンで手渡す。――戦争になるということに対する私の疑念はなお去らない。ロシアが中立を保つ場合でも、ナチの連中にとって戦争は簡単には踏み切れるものでない予測不能な冒険であろう。スターリンも確かにポーランド分割に反対のはずだ。しかし道徳的前線の攪乱は成功した、社会主義とデモクラシーの提携は、保守的な自由世界だけのものではないとして阻止された。いまや――少なくとも見かけでは――未来の世界と過去の世界とが対峙している。――ボルシェヴィズムと協定を結ぼうという決定はおそらくゲッベルスに由来するものであろう。

(1) 〔訳注〕パーシー教というのは、ペルシャからインドのボンベイに移ったゾロアスター教の一派で、ユダヤ教、キリスト教、イスラム教以外で一神教の性格をそなえた世界で数少ない宗教である。

(2) イギリス大使サー・ネヴィル・ヘンダースンは一九三九年八月二十三日にヒトラーにチェムバレン首相の私信を手渡した、そこには重ねて、独露協定はポーランドに対する大英帝国の義務に変更を加えるものではない、とあった。書簡は最後に、「戦端がひとたび開かれるや、その終結を予想することは、不可能であるから」ポーランドとの紛争の平和的解決を改めて懇請している。

(3) 一九三九年八月二十二日の閣議によるイギリス内閣のコミニュケは断固として表明している、ドイツとソヴィエト同盟との間の不可侵協定は、「いかなる形であれポーランドに対する大英帝国の義務を損なうものではない、この義務をイギリス政府は重ねて公に確認しており、その遂行を固く決意している」。

北海、「スエシア」船上、三九年八月二十四日
木曜日

きのうは、予想どおり、蒸し暑い船室で非常に遅く、ファノドルム丸々一錠でやっと寝ついた。八時半起床。灰色の空、霧が出て、涼しく穏やか、霧雨模様。身繕いに難渋したあと少しデッキ沿いに出る。老パーシー教徒とともに朝食、ボンベイにいる老いた姉に出会いについて書いたという。お茶、玉子、蜂蜜。そのあと甲板に出る。椅子と毛布。ハチスンの『遺言』を読む。きのうの分を書く。海は雨模様ながら凪いでいる。スウェーデン語のニュースだが分からない。――再び海上にあって、事件の射程距離外に出ることは、むしろ

気が休まる。——終日デッキ上の椅子に座っている。天候は晴れてくる。Kは英語のラジオを聞いて報告してくれた。下院におけるチェムバレンの演説、保障の断固たる堅持とヒトラーの不当な要求の拒絶。ロシアの裏切りは非常に悪質らしい（一般討議）。——「左翼」の概念がいまやあらゆる意味を失ってしまったので、世界の混乱は大きい。「左翼」は何はともあれ多少なりともロシアを頼りにしてきたのだが、そのロシアが今は反対側に移ってしまった。社会主義的色彩の自由はロシアを頼りに出来ると信じていて、誤ってしまったのだ。

三九年八月二十五日　金曜日。

ゲーテボルク(1)からストックホルムへの車中で

昨夜早めに就寝、赤い粉薬を飲み、少し読んだあと六時まで熟睡した。荷物をまとめる。パーシー教徒と朝食（コーヒーと粥）。そのあと不愉快な暑さの中でお決まりのように神経を疲らせる到着手続。駅へ向かう列車の中で荷物の検査と積み込み。ストックホルム行きの切符を買ったあとで無料切符が到着。典型的に優雅で清潔な鉄道車輌。湖、岩山、夏めいた大地。——状況がずっと重く思いをかき立てる。ドイツは「西」からことによると永久に別れ、東側に落ちたのかもしれない。バルカン、（パーペン(2)が暗躍している）トルコが独裁諸国家に与することになれば、イギリスの状況は極めて危険である。ともあれドイツととくにイタリアではイギリスの頑張りに対する幻滅が支配的らしい。ロシア・ショックが「平和」を救うだろうという希望は非常に強かったらしい。この希望ははっきり退けられている。正しく理解されているとすれば、ポーランド軍は、フォルスター(3)が支配者にのし上がったダンツィヒを「包囲して」しまっている。ベルリンの作戦会議。どこの国でも熱病的な戦争準備。いまだに平和が確保されて驚きが生まれる可能性は残っている、しかし私は、戦争を願っていることを隠さない、その結果が予測不能であり、現状とは違う状況を、おそらくはドイツにおいても生み出すことになるからだ。何よりもヒトラーの無血侵攻くらい厭うべきものはなく、それ以外なら何でもいいというほどだ。ローズヴェルトと中立諸小国の宣言などは多分意味がない。

――多くの冷たい前菜のついた上等のランチ。そのあと葉巻と読書。ストックホルム到着、三時。駅頭にベルマン夫妻。一緒にフィッシャー夫人のメルツェーデス(4)で
　サルトシェーバーデン、グランド・ホテルへ。魅力的な立地のロジアつきの部屋。たくさんの郵便。ベルマンが用意した、『魔の山』、『ブデンブローク家の人々』、『ロッテ』の刷本、『ロッテ』用のパンフレット等々。四人でロジアでお茶。ドイツとロシアにおけるグロテスクな寝返りと、そのさいのうっかり犯した笑止な不作法を大分話題にする。Kが荷物を開けているあいだ(チューリヒの荷物はきちんと届いた)、私はマイアー女史からの、リューベクとドイツの印象についての詳細な手紙、トルストイ序文に最大級の賛辞を盛ったランダム・ハウス社の手紙、等々を読む。チューリヒのエーリカと電話、エーリカは晩にパリへ向かい、劣悪な船室の船脚の遅い船で慌ててパリに戻る(5)ことになる。私が望んだように、スウェーデンに来るつもりだったが、ニューヨーク行き汽船への乗船希望が殺到していることを耳にしたのだ。私たちは九月十九日分の席を確保してある。しかしこの帰航は、戦争が始まって、アメリカがおそらく直ちに参戦することになろうが、その場合は怪しいものになろう。――娘のヒラ(6)を連れてフィッシャー夫人が到着。長い年月を経ての挨拶。他の人々は断ったのに、新聞記者とカメラマンは追い払えない。食堂でフィッシャー母娘と夕食。そのあと二人と色とりどりに照明された庭で過ごす。ベルマンと電話、ベルマンは決定的なニュースを得ていなかった。ヘンダースンは改めてヒトラーの希望で、ヒトラーを訪れ、続いてロンドンに向かった。ドイツには、戦争にはならない、新しいミュンヒェンが迫っているとの確信が根付いている。それが錯覚だと分かりますように！　ポーランドの腰砕けの兆候はまったくない。ひどく顔に泥を塗られた日本人は、党大会に参加しない。

(1)　ゲーテボルク Goetheborg とあるが、正しくは Göteborg, ゲーテボルクと読めるが、スウェーデン語では、イェテボリ。

(2)　フランツ・フォン・パーペン(一八七九―一九六九)、ヒトラーの保守派の先達、一九三二年六月から十二月までドイツ首相、その画策によるシュライヒャー政権の倒壊後、一九三三年一月三十日副首相としてヒトラー政権に入閣。国民社会主義者たちによるオーストリア首相ドルフースの殺害後パーペンは一九三四年六月ヴィーン駐在ドイツ公使、

二六年大使に昇格、オーストリア占領後三九年四月から四四年八月までトルコ駐在ドイツ大使。ニュルンベルクの主要戦犯裁判では四六年に無罪宣告を受けたが、非ナチ化裁判所の審理では八年の労働刑を宣告され四九年に釈放された。
（3）アルベルト・フォルスター、国民社会主義党のダンツィヒ大管区長。
（4）ヘートヴィヒ・フィッシャー夫人はその小型メルツェーデス車をベルリンからストックホルムへ持ってくることが出来たのだった。
（5）慌ててパリに戻る、と日記原文にはあるが、明らかな誤記である。「ニューヨークに」か「アメリカに」でなければならないところである。
（6）ヒルデ（通称ヒラ）・フィッシャー。S・フィッシャーの一九一六年生まれの下の娘。

サルトシェーバーデン、三九年八月二十六日　土曜日

七時半起床。非常に暑いが、空気は柔らか。ルガーノのブルーノ・ヴァルターに同情と慰めの手紙(1)を書き、午前中一杯かかる。Kと短い散歩。フィッシャー夫人、ヒラ、ベルマン夫妻と（スウェーデン料理の）ランチ。そのあとロジアで『ロッテ』の最初数章を朗読。非常に疲れて寝椅子で休息。タキシードを着用。六時ボニエルの車が迎えにくる。約一時間走行してストックホルムを経由してボニエル邸に着く。庭でレセプション。花壇。増築された、一七五〇年の屋敷。天井画は泉のほとりのヤーコプとヨゼフ、星座に獣帯の図が描かれている。老ボニエル夫妻(2)、若い女主人、スウェーデンの作家たち、ペン＝クラブの会長(3)、大学人たち。美しい天幕ふうの空間でディナー。トゥール・ボニエル(4)のスピーチ。同じように私も挨拶しフィッシャーとその家族の思い出を語った。食後屋敷を見て回る。老ボニエルとかなりの間話をする。スウェーデン語のラジオ・ニュース。午後宥和政策が奏功するとの印象が高まってきていたのに、晩になると一転して、戦争は不可避との感じが強まった。きょうとあす、イギリスの閣議。ヒトラーに宛てたメセージ、ダラディエにも。ドイツは完全な戦争体制、空路遮断、等々。ヒトラーはロシア同盟によって当面は有利な状況をつくり出した。しかし国民は西側世界との戦争に戦くだろう。戦争になるとどういうことになるか、世界にとっても、精神的、物理的状況にとっても、個々の運命にとって

も、予測はつかないだろう。——夜、フィッシャー母娘と宿に戻る。イギリスに向かっているとのビービの電報。アムステルダムから可哀相なエーリカのおろおろした電話。ベルギーを通過してロテルダムへ走行中に、原稿を収めた貴重な荷物全部が盗難にあい、三時間の列車の遅延で、ロテルダムに着いてみると、乗船するはずだった船はすでに出港していた。二人して、ひどい目にあって泣いている娘にいろいろ言ってやったが、あまり実になる慰めになるわけがない。警察に通報したものの——戦争の渦巻きの中ではあまり見込みのあろうはずもない。列車の金庫も盗難にあった。あすは日曜なので、盗難被害者にはひどい状況がますます重くのしかかるだろう。一夏の仕事の成果、家族伝来の装飾品、自分の収入で手に入れて、喜んでいたあたらしいアクセサリー。おおきな同情を覚えて、私たちは長い間起きていた。可哀相な、ふだんは勇気があって、愛すべき子供が、すっかりうちひしがれている。それでいてしかももっとひどいことも考えられないのではない。エーリカは、もし出来れば、スウェーデンに来ることを考えている。この「もし出来れば」は、私たち自身の戻り旅にも当てはまる……

(1) この手紙は確認されていない。おそらく散逸したのだろう。これに対する、ルガーノからの、一九三九年八月三十日付、ブルーノ・ヴァルターの返事は、ブルーノ・ヴァルター『書簡集　一八九四—一九六二』フランクフルト、一九六九年、二四九—二五〇ページ、に見出される。

(2) カール・オト・ボニエルとその夫人。

(3) 作家グスタフ・ヘルシュトレーム、一九三七年以来スウェーデン・ペン＝クラブの会長、スウェーデン学士院会員。

(4) トゥール・ボニエル Thur Bonnier はトール・ボニエル Tor Bonnier のこと。

サルトシェーバーデン、三九年八月二十七日　日曜日

数時間の睡眠のあと八時起床。非常に暑い天候。ロジアでコーヒーと粥の朝食。エーリカへの同情と来るべき事態への危惧に心を奪われる。つねに破局は、あらゆる出来事の道徳的に待望されての帰結と目されてきた。出来事に対する恐怖は今や肉体の戦慄として現出し、その戦慄から、あの憎むべき男の凱歌でも聞く

ほうがいいという気になりかねない。――午前中第八章を少し書き進める。読み返し。正午、Kと少し散歩。フィッシャーの部屋で四人でランチ。そのあとロジアで、長篇小説の校正を継続。少し休息。四時に、美しいモーターボートの所有者フィーリプソン博士[1]とその友人Xが迎えにくる。この二人とフィッシャー母娘とともに岩石の小島の多い海を抜けてダラレーに一時間の航行、ダラレーの桟橋ではベルマン夫妻が子供たちと待っていた。その庭で午後の間食。子供たちとミニチュア・クロッケー遊び。一見抜け道のない危機が大いに話題になる。エーリカの不運に重苦しい気分。九時すぎに帰路につく。部屋に注文しておいた夕食が一時間以上も届かない。第三章の校正刷りを見る。荷物がまた見つかったというエーリカの嬉しい電報。ほっとして気が晴れる。戦争に関して新たにかき立てられた疑念。戦争にはならない。確かに、現在の状態からほんとうに相互理解の可能性が出てこようとは認められない、しかしまた、戦争があってはならないという考え方も確実なところである。ムッソリーニは最も熱心な平和煽動者である。ムッソリーニには、それなりの理由がある。しかし「幾百万人もが犠牲にされてはならない」というのも結局は、我々の欲するものはすべて我々に寄越さねばならぬ、ということなのだ。何が必要なことなのか、それはこの思考方法、こういう人間たちの場合には考え及ばないのだ。とすると？

――

（1） 弁護士イーヴァル・フィーリプソン博士はボニエル家専属の弁護士の一人で、ベルマン＝フィッシャー書店の法律顧問。

サルトシェーバーデン、三九年八月二十八日
月曜日

午前第八章に手を入れ、少し書き進める。正午Kと少し散歩。フィッシャー夫人とランチ。ゴーロとビービから手紙。ロジアで校正。そのあと休息。五時半にベルマンが迎えに来る。ダラレーに向かいベルマン邸でボニエル一家とフィーリプソン博士を加えての夜会。極上のもてなし、庭には提灯、非常に穏やかな夕べ、ヴェランダの蠟燭の傍らや庭に座って時を過ごす。ペ

ン会議は無期延期されるとの決定[1]。スウェーデン語のラジオニュース、ロンドンからのドイツ語ニュース、これらのニュースから、危機の極度の高まりが明らかになる。どこの国も戦争状態、交通遮断、ドイツは封鎖され、ロシア協定の世界に及ぼした効果が結局不利なものと見えるところから、この協定の無力さに対する幻滅が漲っている。どう見てもあの怪物は戦争に追い込まれているのだろう。手紙を寄越したニコルスンも、それを信じており、ヒトラーがあの厭うべき強請商売をこれ以上続けることを許されず、その政権が破局を最初から自身のうちに抱え込むことを明らかにするとすれば、それは文句なしに恩恵と言えるだろう。

(1) 会議は取り止めとなり、代替の催しも開かれなかった。トーマス・マンが用意した演説や挨拶はおこなわれなかった。

サルトシェーバーデン、三九年八月三十日
水曜日

けさ服を着ているときにエーリカ到着。愛情をこめて挨拶。ロジアで長い時間をかけての朝食と、子供染みて苛立たしい政治情勢の検討。エーリカは、完全に疑念の余地なく平和に傾いている、ヒトラーは、私がずっと見抜いていたように、戦争に訴える気もなければ、その能力もないからだ。打ちのめされた国民は――行動不能が完全に白日のもとに晒されてしまったイタリアの国民より遅く――いま状況の危険性を悟っているかのように絶望的に振る舞っている。日本には親英的な政府。イギリスは地中海を制している。独裁諸国はその弱点が明るみに出て、明らかに後退。ドイツの新聞はうえから命令されて、これまで口汚く罵ってきたイギリスに言い寄っている。まったく役に立たずナチどもにだけ有害な作用を及ぼしている対露協定批准の遷延。強請政策は終わったらしい。この上は何を容認することになるだろうか。――――なお少し仕事にかかる。水浴場のある小島をぐるりと散歩。エーリカ、フィッシャー母娘とランチ。校正刷りを読む。

お茶のあとKとエーリカと散歩。エーリカの部屋でディナーのあと美しいレコードを聴く。エルプ(1)が類ない技巧で歌ったシューベルトの歌曲である。心休まる思い。——新聞情報の不足。晩ロンドンからのドイツ語ラジオ・ニュース。

（1） 叙情的テノール、オペラ、リート歌手カール・エルプ（一八七一—一九五八）は一九一三年から二五年までミュンヒェン歌劇場に所属し、プィツナーの『パレストリーナ』の最初の出演者だった。トーマス・マンはミュンヒェン時代からエルプをよく知っており『ファウストゥス博士』の中にエルプの姿を描いている。エルプは二一年から三二年まで女流歌手マリーア・イーヴォギューンと結婚していた。

サルトシェーバーデン、三九年八月三十一日

木曜日

この時期のスウェーデンには珍しく暖かな天候が続いている。Kとエーリカとロジアで朝食。正午、エーリカと、Kを迎えに水浴島へ行く。ランチのあと校正刷りを読む。五時サロンで大がかりな記者会見。話題はたくさんあった。あとからもう一度。記者たちは大いに満足していたという。庭を散歩。ベルマン夫妻はディナーに残る。そのあとフィッシャー母娘、ベルマン夫妻、Kとエーリカの前で第八章を書いたかぎりほとんど全部朗読。疎開が行われているロンドンにいるビービが気掛かりで、Kが不安にかられている。電話回線は切れていることが判明する。ロンドンの晩の放送。緊張は極端に高まる。ドイツにゲーリングを長とする、ヒトラーの署名を必要としない命令を下す権限をもつ戦争委員会。まだ戦争を回避する気があるのか、見えてこない。対露協定はともあれ批准される。ドイツでも召集が行われている。どこの国でも完全動員。もはや人間を外に出さず、この耐えがたい状況に何としてもけりをつける決心なのだろうか。

三九年九月一日　金曜日、
サルトシェーバーデン

ワルシャワと他のポーランド諸都市の爆撃、ヒトラー軍のポーランド侵攻、ダンツィヒ爆撃が行われ、その併合が宣言される。西欧諸国の総動員。チェムバレン「ヒトラー氏の意見表明が、ドイツのポーランドに対する宣戦布告を意味するものとすれば──」。モロトフの声明は割に分かりやすい。ヒトラーはイタリアの抑制を明言する。──朝食後少し書き進めるが、市庁舎で話をしなければならないと思っているので、気が散る。市長による案内のあとそこで朝食。市の公用車で送り迎え。客のうちにベルト・ブレヒト夫妻(1)。市役所地下食堂で事態の好転を願って、心からの乾杯の挨拶。帰路ラジオを購入、これでKとエーリカは残念ながらヒトラーの国会「演説」を聴くことになった。上の部屋の夫婦が野蛮なフン族のような声に抗議する。──ここから私たちが離れられるかどうか怪しくなってくる。きのうのインタヴューはすべての新聞に載っている。不注意にも私たちの出発の日付が書かれている。──非常に疲れ、神経がピリピリしている。──校正刷りを読む。

（1）ベルトルト・ブレヒト（一八九八―一九五六）はその夫人、女優のヘレーネ・ヴァイゲル（一九〇〇―一九七一）と、一九三三年プラハ、ヴィーン、スイス、パリを経由してデンマークに亡命した。そこから、三九年スウェーデンに渡り、描かれているようにストックホルムでトーマス・マンと邂逅した。四〇年にはフィンランドに移り、四一年にはモスクワを経由して合衆国に渡った。トーマス・マンはカリフォルニアで改めてブレヒトに邂逅している。ブレヒトは四七年ヨーロッパに戻り、最初はスイスに入ったが、ついで東ベルリンに赴いた。

サルトシェーバーデン、三九年九月二日
土曜日

七時半起床。涼しく、雨だったが、やがて好転。ポーランドでは、戦闘、爆撃。エーリカと朝食。第八章を少し書き進める。正午、イェテボリのドクター・ハンブルガー嬢、一緒に島へ出掛け、ランチに残った。

一緒にサロンでコーヒー。お茶のあと、スウェーデンに精密機械の買い付けに来ていて、パリとの連絡が途絶えている上、三人の息子が軍隊にいるというフランス人と散歩。ディナーのあと校正刷りを見る。それからロンドン放送に聞き入る。イギリスの最後通牒。国民社会主義政権にけりをつける決意。英連邦自治領の忠誠宣言。あるドイツ語の大学教師の挨拶、簡明で効果的。世界の新聞報道。いまや私たちの言葉が語られ、ヒトラーは狂人と呼ばれる。遅い、遅い。ハリファクスはそれどころか、シュシュニクの消息を訊ねている……それにもかかわらず衝撃は大きい。私はボン書簡とそこに盛り込んだ予言をいろいろと考える。私たちはなお長い間話をした。数々の非行を「ドイツに対する愛」から犯したと称しているあの不幸な男に「ドイツに対する愛」の一かけらでもあれば、自分の頭に弾を打ち込んで、ポーランドから撤退するよう書き残すだろう。——イェテボリに到着したウェルズは、私のためにやって来たと声明する。

サルトシェーバーデン、三九年九月三日
日曜日

また夏らしくなってくる。私は事件を予期しながら、いつもの通り、原稿を一枚書き進める。正午水浴島の岩礁道路へ出掛け、ベンチに座っているうちにあるスウェーデン人教師に声をかけられ、しばらく話をした。十二時にイギリスの最後通牒の期限が切れた。この時間からイギリスとフランスはドイツと戦争状態にある。ドイツのラジオでは行進曲、イギリスの要求に対する（反抗的な嘘に彩られた）回答と、ヒトラーが向かう東部の部隊に対するヒトラーの布告。運命がその歩みを始めた。二週間内にポーランドを倒し、西の防塁で敵を防ごうというのだ。ドイツで国民はこれらの数年「そして数年」が口にされている。ドイツで国民はこれからの数ヶ月「そして数年」の過ぎるのを待とうとするだろうか。世界では誰も、ドイツ国民がそんなことが出来るとは信じていない。——「クングスホルム」は満員の乗客を乗せてニューヨークへ出発した。私たちは十二日にベルゲンから旅立てるものと考えられる。——イギリス王の演説。下院での諸演説。ドイツでは外国放送が聴けるすべての器械を没収。——ドイツ国民に対するチェムバレンの声明。

サルトシェーバーデン、三九年九月四日
月曜日

好天。午前、第八章にかかる。午後の校正読みのさい、第七章の最後の少し前の部分がぎこちなくなっているのに大いに不満を覚える。一日中、政治問題の間で、書き換えを考える。——フィッシャー母娘はストックホルムへ出発。——フランスは陸、海、空での敵対行動の開始を報じる。カナダ向けのイギリス難民輸送船[1]のドイツ軍による撃沈、ドイツ軍はこれをあっさり否定している。各所で憤激。東プロイセンにおけるポーランド軍の攻撃。イギリス軍はドイツ上空を偵察飛行をし、数百万枚のビラを散布したが、およそ砲撃は受けていない。——ビェルクマン[2]の電話、あすウェルズと自分のところで会おうという招き。ペン＝クラブ会長の電話。Kと二、三の手紙を処理する。エーリカがその本『わがナチの町』[3]から朗読。戦慄すべき事実の品のある提示。そしてこの国民は戦い、勝利すべきなのだ。

サルトシェーバーデン、三九年九月五日
火曜日

オープレヒト宛てに手紙を書く。それから第七章の

（1）一四〇〇人の乗客を載せたイギリスの大洋汽船「アシーニア」はヒブリーデン諸島の西二〇〇マイルの地点で警告なしに魚雷攻撃を受け、撃沈され、二八名のアメリカ人を含む一一二名が死亡した。ドイツは責任を否定した、そして戦後ようやくデーニッツ提督は「アシーニア」が「U―30」によって撃沈されたことを認めた。

（2）カール・ビェルクマン（一九〇一―一九六一）、作家、映画批評家、新聞「ニーア・ダーグリヒト・アレハンダ」と雑誌「ヌー」の編集者、ストックホルムのワールシュトレーム・ウィトストランド書店の支配人。

（3）確認されていない、おそらくは未完の、また捨てられて散逸したエーリカ・マンの作品。

改稿を開始する。水浴に行く。食後、体験を綴ったベネディクトの原稿[1]を読む。庭でツカーカンデル[2]博士夫妻とお茶。そのあと服を着替え、三人で電車でストックホルムへ向かう。ビェルクマン邸でウェルズを交えて夜会。「ヨーロッパ連邦制と自由な集団主義に通じる必要な社会的変革が行われるように、戦争が長く続くことを望まずにはいられない。」

（1）一九三七年一月十五日付日記の注（7）参照。言及されているベネディクトの原稿は確認されていない。
（2）一九三七年一月十五日付日記の注（18）参照。

サルトシェーバーデン、三九年九月六日
水曜日

第七章の改稿を進める。私たちの帰りの旅をめぐる憂慮が募る。私たちが予約した十二日の船を利用するのは得策でないとの見通し。アメリカ公使[1]を訪問。ノルウェー航路に注目。夕食後また市内へ。ベルマン邸で夜会、ポセ伯爵夫人[2]、ブレヒト夫妻、スウェーデンの厚生大臣[3]、社会学者等々。ツカーカンデルが第七章について。「接触」、神秘的合一、言葉での区別の不能性。ヴァーグナー。この一日の終わりに帰り旅について次第に気が休まってくる。オスロへの移住に注目する。――英軍機の、妨害のない新たな飛行。バーゼルとルクセンブルクから、強い連続砲撃の報道。西部では戦争にものを言わせることにしないとするドイツ側の傾向がはっきりしている。ドイツでは没収に類する所得税、賃金切り下げ、共同炊飯。ロシアのラジオは（ステファニ[4]によれば）ムッソリーニの会談提案をヒトラーがサボタージュした、と伝えている。アメリカでは船舶抑留に対する激しい攻撃。

（1）フレデリク・A・スターリング、一九三八年から四〇年までスウェーデン駐在合衆国大使。
（2）アマーリエ・ポセ伯爵夫人（一八八四―一九五七）、一九一五年から三九年までチェコの芸術家オーキ・ブラッダと結婚しており、スウェーデンへの政治的難民の、影響力ある庇護者で、反ナチの、いわゆる「火曜クラブ」で中心的な役割を演じていた。
（3）おそらく社会民主党の社会大臣グスタヴ・メラー（一八八四―一九七〇）のことであろう。

(4) 当時の公式イタリア通信社。

サルトシェーバーデン、三九年九月七日
木曜日

朝、パーリア補足を書き進める。島の周囲を散歩。エーリカはストックホルムで活躍し公使を訪ね、航空会社、船舶会社を訪ねる。ロンドンへの輸送と汽船ハーディング大統領号の見込み。——ランチにベネディクト夫妻。そのあと二人と庭で過ごす。非常に疲労し、ベッドで休息。お茶のあとエーリカが、まだ問題なく成功とは言えないまでも、多くのことをし遂げて戻ってくる。Kと音楽学校へ散歩。——フランス軍はザール地域に駐留。住民の多くの部分がドイツへと流れている。スウェーデンの新聞では、ポーランド打倒後に平和攻勢が行われようとの推定が維持されている。——夕食にベルマン夫妻。ベルマンと校正、残った本、その他について相談。——私たちの船は「ワシントン」ということになろう。三人分の航空券が手に入るかどうか、まだ何ら決まってはいない。

サルトシェーバーデン、三九年九月八日
金曜日

朝までよく眠る。八時半起床。晴天。コーヒーを飲み、第七章のためにパーリア補足を書き終える。エーリカは市内に出ている。正午まで、エーリカからの知らせがない。この中途半端な状態では、まだ荷造りにもかかれない。原稿の件でベルマンと電話。国務省が公使に働きかけるとのマイアー女史の電報。——ヒトラーがポーランドからバイエルンに飛行機で戻ってくるとの噂、ムッソリーニを慮っての情報。連中は世界大戦になろうとは承知していなかったこの戦争を阻止しようと考えている。——ランチの際に、航空券が確保されたとのエーリカからの知らせ。——ベルマン＝フィッシャー書店の使いに補足原稿を手渡す。——荷造り。エーリカを待つ。——エーリカが戻って来る。お茶。六時半、Kと一緒にボニエルの車の出迎えを受ける。老ボニエル邸の梁の見える広間でディナー、ヴィルヘルム王子(1)、ウェルズ等々を交えて約三〇名。テーブル・スピーチ。八時半ベルマン夫妻と辞去。エーリカは駅で、荷物の手配を済ませていた。マルメー行き寝台車。ベルマン夫妻と別れる。

(1) スウェーデン王子ヴィルヘルム(一八八四―一九六五)、スウェーデン国王グスタフ五世の第二子、有名な小説家、随筆家、叙情詩人、劇作家。成功した、ドイツ語にも翻訳された旅行記の筆者、スウェーデン・ペン=クラブの高位会員。

アムステルダム行きの機中で、三九年九月九日
土曜日

寝台車でかなり早く目を覚ます。六時四十五分に起床。洗面台は詰まっており、化粧室でさっぱりする。マルメーでは荷物の混乱。バスで空港へ。美しい朝。ほとんど予想通り、荷物の大部分は残すことを強いられ、これでエーリカはあらためて原稿を失うことになる。荷物は輸送してもらうためベルマンのところへ戻される。――コペンハーゲンへの短い飛行。熱いコーヒーと紙巻き煙草を二、三服。デンマーク上空は低く飛び、北海上空では二、〇〇〇メートルに上昇。強い太陽、安定した飛行。感じの良いスチュワーデス。一時間内にアムステルダムに到着のはず。――

ロンドン―サザムプトン間の列車中で。アムステルダムに着陸。リーニを伴ってランツホフが心籠もる出迎え。厳しい検査。レストランでヴェルモット。別れと再度の離陸。非常に暑い。イギリスの飛行機。三時頃、遠く離れた、狭い飛行場に名人技の着陸。予想通り非常に厳格な検査、とくに書籍と書類には、ちなみに素姓がわかっていても、厳しい。木々の多い、夏らしい土地を抜けての一時間半のバスの走行。週末気分。航空会社のビューローからワーテルロー駅へタクシー。そこでお茶とバター=トースト。発車は六時半。――「逃走」はこれまでのところ成功した。ドイツの飛行機がこの数日オランダ機の主翼の上を掠めて飛び、乗員がこちらの乗客を覗き込んでいたという。――イギリスの新聞各紙。憐れっぽく平和を口にするゲーリング。冷やかな拒否。この政権は裁かれた。これが最終

的な裁きだと期待しよう。これらの演説は本来すでに、自分の息の根が止められると感じている犯罪政権の泣き言なのだ。世界はこの犯罪政権に対して遂に立ち上がった——少なくとも、それは信じなければならない。——フランス軍の進撃。ザールブリュケンは奪取しにくいらしい。どうやらワルシャワ近郊都市で戦闘。——英軍機がベルリン近くまで接近、数百万枚のビラを撒き、爆弾は投下せず、損害も皆無。西側は出来る限り無血の圧力戦に期待をかけているらしい。

サザムプトン、三九年九月十日　日曜日
ホテル・サウス・ウェスタン

きのうの晩八時、当地に到着。宿に持っていく荷物を手当たり次第に選んでタクシーでホテルに向かう。バス付きの二部屋、暗く、不自由する。下の部屋部屋には明かり。戦時下の国。きのうのロンドンでは誰もがガスマスクを首にかけていた。空には、細かいネットで相互に結び付けられたたくさんの防御気球。——きのうの晩は、十分に照明された食堂でディナー。そのあとチューリヒから持参の最後の「デルヒ」。ボーイと船について。「ワシントン」はまだ到着していない。「プレジデント・ハーディング」がなお先行する。あす、あるいはあさってまで待たねばならないだろうが、それはそれで、あす二、三の買い物が出来る利点があるというものだ。——ベルマン[1]と末の子供たちに電報。十一時頃上に上がり、暗がりの中でベッドにつき、途方もないこの一日の冒険に疲労と苛立ちを覚えて複雑な気分だった。

　きょうは九時起床。入浴。さっぱりした肌着。日中の光はありがたい。コーヒーの朝食と「デイリ・ニュース」。ドイツ側はワルシャワについて誤った情報を流布していると、ロシア側はきのうラジオで冷たく報じた。——含蓄に富み、筋を強化する挿入となるパー[2]リア段落の浄書中の誤記のことで、ベルマンに葉書。——秋の好天。船の延着と日曜日の災難とは少し不気味。——第八章を少し書き進める。Kと港へ向かって少し散歩。二時頃、少し待たされて食堂でランチ。そのあとハイネ（フォールム叢書[3]）を読んで驚嘆を覚える。四時から五時までベッドで休息。エーリカがロンドンの「ハンス将軍[4]」と電話。「サンディ・ニューズ[5]」

は、戦争は少なくとも三年に及び、イギリスはそれに備えている、と報じている。ゲーリングに対する回答。ナチ政権の息の根を止める決意。

（1）ゴットフリート・ベルマン・フィッシャー宛て、サザムプトンから、一九三九年九月十日付、『往復書簡集』二三九ページ、所収。
（2）ゴットフリート・ベルマン・フィッシャー宛て、サザムプトンから、一九三九年九月十日付、『往復書簡集』二三九ページ、所収。
（3）フォールム叢書の枠内で刊行されたアンソロジー『ハインリヒ・ハイネ選集』ヘルマン・ケステン編、一九三九年。
（4）おそらく元ベルリンのジャーナリスト、ハンス・カーレ（一八九九―一九四七）のことで、一九三六年スペインに亡命し、内乱当時は国際旅団の司令官だった。イギリスに辿り着いたが、そこで四〇年には抑留され、四六年にドイツに戻り、メクレンブルクとポメルンの警察長官を勤めた。
（5）この名前のロンドンの新聞は過去にも現在にもない。おそらく日曜新聞「サンデイ・タイムズ」のことであろう。

サザムプトン、三九年九月十一日　月曜日

きのう午後、Kと少し市内に出て、商店を探索した。そのあと宿で椅子に座って宵闇の訪れを待った。新聞を読んだり、戦争について話し合ったりした。八時にディナー。そのあとホールで読み物。ロシアの部分動員のラジオ放送、これには戦争の行方に広範にわたる危惧の思いにかられた。あの政権は倒されうるだろうか。ドイツでは徹底的な革命が行われ、これが「国民的」な装いを見せはするものの、ドイツ精神の比較的古いあらゆる概念からすれば、この国から国民的なものを完全に奪い去ってしまった。ナチ＝ボルシェヴィズムはドイツ精神とは何らかかわりがない。この新たな野蛮はごく当然に一見対立的なロシアとの接点を見出した。この三億人になろうとする連合が一致団結すれば、長い戦争の中でそのままでいられる訳のない「文明」が、この連合に打ち勝って、自分の方から条件を突きつけることが出来ようとは到底考えられない。ドイツで起こったことは、おそらく取り消しがきかないであろう。未来は非常に暗い。――

心配のあまり、早くに目をさます。入浴し、コーヒーの朝食。晴天。船会社[1]から「ワシントン」はあす入港しておそらくあすのうちに出港するとの知らせ。――ワルシャワは部分的に炎上。そこでは激戦が行われ、ポーランド軍は準備された防衛線にゆっくり撤退。相当のドイツ軍部隊が東部から、フランス軍がドイツ領域で戦っている西部へ向かう。イギリスの新聞はナチ指導者たちの講和の触手を断固として斥け続けている。ポーランドとチェコスロヴァキアからの撤退を要求し、加えて新たな侵略をしないとの保証を要求する――これでは政権の排除を意味することになる。――第八章と取り組み、最後に書いた分を抹消する。Kと市内での買い物に行く、銀行、靴の購入。帰ってくると、エーリカのメセージがあって、出国のことでロンドンに行かなければならず、今晩かあすボート便で戻るだろうとある。書類は残してあった。――ウェールズのビービとグレートと電話。フレッシュ[2]とオランダへ同行、そこから三人をアメリカへ送る手配が試みられる。――Kと二人だけでランチ。――当地の正午新聞によると、ワルシャワは短時間のうちに十五回爆撃されたという。ドイツ軍は市内から撃退された。前進速度は当然落ちるであろうとのドイツ軍の予告。ポーランドの航空機、防衛力の不足？ 何故か。ロシア軍を頼りにしていたからか？ ――ランチのさいにフランスの将校たちと同席。――ここでも各人がガスマスクを掛けている。国が数億ポンドで注文した大量の砂袋。ドイツの潜水艦がイギリスに多大の損害を加えているが、開戦前に配備につく暇をドイツの潜水艦に与えてしまったからだ。――ベッドで休息した。四時半私たちはお茶を飲み、そのあと一緒にまた荷物の準備をする。――Kは相変わらず、ビービの将来を懸念し続けている。少しハイネを読む。「食卓での対話」[3]のあとも、ビーダーマンを拾い読みする。状況の重苦しさと苛立たしさ。あすは出発と私たちの確実な基盤への脱出が恙なくうまくいきますように。――Kは私を残して四十五分ほど買い物に行く。――

(1) 定期船会社「ユナイテッド・ステイツ・ライン」。

(2) ハンガリーのヴァイオリニスト、カール・フレッシュ（一八七三―一九四四）は当時もっとも卓越したヴァイオリニストの一人で、有名なヴァイオリン教育者。一九〇八年から二六年までベルリン国立音楽大学で活動、三四年ドイツを離れ、ロンドン、アムステルダム経由でルツェルンに辿り着き、ここで四三年から四四年マスター・コースを開いた。

(3) ヴォルデマール・ウント・フロドアール・フォン・ビー

ダーマン編『対話』のなかのゲーテの食卓談話、『ヴァイマルのロッテ』第八章の食卓の対話、『全集』第二巻、七・九—七二一ページ、のための基礎となるもの。

サザムプトン、三九年九月十二日　火曜日

きのうはなお、暗い部屋の中でケーテ・ローゼンベルクとビービとに電話。エーリカは幸い、私たちが下のホールに座っていたときに戻ってきた。仕事で一日中何も食べていなかったエーリカは、上の私たちの部屋でサンドウィチを食べた。眠る前にいろいろとお喋り。——きょうは八時頃起床、朝食をとり、荷物をきれいに仕分ける。——猛烈な一日。ホテルから十時半頃出発、ドックの検査場のホールへ車で向かう。延々と数時間待たされる。ベンチ。チョコレートを持った親切な隣人。ニーブーア教授とその家族。苛立ちからかなり気分が悪くなる。エーリカの目覚ましい活躍で、私は一時半頃病気ということで船上に引き上げられた。すでに満員のサロンのソファーでピアノ演奏を聴きながら待つ。やがてKとエーリカ、三等でのコーヒーとサンドウィチの軽食による中断をいれて、数時間にわたる船室の調整の交渉。ドイツ人上級スチュワードと再会。定期船会社の首脳と知り合ったのち一等船室におさまる。すべてが、想像していた以上に変則的で戦時体制ふうになっている。板張り寝台をいれた男女別の仮寝室ホール。カクテル室でヴェルモット。エーリカの政治関係の知人。ベネシュは、ドイツ国防軍が政権に取って代わり、イギリスが将軍連と、革命が起こるのを回避するために、弱腰の講和を結ぶかもしれない、と危惧している。——遅い食事時間が割当てられる。Kとエーリカとデッキに上がり、座っていた。八時半、食堂でディナー、普通の旅行環境にあるかのような幻想を抱かせるキャヴィア、上等の料理、シャンパン、デミ・タス[1]。あとでエーリカが、紙巻き煙草と葉巻を調達してくる。どこも一杯でごった返している。この船は子供をいれて約三、〇〇〇人の人間で溢れているのかもしれない。奉仕女たち。おかしな抗議の声を立てるご婦人たち。ブレーメン船での航行を考えて[2]いて荷物がブレーマーハーフェンに残ってしまった感じの悪い女性。——食後どこかで喫煙と読書。ミネラル・ウォーター一杯も飲まず。夜の身繕いで急場凌ぎ。

われわれの宿所を集中キャンプと呼んでいる老人の隣で就寝。

（1）モカ用の小さいコーヒー・カップ。
（2）〔訳注〕文意不明。

汽船「ワシントン」、三九年九月十三日
水曜日

きのうのうちになお（荷物のことで）ベルマン宛て[1]、マイアー女史宛て、ストクトン通りに私たちを訪ねるようにとのグムペルト宛てのそれぞれ電報。——六時まで眠り、明かりと起き出した数人の気配に目を覚まされる。七時四十五分に起床、スチュワードからコーヒーをもらい、入浴に下りていく。Kと出会う。座浴と歯磨き。寝室ホールで服を着る。デッキに上がる。雨模様。九時十五分、Kと女優の二人のご婦人と一緒に朝食。そのあとKとデッキ脇に、全然持たない六〇〇人の部類に私たちは入るので、非合法の椅子[2]。——潜水艦はイギリスに多大の損害を与えている。ドイツ側からの「封鎖」。イギリスへ何かを運ぶあらゆる船舶は撃沈される、このことは戦争の急速な激化を、おそらくは、ボーラが何を言おうとアメリカの参戦を招来せずにはおかない。——月曜日にはニューヨークに到着する予定のこの船の船足は早く安定している。戦争の予測のつかない展開、その変転と戦慄を私のプリンストンの書斎で見守り、終わりを待つことが出来るのは、好都合と言うべきであろう。——

（1）ゴットフリート・ベルマン・フィッシャー宛て、サザムプトンから、一九三九年九月十二日付、『書簡目録II』三九／三五三。
（2）〔訳注〕全然何を持たないのか、推測がつかないので、意味不明。

プリンストン、三九年九月十九日　火曜日

旅の終わりにかけて天候は安定し良くなっていく間

の、「ワシントン」船上の人間の雑踏の中で過ごしたきわめて奇妙な、長い、切り抜け難い六日の日々。最悪の、きわめて辛い日は、曇って、蒸し暑く、暗く、じっとりしていたが、それはロシアのポーランドへの介入が明らかになり、もちろんすぐには訂正されたもののイギリス、フランスに対するロシアの宣戦布告の噂が流れた日だった。今始まってその終わりを私が体験出来るとは確信できないこの過程が、いつまで続くか、どういうことになるのか予測がつかないということが、ますます明らかになる中で——大いに苦しみはしたものの、上等の食事と睡眠に支えられて、粘液体質と自身の運命に対する信頼を維持してきた。——早い起床（六時半）と寝台の並んでいるところから一段低いところにある浴槽での一〇分の独居。朝食（コーヒーとオート・ミール）後、デッキの椅子で頑固に第八章の鉛筆での書き進め。一時満員のバーでヴェルモット。二時半ランチ。八時半ディナー。そのあとはたいていKとエーリカとカジノ遊び、エーリカが居てくれるのは、安心で助かる。挨拶や会合はどうにか切り抜ける。レイジ・ボーイ[1]。クノップ社のスミスの兄弟で親ロシア的。船長のところでクライスラー夫妻とお茶。モントゴメリ[2]。強い関心を覚えるハチンスンの長篇小説をほとんど読了。

　きのうは到着日。ついに耐え抜いた。朝方まだ書き続けていた。その前にすでに荷物は拵えてあった。ニュウトン女史の電信の挨拶。途中でわれわれの船の周囲を旋回し、水路に潜水艦を探索していた、カナダ機一機のあとに今度は絢爛たる秋空に多数の飛行船や飛行機。到着は午後四時と五時の間だった。混雑。私はランチのあと下の化粧室で引き止められたのでKとエーリカと離れ離れになった。書類の検査は困難なしに終わる。デッキに新聞記者やカメラマン。離船。迎えに来ていたのは、マイゼル、グムペルト、ラーステーデ、これに加えてニュウトン女史。荷物が運ばれてくるのを長い間待たされる。検査。ジョンが車をもって来ている。エーリカはベドフォドへ。私はKと嬉しげにお喋りしている黒人とプリンストンへ向かう。プリンストンでヴェルモットとブランディを購入。帰郷——帰郷の一種には違いない。アメリカはもしかすると、私の余生の運命の故郷、危急の時の故郷になるかもしれない。「戦争」は十年続くだろうという意見はいろいろと表明されている。六年にわたる重ねての警告が実を結ばなかったことに腹を立てているヴァンシタトはその意見で、文明の没落を思い描いている。

――三ヵ月半を経ての帰宅。スイスの時計のネジを巻く。荷解き。Kと二人だけで夕食。ミセス・シェンストン。私たちは二人だけでいることが多いだろう。非常に疲労。ダウンの布団をかける大きなベッドのある広い寝室に一人。

きょうは七時半〔起床〕並木道を以前通り朝の散歩。Kと朝食。まだ夏らしく暗い図書室に火を入れる。デスク・ペンにインクを入れ、仕事に掛かれるようにする。――クノップと電話。

ロシアとドイツは小さな緩衝国に到るまで、ポーランドを分割している。平和を唱えていたこれらの諸国は、このようにして秩序を生み出したあと、世界中のどの国が無秩序諸国の戦争目標になるのか、と問い掛ける。平和を唱えていたあの国々は以前の平和をそのまま秩序目標にしたいのだ。

きのうの晩、私が呼び寄せたいと思っているビービとゴーロに電報。マイアー女史と電話。私たちにエーリカと一緒にマウント・キスコウにくるようにという。

十一時、Kがジャンクションで行き違ったメーディが到着。メーディと図書室で。三人でシェリをのみながらサロンで過ごす。――私たちの旅行について写真や記事の載っている新聞各紙。――

ボルジェーゼは非常に悲観的。イタリアの潜水艦。チュニスへの攻撃を予想。――私が予想し願っていることは、ドイツがロシアと西欧との戦いのさいに戦争の舞台になることであり、その中での共産主義革命とヒトラーの没落である。罪ある国の重い試練の中で政権が没落すること、それが結局私の願うすべてである。

――

正午、ひげ剃りのあとKとメーディと少し散歩。熱い太陽。食事前ラジオで、ダンツィヒにおけるヒトラーの演説。神に呼びかけながら、無神経に計算されたまやかしをふりまいての、予想どおりの平和攻勢。非常に嫌らしい印象。――美味しい昼の御馳走。庭でコーヒー。届いている書籍と取り組み。非常に疲労。休息。お茶にマイゼル、そのあと一緒にしばらく手紙の相談をする。――晩ニコライ・ベルジャイエフの(3)『ロシア共産主義の意味と運命』を読む。

(1) 怠惰な少年。
(2) 一九三八年四月十二日付日記の注(1)参照。
(3) ロシアの哲学者ニコライ・ベルジャイエフ(一八七四―一九四八)は一九一七年以来モスクワ大学教授、二二年マルクス主義からの離反後はソヴィエト連邦から追放され、二四年以来パリに暮らして、「宗教哲学アカデミー」を設立した。その著作『ロシア共産主義の意味と運命。ロシア共産主義の心理学と社会学のための論考』は三七年ルツェルンのヴィタ・ノヴァ書店から刊行された。

プリンストン、三九年九月二十日　水曜日

八時起床。天候は夏めいた穏やかさで蒸し暑い。朝食後「パリ・ソワール」のための声明[1]の口述。そのあと第八章の旅行途中で書き進めた分を書き換え、新しいものを考慮する。正午、エーリカとグムペルトを同行到着。五人でランチ。午後マイゼルと手紙の相談。晩行到着。アウアンハイマーの短篇小説原稿[2]、是認出来ない。グムペルトがそのドイツ統計『ハイル・フンガー（飢餓万歳）[3]』から朗読。（食後の庭でのコーヒーにフィラデルフィアの新聞記者夫妻、エーリカを解釈者として政治インタヴュー。）

（1）発見されていない。
（2）特定出来なかった。
（3）マルティーン・グムペルト『ハイル・フンガー！ヒトラーの下での健康』は一九四〇年ニューヨークのロングマンズ・グリーン社から刊行された。

プリンストン、三九年九月二十一日　木曜日

八時起床。曇天、次第に晴れてくる。第八章の書き直しと書き進め。グムペルトに別れを告げる。Kと散歩。三時にラジオで中立法案についてのローズヴェルトの議会演説、巧妙で、温かく、心がこもっている。ダラディエの演説。お茶のあとマイゼルに英文の手紙の署名と仕上げ。トロツキストのファレル[1]に拒絶の手紙。七時Kと一緒にエーリカをジャンクションまで送って行く。食堂車脇[2]でエーリカと別れる。Kと二人だけで夕食。スウィングの、ルーマニア、ロシア、ドイツ、フランス軍等々についてのラジオ報告、勇気付けられる。（ルーマニア首相[3]の暗殺、反ナチ軍事政権。）――ヴァルター・シューバルト[4]の『ヨーロッパと東方の魂』を読む。（嫌われるドイツ人）。

(1)　アメリカの作家ジェイムズ・T・ファレル（一九〇四―一九七九）宛て、プリンストンから、一九三九年九月二十二日付、『書簡集II』一二一―一二二ページ、所収。この中でトーマス・マンは独露同盟に対してファレルから声明を求められてそれを断り、私は「今日の諸問題」に対しては自ら選んだ時点で発言することにする、と伝えている。

(2)　アメリカのジャーナリストでラジオ解説者レイモンド・グラム・スウィング（一八八七―一九六八）は、「ミュンヒェン危機」のさいのつねに優れた情報に裏付けられた解説と相互放送機構のための戦況解説によって世界的に有名になった。スウィングは第一次世界大戦前後、ベルリン駐在のアメリカの新聞通信員だったから、十分ドイツの知識を備えていた。

(3)　ルーマニアの首相ヘルマン・カリネスク（一八三九―一九三九）は、一九三九年九月二十一日暗殺された。

(4)　ヴァルター・シューバルト『ヨーロッパと東方の魂』はルツェルンのヴィタ・ノヴァ書店から一九三八年刊行された。

プリンストン、三九年九月二十二日　金曜日

八時半起床。好天。ここ数日より健康的な一日。第八章を書き進める。正午Kとメーディと一緒に湖へ車を走らせ、そこを散歩。ランチとコーヒーのあと庭で新聞各紙を読む。午睡。マイゼル夫妻がお茶に。マイゼルと、私の秘書の仕事を止めるという問題を話し合う。Kを相手に数通の手紙（ベルマン[1]）。自筆で、二、三通の葉書と、アウアンハイマー宛てに、その短篇小説を断る手紙。晩、ロンドンの「情報メモランダム」とハーヴェンシュタイン[2]のシラー論を（「恭しく」）。最後の近いことが分かっているからか？）読む。――ポーランドはロシアとドイツに分割され、その結果ロシアはルーマニア、ハンガリーと、そして緩衝国なしに直接ドイツと国境を接することになる。ルーマニアでは、反ナチ首相暗殺後、鉄衛団の間で殺戮。ワルシャワは、政府は国外にあるもののマドリドと同じように持ち堪えている。イギリスの青書、「ニューヨーク・タイムズ」の興味ある抜粋。ヒトラー「ドイツは戦争で失うものは何一つない。イギリスは多くを失う。」「私はポーランドを手にすれば、引退する。私は政治家というよりは、むしろ芸術家であって、生涯を芸術家として終えたいと思っている。」「私は五十五歳あるいは六十歳よりも、むしろ五十歳で戦争をしたい。」

ヘンダースンの報告は揺れる病状報告。リベントロープは「総統」をヒステリー状態で猿真似している。――ゲッベルスとローゼンベルク[3]は対露協定以来多少なりとも冷や飯を食わされている。

(1) ゴットフリート・ベルマン・フィッシャー宛て、プリンストンから、一九三九年九月二十二日付、『往復書簡集』二四二―二四三ページ、所収。

(2) マルティーン・ハーヴェンシュタイン「シラーの素朴文芸と感傷文芸の区別における真実と誤謬」「美学および一般芸術学のための雑誌」一九三八年号、所収。ハーヴェンシュタインは一九二七年トーマス・マンについての浩瀚なモノグラフィーとトーマス・マンについての数点の論文を発表している。

(3) アルフレート・ローゼンベルク（一八九三―一九四六）、ヒトラーの最初期の信奉者の一人、その著書『二十世紀の神話』で国民社会主義の指導的イデオロギー宣伝者。一九四一年占領東部地域担当国務大臣となり、四六年ニュルンベルク戦争犯罪者裁判で死刑を宣告され、処刑された。

プリンストン、三九年九月二十三日　土曜日

八時前に起床。晴天。朝食前、屋外に出る。第八章を書き進める。正午散髪へ。庭でコーヒー。シューバルトの『ヨーロッパと東方の魂』を読む。お茶にヴィル・シャーバー。庭で。政治について大いに語る。遅れて、週末に到着したエーリヒ・フォン・カーラー。カーラーと夕食を共にし、夕べを過ごす。政治について大いに語る。イタリアの幼児性。ヒトラーの馬鹿げた振る舞いのおかげで――ロシアは決定的。ミュンヒエンの侮辱に対する仕返しは徹底的。

プリンストン、三九年九月二十四日　日曜日

昨夜は時間の変更で一時間遅らす。午前中スイスの時計はこの期限のために止めておいた。――八時起床、Kとカーラーと朝食。そのあと仕事。正午、パリからラインシュトローム夫妻とアメリカ人パーティ来訪。

そのあとKとカーラーとドライヴに出て、少し散歩。夏らしい好天。カーラーとランチのあと木々の下でコーヒー。政治について、自身のことをどう考えるかもはや分からないでいるドイツ国民の不幸について大いに語る。——庭でのお茶にシェンストン夫妻。そのあとオランダからクラフト博士。冬時間により早く暗くなる。カーラーと夕食。晩遅くなって第八章のほぼ三分の一を朗読、カーラーに特別な効果を及ぼす。Kが席を立った後、朗読部分について議論している過程で、第七章のパーリア補足部分も朗読、議論は遅くなるまで、世界政治、世界の問題にまで広がった。カーラーは、リーマー[1]と「呟き[2]」で私は最高に達したと言う。結末の描写。

（1）『ヴァイマルのロッテ』第三章におけるロッテのリーマーとの対話。
（2）『ヴァイマルのロッテ』第七章におけるゲーテの独白。

プリンストン、三九年九月二十五日　月曜日

八時半起床。Kとカーラーと朝食。カーラーに別れの挨拶。第八章の仕事。たくさんの郵便。十月の仕事の義務がここにきて影響しはじめる。戦争の先行きがどうなるかについて、とんでもない噂。芸術家生活への引退を表明してのヒトラーの新たな平和攻勢。ボルシェヴィズムに対する不安がある以上、何があっても不思議はない。——正午暑さと風の中をKと車で出る。プリーストと行き違う。ゴーロから十一日付のそれぞれKと私に宛てた詳細な手紙、スイスの状態について、雑誌について、雑誌を継続したいとのオープレヒトの希望、ゴーロの疑念等々について。煮えたぎるドイツ人憎悪、中立政策に対する不平！——腹立たしいマイゼル問題を度々論議。——お茶にプリースト教授。マイゼルに第八章のいくつかの部分を浄書するように渡し、一日置きにでも来るように指示する。イェテボリのエルンスト・カシーラーに手紙。——「カマン・センス」[1]を読む。——Kとメーディ、ボルジェーゼの二人について。財政的な問題。——マルメーのトランクとノールトウェイクの本が届かない。

（1）ニューヨークの政治・文学月刊誌。

プリンストン、三九年九月二十六日

八時半起床。涼しくなる。Kとメーディと朝食。そのあと仕事。もう少し早く進んでくれたら。正午Kと一時間散歩。コーヒーのあと、手紙と「ヘラルド」を読む。（マイゼルがいない）お茶のあと、数通を口述、それからゴーロ宛て[1]に詳細な手紙を書き始めた。晩、最近死去したレムレ[2]が買い取った、チャペクの『白い病気』を原作として撮影された映画をサロンで上映。黒人たちも一緒に観客として。マネージャーとその息子。プラハの出演者は一部は逃れ、一部は収容所に入れられている。私にスクリーン用に前置きを喋ってほしいとの要望。心もとない。しかし映画は楽しめた。

（1）ゴーロ・マン宛て、プリンストンから、一九三九年九月二十六日付、『書簡集II』一二一—一一五ページ、所収。

（2）カール・レムレは一九三九年九月二十四日、ハリウッドで死去した。

プリンストン、三九年九月二十七日　水曜日

八時半起床。暗く湿度が高い。この数日、お茶の朝食に戻る。第八章を急ぎ書き進める。一人で少し散歩。ランチのあと、「プリンストニアン」[1]の若い人達相手にインタヴュー。お茶にヨーアヒム・マースがマイゼルと。マイゼルは浄書を持ってきて、第八章の先の部分を受け取る。手紙をまとめる。七時過ぎボルジェーゼ。一緒にヴェルモットと夕食。政治問題について大いに話をする。スウィングの伝えるところでは、イギリス戦艦が北海で二〇機のドイツ軍機の攻撃を受けたが、さしたる損害はなかったという、戦争が見せる興味ある事実。ボルジェーゼと映画の提案について。五、〇〇〇ドルの要求をするようにとの提案。

（1）学生新聞「ザ・デイリ・プリンストニアン」のことで、

学期中はウィークディに刊行されていた。

プリンストン、三九年九月二十八日　木曜日

八時前に起床。晴天。朝食前にKと並木道を散策。正午まで第八章を書き進める。Kと一時間散歩。食後、「ニューヨーク・タイムズ」その他の新聞の当地の通信員と英語のインタヴュー。お茶にラーステーデとその同僚たち。これにドゥンカー博士[1]がドイツの国民へのアピールの件で加わる、信頼を呼び起こす署名を二、三添えて投下しようというもの。討論と協議。Kと通信関係の相談、二、三自筆の通信。疲労困憊。黒人の給仕なしでKと二人だけで夕食。ファディマン編の随想集『私は信じる』[2]と取り組む。——ロシアによるエストニアの征服。クレムリンにおける大がかりな接見。ロイド・ジョージ[3]率いると称されるイギリスの貿易使節団がモスクワへ。引き続きドイツ側はイギリス戦艦一隻を撃沈したと主張、イギリス側はこれをきっぱり否定。フランス軍の遅々たる僅かな前進。

（1）　カール・ドゥンカー DuncKer 博士は一九三六年までベルリンの心理学研究所の所員でその進歩的なスタッフだった。合衆国へ亡命し、三八年以来スワースモア・カレッジで心理学を教えていた。第二次世界大戦勃発にあたってドイツ国民に対するアピール「ドイツはどこにあるか」を起草、これについてとりわけトーマス・マンと通信していた。〔訳注〕トーマス・マンはドゥンカーを DunKer と表記している。

（2）　一九三八年二月二十二日付日記の注（8）、同じく九月七日付日記の注（1）参照。

（3）　デイヴィド・ロイド・ジョージ（一八六三—一九四五）、イギリスの政治家、一九〇五年以来間断なくキャムベル＝バナーマン、アスクィスの内閣で閣僚を勤め、一六年戦時挙国内閣の首班になった。二二年十月失脚し、爾後政治的影響力を失った。トーマス・マンが引用している報道は誤報だった。

プリンストン、三九年九月二十九日　金曜日

八時半起床。Kとメーディと朝食。第八章を書き進める。正午、エーリカ到着。Kと少し散歩、それから

エーリカと対話、ランチのあとも同じく三時半迄。お茶のあとエーリカと過ごしたが、その後残念ながらまた別れ、今度はクリスマスまで。エーリカの健康が気掛かりだ。——マイゼルと二、三の仕事。マイゼルは個人的なことを話題にする。——ゴーロ宛ての手紙を書き進める。Kと郵便局に出掛けた。夕食後アメリカの諸雑誌。ドゥンカーのアピール。ヴィンセント・ミレイ[1]の詩の翻訳。——スウィングはモスクワでの成果はどうやら乏しいと報じる。ドイツに対するロシアの経済援助は少ないだろう。バルト海のロシアの港湾、ルーマニア国境、ハンガリー国境におけるロシアの監視。軍事検閲をくぐり抜けた「ニューヨーク・タイムズ」電報によると、回避しがたく近づいているロシアとの対決にあたってドイツはかつてより以上に強力であるにちがいない。——あすの週末、十時にKとメーディとマウント・キスコウへ出掛ける。

（1）アメリカの女流叙情詩人、劇作家エドナ・St・ヴィンセント・ミレイ（一八九二—一九五〇）。トーマス・マンがミレイの詩の翻訳のうちのどれを指しているのか、確認出来ない。

プリンストン、三九年九月最後の日　土曜日

夜、雷鳴。七時四十五分起床。湿度の高い蒸し暑さ、非常にひどい。一人で朝食、そのあと出発にあたって仕事に必要なもの。Kはエーリカと電話。トランクは一週間前から届いているという、馬鹿げた話だ。パリでは六十歳以下のすべての作家等々が軍務に志願したことがあるかどうかにお構いなく、非常に厳しい条件で逮捕されている[1]、というアムステルダムからの情報。——ドロシ・トムプスンとは連絡がつかなかった。——イギリスのトルコとの協定、これはロシアには敵対を許されないが、ドイツに対してはそのような付帯条項がない。——ドイツのラジオは国民に対して、戦争は終わったと断言している。——

（1）これは、六十歳以下のすべての男性ドイツ人亡命者が対象で、その中にはもちろんすべてのフランス亡命ドイツ人作家も含まれ、戦争勃発にあたってフランス当局に抑留されたのである。

マウント・キスコウ、三九年十月一日　日曜日

きのう、メーディの運転で十時四十五分、プリンストンを出発。ニューヨーク経由でこちらへ。ドックには、私たちが六月六日にヨーロッパに出発したときの「イル・ド・フランス」……灰色にぬられた「クイーン・メリー」。「ノルマンディー」。ハドスン河沿いの美しい道路、パーク・ハイ・ウェイ。ここにはランチの時に到着。ミセス・マイアーとその夫君と挨拶。テラスでシェリの古酒。食後またテラスで。報告と観測。私の寝室で休息、この寝室のバスしか利用しなかった。お茶のあと、マイアー女史との「作業時間」。朗読と討議。着替えてディナーに出るが、これには二人の娘と長女の夫の俳優ホモルカ(1)。食後ラジオと新聞各紙。疲労。この家の主人は気持ち良さそうに面白可笑しい様子をみせて、懐疑的な雰囲気。娘たちは寡黙。十一時頃気分優れぬまま就寝。レスコフ(2)を読む。真夜中明かりを消す。

きょうは八時半起床。私のバスを使う。九時半頃Kとお茶と玉子の朝食。裕福な館の完璧な快適な設備を楽しむ。メーディは乗馬に出掛ける。私の仕事用に片付けられた部屋に入ると、火が入れられた。正午まで第八章を書き進める。Kと上の、「コレクション」と称するトーマス・マン資料のあるマイアー女史の書斎で過ごす。女史の中国についての著書(3)。シェリ。ランチの前にミスター・マイアーとシャンパン・カクテル。――女主人とお茶、あとで、アルフレドとブランシュ・クノップ。『大公殿下』の新版と一巻本『魔の山』の大きな需要について。――改めてのマイアー女史の朗読と討議。ディナー、分量が過ぎる。ミスター・マイアーは責任ある仕事で疲労困憊。ラジオを少し聞き、女主人と歓談。

(1)　オーストリアの俳優オスカル・ホモルカ（一九〇一―一九七八）、ベルリン劇場の卓越した性格俳優、映画俳優、一九三五年自発的にイギリスに、三七年合衆国に亡命、ハリウッドでまた大いに成功した。ホモルカはユージンとアグニス・E・マイアーの長女フロレンス・マイアーと結婚した。

(2)　ロシアの小説家ニコライ・セミョノヴィチ・レスコフ（一八三一―一八九五）は、トーマス・マンが以前から非

常に評価し、繰り返し読んでいた。

（3）　アグニス・E・マイアー『リ・ルン＝ミエン（一〇七〇―一一〇六）の思想と芸術に反映したものとしての中国絵画』は中国絵画についての芸術史的著作である。

プリンストン、三九年十月二日　月曜日（晩）

きょうマウント・キスコウで八時に起床。雨天。涼しい。ひげを剃り、朝食をとる。暖炉の火の傍らで正午まで仕事。それからミセス・マイアーとその書斎で会談。シェリと紙巻き煙草。無思慮な行動から冷静に防御。二時頃Kとメーディを加えて四人でランチ。召使が手鞄をまとめてくれた。ビュイクで三時頃出発。ニューヨーク、ベドフォドに向かう。交通量によって異常に引き止められる。キングドン教授等々と道徳的[1]援助の件で会談をもったエーリカの部屋へ上がって行く。お茶。ウィスタン・オーデン。下で、ひどく汚れ、痛んでしまったスウェーデンの荷物を再受領。――すでに暗い中を続けて走行。非常に困難な高速の出口、繰り返しての渋滞。ここに到着したのは七時半過ぎ。フランスで抑留されたシュパイアー[2]の件でフランクからの手紙。ジロドゥ[3]宛ての電報をすぐに用意、それにクリパー[4]便の手紙。荷物を開ける。Kとメーディと夕食。ラジオで、ヒトラーの決定ときょうのチャーノ[5]との取り決めについての推測。

（1）　一九三九年五月十五日付日記の注（2）参照。

（2）　小説家で劇作家ヴィルヘルム・シュパイアー（一八八七―一九五二）はブルーノ・フランクの幼友達で、その長篇小説『テルティアの戦い』で有名、マン家とは数十年来親交があり、一九三三年オーストリアへ亡命、そこからロンドンに渡り、それからパリに来て、戦争勃発のさいほとんどすべてのドイツ亡命者と同様に抑留された。結局四〇年合衆国にたどり着き、四九年ヨーロッパへ戻った。その重要な晩年の作品はベルリン小説『アンデルナーハの幸福』（一九四七年刊）。

（3）　詩人で外交官のジャン・ジロドゥ（一九三七年二月十九日付日記の注（3）参照）はこの当時フランスの情報大臣で、その立場で、フランスで抑留されたドイツの何人かの知識人を助けることが出来た。

（4）　当時のアメリカの大西洋横断旅客機で、ヨーロッパからの航空便、ヨーロッパ行きの航空便も運んだ。

（5）　ガレアッツォ・チャーノ伯爵（一九〇三―一九四四）、イタリアの外交官で政治家、一九三〇年ムッソリーニの長女エッダと結婚、三六年六月以降イタリア外相、独伊同盟の共同創始者。チャーノは一九四三年七月二十五日のファシスト大評議会の会議においてムッソリーニに反対票を投じ、拘留され、ドイツの諜報機関によって解放され、ドイツに逃亡、引き渡されたあと四四年一月ムッソリーニの特別法廷によって死刑を宣告され、銃殺された。その『日記』（ドイツ語訳一九四七―四九年）は第二次世界大戦史の重要な資料源である。

プリンストン、三九年十月三日　火曜日

八時半起床。曇天、寒く、雨模様。暖炉に火を入れる。コーヒーを飲み、正午まで仕事。Kと散歩。ランチにピート。ピートと講演プログラムについて、大体は『自由の問題』の繰り返し。――スウェーデンから届いた物や紙類のしまい込み、スイスの筆記用紙束この種のノートとの再会。――非常に活動的な一日。スウェーデンやスイスからの手紙。オープレヒトの手紙は、新たな巻[1]のための序文の要請。抑留されているシュパイアーの件でのフランクとクラウスの手紙。ジロドゥ宛ての電報と手紙。ドロシ・トムプスンと電話。マイゼルに「プリンストニアン」のためのエディトリアル[2]を口述、同じくファレル宛ての手紙[3]を口述。マイアー女史にシャトー書簡[4]、『アンナ・カレーニナ』序文を送る。交戦諸国の代表との陰謀に対決する法案の成立が近いことに注意を喚起しているドゥンカー宛ての手紙[5]を、Kを相手に口述。――スウィングがインドに近い中国へロシア軍が侵入したことについて。アフガニスタンの動員。真剣な和平提案は検討すべしとのロイド・ジョージの驚くべき警告。ロシアによる周辺諸国併合の進展、ブレスト＝リトウスク条約の無効化。これはロシアとの同盟に対するイギリスの対価だったのだろう。イタリアは戦争を望んでいないらしい。パリからは極端に平和主義的な和平提案についてのとてつもない噂、これは、ヒトラーから出たもののとのことだが、それでも政権の投げ出しを意味しかねないほど、敵側の理念を取り入れ、自己宣伝する体のものである。

（1）「尺度と価値」第三巻（一九三九―一九四〇）は一九三九年第一冊、十一月／十二月号から始まった。各巻に刊行者の序文を添えるのがこの雑誌の習慣だった。

（2）社説。トーマス・マンの論説『二つの願い』は「ディ

リ・プリンストニアン」一九三九年十月六日号に掲載された。「補遺」参照。

（3）一九三九年九月二十一日付日記の注（1）参照。ジェイムズ・T・ファレル宛ての新たな手紙は確認されていない。

（4）マウント・キスコウ山荘での週末の歓待に対する礼状。アグニス・E・マイアー宛て、プリンストンから、一九三九年十月三日付、『書簡目録II』三九／三七五。

（5）カール・ドゥンカー宛て、プリンストンから、一九三九年十月三日付、『書簡目録II』三九／三七四。

プリンストン、三九年十月四日　水曜日

昨夜は気分が勝れなかった、どうやら過度の疲れらしい、悪寒と吐き気。Kの部屋で寝るが、Kも同じく流行性感冒めいた風邪。きょうは八時半起床、お茶と玉子の朝食、正午まで第八章を書き進めるが、いまやこれは急速に終わりに近付いている。Kは少し熱があり、ランチのあとベッドについていた。曇っていて、少し暖かくなった天候の中一人で少し散歩する。食後下院におけるチェムバレンとロイド・ジョージの演説を読む。午睡。Kの寝室でお茶。たくさんの郵便。原稿の評価等々、一連の手紙を自筆で片付ける。――『魔の山』廉価版の宣伝パンフレット、『魔の山』は全体として一一四、二六〇コピー[1]流布することになる。――Kの部屋で夕食。そのあとパリのドイツ語諸新聞、手紙。『無秩序』[2]の優れた英訳（シュラーダー、シカゴ[3]）。

（1）コピーは、部（数）の意。「全体として」とは、一九三二年に刊行されたニューヨーク「モダン・ライブラリ」の大衆版を含めての『魔の山』のアメリカでの全出版部数を意味する。

（2）『無秩序と幼い悩み』のこの新しい翻訳の公刊は確認されていない。ハーマン・ジョージ・シェハウアーによるこの短篇小説の最初の翻訳は『幼い涙』の表題で一九三〇年クノップ書店から刊行された

（3）一九三九年十一月二十九日の日記記述から分かるように、これは女性翻訳者である。これまで特定されていない。

プリンストン、三九年十月五日　木曜日

八時半起床。ますます好天、暖かくなる。正午まで第八章を書き進める。それからニューヨークからアウアンハイマー、一緒に散歩しランチの客となった。よく喋る男だ。――「プリンストニアン」の社説の英文原稿。新聞各紙を読む。お茶にマイゼルの他、ラーデンブルク教授。古い手紙は整理し、始末し、少し自筆の通信。第八章のきょう書いた分に補足的なものを加える。Kと二人だけ給仕なしで夕食。ボルジェーゼの『ヴェールター』[1]翻訳とその随想「六人の王」[2]、歴史的迫力に富んでいる。スウィングの放送、あす朝のヒトラーの平和条件についての推測。この大馬鹿者に運命がかかっているのでその声に世界が聞き耳を立てるという屈辱的な喜劇。

（1）G・A・ボルジェーゼは二十代でゲーテの『ヴェールター』をイタリア語に翻訳した。この翻訳は『I dolori del giovane Werther』の表題でミラーノのモンダドーリ社から刊行された。

（2）G・A・ボルジェーゼの随想「六人の王 Six Kings」はアメリカの雑誌「アトランティク・マンスリ」一六四／一九三九年、三号、そしてドイツ語訳は「諸王とカエサルたち」の表題で「尺度と価値」一九四〇年第二冊、一月／二月号に掲載された。

プリンストン、三九年十月六日　金曜日

八時起床。非常に柔らかで重い大気。朝食前に少し散歩。ボイラーのことでジョンを叱責する。急ぎ第八章を書き進めるが、これは結末に近付き始めている。正午Kとミス・ニュウトンをジャンクションに迎えに行く。一緒にヴェルモット、それから三人で少し散歩。コーヒーのあとは、この伝記記者の質疑に答える。これをお茶のあとにも。――きょうの「プリンストニアン」[1]に私の論説。――放り出してあったゴーロ宛ての手紙を書き上げる。――Kは朝六時に起きて、息を凝らして待っていたヒトラーの「国会演説」を聴いた。ナスツィトゥーア、等々。しかし鼠は危険な害獣には違いない。この薄汚い詐欺漢がこの戦争から抜け出したがっているのは、時間を稼いで、定評のある「平和

的」手段ですべてを制圧するためなのだ。民主主義諸国からすれば名誉ある平和にとってのいささかのきっかけにもならない。間違いなく戦争はこのまま進むに違いない——これは一種のアナクロニズムで、戦争を精神的に排除するヨーロッパの状態を際限なく強請にかけようとした犯罪者によって強いられたアナクロニズムなのだ。

（1） 一九三九年九月二十六日付日記の注（1）参照。

プリンストン、三九年十月七日　土曜日

八時起床。晴天の暑い天候、落葉の季節の時節はずれの遅い盛夏。朝食前に散歩。第八章を終わりに向けて書き進める。Kは風邪で一日の大半をベッドで過ごす。正午、間違えて駅へリーフマン夫妻を迎えに行く。そのあとKと少し散歩。食後、新聞各紙。これ以上不愉快千万な状況はなかったというほどの状況に苦しめられる。連合国が「ノー」と言うかどうか、確実ではない。戦争は考えられない、文明はもはや戦争に耐えられない。文明には、戦争かヒトラーかの選択しかない、そして文明は、ヒトラーを選ばざるを得ないと予感している。ヒトラーのほうが耐えやすいとは、証明されていない。ヒトラーの「提案」は反故にされるだろう。しかし一種の平和、休戦にはなるだろう、そして政権は存続するだろう。これ以外はほとんど考えられない。——ローズヴェルトはともかくも、双方に平和意欲がないのに仲介するのは拒否している。——午後、まったく休息なし。お茶にマイゼルの他エイジェントで出版社主のフレース[1]が女性翻訳者H[2]をつれて。『海を渡る』の豪華本[3]と不愉快な「アメリカの会」事件の協議。——ヒトラーの演説を英語で読む、少なくとも断片的に。果てし無く理性的、明快、温和。教皇はこれを称賛した。——Kの寝室で夕食。——ツィマー[4]の「インドの世界母」を読んで関心を覚える。

（1） オランダの文学エイジェント、バルトルト・フレース。オランダと合衆国でとくにドイツ亡命文学のために尽力し、ニューヨークでは出版者としても仕事をしていた。
（2） 特定出来なかった。
（3） 『ドン・キホーテとともに海を渡る』の豪華本は確認されていない。

（4）ハインリヒ・ツィマー「インドの世界母」、「エラノス年鑑」一九三八年、ライン書店、チューリヒ、一九三九年、所収。『すげかえられた首』の資料著作。

プリンストン、三九年十月八日　日曜日

八時半起床。秋らしい天候。Kは重いカタルでベッドに寝たまま。午前中第八章を書き上げる。正午グムペルト博士が小さな娘と。この二人とメーディと車を走らせ、少し散歩。三人にさらにもう一人の客ブロッホ博士を加えてランチ。一緒にサロンでコーヒー。政治について大いに語る。ヒトラーの平和を真実と推定することの不可能さ。グムペルトによるKの診察と処方。吐根の添加による咳止め液の有害さ。——グムペルト父娘とお茶。そのあとKの寝室で第八章の大部分の朗読。グムペルト「天才の最初の劇的分析ですね」。——別れる。アスピリンをのんで、Kはぐっしょりと発汗。——私は、ラジオを聴いたあと夕べの散歩。宥和の様子は見えない。連合国側は反対要求を提示するだろうが、これは、ヒトラーの提案が受諾できないものであったように、ヒトラーにとっても同様に受け入れがたいはずだ。もはや考えられない戦争が、したがって再開されるだろう、そして予想されるのは、ドイツの大量空軍機攻撃だが、この攻撃はおそらくたちまちのうちに衰えるだろう。——メーディと二人だけで夕食。——残り原稿の分量についてベルマンの電報による問い合わせ。晩に、六十五枚が発送されて、約二十枚があとに続くだろうと返事。——スヴァリーヌの『スターリン』(1)を読む。

（1）ボリス・スヴァリーヌ（スワーリン）、半ばロシア、半ばフランスの血を伝えるフランスのコミュニスト、党機関紙「リュマニテ」の編集長、トロツキー信奉者、フランス中央委員会メンバー。その著書『スターリン』の英語版は発刊年表示なしに、おそらくは一九三九年に刊行された。

プリンストン、三九年十月九日　月曜日

八時起床。浴室、温室めいた大気。朝食前に散歩。Kは良くなるが、まだベッドから離れない。午前中講演用の新しい前置き[1]を書く。正午、リーフマン夫妻を駅に迎えに行く。サロンで一緒にシェリ。一緒にランチ。一緒にKの部屋でコーヒー。——マイゼルとKの部屋でお茶。手紙の相談。第八章最後の二〇枚を渡す。フランクに詳細な手紙[2]。英語の手紙をまとめあげる。ラジオ・ニュース、ロシア側は、西側が行おうとしている宗教戦争のことで、これは中世的であると西側を嘲弄している。イタリアが反対側に傾く兆候。バルト諸国からのドイツ人の避難、ポーランド、チェコ領域へのその定住。出国を望んでいるチェコ人のロシアによる引き受け。海陸の戦闘活動はむしろ高まりを見せている。——第八章のタイプ校正。

(1) 講演『自由の問題』の新しい大きく変更を加え、時局とのかかわりを密にした稿。
(2) ブルーノ・フランク宛て、プリンストンから、一九三九年十月九日付、『書簡目録II』三九／三八九。

プリンストン、三九年十月十日　火曜日

八時起床。猛暑、きわめて不自然。地震があっても驚かないだろう。——朝食前に散歩。Kは引き続き臥せっている。十二時半頃まで講演の英語版、ドイツ語版編集の仕事。メーディとKの部屋でランチ。二時ラジオで、ダラディエの演説、簡単で決然としている。しかしそのあと信頼出来る繰り返しが行われなかった、ダラディエとイギリス人たちとの間には不安になるような意見の相違が厳存しているらしい。チェムバレンの下院演説の延期。会談開催を実現しようとするロイド・ジョージの活動[1]。——新聞各紙。午睡。お茶にチエルニーン伯爵夫妻。六時半頃まで活発な歓談。Kの部屋で。イギリス内閣が退陣した、講和が生まれるという噂に巻き起こったドイツの歓喜の陶酔の情景を伝える夕刊各紙。スポーツ宮殿におけるヒトラーの新たな演説[2]。平和かあるいは破壊戦争か。イギリスではボルシェヴィズムとその伝播に対する恐怖が増大してきている。イタリアの新聞には東欧におけるドイツ勢力の撤退、避難等々に対する軽蔑の論調。バルト海をロシアに譲渡したとの理由でドイツのX提督が提出した辞職願いが却下されたとの噂。――夕食前に少し散歩、メーディとKの部屋で食べる。――今保養の効果、とくに確かにノールトウェイクによる効果の現れが確認出来る。あらゆる困難は相変わらずなのに、能率と活力が確認できるのだ。――食後、一月の評議会講演の件でダビューク大学学長ウェルチ師[3]来訪。――

（1）フェルディナント・グラーフ〔伯爵〕・チェルニーン・フォン・ウント・ツー・フーデニッツ（一九〇三年生まれ）は『このザルツブルク』、ニューヨーク、一九三八年、『ヨーロッパ、行く、行く、行った』ニューヨーク、ニューヨーク、一九三九年、など風刺的で面白く時代批判的なヨーロッパ旅行記を書いた。

（2）「冬季援助」開催にあたってベルリンのスポーツ宮殿で行われたヒトラーの短い演説で、この中でヒトラーは改めて講和の用意のあることを強調し、ドイツは、西側諸国とことを構えるべき理由をなに一つ持たないと断言した。

（3）デイル・デニス・ウェルチ（一八九六年生まれ）は、プレスビタリアン教会の聖職者で、一九三六年以来アイオワ州のダビューク大学の学長。

プリンストン、三九年十月十一日　水曜日

八時起床。涼しくなる。朝食前に散歩。講演を編集、一時までKと十分に話合い、構成をすっきりさせる。ランチに「プリンストン劇場」計画の検討のためにニューヨークのロータル博士[1]。支援を約束。お茶の前にひげを剃る。そのあとマイゼルと講演を検討、指示を伝え、欠けている箇所を口述する。この仕事は考えていたよりも早くに片付く。六時半前には仕上がる。Kの部屋で手紙に目を通す。ハルガルテン一家の窮状、一〇〇ドル。イギリスのために書かれ、イギリスのラジオでドイツへ放送される論説のことでロウ女史[2]の手紙、しかし、ヒトラーとは絶対講和が結ばれることはない、と私が確信をもって言えないのだから、状況はそういうものを書く時期として熟しているとは私には思えない。――マイアー女史の手紙。豪華本出版についてのフレースの契約書。「新チューリヒ新聞」のために物語作品を望んでいるコローディの手紙。――七時半Kの部屋で食事。メーディとプリンストン映画グループの上映会に出掛ける。ひどいホールだし映写機は悪い、聞き取れないし、画面は暗い。古い「時代の行進」画像と『カヴァルケイド』(3)。終わる前に帰る。

ダラディエの演説はドイツでは非常に好意的に受け止められている。その中にはヒトラーの提案と相容れないものは何一つないというわけだ。チェムバレンのあすの演説は「門戸を開けておく」ことになろう。ヒトラーにもっと詳細な説明をさせる。ロイド・ジョージは停戦実現に動いている。ロシアに抵抗しているが、いかなる援助も期待出来ない、脅威に晒されているフィンランドの大がかりな偵察。

第八章末尾と改稿部分のタイプ校正。

(1) オーストリアの小説作家で劇場支配人エルンスト・ロータル（一八九〇—一九七四）は一九三五年から三八年までマクス・ラインハルトの後継者としてヴィーンのテアタ・イン・デア・ヨーゼフシュタットの支配人、三八年スイス、フランスを経由して合衆国へ亡命、コロラド・カレッジの文学の教授になった。四五年には亡命から戻り、ヴィーン、ザルツブルク祝典劇では演出家として活動した。プリンストンに劇場を立てるロータルの計画は実現を見なかった。ロータルは、その回想記『生き残りの奇蹟』ヴィーン、一九六〇年、の「プリンストンのトーマス・マン邸で」の章で自分の訪問を描写している。

(2) ミセス・ロウ゠ポーターは、イギリスのオクスフォードにいてアメリカに戻ったのはようやく一九三九年十月末のことだった。

(3) ノエル・カウアドのミュージカルによる一九三三年に製作されたイギリス愛国映画の成功作でダイアナ・ウィニャード、クリーヴ・ブルックが出演した。

プリンストン、三九年十月十二日　木曜日

晴天の秋、激しい落葉。八時十五分起床。朝食前に散歩。コーヒーを飲み、『ヴァイマルのロッテ』の第九章を書き始める。正午一人で散歩。愛想のよい、誰と分からない教授に挨拶される。美しいセッターの「ロウイ」と出会う、「ロウイ」は嬉しがっていた。Kはランチに起き出す。英語の手紙をまとめあげ、新聞各紙を読む。午睡。Kの部屋でお茶。そのあとベルマンに手紙を書き(1)、第八章を、十二日はかかるスウェーデンへの旅に出すため荷造りする。夕べの散歩。メーディ、また起き出してきたKと夕食。広間の暖炉に火。スウィングを聞き、チェムバレンの下院演説を読

んだが、これはダラディエよりもむしろ強い拒否だ。大いに真剣。戦争から生まれ出てくることになる変化した世界について語っている箇所は印象深い。イギリスは軽率、無思慮にこの戦争を始めてはいない。しかしはっきり言って「平和のための唯一の障害は現在のドイツ政府である」。この言葉が出るまでに六年かかっている。——アジアに対する防塁としての保守的ドイツの必要性についての「ヘラルド」のリプマンの注目すべき論説。——モスクワにおいて合衆国とスカンディナヴィア諸国のフィンランドのための外交的非難。スウェーデンの動員。

（1）ゴットフリート・ベルマン・フィッシャー宛て、プリンストンから、一九三九年十月十二日付、『往復書簡集』二四三—二四五ページ、所収。

プリンストン、三九年十月十三日　金曜日

八時起床。晴天の秋の天候。朝食前に散歩、第九章を書き進めたが、残念ながら「尺度と価値」の序文のために中断しなければならない。——正午とランチのあときょうは草臥れて気分が優れなかった、とくにKと一緒の道がよく分からない散歩が不快感を高めてくれたからだ。四時から五時までの休息が良かった。お茶のあとコローディ（チューリヒ）とボルン（セント・ルイス）宛てに手紙。マイゼルを応対。Kにドゥンカー宛て[1]の断りを口述。Kとメーディと夕食。ラジオを聴く。アメリカではボルシェヴィズムの広がりに対する不安が非常に大きい。ヒトラーには三つの可能性があると判断されている、（一）自らボルシェヴィストになる、あるいは（二）ボルシェヴィズムによって併呑される、あるいは、（三）西側と講和して、ドイツにボルシェヴィズムの防波堤としての役割を戻すことの三つである。——ローズヴェルトが介入しなければ、「史上最大の殺戮」の責任をローズヴェルトに押し付けようという、ナチどもの言いようもなく愚かしい試み（それからもちろん打ち消されたが）。それについてのミスター・スウィングの嘲笑。——平和攻勢は事実いまだに終わっていない。ヒトラーの忍耐力たるや尽きるところを知らない。きょうロシア、イタリアとの協議。——Kは風邪によって耳の具合が悪くなっている。――ゴーロからの手紙。――Kとメーディに第八章の結末部分を書斎で朗読する。

(1) カール・ドゥンカー宛て、プリンストンから、一九三九年十月十三日付、『書簡目録II』三九／三九五。

プリンストン、三九年十月十四日　土曜日

八時起床。涼しく、秋らしい。午前中、止むを得ず「尺度と価値」の序文と取り組む。正午、散髪に行き、そこでイギリス戦艦一隻、退役艦ではあるが、魚雷攻撃を受けて撃沈されたことを知った。三艘のドイツ潜水艦が破壊された。――Kと二人だけでランチ。美しい本のプレゼント、『現代アメリカ絵画』(1)を眺める。――セイヤー邸のお茶に出掛ける。十一月に学生のために『ヴェールター』について話して欲しいとの要請。――マイゼルから英文講演原稿。――ニューヨークからコリンの来訪。コリンと一緒にヴェルモット(2)と夕食。そのあとコリンとKとマカーター・シアターへ、ブース女史の(3)『誤りの限界』の初演、ぞっとするくらい馬鹿げた脚本。そのあと舞台で、支配人プレーミンガー(4)、アインシュタイン夫妻、作者とともに、この作者はきれいな人物で、従軍記者としてヨーロッパ行くことになっている。――家でビール。講演原稿に目を通す。

(1) ペイトン・ボスウェル『現代アメリカ絵画』ニューヨーク、一九三九年、オーティス・ピーボディ・スウィフトから送られた。(『書簡目録II』三九／四〇一、参照)

(2) プリンストンの大学劇場、一九二七年ニューヨークの実業家トーマス・マカーターの寄金により建設され、一九三〇年こけら落としされた。クレア・ブースの『誤りの限界』の初演をトーマス・マンはここで（ニューヨーク上演に先立って）見たのだが、この初演は当時のドイツ代理公使H・トムゼン博士による公式抗議を招くことになった。この反ナチ脚本の舞台はあるアメリカの都市のドイツ領事館で、その主役はナチ領事とユダヤ人警官である。

(3) アメリカの女流劇作家、評論家、後の外交官クレア・ブース（一九〇三年生まれ）は「タイム」、「ライフ」、「フォーチューン」などの雑誌を創刊したアメリカの出版人ヘンリ・ルースと結婚、一九五三年から五七年までローマ駐在アメリカ大使だった。

(4) オーストリアの俳優、演出家、劇場支配人オトー・ルートヴィヒ・プレーミンガー（一九〇六年生まれ）は一九三三年イギリスへ、次いで合衆国に亡命。ニューヨークのブロードウェイで舞台演出家として成功し、三四年以降はハリ

ウッドで映画演出を手掛け、プロデューサーでもあった。プレーミンガーは『誤りの限界』を演出するとともにドイツ領事の主役も演じた。

プリンストン、三九年十月十五日　日曜日

八時半起床。非常に涼しく、晴天。暖房がまだ修理中なので暖炉でたくさんの薪を燃やす。午前は部分的には一人で、部分的にはKと口述で過ごす。「尺度と価値」のための序文は仕上げる、これはロンドン用(1)にも利用出来よう。ランチの前に半時間Kと散歩、Kの耳はまだ良くなりそうにない。「ニューヨーク・タイムズ」を読む。戦艦(2)の沈没はイギリスにとって手痛い打撃。装甲板は新しかった、これを撃ち抜くということは、まだ知られていないドイツの魚雷タイプ(3)の存在を暗示している。――お茶に若い翻訳者、後で私は、Kを前にしてアクセントを正確にするためにこの翻訳者と講演を読み合わせた。セーガーの新聞(4)を読む。著作家擁護協会(5)における共産主義者と民主主義者の確執。アメリカの共産党員はポーランド分割に基づいてミュンヒェンの平和に賛成である。連中は避けなければならない。――晩、レコード音楽、チャイコフスキーとブラームス。――あすの旅行の整理。

(1)　ロンドンのドイツ語ラジオ放送。

(2)　海軍中尉ギュンター・プリーン指揮するドイツ潜水艦「U－47」は一九三九年十月十四日イギリス艦隊基地スカパ・フロウに侵入、停泊中の戦艦「ロイヤル・オーク」を魚雷攻撃して撃沈、その際七八六名の将校、兵員が生命を失った。

(3)　サミュエル・ボサード（一九一〇年生まれ）、当時プリンストン大学学生、トーマス・マンのプリンストン講義を英語に翻訳し、トーマス・マンの英語の発音指導にあたった。戦争中はOSS（戦略事務局）やCIA（中央情報局）に勤務し、のち出版界で働き、今日ニューヨークで生活している。トーマス・マンは「ボサード Bossard」ではなく、よく「バサード Bussard」と書いている。

(4)　ニューヨークのドイツ語新聞「ノイエ・フォルクスツァイトゥング」のことで、その編集長はゲールハルト・ゼーガーであった。

(5)　国民社会主義政権によって解散させられたドイツのかつての「ドイツ作家擁護同盟」（SDS）の後継組織であるドイツ語圏亡命作家団体の「ドイツ系アメリカ人作家連合」。アメリカの擁護同盟の会長は一九三八年から四〇年までオスカー・マリーア・グラーフ、書記はクルト・リースだった。合衆国の参戦後、同盟は解散した。

プリンストン、三九年十月十六日　月曜日

八時半起床。午前最終章を書き進める。十二時半メーディとニューヨークへ向かう。ベドフォドへ。そこで部屋をとり、少し読み物をして、休息。四時お茶にコッペル夫妻来訪。英書の亡命者図書館の計画について報告。そのあと小さいトランクを抱えてタウン・ホール[1]へ。本のサイン。約五〇〇人を前に新しい形の『自由の問題』の一部を講演。真価が良く発揮された。そのあと管理局員たち、来賓としてアウアンハイマー夫妻、シュニツラー夫人[2]、ミス・ニュウトンとディナー。続いての小さな討論に、一時的に参加する。ヴィーンの人たちと出て、計画していた映画見物は断念、九時の列車に乗る。帰ると、Kの客であったシェンストン夫妻に会えた。お茶を飲む。

（1）講演はタウン・ホール教育組織の招待により、ニューヨークの市役所で行われた。

（2）オルガ・シュニツラー、旧姓グスマン（一八八二―一九七〇）、アルトゥル・シュニツラーの未亡人。

プリンストン、三九年十月十七日　火曜日

八時半過ぎ〔起床〕。大気は暖かくなる。午前、第九章を書き進める。正午、Kと一時間散歩。食後九月中旬号の「ターゲ＝ブーフ」を読む。ヴェルフェル[1]が、「東方同盟」としてのオーストリア君主制の再建について。――マイゼルとお茶。アメリカと移民について「ニュー・リパブリク」のための論説の検討。あとでKに口述、中でも擁護同盟事件についてエプシュタイン[2]宛てに。そのあとドゥンカー・アピールの書き換え、――これの時局即応性は、ドイツ潜水艦によるイギリス艦隊の重大な損害（スカパ・フロウにおける新たな撃沈）に直面すると心もとなくなり始める。

――晩最終章の継続のための準備。

(1) フランツ・ヴェルフェル「二つのドイツ。悲劇的討論のための論考」、「ダス・ノイエ・ターゲ＝ブーフ」一九三九年九月十六日号、所収。
(2) 社会民主主義的で、鋭く反共産主義的評論家ユーリウス・エプシュタイン（一九〇一年生まれ）、一九三三年チェコスロヴァキアへ、三八年スイスへ、三九年合衆国へ亡命、ここでアメリカの新聞、雑誌に活発な評論活動を展開した。

プリンストン、三九年十月十八日　水曜日

八時起床。晴天の涼しい秋の天候。きのうから暖房が動いている。——午前、葉巻を吸いながらコーヒーを飲んだあと第九章を書き進める。正午、Kと車で出て、散歩。美人[1]〔?〕ランチのあと新聞各紙。午睡。マイゼルが「リパブリク」のための論説[2]を持ってくる。承認。Kに口述、自筆の通信。晩パリのドイツ語新聞。——このところ、『ヴァイマルのロッテ』の完成が見えてきているのが嬉しい。——スウィングを聴く。チェムバレンは下院でイギリスに対する新たな航空機攻撃を報告し、イギリス側の損害は皆無だが、ドイツ機八機を撃墜したという。チェムバレンははるかに重大なことを予言している。それは西部で目前に迫っている、ドイツ軍の大攻勢が二四時間から四八時間のうちに予想されているというのだ。

(1) 美人 Schöne とあるのは、判読されたわけではない。
(2) 正確には、「ザ・ニュー・リパブリク」のため、である。マイゼルの起草した論説は、「アメリカと難民」の表題で「ザ・ニュー・リパブリク」ニューヨーク、一九三九年十一月八日号に掲載された。ドイツ語原文は『節度と忍耐』の表題で「アウフバウ」誌、ニューヨーク、一九三九年十一月二十九日号、所収。『全集』には収録されていない。「補遺」参照。

プリンストン、三九年十月十九日　木曜日

八時半起床。青空、暖かく、風がある。午前、第九章を書き進める。正午、Kと散歩に出る。お茶のあとKに口述。レーヴェンシュタイン公爵に「アメリカの

会」からの脱退[1]を声明。——カナダのための反リンドバーグ[2]論争。——西部における攻勢は気配もない。ドイツ軍は、フランス軍を国境を越えて「追撃する」意図を持たないと声明している。トルコと連合国との条約が署名される。

（1）　これに関するレーヴェンシュタイン公爵宛てのトーマス・マンの手紙は、フランクフルトのドイツ図書館にある「アメリカの会」の記録文書の中に発見されず、これまで確認されていない。のちの通信、とくにブルーノ・フランクとの通信から明らかになるように、トーマス・マンが「ドイツの文化的自由のためのアメリカの会」のヨーロッパ部会座長職を下りたのは、この「会」が財政資金の不足によりもはや活動能力がなかったからである。トーマス・マンの脱退書簡はしかし、のちの日記記述から明らかになるように、まだその最終結論ではなかったらしい。一九三九年十一月七日付日記の注（1）参照。

（2）　アメリカの飛行士チャールズ・A・リンドバーグ（一九〇二—一九七四）は、一九二九年大西洋をニューヨークからパリへと初めて横断し、アメリカの国民的英雄となった。三九年空軍大佐としてアメリカ陸軍省に入ったが、国民社会主義政権に公然と好意を寄せ、四一年にはアメリカの参戦に反対を表明、これが、その罷免につながった。

プリンストン、三九年十月二十日　金曜日

八時に起床。青空で暑過ぎる。朝食前に散歩。車の中での喧嘩の傍らを通り過ぎる。どうにかなりそうな様子。正午、Kとメーディと車で出る。景色は太陽に明るく照り映え、色鮮やか。ノールトウェイクで書いた私の序文つきの『アンナ・カレーニナ』[1]の挿絵入り英語版数部が届く。これをコーヒーのあとサロンで読む。午後最終章を先へ書き進める。夕食前に散歩。夕食にブロッホ[2] Broch、あとで書斎でその『ウィルギリウス』小説から朗読してくれた。人生を拭いさる精密な魂の深層の文学、確実に注目に値する。

（1）　レフ・N・トルストイ『アンナ・カレーニナ』（コンスタンス・ガーネットの版でM・H・ウェルシュ訳）トーマス・マンの序文的随想を添えて、ニューヨーク、ランダム・ハウス社。ドイツ語原文は「尺度と価値」一九四〇年第四冊、五月／六月／七月号、『全集』第九巻、六二二—六三九ページ、所収。

（2）　ヘルマン・ブロッホの長篇小説『ウィルギリウスの死』は、ドイツ語版と英語版が、クルト・ヴォルフによって設立されたニューヨークのパンシアン・ブックス社から一九四五年に刊行された。

プリンストン、三九年十月二十一日　土曜日

夜、数時間椅子で眠る。八時起床。暖かい小春日和。朝食前に散歩。第九章を書き進める。正午Kとドライヴ。ランチにアルトゥル・シュニツラー夫人。お茶にドゥンカー博士。博士とアピールの計画について、私のテキストを読み、恵まれた瞬間が訪れるまでの延期を決める。――パレスティナ館にかかわる腹立たしい問題でコリン宛ての手紙を口述。――モップ[1]とマイアー女史[2]に手紙。タキシード着用、隣のロウ邸でシェンストン夫妻と判事とともに夕食。実に好ましい夕べ。お茶のあと物理学とアインシュタインについて歓談。――雷鳴。

（1）　マクス・オペンハイマー宛て、プリンストンから、一九三九年十月二十一日付、『書簡目録II』三九／四〇八。

（2）　アグニス・E・マイアー宛て、プリンストンから、一九三九年十月二十一日付、『書簡集II』一一六ページ、所収。

プリンストン、三九年十月二十二日　日曜日

八時起床。湿度があり、靄がかっている。正午に太陽。午前、第九章を書き進める。数々の困難。Kとスプリングデイル周回。ランチにハマーシュラーク博士、アレヴィン博士[1]、ミスター・バサード[2]、皆長居する。お茶にミスター・ネメロウ、これはボストンからきた、「探究者主人公」の若い著者である。『タッソ』を読む。晩、新聞。戦端は開かれていない。スコットランド海岸でドイツ機一機を不時着させたのが、この日の戦闘行為だった。――封鎖はロシアを失うことで五〇パーセントは手詰まりだとのロイド・ジョージの懐疑的な演説。平和のための世界共産主義の運動。イギリス陸相の勇気付けられる演説。――「プレジデント・ハーディング」が乗り越えなければならなかった恐ろしい嵐の描写。多数の重傷者の上陸。――タウン・ホ

ール講演のことでピート宛てに英語で手紙。

（1）文学史家リヒァルト・アレヴィン（一九〇二―一九七九）、卓越したバロック文学通、ホーフマンスタール専門家、一九三二年グンドルフの後継者としてハイデルベルクの教授、三三年国民社会主義政権によって免職され、パリ、のちにニューヨークに亡命した。第二次世界大戦後ドイツに戻り、四九年から五五年ケルン、五五年から五九年までベルリン、その後は定年までボンの教授だった。

（2）正しくはボサード。一九三九年十月十五日付日記の注（3）参照。

プリンストン、三九年十月二十三日　月曜日

八時起床。青空で強風。午前第九章を書き進める。正午Kとドライヴ。食後「タイムズ」と『エグモント』を読む。お茶にハーヴァドのトルネイ博士[1]。ミケランジェロ、ケレーニイについて。マイゼルと著作家農場の計画について。コリンとパレスティナ委員会宛てに手紙を書く。夕食後Kとプレイ・ハウスへ。ハウアド出演の感傷的な音楽映画『インテルメッツォ』[2]。イギリス艦隊の感銘深い映像に、私は拍手を送った。――家で軽食とビール。クラウスがニューヨークに着いて、電話してくる。夕刊各紙に、ラウシュニングを首相とするドイツ対抗政府の組織についてのニュース。

（?）――『イフィゲーニエ』。

（1）ハンガリー出身の美術史家シャルル・ド・トルネイ（一八九九―一九八一）、著名なミケランジェロ研究家で、一九三九年から四八年までプリンストンの高等学術研究所に所属し、のち、フィレンツェで生活している。

（2）レスリー・ハウアド、イングリド・バーグマン、ジョン・ハリデイ、エドナ・ベスト出演、グレゴリ・ラトフ監督の映画。

プリンストン、三九年十月二十四日　火曜日

八時起床。晴天の秋の天候。コーヒーとオートミール。第九章を書き進める。Kと一時間の散歩。木々の黄金色を楽しむ。ランチのあと、「カマン・センス」

が送ってきたヴァーグナーとヒトラー主義についての論説[1]とラウシュニングの新しい小冊子「あなたの時は終わった[2]」を読む。文章は良くないが、心を捉えるものがあり、ドイツに流布させるには適している。——お茶に、最初の形の『自由の問題』を収めたその自由をテーマにした本のことでミセス・ブロツキ[3]。これにブロッホ Broch が加わる。ブロッホと「アメリカの会」の問題について。——第九章の結末と取り組む。——タキシード。シェンストン邸で夕食、天文学者ラッセル[4]夫妻と。あまりにもヴィラモヴィッツ[5]を思わせるタイプ、しかし面白い。

（1） ペーター・フィアエク「ヒトラーとリヒァルト・ヴァーグナー」、雑誌「カマン・センス」ニューヨーク、一九三九年十一月号、所収。

（2） ヘルマン・ラウシュニング『ヒトラー氏よ、あなたの時代は終わった！　率直な言葉と最後の訴え』チューリヒ、ヨーロッパ書店（オープレヒト）、一九三九年。

（3） ミセス・ラルフ・ハウアド・ブロツキはルース・ナンダ・アンシェンの筆名で一九四〇年ハルクール・ブレイス書店から『自由、その意味』を編集出版、その中にトーマス・マンのエッセイが『自由と平等』の表題で含まれていた。

（4） 一九三九年二月十三日付日記の注（2）参照。

（5） 古典文献学者ウルリヒ・フォン・ヴィラモヴィッツ＝メレンドルフ（一八四八―一九三一）。ヴィラモヴィッツとトーマス・マンの間には以前から深刻な相互的な反感が存在していた、そしてヴィラモヴィッツはトーマス・マンについて公然と非常に軽蔑的な発言をしていた。

プリンストン、三九年十月二十六日　木曜日

きのう私は八時半頃起き、コーヒーと玉子を朝食にとり、第九章の終わりに向かって書き進めた。正午、Kと私たちの住むあたりを散策。ランチのあと結末部分を鉛筆でさまざま試みてみる。——ダンツィヒにおけるリベントロープの演説、吐き気を催すような愚昧さと厚顔無恥。——私は午後休息したが、眠りに落ちず、お茶のあと七時半まで『ヴァイマルのロッテ』の結末部分を書いた——これがどのような形で残ろうと我慢できる抜け道としてである。この作品も書き上げられた。私はこれらの日記冊子の中の執筆開始を報告する一九三六年九月キュスナハトでの記入部分を開い

てみる。三十七ヵ月。一月が大小さまざまな突発事や偶発事をともなって如何に急速に過ぎて行くかを思えば、三十七ヵ月は決して多い年月ではない。『ショーペンハウアー』、『ファウスト』講演、『ヴァーグナーと指輪』のような比較的大きな仕事、それに『ヨーロッパに告ぐ』の中身の諸篇、当地での講演の『デモクラシーの勝利』、『自由の問題』などがその間にまとめられた。この長篇小説の最後の百枚は極端に早く成立した。——生み出されたものについて考えるのは難しい。そのようなものとして独創的であり、関連の網の目としては実に豊かであり、多くは、寄せ集めであり、助けを求めての横領で、ゲーテ像は内輪のもので、陽気で新しく、偉大さとの馴染みを思わせないではなく、しかもこの偉大さには民主主義的なイロニーが対置される。——これが、しかるべき位置を占めてほしいものだ——私の人生の中で、文学の世界の中で。——Kに五五二枚での完結を報告する。カーラー夫妻が夕食にやってくる、夕食はロースト・チキンとシャンパンで飛び切りだった。そのあとコーヒー。そのあと図書室でカーラー夫妻、Kとメーディのためにディナーの諸部分と最終章を朗読して聞かせると、最終章に対して真面目な賛辞が寄せられた。非常に疲れ熱っぽかったが、それでも私は上手く朗読し、仕上げた作品のために共感出来る人々を用意することが出来た。遅く就寝、なおレスコフを読む。

きょうは八時半頃起床。穏やかな曇天、木々はまだ彩り鮮やか。Kとメーディと朝食。輸出禁止法案(1)が上院で承認される。ドイツの新聞はイギリスに対する空からの攻撃を迫っているのに対し、フランス軍はラウドスピーカーで武器を捨てるよう促されている。アメリカは甘い言葉をかけられているが、それとは矛盾して商船が一隻沈められている。——最終章の輸送と宛て先のことと、どうやら届いていないらしい第八章の再度の発送に関してベルマンの電報(2)。——『ロッテ』の資料を片づける。最終原稿はKを通してマイゼルにタイプさせる。——

きょうは八時半起床。夏のように暖かい。午前中英語でパレスティーナ館祭典(3)のための文章を書く。正午Kと車で出掛け、森で濡れ落ち葉の中を少し歩く。食後、英文『魔の山』講義と「カマン・センス」のためのヴァーグナー＝ヒトラー問題(4)。お茶のあと英文の挨拶(5)。七時ラーステーデとその友人たちが迎えにくる。前年のレストランに車を走らせ、そこで夕食。早めに帰宅。最終章の浄書を校正し、書き写す。小説の全原稿を整えて片付ける。——ボニエルから『フリヘーテンス・プロブレム』[6]が何部か届く。

(1) 中立維持のため交戦国に武器、軍需物資の供給を禁止するアメリカの法律。
(2) トーマス・マン宛て、ストックホルムから、一九三九年十月二十五日付、『往復書簡集』二四五ページ、所収。
(3) パレスティーナ館の開館式典。
(4) 一九三九年十一月五日付日記の注(1)参照。
(5) パレスティーナ館開館の祝宴での英語での挨拶文。原稿は見つかっていない。
(6) 『自由の問題』のスウェーデン語版 Frihetens Problem、ペール・ヘンリク・テルングレン訳、は一九三九年秋ストックホルムのボニエル書店から刊行された。

プリンストン、三九年十月二十七日　金曜日

八時半起床。夜暑さのため大分椅子で眠る。一日中しまりのない、鬱陶しい天候。頭は火照り、落ち葉の雨。濡れた雨も。——午前『魔の山』講義とパレスティナ館スピーチ。正午Kとジャンクションへ。クラウスがリースと到着。家で二人とヴェルモットと歓談。政治問題、擁護同盟、小説の完成についても大いに語る。ランチのあともその続き。非常に疲れて、休息を楽しむ。お茶のあとマイゼルと協議、ついでブロッホと「アメリカの会」と賞金つき懸賞のことで協議。そのあと擁護同盟の件でリースと話し合い。五人で夕食、引き続き歓談。ラジオでスウィングを聴く。教皇の共感出来る回勅[1]。

(1) 教皇ピーオ十二世の回勅「至高の司牧の Summi pontificatus」。〔訳註〕回勅はその冒頭の語を表題とするのが通例で、これは一九三九年十月二十日教皇ピーオ十二世が発した回勅の冒頭の語で、国家権力に対する教会司牧の力の限界を主題とするものだった。

プリンストン、三十九年十月二十八日　土曜日

夜、蒸し暑さに苦しんだため、やっと九時頃起床。布団の代わりに旅行用毛布。強風の吹き荒れる晴天。

落葉の雨。午前中『ヴェールター』講義を試し書き。Kとスプリングデイル・ロードを散策。帰ると、ミス・カロラインがプードル・ゲュラール(1)をつれて来ていて、私にプレゼントしてくれる。寡黙で、内気で、気品ある犬だ。クラウス、カロラインとランチ。ノールトウェイクで書いた序文を添えた『大公殿下 Royal Highness』が数部届く。――午後体調がすぐれない感じ。プードルを私の部屋で傍に置き、『ヴェールター』の注解すべきところをメモする。お茶にコリンがパレスチナ館関係者のユダヤ人(2)を連れ、紙巻き煙草を持参した。――晩、クラウスがジロドゥについての論説(3)を朗読するとともに、汎ヨーロッパ映画計画について報告する。

(1) このプードルのフランス名は「わめき屋」、しかしまた「大食漢」を意味しうる。トーマス・マンはこれを「ニーコ Niko」あるいは「Nico」と呼んだ。
(2) おそらくニューヨーク、パレスティナ館委員会の議長メイヤー・ウォルフ・ウェイスガルであろう。
(3) クラウス・マン「ジャン・ジロドゥ」、「ネイション」ニューヨーク、一九三九年十二月十六日号、所収。ドイツ語原文は、クラウス・マン『吟味。文学論』マルティーン・グレーゴル＝デリン編、ミュンヒェン一九六八年、所収。

プリンストン、三九年十月二十九日　日曜日

八時半起床。青空で爽やか。午前中、退屈を覚えながら『ヴェールター』講義の試し書き。正午、Kとプードルと散歩。食事にモップとその女友達フッラー(1)。――クラウス、講演に出発。――お茶にオシプ・フレヒトハイム(2)。政治関連の話題。Kに口述。――疲れて、面白くない気分。晩、マルクスについてのフレヒトハイムの論文(3)(原稿)と「ノイ・ベギネン(4)」の雑誌を読む。

(1) 特定出来なかった。
(2) オシプ・K・フレヒトハイム。一九三九年三月五日付日記の注(3)参照。
(3) オシプ・K・フレヒトハイム「マルクスの歴史観批判」。『書簡目録II』三九／五三八、参照。この論説は「尺度と価値」ではなく、ようやく一九六五年ジュネーヴの「カイエ・ヴェルフレード・パレード」第五冊に発表された。
(4) オシプ・K・フレヒトハイムが協力していた社会民主主

義亡命グループ「ノイ・ベギネン」はいくつかの定期刊行物を一部は印刷で、一部はタイプ複写で出していた。ここではおそらく、一九三九年九月中旬印刷刊行された「社会民主主義情報通信」四八／一九三九号のことであろう。

三九年十月三十日　月曜日、プリンストン

暖かな雨天。今は、ニーコと呼んでおり、非常に可愛い犬のプードルと、朝、並木道を散策。『ヴェールター』講義の試し書き。正午Kとプードルと散歩。マイゼルの他には来訪なし。午後「グゲンハイム」(1)に対するヘルマン・ブロッホについての評定書(2)とレーヴェンシュタイン教授宛ての長文の手紙を口述。カシーラーのゲーテ論(3)を読む。

(1) ヘルマン・ブロッホのためにその学術研究の財政援助を得るためのグゲンハイム基金への評定書。これについてはヘルマン・ブロッホ宛て、プリンストンから、一九三九年十月三十日付、『書簡集II』一一六―一一七ページ、所収、参照。ブロッホは財団の助成を得て、その支援で一九四一年から四八年にかけて、プリンストン大学で集団心理学的研究を仕上げた。

(2) カール・レーヴェンシュタイン宛て、プリンストンから、一九三九年十月三十日付、『書簡目録II』三九／四二二。

(3) トーマス・マンの蔵書の中にはエルンスト・カシーラーのゲーテについての三つの著作がある。第四章でゲーテを扱っている『自由と形式』ベルリン、一九二二年、「ゲーテのパンドーラ」と「ゲーテと数学物理学」の二章を含む『理念と形姿。ゲーテ、シラー、ヘルダーリーン、クライスト』ベルリン、一九二四年、と『ゲーテと史的世界』ベルリン、一九二九年、の三冊である。トーマス・マンの日記記述がこれらの著作のどれにかかわっているのか調べがつかない。

ニューヨーク、ベドフォド、
三九年十月三十一日　火曜日

きょうはきのうのように、完璧な雨天の一日。暖かく暗い。午前中ニーコの相手をしながら『ヴェールター』講義を走り書きする。それから荷物を拵え、十二時半Kと私はジャンクションに行く。昼食は列車の食堂車で、この旅は食堂車で終わった。ニューヨークではコリンとパレスティーナ館関係者のユダヤ人に出迎えを受ける。コリンの車でホテルへ。四時までベッドで休息。四時半お茶。きょう届いた手紙を読み、講演の検討をする。トムスキ[1]とメーディ来訪。あとからコリン。小止みない雨、コリンと車で博覧会へ。色とりどりの光、噴水仕掛け、まばらな人間、ひどい天候に閉幕式典は大きく影響される。パレスティーナ館を案内してもらう。テル・アヴィーヴとイェルーサレムの往時と今日の状態を示す風景の前の移り変わるライト。記帳簿に記入、写真撮影。管理棟で七十五人のディナー、議長とラビ・ワイスの間。スピーチ。終了前、そうなるとその先の予定はすべて遅すぎる。非常に草臥れて退屈する。軽薄漢のコリンとニューヨークへ戻る。ホテルのバーでビール。

(1) トマス・クイン・カーティス。一九三七年七月十一日付日記の注(1)参照。

ニューヨーク、三九年十一月一日　水曜日

『ヴァイマルのロッテ』が仕上がり終わり、先月が、その刻印をもつ最後の月であったという思いが、やはり大分現実味を帯びてくる。新しい愛の喜びと人生への愛着を覚えさせてくれるのは、やさしいプードルと手に入る見込みの第一級の音楽機器である。——長く眠る。入浴して、コーヒーを飲む。ミュンヒェンの老人たち[1]がチューリヒに到着したとの知らせ。——民主主義諸国の「帝国主義」戦争を非難するモロトフの悪意ある演説。イタリア政府の大幅改造、しかし多分親ドイツ派排除の狙いであろう。——きょうは晴天。コロンビア大学のライアン教授[2]と電話。——徒歩でリージス・ホテルへ、そこでクノップとランチ。ライアンの出迎え。一緒にコロンビア大学へ車で。そこで拡大クラスを前に、紹介のあと、生き生きとうまく『魔の山』講義[3]。そのあとコリンとタイムズ・スクエアでお茶。Kとシネマへ、『ミスター・チプッス[4]』。そこから徒歩でホテルへ。ホテルの部屋でコリンとヴェルモット、コリンは駅の九時の列車まで同行してくれた。十時、プリンストンに戻る。ジョンが車で待ってい

た。メーディは風邪で床に就いている。ニーコはまとわりついてくる。軽食。たくさんの郵便。プードルを外に連れ出す。非常に疲労。

（1）プリングスハイム教授とその夫人はきりのない旅券の難題に振り回された果てについに出国することが出来、一九三九年十月三十一日チューリヒに到着した。

（2）ジョン・H・H・ライアン、ニューヨーク、コロンビア大学英文学教授。

（3）ジョン・H・H・ライアン教授のゼミナールで反復された、プリンストン大学の『「魔の山」入門』。

（4）映画『グッドバイ、ミスター・チプッス』イギリスの小説家ジェイムズ・ヒルトン（一九〇〇—一九五四）の同名の長篇小説を原作とし、グリア・ガースン、ロバト・ドーナトが出演した映画。

プリンストン、三九年十一月二日　木曜日

八時起床。ニーコと並木道を散歩。そのあと網戸を外したドアからこの犬が脱走。心配して捜索。Kとジョンが車でまた捕まえる。——『ヴェールター』講義を書き進める。正午、Kと散歩。メーディはベッドに就いたまま。ニコルスンの戦争についての新しい小冊子[1]を筆者から送られて、読む。お茶のさいにマイゼルと手紙の協議。そのあとKに口述、おもに擁護同盟書記としてのリースに宛てた基本的な議長としての書簡。夕べの散歩。——この日の政治的事件、議会で圧倒的多数による中立法案を採択。——プリンストンの序文を加えたストックホルム版全集の『魔の山』一部と『トーニオ・クレーガー』[2]の新しい普及版一部が届いた。晩、長時間『魔の山』を読む。

（1）ハラルド・ニコルスン『ドイツの真の戦争目的』ロンドン、一九四〇年。

（2）短編小説の新版、ストックホルム、ベルマン＝フィッシャー書店の一〇〇、〇〇〇から一〇一、〇〇〇部、アムステルダムで印刷。〔訳注〕この数字は要するに一、〇〇〇部刷ったということを示す。

プリンストン、三九年十一月三日　金曜日

八時起床。秋晴れの天候。プードルが退屈しているのに気を取られて、『ヴェールター』講義を気の進まぬまま書き進める。ヴァイル教授邸でそのドイツ人同僚とともにランチ。午後、ゴーロ宛て、[1] マイアー女史宛て[2]に手紙を書き、たくさんの英文の手紙をまとめあげる。夕食前にニーコと少し運動。——ベルマン＝フィッシャー、クウェーリードー、デ・ランゲ三書店[3]の書籍が届く。長い間グムペルトの医師の回想録を読む、魅力的な本だ。

(1) ゴーロ・マン宛て、プリンストンから、一九三九年十一月三日付、『書簡集II』一一八—一一九ページ、所収。
(2) アグニス・E・マイアー宛て、プリンストンから、一九三九年十一月三日付、『書簡集II』一一七—一一八ページ、所収。
(3) マルティーン・グムペルト『天国の中の地獄。一医師の自己描写』は一九三九年ストックホルムのベルマン＝フィッシャー書店から刊行された。

プリンストン、三九年十一月四日　土曜日

『ヴェールター』講義の草案をきょうまとめた。少し違う形に……お茶に人柄のよいミセス・ロウとフォルツハイマー夫妻、夫妻は私の英語に感心していた。ベルマンからの手紙[1]、まだ原稿受け取りの確認がない。グムペルトの本を満足しながら読む。プードルはもう非常に元気で馴れついている。読みながら、ベートーヴェンを演奏するトスカニーニ演奏会に耳を傾けた。

(1) 確認されていない。

プリンストン、三九年十一月五日　日曜日

暗く雨。Kが『ヴェールター』講義を浄書する。私はヴァーグナーとドイツ精神について「カマン・センス」[1]に手紙を書きはじめる。午後、英文の手紙をまとめあげ、カロライン・ニュウトン宛て[2]にプードルについて報告する。――チャーチルの論説[3]を読む。夕食後ラーデンブルク邸。白ワイン。ラジオでハイフィッツ[4]を聴きながら、政治について語り合う。

（1）ペーター・フィアエクの論説（一九三九年十月二十四日付日記の注（1）参照）に対するトーマス・マンの回答『ヴァーグナー擁護 In Defence of Wagner』は「カマン・センス」一九四〇年一月号に発表された。ドイツ語訳『ヴァーグナー擁護 Zu Wagners Verteidigung』。「カマン・センス」の編集者への手紙』、『全集』第十三巻、三五一―三五九ページ。

（2）カロライン・ニュウトン宛て、プリンストンから、一九三九年十一月五日付、『書簡集II』一一九―一二〇ページ、所収。

（3）ウィンストン・チャーチル『歩一歩 Schritt für Schritt』は、演説集『Step by Step』のドイツ語訳版で、一九三九年フランツ・ファインの訳でアムステルダムのアレルト・デ・ランゲ書店から刊行された。

（4）ハイフィッツ Heifitz とあるのは、正しくはハイフェッツ Heifetz。

プリンストン、三九年十一月六日　月曜日

八時半起床。ヴァーグナー書簡を書き進める。散髪へ。四時半車でニューアクへ。ディナーと講演『自由の問題』。満員のホール。大成功。遅く帰宅して軽食。

プリンストン、三九年十一月七日　火曜日

八時半起床。ニーコと戸外に出る。玉子とお茶。ヴァーグナー書簡を書き進める。Kとプードルと散歩。ランチにミスターとミセス・ロウ＝ポーター。午後、マイゼルと仕事。プードルと外出。晩、パリからのドイツ語新聞各紙、「ターゲ＝ブーフ」数号を読む。「アメリカの会」宛てのブロッホの良く出来た説明書[1]。ドイツ語に直したイギリス新聞の抜粋。――ベルギー、オランダ共同の和平調停申し入れ。即座に、ハリファクスによる拒否。この申し入れ処置は、よく理解できる恐怖、とりわけドイツ軍の侵攻が目睫に迫っていると思われるオランダの恐怖の表現である。戦時国際法と洪水作戦の用意。それは多分あの獣の絶望の行為であり、この戦時下の冬をあの獣が非常に恐れなければならないことの証明であろう。

(1)「アメリカの会」の記録文書の中に、一九三九年十月二十八日に起草された「アメリカの会の懸賞募集へのメモ」(長篇小説懸賞募集)がある。ブロッホはこの日「アメリカの会」の書記フォルクマール・ツュールスドルフ宛てに次のように書いている、「ドクター・マン氏の委託により私は貴下に、氏がこの厄介な懸賞募集問題に出来るかぎりの良い結末が用意されることに大いに関心をもっていたことを報告しなければなりません。貴下から私に送られてきた資料に基づいて私は、ドクター・マンのために懸賞募集経緯についての包括的報告をまとめ、合わせて同時にさまざまな解決の可能性を分析しました……ドクター・マン氏はこの提案を了解しています……懸賞問題が未解決であることを顧慮してドクター・マンはアメリカの会からの脱退を問題が決着を見るまで保留します。」しかし「アメリカの会の政治的道具への改組」を対象とする、ブロッホの第二のメモが存在する。同じく「アメリカの会」の記録文書に見出されるこの報告のうち、トーマス・マンはしかし、ブロッホの上に引用した手紙から明らかになるようにその最初の二枚しか知らず、「しかしながらそのような機関の改組はあまり実行可能とは思われず、むしろ何らかの形の新設のほうが良いとする私の(ブロッホの)最終結論に同意でした。」トーマス・マンもこの報告のことを考えていたのかもしれないが、第一の報告とその留保した脱会のことを引き合いに出しているというほうが、ありそうなことである。

プリンストン、三九年十一月八日　水曜日

遅く、ようやく九時頃起床。ヴァーグナー書簡を書き進める。正午、Kとプードルと散歩。ランチのあと見事なハリファクスのラジオ演説を載せた新聞各紙を読む。お茶にチェコ、ハンガリーの紳士淑女、南アメリカのエイジェント[1]の訪問。Kと二、三の手紙を処理。夕方の散歩。食事にゲーオルク・マルティーン・リヒター、老齢で、昔馴染み、邪気がなく、ゆったりしている。一緒にスウィングの放送を聴いたが、スウィングはミュンヒェンのビアホール地下ホール[2]の一揆記念演説後のヒトラーに対する重大な暗殺事件を報じた。イギリスの大臣たちに愚かしい罵詈雑言を浴びせたあとビアホールを早めに立ち去ったので助かったのだ。

オランダ侵攻の脅威が迫っているのは、事実らしい。ベルギーとの連帯を共同調停提案によって誇示したのだ。

（1）エルヴィーン・M・L・バルナ、書籍商で、ブエノス・アイレスの文学エイジェンシー「エディトリアル・アウトリウス」の副社長。このエイジェンシーは若干のトーマス・マンの作品を南アメリカの出版社に仲介した。

（2）一九三九年十一月八日の晩、一九二三年の一揆を記念した古い党友の集いの夕べの間に行われたミュンヒェンのビュルガーブロイ地下ホールでのヒトラーに対するゲーオルク・エルザーの爆弾暗殺事件。ヒトラーの挨拶は予想より早く終わった。そしてヒトラーがこのビアホールをあとにしたちょうどその時に、演壇背後の柱の中に仕掛けられていた爆弾が破裂したのである。

プリンストン、三九年十一月九日　木曜日

八時起床。朝食後ヴァーグナー書簡をほとんど書き上げる。Kと郵便局へ。そのあとクラウス到着。一緒にサロンで過ごす。一緒にランチ。新聞各紙は爆弾事件とオランダの脅威について報じている。裁判官のところ[1]へ美術雑誌編集者シェプリ博士[2]と。批評論について。マイゼルと仕事。英文の手紙。「ニュー・リパブリク」を読む。知識人たちのロシアからの離反。――タキシード。夕食後、近くのクラブでのフレクスナー演奏会。モーツァルトとシューベルトの四重奏曲。大きな集まり。アインシュタインその他大勢とともに。プードルをなお外に連れ出す。

（1）手稿のリヒター Richter には冠詞がついているために、裁判官の意味になるが、本来は前出のゲーオルク・マルティーン・リヒターをさしているので、「お茶にリヒターが」とあるのでなければならない。

（2）ジョン・シェプリ（一八九〇年生まれ）、「アート・ビュレティーン」の刊行者、シカゴ大学美術史教授。いくつかのアメリカの大きな美術研究所の運営に関係して大きな影響力を及ぼしている。

プリンストン。三九年十一月十日　金曜日

八時半起床。空は青く、穏やかで、風がある。コーヒーとオートミールの朝食をとり、ヴァーグナー書簡を書き上げる。正午、Kとプードルと湖に車を走らせ、そこで散歩。地下ビアホール暗殺計画とその原点について大分語り合う。新しい大きなラジオグラモフォンが到着、その扱い方の技術と取り組む。新聞各紙を読む。晩。音楽を聴き、スウィングを聴く。『現代のフィクション』(1)の中の『ヤコブ物語』に関する記述を読む。

(1) ドロシ・ブルースター、ジョン・アンガス・バレル『現代のフィクション』、ニューヨーク　一九三四年刊。

プリンストン、三九年十一月十一日　土曜日

短過ぎる睡眠のあと八時起床。疲労。午前中フィードラー宛て(1)、ミセス・マイアー宛て(2)に手紙を書く。ベルマンから、最終原稿がストックホルムに届いたとの電報！　——正午ペディキュアへ。午睡。お茶のさいとそのあと、マイゼルと協議。第七章の末尾の浄書。Kと手紙を処理。晩、新しい器械でトスカニーニのベートーヴェンを聴く。眠り込む前、このところはコンラドの短篇小説(3)を読んでいる。

(1) クーノ・フィードラー宛て、プリンストンから、一九三九年十一月十日付、「トーマス・マン協会報」一九七一年第十一冊、所収、及び『書簡目録II』三九／四五一。
(2) アグニス・E・マイアー宛て、プリンストンから、一九三九年十一月十一日付、『書簡集II』一二二ページ、所収。
(3) 確認できない。トーマス・マンの蔵書にはコンラドの長篇小説の単行本が数点あるが、短篇集はない。

プリンストン、三九年十一月十二日　日曜日

八時起床。晴天、春めいた天候。午前中数通の手紙を書く。Kと湖に車を走らせ、そこでプードルを初めて自由に走らせ、その魅力的な、おとなしく分かりの良い態度を楽しむ。ラーデンブルク夫人と出会う。——きょうは来客なし。音楽器械を大いに利用する。

午後インドの大いなる母についてのツィマーの小冊子を読む。その著書『マーヤ』(1)にもまた取り掛かる。ツィマーの本で大分以前に印を付けておいたモティーフによるインド短篇小説を考える。晩、音楽を聴く。『パルシファル』のレコード。

(1) ハインリヒ・ツィマー『マーヤ。インドの神話』ドイツ出版社、シュトゥトガルト、一九三九年。『ファウストゥス博士の成立』の中でトーマス・マンは、私はこの著作から『すげかえられた首』のモティーフを得た、と述べている。しかしこのモティーフはツィマーのエラノス講演「インドの世界母」に由来するもので、この講演のことはトーマス・マンも知っていた。

プリンストン、三九年十一月十三日　月曜日

いつもよりたっぷり眠って八時に起床。朝食前、Kとプードルと並木道を散策。「コオペラシオン」のために政治随想(1)を書き始める。正午、ニュー・ジールタールへ車を走らせ、そこでニーコを走らせる。うっすらと雪。冬のような大気。――ヴィルヘルミーナに対するジョージ五世とルブランの回答。フランスはオーストリアを解放さるべき国に数えている。チャーチルの卓越したラジオ演説(2)、食後「タイムズ」で読む。ヒトラーはコーナード・マニアック(3)だ。――Kは婦人たちだけのお茶の集まりへ。マイゼルと手紙の協議。ヴァーグナー書簡の浄書。夕べの散歩。ヴィーンの女性ゾフィー・レムポルト(4)の上手な小説を原稿で読む。プードルとふざける。

(1) 随想『この戦争』、『全集』第十二巻、八六三―八九九ページ。

(2) 「戦争の十週間 Ten Week of War」、一九三九年十一月十二日に行われ、世界中に中継されたウィンストン・チャーチルのラジオ演説。チャーチルは当時チェムバレン政府の海相だったが、すでに指導的なイギリスの政治家で、一九四〇年五月首相に指名されて名実ともに指導的政治家になることになる。

(4) 窮地に追い込まれた躁狂患者。

(5) 手稿にはレムポルト Lemport とあるが、のちの通信から明らかになるように、この名前は正しくは、リムペルト Limpert である。『書簡目録II』三九／四九九及び五〇二、参照。この女性あるいはその原稿については、これ以上詳しいことは分からない。

プリンストン、三九年十一月十四日　火曜日

晴天の、爽やかな天候。プードルと並木道を散策。政治随想と取り組む。正午Kと一時間十五分散歩。ゴルフ場をニーコが走り回る。一日中随想のためのメモ。マイアー女史(1)に二通に分けて手紙を書く。夕べの散歩。ラジオ音楽。ランツホフの手紙。――情勢に関して楽観的な気分。ドイツは麻痺と当惑が支配しているとの印象。オランダへの攻撃は、どうやら将軍たちの反対があったらしく行われない、行われれば、すべての中立国は憤激するであろうし、経済的にも道義的にも破壊的打撃になるだろうからだ。遺憾と言いたいくらいだ。――食事のさいクラウスとKと長い間想像しがたいドイツの未来について語り合う。

（1）アグニス・E・マイアー、プリンストンから、一九三九年十一月十四日付、『書簡目録II』三九／四六〇。

プリンストン、三九年十一月十五日　水曜日

八時前に起床。晴天の寒い天候。並木道を散策。玉子とお茶。まだ気乗りしないままに随想を書き進める。正午プードルと湖畔を散策。プードルははしゃぎ回って泳ぎだす。ラーデンブルク夫妻と出会う。犬たちのじゃれ合い。――興味ある材料を盛った「トワイス・ア・イアー」(1)。新しい「ロンドン情報」。――お茶にミスター・バサード。バサードと『ヴェールター』講義に目を通す。――夕食後K、クラウス、メーディとプレイ・ハウスへ。ブロッホ。ガウス学部長夫妻(2)。非常にきれいなフランス映画。俳優の養老院、人間味が溢れ、繊細。犬を外に連れ出す。ビールを飲む。

（1）一九三九年一月二十三日付日記の注（1）参照。
（2）『旅路の果て』（一九三九年）、ジュリアン・デュヴィヴィエの映画、出演は、ミシェル・シモン、ルイ・ジュヴェ、ヴィクトル・フランサン、マドレーヌ・オズレイ、ガブリエル・ドルジア。

プリンストン、三九年十一月十六日　木曜日

八時半起床。朝食後随想を少し書き進める。十一時ジャンクションに行き、列車でニューヨークへ、そこで私たちはクラウスと別れる。ホテル(1)〔?〕のヴァルター(2)夫妻を訪ねる。万感胸に迫る再会。夫妻と食堂でランチ。そのあと夫妻のサロンで過ごす。ロッテの寝室で休息。ヴァルター夫妻とお茶。一九四一年のモーツァルト音楽祭のヴァルターのプランについて。エーリカのための、殺されたグレーテルの形見が入っているトランクを持って帰路につく。ランチに飲んだコーヒーのせいで体調がよくない。ジャンクションから車で。ブロッホとプードルと一緒のメーディに出会う。家でヴェルモットを飲み、元気回復。メーディと三人で夕食。海ザリガニと、白身を非常に実用的な機械的な泡立て器で調理した甘い玉子。そのあと、『ヴェールター』講義を検討し、スウィングを聴き、ニーコを連れ出す。パーペンがあるインタヴューの中でドイツの戦争目的としてヨーロッパ連邦を宣言していると知って、朝からほとんど病的な気分!!　連邦体制!　ナチ連邦体制!　どんな時でもこれほど破廉恥な愚かさ、おろかな破廉恥さなどあり得るとは思わなかったろう。――しかしレノ(3)はロンドンにいて、連邦ヨーロッパへの第一歩たるべき完全な仏英協調について協議を行っている。

(1)　ここは日記手稿に空隙がある。

(2)　ブルーノ・ヴァルターはヨーロッパにおける契約をすべて解消し、アメリカに移住、ここで一九四〇年一月からN・B・Cオーケストラを指揮し、あらゆる重要なオーケストラやメトロポリタン・オペラの客演指揮者として活動した。ヴァルターは一九三九年十一月中旬ジェノアからニューヨークに到着した。ブルーノ・ヴァルター『主題と変奏』四七〇―四七二ページ、参照。

(3)　フランスの政治家ポル・レノ（一八七八―一九六六）は、一九一九年から二四年まで、そして二八年から四〇年まで代議士、三〇年から四〇年の間にはたびたび大臣を勤め、言及されているロンドン旅行の時期にはダラディエ内閣の蔵相だった。四〇年三月二十一日フランス首相になったが、同年六月十七日、ペタンの政策を拒否したため辞職、四二年ドイツに引き渡され、強制収容所に収容された。第二次世界大戦後レノは改めて代議士、大臣となり、ヨーロッパ会議で重要な役割を演じた。

プリンストン、三九年十一月十七日　金曜日

八時起床。並木道で他の犬たちとじゃれついてすっかり粗暴になりうろたえたプードルは逃げ出してしまい、どんなに呼んでも戻って来ず、私たちを悲しませてくれた。――コーヒーとトースト。そのあと九時十五分、教授たちとロウ夫妻の出迎えでキャンパスに向かい、講堂で『ヴェールター』講義。(1) 非常に生き生きした経過を辿り、喝采を浴びた。学生たちの挨拶。ロウ夫妻と車で帰路につく。――Kと少し散歩。穏やかな、春めいた天候。ボルジェーゼ到着。一緒にランチ。――アメリカ作家連盟の反フランスの悪質な刊行物。(2) スターリン主義に対する私の立場についてゼーガーの新聞に論説。(3) ――お茶にマイゼル、ボルジェーゼ、マルクとブロッホ。西欧復興の準備のための論集の計画について討議……夕食前にニーコがいないまま少し散歩。ボルジェーゼが同行。疲労。新しい器械のグラモフォンは低音が大き過ぎる。――パリのドイツ語新聞各紙。――プードルは戻りもしなければ、連れてこられもしない。

(1) 『ゲーテの「ヴェールター」』、プリンストン大学ハーヴィ・W・ヒューイト＝セイヤー教授の学生たちのための講義。『全集』第九巻、六四〇―六五五ページ。

(2) 一九三九年十一月の「アメリカ作家連盟報」にエリオット・ポールの論説「フランスの今日」が掲載されていたが、その厳しくも共産党よりの姿勢をトーマス・マンは「スターリン主義的戦争サボタージュの行為、ヒトラーとスターリンのための、民主主義諸国家に対する政治的戦闘行為」とみなした。トーマス・マンはアメリカ作家連盟の名誉総裁であったところから、いまやその「名を自分に与えられた名誉の位置から抹消する」ことを要請した。

(3) ユーリウス・エプシュタイン「トーマス・マンは何処に立っているか」、「ノイエ・フォルクスツァイトゥング」ニューヨーク、一九三九年十一月十八日号、所収。

プリンストン、三九年十一月十八日　土曜日

よく眠れなかった。八時起床。汚れきった状態のニーコが並木道にまた現れる。非常に嬉しそうな興奮ぶ

り。家に連れて戻ると、二皿の牛乳を飲みメーディに櫛を入れてもらった。――ボルジェーゼと朝食。気の乗らないままの仕事の試み。――非常に暖かい春そのものの天候。正午、Kとプードルと散歩。――ボルジェーゼとイタリアとドイツについて論じ合う。プラハにおける九学生の処刑。――午後、Kに手紙の口述（ヘルツ女史[1]、エインジェル[2]）。敗北主義的会報のことでのアメリカ作家連盟宛ての手紙の草案[3]。晩、ラジオでトスカニーニ指揮のベートーヴェン。

（1）イーダ・ヘルツ宛て、プリンストンから、一九三九年十一月十八日付、『書簡目録II』三九／四七四。
（2）ジョゼフ・W・エインジェル宛て、プリンストンから、一九三九年十一月十八日付、『書簡目録II』三九／四七三。
（3）一九三九年十一月十七日日記の注（2）および『書簡集II』一二五―一二七ページ、参照。そこには日付のない手紙の草案が、誤って「一九三九年十二月初旬」と日付を与えられて収録されている。

プリンストン、三九年十一月二十日　月曜日

きのうは非常に気分が悪く重苦しかった。ランチにボルジェーゼとチューリヒからきた舞台画家のロート[1]が加わった。私は控えていた。――きょうはこれまで以上に関心をもって随想を書き進めた。非常に冬らしくなり、冷たい風が吹き、ウールのズボン下をはく。Kとキャンパスとゴルフ場を越えて散歩。プードルは走り回る。――食事の際ボルジェーゼと歓談、私はボルジェーゼのマキアヴェルリ論[2]を読んでいるところだった。午後、マイゼルと仕事。「カマン・センス」宛てのヴァーグナー書簡の翻訳。――中立国客船とイギリス客船が十隻、ドイツの潜水艦によって仕掛けられた機雷に触れて沈没。遭難者の中にはユダヤ人亡命者が多かった。

（1）ハイン・ヘクロート（一九〇一―一九七〇）。
（2）G・A・ボルジェーゼの論文「マキアヴェルリ」はあるアメリカの大学紀要に発表されたが、調査がついていない。

プリンストン、三九年十一月二十一日　火曜日

きょうも非常に気力のない、病気のような気分。論説に対する嫌気と疲労感。[1] ――吹雪。長くは散歩しなかった。食後クラウスと、共産党員作家たちとの悶着について。シュヴァルツシルトの怒りに任せた中傷。――ドッド学長邸で元ベルギー外相ヴァン・ゼーラント[2]とともにディナー。食後、紳士たちを相手に政治情勢についてのゼーラントの講演。楽観的で、聴いていて快い。コーナード・マニアクについてのさまざまなヴァリエイション。――家でボルジェーゼとメーディ相手に話をする。

（1）　クラウス・マンは、シュヴァルツシルトの「ノイエス・ターゲ＝ブーフ」の無署名の論説の中で「ソヴィエトの手先」、「スターリンの手先」と呼ばれ、ニューヨークの擁護同盟は共産主義的と中傷された。クラウス・マンはヴィリ（ウィリアム・S）・シュラムを筆者と推定したが、シュラムは激しい調子の通信の中で、筆者であることを否定した。クラウス・マン『書簡と回答II』九二―九八ページ、参照。一九三九年十一月二十二日付の擁護同盟宛ての手紙（『書簡集II』一二一―一二三ページ）の中でトーマス・マンはきっぱりと、フランスの共産党員がしているように、公然とヒトラーとスターリンの側に身を置く同盟の「挑発的な意見表明」は「私の名誉会長職と私の会員資格放棄すること」を私に強いることになろう、と断言した。

（2）　パウル・ヴァン・ゼーラント（一八九三―一九七三）、ベルギーの政治家、経済学者、一九二八年から四〇年までレーヴェン大学教授、三五年から三七年までベルギー首相、三五年から三六年まで同時に外相。一九四〇年ドイツのベルギー占領後ゼーラントはイギリスに渡り、第二次世界大戦後、四九年から五四年まで再びベルギー外相を勤めた。

プリンストン、三九年十一月二十三日　木曜日

非常に気重で憂鬱、情動不調の日々。仕事が逆らってくる。きょうはメーディ[1]の結婚式。正午教会でK、ブロッホ、セションズと落ち合う。短い儀式。神経質にも涙を流す。そのあとセションズ邸で内輪のランチ。非常に体調が悪く、気が進まない感じ。午後、オーデンが到着。――英文の手紙をまとめる。支払い期限が来ている報酬のことでフローニンゲンに向けて手紙を

書く。

（1） セションズは日記手稿にはSeshonsとあるが、作曲家ロジャー・セションズ Roger Sessions のことである。一九三八年十二月二十五日付日記の注（2）参照。トーマス・マンはこの名前をSeshons, Sessions, Sesshions と代わる代わるに記している。ヘルマン・ブロッホとロジャー・セションズはエリーザベト・マンとG・A・ボルジェーゼとの結婚式の結婚式証人であった。

プリンストン、三九年十一月二十四日　金曜日

きのうの晩はセションズ夫妻、シェンストン夫妻、フォン・カーラー夫人、グムペルト、そして早くに出発したオーデンと結婚式のディナー。白を着たメーディは非常に感動的。ボルジェーゼへの言葉。セションズが演奏した。私は十時半に引っ込む。——きょう朝食後二人が出発。新聞各紙に詳細記事。——神様にすべてを委ねて随想を書き進める。正午美しい天候の中（夜、寒気）Kとプードルと湖畔と草地のほうへと散歩。午後マイゼルと協議。擁護同盟のためにフロイト抜粋[1]。連盟宛ての手紙[2]の翻訳。「ツークンフト」誌の興味ある号。なおも私的資本主義的な帝国主義の新しい形としての「広域権力」について。——反封鎖戦争、ドイツの機雷技術について憂慮すべき印象。さらにイギリス戦艦一隻の損傷。

（1） 解明されていない。
（2） 一九三九年十一月十七日付日記の注（2）参照。アメリカ作家連盟との対立とドイツ系アメリカ人作家連合の同時期の悶着は、同じないしは似たような問題をめぐるものではあったが、取り違えてはならない。トーマス・マンは二つの作家組織、アメリカと亡命ドイツの両作家組織の名誉総裁であり会員だったのだ。

プリンストン、三九年十一月二十五日　土曜日

八時前起床。非常に粗い冬の大気。随想を書き進める。正午、Kと犬と散歩[1]。Kと二人だけで食事。お茶にツーオツのヘルブリングの弟子である若いジャーナ

リストと合衆国海軍の三人の兵学校生徒。長時間の疲れる会合。晩、トスカニーニ指揮のベートーヴェンを聴く。後期の、弦楽合奏のための四重奏曲、レオノーレ序曲一番と二番。偉大なものの前段階。何事も、度重ねてさまざまな準備段階のあとでなさるべきであろう。私的な一例は学部長宛て書簡である。

（1）一九二〇年からトーマス・マンと親交のあったスイスの文学史家カール・ヘルブリング（一八九七―一九六六）は、一九二二年から三八年までツーオツの寄宿学校リュツェーウム・アルピーヌムでドイツ語と歴史の教師をしていたが、活発な国民社会主義ドイツ人教師たちによってそこを追われた。それからヘルブリングはチューリヒのギムナージウムの教師になり、五五年から六五年までチューリヒ大学で中学教育教授法の教授をつとめた。トーマス・マンが言及しているヘルブリングの弟子というのが誰であるかは確認されていない。

三九年十一月二十六日　日曜日。プリンストン

随想を書き進める。頭痛。寂しい一日。『神々の黄昏』のレコードを楽しんで聴く。ヨゼフの領域。午後ハインリヒ宛てにかなり長文の手紙[1]を書く。正午車で出て、散歩。晩、マリアン・アンダースンの演奏会を聴く。頭痛。

（1）ハインリヒ・マン宛て、プリンストンから、一九三九年十一月二十六日付、『書簡集II』一二三―一二五ページおよび『往復書簡集』一九〇―一九二ページ、所収。

プリンストン、三九年十一月二十七日　月曜日

随想を書き進める。正午、散髪へ。そのあとKと湖畔を散策。天文学者夫妻[1]と出会う。――エーリカから優しい手紙。ベルマンから、小説[2]が、驚いたことに、きょう配本されたとの電報、事前注文五、〇〇〇部。――ヴァージニアからメーディの手紙。――午後マイゼルと協議。シェンストン夫妻と夕食、そのあと一緒にプレイ・ハウスへ、グレータ・ガルボ映画[3]、ソヴィ

エト・ロシア的パリふう、愉快なルービチュ演出、不躾なところがなくはない。家でビール。『ヨゼフ』の翻訳の弱点と「リーマー」の章について未知のドイツ系アメリカ人女性の数通の手紙。――「ニュー・リパブリク」と「ツークンフト」。

(1) ラッセル教授、一九三九年二月十三日付日記の注(2)参照。
(2) 『ヴァイマルのロッテ』のこと。
(3) ルービチュ映画『ニノチカ』は圧倒的に悲喜劇的な性格的な役割を演じるグレータ・ガルボ、メルヴィン・ダグラス、ドイツの亡命俳優アレクサンダー・グラーナハ、フェーリクス・ブレサルトが出演している。

プリンストン、三九年十一月二十八日　火曜日

晴天の穏やかな天候。随想を書き進める。正午まだ知らなかったトレントナー通り右手の公園、住宅地界隈を散策。自筆の通信。晩、カーラーとブロッホ、二人に政治随想のこれまで書いた分を朗読して聞かせる。

プリンストン、三九年十一月二十九日　水曜日

午前、随想を書き進める。正午プードルと散歩、それからKと車で出る。非常に美しい秋の一日。新聞各紙とオープレヒトの書店から送られてきた本を読む。『無秩序』の女性翻訳者に手紙。お茶にカロライン・ニュウトンが来て、ニーコに再会する。晩、燕尾服。女性クラブでの大がかりなレセプション。全プリンストンが集まる。一時間握手詰め。そのあと私たちの家でカーラー夫妻とミセス・シェンストンと歓談。

プリンストン、三九年十一月三十日　木曜日

霧のかかった美しい秋の一日。随想を書き進める。正午、Kとプードルと一緒にキャンパスを散歩し、ゴ

ルフ場を横切る。歴史家のXと車で家に戻る。——午後レムポルト女史にその短篇小説について書き、エーリカ宛てにかなり長い手紙を書き始めた。——音楽器械とそのあまりにも誇張された低音部の共鳴に心痛。——ロシア軍のフィンランド侵略、空襲、火災、人間の犠牲について夕刊とラジオ。ドイツの新聞が共鳴を覚えているのを例外として、おしなべて憤激の反応。

プリンストン、三九年十二月一日　金曜日

霧がかかっていて——ぱらぱらと雨模様。これまでになく生き生きと随想を書き進める。正午Kとプードルと散歩。ランチにゲールハルト・ゼーガー。擁護同盟と政治問題について語り合う。ゼーガーは、この戦争を三年続くものと踏んでいる。——音楽を楽しむ——お茶に生物学者ハクスリ夫妻[1]、プリンストンのX教授夫妻、アインシュタイン。エーリカ宛ての手紙を書き上げる。レコードをかけ、満足して聴く。夜スウィングの放送を聴く。フィンランドに、正統政府の向こうをはって共産党主導の政府、ロシアはこの政府しか相手にしないつもりでいる。ブルガリアやルーマニアの共産党がこれまで以上にのさばることを許すのは、問題とすべき態度だ。——講演旅行[2]を止めることにしたらと、しきりに考えている。

(1)　サー・ジュリアン・ハクスリ（一八八七—一九七五）、生物学者、動物学者、進化論の領域での重要な研究者、イギリスの動物学者トマス・ハクスリの息子、作家オルダス・ハクスリの兄。ジュリアンは一九二五年から二七年までロンドンのキングス・カレッジの動物学教授、三五年から四二年動物学学会の書記、四六年から四八年ユネスコの事務局長、ついで総裁になった。ジュリアンは夫人のマリー・ジュリエット、旧姓ベロ、とともに合衆国をクリスマス旅行中であったが、主として弟のオルダスを訪れるためだった。

(2)　一九四〇年一月と二月に何週間にも及ぶ講演旅行が予定されていた。

プリンストン、三九年十二月三日　日曜日

きのうは雨模様の一日、午前中、書き進める。十一時過ぎ週末に向けてカロライン・ニュウトンの出迎えを受ける。一緒にフィラデルフィア[1]へ向かう。ホテルでその両親、兄弟とランチ。そこで休息。ついで市外へ出て裁判官Xとその家族を訪れる。知的な家。一緒にお茶。比較的大人数でディナー。ラジオによる第九交響曲、感動的な人類の曲。強烈にフランス的な革命。十二時就寝。

きょうは、裁判官の家の部屋で朝食。短い散歩。正午カロラインと建築家Xと、そのラインランド人ふうに見える夫人の家に出掛ける。そこの暖炉の傍らで上等のランチ。お喋りな法律家、女性の英語教授、気性の激しい歴史家。――ニュウトン女史の邸へ、そこで休息、そこでお茶。二頭の犬。カロラインにフィラデルフィアへ送られて、そこからわが家へ戻った。――ニーコと再会。二人で夕食。少しラジオを聴く。六日と七日のスピーチの義務と取り組む。

（1）　カロライン・ニュウトンはフィラデルフィア近く、ペンシルヴェニア州バーウィンに住居を持っていた。ロード・アイランド州ジェイムズ・タウンの邸は夏別荘だった。この訪問でトーマス・マンが出会った人々は特定されなかった。

プリンストン、三九年十二月四日　月曜日

曇天、かなり寒く、風がある。随想を書き進める。Kとプードルとゴルフ場を横切って散歩。マイアー女史の『大公殿下』についての論説[1]を校正刷りで。午後、マイゼルと協議、七日のスピーチの整理。夕食にアインシュタイン、ロウ夫妻、カーラー。政治問題について大いに語り合う。夕刊に、スカンディナヴィア諸国が独露の制圧を受けないようにするための、イギリスのロシアに対する宣戦布告の報道[2]。そうなればアメリカの参戦があり得よう――そうなれば、共産主義者、共産主義的と目されているすべてのものに災いあれ。――クラウスからの、いわれなき罵詈雑言を訴えるジャーナリスト、シュラム[3]の手紙。愚かな事件だ。

（1） アグニスE・マイアー「トーマス・マンとわれわれの時代『大公殿下』」。「ニューヨーク・タイムズ・ブックレヴュー」ニューヨーク、一九三九年十二月十日号、所収。同じものが「ワシントン・ポスト」ワシントン、一九三九年十二月十日号、所収。
（2） 当時流布していた多数の誤報の一つ。
（3） 一九三九年十一月二十一日付日記の注（1）参照。

プリンストン、三九年十二月五日　火曜日

灰色の空、荒れ模様の天候。午前中、政治論文を書き進める。正午、Kとプードルと美しいボビ[1]と散歩。フィンランドとこれを守る必要性についてリプマンの怜悧な論説。フランツ・ブライ[2]の『同時代の肖像』を読む。お茶のあとシュラム宛ての手紙[3]を口述する。レーヴェンシュタイン公爵の女児誕生に祝辞。晩、音楽を楽しみ、スウィングを聴く。重大な決心の前に立たされているスカンディナヴィア諸国。イギリスの特使がクリパー機でアメリカへ。

（1） おそらく隣家の飼い犬、トーマス・マンの散歩についてきていたのだろう。
（2） 一九三七年十月十四日付日記の注（6）参照。
（3） 確認されていない。

六日　水曜日　午後スターテン・アイランドへ。そこでワーグナー・カレッジ[1]の学生に対するスピーチをともなうディナー・パーティとユダヤ人コミュニティ・センターにおける講演。マイアー博士とその家族のもとに宿泊。

（1） スターテン・アイランドにおけるこの催しに対しては裏付け資料ないし示唆もない、あるのはニューヨーク州スターテン・アイランドのワーグナー記念ラテラン・カレッジの学長C・C・ストートンに宛てた、プリンストンから一九三九年十二月十三日付トーマス・マンの手紙だけで、この中でトーマス・マンはスターテン・アイランドでの温かい受け入れとそこのフォーラムでの挨拶を傾聴してもらえたことを想起している。『書簡目録II』三九／五一三。

七日　木曜日　ニューヨークへ行き、ブロツキ博士を訪れる。セント・リージスでクノップ夫妻とランチ。ベドフォードで、クラウスとカーティス、ランツホフとお茶。ランツホフは『ロッテ』のことで頭が一杯。エディスン・ホテル、ドイツの自由の友の会[1]のディナー。ヘルツ博士[2]、ノーマン・トマス[3]、ラインホルト・ニーブーアと私のスピーチ。そのあとティリヒ夫妻とビール。ホテルでクラウスと話し合う。非常に遅くなる。

（1）「ドイツの自由アメリカ友の会」は一九三九年パウル・ハーゲンによってラインホルト・ニーブーアを会長として設立され、作家、政治学者、ジャーナリストその他を会員とし、「ノイ・ベギネン」の組織と協力していた。一九四四年「アメリカの友の会」はパウル・ティリヒを先頭とする「民主的ドイツのための協議会」設立を支援したが、この協議会はドイツの亡命政府を準備する試みであった。

（2）パウル・ヘルツ（一八八八―一九六一）、社会民主党の政治家、財政問題の専門家、一九三三年以前は国会議員、グループ「ノイ・ベギネン」に属し、三三年プラハへ、三八年フランスへ、三九年十一月合衆国へ亡命した。三八年まではドイツ社会民主党亡命幹部会のメンバーだった。四九年ドイツに戻り、のちベルリン市の市参事会会員になった。

（3）アメリカの社会主義的政治家ノーマン・トマス（一八八四―一九六八）、もともとは牧師、たびたび社会党大統領候補として立候補し、民主主義的、反共産主義的社会主義の代弁者だった。

十二月八日　金曜日　ベドフォードで九時頃起床。朝食後ピートと会談。そのあとプリンストンに戻る。ここにはランチの前に着く。プードルの喜びよう。大量の郵便、ヨーロッパからの、オープレヒトやビービのもの。「尺度と価値」の開戦後最新号。午後、マイゼル、小説に大いに打たれている。第七冊目にして私の最高の作品。〔マイゼル〕と協議。早めに食事を済ませ、疲れてはいたものの、エリーザベト・シューマン[1]の演奏会へ行く、遅刻。シューマンは調子が出なかった。シューベルト、シューマン、ブラームス、ヴォルフ。マフラーをなくす。シューマン女史に挨拶。終了が早過ぎる。氷のように冷たい風が吹く中で車を待つ。軽い体調不良感。

（1）女流歌手エリーザベト・シューマン（一八八五―一九五二）、一九一九年以来、ヴィーンの国立オペラ劇場に所属して、優れたモーツァルト、シュトラウス歌手であったが、一九三八年オーストリアから合衆国へ亡命し、フィラデルフィアのカーチス音楽院で歌唱を教えていた。

プリンストン、三九年十二月九日　土曜日

八時半起床。午前中、いよいよ書き上げなければならない政治随想を書き進める。きのうから、インド小説(1)のことを新たに考えている、「ネイション」の記念号には間に合わないだろうが、あえてやってみたい気がする。――正午ツカーカンデル博士をジャンクションに迎えに行く。博士とKとニーコと湖畔を散歩。一緒にランチ。ベルマンからの手紙(2)を持ってきている。『ロッテ』について。「もう一つのドイツ」を――誰かと一緒に――私が代表するという思いつき。ドイツ（と他の世界）が戦後どのような様相を呈するかまったく分からない状態なのだ。――ツカーカンデルもお茶に加わる。――晩、レーヴェンシュタイン教授が泊まり客として到着。加えてカーラーが夕食に。政治について、戦争の経過について、ドイツの未来について大いに語る。その間にラジオでフランス音楽、セザール・フランク、ラヴェルを聴く。その合間にプードルの世話をし、外に連れて出る。

（1）『すげかえられた首』、『全集』第八巻、七一二―八〇七ページ。

（2）発見されていない。

プリンストン、三九年十二月十日　日曜日

穏やか、インディアン・サマー(1)。午前中、小冊子(2)にかかる。正午、Kとレーヴェンシュタインと車を走らせ、高級住宅地区から黄色い粘土道を通ってニーコと野原へ行った。週末の泊まり客とランチ。そのあと「尺度と価値」を読む。サー・アルフレド・ジマーン(3)の好論文を読む。お茶を一緒にしたレーヴェンシュタインはそのあと帰って行く。エーリカとニューヨークにやって来たクラウスが到着。エーリカのほうは二十

二日までまた旅に出ている。クラウスが『ロッテ』について嬉しいことを言ってくれる。「タイムズ」[4]にマイアー女史の『大公殿下』の書評が写真付きで。プードルと散歩。『ロッテ』を読む。——論説をもう少し書き進める。英文の手紙をまとめる。クラウスと夕食。音楽を聞きながら「尺度と価値」に目を通し、ニュー・ディールについて[5]読む。

（1）　小春日和。
（2）　随想『この戦争』は通信社「コオペラシオン」のために、もともと新聞論説として計画されたものが、小冊子の分量にまで膨れ上がったのである。
（3）　イギリスの政治学者サー・アルフレッド・ジマーン。「世界の事件に関するオクスフォド・パンフレット」のシリーズのために戦争勃発前に書かれた時代史関係論説「問題は何か」は、独訳されて「価値と尺度」一九三九年第一冊、十一月／十二月号に掲載された。
（4）　一九三九年十二月四日付の日記の注（1）参照。
（5）　アルフレッド・M・ビンガム「アメリカのニュー・ディールの本質と見通し」は「尺度と価値」一九三九年第一冊、十一月／十二月号、に掲載された。

プリンストン、三九年十二月十一日　月曜日

八時前起床。午前中小冊子にかかる。強風。散歩は短く切り上げる。クラウスとランチ。インドに没頭する。お茶のさいマイゼルと協議。フィンランド集会のためのメセージ。オープレヒト宛ての手紙。ロシアに対する国際連盟声明？——ヴェルナー・リヒター[1]のルートヴィヒ二世についての著書。——寒さと氷のように冷たい風。

（1）　ヴェルナー・リヒター（一八八八—一九六九）、歴史家で伝記作家、一九三三年以前は「ベルリーナー・ターゲブラット」のミュンヒェン通信員、三六年イタリアへ、三八年スイスへ、それから四一年合衆国へ亡命、第二次世界大戦後スイスに戻った。リヒターは若干の伝記、モノグラフィー（フリードリヒ三世皇帝、ルートヴィヒ二世、ルードルフ皇太子、ジョージ・ワシントン、ビスマルク、その他について）を書いた。その『バイエルン王ルートヴィヒ二世』は三九年チューリヒのオイゲーン・レンチュ書店から刊行された。

プリンストン、三九年十二月十二日　火曜日

寒気、晴天。Kはニューヨークに。午前中政治論説を書き進める。正午一人でプードルを連れて散歩、ゴルフ場を走らせる。クラウス、英語のレッスンを約束してあったバサードとランチ。「国際文学」を読む。五時ジョンと新研究所での教授カクテル・パーティに出掛ける。ミスター・アール[1]。秘書による案内。——マイアー女史の手紙、厄介。シュパイアーの礼状。——七時過ぎK帰宅。Kとクラウスと夕食。クリスマスには賑やかな訪問が見込まれる。マサーリ女史を伴ったフランク夫妻、ランツホフ、グムペルト。——「ヘラルド・トリビューン」にポーランドにおけるテロ、略奪についての身の毛もよだつ報告。——汽船「ブレーメン」が英海軍の警戒を逃れおおせ、英海軍の面目は丸潰れだが、「警告することが出来なかった」からというのが言い訳というわけだ。

（1）エドワド・W・アール Earle（一八九四—一九五四）、歴史家、一九三四年来プリンストン高等学術研究所歴史学教授。〔訳注〕日記手稿ではアールがEarlと綴られている。

プリンストン、三八年十二月十三日　水曜日

午前中、論説を書き進める。正午Kとジャンクションに行き、ランツホフを客として迎える。一緒に湖畔を散歩。暗くなり、雨。ランツホフと四人でランチ。さらにルートヴィヒについての本、これは歴史的政治的にも私を捉えて放さない。お茶にマイゼルの他、哲学の教師ミスター・ブレナン[1]。私の美術哲学についての原稿。マイゼルと仕事。夕食後、プレイ・ハウスへ。冒険風俗映画、イギリス人の優れた俳優ローサン[2]の出演。終わってランツホフとビール。戦争が有利に展開したあとの私たちの生活形態の選択について。ヴァーグナー論の校正。

（1）ジョゼフ・ジェラード・ブレナン（一九一〇年生まれ）、当時ニューヨーク州ニュー・ロウシェルのカレッジで哲学

の講師、戦後コロンビア大学。その原稿「トーマス・マンの世界」は一九四〇年学位論文として、四二年コロンビア大学出版局、ニューヨーク、から本の形で刊行された。本の中の「謝辞」メモの中でブレナンは、トーマス・マンが好意的にブレナンの論文を読んで、自分を自宅で応対してくれた、と裏付けしている。

（2）　これはおそらく誤記で、イギリスの偉大な俳優チャールズ・ロートンのことであろう。「冒険風俗映画」はおそらくアルフレド・ヒチコックの『ジャマイカ・イン』（一九三九年）で、チャールズ・ロートン、モーリン・オハラ、レスリー・バンクス、ロバト・ニュウトン、エムリン・ウィリアムズの出演、ダフネ・デュ・モーリエの同名の長篇小説によるもの。

プリンストン、三九年十二月十四日　木曜日

睡眠薬をのんだあと、遅く起床。ランツホフと朝食。論説を書き進める。髪の手入れとひげ剃り。正午ジャンクションへ、エーリカを迎えに行くと、カーティスが同行してきていた。二人の出迎えのあと、一人でプードルと散歩。太陽が出る。ランチに大きい子供たちの他に、カーチス、ランツホフ、クノップ夫妻。サロンでコーヒー。英訳『ロッテ』[1]の表題について。難しい。皆、長時間腰を据えていた。お茶にバサード。エーリカが別れの挨拶をして去ったあと、バサードと英語の読み方、サンタヤナの随想[2]。ヴァイル邸でのディナーにスウォースモアの新たな研究館メンバー、ウェストコト[3]、さらにもう一人の教授がいずれも夫人同伴で。紳士連とレヴュー画以後のピカソの発展〔について〕。家でニーコを放して外に連れ出す[4]。――「尺度と価値」に掲載されたゲーテ断片について、マイアー女史の恍惚の体の手紙。――

（1）　『ヴァイマルのロッテ』アメリカ版の表題としてもともと「ロッテ・ブフの驚くべき聖地巡礼 The wondrous pilgrimage of Lotte Buff」が見込まれていた。その後に『恋人帰る The Beloved Returns』に決まった。ロンドンのセカー・アンド・ウォーバーグから刊行され、ヘリン・ロウ＝ポーターの同じ翻訳を用いているイギリス版はそのまま『ワイマルのロッテ Lotte in Weimar』となっている。この小説の他国語版もすべてドイツ語原題の逐語訳を取っている。

（2）　スペイン系アメリカ人で、英語で育った詩人、哲学者ジョージ・サンタヤナ（一八六三―一九五二）。その膨大な仕事は、二、三の詩集、一編の長篇小説、その重要な自伝

と並んで、主に数多くの随想、論文からなっている。トーマス・マンの蔵書には、サンタナヤの本は一冊もないので、ここで触れられているのがどの随想集のことか分からない。

（3）　はっきりウェストコトWestcotと特定されたわけではない。トーマス・マンが、カロライン・ニュウトンを通じて知り合い、クラウス・マンと親交のあった作家のグレンウェイ・ウェスコットWescottのことかもしれない。

（4）　「尺度と価値」一九三九年第一冊十一月／十二月号、には『ヴァイマルのロッテ』第七章の一部が刊行に先立って発表されたのである。

プリンストン、三九年十二月十五日　金曜日

遅くに就寝、遅くに起床。寒気。随想を書き進める。正午、クノップ夫妻を訪ねてプリンストン・インに行き、そこでロウ夫妻に出会う、一緒に研究所に行き、部屋部屋を、とくにロウ教授の部屋を見学した。クラウス、カーチスとランチ、カーチスはクノップ夫妻が車でニューヨークへ連れて行った。「新チューリヒ新聞」に掲載されたコローディの引用豊富な『ロッテ』讃歌[1]を同封したゴーロの面白い手紙。とにかく興奮させられる、楽しい記録だ。アネッテ・コルプの同じ『ロッテ』に対する愛すべき、熱狂的な手紙。――お茶にミセス・ロウ。一緒に翻訳のことで、第七章の疑問の箇所、英語の表題、ことによると『恋人帰る』になるかもしれない。――反感から中断したマイアー女史宛ての手紙[2]を書き始める。――海上でのイギリス軍の優勢。プペット国家[3]フィンランドを通して西欧諸国から攻撃されている、平和的ロシアのための要請を含んだあるアメリカ共産党員の手紙。――「パリ日報」[4]の二五、〇〇〇フランを、すぐに調達するようにとの要求。――逮捕された亡命者たちの状況についてのジュル・ロマンの手紙。

（1）　エードゥアルト・コローディ「ヴァイマルのロッテ。トーマス・マンの新しい長篇小説」、「新チューリヒ新聞」一九三九年十二月三日号と六日号とに分載された書評。

（2）　アグニス・E・マイアー宛て、プリンストンから、一九三九年十二月十六日付、『書簡目録II』三九／五一八。

（3）　操り人形（傀儡）国家。

（4）　これは、亡命日刊紙「パリ日報」の後継紙「パリ日刊新聞」のことである。「パリ日報」は重大な財政危機に陥っていて、一九四〇年二月十八日、発行を停止した。

三九年十二月十七日　日曜日、プリンストン

きのうミセス・マイアー宛てに手紙。きょうは心を込めてアネッテ・コルプ宛てに。午前、上の空で政治論を書き進める。正午、車で出る。きのう、きょうと、ありとあらゆる音楽を聴く。ルートヴィヒ二世についての本を読み進める。第七章の英訳。「グラーフ・シュプレー」[1] モンテヴィデーオ沖で乗組員によって爆沈される。その経過について、ドイツへのデマだらけの放送ニュースを聴く。イギリスの毒ガスが食料品を汚染したという。

(1)　ドイツの装甲巡洋艦「グラーフ・シュペー」は、南大西洋で追い詰められて、一九三九年十二月十四日イギリスの巡洋艦三隻と砲火を交え、重大な損害を被り、修理のためモンテヴィデーオ港に避難し、交戦中の戦死者はここで埋葬された。ウルグアイ政府は国際法に従い七二時間の停泊を認めたが、この日数では修理に足りなかった。海軍大佐ハンス・ラングスドルフは航行能力のない艦と、待ち構えているイギリス巡洋艦との間の二度目の戦闘を敢えてしようとせず、「グラーフ・シュペー」をモンテヴィデーオの港で自沈させ、自らはブエノス・アイレスで自殺した。
〔訳注〕この艦の正式名称は「アドミラル・グラーフ・フォン・シュペー Spee」で、Spree は誤記であろう。

プリンストン、三九年十二月十八日　月曜日

午前中、政治論を書き進めるが、これは完了が近付いてきている。Kとニーコと散歩。新聞各紙はドイツ艦の自沈について報じている。ヘルゴラント島近くで空中戦、ドイツ軍はこれで大勝利を博したと主張している。あるドイツ巡洋艦に対する魚雷攻撃。――お茶にマイゼルの他に、ミセス・トムプスンという人が現れたが、この人は、『魔の山』を、息子のためにサインしてやって欲しいと持参してきた。カーラー邸での夕食に老婦人と家政婦[1]。そのあとカーラーの書斎で、パンフレットの大部分の朗読。倫理的なものに対しては拍手、具体的問題については議論。家で、大いに喜

んでいるプードルを連れ出す。

（1）エーリヒ・フォン・カーラーの母親アントアネット・フォン・カーラーとヴィーンの神経科医パウル・レーヴィ博士の夫人で、のちにカーラーの後妻になったアリーツェ（リーリ）・レーヴィ。リーリ・レーヴィは、カーラーがすでに最初の妻ヨゼフィーネ（フィーネ）と別れ、ヨゼフィーネがもはやプリンストンに住んでいなかったこの時期、カーラーのために家政を切り盛りしていたのである。

プリンストン、三九年十二月十九日　火曜日

Kはニューヨーク。あまり書き進まなかった。ペディキュアに行き、そのあとプードルとゴルフ場。一人でランチ。コーヒーに、フランツ・ブライの『同時代の肖像』の中の、出来のよいものとそれほどでもないものを読む。マイゼルとお茶。政治について論議、手紙について論議。夕べの散歩。コローディ宛てに手紙。七時Kが戻る。一緒に夕食。そのあと音楽。新聞とラジオからニュース。大きいことではドイツで三番目の商船[1]がイギリス巡洋艦を前に自爆。「ブレーメン」は逃げおおせたし、大洋はドイツのものとの思い上がりから、石油を積んで出港したのだ。ポーランドにおけるライ[2]の、ドイツ人種に神から与えられた支配権なるものについての化け物としか思えない演説。非常に一方的なフィンランド・ロシア戦争は、連合国からの幾許かの援助で、フィンランド軍に比較的有利に進んでいる。

（1）自沈したドイツの大洋汽船「コロンビア」（三二、〇〇〇トン）。

（2）ロベルト・ライ（一八九〇―一九四五）、国民社会主義党の政治家、一九三〇年以来国会議員、三三年自由な労働組合を排除し、「全国組織指導者」として組合の代わりに「ドイツ労働戦線」を置いた。ライはニュルンベルクの戦争犯罪者拘置所で自殺した。

プリンストン、三九年十二月二十日　水曜日

午前、随想を書き進める。雨。散歩を早めに切り上

げる。『ロッテ』二十部到着。一冊をカロラインに。マイアー女史に献辞。お茶にマイゼルの他にヴァイクセルゲルトナー博士(1)（ヴィーン）、詩と哲学。老ミスター・ベンダーへのプレゼントとして『文化と政治』の原稿。――「グラーフ・シュプレー」の艦長の自決。

(1) ヴィーンの美術史家アルパト・ヴァイクセルゲルトナー博士（一八七二―一九六二）一九二〇年からヴィーンの、聖俗を問わず宝蔵の管理責任者をつとめ、三〇年から三八年までヴィーン美術史美術館の画廊の館長で、ヴィーンの美術コレクションの多数の案内書、カタログ、文献目録の筆者。三八年職を追われ、合衆国へ亡命、四六年イェテボリに移住、六一年同地で没した。

三九年十二月二十一日　木曜日

午前Kとニューヨークへ、ベドフォド、一六〇一号のよい部屋。レストランでランチ。それからメトロポリタン・オペラへ、『ヴァイマルのロッテ』を渡したミセス・マイアーと私について講義をしている若いゲルマニストと『トリスタンとイゾルデ』の上演を観る。声のないメルキオルには大いにがっかりさせられる。フラクスタ女史(1)はしっかりしており、クルヴェナルは弱い。巨大な小屋での盛り上がらぬ上演。澄んで、乾いた明晰さをもつ見事な音楽。マイアー女史と、ファンと一緒にプラザ・ホテルへ。キャビアとシェリ。ディナーにフランク夫妻、心うれしい再会。英独両語で活発な会話。シャンパン。エリザベス・マイアー。エリザベスはコーヒーのあとフランク夫妻と去る。私たちは招待主と若いアメリカ人となお残る。ベドフォドに戻ってクラウス、ランツホフと私たちのサロンでビール。寝入る前にレスコフを読む。

(1) ノルウェーのソプラノ歌手キルステン・フラクスタ（一八九五―一九六二）は一九三三年初めてバイロイトに登場するや一挙に世界的に有名になり、以後世界のあらゆる大きなオペラ劇場で歌った。三五年から四二年はニューヨーク、メトロポリタン・オペラ、サンフランシスコ、ロンドン、チューリヒで、四八年から五一年はとくにロンドンのコヴェント・ガーデン・オペラで。フラクスタは、声の力強さにかけては比類のないヴァーグナー歌手であった。後年はオスロの王立オペラの劇場監督だった。

プリンストン、三九年十二月二十二日　金曜日

きょうベドフォドで九時頃起床。Kは朝食後外出。私は持ってきていた仕事を、終わり近くまで書き進めてほとんど正午近くになる。バーで、エーリカ、クラウスとランチ。そのあと出発。車中「ターゲ＝ブーフ」の中の『自由の問題』[1]に対するシュヴァルツシルトの丁重な、歪んだ論難を読む。ここに着いてマイゼルとお茶。ピアノのシカゴ輸送[2]が遅れているうえに料金の吊り上げに腹を立てる。プードルの挨拶。たくさんのどうでもよい郵便物。フィードラーの手紙。――クリスマスにあたって『ロッテ』に献辞を書き入れる。

（1）　レーオポルト・シュヴァルツシルト「惨状を太鼓の連打で」、「ダス・ノイエ・ターゲ＝ブーフ」一九三九年十二月十一日号、所収、十段にわたる『自由の問題』との原則的対決。「私はこの論文を読んで、まさにこの筆者が筆者だからこそ、これには反論しなければならぬと感じた――そしてたとえ、この論説に対してドイツ語で反論が出されたことを時代史の記録文書に記すためだけでも。」この論説は二重にとらわれている、第一に「古い民主主義体制の制度総体に対する反対に」、第二に「ボルシェヴィズムの制度総体に対する好意に」。「トーマス・マンは、一言で言えば、『自由の問題』が生まれるのは、断固としてリベラリズムを断念し、断固として集団主義の腕に身を投じるところからだ、というふうには、自由の問題を定義していない。デモクラシーは、それがリベラルであるかぎりは、トーマス・マンを苛立たせる。ボルシェヴィズムは、それが集団的であるかぎりは、トーマス・マンに感銘を与える。……そのためトーマス・マンの声は威信という支えを持っている。そのためトーマス・マンがこの瞬間に発する教説はこの数年間がわれわれに与えた教訓に相反するものであると表明することを断念出来ないのである。」

（2）　ピアノは娘エリーザベト（メーディ）宛てのものであった。エリーザベトは結婚以来、夫が教授を勤めていたシカゴに住んでいたのである。

プリンストン、三九年十二月二十三日　土曜日

午前、政治論[1]を書き上げる。正午一人でニーコと散歩。寒気。ボルジェーゼと一緒にメーディが到着。二人と、アペリティーフにランチ。クリスマス・ツリー

はきのうから用意してある。多数のクリスマスの祝い状。プレゼントの到着。シェンストン夫妻の慎重な親切さ。小さなマイケル[2]の綺麗に考案された旗のカレンダー。お菓子。午後、小説に献辞を多数記入。Kのための詩行。晩、ボルジェーゼ夫妻と音楽。ヘッセ（『ロッテ』について[3]）、今は陸軍中尉のバーズラー、そしてマイアー女史の手紙。ヴァルター夫妻、ベルマン夫妻[4]、クノップ夫妻、マイアー女史[5]宛ての電報文案をKと考える。——プードル「ゲウラール」の曾祖母の写真つきの血統書。

（1）　随想『この戦争』。
（2）　マイケル・シェンストン（一九二八年生まれ）、モリとアレン・シェンストンの息子で、クリスマスにあたって、マン家の各人それぞれが属する国の旗を飾ったカレンダーをトーマス・マンにプレゼントしたのである。『書簡集II』一二七ページのトーマス・マンの礼状参照。
（3）　『往復書簡集』にはなく、散逸したものと見なさざるを得ない。
（4）　ゴットフリート・ベルマン・フィッシャー宛て、プリンストンから、一九三九年十二月二十三日付、『往復書簡集』二五三ページ、所収。
（5）　アグニス・E・マイアー宛て、プリンストンから、一九三九年十二月二十三日付（電報）、『書簡目録II』三九／五

三〇。

プリンストン、十二月二十四日　日曜日
クリスマス・イーヴ

午前、政治論に手を入れる。鋭い寒さ。正午エーリカ、クラウス、フランク夫妻が揃って到着。一緒にサロンで過ごす。これにボルジェーゼが加わる。あまりにも声高な、お祝いのランチの上全体に広がる政治、宗教がらみの議論、発端は、明らかに「イエズス会の道具」でしかないヴァティカン大使の、ローズヴェルトによる指名の問題だった。猛烈に主張されたイタリアの視点。二、三の意気阻喪。——午後さらに献呈本の仕上げ。大統領のクリスマス・メセージ。私の部屋でフランクと話をする。フランクにはこれで全部渡したことになる『ロッテ』について。七時半グムペルトとその小さい娘を含めて私の部屋で集まり。歌。贈り物交換にカーラー夫妻が加わる。蠟燭の燃えるクリスマス・ツリーとたくさんの美しい贈り物。ひどく面食

らっているニーコのためにはベッドと布団。蠟燭の燃えているお祖母さん譲りの燭台のもとで、いつもの三倍の黒人給仕にかしずかれて、十二人のシャンパン・ディナー。そのあとクリスマスの部屋に移る。シャンパンとバウムクーヘン。新しいレコードの音楽。ボルジェーゼを相手にその研究計画について。図書室で、聴かずに済ませてもらえた子供たちを除く全員を前にして『ロッテ』第九章の朗読をした。感動。英語の表題について議論。フランク夫妻はピーコック・インへ。グムペルト父娘はわが家に。遅く就寝。

プリンストン、三九年十二月二十五日
クリスマス第一日。

寒気、雪で暗い。Kとプードルと並木道を散歩。Kと美しい小さなグムペルトと朝食。教皇の五綱目平和メセージ——われわれにとっては不安に思うところは一つもない、ドイツ人にとってはまったく馴染めないはずのものだ。それは、クリスマスのゼスチュア以上のものにしなければならぬ、しかし成功するとは目下のところ考えられない。——午前中、マイアー女史[1]、ヘッセ[2]、バーズラー宛て[3]に手紙を書く。正午、身を切る風の吹く中をK、メーディ、プードルと散歩。ボルジェーゼ夫妻、上の子供たちとランチ。『アメリカ式英語[4]』の中の二、三を読む。お茶にシェンストン夫妻。グムペルト父娘は帰っていく。女の子は素晴らしい時を過ごした。晩にシャンパンと音楽。引き続き表題探し。私がPilgrimage聖地巡礼にこだわったので、さしあたり「ロッテ・ブフの素晴らしい聖地巡礼」に落ち着く。——フィンランド軍は、おかしなことに、ロシア領内に頑張っているという。——政治論の原稿をマイゼルに渡す。

(1) アグニス・E・マイアー宛て、プリンストンから、一九三九年十二月二十五日付、『書簡目録II』三九／五三三。
(2) ヘルマン・ヘッセ宛て、プリンストンから、一九三九年十二月二十五日付、『書簡集II』一二七—一二八ページ、所収。
(3) オト・バーズラー宛て、プリンストンから、一九三九年十二月二十五日付、『古きと新しきと』七四五—七四六ページ、所収、『書簡目録II』三九／五三一。
(4) ボイラー・ハンドラー『アメリカ式英語。ドイツ語を話す成人のための』ニューヨーク、バーンズ・アンド・ノーブル社、一九四〇年。『書簡目録Ⅱ』四〇／一〇、参照。

プリンストン、三九年十二月二十六日　火曜日
クリスマス第二日。

澄んだ寒さ。八時十五分起床。Kとプードルと並木道を散歩。ドイツに対するダラディエの痛烈なクリスマス演説、ドイツは今度は、自分が他国に加えたことを甘受しなければならないだろう。——午前中、短篇小説『すげかえられた頭』[1]のための研究。——正午、K、メーディ、プードルと車で湖へ行く。大量の郵便。「カマン・センス」にヴァーグナー書簡。——落ち着かない日々。お茶にミスターとミセス・セションと老ミセス・S。[2]フィードラーに手紙。[3]ボルジェーゼ夫妻はカーラー邸の夕食へ。ラジオで教皇メセージの解説。ポーランドとチェコの回復をともなうムッソリーニの和平計画による支持。無駄な話だ。ヒトラーは受け入れることなど出来ないし、受け入れるつもりになっても、講和の当事者にはならないのだから。ヒトラーの唯一の希望はフランスにおける革命だ——フランスでラウシュニングによって知らされたように。[4]——ヒラーの社会主義計画書、あまり気持ちがそそられない。

(1)　『すげかえられた頭 Die vertauschten Häupter』は後に『すげかえられた首 Die vertauschten Köpfe』とされた。
(2)　おそらくロジャー・セションズの母親のことであろう。
(3)　クーノ・フィードラー宛て、プリンストンから、一九三九年十二月二十六日付、『書簡目録Ⅱ』三九／五三五。
(4)　クルト・ヒラー。その計画書なるものは調査がつかない。

プリンストン、三九年十二月二十七日　水曜日

午前、短篇小説のための研究。正午、散髪へ。そのあとKとニーコとキャンパスを散歩。寒気と降雪。ランチにボルジェーゼの娘。[1]そのあとワールド・テレグラフの記者、エーリカの助けでインタヴュー。——お茶にヴァイル夫妻とシアトルのボーデンハイム夫妻。

――ベルマン宛てにかなり長い手紙。(2)――晩、図書室で『光が消えていく』(3)からエーリカの朗読。ボルジェーゼ夫妻が姿を消したあと、メーディについて可笑しくも奇妙なことが話題になる。――

(1) ジョヴァンナ・ボルジェーゼ、通称ナンニ（一九一〇―一九七四）、G・A・ボルジェーゼの初婚の娘、父親の亡命に同行してアメリカにわたったのに対し、その母親マリーアと、「コリエーレ・デラ・セーラ」の美術批評家でイタリアで非常によく知られていた兄弟のレオナルドとは、ファシスト・イタリアにとどまった。
(2) ゴットフリート・ベルマン・フィッシャー宛て、プリンストンから、一九三九年十二月二十七日付、『往復書簡集』二五三―二五五ページ、所収。
(3) エーリカ・マンの著作『光は消えていく』は一九四〇年、ニューヨークのファラー・アンド・リンハートから刊行された。

プリンストン、三九年十二月二十八日　木曜日

澄んだ寒気と雪。朝食後、メーディとボルジェーゼは、別れを告げて帰っていく。短篇小説のための抜き書き。正午、Kとプードルと散歩。あす去っていく大きい子供たちと四人でランチ。昨夜ときょう、フランクの短篇小説(1)を読む。美しい作品。マイゼルとお茶のさい政治論のジャーナリスティクな区分けと表題付け。Kと手紙（クノップの警告に対する回答）。手書きの礼状。パリのドイツ語新聞各紙。「ターゲ＝ブーフ」。

(1) ブルーノ・フランクの短篇小説『二万六千フラン』は、「尺度と価値」一九四〇年第二冊、一月／二月号に掲載された。

プリンストン、三九年十二月二十九日　金曜日

雪で暗く、暖かくなる。インドのことに没頭、Kと散歩。正午、ランツホフ、晩までいる。お茶のあと、政治論の校正と冒頭部分の変更。お茶に隣家の若い息子、その学校図書館のために『ヤコブ物語』にサインする。晩、エーリカとランツホフと、音楽、シューマ

ンの五重奏曲。ヨーロッパ国家連合についてダラディエの上院演説のニュース。イギリスの戦艦が魚雷で損傷を受ける。――「ターゲ＝ブーブ」で、ボン(1)のドイツ経済関係論文を読む。――十時過ぎ、エーリカが別れを告げる。ランツホフと旅に出る。憂愁。エーリカは私たちの旅行中、私たちと落ち合うことをもくろんでいる。気分悪く、熱っぽく、胸の右側に筋肉痛。

（1） 国民経済学者モーリッツ・ユーリウス・ボン（一八七三―一九六五）は、トーマス・マンがミュンヒェンから知っており、一九三三年イギリスに亡命した。その寄稿M・J・ボン「ドイツの経済的将来」は、パリの「ダス・ノイエ・ターゲ＝ブーフ」一九三九年十二月二日号、所収。

プリンストン、三九年十二月三十日　土曜日

遅く起きる。すぐ朝食。そのあと、伝説の諸事実と取り組む。暖かくなる。Kとプードルと散歩。ランチのあと、クラウスとも別れる。孤独は、考察と決定にとっては好都合だ。インドについて読む。お茶にヤフェ博士。マイゼルと、依頼する仕事について話をする。外に出て散歩のあと、引き続いて研究。晩はKと二人きり。ラジオ・シティからの演奏会。『ローエングリーン』序曲、私がもっとも聞き慣れたこの曲に大いに驚嘆する。――ヒトラーの新年の演説、一九四〇年という年はドイツ史上もっとも決定的な年となろう、それは、勝利をもたらすであろう、という。「フェルキシャー・ベーオバハター」の中でゲーリング、世界最大の空中艦隊は、イギリスを殲滅せよとの命令を待っているだけ。どうやら強い注射が必要らしい。

プリンストン、三九年十二月三十一日　日曜日

八時半起床。強い寒気。朝並木道を散歩、そのあと短篇小説のための研究。正午、ヴォルフガング・ハルガルテン、これと私たちは散歩をし、ランチをともにする。インドについて読む。お茶のあと（ボストンの）クロプシュトックとカロライン・ニュウトン宛て

に短い、自筆の手紙、フィラデルフィアのニュウトンからは朝方『ヴァイマルのロッテ』について非常に温かい電報が届いた。——Kと二人だけ。さまざまなラジオを聴き、インドについて読む。——強い寒さ。——ヒトラーの新年声明について詳報、国家主権の制限は必要である、そしてイギリスによる世界に対する恒常的な威嚇は終わらなければならぬ。(横取りと捩じ曲げ)。「新しい世界は社会主義的。」浅ましい男、浅ましい男。——生活形式のプロレタリア化の増大について、ドイツからの情報。——

この国に来て、二回目の年末。新しいカレンダーを掛ける。来るべき、命取りになるかもしれない年をどのような緊張で迎えることになるだろうか！　やっていることがすべて、暇潰しの性格を次第に帯びてくる。その暇潰しが名誉あるものになりますように。

補遺

〔パリの、ドイツ人民戦線準備委員会へのメセージ〕

人民戦線委員会が四月十日集合する協議に、私は精神においてきわめて活発に参加し、この討議がわれわれを動かしている諸問題の解明をもたらすよう心から願っています。何が中心課題かと言えば、ドイツの国内外にあって善意をもち、ドイツという名前に相応しい国家を希求しているあらゆるドイツ人に協力の可能性を提供する基盤をつくり出すことでありましょう。肝要なことは、今日否定され汚濁にまみれた自由、人間愛の理念を助けて、本来の姿に戻すことであります。何故なら、これらの理念のみが新しいより良きドイツ国家を担いうるからであり、これらの理念をもってのみ今日ドイツ国民の心を充たしている憧憬を受け入れることになるからであります。私はドイツ人民戦線とこの確信において一致し、また何物にも怯むことのない自由が存在し、自身の殺害者に対していかなる弱みも知らない人間愛というものが存在するに違いないとの確信において一致しているものと信じています。

〔一九三七年三月二十一日付日記の注（3）参照〕

トーマス・マンの挨拶

すでに以前私は、スペイン国民の自由の戦い——たとえ世の中の事態が成り行くのを常としているように悲劇的で、倫理的には勝利している典型的で感動的な戦い——に対する深甚な共感を表明しました。

私たちは、忌まわしいヨーロッパがこの戦いにおいて行っているあらゆる裏切りにもかかわらずそのような成り行きを考えたくもありませんし、信じることも出来ません。何故かと言えば、一国民が、かくも絶望的にも英雄的な執拗さと憤激を籠めて抵抗している相手の諸力——この異国人の被造物である代官たちが——実際にこの国民に確実な支配を及ぼし得るなどということが信じられるでしょうか！

国民的なものが、その最盛期におけるように自由への願いと一つになっているスペイン共和国の防衛戦争が、数世紀にわたって輝き続け、その結末とはかかわりなく、歴史の前で、私たちの暗く、道義的に低下した時代の名誉回復を意味することになるであろうというのが、私の深い確信であります。

〔一九三七年七月十五日付日記の注（2）参照〕

自由のための戦いによせる信条告白

皆さん！

私がこの機会を利用して、人間の自由の理念への素朴な信条告白を行い、今日ファシズムという名前でまとめられている、時代の敵意の籠もった諸傾向に対して、精神に結びついた人間、一人の作家の「否」を対置するとしても、私のような人間が集会演説者の役割をまったく難なくこなすはずだなどと、思っていただいてはなりません。逆に私のような人間にとって、その執筆の仕事の場の静謐から人々の前に歩み出て、直に自分の声で、脅かされている価値のために証言し、その保証をするには、なにがしかの自己克服が必要であります。すべての精神的な人間は今日、ある程度、ハムレットの置かれた、辛い背理的な状況にあります。あの若い王子にして、知的な人間はこう叫ばざるを得ません、

「世界は箍が外れている、あるのは汚辱と苦悩ばかり！
私がこれを直しに、この世に生まれたとは」

もちろん、詩人で夢見る者に生まれついた者の世間に対する内気さと懐疑、これと、時代がその詩人に押し付け、天職として与える闘争的な任務との間には、矛盾葛藤があります。しかしこの召命、この要請は今日、私や私のような人々にとって聞き逃し難いものであります。私は、この召命をエゴイスティクに免れてなお、自身の果たすべき義務を忽せにはしなかったなどと言えようとは信じていません。

善が、真理と正義がその大義は必然的に勝利するものとあっけらかんと信じ、そのための直接の宣伝などは、悪や誤ったものならばたちまち正体を現してしまうのだから、不必要だと考えているのは理解出来ます。しかしこの楽天的な落ち着きの中に、善にとって、私たちはこれをあまりにも痛切に経験したのですが、大きな危険があります。悪と暴力の諸力にのみ勝手放題に攻撃させ、現代的宣伝手段を彼らの反人間的目的に利用させたのは間違いであることを私たちは体験しました。世界情勢は、精神が生来穏和でなげやりであるにもかかわらず、戦って自ら防衛することを要求しています。これは、ここ十年の教訓であり、この十年の最悪の諸事件からこの教訓を引き出さなかったとしたら、私たちはそこから何も学ばなかったことになるでしょう。

皆さん、私がこう言って、過去における精神のある種投げやりな楽観主義に対して投げかけた非難を、私があらゆる楽観主義を不当だと考えているなどというふうに誤解しないでいただきたい。反対に私は、数年前よりずっと多く希望をもち、明るい気持ちでいられる理由が私たちにはあ

る、という意見なのです。人生は今日、その歩みは早く、世界状況は、私の感情にとっては、この数年に、物質的、精神的関連において、私たちに不利にというより、むしろ私たちに有利に変化しました。

この主張を正当化し、将来に対して決定的な希望をもつきっかけを与えてくれる二つの事実があります。一つは、これまで自由と平和の諸政党をこれまで支配してきた形式的、理論的平和主義が暴力の信奉者たちに利用され、脅しと強請による安直な勝利を手に入れさせてきたのですが、その形式的、理論的平和主義が今日、平和主義は、ただ暴力しか知らない暴力の諸力を追い込むには強くなければならないという認識によって、すでに目に見えて修正されているという事実であります。民主主義的諸国がその理想の物理的防衛の能力を無くしたのではないかという危惧が誤りであることを見るのは満足であり安心であります。平和の精神は、好戦的な精神に自身の手段をもって対応する決意を固めており、今日すでに軍事的優位は民主主義諸国の側にあり、平和の敵はそのチャンスをことによると逃してしまっているらしいと、私たちは確認しています。人間的に予測すれば、この状況は時とともにファシズムに有利な展開を見せなくなるでしょう。

これが事実の一つであります。もう一つ目にはいる有利な事実は、精神の領域においてファシズムの流行がその頂点を越えてしまったと思われる点であります。疑いもなく、ファシズムも精神的な根をもっています。それは哲学の領域で準備され、その教義に対する感受能力は、ひとりドイツの青年のみならず世界全般の青年の間にはっきり認められていました。しかしすべてが思い誤りでなければ、その教義が青年たちに押し及ぼした魅力は消えようとしています。世界の青年たちは今日、その圧倒的多数からすれば、しかしとくにその最良の、価値ある部分からすれば、再び左に立っていると言えます。これもまた青年にとって結局自然なことであり、似非革命的合言葉の混乱を生み出す作用がこの自然な状態を一過的には逆転することが出来るでしょう。これらの変化は、独裁的に支配されている諸国、とくにドイツにおける青年の密封状態を前にしては何ら実際的な影響はあるまいし、鉄の一貫性をもって実行された、利己的な国家による一面的な操作が、あらゆる高貴な、自由な諸理念に近付くことのない世代を育てるに違いない、と言う人もいるでしょう。しかしここでも私は思うのですが、ドイツ国民のように非常に偉大な、精神的、文化的伝統をもつ国民の青年が有する抵抗力や知的批判を信じることは、決して弱々しい、糊塗的な楽天主義ではありません。そして私がここで考えているのは、単に青年ばかりではなく、ドイツ国民一般であって、その良き、偉大な特質を、私の考えるところでは、世界は疑う必要などありません。

この国民は確かに四年前、きわめて不運な状況のもとで、この国民を指導し、世界に対してこの国民を代表するのにきわめて相応しくない勢力の腕に身を投じました。しかし私たちが知っているすべてからすると、今日ドイツ国民の圧倒的部分において後悔、幻滅、羞恥の思いが非常に強くなっています。人間の魂と人間の生活にとって、自由とは何と不可欠な価値でしょうか、このことをドイツ民族はこの四年間において経験し、精神的、宗教的、経済的自由への憧憬が今日この民族の心を貫いていますが、このこともドイツに対する断罪は決して下されてはいない、ゲーテの国はより良き、より高き自己を発見しようとしているという確信を正当化してくれています。ドイツの諸劇場でのシラーの「ドン・カルロス」の上演のさい、ポーザ侯爵の「陛下、思想の自由をお与え下さい！」という叫びを、観客大衆がその度に熱狂的な拍手で歓迎するという話を聞くと感動にふるえます。まったく政治的であるがゆえに決して危険なしとは言えないこのデモンストレーションは、ここで国民が、ある程度、世界に対して自身の精神的名誉を救い、自分たちは奴隷であろうとするつもりはないということを示すべく詩人の言葉を使っているがために感動的なのであります。国民社会主義という冒険はドイツ国民にとって過酷な学校であります、しかしこの学校は、ドイツ国民が、私たちはとにかくそう期待出来ると思いますが、その政治的、社会的成熟のより高度の段階に到達する前段階なのであります。

いつの日かドイツ国民は偉大な国民にふさわしく自由であろうとし、今日自分たちの精神を締めつけている束縛をふるい落すでしょう。

自由は疑いもなく、ドイツの将来の社会的、政治的体制の基本原則でありましょう。この自由は、しかし、重い体験から学んだものであり、二度と再びその敵によって踏み潰されることを許さないでしょう。ここで私の言葉の思考の歩みは円環を閉じ、私が初めに申したこと「自由は強くあらねばならない、自由は自己を信じなければならない、自身を守る権利を信じなければならない」という主張に繋がります。それは、精神に誘惑されて自身の地上における権利を弱々しく疑ったりすることなく、自由を圧殺するために自由を濫用しようとする奸計に抵抗出来る、権威ある自由、男性的性格の自由でなければなりません。

そしてまさにこの原理こそ、自由の原理こそ、この時代においてドイツのためにより良きことを願うすべての人々が集いうる中心であるに違いないし、事実またそうでありましょう。私たちは国民社会主義の敵を今日なお分け隔てている差異をよく知っています。しかしすべてが誤りでなければ、ドイツ精神とそれを越えて全ヨーロッパに迫っている途方もない危険は、この差異に橋を渡し、差異を水に流そうとしています。何故かと言えば、ただそのようにして、つまり一致と、比較的本質的でない対立を取り下げることで、ドイツがヨーロッパに、世界に、そしてドイツ自身の主護神の手に戻されうるということについて、すべての人々は明瞭に心得ているに相違ないからであります。

〔一九三七年七月二十一日付日記の注（1）参照〕

〔マーテルリンクについての発言〕

天才モリス・マーテルリンクに対する私の賛嘆の思いは、まず、その象徴主義的ドラマ――『マレーヌ王女』、『ペレアスとメリザンド』、『ラントリューズ』、『レザヴグレ』、『タンタジルの死』――に私が触れて、完全に新しい、甘く胸を締め付けられる文学的な、洗練の限りをつくし、初原的魂に溢れた、脆くも、暗示に富んだ構築物から私たちに語りかけてくるこのリュートに呪縛された青年時代からずっと書き綴られてきています。以来この特異な精神は、より合理的でありながら、しかも秘密に近い、そして自身を愛しつつ追っていく表現形式に向かい、ヨーロッパ文学に一連の自然観照的哲学的随想や、箴言集を送ったのであります。現代的で、同時に言葉の精密な、深く予感に満ちた意味での神秘的論文、生と、詩人は死において詩人であることを止めることなく賢者になるが、その死への知識に溢れた論文、すなわち魂と、その繊細極まりない戦慄の告知者。――私は、ベルギーがその高貴な息子の高齢の日を祝うにあたって心に覚える嬉しい喜びがよく理解出来ますし、この祝典の枠の中で、私の熱烈な敬意の念を捧げることが許されるのを幸福に思っています。

〔一九三七年七月二十二日付日記の注（3）参照〕

友への手紙

親愛なる友へ、

モリス・デノフを真に理解するにはその書をどのように読むべきかを、根気よく私に説いて下さったことをほんとうにあなたに感謝しなければなりません。あなたはご自分のなさっていることをご存じでしたし、この書物が私にとって一つの発見になるだろうと言われたのは、まさにその通りでした。悲しいことに、年をとるにつれて、私たちの感受性は衰えていきます。私たちは次第に気難しくなっていきます。しかしながら、この散文の数ページに目を通しただけで、私にはモリス・デノフの真価を認めるのに十分でしたし、それに嬉しい驚きも感じました。ほんとうに、ここには読むに値するものがあるのです。知的な小説というものが次第に求められるようになっていると私には思われますが、この書物は何よりもまずそうした種類に属します。あまりにも単純で出来の悪い感情過多な小説をどう扱っていいものやら、誰にももう分からなくなっています。そんな時代は過ぎ去りました。ところがドイツでは、まさにそうしたものがまだ真の詩としてまかり通っています。

それとは逆に、すぐれた文体と有機的に結びついた知性は、つねに不信の念を——たとえ著者のドイツ語的語法（germanisme）に関してに過ぎないとしても——、つまり、次第に（その）本質が理論化されつつある偏見を人々に呼び起こします。実際には、やがて知的なものしか読むにたえなくなるでしょうし、小説というものは、それが永らえるとして、知的な男らしさ、つまり精神性の補充なしには成り立たないことがすでに感じられています。

事実、デノフの書物の中で私が非常にひきつけられるのは、すぐれた批判力に支えられ、その世界観とその世界の探究とに裏付けられた知性というこの男性的な性質の資質に対してです。心理分析は多くの場合、衰退と疲弊の徴として、つまり生命を衰弱させる反芸術的要素として解釈されてきました。それに引きかえ、ここでは心理分析は力としての、主観的かつ客観的な抑制、誠実な意識としての姿を現しています。優れているのはそれだけではありません。きわめて重要な原理である形式の創造的原理としての姿を見せています。この心理分析は洗練されています、西欧と同じように、ヨーロッパ自身がそうであるように。つまり、ドイツで恐れられるようには真剣味も深みを失っていません。著者が教育と経験によってさまざまな文明を知った国際人であることは明らかですが、そこには生来の社交界趣味がしみ込んでいて、それがまさに孤独で夢想的なドイツ人に数多くの貴重な補足をもたらす可能性があります。モリス・デノフは、「社交界小説」（roman mondain）を書きましたが、その場面はさらに、いかがわしい人々の間で、大戦中のアメリカの波瀾に富んだ雰囲気の中で繰りひろげられています。しかしモリス・デノフは、詮索する芸術家の精神をもってこの小説を書いています。この精神こそ今日いろいろなところで、小説の伝統的形式に新しいイデオロギー上の可能性を与えようと努め、社交界の心理分析が精神的ポエジーの一手段に過ぎないような次元にまで叙事的散文詩を高めようとしているものなのです。こうした多様な試みに加わりながら、デノフは見事に成功を収めました。それというのも、デノフの作品において、個人の意思と運命とのかかわり、内面と世界との関係、およびそれらの至高の統一という精神的主題を巡って、どんなに創意がこらされているかを見ることは、実に素晴らしいことだからです。ここで試みられているのは「性格」哲学ですが、それは、実際はわれわれが小説について抱いている観念とは正反対の哲学です。なぜなら、「性格」はここでは著しくその「神話」をはぎ取られて、思考と感情のさまざまな条件の生成物として分解されているからであり、これは古い小説の「主人公」の概念と真っ向から対立するものだからです。しかし、この作品は全体を貫く建設的観念と精神的意図によってその内的構成がいっそう強められ、こうして音楽に近づけられているので、私は本書は「精神」の真の問題についての紛れもない一つのドキュメントであると思っております。

〔一九三七年十月十二日付日記の注（2）参照〕

〔「ドイツにおける法と自由のためのヨーロッパ会議」への声明〕

全体国家の人間の堕落をもたらす悪質さに抗して呼び掛け、それに対する断固たる抗議に同調を期待できる世界良心が存在するという確信を捨てないでいる人々には、心から感謝しなければならない。そのような実行を伴う確信に対して、他の国のように自分たちもまともな国であるかのように第三帝国と称している国の、世界にとってやはり危険な道義的非道さに世界がいかに妥協し適応しようと努めているか、私たちは日々がっかりさせられる、恥ずかしい経験をしているだけにいっそう感謝しなければなりません。外国の意見に対して大きな顔をして冷淡を装ってはいるものの、ドイツの強制収容所を溢れさせている、今日また恐ろしく数を増している不幸な人々に、あらゆる国の最良の人々によって支持された感銘深い意見表明によって救援をもたらすことは、ことによるといまだに可能かもしれません。されば、この支持が、あなた方に与えられることを願うとともに、あなたがたのアピールに強い、深い、広範な効果を願うことを許していただきたい。

〔一九三七年十月二十七日付日記の注（3）参照〕

〔アメリカの芸術家たちへの声明〕

親愛なる友人諸氏よ、

あなた方があなた方の会議の意義と目的を特徴付けるのに用いておられる言葉によって触発されてのこの呼び掛けの言葉を許して頂きたい。あなたがたはその手紙の中で、この会議は、同時代の芸術家たるものは責任を担っており、民主主義と文化を脅かす破壊的な諸力、したがって、私がとくに名前を挙げるまでもない諸力、諸傾向に対して公然と積極的に立場を明らかにする義務がある、と言っておられる。私がこの確信において完全に衷心からあなたがたと一致していること、その点であなた方と一致していると知って幸せであると申し上げることを許していただきたい。私があなた方の会議に寄せてあなた方に心からの挨拶を送り、あなた方に感銘深い経過を願うのは、私は不遜にもあるものを代表していると考えていますが、そういう資格においてではなく、完全に自分から、きわめて個人的なアクセントをこめてのことであります。今日精神的なもの、文化的なものは政治的なものから分離され得ない、現今の状況の中で中心課題は人間の問題であり、その問題の総体における人間愛の問題であって、この問題を前に個々人は立場を定め、信条を表明しなければならない、との意見、――この信念は以前から私の生活と思想を導いてきており、しばしば攻撃に晒され、多少真摯な気持ちからの叱責に晒されて来ました。芸術家はその仕事にとどまるべきで、「政治の闘技場に降り立ち」、日常の戦いに係われば、品位を失うことになる、と言われています。私はこの異論は根拠薄弱だと考えます、人間的なものの諸領域はそれが芸術であれ、文化であれ、あるいは政治であれ、分離不能と確信するから、というよりはむしろ分離不能性を明確に認識しているからであります。そしてかくも大きな、文明にとって非常に重要な、合衆国のような国の芸術家たちがこの確信を分かち合い、今日文明や文化という言葉で私たちが理解し、愛している一切のものを危険に陥れる野蛮な諸傾向に対して芸術と精神の名において立ち向かおうとする会議を招集するのを目にして私は喜ばざるを得ません。私の娘が、あなた方の中に加わって、私の言葉に声を与えてくれるでしょう、そしてあなた方の集会の当日私は精神においてあなた方の中にいるのだということを、娘に言い添えてもらえればと思っています。

チューリヒ湖畔、キュスナハト

一九三七年十二月

〔一九三七年十二月二日付日記の注（4）参照〕

〔ブルーノ・フランクの『旅券』について〕

皆さん、

あなた方に数分間、亡命者によって書かれたもっとも重要で魅力的なものの一つと評されうる本について語ることをお許しいただきたい。表題は『失われた遺産 LOST HERITAGE』（ドイツ語原本では『旅券』）、そして作者はブルーノ・フランクであります。

この文士はその生涯の頂点におります。しかしその五十歳の誕生日を祝ったのは、ほんの僅か前のことです、その過去は優れた作品で満ちており、将来は楽しみを与えてくれる多くの心を富ましめる作品を約束しています。その短篇小説、戯曲、長篇小説は、ドイツがまだ自由で、従って自由や人間味あるものに引かれやすかった日々に多くの読者を楽しませたものであります。

私たちはフランクの過去の仕事について話すつもりはありませんが、過去五年、すなわちこの亡命の年月の間にフランクが書いたもののうち最も注目すべき作品に集中したいと思います。フランクがヒトラーのドイツにとどまることが出来ないのは、最初の瞬間から明らかでした。フランクの出身は南ドイツ、シュトゥトガルトで、ここはドイツの中で文化の点では古く、民主主義的精神に富んでいる地域であります。フランクの個人的、芸術的な特質といえば明らかに都会性と人間味であります、これは常々私の心に訴えてきたものですが、逆にそれはフランクが、国民社会主義の「著作院」ないしは「全国著述院」のメンバーであり続けることを困難にしました。

世界と人生に対するこれらの感情や視点は、私がいまお話している全体小説に浸透しています。『失われた遺産』の主題は、亡命そのものにあります。物語は小さなザクセン公国の元支配者の年若の息子である、若いドイツの公子の運命を扱っています。この公子とその兄とは一九三三年の革命的な事件に対して完全に異なった視点を持っています。兄の方は、多くのドイツの公子たちがしたように、国民社会主義運動の中に自分の居場所を見つけようと試み、ある種の穏やかな残酷さがこの兄をとくに、この運動に適応させることになります。年若の方がこの長篇小説の主人公であり、作者はこの主人公に自分自身の個人的特性の多くを与えています。フランクはこの主人公に、親切で、上品で洗練され、高度に発展した性格を与え、これが、ナチ的なものを嫌いそもそもの初めから嫌悪を覚えて、これから離れることになるのです。主人公はそれにもかかわらず、発端ではドイツにとどまっていますが、それに対して兄の方は、ナチの軍隊の中で重要な部分を演じます。弟は深い隠退生活を送っており、信頼する使用人によって見守られているのですが、この使用人はいくらか典型的に、忠実そうに見える青い目の奥に背信を隠していて、主人をスパイして、秘密国家警察に抱き込まれて主人を密告するのです。

この裏切りに対する必要な条件はすぐに提示されます、公子ルートヴィヒは決して政治的陰謀家タイプではありません。しかしルートヴィヒの元師傅はロマンティクな君主制の狂信者で、ルートヴィヒを陰謀に捲き込み、それが露顕するとこの師傅は投獄されてしまいます。ここで、公子はどう処置したらよいかと当惑が生まれます。最終的に下された決定で、旅券を与えて国境の彼方へ送り出されることになります。

これが、舞台がまだドイツに置かれているこの長篇小説の初めの部分の結末であります。主要部分は外国での——プラハ、ロンドンでの——若い公子の冒険を語り続けます。私はここで非常に複雑な物語を皆さんにお話するわけにはいきません。しかし私は、国民社会主義者のエセンスが、亡命の環境と同じように例を見ない真実性と生気をもって描かれており、それが一般的雰囲気の場合ばかりでなく、個々の性格の場合においても同様であることを強調したいと願っております。

この長篇小説は非常に多くの劇的な場面や出来事を描いています。例えば、公子の師傅の、その弟子による、ドイツの強制収容所からのハラハラさせられる解放の経緯が語られています。公子はスペイン人ゴヤの偉大な芸術を研究するのですが、この心に迫る作業によって時代の恐怖を克服しようと公子が試みるロンドン公共図書館のものの見事な描写。

作者が、国民社会主義者に対して抱いている嫌悪感を市井の人に語らせたのは適切であり性格的な点であります。この若い運転手は、健康的で繊細な若者ですが、ハラハラさせる、素朴な、まったくもって文学的ではないものの、実に感動的な態度を見せることで、新政権の堕落を特徴付けています。

この作品の重要な利点は、それがもっぱら政治状況のみを扱っているのではなくて、芸術的な温かみと自由が描写された私的な、人間的エピソードがたくさん盛られている点であります。これらは、文学に関心のある、この本のすべての読者を楽しませることは確実であります。

これらは、手短に申しますと、この短い時間でこの独特の本に対する皆さんの関心を惹くべく、私を動かした諸点なのであります。

〔一九三八年三月八日付日記の注（2）参照〕

〔ニュウマン枢機卿賞受賞にあたっての挨拶〕

皆さん、

このような瞬間において感謝の言葉を述べることが許され、今日私に与えられるような栄誉をいただくにあたって、かならずしも黙ったままでなく、どんな慎ましやかなお返しの言葉であっても申し上げることが出来るのは大きな恩恵であります。私が深く感謝しながら感じ取るのは、高い、美しい栄誉であり、私はこれに値すると感じるには到底足りない人間ではありますが、それでもこれを意義深いと呼ぶことを許して頂きたい。いや、民主主義的価値、理念と呼ばれる価値や理念を支持する作家が、イギリスの高位聖職者ニュウマンという、偉大な聖職者の名を冠した、聖職者や重要人物の協会、というキリスト教組織で共感と承認が与えられるというのは、立派な意義あることであります。

私は、皆さん、プロテスタントの家に生まれ、教育を受けました。ドイツの精神生活とドイツの文化とを数世紀前から決定してきたのはプロテスタンティズムでしたから、私の精神的教養と形式は、本質的にドイツ・プロテスタンティズムによって性格付けられています。私は本来どの教会、どのドグマと繋がりがあるのか、私にははっきり言えません、そしてある意味では、これは一つの利点かもしれません。ことによるとそのため私は、すでに早くにキリスト教の理念を統一的なものと感じ、宗派間の差異や争いから独立したものと感じることが出来たからです。私にとっては以前から、ユダヤ教から花開いたキリスト教は西欧的人倫の柱石の一つでした。私たちの文明は、古典古代に負っていると同じくらいにキリスト教に負っているのです。西欧が芸術、文学、道義的、美的生の分野で成熟させた最高、最善のものは、キリスト教が及ぼした計り知れぬほど節度を生み出す効果なしには考えられません。それは、唯一の神の理念という普遍的な理念を代表し、あらゆる狭隘な一面的な国民主義に対して倫理的に修正を迫るものとして立ち向かっています。キリスト教に対するあらゆる攻撃、その道義性の否定は非文明への回帰、野蛮以外の名に値しない異教世界への回帰を意味しています。このことは、まったく完全に私自身の国ドイツに言えることで、ドイツはまったく誤って時として、地中海精神との影響を遮断して、つまりはユダヤ教、キリスト教の影響を遮断して、自らを異質なものから解放し、その本来の民族の本性と文化とを純粋な姿で登場させることが出来るなどと妄想を抱いています。何たる誤りでしょうか。ドイツ性が生まれたのはゲルマン人がキリスト教を受け入れて以来のことです、ゲルマン的性格と地中海的人間精神との婚姻が初めてドイツ性をつくり出したのであって、ドイツがキリスト教的なものを捨て去るとなると、残るものは文化と人類にとって無益な危険な野蛮以外の何物でもないでしょう。

皆さん、私がこのアメリカ大陸全土をまたにかけて多数の都市を訪れたこの講演旅行で、私はデモクラシーについて語り、この概念を規定し、その深い内容を明らかにし、その今日的な必然性を説明し、これらの内容に新たに生気を与え、活気をつけ、それを世界の青年に魅力あるものにしようと試みてきました。そのさい、ファシズムの名でまとめられている、今日の、デモクラシーに対して敵対的な勢力に対するある種の性格的な反論が、不可欠でありました。講演のあと時として講堂の聴衆の中から質問がありました。それである時、ある大学都市でのことでしたが、若いイギリス人の学生が立って質問の形で意見——というよりは非難ですが——を表明しました。あなたは公平な立場を貫いていない、あなたは白を黒と言いくるめている、あらゆる善はデモクラシーに、あらゆる悪はファシズムに帰している、あなたは、愛と正義をともに行うキリスト教を忘れている。そのような非難は私には拒否することが許されている、というのが私の反論で、そういう論旨にならざるを得ませんでした。今日重大な守勢に立たされている民主主義的理念を支持するからと言って、私はキリスト教を忘れているわけではありません、キリスト教の精神を支持し、その敵からキリスト教を擁護しているのです。いったいその若い方は、と私は訊ねました、ドイツではキリスト教が民主主義同様迫害され抑圧されていることをご存じないのか、両概念の人間的内容は同じなのだから、両者を同一視する権利はないのか。皆さん事実はその通りなのです。デモクラシーは、キリスト教を宗教として世界にもたらした理想を表現する政治的な名前以外の何物でもないと思われます。この理想を政治的な名前で呼ぼうと宗教的な名前で呼ぼうと、この理想自体今日では脅かされており、私もしているようにこの脅威に抵抗するとすれば、それは西欧文化の名において行われるのです。

抵抗すべき相手の諸力は大きな利点を持っています、す

なわち
（六ページへの挿入分）

私たちは、プロパガンダも、他の多くのものと同じように、ファシズムの独創的な発明ではなく、略奪物であり、着服物であることを忘れないようにしましょう。全世界へのキリスト教の伝道のためのヴァティカンの宣伝機関が存在していなければ、プロパガンダという名称も本体も知られてはいないでしょう。

（七ページへの挿入分）

皆さん、ご覧の通り、私は民主制と貴族制の二つの概念を対立的に感じることは出来ませんし、同様に自由の概念を、拘束や規律の概念の対立物と感じることはできません。

（一四ページへの挿入分）

私が今日皆さんにお伝え出来るのは脈絡のない思想に過ぎません。時間が私にいかなる完璧さも許してくれません、私にほどほどにせよと強い、あなた方には我慢してもらうようにあなた方にお願いせよと強いるのです。あなた方は私が申し上げたことを、良心的であろうとすることの表現として、つまりは、私がきょうあなた方から頂いた美しい、偉大な顕彰の受領者としての私を私自身によって正当化する試みとして理解して下さらなければなりません。この個人的な視点のもとにあなた方は私の慎ましい言葉を理解しなければなりませんし、私がなおまったく個人的な言葉を加えても、きっと許して下さるでしょう。

〔一九三八年四月二十七日付日記の註（2）参照〕

〔訳注〕この六、七、一四ページの挿入分はニュウマン枢機卿賞受賞の挨拶原稿（ドイツ語原文）とまとめてあったものらしいが、恐らくエーリカ・マンの検討の結果、元々断片に終わっているこの原稿に、該当するページが存在しないと考えられる。また一九三八年四月二十七日付日記の注（2）で触れられている『来るべきデモクラシーの勝利について』との関わりは考えにくい。

〔ニューヨークにおけるスペイン・デモンストレーションへの挨拶の声明〕

皆さん、今宵のデモンストレーションに、アルヴァレス・デル・バヨ、ホアン・ネグリン両大臣閣下をお迎えして、スペイン国民とその英雄的戦いに対するアメリカの深い共感と賛嘆とを証言するのを目的としたこのデモンストレーションにいささか言葉を寄せることをお許しいただきたい。自身の個人的な任務に集中することを気にかけざるを得ない人間として私は一般に、午餐会や会合には、お分かり頂けると思う、気遅れを覚えるのです。しかしこのきょうの会合に参加せよとの要請が届くと私は、ためらうことなく応諾しました。それというのも問題が実際に私の関心事であり、スペイン国民とその正統政府が正義のための戦いに踏み込んだ瞬間から私を充たしている感情を世界の前で、私たちの賓客に表明する機会、——この機会を私は見過ごすわけにはいかなかったからです。

皆さん、私は、意思と利害関係によって結びついた制約を負っている政党人に生まれついているという意味での政治家ではありません。独立の作家が政治的問題である立場を選ぶとすれば、何らかの利害によってではなく、ひとり悩み怒れる良心によって導かれて、そうするのであります。周知のように「行為者」に留保されているあの恥知らずの態度で、今まさにスペインでのように、世界のあらゆる悪事をやってのけているのは「利害」なのです。利害の華やかな、それでいて卑しい卑劣な行為に人間的な良心を対置し、あらゆる人間精神を歪曲する、政治と悪事との取り違えに抗議することは、詩人という自由な感情に生きる人間の任務でなくて誰の任務でしょうか。

スペインでは、二年半にわたって利害が荒れ狂ってきました。それは世界がこれまで目にしたこともないくらいの破廉恥さで荒れ狂ったのです。そこで数十カ月にわたって演じられてきたことは、歴史が指摘しうるもっとも恥じるべき言語道断なことであります。それを世界は目にし、感じ取ったでしょうか。ごく部分的に過ぎません。何故なら殺人的に凶暴な利害になしうるもっとも巧妙なことは、世界をコケにし、自身の本質について世界に目潰しの砂を振り撒くことだからです。スペインの人民戦線という共和党員と社会党員の政治的同盟組織の改革プログラムがいかに過激でなかったか、その表現、その決定的な、合法的な選挙の勝利はどのような状況に対しての回答であったかを私たちは皆よく知っています。いったい心というものがないのでしょうか、分別というものがないのでしょうか？　文化、神、秩序、祖国など偽りの上品さの名の下であっても、常に最悪の本能に訴える利害によって抵抗することもなく、自分の自由な人間的判断の残りすらも奪われてしまおうというのですか。抑圧されてきて、時代遅れも甚だしい後進国的スタイルで搾取されてきた国民が、より明るい、より人間の品位に相応しい生活、文明の前に立つのに、これまでよりも相応しい社会的秩序を求めているのです。自由と進歩は、そこではまだ、哲学的皮肉や懐疑によって打ち砕かれた概念ではありません。これらの概念はこの国民にとっては、最高の、もっとも努力する価値のあるものであり、国民的栄誉の条件なのであります。一つの政府が生まれて、特別な諸条件の命じるあらゆる配慮をはたらかせて、ひどいことこの上ない困った状態を取り除き、必要な改善を行おうと仕事にかかります。すると何が起こるのでしょうか。古い搾取、抑圧勢力に奉仕して計画され、その上思惑で動く外国と示し合わせての将軍たちの叛乱が燃え上がり、失敗してもう打ち破られたも同然となるのですが、叛徒側の勝利の暁には経済的、戦略的利益を約束するその代償に、外国の、自由を敵視する政府から支持を取り付け、資金、人員、軍需物資などで養われ、生き延びさせられ、その結果流血は数年にわたって止まるところをしりません。自らの自由と人権のために絶望的に戦っている国民に対して、スペインの植民地の部隊が投入されています。外国の爆撃機によってその諸都市は破壊され、その婦女子は虐殺されています――そしてこれがすべて「国民的」と呼ばれ、これら言語道断の悪事が神、秩序、美と呼ばれています。

皆さん、この戦争が最初はどのような経過を辿ったか、そして他のヨーロッパの態度、ヨーロッパ民主主義国の態度も含めてですが、恥辱と哀しみを覚えずには思い出せないような態度によってどのような経過にならざるを得なかったか、皆さんはご存じです。いわゆる「不介入」の軽蔑すべき歴史は無性格と弱さ、この十年間にヨーロッパに塗り付けられたあらゆる道義的無力に対する惨め極まりない見本であり象徴であります。事実、堕落のこの時代にヨーロッパの名誉を救ったのは、ただ一つの民族であり、それもまさに、極めて困難な、極めて不利な条件の下で、全世界から見捨てられ、途方もない物質的、技術的優位に直面して悪に対する戦いを敢行し、徹底的に耐え抜いてきたのです。それがスペイン国民であります。私は固く確信しています、皆さん、この民族のこの戦いは数世紀にわたって輝き、常に人間の感情によって世界史上最大の最も英雄的な業績の一つとして祝われることになるでしょう。私たちは今の成り行きを最終的なものとして見ることを拒否します。卑劣にも裏切られたチェコスロヴァキアの場合におけるようにそれを拒否します。高貴さの香りのない、栄誉のないフランコの勝利は、スペイン史の終わりでもなければ、ヨーロッパ史の終わりでもありません。今日運命の歩みは速く、時々刻々ヨーロッパの今日の状態はある破局へ、ある変革の中に流れ込んで行くに違いないという思いが募ってきます。この変革は何らかの形で、この数年に行われたあらゆる不正に対する贖罪をもたらすに違いありません。そしてその時には、スペインの自由の闘士が戦い取った道義的勝利が歴史によって確認され、政治的現実となるでありましょう。

〔一九三八年六月六日付日記の注（1）参照〕

〔「平和のための世界集会」パリ会議に寄せるメセージ〕

皆さん、

個人的事情のために、あなた方の討議に直接参加出来ないことを私はたいへん残念に思いますが、以下の数行の文章をどうかあなた方の討論へのささやかな協力としてお受け取り下さい。

私は、作家の生活およびその生き方と、作家の政治問題への積極的参加との間にある異論の絶えない矛盾を完全に否定するものではありません。(むしろ)私はそうした態度を認め、すべての政治的信念の表明に対しては、それとなく控えめに対処しております。

何らか自制力を働かせることは、今日適切なことと思われますが、(だからといって)私が誇張していると非難されることはないだろうと思います。芸術と生活の境界、一般的に言って、人類の多様な領域の境界は良く知られるようになりました。今日、「全体性」ということがよく話題になりますが、この概念が「国家」に適用される限りでは、そこにはなにか恐ろしい非人間的なものがあります。まさにこの語義の中には、芸術家が共同生活の諸問題について発言するとき、一人の人間としての抗議が、とりもなおさず人類の抗議と解されるものがあります。

しかし今日ではもう一つの全体性が、これまでにも増して内面の問題になっております。人間それ自身にかかわる諸問題の統一という人類の全体性です。われわれの前に一つの要求、一つの課題として提起され、それを前にしては、精神と芸術を別々の領域として引き離すことの出来ない全体性です。政治と社会は、避けることも、否定することも出来ない人類の共通部分として認められ、誰にも無視出来ない人間の問題の一面、人間の使命の一つとして認められています。それを無視すれば、本質的で決定的なものとして政治と対立せざるを得ない人間そのものに背くことになってしまいます。「政治的なもの」の領域では、今日人間それ自身の問題がいかなる時代も知らなかったように、死の危険を孕むほど極めて深刻にわれわれに提起されています。まさに、自己の運命そのものによって本来的に人類のもっとも危険に晒された部署を占めている作家たちは、決断を回避するわけにはいかないでしょう。

ある美しい文章の中で、ゲーテはこう述べています、「芸術が対象とするものは、困難かつ良きものである。」今日世界で問題となっている、困難かつ良きものとは、平和です。今日人間にさまざまな義務を課しているのは、平和です。ほかならぬその平和のためにこそ、われわれは義務を果たさなければなりません。戦争は、人々を疲弊させる矛盾した恥ずべき怠慢となりましたが、芸術家は自分の意に叶うと叶わざるとにかかわらず、この怠慢を全体主義国家と同様に創造的本能の最深部から捨て去らねばなりません。

われわれの目は今スペインに向けられていますが、スペイン国民に対して抱いている深い尊敬の念を新たにする時がやってきました。スペイン国民は自由のために戦い、精神的には勝利している、感動的で模範的な戦いを続けております、たとい結果が、この世の多くの事柄と同様に、精神と人類の願いに反して悲劇に終わろうとも。

卑劣にもヨーロッパがこの戦いでどんなに裏切りを働こうとも、われわれはそのような不幸な結末は考えたくはありません。一国民が壮烈で絶望的なまでの粘り強さと苦い思いで暴力に抵抗しているのに、その暴力によって、外国の子分と手先による平然たる民族支配が保証されるなどということが考えられるでしょうか。

私は、もっとも素晴らしかった時代と同様に、国民感情が自由への愛と結びついている現在のスペイン共和国の防衛は、今後幾世紀にもわたって輝きを放ち、最高の栄誉を与えられて、人類の歴史の中に記憶されるであろうと確信しております。なぜなら、この歴史がファシストの手によって書かれることはまったくあり得ないからであります。

〔一九三八年七月二十一日付日記の注（2）参照〕

回状

この文章の署名者は、政治を久しく芸術家にはかかわりのない領域で、自由な精神が生み出す作品によって自身の国民と人類に奉仕することのみを自身の任務と見てきたドイツの作家であります。しかし人生はこの作家に人間の問題が一つのまとまりであり、純粋に精神的なもの、文化的なものから政治的なものの分離を許さない真の全体性であること、政治的なものが、いかなる醒めた良心によっても忽せにされることのない人間的なものの部分領域であることを教えてくれました。そしてこの最近の数十年間にドイツと、ドイツとともにヨーロッパがくぐり抜けてきた運命は、この作家にたびたび精神的人間として自分の義務を政治的信条告白によっても果たすよう促してきました。ヒトラー主義によるドイツの災難は、この元々非政治的な作家を、この軽蔑すべき政権によってドイツの名で行われている恥じるべき濫用に対して、魂の底から抗議する人間に仕立て上げてくれました。ドイツの災難はこの作家を亡命者にし、政治的闘士に仕立て上げたのです。

したがって私は、この極めて危険な時にあたって次のような声明と保証とともに登場するとしても、それは新しいことではなく、不遜を云々される問題でもなく、まさにあの義務感の問題なのです、

すなわち、ヒトラー支配の年月において私はいかなる政党にも結びついていない人間としてドイツ内外のあらゆる政党や潮流の政治的サークルと接触を保ち、右から左にわたる野党グループの代表者たちと重ねてきた包括的討議に基づいて以下のように証言できます、

あらゆる方向の政党、身分、職業の幾百万のドイツ人は、ドイツを破滅に導く男とヒトラーを見ている。また人々は、ヒトラーの失脚こそドイツを救い、戦争の勃発を阻止し、

体制が戦争を強いるならドイツが破滅する前にこれを終わらす唯一の手段と見ている。私は、ヒトラーに対する戦いを協同して行う用意があり、国民社会主義政権の崩壊後新しいドイツ、秩序と正義、人間らしさと自由のドイツを創り出す用意のある政治諸勢力を知っている。ヒトラーのあとには混乱がくるというナチのお伽話に、誰も驚いてはならない。ヒトラーが混乱そのものなのだ！　この混乱を終わらせようではないか。世界が恐れているのは戦争なのだ！　世界はドイツを恐れてはいない！　戦争になれば世界はドイツに立ち向かうであろう。ヒトラーが世界を反ドイツでまとめたからだ。戦争に唯一責任のあるヒトラーが権力を握っているかぎり、私たちには名誉ある講和の展望はない。

　ヒトラー以後に現れる自由と正義の政府は、ドイツを壊滅から救うことが出来よう。その目標は、自由な統一されたヨーロッパにおける、自由な統一されたドイツであろう。

　ドイツ国民よ、世界がドイツ国民を敵視して徒党を組んだのではないことを知れ、ドイツ国民の唯一の敵はヒトラーなのだ！

〔一九三八年九月四日付日記の注（2）参照〕

〔来るべき人間主義〕
『自身の世界観について』ドイツ語原文の草稿

私の哲学的理念あるいは確信——どう呼べばいいのでしょうか——従って私の世界観——あるいは世界感情と言えばよいのでしょうか——それを詳しい信条告白の形にせよ、簡単な言葉にせよ、表現することは、私には著しく難しい仕事であります。世界に対する、存在の問題に対する私の態度を間接的にイメージとリズムの手段によって描き上げる習慣は、理論的な信条の吐露とは対立するものであります。そして今日のように答弁を強いられると、「宗教をどう考えていらっしゃるの」と善良なグレートヒェンに尋ねられたファウストのような気がします。

　あなた方は私を相手に教理問答をしようという意図はお持ちでないでしょう、しかしあなた方の照会はそれとあまり異なるところがないのです。私の場合はどうかと言えば、哲学的よりは宗教的に説明するほうが、容易だと思われます。確かに私はあらゆる宗教的不遜さを欠いており、ある種の人々の唇から「神」という言葉が洩れたり、あるいはもっと注目すべきですがそのペンで書かれたりする際の軽々しさには驚かされます。宗教的領域への態度におけるある種の慎ましやかさ、いやそれどころか当惑の方が、思い上がった自信以上に、私のようなものには相応しいでしょう。私たちは迂路を通じてのみ、すなわちこう表現することが許されるなら、宗教的なものの概念が世俗化され、その宗教的性格をさしあたりは放棄して、人間的宗教的なものでで足れりとする比喩や象徴を通じてのみ近付くことが出来るのです。

最近私はある友人学者の論文の中でラテン語の religio という言葉の由来と意味の変遷について読みました。religio のもとになる動詞 relegere あるいは religere は〔原稿「レリギオXからXへ」〕悪くなったもの。

したがってその芸術作品ばかりでなく、善、真なるもの、そして精神によって求められたものへの深い気配りや深い努力を通して芸術家、詩人は宗教的人間であるというのでしょうか。そうであってもらいたいものです。結局ゲーテも、人間の運命を愛すべき言葉で讃えた時、そのように考えていたのです。

「永遠に正しいことを考えていく者は
永遠に美しく偉大なのだ」

私は他の説明をするつもりはありません。私や私のような存在にとって宗教的なものは人類の中に埋め込まれているものなのです。――このことを私の人間主義は人間の神化を狙っているのだというふうに理解しないで頂きたいのです。まことに、そのように理解するきっかけはほとんどないのです。この厄介な種族が問題になる場合、人間についての痛烈な、荒々しい日常的真実とは合わない楽天的な祝辞的な言い回しに物を言わせようという気に誰がなるでしょうか。いったい人間に帰せられない悪徳があるでしょうか。人間の将来についてしばしば完全に絶望的に考え、天上の天使たちは創造の日から、主なる神がかくも問題のある被造物に示している訳の分からない関心に眉を顰めているというふうに理解しない人がいるでしょうか。しかも事実はその通りなので、――それも、かつてより以上に今日そうなので――あまりにも理由のある懐疑に誘われて、人間蔑視に走ってしまい、おかしな性悪さにかまけて、人間のうちに芸術や学問として、真理への衝動として、美の創造、正義の理念として現れている偉大なもの、尊敬に値するものを忘れてはならないでしょう。しかもそういうことであってみれば、「人間」とか「人類」という場合に触れる偉大な秘密に対する感受力のなさは精神の死と言えるでしょう。

精神の死。この言葉は威嚇的に宗教的な響きを有しています、生の危険を感じさせる厳粛さの響きがあります。事実今日ほど厳しくなかった時代が知らなかったそのような究極の決定的な厳粛さとともに、私たちには今日人間の問題、信念の問題が提起されているのです。あらゆる人間にとって、しかしとくに詩人にとってその場合、精神的救済か、滅亡かが問題であり、宗教的に言えば、魂の救済が問題なのです。私は確信していますが、今日人間の信念の問題、政治的に提示された人間の問題を前にして無力となり、精神の問題を裏切ることになる詩人は、破滅した人間なのです。そういう詩人は萎縮せざるを得ない、――その文学性、その「才能」を失い、もはや人生に役立つものを生み出せないということによってばかりでなく、まだこの罪を知らなかったころに創作されて、かつてはよいものであった以前の作品すら、よいものであることを止め、人類の目の前で塵芥と化してしまうからです。これは私の確信であり、私はこのような例をいくつも眼前に見ています。

〔人間を偉大な秘密と呼んだのは私の言い過ぎだったでしょうか。人間はどこから現れたのでしょうか。動物的な自然の中からです、そして人間は紛れもなくその自然に従って行動しています。しかしその人間の中で自然は意識に到達します。自然が人間を生み出したのは、人間を自身の主人にする――これは、より深い問題の表現です――ためばかりではなかったようです、人間の中で、自らを問い、自らに感嘆し、自らを判断するのです。意識に到達するとは、良心を得ることであり、善悪を知ることであります。人間以下の自然はそれを知りません。自然は罪を知りません、人間において自然は罪を知るのです。人間は自然の堕罪でありますが、しかしこれは転落ではなくて、たしかに、良心が、無垢より高度のものであるように、格上げであります。キリスト教が「原罪」と呼ぶものは、人間をおさえつけ支配するための聖職者のトリック以上のものでありま す、――それは、人間が精神において見下す、自然な虚弱さ、欠陥を有する精神的存在としての人間の深い感情であります。これは、人間に対する不実でありましょうか、全然そのようなことはありません。何故なら自然は自身の精神化のために人間を生み出したからです。〕

これは、キリスト教的人間愛の思想であります。そして、西欧的人間的本性の文化的キリスト教的性格を強調する考え方を支持する事情が、二、三あります。しかし今日、僭越にも、「キリスト教を克服する」と称している半教養の賤民たちは気分の悪い存在でありますが、将来の人間愛はキリスト教的心霊主義、肉体と魂、生と精神、世界と真実の二元論に尽きるものでないことも確実であります。――その人間愛とは、あの生成過程にある、あらゆる考えられるかぎりの努力、研究が析出する新しい世界感情、人間感情で、そのためにより良き心の持ち主の人々は、今日そのために努力を重ねてきているのであります。

私の確信するところでは、私たちが行っていることの中で、この新しい人間的なパートスの誕生に奉仕することのみが肝要であり役立つものであり、その庇護と掟のもとにおいて人類は、原罪の苦悩に溢れる支配性喪失時代を経たあと生きることになるであろうし、私自身の分析的、総合的試みも、それがこの生成過程と、予感的、手さぐり的、試験的関係に立つかぎりにおいてのみ意味と価値をを持つのです。実際私は、先行の人間主義とは色調の点でも根本気分の点でも性格的に区別される新しい第三の人間主義の到来を信じています。楽天的な祝辞的な表現、人類へのおもねりとは遠く隔たってのことですが、この人間主義は、以前の人間主義が全然知らなかった多くのことを切り抜けてきたことになるでしょうし、人間のもつ悪魔的なものと暗黒の部分についての極めて勇気ある知識、人間の根源的に自然的な部分についての極めて勇気ある知識とその超生物的精神的尊厳に対する畏敬の念とを結びつけるでしょう。新しい人間愛は普遍的であるでしょう――そして芸術的であるでしょう、それは人間存在の途方もない魅力と価値を、自然と精神の両王国への人間存在の帰属のうちに認識するでしょうし、その中に、ロマン主義的な葛藤に富んだ、悲劇的二元性ではなくて、実りある魅力的な運命と選びの統一を認識し、そこに、悲観主義と楽天主義が相殺される、人間への愛を築き上げることになるでしょう。

　私は青年時代、生と精神、感覚性と救済、のロマン主義的悲観的な対照世界に夢中になっていました。そこから芸術はかならずしも正統的で十分な価値があるとは言えないにしても、非常に力強く興味深い効果を引き出すことが出来たからです。要するに私はヴァーグナー心酔者でした。しかし、成熟と呼ばれていることとなにがしかの関係があるのでしょうか、私の愛と極めて深い注目は、年とともに、はるかに幸福な、よりためになるゲーテという模範に向けられました、――言ってみれば、ゲーテを人類の寵児にしたあの魔力《デモーニー》と都会性の見事な統一に向けられたのです。私が、私の生涯の主要作品になっていく叙事的な仕事に「天上からの祝福と地下に横たわる深みの祝福で祝福された」主人公を選んだのも故なしとしません。

　父親ヤコブが、祝福あれかしと願うのでなく、すでに祝福されていることを確信して、祝いの言葉としてヨゼフに語るこの祝福では、私の人間愛の理想が最も短い形で表現されています。精神と個性の王国の中に暗黒と光明、感情と精神、知識、明るさ、初原性と洗練の統一として人間化された秘密としてこの人間愛の理想が現れるところならどこであろうと、私の心、私の肯定、私の深い心構えが寄せられるのです。正しく理解していただきたいのですが、私は、野蛮なものを洗練すること、つまりロマン主義的洗練を言っているのではありません。私は醇化された自然のことを、文化を、芸術家としての人間のことを言っているのであり、自己自身への苦しみ多い道を行く人間の導き手としての芸術のことを言っているのであります。

　人類へのすべての愛は未来の理念と結びついており、芸術への愛も同じです。芸術は希望であります……人間の将来にとっての希望は芸術にかかっているとは申しません、しかし芸術はあらゆる人間的な希望の表現であり、あらゆる、うまく均整の取れた人間的性格の典型なのです。私は信じたい、いや、確信しているのですが、精神によって制御されない芸術、黒魔術としての芸術、頭と関わりのない、無責任な本能の産物としての芸術を非常に軽蔑する未来が来ようとしている一方で、私たちの時代のような人間的に弱い時代はそういうものを前にして死んで行こうとしています。芸術はもちろん光と精神ばかりではありません、しかしそれはまた、大地の地下の生み出す暗黒の酒、盲目の産物であるばかりではありません、「生」であるばかりではないのです。芸術精神は、これまでより明らかに、幸福に、未来においてより明るい魔力としての自己を認識し、感得することでしょう。精神と生の間の、翼をつけた、ヘルメス的な、月に似た仲介者としての自己を認識し感得するでしょう、しかし、仲介役そのものは精神であります。

〔一九三八年九月七日付日記の注（1）参照〕

〔訳注〕上記の文章には、トーマス・マン自筆の原稿があるが、文中の欠落部分の断り書きも、トーマス・マン自身のものである、ただし「原稿「レリギオXからXまで」とあるその原稿のオリジナルは見当たらなかった。また途中〔 〕で囲んだ段落は始めと末尾数語宛をのぞいて欠落しておりその代わりにマンの自筆で〔『デモクラシー』十六ページ、人間を生み出したからです、まで〕となっている。ここでは『来るべきデモクラシーの勝利』の当該段落をそのまま訳出しておいた。

〔一九三八年九月十三日チューリヒ・シャウシュピールハウスにおける『ヴァイマルのロッテ』の朗読に先立っての挨拶。草案〕

皆さん、これから私のささやかな朗読に入ります前にこの劇場の運営に当たられている方々に対して、私のアメリカへの出発前夜になお一度チューリヒの方々の前に登場する機会を私に与えるという素晴らしい発案に対してお礼を申し上げることを許していただきたい。

私は心底から嬉しく此の機会を捉えました。というのは、私はこの機会を、今日この場に相応しい広範にわたる感謝、チューリヒの客に対する厚遇、優しい避難所、私に長く許された仕事の平穏さへの感謝の表明のために捉えることが出来るからです。これは深い悲しみに暮れるきっかけではありません、—本当にヨーロッパから別れるというわけではないのです、そのようなことは内的に不可能であります。そして私は、事情が許すかぎり、この別れを毎年戻ってくることで空間的にも帳消しにしようと固く決心しています。しかし外的な生活の重点はやはり、私を呼んでいる大きな、若い、可能性と任務に富んだ、大洋の彼方の豊かな国に移ります。一年の大半を私は今後そこで過ごすことになるでしょう。そういうわけで今この時間を領するものはやはり締めくくり、別離の気持ちであり、それが、感じていることを語ることを正当化してくれるどころか要求さえするのです。

私は、あなた方の中で、この美しい気品ある生き生きした市内で、その丘で、その森で過ごすことを許されたこの五年間を決して忘れないでしょう。私たちを住まわせてくれたキュスナハトの家を、たびたび、朗読や談話の親しみに満ちた夜毎の集いの舞台であり、孤独の時間に私たちが芸術と呼ぶ、善と正義のための象徴的努力に心魂を注いで多少なりとも成功を収めた、湖を望む私の書斎を忘れはしないでしょう。ここで私は、自分で最も成熟した本だと思っていますが『エジプトのヨゼフ』を書きました。ここですでに青春時代に由来する夢、ゲーテ自身について語り、ゲーテの姿を私の言葉で蘇らせるという夢を実現に近いところまで持ってきましたし、その間再三批判的信条告白によって人々の蒙をひらき、より良き時代の内的な準備に出来るだけ寄与しようと試みたものです。

　その傍ら、私はあなた方の間で生活し、あなた方の山の大気を呼吸し、あなた方の文化生活を共にし、あなた方の高い均整の取れた文明に安全に包まれているのを感じ、成り行きのまま、別離、ないし別離らしきものがこの時局を支配している今日、この五年、感動的に優しく祝われた私の六十歳の誕生日もこの五年の間のことでしたが、この五年がいかに私をスイスの生活、スイスの風景、スイスの人情に結び付けてくれたか、に本当に気が付きました。いや、私はこの人情、その実直さと繊細さ、その温かみと取り付きにくさ、その陽気さと心的な難しさ、その誇りと不信を理解することを学んだと信じています。しかし理解と共感と肯定は常に相互に照らし合い、急速に一つのものになります。いつ世界の何処でスイスの特別な人情に判断、考量が及ぶことがあろうとも、私はこの人情のために、私自身の経験から太鼓判を押そうという気持ちになります。

　近くにあろうと、遠くにあろうと——私の心底からの感謝の願いは、この国、この自由の超国民的共同体、空間と数からすれば大きくはないものの、しかし多様で、以前から、将来のヨーロッパ共同生活の予備形態であったこの国と結びついています。変化する世界の直中にあってこの国は、上面しか見ない目には変化することのない牧歌、一種の自然保護公園のように映るかもしれません。しかしよく分かっているのですが、私たちの不安な移行期の問題性は、スイスの領域にも手を伸ばして、その人間に重荷を負わせ、その生活意欲と適応能力に挑発を進めています。スイスの国民に対して、この問題解決のためのその格闘に、運命によって二つのものが与えられますように、その一つは平和であり、——もう一つは平和に近似している宝物、スイスの全存在の基礎であり、スイス国民が、他のどの国民以上に愛していもし、それに値するもの、すなわち自由であります。

〔一九三八年九月十一日付日記の注（2）参照〕

〔ニューヨークにおけるチェコスロヴァキアのための集団デモンストレーションでの挨拶〕

よい演説をするために私の英語の知識はまだあまりにも弱く乏しいが、私の気持ちを文学的な形で表現することは不可欠ではない。重要なのは、その気持ちを表現することである。私はあっさりと、常に私は平和を愛してきたし、戦争を憎んできたと言いたい。

私は戦争を今も憎んでいる。しかしヨーロッパと全世界が、文明と自由を求めているのに今分割され、奴隷化されようとしている小さな国に対する恐ろしい計画に抵抗もせずに妥協するようなことになれば、それは恥辱であり不名誉である、と私は感じる。

二日前、実際にヨーロッパが、イギリスを先頭に、平和をすくうためとして、この犯罪に妥協しそうな様子になった。私は、ありのままに言わざるを得ないが、平和主義者としての私は、そのような平和を戦争以上に憎悪する。そしてこの気持ちを共有する人々がいることを私は知っている。

きのう私はある汽船でヨーロッパから到着した。その汽船にはアメリカ人や、他の国々の市民が溢れていた。四十八時間の間これらの人々は極めて深刻な意気消沈状態にあった。これらの人々はヨーロッパから届いたニュースのことを考えると食事はのどに通らず、眠ることも出来ない、と断言していた。

そのような不名誉な平和の中に生きるよりは死ぬことを選びたくなるような痛ましい状態、そのような絶望に私たちを置くというのは何たる平和であろうか。アナーキー、不正、残酷な力の権力を必然的にもたらし、国家を分割し、ヨーロッパ大陸を先祖帰り的で犯罪者的な狂信者の意思のままに抑圧するとは、何たる平和であろうか。

歴史はそのような平和を守るあの政治家を承認するだろうか。平和は他の品位あるやり方で、とくに文明の敵に対する民主主義諸国家の決然たる態度、間然するところのない断固たる連帯によって守ることが出来る。

平和の維持に掛かるのが、イギリス政府は遅きに失した。可能性を次から次へとやり過ごしてしまった。平和を維持する——これは今日、諸民族の任務であり義務である。私たちは、イギリス国民が自分たちの政府の運命的な誤謬に激しく反発しているのを見て、満足を覚える。

しかし今やドイツ国民の行動の時である。ドイツと全世界を奈落に引きずり込む政権からドイツ国民が自身を解放するとすれば、自身の任務を果たすことになろう。ヒトラーは倒されなければならない！　これが、そしてこれのみが平和を維持することになろう。

〔一九三八年九月二十五日付日記の注（2）参照〕

〔ベネシュ上院議員の紹介のための挨拶〕

この国に落ち着いたばかりの私がこの会合において尊敬すべき賓客を紹介するよう求められるとは、望外の名誉であります、そしてこの名誉は、私がこの賓客が代表する高貴な共和国の市民であるという事実に負うものと考えており、この国の質の高さについて私はここ数日来従前以上に誇りに思っています、そしてこの誇りは、苦痛と怒りの産物であり、厭うべき犯罪について考えるとき私たちすべてが覚える恥辱感の産物であり、最近においてこの犯罪の対象になったのは、高度の教養の持ち主たちによって導かれ、平和のうちに文明に奉仕することを願っていた勇敢で優しい国で、これが寸断され破壊され、ヨーロッパによって、イギリスの政策によって欺かれ、成功と版図の拡大に飢えているドイツ・ナチ政府への犠牲に供されたのです。

　平和を維持するためには、この非行は必要だったと言う人々がいます。それは真実ではありません。平和は別の形で、名誉ある方法で、すなわち民主主義諸国の断固たる態度と決然たる連帯によって維持出来たはずです。独裁諸国はこれには抵抗出来なかったでしょう。戦争はまだ始まらないうちに、まだ戦争にならないうちに、独裁諸国の負けとなったはずです。二人の独裁者は戦争になった瞬間に負けとなるでしょう——事実、この独裁者たちはすでに負けているようなもので、独裁者たちの国民は彼らに対して立ち上がろうとしていますが、イギリス外務省の大臣閣下が独裁者たちを扶けてしまったのです。文化、道義性、自由そしてあらゆる民主主義的理想とは無関係に大臣閣下は独裁者たちの政権を長い間延命させ、自発的にチェコスロヴァキアをヒトラーに渡すことで平和を創り出しました。大臣閣下は単に一小国を裏切り、売り渡したばかりでなく、民主主義の理念そのものを裏切り、売り渡し、正当化出来ぬやり方で世界における悪の強国を強化したのです。私は大臣閣下個人とその周辺の人々について語っているのです。イギリス全体がそうだと言うのは公正ではないでしょう、と言うのも、あの国の多くの人々も私たちと同じように感じていることが分かっているからで、イギリス海軍提督のトップに立つダフ＝クーパーのような人物は、自らをあのように有罪にした政府に抗議して政府を離れました。

　ミスター・チェムバレンの行為に対しては、別の歴史的機会に語られた言葉、それは犯罪ではない、それは過失なのだ、を使えるかもしれない。おそらく自身ではほとんど意識していないで使っているマキアヴェリふうの用語に引きずられて一人の老人が私たちに泣かんばかりの声で、自分の唯一の仕事は平和を保持することであります、と語るのです。しかし平和は存在していませんし、これから存在することもないでしょう。ミュンヒェン会談の結果として平和の新時代が始まろうとしているなどと信じる人々は、恐ろしく落胆するでしょう。私たちは今ヨーロッパに軍縮を見ているでしょうか、そしてヨーロッパ諸国は、常々戦争のために用いていると同じ額を文化的関心のために費やそうとしているでしょうか。ドイツはその内政に変更を加え、強制収容所を解体し、思想と美術に対する自由を与え少数人種の野蛮な扱いぶりにストップをかけ、文明に立ち帰るでしょうか。断じてそのようなことはありません。それは、現在ドイツを支配している低級な種類の人間の本質に反することで、その傲慢さたるや止まるところを知りません、ミスター・チェムバレンがヒトラーに反対するより良きドイツのすべての反対派を、チェムバレン氏がヒトラーに与えた破局的成功によって、落胆させ、意気阻喪させて以来のことです。

ヨーロッパの平和？　大戦後ヨーロッパが繁栄出来なかったのは、その基礎たるヴェルサイユ条約が不道徳な条約だったからだと言った人がいました。そして私たちは、チェコスロヴァキアに対して犯された裏切りのような不道徳を基盤にした平和が永続し繁栄するものと信ずべきでしょうか。

私はこれ以上語れません。世界の最善の部分の人々すべてのように、私は最近の出来事によって魂を病んでいます。私たちには、待って、見ている以外なにも出来ません。しかし私たちには、犠牲になった故国のために今語ろうとしておられる方に挨拶し敬意を捧げることによって今日非常に深く傷つけられている諸理念への忠実さを宣言することは出来るのです。私は、私どもの賓客である、エドワド・ベネシュ大統領のご兄弟ヴォイタ・ベネシュ上院議員をご紹介します。

〔一九三八年十月三日付日記の注（1）参照〕

〔「書籍と筆者・午餐会」ニューヨーク、における挨拶〕

私は思想と表現が自由である国に住むことが人間にとって何を意味するかを定義することで、ここでの討議に数語寄与することを求められました。さよう、それは簡単なことです。個人にとってそれは人権を享受するという計り知れぬ満足を意味しています。それは、あなたの仲間の人間に、あなたが個人的に考え感じていることが真実であることを語り得ることを意味しています。このことを、あなたの能力の限りをつくし、あなたにとって真理への愛と真理への探究と関わりのある美的な形式で行い得ることを意味しています。民衆全体にとって、それは真実を知る権利を意味し、真実を聞いたり学んだりする機会を意味します。その雰囲気たるや無料の呼吸の機会と等しいものでありましょう。そこには一般的な感情——おそらく証明は出来ないものの、それにもかかわらず深くに根ざしている感情——真実の雰囲気は虚偽の雰囲気よりも人間の心的肺にとって健康的であり、倫理的な血液構造に滋養になるという

——感情が存在しています。

私は自分のこの確信をおそらくは証明出来まいと申し上げた。状況は実際にはそれよりも悪いのであります。多くの人々が、私たちには真実が必要であること、人間の生活と健康にとって価値があるのだということを疑うか否定しています。誰でしたかタレイランに「どうお思いですか、人間は生きねばなりませんが」と訊ねました。するとタレイランが答えて「私はその必要性があるとは思わない」と申しました。これが人生全般について言えるのであれば、真実についても言えるかもしれません。そして極めて痛切な思いで言われています。ヘンリク・イプセンは十九世紀に、人間にとって——少なくとも平均的人間にとって必要な「人生の嘘」について語りました。しかし耐えがたい、あるいはまさに致命的であるかもしれない真実に対抗して、この悲観的な嘘の擁護によって、イプセンが何を考えていたか、誤解しないようにしようではありませんか。この考え方の源泉は理想主義でした。それは真実愛から非常に重々しく禁欲的に発して、まさに生活が幻想的性質のものであることを認め、真実の純粋な理想をそれの犠牲に捧げようとせんばかりでした。

それは、羽目を外した禁欲主義でした。それは、厳粛な魂の自己犠牲でした。しかしあらゆる禁欲主義は不自然であります。私たちはこのようなふうに考える必要はありません。ゲーテは違った考え方をしていました。ゲーテは、真理愛について、私たちが天才という高度の人間から要求しなければならない、第一究極のものとして語っているばかりではありません。ゲーテは続けてこう言っています、「私は有益な嘘よりも有害な真実の方が好きだ。真実はそれが与えたかもしれない傷を癒そうとする」。そしてまた続けて言います、「有害な真実は、その瞬間だけ有害なのだから、有益であって、常にますます有益にならざるを得ない他の諸々の真実にわれわれを導こうとする。一方有益な嘘が有害なのは、それが益になるのが瞬間だけのことだからで、常にますます有害にならざるを得ない他の諸々の嘘へと導こうとする」。

ご覧のように、まさに実際的な理由で、生活に基づいて、ここでは真実が健康的であり必要であることが示されています。それは気紛れな理想主義ではありません。それは単純に人間的なのです。自国の欠陥について自由、率直に語ることが出来、それを批判し、それについて真実を語り、世界で何が起こっているかについて真実が語れる国は健全であるに違いありません。公衆を真実に触れさせない国は、一瞬成功するかのように見えます。しかし私たちの健全な判断力は私たちに、その国の公衆生活は病的で不自然であると語ります。

こうして、皆さん、私は皆さんが私に投げかけた質問にごく単純に可能な方法でお答えしました。私が何を考えようと、意見が自由に語れる国に生きているというのは利点であります。しかし、補足して申し上げたい、私は母国での生活を放棄して、あなた方の間で生活しにやってきました。そして私の理由というのは、単純にこう言うことであります、アメリカでの生活とヨーロッパでの生活の差異というのは今日、正確に譲渡すべからざる人間的価値としての真実を信じると信じないとの差異であります。私がアメリカに来たのは、アメリカが美徳の天国でありデモクラシーの理想のもっとも純粋な形式であると思ったからではありません。私は新しい住居にいかなる幻想も持ってはいません。薔薇色の期待に溢れて当地にきた人々が失望することになるのは目に見えています。私は、この巨大で活発な国が困難、不完全、人間的な欠陥に満ちた人間的な社会であることを知っています。しかしアメリカが真実を賭するのは、その若さと強さ、その豊かな生命力の結果であるかもしれません。言葉に表現された真実はここでは自由であるばかりか、尊敬され、共感され、大胆に勇気付けられます。それに反して旧世界では真実と言葉が同一で分けがたいと信じることにこだわる人間は次第に殉教者の運命におちることになります。

一般化したりあまりにも単純化するのはよくありません。ある国々は真実に対する侮蔑を宣伝し、真実の反対物を生命と征服を促進する力として王位にまつりあげたのです。独裁者の国々では真実の双子の姉妹である自由を殺してしまいました。これらの国々は政治的なものとモラルが分かちがたい一体のものであることを私たちに明らかにしてくれました。これらの国々は、私たちが民主主義と呼び、確かにかつて存在したこともないし、おそらく純粋な形では世界のどこででも実現されえない政府組織が、それにもかかわらず自由の理念ばかりでなく、同じように真実の理念と深く係わっていることを立証してくれました。そして反対にこれらの国々は、独裁国の基盤が単に不自由であるばかりか、嘘もその基盤であることをさらけ出したのです。

過去数週間私たちは、いまなお民主的と自称しているヨーロッパの政治家たちがまさに破滅しようとしているファシズムを意識的に慎重に破滅から救おうとしているドラマの観客としてぞっとするほどの苦しみを覚えました。このヨーロッパの政治家たちはファシズムを救い、これに新しい圧倒的な力を授けてしまいました。この政治家たちはヨーロッパをファシズムに譲り渡したと言っても過言ではありません。そして私たちが最大の苦痛を覚えるのは、この政治家たちの行動に絶対的な道徳的無責任がうかがい知れるところであります。それは、この政治家たちが大陸の道徳的、精神的、文化的生活に加えた打撃についての完全な感覚の欠如でありました。そういうことなので、この政治家たちのとった方法そのものが嘘であったと知っても、私たちは驚くにあたりません。

まさに第三帝国そのものが国会炎上の憎むべき嘘に基礎をおいているように、ヨーロッパにおけるファシズムの安定もまた嘘を基盤としています。人々は欺かれてきました。人々の不安な平和愛は、選択の余地は一つしかない、あらゆる戦争のうちで最も戦慄すべき戦争か、デモクラシーの理想に忠実な、他国を信じやすい小国を犠牲にするかの二つに一つしかないという意見に誑かされたのです。真実は極めて慎重な制限を受けることになりました。人々の目は、自分たちがいかに欺かれてきたか、ファシズムを、自分たちがボルシェヴィズムと呼んでいるものに対する防壁と見るほどに愚かな階級国際主義のために人々の正当な平和愛がいかに利用されてきたかを見抜くほどにはまだ開かれていません。私は、アメリカこそ、公衆が最近の危機の本質と諸国の犯罪的な裏切りに対する澄んだ洞察力をもつ唯一の国だと言わざるを得ません。

ヨーロッパはおそらく、今ではこの数十年の間に私たちの相続財産になっているとも言える暗黒と精神的不名誉から救われていたかもしれないのです。さよう、ヨーロッパは救われていたかもしれません――もしも二つの民主主義大国において言論界が、真の問題は何かについて人々に啓蒙する仕事を進んで果たし、また果たす能力があったとすれば、そして戦うに値するものは何であるかを言論界が人々に語っていれば、であります、それというのも、私の確信するところでは、ヨーロッパは、民主主義諸国の断固たる態度と自信とによって守護されたかもしれないからです。それがそうならなかったということは、これらの諸国の言論界がもはや自由でなく、その政府が起こったことを本気で防ごうとする気がなかったことを立証しています。

皆さん、これまで言われてきたことですが、一九一八年の平和が長続きしえなかったのは、その基盤である、強制されたヴェルサイユ条約が不道徳なものだったからです。そして事実として犯罪に、約束の違反と人々への裏切りに基盤をおいたこの最近の平和〔ミュンヒェン会談の結果生まれた一時的小康状態〕に祝福があり得るなどと私たちは信ずるべきでしょうか。それは、一瞬たりとも自己自身を信じることのない平和なのであります。それは極めて深刻な、正当極まりない自己不信に満ちた平和であります。諸国は自身の良心の咎めに抗して熱病的に次第に強力さをます武器で武装をしています。しかし平和は――平和は不自由と嘘とはいかなるかかわりもありません、不自由と嘘から平和は生まれることが出来ないのです。平和は自由と誠実の側にあります。暴力が、不自由と欺瞞の別名であるように、実際平和は自由と信実の別名であります。

私は、これらの道徳的な言葉を口にすると一種の羞恥を覚えますが、しかも同時に嬉しさも覚えるのです。この喜びは、私の若いころには無縁だったでしょう。教養ある人間ならそのような真実に対しては軽蔑を感じたでしょう、そういう言葉は繊細で懐疑的な感覚にとっては瑣末で無価値と見えたでしょう。しかし心の状態がこの地上で奇妙に変化しました。反動と不法と道徳的アナーキーの時代が始まりました。しかも、背理的に聞こえるかもしれませんが、精神は同じ時代に道徳性の新時代に踏み込んだのです。それは単純化の時代ということであり、善と悪との間の区別の慎ましやかな認識の時代ということであります。悪があまりにも粗暴俗悪な形で私たちに正体をさらけだしたので、私たちの目は善の尊厳と単純な美しさに対して開かれました。私たちはこのことを心にとめ、これを認識していますが、それによって、私たちの洗練の度合いが低下したなどとはいささかも感じません。

これは、精神の更新とも言えましょう。そして私は事実たびたび考えたのですが、このような精神の更新と単純化の時代はまさにアメリカの偉大な時と言えるでしょう。この暗い時代には西方世界の文化的遺産を守り育てることがアメリカの任務となるだろう、と申しました。アメリカの若さ、その尽きることのない道徳的新鮮さ、ヨーロッパのどこの国よりも聖書的、記念碑的なものの近くにあるその心的な気質は、この世界の危機にあたって、単純で力強い権威を込めて声を上げることをアメリカにとって相応しいものにしている、と私は考えています。ここには不躾なところはいささかもないでしょう。それはこの国にとって道徳的必然性となり、ヨーロッパの精神的治癒に向かって一助となりうるアクセントで語る、独立と自由の声でありましょう。荒廃し道徳的指導者を欠いた世界にあっては、アメリカは人間の内なる善と神的なものの強力な揺らぐことのない庇護者たりうるかもしれません。善と悪とを知り、自身の人間的不足を弁え、しかし暴力と嘘は軽蔑し、善に対する、自由と真実に対する、平和と正義に対する健全で活力溢れる確信をもち続けながらアメリカが、人間の内なる善と神的なものの庇護者の役割を果たしますように。

〔一九三八年十一月十日付日記の注（3）参照〕

〔アインシュタイン・メダルに対する感謝のスピーチ〕

皆さん、私が、公開のどんな華麗さよりも好んでいる形で私にこの栄誉と顕彰を示して下さるためにお出でいただいたことに、衷心より感謝いたします。

このメダルにアルベルト・アインシュタインの名を付けるというのは、このメダルの寄付者の素晴らしい見事な思いつきでありましたし、アインシュタイン自身がそれを私に手渡して下さるということは、それを受ける私の喜びと誇りを高めるものであります。アインシュタインはそれによって、一人の作家を飾ることになりますが、この作家は、自分の専門の分野である文学に、他の時代であればことによると文学が有していたかもしれない指導的な役割と精神的重要性が今日与えられてしかるべきとは毛頭考えていません。私はアルベルト・アインシュタインを世界的に有名な代表者〔とする〕現代物理学においては、文芸が案出しうるすべて以上に幻想的で、文学がなしうるすべてよりも、人間とその世界像にとって重要で変革的である事柄が進行していることを、少なくとも予感する能力は有しています。私から見ると、アインシュタインの非凡な頭脳を舞台として仕事場としているこの事態の革命的な秘密にアインシュタイン自身は包まれています。そしてその姿は、その姿から発して、目の前にいるのが現代のニュウトン、ことによるともっと偉大な存在かもしれないということを忘れさせてくれる素朴な優しさ、温かい明るさがなければぞっとさせる恐ろしいものを感じさせるでしょう。ただ時折相手が偉大な存在であることを深い尊敬を込めて想起することになります。そしてこの優しさと明るさは、偉大な学者とかならず結びついているわけではない人間味、暴力と嘘の力による人間の冒瀆から人類を守る用意のある自由と善意の信念の表現であり、この信念がアルベルト・アインシュタインをこの褒章の正しいパトロンにしていることも想起されるのです。

感謝をこめ、慎ましくこの褒章を頂きます、それというのも、私が世界における善の擁護のためにいささか寄与しえたものは、私の本質の必然的であるとともに、自由な、要するに自然な表明であり、自然なものに道徳的功績をうまく認めるわけにはいかないからです。オーストリアの詩人グリルパルツァーの言葉でこのスピーチを締めくくらせていただきます、

「私を讃えるな—羞恥を覚えることになるからだ、
私を非難するな—それは自分でする。
それが人生なのだ」

〔一九三九年一月二十日付日記の注（3）参照〕

〔バートランド・ラッセルへの回答〕

私はミスター・バートランド・ラッセル氏の声明「アメリカの中立の弁護」を、この明晰にして好意的な精神に対して注がねばならぬ注意力で読み、反論はしないことにします。ドイツの亡命者である私を受け入れてくれたこの大きな国に、戦争になった場合どうすればその確信と利益に奉仕できるかについて助言を与えようなどというのは、ドイツの亡命者には相応しくないでしょう。それにもかかわらず私は、バートランド・ラッセルの発言が、よく分かり、それどころか魅力的ではあるものの、私のうちにひきおこした二、三の疑念について、多くの人々が信じているように不可避な戦争においてアメリカは中立を守るのが得策だとする、その主要、最終命題とはまったくかかわりなく口を噤んでいるわけにはいきません。

ミスター・ラッセルはその論説の最初の段落で政治的左翼に対して、戦争になった場合、その戦争が「聖戦」のよ

うなものになるだろうなどと信じないよう警告しています。この戦争は、他のすべての戦争のような戦争、帝国主義的、経済的目的のための戦争になるだろう、とミスター・ラッセルは言います。私はかならずしも同意見ではありません。「聖」という言葉は単に美化の言葉であるばかりでなく、戦慄を孕んだ言葉であって、その復讐の意味は、人間の否定や肯定など軽蔑して歯牙にもかけません、そしてこれからやってくる戦争の「聖性」は、ヨーロッパが最近数十年の間に行動し耐えながら精神、モラル、人類に対して犯した耐えがたい破廉恥行為の論理的・道徳的結果である破局としてのその性格に客観的にうかがわれるでしょう。ましな人間すべての精神を病ましめ、道徳的飢渇に喘いでいるものに一服の清涼剤も与えない時代、嘘と下劣さとをとうてい考えられない悪の黙認によってかくまで支配されている時代が、これまで世界が目にしたこともない大殺戮に終わろうというのは、恐ろしいほどの正解で、自身の正しさに固執する精神にとってはその正解に、見通しがたたないほど恐ろしい裁きが私たちすべてのうちに溢れさせるあらゆる生物的な戦慄よりもまだ深い満足を覚えるのでしょう。

この戦争を呼び寄せ、戦争を教唆し、戦争がもたらすことになる荒廃に対する何らかの責任を負うことにならないよう天よ、私たち一人一人をまもりたまえ。むしろ災厄が訪れたときに、自分はこれを回避するために最善を尽くした、しかも諸勢力の台頭を抑え、肥大化させてしまったためにいつの日にか世界に戦争を強いることになるこの諸勢力の真の本質について啓蒙することに力の限り努力したと自身に言い聞かせることの出来るものに幸いあれ。しかしこの、戦争を強いられる日はかなり遠いように見えます、すなわちあの諸勢力から発して世界の秩序に向けられている道徳的、物理的威嚇に対する完全な洞察が、まだどこにも成熟していないし、おそらくは将来にも諸民族には与えられないからです。

〔一九三九年二月五日付日記の注（4）参照〕

〔ニューヨークの「世界作家会議」における挨拶〕

人間愛と文化とは同一のものに奉仕します。そしてこの同一のものとは、一つであって分かちがたいものであります。ただの一側面でもそれから排除すれば全体を破壊することになります。そしてこの側面の一つが政治的・社会的な側面であります。政治的・社会的側面を捨てることは、全体に対する威嚇ともなる突破口を開くことを意味します。

この事実を私たちはあらゆる民主主義体制の基礎として認めなければなりません。事実そのようなものとしての民主主義についても同じことが言えるのです。精神の政治的側面は民主主義にとって最も重要なものであり、これは政治的現実の理性的知覚を意味しています。私が、知的ドイツはとくに批判的能力を欠いていたという場合、私はドイツ人として私自身を批判しているのです。知的ドイツは生の政治的側面に対して鋭敏ではありませんでした。知的ドイツは政治を避け、政治を避けるのも文化の名においてしてきました。文化のドイツ的把握というと偉大にして美しいものすべての局面、音楽、哲学、心理学、倫理学を包括していました。しかし政治と関連のあったすべては軽蔑的に排除されました。これは私の余りにもよく知っているところであります。私は私の青春時代をずっと、文化の知的な、反政治的な把握の星の下で過ごしてきました。成熟してから初めて、知的なものと政治的なものの間にははっきりした境界が存在していないことを認識しそれを容認しはじめました。今日私は、ドイツ市民が人間は非政治的でありつづけても文化的であり得ると推定しているのは思い違いであると認識しています。私は、政治を理解する本能と願望を欠いた文化は危険な状態にあるのだということを認めています。要するに民主主義的理想への傾倒が私のうちで始まったのです。そのことを私は、私のうちにあらゆる反政治的伝統が存在していたにもかかわらず、はっきり表明せざるを得ませんでした。疑いもなく私はこのことを私の良き守護天使のおかげで理解することが出来たのです。もし私がこの時代に私の保守的、ドイツ的、反政治的立場にこだわっていたとすれば、今日私はどこにいるでしょうか、どちらの側に立っているでしょうか。それというのも、ドイツのすべての音楽も、精神の分野におけるそのすべての業績も、西欧文明の基礎を脅かしている暴力と野蛮に低級な形で屈従しないで済むようにドイツを守ってはくれなかったからです。ドイツは公民的な自由も道徳的自由も窒息させる全体主義の犠牲になりました。ファシズムは、あまつさえ政治を全体主義的にすることに成功しました。全体主義はその粗暴な国家権力の凱歌に向けてあらゆる努力を傾注しています。あらゆる人間的なものは消えてなくなり、あらゆる自由に限界が置かれました。ドイツ人は政治的自由などというものは、西欧諸国民の間で人気のある、修辞的で過度に飾りたてられた決まり文句でしかないと思っていました。そして今日私たちはその悲劇的な、呵責ない結果を認識しているのです。ドイツ人はファシズム国家の奴隷、全体主義政治の単なる部品に成り果てました。ドイツ人の転落は深く、改めて再生することがそのドイツ人に出来るものかどうかと、疑問が湧いてきます。

しかしドイツ人をこの恐ろしい試練から立ち上がらせようではありませんか。ドイツ人をファシズムから強いられたあらゆる屈従から生き延びさせようではありませんか。私たちは、この恐ろしい教訓が、ドイツ人の冒した誤り―すなわち文化の政治的側面をなおざりにした誤りをドイツ人が認識する助けになるものと期待することが出来ます。私は再三断言してきましたが、ドイツの事態が好転するにいたるまでにドイツ人は、自由という言葉を聞いただけで涙が溢れてくるほど、辛い思いをしなければならないでしょう。ドイツ人は今日そこからあまり程遠からぬところにいます。ドイツ人は自由、正義、人間の尊厳、人間的良心の諸概念を学び取ります。これらの概念が決して空虚な言葉などではないことを学びます。ゲスターポ支配下の六年がドイツ人に多くのことを教えたのです。

現在のこの瞬間運命はその歩みを進めています。政治的であることを拒否したドイツ文化は、ファシズムのテロ政治の犠牲になりました。ファシズムは西欧文明が私たちに理性的、人間的として理解することを教えた一切のものに立ち向かっています。ファシズムの綱領は権力への奉仕の名の下に文明のあらゆる原則の巧妙に考えた破壊であります。ドイツの公民は眼前に進行しているすべてを夢だと考えています。しかしこれは現実なのです！

ドイツの市民が反民主主義的であり得たのは、民主主義が文化の政治的側面以外のなにものでもないということを知らなかったからであります。ドイツの市民は、政治そのものが知的モラル以外のなにものでもなく、このモラルがなければ知性は破綻するということを知らなかったのです……そうです、私たちは善と悪とを認識することを学びました。悪は化粧気のない剝き出しの姿をさらけ出しました、そしてそのことが、善の美と尊厳に対する私たちの目を開かせてくれました。しかしかくも多くの下劣さを目にすると私たちは利己的な懐疑主義の状態から解放されました。すでに、自由、真実、正義といった言葉が私たちの口をついて出てきています。中世の修道僧がサタンの化身に十字架を突きつけたように、私たちはこれらの言葉を人類の敵に対置するのです。そして時代が私たちに宣告して科した精神的苦痛の総体は、ゴリアテに対するダヴィデの役割、暴力と嘘の年ふりたドラゴンに対する聖ゲーオルクの役割を選び取った理性の若々しい喜びに比べれば何ほどのものでもありません。

〔一九三九年五月九日付日記の注（3）参照〕

〔プリンストン大学名誉博士号授与にあたっての感謝のスピーチ〕

学長閣下、教授諸先生！

私がこの紙片を手にしておりますのは、この瞬間の感情にあなた方の美しい言葉で運を天に任せてどうにか生き生きとした正しい表現を与えようと望み得るにしては、私がまだあまり自信がないからであります。今日ほどこうした紙片に頼らずお話したいと考えたことはあまりありませんでした。しかしどうか、この紙切れは気にしないで下さい、私の言葉はこの書き物の助けを借りるとしても完全に自然に沸き上がってきたという性格を備えていることを保証いたします。私は結局のところ読むのではありません。あなた方に私の心の中から語りかけるのです。

これは美しい瞬間であります、何故ならこれは感謝の瞬間だからで、私は感謝の感情よりも幸せな感情を知りません。嬉しいことに感謝できる能力というのは、それが自分に備わっているとしてそれを自慢しても驕慢の誹りを受けずに済む特性であり、天分であります、そういうわけで私は何の遠慮もなしに、またまさに感謝をこめて申し上げますが、好意的な自然は私に少なくともこの特性だけはたっぷりと備えてくれましたし、もしかすると私が自分の人生を楽しむのをもっとも助けてくれたのはこの特質かもしれません。感謝出来る、感受性の強い性質——普通は欠陥の多い人生から可能なものを創り出すために、これ以上よいものがあり得るでしょうか。人生が示す大小様々なものに対する、冗談に対する、上等のご馳走に対する、芸術と精神の制御された大胆さに対する、春の一日に対する人間的・個人的なものに対する、一つの眼差しに対する、ある声に対する、個性の魔力に対する感受性——これでまだ全部というわけではありません。人生における重く暗いものに対する、苦悩に対する感謝——苦悩が、そしてもしかすると苦悩のみが与えてくれるのかもしれない人間的深化のためと知るための苦悩に対する感謝の思い。「お前を完全性へと運んでくれる最も速い動物は」とマイスター・エケハルトは言っています、「それは苦悩だ」。苦悩はいろいろ教えてくれます。それは感謝の心も教えてくれます。苦悩するもの以上に感謝の心をもつものはいません、いや、それどころか、感謝の心は苦悩する能力から発するもので、感謝の能力はいかに深く悩んできたかによって測られるということが出来るでしょう。

感謝の心というのはしかしながら受動的なものではなく、創造的な特質であります。『西東詩篇』の歌い手としてのゲーテは自身にペルシア名ハーテムを当てました、「たっぷりと与え、たっぷりと奪うもの」という意味であります。この誇らしい自己命名に受容力と創造力の心的一体性が表現されています。私たちはそこに、創造性とは積極的になった感受性であり、生に対する、生が他の人間以上に創造的人間にたっぷり施す幸福と苦悩に対する感謝の現れであることを認めます。

ところで芸術は孤独の産物であり、孤独は確かに芸術家の故郷であります。しかし感謝の心の積極的形態として芸術は同時に社会的衝動であります。芸術は与えることを欲しています、芸術は与えることそのものです。芸術は、それがまさに与えうる最も喜ばしいもの、最も完全なものを与え、しかもそれで十分なことが出来たとは思いません、芸術は、自分が受け取ったものがいかに豊富であったか、知っており、与えることでいつかその対価を支払えるとはあえて期待していないからです。それ故に、芸術に対してまた感謝の答えが寄せられると、芸術は幸せな喜びを覚えるのです。もう一度ゲーテを引用させていただきます。

「私たちは」とゲーテは言います、「稀にしか満足を覚えない。それだけに、他人に満足を与えての慰めは大きい」。

私は教養の高い言語をもつ偉大な国民の中に生まれるという幸運に恵まれました、私の人生はこの民族の豊かな精神的伝統に根を張り、実り豊かな体験共同体が私とこの民族を結び付けてくれました。私の仕事はこの民族によって支えられていました。私はこの民族からたっぷり受け取り、それに対する感謝を、私の力と可能性の限りを尽くして表すことに努め、思い設けぬ感謝を受けることにもなりました。そのような交換が何を意味するか、精神生活をともに形作りながら分かち合う偉大な教養ある国民を後ろ楯にしているということが、芸術家、作家にとって何を意味することになるか、このことを知っているのは、こういう幸福を失ったものだけであります。私は何も美化するつもりもありませんし、幸福という言葉を感傷的な形では用いていません。精神的個人とその国民とが相互に摩擦を起こすことはよくあることとです。いろいろと辛いことにも出くわすものです。しかも、このことについて完璧に語っているアウグスト・フォン・プラーテン伯爵の詩の数行が頻りに私の記憶に浮かんできます。私の引用癖を笑わないでいただきたい。引用もまた感謝の一形式なのです。その詩行とはこういうものです、

「わが精神は、内なる葛藤に突き動かされて、
この短き人生において感ずることのいと多き、
故郷を捨てることのいかに手易き、
第二の故郷を見出すことのいかに難き。」

ドイツ民族の精神的持参金の中の特徴的な欠落であり、その文化概念における宿命的な空隙である、政治的本能の欠如は、ドイツ民族が、極悪非道の指導者たちの手に落ちるという事態をもたらしました、これらの指導者たちは、ことによると世界でかつてなかったと思われるくらいに深く精神、法、真実、自由を傷つけ、その批判を許さぬ暴力支配は、言葉とその尊厳、自由な思想を命とする人間に、この国で呼吸することを不可能にしてしまいました。家屋財産の断念、いつ果てるとも知れぬ期間、おそらくは生涯の終わりまで、生まれながらの心的、物理的権利を有する故郷の風光から別れることを命じられたということは、どこからかやってきた冒険家どもによって、故郷から別れさせられ、あまつさえドイツ人の名を奪われることになるなど、不条理であるにもかかわらず、大したことではありません。しかし作家はその読者を失い、自分の国の教養ある集団との接触を失うことになったのです。一緒になって自らを高めてきた読者層との繋がりをほぼ完全に絶たれてしまいました。確かにドイツ語は政治的ドイツ国の国境を越えて八方に広がっています、しかしまさにこの状態にドイツは、ドイツの真の本質と使命についていささかも分かっていな

い権力者たちの愚かな意志のままに終止符を打つというのです。権力者たちは、ドイツがもともと創造的な感謝の心をもった国であり、受け取るとともに与える国であり、境界の定かならざる国であり、限りのない国であり、世界に対して敵意を込めて閉ざされてはおらず、世界に開かれ、世界を受容し、実り豊かな賛嘆と愛と理解によって大きく、しかし様にならない自己観察と自己賛美に現を抜かし、あろうことか愚かなまま愚かさによって世界を支配しようなどというようには出来ていない国であることを知らないのです。

現在起こっていることは悲劇的性格の弁証法的展開であります。ドイツの偉大な利点であった、その超政治的・非政治的性格が堕落に転化し、私たちが今体験していることを可能にしたのです。その政治性のなさは、最も残酷な、精神に見放された、殺人的な政治の独裁に転化し、本質的にすでに全面戦争を意味し、ドイツとヨーロッパの上に恐ろしいことこの上ない危険を引き起こす全体主義国家に転化したのでした。

この不幸における最初の犠牲者はドイツ精神であり、この不幸が続くかぎり、最も重い苦悩を負う犠牲者であるでしょう。文字通り、その足下の地面が消えてしまったのです。なおその言葉が響き、理解されているドイツ外の領域は、次々に愚かな戦争行為の犠牲になっています。ドイツ精神はその担い手の一人一人に個人的に存在するだけで、故郷喪失を感じています。そしてドイツ精神はヨーロッパのそれぞれの纏まった言語家族、民族家族の中に第二の故郷を見つけることがいかに難しいかを経験しています。

スイスは、幾つかの言語が使われ、多民族によって構成される小さな民主主義国家でヨーロッパの中央に位置して勇敢に維持されてきています。その客として私は五年にわたって生活し、仕事をしてきました。これは、私がずっと感謝の思いを込めて想起する年月でありましょう。しかし始めから、というのはドイツの不幸が始まったときからということですが、共感の糸がアメリカへと紡がれました。

私の本の英訳がまさにここに見出した好意的な関心は、今日この本がドイツ語のオリジナルでは、オリジナルでこそ私の本はそれ自身であるはずなのに、ほとんど存在しえないという不条理な事実をほとんど無視出来るほど私を慰めてくれました。以前、世界の関心といえば、私にとっては、幸運にも付け加わったものといった性質のものでした――今は世界の関心がすべてになりました。まだ読者があったとすれば、それは世界でした、そしてそれは第一にアメリカでした。毎年私はここに講演旅行にやって来ました。東部の国と人々との面識は、中西部の大小諸都市の訪問によって、カリフォルニア地方の明るい体験によって補われました。ヨーロッパで暴れまわっている厭うべき勢力に対する決定的な嫌悪を抱いている点で私と一致を見せる友情、道徳的な友情ですが、これがどこへいっても私を迎えて、取り巻いてくれました。雄大広範な環境、自由の雰囲気、権力を文明に奉仕させることを考えている力強い国民の生活、これらが折よく私の心に訴えかけてきました。文化的にはまだまったく倦み疲れていない、精神的なものに向かって真摯に努力する公衆を大陸全体にわたって背景にもつ幅広い基盤の上での新たな活動の可能性があるという合図が送られてきました。――そして私の生活をこの国に結び付けようという決心は、プリンストン大学の名誉ある招請が最後の決め手になったのですが、その時にはもう固まっていたも同然だったのです。

私は半年以上ここにおりますが、この七ヵ月においては、やや心配りめいた感謝の気持ちで告白しますが、善意からの要求の嵐から私の個人的な仕事をどうにか維持するのは、楽ではありませんでした。しかしこの種の脅威を結局は願っていたのでなかったとすれば、私はやって来なかったでしょうし、この期間全般にわたってこんなに幸せではなかったでしょう。こういう事情で、私がここにいるのは所を得ている、というのが私の喜ばしい確信であります。

私たちの愛する観念の中のドイツとアメリカの間には注目すべき類似が存在していないでしょうか。ヨーロッパの、人種的に極めて混淆し、極めて多様で、内的可能性に極めて富んだ国民、その極めて深い本質からすれば限界を知らず、世界に開かれあらゆる最高の学びの用意があり、受け入れ、加工し、引き渡す、諸民族の中の「ハーテム」――これは、やはり創造的な感謝の心をもった国であり、受け取ること、与えることにおいて偉大であるこの国民と国に――移民と混淆の古典的な国であり、その吸収力により、それにもかかわらず極めて明確できっぱりした国民的特徴、性格と寛容さの独特の総合、国民であると同時に世界であることを示しているこの国に、圧倒的な対の存在を見はしないだろうか。

ヨーロッパの諸国民は取り澄ましたまとまりを見せる市民的な家族であります。誰も、フランス人あるいはイギリス人として生まれなければ、フランス人あるいはイギリス人にはなれません、どれほど丁重に迎え入れられても決して家族の一員にはしてもらえません。アメリカ人にならなることが出来ますし、しかも驚く程速くなれるのです。この国の強い性格とその寛容さ、これが相まってそれを実現するのです。自分の代では実現しなくてもその子供たちの代では実現します。それは腕を開いた国です。そしてこの腕は大きく開かれています。それというのもアメリカは一つの国以上のものだからです。それは人類的な気分に溢れる大陸です。古いドイツの人類的気分、巨大な尺度でそれがまたここにあるのです。

私は本物のアメリカ人になろうなどと望むことは許されません。六十四歳、これはそのような変容のためには遅すぎます。心のうちでは大いにその気があっても、独特で言葉に結びついている私の活動の種類のせいでやんわりと歯止めがかけられます。しかしあなた方の偉大な民主主義の庇護の下で圧倒的な率直さの大気を呼吸し、私のライフワークの作品の完結を許されることになる、そのことに対して私は心のうちで感謝しており、私がどれほどあなた方のひとりになることを望んでいるかは、連帯と根付いたことのどのようなしるしであろうと、私の人生をこの土地に固定させるどのような象徴的なかすがいであっても、それが私に与える喜びが私自身に証明してくれます。数日前私は私の第一次書類を受け取りアメリカに最初の暫定的な忠誠宣言をしてきました。時がくれば、私は法律上あなた方の同国人になるでしょう。しかしあなた方の国の偉大な精神的団体はとっくに国家の先手を取っています。アメリカ学術芸術アカデミーの記章は私に「お前は自宅にいる」と語っています。あなた方の有名な諸大学の卒業式は私に重ねて大学市民権を与えてくれました。そしてこの種の絆の最強のものとして、プリンストン大学が私のささやかな講義活動の締めくくりに私に今日与えて下さる異例な栄誉を見ないわけにはまいりません。

いや、故郷を失ったものが再び自宅に、プリンストンに、アメリカにいるのです。私の感謝の思いは大きいものがあります。そして与えたいという願いはたっぷり受け取ることと切り離せないので、私は私の感謝の思いが実り豊かな成果を見せてくれますようにと私の良き守護天使に頼むことにします。

〔一九三九年五月十八日付日記の注（4）参照〕

二つの願い

私は、ヨーロッパの現状について私がどう考えているかをわが「プリンストニアン」の読者諸氏にお話しする機会を心から歓迎します。それというのもアメリカの学生の心が、直接関連はないとはいえ、それにもかかわらず西欧文明の内的一貫性を意識すると大いに心を乱されざるを得ない多くの問題によっていかに深く影響されているか、私には想像出来るからです。

人間的感情の許すかぎり公平かつ学問的な態度でこの問題に近づくのは、アメリカの学生には難しい仕事です。私は、アメリカの学生が理解と共感の同じ精神で私自身の諸困難を実感してくれることを願っています。それというのも、独裁的政権の非道な政令によって国籍という外的標識しか奪われなかったドイツ人の私ですが、ぞっとするような決定を下さねばならないからです。たしかにこの戦争は、私が、胸を悪くして唾棄する体制に対して戦われています、しかし同時に私は、破壊と流血に直面しているのが罪ある指導者たちでなくて、ドイツ人そのものである事実を見逃すわけにはいきません。

しかし世界の誰一人として憎んだり軽蔑したりしていな

いドイツ、人類の精神的偉業に非常に貢献したドイツに対して私は忠誠心をもってはいますが、そのことは、ナチ政権がそもそもの初めからこの戦争の破局を内包していたことを完全に理解することを妨げはしません。これに反して一九一四年には戦争責任について憶測の余地はありました、今回は責任が何処にあるかについて、いささかの疑念もあり得ません。重い全責任は、悲しいことに政治に疎い国民が自分たちの偉大な人物であり指導者と目しているあの破滅をもたらす男の頭にかかっています。ヴェルサイユ平和条約とともに始まるあの時期に他の諸国がたとえどのような過ちをおかしたにせよ、ドイツを――経済的、精神的に――盲目の裏道に導き入れ、その支配階級に当然のことながら近隣諸国の征服と抑圧による以外他の抜け道はないと思わせたのは、自ら課した孤立政策でした。最近数週に厳しい形で始まった戦慄すべき戦闘が最後まで戦われることになる相手はこの時代錯誤的な「信条」なのです。

人類の敵が無制限な権力の座につくよりずっと以前からこの種の人間のことは、ほとんど嗅覚によってと言うべきでしょうか、知っていた私たちのような人間は、その危険を告発し始めました。私たちは警告を止めませんでした、しかし私は、責任と経験のあるヨーロッパの政治家たちが繰り返しあの政権を良識ある永続的協定を結び得る正常な、上品な相手と見ていることを知って、再三当惑させられたものです。ナチ支配者の正体がついに世界中で受け入れられるにいたったという勝利を私たちは喜ぶわけにはいきません。悲しいかな。完全に人類の信を失った体制を片づけようというヨーロッパ民主主義国の決定は遅きに失したのです。理解出来ないことですが、民主主義諸国は、ヒトラー主義をボルシェヴィズムに対する防壁として利用するという思いつきを弄んでいました。この幻想は消えてなくなりました、しかしその今となっては、ナチ・ドイツはその力を途方もなく強化し、一発も発することなく占領することを許された陣地を守ることが出来るにいたっており、この陣地を奪回するには、計り知れない犠牲を払わねばなりません……

しかしながら、過去においてそのまさに自己欺瞞と間違えによって自身の大義を弱化させてきたその同じ民主主義諸国が今日、善であり公正であるすべてのもの、正義と真実と自由の味方をしています、単にそれぞれの国益のために戦っているばかりでなく、ドイツの自由のためにも戦っています、そういうわけで、私たちの心は、これら民主主義国とともにあります。私たちが望み期待しうることと言えば、この悲しむべき過程の中からより良きより幸福なヨーロッパが出現し、その中に、私たちが知り、育ててきたドイツ精神が、統合された大陸の自由で平等な一員としてしかるべき役割と領土を持つことであります。

アメリカ合衆国に関しては、この国が大殺戮に手を染めないで済むようにとの願いの点で、その市民の大多数に私は完全に同意します。もしそれが政治的、司法的含意をもつ中立の実行を意味するのであれば、それは旧大陸の道徳的、物理的運命に対する無関心と同じではありませんし、あり得ません。道徳と精神の王国においては、暴力と正義、圧政と自由がぶつかり合う時に中立はあり得ません。この国のより深い価値は、ヨーロッパの戦っている民主主義国の運命と密接に結びついていると私にはみえるのです。ヒトラーが勝利した場合、ナチ＝ボルシェヴィズムのヨーロッパに直面して合衆国がその現在の完全性を維持出来ようとはほとんど考えられません。言うまでもなく多くのアメリカ人は、勝ち誇るヒトラー主義がヨーロッパ征服後に果てしない拡張欲、征服欲に駆られてアメリカに立ち向かおうとする可能性をおそれていますが、故なしとしません。

そこで、決して相互に矛盾することのない二つの願いを表明することによって、この国に関するかぎり、私の意見をまとめることにします、すなわち

アメリカは、より良き未来のために戦争の埒外に身をおいて自身を保全することに成功しますように、そしてこれがヨーロッパの運命に対する冷淡さでなされるのでなく、経済的中立と同様に責任の精神において、積極的なモラルの保持のためになされることを願っています。

〔一九三九年十月三日付日記の注（2）参照〕

〔節度と忍耐。忘命者たちとの往復書簡〕

郵便配達人は私のところにいつも楽しい手紙を配達してくれるばかりとはかぎらない。しばしば次のような手紙を読まなければならない、「かつてあなたは合衆国とアメリカ民主主義を讃えて讃歌を歌ったことがある。私はこの国に生まれて、この国を愛している。しかしまさにそのために私を苛立たせるものが多くある……何が起こっているかあなたには見えていないのか。おそらくあなたはこの国に来て長くはあるまい。あなたにとっては、まだ驚くことが用意されている！」

そのような意見に対して私は答える、「その通り。私はこの国にいまなお喜びを覚えている。私はアメリカの大地の上で享受している手厚いもてなしに対する理解を表明する必要を絶えず感じている。自由の雰囲気が私に私のライフワークを平和に書き続けることを許してくれたこの国に、私は第二のわが家を見出した、そして深い、常に新たに覚える喜びとともに私は、知的関心の高い公衆と私との間に心のこもった生き生きした関係が成長するのを感じる。

同時に私は確かに、私の場合がまったく個人的なものであり、例外であり、一般的なものと考えてはならない幸運の問題であることを意識しており、私はそれを一般化したりはしない。しかし信じて貰いたいが、私はこの共和国の困難、危難に対して外国人ではない。この困難、危難は結

局、正確にはこの十年間、一世紀半にわたる継続的な進歩を奇妙に妨害されたと感じてきたあなた方の国の巨人的な強さと同じ源から発している。同じ源からと言うのは、それはアメリカの最高の、最も危険にさらされていて、――おそらくはまさに最も危険な財産、すなわちアメリカの自由である。自由はこの国を偉大にしました、そして自由だけではもはや幸福と安寧は保証されそうにないかのように見えるので、アメリカは、ヨーロッパの模範に従って角を矯めて牛を殺したりすることに抵抗しており、逆に、市民的諸自由を維持しさらに拡大するよう試みています。私のようになりたての若いアメリカ人に、国民の討議に参加する権利があるかどうか知らない。それにもかかわらず私がそれに参加して自由と民主主義の関係について声高に考えるのは、私がこの方向へとあなた方の同国人の好意的信頼ばかりでなく、―おそらくはこの大陸にその最後の避難所を見出した私たちの西欧文明についての私の知識と懸念とによっても勇気付けられてのことである」。

自由にかかわる同じ懸念があって、私はここに、もう一つの別の手紙というか、あるいは亡命者サークルから稀ではなく私の所に届くような手紙の要約を紹介する。この過程で私は何処にいても世界を改革しなければならないと信じている難しいタイプのドイツ人は無視することにする。それは亡命精神異常の残念な形態で、それはその代表者たちに嘲笑を招くばかりでなく、他の人間に損害をもたらすことになる。いや、私が考えている手紙には何かがある――私はそれをアメリカに対する不幸な愛と呼びたい。……この人たちは起こったことを忘れたい、適応したいという強い正直な願望を抱いているが、それとともに大きな落胆、息詰まるような感情を持っている、私はこういうアメリカ人が好きだ、そしてこの人たちは私たちに対して重々しく振る舞う、しかし基本的には――これらの人たちはまだ悟っていないのだ――私たちはまさにここでは求められていないのだ。……

「私のニューヨークの縁者は私のためにいろいろしてくれた、私はもうこれ以上この縁者たちの厄介になるわけにはいかないし、そのつもりもない。……各種委員会は大変苦労してくれた、しかし私のために何かを見つけることは出来なかった。私は、以前の仕事を続けたいという希望を葬って久しい。そう、もし私が医者であれば　しかし医者は医者でまた問題にぶつかっている。ニューヨークでは医者たちがお互いに試験方法について非常に妙な話を交わしている……世界的名声のあるあるヨーロッパの専門医が先頃自分の専門分野での試験に落ちたのだ……それにもかかわらず、個々の州の法律はこれらの医者たちがニューヨーク以外の何処かで開業することを実際上出来なくしている。ニューヨークでは何もかも混み合っており、反ユダヤ主義も伸びてきている。ヒトラー政権の六年間に約十万人以上のドイツ人、オーストリア人が途切れることなく移住してきた、しかし彼らにとってこの巨大な国においてさえ、落ち着き場所はないらしい。オレゴン、ワシントン、アラスカの広大な大地は休閑地同様で人口もまばらだ、……私は運の悪い男かもしれないだからといってオレゴンで私に何が始められようか。私はまた問題を一人で解決するには虚弱過ぎる。私に、私たちに、何をすべきか誰が教えられるのか。私たちが亡命者から市民へ、渡り鳥からアメリカ人に育つため、誰が私たちを、必要とあらば、無理にでも正しい道に乗せようとするだろうか。」

これらの声に私は次のように答える、「あなた方は正しい、その問題が、あらゆる面で単一化が強化されている時代に、個人的基盤の上で解決されることはもはやありえない、この個人主義的社会の天国においてさえ州が社会機構の中に強力な腕を突っ込んで、テネシー・ヴァレーやボウルダー・ダムなどで感動的な公共事業を展開する時代なのだ……しかしながら移民の問題は—経済的には—一九三八年ではなくて一八三八年当時のように扱われている。移民は、埠頭を後にした瞬間に雑踏の中に消えることになる。数万に及ぶ入国者の流入のような集団問題はもはや個人的には解決されず、まさに集団的課題としてしか、全体としてしか解決出来ないという洞察はまだこの国民の意識の中にあまり入り込んできてはいない。問題の解決は、この集団を、—それが、居住地選定の自由を部分的、一時的に限定することになろうとも—この集団が自身と全体のために有益な仕事を果たすことが出来る場所に送り出すことである。アメリカ人、とくにアメリカ人女性の—称賛しても称賛しきれない—個人的な献身精神に、だからといってこの非常に社会的で複雑な問題の解決をもはや委ねるわけにはいかない。あなたの言われる定住者が示す不快感については—その気持ちを少しは理解するよう努めよう。そこでは低い統計は何の役にも立たない、深刻な、長期にわたる経済不況の時代にあっては、現地人が僅かな移民の流入でさえ脅威に思ったからと言って、これを悪く取るわけにはいかない。

ヘンドリク・ヴァン・ロウンが少し前の午餐会後のスピーチで、アメリカ人の感情をル・アーヴルを出航した客船の旅客の感情に例えた。サザムトンにおいてさえ、この乗客たちは新しい乗客を批判的な目で眺め、自分たちを「先住者」とみなしている様子にヴァン・ロウンは気付いたのだ……この比喩はまさに面白くもあるし辛辣でもある、しかしおそらく全体の真実を表しているわけではない。確かにアメリカ人のすべてが—移民である。しかし、この諸国民のモザイクは、数世代を経るうちにまったく明確な、不変の国民的な固有形態を取るにいたり、これが、歴史的進化のすべての産物のようにその人相上の性格の維持努める。そしてたとえば小国スイスで非常に大きな意味を持っている「外国人比率の増大」の概念は、さまざまな差こそあれ、アメリカにおいても、あるヨーロッパの諸国の「文化宣伝」が「人種の坩堝」の効果を少なくとも減速させている時代にあって正当に評価されている。総じてこの国の発展の速度は落ちてきた。アメリカのパイオニア時代は終わりを告げて久しく、産業上の革命でさえ大陸の完全な自動車化の完成とともに一時的休止状態に達した。われわれは第三局面の始まりに直面しているがその第三局面は、私の誤りでなければ、達成されたものの保護とその社会的、文化的構造の深化と拡張に捧げられることになろう。古い家柄のアメリカ人が、新参者が歴史的成果の特権と果実とを当然のことのようにあまりにも多く手に入れ過ぎるという漠然とした感情をもっても、いったい驚くことがあるだろうか。その相続人はアメリカ人であって新参者ではない。

あなたはすでに、私の言わんとする狙いを理解した、すなわち新世界に対するわれわれの関係は、大部分は節度の問題なのだ。節度と忍耐、それもかなりの忍耐——とわれわれの義務の法案の書かれざる条文はそう響いている。アメリカは比較的、腕を広げている国である。その腕は最初の日には広げられなかったが、「まだここで飢え死にしたものはいない」とある老ヤンキーが私に語った、私は、この男が真実を語ったものと信じている。

〔一九三九年十月十八日付日記の注（2）参照〕

あとがき

本書は『トーマス・マン日記　一九三七年―一九三九年　Thomas Mann Tagebücher 1937–1939』の翻訳であり、一九三三年ドイツ出国後一ヵ月有余の中断を経てからスイスのアローザで書き始められた三三年から三四年の日記から数えて三巻目の日記であり、邦訳としては、一九四一年から四三年の分の刊行が先行したため、これが第四巻目ということになる。

一九三七年正月のトーマス・マンは、一九三三年秋いらいのチューリヒ近郊キュスナハトの住居に引き続いて居住しており、表面的には変化がなかったが、トーマス・マンとドイツとの関係は三六年の暮れ以来激変していた。トーマス・マンは三三年の出国以来二年以上にわたってミュンヒェンの家には戻っていなかったが、しかしその国外生活を決して亡命生活とは表明していなかった。それどころか、夫人や子供たちの非難も無視して、ドイツに戻る可能性、ヒトラー政権との何らかの関係修復の可能性を探ることさえしていた。その動機の一つとして、トーマス・マンの本を独占的に出版しているS・フィッシャー書店が、ベルリンに止まっており、亡命が表明されれば、ドイツ国内でのトーマス・マンの作品は流布されなくなるという状況に耐えられなかったということがある。それは、経済的基盤と同時に、ドイツ文化に寄与する可能性の喪失に繫がるからであった。ナチ政権側としてもトーマス・マンを引き止めておくことのプラスを考えて、延々と交渉を続けていた。しかし「新チューリヒ新聞」文芸欄主筆エードゥアルト・コローディが同紙一九三六年一月二十六日の「亡命者の鏡の中のドイツ文学」のなかで、トーマス・マン以外のドイツ亡命文学を一括してユダヤ的と呼ぶに及んで、トーマス・マンは「新チューリヒ新聞」三六年二月三日号に公開書簡「エードゥアルト・コローディに寄せる」によってコローディに反駁し、亡命者に対する連帯を表明したが、これは、三三年の国外旅行以来初めてのナチ政権に対する公然たる拒否の意思表示だった。ナチ体制の意思決定の非能率性によるのか、あるいはその他の原因によるのか、トーマス・マンの国籍剝奪はようやく三六年十二月二日になって宣告される。しかしトーマス・マンはその二週間前の十一月十九日にチェコスロヴァキアから国籍を与えられていたので、無国籍の悲哀を味わわないで済んだ。しかし国籍剝奪よりもトーマス・マンに衝撃を与えたのは、ボン大学哲学部がマンの名前をその名誉博士のリストから削除すると十二月十九日付で通告したことである。早速トーマス・マンは、ボン大学哲学部学部長に抗議の公開書簡を送るとともに、この書簡を学部長からの通告とあわせて「新チューリヒ新聞」に公表し、同じ表題でオープレヒト書店から小冊子の形で刊行した。

三七年初めの日記記述はこの小冊子の反響の大きさを物語っている。ドイツ国内にも非合法ルートで流布したし、各国語に訳されて欧米諸国でも広く読まれた。ガリマール書店から刊行された、ジッドが序文をよせている『トーマス・マンの最新論集』はこの往復書簡などを含むもので、『日記　三五年―三六年』の口絵で紹介した『五つの証言』は渡辺一夫教授によるその翻訳である。渡辺教授はこれをどうやって入手されたか興味あるところだが、昭和二十年、一九四五年の戦争末期に訳出されたという。日本の指導部に対して言い知れぬ怒りを覚えておられた教授は、ファシズムとファシズムがもたらした精神の頽廃に対するトーマス・マンの論難に共感されたものと思われる。

トーマス・マンは、この書簡のことを日記中では、「小冊子」、「パンフレット」、「往復書簡」などと記していて分かりにくいかもしれない。同じように三七年初頭、雑誌「尺度と価値」の刊行が決まりやがて発刊されることになるが、これについても、単に「雑誌」とだけ記されていてどの雑誌のことか判断に苦しむことになろうかと思われるが、注記するにはあまりにも分量が多いので、読者の注意力に頼らざるを得ない。「序文」という表現も頻出するが、これもその時々「尺度と価値」の巻頭の「序文」であったり、スペイン関係の出版物のための序文（『スペイン』）であったり、その前後の仕事から判断していただくことになる。

トーマス・マンのこの時期の、数次にわたるアメリカ旅行、あるいは「この平和」、「自由の問題」などを携えての講演旅行、アメリカ定住の試みなどについては、編者メンデルスゾーンが要領よくまとめているので、ここで反復することは控えるが、トーマス・マンはすでに三八年頃にはアメリカ移住に気持ちが傾いていたものの、三六年にチェコスロヴァキア国籍を与えてトーマス・マンを窮境から救ったチェコ関係者に対する遠慮から、あっさりとはなかなかアメリカ定住を表明出来なかった。窮境にある時に助けの手を差し伸べてくれたチェコが、ヒトラーの横暴で窮境に陥っているときに、そのチェコから合衆国に乗り換えるのは忘恩行為だとする声があったからである。しかしやがてチェコが瓦解してその政府自体が亡命すると、合衆国移住を躊躇う義理はなくなったのである。また、ヨーロッパ情勢は極めて不安定であったが、トーマス・マンは、最後の瞬間、ヒトラーのポーランド侵攻にいたるまで、戦争の勃発を信じていなかった。ヒトラーは戦争に訴えるだけの力がないと考えていたからで、ポーランド侵攻の始まる年の夏、マンはヨーロッパを訪れたばかりか、スイスでは、アメリカから毎年訪れて一定期間を過ごすための家を建てる地所を物色さえしている。この計画は、大戦の勃発によって実現しなかったばかりか、大戦勃発後に危うくアメリカに戻ったトーマス・マンは、大戦終結後までヨーロッパに戻ることは出来なかったのである。

本巻の訳出にあたっては、基本的には前後二巻の方針を踏襲した。一つは「彼」、「彼女」という代名詞を使わないこと、また一つは英独仏語固有名詞のカナ表記に当たっては「促音」を可能な限り用いないことである。「彼」、「彼女」という言葉には下品な感じがつきまとっているように思われるからで、すでに三十年ほど前、『ブデンブローク家の人々』の翻訳にあたって、この三人称代名詞の完全な排除を試みたものの、不自然だというような異議をまったく聞いていない。また促音については、その他の発音の諸問題を含めて前後二巻のあとがきで詳述しているので、改めて反復することは避けることにするが、英独仏語には促音現象に類似するものはあるが、それを促音として発音すると、本来のものとは似ても似つかぬ語になってしまう。それでは、まったく「ッ」を排除出来るかというと、慣れの問題が絡んで単純にはいかない。そこで本訳書では（ヒットラーでなく）ヒトラー、（ハインリッヒでなく）ハインリヒのように、促音を排除した例と、フィッシャー、ゴットホルトのように促音を残した例が混在して一貫していない。今にして思えば、このあとの二例もフィシャー、ゴトホルトとしても構わなかったのではないかという気もするが、促音については原則を貫くことに抵抗を覚えることが、ままある。

一般に発音については、ＤＵＤＥＮの発音辞典に依拠することにした。ドイツ語の発音に関してはドイツ人の専門学者すら舌を巻くほどの権威である先輩の信貴辰喜氏に若いころから指導、助言をうけていたので、ドイツ語のカナ表記には、かなり気を使ってきた。それにもかかわらず既刊分では、「ゲスターポ Gestapo」

とすべきところが「ゲシュタ－ポ」となっているところ注意をうけた。まったく迂濶な誤りで、既刊分については機会があれば訂正したい。本巻ではもちろん「ゲスタ－ポ」にしてある。独和辞書の多くは、この語に正しく発音記号やカタカナ表記を添えながら、訳語としては「ゲシュタポ」としている。外国語を採り入れる場合に受け入れ側の言語習慣、音体系によって適宜変更が加えられる例はよく見られる。しかし「ゲシュタポ」は日本語の体系から生まれたというよりは、かつて「シラー Schiller」を「シルレル」と表記していたのと同じように、ドイツ語の発音についての日本のゲルマニストの誤解から生まれたもので、それが誤りと判っていながら許容するのは、ゲルマニストの無神経でなければ、軽率な迎合である。

同じことを、Humanität, Humanismus, あるいはまた、das Reich, Nationalismus などについても問題にしたいが、これまた「三五年—三六年の日記」や「四一年—四三年の日記」のあとがきにかなり詳しく書いておいたので、ここではそれらのあとがきを参照してくださるようお願いするにとどめておく。

この翻訳の底本は一九七七年から一九九五年にかけてフランクフルトのS・フィッシャー書店から刊行されたトーマス・マンの日記十巻のうちの一九三七年から一九三九年の分である。刊行された日記の構成については、『三五年—三六年の日記』のあとがきに既刊分について説明しておいたが、この巻からの読者のために繰り返すと、トーマス・マンは前世紀の末以来日記を書き続けていたが、前世紀末に一度それまでの日記を全部焼却、改めて書きためて、一九三三年三月頃、いったんはナチ当局の手にわたった数十年にわたる日記冊子を無事取り戻しはしたものの、これを第二次世界大戦の終結後に焼却してしまった（この日記の奪還、十数年後の焼却などの経緯については、『三五年—三六年の日記』のあとがきを参照されたい）。ただそのうち一九一八年九月十一日から一九二一年十二月一日までの日記冊子は何らかの「手違い」で焼却を免れたので、これが一巻に纏められて一九三三年以降の日記と併せて十巻におよぶ日記のうちの一巻として、フィッシャー書店からは、『三五年—三六年』に続いて第三巻目として刊行された。原本の刊行順からすると本巻は、それに続く第四巻目ということになるが、この四巻目にいたって原注に、先行の三巻にはなかったものが加わってきている。それはかつてトーマス・マンの詳細な『年譜』を作成したハンス・ビュルギンとハンス＝オト・マイアーが始めて、両氏の他界後、チューリヒのトーマス・マン文書館のゲルト・ハイネ、イヴォンヌ・シュミートリーンによって補完、刊行された『トーマス・マンの書簡。時代順書簡摘要・目録 Die Briefe Thomas Manns. Regesten und Register』である。これはトーマス・マンのすべての手紙に各年毎に通し番号を付け、概要の他、手紙で触れられているトーマス・マンの作品名、個人名、出版社名、新聞名、地名などが列記してある。そしてこの第四巻『三七年—三九年の日記』の原注では、日記に触れられていて、この「目録」で確認されているかぎりは、当該年数と通し番号が記してある。本訳書でも、すでに先に刊行された『四〇年—四三年の日記』で行ったように、『書簡目録II』として年数／通し番号を添えることにした。この『書簡目録』には邦訳がない以上、そのような数字はほとんど利用価値がないとも言えるが、僅かな人数であろうと『書簡目録』の原書を利用できる立場の読者の便宜を考慮して、煩を厭わなかった。

原注でトーマス・マンの作品に触れる場合、その出典をページ数で示しているが、そのページ数は、第十三巻が一九七七年に刊行され、前の全十二巻が一九六〇年に刊行されたフィッシャー版の全集のページ数である。本訳書で『全集』としているのはこのフィッシャー版のことである。ここでページ数を記しているのも、『書簡目録』の場合と同じく、フィッシャー版全集を利用出来る立場の読者の便宜のためである。

往復書簡集の場合は、初出以外は、トーマス・マンの相手が明瞭であれば、簡単に『往復書簡集』として、正式な表題は繰り返さなかった。

この巻の刊行が予告より大幅に遅れたのは、途中で訳者が変更になったこともあるが、最大の原因の一つには、訳出した一年分位の翻訳原稿を、パソコン操作の不手際で失ってしまい、訳し直さなければならなかったという事情がある。パソコン操作の不手際自体、老化の兆候かもしれないが、齢を重ねるにつれて仕事の能率が落ちてきていることも否めない。しかし多くの方々の助力を得て刊行にこぎつけることが出来たわけでここに改めて感謝の意を表したい。

まず「補遺」の中のフランス語の「友への手紙」と〔「平和のための世界集会」パリ会議に寄せるメセージ〕の翻訳は、中学時代以来の畏友、細田直孝氏を煩わせた。さらに一九九八年夏には、勤務している東京国際大学と金子泰雄学長のご好意で海外研修の機会を与えられて、チューリヒのトーマス・マン文書館を利用することが出来た。文書館では、他にも利用希望者が多い中で、マルティーナ・ペーター女史は、長期にわたる利用のわがままを許して下さった。さらにチューリヒの二ヵ月間、チューリヒ湖畔シュテーファとユーリコーン地区教会牧師のローラント・ブレンドレ氏がチューリヒ湖を望むユーリコーンの牧師館の書斎を貸して下さった。このあたりはトーマス・マンがアメリカに移る前に住んでいたチューリヒ近郊のキュスナハトと同じ湖岸に位置し、トーマス・マンが散策した場所とほぼ同じ地形であり、ちょうど日記の同じ頃を処理することにいささか因縁を覚えた。しかもこの牧師館のあたりは、一七九七年にゲーテがシュテーファの宿から散策を試みて、チューリヒ湖の景観を堪能した場所に近く、またシュテーファの教会に眠る、エルンスト・ヴィーヒェルトが晩年を過ごした旧居が牧師館上手の丘の上にある。ともあれここは、絶好の仕事場であり、若い頃にもなかったほど仕事が進んだのには、我ながら一驚したものである。

その後、初校が出てから、私が利用していた一九八〇年刊行の版と一九九〇年の版では原注に大量の異同のあることが判った。これは、翻訳原稿と原書とをまるで舐めるように照合して遺漏を見つけてくださっていた伊藤暢章氏が、発見して下さったのだが、原書には何の断りもなかったので、改訳と補完のために多大の労力と時間を要することになってしまった。『トーマス・マン日記』刊行の最初からかかわってこられた伊藤氏は、紀伊國屋書店出版部を退職されたのちもこの日記の仕事に参加して、翻訳原稿の遺漏を丁寧に調べて下さっている。さらには非常に細心な努力と多大な時間を要する索引の作成には出版部の辻田尚代さん、その他の方々が献身的な努力を惜しまれなかった。こうした貴重な協力がなければ、この刊行はもっと遅れることになったはずである。

その他、本巻の完成にいたるまでに、さまざまに好意、便宜を寄せて下さった方々、労を厭わず協力して下さった方々すべてに対しても併せて、心から感謝の意を表したい。

一九九九年十月十五日

森川俊夫

索　引

備　考

1. Iトーマス・マン著作名索引，II人名・事項索引の2つの索引にわけた。なおII人名索引中に（→I）とあるのはI著作名索引に関連記載があることを示す。
2. 配列は50音順によった。ただし「ダス・フォールム」のように冠詞つきの新聞，雑誌名などは，原則として冠詞を外して50音順に配列した。同じく，「アルフレド・A.クノップ社」のように姓名が社名になっている場合は姓に基づいて配列してある。
3. 数字の次の上，下はそれぞれ，当該ページの上段，下段を示す。
4. イタリック体の数字は，そのページの注の部分を示す。
5. 著作名索引に関し，見出しが関連事項を示す場合は→印によって，関連の作品名が示される。[　]ないしは〔　〕にかこまれている表題は，全集などに収録されたときにつけられた表題であることを示す。

*なお，この索引はヴォルフガング・クロフトによる，原書の索引をもとにしたものである。

I　トーマス・マン著作名索引

ア行

［アインシュタイン・メダルに対する感謝のスピーチ］（1939年）［Dankrede für die Einstein-Medaille］（1939）　558上，564上，829下-830下
アウグストの章 August-Kapitel →ヴァイマルのロッテ．第六章 Lotte in Weimar. Sechstes Kapitel
欺かれた女（1953年）Die Betrogene（1953）　*248* 上
新しい巻に寄せて Zum neuen Jahrgang →「尺度と価値」．〔第二巻への序文〕›Mass und Wert‹. ［Vorwort zum zweiten Jahrgang］
アデーレの章 Adelen-Kapitel →ヴァイマルのロッテ．第四章 Lotte in Weimar. Viertes Kapitel
アデーレの物語 Adeles Erzählung →ヴァイマルのロッテ．第五章 Lotte in Weimar. Fünftes Kapitel
あとがき（「スペイン．苦しめる人々」）Nachwort（›Spanien. Menschen in Not‹）→スペイン Spanien
あの男は私の兄弟 That Mann is My Brother →兄弟ヒトラー Bruder Hitler
［アメリカ書籍商の会合での挨拶］（1939年）［Ansprache vor amerikanischen Buchhändlern］（1939）　631上，*631* 下，639上，639下，640下，642下，*643* 上，643下
アメリカと亡命者 America and Refugee →節度と忍耐 Takt und Geduld
［アメリカの芸術家たちへの声明］（1937年）［Botschaft an die amerikanischen Künstler］（1937）　244上，*244* 下，807下-808上
ある往復書簡 Ein Briefwechsel →ボン大学との往復書簡 Briefwechsel mit Bonn
あるケース入り版画への序文（1921年）Vorwort zu einer Bildermappe（1921）　*6* 下
『アンナ・カレーニナ』（1940年）›Anna Karenina‹（1940）　viii上，645上，646下-647上，671上，672上，685上，716上，744下，757下，
イェール講演 Yale-Rede →イェール大学におけるある資料収集室の開設にあたって Zur Gründung einer Dokumentensammlung in Yale University
イェール大学トーマス・マン・ライブラリ開設にあたっての講演 Rede bei der Eröffnung der Thomas Mann Library an der Yale University →イェール大学におけるある資料収集室の開設に寄せて Zur Gründung einer Dokumentensammlung in Yale University
イェール大学におけるある資料収集室の開設に寄せて（1938年）Zur Gründung einer Dokumentensammlung in Yale University（1938）　251上，下，252上，253上-*254* 下，256上，262下，271上，283下，299上，300下，301下，309下，311下，458下
ヴァイマルのロッテ（1939年）Lotte in Weimar（1939）　viii上，3下，*4* 下，38上，59下，63上，64上，75上，97下，98下，104上，104下，122下，135下，*194* 上，240下，255

上，257 上，258 上，259 下，260 上，264 下，302 下，340 上，*372* 上，*391* 上，432 上，487 下，552 上，*572* 上，604 上，614 上，*625* 上，629 上，635 上，656 下，658 上，676 下，679 下，681 上，692 下，702 下，716 上-723 上，726 下，748 下，756 上，760 下，761 下，765 下，767 下，779 下，*780* 上，784 上，785 上，789 下-794 下，799 上
英訳（Lotte in Weimar/The Beloved Returns） 416 上，697 下，788 下，789 下，795 下
チェコ語訳（Lota ve Vymaru） *68* 下
仏語（Charlotte à Weimar）
露訳（Lotta v Vejmare） *193* 下
―第一章　Erstes Kapitel　11 下，16 上，20 上，24 上，35 下，69 下，71 上，86 下，92 上，96 上，127 下，138 下，243 下，639 下
―第二章　Zweites Kapitel　3 下-14 上，*14* 下，31 上，32 下，33 上，34 下，35 上，37 上，*37* 下，43 下，74 下，96 上，138 下，172 上，197 下，*205* 下，214 上，283 下，299 上，583 下
―第三章　Drittes Kapitel 36 下-49 下，55 上-75 下，78 下-95 下，122 下-131 下，136 上-144 下，170 上，172 上，183-189 上，194 上，195 上，195 下，197 上，197 下，200 上，240 上，245 下，368 下，719 上，738 上，780 上
―第四章　Viertes Kapitel　146 上-152 上，197 下，353 上，673 上
―第五章　アデーレの物語 Fünftes Kapitel. Adele's Erzählung　162 上-212 上，259 下，214 上，297 下，299 下，301 下，322 上，332 下，347 上，409 上
―第六章　Sechstes Kapitel　169 下，213 上-219 上，261 上-264 上，269 上-276 下，383 上，385 下，386 下，387 上，387 下，391 下-403 上，411 上，412 上，415 下-431 下，434 下，442 下，*463* 上，464 上，512 上，530 上，549 下，550 上，584 上，*584* 下，658 上
―第七章　Das Siebente Kapitel 496 下-504 下，508 下，513 下，514 下，519 上-533 上，538 上，553 下-589 下，594 下，596 上，597 上，602 下，608 下，622 下-627 下，630 上，631 下，633 上，641 下，642 上，下，643 上-651 下，654 上，655 上，657 上，669 上，674 上，674 下，676 下，677 上，680 下，682 上，681 下，*684* 上，*689* 上，689 下，690 上，*697* 上，703 上，724 上，下，725 上，726 下，738 上，771 下，788 下，*789* 上，789 下
―第八章　Achtes Kapitel　690 下-698 下，700 下-706 上，710 下，713 上，719 上-724 上，728 下，730 下，731 上，735 上-740 下，742 下-748 上，749 上-753 上，761 下，
―第九章　Neuntes Kapitel　713 上，751 下，752 上，755 上-761 下，771 上，
〔ヴァーグナー擁護.「カマン・センス」の編集者への手紙〕(1940 年) [Zu Wagners Verteidigung. Brief an den Herausgeber des ›Common sense‹] (1940)　761 下，767 下，*768* 上，768 下，769 下，770 上，772 下，776 下，787 下，796 上
ヴァーグナー擁護 In Defence of Wagner →〔ヴァーグナー擁護.「カマン・センス」の編集者への手紙〕[Zu Wagners Verteidigung. Brief an den Herausgeber des ›Common Sense‹]
ヴァーグナー，リヒァルト Wagner, Richard →リヒァルト・ヴァーグナー

の苦悩と偉大 Leiden und Größe Richard Wagners
— →〔ヴァーグナー擁護.「カマン・センス」の編集舎への手紙〕[Zu Wagners Verteidigung. Brief an den Herausgeber des ›Common Sense‹]
— →リヒアルト・ヴァーグナーと『ニーベルングの指輪』Richard Wagner und der ›Ring des Nibelungen‹
ヴェニスに死す（1912 年）Der Tod in Venedig（1912） *6* 下，*76* 上，114 下，154 上，*160* 上，183 上，288 上，367 上，699 下
ヴェルズングの血（1906 年）Wälsungenblut（1906） 488 上，*654* 下
[エーリカ・マン『一千万人の子供たち』序文]（1938 年）[Erika Mann ›Zehn Millionen Kinder‹. Geleitwort]（1938） 325 上，362 上，*362* 下，363 下，366 下，368 下，488 上，574 下，*575* 上
選ばれし人（1951 年）Der Erwählte（1951） *236* 上
オーベナウアー，カール・ユストゥス Obenauer, Karl Justus →ボン大学との往復書簡 Briefwechsel mit Bonn
女たちの集い Damengesellschaft →ヨゼフとその兄弟たち．エジプトのヨゼフ．Joseph und seine Brüder. Joseph in Ägypten.
第七章 穴 Siebentes Hauptstück : Die Grube

カ行

回状 Rundbrief（1938 年） 457 上，*457* 下，816 上-817 上
感謝礼賛 Lob der Dankbarkeit →[プリンストン大学名誉博士号授与にあたっての感謝のスピーチ][Dankrede bei der Verleihung des Ehrendoktors der Universität Princeton]
[北国英雄伝説のお伽の騎士．レーニンについて]（1939 年）[Märchenritter aus der nordischen Heldensage. Über Lenin]（1939） 551 下
来るべきデモクラシーの勝利（1938 年）Vom kommenden Sieg der Demokratie（1938） viii 上，157 下，*159* 上，220 上，*220* 下，234 上-250 下，254 上，256 上，257 上，271 上，277 上，291 下，296 上-300 下，307 上，313 下-320 下，323 下，330 下，337 下，338 下，339 上，340 上，*362* 下，365 下，368 下，375 上，384 上，415 上，419 上，419 下，426 下，439 下，440 上，450 上，*450* 下，451 上，462 上，464 上，486 下，551 下，761 上
英訳（The Coming Victory of Democracy） *46* 下，168 上，401 下，*402* 上，408 上，420 下，423 上，479 下，495 下，500 上，577 下
オランダ語訳（De komende Zege der Democratie） 684 下
デンマーク語訳（Om Demokratiets Fremtidssejr） *456* 上，514 上
仏訳（La Victoire finale de la Démocratie） 670 上，*670* 下
来るべき人間主義（1938 年）The Comming Humanism（1938） 459 上，459 下，461 上，461 下，473 上，*474* 上，529 上，817 上-821 上
兄弟ヒトラー（1939 年）Bruder Hitler（1939） *328* 下，433 上，*433* 下，457 上，458 上，461 下，465 下，472 上，501 上，505 上，511 下，554 下，586 上，587 上，614 上，615 上，*616* 上，624 下，625 上，633 上，*634* 上，661 下，*662* 下，684 下
巨匠の苦悩と偉大（1935 年）Leiden und Größe der Meister（1935） *63* 上，*452* 上

〔キリスト教—民主主義—野蛮〕
[Christentum—Demokratie—Barbarei]→〔トーマス・マンのために催された「キリスト教徒ドイツ亡命者のためのアメリカ委員会」の宴会におけるテーブルスピーチ〕
[Tischrede beim Bankett des >American Committee for Christian German Refugees< zu Ehren von Thomas Mann]
クルル Krull →詐欺師フェーリクス・クルルの告白 Bekenntnisse des Hochstaplers Felix Krull
ケストナー，シャルロッテ Kestner, Charlotte →ヴァイマルのロッテ Lotte in Weimar
傑作短篇集（1939年）Die schönsten Erzählungen（1939） 414下，416上，423上，426下，519下，699下
ゲーテとトルストイ（1921年）Goethe und Tolstoi（1921） *656*下
ゲーテの『ヴェールター』（1941年）Goethe's >Werther<（1941） viii上，251下，384上，753上，763上-767下，773下，774上，775上，*775*下
ゲーテの『ファウスト』について（1939年）Über Goethe's >Faust<（1939） viii上，251下，384上，433上-434下，437下-457上，464下，469下-475下，478下，481下-487上，492下，506上-512上，515上，530上，623下，625下，627下，761上
英訳 509下，518下，520上-521下，627下，628下
ゲーテ，ヨーハン・ヴォルフガング・フォン Goethe, Johann Wolfgang von →ヴァイマルのロッテ Lotte in Weimar
ゲーテ，ヨーハン・ヴォルフガング・フォン（『ファウスト』）Goethe, Johann Wolfgang von（>Faust<）→ゲーテの『ファウスト』について Über Goethes >Fausut<
仮病 Schulkrankheit →詐欺師フェーリクス・クルルの告白．第一部 第六章．Bekenntnisse des Hochstaplers Felix Krull. Erstes Buch. Sechstes Kapitel.
現代精神史におけるフロイトの位置（1929年）Die Stellung Freuds in der modernen Geistesgeschichte（1929） *109*下
子供の遊戯（1904年）Kinderspiele（1904） 261上
この戦争（1940年）Dieser Krieg（1940） 772上-794下，795下，797下
この平和（1938年）Dieser Friede（1938） viii上，485下，487下，489下-495下，498下-509下，*510*上，514上，518下，519下，523上，526上，553上，568下，698上
英訳（This Peace） 500上，*510*上，515下，523上，526上，531下，541下
仏訳（La Paix de Munich） *670*下
この平和に寄せて Zu diesem Frieden →この平和 dieser Friede
この巻に寄せて Zu diesem Jahrgang →「尺度と価値」．〔第三巻への序文〕>Mass und Wert<，[Vorwort zum dritten Jahrgang]

サ行

詐欺師フェーリクス・クルルの告白．回想録の第一部（1954年）Bekenntnisse des Hochstaplers Felix Krull. Der Memoiren erster Teil（1954）
英訳（Confessions of Felix Krull, Confidence Man） *555*上
オランダ語訳（Bekentenissen van den Oplichter Felix Krull） *678*下
詐欺師フェーリクス・クルルの告白．幼

年時代の巻（1911年）Bekenntnisse des Hochstaplers Felix Krull. Buch der Kindheit（1911） 75下
英訳（Felix Krull） 53上，*53*下
—映画化計画 Filmprojekt 237上
—第一部 Erstes Buch
—第六章 Sechstes Kapitel 584下
—（「第二部［断片］」増補版）（Um ein ›Zweites Buch [fragmentarisch]‹ erweitert） 75下，80上，85上，85下，86下，95上，97下，*98*上，114下，205下，206上，*206*下，207上，215下，*216*下，229下，242上，257上，259下，260上，269上，283下，*284*下
作家としてのゲーテの経歴（1932年）Goethe's Laufbahn als Schriftsteller（1932）
英訳（Goethe's Career as a Man of Letters） 89上，*89*下，92下，95上，100下
［雑誌「小さな男シリーズ」について（1939年）［Über die Zeitschrift ›Little Man Series‹（1939） 598下
シケレ，ルネ（『未亡人ボスカ』）Schickle, René（›Die Witwe Bosca‹→ルネ・シケレの『未亡人ボスカ』のフランス語版に寄せて Zur französischen Ausgabe von René Schickele's ›Witwe Bosca‹
自身の世界観について Über die eigene Weltansicht →来るべき人間主義 The Coming Humanism
市民時代の代表者としてのゲーテ（1939年）Goethe als Repräsentant des bürgerlichen Zeitalters（1939） *109*下
英訳 307下，*308*上，319上
「尺度と価値」›Mass und Wert‹
英訳（Measure and Value） *244*下，309下，375下
—（Standards and Values） 167下，171上，175下，177下，*168*上，*244*下，*310*上
〔第一巻への序文〕（1937年）［Vorwort zum ersten Jahrgang］（1937） 60下，61上，104下，108上，109下-120上，124上，127下，128下，134下，135下，150下，174上，*174*下，201下，244上，246下
〔第二巻への序文〕（1938年）［Vorwort zum zweiten Jahrgang］（1938） 434下-439上
〔第三巻への序文〕（1939年）［Vorwort zum dritten Jahrgang］（1939） *633*下，744上，*744*下，752下，753上，754上
シャムペイン講演 Champain-Rede→［『ニュウマン枢機卿賞』受賞にあたっての挨拶］［Ansprache bei der Verleihung des ›Cardinal Newman Award‹］
［自由ドイツへのトーマス・マンの信条吐露］［Thomas Manns Bekenntnis für ein freies Deutschland］→自由のための戦いに寄せる信条告白 Bekenntnis zum Kampf für die Freiheit
自由の問題（1939年）Das Problem der Freiheit（1939） viii上，538上-542下，547上-556上，*629*下，630上，*633*下，634上，641上，682上，693上，695上，695下，*696*上，696下，701下，704下，749上，749下，750下，761上，793上，*793*下
英訳（The Problem of Freedom） 554上，558下-563上，581上，下，582上，590上-395下，598下，600下，603上，下，607上，628下-634上，645上，*645*下，652上，689上，*689*下，744上，749上，749下，753上，754上，755上，758下，760上，761上，768下，781下，782下
スウェーデン語訳（Frihetens

problem〕 762 上
瞬間の絶頂 Die Höhe des Augenblicks →この平和 Dieser Friede
書簡 Letter →〔『人生への逃避』についてエーリカ，クラウス・マンに宛てて〕［An Erika und Klaus Mann über ›Escape to Life‹］
書簡集（エーリカ・マン編）Briefe (Hrsg. Erika Mann) *30* 下
［ジョージ・C・プラット宛てに］（1934年）［An George C. Pratt］（1934） *153* 上
［「書籍と筆者・午餐会」ニューヨーク，における挨拶］（1938年）［Ansprache beim ›Book and Author Luncheon‹, New York］（1938）505 下，506 上，507 下，508 上，508 下，509 下，*510* 上，523 上，552 下，553 上，553 下，825 下-829 下
［序文］［Geleitwort］→［エーリカ・マン『一千万人の子供たち』］［Erika Mann ›Zehn Millionen Kinder‹］
ショーペンハウアー（1938年）Schopenhauer（1938） viiiJ 上，244 下，*245* 上，246 下，251 上，252 下，256 上-257 下，*258* 下，264 下，269 上，*269* 下，272 下，274 上，276 下-304 上，340 上，375 上，376 上-379 上，382 下，384 上，396 下，400 下，401 上，429 上-433 上，446 上，*446* 下，447 上，455 上，459 上，461 上，462 下，515 下，526 上，531 下，537 下，559 下，573 下，*623* 上，671 上，683 下，690 下，691 上，696 上，761 上
　英訳 627 下
［『人生への逃避』についてエーリカ，クラウス・マンに宛てて］（1939年）［An Erika und Klaus Mann über ›Escape to Life‹］（1939） 539 上，*539* 下
［人類の敵］（1939年）［Der Feind der Menschheit］（1939） 609 上，611 上，*611* 下，615 上，*615* 下，629 上，634 上
随想集
　アメリカ版（Freud, Goethe, Wagner. Three Essays） 167 下，173 上，179 下，*180* 上
　アメリカ版（Order of the Day. Political Essays and Speeches of Two Decades） 285 下，*286* 上，296 上-301 下，311 上，*459* 上，631 上，*631* 下，*684* 下
　イタリア版（Saggi） 451 下，*452* 上
　フランス版→ Achtung, Europa! Aufsätze zur Zeit フランス版 (Avertissement à l'Europe)
すげかえられた首（1940年）Die vertauschten Köpfe （1940） *445* 上，748 上，772 上，785 上，*785* 下，796 上，796 下，797 上，798 下，799 上
ストックホルム版全集（1939年以降）Stockholmer Gesamtausgabe der Werke（1939 ff.） 679 下，766 下
スペイン（1937年）Spanien（1937） 46 上，*46* 下，49 上，50 上，50 下，51 下，53 上，59 下，62 上，65 上，246 下，*393* 下
　英訳（I stand with the Spanish People） *46* 下
　ハンガリー語訳（Utószó） 79 上，*79* 下
生気ある精神 Der Lebendige Geist →生気ある精神 The living Spirit
生気ある精神（1937年）The Living Spirit（1937） 85 下，86 下，92 下，102 上，127 上，205 下
政治への強制 Zwang zur Politik →文化と政治 Kultur und Politik
精神と生との間の調停者 Mediators between the Spirit and Life →〔アメリカの書籍販売業者を前にしての挨

拶〕［Ansprache vor amerikanischen Buchhändlern］
精神の高貴（1945年）Adel des Geistes（1945） 626下，680上，*680*下，693上，696下，
［「世界作家会議」での講演］［Rede auf dem >World Congress of Writers］→〔世界作家会議における挨拶〕〔Ansprache auf dem Weltkongreß der Schriftsteller］
節度ある世界に寄せる To the Civilized World →節度ある世界に寄せる An die gesittete Welt
節度ある世界に寄せる（1938年）An die gesittete Welt（1938） 515下-519下，527下，548下，549上
節度と忍耐（1939年）Takt und Geduld（1939） 755下，756上，*756*下，840下-841上
セルヴァンテス・サーベドラ，ミグエル・デ（『ドン・キホーテ』）Cervantes Saavedra, Miguel de（>Don Quichote<）→ドン・キホーテとともに海を渡る Meerfahrt mit Don Quichote
〔一九三八年九月十三日チューリヒ・シャウシュピールハウスにおける『ヴァイマルのロッテ』の朗読に先立っての挨拶．草案］［Einleitung zur Vorlesung aus >Lotte in Weimar< im Schauspielhaus Zürich am 13. 9. 1938. Konzept］ 462下，*463*上，464上
宣言 Manifest →節度ある世界に寄す An die gesittete Welt
全集第八巻 Gesammelte Werke ix上
チェコ版（Dilo） *68*下
ロシア版（Sobranije sočinenij） *4*上
宣伝パンフレット Flugschrift →ボン大学との往復書簡 Briefwechsel mit Bonn
［ソヴィエト館について］（1939年）［Über den sowjetischen Pavillon］（1939） 643下
ソヴィエト作家同盟への書簡（1937年）An d. sowjetischen Schriftstellerverband（1937） 96上，96下-98下

タ行

［『大公殿下』のアメリカ版への序文］（1939年）［Vorwort zu einer amerikanischen Ausgabe von >Königliche Hoheit<］ 658上，660下，*661*上，667上，667下，668下，669下，671下，676上，763上
大公殿下（1909年）Königliche Hoheit（1909） 97下，*98*上，*235*下，*320*上，651下
—映画化計画 Filmprojekt 104下
英訳（Royal Highness） *661*上，742下，763上，782下，*783*上，786上
—→〔『大公殿下』アメリカ版への序文〕［Vorwort zu einer amerikanischen Ausgabe von >Königliche Hoheit<］
［タイム・カプセルのために］（1938年）［Fur die Time-Capsule］ 436上，*436*下
短篇小説 die Novelle →ヴァイマルのロッテ Lotte in Weimar
短篇小説集 Novellen
アメリカ版（Stories of Three Decades） *249*下，271上
イギリス版（Stories of Three Decades） 53上，*53*下，271上
ハンガリー版全集（Összes Novellâi） 249上，*249*下
デノフ，モリス（『極小の抵抗戦線』）Denhof, Maurice（>La Ligne de moindre Résistance<）→友への手紙 Lettre â un ami
『デモクラシー』“Demokratie”→来るべきデモクラシーの勝利 Vom

kommenden Sieg der Demokratie
[[「ドイツにおける法と自由のためのヨーロッパ会議」への声明]（1937 年）[Botschaft an die ›Europäische Konferenz für Recht und Freiheit in Deutschland‹]（1937） 221 上, *221* 下, 231 上, *231* 下, 807 上
ドイツの挨拶. 理性に訴える（1930 年）Deutsche Ansprache. Ein Appell an die Vernunft（1930） 297 上, *297* 下
[ドイツの教育] [Deutsche Erziehung] →[エーリカ・マン『一千万人の子供たち』序文] [Erika Mann ›Zehn Millionen Kinder‹. Geleitwort]
トーニオ・クレーガー（1903 年）Tonio Kröger（1903） 48 上, 254 上, *699* 下, 766 下
日本語訳（Tonio Kregeru） 464 上
トーマス・マサリク（1937 年）Thomáš Masaryk（1937） *122* 上, 188 上, *188* 下, 189 上, *189* 下, 190 上, 195 下
トーマス・マンからの重要な手紙 An Important Letter from Thomas Mann →〔ジョージ・C・プラット〕[An George C. Pratt]
トーマス・マン・コレクション Thomas Mann Collection →イェール大学におけるある資料収集室の開設に寄せて Zur Gründung einer Dokumentensammlung in Yale University
トーマス・マンの挨拶（1937 年）Gruß von Thomas Mann（1937） 141 下, 801 下
[トーマス・マンのための「クリスチャンドイツ人亡命者のためのアメリカ委員会」の宴会におけるテーブルスピーチ]（1938 年）[Tischrede beim Bannkett des ›Amerikan German Refuges‹ zu Ehren von Thomas Mann]（1938） 369 下, 370 上, 370 下, *371* 上
友への手紙（1938 年）Lettre à un ami（1938） *207* 下, 805 下-807 上
トリスタン（1903 年）Tristan（1903） *223* 下
トルストイ, レフ・ニコライェヴィチュ伯爵（『アンナ・カレーニナ』）Tolstoi, Leo Nikolajewitsch Grab（›Anna Karenina‹）→『アンナ・カレーニナ』Anna Karenina
ドン・キホーテとともに海を渡る（1943 年）Meerfahrt mit Don Quijote（1934） 747 下

ナ行

日記 1918 年-1921 年 Tagebücher 1918-1921 *44* 下, *158* 上
日記 1933 年-1934 年 Tagebücher 1933-1934 vii 上
日記 1935 年-1936 年 Tagebücher 1935-1936 vii 上
〔日記のページから〕（1938 年）[Tagebuchblätter]（1938） 327 下, *328* 上, 342 下, 343 下-361 下, 372 下, 382 下, 384 下, 414 上, 417 下, 429 上, 433 上
[『ニュウマン枢機卿賞』受賞にあたっての挨拶]（1938 年）[Ansprache bei der Verleihung des ›Cardinal Newman Award‹]（1938） 358 下-365 下, 810 上-812 下
〔ニューヨークでの「ドイツの日」における講演〕（1938 年）[Rede auf dem Deutschen Tag in New York]（1938） 523 上, *523* 下, 524 上, 524 下, 525 下, 558 下
[ニューヨークにおけるスペイン・デモンストレーションへの挨拶の声明（1938 年）Begrüßungs-Botschaft an die Spanien-Kundgebung in New York]（1938）393 上, *393* 下, 812 下-814 下

［ニューヨークにおけるチェコスロバキアのための集団デモンストレーションでの挨拶］（1938 年）［Ansprache auf der Massenkundgebung für Tschechoslwakei in New York］（1938） 477 上，*478* 下，823 上-823 下
［ニューヨークの世界作家会議における挨拶］（1939 年）［Ansprache auf dem Weltkongreß der Schriftsteller in New York］（1939） 637 下，831 下

ハ行

バートランド・ラッセルへの回答（1939 年）Antwort an Bertrand Russell（1939） 569 下，830 下-831 下
［パリの，ドイツ人民戦線準備委員会へのメセージ］（1937 年）［Botschaft an das vorbereitende Komitee der Deutschen Volksfront in Paris］（1937） 85 下，*86* 上，801 上
反ユダヤ主義の問題に寄せて（1937 年）Zum Problem des Antisemitismus（1937） 75 下-78 上，79 上，*79* 下
非政治的人間の考察（1918 年）Betrachtungen eines Unpolitischen（1918） *23* 下，*52* 下，*95* 下，*116* 下，*121* 上，*157* 上，256 上，*417* 上
ヒッペ Hippe →魔の山 Der Zauberberg 第四章 Viertes Kapitel
ヒトラー，アードルフ Hitler, Adolf →兄弟ヒトラー Bruder Hitler
〔ヒトラー―この混沌．トーマス・マンの呼び掛け〕［Hitler-das Chaos. Ein Aufruf von Thomas Mann］→回状 Rundbrief
ファウストゥス博士（1947 年）Doktor Faustus（1947） *59* 下，*68* 下，*138* 下，*176* 上，*250* 下，249 下，*314* 上，*319* 下，*345* 下，441 上，*721* 上
ファウストゥス博士の成立（1949 年）Die Entstehung des Doktor Faustus（1949） *772* 上
ファウストについてのプリンストン講義から Aus dem Princetoner Kolleg über Faust →ゲーテの『ファウスト』について Över Goethe's ›Faust‹
フィオレンツァ（1905 年）Fiorenza 162 上，*162* 下，375 上，*627* 上
プシュキン，アレクサンダー・セルゲイヴィチュ Puschkin, Alexander Sergejewitsch →プシュキンについて Über Puschkin
プシュキンについて（1939 年）Über Puschkin（1937） 54 上，*54* 下，66 上
二つの願い（1939 年）Two Wishes（1939） 744 下，746 上，746 下，838 下-840 上
ブデンブローク家の人々（1901 年）Buddenbrooks（1901） *46* 下，*98* 上，312 下，*319* 下，534 上，642 下，695 上，*695* 下，716 上
英訳（Buddenbrooks） 479 下，485 上，489 上，
一第十部 Zehnter Teil
一第五章 Fünftes Kapitel 120 下，*121* 上
ブフ，シャルロッテ Buff, Charlotte →ヴァイマルのロッテ Lotte in Weimar
プラット，ジョージ・C. Pratt, George C.→〔ジョージ・C・プラット〕［An George C. Pratt］
フランク，ブルーノ Frank, Bruno →［ブルーノ・フランク］［Bruno Frank］
フランク，ブルーノ（『旅券』）Frank, Bruno（›Der Reisepaß‹）→ブルーノ・フランク『旅券』について Bruno Franks ›Der Reisepaß‹］

プリンストン大学の学生のための『魔の山』入門（1939年）Einführung in den >Zauberberg<. Für Studenten der Universität Princeton（1939） viii上，631上-636上，666上，*666*下，669上，674上，761下，762上，*766*上
英訳（The Making of the >Magic Mountain<） 635下，638上，762上，765下
［プリンストン大学名誉博士号授与にあたっての感謝のスピーチ］（1939年）［Dankrede bei der Verleihung des Ehrendoktors der Universität Princeton］（1939） 636下，637上，638上，640下，644上，*644*下，652下，833下-838下
［ブルーノ・フランク］（1937年）［Bruno Frank］（1937） 132上，*132*下，133上，134上
［ブルーノ・フランクの『旅券』について］（1938年）［Über Bruno Franks >Der Reisepaß<］（1938） 318上，*318*下，808下-810上
ブルーノ・フランクの五十歳の誕生日に寄せる Bruno Frank zum 50. Geburtstag →［ブルーノ・フランク］［Bruno Frank］
フロイト，ジークムント Freud, Sigmund →現代精神史におけるフロイトの位置 Die Stellung Freuds in der modernen Geistesgeschichte
フロイトと未来（1936年）Freud und die Zukunft（1936） 87下，*109*下，246下，*269*下，279下，*280*上，508下，778下
英訳（Freud and the Future） 563下，573上，573下
スペイン語訳（Freud y el porvenir） 131下，*132*上
仏訳（Freud et l'avenir） 124上，124下
文化と政治 Culture and Politics →文化と政治 Kultur und Politik
文化と政治（1939年）Kultur und Politik（1939） 532下-539上，688上，*688*下，689下，*690*上
英訳（Culture und Politics） *534*上，548下，563下，*688*下
［「平和のための世界集会」パリ会議に寄せるメセージ］（1938年）［Botschaft an die Pariser Konferenz des >Rassemblement Universel pour la Paix<］（1938） 58上，424下，*425*上，439下，814下-816上
平和のための戦いによせる信条告白（1937年）Bekenntnis zum Kampf für die Freiheit（1937） 147下，159下，*160*上，802上-805上
ヘッセ，ヘルマン Hesse, Hermann →六十歳のヘルマン・ヘッセに Dem sechzigjährigen Hermann Hesse
ベネシュ，ヴォイタ→［ベネシュ上院議員紹介のための挨拶］Beneš, Vojtas.［Ansprache zur Einführung von Senator Beneš］
［ベネシュ上院議員紹介のための挨拶］（1938年）［Ansprache zur Einführung von Senator Beneš］（1938） 486上，*486*下，824上-825下
［亡命の作家たち］（1939年）［Writers in Exile］（1939） *374*上，653下，654上
ボルン，ヴォルフガング（『ヴェニスに死す．トーマス・マンの短篇小説のための九葉の多色刷版画』）Born, Wolfgang（>Der Tod in Venedig. Neun farbige Lithographien zu Thomas Manns Novelle<）→あるケース入り版画への序文 Vorwort zu einer Bildermappe
［ボン大学哲学部学部長への書簡］［Brief an den Dekan der Philosophischen Fakultät der Universität Bonn］→ボン大学との往

復書簡 Briefwechsel mit Bonn
ボン大学との往復書簡（1937 年）
Briefwechsel mit Bonn（1937） 3 上，*4* 上，11 下，13 下，14 上，24 下-42 下，45 下-68 上，74 上，79 上，83 下-90 上，92 下，97 下，*108* 下，110 下，115 下，117 下，136 下，150 下，179 上，209 下，211 上，246 下，282 下，293 下，455 上，640 上，*640* 下，702 下，723 上
イタリア語訳（Un careggio） 62 下，*63* 上
英訳（An Exchange of letters） 45 下，*46* 下，48 下，49 下，60 上，60 下，68 上，70 下，82 上，85 上，86 下，88 下，97 下，112 下，119 下
オランダ語訳（Een Briefwisseling） 53 上
スウェーデン語訳（En brevväxling） 33 下，*34* 上，35 下
チェコ語訳（Odpověd） 34 下，53 上，*53* 下，59 上
デンマーク語訳 456 上，514 上
ポーランド語訳 80 上

マ行

マクス・リーバーマンの八十歳の誕生日に寄せる（1927 年）Max Liebermann zum achtzigsten Geburtstag（1927） *6* 下
マサリク，トマーシュ・ガリグ Masaryk, Thomáš Garigue →トーマス・マサリク Thomas Masaryk
マサリクを偲んで Zu Massaryks Gedachtnis →トーマス・マサリク Thomas Massaryk
［マーテルリンクについての発言］（1937 年）［Äußerung über Maeterlinck］（1937） 148 上，*148* 下，805 上
マーテルリンク，モリス Maeterlinck, Maurice →〔マーテルリンクについての発言〕〔Äußerung über Maeterlinck］
魔の山 Der Zauberberg（1924 年） *4* 上，6 下，27 上，*27* 下，48 下，61 下，*76* 上，78 上，79 下，83 下，84 上，*98* 上，137 上，146 下，*153* 上，159 上，165 上，194 上，196 上，199 上，*199* 下，258 上，312 下，319 上，*319* 下，*320* 上，353 下，*354* 上，354 下，447 下，475 下，512 下，634 下，656 下，666 上，*666* 下，679 下，680 下，716 上，766 下
—映画化計画 Filmprojekt 104 下
英訳（The Magic Mountain） 104 下，226 下，742 下，745 下，790 下
スペイン語訳（La montaña mágica） 54 上，54 下
—第四章 Viertes Kapitel
ヒッペ Hippe 618 上
仏訳（La Montagne Magique） 252 下
—→プリンストン大学の学生のための『魔の山』入門 Einführung in den ›Zauberberg‹. Für Studenten der Universität Princeton
マーリオと魔術師（1930 年）Mario und der Zauberer 92 下，213 上，443 上，*699* 下
英訳（Mario and the Magician） 92 下，*93* 上
マン，エーリカ（『一千万人の子供たち』）Mann, Erika（›Zehn Millionen Kinder‹）→［エーリカ・マン『一千万人の子供たち・序文］［Erika Mann ›Zehn Millionen Kinder‹・Geleitwort］
マン，エーリカ（『人生への逃避』クラウス・マンとの共著）Mann, Erika（›Escape to Life‹, zus. mit Klaus Mann）→〔『人生への逃避』について，エーリカ，クラウス・マンに宛てて〕［An Erika und Klaus Mann über ›Escape to Life‹］
マン，クラウス（『人生への逃避』エー

リカ・マンとの共著）Mann, Klaus (>Escape to Life<, zus. mit Erika Mann →『人生への逃避』について，エーリカ，クラウス・マンに宛てて）An Erika und Klaus Mann über >Escape to Life<
無秩序と幼い悩み（1925年）Unordnung und frühes Leid（1925） 699下
英訳（Early Sorrow） 745下，780下

ヤ行

ヨゼフとその兄弟たち（1933年-1943年）Joseph und seine Brüder（1933-1943） *9*上，97下，*122*上，146上，159下，164上，*164*下，*176*上，*254*下，337上，425上，432上，447下，448下，*494*上，498上，*498*下，512下，569上，577上，638下，642上，779下，820下
—映画化計画 Filmprojekt *314*上，344上，*344*下，349上，350下，381上，401下，405上，448下，468上
—ヤコブ物語（1933年）Die Geschichten Jaakobs（1933） *61*上，*98*上，164上，293下，440下，*450*上，488下，771上，797下
イタリア語訳（Le storie di Giacobbe） 31下
チリ版（Las historias de Jakob） 225下
デンマーク語訳（Jacobs Historier） *61*上
—若いヨゼフ（1934年）Der junge Joseph *61*上，98上，164上，293下，440下，488下
イタリア語訳（Il giovane Giuseppe） 31下
英訳（The Young Joseph） 104下，*780*上
デンマーク語訳（Den unge Josef） *61*上
—第四章　夢見る者 Viertes Hauptstück : Der Träumer
綾ぎぬ Der bunte Kleid 409上
—エジプトのヨゼフ（1936年）Joseph in Ägypten（1936） 6上，*7*上，16上，*16*下，31下，32下，52上，60下，*61*上，78下，*79*下，*87*上，*97*上，150下，164上，234上，236上，237上，258上，283下，293下，317上，*319*下，337上，440下，702下，822上
イタリア語訳（Giuseppe in Egitto） 31下，183上，230上
英訳（Joseph in Egypt） 215下，*216*上，280上，*284*上，285下，309下，318上，319上，*319*下，321上，324上，378上，405上，413下，439下，488上
デンマーク語訳（Josef i Ægypten） 60下，*61*上，529上
フランス語訳（Joseph en Égypte） 542下，547上，556下
—第五章　祝福された男 Fünftes Hauptstück : Der Gesegnete
モント＝カウのつつましき死に関する一部始終 Bericht von Mont-kaws bescheidenem Sterben *254*下
—第七章　穴 Siebentes Hauptstück : Die Grube
女たちの集い Die Damengesellschaft 20上，*20*下，24上，79上，243下
—養う人ヨゼフ（1943年）Joseph, der Ernährer（1943） 236下，*284*上，*319*下，341下，353上，603下，618上
—第三章　クレタ風の園亭　Driffes Hauptstück : Diekretische Laube 283上
ヨーロッパに告ぐ！時代への随想（1938年）Achtung, Europa! Aufsätze zur

Zeit（1938） viii 上，246 下，269 上，419 上，420 上，423 上，424 上，430 上，450 上，*450* 下，456 上-459 上，485 下，*487* 下，501 上，509 下，*505* 上，*510* 上，511 下，514 下，537 上，537 下，*554* 下，568 下，580 下，671 上，695 上，761 上，
フランス語版（Avertissement à l'Europe） 65 上，177 下，193 下，*199* 上，230 上，242 上，248 上，271 下，*65* 下，*178* 上，282 上
ヨーロッパに告ぐ！（随想）（1935 年） Achtung, Europa!（Essay）（1935） 246 下
ノルウェイ語訳（Europa i fare） 226 下

ラ行

ラッセル，バートランド Russell, Bertrand →バートランド・ラッセルへの回答 Antwort an Bertrand Russell
リーバーマン，マクス Liebermann, Max →リーバーマンを偲んで Gedenken an Liebermann
—→マクス・リーバーマンの八十歳の誕生日に寄せる Max Liebermann zum achzigsten Geburtstag
リーバーマンを偲んで（1944 年） Gedenken an Liebermann（1944） 6 上，*6* 下
リヒァルト・ヴァーグナーの苦悩と偉大（1933 年）Leiden und Größe Richard Wagners（1933） *160* 上，663 上，*663* 下
リヒァルト・ヴァーナーと『ニーベルングの指輪』（1937 年）Richard Wagner und der ›Ring des Nibelungen（1937） viii 上，220 上-237 上，246 下，269 上，*269* 下，273 上，273 下，282 下，295 上，436 上，508 下，533 上，552 上，*552* 下，636 上，671 上，761 上
英訳 548 下，549 下，554 上，555 上，555 下，556 上
リーマーとの対話 Gespräch mit Riemer →ヴァイマルのロッテ．第三章 Lotte in Weimar. Drittes Kapitel
リーマーの対話 Riener-Gespräch →ヴァイマルのロッテ．第三章 Lotte in Weimar. Drittes Kapitel
略伝（1930 年）Lebensabriß（1930） *93* 上，*121* 上，666 上，*666* 下
ルネ・シケレ，ドイツ語で書くフランス人作家 René Schickele Écrivain Français de la Langue Allemande →ルネ・シケレの『未亡人ボスカ』のフランス語版に寄せて Zur französischen Ausgabe von René Schickele's ›Witwe Bosca‹
ルネ・シケレの『未亡人ボスカ』のフランス語版に寄せて（1939 年）Zur französischen Ausgabe René Schickeke's ›Witwe Bosca‹（1939） *45* 上，104 下，285 下，*286* 上，287 上，288 下，294 下
レーニン，ウラジミル・イリイチ Lenin Wladimir Iljitsch →〔北国英雄伝説のお伽の騎士．レーニンについて〕［Märchenritter der nordischen Heldensage. über Lenin］
六十歳のヘルマン・ヘッセに（1937 年）Dem sechzigjährigen Hermann Hesse（1937） 135 下，*137* 下

ワ行

私の信条 What I Believe →来るべき人間主義 The Coming Humanism
私は劇場を信じる……（1938 年）Ich glaube an das Theater... 425 下，426 上，428 上，439 上

II 人名・事項索引

ア行

アイザー，ウルリヒ Eyser, Ulrich →プレスナー，ヘルムート Plessner, Helmuth
アイサーマン，ファーディナンド・マイアロン Isserman, Ferdinand Myron 598下，*599*上
アイスナー，パーヴェル（パウル） Eisner, Pavel (Paul) 68上，*68*下，517下，520下
アイゼマン，アルベルト Eiseman, Albert *549*下
アイゼマン，ミセス Eisemann, Mrs. 549上，*549*下
『アイーダ』Aida →ヴェルディ，ジュゼッペ Verdi, Giuseppe
アイヒェンドルフ，ヨーゼフ・フライヘル・フォン Eichendorff, Joseph Freiherr von
『全集』（パウル・エルンスト，ハインツ・アーメルング編） *Gesammelte Werke* (Hrsg. Paul Ernst und Heinz Amelung) 262上
アインジーデル，ヴォルフガング・フォン Einsiedel, Wolfgang von *135*上
アインシュタイン，アルベルト Einstein, Albert *105*上，371下，*372*上，485上，490下，498上，*498*下，515上，516下，*517*上，527上，558上，564上，570下，581上，584下，624下，645上，645下，753下，758上，770下，781上，829下
アインシュタイン・メダル Einstein-Medaille 541上，558上，*564*下
アウアーバハ，エーリヒ Auerbach, Erich 438下，*439*上
『フィグーラ』438下，*439*上
「アヴァンティ」，ローマ ›Avanti‹, Rom *124*下
アウアンハイマー，イレーネ Auernheimer, Irene 755上
アウアンハイマー，ラウール Auernheimer, Raoul 24上，*26*下，174上，244上，348上，*348*下，398下，411下，416下，548下，552下，*553*上，735上，746上，755上
『ヴィーン．姿と運命』*Wien. Bild und Schicksal* 244上，*244*下
アウクスプルク，アニータ Augspurg, Anita 199下
エディトリアル・アウトリウス（文学エイジェンシー），ブエノス・アイレス Editorial Autorjus (lit. Agentur), Buenos Aires *770*上
「アウフバウ」，ニューヨーク ›Aufbau‹, New York *6*下
「アウフバウ」，ベルリン ›Aufbau‹, Berlin *692*下
デア・アウフブルフ書店，チューリヒ Verlag Der Aufbruch, Zürich *222*下
『赤い花嫁衣装』*The Bride Wore Red* →アルズナー，ドロシ Arzner, Dorothy
アゲンツィア・ステファニ Agenzia Stefani 725下，*726*上
アサニア・イ・ディエス，マヌエル Azaña y Dîaz, Manuel 51下，*52*上
リブレリー，アシェット（書店），パリ

Librairie Hachette (Verlag), Paris *10* 下
アシャーマン，博士 Ashcermann, Dr. 577 上，*577* 下，580 下，585 下
アシュ，シャローム，Asch, Schalom 90 上
アスクィス，アンソニ Asquith Anthony
『ピグマリオン』(映画演出) *596* 下，*597* 上
アスクィス，ハーバト・ヘンリ・アール (伯爵) オヴ・オクスフォド・アンド Asquith Henry Earl of Oxford and *452* 下，*740* 下
アスコーナ Ascona 195 下，198 上
アーズナー，ドロシ Arzner, Dorothy
『赤い花嫁衣装 (映画演出)』 *The Bride Wore Red* (Filmregie) *306* 下
アスパー，ハンス Asper, Hans 70 上，*70* 下，*210* 下-*215* 下，218 上，221 上，224 上，224 下，229 上，234 上，250 下，273 上，415 下，438 上，447 下-451 上，459 上，463 上，704 下
アセニアム (書店) ニューヨーク Athenäum (Verlag) New York *161* 上
麻生種衛 アソウ，タネエ Aso, Taneo 134 上，*134* 下
アソル，キャサリン・マージョリ・オヴ伯爵夫人 Atholl, Katharine Marjorie Duchess of *121* 上，491 下，*492* 上，596 下
「アデヴェルル」>Adeverul< *9* 上
アテネーウム (書店) ブダペスト Athenaeum (Verlag), Budapest *249* 下
「アテネーウム」，プラハ >Athenäum<, Prag *188* 下
「アテネーウム」，ベルリン >Athenäum<, Berlin *77* 下
アテンホーファー，エルジー Attenhofer, Elsie *189* 下
「アート・ビュレティーン」>Art Bulletin<, New York *770* 下
「アードラー・イム・ジューデン」>Adler im Süden< *13* 下
「ジ・アトランティク・マンスリ」，ボストン >The Atlantic Monthly<, Boston *168* 上，413 下，*414* 下，590 下，*591* 上，*746* 上
アトランティス書店，チューリヒ Atlantis-Verlag<, Zürich *164* 上
アドルノ，テーオドーア・ヴィーゼングルント Adorno, Theodor Wiesengrund 214 下
アナコンダ (書店) ブエノス・アイレス Anaconda (Verlag) Buenos Aires *55* 上
アナベラ Annabella 315 上
アヌンツィオ，ガブリエーレ・ド Annunzio, Gabriele d' 73 下，314 上
アネ，クロード Anet, Claude *180* 上
アネッテ Annette →コルプ，アネッテ Kolb, Annette
アネンコーヴァ Annenkowa 3 上，*4* 下
「アーベーツェー．独立スイス論壇」>ABC. Unabhängige schweizerische Tribüne<, Zürich 143 下
エディトリアル・アポロ (書店) バルセロナ Editorial Apolo (Verlag), Barcelona *54* 下
アポリネール，ギヨーム Apollinaire, Guillaume 60 下，*61* 上
アマン，パウル Paul Amann 24 上，*25* 下，78 上，174 下
わが時代の結晶 Kristall meiner Zeit 459 下，*460* 上
アムスター，ミスター Amster, Mr. 182 下
アムステルダム Amsterdam 673 下
アームストロング，ハミルトン・フィッシュ Armstrong, Hamilton Fish

661下，*662*上
アメリカ学術芸術アカデミー，ニューヨーク American Academy of Arts and letters, New York *373*下，533下，535上，551上，573下，577下，583下，637下，838上
アメリカ作家大会（第三回，ニューヨーク 1939年） American Writers Congress（3.; New York 1939） 655下，658上
アメリカ作家連盟 League of American Writers 653下，775上，*775*下，778下
「アメリカ作家連盟報」›Bulletin of the League of American Writers‹ *775*下
アメリカ書籍商連合 American Bookdealers Association 585上，624上，631上，639上，640下，642下
アメリカ・ドイツ民族同盟 Amerikadeutscher Volksbund (German-American Bund) 585上
アメリカ・ユダヤ人会議 American Jewish Congress 76下，*372*下
「アメリカン・ヒーブルー・ジュイシュ・トリビューン」，ニューヨーク ›American Hebrew Jewish Tribune‹, New York 99下，*100*上
アメント，ルードルフ（通称ブシ）， Amendt, Rudolf（genannt Buschi） 346上，349上，360下
アライアンス・ブック社（書店），ニューヨーク Alliance Book Corporation（Verlag）, New York *405*下，*510*上，561下，572下，583下，639上
アラゴン，ルイ Aragon, Louis 424上，*559*上，655下
アリオスティ，アッティリオ Ariosti, Attilio
『ヴィオラ・ダモーレと通奏低音のためのソナタ』*Sonate für Viola d'amore und Basso continuo* 263下
アリストーファネス Aristophanes 280上
アール，エドワド・M. Earle, Edward M. 787上
「アルゲマイネ・ツァイトゥング」，アウクスブルク ›Allgemeine Zeitung‹, Augsburg *548*上
「アルゲマイネ・ルントシャウ」，ミュンヒェン ›Allgemeine Rundschau‹, München *66*下
「アルゲメーン・ハンデルスブラット」，アムステルダム ›Algemeen Handelsblad‹ Amsterdam 677下
アルテーム・ファヤール（書店），パリ Arthème Fayard et Cie（Verlag）, Paris *252*下
アルトシュール，フランク Altschul, Frank 311上
「アルバエ・ヴィギリアエ」，チューリヒ ›Albae Vigiliae‹ Zürich 525下，*526*上
アルバレス・デル・バヨ，フリオ Alvarez del Vayo, Julio 624上，*631*下，635上，641上
アルヒペンコ，アレクサンダー Archipenko, Alexander 597上
『モーセ』Moses 597上
アルブレヒト，ヴィルヘルム・エードゥアルト Albrecht, Wilhelm Eduard *15*下
デ・アルベイデルスペルス（書店）アムステルダム De Arbeiderspers（Verlag）, Amsterdam *684*下
アルベルト・ボニエル（書店），ストックホルム Albert Bonnier（Verlag）, Stockholm *34*下，571下，*572*上，*704*上，*719*下，762上
アルバレス・デル・バヨ，夫人 Alvarez del Vayo, Frau 635上
アルンホルト，夫人 Arnhold, Frau 247下
アレヴィン，リヒァルト，Alewyn,

Richard 758下，*759*上
アレクサンドル，マクシーム
Alexandre, Maxime 285上
P・アーレツ書店，ドレースデン
Verlag P. Aretz, Dresden *433*下
アレルト・デ・ランゲ書店，アムステルダム Allert de Lange Verlag, Amsterdam *78*下，*122*下，*210*下，*226*上，*228*上，*254*下，*383*上，*519*下，538上，538下，*540*下，*580*上，*640*上，*670*上，*682*上，682下，*695*下，767上，*768*上
アレン，グレイシ Allen, Gracie *168*上
アローザ Arosa 23下，32下-51下，57下，260下，261上，264下，274上，275下-292上
ノイエス・ヴァルトホテル Neues Waldhotel 32下-51下，*196*上，275下-291上
アン・アーバー，ミシガン州 Ann Arbor, Mich. 315下
「デア・アングリフ」，ベルリン›Der Angriff‹, Berlin 201下，*202*上
アングル，ジャン・オーギュスト・ドミニク Ingres, Jean Auguste Dominique *22*下
『ジャヌ・ゴナン』*Jeanne Gonin* 594上
アンジェロス，ジャン Angelloz, Jean *503*下
アンセルメ，エルネスト Ansermet, Ernest 233上
アンダースン，エディー Anderson, Eddie *78*下
アンダースン，マリアン Anderson, Marian 533上，*533*下，779下
アンダーマン，エーリヒ Andermann, Erich *35*上
アンダーマン，フリードリヒ Andermann, Friedrich
『生物学の誤謬と真実』Irrtum und Wahrheit der Biologie 159下，*160*上，169上
アンドレーエ，エリーザベート Andreae, Elisabeth 238上
アンドレーエ，フォルクマル Andreae, Volkmar 81下，220下，238上
『アンナ・カレーニナ』Anna Karenina →トルストイ，レフ・ニコライェウィチュ伯爵 Tolstoi, Leo Nikolajewitsch Graf
イーヴォギューン，マリーア（元イルゼ・フォン・ギュンター）Ivogün, Maria (ursp. Ilse von Günther) *721*上
イェーガー，ヴェルナー Jäger, Werner 49上
『パイデイア．ギリシア的人間の形成』*Paideia. Die Formung des griechischen Menschen* 48下，*49*上
イェーガー，ハンス Jäger, Hans 636上，*636*下，639下
イエス・キリスト Jesus Christus 359下
イェスナー，レーオポルト Jessner, Leopold *200*下，355下
イェスペルセン・オグ・ピオ（書店），コペンハーゲン Jespersen og Pio (Verlag), Kopenhagen 60下，*61*上，74下
イェーナル，エーミール Jenal, Emil *176*下
イェリネク，オスカル Jellinek, Oskar *307*上
『ゲーテの孫たちの精神・生活悲劇』*Die Geistes-und Lebenstragödie der Enkel Goethes* 289上，307上，524上
イェリネク，フリッツ Jellinek, Fritz *178*下
『市民の危機』*Die Krise des Bürgers* 178上，*178*下
イェルーサレム Jerusalem *137*下
イェール大学出版局，ニュー・ヘイヴ

ン，コネチカット州 Yale University Press, New Haven, Conn. *146* 上
イェール大学，ニュー・ヘイヴン，コネチカット州 Yale University, New Haven, Conn. 72 下，97 下，116 下，234 上，*234* 下，311 下，357 上，360 下，384 上，386 下，*390* 上，404 上，*405* 下，*440* 上
（イェール大学の）文書館 Archiv（der Yale University）→トーマス・マン・コレクション，ニュー・ヘイヴン，コネティカット州 Thomas Mann Collection, New Haven, Conn.
「アルヒーヴム・ロマニクム」，フィレンツェ ›Archivum romanicum‹, Firenze *639* 上
「イェール・レヴュ」，ニュー・ヘイヴン，コネチカット州 ›Yale Review‹, New Haven, Conn. 350 下
イェンス，インゲ Jens, Inge *52* 下
「イガツ・ソ」，マロシュヴァーシャールヘイ ›Igaz Szó‹, Marosvásárhely *162* 上
イキス，ハロルド Ickes, Harold 628 下，*629* 下
イグノトゥス，ポル（パウル）Ignotus, Pal（Paul） 22 上，*23* 上
イサコフ，W．Issakow, W. 193 下
『いつ白銀の月が』*Wann der silberne Mond* →ヨハネス・ブラームス，『歌曲，作品 43』2 番『五月の夜』Johannes Brahms, *Lieder, op. 43*, Nr. 2 *Die Mainacht*
イーデン，サー・アンソニ Eden, Sir Anthony 306 上，*306* 下，*322* 下，462 下，476 上，480 下，*486* 上
『イフィゲーニエ』›Iphigenie‹ →ヨーハン・ヴォルフガング・フォン・ゲーテ，『タウリスのイフィゲーニエ』Johann Wolfgang von Goethe, *Iphigenie auf Tauris*
イプセン，ヘンリク Ibsen, Henrik 826 上
『社会の支柱』*Stützen der Gesellschaft* 89 上，*89* 下
「イマーゴ」，ヴィーン ›Imago‹, Wien *164* 上，*281* 上
イムレーディ，ベーラ Imredy, Bela 576 上
イリノイ大学，アーバナ University of Illinois, Urbana *340* 下，*358* 下，364 上，*365* 下
イングラム，レクス Ingram, Rex *78* 下
イングリム，ロベルト（本名フランツ・クライン）Ingrim, Robert（Franz Klein）
『オーストリアへの干渉』*Der Griff nach Österreich* *369* 上
インゼル書店，ライプツィヒ Insel-Verlag, Leipzig *142* 上，*284* 下，*448* 上，619 下
「ディ・インテルナティオナーレ」，パリ ›Die Internationale‹, Paris 624 下，*625* 上
ヴァイガント，ヘルマン・ジョン Weigand, Hermann John 103 上，*103* 下，221 上，234 上，*234* 下，283 下，311 下，312 上，380 下，397 下，404 上
『トーマス・マンの小説「魔の山」．試論』*Thomas Mann's Novel ›Der Zauberberg‹. A Study* *103* 下，634 下
ヴァイキング・プレス（書店），ニューヨーク Viking Press（Verlag），New York *318* 下，*540* 下
ヴァイクセルゲルトナー，アルパト Weixlgärtner, Arpad 792 上
ヴァイゲル，ヘレーネ Weigel, Helene *41* 下，722 上，*722* 下，725 下
ヴァイス，エルンスト Weiß, Ernst 38 下，*39* 上，80 上，242 上，242 下，259 上，374 下，387 下，579 上，597 下

『誘惑者』*Der Verführer* 242下, 246下, 259上
ヴァイスガル, マイアー・ヴォルフェ Weisgal, Meyer Wolfe *763*上
ヴァイスゲルバー Weißgerber 377下, *378*上
ヴァイスベルガー, ホセ Weissberger, José 609上
「ディ・ヴァイセン・ブレター」, ライプツィヒ ›Die weißen Blatter‹, Leipzig 44下, *45*上
ヴァイネルト, エーリヒ Weinert, Erich *12*下
ヴァイラー, マルグリト Weiler, Margrit *235*下, *255*下
ヴァイル, クルト Weill, Kurt *403*下
ヴァイル, フリッツ・ヨアーヒム Weyl, Fritz Joachim 542下
ヴァイル, ヘルマン Weyl, Hermann 493下, 522上, 542下, 571上, 642上, 646下, 767上, 788上, 796下
ヴァイル, ヘレーネ Weyl, Helene 522上, 542下, 571上, 586下, 626上, 642上, 646下, 788上, 796下
ヴァイル, マイケル Weyl, Michael 542下
ヴァインガルトナー, フェーリクス・フォン Weingartner, Felix von 57上, *57*下
ヴァインベルガー, ヤロミール Weinberger, Jaromir *219*上
　『バグパイプ吹きシュヴァンダ』*Schwanda, der Dudelsackpfeifer* 218下, 219上
ヴァインマン, フリッツ・ジークフリート(フレド) Weinmann, Fritz Siegfried (Fred) 102下, *103*下, 262下
ヴァーグナー, アルベルト・マルテ Wagner, Albert Marte 655上
ヴァーグナー, ヴィニフレート Wagner, Winifred 691上
ヴァーグナー, エーリカ, 結婚してシュテードリ Wagner, Erika, verh. Stedry 627上
ヴァーグナー記念ルテリアン・カレッジ, スターテン・アイランド, ニューヨーク州 Wagner Memorial Lutheran College, Staaten Island, N. Y. 783下
ヴァーグナー, コージマ, 旧姓リスト Wagner, Cosima, geb. Liszt 86下, 125下, 208下, 225上, 301下
ヴァーグナー, ジークフリート Wagner, Siegfried 208下
ヴァーグナー, リヒァルト (作品索引も参照) Wagner, Richard (s. a. I) *50*上, *106*上, 141上, *149*下, *153*上, 208上, 208下, 211上, 220上, 225上, 225下, 302上, 312下, 318上, 452下, 474上, 504上, 521下, 617下, 671上, 672上, *691*上, 725下, 760上, 767下, *792*下, 820上
　『ニーベルングの指輪』*Der Ring des Nibelungen* *208*下, 220上-221下, 224上, 224下, 232下, 235下
　　『ヴァルキューレ』*Die Walküre* 7下, 116上, 208下, 237上, 542下
　　『神々の黄昏』*Götterdämmerung* *208*下, 223上, 496下, 779下
　　　『ジークフリートのラインの旅』*Siegfrieds Rheinfahrt* 264下, 427下
　　『ジークフリート』*Siegfried* 222上, 569下
　　　『森の織衣』*Waldweben* 531上
　　『ジークフリート牧歌』*Siegfried-Idylle* 81下, 133上, 208下, 209上
　　『タンホイザーとヴァルトブルク城での歌合戦』*Tannhäuser und der Sängerkrieg aus der Wartburg* 152下, 183下, 422上, 448下, 450上
　　『トリスタンとイゾルデ』*Tristan*

und Isolde　89 上，128 下，130 下，147 下，149 上，413 上，422 上，523 下，524 下，547 下，566 上，641 上，792 下
『序曲』*Vorspiel*　172 上
『ラインの黄金』*Das Rheingold* 217 下，236 上
『ニュルンベルクのマイスタージンガー』*Die Meistersinger von Nürnberg*　*208* 下，211 下，404 上，520 上
『序曲』*Vorspiel*　*220* 下，*451* 上，*531* 上
『パルジファル』*Parsifal*　523 上，772 上
『ローエングリーン』*Lohengrin*　133 下，149 下，181 下
『序曲』*Vorspiel*　798 下
ヴァーゲナー，ヒルデ Wagener, Hilde *120* 下
ヴァサーマン＝カールヴァイス，マルタ Wassermann-Karlweis, Marta　64 上，*64* 下，66 上，90 下，*91* 上，133 下，134 上，152 下，*185* 下，253 上，299 上，354 下，*357* 上，421 下，434 下
ヴァサーマン＝シュパイアー，ユーリエ Wassermann-speyer, Julie　177 下，*178* 下，*384* 下
ヴァサーマン，チャールズ（カール・ウルリヒ）Wassermann, Charles (Karl Ulrich)　90 下，434 上
ヴァサーマン，ヤーコプ Wassermann, Jakob　*64* 下，*91* 上，*178* 下，*185* 下，*357* 上，*384* 下
『クリスティアン・ヴァーンシャフェ』*Christian Wahnschaffe*　356 下，*357* 上
ヴァシェク，アントニン Vašek, Antonin　*212* 下
ヴァシェク，ヴラジミール Vašek, Vladimir →ベズルチュ，ペーテル Bezruč, Petr
「ヘト・ヴァデルラント」，デン・ハーグ ›Het Vaderland‹, Den Haag *171* 下，*172* 上，*202* 上，462 上，*693* 下，696 上
ヴァネヴィツ，ヴィリ　Wannewitz, Willy　90 下，*91* 上
ヴァラハ，G. H. Wallagh, G.H.　683 上，*683* 下
ヴァラ，マリアネ Walla, Marianne *460* 下
『ヴァルキューレ』*Walküre* →リヒアルト・ヴァーグナー，『ニーベルングの指輪』『ヴァルキューレ』Richard Wagner, *Der Ring des Nibelungen. Die Walküre*
ヴァルダウ，グスタフ Waldau, Gustav *120* 下
ヴァルター，エルザ（通称コルネク）Walter, Elsa (gen. Korneck)　24 上，*24* 下，25 上，79 下，238 上，423 下，427 下，442 下，452 下，454 上，707 下，774 上，794 上
ヴァルター・クリーク書店，ヴィーン Verlag Walter Krieg, Wien　*243* 下
ヴァルター，グレーテ，結婚してネパハ Walter, Grete, verh. Neppach　*25* 上，454 上，712 上，*712* 下，774 上
ヴァルター，フリードリヒ Walter, Friedrich　*538* 下
『カサンドラ』*Kassandra*　*423* 上，*538* 上，*538* 下
ヴァルター，ブルーノ Walter, Bruno *25* 上，27 上，*27* 下，79 下，81 下，90 上，*116* 下，136 上，237 下，238 上，250 上，*331* 下，396 下，423 下，427 下，442 下，452 下，454 上，464 上，506 上，617 下，707 下，*708* 上，*708* 下，717 上，*718* 下，774 上，*774* 下，794 上
ヴァルター，ロッテ Walter Lotte　*25* 上，237 下，331 上，*332* 上，423 下，427 下，458 上，774 上

ヴァルディンガー，エルンスト
Waldinger, Ernst　567下，*568*上
ヴァールブルク，アービ Warburg, Aby　*712*下
ヴァールブルク，エリク・M. Warburg, Erik M.　324上，*325*上
ヴァルブルク，オト Wallburg, Otto　*83*上
「ダス・ヴァーレ・ドイチュラント（真のドイツ．ドイツ自由党の国外誌）」（ベルン—）パリ—ロンドン ›Das wahre Deutschland. Auslandsblätter der Deutschen Freiheitspartei‹, (Berlin-) Paris-London　292下，*293*上，*457*下，*467*上
ヴァレリ，ポル Valery, Paul　*269*下
『ヴァレンシュタイン』*Wallenstein* →シラー，フリードリヒ・フォン Schiller, Friedrich von
ヴァーレンティーン，ファイト Valentin, Veit　540下
『世界史．民族，人物，諸理念』*Weltgeschichte. Völker, Männer, Ideen*　540下，541上，547下，548下，680下，685下，687下
ヴァレンティーン，ヘルマン Vallentin, Hermann　*455*下，456下
ヴァンシタト，サー・ロバト（後ヴァンシタト男爵）Vansittart, Sir Robert (später Baron Vansittart)　216上，*216*下，733下
ヴァン・ダイク，ウィリアム・S. Van Dyke, William S.
『サンフランシスコ』（演出）*San Francisco* (Regie)　85上
ヴァンツェッティ，バルトロメオ Vanzetti, Bartolomeo　*355*上
ヴァンデルヴェルデ，エミル Vandervelde, Emile　*578*下
『ある戦闘的社会主義者の思い出』*Souvenirs d'un militant socialiste*　578上，*578*下
ヴァンデルヴェルデ，マダム Vandervelde, Mme.　578上
ヴァン・ロフム・スラーテルス（書店），アルンヘム Van Loghum Slaterus (Verlag), Arnhem　*53*下
「ヴィアドモスツィ・リテラツキエ」，ワルシャワ ›Wiadomosci Literackie‹, Warschau　80上
ヴィエノ，ピエル Vienot, Pierre　*8*上
ヴィーガント書店，ライプツィヒ Verlag Wiegandt, Leipzig　*18*下
ヴィーガント，ユーリウス Wiegand, Julius
『ドイツ文学の歴史』*Geschichte der deutschen Dichtung*　448上，*448*下
ヴィキハルダー，トルーディ Wickihalder, Trudi →ショープ，トルーディ Schoop, Trudi
ヴィキハルダー，ハンス Wickihalder, Hans　300上
ヴィケス，エトヴァルト・ミヒァエル Wickes, Edward Michael　*518*下
『男性の内面世界』*The inner World of man*　518上，*518*下
ヴィスリング，ハンス Wysling, Hans　*39*上，*418*下
ヴィタ・ノヴァ書店，ルツェルン Vita Vova-Verlag, Luzern　*735*上，*736*上
ヴィーティコーン Witikon　171下,438下
ウィティ，デイム・メイ Whitty, Dame May　*609*下
ヴィトコープ，フィーリプ Witkop, Philipp　*683*下
ヴィトコープ，夫人 Witkop, Frau　683上，*683*下
ヴィトフォーゲル，カール・アウグスト Wittfogel, Karl August　317上，*317*下，636上
ヴィーナー・フィルハルモニカー Wiener Philharmoniker　*116*下

ヴィニヒ，アウグスト Winnig, August *417* 上
ウィニヤード，ダイアナ Wynyard, Diana *751* 下
ヴィネケン，グスタフ Wyneken, Gustv *48* 上
「ウーイ・モジョルシャーク」，ブダペスト >Uj Magyarsâg<, Budapest 22 上，*23* 上
ヴィラード，オスワルド・ガリスン Villard, Oswald Garrison 373 上，*373* 下，375 下，504 下
ヴィラード，ジュリア・ブリッキンリッジ Villard, Julia Breckinridge 375 下
ウィラート，ポール Willert, Paul 392 下，711 上
ヴィラモヴィツ＝メレンドルフ，ウルリヒ・フォン Wilamowitz-Moellendorff, Ulrich von 760 上，*760* 下
ヴィーラント，クリストフ・マルティーン Wieland, Christoph Martin 394 上
ウィリアムズ，エムリン Williams, Emlyn *351* 下，*788* 上
ウィリアムズ・カレッジ，ウィリアムズタウン，マサチューセツ州 Williams College, Williamstown, Mass. 373 上
ウィルバー，レイ・ライマン Wilbur, Ray Lyman 336 上，*336* 下
ヴィルブラント，ヴァルター Wilbrandt, Walter *128* 上
ヴィルブランド，レナーテ Wilbrandt, Renate 127 下，*128* 上
ヴィルヘルミーナ，オランダ女王 Wilhelmina, Königin der Niederlande 772 上
ヴィルヘルム，ジャン＝ピエル（元クルト）Wilhelm, Jean-Pierre（ursp. Kurt） 261 上
ヴィルヘルム，スウェーデン王子 Wilhelm, Prinz von Schweden 727 上
ヴィルヘルム二世，ドイツ皇帝兼プロイセン国王 Wilhelm II., Deutscher Kaiser und Konig von Preußen 415 上
ヴィルヘルム，ヨハナ Wilhelm, Johanna *111* 上
ヴィレ，ウルリヒ Wille, Ulrich *442* 上
ヴィーン Wien 11 下，*14* 下，16 下，17 上，22 下，23 下，24 上，27 上，28 上
　ホテル・インペリアル Hotel Imperial 23 下，24 上
「ヴィーン・クンストヴァンデラー」 >Der Wiener Kunstwanderer< *7* 上
「ヴィーン新聞」>Wiener Zeitung< 60 下，*61* 上
ヴィンター，ゾーフス・キース Winter, Sophus Keith 606 下，*607* 上
ヴィンダー，ルートヴィヒ Winder, Ludwig 603 上
ヴェーアトハイマー，レーオ Wertheimer, Leo →ブルナー，コンスタンティーン Brunner, Constantin
ウェイン，ノーントン Wayne, Naunton *609* 下
ヴェークヴァイザー書店，ベルリン Wegweiser-Verlag, Berlin *165* 上
ヴェクスベルク，ヨーゼフ Wechsberg, Joseph *653* 下
　『万里の長城．ある世界旅行の書』 *Die große Mauer. Das Buch einer Weltreise* 653 下，*654* 上
ヴェーゲナー，ヘルベルト Wegener, Herbert *26* 下
ウェザーフォド，テキサス州 Weatherford, Texas 600 下
ウェスコット，グレンウェイ Wescott, Glenway 502 下，*503* 上，788 下，*789* 上

ウェスタン・リザーヴ大学，クリーヴランド Western Reserve University, Cleveland 365下，*366*下
「ヴェストドイチャー・ベオーバハター」，ケルン ›Westdeutscher Beobachter‹, Köln 291下，*292*上
ウェスリアン大学，ミドルタウン，コネチカット州 Wesleyan University, Middletown, Conn. 312上，312下，*313*上
ヴェセリ，パウラ Wessely, Paula 122上，*122*下
ヴェターリンド，アルフ Wetterlind, Alf *35*上
ヴェターリンド，ササ Wetterlind, Sassa 34下，*35*上，35下，44下，50下
ヴェーデキント，フランク Wedekind, Frank *129*上，130下
ヴェーバー，ヴィルヘルム Weber, Wilhelm *15*下
ヴェーバー，カール・マリーア・フォン Weber, Carl Maria von 452下，617下
『オーベロン』*Oberon*
『序曲』*Ouvertüre* 531上
ヴェブレン，エリザベス Veblen, Elizabeth 569下，571上
ヴェブレン，オズワルド Veblen, Oswald 569下，571上
ヴェルウェイ，アルベルト Verwey, Albert 650下，*651*上，693下，*694*上
『シュテファン・ゲオルゲに対する私の関係』*Mein Verhältnis zu Stefan George* 651上，*651*下
ウェルズ，ハーバト・ジョージ Wells, H[erbert] G[eorge] 74上，629上，*629*下，724上，725上，727上
ヴェルター Werther →ヨーハン・ヴォルフガング・フォン・ゲーテ，『若きヴェルターの悩み』Johann Wolfgang von Goethe, *Die Leiden des jungen Werthers*
ヴェルターリーン，オスカル Wälterlin, Oskar *114*上，455下，460上，460下，464上
ウェルシュ，M. H. Welsh, M. H. *757*下
ウェルチ，デイル・デニス Welch, Dale Dennis 750上
ヴェルディエ，ジャン Verdier, Jean 290上
ヴェルディ，ジュゼッペ Verdi, Giuseppe
『アイーダ』*Aida* 172下，451上，547下
『ドン・カルロス』*Don Carlos* 188下
『鎮魂ミサ曲』*Missa da Requiem* 260下，270上，271上，499下
『椿姫』*La Traviata* 150上
ヴェルティ，ヤーコプ Welti, Jakob 125下，*126*上，459下
「ディ・ヴェルト」，ハンブルク ›Die Welt‹, Hamburg *426*上
「ディ・ヴェルト・イム・ヴォルト」，プラハ－ヴィーン ›Die Welt im Wort‹, Prag-Wien *193*下
「ディ・ヴェルトヴォヘ」，チューリヒ ›Die Weltwoche‹, Zürich *431*上
ヴェルトハイム，モリス Wertheim, Maurice 29上，*30*下，104上
「ヴェルトビューネ」›Weltbühne‹→「ディ・ノイエヴェルトビューネ」，プラハ ›Die Neue Weltbühne‹, Prag
「ディ・ヴェルトビューネ」，ベルリン ›Die Weltbühne‹, Berlin 55下，*398*下，633下
ヴェルヒ＝ハイマン，ルート，旧姓フランク Welch-Hayman, Ruth, geb. Frank 623上，*623*下
ヴェルフェル，アルマ Werfel, Alma →マーラー＝ヴェルフェル，アルマ Mahler-Werfel, Alma ヴェルフェル，フランツ Werfel, Franz *26*

下，*83* 上，*129* 上，185 上，211 上，222 上，222 下，*228* 上，*269* 下，398 下，409 上，*519* 下，*558* 上，*612* 上，*641* 下，755 下，*756* 上
『一夜のうちに』*In einer Nacht* 222 上，*222* 下
『三十年の詩業』*Gedichte aus dreißig Jahren* 643 上，*643* 下
『その声を聞け（後に『イェレーミアス』の表題で）*Höret die Stimme* (Später u. d. T. *Jeremias*) 185 上，*185* 下，211 上
『人間の至純の至福』*Von der reinsten Glückseligkeit des Menschen* 495 下，*496* 上
ヴェルフリーン，ハインリヒ Wölfflin, Heinrich 220 下，*221* 上
ヴェールリ，フェデリコ Wehrli, Federico 199 下
ヴォヴナルグ，リュク・ド・ラ・クラピエ，マルキ（侯爵）・ド Vauvenargues, Luc de Clapiers, Marquis de 171 下，*172* 上，177 上
「ヴォーグ」，ニューヨーク ›Vogue‹, New York 554 下，632 上
ウォード，ロバート Ward, Robert *548* 上
ウォルジ，トマス Wolsey, Thomas *711* 上
ウォルシュ（ペディキュア士）Walsh (Pediküre) 379 下，389 下
ヴォールタート，ヘルムート Wohltat, Helmuth 693 下
ヴォルテール（本名フランソワ＝マリー・アルエ）Voltaire (Ps. fur Francois-Marie Arouet) 278 下
「ダス・ヴォルト」，モスクワ ›Das Wort‹, Moskau 111 下，147 下，182 上，291 下，436 下，496 上，513 下
ヴォルファー，パウル *Wolfer, Paul 444* 上
ヴォルフ，ヴェルナー *Wolff, Werner 55* 下，*59* 上，*63* 上，*68* 上
『古アメリカ文化の解明』*Die Erschließung der altamerikanischen Kultur* 55 下，*63* 上，*68* 上
ヴォルフェス，フェーリクス Wolfes, Felix 385 下，*386* 上
ヴォルフェンシュタイン，アルフレート Wolfenstein, Alfred 38 下，*39* 上，123 上
ヴォルフ，クルト Wolff, Kurt *757* 下
ヴォルフスケール，カール Wolfskehl, Karl *97* 下，*98* 上，164 下，*165* 上
ヴォルフ，テーオドーア Wolff, Theodor 614 下，622 下
ヴォルフ，フーゴ Wolf, Hugo 70 下，93 下，133 上，*137* 下，*250* 下，251 上，566 上，784 下
『恋人に』（歌曲）*An die Geliebte* (Lied) 136 上
ヴォルフ，フリードリヒ Wolf, Friedrich *12* 下
ヴォルフ，ヘルマン Wolf, Hermann 683 下，*684* 上
ウォルポール，ホリス Walpole, Horace *361* 上
ウォレナム，マサチューセツ州 Warenham, Mass. 392 下
ウーゼ，ボード Uhse, Bodo 692 上
ウッド，サム Wood, Sam
『チップス先生，さようなら』（映画演出）*Good by, Mr. Chips* (Filmregie) *766* 上
ウーティツ，エーミール Utitz, Emil 153 下，*217* 上，217 下
ウーデ，ヴィルヘルム Uhde, Wilhelm *218* 上，423 上
『ビスマルクからピカソまで．回想と告白』*Von Bismarck bis Picasso. Erinnerungen und Bekenntnisse* 218 上

ヴュステン，ヨハネス Wüsten, Johannes　625 下
ヴュータン，アンリ Vieuxtemps, Henri　424 下，*425* 上
ウラーニア（成人大学），プラハ Urania (Volkshochschule), Prag　14 上，18 上，*19* 上，20 上
ヴラハ，ヘルマン Wlach, Hermann　*190* 上，*216* 下，*228* 上，*300* 上，*456* 下
ウルシュタイン書店，ベルリン Ullstein-Verlag, Berlin　120 下，*161* 上，*345* 上，*540* 下
ウルフ，サミュエル・ジョンスン Woolf, Samuel Johnson　491 下，*492* 上，500 上，*500* 下
ウルフ，トマス・クレイトン Wolfe, Thomas Clayton　*97* 上
『天使よ，故郷を見よ』*Schau heimwärts, Engel*　97 上，104 下
ウルマン，アグネス，旧姓シュパイアー Ulmann, Agnes, geb. Speyer　*384* 下
ウルマン，エーミール Ulmann, Emil　*384* 下，694 上
ウルマン，夫人 Ulmann, Frau　383 下，*384* 下
ウルマン，レギーナ Ullmann, Regina　164 下，*165* 上，178 上
ウルリヒ，コンラート Ulrich, Konrad　131 下，*132* 上，225 上，245 上，245 下，249 下，270 下，303 上，380 下，701 上
「デ・ヴレイエ・ブラデン」，アムステルダム ›De Vrije Bladen‹, Amsterdam　*200* 下
ウンルー，フリッツ・フォン Unruh, Fritz von　6 上，*7* 上，271 下，288 上，*291* 上，423 上，708 下
『目覚めよ，ヨーロッパ！』*Europa erwache!*　6 上，*7* 上
エイドリアン，ギルバート・A, Adrian, Gilbert A.　353 下，*354* 上
ハリ・N・エイブラムズ（書店），ニューヨーク Harry N. Abrams (Verlag), New York　*75* 上
エインジェル，ジョゼフ・ウォーナー Angell, Joseph Warner　72 下，97 下，113 上，123 下，154 下，*155* 上，201 上，234 上，241 下，259 上，263 上，270 上，283 下，311 下，317 上，350 下，360 下，439 下，533 上，776 上
エヴァンス，モリス　Evans, Maurice　*510* 上
エーヴァルト，ハインリヒ　Ewald, Heinrich　*15* 下
エカーマン，ヨーハン・ペーター Eckermann, Johann Peter
『ゲーテ晩年におけるゲーテとの対話』*Gespräche mit Goethe in den letzten Jahren seines Leben*　385 下，390 下，*391* 上
「エクストラブラーデト」，コペンハーゲン　›Ekstrabladed‹, Kopenhagen　82 下
「エクセルシオル」，サンティアゴ・デ・チレ　›Excelsior‹, Santiago de Chile　55 上
『エグモント』*Egmont*　→ゲーテ，ヨーハン・ヴォルフガング・フォン Goethe, Johann Wolfgang von
エケハルト，マイスター　Eckhart, Meister　834 下
エゲブレヒト，クルトとヘラ Eggebrecht, Kurt und Hella　76 下
「エコ・ド・パリ」　›Écho de Paris‹ →「ル・ジュール―エコ・ド・パリ」 Le Jour-Echo de Paris
「エスクアイア」，シカゴ　›Esquire‹, Chicago　*328* 下，*684* 下
エスタゴール，カール・V. Østergaard, Carl V.　*61* 上
エスターライヒャー，フロイライン Oesterreicher, Fräulein　495 下，*496* 上

S. D. S.→ドイツ作家擁護同盟
Schutzverband Deutscher
Schriftsteller
SPD →ドイツ社会民主党
Sozialdemokratische Partei
Deutschlands
エター，フィーリプ　Etter, Philipp
287 上
『ニコラウス・フォン・フリューエ』
Nikolaus von Flüe　287 上，289 下
エティアンブル，ルネ　Étiemble,
René　83 下，*84* 上
『聖歌隊の少年』 *L'enfant de chœur*
83 下
エディ，ウィリアム・アルフレド
Eddy, William Alfred　652 下，*653*
上
「エディオト・ハイオン」，テル・アヴィーヴ　›Edioth Hayon‹. Tel Aviv
432 上
エディション・デュ・カルフール，パリ
Editions du Carrefour, Paris　*217*
下
エディション・ド・ラ・メソン・フランセーズ，ニューヨーク　Editions de
la Maison française, New York
680 上
エディ，メアリ・エマ　Eddy, Mary
Emma　652 下
エトフェルト，ヨハネス　Edfelt,
Johannes　*697* 上，704 下，*705* 上
エドワード八世，イギリス国王
Eduard VIII. König von
Großbritanien　*115* 上
N. Z. Z.→「新チューリヒ新聞」›Neue
Zürcher Zeitung‹
NBC シンフォニー・オーケストラ
NBC Symphony Orchestra　*774* 下
エプシュタイン　Epstein　592 上，
592 下
エプシュタイン，マクス　Epstein,
Max　374 下，*375* 上
エプシュタイン，ユーリウス　Epstein,
Julius　755 下，*756* 上，775 上，
775 下
エプシュタイン，リオーラ　Epstein,
Liola　374 下，*375* 上
M. G. M.→メトロ＝ゴウルドウィン＝
メイアー Metro-Goldwyn-Mayer
「エラノス年鑑」，チューリヒ
›Eranos-Jahrbuch‹, Zürich　*748* 上
エリーアス，ノルベルト　Elias,
Norbert　*692* 上，696 上
『文明の過程について』 *Über den
Prozeß der Zivilisation*　691 下，
692 上，696 上，700 下
エリオ，エドワール Herriot, Edouard
664 下
エリザベス，ジョージ六世の后，イギリス王妃　Elisabeth, Gemahlin
Georgs VI., Königin von England
423 下，*424* 上
エリス，ウィリアム・ジョン　Ellis,
William John　581 上
エリス，マリー　Ellis, Marie　581 上
エル・グレコ（ドメニコ・テオトコープロス）　El Greco（Domenico
Theotocopuli）　619 下
エルザー，ゲーオルク　Elser, Georg
770 上
エディシオン・エルシリャ，サンティアーゴ・デ・チレ　Editions Ercilla,
Santiago de Chile　*225* 下
エルスター，エルンスト　Elster, Ernst
32 上
『ゲーテと恋愛』 *Goethe und die
Liebe*　31 下，*32* 上
エルダー，ミセス　Elder, Mrs.　582
上
エルニ（神智学者）Erni（Theosoph）
304 下
エルプ，カール　Erb, Karl　321 上
エルマン，アドルフ　Erman, Adolf
494 上
『古代エジプトとエジプト人の生活』
（H. ランケによる新訂）*Ägypten und*

ägyptisches Leben im Altertum
(neu bearbeitet von H. Ranke)
493下，*494*上
エルンスト，ハンス　Ernst, Hans
241上，*241*下
エルンスト，フリッツ　Ernst, Fritz
241上，*241*下
エルンスト・ローヴォルト書店，ベルリン Ernst Rowohlt Verlag, Berlin
*84*下，*97*上
エーレンクランツ，イェフーダ
Ehrenkranz, Jehuda　166上，*166*下
エーレンシュタイン，アルベルト
Ehrenstein, Albert　425上
エロイカ Eroika →ルートヴィヒ・ヴァン・ベートーヴェン，『交響曲第三番ホ長調　作品55［エロイカ］
Ludwig van Beethoven, *Sinfonie Nr. 3 Es-Dur, op. 55*（*Eroica*）
エーロエサー，アルトゥル　Eloessor, Arthur　53上
『バロックからゲーテの死に到るまでのドイツ文学』*Die deutsche Literatur vom Barock bis zu Goethes Tod*　*53*下
エンシェン，ルース・ナンダ Anshen, Ruth Nanda　*560*下，*760*上
『自由，その意味』（編）*Freedom, its Meaning*（Hrsg.）　*760*上
エンディコット，ノーマン　Endicott, Normann　367上
オイレンブルク，ヘルベルト
Eulenberg, Herbert　89上，*89*下，449下，567下，*588*上
オーヴァーベク，フランツ Overbeck, Franz →エーリヒ・F・ポーダハ（編）『病めるニーチェ．F・オヴァーベク宛てのニーチェの母親の手紙』
Erich F. Podach（Hrsg.），*Der kranke Nietzsche. Briefe seiner Mutter an F. Overbeck*
オウデツ，クリフォード Odets, Clifford　*533*下
オウマリ，サー・オウエン・セント・クレア O'Malley, Sir Owen St. Clair
277下
オウマリ，レイディ・メアリ・ドリング（筆名アン・ブリジ）O'Malley, Lady Mary Dolling（Ps. Ann Bridge）
277下
オウマンスキ，コンスタンティン・アレクサンドロヴィチュ Oumansky, Konstantin Alexandrowitsch　643上，*643*下
オクスフォド大学 Oxford University
515上，633上，687下
オクスフォド大学出版局，ニューヨーク
Oxford University Press（Verlag），New York　*385*上，*392*下
オシエツキ，カール・フォン
Ossietzky, Carl von　*56*上，*192*下，398下，*399*上，*633*下
オズボーン，博士 Osborn, Dr.　368下，*369*上
オズレイ，マドレーヌ Ozeray, Madeleine　*773*下
オーチャード，トマス（トム）
Orchard, Thomas（Tom）　653上
オテ，サラ・カタリーナ（「リーニ」），結婚してランツホフ Otte, Sara Catharina（›Rini‹），verh. Landshoff　499上，520下，669下，684上，727下
オーデン，ウィスタン・ヒュー Auden, Wystan Hugh　*30*下，58上，58下，144上，*144*下，563上，565下，629上，743上，777下
『オクスフォド戯詩の書』（編）*The Oxford Book of Light Verse*（*Hrsg.*）　565下，*566*上
オト，ヴァルター・フリードリヒ Otto, Walter F[riedrich]
『ギリシアの神々』*Die Götter Griechenlands*　293下，*294*上
オトヴァルト，エルンスト Ottwalt,

Ernst *12* 下
『訪れる夜』(映画) *Night must fall* (Film) →ソープ，リチャード Thorp Richard
オト，テーオ Otto, Theo *62* 下，*111* 上，*119* 上
オハラ，モーリン O'Hara, Maureen *788* 上
オーバーレンダー，ハンス Oberländer, Hans 154 上，*154* 下
オブライエン，ジョン・A. O'Brien, John A. 364 上，*365* 下
オプレスク，ジョルジェス Oprescu, Georges 8 下，*10* 上，*12* 上
オープレヒト，エミー Oprecht, Emmie *13* 上，28 下，34 下，54 上，56 下，57 上，69 上，*72* 下，88 上，93 下，119 下，124 上，130 下，*131* 上，138 下，148 下，152 上，163 下，171 上，186 下，224 下，233 下，261 下，272 上，273 下，276 上，281 下-287 下，289 下，295 上，415 上，426 下，437 上，439 上，457 上，464 上，497 上，691 上，700 上，701 下，703 下，707 上，707 下
オープレヒト，エーミール Oprecht, Emil *4* 上，11 下，*13* 上，16 上，42 上，45 下，53 上-60 上，70 下，*72* 下，88 上，95 上，96 上，124 上，130 下，*131* 上，132 上，134 下，138 下，150 下，163 下，171 上，175 上，186 上，186 下，193 下，207 下，*208* 上，218 下，220 上，224 下，233 下，249 上，250 上，253 下，261 下，282 下，283 上，下，353 下，375 下，384 上，415 上，419 上，419 下，426 下，434 下，437 上，439 上，439 下，456 下，457 上，461 上，464 上，465 下，479 上，484 下，488 上，497 上，526 上，530 上，*530* 下，552 上，565 上，565 下，577 上，587 上，614 上，624 上，624 下，625 下，631 下，632 上，632 下，*633* 下，641 上，657 上，661 上，661 下，663 上，667 下，673 下，676 下，678 上，681 上，681 下，682 上，682 下，683 上，689 下，696 上，700 上，701 下，703 下，707 上，707 下，724 下，738 下，744 上，784 下，786 下
オープレヒト書店，チューリヒ Verlag Oprecht, Zürich *4* 上，*4* 下，*13* 上，*42* 上，43 上，*84* 下，*124* 下，*129* 下，*137* 下，*218* 上，下，*248* 下，226 下，*251* 上，302 下，*307* 下，415 上，419 上，*426* 上，*479* 下，*536* 上，*702* 下，*707* 下
オーベナウアー，カール・ユストゥス (作品索引も参照) Obenauer, Karl Justus (s. a. I) *4* 上，293 下
『オーベロン』*Oberon* →ヴェーバー，カール・マリーア・フォン Weber, Carl Maria von
オペンハイマー，フリードリヒ (筆名フリードリヒ・ハイデナウ) Oppenheimer, Friedrich (Ps. Friedrich Heydenau) 555 上，531 下，*532* 上
オペンハイマー，マクス (通称モップ) Oppenheimer, Max (genannt Mopp) 24 上，*24* 下，112 下，117 下，418 上，436 上，*436* 下，457 下，458 上，531 下，*532* 上，555 上，*555* 下，758 上，763 下
オマハ，ネブラスカ州 Omaha, Nebr. 603 上
ホテル・ブラックストーン Hotel Blackstone 603 上
オーマンディ，シュテフィ Ormandy, Steffy 533 上
オーマンディ，ユージーン Ormandy, Eugene 533 上，*533* 下
『オランダ文学パノラマ』*Panorama de la Littérature Holandaise* *694* 上
オルシェフスカ，マリーア Olszewska, Maria 136 下，*137* 下
L・S・オルシュキ (書店)，フィレンツ

ェ L. S. Olschki (Verlag), Florenz *639* 上
オルショト書店，アムステルダム Oorschot (Verlag), Amsterdam *462* 上
オルデン，イーカ Olden, Ika 711 下，*712* 下
オルデン，ルードルフ Olden, Rudolf 633 上，*633* 下，655 上，692 下，711 下，*712* 下

カ行

「カイエ・ヴィルフレード・パレード」，ジュネーヴ ›Cahiers Vilfredo Paredo‹, Genf *763* 下
「カイエ・デュ・シュド」，マルセイユ ›Cahiers du Sud‹, Marseille *49* 上，*204* 下
ガイガー，ルートヴィヒ Geiger, Ludwig
『ゲーテとその家族．資料に基づくゲーテ家についての記述』*Goethe und die Seinen. Quellenmäßige Darstellung über Goethes Haus* 40 下，*41* 上，42 下，44 上，161 下，163 下，164 上
カイザー，ゲーオルク Kaiser, Georg *668* 上
カイザー，夫人 Kayser, Frau 615 下，*616* 上
カイザー，ルードルフ Kayser, Rudolf 309 下，*310* 上，484 上，498 上，*498* 下
カイテル，ヴィルヘルム Keitel, Wilhelm 300 下，*301* 上
ガイリンガー，トルーデ Geiringer, Trude 639 上，*639* 下
カインツ，ヨーゼフ Kainz, Josef 146 下
カウアド，ノエル Coward, Noel *751* 下
『カヴァルケイド』(映画) *Cavalcade* (Film) →ロイド，フランク Lloyd, Frank
ガウス，アリス Gauss, Alice 496 下，573 下，584 下，773 下
ガウス，クリスチャン Gauss, Christian 395 上，448 下，496 下，521 上，542 下，573 下，574 下，623 下，627 上，629 上，634 上，638 上，644 上，657 上，773 下
カウフマン，ヴィリ Kaufmann, Willi *141* 下，241 上，248 下，263 上，289 上，455 上
カウフマン，ズージ Kaufmann, Susi 241 上，263 上
カウフマン，ニーコ Kaufmann, Nico 141 上，*141* 下，166 上，241 上，247 下，419 下
カウフマン，マルク Kaufmann, Mark 541 上
カウフマン，リリ Kaufmann, Lily 263 上，455 上
カウラ，ネリ Kaula, Nelli 89 上，*89* 下
カウラ，フリードリヒ Kaula, Friedrich *89* 下
カウリ，ウィリアム Coeley, William 652 下，*653* 上
カウリ，マルカム Cowley, Malcolm *306* 下
ガサー，アードルフ Gasser, Adolf
『国民の自由と民主主義の歴史』*Geschichte der Volksfreiheit und der Demokratie* *580* 下
ガサー，ヘルベルト Gasser, Herbert 495 下，*496* 上
ガサー，マヌエル Gasser, Manuel 430 下
カシス Cassis 664 上，*664* 下
カシーラー，エルンスト Cassirer, Ernst 696 上，764 上，*764* 下
『デカルト』*Descartes* 696 上
カストナー，夫人 Kastner, Frau 160 下

カストナー，ルードルフ Kastner, Rudolf　160下，*161*上
カスパー，ハインツ・M.　Caspar, Heinz M.　145下，159上，514下，533上
カスパリ，P.　Caspary, P.　152上，165下，*166*上
ガースン，グリア　Garson, Greer　*766*上
カーチウェイ，フリーダ　Kirchwey, Freda　*49*下，*373*下
カーチス，トマス・クイン（トムスキ）　Curtiss, Thomas Quinn (Thomski)　139下，*140*上，169上，179下，334下，353下，356下，515下，525下，765上，784上，788上
カツェンエレンボーゲン（のちケレン），コンラート Katzenellenbogen (später Kellen), Konrad　341下，368下，379上，509下
カツェンシュタイン，エーリヒ　Katzenstein, Erich　*91*上，108上，*108*下，111下，123下，182下，208上，254上，301下，420上，428下，459上，464上
カツェンシュタイン＝ズトロ，ネティー　Katzenstein-Sutro, Nettie →ズトロ＝カツェンシュタイン，ネティー　Sutro-Katzenstein, Nettie
カディマー（ユダヤ人団体）Kadimah (jüdische Vereinigung)　75下，79上，298下
ガーネット，コンスタンス　Garnett, Constance　*757*下
カーパー，ブロニスラフ　Kaper, Bronislaw　332下，*333*下
カフカ，フランツ Kafka, Franz　*20*下，*24*下，231下，232上，232下，236上，240上，299上，299下，584下
『著作全集』（マクス・ブロート編）*Gesammelte Schriften* (Hrsg. Max Brod)
—第五巻　ある戦いの記録．遺稿からの短篇小説，スケッチ，箴言 *Bd. V Beschreibung eines Kampfes. Novellen, Skizzen, Aphorismen aus dem Nachlaß*　135下，137下
—第六巻　日記と書簡 *Bd. VI Tagebücher und Briefe*　127下，*128*上
KPD（カーペーデー）→ドイツ共産党 Kommunistische Partei Deutschlands
「カマン・センス」，ニューヨーク ›Common Sense‹, New York　58上，*58*下，557上，*557*下，569下，738下，*739*上，759下，760上，767下，776下，796上
『神々の黄昏』*Götterdämmerung* →リヒァルト・ヴァーグナー，『ニーベルングの指輪』．『神々の黄昏』Richard Wagner, *Der Ring des Nibelüngen. Götterdämmerung*
カムニツァー，博士 Kamnitzer, Frau Dr.　207下
カーラー，アントアネット・フォン　Kahler, Antoinette von　505下，566下，*567*上，790下，*791*上
カーライル，トマス　Carlyle, Thomas　655上
カーラー，エーリヒ・フォン Kahler, Erich von　40上-48上，61上，69上，72上，79上，82上，82下，89上，90上，96上，97下，109下，113上，116下，119上，124上，130上，132下，139上，156下，*171*上，186下，189上，189下，207下，228上，245下，250上，251下，259下，282下，389上，414上，415上，434下，435下，455上，456上，456下，496下，505下，507上，517下，520下，528下，529上，535下，537下，547下，549上，551下，348上，566下，*567*上，571下-575上，578上，584下，588下，602下，622下，632上，

634上，634下，642上，650下，656下，673上，737下，738上，738下，761上，780上，780下，782下，785上，790下，*791*上，794下，796上
『ヨーロッパ史におけるドイツ的性格』*Der deutsche Charakter in der Geschichte Europas* 42上，47下，82上，113上，*179*上，207下，*208*上，228下
『カラマゾフの兄弟 Karamasows →フョードル・ミハイロヴィチュ・ドストイェフスキー『カラマゾフの兄弟』Fjodor Michailowitsch Dostojewski, *Die Brüder Karamazow*
ガラミアン，ジャン Galamian, Jean *11*下，*261*下，285上，376下，*377*上
カーラー，ヨゼフィーネ（フィーネ）・フォン Kahler, Josefine（Fine）von 171上，*171*下，505下，517下，523上，528下，535下，537下，348上，557下，566下，571下，573下，588下，642上，648下，761上，778上，780下，*791*上，794下，796上
カリネスク，ヘルマン Calinescu, Hermann 375下，*376*上
カリフォルニア大学，バークリ University of California, Berkeley 337上，*337*下
リブレリー・ガリマール（書店），パリ Librairie Gallimard（Verlag），Paris 65上，*65*下，67上，68上，*178*上，198下，248上，*248*下，*541*下，670上，*670*下
ガリャルディ，マリーア Gagliardi, Maria 548上
カリル，オト Kallir, Otto *6*下
カールヴァイス，オスカル Karlweis, Oskar *64*下，185上，*185*下
カールヴァイス，マルタ Karlweis, Marta →ヴァサーマン＝カールヴァイス，マルタ，Wassermann-Karlweis, Marta
カルザー，エルヴィーン Kalser, Erwin 62上，*62*下，*111*上，*119*上，124上，*124*下，*210*上，*222*下，*239*下，*300*上，*455*下
カールソン，アニ Carlson, Anni *66*下
カルテンボーン，ハンス Kaltenborn, Hans 627上
「カルパーテン＝ルントシャウ」，ブラショヴ（クローンシュタット）›Karpaten Rundschau‹, Brasov（Kronstadt） *9*下
ガルボ，グレータ Garbo, Greta *333*下，*359*上，*360*上，610下，779下，*780*上
カルロス Carlos →フリードリヒ・フォン・シラー『スペインの太子ドン・カルロス』Friedrich von Schiller, Don Carlos, *Infant von Spanien*
カレッジ映画 College-Film →フランク・タトル『カレッジ・ホリデイ』（映画演出）Frank Tuttle, *College Holiday*（Filmregie）
カーレ，ハンス Kahle, Hans 729下
カント，イマヌエル Kant, Immanuel 394上
キアロモンテ，ニコーラ Chiaromonte, Nicola 249上，270上，273下，*274*上，285下
ギイマン，ベルンハルト Guillemin, Bernard 164上，*164*下
キースリ，ウィリアム—コネリ，マーク Keithley, William—Connelly, Marc『緑の牧場』（映画演出）*The Green Pastures*（Filmregie） 78上，*78*下
ギーゼ，イルマ Giehse, Irma 703上，*703*下
ギーゼ，テレーゼ Giehse, Therese 56下，58上，69下，72上，75下，*83*上，85下，90上，91下，92上，*95*上，96上，98下，107下，111上，113上，*119*上，121下-126下，

127下，143下，144上，145上，179下，185上，187上，*190*上，205下，216上，*216*下，217上，218下，222下，223下，227上，229上，231下，233下，*235*下，241下，246下，250上，252上，256上，260下，261上，270上，272上，273上，275上，293下，297上，*300*上，301下，302上，304下，393上，414上，418上，441下，453上，456下，458上，*460*下，703上，703下
ギーターマン，ヴァーレンティーン Gitermann, Valentin
『社会主義理念の歴史的悲劇』*Die historische Tragik der sozialistischen Idee* 707上，*707*下
ギトリ，サシャ Guitry, Sacha
『あるいかさま師の物語』（映画演出）*Der Roman eines Schwindlers* (Filmregie) 211下
『王冠の真珠』（映画演出）*Die Perlen der Krone* (Filmregie) 246下
キーファー，ヴィルヘルム Kiefer, Wilhelm 648上，*648*下
貴婦人の失跡（映画）Woman vanished (Film) →アルフレド・ヒチコク，『貴婦人の失跡』Alfred Hitchcock, *The Lady Vanished*
キプリング，ラディアド Kipling, Rudyard *677*上
『消えた光』*Das Licht erlosch* 676下，*677*上
グスタフ・キーペンホイアー書店，ベルリン Gustav Kiepenheuer Verlag, Berlin *39*下，*74*下，*122*下，*670*上
キャザー，ウィラ Cather, Willa 104上，*105*下，318上，375下，377下
ギャバン，ジャン Gabin, Jean *205*上
キャプラ，フランク Capra, Frank
『ディーズ氏，町へ行く（オペラ・ハット）』（映画演出）*Mr. Deeds Goes to Town* (Filmregie) 68上，*68*下
キャムベル，ウィリアム・ウォーレス Campbell, William Wallace 337上，*337*下
キャムベル＝バナーマン，サー・ヘンリ Campbell-Bannerman, Sir Henry *452*下，*740*下
ギャレット，ジョン・ワーク Garrett, John Work 628上，*629*下
キャロル，マドレーヌ Caroll, Madeleine 353下，*354*上
キャンザス・シティ，ミズーリ州 Kansas City, Mo. 320上-323上，327下，329上，601下
ホテル・ミューレバハ Hotel Muehlebach 321上，375下，601下
キューカー，ジョージ Cukor, George
『ロメオとジュリエット』（映画演出）*Romeo und Julia* (Filmregie) 101上
キュスナハト（チューリヒ近郊）Küsnacht bei Zürich vii下，viii上，3上-16下，28上-32下，51下-97下，109上-134下，135下-191上，112下-264下，269上-275下，292上-304下，328上，334上，340上，346上，349上，359下，374下，375下，380下，382上，383上，385下，390下，393下，399下，404下，408上，410下，413上-441下，446下-464下，482上，489上，489下，554上，607下，702上，702下，760下，822上
キューネマン，オイゲーン Kühnemann, Eugen
『ゲーテ』*Goethe* 483上
キュリ，エーヴ Curie, Eve
『キュリ夫人．生涯と活動』*Madame Curie. Leben und Wirken* 223上，*223*下
ギュルスター，オイゲーン Gürster, Eugen →シュタインハウゼン，ヘルマン（筆名）Steinhausen, Hermann

(Ps.)
ギュンター，ハンス　Günther, Hans *12* 上
キューン，ミセス Kühn, Mrs.　593 上，*593* 下
ギリス，アン　Gillis, Ann　*322* 下
ギルデマイスター　Gildemeister　50 上，*50* 下
ギルド Guild →ドイツの文化的自由のためのアメリカの会　American Guild for German Cultural Freedom
キルパー（グスタフ・キルパーの息子）Kilpper,（Sohn von Gustav Kilpper）279 下
キルパー，グスタフ Kilpper, Gustav *270* 下
ギルバート，ジョン　Gilbert, John 610 下
キルヒアイゼン，フリードリヒ・M. Kircheisen, Friedrich M.
『ナポレオン一世，その生涯と時代』*Napoleon I., sein Leben und seine Zeit*　433 上，*433* 下
緊急救助委員会　Emergency Rescue Committee　*656* 上
キングドン，フランク Kingdon, Frank *641* 上，655 下，*656* 上，743 上
ギンスベルク，エルンスト　Ginsberg, Ernst　*61* 下，*83* 上，*94* 下，*111* 上，*119* 上，*190* 上，*210* 上，*222* 下，*228* 上，*239* 下，*255* 下，*300* 上，*455* 下，*460* 下
キーンベルガー，フランツ Kienberger, Franz　*260* 上
クー，アントーン Kuh, Anton　373 上，*374* 下
グイアー，ルクス　Guyer, Lux →シュトゥーダー＝グイアー，ルクス Studer-Guyer, Lux
クヴィスリング・ヴィドクン Quisling, Vidkun　*192* 下
グヴィナー，ヴィルヘルム　Gwinner, Wilhelm
『個人的交際の面から描いたアルトゥル・ショーペンハウアー』*Arthur Schopenhauer aus persönlichem Umgang dargestellt*　295 上，295 下，296 上
クウェーリードー，エマヌエル Querido, Emanuel　678 上
クウェーリードー書店，アムステルダム Querido Verlag, Amsterdam　*12* 下，*33* 上，*39* 下，*64* 下，*70* 上，*71* 下，*74* 下，75 下，*76* 下，80 上，*84* 下，*113* 上，*122* 下，137 上，*138* 上，*143* 下，205 下，206 上，*206* 下，*219* 下，*253* 下，260 上，*262* 上，*325* 上，*361* 上，*383* 上，*429* 下，*453* 下，*463* 下，*472* 下，*517* 上，*519* 下，*580* 上，*651* 上，*668* 上，*678* 上，*678* 下，*695* 下，767 上
クーゲル，ゲーオルク Kugel, Georg 24 上，*25* 上
グゲンハイム基金　Guggenheim Foundation　764 上
グスタフ五世ベルナドッテ，スウェーデン国王　Gustav V. Bernadotte, König von Schweden　*729* 上
クセヴィツキ，セルゲ　Koussevitzky, Serge →クセヴィツキ，セルゲイ・アレクサンドロヴィチュ Kussewitzki, Sergei Alexandrowitsch
クセヴィツキ，セルゲイ・アレクサンドロヴィチュ Zussewitzki, Sergei Alexandrowitsch　*377* 上，404 上，*405* 下，515 下，533 下，549 上，*549* 下
グッラベ，クリスティアン・ディートリヒ　Grabbe, Christian Dietrich
『諧謔，風刺，イロニー，より深い意義』*Scherz, Satire, Ironie und tiefere Bedeutung*　209 下，*210* 上
クーデンホーヴェ＝カレルギ，リヒアルト伯爵 Coudenhove-Kalergi,

Richard Graf 169 上，181 下，182 上
クトナー，エーリヒ Kuttner, Erich *137* 下
『ハンス・フォン・マレー．ドイツ観念論の悲劇』 *Hans von Marées. Die Tragödie des deutschen Idealismus* 135 下，*137* 下
グートマン，博士 Gutmann, Dr. 409 下，*410* 上
クニッテル，フランシス・ローズ Knittel, Francis Rose 190 上，446 下，451 下
クニッテル，マーガレット；結婚してフルトヴェングラー Knittel, Margaret, verh. Furtwängler *447* 上
クニッテル，ヨーン Knittel, John *53* 下，188 上，*190* 上，443 上，446 下，447 上，*533* 下
『ヴィア・マーラ』（劇化） *Via mala* (Dramatisierung) 190 上
クニッテル，ルイーゼ，旧姓ライナー Knittel, Luise, geb. Rainer →ライナー，ルイーゼ Rainer, Luise
クニッテル，ロバト Knittel, Robert 446 下，*447* 上，533 下
クノップ，アルフレド・A. Knopf, Alfred A. 45 下，46 上，*46* 下，49 下，97 下，102 下，103 上，104 上，125 下，*161* 上，285 下，286 下，309 上，309 下，311 上，311 下，*312* 上，318 上，319 上，323 上，323 下，330 上，*349* 下，368 下，370 上，375 下，377 下，382 上，390 上，393 上，405 上，439 下，443 下，476 下，479 上，479 下，484 上，490 下，505 下，506 下，515 下，523 下，527 下，529 上，535 上，540 上，549 下，*550* 上，562 上，579 下，582 上，592 上，624 上，633 上，634 上，637 下，642 上，643 下，671 下，676 上，699 上，699 下，734 上，742 上，765 下，784 上，788 下，794 上，797 下
アルフレド・A. クノップ（書店），ニューヨーク Alfred A. Knopf (Verlag) x 上，*46* 下，*53* 下，*93* 上，104 上，*105* 下，*180* 上，*234* 下，237 上，*247* 上，*271* 上，*286* 上，296 上，*310* 上，316 上，*323* 下，*333* 下，*336* 上，*338* 上，*370* 上，473 上，*375* 下，*402* 上，485 上，499 下，*540* 下，*555* 上，*633* 下，*661* 上，*745* 下
クノップ，アルフレド・ジュニア（「パット」） Knopf, Alfred jr. (›Pat‹) 160 下，*161* 上
クノップ，エドムンド Knopf, Edmund 349 上，349 下，350 下，351 下，352 上，377 下，*378* 上，549 下，*550* 上
クノップ，ブランシュ Knopf, Blanche *46* 下，68 上，102 下，160 下，*161* 上，215 下，216 上，309 上，309 下，311 上，311 下，*318* 上，341 上，368 下，370 上，377 下，390 上，393 上，405 上，409 下，476 下，479 上，479 下，484 上，505 下，506 下，515 下，523 上，523 下，527 下，529 上，535 上，549 下，*550* 上，592 上，637 下，643 下，742 上，784 上，788 下
クノップ，ミルドレッド Knopf, Mildred 349 上，352 上，610 上
クーパー，アルフレド・ダフ，ノーリジ子爵 Cooper, Alfred Duff, Viscount Norwich 485 上，*486* 上
クーパー，ゲリ Cooper, Gary *68* 下
クービーン，アルフレート Kubin, Alfred 92 下，*93* 上
グムペルト，ニーナ Gumpert, Nina 478 上，*478* 下，748 上，795 上，795 下
グムペルト，マルティーン Gumpert, Martin 102 下，*103* 下，104 上，*104* 下，163 上，309 上，309 下，313 上，319 上，367 下，368 上，368 下，370 上，373 上，375 下-380 下，385 上，385 下，389 上-393 下，404 下，

409 下，476 下，478 上，*478* 下，485 下，491 上，493 下，495 上，500 下，501 上，504 下，505 上，509 下，537 下，538 上，539 上，561 下，584 上，587 上，591 上，637 下，644 上，658 下，704 下，*705* 上，732 上，733 下，735 上，735 下，748 上，767 下，778 上，795 上，795 下
『芸人クレムケの回想』（未刊） Memoiren des Artisten Klemke (unveröfftl) 373 上，*374* 上
『手術』*Der Eingriff* 704 下，*705* 上
『ハイル・フンガー！ヒトラーの下での健康』*Heil Hunger ! Health under Hitler* 735 上，*735* 下
『デュナン．赤十字物語』*Dunant. Roman des Roten Kreuzes* *302* 下，385 上，*392* 下，478 上
『天国の中の地獄．一医師の自己描写』*Hölle im Paradies. Selbstdarstellung eines Arztes* 767 上，767 下
クライスト，ハインリヒ・フォン Kleist, Heinrich von 183 上，515 下
クライスラー，ハリエット Kreisler, Harriet *43* 上，733 上
クライスラー，フリッツ Kreisler, Fritz 42 下，*43* 上，733 上
クライトナー，ブルーノ Kreitner, Bruno 644 下
クライバー，オト Kleiber, Otto *35* 下，*176* 下
クライン，ヴォルデマル Klein, Woldemar 3 上，*4* 上
クライン，フランツ Klein, Franz →イングリム，ロベルト Ingrimm, Robert
『クラヴィーゴ』*Clavigo* →ゲーテ，ヨーハン・ヴォルフガング・フォン Goethe, Johann Wolfgang von
クラウス，アルノシュト Kraus, Arnost *170* 上
クラウス，カール Kraus, Karl 66 上，*66* 下，196 下，*197* 上，*702* 下
『詩選集』*Ausgewählte Gedichte* 702 上，*702* 下
クラウス，クレメンス Krauss, Clemens *668* 上
クラウゼ，フリードリヒ Krause, Friedrich 479 上，*479* 下，572 上，574 上
クラウゼ，リータ Krause, Rita 479 上
グラウトフ，エルナ Grautoff, Erna *433* 下
グラウトフ，オト Grautoff, Otto 145 上，*433* 下
クラーク，アリグザーンダー・フレドリク・ブルース Clark, Alexander Frederick Bruce 441 下，*442* 上
グラーナハ，アレクサンダー Granach, Alexander *780* 上
クラーナハ・プレセ，ヴァイマル Cranach-Presse, Weimar *63* 下
グラハム，フィリプ Graham Philip 618 下，*619* 上
グラフィア（出版社），カールスバート Graphia (Verlag), Karlsbad *317* 下
グラーフ，オスカー・マリーア Graf, Oscar Maria 649 上，*755* 下
クラフト，ユリウス Kraft, Julius 538 上，*538* 下，738 上
グラープ，ヘルマン Grab, Hermann 448 下，*449* 上，451 上
クララク，アシル＝マリー Clarac, Achille-Marie *442* 上
グランディ，ディーノ（伯爵） Grandi, Dino (Graf) 213 上，*213* 下
グラント，ヒーバー・J. Grant, Heber J. 330 下，*331* 下
クリーヴランド Cleveland 334 上，351 下，360 下，364 上
ホテル・クリーヴランド Hotel

Cleveland 364 下
クリーク，エルンスト Krieck, Ernst 115，*116* 上
クリシュナムルティ，ジドゥ Krischnamurti, Jiddu *474* 上
クリスティアンズ，メイディ Christians, Mady *510* 下
クリスティーネ，スウェーデン女王 Christine, Königin von Schweden 697 下
グリム，ヴィルヘルム Grimm, Wilhelm *15* 下
グリム，ヤーコプ Grimm, Jacob *15* 下，139 下，422 下
『私の解任について』*Über meine Entlassung* 14 下，*15* 下
グリューンシュパーン，ヘルシェル Grynspan, Herschel *511* 上
グリュントゲンス，グスタフ Gründgens, Gustaf *30* 下
グリルパルツァー，フランツ Grillparzer, Franz 830 下
クリンゲンベルク，アルノルト Klingenberg, Arnold 419 下，*420* 上
グリン，ジュリアン Green, Julien *88* 上
『真夜中』*Mitternacht* 87 下，*88* 上
グリーンスレット，フェリス Greeslet, Ferris 376 下，590 上
クルシェネク，エルンスト Křenek, Ernst 60 下，*61* 上，89 上，*129* 上，131 下，167 下，*168* 下，538 上
クルシェネク，ベルタ Křenek, Berta 131 下，538 上
グルック，クリストフ・ヴィリバルト Gluck, Christoph Willibald 598 上
クルツ，マリー Kurz, Marie 632 上
クルティウス，エルンスト・ロベルト Curtius, Ernst Robert 150 下
グルデナー，アードルフ Guldener, Adolf 20 上，*70* 下
クルーテ，ハンス・アルベルト Kluthe, Hans Albert *293* 上
クルベ，ギュスタヴ Courbet, Gustave *22* 下
グレコ，エル Greco, El →エル・グレコ El Greco
グレーゴル=デリン，マルティーン Gregor-Dellin, Martin *30* 上，*56* 上，*156* 上，*399* 上，*763* 上
グレーザー，エルンスト Glaeser, Ernst 13 下，108 上，187 下，192 上
クレッパー，オト Klepper, Otto 79 上，*79* 下，141 上
クレティ，エーミール Klöti, Emil 464 上，*464* 下
クレープス，夫妻 Krebs, Ehepar 582 上
グレーフ，ハンス・ゲールハルト Gräf, Hans Gerhard
『ゲーテ自作について語る』*Goethe über seine Dichtungen* *157* 下，*158* 上，166 上
クレムペラー，オト Klemperer, Otto 344 下，*345* 上，358 下，385 下，*386* 上
クレメント（音楽家） Clement (Musiker) 317 上
クレンデニング，ローガン Clendening, Logan 323 下，*324* 上
クロイター，フリードリヒ・テーオドーア・ダーフィト Kräuter, Friedrich Theodor David *625* 上
クローシア，ロバト・C. Clothier, Robert C. 630 下，*631* 上
クロス，アルバート・H. Cross, Albert H. 549 下，*550* 上
クロス，ウィルバ・ルーシャス Cross, Wilbur Lucius 373 上，*373* 下
グロース，ジョン・ヘンリ Groth, John Henry 606 下，*607* 上
ヴィットリオ・クロースターマン書店，フランクフルト・アム・マイン Verlag Vittorio Klostermann,

Frankfurt a. M. *588* 上
グロスマン，シュテファン
Großmann, Stefan *17* 上，*301* 上
クローチェ，ベネデット Croce, Benedetto 418 上，*418* 下，629 上
「ディ・グロッケ」，ヴィーン ›Die Glocke‹, Wien 78 上，*78* 下
クローデル，ポール Claudel, Paul 73 下，*168* 上，*269* 下
クロパー，ドナルト・S. Klopfer, Donald S. *587* 下，*645* 上
グローピウス，ヴァルター Gropius, Walter *26* 下
クローフォド，ジョーン Crawford, Joan *306* 下
クロプシュトック，ロベルト
Klopstock, Robert 23 下，*24* 下，131 下，*132* 上，133 上，133 下，326 上，443 上，443 下，446 上，446 下，448 下，449 上，477 下，490 下-498 下，515 下，525 下，533 上，538 上，539 上，560 上，567 上，576 下，584 下，588 下，591 上，591 下，625 下，632 下，637 下，658 下，798 下
クロフタ，カミル Krofta, Kamill 20 上，297 上，*475* 下
クロムウェル，ジョン Cromwell, John
『アルジェの人々』（映画演出）*Algiers*（Filmregie） *602* 上
クンステナールス・ツェントルム・ヴォール・ゲーステリューケ，ヴェールバールヘイト Kunstenaars Centrum voor Geesteluke Veerbaarheid 691 上，694 上，*694* 下
グンドルフ，フリードリヒ Gundolf, Friedrich *130* 下，171 下，275 上，*759* 上
『韻文で短く分かり易く仕立てられた／ドイツ文学史』*Die deutsche Literaturgeschicht/Reimweis kurz faßlich hergerichtet'* 588 下，589 上
『ゲーテ』*Goethe* 257 上，*257* 下
クーン，フリッツ・ユーリウス Kuhn, Fritz Julius *583* 下
ゲイブル，クラーク Gable, Clark 85 上
ケイン，ジェイムズ・マラハン Cain, James M[allahan] *580* 上
『ハ長調のキャリア』*Career in C major* *593* 上
『メキシコのセレナーデ』*Serenade in Mexiko* 579 下
ゲインズボロー，トマス
Gainsborough, Thomas 594 上
ゲエノ，ジャン Guèhenno, Jean 655 上，*655* 下
『ある革命の日記』*Journal d'une Rêvolution* 655 上
ゲオルゲ，シュテファン George, Stefan *98* 上，*130* 下，*158* 上，*171* 上，198 上，*275* 上，303 上，553 上，588 下，650 下，650 下，*651* 上
ゲオルゲ，シュテファン―ホーフマンスタール，フーゴ・フォン George, Stefan—Hofmannsthal, Hugo von
『ゲオルゲ＝ホーフマンスタール往復書簡』（ロベルト・ベーリンガー編）*Briefwechsel zwischen George und Hofmannsthal*（Hrsg. Robert Boehringer） 470 下，*471* 上，650 下
ケステンベルク，レーオ Kestenberg, Leo 20 上，*20* 下，420 下
ケステン，ヘルマン Kesten, Hermann *39* 下，121 下，122 上，122 下，144 下，283 下，284 下，288 上，288 下，299 上，584 上，*584* 下，*729* 上
『ゲルニカの子供たち』*Die Kinder von Gernika* 579 下，580 上，592 下
『フィーリプ二世王』*König Philipp der Zweite* 254 上，*254* 下
ケストラー，アーサー Koestler, Arthur 120 上，*120* 下，*121* 上，

121下，191下，193下，194上，*194*下，305上，306上，307上，398下，413下，*506*下，647下，*648*上
『スペインの遺書』 *Ein spanisches Testament* *121*上，283下，*284*上，*491*上
ケスラー，ハリ・グラーフ（伯爵） Kessler, Harry Graf 63上，*63*下，*252*下，*265*下
『人々と時代』 *Gesichter und Zeiten* 63上，*63*下
「ディ・ゲゼルシャフト」，ライプツィヒ ›Die Gesellschaft‹, Leipzig 110上
「月刊ドイツ語授業」，マディスン，ウィスコンシン州 ›Monatshefte für deutschen Unterricht‹, Madison, Wis. 234上，*234*下，*299*下，*655*下
ケッサー，アルミーン Kesser, Armin 64上，*64*下，457下，*458*上
ケッサー，ヘルマン Kesser, Hermann *64*下，459上
『ヨーロッパ人ベートーヴェン』 *Beethoven der Europäer* 469下
『ゲッツ』 *Götz* →ヨーハン・ヴォルフガング・フォン・ゲーテ，『鉄手のゲッツ・フォン・ベルリヒンゲン』 Johann Wolfgang von Goethe, *Götz von Berlichingen mit der eisernen Hand*
ゲッベルス，パウル・ヨーゼフ Goebbels, Paul Joseph 128下，582下，600上，605下，618下，651下，*668*上，671上，677上，714上，737上
ゲーテ，ヴァルターとヴォルフガング Goethe, Walter und Wolfgang 289上，307上，*307*下
ゲーテ，ヨーハン・ヴォルフガング・フォン（作品索引も参照） Goethe, Johann Wolfgang von (s. a. I) 14下，40下，42下，44上，45下，*46*下，54上，59上，*59*下，61下，72下，84上，95上，*95*下，107下，110上，*138*上，138下，142下，157下，161下，164上，165上，175下，176上，177上，177下，*240*下，241上，251下，264上，270上，271下，*274*下，*275*上，332下，383上，383下，384上，391上，391下，392下，393下，394上，400下，429上，*429*下，482下，*483*上，*500*上，505上，517下，524上，532下，563下，564下，567下，569上，583上，*584*上，584下，591下，604下，*623*下，*625*上，632下，655上，691下，*692*上，707上，708上，761上，764上，*764*下，804上，815下，818上，820上，820下，822上，826下，835上
『ヴィルヘルム・マイスターの修行時代』 *Wilhelm Meisters Lehrjahre* *18*上，*19*上，28上，49下，77下，261上，583上，*583*下
『ヴィルヘルム・マイスターの遍歴時代』 *Wilhelm Meisters Wanderjahre* 199下，*202*上
『五十歳の男』 *Der Mann von fünfzig Jahren* 201下，*202*上，203下，205上，205下
『ウルファウスト』 *Urfaust* 44下，397上
『永遠のユダヤ人』（断片） *Der ewige Jude* (Fragment) 400下，444下
『エグモント』 *Egmont* 126下，387上，739上
『エピメーニデスの覚醒』 *Des Epimenides Erwachen* 165上
『クラヴィーゴ』 *Clavigo* 386下
（『ゲーテの対話』〔ヴォルデマル・フライヘル（男爵）・フォン・ビーダーマンの創刊，フロドアール・フライヘル・フォン・ビーダーマンの新編〕） *Goethes Gespräche* [Begr. von Woldemar Freiherr von

Biedermann, neu hrsg. von Flodoard Freiherr von Biedermann] 63上，*64*上，147上，150上，152上，154上，557上，642下，690下，730下，731上
『献辞』(朝が来た……) *Zueignung* (Der Morgen kam...) 207上
『献辞』(お前たちはふたたび近付いてくる……) *Zueignung* (Ihr naht euch wieder...) 207下
『色彩論に寄せて』*Zur Farbenlehre* 523下
『箴言と省察』*Maximen und Reflektionen* 576上
『西東詩篇』*West-östlicher Divan* 199上，393下，*394*上，520上，520下，557上，834下
『全集』(いわゆる「ヴァイマル版」あるいは「ゾフィー版」) *Werke* (sog. >Weimarer< oder >Sophien-Ausgabe<) 73下，*74*上，84上，95上，98下，136下，142下，173上，175下，177下，206下，414下，*572*上，*572*下
『全集』(「プロピュレーエン版」) *Sämtliche Werk* (>Propyläen-Ausgabe<) 383下，391上，下，423上，
『人間としてのゲーテ』*Goethe als Persönlichkeit* 391下，513上
『タウリス島のイフィゲーニエ』*Iphigenie auf Tauris* 759下
『鉄手のゲッツ・フォン・ベルリヒンゲン』*Götz von Berlichingen mit der eisernen Hand* 434下
『ドイツの建築術について』*Von deutscher Baukunst* 569下
『ドイツ亡命者の談話』*Unterhaltungen deutscher Ausgewanderten* 91下
『トルクァート・タッソ』*Torquato Tasso* 192上，199上，219下，273上，758下
『情熱の三部作』*Trilogie der Leidenschaft*
『悲歌』(『マリーエンバートの悲歌』*Elegie* (*Marienbader E.*) 642下
『年鑑』*Annalen* 13下，14上，471下
『パーリア (パーリアの祈り)』*Paria* (*Des Paria Gebet*) 689上
『ハンス・ヴルストの結婚，あるいは，世の成り行き』(断片) *Hans Wursts Hochzeit oder der Lauf der Welt* (Fragment) 397上
『パンドーラ』*Pandora* 274下，275上
『反復された反映』*Wiederholte Spiegelungen* 571下，*572*上
『ファウスト』(作品索引も参照) *Faust* (s. a. I) 207下，*235*下，394下，438上-439下，444上，447下，451上，451下，469下，470上，483上，483下，568上，584上，627上，817下
『悲劇の第一部』*Der Tragödie erster Teil* 17下，34下，38上，111上，126下
『悲劇の第二部』*Der Tragödie zweiter Teil* 130上，130下，500上，620上，621下，687上，
『補遺』*Paralipomena* 439下
『プロメーテウス』(戯曲断片) *Prometheus* (Dramenfragment) 400上
『わが生涯から．詩と真実』*Aus meinem Leben. Dichtung und Wahrheit* 169下，184上，189下，396上，*396*下，397上，398下，
『若きヴェールターの悩み』*Die Leiden des jungen Werthers* 567下，*589*上，569上，746上
『1814年，1815年のライン，マイン，ネッカー紀行』*Reise am Rhein, Main und Neckar in den Jahren*

1814 und 1815　565上
ゲーテ，ヨーハン・ヴォルフガング・フォン—シラー，フリードリヒ・フォン Goethe, Johann Wolfgang von—Schiller, Friedrich von
『クセーニエン』*Xenien*　275上
ゲーテ，ヨーハン・ヴォルフガング・フォン—ボアスレー，ズルピーツ Goethe, Johann Wolfgang von—Boisserée, Sulpiz
『往復書簡』（マティルデ・ボアスレー編）*Briefwechsel*（Hrsg. Mathilde Boisserée）500上，520下
ゲーテル，F. Goetel, F,　184上，*184*下
ゲバウアー，ヤン　Gebauer, Jan　*188*下
ゲヘープ，パウル　Geheeb, Paul　47下，*48*上
ケムプ，フリートヘルム Kemp, Friedhelm　*419*上
ケムブリジ，マサチューセツ州 Cambridge, Mass.　590上
ケラー，ゴットフリート Keller, Gottfried　522下，682下
『寓詩物語』*Das Sinngedicht*　678下，*679*上，695上，699下
『公然たる中傷者たち』（詩）*Die öffentlichen Verleumder*（Gedicht）522下
『七つの伝説』*Sieben Legenden*　701下
ケラー，ヘレン Keller, Helen　572上，*572*下
ゲーリク，エミ　Gehrig, Emmy　261上，*261*下，262上，415下，416下，626下
ゲーリク，オスカル　Gehrig, Oscar　*261*下
ケリ，トミ *Kelly, Thommy*　*322*下
ゲーリング，ヘルマン　Göring, Hermann　*185*下，*296*下，306上，416下，462下，*463*上，487上，*693*下，721下，727下，729上，798下
ゲルヴィーヌス，ゲーオルク・ゴットフリート　Gervinus, Georg Gottfried　*15*下
ゲルゲル　Gergel　286下
『プラーテンとプラトン』*Platen und Platon*　281下，286下
ゲルステンベルク書店，ヒルデスハイム Verlag Gerstenberg, Hildesheim　*42*上
ゲルバー，ヴァーロ　Gerber, Walo　76下，*77*上
ゲールハルト，アデーレ　Gerhard, Adele　551上
「ゲルマーニシュ＝ロマーニシェ・モナーツシュリフト」，ハイデルベルク ›Germanisch-Romanische Monatsschrift‹, Heidelberg　418下
「ケルン新聞」 ›Kölnische Zeitung‹　173下
ケレーニイ，カール Kerényi, Karl　109上，*109*下，123上，169下，*170*上，187上，461上，526上，553下，570上，*570*下，576下，698上，759上
『ヘレーナの誕生』*Die Geburt der Helena*　525下，*526*上
『パピロス文書とギリシア小説の問題』*Die Papyri und das Problem des griechischen Romans*　*461*下，469下
ケレーニイ，マグダレーナ Kerényi, Magdalena　187上
ケレン，コンラート Kellen, Konrad →カツェンエレンボーゲン，コンラート Katzenellenbogen, Konrad
「ケン」，シカゴ　›Ken‹, Chicago　503上
『賢者ナータン』*Nathan der Weise* →レッシング，ゴットホルト・エフライム　Lessing, Gorrhold Epghraim
厳粛な歌 Ernste Gesänge →ヨハネス・

ブラームス，『四つの厳粛な歌，作品121』Johannes Brahms, *Vier ernste Gesänge, op. 121*
懸賞 Preisausschreiben →ドイツの文化的自由のためのアメリカの会 American Guild for German Cultural Freedom. 懸賞 Preisausschreiben
ケンデ，ヨージェフ Kende, József *10* 上，33 下，*34* 上，61 下，119 上，*162* 下
高等学術研究所，プリンストン Institute of Advanced Study, Princeton *370* 下，*493* 下，*501* 下，*569* 下，*586* 下，*646* 上，*759* 下，*787* 上
ゴウルドマン，ロベルト・P. Goldmann, Robert P. 593 上，*593* 下
コオペラシオン（通信社），パリ Coopération (Presseagentur), Paris 159 上，*159* 下，282 下，295 上，574 上，582 下，688 上，772 上，*786* 上
国際聖書研究者連合会 Internationale Bibelforscher-Vereinigung 70 下，424 上
国際精神分析学書店，ヴィーン Internationaler Psychoanalytischer Verlag, Wien *163* 下
国際哲学パリ会議（第九回，パリ，1937年） Congrès International de Philosophie (IX ; Paris 1937) 153 下，157 下，*158* 上
「国際文学」，モスクワ ›Internationale Literatur‹, Moskau 11 下，*12* 上，110 上，111 下，160 下，183 下，219 下，256 下，423 上，551 下，*553* 下，578 上，*578* 下，583 上，*583* 下，630 上，*630* 下，650 上，682 下，787 下
国際連盟 Völkerbund (Société des Nations) *28* 下，*58* 下，159 下，243 下，251 下，*253* 下，259 下，273 下，371 上，559 上，706 下，786 下
黒人聖書映画 Neger-Bibel-Film →ウィリアム・キースリーマーク・コネリ，『緑の牧場』William Keithley—Marc Conelly, *The Green Pastures*
コクトー，ジャン Cocteau, Jean 236 上，*236* 下
『円卓の騎士たち』Les Chevaliers de la Table Ronde 236 上，*236* 下，242 上
国民民主主義スイス同盟 Nationaldemokratischer Schweizerbund *461*
ゴーゴリ，ニコライ・ワシリイェヴィチュ Gogol, Nicolai Wassiljewitsch
『検察官』*Der Revisor* 250 上，*250* 下
『死せる魂』*Die toten Seelen* 575 下
コザク，ヤン・B. Kožak, Jan B. 14 上，*15* 上，18 上，173 上，244 上，251 下，387 下，447 上，534 上，554 下
コシュランド，ウィリアム・A. Koschland, William A. *336* 上，375 下，*376* 上，405 上，*405* 下，420 下
コシュランド，コーラ Koschland, Cora 335 下，*336* 上
胡椒挽き（カバレット）Die Pfeffermühle (Kabarett) 30 上，*30* 下，*56* 下，*189* 下，*493* 上，*591* 上
コスター，ヘンリ Koster, Henry *359* 上
『百人の男と一人の少女』（映画演出）*One hundred men and a girl* (Filmregie) 358 下，*359* 上
コストラーニイ，デシェー（デジダー）Koztolányi, Dezsö (Desider) *249* 下
ゴスポリティツダト（出版社），モスクワーレニングラート Gospolitizdat

(Verlag), Moskau—Leningrad 3 上，*4* 上
「コスモポリタン」，ニューヨーク ›Cosmopolitan‹, New York 327 下，*328* 上，343 下，373 上
ゴスラル，ロッテ Goslar, Lotte 591 上
「国家の中の婦人」，フランクフルト・アム・マイン ›Die Frau im Staat‹ *199* 下
ゴットヘルフ，イェレーミアス Gotthelf, Jeremias 176 上
コッペル，ガブリエーレ Koppell, Gabriele 561 下，574 上，755 上
コッペル，ヘンリ・G.（ハインリ・ギュンター）Koppell, Henry G. (Heinrich Günther) 405 上，*405* 下，478 下，509 下，561 下，564 下，574 上，755 上
ゴッホ，ヴィンセント・ファン Gogh, Vincent van 674 上
『アルルのファン・ゴッホの寝室』 *Van Goghs Schlafzimmer in Arles* 674 上
『カラスのいる小麦畑』*Kornfeld mit Krähen* 674 上
『自画像』*Selbstbildnis* 674 上
コッホ，ロッテ Koch, Lotte 62 上，*62* 下
コト，ピエル *Cot, Pierre 559* 上
コナー *Conner 609* 上
コーナー，パウル *Kohner, Paul 359* 下，*356* 上
コナー，ミセス，ブディノ・R. Conner, Mrs. Boudinot R. 486 下，492 下，495 上，609 上
コナント，ジェイムズ・B. Conant, James B. 379 上
ゴビノ，ヨーゼフ・アルトゥル，コント・ド Gobineau, Joseph Arthur, Comte de 449 下
コーフマン，ジョージ・サイモン—ハルト，モス Kaufman, George Simon—Hart, Moss
『一人では理解出来ない』*You can't take it with you* 310 下，*311* 上
コプロヴィツ，オスカル Koplowitz, Oskar →ザイドリーン，オスカル Seidlin, Oskar
コマウン Commaun 663 上，671 上
「コミューヌ」，パリ ›Commune‹, Paris 559 上，583 下，*584* 上
コメレル，マクス Kommerell, Max 130 上，*130* 下
『コーラン』Koran 359 下
ヴィクター・ゴランツ（書店），ロンドン Victor Gollancz (Verlag)‹, London *284* 上
「イル・コリエーレ・デラ・セラ」，ミラーノ›Il Corriere della Sera‹, Mailand *797* 上
コリン，サウル C. Colin, Saul C. 313 下，*314* 上，318 上，332 上，*333* 下，339 下，344 下-351 下，368 下，374 下，377 下，381 上，389 上，395 下，398 下，401 上-403 上，409 下，448 下，476 上-477 下，480 下，487 上，502 上，554 下，560 上，637 下，753 上，758 上，765 上
コリンスキ，フロレンス Kolinsky, Florence 559 下
コリンズ（書店），ロンドン Collins (Verlag), London *447* 上
コリンティ，フリジェシュ（フリードリヒ）Karinthy, Frigyes (Friedrich)
『私の頭蓋骨を巡る旅』*Eine Reise um meinen Schädel* 22 上，*22* 下
ゴール，シャルル・ド Gaulle, Charles de 388 下
コルシュ，カール Korsch, Karl *548* 上
コルシュ，ジビレ Korsch, Sibylle *548* 上
コルシュ，バルバラ・マリーア，結婚してウォード Korsch, Barbara Maria, verh. Ward 547 下，*548* 上

コルシュ，ヘダ，旧姓ガリアルディ Korsch, Hedda, geb. Gagliardi 547下，*548* 上
コルダ，サー・アリグザーンダー Korda, Sir Alexander *344* 下，401下，*402* 上
コルダン，ヴォルフガング（本名ハインツ・ホルン）Cordan, Wolfgang（Ps. für Heinz Horn） 693 下
コルツォフ，ミヒァエル Kolzow, Michael 250 下
ゴルドウィン，サーミュエル Goldwyn, Samuel 610 上
ゴルトシャイダー，ルートヴィヒ Goldscheider, Ludwig *224* 下
ゴルトシュタイン，クルト Goldstein, Kurt 375 下，*376* 上，504 上，648下，*649* 上
ゴルトシュタイン，フランツ（筆名フランゴ） Goldstein, Franz（Ps. Frango） 184 上，*184* 下
ゴルトシュミット，ジークフリート Goldschmidt, Siegfried 18 上，*19* 上
ゴルトシュミット，博士 Goldschmidt, Dr. 271 上
ゴルトベルク，I. Goldberg, I. 610 上
ゴルトベルク，オスカル Goldberg, Oskar 176 上，190 上
コルニション（カバレット） Cornichon（Kabarett） 189 下
コルブ，アネッテ Kolb, Annette *8* 上，*45* 上，*62* 上，107 下，*108* 下，115 下，172 下，227 下，242 下，245 下，252 下，264 上，264 下，*265* 上，265 下，*291* 下，304 下，*305* 上，426 下，465 下，*466* 上，500下，568 上，642 上-646 上，664 上，680 上，789 下，790 上
『戦争の前夜』*Vorabend eines Krieges* 425 下，426 下
『モーツァルト．その生涯』*Mozart. Sein Leben* 111 上，111 下，112上，113 上，115 下
コルベンハイアー，エルヴィーン・グイード Kolbenheyer, Erwin Guido 258 上
コルマース，フランツ Colmers, Franz 104 上，*105* 下，318 上，376上，591 上
コルマース，マリー Colmers, Marie 104 上，*105* 下，318 上，376 上，591上
コレア（書店），パリ Corrêa (Verlag), Paris *503* 下
コレルリ，アルカンジェロ Corelli, Arcangelo 149 下
コローディ，エードゥアルト Korrodi, Eduard 135 下，*137* 上，169 上，176 上，*176* 下，229 下，423 下，424下，426 下，535 上，706 下，750 下，752 下，789 上，*789* 下，791 上
「コローナ」，ミュンヒェンとチューリヒ ›Corona‹, München und Zürich *80* 下，130 上，258 上，470 下，*471* 上
コロンビア大学，ニューヨーク Columbia University, New York 373 上，384 上，390 上，*766* 上
コロンビア大学プレス（出版局），ニューヨーク Columbia University Press（Verlag), New York *788* 上
「コンタクト」，アムステルダム ›Contact‹, Amsterdam *694* 下
コンチネンタル・インターコンチネンタル・プロダクションズ Continental and Intercontinental Productions *314* 上
「今日のドイツ．スイスにおける新ドイツの友人たちのための週刊新聞」 ›Deutschland Heute. Wochen-Zeitung für die Freunde des neuen Deutschland in der Schweiz‹ 558 上，604 上
コンラド，ジョゼフ Conrad, Joseph

771 下
コンラート，マクス　Conrad, Max　126 下，*127* 上

サ行

ザイス=インクヴァルト，アルトゥル　Seyß-Inquart, Arthur　306 上
ザイドリーン，(元コプロヴィッツ)，オスカル Seidlin (vorm. Koplowitz), Oskar　*184* 下，492 下，506 上，*507* 上，514 下
サイモン・アンド・シュスター（書店)，ニューヨーク Simon and Schuster (Verlag), New York　*459* 上
サイモン，サー・ジョン（後サイモン子爵）Simon, Sir John (später Viscount Simon)　452 上，*452* 下
サイモンズ，ハンス Simons, Hans　102 下，*103* 上，149 上，509 下
サヴィク=レバク，アニカ　Savic-Rebac, Anica　*284* 上
　『カリストス』*Kallistos*　283 上
「サーヴェイ・グラフィク」，ニューヨーク ›Survey Graphic‹, New York　534 上，563 上，567 上
サガーヴ，ピエル・ポル　Sagave, Pierre Paul　64 上，*64* 下
ザクセル，フリッツ Saxl, Fritz　712 上，*712* 下
サクラメント州立カレッジ，サクラメント，カリフォルニア州 Sacramento State College, Sacramento, Calif.　337 下，*338* 上
サザンプトン　Southampton　728 上-731 上
　ホテル・サウス・ウェスタン Hotel South Western　728 上-731 上
「サザン・レヴュー」，バトン・ルージュ ›Southern Review‹, Baton Rouge　*450* 下，623 下
「ザ・ジュイシュ・フォーラム」，ニューヨーク ›The Jewish Forum‹, New York　*541* 上，*553* 下，*558* 上
「ザ・タイムズ」，ロンドン ›The Times‹, London　60 上，*60* 下，368 上，417 上，460 上，*460* 下，464 上，489 下
「サタデイ・レヴュー・オヴ・リテラチュア」，ニューヨーク ›Saturday Review of Literature‹, New York　*105* 下，*510* 上
サチェルドーテ，グスターヴォ　Sacerdote, Gustavo　31 下
ザッコーニ，エルメーテ Zacconi, Ermete　246 下
サッコ，ニコーラ Sacco, Nicola　*355* 上
ザトゥルン書店，ヴィーン　Saturn-Verlag, Wien　*197* 上，*243* 下
サナリ=シュル=メール　Sanary-sur-Mer　*45* 上，*100* 下，*138* 上，*402* 上
サーフ，ベネット　Cerf, Benett　*645* 上
サミュエル，ハーバト・ルイス（子爵サミュエル）Samuel, Herbert Louis (Viscount Samuel)　157 下，*158* 下
「サムティデン」，オスロ ›Samtiden‹, Oslo　226 下
「ディ・ザムルング」，アムステルダム ›Die Sammlung‹, Amsterdam　*30* 上，*157* 上，*202* 上
サラヴァン，マルガレート　Sullavan, Margaret　*472* 下，*611* 下
サールウォール，ジョン・C.　Thirlwall, John C.　*60* 上
ザルツバーガー，アーサー H.　Sulzberger, Arthur H.　*314* 下，*327* 下
ザルツバーガー，フランク Sulzberger, Frank　313 下，*314* 下
ザルツバーガー，ヘリン Sulzburger, Helen　313 下，*314* 下
ザルテン，フェーリクス Salten, Felix

348 上，*348* 下
サルトシェーバーデン Saltsjöbaden 716 上-726 下
グランド・ホテル Grand Hotel 698 下，701 下，716 上-726 下
サルトル，ジャン＝ポル Sartre, Jean-Paul
『壁』*Die Mauer* *431* 下
ザール，ハンス Sahl, Hans 425 下，*426* 上
『ある人．ある合唱作品』*Jemand. Ein Chorwerk* 425 下，*426* 上
ザーロモン，アルベルト Salomon, Albert 110 上
サーロモン，エーリヒ Salomon, Erich 685 上
サンタ・クルス・ウィルスン，ドミンゴ Santa Cruz Wilson, Domingo *167* 上
サンタ・クルス・ウィルスン，マダム Santa Cruz Wilson, Mme 166 下，*167* 上
サンタ・モニカ，カリフォルニア州 Santa Monica, Calif. 358 下，359 上
サンタヤナ，ジョージ Santayana, George 788 下
「サンデイ・タイムズ」，ロンドン ›Sunday Times‹, London 728 下，*729* 上
サンフランシスコ San Francisco 334 下，335 上-338 下
ホテル「ザ・クリフト」Hotel ›the Clift‹ 335 上-338 下
「サンフランシスコ・イグザミナー」 ›San Francisco Examiner‹ *202* 上
サンフランシスコ・シンフォニー・オーケストラ San Francisco Symphony Orchestra *336* 上
「サンフランシスコ・ニューズ」›San Francisco News‹ *336* 上
シアトル Seattle 606 上-607 下
ホテル・オリンピック Hotel Olympic 606 下，607 下
シアラー，ノーマ Shearer, Norma *101* 上
シーアン，ヴィンセント Sheean, Vincent *649* 上
シェイクスピア，ウィリアム Shakespeare, William 209 下，243 上，*243* 下，394 上，537 下
『ソネット』*Sonette* 182 上，*182* 下，*243* 下
『トロイラスとクレシダ』*Troilus und Cressida* 455 上，*455* 下 『ハムレット』*Hamlet* 509 上，*510* 上，572 下，802 上
ジェイコブソン，アナ Jacobson, Anna *522* 下
ジェイムズタウン，ロード・アイランド州 Jamestown, Rhode Island 334 上，*335* 上，378 上，380 下，382 下-387 下，390 下-404 下，423 上
シェク，オトマル Schoeck, Othmar 230 下
シェーダー，ハンス・ハインリヒ Schaeder, Hans Heinrich 429 上，*429* 下
『ゲーテの東方体験』*Goethes Erlebnis des Ostens* 429 上，*429* 下，438 上，439 上，501 下，685 下，686 上
シェーネベク，ジビレ・フォン Schönebeck, Sybille von →ベドフォド，ジビレ Bedford, Sybille
シェファウアー，ヘルマン・ゲーオルク Scheffauer, Herman Georg *745* 下
シェプス，ハンス＝ヨーアヒム Schoeps, Hans-Joachim 240 上，*240* 下
『転換期の諸形姿．（ブルクハルト，ニーチェ，カフカ）』*Gestalten an der Zeitenwende* (*Burckhardt, Nietzsche, Kafka*) *240* 下
シェプリ，ジョン Shapley, John 770 下

シェリング，フリードリヒ・ヴィルヘルム・ヨーハン・フォン Schelling, Friedrich Wilhelm Johann von 278 下
シェルテル，マクス Schertel, Max 606 下，*607* 上，626 下
『トーマス・マンと家系的小説』 *Thomas Mann and the Genealogical Novel* *607* 上，626 下
シェルヒェン，ヘルマン Scherchen, Hermann 113 下，*114* 上
シェルフ，マルタ Schärf, Marta *228* 上
シェンストン，アラン Shenstone, Allen 510 下，*511* 上，538 上，555 上，571 上，635 下，657 上，*657* 下，738 上，755 上，758 上，778 上，779 下，794 上
シェンストン，マイケル Shenstone, Michael 547 上，657 上，*657* 下，794 上
シェンストン，モリ Shenstone, Molly 498 上，510 下，*511* 上，530 上，538 上，547 上，555 上，564 上，571 上，575 上，625 下，635 下，653 下，657 上，*657* 下，659 上，666 上，670 下，734 上，738 上，755 上，758 上，778 上，779 下，794 上
ジェンセン Jensen 231 上，*231* 下
シェーンヘル，カール Schönherr, Karl 24 上，*26* 下
シェーンベルク，アルノルト Schönberg, Arnold 344 下，*345* 上，355 下，*627* 上
シオニスト会議（第二十回，チューリヒ一九三七年）Zionisten-Kongreß (20.; Zürich 1937) 157 下
シカゴ Chicago 314 上，321 上，351 下，360 下，361 下―363 下，594 上，614 上
コングレス・ホテル Congress Hotel 614 下
ホテル「ザ・ドレイク」Hotel ›The Drake‹ 363 下，364 下，594 下
「シカゴ大学マガジン」，シカゴ ›University of Chicago Magazine‹, Chicago *534* 下
「シカゴ・デイリ・ニューズ」 ›Chicago Daily News‹ *153* 上，615 下，622 下
『ジークフリート』*Siegfried* →リヒァルト・ヴァーグナー，『ニーベルングの指輪』，『ジークフリート』Richard Wagner, *Der Ring des Nibelungen. Siegfried*
ジークフリート，アンドレ Siegfried, André 585 上
『ジークフリートのラインの旅』 *Siegfrieds Rheinfahrt* →リヒァルト・ヴァーグナー，『ニーベルングの指輪』，『神々の黄昏』，『ジークフリートのラインの旅』Richard Wagner, *Der Ring des Nibelungen. Götterdämmerung. Siegfrieds Rheinfahrt*
『ジークフリート牧歌』*Siegfried-Idyll* →ヴァーグナー，リヒァルト Wagner, Richard
ジーゲル，博士 Sigl, Dr. 128 下
シケレ，ルネ Schickele, René *5* 下，44 下，*45* 上，*90* 上，128 下，*129* 上，133 上，137 上，139 上，*208* 上，232 上，*232* 下，240 上，277 上，285 下，294 下，420 上，*519* 下，542 下，543 上，625 上，*641* 下，645 上，648 下，*649* 上，687 下，694 下
『海流瓶通信』*Die Flaschenpost* 78 上，*78* 下，86 上
『八月』*August* *139* 上
『至高の司牧の』（回勅）*Summi Pontificatus*（Enzyklika） *762* 下
『時代の行進』（月間ニュース映画） *March of Time*（Monatsfilmschau） 652 下，*653* 上，750 上
ジッド，アンドレ Gide, André *8*

上，*56* 上，177 下，*178* 上，195 上，203 上
『ソヴィエト紀行』*Retour de l'U.R.S.S.* 55 下，*56* 上，101 上
『トーマス・マンの最近の文章への序文』*Préface à quelques écrits récents de Thomas Mann* *65* 下，177 下，*178* 上，195 上，202 下，*203* 上，205 下，230 上，244 上
『詩と真実』*Dichtung und Wahrheit* →ヨーハン・ヴォルフガング・フォン・ゲーテ，『わが生涯から．詩と真実』Johann Wolfgang von Goethe, *Aus meinem Leben. Dichtung und Wahrheit*
シナー，パウル *Czinner, Paul*
『アリアーネ』(映画演出) *Ariane* (Filmregie) 179 下，*180* 上
ジーニヴァ，ニューヨーク州 Geneva, N. Y. 652 上，652 下
シフ，ハンス Schiff, Hans 610 上
シベーリウス，ジャン Sibelius, Jean 145 上，263 上，515 下，542 下
『ヴァイオリン協奏曲 ニ短調，作品 47』*Konzert für Violine und Orchester d-Moll, op. 47* 370 上
『交響曲 第二番 ニ長調，作品 43』*Simfonie Nr. 2 D-Dur, op. 43* 390 上
『タピオラ 作品 112』*Tapiola, op, 112* 263 下，*264* 上
シーベルフート，ハンス Schiebelhuth, Hans *97* 上
ジマーン，サー・アルフレド Zimmern, Sir Alfred 785 下，*786* 上
「ジムプリツィスムス」，ミュンヒェン >Simplicissimus<, München *158* 上
ジーモン，クルト Simon, Kurt *631* 上
ジーモン，ハインリヒ (ハインツ) Simon, Heinrich (Heinz) 630 下，*631* 上，635 上，636 上
ジーモン，フーゴ Simon, Hugo 290 上，*291* 上，*432* 下，440 上，*457* 下，466 上，571 下
シモン，ミシェル Simon, Michel *773* 下
シャイ，ヘルマン Schey, Hermann 70 下，230 下
「社会研究雑誌」，ニューヨーク (元フランクフルト・アム・マイン) >Zeitschrift für Sozialforschung<, New York (ursp. Frankfurt a. M.) 112 下，214 下，*317* 下，576 下，577 上，*577* 下
「社会主義行動」，(ハンブルク―) カールスバート >Sozialistische Aktion<, (Hamburg―) Karlsbad 68 上，*68* 下
社会調査研究所，ニューヨーク Institute for Social Research *214* 下，317 上，*317* 下
社会調査研究所，フランクフルト・アム・マイン Institut für Sozialforschung, Frankfurt am Main *112* 下，214 下，*317* 下
「社会民主主義情報通信」，パリ―ロンドン―ニューヨーク >Sozialdemokratischer Informationsbrief<, Paris―London―New York 763 下，*764* 上
「社会民主党員」，ストックホルム >Sozialdemokraten<, Stockholm 689 上，*697* 上
「尺度と価値」，チューリヒ (作品索引も参照) >Mass und Wert<, Zürich viii 下，*4* 下，7 下，*8* 上，*10* 下，32 下-33 下，34 下，38 下，43 上，44 下，47 下，50 下，55 上，56 下，57 上，59 下，64 上-69 下，78 上，*79* 上，*83* 上，86 下-96 上，108 上，109 下，110 下，119 上，119 下，123 下，127 下，*134* 上，134 下，135 下，146 上，147 下，148 下，150 下，163 上-183 下，*188* 上，192 上-196 下，207

上，*210* 下，212 下，*217* 下，219 上，224 下，245 下，*246* 上，246 下，*249* 下，259 下，260 上，262 下，270 上，*274* 上，276 上，*277* 上，278 上，282 下，283 上，288 上，下，*302* 下，306 上，308 下，415 上，419 下，420 下，421 上，427 上，*429* 上，431 下，452 上，453 下，512 上，513 上，537 上，539 上，552 上，554 下，561 下，564 下，565 上，*614* 下，619 上，622 下，*623* 上，631 下，*633* 下，635 上，641 上，646 上，649 下，666 上，676 下，679 下-684 下，689 下，705 下，738 下，744 上，*763* 下

第一巻 1. Jahrgang

一冊　Heft 1　70 下，82 上，88 上，94 下，96 上，*139* 上，147 下，161 下，169 上，176 上，*176* 下，186 下，259 下，*650* 上

二冊　Heft 2　163 上，*168* 下，*174* 下，178 下，183 下，187 上，187 下，188 上，195 上，203 上，211 下，212 下，213 上，227 下，259 下

三冊　Heft 3　*179* 上，*220* 下，224 下，228 下，*235* 上，237 上，237 下，*238* 上，239 下，*240* 上，253 上，*273* 下，*552* 下，671 上

四冊　Heft 4　*176* 上，*188* 上，238 下，*251* 上，*252* 下，262 下，*265* 下，282 下，*284* 上，285 上，288 上，288 下，294 下，301 下

五冊　Heft 5　*249* 下，299 上，300 上，365 上，368 下，*369* 上，377 下

六冊　Heft 6　*204* 下，300 上，409 上，*650* 上

第二巻 2. Jahrgang　435 上

一冊　Heft 1　431 下，*437* 下，444 下，445 下

二冊　Heft 2　505 上，*254* 下，*425* 下，*538* 下，*655* 上

三冊　Heft 3　*503* 下，536 下，539 上

四冊　Heft 4　573 上，584 上，*584* 下，585 上，*585* 下

五冊　Heft 5　573 上，625 下

六冊　Heft 6　597 下，649 下，*650* 上，666 上，*667* 下

第三巻 3. Jahrgang

一冊　Heft 1　*633* 下，674 上，682 上，704 下，*705* 上，*744* 下，784 下，785 下，786 上，*789* 上

二冊　Heft 2　*746* 下，*797* 下

三冊　Heft 3　*690* 上

四冊　Heft 4　*757* 下

ジャニス Janice　466 上

シャーバー，ヴィル Schaber, Will　248 下，737 下

『トーマス・マン．六十歳の誕生日に寄せて』*Thomas Mann. Zu seinem 60. Geburtstag*　*248* 下，253 上

シャハト，ヒャルマル Schacht, Hjarmar　126 下，*127* 上，185 上，*185* 下，243 上，374 下，542 上，558 下，*559* 上

「ジャーマニク・レヴュー」，ニューヨーク　>Germanic Review<, New York　328 下，373 下，644 下，696 上

「ジャーマン・クォータリ」，アプルトン，ウィスコンシン州　>German Quaterly< Appleton, Wis.　498 下

シャーマン，ハリ Schermann, Harry　319 上，*319* 下

シャムペインーアーバナ，イリノイ州 Champain-Urbana, Ill.　364 上

ジャル，エドモン Jaloux, Edmond　*161* 下

シャール，エリック Schaal, Eric　319 上，373 上，376 下

シャールケージ，ジェルジ Sárközi, György　*249* 下

シャレル，エーリク　Charell, Erik　345 下，*346* 上

シャンダ，マリーア Schanda, Maria

62 下
ジャント，ピエル Jundt, Pierre *506* 下
シュヴァイツァー・シュピーゲル書店，チューリヒ Schweizer Spiegel Verlag, Zürich *269* 下
シュヴァイツァー，パウル Schweitzer, Paul *10* 上
シュヴァイツァー，リヒァルト Schweizer, Richard 437 上，*437* 下，464 上
シュヴァルツヴァルト，オイゲーニエ Schwarzwald, Eugenie 40 下，*41* 上，75 下，238 上，430 上，439 上，454 上
「ダス・シュヴァルツェ・コーア（黒い軍団）」，ベルリン 〉Das Schwarze Corps〈, Berlin 518 下，630 上，661 下，*662* 下
シュヴァルツェンバハ＝クララク，アネマリー Schwarzenbach-Clarac, Annemarie 97 下，*98* 上，98 下，134 下，139 下，143 下，154 下，190 上，414 上，418 上，422 下，441 下-446 上，461 上，461 下
シュヴァルツェンバハ，ルネ Schwarzenbach, Renée 442 上
シュヴァルツシルト，レーオポルト Schwarzschild, Leopold *17* 上，*121* 下，*156* 上，300 下，*301* 上，*400* 上，466 下，500 下，587 上，644 上，*644* 下，684 下，777 上，793 上
シュー，ヴィリ Schuh, Willi 230 下，235 上，*235* 下，251 上
シュヴェーゲルレ，ハンス Schwegerle, Hans *108* 下
『エリーザベト・マンの胸像』*Büste Elisabeth Manns* 107 下，*108* 下，166 上，170 下，489 下
ジュヴェ，ルイ Jouvet, Louis *773* 下
自由ジャーナリズム・文学同盟 Bund Freie Presse und Literatur 155 下，*156* 上
「自由なドイツの研究のための紀要」，パリ 〉Zeitschrift für freie deutsche Forschung〈, Paris 417 上，535 上
自由のための闘争委員会 Fight for Freedom Committee *656* 上
『修行時代』〉*Lehrjahre*〈 →ヨーハン・ヴォルフガング・フォン・ゲーテ，『ヴィルヘルム・マイスターの修行時代』Johann Wolfgang von Goethe, *Wilhelm Meisters Lehrjahre*
シュー，ゴットハルト Schuh, Gotthard
『チューリヒ．写真集』*Zürich Photobuch* 681 下
シュシュニク，クルト・エードラー・フォン Schuschnigg, Kurt Edler von *15* 上，50 下，*51* 上，303 上，*303* 下，305 下，308 下，325 下，326 上，337 下，*517* 上，526 下，542 上，723 上
『わがオーストリア（三たびオーストリア）』*My Austria*（*Dreimal Österreich*） 370 上
ジュースキント，ヴィルヘルム・エマーヌエル Süskind, W[ilhelm] E[manuel] 65 上，*66* 上
ジュスティニアーニ，マリーア（ミーミ・ツカーカンデル）Giustiniani, Maria（Mimi Zuckerkandl） *710* 上
シュタイナー，氏と夫人 Steiner, Herr und Frau 44 下，*45* 上
シュタイナー，ヘルベルト Steiner, Herbert 80 上，*80* 下，471 上
シュタイン，シャルロッテ・フォン Stein, Charlotte von 165 上，391 上
シュタインハウゼン，ヘルマン（本名オイゲーン・ギュルストナー） Steinhausen, Hermann（Ps. für Eugen Gürster） 209 下，*210* 上，218 上，*682* 上
『自由の未来』*Die Zukunft der*

Freiheit　210上，218上，*218*下
シュタウディンガー，ハンス
Staudinger, Hans　581上，644上
シュターエル，ヤーコプ Stahel, Jakob
147上，147下，155下，213上，225下，227上，251下，253上，293下，295上，415上
ジュダノフ，ゲーオルク Schdanoff, Georg　*460*上
シュタムプァー，フリードリヒ
Stampfer, Friedrich　466下，*481*上，481下，526上，556下，570上，581上，624下
シュテーア，エーミール Stöhr, Emil
*455*下
クルト・シュテーエリ（書籍店）Kurt Stäheli（Buchhandlung）　11上，*12*上
シュティードリ，フリッツ Stiedry, Fritz　627上
シュテケル，レオナルト Steckel, Leonard　*62*下，*83*上，*111*上，*119*上，*185*下，*210*上，*222*下，*228*上，*235*下，*255*上，*255*下，*300*上，*455*下，*460*下
シュテシンガー，フェーリクス
Stössinger, Felix　69下，*70*上
『世界政治の革命』*Revolution der Weltpolitik*　69下，*70*上
シュテファン，パウル Stefan, Paul
708上，*708*下
「デア・シュテュルマー」，ニュルンベルク ›Der Stürmer‹, Nürnberg　*326*下
シュテルン Stern　100上，*100*下
シュテルン，博士 Stern, Dr.　299下，*300*上，317上
シュトイアーマン，エードゥアルト
Steuermann, Eduard　*359*上
シュトイアーマン，ローゼ
Steuermann, Rose　*359*上
シュトゥーダー＝グイアー，ルクス
Studer-Gujer, Lux　348上，*348*下，465下，702上
シュトライヒャー，ユーリウス
Streicher, Julius　326上，*326*下
シュトラウスマン，デシェー
Strauszmann, Dezsö →リパイ，デジデーリウス Lippai, Desiderius
シュトラウスマン，ヤーコプ
Strauszmann, Jakob　*9*下
シュトラウス，ヨーハン（息子）
Strauss, Johann（Sohn）　57上，*57*下，370上
シュトラウス，リヒァルト Strauss, Richard　*63*下，171下，*173*下，174上，*386*上，396上，617下，667下，*668*上
『薔薇の騎士』*Der Rosenkavalier*
18下，174上，*527*上
『平和の日』*Der Friedenstag*　667下，*668*上
シュトラサー，オト Strasser, Otto　33下，*34*上，514下，548下，572上，711上
シュトラサー，グレーゴル Strasser, Gregor　*34*上
シュトラースマン，フリッツ
Straßmann, Fritz　*570*上
シュトリヒ，フリッツ Strich, Fritz
40下，*41*上，57上，66上，139下，*159*下，274下，277上，282下
シュトルファー，アードルフ・ヨーゼフ
Storfer, Adolf Josef　163下
シュトレーゼマン，グスタフ
Stresemann, Gustav　238下
シュトローハイム，エーリヒ・フォン
Stroheim, Erich von　*205*上
シュナイダー，ヴァルター Schneider, Walter　85下，*86*上
『ショーペンハウアー』*Schopenhauer*
85下，*86*上
シュニツラー，アルトゥル Schnitzler, Arthur　*26*上，*269*下，*682*上，*755*下
シュニツラー，オルガ Schnitzler, Olga

755 上，*755* 下，758 上
シュー，ネリ Schuh, Nelli　230 下，251 上
シュパイアー，アルベルト Speyer, Albert　*178* 下
シュパイアー，ヴィルヘルム Speyer, Wilhelm　*498* 下，743 下，787 上
シュパイアー，ゲラルト（ゲリ）Speyer, Gerald（Gerry）　498 下，529 下，539 上，583 上
シューバルト，ヴァルター Schubart, Walter
『ヨーロッパと東方の魂』*Europa und die Seele des Ostens*　735 下，*736* 上
シューハルト，ゴットローブ・カール・ルードルフ Schuchard, Gottl. Carl Rudolf　532 下
シュピーカー，カール Spieker, Karl　*291* 上，466 下，*467* 上，508 下，536 下，552，578 上，584 上
シュピール，ヒルデ Spiel, Hilde　*41* 下
シュフ，ヴァレリー（ヴァラ）・フォン Schuch, Valerie（Vala）von　686 上，*686* 下
シュフ，エルンスト・フォン Schuch, Ernst von　*686* 下
シュフ，フリードリヒ・フォン Schuch, Friedrich von　686 上，*686* 下
シュフ，リーゼル・フォン Schuch, Liesel von　*686* 下
シュペック，エルゼ Speck, Else　186 下
シュペック，パウル Speck, Paul　186 下
シュペート，夫人 Späth, Frau　133 上
シューベルト，フランツ Schubert, Franz　6 上，70 下，151 下，452 下，520 上，646 下，721 上，770 下，784 下
『冬の旅，D 911，作品 89』*Die Winterreise, D 911, op. 89*
第五番『菩提樹』 *Nr. 5 Der Lindenbaum*　152 上，230 下
『ミューズの息子，D 764』（歌曲）*Der Musensohn, D 764*（Lied）136 下，*138* 上
シュペルリング，夫人 Sperling, Frau　475 下，*476* 上
シュペルレ，フーゴ Sperle, Hugo　*303* 下
シューマン，エリーザベト Schumann, Elisabeth　784 下
シューマン，ロベルト Schumann, Robert　249 下，250 下，284 下
『ヴァイオリン協奏曲　ニ短調』*Konzert für Violine und Orchesterd-Moll*　*249* 下
『ピアノと弦楽カルテットのための五重奏曲　変ホ長調　作品 *44*』*Quintett für Klavier und Streichqualtett Es-Dur, op. 44*　797 下
シュミット＝ブロス，カール Schmid-Bloss, Karl　233 下，241 上
シュミット＝ブロス，グレーテ Schmid-Bloss, Grete　233 下，241 上
シュミット，カール Schmitt, Carl　*417* 上
シュミット，ヨーゼフ Schmidt, Joseph　104 下，*106* 上
シュミートリーン，イヴォンヌ Schmidlin, Yvonne　ix 下
シュミュクレ，カール Schmuckle, Karl　*12* 上
シュメーリング，マクス　Schmeling, Max　404 下，405 上，*405* 下
シュライヒャー，クルト・フォン Schleicher, Kurt von　*36* 上，*143* 上，*716* 下
シュラーク，オスカル・R. Schlag, Oskar R.　459 上，*459* 下
シュラーダー，（翻訳者）Schrader（Übersetzerin）　745 下，780 下

シュラーダー，ルートヴィヒ Schrader, Ludwig *419* 上
シュラム，ウィリアム・S.（元ウィリ・シュラム）Schlamm, William S. (vorm. Willi Sch.) 128 下，*129* 上，550 上，*777* 上，782 下
『欺瞞の独裁』*Diktatur der Lüge* 128 下，*129* 下
シュランベルジェ，ジャン Schlumberger, Jean 7 下，*8* 上，31 下，36 下，55 上
ジュリアン・メスナー（書店），ニューヨーク Julian Messner (Verlag), New York *518* 上
シュルスヌス，ハインリヒ Schlusnus, Heinrich 251 上
シュルテス，エトムント Schulthess, Edmund 71 上，*71* 下
シュレーゲル，フリードリヒ Schlegel, Friedrich 77 下
『ゲーテのマイスターについて』*Über Goethes Meister* *77* 下
シュレーター，クラウス Schröter, Klaus
『同時代の評価の中のトーマス・マン』*Thomas Mann im Urteil seiner Zeit* *116* 上，*284* 下，*551* 上，*692* 下
シュレーディンガー，エルヴィーン Schrödinger, Erwin *641* 下
シュレンク＝ノツィング，アルベルト・フォン Schrenck-Notzing, Albert von *459* 下
商工会議所，チューリヒ Kaufmännischer Verein, Zürich 243 下，244 上
ショウ，ジョージ・バーナド Shaw, George Bernard *26* 上，74 上，325 下，416 下，*417* 上
『ウォリン夫人の生業』*Frau Warrens Gewerbe* 456 下
『岐路に立つ医師』*Der Arzt am Scheidewege* 300 上
『ピグマリオン』*Pygmalion* 596 下，*597* 上
ジョージ六世，大ブリテンと北アイルランドの王 Georg VI., König von Großbritannien und Nordirland *115* 上，118 下，*119* 上，120 上，424 上，723 下，772 下
ジョゼフィーヌ（ド・ボアルネ），フランス人の女帝 Joséphine (de Beauharnais), Kaiserin der Franzosen 45 下
ショータン，カミーユ Chautemps, Camille 299 上，348 下
ショパン，フレデリク Chopin, Frédéric 479 下，599 上
ショープ，トゥルーディ Schoop, Trudi *300* 下
ショーペンハウアー，アルトゥル Schopenhauer, Arthur 76 下，77 上，85 下，*86* 上，117 下，118 上，118 下，120 下，148 下，252 下，256 上 256 下，257 上，257 下，259 上，262 上，274 上，276 下，277 上，277 下，278 上，278 下，279 上，279 下，280 下，281 上，282 上，282 下，284 下，285 下，287 上，288 下，289 上，290 上，291 下，292 上，293 下，294 上，295 上，295 下，296 上，297 上，297 下，704 下，*705* 上
『意思と表象としての世界』*Die Welt als Wille und Vorstellung* 244 下，256 下，287 上，*623* 上
第二巻，第一巻の四書への補足を含む *Zweiter Band, welcher die Ergänzungen zu den vier Büchern des ersten Bandes enthält*
—第四書への補足 *Ergänzungen zum vierten Band*
四十一章．死とわれわれの本質自体の不壊性に対する死の関係について *Kapitel 41. Über den Tod und sein Verhältnis zur*

Unzerstörbarkeit unseres Wesens an sich 120下，*121*上
(『ショーペンハウアーの生きた思想．トーマス・マンによる提示（選)』)（*The Living Thoughts of Schopenhauer. Presented by Thomas Mann* [*Auswahl*]） 244下，*258*下，622下，*623*上，683下
『パレルガ（付録）とパラリポメナ（補遺)』*Parerga und Paralipomena* 297上
ジョン John→ロング，ジョン Long, John
ジョンスン，エルヴィン Johnson, Alvin *5*下，72下，*73*上，76下，77上，88下，*126*下，310下，319上
ジョンスン，ヒュー・S. Johnson, Hugh S. 76下，93下，*94*上
ジョン，ヨーハン・アクグスト・フリードリヒ John, Johann August Friedrich *625*上
シラー，ノルベルト Schiller, Norbert 200上，*200*下
シラー，フリードリヒ・フォン Schiller, Friedrich von 574下，736下，*737*上
『ヴァレンシュタイン』*Wallenstein* 235上
『ヴァレンシュタインの陣営』*Wallensteins Lager* 239下
『ピッコロミーニ』*Die Piccolomini* 239下
『ヴィルヘルム・テル』*Wilhelm Tell* 126下
『ドン・カルロス．スペインの太子』*Don Carlos, Infant von Spanien* 126下，804上
『ビュルガーの詩について』*Über Bürgers Gedichte* 274下
シラー，フリードリヒ・フォン―ゲーテ，ヨーハン・ヴォルフガング・フォン Schiller, Friedrich von-Goethe, Johann Wolfgang von
『クセーニエン』*Xenien* 275上
シリング Schilling 202下
ジルヴァー，アバ・ヒレル Silver, Abba Hillel 365上，*365*下
ジルス＝バゼルジア Sils-Baselgia 152下，441下-446下
ホテル・マルニャ Hotel Margna 441下-446下
ジルス・マリーア Sils Maria 443下
シルトクラウト，ヨーゼフ Schildkraut, Joseph 357下，*358*上
シルトクラウト，ルードルフ Schildkraut, Rudolf *358*上
ジルビク，ハインリヒ・フォン Srbik, Heinrich von *179*上
ジレ，ルイ Gillet Louis 73下，*74*上
『白い病気』（映画）Die weiße Krankheit（Film)→フーゴ・ハース『ビラ・ネモク』Hugo Haas, *Bilá nemoc*
シロヴィ，ヤン（ヨーハン）Syrovy, Jan（Johann） *20*下，475上，*475*下
ジロドゥ，ジャン Giraudoux, Jean *62*上，743下，763上
『オンディーヌ』*Ondine* *664*上
『トロヤに戦争なし』*Kein Krieg in Troja* 61下，*62*上
シローネ，イグナッツィオ Silone Ignazio 124上，*124*下，131下，183上，227上，249上，437上
『パリへの旅行』*Eine Reise nach Paris* 166下，*167*上
『パンと葡萄酒』*Brot und Wein* *124*下，146下，154上，154下，249上
『フォンタマラ』*Fontamara* *124*下，136上，144下
ジンガー，ザームエル Singer, Samuel 235下

シンクレア，アプトン Sinclair, Upton
354 下，*355* 上
シンシナティ　Cincinnati　593 上
「新スイス・ルントシャウ」，チューリヒ >Neue Schweizer Rundschau<, Zürich　64 上，*64* 下，*173* 下
ジンスハイマー，ヘルマン Sinsheimer, Hermann　157 下，*158* 上，161 下，173 上，302 上，336 下
「新チューリヒ新聞」>Neue Zürcher Zeitung<　*4* 上，*19* 上，36 下，*37* 上，71 上，*126* 上，*137* 上，169 上，173 下，*176* 下，229 下，*230* 下，*232* 下，235 上，*235* 下，*245* 下，417 下，423 上，424 下，426 下，435 上，443 上，445 下，*458* 上，486 下，*672* 下，*705* 上，704 下，750 下，789 上，*789* 下
新ドイツ書店，ベルリン Neuer Deutscher Verlag, Berlin　*217* 下
新ドイツ同盟，パリ　Bund Neues Deutschland, Paris　*291* 上，*432* 下，457 上，*457* 下，508 下，570 上，578 上
「新ライプツィヒ新聞」Neue Leipziger Zeitung　*19* 上
ズーアカンプ，ペーター Suhrkamp, Peter　*25* 下，*310* 上
スイス・イタリア・ラジオ Radio svizzera-italiana　195 上，196 下
「スイス音楽新聞」，チューリヒ >Schweizerische Musikzeitung<, Zürich　*247* 上
スイス工科大学付設トーマス・マン文書館，チューリヒ　Thomas Mann-Archiv an der Eidgenössischen Technischen Hochschule Zürich　*47* 上，*108* 下，*437* 下，*455* 下，*490* 上，*493* 上，*598* 下
スイス国営展覧会（「ランディ」）（チューリヒ 1939 年）Schweizerische Landesausstellung（>Landi<）(Zürich 1939)　701 上，701 下，703 上，703 下，708 下
スイス社会民主党
Sozialdemokratischer Partei der Schweiz　254 上，*254* 下
「スイス日曜新聞」，バーゼル >Schweizer Zeitung am Sonntag< 553 上，585 上
「スイスのためのイスラエル週刊誌」，チューリヒ >Israelitisches Wochenblatt für die Schweiz<, Zürich　69 下，*70* 上，78 上
スイス放送会社 Schweizerische Rundfunk-Gesellschaft　193 下，*194* 上，205 下，232 下
スイス・ロマンド管弦楽団，ジュネーヴ Orchestre de la Suisse Romande, Genf　*233* 下
スヴァリーヌ，ボリス Souvarine, Boris　515 上，748 下
『スターリン．ボルシェヴィズムの批判的概観』*Stalin. A Critical Survey of Bolshevism*　515 上，748 下
スヴァルツェンスキ，ゲーオルク Swarzenski, Georg　645 下，*646* 上
スヴァルツェンスキ，マリー Swarzenski, Marie　645 下
スウィフト，オティス・ピーボディ Swift, Otis Peabody　*753* 下
スウィング，レイモンド・グラム Swing, Raymond Gram　735 下，*736* 上，739 下，741 上，744 下，746 上，751 下，752 下，756 上，762 下，769 下，774 上，781 上
スクテツキ，ヴィクトル Skutezki, Viktor
『柳枝の上のささやかな幸福』*Kleines Glück auf der Wieden*　216 上，*216* 下
スクリアービン，アレクサンダー・ニコライェウィチュ　Skriabin, Alexander Nikolajewitsch　405 下
ズーゲ，ヴェルナー Suhgé, Werner *132* 上

スコット，サー・ウォルター Scott, Sir Walter　704 下，*705* 上
「ス・ソワル」，パリ　>Ce soir<　*559* 上
スターテン・アイランド，ニューヨーク州 Staaten Island, N. Y.　783 下
スターリング，フレデリク・A. Sterling, Frederick A.　725 下
スターリン，ヨシフ・ヴィサリオノヴィチュ Stalin, Josef Wissarionowitsch 134 下，136 下，*217* 下，477 上，714 上，*775* 下
スタンフォド大学，スタンフォド，カリフォルニア州 Stanford University, Stanford, Calif.　335 下，*336* 下
スチュワード，サミュエル・M. Steward, Samuel M.　186 上，289 下
スチュワード，ジェイムズ Steward, James　*611* 下
スティーヴンス，ジョージ Stevens, George　509 上，*510* 上
スティーヴンス，ラシェル Stevens, Rachel　586 下，*587* 上
スティーヴンスン，ロベルト・ルイス Stevenson, Robert Louis　*368* 上，672 下，*673* 上，676 上
　『オーララ』*Olalla*　*673* 上，676 下
　『瓶の子鬼』*Der Flaschenteufel*　*673* 上
ズデーテン・ドイツ党 Sudetendeutsche Partei　*364* 上，387 下，*389* 上，416 上，451 上，467 下
ストックホルム Stockholm　*403* 下，698 下，701 下，722 上，725 上
ストートン，C. C. Stoughton, C. C.　*783* 下
ストラヴィンスキ，イーゴル・フョードロヴィチュ Strawinsky, Igor Fjodorowitsch　*405* 下，619 下
ストランスキ，サイモン Strunsky, Simon　*421* 上
ストレイチ，リトゥン Strachey, Lytton　134 下，*135* 上
　『権力と敬虔』*Macht und Frömmigkeit*　*135* 上
ストレーム，フレデリク Ström, Frederik　*697* 上
ズトロ＝カツェンシュタイン，ネティー Sutro-Katzenstein, Nettie　*108* 下，182 下，301 下，459 上，464 上
ストロガノフ，グリゴーリ Stroganow, Grigori　*59* 下
スナイダー，ミスター Snyder, Mr. 313 下，*314* 下
スピノザ，バルーフ・デ　Spinoza, Baruch de　594 上
『スペイン．苦しめる人々』*Spanien in Not*　45 下，*46* 下，48 下，50 上，50 下，58 上，59 下
スペンダー，スティーヴン Spender, Stephen　*407* 上
スミス，バーナード Smith, Bernard 375 下，733 上
スメタナ，ベドルジホ（フリードリヒ） Smetana, Bedřich（Friedrich）
　『わが祖国』*Mein Vaterland*（*Ma Vlast*）
　　第 2 番モルダウ河 Nr. 2 *Die Moldau*　427 下
ズルタン，ヘルベルト Sultan, Herbert 181 下，182 下
　『トーマス・マンにおける時間と歴史』*Zeit und Geschichte bei Thomas Mann*　181 下，182 上
スロホーヴァー，ハリ　Slochower, Harry　116 下，*117* 上，234 上，*234* 下，450 上，*450* 下，*541* 下，581 下，623 下
　『トーマス・マンのヨゼフ物語．伝記的，書誌的付録付きの序論』*Thomas Mann's Joseph Story : An Introduction with a Biographical and Bibliographical* Appendix *117* 上，*234* 下，309 下，*310* 上

スワリン，ボリス Suwarin, Boris →スヴァリーヌ，ボリス Souvarine, Boris
聖書 Bibel　352 上，353 上
精神的協力のための国際連盟委員会，ジュネーヴ　Commission Internationale de Cooperation Intellectuelle de la Societe des Nations, Genf　*10* 上，*19* 下，*58* 下
精神的協力国際委員会，パリ Institut Internationale de Coopération Intellectuelle, Paris　*65* 下
「精神分析年鑑　1937」ヴィーン ›Almanach der Psychoanalyse 1937‹, Wien　*280* 上
「精神分析年鑑」，ベルン―シュトゥットガルト―ヴィーン ›Jahrbuch der Psychoanalyse‹, Bern—Stuttgart—Wien　*280* 上
セイトフ（書店），レイデ Sijthoff (Verlag), Leiden　*265* 上
セイモア，チャールズ Seymour, Charles　389 下，*390* 上
セイヤー，ハーヴェイ Thayer, Harvey →ヒューイット＝セイヤー，ハーヴェイ Hewett-Thayer, Harvey
ゼーヴェリング，カール Severing, Carl　*79* 下
ゼーガー，ゲールハルト Seger, Gerhart　317 上，541 下，754 上，*754* 下，775 上，781 上
ゼーガース，アナ（本名ネティ・ラートヴァニイ）Seghers, Anna (Ps. für Netty Radvanyi)　650 下，*651* 上
セグリュー，ジョン Segrue, John *370* 上
セーケルニェース，ヤーノシュ Szekernyés, Janos　*9* 下
セザンヌ，ポール　Cézanne, Paul *22* 下
セションズ，エリザベス Sessions, Elizabeth　538 上，*538* 下，777 下，796 上
セションズ，ロジャー・ハンティントン Sessions, Roger Huntigton　538 上，*538* 下，777 下，*778* 上，796 上，*796* 下
セシル，ロード・ロバト　Cecil, Lord Robert　*425* 上
セッカー・アンド・ウォーバーグ（書店），ロンドン Secker and Warburg (Verlag) London　*47* 上，*53* 下，88 下，*271* 上，423 上，*788* 下
ゼバスティアン・ブラント書店，ストラースブール―パリ　Edition Sebastian Brant, Straßburg—Paris *217* 下，*427* 上
「セプ・ソ」，ブダペスト ›Szép Szó‹, Budapest　*7* 上，79 上，79 下，*162* 下
ゼーラント，パウル・ヴァン Zeeland, Paul van　777 上，*777* 下
セルヴィサン，ルイーズ Servicen, Louise　*248* 下，449 下，*450* 上，*542* 下，547 上，556 下，582 下，*583* 上，664 下，667 下，691 上，*697* 下，705 下，*706* 上
ゼルキン，イレーネ，旧姓ブッシュ Serkin, Irene, geb. Busch　*220* 下，*562* 下，637 上
ゼルキン，ルードルフ Serkin, Rudolf *220* 下，562 上，562 下，637 上
「一九七九年文芸年鑑」，テュービンゲン ›Musenalmanach für das Jahr 1797‹, Tübingen　*275* 上
『戦争と平和』*Krieg und Frieden* →トルストイ，レフ・ニコライェヴィチュ伯爵 Tolstoi, Leo Nikolajewitsch Graf
セント・ルイス　St. Louis　597 上，597 下，598 下，599 上
「セント・ルイス・ポスト・ディスパッチ」›St. Louis Post Dispatsch‹ 552 上，*552* 下
ゾイフェルト，テーア・フォン

Seuffert. Thea von
『ドイツの詩人たちの体験の中のヴェネツィア』*Venedig im Erlebnis deutscher Dichter*　114 下，*115* 上
ソヴェロン，ホセ・マリーア Souveron, José Maria　*225* 下
ソコロフ，ウラディミル Sokolow, Wladimir　346 下
ソシエテ・デ・ナシオンス Société des Nations →国際連盟　Völkerbund
ソープ，リチャード Thorpe, Richard　*306* 下
『訪れる夜』（映画演出）*Night Must Fall*（Filmregie）　351 下
『ダブル・ウェディング』（映画演出）*Double Wedding*（Filmregie）　352 下
ゾマー，アルフレート Sommer, Alfred　247 下
ゾマーフェルト，マルティーン Sommerfeld, Martin　264 上，*265* 上，272 上
『同時代と次世代のゲーテ』*Goethe in Umwelt und Folgezeit*　265 上，*265* 上，270 上，271 下
ゾラ，エミル Zola, Emile　397 下
ソールトレイク・シティ Salt Lake City　327 下，329 上，329 下，330 下，331 上
ホテル・ユタ Hotel Utah　330 下
ソーロ　Solo　352 下，*353* 上
ゾンダーエガー，ルネ Sonderegger, René　461 上

タ行

第九交響曲 IX. Symphonie →ルートヴィヒ・ヴァン・ベートーヴェン，『交響曲第九番　ニ短調，作品 125』Ludwig van Beethoven, *Sinfonie Nr. 9 d-Moll, op 125*
「タイム」，ニューヨーク ›*Time*‹, *New York*　*753* 下
タイルハーバー，フェーリクス・A. Theilhaber, Felix　564 上
『ゲーテ．性とエロス』*Goethe. Sexus und Eros*　*564* 上
タウバー，リヒァルト Tauber, Richard　598 下，*599* 上
タウログ，ノーマン Taurog, Norman
『トム・ソーヤーの冒険』（映画演出）*The Adventures of Tom Sawyer*（Filmregie）　322 上，*322* 下
タガー，テオドーア Tagger, Theodor →ブルクナー，フェルディナント Bruckner, Ferdinand
ダグラス，ウィリアム・オーヴィル Douglas, William Orville　618 下，*619* 上
ダグラス，メルヴィン Douglas, Melvyn　*780* 上
「ターゲブーフ」›Tagebuch‹→「ダス・ノイエ・ターゲ＝ブーフ」，パリ ›Das Neue Tage-Buch‹, Paris
「ダス・ターゲブーフ」，ベルリン ›Das Tage-Buch‹, Berlin　*17* 上，*301* 上
「ダーゲンス・ニューヘーテル」，ストックホルム ›Dagens Nyheter‹, Stockholm　33 下，*34* 上，43 下，*44* 上，50 下，*51* 上
タッカー，ヘンリ・St. ジョージ Tucker, Henry St. George　652 下，*653* 上
『タッソ』*Tasso* →ヨーハン・ヴォルフガング・フォン・ゲーテ，『トルクァート・タッソ』Johann Wolfgang von Goethe, *Torquato Tasso*
タッパー〔？〕，教授と夫人 Tapper［？］, Professor , und Frau　591 上
「ディ・タート」，チューリヒ ›Die Tat‹, Zürich　*173* 下
タトル，フランク Tuttle, Frank
『カレッジ・ホリデイ』（映画演出）*College Holiday*（Filmregie）　167 下，*168* 上

『ドクター・リズム』(映画演出) *Dr. Rhythm* (Filmregie) *264* 下
ターナー，ジョゼフ・マロード・ウィリアム Turner, Joseph Mallord William 594 上
ダビューク大学，アイオワ州 University of Dubuque, Iowa 750 上
ダービン，ディアナ Durbin, Deanna *359* 上
タブイ，ジュヌヴィエーヴ Tabouis, Geneviève 664 上，*664* 下
ダラディエ，エドゥアール Daladier, Edouard *348* 下，*364* 上，470 上，*470* 下，475 下，481 下，487 上，*602* 上，605 下，*606* 上，609 下，658 上，717 下，749 下，*774* 下，797 下
ダラレー Dalarö 719 上，720 下
ダリュウ，ダニエル Darrieux, Danielle *357* 上
E. P. タール書店，ヴィーン Verlag E. P. Tal, Wien *578* 下
タルサ Tulsa 324 上-327 下
ホテル・メイオウ Hotel Mayo 324 下-327 下
ダールマン，フリードリヒ・クリストフ Dahlmann, Friedrich Christoph *15* 下
タレイラン (=ペリゴール)，シャルル=モリス，デュク・ド Talleyrand (—Perigord), Charles-Maurice, Duc de 826 上
ダーレム，フランズ Dahlem, Franz 466 下，*467* 上
ダンテ・アリギエリ Dante Alighieri *79* 上
ダンヌンツィオ. ガブリエレ D'Annunzio, Gabriele →アンヌンツィオ，ガブリエレ・ド Annunzio, Gabriele d'
『タンホイザー』*Tannhäuser* →ヴァーグナー，リヒァルト Wagner, Richard
チァーノ，ガレアッツォ伯爵 Chiano, Galeazzo Graf 743 下
チェコーニ，エルマンノ Ceconi, Ermanno 337 下，*338* 上
チェヒ，ルートヴィヒ Czech, Ludwig 20 上，*20* 下
チェムバレン，アーサー・ネヴィル Chamberlain, Arthur Neville *191* 下，216 上，*216* 下，*306* 下，321 下，*322* 下，327 上，332 下，*333* 下，*364* 上，408 上，419 下，*431* 上，*452* 下，*460* 下，462 下，465 下，466 上，469 上，476 下，477 上，480 上，*481* 上，485 上，*486* 上，489 下，513 下，596 上，597 下，*598* 上，616 下，619 上，692 上，713 下，*714* 上，722 上，745 上，749 下，756 上，*772* 下，824 下，825 上
チェムバレン，エーファ，旧姓ヴァーグナー Chamberlain, Eva geb. Wagner *209* 上
チェムバレン，フーストウン・ステュワート Chamberlain, Houston Stewert 208 下，*209* 上
チェルニー，ヨゼフ Černý, Josef *20* 上，20 下，*475* 下
チェルニーン・フォン・ウント・ツー・フーデニツ，フェルディナント伯爵 Czernin von und zu chudenitz, Ferdinand Graf
チェルニーン・フォン・ウント・ツー・フーデニツ，ベアトリクス伯爵夫人 Czernin von und zu Chudenitz, Beatrix Gräfin 749 下
チップス氏 (映画) Mr. Chips (Film) →サム・ウッド『チップス先生，さようなら』Sam Wood, *Good bye, Mr. Chips*
「知と生〔ヴィセン・ウント・レーベン〕」›Wissen und Leben‹→「新スイス・ルントシャウ」›Neue Schweizer Rundschau‹

チーニ州立カレッジ，チーニ，ペンシルヴェニア州　Cheney State College, Cheney, Pennsylvania　645下，*646*上
チャイコフスキー，ペーター・イリイチ　Tschaikowsky, Peter Iljitsch　390上，424下，484上，518下，754下
『ヴァイオリン協奏曲．ニ長調，作品35』*Konzert für Violine und Orchester D-Dur, op. 35*　118上，233上
『交響曲　第四番　ヘ短調，作品36』*Sinfonie Nr. 4 f-Moll, op. 36*　148上
『交響曲　第五番　ホ短調，作品64』*Sinfonie Nr. 5 e-Moll, op. 64*　302下
『交響曲　第六番　ロ短調，作品74（悲愴）』*Sinfonie Nr. 6 h-Moll, op. 74*（*Pathêtique*）　531上
『ピアノ協奏曲．第一番　ロ短調，作品23』*Konzert für Klavier und Orchester Nr. 1 b-Moll, op. 23*　118上，204上
チャイルズ，マークウィス　Childs, Marquis　550下，*551*上，*663*下
チャーチル，サー，ウィンストン・スペンサー　Churchill, Sir Winston Spencer　306下，*322*下，*452*下，480下，*486*上，631上，*772*下
『戦争の十週間』　*Ten Weeks of War*　772上
『歩一歩』*Schritt für Schritt*　768上
チャペク，カレル　Čapek, Karel　18上，*19*下，*20*下，119上，119下，206上，*206*下，486下，539上
『山椒魚戦争』*Krieg mit den Molchen*　97上，99上
『マサリクとの対話』*Massaryk erzählt sein Leben*　*19*下，188上，*188*下
『白い病気』*Die weiße Krankheit*　19下，119上，126下，739上
チャペク，ヨゼフ　Čapek, Josef　*20*下
チャンドル，イーナ　Chandor, Ina　600下
チャンドル，ダグラス　Chandor, Douglas　600下，*601*上
チューリヒ Zürich　355下，488上，641上，*657*下，696上，698下，700上-709上，821下
ヴァルトホテル・ドルダー　Waldhotel Dolder　641上，700上-709上
コルソ劇場 Corso-Theater　29上，*29*下，80上，114上，295上，*300*上
コンセルヴァトーリウム Konservatorium　79上
市民会館 Volkshaus　254上，*254*下
シャウシュピールハウス Schauspielhaus　*56*下，61下，82下，*83*上，89上，94下，108上，111上，*114*上，119上，*124*下，126下，185上，190上，209下，*210*上，216上，222上，*222*下，227下，235上，*235*下，239下，250上，255上，*255*下，*269*下，300上，398下，*399*上，415上，425下，*426*上，428上，*437*下，439上，453下，455上，*455*下，460上，*460*下，464上
市立劇場 Stadtthater　126下，*127*上，128下，129上，218下，220上，220下，*234*上，236上，237上，*241*下，272上，275上，398下
大学 Universität　233上
トーンハレ Tonhalle　70下，*81*下，128下，*129*上，220上，230下，233上
美術工芸館 Kunstgewerbehaus　68上
チューリヒ演劇協会 Zürcher Theaterverein　233下，*241*上
チョコル，フランツ・テーオドーア

Csokor, Franz Theodor
『一九一八年十一月三日』*Dritter November 1918*　151下，152下，*153*上，227下
「ディ・ツァイト」，ベルン ›Die Zeit‹, Bern　31下，*32*上，*249*下
「ディ・ツァイトゥング」，ロンドン ›Die Zeitung‹, London　*704*上
ツァイトリーン，ジェイク Zeitlin, Jake　*357*上
ツァーレク，オト Zarek, Otto　22上，*23*上，175上，180上，342上
ツィーグラー，Th.　Ziegler, Th.　*524*上
ツィーグラー，コンラート・ユーリウス・フュルヒテ Ziegler, Konrat Julius Fürchtegott
『ファウスト第二部考』*Gedanken über Faust II.*　444上
ツィーグラー，ハンス Ziegler, Hans　270下，*271*上
ツィトロエン，パウル Citroen, Paul　688上，691下，*692*上
『肖像エーリカ・マン』Porträt Erika Mann　492下，*493*上，*688*上
ツィマー，クリスティアーネ，旧姓フォン・ホーフマンスタール Zimmer, Christiane, geb. von Hofmannsthal　444下，*445*上
ツィマー，ハインリヒ Zimmer, Heinrich　*201*上，444下，*445*上
『インドの世界母』*Die indische Weltmutter*　747下，*748*上，772上
『マーヤ．インドの神話』*Maya. Der indische Mythos*　772上
ツィマーマン，クルト Zimmerman, Kurt　*232*下
ツィルゼル，エドガー Zilsel, Edgar　184上，*184*下
ツヴァイク，アルノルト Zweig, Arnold　165下，*166*上，643下，646下
ツヴァイク，シュテファン Zweig, Stefan　180上，*180*下，*243*下，*519*下，549上，581下，*641*下，652上，*668*上
ツヴァイク，フリーデリーケ・マリーア，旧姓フォン・ヴィンターニツ Zweig, Friederike Maria, geb. von Winternitz　*180*下
ツヴァイク，ベアトリーセ Zweig, Beatrice　165下，*166*上
ツヴァイク，ミヒァエル　Zweig, Michael　*166*上，646下
ツヴィカー（眼鏡商）Zwicker (Optiker)　415上，*415*下，418上
「ツヴェルフ＝ウーア＝ブラット」，ベルリン ›Zwölf-Uhr-Blatt‹, Berlin　*105*上，*319*下
ツェルナト，グイード Zernatto, Guido　*517*上
『オーストリアについての真相』*Die Wahrheit über Österreich*　516下，*517*下
ツェルハ，フリードリヒ　Cerha, Friedrich　*129*上
「ツェンタウル」，アムステルダム ›Centaur‹, Amsterdam　493下，*494*上
ツォフ，オト　Zoff, Otto　561下
『ユグノー派の人々』*Die Hugenotten*　578上，*578*下
ツォリンガー，アルビーン Zollinger, Albin　*32*上，249上，*249*下
パウル・ツォルナイ書店，ヴィーン Paul Zsolnay Verlag, Wien　*88*上，*185*下，*229*上
ツカーカンデル，ヴィクトア Zuckerkandl, Viktor　24下，*26*下，506上，514上，725上，785上
ツカーカンデル，ミミ Zuckerkandl, Mimi →ジュスティニアーニ，マリー（筆名）Giustiniani, Marie (Ps.)
「ディ・ツークンフト」，パリ ›Die Zukunft‹. Paris　*217*下，506上，

506 下，507 上，507 下，508 下，509 上，526 上，551 上，565 下，579 下，647 下，675 上，698 下，778 下
ツーコア，アードルフ Zukor, Adolph
ツックマイアー，カール Zuckmayer, Karl　*105* 下，*228* 上，251 下，*252* 上，*269* 下，438 下，553 下
『自己弁護』*Pro Domo*　583 上，*583* 下
『椿姫』*La Traviata* →ヴェルディ，ジュゼッペ　Verdi, Giuseppe
ツーミコーン Zumikon　117 下，454 下，455 下，462 下，464 下，707 上
ツュールスドルフ，フォルクール Zühlsdorf, Volkmar　*769* 上
ディアマント，夫妻 Diamand, Ehepaar　175 上
ディーヴァン Diwan →ヨーハン・ヴォルフガング・フォン・ゲーテ『西東詩篇』Johann Wolfgang von Goethe, *West-östlicher Diran*
デイヴィス，ミスター　Davis, Mr. 495 上
ティーク，ルートヴィヒ Thieck, Ludwig
『金髪のエクベルト』*Der blonde Eckbert*　206 上，*206* 下
ティース Thieß　227 上，*227* 下
『ディーズ氏，町へ行く』(映画) *Mr. Deeds geht in die Stadt* (Film) →フランク，キャプラ『ディーズ氏，町へ行く』Frank Capra, *Mr. Deeds Goes to Town*
ディズニ，ウォルト Disney, Walt　342 下，*343* 上，347 上，404 上，601 下
『白雪姫と七人の小人』(映画) *Snow White and the Seven Dwarfs* (Schneewittchen und die sieben Zwerge) (Film)　337 上
『ファンタジア』(映画) *Fantasia* (Film)
『魔法使いの弟子』(ポール・デュ一カスの音楽に寄せて) *The Sorcerer's Appentice* (zur Musik von Paul Dukas)　347 上
ティツィアーノ・ヴェチェーリオ Tizian[o Vecellio]
『司教アントン・ペルノ・グランヴェラ』*Bischof Anton Perrenot Granvella*　323 上
オイゲーン・ディーデリクス書店，イェーナ Eugen Diederichs Verlag, Jena　11 上，*123* 下
ディーテルレ，ウィリアム (元ヴィルヘルム) Dieterle, William (urspr. Wilhelm)　342 下，*343* 上，355 上，612 上，*641* 上
『エミル・ゾラの生涯』(映画演出) *The Life of Emile Zola* (Filmregie)　342 下，*343* 上
『フアレス』(映画演出) *Juarez* (Filmregie)　612 上
『ルイ・パストゥール物語』(映画演出) *The Story of Louis Pasteur* (Filmregie)　355 上，*355* 下
ディーテルレ，シャルロッテ Dieterle, Charlotte　342 下，355 上，612 上
ディートリヒ，マルレーネ Dietrich, Marlene　612 下，*613* 上
ディーボルト，ベルンハルト Diebold, Bernhard　*124* 下，209 下，*210* 上，555 下，
『中道の国』*Das Reich der Mitte* 536 上
ティーミヒ，ヘレーネ Thimig, Helene *341* 上，342 上
テイラー，家族 Tayler, Familie　*561* 下
テイラー，ヘンリエッテ Tayler, Henriette　561 下
テイラー，ロバト Tayler, Robert *472* 下
「ザ・デイリ・テレグラフ」ロンドン ›The Daily Telegraph‹, London 632 上，674 上，711 下
「ザ・デイリ・プリンストニアン」，プリ

ンストン >The Daily Princetonian<, Princeton 555下, 739下, 744下
ティリヒ, パウル Tillich, Paul 361下, 376上, 494上, 515下, 560下, *641*下, 784上
ティリヒ, ハナー Tillich, Hannah 560下, 784上
デカルト, ルネ Descartes René *697*下
テグセイラ・デ・パシュクアエス, J. Texeira de Pascoaes, J.
『パウロ. 神の詩人』*Paulus, der Dichter Gottes* 248下
「デシジョン」, ニューヨーク >Decision<, New York *30*上, *140*上, *503*上
テージング, マルグリートとクルト Thesing, Marguerite und Kurt *673*上
デスタル, フレッド Destal, Fred 569上, *569*下
「哲学冊子」, ベルリン >Philosophische Hefte<, Berlin *502*下
クルト・デッシュ書店, ミュンヒェン Kurt Desch Verlag, München *254*下
デトロイト Detroit 313上, 592上
ホテル・スタトラー Hotel Statler 315上
ホテル・ブック・キャディラック Hotel Book Cadillac 592上, 593上
「デトロイト・フリー・プレス」 >Detroit Free Press< 592上
デーニツ, カール Dönitz, Karl *724*下
テネンバウム, リヒァルト Tennenbaum, Richard 67上, *67*下, 75下, 91下, 162上, 187上, 236下, 253下, 254上, 270上, 297上, 304下, 416下, 427下, 430下, 451下, *453*上, 453下, 462下, 464下, 700上, 706上, 707上
デノフ, モリス Denhof, Moaurice 207下
『極小の抵抗戦線』*La Ligne de moindre Résistance* *207*下, 805下
『文学的平面』*Les plans littéraires* 61下, *62*上
デーブリーン, アルフレート Döblin, Alfred 38下, *39*下, 121下, 276下
テムプル, シャーリ Temple, Shirley 357下, *358*上
デュアメル, ジョルジュ Duhamel, Georges 579下, *580*上
『白い戦争の記録』Mémorial de la Guerre Blanche 579下, *580*上
デュヴィヴィエ, ジュリアン Duvivier, Julien
『旅路の果て』(映画演出) La Fin du Jour (Filmregie) 773下
デュ・ボ, シャルル Du Bos, Charles 226下, 378上, 659下
『近似法』Approximations 226下
テュルク, ヴェルナー Türk, Werner 276下, 420下, 517下, 520下, 561下
テル Tell →フリードリヒ・フォン・シラー『ヴィルヘルム・テル』 Friedrich von Schiller, *Wilhelm Tell*
デル, ロバト Dell, Robert 216上, *216*下
「レ・デルニエル・ヌヴェル・ド・ストラスブール」 >Les Dernières Nouvelles de Strasbourg< 248上
テルングレン, ペール・ヘンリク Törngren, Pehr Henrik *762*上
デルンブルク, イルゼ Dernburg, Ilse 52上, 125上-130下, *302*下, 409下, 671上, 709下, *710*上
デルンブルク, ヘルマン Dernburg, Hermann *125*下
「デ・テレグラフ」, アムステルダム

›De Telegraaf‹, Amsterdam 472 下
テーレン，アルベルト・ヴィゴライス Thelen, Albert Vigoleis *197* 上，201 下，244 上，*244* 下，248 下，*277* 上
テーレン，ベアトリーセ Thelen, Beatrice 201 下
デンヴァー Denver 330 上
デンツラー，ロベルト Denzler, Robert 241 上
デン・ハーグ Den Haag 673 下，686 下，694 上
展望（論説シリーズ）Ausblicke (Schriftenreihe) 269 上，*269* 下，293 下，495 下，*496* 上，*583* 下，*636* 上，681 下，*682* 上，695 下，*696* 上，*698* 上
「ドイチェス・フォルクスエコー」，ニューヨーク ›Deutsches Volksecho‹, New York *478* 下
「ドイチェ・ツェントラル＝ツァイトゥング」，モスクワ ›Deutsche Zentral-Zeitung‹, Moskau *4* 下
ドイチュ，エルンスト Deuch, Ernst 119 上
ドイチュ，モンロー・エマヌエル Deutsch, Monroe Emanuel 337 下，*338* 上，343 下
ドイツ・アメリカ同盟 German-American Bund →アメリカ・ドイツ人民族同盟 Amerikadeutscher Volksbund
ドイツ・アメリカ文化連盟，ニューヨーク German-America League for Culture, New York *160* 上
ドイツ共産党（KPD） Kommunistische Partei Deutschlands（KPD） *625* 上
ドイツ系アメリカ人文化同盟 Deutsch-Amerikanischer Kulturbund *523* 下，525 下
ドイツ系アメリカ人作家連盟 German-American Writers Association 754 上，*754* 下，762 下，766 下，*777* 上，778 下，781 上
ドイツ作家擁護協会（S. D. S.），パリ Schutzverband Deutscher Schriftsteller, Paris 167 上，*167* 下，*754* 下
ドイツ作家擁護協会，プラハ Schutzverband Deutscher Schriftsteller, Prag 257 上，*257* 下
〔ドイツ詩人の〕フォールム（書籍シリーズ） Forum [deutscher Dichter]（Buchserie） 414 下，519 下，537 上，*587* 下，695 上，*695* 下，*699* 下，728 下，*729* 上
ドイツ社会民主党（SPD） Sozialdemokratischer Partei Deutschlands（SPD） *68* 下，*466* 下
ドイツ社会民主党のドイツ報告 *Deutschland-Berichte der Sozialdemokratischen Partei Deutschlands* 655 上
ドイツ自由党 Deutsche Freiheitspartei 292 下，*293* 上
ドイツ出版社，シュトゥトガルト―ベルリン Deutsche Verlagsanstalt, Stuttgart-Berlin *279* 下，*772* 上
ドイツ人キリスト教徒亡命者のためのアメリカ委員会，ニューヨーク，American Committee for Christian German Refugees, New York 215 下，*216* 下，370 下，*371* 上，611 上，*611* 下，615 下
ドイツ人民戦線準備委員会会議（パリ，1937 年）Konferenz des vorbereitenden Kommittees der Deutschen Volksfront（Paris 1937） 85 下，*86* 上
ドイツにおける権利と自由のためのヨーロッパ会議（パリ，1937 年） Europäische Konferenz für Recht

und Freiheit in Deutschland (Paris 1937) 221上，*221*下，231上，273下
ドイツの自由アメリカ友の会 American Friends of German Freedom 784上
「ドイツの自由」，ザールブリュケン ›Deutsche Freiheit‹, Saarbrücken *246*上
「ドイツの自由」，パリ ›Deutsche Freiheit‹, Paris 245下，*246*上
ドイツの文化的自由のためのアメリカの会›American Guild for German Cultural Freedom 280下，*281*上，324下，373上，*373*下，387下，424下，*425*上，497上，562上，628下，*629*下，695上，747下，756下，*757*上，760上，762下，768下，*769*上
懸賞 Preisausschreiben 432上，434上，440下，510下，516上，553下，556下，568下，583下，624下，*633*下，639上，642上，650下，*651*上，692下，762下
「ドイツ文学」，東京 ›Doitsu Bungaku‹, Tokio *134*下
ドイツ文化のための北国同盟 Nordische Vereinigung für deutsche Kultur 696下，*697*上，*705*上
「ドイツ文芸学雑誌」，シュトゥトガルト ›Zeitschrift für deutsche Philologie‹, Stuttgart *532*下
ドイツ亡命者の自助 Selfhelp of German Refugees
ドヴァル，ジャック Deval, Jacques 348上
トウェイン，マーク Twain, Mark →マーク・トウェイン Mark Twain
ドヴォルザーク，アントニーン Dvořák, Antonin 66上
ドウズ，ミスターとミセス・トレイシ Dows, Mr. und Mrs. Tracy 617下
ドウスン，ジョフリ Dawson, Geoffrey *460*下
ドゥーゼ，エレオノーラ Duse, Eleonora *314*下
「ドゥ」，チューリヒ ›DU‹, Zürich *199*下，*431*上
ドゥーハン，エーファ・マリーア Duhan, Eva Maria 238上
ドゥンカー，カール Duncker, Carl 740上，*740*下，744下，752下，758上
『ドイツはどこにあるか』*Wo ist Deutschland ?* 740上，*740*下，755下
「独立ベルゲ」，ブリュセル ›L'indépendance belge‹ Brüssel 700上，*700*下
トスカニーニ，アルトゥーロ Toscanini, Arturo 62下，*63*下，*154*下，264下，318上，396上，451上，531上，767下，771下，776上，779上
ドストイェフスキー，フョードル・ミハイロヴィチュ Dostojewski, Fjodor Mihailowitsch 262上，303下，316下
『永遠の夫』*Der ewige Gatte* 304上
『カラマゾフの兄弟』*Die Brüder Karamasow* 573上，590上，*590*下，593下，605上，608上，617上，619下，623上，629下
『罪と罰』（V・トリヴァスとG・ジュダノフによる劇化）*Schuld und Sühne*（dramatisiert von V. Trivas und G. Schdanoff） 460上
『賭博者』*Der Spieler* 289上，*289*下
『白痴』*Der Idiot* 308下，309下，312下，329下，332下，
『不愉快な体験』*Ein unangenehmes Erlebnis* 283下，*284*下
『分身』*Der Doppelgänger* 292下，*293*上

ドッズ，ウィリアム・エドワド Dodds, William Edward　370 上，386 下，505 下，527 上，560 上，*561* 上，*569* 上，642 下，648 上，657 上，777 上
ドッド，マーサ Dodd, Martha　568 下，*569* 上
『大使館の目を通して』*Through Embassy Eyes*　*569* 上
ドナー，アントーン Donner, Anton　*369* 上
ドーナト，ロバト Donat, Robert　*766* 上
ドビュシ，クロード　Debussy, Claude　233 上
トマス，ジョージ　Thomas, George　330 下，*331* 下
トマス，ノーマン Thomas, Norman　784 上
トーマス・マン協会，プラハ Thomas Mann-Gesellschaft, Prag　*15* 下，*21* 下，*206* 下，302 上，*302* 下，488 下，497 下，711 上
「トーマス・マン協会報チューリヒ」 >Blätter der Thomas Mann Gesellschaft Zürich<　*40* 上，*62* 下，*211* 上，*221* 下，*258* 下，*638* 下，*673* 上，*771* 下
トーマス・マン集団 Thomas Mann-Kollektiv　201 下，451 上
トーマス・マン・文書館，ニュー・ヘイヴン，コネチカット州（作品索引も参照） Thomas Mann-Collection, New Haven, Conn. (s. a. I)　72 下，97 下，116 下，118 上，123 下，*234* 下，*254* 下，283 下，286 下，293 下，*294* 上，*328* 下，439 下，510 下，692 上，*692* 下
トムスキ Tomski →カーティス，トマス・クイン　Curtiss, Thomas Quinn
トムゼン，H. Thomsen, H.　*753* 下
トムプスン，ドロシ Thompson, Dorothy　104 上，*105* 下，311 上，*341* 上，*370* 上，370 下，375 下，389 下，477 下，485 下，485 下，490 下，509 下，515 下，*516* 上，518 上，519 下，524 下，525 下，*526* 上，*530* 上，541 上，547 下，549 上，581 上，601 下，649 下，741 下，744 下
トムプスン，ミセス Thompson, Mrs.　790 下
トムプスン，ラルフ Thompson, Ralph　*518* 下
ドーム，ヘートヴィヒ Dohm, Hedwig　*548* 上
ドュトリク，J. Dutric, J.　*53* 上
ドライ＝マスケン書店，ミュンヒェン Drei-Masken-Verlag, München　*207* 下，*428* 下
トラーヴェミュンデ Travemünde　292 下，345 下
トラー，エルンスト Toller, Ernst　373 上，*374* 上，647 上，*648* 上，648 下，649 下，650 上，666 上，*666* 下
『ハル牧師』*Pastor Hall*　406 下，*407* 上
トリヴァス，ヴィクトル Trivas, Victor　*460* 上
トリスタン Tristan →リヒァルト・ヴァーグナー，『トリスタンとイゾルデ』Richard Wagner, *Tristan und Isolde*
トリープシェン Triebschen　208 上，*208* 下
ドリュバク，ジャクリヌ　Delubac, Jacqueline　*246* 下
ドルジア，ガブリエレ Dorzia, Gabrielle　*773* 下
トルストイ，アレクサンドラ・アンドレイェヴナ Tolstoi, Alexandra Andrejewna　549 上，*549* 下，555 上
トルストイ，レフ・ニコラエヴィチュ伯爵 Tolstoi, Leo Nikolajewitsch　135 上，359 下，496 上，*549* 下

『ある地主の朝』*Der Morgen eines Gutbesitzers* 36下
『アンナ・カレーニナ』(作品索引も参照) *Anna Karenina* (s. a. I) 645上, 646下, 648下, 650下, 652下, 660上, 661上, 669下, 676下, 704下, *705*上, 757下
『クロイツァーソナタ』*Die Kreutzersonate* 72下, *73*上
『コサックたち』*Die Kosaken* 405上, *406*上, 409下, 410下, 411下
『セヴァストポール』*Sewastpol* 412上, *412*下, 414上
『戦争と平和』*Krieg und Frieden* 148下, 161上, 164上, 484上, 487下, 494上
『短篇集』(ラファエル・レーヴェンフェルト編) *Gesammelte Novellen* (Hrsg. Raphael Löwenfeld) 11上, 28下, 60上, 104下, 123下
第六巻『神的なものと人間的なもの』Bd. 6 *Göttliches und Menschliches* 123下
『復活』*Auferstehung* 555上, 573上
トルネイ, シャルル・ド Tolnay, Charles de 759上, *759*下
ドルフース, エンゲルベルト Dollfuß, Engelbert *51*上, 305下, *326*上, 328上, *716*下
トルーマン, ハリ・S. Truman, Harry S. *629*下
ドル, ヨーゼフ Doll, Josef 51下, *52*上
トレヴェリアン, サー・チャールズ Trevelyan, Sir Charles 68上, *68*下, 112下
トレヴェリアン, ジョージ・マコウリ Trevelyan, George Macaulay *68*下
トレービチュ, アントアネット(ティーナ) Trebitsch, Antoinette (Tina) 31上, 416下, 440下, 703下
トレービチュ, ジークフリート Trebitsch, Siegfried 24上, 25上, 31上, 150下, *151*上, 275上, *300*上, 416下, *417*上, 432上, 437上, 440下, *456*下, 703下
『若返った男』*Der Verjüngte* 275上
トレフラー, マリー Treffler, Marie 51下, *52*上, 178上, 203下, 380下, 413下, 447下, 465上
『トロイラスとクレシダ』*Troilus und Cressida* →シェイクスピア, ウィリアム Shakespeare, William
トロガノフ, アレクサンダー・グリゴリェヴィチュ Stroganow, Alexander Grigorjewitsch 59上, *59*下
トロツキー, レフ・ダヴィドヴィチ Trotzki, Leo Dawidowitsch *748*下
トロント Toronto 351下, 355下, 360下, 365下, 366上, 366下
「トロント大学クォータリ」, トロント ›University of Toronto Quarterly‹, Toronto 524下, *725*上
「トワイス・ア・イヤー」, ニューヨーク ›Twice a year‹, New York 560上, *560*下, 773下
トーンハレ・オーケストラ, チューリヒ Tonhalle-Orchester Zürich *81*下, *94*上
トーン, フランチョット Tone, Franchot *472*下

ナ行

ナイザー, ルイ Nizer, Louis *564*下
ナイチンゲール, フロレンス Nightingale, Florence *135*上
ナイト, ミス Knight, Miss 331上
ナウマン, ハンス Naumann, Hans 82下
ナーゲル, チャールズ Nagel, Charles 596下

ナース，フロイド Nourse, Floyd　337下，*338* 上
ナチュブル＝ヒュージスン，サー・ヒュー　Knatchbull-Hugessen, Sir Hugh　176上，*176* ド
「ナツィオナール＝ツァイトゥング」，バーゼル ›National-Zeitung‹, Basel　*10* 上，35下，38下，*36* 上，45下，*46* 上，82下，*116* 上，*132* 上，176上，*176* 下，216上，217上，231上，*231* 下，*534* 上，*648* 下，649下，664上，*665* 上，676上，687上，689下，690上
ナートネク，ハンス Natonek, Hans　18上，*19* 上，*425* 上
ナフェイス＝フォン・オイゲーン，アリーセ・ヴァン Nahuys-von Eugen, Alice van　678上，*687* 下
ナポレオン一世（ボナパルテ），フランス人の皇帝 Napoleon I. (Bonaparte), Kaiser der Franzosen　45下，*46* 下，49下，433上，547上，685下
ナンバーグ，ラルフ Nunberg, Ralph　→ニュルンベルク，ロルフ Nürnberg, Rolf
「ニーア・ダーグリヒト・アレハンダ」，ストックホルム ›Nya Daglight Allehanda‹, Stockholm　*724* 下
ニーキシュ，アルトゥル Nikisch, Arthur　*247* 下
ニーキシュ，アルトゥル・フィーリプ Nikisch, Arthur Philipp　247下，280上
ニコルスン，サー・ハロルド Nicolson, Sir Halold　*269* 下，500下，632上，，*682* 上，705下，713上，720上，766下
　『戦争は不可避か？』*Is War Inevitable ?*　698上
　『ドイツの真の戦争目的』*Germany's Real War Aims*　766下
ニーチェ，フランツィスカ Nietzsche, Franziska　→エーリヒ・F．ポーダハ（編）『病めるニーチェ．F.オーヴァーベク宛てのニーチェの母親の手紙』Erich F. Podach (Hrsg.), *Der kranke Nietzsche. Briefe seiner Mutter an F. Overbeck*
ニーチェ，フリードリヒ Nietzsche, Friedrich　64上，*64* 下，*156* 下，169上，170下，171上，172上，178上，*178* 下，180上，187下，226下，208下，*209* 上，214下，229上，240上，*250* 下，256下，302上，443上，547上，627下，688上
　『ヴァーグナーの場合』*Der Fall Wagner*　208下，*209* 上
　『音楽の精神からの悲劇の誕生』*Die Geburt der Tragödie aus dem Geist der Musik*　208下，*209* 上
　（『ニーチェの生ける思想．ハインリヒ・マン選〔抜粋〕』）（*The Living Thoughts of Nietzsche. Presented by Heinrich Mann* [Auswahl]）　503下，508下，536下
　『反時代的考察』*Unzeitgemäße Betrachtungen*
　　『バイロイトのリヒァルト・ヴァーグナー』*Richard Wagner in Bayreuth*　225上，下，227上，
ニーブーア，ラインホルト Nibuhr, Reinhold　560下，*561* 上，731上，784上
『ニーベルングの歌』*Nibelungenlied*　687上
ニーメラー，マルティーン Niemöller, Martin　314上，*314* 下
「ザ・ニュー・リパブリク」，ニューヨーク ›The New Republic‹, New York　*73* 上，*117* 上，*305* 上，*306* 上，755下，736上，*756* 下，770下，780上
ニューアク，ニュー・ジャージー州 Newark, N. J.　768下
ニュウトン，カロライン Newton,

Caroline 334上, *334*下, *335*上, 335下, 346上, 378上, 383下, 384上, 391上, 395下, 403上, 407上, 409下, 446上, 447下, *448*上, 476下, 480上, 502下, *503*上, 529下, 561上, 561下, 587下, 632下, 651下, 658下, 664上, *664*下, 733下, 746下, 755上, 763上, 767下, 780下, 782上, 792上, 798下
ニュウトン, サー・アイザック Newton, Sir Isaac 830上
ニュウトン, ロバト Newton, Robert *788*上
ニュウマン賞 Newman Award →ニューマン枢機卿賞 Cardinal Newman Award
「ニュガト」, ブダペスト ›Nyugat‹, Budapest *55*下
「ニューズ・ウィーク」, ニューヨーク ›News week‹, New York *618*下
ニュー・スクール・フォア・ソーシアル・リサーチ, ニューヨーク New School for Social Reserch, New York 3下, *5*下, 13下, 72下, *73*上, 75下, 76上, *86*上, *103*上, 下, 104上, *126*下, 318上, 319上, *420*上
政治・社会学大学院学部 Graduate Faculty of Political and Social Sciences *103*下, 126上, *126*下
「ニューズ・クロニクル」, ロンドン ›News Chronicle‹, London *120*下, 191下, 471下
ニュー・ディレクションズ(書店), ニューヨーク New Directions (Verlag), New York *591*上
ニュー・ブルンスウィク, ニュー・ジャージー州 New Brunswick, N. J. 630下
ニュー・ヘイヴン, コネチカット州 New Haven, Conn. 311下
ニューポート Newport 391上, 394下, 399下, 402上
ニューマン, ジョン・ヘンリ Newman, John Henry 810上
ニューマン枢機卿賞 Cardinal Newman Award 340上, 343下, 358下
「ザ・ニューヨーカー」›The New Yorker‹ 309下, *310*上, 513下, *654*上
ニューヨーク New York 3下, 6上, 72下, 73下, 75上, 75下, 102下, 104上, 104下, 309上, 309下, 310下, 311上, 313上, 315下, 316下, 317上, 317下, 318上, 319上, 320上, 334上, 367下-382下, 388下, 389上, 389下, 390上, 390下, 404上-407上, 408下, 409下, 476上-482上, 495上, 509上, 515下, 549上, 549下, 559下-563下, 581下, 582上, 582下, 589下, 590下, 591下, 635上, 637上, 643上, 643下, 655下, 656下, 743上, 755上, 764下, 765上, 765下, 774上, 783下, 784上, 784下, 791上, 792上, 792下, 793上
カーネギー・ホール Carnegie Hall 368下, 515下, 549上, 655下
スタインウェイ・ホール Steinway Hall 559下
タウン・ホール Town Hall 755上
ザ・ベドフォド・ホテル The Bedford Hotel 102下, *103*上, 104上, 309上, 下, 311上, 313上, 316下, 317上, 317下, 318上, 319上, 367下-382下, 393上, 404上-407上, 409下, 476上-482上, 495上, 509上, 515下, 549上, 549下, 559下-563上, 581下, 582上, 589下, 590下, 592上, 635上, 635下, 637下, 643上, 655下, 656上, 下, 743上, 755上, 764下, 765上, 765下, 784上, 784下, 792上, 792下, 793上

ホテル・キングズ・クラウン Hotel Kings Crown 389 上，390 上，390 下
メトロポリタン・オペラ Metropolitan Opera 792 上，*792* 下
メトロポリタン・ミュージアム Metropolitan Museum 561 上
「ニューヨーク週報」 ›New Yorker Staatszeitung und Herald‹ 481 上，*481* 下
「ザ・ニューヨーク・タイムズ」 ›The New York Times‹ 102 下，167 上，*167* 下，173 上，177 下，309 上，*310* 上，*314* 下，321 下，326 下，*327* 下，375 上，384 上，385 上，396 上，397 下，399 下，420 下，477 上，482 下，483 下，484 下，488 下，489 下，496 下，517 下，518 下，526 下，564 下，574 上，619 上，675 上，*675* 下，736 下，740 上，741 上，754 上，759 上，772 下，786 上
「ニューヨーク・タイムズ・ブック・レヴュー」 ›New York Times Book Review‹ *168* 上，420 上，*421* 上，*783* 上
ニューヨーク，ドイツ・アカデミー Deutsche Akademie in New York 3 下，*5* 下，13 下，34 下，74 上，114 上，253 下，418 上，562 上
「ニューヨーク・ヘラルド・トリビューン」 ›New York Herald Tribune‹ *105* 下，126 上，509 下，*510* 上，541 上，582 下，*649* 下，*662* 上，675 上，739 上，752 上，787 上，541 下
「ザ・ニューヨーク・ワールド＝テレグラフ」 ›The New York World-Telegraph‹ 796 下
ニュルンベルク，イルゼ Nürnberg, Ilse 612 下，*613* 上
ニュルンベルク，ロルフ（後ラルフ・ナンバーグ）Nürnberg, Rolf（später Ralph Nunberg） *98* 上，319 上，*319* 下，612 下
「ヌー」 ›Nu‹ *724* 下
「レ・ヌヴェル・リテレール」，パリ ›Les Nouvelles Littéraires‹, Paris *286* 上
「ヌヴェル・ルヴュ・フランセイズ」，パリ ›Nouvelle Revue Française‹, Paris *8* 上，*655* 下
「ザ・ネイション」，ニューヨーク ›The Nation‹, New York *46* 下，49 上，85 上，88 下，97 下，*188* 下，*373* 下，*459* 上，529 上，*763* 上，785 上
ネイダー，チャールズ Neider, Charles *106* 上，*525* 上，*591* 上，
ネグリン，フアン Negrin, Juan 193 下，*194* 上，445 下，*624* 上，635 上，*649* 上，812 下
ネーゲル，夫妻 Nägel, Ehepar 102 下，*103* 上，104 上，309 上
ネパハ，ロベルト Neppach, Robert 454 上，712 上，*712* 下
ネメロウ，ハワード・スタンリ Nemerow, Howard Stanley 632 下，*633* 上，758 下
『探究する主人公．トーマス・マンの作品における普遍的シンボルとしての神話』 *The Quester Hero. Myth as Universal Symbol in the Works of Thomas Mann* 632 下，*633* 上，758 上
『年鑑』 Annalen →ゲーテ，ヨーハン・ヴォルフガング・フォン Goethe, Johann Wolfgang von
「ノイアー・フォアヴェルツ」，カールスバート ›Neuer Vorwärts‹, Karlsbad *467* 上，570 上，675 上
「ディ・ノイエ・ヴェルトビューネ」，プラハ（後，パリ） ›Die Neue Weltbuhne‹, Prag（spater Paris） *19* 上，55 下，*56* 上，61 下，*86* 上，*129* 上，*149* 上，*156* 上，*165*

上，170 下，171 上，195 下，*196* 上，260 上，*260* 下，*264* 上，*265* 上，289 下，414 上，425 上，*495* 上，514 下，565 下，574 下，*575* 上，579 上，626 上，*626* 下，653 下，695 上
「ダス・ノイエ・ターゲ＝ブーフ」，パリ ›Das Neue Tage-Buch‹ 16 下，*17* 上，下，34 下，*35* 上，36 下，62 上，84 上，*84* 下，96 上，121 下，*122* 上，160 下，171 上，176 下，181 下，*188* 下，190 上，195 下，*203* 上，211 上，230 上，*253* 下，260 上，283 下，*284* 下，*301* 上，*328* 下，338 下，343 下，350 上，352 上，399 下，*400* 上，406 下，415 上，431 上，437 上，461 下，466 下，495 下，500 下，515 上，*534* 上，561 下，565 下，568 下，579 下，615 上，*616* 上，633 上，*633* 下，*634* 上，644 上，*644* 下，647 下，*648* 上，653 下，657 下，665 下，672 上，*672* 下，674 下，675 上，*675* 下，*684* 下，688 上，*688* 下，704 下，755 下，*756* 上，768 下，*777* 上，791 上，793 上，797 下，*798* 上
「ノイエ・フォルクスツァイトゥング」ニューヨーク ›Neue Volkszeitung‹, New York *160* 上，317 上，*317* 下，*467* 上，481 上，*481* 下，524 上，541 下，754 上，*754* 下，775 上，*775* 下
「ノイエ・フライエ・プレセ」，ヴィーン ›Neue Freie Presse‹, Wien *25* 上
「デア・ノイエ・メルクール」，ミュンヒェン ›Der Neue Merkur‹, München 83 上
「ディ・ノイエ・ルントシャウ」，ベルリン ›Die Neue Rundschau‹, Berlin 11 上，*53* 下，*158* 下，*310* 上，*649* 上，*666* 下
ノイトラ，ディオーヌ Neutra, Dione 354 上
ノイトラ，リヒャルト Neutra, Richard 344 下，*345* 上，354 上
ノイ・ベギネン（亡命グループ）Neu Beginnen (Exilgruppe) 763 下，*764* 上，*784* 上
ノイマン，アルフレート Neumann, Alfred *5* 下，141 上，*141* 下，262 上，*262* 下，419 下，430 上，435 上，553 下，556 下，*632* 上
ノイマン，カタリーナ（「キティ」）Neumann, Katharina (›Kitty‹) 141 上，*141* 下，430 上，435 上，632 上
ノイマン，博士 Neumann, Dr. 110 上
ノイラート，コンスタンティーン・フライヘル（男爵）・フォン Neurath, Konstantin Freiherr von 35 下，*36* 上，160 下，296 上，*296* 下
ノヴァーリス（フリードリヒ・レーオポルト・フライヘル（男爵）・フォン・ハルデンベルク）Novalis (Friedrich Leopold Freiherr von Hardenberg) 6 上
ノースウェスタン大学，シカゴ Northwestern University, Chicago 313 下
ノーマン，ドロシ Norman, Dorothy *560* 下
ノールトウェイク・アーン・ゼー Noordwijk aan Zee 657 下，665 上-698 上，738 下，750 上，757 下
ヴィラ・アウレア Villa Aurea 667 下，*668* 上，695 上

ハ行

ハイゼ，ハンス Heyse, Hans 157 下，*158* 下
ハイデガー，マルティーン Heidegger, Martin *418* 下
ハイデナウ，フリードリヒ Heidenau, Friedrich →オペンハイマー，フリー

ドリヒ Oppenheimer, Friedrich
ハイデン，コンラート Heiden, Konrad
84上，*84*下，*156*上
『ヨーロッパの運命』*Europäisches Schicksal* *84*下，261下，*262*上
「パイドイマ」，ライプツィヒ
›Paideuma‹, Leipzig *570*下
バイドラー，イゾルデ，旧姓ヴァーグナー Beidler, Isolde, geb. Wagner *50*上
バイドラー，エレン・アネマリー Beidler, Ellen Annemarie *60*上，*86*下，*99*上，*116*下，*149*下，*161*下，*175*上，*203*下，*231*下，*233*下，*251*下，*269*上，*301*下，*304*下，*417*下，*458*下，*465*下，*702*下
バイドラー，フランツ Beidler, Franz *50*上
バイドラー，フランツ・W. Beidler, Franz W. *50*上，60上，86下，99上，116下，125下，149下，161下，175上，179上，203下，231下-234下，251下，269上，275下，301下，304下，398下，417下，458下，465下，669上，672上，*672*下，702下
『コージマ・ヴァーグナー―ヴァーグナー神話への道（未刊行）』*Cosima Wagner—Der Weg zum Wagner-Mythos*（unveröffentlicht） 50上，86下，125下，225上，301下
ハイドン，ハイアラム Haydn, Hiram *161*上
ハイドン変奏曲 Haydn-Variationen→ヨハネス・ブラームス，『ハイドンの主題による変奏曲．作品56a』 Johannes Brahms, *Variationen über ein Thema von Haydn*
ハイネ，ハインリヒ *Heine, Heinrich* *11*下，45下，219下，547下，584下
『ドイツの宗教と哲学の歴史』*Geschichte der Religion und Philosophie in Deutschland* 278下，*279*上
『ハイネ選集』*Meisterwerke in Vers und Prosa* 728下，*729*上，730下
『フランス事情』*Französische Zustände* *536*上，*537*下，*547*下
『ルテーツィア．政治，芸術，民衆生活についての報告』*Lutezia. Berichte über Politik, Kunst und Volksleben* 547下，*548*上
『ルートヴィヒ・ベルネ．覚書』*Ludwig Börne. Eine Denkschrift* 566下，*567*上
『ロマン派』*Die romantische Schule* 659上，*659*下
ハイネマン，ダニー＝N. Heinemann, Dannie-N. 45下，*46*下
ハイフェツ，ヤシャ Heifetz, Jascha 494下，610上，768上
ハイマン，フリッツ Heymann, Fritz *253*下
ハイマン，ベルトルト Heymann, Berthold 67上
ハイマン，ヤーコプ Heymann, Jacob 309下，*310*上，517下，520下
ハイマン，リーダ・グスタヴァ Heymann, Lida Gustava *199*下
ハイムス，エルゼ Heims, Else *360*下
ハイルブロン，B. Heilbronn, B. 338下，*339*下
ハインス，ヴァーレンティーン Heins, Valentin *98*上，*319*下，*381*下，413下，*414*下
ハインツ，ヴォルフガング Heinz, Wolfgang *210*上，*255*下，*300*上，*456*下
ハーヴァド大学，ケムブリジ，マサチューセッツ州 Harvard University, Cammbridge Mass. 251下，293下，*372*上，379上，535下，590上
ハウアド，レスリー Howard, Leslie *101*上，597上，759下
バウアー＝ネゲラート，マルガ

Bauer-Noeggerath, Marga
236 上
バウアー，ハンス Bauer, Hans *7* 上
パウエル，ウィリアム Powell, William
306 下
ハーヴェンシュタイン，マルティーン
Havenstein, Martin 736 下，*737*
上
ハウプトマン，ゲールハルト
Hauptmann, Gerhart 86 下，*87*
上，170 下，275 上
『ビーバーの毛皮』*Der Biberpelz*
250 上，*250* 下
バウム，ヴィキ Baum, Vicki 344 下，
345 上
バウムガテン，バーニース
Baumgarten, Bernice 374 下，*375*
上
バウムガルテン，アルトゥル
Baumgarten, Arthur
『法律的方法論提要』*Grundzüge der juristischen Methodenlehre*
652 上
パウルス〔パウロ〕，使徒 Paulus,
Apostel 248 下
パウルゼン，ヴォルフガング Paulsen,
Wolfgang 228 下，299 上，*299* 下
バカン，ジョン，ロード・トゥイーズミュア Buchan, John, Lord
Tweedsmuir *405* 下
白銀図書（書籍シリーズ）Die silbernen
Bücher（Buchserie） 3 上
バクスター，ウォナー Baxter, Warner
593 上
ハクスリ，オールダス Huxley, Aldous
100 上，*269* 下，271 上，343 下，351
上，*609* 上，*781* 下
『我らの確信』*Unsere Glaube* 683
上，*683* 下
ハクスリ，サー・ジュリアン Huxley,
Sir Julian 781 上，*781* 下
ハクスリ，トマス Huxley, Thomas
781 下
ハクスリ，マリア Huxley, Maria 100
上，343 下，351 上，*781* 下
ハクスリ，マリー・ジュリエット
Huxley, Marie Juliette 781 上，
781 下
バーグマン，イングリド Bergman,
Ingrid *757* 下
パクラリウ，アウレリアーン
Pacurariu, Aurelian *9* 上-*10* 上
『ヴィズル・ファラオニトル』
Visul Faraonitor *9* 上-*10* 上
バークリ，カリフォルニア州 Berkeley,
Calif. 337 上
ハーゲン，パウル Hagen, Paul 784
上
ハーコウ，ミスター Harkow, Mr 321
下
パシフィク，パリセイズ，カリフォルニア州 Pacific Palisades, Calif. *138*
上
ハース，ヴィリ Haas, Willy 193
上，*193* 下
ハース，フーゴ Haas, Hugo
『ビラ・ネモク（白い病気）（映画演出）』*Bílá nemoc*（*Die weiße Krankheit*）（Filmregie） 739 上
バーズラー，オト Basler, Otto 62
上，*62* 下，218 上，486 下，488 上，
550 下，554 下，794 上
バゼッジョ，クリスティーナ Baseggio,
Christina *63* 下
バーゼル Basel 674 上
バータ，トーマス Bata, Thomas 11
上，*12* 上
パチェッリ，エウジェーニオ Pacelli,
Eugenio →ピオ十二世，教皇 Pius
XII. Papst
ハチンスン，ビル Hutchinson, Bill
196 下，*197* 上，446 上
ハチンスン，リー Hutchinson, Li 196
下，*197* 上
ハチンスン，レイ・コリトン
Hutchinson, Ray Coryton

『遺言』*Ein Testament* 709下，*710*上，714下，733上
バック，パール・サイデンストリカー Buck, Pearl S[ydenstricker] *533*下
バッサーマン，アルベルト Bassermann, Albert 108上，*109*上
バッハ，ヨーハン・ゼバスティアン Bach, Johann Sebastian 149下，159下，*220*下，599上
パディシャ Padisha 713下
バード，ガイ・カーツ Bard, Guy Kurtz 645下，*646*上
ハート，モス—コーフマン，ジョージ・サイモン Hart, Moss—Kaufmann, George Simon
『一人では理解出来ない』*You can't take it with you* 310下，*311*上
バトラー，ニコラス・マリ Butler, Nicolas Murray 373上，390上
バード，レムスン・D. Bird, Remson D. 356上，510下，612上
パノフスキ，エルヴィーン Panofsky, Erwin 645下，*646*上
パノフスキ，ドーラ Panofsky, Dora 645下
パノプレス（書店），ブエノス・アイレス Panopress (Verlag), Buenos Aires *132*上
ハーパー・アンド・ブラザース（書店），ニューヨーク Harper and Brothers (Verlag), New York 92下，*92*上，*507*下，*536*上
バハオーフェン，ヨーハン・ヤーコプ Bachofen, Johann Jakob 564下
「ハーパーズ・マガジン」，ニューヨーク >Harper's Magazine<, New York *495*上
バハー，フランツ Bacher, Franz 21上，*21*下
ハフ，シオドー Huff, Theodore 352下，*353*上
バープ，ベルント Bab, Bernd *192*下
バープ，ユーリウス Bab, Julius *192*下，542上，709下
ハーベク，M.C. Harbeck, M.C. 70上，424上
パーペン，フランツ・フォン Papen, Franz von *36*上，*143*上，715下，*716*下，774上
ハマーシュラーク，エルンスト Hammerschlag, Ernst 145下，555上，758下
ハマースタイン，オスカル・ジュニア Hammerstein, Oscar jr. 340上，*340*下
ハムスン，クヌート Hamsun Knut 192上，*192*下，214上，*214*下，453上
『お伽の国にて』*Im Märchenland* 466下，*467*上
『シエスタ』*Siesta*
『中くらいのまったく普通の蠅』*Eine ganz gewöhnliche Fliege mittlerer Größe* 584下
ハムプトン・コート Hampton Court 710下
ハムブルガー，ケーテ Hamburger, Käte 264上，*265*上，273上，652上，722下
バムベルガー，ルイス Bamberger, Louis *647*下
バムベルガー，カロライン，結婚してフルト Bamberger, Caroline, verh, Fuld 647上，*647*下
『薔薇の騎士』*Der Rosenkavalier* →シュトラウス，リヒァルト Strauss, Richard
パラマウント映画会社 Paramount Pictures Corporation 133上，*354*上
パリ Paris 99上，107上，*226*下，304下，413下，464上-466上，*584*上，661上，662下-665上
ホテル・アストリア Hotel Astoria

662 下
ホテル・ウェストミンスター Hotel Westminster　107 下
ホテル・ルテーツィア Hotel Lutetia　465 上，466 上
ハリウッド Hollywood　104 下，332 上
ホテル・ビヴァリ・ウィルシャイア Hotel Beverly Wilshire　332 上，
バリ，ジョン・ダニエル　Barry, John Daniel　335 上，*336* 上
「パリ＝ソワール」〉Paris-Soir〈　*105* 上，107 上，*649* 上，735 上
ハリデイ，ジョン Halliday, John　*759* 下
「パリ日刊新聞」〉Pariser Tageszeitung〈　29 上，*31* 上，79 上，*156* 上，167 上，*167* 下，*371* 上，745 下，756 上，768 下，775 上，*789* 下，797 下
「パリ日報」〉Pariser Tagblatt〈　*31* 上，*156* 上 692 上，*789* 下
ハリファクス，エドワド・フレドリク・リンドリ・ウッド，ロード・アーウィン，アール（子爵）・オヴ Halifax, Edward Fredrick Lindley Wood, Lord Irwin, Earl of　321 下，*322* 下，325 下，338 下，375 上，674 上，687 下，723 上，768 下
バリモア，ジョン Barrymore, John　*101* 上
パリラ，カール Paryla. Karl　*455* 下，*460* 下
ハルガルテン，ヴォルフガング（のちジョージ・W）Hallgarten, Wolfgang (später George W.)　*8* 上，309 下，319 上，798 下
ハルガルテン，コンスタンツェ Hallgarten, Constance　7 下，*8* 上，76 下，118 上，145 下，231 下，750 下
ハルガルテン，リヒァルト（「リキ」）Hallgarten, Richard (〉Ricki〈)　*8* 上
ハルガルテン，ロベルト Hallgarten, Robert　*8* 上
ハルクール・ブレイス書店，ニューヨーク Harcourt, Brace & Co. (Verlag), New York　*569* 上，*760* 上
ハル，コーデル Hull, Cordell　325 下，*326* 上，340 下，490 下，497 下，621 上
バルザック，オノレ・ド Balzac, Honoré de
『人間喜劇』Die Menschliche Komödie
『個人生活の情景』*Szenen aus dem Privat leben*
—『ゴリオ爺さん』*Vater Goriot*　174 上，179 下，189 下
『田園生活の情景』*Szenen aus dem Landleben*
—『谷間の百合』*Die Lilie im Tal*　363 上
『パルジファル』*Parsifal* →ヴァーグナー，リヒァルト Wagner, Richard
ハルス，フランス Hals, Frans　681 上
『ミーヒール・デ・ヴァール』*Michiel de Wael*　594 上
「パルティザーン・レヴュー」，ニューヨーク 〉Partisan Review〈, New York　571 上
バルティモア Baltimore　628 上，628 下
ハルデコップ，フェルディナント Haldekopf, Ferdinand　197 下，202 下，*203* 上
バルテル，ルートヴィヒ・フリードリヒ Barthel, Ludwig Friedrich　*436* 下
ハルテルン，エルンスト（筆名ニールス・ホイアー）Harthern, Ernst (Ps. Niels Hoyer)　*485* 上，495 上，577 上
『帰宅』*Going Home*　485 上
バルトゥ，ルイ Barthou, Louis　245 下，*246* 上

ハルトゥング，グスタフ Hartung, Gustav 255 上
バルト，カール Barth, Karl 57 上, *57* 下, 61 上, 64 下, 71 上, *234* 下, 530 上, *530* 下
『教会と今日の政治問題』*Die Kirche und die politische Frage von heute* 558 上
ハルト，ジュリア Hardt, Giulia 566 下
バルト，ドーラ Barth, Dora 417 下, 706 上
バルト，ハンス Barth, Hans 417 下, 438 下, 706 上, 706 下
ハルトマン，オト Hartmann, Otto
『人間の生活の中の地球と宇宙，自然の王国，四季と諸元素．哲学的宇宙論』*Erde und Kosmos im Leben des Menschen, der Naturreiche, Jahreszeiten und Elemente* 587 下, 588 上, 591 下, 614 下, 617 上, 683 下, 685 下
ハルトマン・フォン・アウエ Hartmann von Aue
『グレゴーリウス』*Gregorius* *236* 上
ハルト，ルートヴィヒ Hardt, Ludwig 20 上, *20* 下, 297 上, 503 下, 550 下, 566 下, 581 上
バルナ，エルヴィーン・M・L Barna, Erwin M, L, *770* 上
バルノフスキ，ヴィクトル Barnowsky, Viktor 360 下, *361* 上
ハールレム Haarlem 681 上
パルロ，ディータ Parlo, Dita *205* 上
パレスタイン・フィルハーモニク・オーケストラ テル・アヴィーヴ Palestine Philharmonic Orchestra Tel Aviv *20* 下, 685 下
バレット，ミスター Barrett, Mr. 395 下
バレル，ジョン・アンガス―ブルースター，ドロシ Burell, John Angus—Brewster, Dorothy
『現代のフィクション』*Modern Fiction* 771 上
バロウ，ジャン＝ルイ Barrault, Jean-Louis *357* 上
ハーン，アルノルト Hahn, Arnold *239* 上
『限界を知らぬ楽観主義．人類の生物学的，工学的諸可能性．ウトピオロギー』*Grenzenloser Optimismus. Die biologischen und technischen Möglichkeiten der Menschheit. Utopiologie*. 238 下, *239* 上
ハーン，オト Hahn, Otto *569* 下
バンクス，レスリー Banks, Leslie *788* 上
万国博覧会（ニューヨーク，一九三九年）World's Fair（New York 1939） 537 上, *537* 下, 560 下, *561* 上, 565 下, 574 上, 578 上, 637 上, *637* 下, 643 上, 758 上, 762 上
パンシアン・ブックス（書店），ニューヨーク Pantheon Books（Verlag）, New York *758* 上
バーンズ・アンド・ノーブル（書店），ニューヨーク Barnes & Noble（Verlag）, New York *796* 上
バーンズ，ジョージ Burns, George *168* 上
バーンズ，ビニー Barnes, Binnie *593* 上
バーンズリ Burnsley 600 上
ハンゼン，マクス Hansen, Max 80 上, *80* 下
ハンター・カレッジ，ニューヨーク Hunter College, New York 522 下
ハンドラー，ボイラー Handler, Beulah
『アメリカ式英語．ドイツ語を話す成人のための』*English the American Way. For German-speaking Adults* 795 下

ハンハルト，エルンスト Hanhart, Ernst　3 下，*4* 下，432 下
ハンハルト，ヘーレン Hanhart, Helen　432 下
ハーン，ボルコ・フォン Hahn, Bolko von　427 下，
「汎ヨーロッパ」，ヴィーン ›Paneuropa‹, Wien　181 下，*182* 上
汎ヨーロッパ連合 Paneuropa-Union　*169* 上，*182* 上
P. E. N. 会議 P. E. N.-Kongresse
　ストックホルム（一九三九年）（中止）Stockholm（1939）（abgesagt）　628 上，*629* 下，*633* 下，696 下，701 下，712 上，720 上
　パリ（一九三八年）Paris（1937）　141 上
　ブエノス・アイレス（一九三六年）Buenos Aires（1936）　163 上
P. E. N クラブ　P. E. N.-Club
　イギリス・ペン englischer　43 下，*629* 下
　オランダ・ペン niederländischer　42 下，*43* 上
　国際ペン internationaler　*141* 下
　スウェーデン・ペン schwedischer　717 下，*718* 下，724 上，*727* 上
　ドイツ連邦共和国 Bundesrepublik Deutschland　*122* 下
　フランス・ペン französischer　*141* 下
　亡命，ドイツ・ペン deutscher, im Exil　*633* 下
ビヴァリ・ヒルズ Beverly Hills　334 上，339 下-360 上，433 上，608 下-612 上
　ホテル・ビヴァリ・ヒルズ Hotel Beverly Hills　334 上，339 下-360 上，608 下-612 上
ピウスズキ，ユゼフ Pilsudski, Józef　*635* 下
ビェルクマン，メルタ Björkman, Märtha　725 上
ビェルクマン，カール Björkman, Carl　724 上，*724* 下，725 上
ピーオ十一世，教皇 Pius XI., Papst　542 上
ピーオ十二世，教皇 Pius XII, Papst　586 上，601 下，747 下，796 上
「美学および一般芸術学のための雑誌」，シュトゥットガルト ›Zeitschrift für Ästhetik und allgemeine Kunstwissenschaft‹, Stuttgart　*737* 上
ピカソ，パブロ Picasso, Pablo　788 下
「イル・ピコロ・デラ・セーラ」，トリエスト ›Il Piccolo della sera‹, Triest　230 上，*230* 下
ピスカートア，エルヴィーン Piscator, Erwin　*314* 上，419 下，*420* 上，637 下
ビスマルク，オト・フュルスト・フォン・ビスマルク・ウント・シェーンハウゼン Bismarck, Otto Fürst von Bismarck-Schönhausen　547 上，711 上
『悲愴』*Pathētique* →ペーター・イリイチ・チャイコフスキー『交響曲　六番ロ短調，作品 74』Peter Iljitsch Tschaikowsky, *Sinfonie Nr. 6 h-Moll, op. 74*
ビーダーマン，ヴォルデマル・フライヘル・フォン Biedermann, Woldemar Freiherr von →ヨーハン・ヴォルフガング・フォン・ゲーテ，（『ゲーテの対話』）Johann Wolfgang von Goethe,（*Goethes Gespräch*）
ヒチェンズ，ロバト Hichins, Robert　53 上，*55* 下，190 上
ヒチコック，アルフレド Hitchcock, Alfred
　『貴婦人の失跡』（映画演出）*The Lady Vanishes*（Filmregie）　787 下，*788* 上
　『ジャマイカ・イン』（映画演出）*Jamaica Inn*（Filmregie）　787 下，

788 上
「ザ・ピツバーグ・プレス」>The Pittsburgh Press< 320 下
B. T. →「ベルリーナー・ターゲブラット」 >Berliner Tageblatt<
ピート，ハロルド Peat, Harold 155 上，160 下，*161* 上，195 上，247 下，279 上，301 下，310 下，313 下，331 上，340 上，352 下，365 上-367 下，480 下，488 下，528 上，563 上，581 下，582 上，627 下，744 上，759 上，584 下
ヒトラー，アードルフ（著作索引も参照）Hitler, Adolf（s. a. I） 14 上，*15* 上，15 下，35 上，*36* 上，43 上，*46* 上，55 下，71 上，*71* 下，63 下，74 下，76 下，77 上，114 下，*119* 上，127 下，*142* 下，*143* 上，145 下，146 下，*147* 上，174 下，181 下，*185* 下，198 下，*202* 下，208 上，208 下，*213* 下，214 下，*216* 下，217 下，253 上，290 上，*290* 下，*293* 上，*296* 下，*301* 上，302 上，303 上，*303* 下，321 下，*322* 上，322 下，328 上，*328* 下，331 上，349 上，367 上，368 下，388 下，399 下，404 下，411 下，414 上，419 下，*428* 下，430 下，*432* 下，452 下，457 上，*457* 下，461 上，461 下，463 下，464 上，465 下，*466* 上，467 下，468 下，470 上，470 下，472 上，473 上，476 上-483 下，485 上，486 下，489 下，542 上，*559* 上，*560* 下，*561* 上，565 下，568 下，570 上，582 下，*585* 下，594 下，596 下，597 下，*598* 上，599 下，600 上，601 下，602 下，604 上，604 下，609 下，610 下，620 下，*621* 上，622 下，623 上，624 下，630 下，631 上，*634* 下，644 上，651 下，*656* 上，658 上，667 下，668 上，670 下，674 下-679 上，686 上，*688* 下，697 下，*706* 下，707 上，708 下，711 上-717 下，720 上-723 下，725 下，726 下，734 下-738 上，743 下，744 下-752 下，760 上，769 下，*770* 上，772 下，*775* 下，*777* 下，796 上，796 下，798 下，799 上，816 下，817 上，823 下，824 下，825 上，839 上，839 下，840 上，841 上
ピードル，エスター・フライフラウ（男爵夫人）・フォン Pidoll, Ester Freifrau von 3 下，*5* 上
ビーバー，フーゴ Bieber, Hugo
『二十世紀のゲーテ』*Goethe im 20. Jahrhundert* 164 下，*165* 上
R・ピーパー書店，ミュンヒェン R. Piper & Co., Verlag, München *568* 上
ビービ Bibi →マン，ミヒァエル・トーマス Mann, Michael Thomas
ピーブルズ，ウォールドウ・C. Peebles, Waldo C. *93* 上
ヒムラー，ハインリヒ Himmler, Heinrich *296* 下，634 下
ビーメル，ライナー Biemel, Rainer *65* 下，*178* 上，*670* 下
ヒューイト＝セイヤー，ハーヴィ・ウォーターマン Hewett-Thayer, Harvey Waterman 459 下，*496* 上，639 下，642 下，649 下，649 上，657 上，753 上，*775* 下
ビュサム，トマス・W. Bussom, Thomas W. 312 上，*313* 下
ヒュービンガー，パウル・エーゴン Hübinger, Paul Egon
『トーマス・マン，ボン大学，時代史』*Thomas Mann. die Universität Bonn und die Zeitgeschichte* 82 下
ヒュープシュ，ベン・W. Huebsch, Ben W. 540 上，*540* 下
B. W. ヒュープシュ社（書店），ニューヨーク B. W. Huebsch Inc. (Verlag), New York *540* 下
ヒュープナー，フリードリヒ・マルクス Hübner, Friedrich Markus *202* 上

ビュルギン，ハンス　Bürgin, Hans *170* 下
ビューロ，ハンス・グイド・フライヘル（男爵）・フォン　Bülow, Hans Guido Freiherr von　50 上
「ビュンテルス，夫人」 >Büntels, Frau <　699 上
ビョールンソン，ビョールンスチェルネ Björnson, Björnstjerne　*252* 下
ビョールンソン，アイリーン Björnson, Eileen　252 上
ビョールンソン，ビョールン Björnson, Björn　252 上
『ひたすら青春．芸術，快活，愛に満ちた生活』 *Nur Jugend. Ein Leben voll Kunst, Frohsinn und Liebe* 274 下
ヒラー，ヴェンディ Hiller, Wendy *597* 上
ヒラー，クルト Hiller, Kurt　*425* 上，429 下，796 下
ビーラー，フーゴ Bieler, Hugo　*672* 下
ピランデルロ，ルイジ Pirandello, Luigi　141 下
ビリコップ，ヤーコプ Billikopf, Jacob 520 上，533 上
ビルガー，E.　Bilger, E.　303 上，438 下，704 下
ヒルシュ，アルベルト Hirsch, Albert *441* 上
ヒルシュフェルト，クルト Hirschfeld, Kurt　113 下，*114* 上，124 上
ヒルシュ＝ホトヴォニ，イレーネ Hirsch-Hatvany, Irene　*441* 上
ビルショフスキ，アルベルト Bielschowsky,　Albert　524 上，627 下
『ゲーテ』 *Goethe*　*524* 上
ヒルツェル，マクス Hirzel, Max　129 下，*130* 上
ヒルツェル＝ランゲンハーン，アナ Hirzel-Langenhahn, Anna　31 下，*32* 上
ヒルデブラント，アードルフ・フォン Hildebrand, Adolf von　*89* 下
ヒルデブランド，ディートリヒ・フォン Hildebrand, Dietrich von　89 上，*89* 下，217 上，*217* 下
ヒルト，レオノーレ Hirt Leonore *455* 下
ヒルトン，ジェイムズ Hilton, James *766* 上
ヒルファーディング，ルードルフ Hilferding, Rudolf　*291* 上
ビンガム，アルフレド・M.　Bingham, Alfred M.　*786* 上
ビンスヴァンガー，ルートヴィヒ Binswanger, Ludwig　418 上，*418* 下，426 下，441 下
ビンダー，ジビレ　Binder, Sybille *83* 上，*94* 下
ピンツァ，エッツィオ　Pinza, Ezio 627 上
ビンディング，ルードルフ・ゲーオルク Binding, Rudolf Georg　436 下
ヒンデミット，パウル Hindemith Paul *377* 上，385 下，549 上
『画家マティス』 *Mathis der Maler* *241* 下，380 下，*381* 上，
ヒンデンブルク，パウル・フォン・ベネケンドルフ・ウント・H. Hindenburg, Paul von Beneckendorff und von H.　*119* 上，*143* 上
ピントゥス，クルト Pinthus, Kurt 570 上，*570* 下
ファイ，エーミール　Fey, Emil　325 下，*326* 上
ファイスト，ハンス　Feist, Hans　142 上，148 上，157 下，*158* 上，178 上，262 上，273 上，309 上，313 下，322 上，374 下，382 上，550 下
ファイドン書店，ヴィーンとベルリン（のちロンドン） Phaidon Verlag, Wien und Berlin (später London)

224 下
ファイフェ，セアラ　Feife, Sarah 389 下
ファイフェ，ロバト・ハーンドン Feife, Robert H[erndon] 389 下, *391* 上
ファイン，フランツ　Fein, Franz *768* 上
『ファウスト』*Faust* →ゲーテ，ヨーハン・ヴォルフガング・フォン Goethe, Johann Wolfgang von
「ディ・ファケル」，ヴィーン　>Die Fackel<, Wien *197* 上
ファーゼル，ヘルムート　Fasel, Helmut 202 下
プア，チャールズ Poore, Charles *167* 下
ファディマン，クリフトン・F. Fadiman, Clifton 310 上，316 上，405 上
『私は信じる．われわれの時代の著名男女性の個人的哲学』(編) *I Blieve. The Personal Philosophies of Certain Man and Woman of Our Time* (Hrsg.) 459 上，472 下，645 上，740 上
ファラー・アンド・リンハート（書店），ニューヨーク　Farrar & Rinehart (Verlag) New York *797* 上
ファルク，博士　Falk, Dr. 687 上
ファルケ，コンラート（本名カール・フライ）　Falke, Konrad (Ps. für Karl Frey) *4* 下，78 下，*79* 上，84 上，94 下，123 下，146 上，150 下，161 下，169 下，174 下，181 上，234 下，277 下，282 下，289 下，440 下，445 下，455 上，458 下，460 上，464 上，547 上，554 上，563 下，571 上，654 上
『戯曲集』*Dramatische Werke* 169 下
『ナザレのイエス』*Jesus von Nazareth* 146 上，*146* 下，169 下
ファルケ，夫人　Falke, Frau 161 下，169 下，181 上，440 下，445 下，455 上，460 上，464 上，654 上
ファルケン書店，バーゼル，Falken-Verlag, Basel *692* 上
ファルケンベルク，オト Falckenberg, Otto *235* 下
ファレル，ジェイムズ・トマス Farell, James T[homas] *541* 下，735 下，744 下
フィアエク，ペーター Viereck, Peter 760 上，*768* 上
フィアテル，ザルカ，旧姓サロメ・シュトイアーマン Viertel, Salka, geb. Salome Steuermann 358 下，610 下
フィアテル，ハンス，ペーターとトーマス Viertel, Hans, Peter und Thomas *358* 下，*359* 上
フィアテル，ベルトルト Viertel, Berthold *359* 上
「ル・フィガロ」，パリ　>Le Figaro<, Paris *8* 上
フイス・テル・デウィン　Huis ter Duin 665 上，698 上
フィッシャー，アネッテ，ガブリエレ，ギーゼラ・ベルマン　Fischer, Annette, Gabrielle und Giesela Bermann 717 下
フィッシャー，アンドレーアス Fischer, Andreas
『ゲーテとナポレオン』*Goethe und Napoleon* 175 下
フィッシャー，オトカル　Fischer Otokar *53* 下，57 上，89 上，123 下，321 下
フィッシャー，ゴットフリート・ベルマン　Fischer, Gottfried Bermann 24 上，*24* 下，28 下，60 下，68 上，*74* 下，78 上，113 上，138 下，147 下，165 上，*165* 下，170 下，196 上，200 下，206 上，211 上，224 下，242 下，264 下，269 上，293 下，331

下，335 下，344 下，*347* 上，352 上，371 下，*372* 上，378 下，382 上，*383* 上，393 上，414 上，419 上、423 上，430 上，435 下，446 上，456 上，458 下，461 下，465 下，472 上，488 上，488 下，499 上，509 下，514 下，524 下，526 上，530 上，*530* 下，542 上，547 下，554 下，572 上，587 上，614 上，629 上，636 上，656 下，666 上，*666* 下，673 下，678 下，684 上，693 上，696 下，701 下，*704* 上，704 下，716 上，717 下，719 上，725 上-728 下，732 上，736 下，748 下，751 下，761 下，767 下，771 上，779 下，785 上，794 上，796 下
フィッシャー，ザームエル　Fischer, S[amuel]　*25* 下，*80* 下，*588* 上，*717* 上
S・フィッシャー書店，フランクフルト　S. Fischer Verlag, Frankfurt　*75* 下，*80* 下，*426* 上
S・フィッシャー書店，ベルリン　S. Fischer Verlag, Berlin　5 下，*25* 下，*27* 下，*39* 上，*53* 下，*63* 下，*66* 下，*80* 下，*105* 上，*135* 上，*201* 上，*223* 下，*232* 下，*310* 上，*357* 上，*428* 上，*517* 上，*530* 下，550 上，*649* 上
L・B・フィッシャー書店，ニューヨーク　L. B. Fischer Publishing Corporation, New York　*75* 上，*347* 下
フィッシャー，ヒルデ（ヒラ）　Fischer, Hilde (Hilla)　716 下，*717* 上，724 上
フィッシャー，ブリギッテ・ベルマン（｢トゥティ｣）　Fischer, Brigitte Bermann　(›Tutti‹)　24 上，*25* 上，82 上，264 下，269 上，*377* 下，393 上，679 下，684 上，716 上，717 下，719 上，719 下，725 上，794 上
フィッシャー，ヘートヴィヒ，旧姓ランツホフ　Fischer, Hedwig, geb, Landshoff　80 上，*80* 下，*377* 上，587 下，*588* 上，716 上-721 下，724 上
フィッシャー，マリアネ　Fischer Marianne　x 上
プィツナー，ハンス Pfitzner, Hans　*721* 上
『フィデリオ』*Fidelio*　→ベートーヴェン，ルートヴィヒ・ヴァン　Beethoven, Ludwig van
フィードラー，クーノ　Fiedler, Kuno　38 下，55 下，71 上，104 下，114 下，123 下，154 上，169 下，172 下，179 下，182 上-185 上，221 下，257 上，258 上，359 上，385 下，395 上，421 上，422 上，426 下，432 下，529 下，556 下，614 上，638 下，656 下，664 上，700 下，706 上，711 上，793 上，796 下
『壁を越えて．ある逃走の物語』*Über Mauern hinweg. Die Geschichte einer Flucht*.　*39* 上，421 上，*421* 下，434 下
フィヒテ，ヨーアヒム・ゴットリープ　Fichte, Joachim Gottlieb　*417* 上
フィラデルフィア Philadelphia　320 上，533 上，782 上
ホテル・ベルヴュ＝ストラトフォド　Hotel Bellvue-Stratford　320 下，533 上
フィラデルフィア・シンフォニー・オーケストラ Philadelphia Symphoniy Orchestra　533 上，*533* 下
フィリップス（運転手）Philipps (Chauffeur)　408 上，621 下，*622* 上
フィーリプソン，イーヴァル *Philipson, Ivar*　*719* 上，*719* 下
フィーリプゾン，パウラ Philippson, Paula
『その風土の中のギリシアの神々』*Griechische Gottheiten in ihren Landschaften*　*637* 上

フィーリプ二世，スペイン国王 Philipp II. König von Spanien　254 下
「フィロゾフィア」，ベオグラード >Philosophia<, Belgrad　286 下，*564* 下
フーヴァー，ハヴァト・クラーク Hoover, Herbert Clark　328 上，*328* 下，*336* 下
フヴァルコフスキ，フランツ Chvalkovsky, Franz　*476* 上
フェアリ，バーカー　Fairley, Barker *380* 上
『詩作品に現れたゲーテ』*Goethe, as revealed in his poetry*　379 下，*380* 上
フェーゲリン，エーリヒ Voegelin, Erich　140 下，533 下，583 下，*682* 上
フェージ，イェニ　Faesi, Jenny　255 上，259 上，262 下，455 上，461 下
フェージ，ロベルト　Faesi, Robert 255 上，259 上，262 下，455 上，461 下，571 上，706 上，*706* 下
フェーダー，エルンスト　Feder, Ernst 238 下
フェーデルン，パウル　Federn, Paul 640 下
フェルカー，フランツ Völker, Franz 133 下，*134* 上
「フェルキシャー・ベオーバハター」，ミュンヒェンとベルリン >Völkischer Beobachter<, München und Berlin *147* 上，240 上，*428* 下，*463* 上，609 下，651 下，798 下
フェルトバハ　Feldbach　181 上
フェルバー，マリーア，結婚してフレーリヒ　Ferber, Maria, verh. Fröhlich　51 下，*52* 上，136 上，178 上，203 下，380 下，413 下，447 下，465 上
フェールマン，博士　Fährmann, Dr. 135 下，*137* 上，185 上
フェレーロ，グリエルモ　Ferrero, Guglielmo　421 上
「フォアヴェルツ」，ベルリン >Vorwärts<, Berlin　*137* 下，*466* 下
フォアトルプ書店，ベルリン Vortrupp -Verlag, Berlin　*240* 下
フォイアーマン，エーファ Feuermann, Eva　89 上，*89* 下，125 上，150 上，166 下
フォイアーマン，エマヌエル Feuermann, Emanuel　72 下，*73* 上，89 上，107 下，125 上，150 上，166 下，542 下
フォイヒトヴァンガー，リーオン Feuchtwanger, Lion　*5* 下，137 上，*138* 上，*147* 下，*156* 上，*291* 上
『モスクワ　1937 年．友人たちのための旅行報告』*Moskau 1937, Ein Reisebericht für meine Freunde* 137 上，*138* 上
フォクス（映画会社）　Fox (Filmgesellschaft)　357 下
フォークナー，サー・ロバト Falconer, Sir Robert　367 上，*367* 下
フォークナー，ソフィー　Falconer, Sophie　367 上
フォーサイス，ミスターとミセス Forsyth, Mr. and Mrs.　325 下，*326* 上，327 上
「フォス新聞」，ベルリン >Vossische Zeitung<, Berlin　*31* 上，*53* 下，*61* 上，*156* 上
フォス（元フクス），マルティーンとヒルデ　Foss (urspr. Fuchs), Martin und Hilde　376 下
フォス（元フクス），ルーカス　Foss (urspr. Fuchs), Lukas　376 下，*377* 上
「フォーチューン」，ニューヨーク >Fortune<, New York　*753* 下
フォート・ワース，テキサス州　Fort Worth, Texas　599 下

ホテル・テキサス　Hotel Texas 599下
フォーブズ，ヴィヴィアン　Forbes, Vivian　555下
「ザ・フォーラム」，ニューヨーク >The Forum<, New York　505上
「フォリーン・アフェアーズ」，ニューヨーク　>Foreign Affairs<, New York　*662*上
「ダス・フォルク」，オルテン >Das Volk<, Olten　31下
「フォルク・イム・ヴェルデン」，ライプツィヒ　>Volk im Werden<, Leipzig *116*上
フォルク・ウント・ヴェルト書店，ベルリン Verlag Volk und Welt, Berlin *569*上
「ディ・フォルクス＝イルストリールテ（*V. I*），プラハ　>*Die Volks-Illustrierte*（*V. I*）, *Prag*　*458*下
フォルスター，アルベルト　Forster, Albert　142下，715下，*717*上
フォルスター，フェルディナント Forster, Ferdinand　82下，*83*上
フォルスター，ルードルフ　Forster, Rudolf　*120*下，179下，*180*上
プォルツハイマー，リリ・マウド Pforzheimer, Lili Maud　516上，767下
プォルツハイマー，カール・ハウアド Pforzheimer, Carl H[oward]　311下，382上，767下
「ダス・フォールム」，ミュンヒェン >Das Forum<, München　*29*下
フォレ，エリ Faure, Elie
『ナポレオン』 *Napoleon*　433上，*433*下
フォレット，ウィルスン　Follett, Wilson　*414*下
フォンターネ，テーオドーア Fontane, Theodor　*65*上，198上，483上
『デア・シュテヒリーン』*Der Stechlin*　65上，77下
フォン・フィッシャー，博士　von Fischer, Dr.　54上，*55*上
フクス，アルベール　Fuchs, Albert
『現代ドイツ語ドイツ文学研究入門』*Initiation à l'étude de la langue et littérature allemande moderne*　642下，*643*下
ブクステフーデ，ディートリヒ Buxtehude, Dietrich　97上
フケ，フリードリヒ・バロン（男爵）・ド・ラ・モッテ　Fouqué, Friedrich Baron de la Motte　*664*上
フサール，エトムント Husserl, Edmund　*418*下，*650*上
ブジスラフスキ，ヘルマン Budzislawski, Hermann S.　18上，*19*上，*56*上，*129*上，*495*上，579下
プシュキン，アレクサンダー・セルゲイヴィチ→（作品索引参照）Puschkin, Alexander Sergejewitsch s. I
ブース，クレア Boothe, Clare　753上
『誤りの限界』*Margin for Error* 753下
『ニューヨークの女たち』*Frauen in New York*　*235*上，*235*下
「ブダペスティ・ヒルラプ」 >Budapesti Hirlap<　*10*上
ブダペスト　Budapest　vii上，6上，14上，22上，*648*上
プツェル，オトPutzel, Otto　678下
プツェル，マクス Putzel, Max　*286*下
『復活』*Auferstehung*→トルストイ，レフ・ニコライェヴィチュ伯爵 Tolstoi, Leo Nikolajewitsch Graf
ブッキ，グスタフ　Bucky, Gustav 104上，*105*上
ブック・オヴ・ザ・マンス・クラブ Book of the Month Club　*310*下，319上，*319*下，439下，495上
ブッシュ，アードルフ　Busch, Adolf

220 下
ブッシュ，ヴィルヘルム　Busch, Wilhelm　*158* 下
『家宝滑稽譚』（抄）*Humoristischer Hausschatz*　157 下
ブッシュ四重奏団　Busch-Quartett　*220* 下
ブッシュ＝ゼルキン・トリオ　Busch-Serkin-Trio　*562* 下
ブッシュ，フリッツ　Busch, Fritz　*220* 下
ブッシュ，ヘルマン　Busch, Hermann　*562* 下
フツラー，夫人 Hutzler, Frau　763 下
フーバー書店，フラウエンフェルト　Verlag Huber, Frauenfeld　*175* 下，*280* 上
ブーバー，マルティーン　Buber, Martin　*520* 下
フーバーマン，ブローニスラフ　Hubermann, Bronislaw　*233* 下
ブフ，シャルロッテ（ロッテ）Buff, Charlotte（Lotte）→ケストナー，シャルロッテ　Kestner, Charlotte
フーフ，リカルダ Huch, Ricarda　323 上，*323* 下，*338* 上
フペルト，フーゴ Huppert, Hugo　*12* 上
フマーニタス書店，チューリヒ　Humanitas-Verlag, Zürich　*13* 下，*95* 下，*242* 下，*248* 下
フムパーディンク，エンゲルベルト　Humperding, Engelbert　*373* 上
フム，リリ Humm, Lili　88 下
フム，ルードルフ・ヤーコプ Humm, Rudolf Jakob　*32* 上，88 下，183 下，*431* 下
プュリツァー，ヨーゼフ Pulitzer, Joseph　598 上
ブラー，ヴィルヘルムとヘートヴィヒ　Buller, Wilhelm und Hedwig　449 下
フライ，アレクサンダー・モーリツ　Frey, Alexander Moritz　257 上，*257* 下，261 上，417 下，432 下，448 上，587 下，567 上，*567* 下，689 下，*690* 上
ブライアン，マルセル　Brion, Marcel　179 上
フライ，ヴァルター　Frei, Walter　59 上
フライ，エーリヒ・A.　Frey, Erich A.　x 上
フライシュマン，ルードルフ　Fleischmann, Rudolf　*15* 上，21 上　*21* 下，379 下，*380* 上，385 下
ブライトシャイト，ルードルフ　Breitscheid, Rudolf　*86* 上
ブライトバハ，ヨーゼフ　Breitbach, Joseph　7 下，31 下，36 下，56 下，73 下，107 下，242 下
フライナー，ファニ　Fleiner, Fanny　198 上，221 上
フライナー，フリッツ　Fleiner, Fritz　166 下，198 上，220 下
ブライプトロイ，ヘートヴィヒ　Bleibtreu, Hedwig　*120* 下
ブライ，フランツ Blei, Franz
『同時代の肖像』*Zeitgenössische Bildnisse*　*210* 下，783 上，791 上
フラウエンシュテト，ユーリウス　Frauenstädt, Julius　277 下，282 上
「プラウダ」，モスクワ　〉Prawda〈, Moskau　417 下，551 下
ブラウヒチュ，ヴァルター・フォン　Brauchitsch, Walther von　*296* 下，688 上，*688* 下
ブラウン，オト　Braun, Otto　*582* 上
ブラウン，トーマス　Brown Thomas　310 下
ブラウン，ハインリヒ　Braun, Heinrich　*582* 上
ブラウン＝フォーゲルシュタイン，ユーリエ　Braun-Vogelstein, Julie　582 上
ブラウン，マクス　Braun, Max　245

下，*246* 上，*291* 上，458 下，466 下
ブラウン，ミーナ　Browne, Myna　354 下
ブラウン，ルーイス　Browne, Lewis　354 下，359 上
「プラガー・モンタークスブラット」 ›Prager Montagsblatt‹　18 上，*19* 上
フラクスタ，キルステン　Flagstad, Kirsten　792 下
ブラーク，W. テル　Braak, W. ter　*157* 上
ブラーク，メノー・テル　Braak, Menno ter　156 下，*157* 上，171 下，172 上，175 下，196 下，*197* 上，201 上，274 下，276 上，*277* 上，280 下，287 下，448 下，462 上，673 下，686 下，688 上，*688* 下，693 上
ブラター〔?〕，ミスター　Bratter [?], Mr.　562 上，*562* 下
フラター，リヒァルト　Flatter, Richard　*243* 下
ブラック，ウィリアム・ハーマン　Black, William Herman　*514* 上，518 上
ブラツダ，オーキ　Brazda, Oki　*725* 下
プラット，エリス Pratt, Alice　*153* 上
プラット，ジョージ・C.　Pratt, George C.　152 下，*153* 上
プラット，ジョージ・コリンズ Pratt, George Collins　*153* 上
ブラーディシュ，ヨーゼフ・アルノ・フォン　Bradis[c]h, Joseph Arno von　240 上，*240* 下
『その先祖の相続人としてのゲーテ』 *Goethe als Erbe seiner Ahnen*　563 下
プラーテン（ハラーミュンデ），アウグスト伯爵・フォン　Platen (Hallermünde), August Graf von　281 下，835 上
プラト(ン) Plato[n]　256 下，281 下
ブラナー（書店），コペンハーゲン　Branner (Verlag), Kopenhagen　*456* 上
プラハ Prag　vii 上，9 上，14 上，*14* 下，16 下，17 上，17 下-21 上
ホテル・エスプラナーデ Hotel Esplanade　17 下-21 上
「プラハ新聞」 ›Prager Presse‹　54 上，*54* 下，169 下，*188* 下，194 下，451 上，486 下，500 上
「プラハ日刊紙」 ›Prager Tagblatt‹　18 上
フラミンゴ（芸人）　Flamingo (Artist)　285 下，*286* 上
ブラームス，ヨハネス Brahms, Johannes　*220* 下，251 上，504 上，539 上，754 下，784 下
『アルト・ソロ，男声合唱，オーケストラのためのラプソディー，作品 53』 *Rapsodie für Altsolo, Männerchor und Orchestra*　533 上
『歌曲，作品 43』 *Lieder, op.43*
第 2『五月の夜』Nr. 2 *Die Mainacht*　136 下，*138* 上
『交響曲　四番ホ短調作品 98』 *Sinfonie Nr. 4 e-Moll op. 98*　136 上，220 上
『ハイドンの主題による変奏曲，作品 56a』 *Variationen über ein Thema von Haydn, op. 56a*　246 下，531 上
『四つの厳粛な歌，作品 121』 *Vier ernste Gesänge, op. 121*　70 下
フランク，ウォールドー　Frank, Waldo　567 上，*567* 下
『花婿が来る』 *The Bridegroom Cometh*　567 上，*567* 下
フランク，ヴォルフ　Franck, Wolf　*553* 上
フランク，エリーザベト（リーゼル）　Frank, Elisabeth (Liesl)　138 下-140 下，318 上，332 下，340 上，346 下，352 上，355 下-360 下，378 下，

549 下，565 下，608 下-615 上，*672* 下，787 上，792 下
フランク，ジェイムズ　Franck, James *641* 上
フランク，セザール　Franck, César 785 下
フランク（ハイファ）　Frank（Haifa） 207 下
「フランクフルター・ツァイトゥング」 ›Frankfurter Zeitung‹ *33* 上，52 上，*52* 下，*210* 上，349 上，468 下，*485* 上，*631* 上，*704* 上
フランクフルター，フェーリクス Frankfurter, Felix 618 下
フランク，ブルーノ　Frank, Bruno *5* 下，16 上，40 下，48 下，*67* 下，115 上，121 下，*122* 上，125 下，138 下-140 下，318 上，332 下，*333* 下，340 上，*344* 下，346 下，352 上-360 下，386 下，395 上，409 下，495 上，549 下，565 下，608 下-615 上，623 下，*641* 上，662 下，671 下，685 上，743 下，749 上，*757* 上，787 上，792 下
『ドイツへのメセージ』*Botschaft an Deutschland* 681 下，*682* 上，683 上
『旅券』*Der Reisepaß* 112 下，318 上，*318* 下，*386* 下
『一万六千フラン』*Sechzehn Tausend Francs* 797 下
フランク，ルート Frank, Ruth →ヴェルヒ＝ハイマン，ルート，旧姓フランク Welch-Hayman, Ruth, geb. Frank
フランク，レーオンハルト　Frank, Leonhard 3 下，*5* 上，67 上，76 上，92 上，359 下，*641* 上
フランケル，オスカル・ベンヤミーン Frankl, Oskar Benjamin 18 上，*19* 上，547 上
フランケンベルガー，ユーリウス Frankenberger, Julius
『ヴァルプルギス．ゲーテのファウストの芸術形態に寄せて』*Walpurgis. Zur Kunstgestalt von Goethes Faust* 17 下，18 下，34 下，38 上
フランコ，バハモンデ・フランシスコ Franco Bahamonde, Francisco 14 下，*15* 下，60 上，216 上，563 上，600 上，*606* 上，628 上，814 下
フランコ，ペーター　Frankó Petér 22 上，*22* 下
フランス，アナトール　France, Anatole 397 下
フランセン，ヴィクトア　Francen, Victor *773* 下
フランソワ＝ポンセ，アンドレ François-Poncet, André 35 下，*36* 上
ブランダイス，ルーイス・D. Brandeis, Louis D. 619 下，*620* 上
フランダン，ピエル・エティエンヌ Flandin, Pierre Etienne 489 下，*490* 上
フランチェスコ，グレーテ・デ Francesco, Grete de 213 上
『ペテン師の力』*Die Macht des Charlatans* 213 上，*214* 上
ブランデス，サラー　Brandes Sarah 374 下，*375* 上
ブラント・アンド・ブラント（元ブラント・アンド・カークパトリク）（文学代理店）Brandt & Brandt（vorm. Brandt & Kirkpatrick）（literarische Agentur） 333 上，*333* 下，374 下，*375* 上，429 下，638 上
ブラント，カール・G. Brandt, Carl G. 315 下，*316* 上
プリヴィエ，テーオドーア　Plievier, Theodor *12* 下
ブリヴェン，ブルース Bliven, Bruce *306* 下
プリースト，ジョージ・マディスン Priest, George Madison 491 上，

491 下，501 下，503 下，521 下，552 上，568 上，586 上，639 下，652 上，738 下
プリーストリ，ジョン・ボイントン Priestley, John B[oynton] *46* 下
ブリス，ロバート・ウッズ Bliss, Robert Woods 619 下，*620* 上
フリチュ，ヴェルナー・フライヘル（男爵）・フォン Fritsch, Werner Freiherr von 296 上，*301* 上，*688* 下
フリック，ヴィルヘルム Frick, Wilhelm *436* 下
ブリッサーゴ Brissago 193 下
ブリッジ，アン Bridge, Ann →オマリ，レイディ・メアリ・ドリング O'Malley, Lady Mary Dolling
フリッシュ，エーフライム Frisch, Efraim 82 下，*83* 上，434 上
フリッシュ，フェイ・テムプルトン Frisch, Fay Templeton 344 上，*344* 下
フリーデル，エーゴン Friedell, Egon 331 上，*331* 下，352 上
フリートマン，エルンスト Friedmann, Ernst 432 上
フリュキガー，ヴァルター Flückiger, Walter *302* 下
フリュキガー，エーファ・マリーア Flückiger, Eva Maria →ボーラー，エーファ・マリーア Borer, Eva Maria
ブリューニング，ハインリヒ Brüning, Heinrich 142 下，*143* 上，260 上
ブリュル，オスヴァルト Brüll, Oswald 24 上，*24* 下，126 上，259 上，396 上，*396* 下，401 上，417 下，521 上，531 上，554 下，669 上，676 上
フリン，ジョン・T. Flynn, John T.『神の黄金．ロックフェラー伝説』*Gold von Gott. Die Rockefeller-Saga* 229 上
フリンカー，マルティーン Flinker, Martin 506 上，*506* 下，667 下
プリーン，ギュンター Prien, Günther *754* 下
プリングスハイム，アルフレート Pringsheim, Alfred *5* 上，37 上，*37* 下，*59* 上，160 下，*272* 下，363 上，365 上，413 下，421 上，422 下，425 下，426 上，426 下，427 下，429 下，499 上，515 下，521 下，*522* 上，523 上，657 上，658 上，691 上，*691* 下，765 下，766 上
プリングスハイム，エミーリア・テオドーラ，旧姓クレメント Pringsheim, Emilia Theodora, geb. Clément 350 上，671 下
プリングスハイム，エミーリエ（ミルカ）Pringsheim, Emilie (Milka) 18 下，*19* 下
プリングスハイム，クラウス Pringsheim, Klaus *19* 下，61 下，*62* 上，163 下，342 下，*343* 上，344 上，*399* 上，540 上，*686* 下
プリングスハイム，クラーラ（ラーラ）Pringsheim, Klara (Lala) *19* 下，*686* 下
プリングスハイム，ナターナエール Pringsheim, Nathanael 399 上
プリングスハイム，ハインツ Pringsheim, Heinz 153 下，448 上
プリングスハイム，ペーター Pringsheim, Peter 350 上，671 下
プリングスハイム，ヘートヴィヒ，旧姓ドーム Pringheim, Hedwig, geb. Dohm *5* 上，37 上，*37* 下，51 下，*52* 上，*59* 上，*125* 上，160 下，*272* 下，349 上，363 上，365 上，413 下，421 上，422 下，425 下，426 上，426 下，427 下，429 下，499 上，515 下，521 下，*522* 上，523 上，*548* 上，657 上，658 上，685 下，691 上，765 下，766 上
プリングスハイム，マーラ Pringsheim,

Mara 153下, 448上
プリングスハイム, マルガレーテ Pringsheim, Margarethe *399*上
プリンストン大学出版局, プリンストン Princeton University Press (Verlag), Prinsceton *335*上, *537*上
プリンストン大学, プリンストン Princeton University, Princeton vii下, 331下, *332*上, *335*上, 335下, 357上, 368下, 370上, 370下, 374下, 377下, 384上, 386下, 395上, 407下, 408上, *427*上, *433*下, 440下, 488上, 508下, *562*下, *631*下, 634上, 636上, 636下, *637*上, 642下, 644上, 644下, 653下, 657上, *764*下, 775上, *775*下
プリンストン, ニュー・ジャージー州 Princeton, N. J. vii上-viii上, 370上, 370下, 392上, 395上, 398下, *399*上, 400下, 402下, 406上, 406下, 407下, 408上, 411上, 440下, 445上, 447下, 474上, 482上-542下, 347上-558下, 562上, 563上-589下, 603上, 622上-658下, 672下, 697下, 698上, 698下, 732下, 733下-799上
マカーター・シアター McCarter Theatre 753上, *753*下
ブール, ウィレム・デ Boer, Willem de *11*下, 93下, *94*上, 126下, 263上, 263下, 269上
ブルーク, クリーヴ Brook, Clive 751下
ブルクナー, アントーン Bruckner, Anton
『交響曲第七番 ホ長調』 *Sinfonie Nr. 7 E-Dur* 238上
ブルクナー, フェルディナント (本名テーオドーア・タガー) Bruckner, Ferdinand (Ps. für Theodor Tagger) *255*上, 490下
『ナポレオン一世』 *Napoleon der Erste* 255上
ブルクハルト, エルンスト・F. Burckhardt, Ernst F. *557*下
ブルクハルト, カール・ヤーコプ Burckhardt, Carl Jacob 706下
ブルクハルト=ブルム, エルザ Burckhardt-Blum, Elsa 229上, *229*下
ブルクハルト, ヤーコプ Burckhardt, Jacob 181下
ブルシェル, フリードリヒ Burschell, Friedrich 21上, *21*下, 119下, 162下, 240下, 302上, *302*下, 448下, 711上
ブルースター, ドロシー—バレル, ジョン・アンガス Brewster, Dorothy—Burell, John Angus
『現代のフィクション』 *Modern Fiction* 771上
プルスト, マルセル Proust, Marcel 48下, *49*上
『失われた時を求めて』 *Auf der Suche nach der verlorenen Zeit*
『スワン家の方へ』 *In Swanns Welt* 264上, *265*上, 276上, 277上, 281下
フルダ, カール, Fulda, Karl 513下, *514*上, *611*下
フルダ, ルートヴィヒ Fulda, Ludwig 513下, *514*上, *611*下
フルトヴェングラー, フーベルト Furtwängler, Hubert 447上
フルト, フェーリクス Fuld, Felix *647*下
ブルナー, コンスタンティーン (本名レーオ・ヴェルトハイマー) Brunner, Constantin (Ps. für Leo Wertheimer) 159下, *160*上, 211下, 586下
フルネ, ピエル Fresnay, Pierre *205*上
ブルーノ=アルヴェラーディ, フランコ

Bruno-Alveradi, Franco　342 上, *342* 下
ブルファー, マクス Pulver, Max　459 上, *459* 下
ブール, マルタ・デ　Boer, Martha de 93 下, 263 上
ブルム, エドワール・シャルル Blum, Edward Charles　581 下
ブルム, レオン Blum, Léon　35 下, *36* 上, *348* 下
ブルーム, ロベルト Blum, Robert *229* 下
ブルン, 博士　Brun, Dr.　114 下
ブレイスランド, フランシス・J. Braceland, Francis J.　320 下, *321* 上
フレクスナー, アン・クロフォド Flexner, Anne Crawford　491 下, 509 下, 521 下, 573 下, 770 下
フレクスナー, エイブラハム　Flexner, Abraham　370 上, *370* 下, 484 上, 491 下, 521 下, 573 下, 646 上
「プレグラート」, サライェヴォ ›Preglad‹, Sarajevo　*284* 上
ブレサルト, フェーリクス　Bressart, Felix　780 上
プレスナー, ヘルムート（筆名ウルリヒ・アイザー）Plessner, Helmuth (Ps. Ulrich Eyser)　649 下, *650* 上
フレース, バルトルト　Fles Barthold 747 下, 750 下
フレッシュ, カール　Flesch, Carl 730 上, *730* 下
フレッチャー, ミスター　Fletscher, Mr.　594 上
ブレットシュナイダー, ハインリヒ・ゴットフリート・フォン Brettschneider, Heinrich Gottfried von
『若きヴェルターの恐るべき殺害事件』*Eine entsetzliche Mordgeschichte von dem jungen Werther*　*588* 下
ブレーデル, ヴィリ　Bredel, Willi *12* 上, *147* 下
ブレナン, ジョゼフ・G. Brennan, Joseph G.　787 下
『トーマス・マンの世界』*Thomas Mann's World*　*788* 上
フレヒトハイム, オシプ・K. Flechtheim, Ossip K.　587 下, *588* 下, 763 下
ブレヒト, ベルトルト　Brecht, Bert[olt] *147* 下, *255* 下, 397 下, 403 上, *403* 下, 667 下, 722 上, *722* 下
『三文オペラ』*Die Dreigroschenoper* 403 上
プレーミンガー, オト・ルートヴィヒ Preminger, Otto Ludwig　753 下
フレーミング, ピーター　Fleming, Peter
『タタール奇聞』*News from Tartry* 135 下, *137* 下
フレーリヒ, カール　Froelich, Carl
『大馬鹿騒ぎ』*Die ganz große Torheit*（Filmregie）120 上, *120* 下
ブレンターノ, ベルナルト・フォン Brentano, Bernard von　33 上, 63 上, 65 下, *69* 上, 72 上, 80 上, 82 上, 88 下, 108 上, 109 下, 113 上, 162 下, 171 上, 171 下, *172* 上, 172 下, 186 上, 209 下, 216 上, 239 下, 250 下, 259 上, 262 下, 263 下, 269 上, 272 上, *272* 下, 278 上, 280 上, 281 下, 290 下, 291 下, 292 上, 385 下, *386* 上, 432 上, 463 下, 522 下, 529 上, *529* 下
『永遠の感情』*Die ewigen Gefühle* 463 下
『判事なしの審理』*Prozeß ohne Richter*　69 下, *70* 上
『フェードラ』*Phädra*　250 下, *251* 上, 262 下, 263 下, 269 上, 272 上, *272* 下, 281 下,
ブレンターノ, マルゴト・フォン

Brentano, Margot von 65下, 69上, 88下, 209下, 262下, 432上, 463下
ブレンターノ, ミヒァエル・フォン Brentano Michael von 69上, 432上
フレンチ, ロバト・ダドリ French, Robert Dudley 404上, *405*下
プロイセン芸術アカデミー, ベルリン Preußische Akademie der Künste, Berlin *12*下, 258上, 258下, *323*下, *345*下, *436*下, *514*上
フロイト, ジークムント（著作索引も参照） Freud, Sigmund (s. a. I) 109上, *109*下, *164*上, 173上, 207下, 280下, *281*上, 331上, *331*下, 642上
『人間モーセと一神教』*Der Mensch Moses und diell monotheistische Religion* 280下, *281*上, 640上, 646下, 650上
ブロイ, ルイ・デュク・ド Broglie, Louis Duc de 176上, 283上, *284*上
フロイント, ロベルト Freund, Robert 460上, 567下, *568*上
プローコシュ, エードゥアルト Prokosch, Eduard *507*下
プローコシュ, フレドリク Prokosch, Frederic *507*下
『アジア人』*Die Asiaten* 507下, 664下
プロコフィエフ, セルゲイ Prokofjew, Sergei *405*下, 484上
『ヴァイオリン協奏曲 第二番 ト短調 作品63』*Konzert für Violine und Orchester Nr. 2 g-Moll, op. 63* 494下, 645上
プロセチュ・ウ・スクトチェ Proseč u Skutče 14上, *15*上, 21上, *21*下, 64下
ブロツキ, 博士（歯科医） Brodsky, Dr. (Zahnarzt) 479上, *479*下, 784上
ブロツキ, ミセス・ラルフ・ホワード Brodsky, Mrs. Ralph Howard →エンシェン, ルース, ナンダ Anshen, Ruth Nanda
ブロック, エーリヒ Brock, Erich 79上, 81下, 87下, 165上, 171下, *172*上, 178上, 241下, 420下, 497上
ブロッホ, エルンスト Bloch, Ernst 174下, 549下, *550*上, 553下, 571下, 574上
ブロッホ, ジャン＝リシャール Bloch, Jean-Richard 559上, 630上, *630*下
ブロッホ, ヘルマン Broch, Hermann *26*上, 27上, *27*下, 159下, *160*上, 162下, 163上, 204上, 242下, 261上, 368下, *369*上, 494上, 574上, 748上, 757下, 760上, *762*下, 764上, 768下, *769*上, 773下, 774上, 775上, 777下, 780上, 778上
『ウェルギリウスの死』*Der Tod des Vergil* *27*下, 757下
『世界の良心に訴える』*Ein Appel an das Gewissen der Welt* 159下, *160*上, 160下, 163上, 204上, 235上, 236上, 242下
ブロッホ, リヒァルト Bloch, Richard 159下, *160*上
ブロート, マクス Brod, Max *128*上, *137*下, *231*下, 542上, 594上, *595*上, 603上
『フランツ・カフカ. 伝記』*Franz Kafka. Eine Biographie* 231下, 236上
ブロネエル, ヴェルナ・パウリーネ Broneer, Verna Pauline 501上
ブロネエル, オスカル・テオドレ Broneer, Oscar Theodore 501上, *501*下
フロベール, ギュスタヴ Flaubert,

Gustave 397 下
ブロムベルク，ヴェルナー・フォン Blomberg, Werner von 118 下，*119* 上，296 上，*296* 下，*301* 上
文学芸術常置委員会，ジュネーヴ Comité Permanent des Lettres et des Arts, Genf *28* 下，*51* 上，*58* 上，*58* 下
文化擁護国際作家会議（第二回，バレンシア，1937年）Internationaler Schriftstellerkongreß zur Verteidigung der Kultur (2.; Valencia 1937) *250* 下
フンク，ヴァルター Funk, Walter 185 下
「文芸と版画のためのミュンヒェン誌」 ›Münchner Blätter für Dichtung und Graphik‹ *25* 下
「デア・ブント」，ベルン *›Der Bund‹, Bern* *9* 下，35 下，*36* 上，173 上，*173* 下
ベーア＝ホーフマン，リヒァルト Beer-Hofmann Richard 24 上，*26* 上，325 下，*505* 下
ヘイワード，レベカ Hayward, Rebecca *153* 上
平和のための世界連合 Rassemblement Universal pour la Paix *425* 上
ヘーグナー，ヤーコプ Hegner, Jakob *344* 上
ヘクロート，ハイン Heckroth, Hein 776 下
ヘーゲル，ゲーオルク・ヴィルヘルム・フリードリヒ Hegel, Georg Wilhelm Friedrich 144 上，288 上，*417* 上
『美学講義』 *Vorlesungen über die Ästhetik* 289 上
ペコー，フェリクス Pécaut, Felix 96 上，*96* 下
ベサニ，コネチカット州 Bethany, Conn. 311 下
ベシー，サイモン・マイケル *Bessie, Simon Michael* *161* 上
「ペスター・ロイド」，ブダペスト ›Pester Lloyd‹, Budapest 8 下，*9* 上，*55* 下
「ペスティ・ヒルラプ」，ブダペスト ›Pesti Hirlap‹ *9* 上
ベスト，エドナ Best, Edna *759* 下
ベズルチュ，ペーテル（本名ヴラジミール・ヴァシェク）Bezruč, Petr (Ps. für Vladimir Vašek) 212 下
『シュレージエンの歌謡』 *Schlesische Lieder* 212 下
ヘス，ルードルフ Hess, Rudolf 397 下，*398* 上，428 上，*428* 下
ベソーミ，オッターヴィオ Besomi, Ottavio *418* 下
ペーター，ジャヌ Peter, Jeanne 617下
ペータース，博士 Peters, Dr. 456 下
ペータースン，ヒューストン Peterson, Houston
『孤立した討論．ハムレットからハンス・カストルプにいたるディレンマ』 *The Lonly Debate. Dilemmas from Hamlet to Hans Castorp* 400 上
ペーター，マルク Peter, Marc 617 下
ペタン，フィリプ Pétain, Philippe *299* 上，387 下，*388* 上，*602* 上，*774* 下
「ベー・ツェト・アム・ミターク」，ベルリン ›BZ am Mittag‹, Berlin *105* 上
ベッカー，マリーア Becker, Maria *456* 下
ベック，マクシミーリアーン Beck, Maximilian 187 下，188 上，196 上，502 上，*502* 下，582 下，*583* 上
『哲学と政治』 *Philosophie und Politik* *502* 下，534 上
ベック，ユゼフ Beck, Jōzef 635 上，*635* 下
ヘッセ，イーザ，旧姓ラビノヴィチュ *Hesse, Isa, geb. Rabinovitch* *213* 下
ヘッセ，ニノン Hesse, Ninon 241 下
ヘッセ，ハイナー Hesse, Heiner *213* 下

ヘッセ，ヘルマン Hesse, Hermann 66上，138下，189下，*213*下，241下，*242*上，459下，527上，794上
『オルガン演奏（詩）』*Orgelspiel* (Gedicht) *138*下
『萎えたる少年』*Der lahme Knabe* 138下
ベッツ，モリス Betz, Maurice 252下
『パリのリルケ』*Rilke à Paris* *252*下
ベッテリーニ，オノラート Bettelini, Onorato *58*下
『宇宙とわれわれ』*Der Kosmos und wir* 58上
ベッヒャー，ヨハネス・ロベルト *Becher, Johannes R[obert]* *12*上，92下，*93*上，256下，504上，514下
『幸福を探し求める者と七つの重荷．気高い歌』 >*Der Glücksucher und die sieben Lasten*< *504*下
『世界発見者．一九一二年—一九三七年　詩選集』 >*Der Weltentdecker. Ausgewählte Gedichte 1912-1937*< *504*下
ペティー，ジョージ・ソウヤー Pettee, George Sawyer
『革命の過程』*Process of Revolution* 536上
ヘディン，スヴェン Hedin, Sven
『ドイツ五十年』*Fünfzig Jahre Deutschland* 299下，*300*上
ベテクス，アルベルト Bettex, Albert *199*下
『古典的ヴァイマルをめぐる戦い．一七七八—一七九八年』*Der Kampf um das klassische Weimar* 1778-1798 199下，259上，259下
ベートーヴェン，ルートヴィヒ・ヴァン Beethoven, Ludwig van 220上，240上，251上，*345*上，515下，521下，767下，771下，776上，779上
『ヴァイオリン協奏曲ニ長調，作品61』*Konzert für Violine und Orchester D-Dur, op. 61* *220*下
『交響曲三番変ホ長調，作品55（エロイカ）*Sinfonie Nr. 3 Es-Dur, op. 55*（*Eroica*） 81下，238下，598上
『交響曲九番ニ短調，作品125』*Sinfonie Nr. 9 d-Moll, op. 125* 782上
『フィデリオ，作品72』*Fidelio, op. 72* 126下
『レオノーレ，作品*72*』*Leonore, op. 72*
『序曲』*Ouvertüren* 133上，144上，187下，779上
ベドフォド，ジビレ Bedford, Sybille *100*下
ペトル，シエトゥク Petru, Sietcu 9上
ベナツキ，ラルフ Benatzky, Ralph 80上，*80*下
『雨傘をもった王様』*Der König mit dem Regenschirm* 185上，*185*下
『天国の扉の前のアクセル』*Axel an der Himmelstür* 80上
ベニ，ジャック Benny, Jack *168*上
ヘニー，ソーニャ Hennie, Sonja 470下
ヘニンガー，マンフレート Henninger, Manfred 504下
『詩集』*Gesänge* 504上，*504*下
ベネシュ，アナ Beneš, Anna 595下
ベネシュ，ヴォイタ Beneš, Vojta 485下，*486*上
ベネシュ，エーヴァルト（エードゥアルト）Beneš, Evard（Eduard） 14上，20上，*20*下，162下-163上，237下，242下，302上，368上，454上，468下，474下，478下，488上，542上，594下，595下，626下，655下，731下
ベネシュ，ボーフシュ Beneš, Bohuš *595*下
ベネディクト，イルマ Benedikt, Irma

726 上
ベネディクト，エルンスト Benedikt, Ernst 24 上，*25* 上，182 上，*182* 下，209 下
ベネディクト，モーリツ Benedikt, Moriz *25* 上
ベノ・シュヴァーベ書店，バーゼル Verlag Benno Schwabe, Basel *214* 上
ヘヒト，ヤーコプ Hecht, Jacob 67 上，*67* 下
ヘーファー，エトムント・フランツ・アンドレーアス Hoefer, Edmund Franz Andreas
『ゲーテとシャルロッテ・フォン・シュタイン』*Goethe und Charlotte von Stein* 391 上
ヘムラン，リポット（レオポルト） Hemran, Lipőt（Leopold） 22 上，*22* 下
ヘメリヒ，K.G. Hemmerich, K.G. 49 上
ヘラー，エーリヒ Heller, Erich x 上
『二十世紀からの逃亡』*Flucht aus dem 20. Jahrhundert* 196 下，*197* 上
ヘラー，ジェイムズ・グートハイム Heller, James＝Gutheim 593 上，*593* 下
「ヘラルド・アンド・イグザミナー」，シカゴ ›Herald & Examiner‹, Chicago 614 下
ベーリンガー，ロベルト Boehringer, Robert *471* 上
ベルギー・ラジオ放送，ブリュセル Radio-Diffusion Belge, Brüssel 148 上
ベルク，アルバン Berg, Alban 128 下，*129* 上
『ルール』*Lulu* *129* 上，*241* 下
ベルクシュトレサー，アルノルト Bergsträsser, Arnold 444 上
ベルグソン，アンリ Bergson, Henri 157 下，158 上
ベルグナー，エリーザベト Bergner, Elisabeth 179 下，*180* 上
ベルジェリ，ガストン Bergery, Gaston 299 上
ヘルシェルマン，ロルフ・フォン Hoerschelmann, Rolf von 92 下，*93* 上
ベルジャイェフ，ニコライ・アレクサンドロヴィチュ Berdjajew, Nikolai Alexandrowitsch 734 下
『ロシア共産主義の意義と運命』*Sinn und Schicksal des russischen Kommunismus* 734 下
ヘルシュトレーム，グスタフ Hellström, Gustaf *717* 下，*718* 下，724 上
ベルダゲル，マリオ Verdaguer, Mario *54* 下
ヘルダー賞 Herder-Preis 257 上，*257* 下
ヘルダー，ヨーハン・ゴットフリート Herder, Johann Gottfried 424 上，*505* 上
ヘルダーリーン，フリードリヒ Hölderlin, Friedrich *10* 下，82 上，119 下
ヘルダン＝ツックマイアー，アリーセ Herdan-Zuckmayer, Alice *41* 下
ヘルツ，イーダ Herz, Ida 46 上，*47* 上，48 下，*49* 上，76 上，119 下，131 下，139 上，150 下，154 下，161 下，171 下，172 上，172 下，262 上，*262* 下，279 上，286 下，288 上，293 下，294 下，395 上，396 下，431 上，*431* 下，439 下，*440* 上，468 上，487 下，500 下，579 上，666 上，*666* 下，668 下，687 下，*688* 上，709 下，710 上，711 上，712 上，*712* 下，713 上，776 上
ヘルツォーク，ヴィルヘルム Herzog, Wilhelm 29 上，*29* 下，59 上，136 下，223 上，245 下，*246* 上，419

上，*425* 上，
『バルトゥ』*Barthou*　245 下，*246* 上，435 上，*245* 下，
ヘルツ，ジョン・H.　Herz, John H. *588* 上
ヘルツ，パウル Hertz, Paul　784 上
ヘルツフェルト＝ヴュストホフ，ギュンター Herzfeld-Wüsthoff, Günther　156 下，*157* 上
ヘルティ，ルートヴィヒ・クリストフ・ハインリヒ Hölthy, Ludwig Christoph Heinrich　*138* 上
ベルトー，ピエル Bertaux, Pierre　*160* 上，165 上，271 下，638 下
『ヘルダーリーン．内的伝記の試み』*Hölderlin. Essai de Biographie Intérieure*　9 上，*10* 上
ベルトー，フェリクス Bertaux, Félix　*10* 上，159 下，*160* 上，166 下，*167* 上，271 下，439 下
ベルトラム，エルンスト Bertram, Ernst　*52* 上，52 下，55 上，209 下，*130* 下，258 上
『言葉の自由について』*Von der Freiheit des Wortes*　52 上，52 下
ベルナノス，ジョルジュ Bernanos, Georges　*344* 上
『ある田舎司祭の日記』*Tagebuch eines Landpfarrers*　*344* 上，350 下，362 上
『月の光に浮かぶ大きな墓地』*Die großen Friedhöfe unter dem Mond*
ヘルブリング，カール Helbling, Carl　778 下，*779* 上
ヘルマン＝ナイセ，マクス Herrmann-Neisse, Max　129 下，259 上，424 下
ヘルマン＝ナイセ，レーニ Herrmann-Neisse, Leni　129 下
ベルマン・フィッシャー，ゴットフリート Bermann Fischer, Gottfried →フィッシャー，ゴットフリート・ベルマン Fischer, Gottfried Bermann
ベルマン＝フィッシャー書店，ヴィーン Bermann-Fischer Verlag, Wien　*7* 上，*25* 下，*26* 下，*62* 下，82 下，*86* 上，*109* 上，*110* 下，*111* 上，*138* 下，*178* 下，*199* 上，*199* 下，*201* 上，223 上，*223* 下，*238* 上，*269* 下，414 上，416 上
ベルマン＝フィッシャー書店，ストックホルム Bermann-Fischer Verlag, Stockholm　viii 上，*27* 上，*140* 下，*210* 下，*243* 上，*269* 下，371 下，*372* 上，*383* 上，*385* 上，*423* 上，*479* 下，*487* 下，495 下，*496* 上，*510* 上，*519* 下，542 上，*553* 上，*583* 下，*636* 上，*645* 下，*695* 下，*696* 上，*698* 上，*710* 上，*719* 下，*766* 下，767 上
ベルマン，リヒァルト・A（筆名　アルノルト・ヘルリーゲル）Bermann, Richard A.（Ps. Arnold Höllriegel）　497 上，510 下，549 下，567 上，583 下，623 下，639 上，692 下
『原始林の船．アマゾン河の本』*Das Urwaldschiff. Ein Buch vom Amazonenstrom*　*497* 上，549 下，*550* 上，567 上
ベール，ミクローシュ Beer, Miklos　*9* 下
ヘルリーゲル，アルノルト Höllriegel, Arnold →ベルマン，リヒァルト・A. Bermann, Richard A.
「ベルリーナー・ターゲブラット」›Berliner Tageblatt‹　35 下，*158* 上，*239* 上，*497* 上，*614* 下，*633* 下，*786* 下
「ベルリーナー・ベルゼン＝クーリエ」›Berliner Börsen-Courier‹　*538* 下，551 上
「ベルリーナー・モルゲンポスト」›Berliner Morgenpost‹　*161* 上
ベルンシュタイン，教授　Bernstein, Professor　480 上
ベルンシュタイン，エルザ（筆名エルン

スト・ロースマー）Bernstein, Elsa (Ps, Ernst Rosmer) 372下，*373*上
ベルンシュタイン，マクス Bernstein, Max *373*上
ベルンデル，ルートヴィヒとドーラ Berndl, Ludwig und Dora *124*上，155下，*156*上
ベルンハルト，ゲーオルク Bernhard, Georg *31*上
ベーレンス，エードゥアルト Behrens, Eduard *46*上，115下，*116*上，553上
ベンダー，アルベルト Bender, Albert 497上，*497*下，501下，534上
ヘンダースン，サー・ネヴィル Henderson, Sir Nevile 697下，713下，*714*上，716下，737上
ヘンデル，ゲーオルク・フリードリヒ Händel, Georg Friedrich 376下，*377*上
ベントマン，エルヴィーン・フォン Bendmann, Erwin von *95*下
ベンヤミーン，ヴァルター Benjamin, Walter *667*下
ヘンライン，コンラート Henlein, Konrad 325上，388下，416上，464下，475下
ヘンリ八世，イギリス国王 Heinrich VIII., König von England *711*上
遍歴時代 *Wanderjahre* →ヨーハン・ヴォルフガング・フォン・ゲーテ，『ヴィルヘルム・マイスターの遍歴時代』 Johann Wolfgang von Goethe, *Wilhelm Meisters Wanderjahre*
ボアスレー，ズルピーツ Boisserée Sulpiz 557上
『ゲーテとの往復書簡』（マティルデ・ボアスレー編）*Briefwechsel mit Goethe*（Hg. Mathilde Boisserée) 550上，520下
ボーア，ニールス Bohr, Niels *569*下，577上，586下
ボーアマン，ハンス Bohrmann, Hans x上
ホイザー，ヴェルナー Heuser, Werner *86*上，*353*上
ホイザー，クラウス Heuser, Klaus 85下，*86*上，352下，*353*上
ホイザー，フレデリク・ウィリアム・ユストゥス Heuser, Frederick William Justus 373上，*373*下
ホイジンガ，ヨーハン Huizinga, Johan *269*下
『人間と文化』*Der Mensch und die Kultur* 495下，*496*上
ホイットマン，ウォルト Whitman, Walt *5*上
ボイムラー，アルフレート Baeumler, Alfred 157下，*158*下
ホーヴェ，E.ヴァン・デル Hove, E. van der 228下
ポウ，エドガ・アラン Poe, Edgar Allan 676上
ホウバート・アンド・ウィリアム・スミス・カレッジ，ジーニヴァ，ニューヨーク州 Hobart and William Smith College, Geneva, N. Y. *644*下，652下，*653*上，*675*下
亡命作家のための救援トーマス・マン基金 Thomas Mann-Hilfsfonds für emigrierte Schriftsteller 18上，146上，164下，*165*上，178上，334下，340上，340下，504上，520上，570上
亡命大学 University in Exile →ニュー・スクール・フォア・ソーシアル・リサーチ．政治社会学大学院 New School for Social Research. Graduate Faculty of Political and Social Sciences
ホウルカム，トマス Holcomb, Thomas 652下，*653*上
ボサード，サミュエル・B. Bossard, Sammuel B. 642下，*643*上，754上，758下，773下，787上

ホー，サミュエル（のちロード・テムプルウッド）Hoare, Sir Samuel (später Lord Templewood) *331* 下
ボスウェル，ペイトン Boswell, Peyton
『現代アメリカ絵画』*Modern American Painting* 753 上，*753* 下
ボストン Boston 589 下
ホテル・リッツ・カールトン Hotel Ritz Carlton 589 下
ボストン・シンフォニー・オーケストラ Boston Symphony Orchestra *377* 上，*405* 下，515 下，*549* 下
ポセ，アマーリエ伯爵夫人，結婚してブラツダ Posse, Amalie Gräfin verh, Brazda 725 下
ボーゼイジ，フランク Borzage, Frank *611* 下
『三人の戦友』（映画演出）*Three Comrades*（Filmregie） 472 下
菩提樹 LIndenbaum →フランツ・シューベルト，『冬の旅』D911 作品 89, 第 5 番『菩提樹』 Franz Schubert, *Die Winterreise*, D911, op. 89, Nr. 5 *Der Lindenbaum*
ポーダハ，エーリヒ・F. Podach, Erich F. 138 下，169 上，170 下，176 上，177 上，*178* 下，180 上，*180* 下，181 下
『病めるニーチェ．F・オーヴァーベク宛てのニーチェの母親の手紙（編）*Der kranke Nietzsche. Briefe seiner Mutter an F. Overbeck*（Hrsg.） *138* 下，170 下，171 上，178 上，*178* 下，187 下
ボダール，ロジャー Bodart, Roger *49* 上
ボッケリーニ，ルイジ Boccherini, Luigi 42 下，*43* 上
ホッジャ，ミラン Hodža, Milan *20* 下，115 上，470 上，*475* 下
ボラック（ポラック），博士 Bollack (Pollack), Dr. 100 上，*100* 下
ホティンガー＝メキ，メアリ Hottinger-Mackie, Mary 87 下-96 上，295 上-301 下
ボーデンハイマー，エドガー Bodenheimer, Edgar 607 下，*608* 上，796 下
ホトヴォニ＝ヴィンスローエ，クリスタ Hatvany-Winsloe, Christa 22 上，22 下，282 上，286 下，291 下，292 下
ホトヴォニ，フェレンツ（フランツ）・フォン Hatvany, Ferenc (Franz), von 22 上，*22* 下
ホトヴォニ，ヨラン（ロリ）・フォン Hatvany, Jolan (Loli) von 14 上，*15* 上，22 上，*22* 下，23 下，40 上-51 下，167 下
ホトヴォニ，ロヨシュ（ルートヴィヒ）・フォン Hatvany, Lajos (Ludwig) von 14 上，15 上，22 上，*22* 下，23 下，36 下，40 上-51 下，67 上，79 上，167 下，*441* 上，676 上，682 下
ボードマー，マルティーン Bodmer, Martin *471* 上
ボトム，フィリス Bottome, Phyllis *611* 下
『死の嵐』*Mortal storm* 611 上
ホートン＝ミフリン書店，ボストン Houthon Mifflin & Co. (Verlag), Boston 376 下，377 下，*446* 下，*539* 下，*590* 上
ボナパルト，マリー Bonaparte, Marie *331* 下
ボニエル，カーイ Bonnier, Kaj *35* 上
ボニエル，カール・オト Bonnier, Karl Otto 34 下，704 上，717 下，719 下，726 下
ボニエル，トーラ Bonnier, Tora 717 下
ボニエル，トール Bonnier, Tor *704* 上，717 下，*718* 下
ボニエル，リーセン Bonnier, Lisen

717 下，719 下，727 上
ボネ，ジュール Bonnet, Jules　28 下
ボネ，ジョルジュ Bonnet, Georges
605 下，*606* 上
ボビチュ，ミハーイ Babits, Mihâly
55 下
ホプキンス，ミリアム Hopkins, Miriam　*368* 上
ボブス＝メリル（書店），ニューヨーク Bobbs-Merrill (Verlag), New York　*485* 上
ホフマン，エルンスト・テーオドーア・アマーデウス（元はE・T・ヴィルヘルム・ホフマン）Hoffmann, E[rnst] T[hodor] A[madeus] (urspr. E. T. Wilhelm Hoffmann)
『セラーピオン同人集』*Die Serapion-Brüder*
『シニョール・フォルミカ』*Signor Formica*　162 下，*163* 上
ホフマンスタール，フーゴ・フォン Hofmansthal, Hugo von　*26* 上，44 上，*44* 下，63 上，*63* 下，*80* 下，133 下，258 上，*340* 下，*445* 上，588 下，*759* 上
『書簡集．1900-1909 年』*Briefe 1900-1909*　200 下，*201* 上
『ドラマ草案遺稿』*Dramatische Entwürfe aus dem Nachlaß*　50 下，*50* 上
『ベートーヴェン．チューリヒ，ホティンゲン読書サークルのベートーヴェン祭で行われた講演』*Beethoven. Rede, gehalten an der Beethovenfeier des Lesezirkels Hottingen in Zürich*　245 上
ホーフマンスタール，フーゴ・フォン一，ゲオルゲ，シュテファン Hofmannsthal, Hugo von—George, Stefan
『ゲオルゲ，ホーフマンスタール往復書簡』（ロベルト・ベーリンゲン編）*Briefwechsel zwischen George und Hofmannsthal* (Hrsg. Robert Boehringer)　470 下，*471* 上，650 下，
ホーフマンスタール，ライムント・フォン Hofmannsthal, Raimund von
444 下，*445* 上
ホフマン，ルートヴィヒ・フォン Hoffmann, Ludwig
『泉』*Die Quelle*　492 下，*493* 上
ホフマン，ロルフ・ヨーゼフ Hoffmann, Rolf Josef　318 上，*318* 下，417 下
「ボヘミア」，プラハ ›Bohemia‹, Prag　*21* 下
ホー＝ベリーシャ，レスリー，Hore-Belisha, Leslie　590 下，758 上
ホーホドルフ，マクス Hochdorf, Max
425 上
ホメーロス Homer[os]　281 下，455 上
ホモルカ，オスカル Homolka, Oscar
618 下，742 上，*742* 下
ボーラ，ウィリアム・エドガー Borah, William Edgar　688 上，*688* 下，732 下
ボラク，ハリ Bollag, Harry　260 上，*260* 下
ボラク（ポラク），博士 Bollack (Pollack), Dr.　100 上，*100* 下
ポラク，レーオ Polak, Leo　*684* 下
ポラック，博士 Pollack, Dr.→ボラク，博士 Bollack, Dr.
ポラック，ロベルト Pollak, Robert
342 下，360 下
ボーラー（元フリュキガー），エーファ・マリーア，旧姓ローゼンベルク Borer (vorm. Flückiger), Eva Maria, geb. Rosenberg　177 上，236 下，302 上，*302* 下，437 下，*438* 上
ボーラー，ロベルト Borer, Robert
302 下

「ポーランドのための経済通信」，カトヴィツ ›Wirtschaftskorrespondenz für Polen‹, Kattowitz *184* 下
ボーランド，メアリ Boland, Mary *168* 上
「ヘト・ホラントシェ・ヴェークブラト」，アムステルダム ›Het Hollandsche Weekblad‹, Amsterdam 683 上，*683* 下
ポリアコフ Poliakov 147 下
『ボリス・ゴドノフ』*Boris Godonow* →ムソルグスキ，モデスト・ペトロヴィチュ Mussorgsky, Modest Petrowitsch
ホーリチャー，アルトゥル Holitscher, Arthur 223 上，*223* 下
ポーリツァー，ハインツ Politzer, Heinz *128* 上，*137* 下
ホルヴァト，エーデン・フォン Horváth, Öden von *288* 上
『神なき青春』*Jugend ohne Gott* 227 下，*228* 上
『われわれの時代の子』*Ein Kind unserer Zeit* *228* 上，473 下
ホルヴィツ，クルト Horwitz, Kurt *62* 下，*83* 上，*111* 上，*210* 上，*227* 下，235 下，250 上
ホール，ウォルター・フェルプス Hall, Walter Phelps 577 上，*577* 下
ポール，エリオット Paul, Elliot 775 上，*775* 下
ホルクハイマー，マクス Horkheimer, Max *112* 下，214 下，*317* 下，576 下
ボルジェーゼ，ジュゼッペ・アントーニオ Borgese, Giuseppe Antonio *12* 上，225 下，*226* 上，227 上，249 上，*249* 下，*269* 下，*274* 上，313 下，314 上，338 下，417 下，428 上，422 下，428 上，497 下，*498* 上，507 上，507 下，527 上，539 下，540 上，*538* 下，579 上，584 下，615 上，627 下，638 下，657 上，734 下，738 下，739 下，746 上，775 上，776 上，776 下，777 上，*778* 上，793 下-797 上
『ゴリアテ．ファシズムの行進（ファシズムの行進）』*Goliath. The Marsch of Fascism*（*Der Marsch des Faschismus*） 225 下，*226* 上，273 下，*274* 上，417 下，*517* 上
ボルジェーゼ，ジョヴァンナ（「ナニ」） Borgese, Giovanna（›Nanni‹） 796 下，*797* 上
ボルジェーゼ，マリーア Borgese, Maria *797* 上
ボルジェーゼ，レオナルド Borgese, Leonardo *797* 上
ポルツァー，ヴィクトル Polzer, Victor *88* 上，*229* 上，506 上，*506* 下
ホルツマン（書籍商） Holzmann（Buchhändler） 80 上
ホルティ・V. ノジバニャ，ニコラウス Holthy V. Nagybanya, Nikolaus *15* 上
ホールデイン，R. S. Haldane, R. S. *623* 上
ボールドウィン，スタンリ，伯爵 B. オヴ・ベウドレイ Baldwin, Stanley, Earl of Bewdley *322* 下，*452* 下
ボルヒャルト，ヘルマン・H. Borchard, Hermann H. 531 下
『苦しい一時』*Die schwere Stunde* *532* 上
ボルン，ヴォルフガング *Born, Wolfgang* *6* 上，*6* 下，24 上，752 下
ホルンシュタイナー，ヨハネス Hollnsteiner, Johannes 14 上，*15* 上，24 下，69 下，108 上，*109* 上，279 下
ホルン，ハインツ Horn, Heinz →コルダン，ヴォルフガング Cordan, Wolfgang
ホロヴィツ，ヴァンダ，旧姓トスカニーニ Horowitz, Wanda, geb. Toscanini 239 上，*239* 下

ホロヴィッツ，ウラディミル Horowitz, Wladimir 154 上，*154* 下，239 上
ホロヴィッツ，ベーラ Horowitz, Bela 224 下
「ポロウンカ・ヴレミイ」›Porounca Vremii‹ *9* 上
ボワイェ，シャルル Boyer, Charles 356 下，*357* 上，601 下，*602* 上
ホワイト・プレインズ White Plains 382 上
ボン大学学部長 Dekan der Universitat Bonn →オーベナウアー，カール・ユストゥス Obenauer, Karl Justus
本と著者・午餐会 Book and Author Luncheon 490 下，505 下，509 下，*510* 上，523 上
ボン，モーリツ・ユーリウス Bonn, Moritz Julius 798 上

マ行

マイア，M. Mejer, M. 518 上
マイアー，博士 Meyer, Dr. 783 下
マイアー（楽長）Maier (Kapellmeister) 531 下
マイアー，アグニス・E. Meyer, Agnes E. 167 下，*168* 上，202 下，*244* 下，264 上，271 上，283 下，*284* 上，*285* 上，309 下，*310* 上，310 下，320 下，331 下，*332* 上，*333* 下，335 下，340 下，350 下，355 下，374 下，375 上，378 下，379 上，384 上，385 下，388 上，392 上，402 上，406 下-409 下，410 上，432 上，439 下，440 上，474 上，476 上，476 下，481 下，482 上，493 下，495 上，512 下，514 上，524 下，525 下，530 上，530 下，535 上，542 上，553 上，554 上，559 下，562 上-566 下，571 上，579 上，580 下，581 上，585 上，586 下，587 上，597 下，615 上，617 上-621 下，632 下，636 上，640 上，646 上，655 下，663 上，674 上，675 上，687 上，687 下，701 下，702 下，705 下，716 上，726 下，732 上，734 上，742 上，743 上，744 下，750 下，758 上，767 上，771 上，773 上，782 下，783 上，786 上-795 下，
『リ・ルン・ミェン（1070—1106）の思想と芸術に反映したものとしての中国絵画』*Chinese Painting as Reflected in the Thought and Art of Li Lung-Mien 1070-1106* *742* 下，*743* 上
マイアー，エリザベス，結婚してロレンツ Meyer, Elizabeth, verh. Lorentz 332 下，*333* 下，352 下，409 下，*410* 上，482 上，*618* 下
マイアー，キャサリン（ケイ）結婚して，グラハム Meyer, Katherine (Kay), verh. Graham 618 上，*618* 下，655 下
マイアー＝グレーフェ，アネマリー Maier-Graefe, AnneMarie 24 上，*26* 上，232 上，*232* 下
マイアー＝グレーフェ，ユーリウス Maier-Graefe, Julius *26* 下，*232* 下
『城をめぐる戦い』*Der Kampf um das Schloß* 232 上，*232* 下
マイアー，ハンス・アルベルト Maier, Hans Albert 281 下，*282* 上，*298* 上，380 下，*381* 上
シュテファン・ゲオルゲとトーマス・マンの作品における第三の人間主義』*Der Dritte Humanismus im Werk Stefan Georges und Thomas Manns* 298 上，303 下，*381* 上，397 下
マイアー，ユージン Meyer, Eugene 310 下，320 下，*379* 上，*410* 上，495 上，512 下，535 上，*617* 上，*617* 下，*618* 下，619 上，619 下，620 下，*621* 上，621 下，649 下，655 下，742 上，742 下
マイアー，ユージン三世（ビル）Meyer, Eugene III (Bill) *618* 下，

655 下
マイアー，ルース Meyer, Ruth 620 下，621 下，655 下
マイエンフェルト Maienfeld 446 下
マイシンガー，カール・アウグスト Meissinger, Karl August 442 下
『ヘーレナ』*Helena* *442* 下
マイスタージンガー *Meistersinger* →リヒァルト・ヴァーグナー『ニュルンベルクのマイスタージンガー』Richard Wagner, *Die Meistersinger von Nürnberg*
マイゼル，アルベルト Meisel, Albert 541 上
マイゼル，アン Meisel, Ann 531 下，541 上，658 上，736 下
マイゼル，クルト Meisel, Kurt *120* 下
マイゼル，ハンス（ジェイムズ）Meisel, Hans (James) *226* 上，516 下-537 上，539 下，540 上，541 上，542 上，542 下，548 下-558 下，561 下-582 下，586 下，588 下，589 下，602 下，622 下-640 上，644 下，647 上，648 下，651 下，655 上，656 下，657 下，658 上，733 下，734 下，735 上，735 下，736 下，738 下，739 上，744 下-749 上，750 下-756 上，759 上，761 下，762 下，764 上，766 下-772 下，775 上-779 下，782 下-793 上，795 下，797 下，798 下
『アギラル．あるいは転向』*Aguilar oder Die Abkehr* *623* 下
マイネケ，フリードリヒ Meinecke, Friedrich *179* 上
マイアー，フロレンス，結婚して，ホモルカ Meyer, Florence, verh. Homolka *618* 下，655 下，*742* 下
マイリシュ，エミル Mayrisch, Emil *8* 上
マイリシュ・ド・サンテュベール，アリーヌ Mayrisch de Saint-Hubert, Aline 7 下，*8* 下，31 下，33 下，55 上，56 下，57 上，226 下，289 下，423 上，427 下，429 下，*430* 上，452 上，453 下，702 下，706 上
マウント・キスコウ，ニューヨーク州 Mount Kisco, N. Y. 407 下-409 下，412 下，414 上，495 上，734 上，741 上，742 上-743 上，*745* 上
マカーター，トマス McCarter, Thomas 753 下
マキアヴェルリ，ニコロ Macchiavelli, Niccolo 776 下
マーク・トゥエイン（本名サミュエル・ラングホーン・クレメンス）Mark Twain (Ps. für Samuel Langhorne Clemens) *322* 下
マクドナルド，ジェイムズ・グローヴァー McDonald, James Grover 370 下，371 上，490 下，*491* 上，*558* 上，581 下
マクドナルド，ジャネット MacDonald, Jeanette *85* 上
マグネス，イェフーダ・レーオン Magnes, Jehuda Leon 520 上
マクミラン書店，ロンドン Macmillan & Co. (Verlag), London *538* 下
マクリーシュ，アーチバルド MacLeish, Archibald 116 下，*117* 上
マコーリ，トマス・ベビントン Macaulay, Thomas Babinton 524 下，*525* 上，550 下
マコンル，ミスターとミセス McConnle, Mr. und Mrs. 488 上
マサリク，トーマス・ガリグ（作品索引も参照）Masaryk, Tomáš Garrigue (s. a. I) *14* 下，*19* 下，29 上，*29* 下，187 下，*188* 上，*194* 下，*536* 下，*596* 上
マサリク，ヤン Masaryk, Jan 595 下，*596* 上
マサーリ，フリッツィ Massary, Fritzi *16* 上，*67* 下，608 下，*609* 上，612 上，787 上

マシ家 Massey, Familie *367* 上
マーシャル，ミセス Marshall, Mrs. 385 上
マース，ヨーアヒム Maass, Joachim 648 下，*649* 上，739 下
マース，リーゼロッテ Maas, Lieselotte x 上
マーゼレール，フランス Masereel, Frans 425 下
『ある人間の受難』*Die Passion eines Menschen* *426* 上
マーチ，フレデリック March, Fredric *368* 上
マッカリ，レーオ McCarey, Leo
『ラヴ・アフェア』（映画演出）*Love Affair*（Filmregie） 601 下，*602* 上
『レッド・ギャップのラグリズ（召使の鑑）』（映画演出）*Ruggles of Red Gap*（Filmregie） 111 下，*112* 上
マック，アルフォンス Magg, Alfons 80 上，*81* 上
『ヤコブ，天使と戦う』*Jakob ringt mit dem Engel* 80 上，*81* 上
マックとパーティ〔？〕，ミスターとミセス Mack und Party [?], Mr. und Mrs. 615 上
マツケッティ，ラヴィーニア Mazzucchetti, Lavinia 62 下，*63* 上，242 下，250 上，398 上，451 下，*452* 上，455 上，528 上，669 下，*670* 上，702 下
『魔笛』*Die Zauberflöte* →モーツァルト，ヴォルフガング・アマデウス Mozart, Wolfgang Amadeus
マーテルリンク，モリス Maeterlinck, Maurice 148 上
マニン，エーヴリーン・ローゼンタール Magnin, Evelyn Rosenthal 356 上
マニン，エドガ・フォーゲル Magnin, Edgar F[ogel] 356 上
マニング，ヘンリ・エドワド Manning, Henry Edward *135* 上
マネ，エドゥアール Manet, Edouard *22* 下
マネ，ジーナ Manès, Gina *357* 上
マネセ書店，チューリヒ Manesse-Verlag, Zürich *70* 上
マムーリアン，ルーベン Mamoulian, Rouben 359 下
『クリスティーナ女王（スウェーデン女王クリスティーネ）』（映画演出）*Queen Christina*（Christine von Schweden） *360* 上，*610* 下
『ジキル博士とハイド氏』（映画演出）*Dr. Jekyll und Mr. Hyde*（filmregie） 318 上
マーラー＝ヴェルフェル，アルマ Mahler-Werfel, Alma 24 上，*185* 上，222 上
マーラー，グスタフ Mahler, Gustav *26* 下，*57* 下，*62* 上，145 上，*185* 上，*345* 上，*708* 上，708 下
『交響曲 第五．嬰ハ短調』*Sinfonie Nr. 5 cis-Moll* 27 上
マラン Maran 35 上，40 下，50 上，281 下，287 下
「マリアンヌ」，パリ ›Marianne‹, Paris 46 上，*47* 上
マリ，ギルバート Murray, Gilbert 50 下，*51* 上，112 下，713 上
マリ，ジョン・ミドルトン Murry, John Middleton *518* 上
『思想の英雄たち』*Heros of Thought* 517 下，*518* 上
マリタン，ジャク Maritain, Jacques 680 上
マリネッティ，トマーゾ Marinetti, Tommaso 163 上
マリーペテル，ヤン（ヨハン）Malypetr, Jan（Johann） *20* 上
マルク，ジークフリート Marck, Siegfried 6 上，*6* 下，167 上，*167* 下，222 上，286 下，290 上，417 上，465 下，512 上，515 上，636 上，775 上

『政治哲学としての新人間主義』*Der Neuhumanismus als politische Philosophie*　222上，*222*下，*417*上，576下
マルク，博士 Marck, Dr.　273上
マルクス＝ヴァインバウム，エーリヒ Marx-Weinbaum, Erich　69下，*70*上
マルクス，エーリヒ Marcks, Erich　*179*上
マルクス，カール Marx, Karl　551下，763下
マルクス兄弟 Marx Brothers　480下
マルクス，マグダ Marx, Magda　69下，*70*上
マルクス，ユーリウス Marx Julius　124上，*124*下，555下
『あるユダヤ人の戦争日記』*Kriegstagebuch eines Juden*　551上
マルクーゼ，ヘルベルト Marcuse, Herbert　*214*下
マルゴリーズ（ヴァイオリニスト）Margolies (Geiger)　558上，*558*下
マルスマン，ヘンドリク Marsman, Hendrik　200上，244上，*244*下
マルティ，フーゴ Marti, Hugo　*35*下
マルティアーリス，マルクス・ワレリウス Martial[is, Marcus Valerius]　*275*上
マールベルク，ハインリヒ Mahlberg, Heinrich
『トーマス・マンのゲーテへの道』（未刊行）*Thomas Manns Weg zu Goethe* (unveröffentlicht)　668下，*669*上
マレー，ハンス・フォン Marées, Hans von　135下
マン，エーリカ―マン，クラウス Mann, Erika—Mann, Klaus
『人生への逃避』*Escape to life*　*30*下，446上，*446*下，519下，539上，*539*下，*590*上，*591*上，622上
『私たちの父トーマス・マンの肖像』*Portrait of Our Father Thomas Mann*　*539*下，590下，*591*上
マン，エリーザベト（「ベツィ」）（祖母）Mann, Elisabeth (›Betsy‹) (Großmutter)　*92*上
マン＝オーデン，エーリカ・ユーリア・ヘートヴィヒ（娘）Mann-Auden, Erika Julia Hedwig (Tochter)　*8*上，29上，*30*上，30下，*31*上，*41*下，51下，*56*下，*66*上，*74*下，*77*上，*58*下，82上，93下，*98*上，*100*下，104上，*105*上，132上-134下，136下-143上，*151*上，*189*下，244上，245下，*246*上，258上，*258*下，280下，*281*上，294上，299下，301下，309上，309下，310下，*314*上，318上-385上，394上，399下，*400*上，403上，413下，420上，422下，423上，*423*下，423下，424上，424下，426下，428下，*430*下，432上，*432*下，441下-446下，453下-459上，462上，464上，465下，466上，466下，472上，477上，477下，481下，487上，490下，*493*上，497上-503上，505上-512上，513下-520下，529上，536下，537上，537下，538上，539上，539下，547下，549上，549下，552上，554下，559下，562上-566上，572上，577上，578上，581下，584上，584下，589下-600下，603上，603下，604上，606下，607上，607下，611上，613下，622上，622下，628下，630上，631上，632上，635上，635下，640上，641上，643上，644上，654上-667上，673下，674上，674下，675下，677下，678上，680上-684下，*688*上，689上，690下，700上，703上，703下，708下，712下，716上-722下，724上-728下，730上-736下，740下，

741上，741下，743上，774上，779下，781上，785下，788上，793上-798上，808上
『一千万人の子供たち．第三帝国における青少年の教育．（野蛮人のための学校）』*Zehn Millionen Kinder. Die Erziehung der Jugend im Dritten Reich*（*School for Barbarians*） *30*下，325上，362上，*362*下，*575*上，*632*上
『光が消えてゆく』*The Light go down* *30*下，797上
『わがナチの町』*Our Nazi town* 724下
マン，カルラ（妹）Mann, Carla (Schwester) 345下，*346*上
マン，クラウス・ハインリヒ・トーマス（息子）Mann, Klaus Heinrich Thomas（Sohn） *7*下，*8*上，8下，*21*下，29上，*29*下，*30*上，*30*下，*41*下，*48*上，55下，*56*上，*58*下，*64*下，*66*上，67下-80上，89上，*91*下，94下，97下，*98*上，98下，99上，*100*下，*105*上，114下，*122*上，122下，132上，133上，133下，134下，*135*上，139下-145上，*151*下，155下，*156*上，*157*上，169上，169下，173上，179下，180上，180下，*184*下，*202*上，204上，204下，206下，212上，*212*下，213上，*213*下，*236*下，*246*上，255上，*255*下，*260*下，279上-301下，*314*上，*341*下，342上，*342*下，*345*上，356上，*361*上，368下，*369*上，369下，*374*上，375下，*376*上，393下，395下，398下，413下，420上，422下，423上，424上，429下，*430*下，441下，*446*下，447上，447下，453上，455上，458上，462上，477上，477下，479下，481下，484上-492下，498上，500上，503上，505上，*506*下，513下-519上，521下，529上，536下-540上，547下，548下，549下，551下，554下，559下，560下，561下，565下，566下，574上，574下，575上，576上，576下，577上，582下，584下，585上，603上，622上，624上，631下，632上，632下，635下，636上，637下，644上，*649*上，651下，652上，653下，656下，658上，658下，*659*上，689下，*690*上，709下，*710*下，744上，759下，762上，763上，763下，770上，773上，773下，777上，782下，784上，785下，786上，786下，787上，788上，789上，792下，793上，794下，798上
『英雄．カール・フォン・オシエツキ追悼式における講演』*Der Held. Rede an einer Gedenkfeier für Carl von Ossietzky* 398下，*399*上
『火山．亡命者間の長篇小説』*Der Vulkan. Roman unter Emigranten* 76上，429下，575上，680上，*680*下，682下，683上，685上，686上，689下，*690*上
『格子のはめられた窓．バイエルン国王ルートヴィヒ二世の死をめぐる小説』*Vergittertes Fenster. Novelle um den Tod des Königs Ludwig II. von Bayern* 143下，*361*上
『人生への逃避』*Escape to life* *30*下，446上，*446*下，519下，539上，*539*下，*590*上，*591*上，622上
マン，クラウス―マン，エーリカ Mann, Klaus—Mann, Erika
『私たちの父トーマス・マンの肖像』*Portrait of Our Father Thomas Mann* *539*下，590下，591上
マン，グレート，旧姓モーザー（嫁）Mann, Gret, geb. Moser (Schwiegertochter) ix下，72上，74下，90上，91下，97下，162上，180下，182下，124下，233上，284

下-291 下，300 下，416 上，424 下，426 下，426 下，*429* 上，429 下，509 上，509 下，512 上，513 下，518 下，519 上，519 下，524 下，526 上，537 上，538 上，539 下，553 下，555 上，555 下，563 下，573 下，574 下，582 下，583 上，587 上，588 下，591 下，592 上，622 上，626 上，635 上，641 下，642 上，679 上，697 上，*700* 下，730 上
マン，ゴーロ（ゴットフリート・アンゲルス）（息子）Mann, Golo (Gottfried Angelus) (Sohn) ix 下，4 上，9 上，*10* 下，11 上，17 下，18 上，*18* 下，20 上，21 上，77 上，96 上，*96* 下，132 下，136 上-145 下，*146* 上，149 上，150 下，155 下-163 下，169 上，175 上，179 上，179 上，186 下，188 上，189 上，189 下，203 下，208 上，212 上，213 上，214 上，217 下，218 下，219 上，220 上，127 下-233 上，236 上，237 上，238 下，240 上，243 下，244 上，249 上，251 上，254 上，256 上，257 上，262 上，274 上，275 上，275 下，278 上，284 下，285 下，287 上，292 下，294 上，294 下，297 下，298 下，301 下，304 上，313 上，323 上，334 上，342 上，343 下，346 上，355 下，357 上，359 下，365 上，380 下，*381* 下，382 下，383 上，389 上，391 下，393 上，393 下，397 上，398 上，399 上，408 下，413 下-416 下，421 上，423 上，424 上，428 上，429 上，430 下，431 下，434 上，434 下，437 上，下，438 下，440 下，447 上，452 上，453 上，453 下，458 上，461 上，463 下，464 上，465 上，466 上，466 下，467 下，477 上，477 下，482 下，497 上，501 上，503 上，503 下，508 上，512 上，515 上，513 下，521 上，522 下，529 下，536 下，537 上，537 下，538 上，539 下，540 上，541 下，542 下，548 下-560 上，563 下，564 下，568 上-574 下，577 上，578 上，579 下，583 上，584 下，585 上，586 上，603 上，622 上-629 上，631 下，632 上，636 上-642 上，644 上，646 下，652 上，653 下，658 上，658 下，661 下，667 上，678 上，681 下，690 下，696 上，700 上-709 上，712 下，719 下，734 上，738 下，741 上，746 下，753 上，767 上，789 下
『フリードリヒ・ゲンツ』*Friedrich Gents* *10* 下，143 下，*146* 上，430 下，586 上
マンスフィールド，キャサリーン Mannsfield, Katherine *518* 上
「マンチェスター・ガーディアン」，›Manchester Guardian‹ *45* 下，*47* 上，*216* 下
マンディライン，ジョージ・ウィリアム Mundelein, George William 609 下，*610* 上
マンテーニャ，アンドレーア Mantegna, Andrea *711* 上
マン，トーマス・ヨーハン・ハインリヒ（父）Mann, Thomas Johann Heinrich (Vater) 675 上
マン，（ヘンリエッテ・マリーア）・レオニー（「ゴシ」），結婚してアシャーマン（姪）Mann, (Henriette Maria) Leonie (›Goschi‹), verh. Aschermann (Nichte) 17 下，*18* 下，577 下
マン・ボルジェーゼ，エリーザベト・ヴェローニカ（メーディ）（娘）Mann Borgese, Elisabeth Veronika (›Medi‹) （「娘」） vii 下，ix 下，*4* 上，11 上，*11* 下，13 下，28 上，32 下，*38* 下，41 下-55 下，59 上，63 上，64 上，67 下，70 下，72 上，74 下，77 上-80 上，84 上，85 下，89 上，90 上，91 下，92 下，94 下，95 上，98 下，99 上，*108* 下，107 下，111 上，112 上，118 上-126 下，128

下-145上，149上，149下，*157*上，162上，162下，163下，166上，167下，170下，177下，184上，187上，189下，199上，203下，208上，212上，213上，218下，220下，*226*上，233上-238下，242上，247上，247下，250上，269上，272上，275上，279下，*280*上，280下，282下，285下-295上，299下，304上，304下，330上，334上-346上，359下，380下，391下，393上，398上，413下，423上，426下，428上，428下，437上，443下，444上，444下，445上，453上，455上，458上，460上，463上-468上，469下，470下，474上-480上，482下，483下，484下，485上，488上，489下，490下，497下，498上，499上，499下，503下，506上，507上，508下，509下，512上，515上，521上，521下，524下，525下，526上，527下，*528*上，529下，533下-540下，547下，548下，550上-555上，562上，563上-566下，571上，571下，573下，574下，579上，583上，584下，587上，591下，614上，622上-627下，628下，629上，632上，635下，636上，638下，639下，641上，641下，644上，652上，653下，657上，657下，658下，705下，707上，709上，734上，734下，736下，738下-743下，748上-755上，757下，761上，761下，765上，766上，766下，773下，774上，776上，777上，777下，778上，779下，793下，794上，795下，792上

マン，マリーア（ミミ），旧姓カノーヴァ（義姉）Mann, Maria（Mimi）, geb. Kanova（Schwägerin） 18上，*18*下

マン，ミヒァエル・トーマス（「ビービ」）（息子）Mann, Michael Thomas（›Bibi‹）（Sohn） vii下，11上，*11*下，13下，*72*上，91下，*94*上，99上，107下，143下，144上，149下，162上，167下，169上，177下-182下，218上，220下，224下，251下，252上，253上，253下，254上，256下，260上，260下，*261*上，*262*上，264下，270上，272上，273下，275上，284下，*285*上，285下，286上，286下，287上，287下，288下，290上，291下，292下，298上，299下，302下-309下，313下，317上，330上，335下，371下，372下，375下，376下，*377*上，382上，383下，366下，389上，393上，393下，397上，420上，423上，424下，433上，449上，450上，457上，464下，465下，466上，477上，477下，482下，490下，491下，496下-503上，512上，513下，515上，524下，526上，537上-542上，553下，555上，555下，560上，563下，359下，574下，582下，584下，587上，588下，591下，592上，622上，626上，632上，635上，641下，642上，*654*下，663上，679上，697上，*700*下，718上，719下，728下，730上，730下，734上，784下

マン，ユーリア，旧姓ダ・シルヴァ＝ブルーンス（母）Mann, Julia, geb. da Silva-Bruhns 675上

マン＝ラニイ，モーニカ（娘）Mann-Lãnyi, Monika（Tochter） vii下，*4*上，14上，28上，*31*下，*32*上，32下，258上，298下，304上，304下，395下，447上，452上，455上，458上，462下，464上，565上，585上，709下-713上

マン，ルイス・ハインリヒ（兄）Mann, Luis Heinrich（Bruder） *5*下，*10*上，11下，*12*下，*13*上，*18*下，29上，*29*下，33下，*34*上，37上，*45*上，*56*上，55下，67上，*86*上，88下，133上，136下，141上，149上，

150下，151下，155下，*156*上，156下，*160*上，95下，*196*上，201下，203上，217上，*217*下，*219*下，*246*上，264上，*265*上，269上，*269*下，273下，289下，*291*上，308下，*317*下，342上，357下，387上，397下，*398*上，437上，439下，449下-458上，465下，466上，466下，*506*下，508上，508下，524下，553下，367下，571下，*577*上，577下，585上，585下，586下，*587*上，611上，*613*上，626上，*626*下，641上，641下，663下，664上，下，779下
『アンリ四世王の完成』*Die Vollendung des Königs Henri Quatre* *12*下，219下，*247*上，453下，456上，458上，579下，*580*上，584上，585下
『アンリ四世王の青春』*Die Jugend des Königs Henri Quatre* *12*下，246下，*247*上，408上
『ニーチェの生きた思想』（編）*The Living Thoughts of Nietzsche* (Hrsg.) *503*下，508上，536下
ミケランジェロ，ブオナロティ Michelangelo Buonarroti 211下，759上，*759*下
『システィナの頭像』（複製）*Sixtina-Köpfe*（Reproduktionen） 3上
ミシガン大学，アン・アーバー University of Michigan, Ann Arbor 315上，*315*下，316上
「ザ・ミシガン・デイリ」，アン・アーバー ›The Michigan Daily‹, Ann Arbor 315下，*316*上
ミトフォド，ルパートとフローラ Mitford, Rupert und Flora 406下，*407*上
ミトラニ，ダーヴィド Mitrany, David 586下
ミドルタウン，コネティカット州 Middletown, Conn. 312上，313上
「南ドイツ新聞」，ミュンヒェン ›Süddeutsche Zeitung‹, München *66*上，*153*下
ミヒェルス，フォルカー Michels, Volker *66*下
ミューニ，ポール Muni, Paul 342下，*343*上，*355*下
ミュラー，ヴェルナー・Y. Müller, Werner Y. 246下，*247*上
ミュラー，ゲーオルク Müller, Georg *141*下
ミュラー，ハンス Müller, Hans 175上
ミュラー，マリーア Müller, Maria 152下，*153*上，449上
ミュンツェンベルク，ヴィリ Münzenberg, Willi *86*上，217上，*291*上，*506*下，536下，351上，558下，668下，679下
ミュンヒェン München *4*下，*5*上，*8*上，*15*下，*16*上，22上，*23*上，*25*上，*27*下，*29*下，*40*上，54上，*41*上，*47*上，*67*下，*83*上，*92*上，*93*上，*98*上，*98*下，*108*下，*141*上，*141*下，*157*上，*158*上，*210*下，*221*上，221下，*223*下，*257*下，*280*上，280下，*323*下，*357*上，*374*上，*381*下，*384*下，*414*下，448上，455上，489下，*493*上，561下，*632*上，*648*下，654上，701下，*798*上
ミリト，フレッド・ベンジャミン Millett, Fred Benjamin 534上，*534*下
ミルシュタイン，ナータン Milstein, Nathan 233上，*233*下
ミレイ，エドナ・St. ヴィンセント Millay, Edna St. Vincent 741上
ミロトイ，イシュトヴァーン Milotay, Istvan *23*上
ミロナス，ヴラダス Mironas, Vladas 605下，*606*上
民主的ドイツのための協議会 Council

for a Democratic Germany *784* 上
ムクレ，フリードリヒ Muckle, Friedrich 93 下，*94* 上
ムシェンハイム，エルザ Muschenheim, Elsa 318 上，370 下，531 上
ムシェンハイム，フレデリク・オウガスタス Muschenheim, Frederick A[ugustus] 318 上，370 下，531 上
「ムージカ・ヴィーヴァ」，ブリュセル >Musica viva<, Brüssel *114* 上
ムシュク，ヴァルター Muschg, Walter 57 上
ムージル，マルタ Musil, Martha 457 上
ムージル，ロベルト（エードラー・フォン）Musil, Robert (Edler von) 24 上，110 下，237 下，*238* 上，*269* 下，416 上，420 上，423 上，427 上，429 下，*430* 上，457 上，482 下，*483* 上，506 上，524 下
『生前の遺稿』*Nachlaß zu Lebzeiten* *483* 上
『痴愚について』*Über die Dummheiten* 110 下
『特性のない男』*Der Mann ohne Eigenschaften* *26* 上，*238* 上，*483* 上
ムソルグスキ，モデスト・ペトロヴィチュ Mussorgsky, Modest Petrowitsch 263 上，*263* 下
『ボリス・ゴドノフ』*Boris Godunow* 272 上，*263* 下
ムッソリーニ，エッダ，結婚して，チャーノ伯爵 Mussolini, Edda, verh. Gräfin Ciano *744* 上
ムッソリーニ，ベニート Mussolini, Benito *15* 下，118 下，146 下，*163* 上，181 下，196 下，*197* 上，197 下，198 上，*198* 下，*213* 下，217 上，251 下，253 上，321 下，322 上，*322* 下，328 上，*328* 下，367 上，368 下，*418* 下，430 下，457 上，478 上，480 上，481 下，482 上，497 下，600 上，601 下，604 上，604 下，606 下，616 下，*621* 上，624 下，642 上，686 上，706 下，719 上，726 下，*743* 下，*744* 上，796 上，824 下
メイアー，フェナ・デ Meyier, Fenna de 42 下，*43* 上
メイジャー，ラルフ・H. Major, Ralph H.
『ある医師の語る文化史』*Ein Arzt erzählt Kulturgeschichte* 87 下，*88* 上
メサースミス，ジョージ Messersmith, George 508 上，512 上，618 下
メサースミス，マリオン Messersmith, Marion 618 下
メーディ Medi →マン・ボルジェーゼ，エリーザベト・ヴェローニカ Mann Borgese, Elisabeth Veronika
メトロ＝ゴウルドウィン＝メイアー（映画会社）Metro-Goldwyn-Mayer (Filmgesellschaft) *85* 上，101 上，*333* 下，*343* 上，349 下，350 下，351 上，351 下，353 下，610 下
メーニウス，ゲーオルク Moenius, Georg 66 上，*66* 下
『カール・クラウス．時代の闘士』*Karl Kraus, der Zeitkämpfer* 66 上，*66* 下
メニューイン，イェフディ Menuhin, Yehudi *159* 下，*336* 上
メニンガー，カール Menninger, Karl 323 下，*324* 上，*671* 下
『己れに背く者』*Man Against Himself* *671* 下
メラー・ヴァン・デン・ブルック，アルトゥル Moeller van den Bruck, Arthur *419* 上
メラー，グスタフ Möller, Gustav *725* 下
メラントリヒ（書店），プラハ Melantlich (Verlag) *53* 下
メーリウス，ヨージェフ Méliusz,

József *10* 上, 162 上, *162* 下
メーリケ, エードゥアルト Mörike, Eduard
『古い風見鶏』*Der alte Turmhahn* 207 上
メリメ, プロスペル Mérimée, Prosper 643 下
『コロムバ』*Colomba* 295 上
『タマンゴ』*Tamango* 192 下, *193* 上
メルキオル, ラウリツ Melchior, Lauritz *116* 下, 149 下, 523 上, 792 下
ハインリヒ・メルシー・ゾーン書店, プラハ Verlg Heinrich Mercy Sohn, Prag *128* 上, *137* 下, *232* 上
メレシュコフスキ, ディミトリ・セルゲイエヴィチュ Mereschkowski, Dimitri Sergejewitsch
『ナポレオン』*Napoleon* 433 上, *433* 下
メレディス, ジョージ Meredith, George *528* 下
『エゴイスト』*Der Egoist* 528 上, *528* 下
メレム＝ニーキシュ, グレーテ Merrem-Nikisch, Grete 247 下, *248* 上, 280 上
「メーロス」, マインツ 〉Melos〈, Mainz *114* 上
メング, ハインリヒ Meng, Heinrich *640* 上, *682* 上
『医師教本』(編) *Das ärztliche Volksbuch* (Hg.) 681 下, *682* 上
メンツェル, ヴォルフガング Menzel, Wolfgang *176* 上
メンデル, アルフレート・O. Mendel, Alfred O. *244* 下, 258 上, *258* 下, 280 下,
メンデルスゾーン, エーリヒ Mendelssohn, Erich *345* 上
メンデルスゾーン, ペーター・フォン(ド) Mendelssohn, Peter von (de) *25* 下, *141* 下, *145* 上, *263* 上, *371* 上, *507* 下
モーア, マクス Mohr, Max 40 下, *41* 下, 270 上, *270* 下
モーア, ヨーハン・B. K. Mohr, Johann B. K. 23 下, *24* 下
モクラウアー, フランツ Mockrauer, Franz *705* 上
モーザー Moser 297 下, *298* 上
モーザー, エリザベート Moser, Elisabeth 428 上, *429* 上
モーザー, グレート Moser, Gret →マン, グレート, 旧姓モーザー Mann, Gret, geb. Moser
モーザー, パウラ Moser, Paula *72* 上, 422 上, 426 下, 428 上, 445 下, 457 上, 463 下
モーザー, ハンス Moser, Hans 262 上,
モーザー, フリッツ Moser, Fritz *72* 上, 422 下, 426 下, 428 上, 445 下, 457 上, 463 下, 586 上, 700 上, *700* 下
ザ・モダン・ライブラリ, ニューヨーク The Modern Library, New York *745* 下
「モダン・ランゲジズ」, ロンドン 〉Modern Language〈, London 228 下
モチャン, ジョルジュ Motschan, Georges 151 下, 436 上, *436* 下, 669 上
モーツァルト, ヴォルフガング・アマデウス Mozart, Wolfgang Amadeus 27 上, 45 下, 81 下, 238 上, 617 下, 770 下, 774 上
『魔笛』KV. 620 *Die Zauberflöte, KV 620* 126 下, 246 下, 296 上
モッシャ Moscia 192 上, 199 上
モッタ, ジュゼッペ Motta, Giuseppe 77 上, 154 下, 259 下
モップ Mopp →オペンハイマー, マクス Oppenheimer, Max

モナコフ，コンスタンティーン・フォン Monakow, Constantin von *90* 上
モナコフ，パウル・フォン Monakow, Paul von 90 下，*91* 上
モパサン，ギ・ド Maupssant, Guy de
『脂肪の塊』*Boule de suif* 45 下
モラレス，ナーティ Morales, Nati *246* 上
モーリエ，ダフネ・デュ Maurier, Daphne du *788* 上
モリス，マクス Morris, Max
『若きゲーテ』（編）*Der junge Goethe* (Hrsg.) 141 上，*142* 上，447 下，*448* 上
『森の織衣』*Waldweben* →リヒァルト・ヴァーグナー，『ニーベルングの指輪』『ジークフリート』『森の織衣』Richard Wagner, *Der Ring des Nibelungen. Siegfried. Waldweben.*
モルガン，シャーリとエセル Morgan, Sherley und Ethel 657 上
『モルダウ』*Die Moldau* →ベドルジホ（フリードリヒ）・スメタナ，『わが祖国』第二『モルダウ』Bedřich (Friedrich) Smetsna, *Mein Vaterland*. Nr. 2 *Die Moldau*
モルナール，フェレンツ（フランツ） Molnár, Ferenc (Franz) 306 上，*306* 下
『大恋愛』*Große Liebe* 94 下
モロトフ，ヴィスチラフ・ミハイロヴィチュ Molotow, Wjatscheslaw Michailowitsch 160 上，654 上，654 下，688 上，722 上，765 下
モロワ，アンドレ Maurois, André 637 下
モンダドーリ，アルノルド Mondadori, Arnoldo 259 下
モンダドーリ書店，ミラーノ Editore Mondadori, Mailand *31* 下，*63* 下，*451* 下，*746* 上
モンテヴェルディ，クラウディオ Monteverdi, Claudio 619 下
モンテグラス，パウル伯爵 Monteglas, Paul Graf 110 下，*111* 上
モントゥ，ピエル Monteux, Pierre *405* 下
モントクレール，ニュージャージ州 Montclaire, N. J. 582 上
モントゴメリ，ロバト Montgomery, Robert 349 下，*350* 上，377 下，448 下，468 上，733 上

ヤ行

ヤコービ，ロッテ Jacobi, Lotte 516 下，*517* 上
ヤーコプ（聖書中の人物）Jakob (biblische Gestalt) 686 下，717 下
ヤーコプゾーン，ジークフリート Jacobsohn, Siegfried *56* 上
ヤーコプ・ヘーグナー書店，ヴィーン Verlag Jakob Hegner, Wien *370* 上
ヤスパース，カール Jaspers, Karl *10* 下，150 下，*151* 上
『ニーチェ』*Nietzsche* 214 下
ヤーダスゾーン，ヴェルナー Jadassohn, Werner 300 下，*301* 上
ヤフェ，エルゼ Jaffe, Else *313* 上
ヤフェ，ハンス Jaffe, Hans 312 上，*313* 上，547 上，798 上
ヤング，ロバト Young, Robert *306* 下，*472* 下，*611* 下
ヤング，ロレッタ Young, Loretta *593* 上
ユタ大学，ソールト・レイク・シティ University of Utah, Salt Lake City 330 下，*331* 下
ユナイテド・プレス United Press 319 上
ユニヴァーサル映画 Universal Pictures *342* 下，358 下
ユニオン・カレッジ，スキネクタディ，ニューヨーク州 Union College, Schenectady, N. Y. 515 上

ユルゲス，ハインツ（エンリケ）
Jürges, Heinz (Enrique) 582 下，*583* 上
ユンガー，エルンスト Jünger, Ernst *417* 上，*535* 下
『大理石の断崖の上で』*Auf den Marmorklippen* 535 下
ユング，カール・グスタフ Jung, C[arl] G[ustav] 207 下
ヨゼフ（聖書中の人物）Joseph (biblishe Gestalt) 78 上，425 上，468 上，717 下
ヨゼフ，オッティロ Jósef, Attila 22 上，*23* 上，647 下，*648* 上
『トーマス・マンへの挨拶』*Gruß an Thomas Mann* 22 上，*23* 上
ヨープ，ヤーコプ Job, Jakob 193 下，232 下
ヨルダン，ヘンリ Jordan, Henry 401 下
ヨロス，ヴァルデマル Jollos, Waldemar 702 下
ヨーロッパ委員会 Committee on Europe 507 上
「ヨーロッパ」，パリ ›Europa‹, Paris 124 上，*124* 下，*559* 上
ヨーロッパ連盟 Europa-Union 7 上
ヨーロッパ書店，チューリヒ Europa-Verlag Zürich 13 上，*84* 下，129 下，*142* 下，*146* 上，*178* 下，*208* 上，*284* 上，*369* 上，*502* 下，*527* 下，*760* 上

ラ行

ライ Ley 50 上，*50* 下
ライアン，ジョン・H. H. Lyon, John H. H. 765 下，*766* 上
ライジガー，ハンス Reisiger, Hans 3 下，*5* 上，6 上，7 下，8 下，16 上，33 下，63 上，88 下，104 下，113 下，134 下，*135* 上，145 下，148 下，167 下，187 上-212 上，*234* 下，261 上，289 下，308 下，335 下，*336* 上，337 下，343 下，344 上，368 下，*369* 上，*376* 上，385 上，*528* 下
ライジンガー，ヘルマン Leisinger, Hermann 72 下，83 下，98 下，205 上，221 上，233 下，259 上，439 下，701 下，707 上
ライト，フランク・ロイド Wright, Frank Lloyd *345* 上
ライナー，ルイーズ，結婚してクニッテル Rainer, Luise, verh. Knittel 447 上，533 下
「ライニシェ・ランデスツァイトゥング」，デュセルドルフ ›Rheinische Landeszeitung‹, Düsseldorf 41 上，45 下，*46* 上
ライヒェナウ，ヴァルター・フォン Reichenau, Walter von *303* 下
ヘルベルト・ライヒナー書店，ヴィーン Verlag Herbert Reichenau, Wien 243 上，*243* 下
「ライフ・アンド・レターズ・トゥデイ」，ロンドン ›Life and Letters Today‹, London *46* 下，188 上，*188* 下，*244* 下
ライフェンベルク，ベノ Reifenberg, Benno *52* 下
ライフ＝ゼルトーリウス，リリ Reiff-Sertorius, Lilly 59 上，59 下，67 下，75 下，*76* 上，79 下，81 下，175 上，214 上，220 下，228 上，238 上，247 下，299 下，415 下，451 上，454 上
「ライフ」，ニューヨーク ›Life‹, New York 326 下，*327* 下，497 下，*498* 上，541 上，*551* 上，566 上，663 下，*753* 下
ライフ，ヘルマン Reiff, Hermann *59* 上，59 下，67 下，75 下，*76* 上，79 下，81 下，175 上，214 上，220 下，228 上，238 上，247 下，299 下，414 上，*414* 下，415 下
ライ，ロベルト Ley, Robert 791 下

ラインケ，ジークフリート Reinke, Siegfried　209 下，*210* 上
ラインシュトローム，クレリス Rheinstrom, Clairisse　737 下
ラインシュトローム，ハインリヒ Rheinstrom, Heinrich　273 下，737 下
ライン書店，チューリヒ Rhein-Verlag, Zürich　*748* 上
ラインの黄金 *Rheingold* →リヒァルト・ヴァーグナー『ニーベルングの指輪』，『ラインの黄金』Richard Wagner, *Der Ring des Nibelungen. Das Rheingold*
ラインハルト，ヴォルフガング Reinhardt, Wolfgang　*361* 上
ラインハルト，エーミール・アルフォンス Rheinhardt, E[mil] A[lphons]　428 上，*428* 下，431 上
ラインハルト，ゴットフリート Reinhardt, Gottfried　346 下，*347* 上，361 上，538 上，612 下
ラインハルト，マクス Reinhardt, Max　*62* 上，*109* 上，*119* 上，*120* 下，340 上，*340* 下，346 下，*347* 上，354 上，*358* 上，*360* 下，610 下，*641* 下，*751* 上
ラヴァル，ピエル Laval, Pierre　217 下
ラヴェル，モリス Ravel, Maurice　515 下，598 上，785 下
ラウシャー，ウルリヒ Rauscher, Ulrich　*419* 上
ラウシュニング，ヘルマン Rauschning, Hermann　142 下，466 下，530 上，*530* 下，*641* 下，644 上，*644* 下，666 上，*666* 下，667 下，674 下，760 上，796 下
『ニヒリズムの革命』*Die Revolution des Nihilismus*　*142* 下，527 下，528 上，528 下，529 上，531 下，532 上
『ヒトラー氏よ，あなたの時代は終わった！　率直な言葉と最後の訴え』*Herr Hitler, Ihre Zeit ist um. Offenes Wort und letzter Appell*　760 上
ラウブルフ〔?〕，氏と夫人 Laubruch [?], Herr und Frau　587 上
ラガツ温泉 Bad Ragaz　113 上，135 下，136 上，143 下，148 上，159 上，441 下
ホテル・ラトマン Hotel Lattmann　135 下
ラ・グアーディア，フィオレロ　La Guardia, Fiorello　74 下，*75* 上，379 下，*380* 上，643 上
ラーゲルレーヴ，セルマ Lagerlöf, Serma　500 上，*500* 下
ラザレフ，ピエル Lazareff, Pierre　648 下，*649* 上
ラシュカ，ヤン Laška, Jan　71 上，*71* 下，93 下，115 下，202 下，368 下，*369* 下，430 下，440 下，515 上
ラスカー・シューラー Lasker, Schüler　84 上，*84* 下
ラスカーズ，メアリ Lescaze, Mary　*560* 下
ラーステーデ，ハンス・ゲールハルト Rastede, Hans Gerhard　572 下，575 上，733 下，740 上，761 下
ラスボウン，ベイジル Rathbone, Basil　*101* 上
ラッセル，バートランド（作品索引も参照）Russell, Bertrand（s. a. I）　557 上，*557* 下，569 下
ラッセル，ヘンリ・ノリス Russell, Henry Norris　574 下，*575* 上，760 上，779 下，*780* 上
ラッセル，ルーシ・メイ Russell, Lucy May　760 上，779 下
「ディ・ラッペン．〔ベルマン＝フィッシャー書店の〕年鑑」1937 年 *Die Rappen. Jahrbuch* ［*des Verlages Bermann-Fischer*］*1937*　199 上，205 下，214 上

「ラティオ」，ハンブルク ›Ratio‹, Hamburg *538* 下
「ラ・デペシュ」，トゥルーズ ›La Dépêche‹, Toulouse *626* 下
ラーデル，オト Radl, Otto 212 上，*212* 下
ラーデンブルク，エルゼ Ladenburg, Else 406 上，536 上，540 下，567 下，586 下，626 下，768 上，771 下，773 下
ラーデンブルク，ルードルフ・ヴァルター Ladenburg, Rudolf Walter 398 下，399 上，406 上，458 下，497 下，527 上，536 上，540 下，567 下，586 下，624 下，626 下，746 上，768 上，773 下
ラート，エルンスト・フォム Rath, Ernst vom 510 下，*511* 上
ラトガーズ大学，ニュー・ブルンスウィク，ニュー・ジャーシー州 Rutgers University, New Brunswick, N. J. 627 下，*628* 上，630 下
ラトガーズ大学出版局，ニュー・ブルンスウィク，ニュー・ジャーシー州 Rutgers University Press (Verlag), New Brunswick, N. J. 689 上，*689* 下
ラドフォド，ベイジル Radford, Basil *609* 下
ラトフ，グレゴリ Ratoff, Gregory
『インテルメッツォ』(映画演出) *Intermezzo* (Filmregie) 759 下
『妻，夫そして友人』(映画演出) *Wife, Husband and Friend* (Filmregie) 592 下，*593* 上
ラニイ，イェネー Lányi, Jenö *32* 上，258 上，295 上，301 下，709 上-713 上
ラニイ，ヴィクトル Lányi, Viktor *249* 下
ラニイ書店，ヴィーン Verlag Lanyi, Wien *66* 下
ラパスヴィール Rapperswil 146 上，435 下，449 上，451 上
ラパポート Rappaport 335 上，335 下，*336* 上，338 下
ラビノヴィチュ，グレーゴル Rabinovitch, Gregor 213 上，*213* 下，226 下
「ラ・フレシュ」，パリ ›La FLèche‹, Paris 299 上
ラブレー，フランソワ Rabelais, Francois *419* 上
ラモー，ハンス Rameau, Hans 360 下，*361* 上
ラヤゴパル Rajagopal 474 上
「ラ・リュミエール」，パリ ›La Lumiére‹, Paris 556 下
ランガー，フランティシェク Langer, František 20 上，*20* 下
ラングスドルフ，ハンス Langsdorff, Hans 790 上
ラング，フリッツ Lang, Fritz 333 上，*333* 下，*358* 上
ラングホフ，ヴォルフガング Langhoff, Wolfgang *83* 上，*210* 上，*222* 下，*228* 上，*239* 下，269 上，*269* 下，*455* 下
ランゲ，ヴィクトル Lange, Victor x 上
ランゲ，リーア Lange, Lia *216* 下
ランシマン，ウォルター (ランシマン子爵) Runciman, Walter (Viscount Runciman) 430 下，*431* 上，435 上，706 下
ランシマン，サー・スティーヴン Runciman, Sir Steven *431* 上
ランダウアー，ヴァルター Landauer, Walter *122* 下，669 下，*670* 上
ランダム・ハウス (書店)，ニューヨーク Random House (Verlag), New York *407* 上，*587* 下，645 上，716 上，*757* 下
ランツベルク，パウル=ルートヴィヒ Landsberg, Paul-Ludwig 107 下，*108* 下

ランツベルク，夫人 Landsberg, Frau *107* 下
ランツホフ，ヴェルナー　Landshoff, Werner　376 下，*377* 上
ランツホフ，エルゼ Landshoff, Else *377* 下
ランツホフ，サラ・カタリーナ（「リーニ」）Landshoff, Sara Catharina (>Rini<) →オテ Otte
ランツホフ，フリッツ・ヘルムート LAndshoff, Fritz H[elmut]　74 上，74 下，*75* 上，75 下，76 上，76 下，98 下，114 下，118 下，*122* 下，237 上，370 上，371 下，373 上，376 下，378 上，下，381 上，382 上，383 上，385 上，393 上，394 上，428 下，438 下，498 下-*505* 上，509 下，515 下，520 下，547 下，578 上，639 上，655 下-661 下，666 上-674 下，677 下，*678* 上，678 下，682 下，684 上，689 下，695 上，699 上，699 下，727 下，773 上，784 上，787 上，787 下，788 上，788 下，792 下，797 下，798 上
「ランディ」>Landhi<→スイス国営展覧会 Schweizerische Landesausstellung
リヴィエール，ジャック Rivière, Jacques　*8* 上
リオン，フェルディナント Lion, Ferdinand　3 下，*4* 下，7 下，33 上-41 上，43 上-51 下，56 下，57 上，60 下-71 上，73 下，78 上-86 下，92 上，94 下，96 上，110 下，112 上，119 下，120 上，125 上，125 下，127 下，133 下，136 上，150 下，152 上，152 下，155 下，*156* 下，163 下-180 上，183 下-188 上，193 下-201 上，*204* 下，207 上，207 下，213 上，*213* 下，417 上，219 上，226 下，234 下，237 下，240 上，*244* 下，248 下，252 下，260 上-264 下，*265* 上，265 下，270 上-293 下，297 下，299 下，300 上，301 下，304 上，308 下，323 上，342 上，353 上，365 上，394 下，419 上，421 上，439 上，448 下，452 上，453 下，456 上，458 下，496 下，508 下，*509* 上，513 上，524 下，530 上，547 下，548 上，550 下，554 下，561 下，563 下，567 下，573 上，576 上，578 上，597 下，622 下，*623* 上，631 下，635 下，656 下，*668* 上，672 上，674 上，676 下，678 上，681 上，681 下，682 下，*683* 上，718 上
「ディ・リーガ」書店，チューリヒ Verlag >Die Liga<, Zürich　*246* 上，*435* 下，*551* 上
リサウアー，ハーマン Lissauer, Hermann　332 上，*333* 上，341 上，356 上
リサ，エーファ Lissa, Eva　*222* 下
リーザー＝ゴルトマン，ジークフリート Rieser-Goldmann, Siegfried　89 上，*89* 下，94 下
リーザー，フェルディナント Rieser, Ferdinand　*83* 上，94 下，*114* 上，119 上，224 上，300 上，430 上
リーザー，マリアヌ，旧姓ヴェルフェル Rieser, Marianne, geb. Werfel　82 下，*83* 上，94 下，119 上，209 下，222 上，224 上，300 上，430 上
『トゥーランドットの退位』*Turandot dankt ab*　82 下，*83* 上
リシュタンベルジェ，アンリ Lichtenberger, Henri　583 下，*584* 上
リース，クルト Riess, Kurt　104 上，*105* 上，107 上，150 上，152 下，317 上，*319* 下，370 上，378 下，382 上，*382* 下，397 下，398 上，398 下，404 下，405 上，409 下，476 下，478 上，482 下，483 上，484 下，490 下，491 上，493 下，495 上，508 上，509 下，515 下，563 上，565 上，586 上，591 上，*613* 上，615 下，617

上，648 下，*649* 上，*754* 下，762 下，766 下
リスト，エマーヌエル List, Emanuel 104 下，*106* 上，*116* 下
リスト，フランツ Liszt, Franz 50 上，*59* 上
『ピアノ・ソナタ，ロ短調』*Sonate für Klavier h-Moll* 154 上
リースマン，ダーフィト Riesman, David *536* 下
『現代社会における医学』*Medicine in Modern Society* 536 下
リース，ミヒァエル Riess, Michael 382 上，*382* 下，484 下，491 上，515 下，612 下
リーセン，ヴェーラ Liessen, Vera *300* 上
リタウアー，ルーシャス・ネイサン Littauer, Lucius Nathan 126 下，*127* 上
「リーダーズ・ダイジェスト」，プレズントヴィル，ニューヨーク州 ›Reader's Digest‹, Pleasantville, N. Y. *168* 上
リース，アリグザーンダー Leith, Alexander 508 下，*509* 上
リチー，フランク Ritchie, Frank 480 下，*481* 下，505 上，581 下，582 上
リーツ，ヘルマン Lietz, Hermann *48* 上
「ディ・リテラトゥーア」(文学)，シュトゥトガルト ›Die Literatur‹, Stuttgart *66* 上
「リテラトゥルナヤ・ガゼタ」，モスクワ ›Literaturnaja Gazeta‹, Moskau *86* 上
「リテラリ・ワールド」，ニューヨーク ›Literary World‹, New York *400* 上
「ディ・リテラーリシェ・ヴェルト」(文学界)，ベルリン ›Die literarische Welt‹, Berlin *193* 下
リトヴァク，アナトール Litvak, Anatole
『ナチ・スパイの告白』(映画演出) *Confessions of a Nazi Spy* (Filmregie) 612 下，*613* 上
『マイアーリング』(映画演出) *Mayerling* (Filmregie) 356 下，*357* 上
リトヴィノフ，マクシム・マクシモーヴィチュ Litwinow, Maxim Maximowitsch 160 下，*161* 上，634 下
リトル・ブラウン書店，ボストン Little, Brown & Co. (Verlag), Boston *434* 上
「リトル・マン・シリーズ」，シンシナティ ›Little Man Series‹, Cincinnati 598 下
リーニ Rini →オテ，サラ・キャサリーナ，結婚してランツホフ Otte, Sara Catharina, verh. Landshoff
リパイ・デジデーリウス Lippai, Desiderius 8 下，*9* 上
リーバーマン，マクス→作品索引参照 Liebermann, Max (s. I)
リーバーマン，モルトン・W. Liebermann, Morton W. 580 下
リヒター，ヴェルナー Richter, Werner *786* 下
『ルートヴィヒ二世，バイエルン王』*Ludwig II., König von Bayern* 786 下，787 下，790 上
リヒター，ギーゼラ (ジジ) Richter, Giesela (Gigi) *620* 上
リヒター，ゲーオルク・マルティーン Richter, Georg Martin 620 上，654 上，*654* 下，769 下
リヒター，博士 Richter, Dr. 32 下，*33* 上，35 上，36 下，43 下，50 上，51 下，195 下，276 上，282 上，291 下，292 下
リーヒティ，リータ Liechti, Rita *255* 下
リヒテンシュタイン，ハインツ

Lichtenstein, Heinz　64 上，*64* 下，206 上，*206* 下，270 上
リヒテンシュテルン，コンラート Lichtenstern, Conrad →レスター，コンラート Lester, Conrad
リーヒナー，マクス Rychner, Max　173 上，259 下
リプシュツ Lippschütz　471 上，*472* 下，474 上
リプツィン，ソル Liptzin, Sol　510 下，*511* 下
リプマン，ウォルター Lippmann, Walter　661 下，*662* 上，752 上，783 上
リーフマン，エーミール Liefmann, Emil　647 上，*648* 上，747 上
リプマン，ヘレン Lippmann, Helen　661 下
リーブマン，ヨシュア・L. Liebman, Joshua L.　527 上
リベントロプ，ヨーアヒム・フォン Ribbentrop, Joachim von　213 上，*213* 下，*296* 下，303 上，*303* 下，711 下，737 上，760 下
リーマー，フリードリヒ・ヴィルヘルム Riemer, Friedrich Wilhelm『口伝および文書資料からのゲーテについての報告』*Mitteilungen über Goethe aus mündlichen und schriftlichen Quellen*　157 下，485 下，*486* 上，494 下，497 下
リムスキ＝コルサコフ，ニコライ・アンドレイェヴィチュ Rimski-Korsakow, Nikolai Andrejewitsch　269 上
リムペルト，ゾフィー Limpert, Sophie　772 下，781 上
リュシャー，フリッツ Lüscher, Fritz　93 上，*94* 上
リューベク Lübeck　*92* 上，*632* 上
「リュマニテ」，パリ ›l'Humanité‹, Paris　*748* 下
リリ，ベアトリス Lillie, Beatrice　104 上，*105* 上，364 下
リルケ，ライナー・マリーア Rilke, Rainer Maria　*165* 上，252 下，253 上
リンデンラウプ，ゲーオルク Lindenlaub, Georg
『若きゲーテ』*Der junge Goethe*　141 上，*142* 上
リンドバーグ，チャールズ・オーガスタス Lindbergh, Charles A[ugustus]　757 上
リント，夫人 Lind, Frau　86 下，*87* 上，98 下，170 上，437 下，484 上，692 上
リントベルク，レーオポルト Lindberg, Leopold　*62* 下，*94* 下，*111* 上，*119* 上，*210* 上，*227* 上，*239* 下，*255* 上，*300* 上
リンドリ，ジェイン・ヘスティングス Lindley, Jane Hastings　555 上
リンドリ，デンヴァー Lindley, Denver　555 上
ルーイス Lewis　443 下
ルーイス，ウィルマース・シェルドン Lewis, Wilmarth Sheldon　360 下，*361* 上
ルーイス，ジョウ　Louis, Joe　404 下，*405* 下
ルーイス，ジョン・L　Lewis, John L.　*77* 上
ルーイス，シンクレア Lewis, Sinclair　*105* 下，340 上，*341* 上，375 上，389 下，488 下，*517* 上，*526* 上，*649* 上
ルーイス，ドロシ Lewis, Dorothy →トムプスン，ドロシ Thompson, Dorothy
ルーイス，マイケル Lewis, Michael　525 下，*526* 上
ルーイス，ミスター Lewis, Mr.　476 下
ルーイズン，ラドヴィク Lewisohn, Ludwig　647 上，*647* 下

『汝，永久に愛を欲す』*For Ever Willt Thou Love* 647上，*647*下
「ルーヴル」，パリ >L'Œeuvre<, Paris 37下，*38*上，118下，*425*上，712上
ルカーチ，ゲーオルク Lukács, Georg *12*下，183下，219下，583上，*583*下，650下，682下
「ル・ジュール—エコ・ド・パリ」，パリ >Le Jour—Echo de Paris<, Paris 73下
ルースヴェン，アリグザーンダー・G. Ruthven, Alexander G. 315下，*316*下
ルースヴェン，ピーター Ruthven, Peter 316上，*316*下
ルスト，ベルンハルト Rust, Bernhard 82下，*83*上
ルース，ヘンリ・ロビンスン Luce, Henry Robinson *129*上，*327*下，*653*上，*753*下
ルター，マルティーン Luther, Martin 214下，558下
ルツェ，博士 Lutze, Dr. 582上
「ルツェルナー・タークブラット」 >Luzerner Tagblatt< 282下，*283*上
ルツェルン Luzern 208上，707下
ルートヴィヒ，エーミール Ludwig, Emil 71上，*71*下，167下，*191*上，192上-203上，271上，273下，*291*上，338下，429下，434上，442下，444下，*446*下，652上
『新たなる神聖同盟』*Die neue heilige Allianz* 426下，*427*上
『ナイル河ある大河の閲歴』*Der Nil. Lebenslauf eines Stroms* 71上，*71*下
ルートヴィヒ，エルガ Ludwig, Elga *71*下，192上，195下，197下，200上，202下，442下，444下
ルートヴィヒ二世，バイエルン国王 Ludwig II. König von Bayern 143下，225上，302上，360下，*361*上，786下，787下，790上
ルノアール，ジャン Renoir, Jean
『大いなる幻影』（映画演出）*La Grande Illusion*（Filmregie） 204下，*205*上
ルーバーン，ロベルト Lubahn, Robert 173上，*173*下
ルービチュ，エルンスト Lubitsch, Ernst 333上，*333*下，353下，*354*上，611上
『ニノチカ』（映画演出）*Ninotschka*（Filmregie） *333*下，779下，*780*上
ルブラン，アルベール Lubrun, Albert 387下，*388*上，772下
ルーベン，ミセス Luben, Mrs. 540上，*540*下
ル・ラヴァンドウ Le Lavandou *145*下
ルントシャウ通信社（ルーナ），チューリヒ Rundschau-Nachrichten-Agentur（Runa） 675下，679下，684下
レイク，カーソップ Lake, Kirsopp 619上
レイチャート，ウァルター・A. Reichert, Walter A. *170*下
レイデ，エルンスト（・ヴァン） Leyden, Ernst（van） 197下
レーヴィ，リヒァルト Revy, Richard 82下，*83*上
レーヴィ，アリーツェ（リリ） Loewy, Alice（Lily） 790下，*791*上
レーヴィ，パウル Loewy, Paul *791*上
レヴィーン，ソーニャ Levien, Sonya 352下，*353*上
レーヴェ，カール Loewe, Carl 70下，*71*上
レーヴェース，博士 Revecz, Dr. 159下，349上，529下，574上，582下，*690*上

レーヴェンシュタイン（=ヴェルトハイム=フロイデンベルク），エリーザベト・プリンツェシン（公爵）ツー Löwenstein (-Wertheim-Freudenberg), Elisabeth Prinzessin zu　783下
レーヴェンシュタイン（=ヴェルトハイム=フロイデンベルク），フーベルトゥス・プリンツ（公爵）・ツー Löwenstein (Wertheim-Freudenberg), Hubertus Prinz zu　3下，*5*下，*310*下，*373*下，418上，*497*上，562上，568下，756下，*757*上，783上
レーヴェンシュタイン（=ヴェルトハイム=フロイデンベルク），ヘルガ・マリーア・プリンツェシン（公爵）・ツー Löwenstein (-Wertheim-Freudenberg), Helga Maria Prinzessin zu　310下，568下
レーヴェンシュタイン，カール Löwenstein, Karl　142下，*143*上，298下，311下，380下，393上，575上，587下，626上，764上，785上
レーヴェンシュタイン，ピロスカ Löwenstein, Piroska　393上，587下
レーヴェンタール，レーオ Löwenthal, Leo　214下
レーヴェンフェルト，フィーリプ Löwenfeld, Philipp　69上，467下，472下，475下
レーヴェンフェルト，ラファエル Löwenfeld, Raphael　*123*下
レーヴェンベルク，ルートヴィヒ Löwenberg, Ludwig　345下，*346*上
「レヴュ・ジェネラル」，ブリュセル ›Revue Générale‹, Brüssel　228下
『レオノーレ序曲』*Leonoren-Ouvertüre* →ベートーヴェン，ルートヴィヒ・ヴァン Beethoven, Ludwig van
レーギス，ゴットロープ Regis, Gottlob　419上
レクラム・ユニヴァーサル文庫 Reclams Universal-Bibliothek　383下
レケネ，フェルナン Le Quesne, Fernand　*664*下
レスコフ，ニコライ・セミョノヴィチ Leskow, Nikolai Semjonowitsch　742上，*742*下，761下，792下
レスター（元リヒテンシュテルン），コンラド Lester (urspr. Lichtenstern), Konrad　418上，425下
レッサー，ヨーナス Lesser, Jonas　40下，*41*上，78上，*78*下，81下，257上，564下
レッシング，ゴットホルト・エフライム Lessing, Gotthold Ephraim
『賢者ナータン』*Nathan der Weise*　108上
『レッド・ギャップのラグルズ（召使の鑑）』（映画）*Ruggles of Red Gap* (Film) →マカリ，レーオ McCarey, Leo
レーデラー，エーミール Lederer, Emil　102下，*103*下，180上
レナル書店，ニューヨーク Reynal (Verlag), New York　*400*上
レニエ，マルテ Regnier, Marthe　*357*上
レーニン，ウラジミル・イリイチ Lenin, Wladimir Iljitsch　551下
レニングラード・フィルハルモニー Leningrader Philharmonie　*627*上
レーネルト，ヘルベルト Lehnert, Herbert　*328*下，*644*下
レノ，ポル Reynoud, Paul　774下
レマルク，エーリヒ・マリーア Remarque, Erich Maria　*472*下，612下，652上
『三人の戦友』*Drei Kameraden*　472下
レーマン，ロッテ Lehmann, Lotte　*116*下，527上，*641*下

レミュ Raimu *246* 下
レーム，エルンスト Röhm, Ernst 560 上，*560* 下
レムレ，カール Laemmle 342 上，*342* 下，347 下，356 下，427 上，*427* 下，739 上，*739* 下
レリ，ハンス Roelli, Hans 282 上
レルダウ〔？〕，夫妻 Lerdau [?], Ehepaar 77 下
レン，クリストファー Wren, Christpher *711* 上
連合国援助によってアメリカを防衛する委員会 Committee to Defend America by Aiding the Allies 642 上，*656* 上，743 上
連合通信 Associated Press 363 下，563 上
オイゲーン・レンチュ書店，チューリヒ Eugen Rentsch Verlag, Zürich *786* 下
レンツァーハイデ Lenzerheide 441 下
レンツ，フリードリヒ・ヴァルター Lenz, Friedrich Walter 650 下，*651* 上
レーンバハ，フランツ・フォン Lenbach, Franz von
『カトヤ・マン夫人の少女時代の肖像』*Jugendbildnis von Frau Katia Mann* 492 下，*493* 上
レンブラント，ハルメンス・ヴァン・レイン Rembrandt, Harmensz van Rijn 686 下
『サウロの前で竪琴を奏でるダヴィデ』*David vor Saul Harfe spielend* 686 下
『神殿のシメオン』*Simeon im Tempel* 686 下
『父親（ハルメン・ゲリツ・ヴァン・レイン）の肖像』*Bildnis des Vaters (Harmen Gerritsz van Rijn)* 686 下
『ホメーロス』*Homer* 686 下
連盟 Bund →アメリカ＝ドイツ民族連盟 Amerikadeutscher Volksbund
レン，ルートヴィヒ Renn, Ludwig *641* 下
ロイター，ハンス・E. Reuter, Hans E. *19* 下
ロイド・ジョージ，デイヴィド・アール（伯爵）・L・G・ドワイフォー Lloyd George, David Earl L. G. of Dwyfor *451* 下，740 上，*740* 下，744 下，749 下，758 下
ロイトナー，ウィンフレッド・ジョージ Leutner, Winfred George 365 下，*366* 下
ロイド，フランク Lloyd, Frank
『カヴァルケイド』（映画演出）*Cavalcade*（Filmregie） 751 上，*751* 下
ロイ，マーナ Loy, Myrna *306* 下
ロウ，エライアス Lowe, Elias *371* 上，513 下，768 下，775 上，782 下，789 上
ローヴォルト，エルンスト Rowohlt, Ernst *193* 下
「労働者新聞」ブリュン >Arbeiter-Zeitung<, Brunn 59 上
労働党 Labour Party 67 下，*68* 下，469 上
ロウ＝ポーター，ヘリン Lowe-Porter, Helen *46* 下，*53* 下，60 上，*88* 下，92 上，*93* 上，*188* 下，*216* 上，*244* 下，311 上，367 下，370 上，370 下，*371* 上，492 下，504 上，509 下，513 下，515 上，518 下，519 下，520 上，548 下，552 上，554 上，555 上，573 上，573 下，584 下，633 上，635 下，642 下，697 下，710 下，738 上，*751* 上，767 下，768 下，775 上，782 下，*788* 下，789 上，789 下
ロウン，ヘンドリク・ウィレム・ヴァン Loon, Hendrik Willem van 371 下，*372* 上，526 下，575 上，635 上，637 下，842 下

『ローエングリーン』*Lohengrin* →ヴァーグナー，リヒァルト Wagner, Richard
ロカルノ Locarno 173 上，190 下-203 下
ホテル・レーバー Hotel Reber 173 上，190 下-203 下
ロサンゼルス Los Angeles 331 上，338 下-339 下，354 下
シュライン講堂 Shrine Auditorium 340 上，*340* 下
「ロサンゼルス・エグザミナー」>Los Angeles Examiner< 343 下
ロサンゼルス・フィルハーモニク・オーケストラ Los Angeles Philharmonic Orchestra *345* 上
ロジャース，リチャード Rodgers, Richard *340* 下
ロージョヴェルギイ，コンサート事務所 Rőzsavölgyi, Konzertbüro 6 上，*7* 上
ロース，アードルフ Loos, Adolf *345* 上
ローズヴェルト，エリナー Roosevelt, Eleanor 479 下
ローズヴェルト，フランクリン・デラノウ Roosevelt, Franklin D[elano] *94* 上，192 上，*192* 下，286 下，*326* 上，*328* 下，367 上，439 下，*440* 上，565 下，566 下，568 下，*569* 上，597 上，600 下，617 下，618 下，*619* 上，620 下，*621* 上，621 下，622 下，628 上，*629* 下，630 上，630 下，688 上，*688* 下，694 下，715 下，735 下，747 下，752 下，794 下
ロストフツェフ，ミハイル・イヴァノーヴィチュ Rostovtzeff, Michail Iwanowitsch 535 上
『ローマ帝国の社会と経済』*Gesellschaft und Wirtschaft im Römischen Kaiserreich* 534 下，*535* 上
ロスマー，エルンスト Rosmer, Ernst →ベルンシュタイン，エルザ Bernstein, Elsa
ローゼンタール，ミセス Rosenthal, Mrs. 515 下，*516* 上
ローゼンハウプト，ハンス Rosenhaupt, Hans 159 上，159 下，529 上
ローゼンベルク，アルフレート Rosenberg, Alfred 737 上
ローゼンベルク，エルゼ，旧姓ドーム Rosenberg, Else, geb. Dohm *52* 上，*125* 上
ローゼンベルク，ケーテ Rosenberg, Käthe 51 下，*52* 上，125 上，*125* 下，126 下，127 下，128 下，130 上，130 下，*302* 下，409 下，542 下，550 下，648 下，671 上，685 下，709 下，710 上，710 下，731 上
ローゼンベルク，ハロルド Rosenberg, Harold *571* 上，571 下
ローゼンベルク，ハンス Rosenberg, Hans *302* 下
ロータル，エルンスト Lothar, Ernst *175* 上，750 下，*751* 上
ロータル，ヨハネス・(ハンス) Lothar, Johannes (Hans) 703 下，*704* 上
ローダ・ローダ，アレクサンダー（本名シャーンドル・フリードリヒ・ローゼンフェルト）Roda Roda, Alexander (Ps. f. Sândor Friedrich Rosenfeld) 22 下，*23* 下，464 上
ロダン，オーギュスト Rodin, Auguste *168* 上
ロツェラル（教師）Rozelaar (Lehrer) 693 上
ロッカ，エンリーコ Rocca, Enrico 181 下，*182* 上
ロックフェラー医学研究所，ニューヨーク Rockefeller Institute for Medical Research, New York 495 下，*496* 上
ロックフェラー財団

Rockefeller-Stiftung　407 下
ロックフェラー，ジョン・デヴィスン Rockefeller, John D[avidson]　229 上，*496* 上
ロッシーニ，ジャッキーノ Rossini, Giacchino　479 下
ローテ，ハンス Rothe, Hans　*216* 下
ロートバルト，マルガレーテ Rothbart Margarete　65 上，*65* 下，67 上，455 上
ロドマン，セルデン Rodman, Selden　*557* 下
ロート，ヨーゼフ Roth, Joseph　167 下，*168* 下，171 上，171 下，*172* 上，192 上，*193* 上，193 下，666 上，*666* 下
『酔どれ聖者譚』*Die Legende vom heiligen Trinker*　681 下，*682* 上
ロートン，チャールズ Laughton, Charles　111 下，*112* 上，787 下，*788* 上
ロバーツ，スティーヴン Roberts, Stephen
『ヒトラーが建てた建物』*The House that Hitler built*　253 上，*253* 下，462 下
ロビンスン，エドワド・G.　Robinson, Edward G.　*613* 上
ロブスン，メイ Robson, May　*322* 下
ロマン，ジュル Romains, Jules　141 上，*141* 下，635 下，789 下
ロマン，リサ Romains, Lisa　635 下
ロムロ，カルロス・P.　Romulo, Carlos P.　655 下，*656* 上
ロメロ，セイザー　Romero, Cesar　*593* 上
ロラン，ロマン Rolland, Romain　*25* 下，*95* 上，95 下，217 上，629 上
『わが道の伴侶』*Gefährten meines Weges*　95 上，*95* 下，101 下，102 上
ロルシャハ Rorschach　380 下，*381* 下
ロルフ・パサー書店，ヴィーン Verlag Rolf Passer, Wien　*507* 下
ロレ，エスタシュ・ド Lorey, Eustache de　316 上，*316* 下
ロレ，ペーター Lorre, Peter　357 下，*358* 上
ロング，ジョン Long, John　447 下，*448* 上，482 上，下，483 下，484 下，489 上，491 下，507 上，515 下，519 下，525 下，527 上，531 上，536 下，537 下，542 上，549 下，553 下，559 下，573 上，573 下，574 上，582 下，612 上，624 下，630 下，638 上，641 上，644 上，653 下，658 下，733 下，739 上，740 上，746 上，746 下，765 下，766 上，787 上
ロングマンス・グリーン書店 Longmans, Green & Co. (Verlag), New York　*244* 下，258 上，*258* 下，280 下，400 下，*401* 上，501 上，*503* 下，*510* 上，*517* 下，*623* 上，735 下
ロング，ルーシ Long, Lucy　383 下，390 下，395 上，400 下，401 上，447 下，*448* 上，482 上，482 下，483 下，491 下，537 下，553 下，573 下，574 上，612 上，624 下，641 上，658 下，739 上，740 上，746 上
ロンスバハ，リヒァルト・マクシミーリアーン（リヒァルト・カーエンの筆名）Lonsbach, Richard Maximilian (Ps. fur R. Cahen)
『ニーチェとユダヤ人』*Nietzsche und die Juden*　635 下，*636* 上
ロンドン London　695 上，709 上-713 上
ホテル・アレクサンドリア Hotel Alexandria　709 上-713 上
ロンドン映画プロダクション London Film Production　344 上，*344* 下，*402* 上

ワ行

ワァンガー，ウォルター Wanger, Walter *610* 下
ワイス，スティーヴン Wise, Stephen *76* 下，371 下，*372* 下，765 上
ワイリ，ジョン・C. Wiley, John C. *369* 上
ワイルド，オスカー Wilde, Oscar
『正直であることの重要さ』*The Importance of Being Earnest* 711 下
ワーサム，フレデリク Wertham, Fredric *504* 下，528 下
『暗い伝説．殺人の研究』*Dark Legend : A Study in Murder* 504 上，*504* 下，508 下，528 下
ワシントン特別区 Washington, D. C. 319 上，320 下，*321* 上，617 上-621 下
「ワシントン・ヘラルド」〉Washington Herald〈 167 下
「ワシントン・ポスト」〉Washington Post〈 *168* 上，171 上，*244* 下，283 下，*284* 上，618 下，783 上
ワーナー，ジャク・L. Warner, Jack L. 339 下，*340* 下
ワーナーズ・ブックストア（書籍店兼出版社），シカゴ Werner's Bookstore (Buchhandlung und Verlag), Chicago 45 下，49 下，68 上
ワーナー・ブラザース映画会社，ハリウッド Warner Brothers Pictures Inc., Hollywood *78* 下，*340* 下，359 下，612 上，612 下
ワルシャウアー，フランク Warschauer, Frank 689 上，692 下
ワールシュトレーム・オク・ウィトストラント（書店），ストックホルム Wahlström och Widstrand (Verlag), Stockholm *724* 下
「ザ・ワールド」，ニューヨーク 〉The World〈, New York *662* 上